骆寒超诗论选集

上

骆寒超 著

上海人民出版社

献词

骆驼的脚步
量不尽戈壁的荒凉
驼铃
却摇着绿色的希望
呵，纵使前面是
古道，风沙，昏黄的月光……

生活的脚步
量不尽探索的荒凉
信念
像驼铃在摇着希望
呵，纵使前面是
绝壁，暗礁，秋野的浓霜……

———— 引自旧作《驼铃》

献给百年中国新诗

目录

第二辑　诗人专论

第三辑　诗艺求索

第四辑　古典新探

自序

这部书收入了我1980—2017年间所写诗歌研究论文30余篇。分四辑：《新诗史论》《诗人专论》《诗艺求索》《古典新探》，其中前两辑属中国新诗史研究范围，后两辑属中国诗学研究范围。我毕生的学术研究，格局有限。只求留点实实在在能解决几个问题的东西给学界，仅此而已。

所选论文其实都是围绕新诗建设这个主题的。新诗的全称是白话新体诗。1918年1月出版的《新青年》第2卷第1号上发表了胡适、刘半农、沈尹默的九首诗，内中除了胡适作的有一首叫《景不徙》的属另类，其余八首全是用白话兼新体（自由诗体或散文诗体）写的，所以它们成了百年新诗最早的样品。至于胡适在1917年2月出版的《新青年》第2卷第6号上所发表的《白话诗八首》和同年6月出版的《新青年》第3卷第4号上所发表的《白话词》四首，虽已用白话写，却全是旧体。它们的发表，当不得是新诗面世的标志。据这些资料，我们可以明确如下一点：中国新诗诞生于1918年1月，它的百年诞辰不是已到，而是即将来临。既然如此，我倒还来得及拿这部选集来作新诗百年诞辰的献礼了，故在扉页题上“献给百年中国新诗”这一行文字。

值得一提“诗人专论”一辑中选入的六篇，并不因为就写得特别好，而是考虑到这部选集既然由上海人民出版社出版，那就选六位出生或出道在上海，抑或长期在上海生活、工作的诗人的专论吧！我之所以这样做，也是为了表达我对上海这座充满诗意的城市一片情意。

最后，我想借此机会对我的两位忘年交诗友黄纪云先生、张如凌女士表示感谢；他们对我诗学探求事业的关怀与支持，我是铭记不忘的。还得感谢我的小女儿骆蔓及庄红，如此认真细致并且不厌其烦地打印我那些“蝌蚪文”式的字写成的文稿，真是亏她们的。也得感谢上海人民出版社，对我这些没有什么经济效益的文字，慨然提供出版平台，在这个商品社会里也是难能可贵了。

2017 年 7 月 30 日深夜写于

浙江大学求是村寓所

第一辑　新诗史论

论第二次“诗界革命”的发生与新诗的草创

从19世纪末期起，中国社会开始由近代向现代转型，作为时代晴雨表的中国文学，也很快地把这场转型反映了出来。于是，诗坛就有了黄遵宪、夏曾佑、谭嗣同、梁启超等发动的“诗界革命”。黄遵宪提倡“我手写我口”的新派诗，谭嗣同等用西方新名词入诗，如“纲伦惨似喀和德，法会盛于巴力门”之类，梁启超则提出“以旧风格含新意境”的主张，强调他们的“诗界革命”是“革其精神，非革其形式”。如果说黄遵宪、谭嗣同他们的追求很快就被证实在实践上行不通，那么梁启超的主张在那时还是有一定影响力的。不过梁启超等强调保持旧风格，又束缚了手脚，使得这场“诗界革命”成了旧瓶装新酒的改良主义行为，所以随着改良派在政治大潮中的沦落，这第一次“诗界革命”在20世纪第一个十年中，悄悄地降下了旗帜。

时代毕竟在前进，中国文学向现代转型的潮流不可阻挡。于是，就有了王国维在《人间词话》中提倡释迦、基督那样以人类命运为己任的新精神，鲁迅在《摩罗诗力说》中提倡拜伦等浪漫主义的反叛传统、张扬个性解放的生存新境界，他们都在为第一次“诗界革命”必须转变路线而呐喊。这时，独有远在美国留学的胡适异想天开，提出从白话取代文言入手，来进行第二次“诗界革命”。

胡适的首倡和一批人的响应，使得第二次“诗界革命”从1916年起轰轰烈烈地搞起来了，最后竟然取得了成功。中国诗坛有了新品种：新诗。

这场新诗取代旧诗的第二次“诗界革命”为什么终于会大爆发呢？历来的看法都归之于20世纪初欧风东渐之势日盛，古老中国有了人的意识的觉醒，而在诗歌领域则因为大力开辟“人荒”而波及一个新觉识的出现：必须扫除千百年来已写烂了的那些风花雪月的意境和唱麻木了的那种文以载道的腔调，而诗坛正是凭借这些才把这场“革命”逼出来的。这当然对，这样的见解也无疑是第二次“诗界革命”发生的根本动因，但充当导火线的直接动因我们认为要归之于诗歌语言的变革！中国诗歌的语言此时的确已经到了非变革不可的地步了。那么语言变革又何以能成为导火线呢？当年胡适就看得远，悟出了一些东西，他在《逼上梁山——文学革命的开始》中有这么一段话：

> 历史上的“文学革命”全是文学工具的革命……若没有各国的活语言作新工具，若近代欧洲文人都还须用那已死的拉丁文作工具，欧洲文学的勃兴是可能的吗？欧洲各国的文学革命只是文学工具的革命。中国文学史上几番革命也都是文学工具的革命，这是我的新觉悟。[1]

这番话在相当长时间里，能接受者不多，有人还认为这只不过是胡适为了维护自己的一个目的，即用白话来替代文言成为我们书面交流的文字的私心，才作出这番夸张言词的。其实这样的思考，不只是胡适一个人的事，西方也出现过类似的说法。韦勒克、沃伦在写于20世纪40年代的《文学理论》一书中，引用了贝特森在《英诗与英语》中的一句话：

> 真正的诗歌史是语言的变化史。[2]

对这句话，韦勒克和沃伦很赞同。看来西方学者的看法和胡适的“新觉悟”是相通的，观点是一致的。平心而论，从历史提供的实践经验看，胡适也好，那几位西方学者也好，他们的说法都值得重视。只不过到头来我们还是应当辩证地说：引起一代诗歌的向前发展，时代思潮是根本动因，语言的变化则是直接动因。

新诗取代旧诗是中国诗歌的一次大发展，而把时代思潮从近代向现代转型所提供的新内容——作为这场大发展的根本动因，在新诗史研究中已经谈得够多了，这里就不再过多涉及，我们只想探讨一下作为第二次“诗界革命”发生和新诗得以成立的直接动因——语言变化的问题。可以说白话取代文言不是件小事情，而是问题的一切，是贯穿“五四”新诗运动全局的大事情。

一

主张用白话取代文言来写诗，第一个明确提出来的是胡适。胡适这个主张其实也是他发动文学革命一整套想法的逻辑起点。胡适对自己那套想法形成的全过程，在《逼上梁山》中讲得很具体，可惜内容太多太杂，难以摘引。在《中国新文学大系·建设理论集·导言》中他概括地讲过一番话，内容差不多，倒可引述一下。他这样说：“从清华留学学生监督处一位书记先生的一张传单，到凯约嘉湖上一只小船的打翻，从进化论和实验主义的哲学，到一个朋友的一首打油诗，从但丁（Dante）、乔叟（Chaucer）、马丁路德（Martin Lauther）诸人的建立意大利、英吉利、德意志的国语文学，到我儿童时代偷读的《水浒传》《西游记》《红楼梦》——这种种因子都是独一的，个别的；它们合拢来逼出我的‘文学革命’的主张来。”[3]这些话从现象上看都合乎事实。

不过，这样一条倡导“文学革命”的核心主张用之于新诗革命，却不能忽视胡适个人对诗歌创造更内在的意识也发挥着制约作用，这就是诗要写得具体。在《谈新诗》中，他论及“做一切诗的方法”时曾有如下的话：“我说，诗须要用具体的做法，不可用抽象的说法。凡是好诗，都是具体的；越趋向具体的，越有诗意诗味。凡是好诗，都能使我们脑子里发生一种——或许多种——明显逼人的影像。这便是诗的具体性。”[4]从一般诗歌创作的认识而言，所谓具体的写法基本上指的是提倡意象抒情，这一点毫无疑问是正确的，不过并不显得有多少新鲜内容。使人产生新鲜感的，只是胡适那句“越趋向具体的，越有诗意诗味”的话，但不能不说他把具体写法的问题提得过高了，这样说只不过反映着他个人的偏好。我们说他有一种更内在的诗歌创造意识在起制约作用，指的就是这种特别强调具体的写法。

诗确要写得具体，但太具体了，具象物太多了，作为媒介的语言也就非得扩展其容纳量不可。诗中的具象物，大致说可以分两类：一类是绝对具体的，另一类则是经过抽象概括成为准具体的。旧体诗中的佳作虽大都用“逼人的影像”构成，但都是一些经过抽象概括成准具体的“影像”，具象的具体内容算不得多，所以凭简约的文言也就可以容纳。但胡适所要求的“逼人的影像”是绝对具体的，文言就很难适应用作媒介了。看来，只有采用散文句式并且是严守语法规范的白话才能容纳。所以我们有理由推测：胡适主张采用白话取代文言来展开第二次“诗界革命”，隐秘的动因恐怕就来自他要求写诗须绝对具体这个念头。这个推测有更具体的根据吗？有的。就在《谈新诗》一文中他谈到“写实的描绘”，认为如果所写的对象稍微写得复杂细密一点，旧诗中的文言“就不够用了”。以此为话题，他引用了傅斯年《深秋永定门晚景》一诗中的一节：

那树边，地边，天边，
如云，如水，如烟，
望不断——一线。
忽地里扑喇喇一响。
一个野鸭飞去水塘，
仿佛像大车音浪，漫漫的工——东——当。
又有种说不出的声息，若续若不响。

他认为这里用白话来写，显出了好处，若用旧诗的文言腔来写，“决做不到这种完全写实的地步”[5]。这无疑可作明证。的确，从近代转向现代，物质文明创造的繁富复杂，人对这个文明世界的感受日趋敏锐与细腻，这一切都要求着诗歌创作中既须强调具体、细致、敏锐的写法，更须大力起用白话而摒弃文言。这也可以证实：语言的变化反映出了时代文明的进展。

而时代文明的进展也在汉诗语言变革上反映出来。

应该看到：汉诗演变到19世纪末、20世纪初的中国社会从近代向现代转型的时刻，出现用白话替代文言写诗的倡导，以及使这一倡导成为新诗取代旧诗的新一轮“诗界革命”的核心策略，决非凭胡适个人的行为所能达到的，而是时代文明提出的要求，通过胡适的文学革命追求事业反映出来。不过，这种时代文明提出的要求在别的文明建设对象上也同样获得了反映：汉诗的写作必须让白话取代文言。

这样的文化建设对象我们还可举出两个：一个是学堂乐歌的歌词写作，另一个是西方诗歌的汉译。

从19世纪中后期开始我们一方面受西方教育制度影响，开办学校以取代私塾教育，且已成大势，特别是作为文化普及的初等教育以办小学的形式在全国普遍展开，还借鉴教会唱诗班以唱诗宣传宗教教义的经验，使寓教于乐的音乐课程纷纷开出，成为一时风尚，于是学堂乐歌创作应运而生，办法是借用西洋乐曲填上汉语歌词。从某种意义上说，这种学堂乐歌的歌词创作也就成了中国诗歌向现代转型的先声。因为这种照谱填的歌词，不同于唐朝已出现的曲子词及由此发展出来的宋词，那是文人雅士在秦楼楚馆填词教歌伎即席演唱的一项享乐追求，寓教于乐纵或有之也是淡薄的，反映在传达媒介上，也追求典雅、含蓄，以适合于文人雅士的文化教养层次和美学趣味为准，所以传承近体诗的语言是其本色，虽有向口语靠近的浅白趋向，如柳永的词，也是个别现象，并不占主导地位。对学堂乐歌来说，接受对象以中小学生为主，这些学生正处于文化启蒙的教育阶段，这也就决定了学堂乐歌作为一项美育工程，审美地培养未成年人精神品格的目的性很明确；但限于中小学生的文化层次，作为传达媒介的语言须简洁、明朗、朴实，疏离文言而向口语靠的要求也很明确。音乐教育家萧友梅在《歌社成立宣言》中提出要创造一种“新体歌词”，并且列出了六点主张，其中在内容上，认为“宜多作愉快活泼沉雄豪壮之歌，以改造国民情调”，在语言上则主张“歌词以浅显易懂为主”，“各种新名词，均不妨采用”，因为“既作新歌，即应为现代人而作，不必专为唱于古人听也”。[6]这些提法，以“为现代人而作”为目标，“改造国民情调”为纲，“不必专为唱于古人听”为探求方向，由此决定了语言选择“以浅显易懂为主”。这固然是极重要的方面，但更大的意义恐怕是在“新体歌词”须把古典诗词的语言表述摆脱掉，而这就隐含着一种思维趋向：“新体歌词”须以更近于现代口语化的白话来取代文言。看来学堂乐歌中的歌词创作要想摆脱文言这一传播媒介的念头已经蠢蠢欲动了，虽然他们并没有明确提出白话取代文言的主张。

当然，学堂乐歌中的歌词创作新路的开拓，是一场潜移默化的探求过程。这类歌词的作者并不像胡适那样有明确的理论，他们只在实践中摸索。就现有材料看，早在19世纪中后期，山东登州的教会学校登州文会馆编有“文会馆唱歌选抄”，收十首乐歌，被学界看成“首次向人们展示了19世纪末叶中国学生在教会学堂中自己编制爱国歌曲、抒情歌曲和宗教赞颂歌曲的原貌”[7]。不妨拿其中一首由周书训作词的《赏花》来看看：“雪消冻解／东风报到花开／园丁扫径／等那赏花人来／排闼人逍遥／迈唤来美酒乐举杯／锦绣场中共徘徊，牡丹开富贵／芍药红一色／蜂蝶纷纷过墙去而不复回／依无柳／几声丝竹皆弦谐／对春光诉出衷怀。”这歌词半文半白，但“文”得易懂，“白”得近于日常交流用语，如“东风报到花开”“等那赏花人来”，已有点口语意味了。由沈心工作曲、杨度填词的《黄河》，作为学堂乐歌在1905年已广为传唱，其歌词共八行，后四行有点古风意味，近于浅显的文言用语，前四行是这样：

黄河黄河，出自昆仑山，
远从蒙古地，流入长城关。
古来圣贤，生此河干。
独立堤上，心思旷然。

可以看出基本上已摆脱文言腔，更近似白话了。再说“五四”前就一直活跃在音乐界的歌词作家易韦斋，他为萧友梅的音乐创作写过不少咏唱风花雪月的歌词，大都采用半文半白的语言，但在写《问》这首抒发忧国情感、感喟人生心怀的歌词时，出自心灵的语言使他摒弃了古典诗词中那些陈旧的辞藻、迂腐的腔调，直接选择了近于口语的媒介来表述。只要引一下该作的第一节就可看出它已彻底超越了旧诗词的文言腔，成为流畅自然的白话腔了：

你知道你是谁？
你知道年华如水？
你知道秋声，
添得几分憔悴？
垂垂！垂垂！
你知道今日的江山
有多少凄惶的泪？
你想想呵
对，对，对。

胡适大概没有想到：比他的倡导要早，学堂乐歌的歌词创作早已促成白话取代文言了。怪不得钱仁康在《学堂乐歌考源》中敢于提出一个很新颖的见解：中国音乐史上最早的“学堂乐歌”是“新诗的萌芽”。在他看来，“许多乐歌的歌词作者苦心突破旧体诗的格律，试图开创新的歌词语言和形式。从他们所作的歌词中，可以看到新诗发展史的轨迹”[8]。这实在是很具有建设性的见解。

再来看西方诗歌的汉译对白话取代文言所起的促进作用。

随着欧风东渐，大量西方学术著作和文学作品被译介到中国，其中以西诗汉译起步最早，但在相当长一段时间里，这一类译介的成绩最不如人意。为什么？诗歌语言的艺术化转述中存在的问题特别难解决。谁也明白：文学是语言的艺术，而诗是最具有语言艺术特征的，过不了语言的艺术化转述这个关，译诗的败迹会比译小说更显著。朱自清在《译诗》一文中从翻译的立场说诗有不可译的和可译的两类："一类带有原来语言的特殊语感"的，不可译，可译的往往是原来语言中那些"字音、词语的历史的风俗的涵义等"显示的特殊语感带得比较少的那一类。可译之作译成的诗文本中保存的部分在朱自清看来可以给读者提供"新的意境和语感"，又可以"增富用来翻译的那种语言，特别是那种诗的语言"。他还特别强调"对于译成的语言"是"还可以给我们新的语感"[9]的。这番话大概可以看成是译诗成功的一个标准。以这个标准来衡量清末民初的那些西诗汉译，在朱自清看来，由于"语言不解放，译作中能够保存的原作的意境是有限的，因而能够增加的新的意境也是有限的"[10]。朱自清这番话似乎从反面的角度为清末民初的西诗汉译得出了一个经验：语言不解放就译不好诗。可不是吗？他就认为清末民初"第一个注意并且努力译诗的苏曼殊"，由于为严格的文言旧诗体所限，"似乎并没有多少新的贡献"。[11]

这是合乎事实的。

苏曼殊在20世纪初就译过拜伦、雪莱等人的诗，他凭着"天才的文学家"的才能在译作中还能保存一点原作的情绪，但他大多采用严格的五言古体诗形式和古奥的文言词语来译述，特别是不少译作经过章太炎、黄侃这两位古文字学家的润色，所用的文言词语就不仅仅是古奥，而是到艰涩的地步了，所以朱自清要说他的这份努力"没有多少新的贡献"了。这里不妨举苏曼殊对苏格兰诗人彭斯的《A Red Red Rose》的译述来讨论一下。为求简单扼要地说明问题，我们就拿全作第一节前二行来谈，以求能窥其全豹。原诗这两行是这样：

> O，my love's like a red，red rose，
> That's newly sprung in June；

苏曼殊的译文是这样：

颎颎赤墙靡，

首夏初发苞。

对这样的译述我们有如下几点看法：（1）苏曼殊用五言句译，容量很有限，不得不把“O，my love’s like”这些词语及其重要的表达内容（“我的爱人像”）省略了，这一省略使本来以花喻人的喻本失去，以致从情调意境角度看本来极亲昵贴切的意味也被淡化；用“信达雅”的要求衡量，有令人难“信”之嫌。（2）第一行是四音步，第二行是三音步，彭斯以参差的形体格式来显示抑扬有度的追求，被译成一律的二顿，使体式太规整，而失去了原作节奏的轻灵流转、活泼明快，变得相当呆板。（3）如果说上面两点从体式上着眼的不足，问题还不算很大，那么采用特别古奥陈腐的文言词语，使原作很亲切的人情味在转述中丧失，则是更大的问题：“rose”是“玫瑰”，对表达爱情有隐喻意味，当然译成“蔷薇”也可以，但那种隐喻意味就淡多了，现在又把“蔷薇”写成了“墙靡”，那就一点美感的联想趣味也没有了；“a red，red”，是“红而又红”——对“红”作进一层的表达或强化“红”的意思，也可译成“红红的”，这里把它译成“赤”当然不是不可以，但“红”的色彩感没有得到进一层表达。虽然为弥补这一点而在前面凭空添上“颎颎”也可以，但以光线的“亮”度来修饰“赤”的色彩感，和原作提供的强化“红”的意味不符；更何况“颎颎”是怪僻词，美感的联想功能也不强。再说第二行中的“in June”，译成“首夏”也可以，但内中的替代，以及省却介词“在……”（“in”）形成的句式，总让人感到一派中国传统意趣，很不自然，和原作抒情主人公的情感不贴切，不能提供“新的意境和语感”。这就需要译者突破古典诗词的文言词语结构，按原作提供的语感寻求一种与原作意境情调能相适应的白话来译述。今天对彭斯这首诗的几种汉译，就是采用白话来做的。袁可嘉的译文，上述两行是这样：

啊，我爱人像红红的玫瑰

它在六月里初开

如果把它和苏曼殊的译文比一比，显然袁可嘉的这一篇汉译，能提供给我们“新的意境和语感”。

西诗汉译就这样悄悄地把白话必须取代文言这事儿逼出来了——如同学堂歌曲的歌词创作逼得文言退位、白话登场，旧诗退位、新诗登场一样。

根据以上所述，当可表明以白话取代文言为突破口，展开第二次“诗界革命”，并不纯粹是胡适个人的行为，而是那个新旧转型过程中特定的时代语境与多种文化因素组合成的一股合力。

二

当然，不管怎么说，“五四”新诗运动发生的第一位功臣该是胡适，这谁也否定不了。不过也不能忽略另一位功臣刘半农。如果说在第二次“诗界革命”中胡适举起了一面白话取代文言的大旗，那么刘半农紧跟而上，举起了另一面体式破旧立新的大旗。

已进入历史的往事总得实事求是地讲。当胡适1916年打出白话取代文言的旗帜欲发动第二次“诗界革命”后，1917年他就出了乱子。这一年开年伊始，他紧接着《文学改良刍议》的发表之后，以“自古成功在尝试”的气概，“尝试”了一批用白话写的诗，名《白话诗八首》，在1917年2月出版的《新青年》第2卷第6号上发表，又在4月出版的《新青年》第3卷第2号上发表了一组《白话词》。坦率地讲，这两批“尝试”是迷失了方向的，它们表明胡适走上了黄遵宪、梁启超等的老路。这批“尝试”出来的诗，标明用白话写，体式却仍是五、七言近体古风，或者长短句的词，可见他这种做法同第一次“诗界革命”一样，都还是立足于旧瓶装新酒，只不过黄遵宪、梁启超他们用“法会盛于巴力门”这样的新名称装入旧体诗的格律模式中，而胡适则是用白话装入旧体诗词的格律模式中。所以说胡适这场“尝试”等于走了黄遵宪、梁启超的老路并不过分。不妨引《白话诗八首》中的第一首《朋友》(收入《尝试集》时改题为《蝴蝶》)来看看：

两个黄蝴蝶，双双飞上天。
不知为什么，一个忽飞还？
剩下那一个，孤单怪可怜，
也无心上天，天上太孤单。

这的确是一首用白话装入旧诗格律中的五言体“白话诗”，如果这一轮新的“诗界革命”取得的是这样一种胜利成果，能算是新诗吗？这里暴露出了1917年的胡适还只满足于白话取代文言，却并没有觉悟到随之而来的是体制格式上的变革，因为在诗歌中语言和体式是双向交流地结合在一起的。所以，既然白话取代了文言，那么也必须打破旧诗词格律的束缚，探求能与白话相适应的新体式。这一点刘半农首先觉悟到了。

是的，这一轮“诗界革命”不能走老路。刘半农在胡适发表《白话诗八首》之后两个月，即1917年5月出版的《新青年》第3卷第3号上，发表了长篇论文《我之文学改良观》，这实在是在新一轮“诗界革命”中一篇极力主张在白话取代文言的同时体式也应破旧立新的战斗檄文，并且他还针对胡适在《文学改良刍议》中的某些说法发起了挑战，来为体式必须破旧立新鸣锣开道。胡适的《文学改良刍议》第二条是“不摹仿古人”，刘半农这样说：“胡君仅谓古人之文不当摹仿，余则谓非将古人作文之死格式推翻，新文学决不能脱离老文学的窠臼。”〔12〕这番挑战性的言说充分反映着刘半农继胡适白话取代文言的主张之后必须进一步对旧诗的格律做彻底破坏的远见卓识。他还表达了对胡适《白话诗八首》中的那种迷恋旧诗体式的不满，进一步发出了挑战：“吾辈欲建造新文学之基础，不得不首先打破此崇拜旧时文体的迷信，使文学的形式上速放一异彩也。”[13]这两点向胡适叫板的话，我们不妨称之为体式破旧。刘半农在该文中还进一步提出了体式的立新，主张“增多诗体”。他这样发挥了一番：

> 尝谓诗律愈严，诗体愈少，则诗的精神所受之束缚愈甚，诗学决无发达之望。试以英法二国为比较，英国诗体极多，且有不限音节不限押韵之散文诗，故诗人辈出……若法国之诗，则戒律极严，任取何人诗集观之，决无敢变化其一定之音节，或作一无韵诗者，因之法国文学史中，诗人之成绩决不能与英国比……此非因法国诗人之本领魄力不及英人也，以戒律极其手足，虽有本领魄力终无所发展也。故不佞于胡君白话诗中《朋友》、《他》二首，认为建设新文学的韵文之动机，倘将来更能再造或输入它种诗体，并于有韵之诗外，别赠无韵之诗……则在形式一方面，既可添出无数门径，不复如此前之不自由；其精神一方面之进步，自可有一日千里之速率。[14]

这段话除了主张新一轮“诗界革命”必须自选或从国外输入诗体，以求体式立新外，也委婉地表达了对胡适《白话诗八首》所反映出来的那种只求以白话取代文言为满足而无视体式上同样要有一场革命的行为的不满。

胡适提倡白话取代文言写诗，作了“白话诗”的“尝试”，有了《朋友》那样的成果。刘半农提倡体式破旧立新，作了用白话又自造新体的“尝试”，有了《相隔一层纸》等成果。如果说这时的胡适“尝试”的只是用白话写旧体诗，那么刘半农“尝试”的则是用白话写新体诗了。所以在新诗史上，虽然胡适名声比刘半农响亮，但无论怎么说在这新一轮“诗界革命”正式发动起来了的1917年，刘半农实在大有走在胡适前头的趋势。这是一场无形的威胁，胡适当然很快就感觉到了，不过他暂时还没有接过刘半农关于体式必须破旧立新的话题作为自己的理论主张加以发挥（这发挥要到两年多以后他写《谈新诗》的总结性文章中才实现，我们后面还要谈。）而是立即投入创作实践，几乎和刘半农写《相隔一层纸》《题女儿小蕙周岁日造像》等同步，有意识地在体式上破旧立新，于1917年秋冬间写出了他的白话新体诗《一念》《鸽子》《人力车夫》《三溪路上大雪里一个红叶》。而作为胡适的同道，响应刘半农体式破旧立新主张的沈尹默，也写了《月夜》《三弦》等白话新体诗。

于是，1918年1月出版的《新青年》第4卷第1号上发表了八首白话新体诗，它们分别是胡适的《鸽子》《人力车夫》《一念》，刘半农的《相隔一层纸》《题女儿小蕙周岁日造像》，沈尹默的《鸽子》《人力车夫》《月夜》。至于该期《新青年》中另有一首胡适的《景不徙》，由于完全是白话古体，则不能列入在白话新体诗之中。

今天，我们称呼的新诗就是这个白话新体诗的简称，因此这八首诗，就成了近百年来的第一批新诗——新诗的样板。而因了新诗样板的产生，我们从此称这第二次的"诗界革命"为新诗革命了。不过，作为草创期间的产物，这八首样板新诗，虽有白话新体的共同特征，但就诗的审美标准和白话与新体融浑的程度而言，它们大有高低之分。可以这样说：胡适的《鸽子》《一念》和刘半农的《相隔一层纸》《题女儿小蕙周岁日造像》就审美意蕴而言都是不错的，但胡适的这两首诗明显地存在着体式上难以破旧立新的问题，如《鸽子》中：

> 云淡天高，好一片晚秋天气，
> 有一群鸽子，在空中游戏。

比一比刘半农的《题女儿小蕙周岁日造像》中：

> 呵呵，我羡你，我羡你
> 你是天地间的活神仙？
> 是自然界不加冕的皇帝！

前者那种缠过脚而留着脚腥味的旧诗词音节表现，说明白话与旧体式之间很难融浑和谐，而后者那种活泼流转的句式安排显示出自由诗体式和白话之间是如此的融浑和谐，两个文本一比较，就显示了白话新体上的高低。当然，我们这样说主要目的不在于比较他们在白话新体追求的程度，而在于以此来显示体式破旧立新上两人积极的程度，胡适的积极性是远远不如刘半农的。

但不管怎么说从这一轮新的诗界革命起，诗须用白话新体来写，已成为从近代向现代转型期间中国诗坛的共识。而也就是从这八首样板新诗在《新青年》发表后，走这条路的人纷纷出现，用白话新体来写诗竟然一时间成了时尚，大学教授周作人等加入了这支队伍；大学生俞平伯等，也加入了；中学教师刘大白等加入了这支队伍，连中学生汪静之等，也加入了；甚至连正在教育部工作、致力于小说创作的鲁迅，也出来"打打边鼓"了。大家边写边探求着特定的情感该用怎样一种白话新体来写更好，有人用白话，有人文白夹杂；有人用口语，有人俗语方言；有人探求有韵的或者无韵的自由体，有人自造或者输入西方诗体，更有人干脆写起了散文诗。五花八门的"尝试"都围绕着一个目的进行：以白话取代文言，让体式破旧立新。胡适这时已完全自觉地意识到要让白话和新体结合起来"尝试"写新诗了。但对他来说要丢弃旧辞藻还容易，要摆脱古典诗词的音节表现和旧格律的镣铐是很艰难的，为此，他聪明地选择了一条新路：翻译西诗，按西诗语言结构中的语法要求来锻炼自己把握白话的能力，按西诗的体式来构建新体。他翻译了美国意象派诗人蒂斯代尔的抒情诗《关不住了》，就尽可能地按原语文学的语言规范和体式规范来译，使得诗行的排列方式、韵脚的调配模式以及每行字数的分布，都与原诗音节数相差无几。这是很典型的格律模式的移植。在《新潮》上发表出来后，他自己很得意，他在《尝试集·再版自序》中就这样说："《关不住了》一首是我的'新诗'成立的纪元。"[15]客观地说，这是一种诗体输入的追求。1919年2月出版的《新青年》第6卷第2号上周作人发表了长诗《小河》，诗前小序中说："有人问：我这诗是什么体？连自己也回答不出。法国波特莱尔（Baudelaire）提倡起来的散文诗，略略相像，不过他是用散文格式，现在却一行一行的分写了。"这可是体制的引进——对一种铺陈式的散文诗写法略作改造，结果自造成了一种白话与无韵自由体结合的白话新体诗，如开首一节：

一条小河，稳稳的向前流动，
经过的地方，两面全是乌黑的土，
生满了红的花，黑绿的叶，黄的实。

胡适对周作人这项追求十分推崇。在《谈新诗》中说到“诗体大解放”时就以《小河》为例说：“这首诗是新诗中的第一首杰作，但是那样细密的观察，那样曲折的理想，决不是那旧式的诗体词调所能达得出的。”[16] 这话说到了点子上。北社编《一九一九年新诗年选》附《一九一九年诗坛略纪》称：“……继而周作人随刘复作散文诗之后作《小河》，新诗乃正式成立。”这就把《小河》的价值提到新诗史意义上了。

以上种种实迹使新诗如何完成草创使命的战略方针渐趋形成，而对社会动向十分敏感的胡适，也因此有足够的底气了。此前，他对刘半农的叫板和体式破旧立新主张的提出采取置若罔闻的态度，只是默默地尝试写白话新体诗，和刘半农不动声色地较劲。虽然他写的白话新体诗难以超过刘半农，但他有号召力，而习惯于看实际的中国，以实践作号召也许影响更大。当仿效者群起，并已形成一股时尚潮流后，胡适也就把刘半农体式破旧立新的理论主张拿过来，与原先自己倡导的白话取代文言的主张结合，变出了一个“诗体大解放”的口号，作为新诗运动的战略方针推了出去。于是在 1919 年 10 月写的《谈新诗》一文中，他正式宣布说：

新文学的语言是白话的，新文学的文体是自由的，是不拘格律的……若想有一种新内容和新精神，不能不先打破那些束缚精神的枷锁镣铐。因此，中国近年的新诗运动可算得是一种“诗体的大解放”。因为有了这一层诗体的解放，所以丰富的材料，精密的观察，高深的理想，复杂的感情，方才能跑到诗里去。五七言几句的律诗决不能容丰富的材料，二十八字的绝句决不能写精密的观察，长短一定的七言五言决不能委婉达出高深的理想与复杂的感情。[17]

这无异于新诗革命的宣言。

但什么是白话呢？它可分几种类型呢？不同类型的白话和新创的体式间又是怎样一种关系呢？不同类型的白话新体和诗性内容之间又表现为怎样一种对应关系呢？胡适、刘半农和其他诗学理论家其实都没有具体而系统地言说过，只有当年一些富有流派色彩的诗歌群体致力于“尝试”新诗的实践活动，提供过一些经验，有待提炼和升格为理论。现在我们来把它们作一番归纳分类，并针对上述几方面问题进行分析。

对于“白话”，胡适倒是有些说法的。他认为“白话是活文字”，至于“活文字者，日用语言之文字”[18]。这多少有点笼统。后来在《白话文学史·自序》中他作过具体一点的阐释：“‘白话’有几个意思：一是戏台上说白的‘白’，就是说得出、听得懂的话；二是清白的‘白’，就是不加粉饰的话；三是明白的‘白’，就是明白晓畅的话。”[19]本着这样的认识，他把新诗中的白话定位于“更近于说话”的语言，并发挥说：“有什么话，说什么话；话怎么说，就怎么说，这样方才可能有真正的白话诗。”[20]胡适这些说法是可以成立的。不过，语言是由基本词汇和语法构成的，不管是怎么样的语言——文言也好，白话也好，都会涉及这两大因素。由此说来，白话的问题必须考虑使用怎样的基本词汇，和遵守不遵守语法规范。所以胡适所谓的“日用语言之文字”也必然因了两大因素的内质有所差别和两大因素间关系的调配不同，会有不同类型之分。根据当年新诗创作的实况，我们可以把胡适的“白话”细分为四大类，即散文结构化白话、文言变异化白话、口语化白话、俗语化白话。新诗的“新体式”，根据当年创作实践提供的情况，也大致可归纳为与绝句、律诗、词曲、古风等体式完全不同的四种：自由诗体、散文诗体、格律诗体、歌谣体。正是这四种“白话”和四类“新体”不同的搭配，形成了草创时期新诗创作的四大体系，它们分别在当年的四个新诗创作群体中集中地或比较集中地显示出来。这四个创作群体分别是“新青年”诗群、“新潮”诗群、“少年中国”诗群和“星期评论”诗群。

三

“新青年”诗群指的是一批围绕《新青年》杂志从事新诗写作的诗人群体。他们是中国新诗史上采用白话新体来写诗的“第一批吃螃蟹者”，成员包括胡适、刘半农、陈独秀、沈尹默、唐俟（鲁迅）、周作人、陈衡哲等。

这个诗群成员的成分较为复杂：他们都有较深厚的旧学根底，又大都留学西方或日本，接受过民主意识的洗礼和西方现代文学思潮的影响，对中国文学必须革新、必须向现代转型有着痛切的感受和自觉的意识。虽然他们中多数并不正式写诗，只是在第二次“诗界革命”的感召下走到一起来的。诚如在这场革命展开初期一连发表了六首白话新体诗的鲁迅日后在《集外集·序言》中所说的：“只因为那时诗坛寂寞，所以打打边鼓，凑些热闹。待到称为诗人的人一出现，就洗手不作了。”这表明他们的聚合和结成一个诗歌群体是有共同的思想基础的，即目标明确：要为革新中国诗歌而共同奋斗。所以，他们对白话取代文言有决心，对砸碎旧格律、自建新体也完全自觉。不过他们毕竟旧学较深，已扎根于心灵深处，那套旧体诗词所特具的趣味腔调一时要摆脱还相当难，甚至还会有一种本能的依恋。为求得对积习的彻底摒弃，他们采取了矫枉过正的办法，竟然把用白话新体写新诗这一件事推向了极端境地。唯其如此，才使这个诗群的白话新体意识有一种矫枉必须过正的强硬。在白话的使用上，他们有意把诗中的白话尽可能散文结构化，毫不通融地实践着对语法规范的遵守。胡适在《文学改良刍议》中首先提出要改良的是“须讲求文法”，以致使这个群体的新诗用语显得特别拖泥带水。朱自清在《论白话》中曾对“须讲文法”导致的后果这样举例说：“流弊所至，写出‘三株们的红们的牡丹花们’一类句子。”这就闹笑话了。讲究语法是会使语言在构成中让分析演绎的逻辑化性能强化起来的，而这正是导致新诗中的白话散文结构化的原因。还得指出：散文结构的白话，总会有大量的连接词、转折词、语气词等虚字和主要成分结合在一起，以致与文言相比这种白话成为极其膨胀的语言了，用它来写诗，必然难以容纳在严谨的格律模式中，非得要求自由不可。于是，为了适应散文结构的白话，新诗的诗体也势必只好选择自由诗体，甚至干脆写成散文诗。在新诗草创期，散文诗之所以有很多人提倡——如刘半农在《我之文学改良观》中就提倡“不限音节不限押韵之散文诗”[21]，而他自己就在最初尝试写新诗时写了《窗纸》等不少散文诗；沈尹默的新诗则基本上都用散文体写的。这正是作为诗性语言的白话选择新诗体式所起的决定性作用。如胡适的短诗《一颗星星》：

我喜欢你这颗顶大的星星，
可怜我叫不出你的名字。
平日月明时，月光遮尽了满天星，总不能逮住你，
今天风雨后，闷沉沉的天气，
我望遍天边，寻不见一星半点光明，
回转头来，
只有你在那杨柳高头依旧亮晶晶地。

这首诗由于是用了高度散文结构的白话来写，也就不得不选择自由诗体式。又如沈尹默的《公园里的“二月蓝”》：

牡丹过了，接又开了几栏红芍药。路旁边的二月蓝，仍旧满地的开着；开了满地，没有稀奇，大家都说这是乡下人看的。

我来看芍药，也看二月蓝；在社稷坛里几百年老松柏的面前，露出了乡下人的破绽。

这是一首散文诗，有对社稷坛的花和开花的情况所作的叙述，也有对“我”去赏花

的叙述，内中以“我”爱看“二月蓝”来暗示“露出了乡下人的破绽”算是有点新意的表现，却没有描写，也乏意境，要说它是“诗”很勉强，但我们得承认：这是新诗的源头，用散文结构的白话写成。这样两首白话新体诗，真够自由了，就诗所要求的音节和谐而言，《一颗星星》还可一谈。这首诗最后两行，前一行只四个字两个音节，下一行竟然一下子是十五个字六个音节，差距如此之大，实在够自由了，而且自由得太散漫了。至于《公园里的“二月蓝”》这样用散文体写的新诗，音节问题更不会讲究，而这个诗群偏偏写散文诗的人特多，如上面提及的周作人的《小河》，他自认为是散文诗；刘半农写的散文诗比沈尹默还多，如《其实……》《案头》《窗纸》《无聊》《晓》《老牛》《三弦》《买菜》《血》等等。诗体确是增多且给人以追求绝对自由之感了。这诚如我们在前面已引述过的胡适那句话：“不拘格律，不拘平仄，不拘长短；有什么题目，做什么诗；诗该怎样做，就怎样做。”此中透现的激烈程度，可不是几近失控了吗？

“新青年”诗群把“诗体的大解放”推向如此极端境地，指导思想很值得深究。这可不是矫枉必须过正这么简单一句话所能解决问题的。探其本意，让人感到他们在“诗体的大解放”后面实隐藏着一个更大的意图：“精神的大解放”。刘半农的《诗与小说精神上之革新》，就提出比诗体革新更重要的精神革新的问题，率先认为诗体革新实是为精神革新扫清道路。上引胡适《谈新诗》中论及“诗体的大解放”，有句话实为自己的此项追求摊了底：“因为有了这一层诗体的解放，所以丰富的材料，精密的观察，高深的理想，复杂的感情，方才能够到诗里去。”〔22〕他还在谈到旧体诗词格律对精神自由的束缚时说：“若想有一种新内容和新精神，不能不先打破那些束缚精神的枷锁镣铐。”〔23〕从这些言论中可以把他的一条思路抽出来：要为精神的解放而作诗体的解放。周作人在《思想革命》中把胡适提出必须打破旧体诗词格律束缚的主张翻上了一层：为了打倒荒谬的思想、颓败的感情。因此，他提出：“文学革命上，文字改革是第一步，思想改革是第二步，却比第一步更为重要。”〔24〕从这三个人的言说中可以窥见：“新青年”诗群把“诗体的大解放”推向如此极端地步，从一方面看，这实在是对诗体必须解放的心太切了，从另一方面看，也反映着一个更其根本的心态：诗体解放的心切乃出于精神解放的心急。这很可注意。

那么这一个诗群如此心急地想要求得精神解放的内容又是什么呢？概括地说即周作人所谓的“要发现‘心’，去‘辟人荒’”〔25〕——即张扬人性人道主义精神。为此，周作人还在《人的文学》中作了深一层的阐释：“我所谓的人道主义，并非世间所谓‘悲天悯人’或‘博施济众’的慈善主义，乃是一种个人主义的人间本位主义。”〔26〕从发现“人”的角度来看人道主义，从而把它定义为个人主义的人间本位主义，使“新青年”诗群在追求“新内容”、“新精神”上显得内涵相当丰富，大致说可以概括为三方面：（1）揭露生存悲苦的人性内容，如刘半农的《相隔一层纸》《买萝蔔人》，沈尹默的《人力车夫》，胡适的《人力车夫》等。《买萝蔔人》是一首带有一点情节和戏剧性特色的无韵自由体诗：寓居在破庙里的“买萝蔔人”被警察勒令搬出，他无家可归而赖了下来，结果被撵了出去。这么一个过程以及这穷苦人痛苦、倔强又无奈的神态都写得十分细腻，颇为传神，结束处写两个旁观的孩子无法理解这个不公道的人世，对他们的心理状态的表现，也为人间悲剧的沉痛留下悠远的余韵。一首短短的诗，竟含有这三方面的丰富内容而又要在容量如此狭小的篇幅中充分表现出来，若不采用散文结构的白话和无韵自由诗体，显然是不可能的。（2）争取国家民主的社会意识，如胡适的《威权》、《四烈士冢上的没字碑歌》，鲁迅的《他们的花园》，陈独秀的《答半农的D——诗》等，《答半农的D——诗》抒发了一股求世界大同并愿为此而献出生命的激情。全作反复咏唱人类应以爱来消解恨，团结一心去追求“真神”的到来，并同去创造一片壮丽的美景——大同世界的实现，却又指出：兄弟姐妹们如今还在苦难中挣扎，那“我”也得回到他们中间去。这首诗是陈独秀因领导“五四”运动而身陷囹圄、出狱后有感于刘半农为怀念狱中的他所写的那首诗《D——！》而作的回赠之作。全诗表现了一场天马行空般的精神活动，抒情内容丰富，涉及面很广，复杂而又具象化的情思在迂回流转中穿插成一幅宏观扫描的艺术画面。当然，它不可否认也存在着凌乱散漫的弱点。但奢谈它的优缺点并存意义不大，值得一谈的是这样一首诗反映着“新青年”诗群极端化的白话新体追求，可以说《答半农的D——诗》虽是陈独秀所作，却系该诗群所特有的散文结构化白话和无韵自由诗体对诗人陈独秀灵感的召唤产生出来的，若用旧体诗词的格律来写，则绝对办不到。（3）谋求个性解放的时代精神，如周作人的《小河》、沈尹默的《月夜》、胡适的《一念》、鲁迅的《他》等即是。《一念》写的是精神世界在高度自由中展开了一场超越相对时空的活动，它以极其夸张的表现而给人不可思议的真实感受，所以这是一首寓意诗，意示着人的个性一旦获得解放，将会发挥巨大的能量。全作把笔力集中在“一念”所及的幅度和速率的描绘上：

我这心头一念
才从竹竿巷，忽到竹竿尖，
忽在赫贞江上，忽在凯约湖边，
我若真个害刻骨的相思，便一分钟绕遍地球三千万转！

这里有着能体现个性解放精神的“力”。这种“力”也只有用散文结构的白话和无韵自由体才能传达出来。胡适在《谈新诗》中自认为他这样的白话新体诗，其“意思神情都是旧体诗所达不到的”[27]，这有道理。

总之，“新青年”诗群用散文结构的白话和无韵自由体相结合的白话新体来写新诗，这样的文本对抒情内容无疑具有极其广泛的包孕性。可以这样说：这一批诗人正是因为采用了这一类几近极端化的白话新体来“尝试”新诗，才使他们的诗在宣扬“辟人荒”中对人道主义具有全方位展开抒情的特色。

值得指出的是“新青年”诗群由于采用散文结构的白话和无韵自由体写新诗，也使他们对人道主义的全方位抒情能有广义的本体象征意味，能进入更深层处的隐秘内涵。本体象征指的是诗人对采用本体呈示的抒情对象中埋藏着一种特异功能，作用于接受者去感应到存在于抒情对象更深层处的意蕴——这样的一种审美活动。这种功能之能发挥，关键之点有二：抒情对象基本上是本体化具象，此中并埋有促人幻思的审美机制。在古典诗词中，本体化抒情对象大都是一些类型具象，如“小桥流水人家”三个对象虽系具象存在，但这“小桥”有多长，又是怎样存在的，“流水”在怎样地流着，“人家”又是怎么个样儿，等等，都没有表达出来，所以说它们是具象物其实并不具体，是一种类型，充其量只能是准本体化存在。类型具象简单、集中，无旁枝逸出，作抒情对象入诗，用文言作载体是够用的了；若要以本体化的具象物作抒情对象，那就只得用白话，尤其是散文结构的白话才适应。用这种本体化的具象物来写诗又要埋入一些能触发人高度想象甚至是幻思的机制，也就进一步要求作为载体的白话具有散文结构性能，而触动抒情对象感发幻思的节奏，不仅要依靠自由诗体式来显示，更要求用特殊的词语组合、跨行、跨节、排句等特殊的形式机制恰如其分地调配与设置，才能获得更灵敏的“触动”效果，这就要求自由诗体式具有更自由一些的性能。所以，“新青年”诗群由于采用极端化的白话新体写新诗，能把广义的本体象征这一艺术手段吸引过来，作更全方位也更深入的人道主义抒情，也就成了势所必然的事。就上面列举的那些诗篇而言，它们所追求的新内容、新境界，大都是通过广义的本体象征而深化地显示出来的。刘半农的《窗纸》，通过诗人对一幅水迹斑斑的旧窗纸上的水迹展开联想，使种种人世间的血肉纷争在一幅窗纸上获得幻象表现，从而对生存现实中残酷而悲苦的人性内容作本体象征的显示，虽然这里一个个作为抒情对象的具象物，诸如“两座金字塔，三五株棕榈，几个骑着骆驼、拿着矛子的”，“满地的鲜血”，“无数骷髅”，“赤色的青蛇”，“金色的夜叉”等等，没有更细致的表现，有点类型化，但它们幻象化地组合成为一幅人类整体的生存缩影图，却有本体的具体性。又由于这是通过高度幻思组合成的，也就使这幅作为人类生存缩影的本体图，有了似实似虚的象征意味，把人类世态万象的残酷、纷乱、悲苦的生存意韵象征地揭示出来。又如周作人的《小河》，是一首寓意很明显的本体象征诗，它通过“农夫”筑堰使“小河”不能自由流淌，造成“小河”积水成患，把两岸秧稻和花草全部淹没的寓意故事，来对个性自由遭受压制而生的殷忧和抗议作了象征的表达。茅盾在《论初期白话诗》中曾说：“我们在《小河》里看到了对于压迫自由思想和解放运动者的警告。”[28] 这可是说到本体象征的点子上了。所以这个本体象征文本动人地体现出那一代人谋求个性解放的焦急心情，也曲折地反映出了那一代人争取个性解放的时代精神。但为什么“新青年”诗群的抒情对象特具广义象征意味呢？为了对此集中作探讨，就不妨专来谈《小河》。应该说《小河》这个本体象征文本，其抒情对象的展示是叙事多于抒情的，而抒情对象作具体而又细致的过程性事件陈述，则和散文结构的白话特别有缘，在功能关系上相互间特别能应合，所以出自“新青年”诗群的周作人所擅长使用的散文结构化白话和《小河》中欲表现的抒情对象也就能一拍即合。再说，《小河》的抒情对象具有一定的情节性，是一个故事，但它负有寓意的使命，故对它作表现时也就不得不采取实体虚幻化策略，以致使这场对抒情对象的叙事有点恍惚不稳，似实非实，似虚非虚，这影响到在体式的选择上也就不宜采用节奏整齐的格律体式，因为格律体的叙事，节奏太集中、整齐，会使叙事所感发的情思凝定，具有既集中统一又单调的表达性能，这就对象征意蕴必须作似是而非的传达不利，适宜的办法是节奏表现情思时能具有恍恍惚惚性能，一种以自由诗体表现出来的凌乱美，从而使自由度越大的自由诗体式也就越具有触发寓意象征的审美功能。因此，《小河》和无韵自由诗体式也就特别有缘了。这里值得特别提一提的是鲁迅。为“打打边鼓”他写了六首白话新体诗，胡适在《谈新诗》中说：“我所知道的‘新诗人’，除了会稽周氏弟兄之外，大都是从旧式诗、词、曲里脱胎出来的。”〔29〕这句话是对的。在新诗的诗体探求上，鲁迅和周作人都能摆脱旧诗词的影响，在白话新体上比较正规地走出了一条以散文结构的白话和无韵自由诗体相结合的路子，这样的路子显得比较正规且有理性的节制。鲁迅这六首新诗在诗体解放上虽也彻底却不走极端。和周作人的《小河》一样，因了诗体的大解放，使鲁迅也有条件搞本体象征。他这六首诗可以说都是这种写法。《他们的花园》中，他用卷螺发的“小娃子”来象征一代意识觉醒者，“走出破大门，望见邻家的小花园里，有许多好花”——新思想的象征，他也得了一朵“拿回家来养着，分外添点血色”，可是自己家有许多的“苍蝇”，纷纷来绕着花飞，染上蝇矢，花也就枯了。鲁迅曾说过：“可怜外国事物一到中国，便如落在黑色染缸里似的，无不失了颜色。”这首本体象征诗正寄托着鲁迅这个心情。

如此说来，“新青年”诗群极端化白话新体的追求，竟为新诗唤来了本体象征。

四

“新潮”诗群是一个围绕北京大学文学院学生创办的《新潮》杂志从事新诗写作的诗人群体，他们是学生，很年轻，而“新青年”诗群的成员全是他们的师长辈。因此，这个诗群是继承并发展了“新青年”诗群以白话新体写诗这个传统的，成员包括傅斯年、罗家伦、俞平伯、汪敬熙、裴庆彪、顾诚吾、程裕清等。他们的旧学不浅，不过还未到扎根的地步；对以白话新体写诗的时尚接受得很快，自觉度却不是很高，所以投入白话新体写诗缺乏理性控制，时不时会让文言词语和旧体诗词音节——特定的节奏构成模式融入白话新体诗写作中。唯其如此，才使这个诗群的白话新体意识没有他们师长辈的“新青年”诗群那样偏激，而显出某种折中倾向。新诗中使用的白话，虽顺着胡适的思路，主张“乞灵说话”，却又认为白话词语的诗性蕴含不足，要从旧诗使用的文言和西方语言中吸收养分。俞平伯在《社会上对于新诗的各种心理观》中就说：“中国现行白话不是做诗的绝对适宜的工具”，“我总时时感到用现今白话做诗的苦痛”，“现用白话有许多不够用的地方，只得借用文言来补”〔30〕了。傅斯年在《怎样做白话文》中则认为“我们使用的白话，仍然是浑身赤条条的，没有美术的培养”，怎么办呢？他提出：“想免得有白话文的贫苦，唯有从他——唯有欧化。”〔31〕这种对白话的态度，就超越了“新青年”诗群，发展了胡适的白话观。尤其值得注意的是俞平伯，还在《社会上对于新诗的各种心理观》中大胆地提出：“文法这个东西不适宜应用在诗上。”〔32〕这可是和“新青年”诗群唱对台戏了。至于体式，“新潮”诗群信奉“天籁”，因此也主张用自由诗体。罗家伦在《什么是文学》中说：“艺术只能辅助天然的美使他愈增其美，决不能以天然的美来强求他的艺术。以天然的美来强求艺术，那就是矫揉的，僵死的。”〔33〕。这使他在《驳胡先骕君的中国文学改良论》中进一步提出："我们的诗总要像说话的神情，像极清楚的散文样子。我们所要做的正是我们心里所要叫出来的。"并据此而认为我们的新诗要像美国大诗人惠特曼一样，"提倡绝对自由不限韵的自由诗"[34]。但是作为《新潮》杂志另一个主编，傅斯年却另有说法。他在"故书新评"中有《宋朱熹的〈诗经集传〉和〈诗序辨〉》的"新评"，其中谈到《诗经》的体格声律时说："做诗断离不了音节，全没有音节便是散文。"还认为《诗经》"真可说是自由诗"，不过"音节的讲究"比律诗还"更觉精细"，并颇带感慨地总括了一句："总而言之，诗经里的诗，体裁是自由的，押韵的方法是参差不齐的，句里边都是有声韵的组织的。这样又自由又精细的音节，是我们做白话诗的榜样。"[35]在体式问题上，该诗群的同仁间不一致，有矛盾，于此可见。但又何尝只是同仁间如此，同一个人前后的说法也有矛盾。俞平伯在《诗底自由和普遍》中坦言："我对于做诗第一个信念，是'自由'。"因此，他颇带点感情地说："我最讨厌的是形式，不但那些音律句法的老谱，叫人皱眉不消说了！就是那些学问上的偶像，所谓'道气'，当做诗的时候，也恨不得远远请他们去。"[36]对诗歌形式的这种否定态度是极端化了。可是在《白话诗的三大条件》中他却这样说："音节务求谐适，却不限是句末用韵。这条亦是做白话诗应该注意的。因为诗歌明是一种韵文，无论中外，都是一样。中国语既系单音，音韵一道，分析更严。现在句末虽不定用韵，而句中音节，自必力求和谐。否则做出诗来，岂不成了一首短篇的散文吗？何以见得它是诗呢？做白话诗的人固然不必细剖宫商，但对于声气音调顿挫之类，还当孜求，万不可轻轻看过，随便动笔。"[37]"声气音调"竟看得如此重，甚至说句中音节是否和谐，是区别诗与散文的根本性标准，这对诗歌形式的肯定态度可有点极端化了。"新潮"诗群的诗学主张出现这么一些矛盾状况，同他们毕竟还年轻、不成熟、知识修养还没有达到融通地步有关，却也不能忽视这种矛盾性，决定着这个诗群在对待以白话新体显示的"诗体的大解放"上，有一种类似青黄不接的现象，他们使用的白话也好，选择的体式也好，让人感到新旧杂陈。说具体点，他们诗中的白话，不是散文结构的，而是时尚词语和文言旧辞藻的杂陈，有点像文言的变种，白话的古奥化；他们选择的自由诗体式，既有"乞灵说话”中得来的口语腔，又有旧体诗中得来的词曲调。这种新旧杂陈使这个诗群的白话新体诗，和“新青年”诗群有所不同。我们在前面已经论及，“新青年”诗群以白话新体写的新诗，自由得拖泥带水、松松垮垮像篇散文；“新潮”诗群呢？则自由得不伦不类，别别扭扭。出现这种情况，我们无需责怪“新潮”诗群的诗人们。诚如上面已说过的，这批诗人没有“新青年”诗群那样为达到“诗体的大解放”这个目的，不顾一切采取有意为之的偏激态度，用散文结构的白话来写新诗。“新潮”诗群强调“天籁”。俞平伯在《做诗的一点经验》中说：“盛兴来了，我们不得不写下来……随盛兴来的诗，未必定是好的，却还不失诗底精神。听他底自然来去，不加一些人为的做作，已是我深信的一条最有效的做诗方法。”〔38〕足见他是任感兴自然出现而采用与此感兴相适应的白话来写新诗的，这样的白话必然会夹杂着一些存在于本能中的旧体诗词语汇和方言土语的表达方式流现出来，形之于文本，也就使这类白话像个拼盘，不伦不类了。俞平伯的一批新诗所用的白话大都是这样，当年就有人批评过。在新诗草创时期出现像他这样的语言现象是有其合理性的，不过作为诗性白话的一种存在状态提出来研讨一下，也有必要。譬如《挽歌·四》：

山坳里有坟堆，
坟堆里有骨头，
骏骨可招千里驹，
枯骨头，华表巍巍没字碑，
招什么？招个——呸！

这么五行诗，从词语看，“山坳里”“有坟堆”“招什么”都是白话词语，“骏骨”“可招”“千里驹”“华表巍巍”“没字碑”是文言词语，而“招个——呸！”则相当粗俗，是带有江南土话表述方式的口语，说它们是一场汉语拼盘大概不算过分。俞平伯的白话，就是这样的。读他的新诗，随处可找到这样的例子：“云皎洁，我底衣，／

霞烂熳，我底裙裾，／终古去遨翔，／随着苍苍的大气；／为什么要低头呢？”（《小劫》）“雨洒白藤，朗朗如玉，／放翁在么？同来踯躅！”（《快阁》）“瓜州一绿如裙带／山色苍茫江色黄／为什么金山躲之水中央？”（《金山塔顶》）这些诗例中的词语、句式，都是文白夹杂的。又如罗家伦的《雪》：

遥想畅观楼中，陶然亭下，
有人带酒披裘，称心赏雪。
那知道地安门前，皇城根底，
还有人穿着单衣，按着肚皮，震着牙齿，
断断续续的叫“了……了……不得！”

前二行的文言词语、句式，后三行的白话，又是一场“拼盘”——文白的杂凑。至于“新潮”诗群的新诗体式，虽说也是自由诗体，甚至是以无韵自由诗体为主的，但也一部分是词曲体另一部分是无韵自由诗体，这种以特定体式显示出来的音节（节奏）感知也是新旧杂陈的。罗家伦在《驳胡先骕的中国文学改良论》中展眼全球诗坛，认为已进入“白话不限韵的诗大盛”时代，所以他提出“新诗的特色”必须遵循“音节出乎‘天籁’”的原则，“凡是有不自然的东西掺在诗中，都要去掉”，去“极力创造白话不限韵的新诗”。但就在发表罗家伦此文的同一期《新潮》上，就刊登着程裕清的《秋千歌》这样体式拼盘化的新诗，前四行是词调，后两行则是自由诗体，不过，不是无韵而是有韵的。如上已述，俞平伯说自己“最讨厌的是形式”，还强调“一切桎梏无论在哪方面都打开，让个性自己去，让它小孩子般的跳跃”[39]。可轮到创作实践就不是那么回事了。闻一多在《〈冬夜〉评论》中对朱自清为《冬夜》所作序文中的话抱怀疑。朱自清说俞平伯能把诗词“腔调”重以“已意熔铸”一番而成了“他自己的独特的音律”。闻一多不认为是这样。为此他引了一些俞平伯的诗作例来论析，如《焦山夕阳楼》：

到夕阳楼上；

漫步上平冈，山头满夕阳。

在他看来这是对“词曲腔调”的“生吞活剥”。又引了《会稽山香炉峰》：

野花染出紫春罗，

城廓江河都在画图；

霎眼千山云白了，

如何？如何？

他认为这是“似熔半熔”、“半生不熟”的，亦即我们说的新旧体的杂凑。据此闻一多说：“俞君集子里几乎没有一首音节不修饰的诗。”[40]这无异于判定俞平伯也好，“新潮”诗群也好，“音节出乎‘天籁’”并没有做到。这确实如此。俞平伯是新诗草创时期以白话新体写诗成绩最不如人意的一个，当年朱自清等对他的新诗评价得甚高，不免令人困惑。不过诚如上面已说过的，这些不伦不类、别别扭扭的白话新体诗，自有其存在合理性，我们也得承认。

为什么这样说呢？这同“新潮”诗群的白话新体诗适合表现一种特定的、为该派同仁普遍拥有的思想形态、精神状态有关，也就是同新诗创作上追求人生价值必须力求“人生化”有关。傅斯年在《白话文学与心理的改革》中提出“白话文学”——包括新诗的“内心”应当“是人生的深切而又著明的表现，向上生活的兴奋剂”，为此他提出一句“去开辟人荒”的口号，并明确地说：“现代文学上的正宗是为人生的缘故的文学。”[41]接着罗家伦也发表了《近代中国文学思想的变迁》，集中探讨“人的价值”，认为“国语文学”是“人生正确思想的工具”，所以是为人生的，而新诗的精神也“就是‘人生化’的精神”[42]。可见“新潮”诗群在追求“新内容”、“新精神”上，比“新青年”诗群要笼统而不具体。他们所感兴趣的是人在世间的凡俗生存感受，生老病死的社会人情以及与人对自然的感兴相结合的生命意绪才是他们诗美追求中的“新内容”、“新精神”，而这种凡俗化的“新内容”、“新精神”往往缺乏理性贯穿，以致呈现出来大都琐碎而不确定。琐碎的感受往往以不伦不类的形式来显示，不确定的感受往往会以含浑不清、别别扭扭的语言来表现。正是这些，大大成全了“新潮”诗群别别扭扭的白话和不伦不类的新体有了用武之地。

上面这种说法在“新潮”诗群同仁的诗创作中可以举出不少例证。不过，这还得从这批诗人特定的心态谈起。罗家伦在《天安门前的冬夜》中有这样一行诗：“光啊！你在何处?”可说是他们共同的心声。这“光”当然也指时代的光明，不过就我们的理解，更多的成分是指认识世界的真理之光，他们找不到这种“光”，因而产生茫然的叹息。傅斯年写于“五四”运动后数月的诗《自然》前有一小序：“我现在自然在一个极危险麻乱的境地，仿佛像一个草枝飘在大海上，又像一个动物在千重万重的迷阵里。”[43] 在这样纷乱的心境里写的这首抒述他精神状态的《自然》，也显得极其纷乱，他说在现实世界中的自己心里“另有一个独立的世界”，而“我在现在的世界里睁着眼睛窥这世界／窥不分明什么，只依稀见得一团团的趣味纠在一块。”这其实是指作为理性的现实存在控制不了情感，而作为情感的内在世界又无法获得理性的认知，这就使一个追求人生真谛的“五四”青年，对“光”——真理该如何去把握显得不确定。这种不确定性具现于下面一点：他在作人生价值追求中找到的只能是茫然、含浑甚至不伦不类的怪诞形相，而那种文白相杂的白话，新旧相浑的自由诗体式也就来为表现这种不伦不类的怪诞形相服务了。于是在《阴历九月十五夜登东昌城》中我们读到他这样的新诗：“夜色明得好，／月影远景映得暗；／梦里的颜色就是这般，／不像清醒白醒时清焕，／年来梦不断，／醒后每追羡。／梦境息息刻刻变；／还记得它的景色，／不离了时明时暗。／拿今夕比它，／只差在一静一流，／行止一般的年牵连，无意愿。／孤伶伶的立着想，／心绪结成些团团。”这些恍恍惚惚的情态，含浑不清的意识，真亏得他用这些文白相混而别别扭扭的白话、新旧杂凑而不伦不类的自由诗体来表现，倒也颇神奇地能给人某种传神味。特别是俞平伯的新诗，白话新体更是怪。

如《仅有的伴侣》的第四章，有十九行，前六行是“可东可西，飞底踪迹；／没晓没晚，滚底间歇；／无远无近，推底了结；／呆瞧人家忙忙碌碌，／只瞧忙碌！／不晓‘什么’！‘为什么?’。”引至此，我们也已有“不晓什么”之感了，但接着是：

飞——飞他底；
滚——滚他底；
推——推他底。
有从来，有处去，
来去有个所以。
尽飞，尽滚，尽推；
自有飞不去，滚不到，推不动的时候。
伙伴散了——分头，
他们悠悠，
我何啾啾！
况——踪迹，间歇，就了结，
是他们，是我底，怎生分别。

闻一多在《〈冬夜〉评论》中说“只听见‘推推’、‘滚滚’，啰嗦了半天”，不晓得“讲了些什么”[44]。成仿吾在《诗之防御战》中则干脆说：“这是什么东西？滚，滚，滚你的！”[45]在新诗草创时期，白话新体的探求实在艰难，在走向成熟的过程中出现这样那样的弯路，是正常的，过分责备俞平伯等“新潮”诗群的诗人没有必要。当然就上引的诗例而言，的确内容有点不知所云；从白话新体的角度看，也太别别扭扭，太不伦不类了。不过正是这样的白话新体，倒才能使“新潮”诗群的诗人们那种认识真实世界的不确定性、把握真实世界的破碎性、感受真实世界的含浑性得到了相当传神的表现。这才是“新潮”诗群的白话新体诗在一部中国新诗史上存在的合理性。

其实，对“新潮”诗群来说，他们半文半白的白话，新旧杂凑的新体，在中国新诗史上存在还有更合理的一方面，即这种独特的白话新体更适合于抒叙结合的本体象征。这要从这个群体偏于作写景的诗谈起。当年鲁迅在给傅斯年的信中曾批评《新潮》上的新诗“写景叙事的多，抒情的少，所以有点单调”，并希望“以后能多有几样作风很不同的诗”。傅斯年在回信中也承认“实在犯单调的毛病”，并进而自责“偏偏这单调是离开人生的纯粹描写”[46]的。写景叙事多作为一种现象，鲁迅的批评是很对的，不过对“新潮”诗群来说这类诗多又自有它的合理性，因为他们文白相浑、新旧夹杂的白话新体，对旧词藻和词曲音节的继承带来了一个好处：适合以写景来感发意境，在白话新体中一旦掺入旧词藻和词曲音节，也就使这批诗人几近本能地偏于写景叙事了。“新潮”诗群接受鲁迅的意见要改正这种单调毛病，选择的办法是使所叙写之景不只停留在现象表现上，而深入到底层挖掘意蕴，就是说要把叙写之景象本体象征化。“新青年”诗群的本体象征功能机制是埋在抒情对象如何呈示的构思上，“新潮”诗群则发挥文白夹杂中白话部分的优势，选择适当时机掺进去作直接抒情，对可能会变得单调的景象、事象予以点拨，起“画龙点睛”的作用。为什么他们选择这个办法呢？是因为他们的白话同“新青年”诗群不同，是不遵守语法规范的，直抒其情也富有跳跃性，更易促人联想，这也就特别有助于对叙写之景事的点拨，在“画龙点睛”的一笔中把象征意蕴点拨出来。所以，本着这样的策略，傅斯年就在发表鲁迅的信的同一期《新潮》上，发表了他的新诗《咱们一伙儿》。这首诗在叙写了春夏秋冬各类花随着季节变换都先后凋败的一片景事后，突然跳出这样几行直接抒情：“杏花，荷花，栀子，梅花——／你败了，我开。／咱们的总名叫‘花’，／咱们一伙儿。”这就是说，从总体上承传的关系来看，“美”是永存的。由此也就显出抒叙结合的本体象征来了。这以后，“新潮”诗群的诗大都致力于走这条路，实践着鲁迅提议的“以后能多有几样作风很不同的诗”的意见。如汪敬熙的《方入水的船》，对一只刚造好入水的船在水浪中驶行作叙写的过程中一次次掺入直接抒情来点拨，最后在结束处来了“画龙点睛”的一笔："走！走！／永远在危险困苦里向前走！"这里的本体象征意蕴被北社《新诗年选》的编者说成是一种"五四"精神的象征性表达。

"新潮"诗群并不成熟，但在不成熟中体现着勃勃生机。

五

"少年中国"诗群像"少年中国"的名称一样，特具青春朝气。

这是一个围绕《少年中国》杂志从事新诗写作的诗人群体。而这个杂志则是由遍及十几个省和在海外的留学生共一百二十多人组成的少年中国学会的会刊。该刊注重文化运动，较多介绍近代西方各种社会学说，从中探讨中国新文化建设的道路，而对作为诗歌文化建设的"五四"新诗革命运动，还特别关注，不仅发表了不少具有借鉴西方特色的白话新体诗，还发表了一批较具现代色彩的诗学研究文章。这个诗人群体的成员包括康白情[47]、田汉、宗白华、周无、黄日葵、王光祈、黄仲苏等。这群诗人也积极支持"诗体的大解放"，并努力地以白话新体写着新诗。不过他们不像"新青年"诗群那样为了维护自己所倡导的新诗革命而偏激到坚持用散文结构的白话和无韵自由体写新诗，也不像"新潮"诗群那样理智上也想用极端的白话新体写新诗，却又并不把旧体诗词在自己心灵中留下的积习当一回事，任其渗入"诗体的大解放"中。以致不伦不类地以文白相混的白话和新旧杂凑的自由诗体来写新诗。"少年中国"诗群总体上给人的印象是落落大方地提倡新诗须把旧体诗词使用的文言旧体以及西方式语言表达方式和新颖体式作为营养，以滋育自身。宗白华当年常和郭沫若通信，谈诗的问题，一次在信中说自己"从小就厌恶形式方面的艺术手段"，另一次信中却又希望郭沫若"多研究古昔天才诗中的自然音节、自然形式，以完成'诗的构造'"，再一次信中婉转地提出郭沫若的小诗"构造方面还要曲折优美一点"，要如"同做词中小令一样"。这是排斥个人喜好，纯从诗学立场提出应该吸收旧体诗词在诗体上积累的经验。康白情在《新诗底我见》里认为："一时代底工具只敷一时代底应用，旧诗要破产。"因为旧诗"遵格律，拘音韵，讲雕琢，尚典雅"，而新诗须"破除一切桎梏人性底陈套"，"自由成章而没有一定的格律，切自然的音节而不必拘音韵"，"以白话入行而不尚典雅"。但同一篇文章里又说："新诗本不尚音，但整理一两个音节可以增自然的美，就不妨整理整理它。新诗本不尚韵，但整理一两个韵就可以增自然的美，又不妨整理整理它。新诗本不尚平仄清浊，但整理一两个平仄清浊就可以增自然的美，也不妨整理整理它。"他还对胡适等认为新诗中的白话要讲究文法的主张，针锋相对地提出"文法也是一个偶像"的说法，并说："作诗又要奉戴一个偶像，更嫌没有自由了"，"我们只求其美，何必从律"，因此他"要高唱'打倒文法底偶像！'"在他看来这也是因为"本来中国文里，没有成文的文法"。康白情在"诗体的大解放"中是调子唱得很高的一个，却又提出吸收旧体诗词在诗体建设上积累的经验，是难能可贵的。特别值得一提的是李思纯那篇《诗体革新之形式及我底意见》。这位在《少年中国》上发表过两篇长论文的法国留学生竟这样说："我以为在旧诗那样固定的形式之下，还能自由运用，以极精巧的艺术，做到了无不能达的意境。那样艺术的美妙可惊，我们只能佩服。反言之，在我们现在这样自由的诗体，无格律的束缚，尽可以纵笔所之，而反做不出更好的诗来，真可以羞愧而死了。"这可是诗体解放大合唱中一个极不和谐之音。他批评新诗"太单调""太幼稚""太漠视音节"，因此在对新诗的创造上除开"精神的内容"而从"艺术及外象的问题"提出今后须"多译欧诗输入范本"和"融化旧诗及词曲之艺术"这两点，特别是后一点，他还这样说："旧诗及词曲的艺术，是很有可称（道）的。所以融化此种艺术，以创造新诗，也可免了许多幼稚直拙的病。"作为胡适等倡导的这场新诗革命运动中同营垒的一员，李思纯这篇文章以及文章中提出"融化旧诗以创造新体"的主张，能通过《少年中国》杂志传达出来，也正表明"少年中国"诗群对"诗体的大解放"这个主张既有支持又有修正的态度，并且他们是落落大方地表明自己的态度的，不像"新潮"诗群那样，有点欲说还休、吞吞吐吐。

鉴于以上的诗学观念，所以"少年中国"在以白话新体来写新诗的追求中，

“白话”显示为不遵守语法规范的口语化特色。如果说白话是一种现代社会人际交流的书面语言，那么口语是一种现场直接交流使用的语言，这也就决定了它的在场感特别强。因此，在口语语境中，言语活动可凭借上下文关系和在场人的表情、态度等所起的辅助作用，省略一些主要成分和关联词语，显示为超越语法规范的成分省略、词序颠倒、关联断裂等等。这也就给口语带来了比白话要简洁、富有弹性得多的特色，其中尤以康白情诗中的这类特色最是显著，也最富于诗性传达的成效。他诗中的词语很多是口语化的，如“活鲜鲜的世界”“眼巴巴”“一溜”“娘们儿”“把把的”“提篓篓”“韵着”“缺儿”“窝窝”等；诗句结构很多是不合语法规范的，如《庐山纪游·六》的第一节：“上山，上山！／一路底白泉；／一路底石桥；／一路底红房子；／一路绿釉釉的松；／一路米黄的萱花；／一路底泡桐树。”每个诗行几乎都是省略了不少成分的，如“上山，上山”，按白话的语法要求看，省略了主语；“一路底山泉”如果用白话来表述，那就得这样：“（我们）一路（上都能碰到奔流着）的山泉。”——紧缩掉八个字。第二节则是这样：

泉到了源头了。
盥我；
饮我；
莹洁的石头爱我。
——拣它五坨回去送我心念着他的。

这里的“盥我”是“我盥”，“饮我”是“我饮”，“莹洁的石头爱我”是“我爱莹洁的石头”，词序颠倒；最后一行中“送我心念着他的”按白话应是“送我（的）心念着他的（人儿）”，省略三个字。这完全是白话口语化了的做法。这样做完全是为了强调所要强调的成分：主语“我”和宾语的修饰成分“他的”（按现在的写法应是“她的”）。所以康白情由于采用口语，就使他的“白话”比“新青年”诗群、“新潮”诗群的诗人们显得要简洁、流畅和富有弹性了。其实这又何止是康白情，

“少年中国”诗群的其他诗人也在这样地追求，如宗白华的《人生》：

理性的光
情绪的海
白云流空，便是思想片片。
是自然伟大么？
是人生伟大呢？

共五行的诗，除了第三行是个完整的、合于“白话”遵语法标准的句子，其余四行都有主要成分省略，第四、五行是标准的口语，它们和第三行之间由于省略了关连词，显出整体的语言结构是一种跳跃关系，能强化接受者的哲理联想。可以这样说：“少年中国”诗群的“白话”已为新诗语言口语化开出了一条道路，为新诗中的“白话”在自身中挖掘诗性功能找到了一个突破口。

“少年中国”诗群由于有意识地让白话在反语法规范的前提下浓缩，以致显得简洁，也就为他们所特具的自由诗体式的形成创造了条件，比“新青年”诗群、“新潮”诗群的自由诗体式的音节表现要鲜明，这是因为白话经浓缩就把一些拖泥带水的关联词语挤干了，以致音节（即后来闻一多说的“音尺”，今天通称的音组）也大致能控制在二字、三字——顶多四字之内，这样几个类型的音节组合起来，也就会使从中显示的节奏比散文结构化白话所显示的节奏要鲜明、流畅得多。如周无的《过印度洋》：

圆天盖着大海，黑水托着孤舟，
也看不见山，那天边只有云头。
也看不见树，那水上只有海鸥。
那里是非洲？那里是欧洲？
我美丽亲爱的故乡却在脑后，

怕回头，只回头，

一阵大风雪浪上船头。

飕飕，吹散一天云雾一天愁。

这首诗很有节奏感，这同组合在一起的音节控制在二字、三字而不越轨有极大关系，也与使用同一个韵并押得很密有关系。胡适在《谈新诗》中说：“这首诗很可表示这一半词一半曲的过渡时代了。”这是根据感觉的言说，语气上似乎有不赞成这样做的意思，同我们从音节类型与押韵的分析出发来谈它的节奏感不一致。其实自由诗体式也要讲究节奏表现，《过印度洋》是摸到一些经验了；而这经验则是对旧体诗词音节构成规律的承续——“少年中国”诗群主张吸收旧体诗词体式创造的经验，在这儿也得到了体现。正是这样一种音节构成路子，使这个诗群的诗人纵然写的是自由体诗，也总富有节奏感，并且这节奏感还是鲜明的。而更重要的意义则是这个诗群的诗人开始自发地在探求新格律体式。宗白华的《生命的流》《有赠》《恋爱》《宇宙的灵魂》《晨兴》等。虽有的押韵有的不押韵，但文本都显示为对应诗行音节的均齐与对应诗节的匀称，这多少透现出一点新格律体萌芽的信息。特别要提出来的是田汉。田汉也许是中国新诗史上第一个自觉地尝试着写诗行音节数均齐或对应地均齐、诗节匀称并且押韵的那种新格律体诗的人，他那时写的、且在《少年中国》上发表的新诗，如《春月的下面》《东都春雨曲》《七夕》《竹叶》等都大致如此做。不妨看一看《竹叶》中的这个诗节：

只有一盏昏暗的街灯

照着他那凄凉的面目，

这时候人家都忙着过年，

谁还来照管他的死活！

这实在和后来闻一多《死水》那样的新格律体探求几乎一样，但田汉的探求要早上六年：在新诗草创期间就已悄悄儿在作这样的尝试了。所以新诗的格律诗体建设大概得从田汉算起。

“少年中国”诗群在“诗体的大解放”中尝试用这样一种白话新体，对该派成员寻求“新内容”、“新精神”是发挥了大作用的。不能不指出：在当年“诗体的大解放”声浪中，“少年中国”诗群并不完全听“将令”，而敢于把“白话”引向口语，不遵守语法规范；自由诗体讲究节奏和押韵，并且还开始探求新格律诗体，以及主张从旧体诗词和西方诗歌中吸收营养来构建新诗体，等等，都是叛逆性或强或弱的体现，内寓着一种拒绝“奴性”的个性主义精神。所以这一个诗群在以人性、人道主义为核心而展开的“五四”文化启蒙中，凸显出来的是以民主个性主义为指归的个性解放精神。康白情在《新诗底我见》中谈到“要得高雅的作品”时指出诗人须“有高尚的人格”。如何使自己有人格的修养呢？他说：“人格是个性的。我们完成我们底个性，使他尽量从偏方面发展，就是完成我们底人格……如有主张要有中和之气的，就要极端的偏于中和；中和到尽头，也就是他底人格底真价。人格底修养没有什么，只是要发展一个绝对的个性罢了。”这一番话强调要发扬个性解放精神。但如何理解“个性”呢？康白情又说：“我觉得‘我’就是宇宙底真宰，我想完成‘小我’以完成‘大我’。”这种以完善自我成为人类的我、社会民族的我的思想，正是一种民主个性主义的理想；而能实现这个理想的“我”则竟然被康白情看成“就是宇宙之真宰”。由此可见，发扬民主个性主义的个性解放精神，被这一个诗群的成员看得何等崇高。有关这些方面见解，在田汉的《平民诗人惠特曼的百年祭》、《诗人与劳动问题》等长文中还有更多发挥。特别是通过对惠特曼的介绍而把田汉自己以及他所代表的“少年中国”诗群那种打破一切传统束缚、展现自我意志进行人生探求和新诗创作的勇猛奋进精神毅力作了充分的表达。因此，当他们在创作中拿独树一帜的白话新体寻找“新内容”、“新精神”，欲在新诗中予以表现时，碰上灵魂深处这股个性解放的激情之流，也就一拍即合了。他们不排斥散文结构的白话和无韵自由诗体，这类白话新体虽拖泥带水、松松垮垮，但极自由，也极自然真率，适合于用散漫的目光去观察、随意之心去感受周围的事事物物，于是，就有康白情用这类白话新体写的《庐山纪游》三十七首，《西湖杂诗》十九首。这些诗给人的印象是诗人心无旁骛，随意抒写，挥洒自如，却也因此而动人地显出了一个年轻人的心灵对世界的开放、对生活的热爱，若不是用这种解放了的诗体来写，是难以达到如此效果的。他们也不排斥文白相混、新旧杂凑——那种多少有些畸形的诗体，这类白话新体虽让人有不伦不类之感，但在现代语境中嵌入古典语境，能产生一种异样的怀旧情调，最适合于表现背井离乡、远涉重洋、留学去国的游子情怀，于是就有周无用这类白话新体写的《过印度洋》，逼真地传达出一个知识青年处在现代文明与传统文明相冲突中的复杂心境，若不是用这种诗体来写，恐怕达不到如此的审美效果。他们更追求用口语化的白话和多少带点格律倾向的体式来写新诗，因为他们的心灵是自由的，对世界的认识是明确的，对人生的冥想是具有哲理深刻性的，而也只有用这种诗体来传达他们此类心灵境界才合适。于是，就有宗白华的《生命的流》这样以富有弹性的口语化白话以及对称均衡、复沓回环的准格律体式来作真率的传达。这些无不证实着一点："少年中国"诗群爱好"自由地、自主地、随分地"作自我表现的人生行为，而这正是他们尊自我意志、求个性解放的体现。田汉有一首抒情诗《火》，是对个性意志的赞美。诗中的核心意象"火"，其实是情意灵思个性化的象征。由于既然是个性化的，则情意灵思必然具有"自由"、"自主"、"随分"的特征，因此"火"的本体就只能是众多个性——"火的笑，火的怒，火的悲哀，火的跳跃／朦胧的火，蓬勃的火，热烈的火／蔷薇细微的火／象牙宫殿的火"等的总和，这样的"火"，又"是现实的火／是神秘的火，／是刹那的火！／是永劫的火"，意谓着生命的存在既可投向现实，又可投向心灵的宇宙；既可沉醉于刹那，又可沉湎于宿命的永劫，更何况"现在的焰，涌出神秘的莲花，／刹那的闪光，照见永劫的宝座！"——只有高度个性化的情意灵思，才能体悟底蕴，汇通一切。可不是吗？就是"火"，能"照见草，／照见人，／照见我"——对互相争斗于"黑暗光明的里面"的自然存在与社会存在，才会洞察其奥秘。所以，诗人对以艺术创造体现出来的"火"——个性精神作了热烈的赞美：

哦！哦！蔷薇的火，象牙的火，
愿借你艺术的光明，
引见我们最大的父母！

这“最大的父母”当然是生命的主宰——宇宙律了。这就是说：只有尊重自我意志，获得个性解放，才会在创造事业（包括艺术）中拥有最高类智慧。这样一个文本正是通过以上种种作错综组合中凸显着的个性解放“新内容”、“新精神”作基础才构成的。但不能忽视：这样一种个性解放的“新内容”“新精神”如果没有田汉所特具的口语化白话、准格律化诗体，是不可能被他选中而进入文本创造视野的。所以，为“少年中国”诗群所擅长也为田汉所拥有的这种超越“新青年”诗群、“新潮”诗群的白话新体，以其随意中显整饬、整饬中求层层推进的诗体创造策略，才能相当顺畅地把个性主义的灵思意绪唤起，把个性解放的“新内容”“新精神”吸纳进文本创造中。

是的，诗体解放和个性解放是有不解之缘的，这对于“少年中国”诗群是一件幸事。

六

“星期评论”诗群成员最少，却别具特色。

这是一个围绕《星期评论》周报（也包括《民国日报》副刊《觉悟》）从事新诗写作的诗人群体。《星期评论》在“五四”新文化运动中表现得颇激进，报道世界与中国的劳工运动，研究社会主义学说，大力宣传俄国十月革命，倡导在中国建立工农红色政权。所发表的新诗，也大都配合其办报主张，揭露剥削制度带来的社会黑暗，讴歌工农劳动阶级，是“五四”民主革命浪潮中特显左倾的诗人群体，成员包括玄庐、刘大白、戴季陶、朱执信、光佛、蔚南、莫芙卿等。这个诗群也支持“诗体的大解放”，胡适的长文《谈新诗》就率先在《星期评论》上发表。周作人、罗家伦、康白情等的诗文也不时在该报露面。不过，他们的白话新体和前面三个诗群有较明显的不一致。他们主张“白话”俗语化，“新体”歌谣化。这当然同他们在“五四”民主革命中特显左倾所导致的诗歌观念有关。玄庐曾在该报发表一篇对“诗是贵族的”这种论调进行批驳的文章《诗与劳动》。明确提出：“今后我们不但不愿意有贵族的诗，而且不愿意再有作诗的贵族”，并举出《击壤歌》和《诗经》中抒唱劳动人民生活的民歌为例，倡导“从劳动者底嘴里唱了出来”的诗，甚至在文章结束处还提出一句口号：“不是劳动者（就）没有诗！”这可代表这个诗群同仁共同的诗歌观念。从劳动者嘴里唱出来的诗，采用的语言无疑须通俗易懂、具有地域语言特色。所以这批诗人进一步悟到用白话新体来写这种诗，采用的白话要求通俗易懂，超越一般白话而口语化还不够，须再超越一般口语而俗语化。与此相应合，采用的体式当以适应劳动者的劳动生活情调，合得上邪许等节奏形态的歌谣化为准。如玄庐《夜游上海有所见·三》：

有讨，讨；有要，要；
三个铜元一顿饱。
冷尖尖的风，黑漆漆的庙，
背贴背儿当棉袄，
糊糊涂涂困一觉。

这里有不少江浙俗语，如“有讨，讨”、“一顿饱”、“冷尖尖”、“困一觉”等都不合“国语”标准。并且，只要在江浙一带生活过的人，都会熟悉这样的节奏体式是从江浙歌谣变出来的，最为“劳动者”所接受和喜爱。如果把这首写“夜游”的诗和傅斯年那首《深秋永定门城上晚景》——同样写“夜游”的诗作个比较，二者的白话新体差距实在很大。“星期评论”诗群并不抓住文言而排斥白话，也不抱着旧诗词格律而不想采用新体。刘大白后来写的《旧诗新话》一书中收有《新律声运动和五七言》一文，有这么一段话：

我是主张诗体解放的，并不主张诗篇非受外形律底束缚不可，说没有外形律便不成为诗。但是同时也承认诗篇并不能完全脱离声律，并不主张诗篇中绝对不许用外形律……所以我虽然主张诗体解放，却对于外形律能增加诗篇底美丽的功用，是相对地承认的。……对于旧诗中的五七言的音数律，却承认它确是经过自然淘汰而存在的道地国粹。新诗中不要采用律声，不要采用音数律便罢；如果要采用，与其无意义地欢迎舶来品，不如保存这较有意义的道地国粹。

这段话是1920年代末期讲的，却是回忆他在新诗草创期间对"诗体的大解放"所抱的态度。刘大白在"星期评论"诗群活动的那些日子里，对"诗体的大解放"所抱态度确是这样的：既要诗体解放，却也要适当重视外形律；而要重视外形律，则就须继承旧体诗词外形律的传统经验；即能照顾到一点音节的谐和就尽量照顾，能在体式构建中讲究点均齐平衡也就尽量讲究点，但这种"照顾"与"讲究"不能极端，以致变成格律模式，走向诗体解放的反面。这在他的《卖布谣》等诗中都可见出。《卖布谣》计两首，同一格式：前三节都每节四行，每行两个音节，绝对地调和，成了句的均齐与节的匀称——即每节四行，每行四个字的格律形态，但第四节却都破格，有六行，六行中前五行每行都四个字，均齐，后一行三个音节六个字，不一致，诗节内部有了变化。这样做就有了格律与自由两类体式的统一，让整齐推向变化，让变化承续整齐，这类体式就既不散漫得成了散文，也不整齐得显出呆板。刘大白是如此对待"新体"的，玄庐同样这样做。他的《秋夜·（二）在野坂底》前四行是这样："几棵大树黑簇簇，／树下几间茅草屋；／板门关得静悄悄，／家家困得稀烂熟。"这四行很讲格律，每行三顿（即三个音组）七字，整整齐齐。但第五到第九行就自由了起来，是这样："其时月光横过茅屋顶，／茅屋顶上抹落几堆大树影。／月亮亮清清，／树影阴森森，／有人为'车夜水'开出门。"

虽然这五行因押韵而使相互间能结成一体，但诗行音组数不统一，长短不齐，节奏感散漫了起来。这散漫是对上面四行太整齐的冲击，一整齐一散漫合在一起反能增强节奏感兴的刺激。但随即又出现最后两行：

绷的一声门闩落，
惊起邻家小儿哭。

又回到音节整齐、字数划一的格律化表现了。所以这样一首诗体式是"整齐—散乱—整齐"的演变过程，表明玄庐懂得格式构成的辩证法：太整齐了须以散乱来调节，太散乱了又须以整齐来调节。

"星期评论"诗群这种白话新体追求还有几个特点：（1）俗语化的白话虽然词语上使用许多俗语，但语言结构本身还是同"新青年"诗群一样，总是尽量遵守语法规范的，如戴季陶的《可怜的我》："我往哪里走？／我跪在什么人的面前？／我要立起来，／那许多狰狞古怪的偶像，／定要迫我跪在他的面前。"句子相当完整，主要成分和关连词语不随便省略，词序不随意颠倒，但它成分旁逸和复合句不多，所以不像"新青年"诗群所用的白话那样散文结构化，而比较凝缩；（2）多用上四下三的七字句，上二下三的五字句，二二式的四字句以及三字句，以此作基础来显示他们所追求的歌谣风格，但即便如此也还是尽力做到遵守语法规范。如玄庐的《富翁哭》："工人乐，／富翁哭！／富翁富翁不要哭，／我喂猪羊你吃肉／你吃米饭我喝粥。／你作马，我作牛，／牛耕田，马吃谷。……"全是三字句和上四下三句组合成。玄庐还有《怎么样？》一诗："糊涂怎么样？／毫不觉悟。／觉悟怎么样？／难得糊涂。／倘使没有糊涂人，／那里显得人觉悟？／总算有了觉悟者，／文化源头觉到死？"这是"二二"的四字句、上二下三的五字句、上四下三的七字句都用上了。这种句式既是旧体诗词的基础，又是歌谣的基础，但它们又很守语法，凭这点又近于白话了；（3）这一批诗人由于采用上面四类句式来构成"新体"，也就使他们的"新体"显示为词曲腔调传承下来的歌谣体；但由于用语遵语法，所以又不全同于歌谣体那种感兴化叙述的复沓回环节奏，而显出层层推进的节奏特质，从而决定了“星期评论”诗群的“新体”作为歌谣风的准自由诗体，具有逻辑化叙述性能。

所以，“星期评论”诗群独特的白话新体追求导致一项很重要的内容发生。

逻辑化叙述不同于感性化叙述。后者偏于单个事象的意象化表现，事象间的组合凭依的是感兴功能上的对等原则，而前者则偏于一串事象的演绎化表现，事象间的组合凭分析功能上的逻辑推论，这使逻辑化叙述具有事件过程性表达的特色。“星期评论”诗群的白话新体既然具有这种叙述的性能，无形中也会影响这批诗人对社会生活中事象的过程性特征更关注。“星期评论”诗群爱以过程性很强的事象作为抒情对象来印证主体的情思意绪，也就为他们的诗歌世界构筑起一道特定风景了。这个诗群由于在“五四”民主运动中偏于从阶段分析看世界，所以也使他们的诗歌世界有两种构筑类型，一种是直接抒发劳动者阶级向往革命的政治意绪，另一种是通过揭露社会不平事件印证阶级革命的政治意绪。他们颇写了一些直接抒发劳动者阶级革命之情的新诗，这类诗可以说是中国新诗中最早一批政治抒情诗，如玄庐的《入狱》《兵官》《工人乐》《富翁哭》《朋友？动？》《姓甚？》《忙煞！苦煞！快活煞！》《起劲》等；刘大白的《红色的新年》《劳动节歌》《五一运动歌》《劳动歌》《淘汰来了》等。一直以来，新诗研究界总把这类政治抒情诗看作“星期评论”诗群成就的标志，予以很高的评价。当然，这批诗中确也有写得思想性与艺术性都较高且二者统一得较好的，但总体来说写得空泛，缺乏真切感受，想象飞翔不起来，特别是气势不足，力感不强。政治抒情诗大多是直白式的，直白要有鼓动性，如果没有一股气势，鼓动的力感不足，就会流于空洞，概念堆积而无力。刘大白、玄庐这类诗即使和胡适的《四烈士冢上的没字碑歌》比，单从气势、力感上看，也是要逊色的——虽然胡适这首诗也只是一些热气，同样空泛。这说明这个诗群作直接的政治抒情并非所长，究其原因，同这个诗群的白话新体更适宜于作逻辑过程化叙事而不适宜于作直接抒情有关。唯其如此，也才使他们和另一种诗歌世界的构筑类型——通过揭露社会不平的具体事件来激发阶级革命的政治意绪挂上了钩。所以他们写得较为成功的文本也就大抵是一些具体揭露阶级不平、社会黑暗之作。戴季陶的《懒惰》是一首揭露社会不平、有一定情节的喜剧性讽刺作品：一个“穷光蛋”向“老爷”叩头求布施一个铜元以救饥，“老爷”振振有词地说“不作工的人／应该要挨饿”，“虽然我有的是钱”，也不给“好吃懒做的穷光蛋”。“穷光蛋”的回答极妙：自己从“不敢懒惰”：“可怜我要作工呵，／又没有人肯要我”，而“一天磕了几百个头”求“老爷大人”，还布施不到一个铜元，这样勤奋的“作工”还要被看成“好吃懒做”，谁愿意过！这一场社会不平事件的叙述以“穷光蛋”反唇相讥作结，意味深长地表达了被压迫者的反拨情绪。它简练集中的过程性表现是有歌谣叙述风格的，而这正是这批诗人独特的白话新体所达到的效果。刘大白的两首《卖布谣》，歌谣风格的过程性事件叙述，比戴季陶的《懒惰》要生动和深刻得多。《卖布谣》总体讲，是通过土布与洋布之争把帝国主义的经济侵略给中国农村小手工业者带来的灾难揭露出来。前一首叙述得抽象一点，属于情况介绍一类，“嫂嫂织布，／哥哥卖布。／卖布买米，／有饭落肚。”这是介绍农村小手工业者穷困艰辛的生存方式，但即使是最水平线以下的求生日子，也过不安稳，因为洋布进入市场了：“土布粗，／洋布细，／洋布便宜，／财主欢喜。”作为布的主要销售对象——“前村财主”们从此也就不要土布了，而“饿倒哥哥嫂嫂”的前景也随之显出来。但“饿倒”的远愁还未出现，近忧却已到来——这就有了第二首《卖布谣》。“哥哥”、“嫂嫂”在饥饿线上挣扎的情况进入了具体的描述：“嫂嫂”是“布机轧轧，／雄鸡哑哑，”——直干到“四更落机”，而“哥哥”则“五更赶路。／空肚出门，／上城卖布。”这一对小夫妻真的算勤苦了。可谁料得政府维护洋人利益，根本不管百姓死活，这就有了“上城卖布，／城门难过；／放过洋货，／捺住土货”的畸形社会现象。可这还不够，情节还要发展：

没钱完捐，
夺布充公。
夺布犹可，

押人太凶！

"饶我饶我！"

"拘留所里坐坐！"

原来卖布也要纳税，不纳税布卖不成，不仅如此，布还要充公；充公也不够，还得到"拘留所里坐坐"，真是一波未平一波起。这场叙述，过程很细，也很曲折。最后两行超越叙述而进入了一场对话，作了戏剧性表现。而这里的对话还颇带点给人以俗语的幽默和悲喜剧的真切感，而歌谣风的体式更为它增添了一种司空见惯、不足为怪的情味。是的，这是一场悲喜剧叙写，却比单纯的悲剧表现更沉痛，能使人陷入沉思："黑暗王国"只有彻底摧毁，人民才得安生。这场从过程性叙述推向事件的表现，若没有用这一诗群所特具的白话新体来写，是难以达到如此审美效果的。特别值得一提的是玄庐的叙事长诗《十五娘》，它写的是佃农五十和织土布的妻子十五娘的悲惨命运。他们原本的小家庭生活过得还安定温暖，但在封建土地兼并加剧、殖民统治扩大经济掠夺的情况下，自给自足的小农经济生活彻底毁掉了，五十租不到田，不肯坐吃山空，竟离了妻子外出去垦殖场拓荒，结果被机器碾死在那里，十五娘年年盼等不见丈夫归来。这一个家破人亡的悲惨情节抒写，可说把半封建半殖民地中国农村分崩离析的现实惨景作了深刻的揭露。玄庐和"星期评论"诗群的同仁一样，把偏左的政治激情寄之于阶级不平、社会黑暗的具体事件揭露上，所以《十五娘》的题材真是他所特感兴趣的。这首生活内容含蕴量多、情节性强、过程时间长却只用了八十多行写成的叙事诗，对玄庐来说笔墨大多花在叙述上，即使有抒情也是在事件叙述中带出来的，分量极有限，如此做正是他通过特殊的寄托以表达政治激情所要求的，因此也就不得不要求叙述的浓缩而又不破坏事件过程的连贯性。客观地看，这些都逼使诗人在"诗体的大解放"中寻求特殊的白话新体来完成这场创造。而玄庐，如同前面已述的，他和他的同仁一样，习惯了使用俗语化的白话和歌谣风的新体，这种白话新体所渴望的用武之地，正是具有逻辑推论性能、富有较复杂的过程性的社会事件，拿这样的社会事件（或就说抒叙对象）

来施展这种白话新体的特殊功能。就这样，二者一拍即合了。不妨引一节看看它的叙述：

月光照着纺车响，
门前河水微风漾，
一缕情丝依着棉纱不断的纺。
邻家嫂嫂太多情，
说道："十五娘你也太辛苦了
明朝再作又何妨。"

这里既写了十五娘艰辛地织布的情景和由此带引出来的一番思念丈夫的内心活动，又写了邻里来访，对她倍加赞美和怜惜的场面，从而体现出她生活的孤寂无依。这么多内容若不采用为该诗群所特具的白话新体，是难以浓缩叙述内容而又不丧失情景感兴的。正是这种为江南地区所通用的俗语和与此类俗语相应的江南民谣色彩的体式，使这场苦难人生的抒情能顺畅地通过社会苦难实况的叙述传达出来。可以说这种歌谣风格的体式对这首叙事诗的过程性叙述获得精炼、集中而又不失感兴韵味，起了很大的推动作用。

综上所述，我们可以说："星期评论"诗群在"诗体的大解放"中所探求到的白话新体，使中国新诗超越一般人性人道主义为内核的民主主义抒情，召唤出了阶级革命抒情，且获得了发扬光大。由于这是对劳动者进行阶级革命意绪的灌输，所以他们的新诗也只有采用俗语化的白话和歌谣风格的体式写，因为只有这样，才能为劳动者阶级所喜闻乐见。可不是吗？20世纪30年代起，大写工农武装斗争新诗的中国诗歌会的诗人群体，和1942年延安文艺座谈会以后在抗日根据地掀起的大写工农兵的新诗，采用俗语、歌谣体结合而成的诗体风行几十年而不衰，若追溯其源头，实是新诗草创期"星期评论"诗群这一项白话新体建设传统的继续与发展。

在“诗体的大解放”声浪中确立起来的中国新诗，也就以以上四大诗群所推出的四大类白话新体，为沿袭数千年的中国诗歌开出一个既继承传统又合于世界潮流的、全新的现代诗歌世界。

结束语

中国新诗这场“诗体的大解放”和四大诗群各自对此的探求，在1919年与1920年之交达到了全盛时期。随着1920年3月胡适的《尝试集》的出版，新诗轰轰烈烈的“诗体的大解放”也终于走向尾声。胡适不但是发动第二次“诗界革命”、提出以“诗体的大解放”来展开“五四”新诗运动的代表，也是会聚在“诗体的大解放”大旗下的四个诗群草创新诗的精神领袖。既然如此，那么在大力提倡“诗体的大解放”中胡适自己“尝试”白话新体获得的成果——《尝试集》，无疑也成了这四个诗人群体各自探求白话新体写新诗所获得的多项经验的结晶。

胡适写诗的才能不足，从诗学标准看，这本诗集质量不高，但从历史唯物主义的角度看，它的意义是大的，它不但是中国新诗中的第一本个人诗集，也是新诗能破土而出、矗立于中华诗国的一块里程碑。

但《尝试集》的出版还有一项重大意义必须提出来，这就是它宣告了中国新诗的草创终于获得了成功。成功的标志是：沿袭几千年的中国诗歌用语有了彻底的变换，以白话取代了文言；与之相应的是砸断旧体诗词格律的束缚，探求了、自造了新的、多种多样的体式。正是这白话新体通过《尝试集》中的作品和其他四大诗群的创作实践，证实了诗体的大解放为中国社会向现代转型中涌现的多姿多彩的时代人生内容，已进入一代新诗人把握与表现新世界的视野，为新诗真切而全面地反映现代中国社会铺砌了一条能让人阔步前进之路的路基。

从1920年3月以后，“诗体的大解放”之声开始沉落，四个诗人群体的活动也渐渐走向了低谷。但就在这时，新诗坛遥传来一串“立在地球边上放号”般的雄朗之声；“凤凰涅槃”后再生的欢乐颂，在中华诗国荡漾开了……

那是郭沫若的声音。

还是在1919年的秋天，远在日本留学的郭沫若，偶尔从国内寄去的《时事新报·学灯》栏上，读到了康白情的一首新诗：《送慕韩往巴黎》。那诗里有这样的句子：“我们叫了出来，／我们就要做去。”他惊奇了：“这就是中国的新诗吗？”于是他也写了，寄给了《时事新报·学灯》，并且也是在1919—1920年之交的几个月里，他的《黎明》《夜步十里松原》《地球，我的母亲》《晨安》《立在地球边上放号》《凤凰涅槃》《天狗》《炉中煤》《光海》等，相继在《学灯》上发表了出来。

历史是多情的，它给中国新诗坛以奇妙的巧合：当《尝试集》的出版宣告中国新诗序幕的谢落，中国新诗的正剧也以《凤凰涅槃》的发表而徐徐拉开了幕布——

一个动的宇宙、力的境界出现了！

注释：

〔1〕《中国新文学大系·建设理论集》，上海良友图书公司1935年版，第10页。

〔2〕韦勒克、沃伦《文学理论》，刘象愚等中译本，三联书店1984年版第186页。

〔3〕《中国新文学大系·建设理论集》，上海良友图书公司1935年版，第17页。

〔4〕《中国新文学大系·建设理论集》，上海良友图书公司1935年版，第309页。

〔5〕《中国新文学大系·建设理论集》，上海良友图书公司1935年版，第297页。

〔6〕萧友梅《歌社成立宣言》，陈聆群等编：《萧友梅音乐文集》，上海音乐出版社1990年版，第318—321页。

〔7〕刘再生《我国近代早期的“学堂”与“乐歌”——登州〈文会馆志〉和〈文会馆歌唱选抄〉之史料初探》，见《音乐研究》2006年第3期。

〔8〕钱仁康《学堂乐歌考源》，上海音乐出版社2001年版，第3—4页。

〔9〕《朱自清选集》第2卷，河北教育出版社1989年版，第303页。

〔10〕《朱自清选集》第2卷，河北教育出版社1989年版，第305页。

〔11〕《朱自清选集》第2卷，河北教育出版社1989年版，第304页。

〔12〕《中国新文学大系·建设理论集》，上海良友图书公司1935年版，第66页。

〔13〕《中国新文学大系·建设理论集》，上海良友图书公司1935年版，第67页。

〔14〕《中国新文学大系·建设理论集》，上海良友图书公司1935年版，第70页。

〔15〕《中国新文学大系·建设理论集》，上海良友图书公司1935年版，第315页。

〔16〕《中国新文学大系·建设理论集》，上海良友图书公司1935年版，第295页。

〔17〕《中国新文学大系·建设理论集》，上海良友图书公司1935年版，第295页。

〔18〕 胡适《尝试集·自序》，引见《胡适诗话》，四川文艺出版社1991年版，第236页。

〔19〕《胡适文存》第3集第8卷《白话文学史·自序》，引见《胡适诗话》第508页。

〔20〕 胡适《尝试集·自序》，引见《胡适诗话》，四川文艺出版社1991年版，第251页。

〔21〕《中国新文学大系·建设理论集》，上海良友图书公司1935年版，第70页。

〔22〕《中国新文学大系·建设理论集》，上海良友图书公司1935年版，第295页。

〔23〕《中国新文学大系·建设理论集》，上海良友图书公司1935年版，第295页。

〔24〕《中国新文学大系·建设理论集》，上海良友图书公司1935年版，第201页。

〔25〕《中国新文学大系·建设理论集》，上海良友图书公司1935年版，第193页。

〔26〕《中国新文学大系·建设理论集》，上海良友图书公司1935年版，第194页。

〔27〕《中国新文学大系·建设理论集》，上海良友图书公司1935年版，第296页。

〔28〕 杨匡汉、刘福春编《中国现代诗论》上编，花城出版社1985年版，第310页。

〔29〕《中国新文学大系·建设理论集》，上海良友图书公司1935年版，第353页。

〔30〕《中国新文学大系·建设理论集》，上海良友图书公司1935年版，第359页。

〔31〕《中国新文学大系·建设理论集》，上海良友图书公司1935年版，第223—224页。

〔32〕《中国新文学大系·建设理论集》，上海良友图书公司1935年版，第358页。

〔33〕《新潮》第1卷第2号。

〔34〕《新潮》第1卷第5号。

〔35〕《新潮》第1卷第4号。

〔36〕《新潮》第3卷第1号。

〔37〕《中国新文学大系·文学论争集》，上海良友图书公司1935年版，第264页。

〔38〕《新青年》第8卷第4号。

〔39〕《新潮》第3卷第1号。

〔40〕 闻一多《〈冬夜〉评论》，引见《闻一多诗全编》，浙江文艺出版社1995年版，第361页。

〔41〕《中国新文学大系·建设理论集》，上海良友图书公司1935年版，第204页。

〔42〕《新潮》第2卷第5号。

〔43〕《新潮》第2卷第3号。

〔44〕 闻一多《〈冬夜〉评论》，引见《闻一多诗全编》，浙江文艺出版社1995年版，第364页。

〔45〕《中国新文学大系·文学论争集》，上海良友图书公司1935年版，第322页。

〔46〕《新潮》第1卷第5号。

〔47〕 康白情也有人把他划归"新潮"诗群，如胡适在《谈新诗》这篇长论文中就有这样的说法："此外《新潮社》的几个新诗人——傅斯年、俞平伯、康白情——也都是从词曲里变化出来的。"把康白情划归"新潮"诗群不是没有道理的，因为《新潮》是北京大学文学院的学生办的，康白情就是这些

学生中的一个，且在《新潮》上发表过不少诗文。不过，康白情是很活跃的人物，和社会上联系广泛，他也在《新青年》、《少年中国》、《星期评论》、《时事新报·学灯》等上面发表诗文。从社团和社团的负责人角度看，康白情在新潮社不是主要角色，他也没有主编过《新潮》杂志，但在少年中国学会中，康白情是主要成员，《少年中国》月刊有一个编委会，第一卷（1919年7月至1920年6月共12期）的编辑主任是李大钊，副主任就是康白情，作为少年中国学会的实际发起人王光祈还排不上号，而编务工作是康白情负责的，前八期王光祈做了实际工作，这一卷大量诗歌的发表，并形成一个"少年中国"诗群，和康白情的实际负责工作有很大的关系。并且，康白情自己的大量新诗也在《少年中国》上发表，其数量超过在《新潮》上发表的，特别是长篇诗论《新诗底我见》也在《少年中国》第1卷第9期的"诗学研究号"头条发表。根据这种种，我们把他划入"少年中国"诗群。更值得指出的是他这时的白话新体解放得相当彻底，受西方现代文学思潮的影响很深，这使他的诗风和周无、田汉等较接近，和傅斯年、俞平伯就有了相当的距离。从这点称他是"少年中国"诗群的主要成员也说得过去。

论新诗成长期抒情领域的扩大与主题思路的拓展

新诗成长期无论抒情领域或者主题思路，比起草创期是大为拓展了。但必须看到，这是和这期间诗人创作动因的多元化大有关系的。

任何诗人，不论他的创作如何个人化，也还是排除不了社会现实在他心灵中的投影。进而言之，一代诗人的创作动因说到底总来自他们所赖以生存的时代环境，亦即来自社会生存氛围的感染和现实事件的刺激。新诗成长期所处的1920年代，正好是时代大动荡、社会大转折前夕，也就是“山雨欲来风满楼”的先兆期。它有两类迹象表现，首先一类是属于政治的。这期间，我们国家正处在国内外政治斗争形势都十分险恶的处境中，国难家祸之下的广大人民生无宁时，灾难日积月累，到此时也行将总爆发了。诚如太阳社诗人殷夫在1928年写的《地心》中所说：

> 我枕着将爆的火山，
> 火山的口将喷射鲜火深红。

这样的预感是有充分的现实依据的。正是这些年，世界列强的殖民势力几乎是争先恐后地向我们伸来魔爪，企图彻底瓜分中国。震撼世界的“五卅惨案”“九一八”事变等，无不以无数志士仁人的鲜血记录着一个民族巨大的屈辱历史，这是众所周知的。至于国内，各路军阀为争夺地盘正在连年混战，而段祺瑞执政府动用机枪来对付手无寸铁的请愿人民所制造的“三一八”惨案更是惨绝人寰。此外，还有轰轰烈烈的国民革命军北伐。原本是一件可以为历史增添光辉一页的大事件，可谁料到竟然以上海的“四一二”大屠杀和无数革命志士的头颅作了祭礼，还以持续数年的全国性白色恐怖作为1920年代的收场。其次一类先兆迹象是属于文化的。那时的中国正处在一个新旧观念交杂着且冲突得十分激烈的文化转型阶段，“五四”文化启蒙运动所带来的西方人文主义思潮，来势汹汹，向具有超稳定结构的老中国封建伦理文化发出猛烈的冲击。但是，后者所持有的传统文化惯性，在外在生活方式和那一代人的精神领域中，还保持着巨大的控制能量，其反弹力实在也不可低估。正是这些，使一代中国知识者——特别是他们中对人文意识分外敏感的诗人们，深感社会文化生态的失衡和混乱，以致在不知所措的窘境中滋生了精神孤独感和文化无所皈依感。诚如沉钟社诗人冯至在短诗《车上》中所说的：

咳，孤苦的魂灵儿

你飞翔——

向何方？

这种心境正是文化转型期一代诗人陷入心灵迷惘的反映。于是，在这些年里，新诗坛提供给了我们一个矛盾的畸形的抒情世界。如汪蔚云，在《青春》一诗里诗人所塑造的抒情主人是一个大革命失败后落荒而走的青年知识者，他在失去人生方向后，竟沉湎于“肉的沾合”，并以此中所得的“唯美的享乐”来麻醉自己，以期让“一切人世的哀怨都化作春风飞散”。又如方玮德，原是深居象牙塔吟哦个人小哀怨的唯美诗人，忽儿在《二十生辰》一诗中说：摆在自己面前可供选择的，有三条人生道路：“刀，佛，酒”；使他神往而终于选定的已是“磨利的血刃”，并要求自己“再莫像以前的颓唐”，“城头上枪声是何等的紧张”，“战场上不容你贪睡”。一个是从真理转向颓废，一个是从象牙塔里的安分守己转向与现实拼搏的狂热，都是极端对立的两种人生理念的杂陈，反映着走向现代化过程中的一代文化迷惘者因精神失调而引起的灵魂骚乱。总之，这些因政治险恶和文化失调所显现的时代大动荡先兆迹象，使成长期的诗人们纷纷改变了将写诗作酬唱之用的社会交往习惯，彻底成为表达自我心灵的必然行为了。这种把创作动因从温柔敦厚的运思转为随心所欲的自由抒写，也就使新诗从成长期起开始转变自身职能：从写诗作为社会交际手段转变为个体生命的一种存在方式。这一场诗人的自我身份认定是很值得注意的。

这场诗人的自我身份认定却也引起了他们创作动因的调整，并进而促成了新诗成长期的抒情领域与主题思路的拓展。抒情领域主要指题材，这很容易理解。主题思路的理解较复杂一点，须多讲几句。它是须和母题联系起来谈的。根据拉丁语，“母题”的词源就是动机，也就是我们所说的创作动因的意思，而主题思路则是母题的一种特殊的表达形式，母题的特殊化，或者可以理解为从一般到个别这一过程的结果。由此说来，主题思路该是从母题——创作动因中分出来的，是一场个别而又具体的抒叙内容的抽象概括。这样的解释当可让我们认识到一个母题可以化出多条主题思路；一种创作动因，可以写成不同主题思路的作品。这也就是主题思路的拓展了。以此类推，如果创作动因随着时代等因素而调整，更多元化，主题思路也就随之有了更广泛的拓展。成长期的新诗，抒情领域与主题思路之所以拓展得如此大，也正是这个道理。

对此我们是可以举出一些例证的。

例证之一是出于同一个创作动因——抒写亲情，却完全可以使作品具有不同的主题思路。如冰心，她尤其喜爱抒唱亲情。在《繁星·七五》中：“父亲呵！／出来坐在月明里，／我要听你说你的海。”《繁星·八〇》中：“母亲呵！／我的头发，／披在你的膝上，／这就是你付与我的万缕柔丝。”《繁星·七一》中：“这些事——／是永不磨灭的回忆：／月明的园中，／藤萝的叶下，／母亲的膝上。”她对亲情表现出了最大的爱，至上的美。同样写亲情，《创造季刊》第一卷第四期发表了冷玲的长诗《我不能忘记》，就不同了。这首诗的抒情主人公是一个极尊重自我意志的叛逆女性，她欲远去他乡读书，虽父母极力反对，但她还是走了。从此父亲不再理睬她，她虽多次“和泪和血”地“哀恳”家庭谅解却始终得不到原谅。忽一日她得急电：母亲病危，速归。于是她匆匆踏上返家途程：“旅店，鸡声，寒鸦夜话”，“暮宿朝行”，但赶到家后，才知是骗局，自己落得个“困着猪圈／安着牢狱／更服从一切势力”的待遇。她“忿极”，因而写下此诗，控诉亲情是至大罪恶。诗前有一小引，说希望此诗“能引起一些人对家庭问题的同情”。这两人的诗作一比较，格调全不相同：冰心温柔敦厚，冷玲却凌厉激越。冰心把写亲情的创作动因化为爱与美的主题思路；冷玲则把写亲情的创作动因化为恨而忿。这无疑显出了主题的拓展。

例证之二是抒写人的临终心情，也出于同样的创作动因却显出主题思路极大的不相同。徐志摩的长诗《爱的灵感》写一个女性临终前的心情。诗篇为她设计了一段情节：很多年前她就默默地爱上了一个男子，为了扼制这段绝望的情感她选择远走他乡，却因此受尽生之折磨，以致重病缠身。临终前，那男子才得知这一秘密，于是赶去抱住弥留的她，而她这时竟感到“无比快乐”，并喃喃地说：“这样抱着我直到我去”，“直到我飞，飞，飞去太空”，“散成沙，散成光，散成风”。这是够浪漫的。由此可以概括出一条主题思路：为爱情而死是至美的。另有一个囚徒诗人——革命斗士浪白，却另有一种临终心情的抒写。诗篇写他被绑在牢中柱头上将被处决，在临终的前夜他留下了一首绝命诗《在柱头上》。诗中说：“我今夜已锁在柱头上”，“铁，冰冷，沉重，不能动”；等待着“残酷的非刑”；“火，迸涌，熊熊，血，殷红”。面对宰杀的威逼，他大喊：“滚开吧，罗曼蒂克的同情”，“这儿有义愤的胸膛”，何惧“手枪白刃”；这世界“月的波在律动”，“产业的车轮在迅速的转运”，“我们”也总会“冲开这牢笼”。这首绝命诗发表时编者有一句附告：“浪白君此诗成后不久，即被杀于狱中。”根据这种种，我们可以为这首《在柱头上》概括出一条主题思路：为真理而死是至崇高的。总之，出于同一个创作动因的临终心情写成的《爱的灵感》与《在柱头上》，其主题思路是如此的不同。

据此看来，在时代现实极其动荡、新旧文化交替杂陈的新诗成长期，诗人们倒真是摆脱了传统诗歌模式，展现出创作动因的多向性，主题思路也因此大有拓展。因此，我们将以如下三大类创作动因为起点，来对成长期新诗抒情领域的扩大与主题思路的拓展作考察：（1）生不安顿与社会苦难的抒情；（2）个性解放与自我表现的抒情；（3）宇宙视野与生命皈依的抒情。

一、生不安顿与社会苦难的抒情

如果说新诗草创期的诗人们，创作动因大都落实在个性解放与人性尊严的抽象命题上，那么到成长期，则已开始转向时代现实了。这使得此期间多数诗人更关注社会的平等与生存的和谐，而这作为一个创作动因，也就有了多种生活概括的方向，进而对合于时代演变逻辑的主题思路作了大拓展。

可以说整个新诗成长期的诗人们在抒唱社会现实中广大人民没有平等、失去生存安宁的苦难感受上，比起草创期诗人们来，表现得更加全面和贴切。所谓表现得更加全面，指的是这些社会现实的苦难感受，既来自封建宗法制社会的威逼，也来自兵匪灾祸，更来自专制政权的奴役与殖民势力施加的民族压迫。

宗法制由封建社会沿袭而成，是一套为维护贵族世袭统治而制订的制度，它来自父系家长制，显示为嫡长子——宗子的统治系统。这宗子作为本族族长，掌管族中一切大事，维护族中地主阶级的统治。中国农村封建势力根深蒂固，宗法制作为一种原始宗族记忆势力不小，潜存在广大农民的意识深处，以致有形无形地成了对族众的生存制约方式，因此代代沿袭。时间一长，宗法制势力制造的种种惨不忍睹的现象，以及给广大人民带来的苦难，似乎已习惯成自然而使得人们对此熟视无睹，这是一条无形锁链，带给广大人民的苦难如同是用橡皮包着钢条打人，其内伤外面看不出，却特别残忍。在这方面，何植三的《何尔美夫人》和《爱素嫂嫂》有代表性。《何尔美夫人》同草创期玄庐写的《十五娘》堪称姐妹篇，表现的也是丈夫外出谋生而死在他乡，家中妻子（“十五娘”与“何尔美夫人”）一生等待，守节终老，给人以永恒的生存哀感。《爱素嫂嫂》写一采茶少妇在和大家一起采茶时受一男青年鼓励而唱了一曲山歌，回家后竟被丈夫毒打，被族人蔑视，因为宗法制统治下男女授受不亲，违者族权可以惩罚。当然，这算不得特别了不起。触目惊心的还在于：宗法制统治下的受害者——广大下层人民自身的人性也异化了，他们竟也变得残忍成性，麻木不仁。特别值得一提的是刘宇发表在《新月》上的叙事长诗《械斗》，这首诗突出地表现了这种人性异化。该诗写的是边地某处的两个庄子，只为了新庄一个妇女被老庄一个不懂事的孩子骂了一句，竟引发出两庄一场械斗。在械斗中双方各由族中“太公”捧着祖宗神牌押阵，勇壮男丁全都上阵，老少妇女呐喊助威。结果，多少汉子倒在血泊里，多少妇女顷刻成了寡妇。诗篇写至此，宗法制统治下农民人性扭曲的野蛮行为表现得已够淋漓尽致了，本已可以停住。但刘宇却还要把情节发展下去，让不分胜负的两个庄子按惯例杀死俘虏，制成“肉饼”，并于翌日挑着肉饼同赴镇上，划一空地，然后各派一汉子来比赛吃人肉饼，实际上双方的参赛者大口吃的是自己庄上那些被对方俘虏去的亲人的肉，哪一方吃得多，才算这场械斗胜利。在比赛中，两庄的人都为自己这方吃人肉者呐喊助威，一时间兴奋异常，忘乎所以。刘宇对这些残忍到令人难以置信的事件的描写，有极端自然主义追求的一面，却也有其艺术策略上的考虑：正是这些残忍场面所形成的强刺激，促成这场“械斗”整个儿成了宗法制统治下中国人民——特别是农民经受精神宰杀的象征，使这场“械斗”因此而升华为人性异化的哲理性表现。这场血淋淋的苦难表现，比起《何尔美夫人》《爱素嫂嫂》等无疑深刻得多。这种深刻也正表明，从同一个创作动因出发，《械斗》的主题思路比起《爱素嫂嫂》等来要更加拓展。

兵匪横行给人民带来的灾祸与苦难，可说是贯穿1920年代中国社会始终的，新诗曾长期大面积抒写这方面的现实情状。发表在《文学周报》第199期（1925年11月15日出版）上的组诗《土匪走后——寨破后之一幕》，对土匪奸淫掳掠无恶不作的惨景作了全面的写实记录。全诗从土匪攻陷村寨写起，一直写到土匪走后又再次返回，继续来劫掠。残忍的场面以少量情节连贯，一幕又一幕呈现出来。其中一首《土匪走后》特写了一个农家的遭遇，可以说是这场社会大悲剧的浓缩。它写一个普通农家，房子被土匪烧毁，两个企图反抗的儿子大的在家门口被击毙，小的被打得半死倒在路边，被逼成半疯的老娘唤着埋在火中不知生死的老头以及被“杆子”抢走的女儿和大儿媳。后来，老头子总算从火堆中逃脱出来，衣不蔽体的大儿媳也踉跄着回来了，一见丈夫尸体“顷刻间两眼白瞪／四肢直挺”，昏死了过去。老俩口抱着奄奄一息的小儿子和大儿媳正哭成一团时，村街上枪声又起，村民纷纷逃奔——土匪又回来了。二老挟起大儿媳和小儿子，没入逃命的人群，而“可怜的这具尸体／被踩成肉泥”了。这些全是实写。作者李景阳在这组诗后面有个“附言”，说他是“亲历故里尚店被土匪攻破”，“亲见惨不忍睹的场面”的，而自身则是“幸得免者”，“数年来此惨剧之图像时映脑际，乃提笔以写此篇”。可见这是极真实的社会现实抒写。叶绍钧写于1924年的报告体长诗《浏河战场》则实写了那年江南地区军阀混战后的悲惨景象。作者以调查团团员的身份，于战后去“浏河”实地调查。这已是战事结束一个月后，可惨景仍触目惊心，忍不住把这一片被炮火毁坏的村镇惨景一一作了如实记录。被毁的街道房屋、流浪归来却无家可去而发疯的老人、为夫死子亡哭天喊地的妇女、沿路倒着的尸体、战壕里积满的血污、荒废了的田园等，都作了细致的叙写，而兵匪横行给人们带来的灾祸与苦难，也得到了悲愤的抒叙。总之，《土匪走后》也好，《浏河战场》也好，凸显出来的是诗人对人祸引发社会苦难的悲愤控诉。但新诗成长期以揭露人祸为目的进行抒情的诗人，除了用上述那类主题思路来表现以外，他们也还作了新的开拓。王任叔（巴人）在那期间写了一些叙事诗，其中有一首《洪炉》也写土匪，却展现了全新的主题思路。这首长诗同样写兵匪杀夺的世界，家破人亡的景象，在《洪炉》中诗人却通过勤劳善良的农民铁儿被迫走向“匪群”的经历，十分典型地反映了封建极权统治下中国农村一场压迫与反压迫的斗争。铁儿原本“家中虽是清苦”，“生活虽是劳碌”，却尚有“父母妻妹团聚的欢愉”，对生活是知足而无非分之想的，只因耕牛冲坏了“獗民”的马而不得不赔偿损失，弄得“田地没了”，“好马的粮食吃着我们的血了”，还逼得妻子含恨自尽了，他于是也豁了出去，加入“匪群”，亲手宰了“獗民”，但自己的父亲却也被豪绅捕杀，母亲病亡，妹妹被迫卖身。铁儿从此成了亡命徒，并以他为首建立起一支土匪队伍。诗篇进一步展开了抒叙：这批群氓既给封建统治势力以沉重打击，却也无节制地大搞破坏，滥杀无辜，给广大人民带来极大灾祸与痛苦。诗篇真实地写出了铁儿和他这支土匪队伍中人的灵魂已被扭曲、人性全已异化的情状，从而展现出了双重的社会苦难。这里有王任叔现实主义的深刻性，同时也对揭示时代现实的黑暗与社会人生的苦难这条主题思路作了全新的拓展。

社会生活的苦难感受更来自独裁政权对人民的极权统治。此项主题思路在新诗成长期则有惊人的拓展，显示出这一主题思路新诗写作可贵的历史深刻性。有关这方面，我们首先要提及“三一八”惨案引发诗人们写下的一批诗。1926年春天，北京一批爱国青年为反对北洋政府丧权辱国、卖国求荣行为，于3月18日在段祺瑞执政府门前请愿、抗议，军警竟然向手无寸铁的请愿者用机枪扫射，一时间铁狮子胡同血流成河。这就是震惊全国的“三一八”惨案。刘半农在事发四天后出版的《语丝》上以“范奴冬女士”为笔名发表了《呜呼三月一十八》一诗，全诗一片悲愤，为这场骇人听闻的屠杀事件率先发出了控诉和抗议的强音。还有一位惨案的现场亲历者、在枪林弹雨中死里逃生的韦丛芜，惨案后也写下一批诗，其中《我披着血衣爬过廖阔的街心》一诗，向世人公开了他亲历的这场大屠杀的全过程，悲愤之情难以自抑。特别是“屠杀之次日”他在雪中恍恍惚惚行走了很长一段时间后所写下的那首记录自己精神状态的诗《我踟蹰，踟蹰，有如幽魂》，更为感人。诗中写道：在屠杀后的古都，阴风细雨的死街上，“我”仿佛听到“打倒帝国主义”的口号声中夹杂着“一阵的嘲笑”，枪声中夹杂着“一阵的哭声”。还表现了他在精神近似崩溃的恍惚中，满腔忧国忧民的沉痛转向了另一番心灵感受：“消不了的是生的苦恼，／治不好的是世纪的病。／惊魂未定的我呵，／耳鼓里尽鸣着嘈杂的声音。”可见对这场悲愤事件的抒情已导向人活在世上无法消解“生的苦恼”的绝望，悲中之愤和愤中之悲在双向交流中推出了一个反对卖国求荣的爱国青年因报国无门而无比悲苦的精神面貌。胡风的《给死者》则从另一个角度来作悲愤抒情。他称颂死者的生与死都在“火样地”显示他们的鲜血不仅染红了反动政权那些“爪牙”们的手，“也染红了我们的心”。纵然这一场屠杀带来了“爱人的寒夜／慈母的黄昏”，使“我们的心颤动了”；造成了“骨肉狼藉！／血肉黄尘”，使“我们的心愤恨了”；却也激起了我们的觉醒：“来呀，来呀，我们的兄弟！”——团结起来去同“我们的仇敌”搏斗！在“愤极”中激发起来的抗争意志极强烈。可见从揭露“三一八”惨案和控诉北洋政府极权统治的这一批诗，不仅有对苦难的悲愤感，也有对苦难的时空广延感，更有对苦难的抗拒感，主题思路是层层拓展的。把这种反专制独裁的抒情作了主题思路更深广的拓展的，是此期间一批追求民主主义的革命诗人，他们在反专制统治中为真理受难而写下的这类诗更值得珍视。郭沫若在如火如荼的白色恐怖日子里写的、后来收入《恢复》中的诗篇，蒋光慈的《乡情》，殷夫的《在死神未到之前》，都有着对社会苦难更深广的主题思路开拓。这里值得提一提洪灵菲。这位日后为革命献身了的诗人，在1927年12月11日广州暴动被镇压两个月后，即1928年2月10日，写下了抒情长诗《在货车上》，对C城B路上一辆辆满载着殷红鲜血还在流淌的尸体的货车作了悲愤的抒情，充分展示了中国人民在反专制统治过程中的苦难情景。货车上堆满的是一批反抗阶级奴役的奴隶，他们头一天“勇敢地张着叛乱之旗”投入了与“压迫阶级的血斗”，期待着“用我们的刺刀去刺开我们的血路”。也就在一天以前，“这儿建筑着民众政府，城里有万千招展着的革命的旗”。可如今C城却成了一座死城，货车上堆满了头一天还在欢呼自己自由解放的奴隶们的尸体。全作笼罩在一片浓重的政治感伤情绪中。不过文本又把这场大悲愤大苦难推向了一个光明信念：“明朝哟，一轮有力的太阳又会来照着你们的死脸”。这是对苦难的超越，而全作也就通过全新的社会斗争题材和最后胜利必然属于被奴役的劳动者阶级的坚定信念，使抒唱社会平等的主题思路得到更大的拓展。

最后来看这一代诗人为殖民统治势力带给中国人民的深重苦难而作主题思路拓展的情况。1920年代列强对我们民族的压迫与欺凌是层出不穷、难以数计的，但最轰动全球、震撼国人灵魂、使大家深感到我们民族在这地球上已临近毁灭境地的，莫过于1925年发生在上海的“五卅”惨案了。这一年的5月31日，英帝国主义公然敢于在上海南京路上向反对帝国主义侵略的中国人民大游行队伍用机枪疯狂扫射，一时间死伤无数，血流成河。这一事件激起全国人民义愤，纷纷罢工、罢市、罢课以示抗议，诗人们也以诗投入这场反帝斗争。郑振铎率先在《文学周报》发表诗作《为中国》，继而又在《小说月报》第十六卷第七号上发表了《卷头语》和《我们的中国》《沼泽》《墙角的创痕》等五首诗；朱自清、王统照等也纷纷写诗，控诉帝国主义暴行，激励中国人民的反帝斗志。王统照的散文诗《烈风雷雨》在悲愤的情绪抒发中能显出极其高亢的斗争意志，他说："我们要实现吐火的梦境，我们要冲碎血铸的洪钟，我们要用这金蛇的电光遍射出这激动的光亮，要用震撼大地的雷霆来击散阴霾"，"为要求灿如朝花的将来，我们……情愿将此混沌的世界来重新踏反，重行熔化，重行陶铸"！当然这一些还是代表整个中国社会发出的抗争的宣谕。可贵的是另有一些诗人能面对这场惨案把自己的民族责任感激发出来。焦菊隐在《我的祖国》中一方面为"羸弱的祖国"太息，另一方面又为自己无能力"荷枪，备骑，趋战"而"呜呜哭泣"，同时又恨自己徒然摇响警钟，却无法使"寻梦的弟兄"去奋起抗争，"打倒敌人"。文本展现出来的复杂心境，反映出了诗人在民族大灾难面前怀着强烈的爱国意志在作自我灵魂拷问的情状：我该怎样来捍卫祖国尊严？由这一方面延伸出来作反帝爱国抒情并显得真挚感人的是王独清。他在得到"五卅"惨案的消息后立即奋笔写下长诗《我归来了，我的故国》，由巴黎回国，一心想来尽一份捍卫祖国尊严的责任。惨案四周年时殷夫写了《血字》，既回忆了惨案发生的往事，又把自己摆进去，不再停留在自我灵魂的拷问上，而是抒发了自己挺身而起、走向爱国实际行动的真情。尤其可贵的是：《血字》还进一步抒发了殷夫面对这场惨案更坚定了意志：投身革命，推翻丧权辱国的反人民政权。为此，诗人还作了这样的抒情："我是一个叛乱的开始，／我也是历史的长子，／我是海燕，／我是时代的尖刺。"的确，这场惨案使一代中国青年觉醒了。而从这样的角度出发来对民族遭受屈辱的苦难感受作抒情，使争取社会平等、生存和谐的主题思路有了更大幅度的拓展。

不过也不能不指出：新诗成长期在对社会现实与生活处境作抒情领域的扩大与主题思路的拓展中，有人却怀有一份历史的无奈感认为这种种努力最终还得归于虚无，社会决无平等，生存永难安顿，并且还导向一个结论：这是一条无法违拗的宿命规律。应该说这种宿命的哀感实在是一代诗人对社会的苦难感受太强烈也太无奈所导致的。徐蔚南的《荒港风雪》很能说明这一点。该诗写风雪弥漫的日暮时分，一条航班船上有个老妇人望着眼前似曾相识的荒港，突然回忆起五十年前同一天的往事。那年她还只有七岁，也是这样一个日暮时分，她跟着打渔的爹娘漂泊在“一条荒寂的长长的港里”，这时江上风雪弥漫，橹已折断，小船靠不了岸，更无法返回村庄。爹娘在与风雪、恶浪作搏斗，她则被丢在破网堆里冻得发僵，而就在这时饥饿又猛然袭来，父母与她只能抱成一团徒叹奈何。后来雪停了，半圆的月亮升起，却送不来一丝暖气，更填不得一点饥肠，绝望之余爹用破芦席当柴烧了一锅热水，三人权当充饥、添暖，方避过“荒港风雪”中死神伸来的魔爪……从如梦般的回忆中转过神来，当年七岁的小姑娘已经是老妇人了。她终于认清这就是久违了的那个荒港，薄暮时分风雪弥漫中的荒港。面对着此情此景，她忍不住喃喃自语起来：“呵，这些情景犹在我眼前，／不知今天可有和我五十年前一样?”这个结尾不仅沉痛，也是意味深长的。经历了五十年的风风雨雨，从当年的小姑娘到今天的老妇人，她改变贫困的地位了吗？没有！在人生漂泊的旅途中，她对生活的前程始终是处在绝望的茫然中的。因此，全作也成了一个隐喻，采用情景轮回的构思策略来隐示中国人民的生不安顿、社会苦难，原是宿命性的，永难摆脱的。由此可见：诗人们通过自己的诗祈求社会能平等、生存能安顿，这样的主题思路再开拓，也还是被苦难永恒而不可违抗的宿命意念所牵制着的。

这是新诗成长期主题思路拓展的腹地深入。

二、个性独立与自我表现的抒情

1920年代和“五四”文化启蒙运动发生的时间最接近，而“五四”文化启蒙的核心内容是个性解放，所以在新诗草创期，个性解放是诗歌革新者所追求的一条主要主题思路。到新诗成长期，这条主题思路也还是贯穿整个1920年代，为诗人们所不断拓展的，只不过这期间已不再停留在追求个性解放的激情抒发上，而转向与自我表现连在一起的个性独立抒情。这种追求，成了那一代诗人很重要的创作动因，决定了诗人们抒情领域和主题思路的更大幅度的拓展。

以自我表现来显示个性独立的这种创作动因，大都成了诗人的一个艺术视角。在草创期郭沫若写的一些诗中这个视角就具现在文本中，如《新阳关三叠》中，他说："太阳哟！你便是颗热烈的榴弹哟！／我要看你'自我'的爆裂，开出血红的花朵！"这就意味着：任何光明美好，都来自自我，都是一场自我表现。《天狗》则不仅以"我把月来吞了，／我把日来吞了，／我把一切的星球来吞了"和"我是月的光，／我是日的光，／我是一切星球的光"等抒写来作自我表现，还以"我食我的肉／我吸我的血，／我啮我的心肝"等自我为粮的抒写，和"我在我神经上飞跑，／我在我脊髓上飞跑，／我在我脑筋上飞跑"等自我为路的抒写，来象征无需依靠他人的个性独立精神。这种让个性独立与自我表现联系起来的艺术视角，到新诗成长期还提升成为一种理论主张，被人大力提倡。郭沫若在写于1923年5月的《我们的文学新运动》中说："我们反抗不以个性为根底的既成道德"，并且还提出"要自己种棉，自己开花，自己结絮"，"要自己做太阳，自己发光，自己爆出些新鲜的星球"。这些都是主张个性独立的说法。他还以黄河、扬子江为喻，提出人应该像这两条大河一样，"承受天来的雨露，摄取地上的流泉，融化一切外来之物于自我之中，使为自我之血液，滚滚而流，流出全部之自我。"这就是自我表现的形象化说法了。可以看出，郭沫若就是把个性独立和自我表现联系起来的，而这也成了当时诗坛抒情领域的风尚。大致说诗人们循此投入创作，选的是两大艺术视角：生命自主和生命解化。从这两大视角出发，诗人们大大地拓展了以个性自主为终极目标的主题思路。

先看从生命自主出发作抒情领域的扩大与主题思路的拓展。

抒写生命自主，在新诗成长期涉及几个领域。第一个是外在世界。在这领域里诗人们对现实中人的生命自主作着大力追求。湖畔诗社这方面追求特别执着。该社共四个成员，所写的诗以大胆抒唱爱情为主。潘漠华抒唱得最是凄苦。如雪峰在《若迦夜歌》一文中所说的，潘漠华由于“被盲目的命运所摆布，爱了一个礼教和世俗都不允他爱的女郎”。不过当最终要作出爱情的抉择时，这位诗人却写了一首表达自己行动和决心的话：“寻新生命去！”在这句话为题的诗中，他发出了不同凡响之声，说要想“生存于新的意味里”，必须走自主的路：“我们相依逃亡吧”！“尽我们光明的血汗，／去日夜创造我们的宇宙”！这当然是一种人生行为的自主表现。冯雪峰对行为自主的抒唱显得大胆泼辣。在《这深山中只她一个人》中，写一个住在云雾弥漫的深山中的少妇，期盼有情人的到来，忽有一个猎人寻踪至此，询问可有一只麋鹿跑过，她竟这样回答：“有呵，有呵，猎人，／这里有一个雌的，美的，／她带着麝香引诱你。”这可是通过一场奇幻事件来显示她对性爱的强烈渴求。这种主动挑逗和大胆追求，就是人的行为自主的表现。第二个领域是诗人们的内在世界。在这领域里诗人们对心灵生活的自主作着追求。成仿吾曾写有《诗十六首》，把他充满梦想的心灵洒脱地展示了出来。在其中一首《梦一般的》里这样抒唱：“茫茫的行路，／不住的梦中飞渡。／倦了醒来，／醒来仍梦，／啊，我们的劳动，／都是为的这梦。”对此，郭沫若有段话说：“真理要探讨，梦境也要追求；理智要扩展，直觉也不忍放弃”，这“确是一切人的共有天性”，只有这样地度过一生，“才不失其所以为完满”，所以应该“尽力地去扩充”这种心灵自主度。倪贻德的《登剑门放歌》，抒写的是他“心中沸腾着的热血”在“恣情地迸发”时，大自然中的种种存在在他心灵自主的精神状态中全化成“生命的泉流”，野草野花也因主体意愿的外射，“都在蓬蓬勃勃地长”。这里展示出了诗人内在世界的高度心灵自主和获得了这种自主能力时的狂喜。除了以上两方面以外，却也涉及在社会、自然、生态环境中这些自主也会受到种种阻挠。因而转为对现实反叛或对人生绝望的抒情。对反叛现实的抒情，首推郭沫若，他草创期写的《匪徒颂》对反抗社会规范的众“匪徒”作了崇高的赞美，在新诗成长期他还写了《前茅》《恢复》两本诗集，来反叛因社会压迫甚至阶级压迫而导致的生命自主无法实现的社会现象。朱公垂的《火之洗礼》对这种反叛更强烈，甚至提出要把“金的塑像”和宫殿统统埋葬在“融融的火光中”，把丧失了个性的“可怜的人们”的旧皮囊也全丢在火里。从这首赤裸裸抒发叛逆之情的诗里可以看到：这种反叛的抒情还深入到针对抒情主体自身受污染的精神现象。潘漠华《再生》中的抒情主体要在“心野里”重新“燃起几堆野火”来烧毁旧我，“完全再生我自己”，就是对阻拦生命自主的精神文化恶势力进行深一层的反抗。对无法获得生命自主而陷入颓唐、绝望的抒情，王独清是个典型。他有个性解放的迫切要求，但现实却使他陷入难以获得生命自主的深渊中，以致只能在生活中扮演一个“要以悲哀的寻求为我人生的开始”的角色。在《我漂泊在巴黎的街上》《我从 café 中出来……》等作中，这个角色因失去灵魂家园的无所适从者形象而凸显出来。王以仁的诗则显示为在生命更高层次上寻求存在自主而不可得的迷茫和无所适从。他的《落花曲》借无复旧容颜的落花来倾诉内心旷远的哀感，并把自己比作落花，又把落花称作“漂泊的残魂”。长诗《哀歌》则写“我”把自己的灵魂撕碎后丢给流水，冲入大海，让他四处漂泊或埋入泥土，与“漂游的枯骨”为伴。这种在更旷远的背景中显示生命无法自主的苍凉感的诗作，更拓展了寻求个性解放中生命无法自主这一类主题思路。

值得指出的是，生命自主抒情是必须藉自我表现来具现的。但自我表现的“自我”有多种形态。不同“自我”的表现，会牵涉到生命自主抒情领域的扩大，也使主题思路得到更大幅度的拓展。从总体上看，生命自主抒情的自我表现有两大类：我的自我表现与群的自我表现。这两大类又可以再分，我的自我表现可分为个体分裂和个体扩张两种表现，所谓个体分裂型我的自我表现指的是在一个特定时间段里，生命自主的个体自我表现抒情所发出的完全是两种声音：一会儿纯粹个人哀乐人生的欢唱，一会儿则变为个人献身社会的高歌。王独清这方面最是典型，郭沫若也有类似迹象。创造社一批小伙伴，《黄花岗上》的作者黄药眠、《花圈》的作者杨正宗、《鲛人》的作者裘柱常、《梦与眼泪》的作者邱韵铎，以及诗合集《百合》的作者饶超华、成绍宗、曼华等，都有这种作派。所谓个体扩张型自我表现指的是一个诗人在同一首诗中让纯个人哀乐与社会献身交杂在一起，成了矛盾结晶体，或者说革命斗士与时代浪子双重身份的叠合体。这样一来个体自我也就扩张了。值得指出：这里的“矛盾结晶”也好，“双重身份的叠合”也好，对立的双方都是互为因果地共存着，浑然一体的。于是也就出现了像蒋光慈的《给某夫人的信》，冯宪章的《幽情》这一类诗，诗中的革命意绪以个人的哀乐为转移激发出来，而个人的哀乐则以革命意绪来寄托。如《给她》，竟然有这样一个奇特的抒情逻辑：激起"我"仇恨并去同旧世界"决个我活你死"的，是这个社会逼着"战罢归来"的"我"只能"日夜都匿在黑暗的书房"里，不能跑到"爱我的你"那里去"领受你的温情与柔意"。群的自我表现也可以分为个体群我化的和群我个体化的两种。太阳社诗人殷夫的诗是群的自我表现处理得最好的，他的长诗《一九二九年的五月一日》就是个体群我化极动人的自我表现，而《议诀》则是群我个体化极动人的自我表现。从以上种种例析中可以见出：生命自主抒情所具现的自我表现虽只两大类，却有多种型号，按这么多种自我表现写成的诗，其抒情领域与主题思路极不单一，要求大幅度拓展当是必然的事。

抒写生命解化在新诗成长期也涉及展开的几个领域。第一个是投入梦幻。一批诗人在这领域里是对解化现实困惑作追求。新月诗派对这一方面的追求特别感兴趣。朱湘凄苦的一生中全是借精神投入梦幻来解化生命困惑的，以致最后竟以投江自尽来完成他在人世间无所寄托的终极梦游。在《月游》中，"我"驾着嫦娥所赐的象牙车，过雪山、冰川回乡，神游了神幻世界，已显示出他从梦幻世界寻求生命解化的迹象，《泛海》则是对这个领域的全面占领。全诗创造了一个泛舟大海的梦游世界。这里浪花似白鸥，波涛如龙脊，鲸雏戏洪涛，浊浪砌金墙，水沫四溅如玉盘滚珠，珊瑚生辉若西天日落。在这片神境里，"我要拿大海为家"，听"绡帐前龙女拨琵琶"，"任天风播入无涯"。全诗致力于创造一片如梦似幻的泛海境界，龙宫生涯，让生命消融进去，忘情于现世人生，解化困惑生命。类似的情况，在闻一多的《创匣》、徐志摩的《月下雷峰影片》《云游》等中都也有体现。《云游》中说："那天你翩翩的在空际云游，／自在，轻盈，你本不想停留／在天的哪方或地的哪角，／你的愉快是无拦阻的逍遥。"这种梦幻世界的逍遥确可解化生命的困惑，麻醉现实的忧患。第二个领域是投身时代寻求真理人生的至崇高境界，忘情于自我渺小的哀哀愁愁。这方面的追求在后期创造社和太阳社的诗歌创作中有强烈的反映。殷夫的《一九二九年的五月一日》抒写领导“五一”大示威的青年革命家“我”走向示威地点，指挥工人示威队伍，散发传单以致被巡警逮捕的全过程，同时也展示了“我”的精神状态的变化。当“我”一大早向大示威的集合地走去时，也许还有点“颓累”感觉；“夜还没收起他的翅膀，／路上是死一般的荒凉”，“无数的工厂都在沉吟”，“惨白的路灯残败于黎明”，但当示威队伍浩浩荡荡前进了，“我”也突入人群散发起传单、使满街响起一片响应的呼声时，一种为真理而献身的正义冲动猛然袭来：“我融入于一个声音的洪流，／我们是伟大的一个心灵”。当巡捕抓住“我”时，“我还狂叫，狂叫，狂叫”，因为这时“我已不是我，／我的心合着大群燃烧”。最后，当“我”被投入监牢，这监牢也没把我的心胸占领，因为献身于真理使“我”深信：“我们的心是永远只一个”，至于自己的“骨成灰，肉成泥”，又算得了什么呢，因为“未来的世界是我们的，／没有刽子手断头台绞得死历史的演递”。这种投身时代、献身真理而解化生命困惑的抒情追求，在柯仲平的长篇抒情诗《海夜歌声》中也有强烈而更显壮阔的象征性显示。但是社会的与自然的生态环境决定着幻梦会走向幻灭，投身时代也会颓入殉道者的悲哀，于是新诗成长期在探求生命解化中也就有一批诗人从否定的视角开辟出一片生命不得解化的抒情领域。徐志摩的《海韵》中，抒情女主人公如此潇洒地在日暮时分徘徊海边，心怀一片和大海相交融的灵觉感应，幻梦着“大海，我唱，你来和”，还要大海“看我凌空舞／学一个海鸥没海波”，但在沉醉里她却没想到会有暗潮涨来。结果在“猛兽似的海波”面前，“慌张的少女在海沫里／蹉跎”而最后是“海潮吞没了沙滩／沙滩上再不见女郎”，幻梦被现实击碎，走向了毁灭。钱杏邨在大革命失败后接连写了不少抒写亡命途中感受的诗，出版了《荒土》《饿人与饥鹰》等诗集，还在诗中把自己刻画成一个革命浪子。《夜雨》一诗，写他在亡命途中一个苦雨之夜通宵无眠时的心境：“我是久离了故园的关山／我是孤寂的在各处流浪，／我是一个亡命的反叛的囚徒，／我不知道何时才能回到故乡”！“唉，我而今已变成一个乞食的文人，／只有呕出的心血伴着我身的孤零。／每天向我默默含情的也只有灯下的孤影，／我是一无所有了，除去热烈的革命的精神”。这些诗句显然把一个“失败的党人”在亡命途中虽依旧保持着投身时代、欲为真理而献身的斗志，心灵却不免被无所依傍的感伤情绪所笼罩，表现出一个革命浪子无所适从的形象，以致理智难以控制心情，尽情抒发了他“不稳定的、不健全的个人的情绪”，也展示了他投身时代的行为不仅无法化解生命困惑，反增添了这种困惑。洪灵菲的抒情长诗《躺在黄浦滩头》等，也在这方面作了抒情领域与主题思路的开拓。

生命解化的抒情同样要借自我表现来具现。有关这方面大致有两类：追求爱与美的自我表现与追求动与力的自我表现。追求爱与美的自我表现，指的是新诗成长期这一路诗在化解生命困惑中大都显现为唯爱至尊与唯美至上的行为与精神状态。就爱与美的抒情而言，成长期的诗人大多已显现为从性爱转向情爱和情爱闪现幻美两方面。热衷于抒唱性爱与情爱的诗人这期间较多。其中邵洵美偏于写性爱。胡也频在《我喜欢裸体》中，一方面表现了“少女”对自身裸体之美的欣赏，另一方面又抒写了浪漫诗人对女性胴体美的沉迷，着眼点都在美的方面，而不在欲的方面。这已显出他在一定程度上对肉性追求的超越，是介于性爱与情爱之间的抒情。李金发在诗集《为幸福而歌》中，就偏于情爱的抒唱了，如其中的《燕羽剪断春愁》《记取我们简单的故事》等作，把情爱表现得欢娱动人。罗吟圃在《给我一个美的青春》中说：自从彻悟了人间恋爱的庄严以后，“我”才获得了“一个新的灵魂”，而且“美丽的世界而今于我有份”了。这些作品都能以唯爱至尊的自我表现，来完成困惑生命解化这一条主题思路的表现。与此同时，唯美至上的自我表现也被重视了。在新诗成长期，诗人们追求的唯美大都是一种幻化的美，但这是借什么幻化出来的呢？徐志摩在《呻吟语》中说：生活中若有“她”能像“清风似的常在我左右”，那么“我”就会拥有一个值得赞美的“神奇的宇宙”，以致使自己“忘却了人间有忧愁”了。这倒真的道出了用幻美来解化困惑生命的个中奥秘，说到底用以解化困惑生命的这个幻美，乃来自情爱。徐志摩《爱的灵感》中的抒情女主人公困惑生命的解化，借的是灵魂作宇宙浪游这一幻美感受，但这幻美是她终于能躺在被她默默爱着多年的情人怀中才出现的。冯至的叙事长诗《蚕马》中，女主人公是一个没有母亲、慈父又远离的可怜的少女，她的生存困境能得到神秘的消解，依靠通灵的马的拯救，特别是暴风雨之夜，“在那大地将要崩颓的一瞬，／马皮紧紧裹住了她的全身”的一场大困境的消解，凭依的竟然是一场不可思议的幻美现象的出现，但是幻美同样是由情爱——通灵的马对少女奇特的恋情激活的。所以，这一代诗人化解生命困惑的幻美化自我表现，再次证实是由情爱散发出来的。以动与力的自我表现来解化生命困惑，在新诗成长期也许没有以爱与美的自我表现来解化被诗人们所青睐。不过，对一批富有阳刚气息、勇于追求人生搏斗的诗人来说，是很爱采用的。这期间表现得特别突出的是郭沫若与柯仲平。郭沫若在《女神》中的诗就把世界看成动与力的自我表现，在《笔立山头展望》《新生》《立在地球边上放号》等诗中就作了展示，以致闻一多在《女神之时代精神》中把动的感受的抒发看成《女神》表现时代精神“最为明显”的方面。的确，在《笔立山头展望》《新生》等诗里郭沫若都能充分地展示“心里那种压不平的活动之欲”，甚至在动的感受中迷醉了，而在《立在地球边上放号》则赞美了宇宙中的力，抒发了他对“力”的沉迷。在这些动与力的自我表现中，他可以进入忘情的境界，以此来解化生命的困惑。进入新诗成长期的1920年代，具体来说1923年以后在上海那几年和大革命失败后蛰居上海养病期间，他再次高扬动与力的精神，写了《力的追求者》《诗的宣言》等诗，提出了和“虚无的幻美”告别，要恢复“以前雄厚”的“气魄”，“左手拿着《可兰经》，／右手拿着剑刀一柄”，在搏斗中作力的发散，求得困惑生命的解化。柯仲平的长篇抒情诗《海夜歌声》则让抒情主人公驾着小船冲进狂风暴雨的“海夜”，与狂涛巨浪的大海搏斗，展现出一片动与力的境界，而抒情主人公则沉醉在一场动与力的自我表现中，求得了困惑生命的解化。总之，通过以上种种例析可以见出，生命解化的自我表现虽只有爱与美、动与力两大类，但其抒情领域极其开阔，为主题思路的拓展创造了极好的条件。

三、宇宙视野与生命皈依的抒情

新诗成长期还占领了更加开阔的抒情领域，也使主题思路拓展得愈显旷远了。

这是指诗人们已拥有一个超越相对时空的宇宙视野，因此也就有可能来展开一场生命皈依的大合唱。这场大合唱共分三部：超验感应与醒梦意识、肉性沉迷与灵界寻踪、乡关何处与人生遁逸。

先看超验感应与醒梦意识。

从新诗草创的后期起到成长期的开始几年，诗人们在感应世界中流行一种泛神论的哲学思想，在抒情形象塑造上提倡新浪漫主义，这是很值得注意的。泛神论之所以流行，同新诗草创期间就全力引进歌德与泰戈尔等有关，更同郭沫若、宗白华等致力写作具有泛神意识的新诗有关。泛神论有一条思路：神即本体，本体即自然，自然即自我，于是如同郭沫若所说的："我即是神，一切自然都是自我的表现。"这条思路作为诗人们把握世界的"导游"，也就使他们进入了众生共融的境界，拥有了万汇同一的感应方式。宗白华在《我和诗》一文中回忆他写《流云小诗》时的精神状态："往往是夜里躺在床上熄了灯，大都会千万人声归于休息的时候，一颗战栗不寐的心兴奋着……似乎这微渺的心和那遥远的自然，和那茫茫的广大的人类，打通了一道地下的深沉的神秘的暗道，在绝对的静寂里获得自然人生最亲密的接触。"这一种精神状态就是诗人以众生共融、万汇同一的泛神意绪感应世界的表现。宗白华正是在这种精神状态里，"扶着床栏寻找火柴，在烛光摇晃中写下那些现在人不感兴趣而我自已却借以慰藉寂寞的诗句的"。但以众生共融，万汇同一的泛神意绪感应世界该通过什么途径才能到达呢？只有通过超验。超验是相对于体验而言的。体验来自相对时空（地球时空）的生活表象所引起的内部感觉，超验则来自由常态生活表象推向存在于绝对时空（宇宙时空）中的、非常态生活表象所引起的虚幻感觉，所以这实是一种超感觉，也就是直觉，所以超验感应也就是人对宇宙存在的一场超感觉活动，而由此感应到的世界，也就是直觉的或者就说超感觉的世界。对超感觉世界的充分认识，则推出了一场对新浪漫主义的提倡。田汉在《新罗曼主义及其它》一文中曾说："所谓新罗曼主义，便是想要从眼睛看得到的物的世界去窥破眼睛看不到的灵的世界，由感觉所能接受的世界去探知超感觉的世界的一种努力。"由此看来，新诗成长期的诗人在把握诗歌真实世界上，出现了一条极重要的思路，就是把众生共融、万汇同一的泛神论和追求超感觉世界的新浪漫主义联系起来了。所以，他们是通过超验感应去认识与概括世界的。昔尘在《现代文学上的新浪漫主义》一文中因此认为：走在这样一条路上去探求创作，会使得这一路诗人意识到“眼见的世界已经不是现实，不见的世界也不是梦”了。这使他进一步认为：这样的诗人不会去追求迷狂的梦幻，而是在追求清醒的梦幻，即用极冷静极冷酷的态度观察人生，努力去搜探那潜在里面微妙不可知的事物。而田汉在《新罗曼主义及其他》中则干脆据此把新浪漫主义的美学追求概括为“醒梦”。田汉的这一概括，也启发了其他一些人。黄忏华在出版于1924年的专著《近代文学思潮》中又对此生发开去说：“新浪漫文学画出的醒梦，是根据现实的梦，或者简直和‘可见世界已经不是现实’一样，‘不可见世界也不是梦’。所以看起来像是梦，然而它不是梦。”这位学者还继续发挥说：“新浪漫主义的文学所期望的，不是拿现实当现实照原样子表出来，是把在现实的秘奥潜藏着的根本的意义表出来……新浪漫主义的文学是不执著现实却又不离开现实的文学。”

这就是新诗成长期通过超验感应的提倡而确立起来的“醒梦”意识。

这种“醒梦”意识在新诗成长期的创作中有相当广泛的市场，不少属于本体意象象征的文本，都有“醒梦”意识在作内核，我们可以举出郭沫若的小诗《偶成》，冯至的叙事诗《帷幔》《吹箫人》和组诗《北游》，鲁迅的散文诗《求乞者》《复仇（其二）》《影的告别》等等。这里就拿冯雪峰的《日影已在山岗飞去》一诗来谈谈。这首诗一名《路情》，它一直未被评论界所重视，这大概同他写的是一件人世间十分现实的事有关。唯其表面上看十分现实而平常，才使我们初读时难见深意。其实它是一个不执着现实却又不离开现实的、有“现实的秘奥潜藏着”的文本。诗写的是这样一件事：当日影在山岗飞去时分，一个少年过客骑马远道而来，他穿过荒野，艰难地来到一个“山下的人家”，见有一个少妇正在门前的树下纺纱。由于自己和马都疲倦至极，他就去恳求借宿。但反应却是这样：“晚风已飘来这山下的人家，／日影已在山岗飞去；／红霞儿不止地在天上飞游，／‘我们这里是借宿不来的！’。”这的确像是件世间平常事，但值得注意的是：这里的晚风“飘来”，日影

“飞去”，红霞“飞游”，显然已意象化了，起着一种感兴隐喻的作用，隐示着宇宙万物都处在持续运行、前进、追求中。至于“少妇”，则是个具有主导作用的意象象征体，如同歌德在《浮士德》结束处的那支《神秘的和歌》所点明的甘旧卿存在的价值那样，这个“少妇”也具有“永恒之女性，引导我们走”的意义。所以“少妇”在此所隐喻的是生命宇宙律的掌握者，“她”在向众生中的“我”——这个“少年的过客”宣谕：“我们这里是借宿不来的!”出自“少妇”之口的这句话，不仅在上引诗节中出现，而且在短短的一首诗中又出现了两次。同一个意象或同一句话反复出现，这意象或这话就象征化了，这是诗学中一个原则。所以这句话有象征意味。其隐意可以这样来讲：众生万物在宇宙中总是恒久地在追求着的，人作为生命体也须有一个清醒的意识：在一场宇宙之旅中，“我们这里是借宿不来的”，是不可能也不允许去向“少妇”——宇宙法则的掌握者求取“歇息的所在”的，只有在不停歇的追求过程中去获得自我存在的生命价值。由此说来，这首诗又命名为《路情》极有隐意和深意，能给人以认识宇宙生命存在律的大智慧。所以这首诗实是一个能体现“醒梦”意识的本体意象象征文本。总之，以上这些诗的抒情领域可说已遍及绝对时空的宇宙了，故其主题思路也超越了社会生态而拓展到对宇宙生命的思考。

再看肉性沉迷与灵界寻踪。

这一代诗人在扩大抒情领域、拓展主题思路中，既已把握到一条从超验感应到醒梦意识的运思路子，也就预示着他们已有一种从“人的觉醒”进展到“灵的觉醒”的趋向，而这一思维趋向也促成他们有了一个认识：人的生命体乃是肉性与灵性结合而成。因此，他们拥有了又一个艺术视角：从肉性沉迷到灵界寻踪。而这个视角对他们扩大抒情领域和拓展主题思路所起的作用尤其值得关注。

追求感受刺激，寻求生命的官能享乐，是肉性世界中芸芸众生为之沉迷的领域，这一代诗人中不乏涉足于此的。大致说他们对官能享乐的抒写可分为两个方面，一是以诗玩弄感觉，一是以诗发泄性欲念。

以诗玩弄感觉是一种淡化心灵感受的抒写，这种抒写藉助感觉的捕捉、潜意识领域的深入，来获得一种肉性生命的诗意享乐，这恐怕是新诗有别于传统诗歌而新开辟出来的一片抒情领域。对此，新诗成长期已有人在进行“拓荒”。由于它是淡化心灵感受的，所以对深刻的、令人深省的主题探求并不那么讲究，而大都以趣味追求为目的。新诗中最早以捕捉感觉为抒写目的的，是刘半农的散文诗《窗纸》，这也是草创期唯一纯写感觉的诗。到新诗成长期这一类追求才盛行起来。田汉的《黄昏》写日暮时阳光的瞬间变幻，显得颇为新奇。但这种纯粹追求感觉变幻的诗还并不多。韦丛芜在长诗《君山》中个别地方有涉及，但并不是为了感觉而写感觉。到1920年代中期以后，王独清、冯乃超、穆木天、蓬子才致力于此，且还从写感觉进展到写印象。王独清是“情调诗人”，讲究色彩、语感、声调的有机配合。他认为音、色、情、力四者的和谐配合是写成“最高的作品”的决定条件。因此他致力于捕捉各种感觉并作有机配合。如果说王独清玩感觉的抒写比田汉的《黄昏》——专写光线变幻的视知觉要有意味一点，那是他不专写一种感觉，而是把精力化在各种感觉的有机配合上面。如《玫瑰花》一诗中：“在这水绿色的灯光下，我痴看着她，／我痴看着她淡黄的柔发，／她深蓝的眼睛，她苍白的面颊，／啊，这迷人的水绿色的灯光下！”这样的诗节，让“麻”韵在行尾和行首、行中频繁出现，相互响应，以强化意态的迫切、焦灼与骚动，又让诗行相互勾连，往复回旋，以强化心绪的缠绵悱恻，一往情深。这节诗除了有声音“姿态”的追求，还让几种光色调合得十分和谐。灯光的水绿色能显出安逸优雅，宜于慢舞；眼前不断晃动的柔发因淡黄的色感，能使人兴奋，强化了安适、优雅背后内在的期待、骚动；深蓝色给人以邈远迷茫感，苍白给人以纯洁光明感。这种色的融合能于安逸、优雅中见兴奋，于兴奋中见美的迷惘，美的迷惘又处在安适的慢舞的旋转中，这是相当复杂的情调表现：永恒的向往中永恒的人生迷惘；而声音“姿态”的渴求、焦灼和光色配合的永恒迷惘一经调合，又强化了现代浪子的颓废伤感情调。冯乃超在《红纱灯》中的一些诗，如《消沉的古伽蓝》《阑夜曲》等，能在音、色、腔三者交融的印象扫描中给人以飘忽迷离的情调，穆木天的《苍白的钟声》是意绪氛围感极强的印象派诗，它能让钟声的回荡化成的一片氛围弥散在与钟声有关的种种自然景象上，使生命与天地万物取得衰颓的默契，苍白的和谐。蓬子的诗有极敏锐的感觉和极朦胧的情调，不过诗集《银铃》中一些诗如《在你面上》则有点玩感觉近于病态了。

以诗表达爱欲，对沉迷于肉性世界的芸芸众生来说，是一种原始本能的发散。这现象在宇宙视野中是正常的生命特性。这一代标榜人性尊严的诗人已意识到这一点了，所以敢于在这块领域上进行垦殖。爱欲包括性爱与情爱两类。以诗来宣泄性爱欲望这期间较突出的是邵洵美、曾今可、沐鸣、沈从文。沈从文很推崇邵洵美致力于写“官能的爱”——也就是“写自己的欲望”，推崇之余使很少写诗的他也写了《颂》那样的性爱诗，颇有点“浪”，却能包装上扑朔迷离的意象，来细腻地暗示性行为的全过程。由于隔着一层意象，就会有某种神秘意味，似乎也就不那么出格了。但不管怎么说，这毕竟是一种趣味追求而已。这期间的新诗中表达情爱欲望的较多，不过更多的还是从性爱能化为情爱的那一套抒写，如冯至的叙事长诗《寺门之前》，抒写了一场由性欲压抑导致的变态事件；郭沫若《瓶》中的《春莺曲》则抒写了一场情欲压抑导致的变态事件。特别是刘宇的叙事长诗《肉与死的搏斗》，是一个因高度性压抑导致的爱欲变态故事。它写的是：英俊的青年农民张必大虽有许多姑娘想嫁他，他却都不要，因为他痴恋着抱丈夫灵牌结婚的潘巧英。曾有几次必大在深夜爬进她闺房，让“美丽的青春轻轻的遮上一层黑纱”的巧英在“肉的诱惑”面前春心大动，但想到守节为上，最后都拒绝了。这种欲的折磨是可怕的。结果是她怀着“把灵魂交给这青年的汉子”而“把肉体交给那死了的男人”的固执念头一病不起，世上也从此多了一座新坟。哪料得痴心不散的必大竟在一个大黑天挖了坟抱走了尸身，去缱绻了一夜。次日这事败露，按族规必大被处死，临刑前这青年农民神色不变，觉得幸福、安宁。这一场爱欲高度变态的抒写是震撼人心的。新诗成长期对肉性如此沉迷的抒写，是闯入了抒情领域的禁区。刘宇不是在搜求猎奇事件，不是在品尝性变态的神秘趣味，他是通过这一领域的抒写来概括出一个极严肃的、关于人性尊严、性爱自由的主题。

但这一代诗人对生命本体这片抒情领域不断作拓荒中，执着于从肉性的超越转为对灵界的寻踪。这场“超越”与“寻踪”，不仅显示着这片生命本体领域的扩大，也相应地显示出他们在对灵肉关系的抒写中，思索着主题思路的深化。

应该说：成长期的新诗对生命本体的抒情是有一个明确认识的——既要抒唱肉性世界又要抒唱灵性世界，更要唱一支灵肉协奏曲。郭沫若在给宗白华的信中说：凡“真诗”“好诗”，无不是“生命源泉中流出来的Strain（曲调）、心琴上弹出来的Moledy（旋律），生之颤动、灵的叫喊”。这意味着高品格的诗必须包含本能的“生之颤动”和心智的“灵的叫喊”两个方面。诗是客观存在的主观反映，灵肉共存的抒情也来自生命本体原是物欲——生命中的魔鬼和心智——生命中的上帝的共存体。对此，冯至那首上面已提及的《寺门之前》实在是作了一场相当真切的表现。该诗写一个老年和尚对自己生活孤独而灵魂骚动的一生所作的回顾。他从十几岁起就已在暮鼓晨钟里讨生活，青春期云游四方，“内心里起了无限的风波”。好不容易熬到中年，内心的骚动已稍见平定时，却又出事了：在一个黑夜里，他经过兵匪劫后的荒村，脚下触着一具半裸的女尸，欲念的冲动像决堤的狂涛淹没了他坚守多年的心防，女尸苍白的面孔在他眼中竟显出“无限的华严”，乳峰竟是“高高地须弥两座山”。从此他的灵魂里西天的蜃楼一次次幻变成女尸的幻影，这幻影又成了他“日夜的功课”：“什么是佛法无边？／什么是彼岸的乐园？／我不久死后焚为残灰，／里面可会有舍利两颗：／一颗是幻灭的蜃楼，／一颗是女尸的半裸。”生命的欲念从此成为魔鬼化成的绳索，牢牢缠住了这个灵界虔诚的膜拜者。此后三十余年间他虽仍与暮鼓晨钟为伴，却再也走不出生命困惑的怪圈。这意味着：灵是虚弱的，生命无法超越欲念冲动。因此，这一代诗人以更多的精力对欲念冲动——这生命的魔鬼进行诅咒。李金发在《A mon ami de la-bas》一诗中诅咒了“七尺的情欲之火焰／长燃在毛发之上端，”弄得生命“全为失望而哀病了”。在《夜之歌》中，他斥责“彼人已失其心，／混杂在行商之背而远走”的物欲追求，提出要“把灵魂儿遮住可怖之岩穴”。在《我的琴……》中，他进一步提出了生命的内向与心灵的神游：“我的灵与白云徜徉在天际”，如不这样，生命只能“如树根下之浅草，经冬变黄”。而能这样，则就能“静听商贩之叫喊”而“超此物欲之外”，永享“无限界”之极乐了。于是，灵界寻踪这片抒情领域的开拓和全新的主题思路探求也就进入这代诗人的视野了。他们以讴歌创造来使自己从物欲横流中超越出来，进入至美至和谐的灵境。闻一多的长诗《剑匣》就是按这样的主题思路写成的。郭沫若的诗剧《女神之再生》则在更大的范围内以创造来求得至和谐的灵境。诗剧把用头触不周山而折天柱绝地维的传说同女娲炼石补天的神话结合起来写，值得重视。作为一部象征性诗剧，它的重心在天体的被破毁，在破毁的基础上，女神们才重造新鲜的太阳，并“时常创造新的光明，新的温热”去供给新造的太阳，以使永远有真正“优美的世界”。可见天体的崩坍是象征着肉性世界的毁灭，而这个“优美的世界”的出现则是象征着灵界转型了。这篇诗剧还凸显一点：只有通过毁灭才能生出全新的境界。所以，《女神之再生》不仅意示着通过创造而求得向灵界的转型，还意示着在灵肉冲突中须通过毁灭、死亡来作困惑生命的超越。这一思路在新诗成长期间更被诗人所关注的。王统照的抒情长诗《独行的歌者》中，抒情主人公“独行的歌者”显然是抽象化了的“人”的意象象征体，在“万象的荒冷／荒冷的万象”中感受到地上世界“一切的物质呵／都在黑暗的翼下掩藏”。于是，他决心去寻找那个“无始无终的宇宙的物象”即“世界的花园”，进而“南行到玄冥的海滨”去，在那里“歌者”自己的肉身死去了，然后让“渔女”——这宇宙的精灵将他的灵魂引向“世界的花园”。这些表现显然意味着：这个离奇的生命体以死亡来获得对肉性世界困惑生命的超越，继而向灵界转型。抒唱生命本体的领域不仅扩大了，主题思路也拓展了。

向灵界寻踪也使这一代诗人发现：生命本体原是个浪游在天地间的永恒的宇宙浪子。这也就使他们对生命本体的抒情有了更大的拓展。于是我们得来考察生命皈依大合唱的第三部：乡关何处与浪迹宇宙了。

这一代诗人在作生命本体的灵性抒情中，首先考虑到“何处是生命的故乡”这个问题，而西方的泛神论与东方的天人感应有机融汇而成的众生共融、万汇同一观念，也就把这个问题的答案指向宇宙了。在宇宙中寻求生命的终极皈依，既是物质世界探索的问题，也是心智活动探索的问题。心智是由理念、感情这两个方面构成的。心智关系若偏于“智”——理念，就成了哲学产生的根据；若偏于“心”——

感悟，则成了诗学产生的依据。新诗成长期这一路诗人对生命终极皈依——宇宙故乡的寻觅，是在感悟活动中进行的。所以乡关何处，只能在心灵中才能找到，但是究竟在心灵的何处呢？这一路诗人以自己诗歌的艺术真实作了回答：生命的故乡存在于从心灵感应宇宙到生命走向超时空的彼岸的过程中。这过程显示为两层关系——从生命的宁静中感应宇宙、走向彼岸和从生存的与谐秩序中感应宇宙、走向彼岸。

先看第一层关系。宁静以致远是我们民族一个根深蒂固的哲学心理学观念，也是中国诗人感应宇宙、走向彼岸的一条传统途径。新诗成长期的这一路诗人在寻求生命皈依处时，不乏选择这条路的，其中以宗白华、徐志摩最为突出。宗白华从童年时起就爱“在森林里，在落日的晚霞里，在远寺的钟声里”去追求“罗曼蒂克的遥远的情思”。1921 年他开始创作时，诗的意兴来自宁静中对宇宙的神会。如同前面已引述过的，“当现代都会的深夜里，千万人声归于寂静时”，他总会感受到有许多遥远的思想袭来，似乎“这微渺的心和那遥远的自然，和那茫茫的广大的人类，打通了一道地下的深沉的神秘的暗道，在绝对的静寂里，获得自然人生最亲密的接触”。这样，他才写了展示属于“梦魂里的心灵”的《流云小诗》。如《解脱》一诗中，抒写了他在月照高楼、笛声遥闻的宁静境界里产生了一种“月的幽凉／心的幽凉／同化入宇宙的幽凉”的冥冥感应，进而使生命凭借心灵活动进入了彼岸，于是他似乎见到了生命的终极皈依处，获得了“似惆怅又似喜悦、似觉悟又似恍惚”的生存体验。徐志摩懂得生命本体就是宇宙本体的体现，所以才会让自己的灵魂“与天外的群星相感应”。这是宁静境界中所产生的宇宙感应。在这个宁静以致远的时刻，他写了散文诗《常州天宁寺闻礼忏声》来表现这种感应的微妙。诗写的是诗人身处天宁寺礼忏的现场，在钟、鼓、木鱼、磬的合奏中，他心理上出现了一片“宁静的和谐感”，以致在“和谐的静定中”进入“异样的意境”，看到天地间“无数冲突的流波谐合了”“光明的翅羽在天地间飞舞”了。于是，心灵忽有所动，走到了彼岸，发现了“青天，白水，绿草，慈母般温软的胸怀”，有了“是故乡吗”的朦胧觉识。这里表现出来的是诗人在宁静以致远的精神状态中发现了自己终极皈依之所时那种恍惚惊喜。

再看第二层关系：从生存的和谐秩序中感应宇宙，走向彼岸。这一路诗人普遍具有泛神论和生命共融、万汇同一、物我两忘的意绪，这使他们面对世界所感悟到的是生命总处在宇宙大和谐的秩序中。这种大和谐秩序的表现有静态的和动态的之别。静态的和谐秩序是由平衡显示的，动态的则由循环显示。以平衡显示的静态和谐秩序指的是众生万物在宇宙中互为因果的必然依存法则。生命体若顺应了甚至掌握了这种法则，也就进入智悟生命永恒故乡的宇宙思维系统，使个体生命产生宇宙定位的觉识。郭沫若收入《星空》中的一首小诗《偶成》很能表现这种生存宇宙定位。它仅四行，是这样的：

月在我头上舒波，
海在我脚下喧逐，
我站在海上的危崖，
儿在我怀中睡了。

这首诗的可贵在于它把“我”“月”“海”“波涛”“悬崖”和“儿子”以生命同位关系组合在一起，通过梦幻中的交感，呈现为环环相扣如同连环套式的依存关系：月如灯，海如摇篮，涛声如摇篮曲，婴孩在“我”怀中，“我”在海怀中，而海则在月光中。这种互为依存的关系，具体地显示为众生万汇在宇宙大家庭中井然有序的大和谐，而当个体生命潜意识地进入了这个和谐秩序中，也就会游般进入宇宙境界，进而在潜意识中觉识到自身的位置，找到了生命永恒的故乡。应该说这是作为个体生命的主体在超验的宇宙感应中激活了博大而旷远的联想而把握到的。类似的追求在朱湘的《小河》(“白云是我的家乡”）等中都有体现。以循环显示的动态和谐秩序指的是众生万物在宇宙中不断地作循环转化。这种转化轨迹或者宇宙循环运行，其法则具现为两类，一类是来而复去的阶段性转化，另一类是周而复始的整体性转化。来而复去的阶段性转化作为动态和谐秩序的显示，归属于回荡式的循环。

冰心有相承续的两首诗《迎神曲》与《送神曲》很可注意，这是对生命本体寻求乡关何处极动人的诗性回答。贯穿全诗的是“来”与“去”的辩证关系。《迎神曲》立足生命本体的“来”，但“灵台”上迎接这生命本体之“来”，一旦成为现实，随之又出现了“去”的问题，从而就得去深究“来从何处来？／去向何处去？”的这个“何处”。于是，作为生命的故乡标志的“宝盖珠幢”“金身法相”涌现了，却是“隐隐地涌现”的，并且宣谕道：这生命本体存在的宇宙原是个“轮转的尘寰”，若一定要穷究“来从何处来？／去向何处去？”那么便没有了归路。其实“来路便是归途，／归途也是来路”，众生都存在于来而复去、去而复来的同一条路上，所以又何必追求乡关何处。《送神曲》立足于“去”，说这个大千世界既然“来路便是归途，／归途也成来路”，那么生命本体就只须“向那来的地方／寻将去路”；在这来而复去的回荡过程中又能向何处寻特定的“宝盖珠幢”呢，随处都是生命的故乡么，立足于这回荡过程而类推，则生命本体自身也是“我”即“你”、“你”即“他”、“他”即“我”；“即我——／也即是众生”，又能向何处寻求特定的“金身法相”！冰心这两首从“来”与“去”的辩证关系切入因而是相承续的诗中，可以意会到在一个以循环显示的动态和谐秩序中，生命本体的故乡就在身边，在你所在的宇宙中的随处地方。周而复始的整体性转化则归属于回旋式的循环。鲁迅的散文诗《死火》很可注意。诗中所写的“死火”与“我”之间构成了奇特的意象组合关系，“我”在这里是“火”由死灭转为复活的引导者，大石车是对这场转化的再否定——使刚复活的“火”燃烧后又转化为不同于冰谷里的“火”那样的死，且又开始向再复活的新境界转化。所以这篇散文诗中的“火”显示为“死——复活——再死——再复活”这样的轨迹，让生命向更多境界作螺旋状循环旋进的转化。正是这种具现为否定之否定的回旋推进活动，向彼岸寻觅终极皈依处且找到了后，又开始了以周而复始显示的整体性转化的大循环，由此显示的动态和谐秩序，使“死火”这个意象显示为向更多境界不断作转化，从而宣告了生命的故乡存在于生命本体不断奋进、永远攀登却永远到达不了的顶峰。由此看来新诗成长期这一路诗人从生存的和谐秩序中感应宇宙、走向彼岸，从而使生命寻求宇宙故乡的这一场抒情追求博大而高远，就显示了主题思路探求的深刻性。

值得指出，当生命本体悟到生命的故乡就在身边，无须苦苦寻找，或者就在永恒的追求过程中而无须考虑终极的存在，那也就使他有了宇宙浪迹之举。这既是“聊逍遥以自娱”的行为，又是寻觅乡关的过程，以期时时体验“故乡”就在跟前。新诗成长期这一路诗人也领会到了，于是也就有从乡关何处的寻觅拓展到浪迹宇宙的抒情了。这样的浪迹，是逸乐，是苦役，更是“醒梦”。正是这些决定了这一路诗人在把握诗歌世界中，生存的真切性全是非现实的，显示出了复杂性。因此在难以捉摸的浪游心迹和神秘怪异的感应方式的互动中，他们抒发的诗情也就有了独特的主题思路。大致说这场浪迹在幽冥境界、梦幻境界和灵觉境界中进行。

成长期这一路诗人对幽冥境界似乎相当感兴趣。这是与死神、与坟墓、与地狱打交道的一类境界。我们在韦丛芜的长诗《黑衣的人》、俞平伯的诗剧《鬼劫》、闻一多的抒情诗《夜歌》《也许》、卞之琳的抒情诗《魔鬼的夜歌》以及于赓虞的诗集《骷髅上的蔷薇》、散文诗集《魔鬼的舞蹈》《孤灵》等多数篇目中，都能见到这种境界。不少人受此影响，写了《葬歌》。陈梦家的《葬歌》是把坟墓生活和现世生活作对比的抒唱：“我静悄悄躺进荒野的泥土”。“贪图的是永静的国度”，因为那里“再也没有嫉忌”。闻一多以《葬歌》为副题的《也许》，表现生者对死者幽冥生活的设想。在那个坟墓世界里，夜莺不许咳嗽，蛙不能号，不让阳光去拨眼帘，不准清风去刷眉毛——谁也不会去惊醒她，只有一伞松荫撑着“庇护你睡”。如此一个长眠者的世界是多么美丽。诗作立足于阴间与阳间的对比，从而揭示只有在死亡——幽灵境界里才能超脱社会困境，消解生命困惑。醉心于死亡——幽冥境界的这一路诗人还派生出对夜和黑暗的歌唱，写了不少《夜歌》。闻一多的《夜歌》写的是一个从黄土堆里钻出来的幽魂。她坐在月光下，“猩红衫子血样的狰狞”，“容貌好似青春”。但一等“远村的荒鸣哇的一声，／黄土堆上不见了妇人”。这幽魂被表现得很美，又美得阴森。卞之琳的《魔鬼的夜歌》更是一种病态的幻美。它写的是一个魔鬼在黑夜里对一座孤坟唱起了夜歌，呼唤坟中那个生前很美很多情的少女起来，跟随他去，他将拿“死水上面的黑水”作明镜相赠，去照坟中少女“蜡样的脸”，“铅样的口”，并且还要赠雪以充水粉，赠血以充胭脂，然后在磷火照耀下“叫鸱鸮唱歌”，“叫破钟敲拍子”，叫魔鬼和女尸一块儿跳舞。这样的诗在表现阳面与阴面的对比中把阴面生存世界才会有的生动、活跃、自由、自足全凸显了出来。于赓虞的好多抒情诗、散文诗更是大面积渲染了幽冥境界，让人感到他的心魂整个儿浪迹在这个境界里了。

这一路欲求以诗来体现浪迹宇宙的诗人，还喜爱在梦幻境界中浪迹。这个梦幻境界并非真是人入梦后潜意识里感受到的迷糊惝恍之境，而是人欲遁逸世俗以梦幻来纾解烦恼，是具有清醒目的的一场设计，所以是“超乎梦境”的“醒梦”境界。有关这一点，朱湘的《月游》很有代表性。诗写的是“我”骑着流星“渡过”天河去月宫拜访嫦娥。这是一座水晶的宫殿，园子里有妙龄宫女、白兔，池中有群鹅，而当“霓裳羽衣曲／悠扬在宫殿中间”时，“我”见到了她，就向她呈上从海中采来的珍珠，山上得来的麝香、象牙，地上搜来的碧桃、梨花，“她”则告诉我有金鸟“背着后羿”在后面紧跟，圆圆的月是她的“妆镜”，她夏天餐百合，冬天餐松子，所以不愁饥寒……这种种表明“我”浪迹宇宙，见到的月宫是一个多么自由、自在、美好的地方。嫦娥回赠的是一辆两头绵羊拉的象牙车，说是“让我坐着回故乡”。于是“我”回人间了。这一路“我”过的却是雪山冰川，后来车也翻了，而“我忽然惊醒，／月光恰照在床前”。由此可见，回归现实人生多么痛苦。这的确是一场“醒梦”的设计，唯其如此，才使这场梦幻境界中的宇宙浪迹具有超越肉性世界而向灵界转型的生命哲学意味。和《月游》的主题思路类似而梦幻境界更显迷离恍惚、更具氛围诱发力的，是杨骚的诗剧《心曲》。该诗写的是一个爬过高山、踏遍荒野的旅人，迷途在晚秋深夜林中后，恍然听到从远处飘来歌声，召唤他“快乘着天边有形的夜光飞去”。这使他有了追求幻美的情趣：“我将张着虚无的天幕，／架着幻想的灵床，／安息我疲惫的体魄，／做我微妙的冷梦。”就这样，他在草丛中，在幽泉与草和鸣的音乐里睡过去了。于是这个来自肉性世界的旅人，进入了梦幻境界，和一个“眼下是空间，头上是空间，心中是空间，三重的虚无包围着”的来自灵性世界的林妖森姬，演出了一场爱恋的戏；被称为“流星”的旅人爱上了虚无的丽人——林妖，被呼为林妖的森姬热恋着幻美的“流星”——旅人。他的有形和她的无形在长夜的森林中融入了幽玄的梦幻境界。森姬久坐在虚无的冰床上，呼唤“夜游病的迷童”——旅人走去，“银灰色的鬼火”又引他们“渺渺茫茫地在阴阴明明的夜光里彷徨”。但当远处传来一声鸡叫，旅人也就完成了在梦幻之境中的宇宙浪迹。值得指出：当旅人从梦游中醒来，陷入更显悠长的茫然中时，仿佛听到几千年前就已熟悉了的某个细妹子的歌声从远处传来。这是另一场冥冥的召唤，使过路的旅人感悟到要同“爱、死、疯狂的声音”告别，在晨光神奇的引导下去追求“宇宙新且美的境界”。这场梦幻境界的浪游却使个体生命确立了新的宇宙浪迹前程：彼岸！

灵觉境界中浪迹，则是新诗成长期这一路诗人走向彼岸的一场抒情追求，这也意味着彼岸就是灵觉境界，其抒情追求则是一场超越肉性世界让生命向灵界转型的诗性展示。值得指出：这一路诗人已经明确感悟到灵肉调和的境界是很难进入的。焦菊隐在散文诗《祈祷》的一开头就说：“心在生与死的道上，时时企望永生的死，却贪恋着已死的生。”因此，灵性的“我”是“如囚人思念妻子”一样思念着天国的故乡——在天上，有多少同伴，多少爱人，在张臂迎“我”归去。生命就这样渴求着超越。但肉性的“我”却又总是被肉性世界缠住欲求超越的生命，这使得超越者竟成为“我战负了的武士”，他的“心虏在天上，魂虏在人间”。于是，“我”祈求“夜之神”给予“我”力量，以便能获得生命的完整、和谐、安宁。神允许了。“但他问我是把魂从肉的欢快里救出，还是把心追回从天之一角”，而“我颤颤的把这个也交给他决定”。可是，“他随着远风去了，因为他只能给我力量”。这值得玩味，要么让“肉”依附于“灵”，要么让“灵”依附于“肉”，二者总得偏于一方而统一。神给“我”追求灵肉和谐的力量，至于如何发挥，神只以“随着远风去了”这一行动来暗示。《祈祷》也许是对生命本体在灵觉境界中转型、走向彼岸的一场提示。冯至的叙事长诗《吹箫人》则抒叙了一段幻情，并作了深一层的提炼。这首诗写一个离群索居深山中的“吹箫人”如何从形上心智活动跌落到形下肉性冲动，后来又从肉性冲动中超越出来，在灵肉调谐中向灵界转型的故事。这个爱吹箫的青年本来隐居在深山，一年又一年让自己的洞箫同山泉、幽谷、青松、明月为伴，享受着超越于众生的灵界情趣。但有一天生物本能的骚动忽然化为冥冥的召唤，他眼前竟飘荡着幻象："银色的云里哄托着／一个吹箫的女郎。"从这以后，他心境的宁静打破了，生命中第一次出现灵肉的失调。于是他离开大山去人间流浪，潜意识里期待自己的原欲能得以满足。结果为了救护一个也爱吹箫的大户人家小姐，这"吹箫人"把自己的箫劈开，熬作汤药，去救活了女郎，并因此同她成婚，也满足了自己的原欲。可从此以后他也丢失了生命中那份灵性，"剩给他的是空虚，还有那空虚的惆怅"。于是，这个吹箫青年又面临灵肉失调而病倒了，这时被他救活且已成他妻子的爱箫女郎也就把自己的箫熬成汤药救活了他。自那以后他带着她离开尘世，逃往充满幻美情趣的深山，灵肉在真正相谐的那个象征彼岸的深山里求得了超凡脱俗的生命转型。这是一场在灵觉境界中生命本体浪迹宇宙的动人的表现。鲁迅在评论以冯至为代表的浅草——沉钟社时指出：他们总是"要发现心灵的眼睛和喉舌，来凝视这世界，将真和美歌唱给寂寞的人们"的。像《吹箫人》这样一场浪迹宇宙的抒情追求，正是用了心灵的眼睛去发现，又用心灵的喉舌去歌唱的、至真至美的艺术创造。

通过以上多方面的叙说和论析，当可证实新诗成长期比起草创期，抒情领域确已扩大，主题思路也大为拓展了。

论新诗成长期的诗体探求

诗体涉及语言与节奏体式的问题，是二者结合的称谓，所以凡谈及诗歌语言总得推向节奏体式建设，而要谈节奏体式建设，则须从特定的诗歌语言中寻求和确立这场建设的策略方针。

新诗的全称是白话新体诗，其语言以白话为基础。白话指的是人与人在日常交流中使用的语言，即一种规范化的口语（谁也知道各地区的口语，各具语言表述系统，和一个民族一个国家统一的语言表述规范并不完全一致）。这种日常交流语言若要用来写诗，成为诗歌语言，条件是它须有一定的传统诗性文化蕴含。古典诗歌是用文言写的，文言作为“诗家语”有这种诗性文化的蕴含。而新诗用白话写，白话则缺乏这种蕴含，因此在新诗草创时期，参与草创者中就有人对“白话”写新诗是否合适有过怀疑甚至发出过抱怨。傅斯年在《怎样做白话文》一文中就抱怨自己为“使用白话”做诗感到苦痛，因为白话“异常质直，异常干枯”，“是浑身赤条条的，没有美术的诗荞”，“少得余味”[1]。俞平伯在《社会上对于新诗的各种心理观》一文中干脆说“我总时时感到用现今白话做诗的苦痛”，因此他认为“中国现行白话，不是做诗的绝对适宜的工具”[2]。这些都反映着即使在草创期也已经有人想要对用作新诗语言的白话进行改造。这场“改造”在新诗进入成长阶段后倒确实启动了。其办法是“白话”掺“沙子”，使新诗语言“合金化”——即在纯粹的白话加入其他用语成分。于是，这期间就出现了几种白话。朱自清《论白话》一文虽写于

1930年代初，说的实是文学革命后不久对白话作分类的事。他提出了几种白话：一种是“白话升了格，叫做‘国语’”，也就是近似于“蓝青官话的白话”。这种国语化白话“比文言近于现实中国大部分人的口语，可是并非真正的口语，换句话说这是不大活的”。由于“它有比较划一的体裁”，因此也“不能够像蓝青官话那样随随便便”。再一种是“欧化”的白话，特点是“在中文里掺进西文的语法”，所以它“只是白话文”，不能上口说。又一种是“创造社”式的白话，它有三个特点：“一、极力求合于文法；二、极力采用成语，增进语汇；三、试用复杂的构造”，同时认为“他们的虽也还是白话文，可是比前一期的欧化文离口语要近些”了。第四种是“北平话”化的口语，它系“用的干脆的北平话”，还“将国语的语助字全改作北平话语助字”，能上口，说起来等于真正的口语了[3]。这些经改造后具有“合金化”意味的白话，分类是具有科学的合理性的，只不过稍嫌繁复了一点。在朱自清的启发下，再结合成长期新诗白话用语的实际，我们把新诗用语分为三类：口语化白话，国语化白话和杂凑式白话。这里的口语化白话，也就是朱自清所说的北平话白话，更具体点还可说成北平话口语化白话。总之，这种白话也就是以“北平话”为规范依据的口语，它是活的，适宜于诉说。这里的国语化白话，内含比朱自清所说国语化白话要广泛一点，基本上可以把创造社式的白话包括在内，力求合于语法和传统修辞，对词汇、语句作复杂而又合于规范的构造，所以它有口语化性能，但要弱一点，更近于书面语。至于杂凑式白话，其实是以白话为基础的三合一语言，即白话与欧化语言、文言词语的融合。这种白话的特点是基本用语还是白话，但掺入了有一定诗性文化蕴含的文言词语和少量西方转译过来的词语；基本句子构造还是属于白话的句式，但受欧化句法的影响，也适当地采用传统“诗家语”那种反语法修辞规范的策略。经这一番言说我们可以明确成长期新诗的语言是草创期所确立而又在此基础上经过改造的这三类白话。那么这三类白话与新诗节奏体式的确立又有何种关系呢？

在前面我们就说过，谈诗歌语言须推向节奏体式建设，而节奏体式建设，则必须从特定的诗歌语言中寻求和确立建设的策略方针。所以，对新诗成长期的节奏体式建设作探求的逻辑起点也该是这三类改造过了的白话。

新诗草创期，诗人们对旧诗传统的态度一律是破坏，而创建新诗的态度则是力求自由。唯其如此，才弄得旧诗诗体连同一切诗体构成的传统原则也全遭到了破坏。新诗自身呢？则沉醉在自由解放的境界中而不去作艺术规范建设。这种破坏的痛快与自由的率性特别明显地反映在对新诗诗体的态度上：全采用自由体。说这种用自由诗体来写新诗是出于新诗人追求率性自由，那只是一个方面的原因，甚至是表面上的原因，更内在的原因是由于采用了白话。草创期新诗使用的白话还未经改造，完全是原始状态的说话记录，因此在新诗写作中的言语活动必然显现为当下性、在场感，谈不上另有何种节奏体式的设计，其自由诗体式也具有当下性、在场感的特点。所以这时候自由诗体是建立在这么一个基础上的：有什么话，就写什么话；话该怎么说，诗就怎么写。草创期诗体的这种状况一方面固然反映着特定诗体由特定语言推衍出来这个观念，另一方面则也表明如下这点：只要新诗是用白话写的，自由诗体总也是会存在的——因为自有源头活水会来滋润它的生命。不过，连带而来的是，只要白话有所改造，以自由诗体为标志的新诗体式也必然会有所改变。

由于从 1920 年代的最初时期起，用作新诗用语的白话已在悄悄地改变，发生着这样那样微妙的变化，所以作为新诗标志的自由诗体同样发生变化了。

由于成长期新诗把草创期使用的白话改造成口语化白话、国语化白话和杂凑式白话，也就使这期间相应地出现了三种由自由诗体变异了的诗体。下面就分别作一回顾：

一、采用口语化白话的一路诗人，在体式探求上也始终走着一条用自由诗体写新诗的路。或者说，能在新诗成长期承续草创期的遗风，依旧采用自由诗体来写作的，是一批以口语化白话作为新诗用语的新诗人。

如上所述，口语化白话是一种规范化口语，即以“北平话”（今天通称北京话或普通话）为依据的日常交流用语，它以当下性、在场感的日常信息交流特性，决定了如下三个特点：（1）适宜于在言说具体事件的语境中作相互交流，所以特具叙事性能；（2）因为很显明的在场感而无须严守语法规范；（3）强调采用口语语调显示内在情思。正是这些特点的存在，决定了和新诗采用的口语化白话能充分适应的体式，当以近于自由诗体为宜。原因在于，叙事比起抒情来其构成要复杂得多，而在诗中要表现复杂的构成，若用格律诗体，往往会捉襟见肘，甚至只能略作印象式的点化，而只有采用自由诗体才能适应，更何况语调作为一种节奏表现，是必须打破外在而人为的格律模式的，也要求用自由诗体来相应合。

根据这样的见解，我们再来看成长期新诗坛。采用口语化白话和与之应合的自由诗体式来写诗的，是一批为人生的写实派诗人，而内中尤以文学研究会诗群的诗人的表现最是突出。读这个诗群的作品，我们会有这样的印象：其文本用语全是规范化口语，且极富于语调性能。由此也就决定了它们的节奏体式是自由诗体。这里不妨引朱自清的长诗《毁灭》开头的一个诗行群来看看：

踯躅在半路里，
垂头丧气的，
是我，是我！
五光吧，
十色吧，
罗列在咫尺之间；
这好看的呀！
那好听的呀！
闻着的是浓浓的香，
尝着的是腻腻的味；
况手所触的，
身所依的，
都是滑泽的，
都是松软的！

怎奈何这靡靡然？——
被推着，
被挽着，
长只在俯俯仰仰间，
何曾做得一分半分儿主？
在了梦里，
在了病里；
只差清醒白醒的时候！

这个诗行群有几个特点：首先是用了大量的口语语句，如“清醒白醒”“一分半分儿”“这好看的呀”“腻腻的味”“在了梦里”等。其次是不守语法规范。有句子倒装的，如“踯躅在半路里，／垂头丧气的，／是我，是我！”这几行按语法规范应该是“垂头丧气的，／是我，是我／踯躅在半路里”；有成分残缺的，如“这好看的呀！／那好听的呀”，完整的应写成“这是好看的人呀，这是好听的歌呀”；有词序颠倒的，如“在了梦里！／在了病里”应是“在梦里了，在病里了”；再次是能显示出语调的抑扬顿挫，如“被推着，／被挽着，／长只在俯俯仰仰间，／何曾做得一分半分儿主？／在了梦里，／在了病里，／只差清醒白醒的时候！”若以一顿体诗行为极扬，四顿体以上诗行为极抑，则这七行诗形成了“扬—扬—抑—抑—扬—扬—抑”的语调节奏。所以从《毁灭》这开头的22行诗句可以见出朱自清爱采用口语和自由诗体写诗。他之所以要如此做，在于这22行诗是抒情主人公在外在世界的诱惑下对自己复杂而曲折的内心生活所作的细致深入的叙述，若采用严谨的国语化白话和格律诗体来写是根本办不到的，非得用口语和自由诗体不可。徐玉诺比起朱自清来，写实追求更要具体、深入、细致，这是因为他的抒情对象往往更其繁复，也就使他在抒叙时，更要依赖口语化白话和自由诗体了。如《海鸥》一诗，他的抒叙对象是海鸥在海上漂泊一生、无牵无挂逍遥自在的生存状态，并寄寓了诗人对“宇宙间最自由不过的”精灵随遇而安的精神所怀有的赞美之情，诗这样写：

世界上自己能够减轻负担的，再莫过海鸥了。

她很能把两翼合起来，头也缩进在一翼下，同一块木板似的漂浮在波浪上，

可以一点也不经知觉——连自己的重量也没有。

每逢太阳出来的时候，总乘着风飞了飞：

但是随处落下，仍是她的故乡——没有一点特殊的记忆，一样是起伏不停的浪。

在这不能记忆的海上，她吃，且飞，且鸣，且卧……从生一直到死……

愚笨的，没有尝过记忆的味道的海鸥呵！

你是宇宙间最自由不过的了。

我们真不敢设想抒叙对象如此复杂的这首诗，若不用口语化白话和自由诗体会写成什么样子?！看来是非得采用口语化白话和自由诗体来写不可的，只有这样，才能既充分细致地把“海鸥”的生存状态表达出来，又能使象征意蕴得到真切而自然的提纯。所以新诗成长期的写实派诗人之所以采用口语化白话和自由诗体来写新诗，是他们抒叙的写实对象所决定的。

但成长期新诗在采用口语化白话的追求中，也曾出现过一些走极端的例子。有的人把“口语”等同于方言土语，用方言土语化的白话来写新诗了，结果弄得不伦不类。突出的一例是徐志摩用“硖石土白”写的《一条金色的光痕》。且引开头几行：

得罪那，问声点看；

我要来求求徐家格位太太，有点事体……

认真则，格位就是太太，真是老太婆哩！

眼睛赤花，连太太都勿认得哩，

这是新诗中一个语言怪胎。用“硖石土白”——也就是用方言土语来写新诗，前提就错了，因为口语化白话的“口语”，指的是以“北平话”为依据的规范化口语，把口语等同于方言土语，是不规范的。当然诗人兴之所至，可以尝试写写，只不过他写的是方言诗、土语诗，而不是新诗，所以诗人可以写，新诗评论家却极不可随便捧场叫好。遗憾的是朱自清在《论白话》中说“有意做白话诗”的徐志摩在《一条金色的光痕》中“摹仿他家乡硖石的口吻，也是成功的”[4]，这个判断当然是错的，反映着朱自清混淆了方言土语与规范化口语，进而与口语化白话的界限，而这种混淆也正表明成长期的新诗坛，对新诗本体一些概念的内涵还没有明确和确立规范。

二、采用国语化白话的一路诗人，在体式探求上则渐渐地走上了一条以格律体写新诗的路，或者说新诗成长期能力挽“诗体大解放”之狂澜，敢于从自发到自觉地去探求新格律诗体来写作的，是一批以国语化白话作为新诗用语的新诗人。

如上所述，所谓国语化白话的“国语”，指的是力求合于语法和传统修辞、并以此来对词汇语句作复杂而又规范的构造的那种白话。关键之点是规范，比口语要规范得多，却也因此没有口语那样的活泼和对语调的强调，而更近于书面语。它也有如下三个特点：（1）适宜于在较抽象言说的语境中作内心独白或广场宣谕，特具一种抒情性能；（2）精炼，明晰，语句讲究逻辑推延性组合；（3）强调国语的外在声调均衡和谐的显示。这些特点决定了能和作为新诗又一种用语——国语化白话达到应合的体式当以近于新格律诗体为宜，因为抒情比起叙事的复杂性来，其构成要单纯得多，而在诗中要表现单纯的构成，若用自由诗体，往往会散漫松垮，情绪稀释，甚至废话、赘语连篇，拖沓寡味，而只有采用宽式的新格律诗体才能以均衡和谐、往复回环的声韵之美与之适应。

根据以上分析可以认为：新诗坛采用国语化白话及与之应合的新格律诗体来写诗的，该是一批热衷自我表现的浪漫派诗人，而内中尤以新月诗派的诗人最是突出。不过，事物总是有一个发展过程的，更何况在“诗体大解放”叫得热火朝天、自由体诗滔滔者新诗坛皆是的情势下，新格律诗体的实践与从实践中提纯出一套理论主张来，并为新诗坛所能接受，可不是一下子就能办到的，所以我们还须对其事态逐渐演进的过程先作一回顾。

新诗成长期所接受的现实就是旧诗体彻底的驱逐，新诗体一统天下，诗作大都率性自由，极不讲规范。时间一长，社会上不满之声也就出现。这不满是包括了写新诗者自身在内的。新诗成长期刚开始，一些以国语化白话写诗又侧重于纯情抒发的浪漫派诗人，就对新诗的语言体式进行规范化探求了。在这方面郭沫若和田汉也许是做得最早的。这两位创造社诗群中人，从一开始写新诗起，虽以白话为用语却总和口语化白话疏远，而倾向于国语化白话。疏远口语而亲近国语，也使得他们的白话比较重视语法规范，干净、利落、明晰。当然草创期他们也还是以这类白话写过自由体诗的。这是受新诗坛一时风气感染所致，当可以谅解。在进入新诗成长期以后，草创阶段的激情退潮，诗坛进入冷静观照阶段，他们也就采用与自己的国语化白话相适应的宽式新格律诗体来写新诗了。郭沫若1923年出版的《星空》中多数的诗，已具有宽式新格律的特色，而这以后出版的《瓶》《前茅》《恢复》也同样具有这特色。田汉在1922年的《少年中国》等4卷第1期、第2期上连续以《江户之春》总名发表的一批新诗，已自发地在尝试以音组等时停逗的诗行节奏表现和以诗行间或对应诗行间音组均齐的诗节节奏表现为内核来构建一套节奏体式规范原则，并成功地显出在《东都春雨曲》等诗中。1923年还有一位以国语化白话作新诗用语的新诗人自觉地走上了新格律诗的探求之路，这就是湖畔诗派的汪静之。继上一年出版了用极自由解放的形式写成的诗集《蕙的风》之后，汪静之开始对写新诗作自我反省，并采取田汉那样的体式规范原则来写新格律体诗了。这一年他就写了《无题曲》《哪有》等，并于1927年出版了一本新格律体诗集《寂寞的园》。总之，这些人采用国语化白话进行新诗律化的探求，对新月诗派大张旗鼓地开展新诗的创格活动起了先导的作用。

新月诗派在闻一多出版《红烛》、朱湘出版《夏天》、徐志摩出版初版本《志摩的诗》时，其新诗诗体还是倾向于用口语化白话，写自由体诗的，徐志摩在这方面表现得分外突出。但渐渐地他们在强化性灵的抒写时奉行起了理性节制情感的信条，开始让新诗用语从口语化白话转向国语化白话，求语法规范，重语句的逻辑组合，以致使用的口语变得干净凝炼，精致清晰。这便是创格的基础，迫使这派诗人去作新格律诗体的探求。这一情势持续到1926年，这场新诗形式规范的探求，终于因徐志摩编《晨报·诗镌》而有了一个平台，让该派同仁有关创格的理论思考和创作实践都有了登台亮相的机会。在《诗刊弁言》中，徐志摩率先放言："我们的大话是：要把创格的新诗当一件认真的事情做。"紧接着是闻一多在同年5月13日的《晨报·诗镌》第7号上发表了《诗的格律》一文，为新格律诗体的创建提出了一套理论原则与实践方案，特别是提出了一个"音尺"（亦即音组）的概念，并为它作出极限的定量，然后把新诗的节奏表现建筑在音尺等时停逗的基础上，确立了诗行节奏的规范要求，并以节奏诗行为体式建设的基本单位，完成了一个"句的均齐与节的匀称"为具现标志的新格律诗的体式。这个音组节奏系统和由此推延出来的新格律体式的整一套方案，虽有田汉、汪静之等创作尝试，但闻一多的功绩是尤其值得珍视的，是他通过创作实践（如写《死水》《也许》等可作样板的新格律体诗）和理论提纯（写成《诗的格律》一文），把这项新诗创格体系化，把形式规范原则具现为可操作的方案。此文一出，影响极大，而新月诗派同仁也一齐配合，按此办法进行新格律的创作实践，并在闻一多的诗集《死水》、朱湘的诗集《草莽集》、徐志摩的诗集《翡冷翠的一夜》、陈梦家的诗集《梦家的诗》等中充分地显出了新诗创格的生命活力，而新诗格律化运动也终于冲破禁区而取得了历史性的反响。首先影响了在采用国语化白话写诗的一批浪漫派诗人，如王独清的《威尼市》、黄药眠的《黄花岗上》等诗集中就可见出。然后还逸出了诗派的范围，在写实派诗人——如鹤西在《小说月报》上发表的一些诗中，也见出了新月诗派所提倡的新格律体诗的影响。大致说新月诗派的这些新格律体诗有两类：一类是在绝对地调和音节的前提下，以"句的均齐与节的匀称"显示的新格律诗体式，那就是刀切过般方方正正的"豆腐干"拼合体，典型的文本是闻一多的《死水》；另一类也是在绝对地调和音节的前提下，以对应诗行的均齐与对应诗节的匀称显示的新格律体，那就是有规律的参差体，典型的文本是朱湘的《采莲曲》。在新诗成长期《死水》型的“豆腐干”式新格律体诗大为流行，特别是新月诗派内部尤其盛行。不过《采莲曲》型的参差有序式新格律体也颇有吸引力，在逸出诗派范围的其他诗人中更是流行。如王独清的《威尼市（三）》：

我们在乘着一只小舟，
却都默默地相对低头，
这小舟是摇得这般的紧急，
使我心中起了伤别的忧愁。
忧愁，忧愁，忧愁！
我不知道你呀，你是不能挽留！

这河水是泛澜着深绿，
几片落花在水里轻浮；
我们都正和这些落花一样，
或东或西或南或北地飘流。
飘流，飘流，飘流，
我知道你呀，你是不能拘留！

这是两个诗节间对应诗行均齐和两个诗节间关系匀称的一种新格律体式，具有复沓回环的节奏表现性能，的确比“豆腐干”式新格律体式要具有灵动的节奏感应效果。值得指出的是这些新格律体诗的用语不是口语化的白话，也没有特意显示的语调，而是力求语法规范的国语化白话。

由此看来，新诗成长期在采用国语化白话和新格律诗体的探求上，是有相当大的成就的。

三、采用杂凑式白话的一路诗人，在体式探求上则走上了自由诗体与格律诗体都可适应的路。

杂凑式白话，是指以国语化白话为基础，让口语、欧化语与文言与之合一的那种新诗大杂烩用语。胡适提倡白话取代文言来写新诗的那个“白话”，到新诗成长期演变成杂凑式白话，是新诗用语上极大的进步。首先这种用语能容纳更加多姿的情思，发散更加多彩的意蕴；其次，它既能和自由诗节奏体式相应合，也能和新格律诗节奏体式相应合；最后，杂凑式白话在叙事、抒情上都能适应，又能在二者兼备的适应性中推延出自己所特具的功能，将超越叙事与抒情而深化为隐喻。所以杂凑式白话既无国语化白话遵语法的严谨，又乏口语化白话奉语调的活泼，它自有属于自己的三个特点：（1）它有语法规范却无修辞规范，这种语言给人的印象是好似明晰，却又含浑，是明晰中寓有含浑；（2）它通过婉曲而显深邃，能诱发人激活分析性的联想；（3）它既重语调，又重声调，能在语调中显声调和声调中显语调，并在互动关系中展现一种新颖的节奏。这些特点的存在，也就决定了能和新诗又一种用语——杂凑式白话达到充分应合的体式，当以“节奏自由诗体”为宜。类型化的隐喻比起写实的繁复叙事来要单纯一点，而感兴化的隐喻比起浪漫的直接抒情则要复杂一点。总而言之，只有把特具情致的文字、特具语调的口语和特具分析性联想性能的欧化语融成一体的杂凑式白话拿来使用，才能使隐喻功能得以充分发挥；而也只有采用节奏自由诗体，才能与这种杂凑式白话相适应。

根据以上见解，我们可以说新诗坛采用杂凑式白话和与之应合的节奏自由诗体来写诗的，该是一批重灵的觉醒、致力于从看得见的事物中去对隐藏其中的更深邃、更广远的宇宙生态作透视的象征派诗人，而内中尤以李金发在这方面的表现最是突出。当然，我们先得从新诗成长期间象征主义诗群对杂凑式白话与节奏自由诗体的探求过程谈起。而对此首先要提到的是陆志韦。

陆志韦其实从新诗草创期的1920年1月起就开始写作新诗了，那一年他就写下了11首，1922年7月出版《不值钱的花果》，1923年7月出版《渡河》。有学者根据这两本诗集这样评说：“陆志韦的诗与当时的幼稚的新诗不同，给我们以更大的想象空间和跨度，更注意智性与意象的结合。从这个角度，比较更接近于象征派诗的特征。”[5]由此可见，成长期的新诗坛若确有个象征主义诗群，那么他可看成是早期成员了。陆志韦主张新诗采用的白话得由口语、欧化语和文言词语杂凑而成。他这样提的目的是借这类白话“有规定的时序”的“音之强弱”作“一往一来”以形成新诗的节奏，这是一种舍平仄而采抑扬的节奏。在他看来，能确立这样的节奏，全在于杂凑式白话具有口语抑扬顿挫的语调（他曾说：“语调的轻重与停顿所形成的节奏，却是不可缺少的。”[6]），而文言的单音词易于分出轻重音（他认为“白话诗凭着语调的轻重建设节奏”，而“汉语原本是单音词组成的，实字比较的重，虚字比较的轻”[7]，还有欧化语能给人以长长软软、曲曲折折的句腔——这样三种性能，所以他一方面竭力提倡新诗使用杂凑式白话，另一方面又敢于提出新诗——特别是自由体的新诗须作外在节奏建设。对于后一方面，他并不把注意力放在体式整齐划一、和谐均衡上，偏重在探求长短句的自由体诗如何实现节奏规范。为此，他提出了一个“有节奏的自由诗”[8]的主张。作为一种诗体，这个“有节奏的自由诗”无疑是由杂凑式白话所推延出来的。且不说陆志韦在自己的创作实践中这种“有节奏的自由诗”写了多少，成功的又有多少，单说他能于新诗坛还在津津乐道“诗体大解放”时提出自由体诗也必须讲规范，并确立了一些规范的原则，这就够显远见卓识了。

象征主义诗群中人虽也有冯乃超、石民等写过一些新格律体诗，但绝大多数人是写自由体诗的，而其中颇有几位采用杂凑式白话写新诗的，走上了“有节奏的自由诗”的探求之路。穆木天是其中的一个，他认为“诗的世界是潜在意识的世界”[9]，这是凭直觉写诗者的理论依据，穆木天自己在那期间就是追求凭直觉在写诗，而用以传达来自直觉情思的用语，则以不求语法规范，不讲修辞原则的口语化白话为主，在《谈诗》一文中他曾说：“诗有诗的grammaire，绝不能用散文的文法规则去拘泥他。”[10]这就是他主张口语化的依据。同时在该文中他又认为“诗的章句构成法得流动，活软”，意思就是要把句子构成长长的，软软的，这是他又在追求欧化、日化句法。在具体进行诗创作时，他还爱掺入一些文言词语以创造一片氛围。由此看来，他的新诗语言是杂凑式白话，即口语、欧化语与文言词语的合成体。如他的代表作《苍白的钟声》就显出这个用语的特色。不妨引其中的第二节看看：

古钟　飘散　在水波之皎皎
古钟　飘散　在灰绿的　白杨之梢
古钟　飘散　在风声之萧萧
——月影　逍遥　逍遥——
古钟　飘散　在白云之飘飘

全节共五行，除第四行，其余几行都是倒装句，藉以显示长长的、软软的欧化、日化句法特征。至于“月影　逍遥　逍遥”该是“（天上投下的）月影（在这大地上）逍遥　逍遥”，是句子的浓缩，省略了不少成分。尤其值得注意的是句中词语不断用空白隔开，以便让人在言说钟声一波波荡开时显示语调，这是具有口语表达味儿的。在这五行诗中他还用了“水波之皎皎”“风声之萧萧”“白云之飘飘”这些古典诗中常见的文言词语来作氛围烘染（这些词语具有来自诗性文化传统的意象化感兴功能）。由此足见这首诗是用杂凑式白话写成的。值得进一步来谈的是：这样一个诗节，虽然诗行参差不齐，是自由体的诗，但它又有鲜明的节奏感，是“有节奏的自由诗”。那么其节奏来源何在呢？来源有三：（1）每行句中词语不断用空白隔开，能在诵读中显示钟声荡漾的语调节奏感；（2）诗行短长有机配合，短诗行朗读中声强而重，长诗行则弱而轻，能形成抑扬顿挫的节奏感应效果；（3）第一、三、五行是对句，有一种节奏复沓回环的感应，而在第一、三行之间的第二行插入一个特长诗行，显示以“抑”调节，第三、五行之间的第四行插一个特短诗行，显示出“扬”调节，这是在回环中显示抑扬顿挫，复沓中显示旋进。所以，这样一节参差不齐的自由体诗也就有了节奏感，成为“有节奏的自由诗”了。显而易见，这是杂凑式白话推延出来的。

作为象征主义诗群中最重要的诗人，李金发在新诗成长期出版过三本诗集，《微雨》(1925)、《为幸福而歌》(1926)、《食客与凶年》(1927)，全是用自由诗体写的。但有学者认为这些长短句具有内在的音乐美，此语不假。李金发能把他的诗写得像他的法国老师魏尔伦那样“不必求他字句的意思，但听其音调能够感受到情绪”[11]的根本原因是他采用杂凑式白话来写作“有节奏的自由诗”。不妨拿他《弃妇》中的第一节来看看：

长发披遍我两眼之前，
遂隔断了一切羞恶之疾视，
与鲜血之急流，枯骨之沉睡。
黑夜与蚊虫联步徐来，
越此短墙之角，
狂呼在我清白之耳后，
如荒野狂风怒号：
战栗了无数游牧。

当年的诗评家大都说李金发“母舌不灵”[12]，白话语句随便插入文言词语不通畅，不时带上点“之乎者也”，弄得不伦不类，还把口语和欧化语混在一起，浅白的词语纳入欧化句法也颇显怪味儿。还有，它是以国语化白话为基础的，却颇爱用“鲜血之急流”“越此短墙之角”“荒野狂风怒号：战栗了无数游牧”等文言语句，有的初看似口语，如“黑夜与蚊虫联步齐来”“狂呼在我清白之耳后”，但细加品味，让“黑夜与蚊虫”来“联步”，让“耳后”以“清白”来修饰，不能不说有着西方语言表述的机智与分析味儿，颇有点怪怪的。不过也让我们感到李金发使用的是口语、文言词语、欧化语融成一体的杂凑式白话，同时也让我们发现他正是使用了这类杂凑式白话，才使这一个参差不齐的诗节能显出“有节奏的自由诗”的特色。如果说第一行“长发披遍我两眼之前”以四顿体的沉滞感语调统领了或者笼罩了三节的情调气氛，那么第二、三行则因了以“羞恶之疾视”“鲜血之急流”“沉睡之枯骨”这三个同型号文言词语的叠合所形成的感兴意象的叠合，而产生了重急的强势张力。第四、五、六行，是三个虽互为关联却又独立的句子，两个四顿体中间夹一个三顿体，从语调上看，有一种想从情绪的激动中冲出心境的沉滞郁勃，却又有难以实现的无奈。最后两行实际上是一个因果复合句：“荒野狂风怒号；／战栗了无数游牧。”如果让这个复合句整个儿作为文本中一行，那就因沉滞感过重而显得心境过分的压抑。为了显示抒情主人公“弃妇”从压抑的心境中挣扎出来而把它分成两行，两个诗行都是绝对调和音节的三顿体，语调上显现为一定的重读性强化，连在一起也就形成了由抑而扬的节奏感。所以这个诗节充分地体现了“有节奏的自由诗”的特色。当然，像李金发这样的“有节奏的自由诗”很难说是有外在原则可依据及具体规律可概括的，他没有这份有意为之的自觉。我们的分析也只能是直觉为据的臆测。刘延陵在《法国诗之象征主义与自由诗》一文中谈及魏尔伦的象征主义自由诗时曾说：“自由诗不是不重音节，乃是反对定型的音节，要各人依自家性情、风格、情调与一时一时的情绪而发与之相应的音节。”李金发也正是这样做的。也正是基于这一点，所以对他“母舌不灵”[13]的非议也是不必要的，因为这也正是他“依自家性情、风格、情调与一时一时的情绪”而发与之相应的诗歌用语吧！

根据以上多方面的回顾，我们可以说新诗的成长期在诗体探求上是有相当成绩的，甚至有出人意料的成果。

注释：

〔1〕《中国新文学大系·建设理论集》，上海良友图书印刷公司1935年版，第223—224页。

〔2〕《中国新文学大系·建设理论集》，第353页。

〔3〕《朱自清选集》第1卷，河北教育出版社，1989年版，第354—355页。

〔4〕《朱自清选集》第1卷，第355页。

〔5〕 孙玉石：《中国现代主义诗潮史论》，北京大学出版社，1999年版，第22页。

〔6〕 特引自赵思运著《诗人陆志韦研究及其诗作考证》，东南大学出版社 2012 年版，第 47 页。

〔7〕 转引自赵思运著《诗人陆志韦研究及其诗作考证》，第 47 页。

〔8〕 陆志韦在《我的诗的躯壳》一文中提出“有节奏的自由诗”的主张，可参考赵思运著《诗人陆志韦研究及其诗作考证》第 160 页。

〔9〕 杨匡汉、刘福志编:《中国现代诗论》上编，花城出版社 1985 年版，第 98 页。

〔10〕 杨匡汉、刘福志编:《中国现代诗论》上编，第 101 页。

〔11〕 刘延陵:《法国诗之象征主义与自由诗》,《诗》月刊第 1 卷第 4 号（1922 年 7 月出版），第 13 页。

〔12〕 朱自清:《中国新文学大系 · 诗集 · 导言》，上海良友图书印刷公司 1935 年版，第 8 页。

〔13〕《诗》月刊第 1 卷第 4 号，第 19 页。

论左联十年期间的现代诗歌

现代诗歌的第二个十年，也正好是左翼作家联盟从酝酿、成立、发展到结束阶段。这是一个血雨腥风、刀光剑影的时代，中国共产党在文化战线的革命已逐步深入，无产阶级文化在反“围剿”中也已成长壮大起来。反映在诗歌上是无产阶级诗歌运动的兴起。“忍看朋辈成新鬼，怒向刀丛觅小诗”，鲁迅这两句诗可以代表当时诗坛创作的主导趋向。不过，作为一整代诗歌，却不是以这一点所能囊括得了的。这时期的诗歌，流派纷出，争妍斗艳，大有百花竞放之势，而到后来，捉住现实内容和讲究诗歌艺术二者有机结合的格局也已趋向定型，所以我们有理由说这十年是现代诗歌史上特别繁荣的时期。不过在它发展过程中，中国新诗扬弃前进路上的浅薄幼稚，发展出各个流派的风格特色，从而汇成一股富有时代精神的新潮流，内中经验教训是值得我们后人来总结的。本文打算着重研究各流派的思想倾向和艺术风格，并从它们之间相互排斥又相互渗透的关系中，来考察这十年——左联时期的现代诗歌。

一、呐喊在暴风雨中的革命诗派

在第一次国内革命战争的准备阶段，由于中国共产党人坚定地领导着推翻三座大山的伟大事业，饱经忧患的中国人民的确感受到了民族复兴有望的欣喜。郭沫若就曾经在诗集《前茅》里唱出了这样的歌：

轰轰的龙雾之音
已离黎明不远
太阳哟，我们的师哟
我们在赤光之中相见

1927年的4月12日，国民党政权竟背叛了革命，对要求民族复兴和人民解放的革命者进行了空前规模的大屠杀。这对于我们党和革命，无异于经历一场来势凶险的大病。但党很快就在八七会议上清算了右倾错误，而毛泽东等又及时领导了秋收起义队伍，直上井冈山，开展了以农村为根据地的斗争。于是从1928年起，长达十年的土地革命开始了。这时期郭沫若又写了一卷诗——《恢复》，它不仅显示着诗人自己生命的恢复，也象征着革命力量的恢复。

这卷诗是继《女神》之后郭沫若诗歌创作的又一丰碑。无论是《怀亡友》《血的幻影》或者《如火如荼的恐怖》，都震响着诗人对反对势力的刻骨仇恨和强烈抗议，深刻地表现了他和那一代革命者不怕牺牲、坚持斗争的气节。但这种悲愤并没有使他失去理性。应该说，诗人郭沫若是幸运的，在那几年中，由于受了革命的教育，马克思主义思想的熏陶，使他能坚实地立足于现实的土壤，掌握时代发展的规律，从而建立起对无产阶级事业必胜的坚定信念。因此他能在《我想起陈胜吴广》《电车复了工》《战取》等诗里，以昂扬的情绪、乐观的调子，高唱"我们会得到的是最后的胜利"，高唱"这是新社会快要诞生的前宵"。但这种乐观也没有使他失去理性，诗人已从血的教训中懂得新社会从孕育到诞生，新时代从前宵到黎明，必然要走过一段十分痛苦的路，而要走完它并不容易，唯一可靠的保证是斗争。在《战取》的最后说：

我已准备下一杯鲜红的寿酒
朋友，这是我的热血充满心头
要酿出一片腥风血雨，在这夜间
战取那新生的太阳，新生的宇宙

《恢复》是一组“像暴风雨一样怒吼”的诗篇，它们的确“是这样的真率”，“一点也没有什么修饰”，高雅和它们无缘，回肠荡气的韵味不多。我们应该理解诗人，白色恐怖的现实生活好像悲愤之火，在他心里燃烧着，使他痛得受不了，非得用最快的速度把它吐出来不可。所以《恢复》是值得我们珍视的，因为它们是诗人郭沫若对革命的爱和对敌人的恨的最真诚的心声。但也得指出另一方面的情况，在这卷诗的《诗的宣言》里，郭沫若把诗的“真率”和“一点也没有甚么修饰”比作工农的赤脚裸体，把“美”和“爱美”比做“富有阶级的‘绫罗香水宝石’”，从而说要鄙视“美”，抛弃“爱美”的情趣，把诗只看做赤裸裸的口号，把写诗只当成狂暴的呐喊。显然，诗人是有意识地在降低自己的美学要求。

郭沫若在现代诗歌第二个十年的一开头，就以他的《恢复》竖起了革命诗派的一面大旗，并为这个诗派打下了两个基础：一是诗应该直接为政治服务，写诗必须揭露反动政权的滔天罪行，讴歌中国共产党领导的民族复兴和人民解放事业；二是为了达到以上目的，诗就得排斥美和爱美的艺术修饰，写诗就是对生活直接的描绘和赤裸裸的呐喊。可以说左联期间的革命诗派大致就是顺着这条路子走的。

从1928年开始，到左联成立前夕为止，以后期创造社和太阳社为核心的一大批文艺刊物《创造月刊》《洪水》《太阳月刊》《我们》《文艺批判》《萌芽》《拓荒者》等，应合着普罗文学运动的展开，曾刊出不少战斗性很强的诗歌，为革命诗派留下了第一批辉煌的战斗实绩。一些在五卅前后就已写诗，后来又参加过北伐战争的诗人冯乃超、蒋光慈、钱杏邨等，在大革命失败后又返回文艺阵地，他们以比过去更大的创作热情用诗来进行革命斗争。蒋光慈这时期出版了诗集《乡情集》和《哭诉》。他在《牯岭遗恨》中高唱着“永远守着我那革命诗人的誓语”，在《我应当归去》中高唱着“诅咒那凶狠的刽子手，／我的祖国不是他们的窝巢。／祝福那反抗的贫苦者，／我和他们永远在一道。”在《乡情》里，他更深情地抒唱了一位轿夫的儿子——后来变成穷人“大哥”的农民运动领袖黄牛。为了领导农民“与豪绅作对”，黄牛终于牺牲了他的生命，“农民们如丧了唯一的灵魂”，“豪绅们又重新弹冠相庆”，诗中有着强烈的悲愤情绪。钱杏邨这时期写有诗集《荒土》《暴风雨的前夜》《饿人与饥鹰》。在《雨夜》一诗里，他写到大革命的失败，忍不住愤怒的呼喊：“啊，我是恨不能即时血溅仇雠，碎身如粉”；面对白色恐怖，他寄诗给狱中诸友说：“我们要用赤血染得地球红”(《囚徒》)，“兄弟们，在革命还没有成功的前夜，监狱本是我们无产者的故乡。”(《压迫》) 革命态度坚决，斗争情绪昂扬。同时，又一批生力军加入了。在大革命的血火中锻炼过来的大批革命青年，像洪灵菲、殷夫、冯宪章、罗澜、浪白、森堡、杜力夫、君淦、龚冰庐、迅雷等，为了表现他们对敌人的愤怒和对革命的忠贞，也满怀激情，拿起诗笔，出现于诗坛。他们首先是战士，然后是诗人，所以他们的诗战斗情绪十分强烈。今天我们提起他们来时，也就不能不想起恩格斯那句名言：“义愤造就诗人。”在我们开列的名单中，洪灵菲、殷夫、冯宪章、浪白都是一面从事实际革命斗争，一面写诗，后来终于牺牲在敌人的刑场上、监狱里的。也有像《恢复》的作者一样，他们不是为了写诗而写诗，而是在残酷的实际斗争中迸发出来的悲愤之火，烧得他们心疼，不得已写出这些诗来的。所以他们的诗就有三大特点：1. 情绪强烈到近于浮动的地步，又用近于呐喊的形式表达出来；2. 总是把现实生活重大题材最迅速地用诗的形式反映出来；3. 都体现了愤怒揭露敌人，乐观地看待未来，顽强地投入斗争的精神。

钱杏邨在《荒土》的后记里曾说：“当前有火花的题材，当前有火山的爆裂，当前有许多值得我们尊重的血，我们对着当前的光明，毕生也讴歌不尽。”在《灯塔》一诗中又指出“我们需要的全是战斗的鼓号”。这些话和《恢复》的精神完全一致，即诗应该具有革命斗争的内容和粗暴地喊叫的形式。正因为把诗看作革命事业本身，所以当他们以对待革命事业的忠贞和热情来对待诗歌创作时，他们的诗也能以忠贞的意志和强烈的情绪而感人肺腑，故我们有理由认为像《我们》月刊《卷头语》中的话是对的，即这一派的诗，虽然“一些儿也不悦耳，也不谐和”，但“已经够伟大了”。不过，也正因为他们把写诗当作革命事业本身，所以当把艺术等同于宣传标语、演说口号时，他们的诗却陷进了说教式的、概念化的泥坑。故我们也有理由认为，像《文化批判》上的《诗人们》一诗中的话错了，这首诗要求诗人们写诗必须“一如写我们的口号”，“一如写我们的 Placard——”，并说“这个才是我们的诗歌”。所以当我们以含泪的惊喜赞美后期创造社那些革命诗歌的成就时，也不能不指出它们的致命弱点——因为有意识地把写诗当作呼口号、写报告而使诗歌成了一批缺乏艺术魅力的标语口号和现象罗列的分行报告。

但这一派诗人中，有一个却既吸收了革命派诗歌慷慨抒怀的优良传统，又规避了以口号和报告作诗的方法，他就是殷夫。

殷夫是我们现代诗坛优秀的无产阶级诗人，促使殷夫发挥无产阶级诗人才能的积极因素是多方面的，首要的乃是他把青春生命寄居在凶险，残酷的革命斗争的浪尖上，他的音响是应和着革命的巨浪和反革命礁石相搏斗的巨吼声而炼成的，所以他的诗具有雄丽的音调、昂扬的旋律和壮阔的境界。

在“四一二”惨案中，殷夫因一个国民党员的告发而被捕，几乎被杀。在狱中他写了一首五百多行的长诗《在死神未到之前》，抒写了他第一次被捕的经过。全诗一点不粗糙，构思完整，情调匀称，语言流畅，诗行节奏大致工整，这样一首诗出于一个十七岁少年之手，并且是在监狱的豆油灯下尽一夜之功一气呵成的，真说得上“下笔如有神”。当年发表这首诗的《太阳月刊》编者所说的：“我们在这首诗里，可以看到一个革命青年的情绪在当时是怎样的奔进”，“没有一点幻灭的调子”，“在这样的环境之中有这样的作品，我们觉得是很足以矜持的”。

这首诗显示了殷夫的诗歌创作生涯是和他的革命生涯同时开始的，是这位诗人的良好开端。从这首诗里我们已能见到年轻的殷夫具有两个方面的才能：一方面是他抒发自己内心生活的抒情才能，另一方面是他鼓舞人民起来斗争以夺回自己政权的鼓动才能。这以后，短短几年创作中，殷夫就把这两方面的才能大大地发挥出来了。

殷夫写了一本抒情诗集《孩儿塔》。抒情诗最能反映一个人真实的内心生活，在这本诗里，他抒唱了自己清晨一样的生命，“在血液中燃烧着憧憬的火轮”，因此他要“玫瑰般的飞跃，红玉样的旋进”，“进向羽光之宫”(《清晨》)，而面对“在黑暗中动着是不可测的威吓”的罪恶环境，却大无畏地说：“我们笑那倾天黑云，预期着狂风和暴雨”(《给某君》)。这些都是一个革命青年蔑视黑暗，向往光明，渴盼革命风暴来临的那种斗志昂扬的内心抒怀，而在占较多篇幅的爱情诗中，他又表现了为自由可以抛却生命和爱情的人生态度，他向一位爱他的姑娘说：自己是一只“在杀身的网中回翔”的小鸟，“红的血肉白的骨，已奉献于自由的交响”，因此“我不能，我的天使，再煽引青春的火花重迸”(《致纺织娘》)。他对另一个姑娘说，自己忠于革命事业要超过爱情：“你不看漫漫长夜将终了，朝阳的旭辉在东方燃烧，我的微光若不合着辉照，明晨是我丧钟狂鸣，青春散殒！”(《宣词》) 这一卷诗虽属个人内心抒怀，但殷夫却能把它的抒情天地大大扩展。我们透过它们真挚赤诚的语言，丰富多彩的形象，灼烈如火的情绪，可以嗅到强烈的时代气息。

殷夫还在《太阳》《我们》《奔流》《萌芽》《拓荒者》以及党的秘密刊物《巴士底山》《列宁青年》上发表了大量红色鼓动诗。这些鼓动诗的主题和抒情题材其实也都是这一派诗人早就用过的，但殷夫却比他们写得要形象，要深刻感人得多。殷夫鼓动的根本才能在于他对社会现实和革命斗争总是站得高，看得远，因而才抒述得深刻动人。像叙事诗《一九二九年的五月一日》，写的是五一工人罢工，以及抒情主人公“我”在斗争中散发传单而遭到逮捕的事，但殷夫并不去记录事件，呐喊口号，他要在这些情节事件所构成的形象中投射出“一颗大的心”——无产阶级的阶级集体来。全诗的笔力集中到描写斗争的最高潮——“我”在游行队伍中散发传单而引起满街工人狂呼响应时，殷夫一再强调一种感觉——“我融入于一个声音的洪流，我们是伟大的一个心灵”；当他被巡捕拿住衣领，他却还在狂呼而不觉得，因为“我已不是我，我的心合着大群燃烧”；当他被关进囚牢，又说：“我们的心是永远只一个，无论我们的骨成灰，肉成泥。”应该说，殷夫这首红色长诗的鼓动力量和艺术效果，正在于他是通过种种场面暗示出“伟大的一个心灵”的存在，从而让人感受到创造未来世界的无产阶级集体力量是多么强大。

诚如鲁迅所说的，殷夫之所以写诗，并不是要和当时“一般的诗人争一日之长”，而是有“别一意义在”的：“这是东方的微光，是林中的响箭，是冬末的萌芽，是进军的第一步，是对于前驱者的爱的大纛，也是对于摧残者的憎的丰碑，一切所谓圆熟，简练，静穆悠远之作，都无须来作比方，因为这诗属于别一世界。”鲁迅显然把殷夫作为正从激进的现实主义诗歌中萌芽出来的无产阶级诗人来作高度评价的。如果说，我们现代诗坛的无产阶级诗歌是在这第二个十年中兴起的，那么殷夫的诗确实可以说是进军的第一步。

但殷夫毕竟来自后期创造社、太阳社的革命诗派，他们写诗的宗旨也还是等同于革命工作本身。所以当殷夫直接参加了秘密刊物的编辑工作之后，为了应付宣传，配合某一运动或某一节日，也就把诗写成与政治内容本身等同的宣传品了。所以从 1930 年到他牺牲前的一年多时间里，他写的诗，如《前进吧，中国》《五一歌》《巴士底山的检阅》《我们是青年布尔什维克》就显得缺乏抒情个性，它们似乎尽量想从大处落笔，结果却流于政治概念的空洞喊叫——虽然，目前还颇有些研究者把它们说成殷夫诗的顶峰。

诗总是通过形象来抒发感情，通过真情实感来打动读者，教育读者的，这是诗的特殊规律。所以进入 1930 年代后，这一派已显得衰落。当然，促使衰落也还有其他原因，客观上后期创造社被封，太阳社，我们社先后解散，是造成这个派别涣散的重要原因；而主观上还有一个抒情题材和革命斗争不很适应的问题。土地革命开始后，党的战略方针是建立农村根据地，主张以农村包围城市，这显然也要把农村斗争题材提到革命诗歌创作的重要地位上来，但这一派却还在千篇一律歌颂五一，歌颂城市暴动，这显然已和斗争的现实内容不相适应了。

所以，在 1930 年 3 月左联成立后的一段时期内，由于以上种种原因，又加上反革命镇压的特别严重，革命诗派一度有中落趋向，也可以说正处于突破的摸索之中。而斗争形势往往总是这样：革命诗歌略显沉默，对立派诗歌就活跃起来。就在那时，一些受国民党中宣部豢养的诗人，打着民族主义文学黑旗跳将出来，写着“要分化一切反动的C·P”（赵如珩《五月的血》）这样疯狂反共的诗篇，特别是反动军官黄震遐在《前锋月刊》上发表了《哨兵的梦》《鹰》《黄浦路上的微尘》，抒发着他效忠当政者，“围剿”革命力量的“热辣的赤心”，他还写了诗剧《黄人之血》，狂热地叫嚣“大亚细亚主义”，暗示和日本侵略者团结来共同扑灭北方的“斡罗斯”，全诗充满着近似疯狂的情绪，虽然这批诗歌不得人心，没有市场，在当时也不过昙花一现，形不成一股势力，一当以鲁迅为首的左联作家用理论进行一场反击，就溃不成军，销声匿迹了。但也应该指出：革命诗歌由于尚在突破的摸索之中，所以在民族主义诗歌猖獗时期，也未能积蓄力量，以诗对诗进行反击。革命诗派这种中落局面要到1932年9月中国诗歌会成立，才再度兴旺。

中国诗歌会是在“‘一二八’的血未干，热河的炮火已经烛无”这样一个民族矛盾日益尖锐的年月成立的。发起人是穆木天、杨骚、森堡、蒲风，柳倩、白曙、奇玉（石灵），溅波，流冰、叶流、王亚平、温流、曼晴等都是中坚人物。它成立不到一年，分会就南北及于广州、河北、青岛、湖州，甚至于南洋，可谓盛极一时。这是第一个有组织、纲领的革命诗歌社团。在《缘起》中曾指出：“在次殖民地的中国，一切都浴在急风狂雨里，许许多多的诗歌材料正赖我们去摄取，去表现。”而在1933年出版的机关刊物《新诗歌》发刊词中更提出，“我们要捉住现实，歌唱新世纪的意识”，“我们要用俗言俚语，把这种矛盾写成民谣小曲鼓词儿歌；我们要使我们的诗歌成为大众歌词，我们自己也成为大众的一个。”可见，这一派总的作风是革命内容和大众化形式。中国诗歌会系受左翼作家联盟直接领导，故它这样的作风其实也正是当时左联方针的反映。它按照“作家必须抓取反帝国主义的题材”的左联指示动员会员写大量抗日救亡的爱国诗篇，其中以柳倩的长诗《震撼大地的一月间》最为突出，蒲风当时就称它“将是一部力作，正如人们不会忘记‘一二八’一样的留在人民的记忆里。”它也按照“作家还必须描写农村经济的动摇和变化，描写地主对于农民的剥削及地主阶级的崩溃”的左联指示，突出了农村和农民的题材，其中像杨骚的《乡曲》、蒲风的《六月流火》还都以长篇叙事诗形式写了农村的破产，动乱以及农民的暴动。它也按照“必须用工人农民所听得懂以及他们接近的语言文字”的左联指示，大张旗鼓用“俗言俚语”写大众诗歌，《新诗歌》曾以大量篇幅刊登民谣小曲化的作品，该刊1934年6月号还特地出过“歌谣专号”，像石灵的《新谱小放牛》、杨骚的《小歌金陵》就很出色。它更按照“特别要和观念论及浪漫主义斗争”的左联指示，反对个人至情主义的写法，提倡捉住现实，具体描写。

诚如任钧所说：“中国诗歌会的诗人，在其意识及作风，毫无疑义地，乃是继承后期创造社及太阳社的作家们的革命人生观和现实主义的创作方法的，而事实上如穆木天、任钧等也原是创造社和太阳社的旧人，自无怪乎其然。”这种继承的核心也还是把写诗等同于革命工作本身。这使中国诗歌会的创作始终紧密地和现实斗争结合着，为无产阶级革命事业和中华民族自由解放而歌唱。但同样有一个偏向影响着他们：把诗等同于政治宣传，以是否写革命题材来定好诗坏诗，而抛却诗的自身规律。如果说：后期创造社和太阳社的诗倾向于空泛的、标语口号式的喊叫，则中国诗歌会倾向于呆板的、现象罗列式的叙述。应该指出：当时左联某些“左”的指示影响着中国诗歌会，譬如还在左联筹备时期的一次“上海新文学运动者底讨论会”上，不但没有总结后期创造社及太阳社把文学社等同于政治所造成的严重教训，反而进一步指责说：“独将文学提高，而忘却文学底助进政治运动的任务，成为为文学的文学运动。”中国诗歌会也总是在这种一再被提醒不能“独将文学提高”的情况下，走着后期创造社和太阳社的道路。

蒲风是中国诗歌会的代表人物。比起这一派其他诗人来，他的成就较大。他最早的诗是写于1928年的《鸦声》，已显示出他对于黑暗现实那种激愤情绪，构思学了郭沫若《凤凰涅槃》中的《凤歌》，意象的具体感不强，但粗犷有力，也明显带有郭沫若的色彩。1932年他在上海中国公学念书时，和任钧等发起成立中国诗歌会。“他尽了很大的力量，”任钧说，“我们不谈到中国诗歌会则已，一谈到，则谁都可以被漏掉，而蒲风则绝对不能。”他的这种作用不仅在组织工作中显示出来，创作上对这个诗歌团体的影响也许更大。可以说这一诗派创作的优缺点都比较集中地反映在蒲风的创作中。1934年以后，他先后出版了《茫茫夜》《六月流火》《钢铁的歌唱》《生活》《摇篮歌》等诗集。诚如他自己所说的，他“喜具体的描写，农村破产的题材更多显示在诗歌上”。被他自己称为“农村前奏曲”的长诗《茫茫夜》写的就是在黑云翻滚、狂风骚扰的茫茫夜里一个母亲对从事革命而失踪的儿子的怀念。她低诉着：“青，儿子，你回来吧，／家里虽然苦，有我们的双手，／总不缺你吃的米。／为什么，为什么你要远离乡里？”而风声中仿佛传来儿子的答话：“母亲，母亲，母亲，再不能屈服此生！”情调昂扬地显示了动荡中的农村面貌，从中烘托出一个觉悟了的农村青年誓为劳苦大众解放而斗争到底的战士形象。诗的最后一节以雷电声中一阵滚过黑夜农村的暴风雨，象征出革命风暴已卷到农村；而“风雨声中，夹杂着晓鸡啼音”，又暗示出了中国农村将在革命的风暴中迎来光明。全诗致力于气氛渲染，在一定程度上达到了效果，而采用断句，短行，重叠所造成的节奏效果，也明快而铿锵。但这首诗也显示出这一派作风中一个根本问题：既要用具体描写，又忘不了要明白地写出革命意识来，于是就用了一个大致具有的情节，而塞入大量母亲软弱的“低诉”，和儿子顽强的“战歌”——一番空泛的说教。《农夫阿三》写的是一个“不愿官当兵，匆匆逃命忙”的“强壮的农夫阿三”，在逃亡的路上，感慨着别人收割庄稼喜气洋洋，自己却要背井离乡凄凄惶惶。但忽然间他又想到他乡也在抓丁，“小百姓只有死”，“迟早也是一条命”，还不如回家去，团结起众多兄弟，“拿起锄，翻过天来换过地”。因此，他“匆匆忙忙回家去”了。诗篇显示了被压迫农民的痛苦和他们反抗情绪的逐渐滋长，革命觉悟的日益提高。这首诗也显示了蒲风在学习民歌小调来写大众化诗歌方面花了功夫。但它也同样存在着这一派作风中一个根本问题：为了突出政治思想意义和强调革命意识，丢掉了形象发展的内在逻辑，人为地处理人物个性转变，拔高主题。阿三从逃亡到忽然变心，“欢欢喜喜，转过头来”的转变是人为的，难以令人置信。而在体现民歌小调风格上，也只有部分成功，总的还是夹生饭。《六月流火》可以说是蒲风的力作，写的是南方一个叫王家庄的农村里，农民的一段土地和祖宗坟墓被“官兵”强令划筑公路，用来运送军队“围剿”革命根据地。在面临失去土地，挖断祖根的威胁下，农民们起来抵制，结果激化成了一场暴动，最后在农民友军配合下，终于打垮官军，赶走乡长和“有钱的”，建立起了自己的天下。这一场农民暴动，确“充分表现大时代下的农村动乱的主题”。诗人当时写它时也颇有一番雄心。它气魄的宏大，情调的高亢，在1930年代诗坛确十分值得珍视。但它也并不成熟，除了“农民的旧的根性过于浓重”——即封建宗教意识和风格的过分渲染之外，也还有这派作风中的根本问题存在：即由于重视“具体的写法”，所以“起先叙述多过表现歌唱”，但后来为了要写出革命意识，又采用大众合唱诗的办法，插入大量空泛的合唱，成了繁琐的叙述和抽象的口号的混合物，粗犷有余而深意不足。

中国诗歌会在反击唯美派逃避现实的诗风、扭转后期创造社、太阳社空洞喊叫的诗风中确起了积极作用，捉住时代意识的精神和诗歌要通俗化、为人民大众服务的方向，应该说在现代诗歌史上也有着深远影响。但它没有形成流派风格，虽然它一反至情主义的抽象呼喊，而提出具体写法，却也还是不重视用具感的意象来进行抒情，而走入了琐碎叙述的极端；虽然它主张用俗言俚语，用大众合唱诗来体现诗歌的大众化，但这一派人多数还是城市小资产阶级知识分子，思想情趣也未真正大众化，结果徒然在词语、腔调上学，终难学好。诚如朱自清所指出的：“这些诗里也许确有新世纪的意识，但与所有的新诗一样，都是写给一些受过欧化的教育的人看的，与大众相去万里。”这一派对现实的积极态度也促使他们的创作热情很高，个别人——如蒲风，还提倡过“新诗歌的斯达哈诺夫运动”，这样说：“我们在一定的期间内（五年或十年）我们还无妨来一个在创作诗集上突破十册以上的运动，伟大而多难的现实证明了我们的产量的飞跃之可能……”由于把投身现实看成一切，以为就可大写特写，而不重视诗人自身对现实的感受强度和深度，不重视诗创作属于形象思维，要特别注意审美的“质的方面”，结果这一派的诗大都显得粗糙，艺术感染力不够。

革命诗派在左联十年期间经历了从后期创造社，太阳社到中国诗歌会的演变，他们始终对时代采取积极干预和企图变革的革命态度，所以他们的诗洋溢着革命的或者积极的战斗情绪，是时代的暴风雨中的阵阵呐喊，但由于忽略了诗自身反映现实的特殊规律，忽视了丰美而动人的形象塑造，所以他们的诗难以有更深远的影响。

二、低吟在象牙塔里的唯美主义诗歌

在第一次国内革命战争急风暴雨的年代，诗人中出现了政治分野：激进的、彷徨的和反对的。激进的一类进入了革命行列，而彷徨的一类由于内心痛苦，躲进了象牙塔，反对的一类，内心惶恐，也躲进了象牙塔。这后两类诗人虽政治属性不一，但都感到生活空虚，前途渺茫，诗成了自己的唯一安慰，藉吟咏以求超脱。这样，他们写诗就因了生活内容愈贫乏，抒情天地愈狭窄，精神状态愈空虚，而愈要求在艺术上下功夫。这一批躲在艺术的象牙塔里悲吟的诗人，就形成了左联时期现代诗坛又一诗歌风格——唯美主义诗歌。应该指出：这一派人由于生活在半殖民地半封建的中国社会，他们热衷于唯美主义皆因对黑暗而混乱的现状不满而起，这和19世纪末流行于欧洲的唯美主义有所区别，后者以戈蒂埃、王尔德为代表的核心主张是："不是艺术反映生活，而是生活模仿艺术"，并藉此以达到对资本主义社会进行美化的目的。中国这一路的诗人未必如此。

提起这个风格，我们当然首先想起新月派。它是1926年春天由徐志摩、闻一多、朱湘、饶梦侃、刘梦苇在北京《晨报》上办起《诗镌》后形成的，1928年3月，作为机关刊物的《新月》月刊在上海出版后，阵营扩大，又添入了陈梦家、方玮德、卞之琳等新生力量，于是新月派进入了全盛时期。这一派中坚分子之一的闻一多，自从1928年出版《死水》后，基本上已不再写诗（写于1931年的《奇迹》是个例外）。他是个爱国诗人，有正义感，面对白色恐怖时代内心苦闷，因而钻进古书堆里，后来就渐渐和这一派隔膜了。这时期新月派的主将是徐志摩，1927年以前他出过《志摩的诗》《翡冷翠的一夜》两册诗，第三册诗《猛虎》基本上写于1927年至1930年之交，至于最后一册《云游》，是他死后由别人编辑出版的。

在徐志摩早期的诗里有“五四”反封建精神和人道主义色彩。大革命兴起和遭受镇压的最初阶段，在他心理上的投影，是惶恐，从而茫然，以致诗思枯竭。有关这一点茅盾曾有过精辟的分析：“我以为志摩诗情的枯窘和生活有关系，但决不是因为生活平凡，而是因为他对于眼前的大变化不能了解，且不愿意去了解。”因此，徐志摩在这一时期开始所写的诗，感情上和艺术上都显得十分混乱，有关这点，《秋虫》《西窗》两首诗很有代表意义。它们不仅艺术上散漫而芜杂，不足取，感情也是十分矛盾的。他也写了些同情人民疾苦的诗，如《在不知名的旁道》，同情贫病交迫的女乞及她的孩子。但这种同情所体现的人道主义精神浅薄了一些。正像《拜献》一诗里所说的，诗人一方面的确想给宇宙间一切不幸者献出“胸肋间的热”和“灵性的光明”，但这“热”和“光明”是什么呢？原来是希望不幸者相信“天外的云彩为你们织造快乐，起一座虹桥，指点永恒的逍遥”。这意思不是很明白吗？受苦受难者要消除“无穷的苦厄”，只有等灵肉解体，到另一个世界去才有可能——这就是徐志摩这时期所走的创作道路。

徐志摩的这一条路也代表了全盛时期整个新月派所走的路。朱湘在“四一二”大屠杀最初的日子里发表了《泛海》一诗，幻想“销帐前龙女拨琵琶、酾酒高呼，让天风播入无涯”，就是说他想飘然海天，与世无争。另一个后起之秀陈梦家，更明白地说：“尽管有我们自己梦想的世界，但总要安分，‘自然’是真的主宰。”他还在《古耶稣告诉人》里要人们“存着希望的心，只静静的等待”。等待什么呢？“在人间受些苦难，却不必悲伤，天上为你他造了美奂的楼台。”这也就无怪乎他在《葬歌》等诗里进一步去美化死亡了。

新月派诗人对现实采取以上态度不是潜意识的，而是一种看透之后的彻悟，因此他们的诗歌形象总受着理智的控制，而不是由“诗神所激起的迷乱而进入诗歌之门‘的’疯狂的诗歌”（柏拉图语）从总体看，形象的感性浓度不足，多用抒情主人公对第二者倾诉心绪或叙述事件的角度来写，爱用通感以造出一种明喻或隐喻的意象，来使那一份彻悟的道理有一种具感性。诗思冷静，却在一定程度上畸形地发展了他们的感觉才能，给人一种一刹那的新奇刺激，却难给人较多暗示中的回味。如徐志摩的《我等候你》，写的是焦急地等候和美妙地期望人来结果却是绝望了的一种情绪，用的是这样的诗句：

我等候你
我望着户外的昏黄
如同望着将来
我的心震盲了我的听
你怎么还不来？希望
在每一秒上允许开花
……
希望在每一秒钟上
枯死——你在哪里？

这里是很运用了一番新月诗人惯用的技巧的，“户外的昏黄”，是眼前景，他却用“如同望着将来”来比喻，也就是说，以眼前景来暗示自己的心情——这个等待人来的结局并不妙！我们说为一件事激动得失魂落魄，竟然对周围一切也都听不到了，徐志摩却用“心震盲听”这样的反常句子来造成一种暗示表现出来。我们说每一秒钟都在希望着，却每一秒钟都成了失望，徐志摩把“希望”和“秒钟”都拟物化：秒钟暗拟为树，希望暗拟为花，结果是“希望”可以在“秒钟”上开花，也可以在“秒钟”上“枯死”。这儿要传达的仅是人极平常的一种心情而已，没有什么神妙的诗意，但经新月派惯用的技巧一对付，这一层意思变得十分具体可感，并造成了诗歌语言的高度浓缩，藉启示力和暗示力取得言简而意深的效果。有了这种受理智控制的技巧以制造意象，也使这一派诗歌形式有了自由驾驭的便利。新月派突出的标志是讲究诗的格律。他们有十分严谨的格律主张，归纳起来大致是：（1）以音尺为节奏的最小单位，分单字尺、二字尺、三字尺和四字尺；（2）以行而不是句为诗的基本单位，每行由三个、四个或五个音尺组成，形成三顿、四顿或五顿的诗行节奏；（3）行与行之间顿数要求一致，也可以两两相随、相交或相抱的一致；（4）韵押在行末，可以押交韵（ABAB），抱韵（ABBA）和随韵（AABB……）不分章节的诗一般多押随韵；（5）一篇分数章，每章句数要相等，或对应地相等，而对应的诗行其长度和排列法也要一致，以造成整体的匀称。由于这一派诗思冷静，能得天独厚地以理智控制创作，所以格律运用比较自如，能戴着脚镣在自造的框子里跳舞。我们应该看到：在当时诗歌语言赤裸到近乎大白话，形式自由到近乎散文的情况下，这种语言技巧的讲究，格律形式的提倡，无疑是起了相当大的建设作用的。陈梦家在《新月诗选》序言中说："主张本质的醇正，技巧的周密和格律的谨严，差不多是我们一致的方向"，"我们希望一点苦心总不会辜负自己"。这种认真态度和探索精神，以及他们在实践中所达到的艺术水平，都应该肯定下来。

但这一派人并没有走上康庄大道，路反而是越走越窄。这派诗人唱不完的雁子，云，女人和磷火，以及"优闲的感情的享乐"，"美幻的事物的追求"，就连他们自己也感到厌烦了。虽然1931年该派还办起了《诗刊》，同年9月又出版了陈梦家编选的《新月诗选》，但这只是一种虚张声势。作为这一派盟主的徐志摩也只能写出"别拧我，疼！"这样赤裸裸的调情诗了。在形式上，他们从强调建筑美而走上以诗行音数一致来取代音尺有机组合达到音顿一致的道路，结果产生了一批被世人讥之为"豆腐干体"的诗，令人读来生涩别扭。有的生搬外国诗格律，实验创作十四行诗，任意断句，无理跨行，学一些和中国传统习惯很不一致的押韵方法，结果花无数精力写成的诗反没能给人多少音韵美感。更有甚者，为了把形式搞得神秘玄虚，以使平庸的内容显一点奥妙，他们一方面故意奇奇怪怪的断句跨行，另方面还通篇不打标点，像陈梦家的《悔与回》，叫人越读越吃力越难懂。所以到左联成立初期，新月也已陷入绝境。徐志摩因飞机失事而丧生，朱湘因生活逼迫和艺术窘困而投水自尽，而另一些人却起来反叛了。这些人首先在内容上开始突破。陈梦家竟也写出了像《丧歌》这样揭示人民处于水深火热里的诗，写出了像《马号》《炮车》这样诅咒蒋介石打内战，“杀的是兄弟，不是仇敌”的诗，写出了像《秦淮河的鬼哭》这样控诉南京反动政权实行白色恐怖的诗。另一个后起人物方玮德也写出了《二十生辰》这样的诗，否定了过去做人要安分、上帝才是主宰的讲法，提出了“再莫像以前的颓唐”，“阵头上枪声是何等紧张”，“战场上不容你偷睡”。由于他们所写的题材已略显向现实靠拢的迹象，抒唱的天地大了，因此格律规范已成桎梏，致使他们对形式进行突破。当年有一位研究新月派的评论家对这一点有个别致的发现，他说：“后面这个对照是很有趣的，前期诗人的作品大半是初期作品形式自由，后来慢慢走上字句整齐的路，后期诗人则大半是初期作品字句整齐，后来慢慢走上形式自由的路。陈梦家倾向自由诗，林徽因在实验自由诗，卞之琳去象征派的路不远，孙大雨曾努力于雄伟的长诗。”这的确很能说明问题。

就这样，新月派随着盟主徐志摩于1931年11月坠机丧生，失却统一中心，一步步走向了没落，唯美诗派中衰。这要到1932年5月《现代》杂志创刊，现代派诗歌被大力提倡，唯美诗派才再度兴旺。

我们平常说的现代派其实是个总称，它可以包括象征派、意象派、未来派、达达派，而总的精神乃是由象征派承袭下来。

象征派在中国诗坛经历了以李金发开始，再由戴望舒作了发展，并继而转入现代派这么一个过程。李金发倡导的象征派是法国型的。还是在第一次国内革命战争失败前，李金发就一连出了《微雨》(1925)、《为幸福而歌》(1926)与《食客与凶年》(1927)三厚本诗集。从这些诗里可以看出：他有十分敏锐的感觉力，强调造句要新奇而富暗示力，并且还有意识地按“不固执文法的原则”，在诗的句子构造上进行省略，强调一个个意象的自身表现，而对于意象与意象间的必然联系所需要的关联词语随意省略，这样做就使得他在行文时一章中有省去数行，数行中有省去数语，数语中有省去数字的。让意象之间的脱节关系由读者自己凭联想去衔接。由于这些特点，李金发的诗显得晦涩朦胧，玄虚难解，用来表现这一派诗人的颓唐晦涩情绪倒的确很合适。但李本人总因中国文字修养太差到语句无法写通的地步，虽有摄取意象的敏感，但不善于在合适的语言物质外壳下剔透玲珑地表现出来，并且又很不讲究诗的构思，没有一个核心来统率众多意象，外加行文时又还要省略关联词语，致使一首诗纵有不少好意象而只能分拆开来读，合在一起想统观全貌就叫人莫名其妙了。所以有人说："新诗一到李金发手里，可说全成为魔术的玩艺了"，"这一派虽然早出于民国九年之前，而过问者仿佛很少"。这情况到大革命失败后也还一直存在。"九一八"事变后，民族危机逐渐上升，这是触及全国各阶层人民切身利害关系的事，于是意志软弱者在国难面前感到了悲哀绝望和恐怖，从而使得在这些阶层中普遍出现一股阴郁、颓唐和迷茫的情绪，象征派的艺术正投其所好，发展起来了。唯美诗派也就有了起色。只不过1932年兴旺起来的这股唯美派的新潮流，并不就是象征派，而是经过戴望舒把李金发的象征派改造过，再注入意象派，未来派甚至新月派末流的作风形成的一个新流派——现代派。

戴望舒开始写诗大概是1923年至1924年之交，处女作《我的记忆》出版于1929年4月。这卷诗前后三辑风格虽不很一致，但哀哀切切的情绪完全一致。他把自己当作流浪人，把他所生活的祖国看成残月在山头哭泣、怪枭在幽谷悲鸣、饿狼在残碑荒坟间嘲笑的一个阴暗地方，因此他痛苦地唱出了：

此地是黑暗的占领
恐怖在统治人群
幽夜茫茫地不明

生活在这个象征地被表现着的中国现实境界里，他确感到自己是"颠连漂泊的孤身"，只有"泪盈盈"地"与残月同沉"了。孤独寂寞的痛苦是他所要歌唱的中心主题，他一再地说："我，我是孤寞的生物"(《我的素描》)，"人间伴我的是孤苦"(《生涯》)。但这种因现实的黑暗造成的孤苦并没有催他觉醒，走向进步，反而"期望长睡沉沉，长在那梦里温存”(《生涯》)。他于是成了现代派诗人共走的那条“梦中的道路”的开拓者，而在这条路上他所铺砌的就是如下一类辞藻：幽灵、荒场、枯枝、死叶、残月、断梦、悲思、微命、珠泪、萎谢、凄艳、沉哀、啼泣、颓垣、暗水、哀曲、梦的王国、幽暗的记忆、紫色的太阳……这些可以看出他当时是怎样的抒情个性了。

《雨巷》是戴望舒的代表作，是他寻求梦中道路最生动的体现。诗一开头就说：

撑着油纸伞，独自
彷徨在悠长、悠长
又寂寞的雨巷
我希望逢着
一个丁香一样地
结着愁怨的姑娘

这儿的“希望逢着”并非真的逢着，那只是梦想而已，所以诗人在这条“雨巷”里行走和所看见的其实也只是一种梦想。这条雨巷也是“梦中的道路”的象征，而诗人在这儿寻觅的“愁怨的姑娘”也只能是对生活那种茫然和忧郁一往情深的象征。对生活茫然无着不是起来反抗、改造，而只是消极地哀愁，而对这种哀愁又不思摆脱反而爱它，品味它，依恋它，这也许就是戴望舒这派诗人的典型的感情个性。不过这首诗的代表意义还在于：它标志着戴望舒比较彻底地改造了李金发的象征派诗风。他以“我”、“雨巷”和“姑娘”三者的有机关系逐步展开、发展和归结，来显示出“雨巷”中的形象乃是梦中的道路的象征，就是说，戴望舒的象征艺术是从整体的形象着眼的，不像李金发，只是把一个个意象作孤立的堆砌；在抒情方式上，戴望舒也不以表现意象为满足，而要让各个意象有机地组合成一个总的形象，这也和李金发不同；在语言上，戴望舒并不故作奇特不凡，而总是去选择贴切的、能充分显示所要表现的形象的那种色彩、姿态、情调的口语化词语，尤其是决不随意作词语的省略，坚持按口语传情达意的自然状态来写。

戴望舒和李金发一样，他的象征派艺术也是法国型的。他受法国象征派大师魏仑（Verlaine）的影响较大，有人评魏仑的诗时曾说："他的语言打破古典的规律，只研究内部的旋律之感。"戴望舒也认为："诗的韵律不在字的抑扬顿挫上，而在诗的情绪的抑扬顿挫上，即在诗情的程度上。"他早期的诗——像《我的记忆》的第一辑里，戴望舒倒还不是按上述这个主张做的，他那时是"努力使新诗成为跟旧诗样可'吟'的东西，押韵是当然的，甚至还讲究平仄"。但《雨巷》的音节却已开始讲究情绪的抑扬顿挫——内在律了。这首诗的词语安排、断句、重叠和反沓的原则，都十分切合于表现形象和情绪的茫然。叶圣陶当年就称赞它替新诗的音节开了一个新的纪元，这倒颇确切。但有人认为《雨巷》和《我的记忆》在诗的音乐美上"走着两条绝对背驰的道路的"，后者才是"字句的节奏已经都全被情绪底节奏所替代"。我却以为它们是走在同一条路上——都从内在律出发的。当然，《我的记忆》以后所写的诗也许在语言上更加口语化，音节上更加合乎诉说的腔调，也去掉了韵脚。但它们总的精神是一致的，都为了表现"诗的情绪的抑扬顿挫"而"为自己制最合自己的脚的鞋子"。

如果说《雨巷》完成了戴望舒对李金发的象征派的改造，那么《我的记忆》完成了戴望舒从象征派向现代派的过渡。《我的记忆》这首诗所要表现的无非是"永远不肯休"的"同样的故事"——对往事的甜蜜的咀嚼和慨叹。引人注目的是它的艺术。它在形象表现上，是"由真实经过想象出来的"，它"不单是真实亦不单是想象"。在意象选用上，不求新奇和形似，选取的全是现代人生活中经常可感触到的事象来象喻，而且使它们潜藏有多种的具体感觉，确是做到了"不是某一官感的享乐，而是全官感或超官感的东西"。它在语言运用上也务求平易、贴切，却又能在平中见奇，富有暗示力，一变戴望舒早期诗中爱用陈旧华丽辞藻的作风，而采用口语，显示出戴望舒已懂得"单是美的字眼的组合不是诗的特点"，也懂得了"不应该有只是炫奇的装饰癖，那是不永存的"。至于在形式上，《我的记忆》已完全能适应新的情绪的抑扬顿挫要求，没有人为的外在律来控制，这做法也表明了戴望舒作为现代派先行者的鲜明立场："新诗最重要的是诗情上的nuane，而不是字句上的nuanc"，"新的诗应该有新的情绪和表现这情绪的形式。"我们根据以上这些艺术特色可以看出：《我的记忆》一诗是戴望舒风格的转折点。这以后他写的诗（后来编入《望舒草》的部分）就都是顺着这条路子走的了。至于那些诗所体现的主题，却还是脱不了前期那一套，总是用身边琐事，女人，秋，天空，古园等作抒情材料，抒唱着"流浪人"在梦中的道路上所得的印象而已。

戴望舒的诗给人一种融和的美，形象完整而纯净，结构自然而缜密，风格清丽而蕴蓄，他的《残叶之歌》《印象》《秋天的梦》《二月》《旅思》《深闭的园子》《寻梦者》《乐园鸟》等，都有较高的技巧，格式的变化和意境的创造都较成功，而像《村姑》这样的诗，还显示出戴望舒企图向人民生活接近和向人民语言学习的苗头了。不过，戴望舒走的毕竟是从象征派过渡到现代派的路。当《现代》杂志一创办，他那些以《我的记忆》为标志的现代派诗歌，在这本深有影响并且体现着繁花并放的大杂志上后，许多人就跟着学起来，现代派的诗风也就正式成了一股势力。

《现代》杂志上刊出这一类诗以后，读者中有不同的反响。该杂志的编辑施蛰存特地为这一类诗作了解释，指出："它们是现代人生活中所感受的现代的情绪，用现代的词藻排列成的现代的诗形。"但什么是现代人的生活和他们的现代情绪呢？施蛰存只说是："汇集着大船舶的港湾，轰响着噪音的工场，深入地下的矿坑，奏着Jazz乐的舞场，摩天楼的百货商店，飞机的空中战，广大的竞马场……"

值得指出：也有一些具有才华的青年诗人，在这种诗风开始兴起时期，也程度不同地受了影响，写过一些闪烁着艺术光彩、显示着个性特色但又离社会现实较远的诗。譬如曾出过一本《汉园集》而被人誉为汉园诗人的何其芳、李广田和卞之琳就是这样的。三人中，何其芳写得最浓艳，似乎颇受了晚唐诗人的影响。他善于为抒情而寻找美丽的意象，使真实和想象融和得很贴切，虽然总是想象略为提高点，却不乏真实之感；并且，他的构思十分精巧，写得很细腻，语言也清丽活泼，所以这些诗真像“没有照过影子的小溪最清亮”(《花环》）一样可爱。李广田自称为“生自土中，来自田间”的“地之子”，风格比较浑朴。他似乎善于为述事而寻找意象，在真实与想象之间较偏于真实的描写，他还善于在诗句结构上下功夫，以传达出自己感受的不同情调。比较起来，卞之琳是“汉园诗人”中资格最老的，他曾是后期新月派中人，《新月诗选》里有他的诗，那时他的诗还并不怎么拘谨，很善于表现一种情调，但当他转入现代派后，收在《汉园集》和后来的个人专集《鱼目集》里的诗，就显得诗思力求冷静，理性控制太强；为了表达一种属于悟性的东西，他也像李金发一样爱用省略法，做到尽量经济，尽量往深处表现，所以这时他的诗反而变得枯涩了。三位诗人这时都还是知识青年，人生阅历不广，校园的生活面也十分狭窄，诚如何其芳在诗集《预言》的末一首《云》里所流露的，他们这时的诗真好像远离人世而飘浮在半空中的云一样。

总之，这一股以现代派总称的唯美诗派，其声势远较当年的新月派为大，除了《现代》杂志刊载这一类诗以外，还有不少纯诗歌刊物大量刊载它。这些杂志的编者和作者，多属城市小资产阶级知识分子。在阶级矛盾和民族矛盾愈趋尖锐复杂的情势下，本来社会地位就并不高的他们更感到自己前途茫茫，世纪末的浪客情调十分浓。他们是没有那一份闲情来超脱自己、解化他人以求得安分的，故他们写诗不像新月派总受理性控制。他们迷恋于一种潜意识的情调，畸形地发展了对意象的创造，以意象的丰美为诗歌艺术的最高标准，严谨的格律形式却叫他们受不了，这使得他们写的总是自由诗。又由于他们的情绪总是茫然的，对生活事件没个明确判断和坚定信念，致使他们的自由体诗中颇多设问句和感叹句，善用“的、呢、吗、吧”等语气词来现实犹豫不决的判断腔调。

强调感受的抒发而漠视哲理的表达，强调以具感的意象来抒情而不作赤裸裸的喊叫，强调内在律而拒斥人为的形式束缚——正是这些特点，使现代派的诗富有较高的艺术水平，形象性较强。但也应该看到，对艺术的这种重视，正像新月派是由于感情的淡漠逼出来的，现代派却是由于感情的狭窄和空虚逼出来的。因此当感情越空虚，越要用象征艺术来装饰时，必然使他们的艺术也像新月派一样失却了生命力。譬如有这么一首《乳底礼赞》：

小夜曲飘起时，孪生的富士山
在顶巅上，有人举行燔祭了

这里确实充分地运用意象在进行暗示，但却是用来表现一种显得庸俗的内容，这样的艺术不能不说是苍白的。另外一方面是由于强调意象的暗示，产生了诗思表达求之过深的现象，譬如有这样一首叫《檐前》的怀乡诗：

骆驼的足音似的辽敻的
北风，穿过呜咽的风铃
袭着少年人漂泊的心

当时犹有读者认为空虚。而发表这首诗的编者就解释说："北风是从远处吹来，因此用'辽敻'是形容词；诗人因北风而联想到沙漠（北风的故乡），因沙漠而联想到骆驼，因此他听到北风的声音，便想象它是带着故乡的声音美，""诗人想到北风都有家，因而起了自己的漂泊感。"最后编者还赞赏说："这种表现，实在是最经济而又深刻。"我们承认这儿有作者联想的一番苦心。但这种象征艺术并没有能给人甘美的回味，而只能叫人皱着眉头推敲，在晦涩中叫苦，在费解中茫然。这种情况在卞之琳等身上表现得更为突出，卞之琳的《圆宝盒》《鱼化石》《距离的组织》《破船片》等诗，大家都只好像猜谜一样地去解，连善解诗的朱自清都解错，也不得不说一句"怕表现得不够充分"。结果只好让卞之琳自己一次又一次花不少笔墨来作说明。晦涩而不自觉，反当作艺术新高度来认识，这就使得这一派终于走向衰落。虽然1936年他们还出版了一本集现代派之精华的《新诗》杂志，从现象上看这一派的事业好像越兴旺了，其实那上面发表的诗不仅离现实越远，感情越空虚，而且在艺术上也越枯燥无味，越叫人读不懂。像戴望舒，这时也一变当年的活泼清丽的语言风格，丰美单纯的意象艺术，而写了像如下这样的诗句：

孤云逐浮云之炫烨的卷舒
惯看青空的眼喜侵阈的青芜

在这样别扭而令人费解的语言中能有什么艺术光彩呢？他们写诗的确越感到吃力，越不容易写出来了。现代派也像新月派一样走向了衰落。

随着救亡的呼声响遍中华大地，新月派的诗人也好，现代派的诗人也好，要想安居在象牙塔里已再也不可能。民族存亡的严峻的现实，也把他们吸入时代的旋涡中去了。于是，绵延十年之久的唯美诗派，也就中断了在艺术的象牙塔里的低吟。

三、现实主义诗歌主潮的形成

正像历史本身原是一个矛盾的客观存在，它总是矛盾的两个方面既对立又统一地依存着的；左联十年期间，我们现代诗坛的革命派诗歌和唯美派诗歌也总表现为既相互排斥又相互渗透的状况。它们之间的相互排斥是明显不过的；革命派诗歌强调诗的革命现实内容，却把诗歌艺术的形象美忽视了，好像是可有可无的；而唯美派诗歌却规避了诗歌的革命现实内容，把诗歌艺术的形象奉若神明，当作追求的唯一目标，这样极端相反的艺术观和诗歌作风，使得两派在组织上、理论上和创作实践上相互排斥是势所必然的。但应该指出：我们的研究者一直来也似乎只看到他们间的这种排斥。其实在长期创作实践中，这两派总也在潜移默化中相互渗透着。

下面这件事是令人回味的：

《现代》杂志二卷一期上发表了郭沫若的《诗二首》，其中之二的《牧歌》是这样：

春风吹入我们的故乡
姑娘呀，跳舞吧，姑娘

我们向碧桃花下游行
沐浴着那亲蔼的阳光

你的影儿和我的影儿俩
合抱在如茵的青草场上

春风吹入了我们的草场
姑娘呀，拥抱吧，姑娘

小鸟儿在树上癫狂
蝴蝶儿们在草上成双

空气这般地芬温软洋
含孕着醇酒般的芬香

姑娘呀，陶醉吧，姑娘
春风吹入了我们的心房

这不是很像情诗吗？但它写于1928年1月28日，正是他被蒋介石通缉，避难上海，大病初愈写着《恢复》的时候，他的心目中正有一团愤火在熊熊燃烧，哪还会有闲情写情诗呢？可不，这不是情诗。在发表《诗二首》时，郭沫若有封信写给《现代》编者，内中说："这两首诗并列在这儿似乎有点儿矛盾，但这个世界正是充满矛盾的世界，要紧的是要解消这个矛盾。我所希望的是在《夜半》之后有《牧歌》的世界出现。"《夜半》写的是诗人和他的朋友在时代的"夜半"时分，手紧握着手在陇道上颠扑不休地前进，则可见《夜半》过后的《牧歌》世界，当指祖国自由解放的狂欢境界。这有点像戴望舒写《雨巷》，写的是"我"对一位姑娘寻求的失望，实则暗示着诗人自己对前途的迷茫，是同属于象征艺术的表现。按理说，郭沫若写《牧歌》时正在《诗的宣言》里把"美"和"爱美"的情趣比做富有阶级的"绫罗香水宝石"，从而要对这种艺术情趣和艺术表现采取措施：抛弃；而主张诗要写成赤裸裸的口号，写成狂暴的呐喊。但在这儿他为什么又用象征派惯用的象征艺术来写对未来社会的向往呢？道理很简单：口号，呐喊虽有革命内容，但毕竟太乏味，诗毕竟要有形象美，要有为表现形象的抒情艺术，而象征派就有这个特长，于是郭沫若就接受了唯美派惯用的这种抒情艺术对他的渗透，写成了这么一首美丽动人的诗。

以上这件事值得人回味在哪儿呢？我以为就在于唯美诗派潜移默化中确在向革命诗派作艺术上的渗透，类似的例子还不少。譬如中国诗歌会的中坚分子柳倩，他以他的长诗《震撼大地的一月间》、诗剧《阻道》、短诗集《生命的微痕》等表明他是强调诗歌的革命内容的，而同时他的诗又写得较精致，形象性强，耐读，诚如穆木天在《生命的微痕》序中所说的："柳倩的诗读起来是有一种新鲜味的，他好像受了好些新月的格律的影响。"可见柳倩的诗有新鲜味同受新月的影响有关系，而且这种影响还不止一点点，而是有"好些"。可不是吗？像《秋风》《趸船上》《夜未央》《小舟》《自杀》《云鸟曲》《银铃》等，都十分清晰地看出他受了新月的影响，而这些诗正是他创作中显得更动人一些的。

如果说唯美诗派向革命诗派渗透表现在艺术上，那么革命诗派向唯美诗派的渗透则表现在忠实时代、追求时代并献身时代的那种激进的现实主义精神方面。这一种渗透可以说更显著一些。譬如新月派的朱湘，他的诗里包含许多看破世界的麻醉意识，和现实主义的时代精神抒唱有一定的隔阂。但革命诗派忠于现实的精神后来影响了他，使他能面对惨淡的人生写出了《乞丐》这样悲愤交集地控诉贫富悬殊、抨击社会黑暗的诗。又如陈梦家，我们前面已说到过他也曾面对现实有过抒情的突破。这里我们不妨再说一点："九一八"和"一·二八"事变也使他再觉醒，像革命派诗人一样，他的诗魂飞向民族灾难的严酷现实。诚如有一位评论者所说的："资产阶级诗人，可说平时并不关心国事的吧，可是这时竟也走向战场了，新月派的诗人陈梦家就是一个。"他在战场上还写了诗集《在前线》，其中像《在蕴藻浜的战场上》这样的诗，满怀激情地赞美了民族战士在战争中顽强地战斗和热烈地献身的精神继续抗战。戴望舒是现代派的先行者，他的创作显示了他的诗只有孤苦的感受和在梦中的道路上寻觅记忆的兴趣，但他也在《断指》一诗中表明他的记忆已从"燃烧着的烟卷"，"破旧的粉盒"，"颓垣的木莓"等转向一个装在酒精瓶中的断指上。这断指是他一位朋友留给他的，而这个朋友呢，竟是在一个"工人家里被捕去"的革命者，他受尽"酷刑"和"惨苦的牢狱"生活，"过后是死刑"夺走了他的生命；诗篇中又说："我"看着断指就想起了这位已牺牲的朋友；还说自己每当为了些琐事而颓丧时，就要拿出酒精瓶来。在他的诗里竟也写了对革命烈士的怀念和革命烈士对他的鼓舞，血火交迸的革命现实生活竟也吸引了他，渗透了他的创作。虽然在20世纪30年代时他还并没有因为这种渗透而还没能全身心投入大时代的斗争行列，但在抗日战争中，在日本帝国主义的地牢里，他终于坚强不屈，写出了《我用残损的手掌》等著名的爱国主义诗篇，他的经历十分经典地说明了激进的现实主义精神完全有可能渗透即使曾是最坚执的唯美派诗人。至于因渗透而终于彻底地从唯美诗派转向革命诗派的也大有人在，譬如后期创造社诗人、左联主要负责人冯乃超，就出自李金发他们的象征派，他出版于1926年的诗集《红纱灯》就是典型的唯美主义诗篇，朱自清当年就说过："冯乃超氏利用铿锵的音节，得到催眠一般的力量，歌咏的是颓废，阴影，梦幻，仙乡。"但他后来参加了革命，激进的现实主义精神渗透了他，使他彻底转入革命诗派，并成了这一路的主要人物。穆木天也出于象征派，杨骚前期的诗如《受难者的短曲》《心曲》等都显示出他是个伤感的唯美主义者，但这两人后来也都转变，成了中国诗歌会的主要人物。至于像出自新月派的曹葆华和现代派的何其芳，在本时期末了也都开始觉醒，他们接受了激进的现实主义精神的渗透，到抗战爆发后又经受了革命锻炼和现实的考验，成了革命诗人，这是众所周知的。

以上这些例子说明：革命诗派和唯美诗派并不总是相互排斥的，他们也在不断相互渗透，这是既对立又统一的辩证规律所决定的。同时也得注意到一个事实：唯美派诗人接受革命现实的教育而转向现实主义的多些，这说明：由这两个诗派所构成的这对矛盾，主要方面是革命诗派，它是现代诗歌发展的主导力量。

左联时期的现代诗歌，正是以革命诗派激进的现实主义精神为主导，两派在相互排斥又相互渗透中向前发展的。这种趋向又终于使二者汇成了一股潮流，从而推动了一大批有名无名的诗人，使他们写出了一些真能经得起时间考验的诗出来。于是就出现了第三个诗派，不妨名之为现实主义诗派。这一派诗人都有一颗“被‘天火’燃着了”的“不安定的人心”，面对“时与空满布着激动与斗争的纵横”的时代，他们要么“唱一段激动宇宙的高歌”，要么“吐一口真诚的太息”（引自王统照诗句），但他们几乎又都是“在真实的个性上”来显示“我们的时代”的（引自史轮语）。譬如，像王统照的《她的生命》，力扬的《我在守望着》，李心若的《渡》《更声》，苏俗的《燕市》，李微的《莫庄》，白曙的《暮耕》，班东的《野店》，镛舒的《布谷》，张泽厚的《秋收》，金曼辉的《在铁工场》，马铃梆的《塞外征人之歌》《兵》，阿黄的《江上》等。这些有名的或无名的诗人的无名诗篇，虽然并不都十全十美，但它们一般都能把时代的重大内容和艺术的形象美较好地结合。譬如发表在《中流》二卷二期上的《江上》，作者是一位旅居缅甸仰光的华侨排字工人，一个20几岁的青年阿黄，写的是一批船工在大江上划船劳作的生活内容，在质实无华的语言和浑朴的形象描绘中，却能使人进入象征境界，给人感受到这是工人阶级在历史大江上“挨着肩头”拖大时代的船，“划开逆流的江波”在前进，还像听到这个阶级正在引吭高歌：

> 旧世界正在焚烧着
>
> 我们的生命就是一把火

这样一首没有故作激烈喊叫的诗，却能在近似新月派的格律形式、现代派的象征手法中传出一串雄浑的音响，显现一个壮美的境界，实在令人惊叹。在那个时代写工人生活的诗中，写得像《江上》这样富有特色又有深意的似乎还不多见吧！正是这样的诗，在左联十年间，为我们诗坛铺下了一条真正可行的现实主义诗歌之路，我们不应轻易把它们忘掉。

值得我们重视的是：有三位左联时期成长起来的诗人，他们的创作更能体现现实主义诗派的精神实质。这就是艾青、臧克家和田间。

比较起来，臧克家是三个人中最早发表诗的。他于1933年出版了第一本诗集《烙印》，当时就引起文坛注意，茅盾在《一个青年诗人的〈烙印〉》一文中就指出："《烙印》的二十二首诗只用了朴素的字句，写出了平凡的老百姓的生活。""作者没有存在好玩的意思来写诗，作者的创作态度是够严肃的。"这些特点也可以包括臧克家1930年代另外几册诗：《罪恶的黑手》《运河》《自己的写照》，臧克家有他自己的写诗主张，在《论新诗》一文中他一方面反对诗脱离现实，另方面又反对失掉诗本身的条件——形象思维的规律。他自己的诗确有比较扎实的内容。由于他出身山东农村，从小熟悉农村，热爱农民，"深深地同情他们，为他们的不幸而悲愤"并"情愿和他们有共一的命运"。所以他的诗较多地写了农村的破落和农民的不幸。如《难民》，描写天灾人祸下到处流浪的难民群众走投无路的惨景，《老哥哥》通过长工"老哥哥"和地主小儿子一场对话，控诉了老长工遭受地主世代剥削，老了后又被一脚踢出门去的那种无情榨取的惨状。《老马》以一匹老马的形象概括了整一代农民，他背上压着苦难的重荷，在"这刻不知道下刻的命"的日子里度着悲惨生涯。《村夜》《答客问》描绘了1930年代初期广大农村的动荡和灾祸。

《神女》《当炉女》《小婢女》《炭鬼》《贩鱼郎》等寄情于被侮辱与被损害的下层人民，《罪恶的黑手》对外国教会肉体上压榨中国劳动人民，精神上又控制他们的罪恶勾当予以愤怒的抨击。《自己的写照》是一首长诗，以诗人自己的经历为线索，波澜壮阔地反映出了第一次国内革命战争的兴起，失败直到民族危机日益高涨的30年代中期，这么一长段斗争年月的真实面貌。这样的诗在当时诗坛确算是把捉得时代脉搏的。臧克家又力求注意到“诗本身的条件”来下笔：“我力求谨严，苦心地推敲追求，希望把每一个字放在最恰切的地方，螺丝钉似地把它扭得紧紧的。”所以他的诗构思巧妙而精致，语言凝练而生动，在当时诗坛产生过积极影响，有不少人模仿。

田间最早的诗发表在1932年，《未明集》是他的处女作，出版于1935年。随即又出版了《中国牧歌》《中国，农村的故事》。在当时诗坛，田间像颗奇光异彩的彗星，他对“无笑的祖国”的“疯狂的黑夜”有着颇强烈的直感，他自认为他的诗是“在恶夜，血液织成的诗”，所以他的诗既有“战斗的生命”，又有“强烈的节拍”。由于他是“从田野的哭泣和茅屋的眼泪中来的”，所以他也是以写农村的诗最为突出。像《逃荒》《农民的歌》《唱给田野》《走向中国田野的歌》《中国的田野在疯狂》以及长诗《中国，农村的故事》等诗，写的就是无笑的平原，黑色的大地，死色的小河，田野上的战争，战争下的田野。特别是《中国，农村的故事》以狂暴的诗句，愤怒的呼喊和急骤的旋律，鼓动着饥饿的人们起来叛乱。他还有一类写抗日救亡，抒发爱国激情的诗，像《未明集》里的《到满洲去》《在大连湾上岸》《松花江》《为自由》《北方》等，都是他爱国主义感情的抒发。他的诗有鼓动力，但他并不用抽象的词句来表现“热烈”情绪或革命道理，也不用记账式的分行韵语来写“豪壮”或“悲惨”的故事，而是具体的生活在他强烈的感情里所把握到的感觉，意象及场景的色彩的直写。他是艺术地去发现和把握生活的内容的，所以他对形式作了大胆的反叛。不过他虽不重视外形美，却有真切而自然的艺术美。在那个暴风雨时代，田间擂鼓式的旋律和时代的战斗的情调是很合拍的。

艾青也是1932年才发表诗的，第一首发表的诗是《会合》。艾青原来学的是绘画，因这首诗的发表使他从此转向了诗歌创作，诗人来自东南沿海农村，在一个贫农妇女家里养大，这使他自小就“感染了农民的忧郁”，1929年去法国留学，又切身感受到帝国主义殖民统治的罪恶以及资本主义文明世界的堕落，这些都催发着未来的诗人两种情绪：对革命的向往，对“不公道的世界”的叛逆。1932年从法国回来，因参加左翼美联活动而被国民党反动政府逮捕，坐牢三年。在那儿他接触到了为真理而战的革命者，并接受了真理的启迪和革命的洗礼。所以艾青走向诗坛时，生活并没有提供给他一座象牙塔，让他去里面浅唱低吟，而是给了他一扇铁窗，让他透过阴森的栅栏去寻觅太阳的光芒。就这样，他一开始写诗就已牢固地确立了两个基本的创作主题：揭露和反叛罪恶的人间，向往和追求时代的光明。

《大堰河——我的保姆》是艾青的成名之作，1933年春天写于监狱。这首诗沉痛地抒述了诗人的乳娘——贫农妇女大堰河一生的悲惨遭遇及她一家的苦难命运，从中反映了旧中国农村在三座大山压迫下凋残破败、濒于绝境的现实面貌，全诗以大堰河一生为经线，以诗人和大堰河一家的关系为纬线构思而成。在经线上，诗人以最真挚的爱抒唱了这位哺育他长大的乳娘，虽受尽生活折磨却始终保持着旧中国劳动妇女勤劳、善良并热爱生活的崇高品质，可就是这样一位可敬可爱的人，社会回报给她的是什么呢？诗篇以最沉痛的语言告诉我们：

> 大堰河，含泪的去了！
> 同着四十几年的人世生活的凌侮
> 同着数不尽的奴隶的凄苦
> 同着四块钱的棺材和几束稻草
> 同着几尺长方的埋棺材的土地
> 同着一手把的纸钱的灰
> 大堰河，她含泪的去了。

所以我们在这条经线上看出：诗人是怀着善无善报的愤恨，“写着给予这不公道的世界的咒语”。再说那条经线上，我们看到作为抒情主人公的诗人在“生我的地主家庭”和“养我”的贫农家庭之间所作的爱的选择，结果他把他全部的爱赋予了保姆和她的贫农家庭。在诗的结束处，诗人还说这首呈给他保姆的诗，也就是“呈给大地上一切的、我的大堰河般的保姆和她们的儿子”的，《大堰河——我的保姆》反映出艾青对劳动人民不只是同情，而是有一种感同身受的切肤之爱；它也奠定了艾青一生的创作基础：诗，应该从自己真实的感情中流露出来，要写由衷之情，而决不能用口号标语来喊叫。当《春光》杂志第二期把这首诗发表后，立即就得到当时诗坛的同声称赞，茅盾曾这样推崇说：“新近我读了青年诗人艾青的《大堰河——我的保姆》，这是一首长诗，用沉郁的笔调细腻地写出了乳娘兼女佣‘大堰河’的生活痛苦……我不能不喜欢《大堰河》。”《马赛》和《巴黎》也是艾青这时期揭露和反叛旧世界的力作，前者把马赛比做盗匪的故乡，揭露了资本主义社会在物质文明掩盖下精神文明的堕落。这两首诗气魄宏大，显示了艾青对巨大题材那种高度的形象概括能力，也透露出艾青的诗思将会面向世界的一点最初迹象。

《太阳》《春》是艾青出狱后在上海写的，这时已是抗战前夜的密云期，这些诗反映了诗人对民族复兴和人民解放的光明前景怀着热烈的向往。《春》围绕春从何处来进行着巧妙的构思，诗一开头就说：“春来了，龙华的桃花开了！”龙华是蒋介石在上海屠杀革命者的刑场，龙华的桃花正是靠无数“顽强的人之子的血液”灌溉，才爆开蓓蕾的。因此，诗的结尾说：

> 人问：春从何处来；
> 我说：来自郊外的墓窟！

这画龙点睛的一笔十分富有哲理味。全诗的形象有力地暗示着中国的春天一定会到来，因为有无数为真理而斗争的革命者以他们的鲜血生命在滋育着它。《太阳》可以说是《春》的姐妹篇。在诗的第一节里，艾青就凭他的幻觉才能，挑用了一串象征意象，写出了太阳这位光明神是“从远古的墓茔”“从黑暗的年代”“从人类死亡之流的那边”来的，暗示着革命者遭受残杀的年月其实也正是光明在孕育的时候。接着诗篇又显示出：太阳的来到，将使生命得以自由呼吸，使我们有一个充满电力钢铁的科学文明时代，正是这种对光明幻觉般的向往鼓舞着诗人：

于是我的心胸
被火焰之手撕开
陈腐的灵魂
搁弃在河畔
我乃有对于人类再生之确信

这就是说：时代和革命进程已使他预感到光明即将来临，他决心要从苦难的感受中挣脱出来，迎向“人类再生”之路。诗篇异常型地体现着一代热血青年爱祖国、盼革命、求解放的热切心情。

艾青1936年出版了处女作《大堰河》，只收诗九首。本来他还要出版另一本诗集《春》，后因抗战爆发而作罢。他感觉敏锐，善于摄取意象并巧妙地使用象征手法，他还因工于绘画，使他在写诗时也有得天独厚的描写才能。雄丽是艾青的风格特色。而雄丽的诗篇上面又总遮着一层象征光彩，读他的诗能使人暗示到更多的东西。

以上三位诗人可说是现实主义诗派的代表人物。应该指出：他们都继承着革命诗派那种表现革命现实内容的精神；但在风格上，又各自吸取了唯美诗派的抒情艺术：臧克家出自新月派，艾青出自象征派，而田间又颇受未来派的影响。凡是真正有成就的诗人总有他自己的创作个性与艺术风格，艾青、田间和臧克家也确实各不相同，都是属于他们自己的。

臧克家写诗与具体生活关系最直接，他感情的抒发是伴随着对生活的直接表现显示出来的，所以他往往从叙述事件的角度来进行艺术构思。他善于用凝练的语言把散漫、琐碎的生活内容浓缩起来，显得不再散漫琐碎，从而造成一种含蓄和令人回味的效果，所以他特别讲究诗歌语言的锤炼。锤炼的方法是学新月派，特别是学闻一多。他用通感手法来锤炼动词，譬如“黄昏还没溶尽归鸦的翅膀”，“灯光开出了一头白发”，因动词的别致，使主语和宾语之间有更深一层的具感关系；又如“解疲劳的烟缕上也冒不出轻松”，“胯下的竹马驰去了我的童年”，别致的动词使主语和宾语之间本无法结成的关系结成了一种具感的关系，他也爱用比拟手法来锤炼量词和形容词，如“当一匹倦骥吃一踢马刺”，“冷风给人打了一剂兴奋”，有了别致的量词，再加上通感化的动词，于是主谓宾之间结成了一层具感关系。又如“我刚估透了天真的价”，“看民族的面颊被人批得火红”，这种使抽象名词拟物化的办法，也使主谓宾之间产生极生动的具感效果。臧克家技巧就在这里。但当他放松了这种语言锤炼，直接地来表现生活或用诗谈感想发议论时就乏味了。

田间和臧克家刚好是两个极端。田间写诗和实际生活的关系比较得最不直接，他的诗神好像飞在天空，鸟瞰着生活，凭着对生活的直觉印象来表现形象，所以他不讲究精巧的构思，只是把一个新鲜印象几乎全凭直觉化为意象，写在纸上就是了。一首诗就是这种闪光的和并不闪光的印象化成的意象并不那么有机地堆积成的。他多数的诗很难统一成完整的形象，所以叫人难以读懂，但它们又有不少闪光的意象，直照透你的心，使你的心发跳，使你喜爱它。这种离生活太远的抽象，不能不说是缺点，但却因为跳出生活实际，鸟瞰地看待生活，倒能把握得住整体，从而也能从更高的角度来写，并显出他宏大的魄力和壮阔的气势。为配合这样的形象表现，田间很喜欢用比拟手法来把抽象的印象化为具感的意象，譬如：“让罪恶／穿过／污烂的日子／淹死自己”；“中国呵／人民的／思想／靠在／你的／乳房上／吸吮／拥抱”；“反叛的／思想／一滴／一滴／灼炽／在心里；愤怒／

一颗／一颗／爆炸／在心里”。在诗歌语言上，他不像臧克家那样爱锤炼动词、量词，他凭刹那的印象和强烈的直觉，来挑选词汇以组合语句，产生十分耀人眼目的语言意象。如“死色的河流”“血色的土地”“岁月的饥饿”“恶魔的冰块”“呼吸那光明”“挣扎的意念”等等，在他洋溢着战斗激情的诗里，这些单纯又有刺激性的词语，很能给人粗野、健劲的印象，这就使他的语言单纯到一个词语就是一个意象。而在将它们化成诗句时他甚至连必要的关联词都不用，例如这样的诗节：“森林／梦／咆哮。”在他的诗里这样的例子就很多。凡此种种都可看出田间吸收了印象派、未来派的抒情艺术。田间有他的根本弱点，即当他对事物没有新鲜的印象，失去了那些“闪光的金属片”，他那放纵形式自由的作风就会使诗越显松散和空泛；当他对生活没有强烈感受，抽象地去表现生活时就会使诗陷入玄虚莫解的泥坑。

至于艾青，刚巧处在臧克家和田间两个极端中间，艾青写诗和生活不是太直接，但也不是太间接，抽象而又不太抽象是他诗歌形象的特色。他也强调感觉，但不像臧克家，把感觉还原为具体的生活内容来写，他总是从刹那的感觉中去牢牢把握印象；但又不像田间，把这种印象直觉写下来了事，他要把印象继续发展为对另一种生活内容的联想，以用来印证、暗示或象征原来产生感觉的那个生活内容。因此，他是吸收了象征派的抒情艺术的。他有点像戴望舒，重视全篇构思，但不喜欢用主题的直接现实构思，总是从最初的感觉印象引起的联想中得来的另一些象征内容来进行构思，并努力企图达到对某种主题的直接现实作暗示和象征，以给人产生更新鲜从而更深刻的感受效果；《马赛》《巴黎》《春》《太阳》《煤的对话》无不如此。除了重视全篇的象征构思外，艾青特别重视具体化了的感觉——意象的创造。但他不像田间爱比拟式的意象，他讲究象喻或明喻式的意象。如此一来，他的诗避免了臧克家那种雕琢、令人感到不自然的弊病，也避免了田间那种玄虚、令人捉摸不透的弊病，而总是用平易的、切合生活实际的具感物象来作意象，给人以感兴或寄兴的感受。至于他的诗歌语言，也采用通感或比拟手法以创造意象化的词语，但他不像臧克家追求锤炼动词的奇特效果，也不像田间追求刺激性的词语结合，他的语言倾向于散文结构，给人以色彩感，暗示力和启示力都较强，但也往往失之于庞杂。

作为左联时期现实主义诗派的代表，艾青、田间和臧克家不同的个性和风格也影响着同时代或后起诗人的诗歌作风。这以后的整个现代诗歌主潮，可以说大致超脱不了这三位诗人所奠基下的三种作风。只有一点在他们这时期建树不多，这就是诗的形式。他们没有继承新月派在新格律探求上的成就，也没有接受（至少在实践中）中国诗歌会对诗歌大众化的主张，都用自由体写诗，兴之所至、自由挥写。特别是田间，在对束缚感情的形式作了大胆的破坏后，却走向又一极端：语言的自由放纵，毫不节制。应该指出：他们的这个不足，对后来诗歌的发展起了某种不良影响。

四、为祖国而歌

由艾青、田间和臧克家为代表的现实主义诗派形成的时候，我们灾难深重的祖国已进入全面抗战前夜的密云期了，爱国主义激情已像狂涛巨浪，汹涌在我们民族的河床上。这时，著名的《义勇军进行曲》的歌词作者——诗人田汉，以他火一般燃烧的诗句，表达出了我国各阶层人民的同一心愿：

起来，不愿做奴隶的人们
把我们的血肉
筑成我们新的长城

是的，除非是汉奸卖国贼，中华民族的子孙谁愿意做异族的奴隶呢？就这样，民族矛盾使国内阶级关系有了新的调整。1935 年 12 月，中国共产党在瓦窑堡会议上作出了建立抗日民族统一战线的决议，而左联为了更好地适应党的策略转移，也于 1936 年初宣布解散，一个文艺界的抗日民族统一战线在国防文学这面旗帜下建立了。于是我们的诗坛，也就以艾青等为代表的现实主义诗派作主潮，消融了革命诗派和唯美诗派的作风而壮大起来，从而掀起一个爱国主义的诗歌高潮。诚如杨骚在

《历史的呼声》一文中所描述的："散见在各诗刊，各大小文艺杂志以及各种报屁股上的诗歌，可以说没有一篇不是有关国防的吟唱，涉及民族解放斗争的题材的。"诗人王亚平在《给母亲》一诗中说：

灾难正威逼着苦难的人群
也威逼着我热血沸腾的心
我誓把身手献与时代的琴弦
在风雨里奏出壮烈的歌音

这可以说能代表当时所有爱国诗人的心声！我们诗坛的感情浓度是大为提高了。

这时大量爱国诗歌大体可以分为两类：一类是写国难的，一类才是写国防的。

所谓国难的诗歌，它构思的着眼点是在民族的灾难上。这类诗的作者眼看着"领土扎上了翅膀"，"民族的面颊被人批得火红"（臧克家诗句），深心里有一种钻心的痛苦郁结着，因着某一种事件或某一个可供象征的形象喷吐出来。譬如：王博习的《老家》，写的是一个东北流亡者对于当年"黑水抱着白山"的家乡那种甜蜜的回忆，对于今已"沦进敌人的魔手""再没有光明与自由"的家乡那种痛苦的怀念，他感情的归结点是："眼泪洗不尽这个悲恨，旅心日夜的泛起了乡愁"。又如慕旦的《古墙》，写的是已沦陷于敌手的万里长城。对于这座曾牵过古骑士的战马、看遍凯旋的车驾、听惯欢腾的号鼓的"古墙"，今天面临的却是"怒号的暴风猛击着它巨大的身躯"，眼见得都已"伏身于残暴和淫威"下的现状，诗人发出了无限的悲慨，他感情的归结点是"矗立在原野的是坚忍的古墙"。无疑的，它显示了中华民族不屈的精神。这些诗都是爱国主义的。但诗行中透射出来的毕竟是一股浓重的忧郁——这可以说是全面抗战前密云期一层情绪的底色。但这层底色上却映衬出两种国难色彩。一种，是火红的、愤怒的色彩，可以作为代表的是发表在《中流》上的原江的两首诗：《马尾要塞》《江湾道上》。前一首是诗人借凭吊马尾要塞抒发他心中的悲愤，在"戚继光曾在这里杀过贼平过倭奴"的地方，诗人所看到的炮台已"变成一个大粪坑”，“没有防守的士兵”，而台江中泊住的是敌人的军舰，正在打主意要把这儿侵占。诗人眼看得国衰如此，“心粉碎了”，面临着国难当头，却又“感觉热血奔流”。这种悲愤交集的情绪，在他另一首《江湾道上》里得到更强烈的体现。这首诗写的是诗人眼见日本兵在江湾我们国土上“以征服者的威风”驶行着兵车，他忍不住狂怒地抒唱出那种“直刺到我心底”的悲愤：

我低着头走
我直要发狂
我们祖先的光荣
我们本身的尊严
都被敌人的征骑踏尽
唉唉，这奴隶的耻辱
只有血液才能洗净

这后两句诗的情调是很高亢的，它可以说是国难诗向国防诗的一个过渡。所以我们说它是用忧郁烘托出来的一片火红的色彩。但也有另一些诗：在忧郁的底色中衬出了绝望的灰色。譬如：发表在《诗志》上的常白的《偶寄》，是诗人对大雁的抒情，他希望大雁还能“践信义”而来江南作客，来“多亲一次故国秋色”。这种对祖国“留恋的温存”，我们还是得肯定的，但诗人接着说：若迟来一步，会成终身的怨嗟，因为那时：

纵有自由之丰羽
而啼遍人间
将再无旧日的汉家

显然，在诗人的感情世界里，中国是必然要亡国了。应该指出：这样的诗在那时代只能使人对抗战情绪造成混乱。所以我们肯定那时大量的国难诗词，但它们的典范只能是《江湾道上》这样的，像《偶寄》这类作品实际上是在“的、呢、吗、吧”的腔调里咀嚼忧郁。从某种角度讲，它是现代派诗风的回光返照。

所谓国防的诗歌，它构思的着眼点是在民族解放的战斗方面。这一类诗在当时数量特大，质量也较优，《文学》和《光明》两家杂志刊载得特别多。可喜的是中国诗歌会的一些成员，抛弃了他们庸俗的机械配合、政治图解的作风，汇入现实主义诗派后，以他们对时代的革命意识和对民族的高度热爱，在这大时代里确写出了不少好诗，像蒲风的《我迎着风狂和雨暴》、穆木天的《在喀拉巴岭上》、任钧的《十二月的行列》、王亚平的《大沽口》、柳倩的《突击》、杨骚的《福建三唱》、温流的《青纱帐》等。《福建三唱》是首动人的抒情诗，还是在唯美派时代，杨骚已练就一手以流畅的音节，反复咏叹的调子来抒情的才能，这使他在表现爱国主义情绪时得到了发挥的机会。面对“山海关外血满地，山海关内黄沙起”的民族危亡时机，他向“泉漳的子弟”提出了一个严肃的问题，“你向哪儿逃避”。他认为路只有一条：“点燃武夷山的森林吧，烧毁汉奸的狼心狗肺”；“鼓起厦门湾中的怒潮吧，淹没远东的帝国主义。”《青纱帐》和《突击》是直接描写东北人民抗战斗争的，如《突击》里：

我们突击
我们夜袭
看大刀起处
映上半天云霞
挂在明朝的晴空
闪烁满洲的美丽

在一种轻快旋律和富于动态的战斗场景描写里，显示着诗人昂扬的斗志。另外，像周立波的《饮马长城窟》《可是，我的中华》，洪遒的《水呵，你流向那一方》，丽尼的《我们记住》，许幸之的《扬子江》，庄重的《无题》，侯唯动的《血债》，田方绥的《祖国的大豆》，等等，热爱祖国，保卫祖国的感情也都很强烈，艺术性也较高。在《可是，我的中华》里，周立波浪漫主义地写出了祖国母亲和他血肉难分的关系，并向祖国宣誓说："我生是你的，死也是你的"，他誓要用"所有一切的血和精力"，献给祖国母亲，"去医治她的肢体，去消灭她的仇敌"，感情十分真挚。它那美丽而动人的形象，浪漫主义的情调，在那时可说别具一格。特别值得我们提出来的是周立波的另一首诗《饮马长城窟》和庄重的《无题》，它们歌颂了抗日的主力军——红军北上前线的壮丽情景。《饮马长城窟》里诗人这样描写：

看吧
人已经引征骑北上
他们的旗帜
耀目的
翻展在金色的阳光里
旗上的字
外面是
"还我江山！"
里面是
"不为奴隶！"
听各地的人声呵
海涛般的在应和了
……

诗人把这一支长征二万五千里杀向抗日第一线的革命军队写得多么威武雄壮，慷慨激昂，这样的诗出现在1936年的春天是很值得珍视的。

在这些斗志昂扬的国防诗歌中，有两首长诗值得来讨论一下。这就是王统照的

《吊今战场》和舒群《在故乡》。它们都写于救亡呼声已达沸点的1936年秋天。

《吊今战场》是老诗人王统照对他所亲历的“一·二八”之役的战场悲愤的凭吊，但诗人企图概括的内容却十分深广。他从帝国主义对上海的经济掠夺写起，写到“九一八”事变和“一·二八”上海战争。对这一场上海人民的反侵略战争，诗人作了热烈的抒情，诗中说：虽然“南国健儿铁蹄下碾碎了华年”，“大人、婴儿的骨血，铁蹄下糜烂”，“楼房都在火灰中飞散”，但中华民族的子孙是决定“战”，“不回头的争战！”——这些就是古战场，但诗人并不在咀嚼这些愤慨的往事，他是在这块“草根下还有焦臭”的古战场上，看出了“古战场是今战场”的迹象来：

看，邻营炮口又对准这片地方
血泥中再预备加一层肉的肥料
西风吹送着阵阵的战马嘶叫

于是他爱国的悲愤情绪达到了最高峰，他一再问自己及同去凭吊的朋友：“为甚么我与你还踱步在这条街头？”可以感到，诗人誓为祖国献身的感情是火热的。但可惜这样深广的内容和如此浓烈的情绪却因语言上过于浓缩造成的艰涩，表现上的过分求深造成拘谨，使得本来可以大大发挥的场面没有充分展开，可大大抒述的情绪没能慷慨狂吟。不能不说过分讲究技巧、力图向深处表现的作风影响了这首雄浑的长诗应该达到的水平。

《在故乡》的作者是东北流亡到上海的青年作家，它写的是舒群自己在沦陷的东北一段经历。诗以真为上，这首诗就好在它感情十分真挚，显示出在那些面临国破家亡的最危险关头，中华民族的子孙愿为祖国献出生命的爱国热情已到多么强烈的地步。在诗里，诗人不仅写了自己成为异族奴隶的痛苦，更写了他参加抗日义军、孤军奋战的壮烈场面，抒发出了“啊，让骷髅——堆起我们国土的界石，给后来人留下标志”的豪情，诗人也写了战斗的惨败，战友的牺牲，自己告别爹娘情人突破敌人关卡流亡关内的一系列事件，在声泪俱下的氛围中慷慨陈词：

来，敌人
你把我的心来解剖
你看看：
是抗敌的勇敢！
是流亡的烦恼！
有奴性吗？
我的奴性究竟有多少？

这是从血管喷出来的诗句，只有舒群才写得出来的诗句！全诗抒情内容慷慨悲壮，诗人艺术胸襟开阔豪迈，语言质朴粗野，节奏急越跳荡。正是这些因素使《在故乡》显得粗犷有力。但它也有个很大的缺陷，舒群写这首诗太不讲究艺术技巧，太往浅处表现了。也许由于写时感情太强烈，来不及去提炼，结果让许多不必要的申诉、呐喊以及概念化的叙述夹杂在内，于是和不讲究技巧一结合，就造成了感情夹泥沙俱下的大泛滥。全诗十分散漫，空喊和议论很多，不能不说十分可惜。也许这就是为什么它当时颇有影响，时过境迁就被人遗忘的原因。

《吊今战场》和《在故乡》显示着国防诗歌在艺术作风上两种具有代表意义的倾向。一个是偏重技巧而拘谨，一个是偏废技巧而放纵；一个想往深处表现而压抑了感情的抒发，一个只求浅处表现而冲淡了感情浓度。一个是老一代有经验的诗人背着技巧的包袱，在爱国主义激情的狂流面前拘拘谨谨放步不开，一个是新一代缺乏艺术训练的诗人背着个有感情有生活就有诗的包袱，在爱国主义的狂流面前狂呼呐喊，不知节制。前者，由于居身在这个大时代，强烈的感情和丰富的生活内容将决开技巧的堤坝而走向博大的可能性是摆着的，因此对于当时诗坛还不至于有特别不良影响；而后者，也正因为居身于大时代，战斗的激情、痛苦的感受越多，越浓烈，而越使这类诗人走向放纵，所以对当时诗坛危害更大。某些国防诗歌粗制滥造，内容空泛，可以说或多或少是受《在故乡》这种诗风或这种诗风的鼓吹者的影响的。正因为这种诗风存在，所以使得某些还未从唯美诗派转过来的诗人产生反感，以致攻击国防诗歌。如戴望舒，就在《谈国防诗歌》一文中说："所谓国防诗歌呢，只是一篇分了行，加了勉强的韵脚的浅薄而庸俗的演说词而已，'诗'是没有了的，而且千篇一律，言不由衷……"这种全盘否定国防诗歌的话当然是错误的，说明戴望舒那时对民族解放斗争的大时代还不理解，还关在个人艺术之宫里，但另一方面就他所指责的情况来说，当年还有一批国防诗歌不就确实存在的吗？

在抗日救亡高潮中掀起的爱国主义诗歌运动，虽然存在着这样那样缺点，但这些诗毕竟还是值得珍视的，因为它们吼出了我们民族觉醒的声音，它们表达了我们人民要求民族解放的强烈心愿。

于是，岁月来到了1937年的7月6日！在一节沪杭车上，有一位诗人深情地望着祖国河山，唱出了这样的歌：

……我们的曾经死了的大地
在明朗的天空下
已复活了
——苦难也已成为记忆
在它温热的胸膛里
重新漩流着的
将是战斗者的血液

诗人艾青的预言是正确的。

第二天，卢沟桥的炮声响了。全面抗战正式开始了。翻腾在"复活的土地上"的现代诗歌也漩流着战斗者的血液，进入了它的新纪元。

1980年2月5日—12日写于温州永强

论晋察冀、七月、九叶三诗派及其交错关系

中国现代新诗从它出现的那一天起，就经历着多股诗潮相互排斥、相互渗透、再分化、再组合等一系列错综复杂的变化，直到全民奋起抗日的1930年代末期，一个以艾青为代表的诗歌主潮才终于形成。这使人们感到：中国诗坛一次更大的发展来到了。当岁月穿过炮火硝烟进入1940年代以后，人们的这种预感到底能不能成为现实呢？回顾学术界过去流行的看法，似乎给人这么一个印象：这以后除了李季等的民歌体诗和马凡陀等的讽刺诗，就不曾有过什么流派在争妍斗艳，推动诗歌主潮的继续发展了。其实这远非如此。随着民族解放战争的深入和人民解放战争的发展，这个已形成的诗歌主潮也呈现了一片波澜壮阔的发展趋势，而作为这一趋势的标志，不仅有李季和马凡陀等于1940年代中后期的那一番诗歌业绩，我以为尤其值得重视的是贯穿本时期始终的三个群体——晋察冀、七月、九叶三诗派齐头并进的创作实践所显示的业迹。

这三个诗派的审美观点并不一致，抒情风格也颇有差异，但那个黑暗与光明正处于交替状态的现实，以及民族斗争与阶级斗争显得特别激烈的时代，却迫使它们在忠于现实的基础上交错式地平衡在一起：互相渗透、互为补充，组合成了一支交响乐队，在1940年代的诗坛上演奏出了一曲悲壮的时代大合唱，成了中国现代诗歌主潮继续向前发展的一个标志。

值得指出：由于某种历史原因，七月和九叶两个诗派在新中国成立以来，似乎

被遗忘了，直到党的十一届三中全会以后才再度被人提起；晋察冀诗派虽在 1950 年代中期被重视过一阵子，但十年内乱时期也被打入了冷宫，当新时期以来，学术界研究新月派、现代派似乎成了时髦，这个革命诗派却几乎再无人问津。现在以比较的方法来科学地研究和公正地评价这三个诗派，应该是时候了。

一、晋察冀、七月、九叶三诗派的形成、演变及其交错关系

晋察冀、七月、九叶三诗派是如何形成和演变过来的呢？从比较角度看，它们间的关系又如何呢？

先说晋察冀诗派。这个诗派是从活跃于晋察冀边区的诗歌活动而得名的。它开始时并不是个统一组织，而是有两个核心的：一个叫战地社，另一个叫铁流社。它们曾各自团结了一批晋察冀边区的诗人，在以诗歌作武器为这个地方的革命斗争服务的共同目标下才逐渐接近、最终融合而成的。战地社是西北战地服务团的诗歌组织。西战团于 1938 年冬从延安奔赴晋察冀敌后抗日根据地，这个诗歌组织以及它的核心人物田间、邵子南、史轮、曼晴等也来到了这个地方。他们于 1939 年 2 月创刊了《诗建设》，先后由田间、邵子南及方冰主持。给它经常写稿的，除了田间、邵子南、史轮、方冰、曼晴等战地社同志外，还有魏巍、丹辉、徐明、邓康、陈辉、商展思、劳森、任霄、林采、陈陇、司马军城、甄崇德、蔯原、王炜、张克夫、郭汉城等。铁流社是 1938 年 12 月在晋察冀中心地区平山县李台村成立的，成员主要是从延安奔赴晋察冀的原抗大四期二大队四队的学员。他们于 1939 年 3 月创刊《诗战线》，由魏巍、丹辉等主持。经常写稿的，除了铁流社最初的成员叶正煊、邓康、郑成武、丹辉，以及魏巍、陈布洛、柳杠、瞿也俊、邢野、陈陇、方壁、雷烨、徐明等以外，还有战地社的田间、邵子南、周巍峙、史轮、曼晴、方冰等。我们从两个诗刊撰稿人的交替现象中不难发现：战地社与铁流社是互相渗透的。这种渗透的基础可以归之于两个方面：首先是受相同诗歌美学观制约的创作实

践，使他们之间在心灵深处就已“神交”起来。诚如日后丹辉回忆两个诗社人员最初会面时的印象：“我读过田间同志的《给战斗者》，在延安，又读过他和西战团其他诗人的街头诗，而他们，在从延安到晋察冀的沿途，也看到了我们写的岩头诗和街头诗。所以虽然是初次见面，交谈起来似乎久已相识。”[1]其次，是在合作写诗宣传、以诗战斗中，使得相互间从一般关系提升为战友的情谊。从西战团到晋察冀最初时期起，这种合作仅半年中就有三次。第一次是战地社和铁流社共同在晋察冀军区所在地的蛟潭庄组织一次街头诗活动日；第二次是1939年春天为庆祝大龙华战斗胜利而合作写诗传单向人民群众散发；第三次是1939年6月，在“保卫夏收军民动员大会”上，合作撰写和印发《保卫夏收动员大会诗传单》。也诚如丹辉在上述那篇回忆录中说的：“我们都是为着一个共同的革命目标，又都怀着满腔的革命热情，所以虽然是刚刚相见，但相处诚恳而和谐，工作很顺利，影响也好。”这种渗透使两个核心终于合二为一，汇成了一股流派性诗潮，并带动了其他社会力量，来为自己扩大影响和提供创作园地，如《抗战报》(后改《晋察冀日报》)和《抗敌三日刊》(后改《子弟兵报》)的副刊《海燕》,《晋察冀艺术》《老百姓》《鼓》,以及《俱乐部》《诗与报告》《战地文艺》，就发表了这一核心中人的大量诗作，如田间的《祝山》，方冰的《歌唱二小放牛郎》，魏巍的《反扫荡胜利之歌》等。田间的《祝山》长达500行,《晋察冀日报》几乎用了一整版篇幅予以发表。而所有这些活动又极大地影响了一批外围的诗歌爱好者，也写起他们这类风格的诗歌来，从而被引进了他们的核心，如当时在做记者的孙犁，也“写诗兴趣比较大”[2]了，一连发表了《梨花湾的故事》《白洋淀之曲》等名篇，进入了这个核心，为这一派的叙事诗写作开出了一条扎实的路。由于影响已经扩大，战斗风格已趋向一致，创作数量和质量也都已达到一定水平，他们就用油印、石印、间或铅印出版了好些个人诗专集或同人合集。如1939年4月由晋察冀一分区文救会编印出版的街头诗集《给自卫军》，收魏巍、丹辉等人的街头诗作；1939年12月,《前进报》编辑出版的诗合集《力量》，收了邵子南、魏巍、方冰、沙漠、丹辉的诗共33首；1940年夏，铁流社还油印出版了田间的长诗《亲爱的土地》。其他还有田间的《粮食》、邵子南的《组织》、曼晴的《街头》等油印诗集。就这样，围绕着这些诗歌小社团的活动和报刊的推动，在晋察冀掀起了一场多姿多彩的诗歌创作实践，从而也就无形中诞生了一个颇具特色的晋察冀诗歌流派。

这个诗派中的核心人物，有好些早已是活跃于1930年代诗坛的，例如田间、曼晴、史轮、邵子南、袁勃等。他们那时的创作实践与理论主张就已坚持着诗要为时代而歌唱的现实主义精神。田间1932年开始写诗，他在处女作《未明集》的代序《我怎样写诗的》里就说过：虽然"疯狂的黑夜走在我的前面"，但他深信"苦难会叫醒我，走上远大的路，太阳的旅途"，因此他"嚼味痛苦，用烂污的笔，尽万千行的短句"，呈给"爱它像爱我自己的生命一样的""一切的人类"。史轮也在1930年代初期就开始写诗，他在处女作《白衣血痕》的序中也提出：诗应该"给我以实际的体验、前进的意识"，应该去"适应这一个斗争的热情的时代"。他既反对新月派的玩弄技巧，也反对"意识的空壳、政治的说教"，认为这都是"没有血肉的个性，人生的实味"的，而主张"在真实的个性上"来"显示出我们时代"。作为这一派理论家的袁勃，1930年代前期就已提出："诗人是时代的喇叭，时代的喇叭响了，诗人当然要以其全生命歌颂时代的宏亮的声音。"〔3〕而我们晓得这一些人中的多数又都是当年中国诗歌会的核心人物。他们对诗歌创作的这种看法，实际上是反映了中国诗歌会派所提倡的"要捉住现实，歌唱新世纪的意识"〔4〕以及"喜具体的描写"〔5〕的主张的。而这些主张也就被他们带进晋察冀诗派中来，并渗透进了这一派的诗歌美学观中了。当然，渗透不等于替代，在诗歌创作要忠于时代、反映现实的共同认识之外，晋察冀派的创作还负有十分明确的使命，诚如魏巍在《晋察冀诗抄·序》中所指出的："把诗歌作为一种战斗武器，自觉地服从政治任务的需要，紧密地配合斗争，是晋察冀诗歌运动的显著特色。"所以，晋察冀派的诗歌美学观的核心就是美在于对党和阶级的政治目的、政策任务作既及时又出色的宣传。在这一点上，也是它和同时代的七月、九叶诗派相区别的根本点。当然这里有一点值得注意：如果党的政治不是现实生活一种历史的必然的提纯，那就有可能使诗歌走上政策图解的路子。但由于肩负着为党的政治使命而写诗的晋察冀派诗人们，是生活在阶级斗争和民族斗争的最前哨，呼吸在人民大众生活的最深处的，他们是怀着强烈的生活实感去接受党的政治任务，从而又按党在特定时期的政治任务去引导人民开展斗争的，这就使政治斗争深化为合乎生活自身逻辑的历史性斗争活动了，或者说：这样的政治是生活自身最集中的体现，从而使得诗人的政治热情和生活实感能紧紧结合在一起，成为同一个东西，而不是（至少在多数情况下不是）抽象的概念或虚假的热情了。唯其如此，晋察冀派的诗创作虽从政治宣传出发，实际上也就是从生活出发的。所以，如果认为是为政治宣传才促成了这一派诗人的出现，毋宁说是生活造就了这一派诗人。他们是从生活的感受出发去把握政治感受的，紧抓不放的还是现实生活。这方面颇有代表意义的是陈辉的话："我已确定了我的任务：更深入地接触生活，投入斗争，把新的血的战争的现实写入诗里。"〔6〕当然中国诗歌会当年强调"捉住现实"，"具体描写"，也是强调从现实生活出发的，甚至还好像给人一个印象：有生活就有了一切。不过中国诗歌会出现了一种偏向：他们处处"捉住现实"，老老实实去作"具体描写"，而恰恰忘掉了在捉住现实的过程中尤须捉住对现实的真切的体验。这一偏向造成这一派诗人写了许多现象罗列的诗，缺乏个人的真切体验，以及由此而生的动人联想。晋察冀派诗人强调的生活是自己切身体验着的政治斗争生活，因此他们的诗总是在强烈的生活气息里渗透着强烈的政治激情。也诚如陈辉在《我的志愿书》中所说："我的歌声——要充满火辣辣的热情，与活生生的现实。"〔7〕

于此，我们可以明确了：这一派每个成员都把诗人与战士兼备一身，把写诗和进行斗争看成同一个东西。也唯其如此，他们在最艰难、困苦的战斗环境里，反而有最旺盛的诗歌产量。孙犁这样回忆说："我在抗日战争时期，写诗兴趣比较大。那时行军走在路上，时常涌现一些诗句。在那些年月，诗的句子经常反映到头脑里来，一点也不奇怪。休息了，掏出小本子，放在膝盖上，诗的句子短，抄写方便，很快就记下来了。风里雨里能写，黎明黄昏也能写，那些年容易产生诗人。"〔8〕丹辉这样回忆说："这次秋季反扫荡（按：系指 1941 年 9 月那场反击日本侵略军'扫荡'晋察冀边区的斗争）敌情异常严重，战斗空前激烈，可是这种严峻的斗争生活，却使诗潮泉涌。夜间转移，往往一面走路，一面便在构思诗篇，天亮到了宿营地，便把想好的诗记录下来。”[9]而魏巍的回忆更有代表意义。他说：“在那战争激烈的日子里，随着和人民感情的加深，渐渐地晋察冀的群山和溪流，晋察冀的战士和人民，就渗入了我的诗的世界，或者说，我渐渐地生活在这种诗的感觉中。我的诗的触角似乎渐渐锐敏起来，我的语言也似乎自由了一些，那些不好惹的文字，也似乎变得驯服了。灵感也由生客变为不知什么时候就要来叩门的情人了。那真是我最快乐的时期。我写了很多，在1941年残酷的反‘扫荡’中，我几乎每一两日写诗一篇，在夜行军中思索，在拂晓宿营中记下。饥饿和疲劳也似乎无干。我真实地体会到：愈是政治热情饱满的时期，也愈是生活美丽的时期，也就愈是诗的时期。那时，真的，你就整日生活在诗里，生活在快乐里。”[10]他们的这些回忆给了我们如下两点启示：（1）深入激烈的战斗生活，就会和人民的感情加深，以致使所扎根的土地上的一切都渗入进他们的诗的世界，出现了环绕这块土地而生的强烈的写诗冲动；（2）这种写诗冲动带给他们以生活在这块土地上的幸福感和美感，从而也就反过来激发了他们为保卫这种幸福和美，为保卫诗的神圣土壤而去奉献自己。所以，诗和现实斗争，在这派诗人中有了最高境界上的结合。于是，诗人的誓言就这样产生了：“我不能背叛世界和人民，也不能背叛诗！”“在极残酷的斗争里，我举起诗的枪刺。我要把我的生命，我的爱情，燃烧得发亮，一直变为灰烬——永远为世界、为人民、为党而歌。”[11]于是：1941年10月，温沙年轻的热血洒遍了疆场；同年11月，女诗人任霄，在敌占区鬼子的刑场上唱着“我斗争，我胜利，我还没有死”的壮歌献出了生命；1942年，在晋察冀反扫荡斗争的熊熊大火中，倒下了雷烨、军城和1930年代就以写长篇叙事诗《白衣血痕》、《旱》而闻名诗坛的史轮；1944年春天，陈辉在游击区的一场和敌人的肉搏中，拉响自己身上的手榴弹，和敌人同归于尽，实现了他自己的誓言：“敌人不能捉住我，当他捉住我的时刻，也正是我以生命最后交给土地的时刻。”

须要指出：晋察冀诗派作为流派最活跃的时期是在1939—1942那几年，这以后，由于敌人的大规模扫荡，物质条件越来越困难，人员变动也特大，《诗建设》

《诗战线》都在1942年先后终刊，没有了核心阵地，人员又越来越分散，这就影响到组织从严密趋向松散。不过，它并没有在历史上消失。这一派的多数诗人还扎根在晋察冀的各个地方，继续在一面战斗、一面歌唱。特别是《在延安文艺座谈会上的讲话》发表后，毛主席的文艺方针大大地推动了已分散在各个岗位上这派诗人的创作。诚如魏巍在《晋察冀诗抄·序》中所指出的：“同志们忠实地执行了这一指示，进一步地同群众生活在一起，斗争在一起，和群众在一个锅里吃饭，在一个炕上歇息，在一个行列里行军和战斗，在一起度过艰险和困难，真可以说是‘同命运、共呼吸’。因此，作者们不仅改造着自己，而且从群众身上吸取了战斗的力量，真正找到了灵感之泉。”曼晴这样回忆晋察冀诗人学了《讲话》后的创作情况：“我们可以看到边区后期的诗歌，在内容上，政治性、战斗性更加鲜明、更加深刻了。在形式上，向大众化、通俗化方向更前进了一步。”[12]事实证明这一派几个代表诗人，在这以后创作热情更高，创作思想也更成熟了，从而也带动了流派的向前发展。田间不仅写了长诗《柏树》，组诗《村中记事》等优秀作品，并且已开始转变自己的诗风，写出了《戎冠秀》等向民族化、大众化演进的诗。“魏巍同志这期间写的诗更多，并且正在酝酿创作他的长诗《黎明风景》”[13]，这一首日后写成了的长诗，成了中国现代叙事诗上的一块新的里程碑。同时，他还写出了《好夫妻歌》这样激动人心的名作。陈辉的几个出名的组诗如《新的伊甸园记》《战士诗抄》也都在这时期写成。方冰的诗也有了较大跨度的进展，还写出了长篇叙事诗《柴堡》。至于到解放战争时期，这一派诗人中多数也依旧扎根于晋察冀的土壤。在阶级斗争的前哨线上用诗歌迎接着新中国。其中田间、徐明、陈陇等在民歌体写作上有了突出的进展，魏巍更以《塞北晚歌》《两年》等抒情长诗显示出这一派革命乐观主义的抒情素质更浓烈，革命英雄主义的抒情调子更高亢了。当然，话也还是得说回来：从流派演变的角度看，晋察冀派的组织是前强后弱的。

再看七月诗派。这个诗歌流派是因胡风主编的《七月》杂志而得名的。《七月》原是个周刊，1937年9月11日在上海创办的，发行了三期后即移到武汉，改为半月刊，在10月16日重新刊出。它一共办了四年，到1941年皖南事变后才停刊。

这是个什么性质的刊物呢？主编胡风在1938年4月29日一次现代文艺活动与《七月》的座谈会上曾指出：为了有利于文学运动，《七月》和“网罗各方面作家的指导机关杂志不同”，而应成为“半同人杂志”，它在“编辑上有一定的态度，基本撰稿人在大体上倾向一致”。由于胡风自己是一个诗人，深深意识到“在那样热情蓬勃的时期，无论是时代底激流或我们自己底心，只有在诗这一形式里面能够得到最高的表现”，因此特别重视诗，甚至这个杂志的创刊号的第一篇就是诗。所以《七月》特别吸引住了一大批有相似倾向的诗人到自己的身边，初步有了个诗歌流派的规模，也初步形成了一个诗人群，其中包括艾青、田间、邹荻帆、阿垅、天兰、鲁藜、孙钿、彭燕郊、冀汸、杜谷、庄涌、方然、辛克、侯唯动、雷蒙、又然、林稍、钟瑄、山莓、鲁沙、白莎等。虽然《七月》在1941年停刊，但这个初具规模的诗派还在继续发展，人员也在扩充。这时上述倾向相同的诗人们又聚集在同时办起的两个纯诗刊周围，一个是在重庆创刊的《诗垦地》，另一个是在成都创刊的《平原丛刊》。前者由邹荻帆、姚奔主编，主要成员还有曾卓、冀汸、绿原、阿垅等；后者由杜谷、芦甸、方然主编，主要成员还有白堤、葛珍、左琴岚、许伽等。这两个诗社是“未分彼此的”，他们又共同吸引了一批倾向一致的诗人，如谷风（牛汉）、吕剑等，还有延安及敌后抗日根据地的公木、李雷、侯唯动、孙滨、严辰、陈辉、俞波、方冰等。与此同时，胡风于1942年9月从香港到桂林后，又编了一套“七月诗丛”，向《七月》《诗垦地》《平原丛刊》上的一些诗人约稿，各编一本诗集，这就是胡风自己的《为祖国而歌》，艾青的《向太阳》《北方》，田间的《给战斗者》，孙钿的《旗》，亦门（阿垅）的《无弦琴》，鲁藜的《醒来的时候》，天兰的《预言》，冀汸的《跃动的夜》，绿原的《童话》，邹荻帆的《意志的赌徒》，杜谷的《泥土的梦》，还有一本包括辛克、侯唯动、鹿地亘、雷蒙、绿川英子、又然、林稍、钟瑄、山莓、鲁沙、白莎、艾漠、徐明、罗冈共14人的诗选集《我们是初来的》。它们中除了杜谷的《泥土的梦》后来没有出版外，其他的都于1942年底出版了。此举极为重要，进一步把上述三个诗社的人团结在一起，组成了一个诗派的坚固的核心。而一个中国现代诗歌史上的七月诗派也终于形成了。

在这个诗派的形成过程中，艾青是积极参与的一个。他颇有一些写于抗战初期、堪称一生代表作的诗篇，如组诗《北方诗草》、长诗《向太阳》，都是发表在《七月》上的。当然，作为中国新诗的代表诗人，他在七月诗派初期参与的活动所产生的影响，是远远超出这个诗派的范围的，但也是直接地影响了这个诗派的。诚如《白色花·序》中所说的：这一派的诗人们“始终欣然承认，他们中大多数人是在艾青的影响下成长起来的”。艾青在那段时间所写的《诗与宣传》《诗与时代》等文章就为中国现代诗歌在民族解放战争中的倾向提出了自己的看法。他对那一代诗人说：“不错，我们写诗，但是，我们首先却更应该知道自己是‘中国人’。我们写诗，是作为一个悲苦的种族争取解放、摆脱枷锁的歌手而写诗……”因此，“作为中国新的诗新的主题的应该是：这无比英勇的反侵略的战争，和与这战争相关联的一切思想与行动，侵略者的残暴与反抗者的勇猛，产生了这伟大时代的英雄的人物；民主的世界之保卫，人类向明日的世界所伸引的希望，等等”，同时还特别强调指出：作为那个时代的“伟大而独特的诗人”必须获得“每个日子所带给我们的启示，所带给我们的感受，激动”，去迫使自己“产生属于这时代的诗篇”[14]。这就是说：诗人应该反映中国人民民族解放和人民解放的斗争现实，同时诗人又必须对战斗生活具有自己真正的感受和激动才去写作；这个态度大大地影响了七月诗派的创作倾向。在《愿和读者一同成长——（七月）代致辞》中，就反映了出来：“在神圣的火线后面，文艺作家不应只是空洞的狂叫，也不应作淡漠的细描，他得用坚实的爱憎真切地反映出蠢动着的生活形相，在这反映里提高民众的情绪和认识，趋向民族解放的总的路线。”当然，从这个比较里可以看出：七月诗人们既要受艾青创作倾向的影响，强调反映民族解放斗争的生活，同时又要通过强烈的爱憎之情，而不是无物寡情的反映，只能就总体而言的，他们具体的、富于流派倾向的美学观还是受组织者兼理论家胡风的理论影响。胡风认为这一派诗人的总倾向在于：“他们只是被一种生活战斗底欲求驱使着唱出了歌声。”这个“生活战斗底欲求”也就是“主观战斗精神”，它是哪里来的？胡风在《一个要点底备忘录》中认为：“所谓主观精神作用底燃烧，是作为对于现实生活的反应的主观精神作用底燃烧。”[15]这就道出了主观战斗精神乃是“对于现实生活的反应”，那么它又向哪儿去呢？胡风在《给战斗者》写的后记中又明确提出：“主观的战斗号召原是进行在客观对象底变革中间，……因而诗人底心同时也要伸入或拥抱客观的对象，在客观对象里面发现主观的要求。”对于这些理论我们有必要和七月诗派形成时期的社会生活实际结合起来理解。由于那正是轰轰烈烈的民族解放战争时期，每个中国人的生活，都离不了血火交迸的战斗内容，因此在七月诗派看来，每个中国诗人，对生活的感受也就都应该是一种“战斗底欲求”，在抒发感情上也就应该是抒发一种主观战斗精神。而诗人凭着这种主观战斗精神就能使诗歌在反映生活上从“现实的一面”向“非现实的一面”转化，即通过作家底主观的能动作用再造一个现实，从而达到诗人“对于现实底活的生命的深刻的把握”，而“决不是驾着概念的飞机在现实底上空腾云驾雾”〔16〕，这样一个抒情诗的真纯境界。这种由第一现实通过主观能动作用向第二现实转化的形象思维三阶段中，这一派诗人和他们的理论倡导者特别强调：诗人要确立自己的强烈而自觉的主观战斗精神，甚至认为如果缺乏这种主观战斗精神，那他就“不能获得向生活深处把握的能力，也就是把握生活底思想性和拥抱情绪世界的能力，那他就会在感觉世界里面四分五裂，终于溃败而已”〔17〕。这种看法一直为七月诗人们所坚持，从而使他们的诗始终是“诗人对于客观世界的主观抒情”，是感情的白热化的产物。当然我们也应该注意到，这种看法也是针对当时诗坛那种客观主义地作冷漠描绘或枯燥议论的诗风而发的。因此，这一派对主观战斗精神的强调，是富于现实感的，有积极意义的，它显然使七月诗派与晋察冀诗派那种“充满火辣辣的热情与活生生的现实”〔18〕的诗风相通起来。但也不能不指出：由于过分强调主观去拥抱客观对象这一面，相对地忽略了现实对主观的决定作用，以致在理论上使这一派陷入了偏见，即诗人凭主观战斗精神的作用就能在“任何的生活环境”中“走进历史的深处”，于是“哪里有生活，哪里就有斗争，有生活有斗争的地方，就应该也能够有诗”，“起点在哪里？在你底脚下”〔19〕等口号也提出来了。当然，历史地看，当年如此提是可以理解的。七月诗人那时都还相当年轻，他们开始写诗时，正当日本侵略者把战火燃遍中国，抗战胜利后，紧跟而来的又是水深火热的内战，这些单纯的心容易迸发出满腔仇恨，化为一股反抗战斗的激情。怀着这种激情去看他们周围的生活，感到“哪里有生活，哪里就有斗争”也不奇怪了，这其实也是政治热情融入个人生活的一种反映。但由于他们中的多数人又并不像晋察冀派诗人那样始终战斗在民族斗争和阶级斗争的第一线上，而多数是分散在国统区的学校、下级机关或文化人那种半流浪式的职业岗位上，因此他们抒唱时代的起点，也就不可能是激烈而鲜明的政治意识和重大而具体的现实内容的高度结合，这种差异也反映出了这两派创作出发点的不同：晋察冀诗人是自觉地以诗去捍卫阶级的利益，而七月诗人是本能地以诗去争取“人之子”的利益。

由于1940年代中国社会生活特别错综复杂，而且无处不反映着那个时代的政治，因此，当这批“被生活战斗底欲求”驱使着的七月诗人一步步深入他们抒情角色的同时，也就暗暗地让政治融进他们自我审省着的心灵生活中了。这在七月诗派形成过程中是相当重要的一环；结果是：“他们坚定地相信，在自己的创作过程中，只有依靠时代的真实，加上诗人自己对于时代真实的立场和态度的真实，才能产生艺术的真实。”[20]就这样，显示于“依靠时代的真实”方面，这一派诗人在整个1940年代，不管环境如何恶劣，始终坚持着办刊物、出丛书，不丢失自己的流派阵地，利用这些阵地，紧紧抓住不断发展变化着的时代真实，不失时机地反映出来。

作为一个流派组织，七月诗派活动的范围以及影响的地区主要在国民党统治区。这一派诗人在文化特务们的监视下战斗、歌唱，在检察官朱笔的夹缝中挣扎着求生存。那是一个相当复杂的环境，和晋察冀派诗人的生存环境是大不同的。这些也就带给他们思想情绪上以及诗歌实践上的复杂化，不像晋察冀诗人那么单纯。美学观上，这一派突出了一个“人”的斗争，也不同于晋察冀派所强调的为阶级而斗争，不过在忠于时代和人民上又是一致的。凭着这个共同点，使这两派成员中颇有一些人出现组织交错的情况。最明显的是田间。

田间原是七月诗派的核心人物。在《七月》上他发表的诗是这一派人中最多的一个，在《七月诗丛》中他出有诗集《给战斗者》,《七月文丛》中又有长篇叙事诗《她也要杀人》，也是这一派同人丛书中个人集子出得较多的一个；而作为这一派的组织者和主要评论家胡风又为他写过三篇相当有分量的论文：《田间底诗》《给战斗者·后记》《关于诗与田间底诗》，也是评述这派诗人中最多的一个。他的“战斗的欲求”，“健康的色泽”，以及擂鼓似的节奏和七月派风格是一致的，他的政治抒情路子可以说或多或少影响了绿原。但他1938年即去了延安，后来又到了晋察冀，在革命的战斗集体里进一步提高了革命自觉性，充分地意识到诗歌要为党的事业服务，于是他又成了晋察冀派最主要的人物。因此，田间在那时就像是沟通这两派的一座桥梁。通过他，不少晋察冀派诗人和七月派诗人建立了友谊的交往。如鲁藜作为七月派的重要成员，他却也在晋察冀派的刊物上发表过不少诗，而史轮、丹辉、方冰、徐明、陈辉等作为晋察冀派的骨干，却也在七月诗派的刊物《七月》《诗垦地》上发表过诗，譬如陈辉的诗，原由《新华日报》转《七月》发表的，但《七月》来不及发表出来就被迫停刊了，于是又转给了《诗垦地》。《诗垦地》的主编邹荻帆在日后写的一篇回忆录中曾说：“我们记得当读到陈辉的《平原手记》和俞波的《牧羊人》两组短诗集时，感到呼吸到一种异常清新的战斗生活气息；而诗的朴素无华，袒露着诗人的健康的呼吸，那么无拘无束的自由的歌调，真如一江春水泛着杏花浪一样自在地流着。陈辉的稿件是用红绿纸油印的，不知那些诗在1942年时是否在解放区正式用铅字印刷发表过……我们读了之后，予以高度赞扬，发在第三集的头条。”〔21〕

通过以上介绍，我们可以看到七月派的活动贯穿了抗日战争和人民解放战争这两个中国现代革命史上最壮烈辉煌的历史阶段，有的初期相当活跃，后来随着客观上生活和战斗环境的改变，主观上对诗美有了新的追求，逐渐脱离了这个流派，如艾青、田间、艾漠（贺敬之）等，而另有些人是后期加入的。但它有一批核心人物（如胡风、鲁藜、阿垅、绿原、冀汸、曾卓、牛汉等）以及基本阵地（从《七月》到《希望》始终不散），所以使得这个诗派在困苦又漫长的十几年里，始终显示着组织活动的稳定性，诗美观点的一致性，战斗风格的一贯性，而不像晋察冀诗派那样是先严密而后松散。

现在我们再来看九叶诗派的形成和演变情况。

作为流派，九叶的成员无疑是最少的，总共只有9个：辛笛、陈敬容、杭约赫、穆旦、郑敏、唐湜、杜运燮、唐祈、袁可嘉。而它的形成过程，也不像另外两派那样，或者如晋察冀派本以一个革命组织作为基础，因革命宣传需要而写诗，面对同一个服务对象和同一个抒情对象，也就统一了起来，或者如七月诗派先有刊物和主张，吸引来一批诗作者，再在刊物的影响下，使一些诗人有了一致的诗美观点和艺术风格，在这些基础上，迅速形成了流派。九叶派不是如此，它的形成要复杂和漫长得多。

这9位诗人在1940年代很长一段时间里，是分散的，互不交往的。辛笛在他们当中最年长，1930年代初即在诗坛崭露头角，抗战前已出版了诗集《珠贝集》，陈敬容在1935年也已发表诗，而唐湜是1943年才写诗的，袁可嘉还要更迟一些。这是一批具有爱国心和民主倾向的知识分子，他们有较高的文化教养，而知识分子的清高习气和自我小天地的生活情趣使他们在开始写诗时，对人生、对时代或多或少抱有点超然态度，但由于他们具有爱国和追求民主的倾向，毕竟书斋的天地还是满足不了他们，而总是企图投身到社会的洪流中去。这使其中有些人有过和民族命运密切相关的非凡经历。譬如，杭约赫（曹辛之）在抗战爆发后，即投身战争与革命，先赴山西入民族革命大学，随即于1938年奔赴延安，在陕北公学和鲁迅艺术学院学习，1939年调抗战建国教育团赴敌后抗日根据地——晋察冀边区工作，1940年后，方因工作需要，随李公朴去重庆从事民主运动。唐湜在1940年代初曾热切向往革命圣地延安，并有所行动准备，但在西安被国民党投入监狱，诚如他日后在《我的诗习作探索历程》中所述的："四三年一个春天的早晨，我带着满心的悲愤回到家乡，从风雪的北方通过一条漫长的道路，回到了东海之滨的温州。"这个"悲愤"和"漫长的道路"就是指的那段苦难经历。穆旦和杜运燮也曾在1940年代初期西南联大求学时被征调从军，"……在滇缅公路的修筑上晒过毒太阳，或将敌人从这路上打退"，而穆旦呢？他所经历的那段生活还给了他战争的最痛苦的经验："那是1942年的缅甸撤退，他从事自杀性的殿后战。日本人穷追，他的马倒了地，传令兵死了，不知多少天，他给死去战友的直瞪的眼睛追赶着，在热带的毒雨里，他的腿肿了，疲倦得从来没有想到人能够这样疲倦，放逐在时间——几乎还在空间——之外。胡康河谷森林的阴暗和死寂一天比一天沉重了，更不能支持了，带着一种致命性的痢疾，让蚂蟥和大得可怕的蚊子咬着。而在这一切之上，是叫人发疯的饥饿。他曾经一次断粮到八日之久，但是这个二十五岁的年轻人，在五个月的失踪之后，结果是拖了他的身体，到达印度。"[22]所以，这实际上是一批从书斋里培养出来的年轻的“寻梦者”，对人生怀有单纯的心和奉献的热情，却还没有明确的政治目标，因而对民族和自己的前途还看不大清。他们中有一位写过一首《海上》的诗，颇能显示上述这些“寻梦者”的心境。诗中说：“当年，我曾扯上／想象的片帆／用年轻的臂膀作桨／向风浪滔天的海上划去”，而且幻想着“海中会有一个地上的伊甸”，“可以用辛劳在那里／换取幸福的果实”，但结果，“我那正直的桅杆／被狂暴的巨浪击断了／而风帆又为海水轻轻地卷了去！”：

于是，在茫茫的海上
我的小舟迷失了方向[23]

所以他们跨向诗坛的最初时期，热爱一些带一定社会烙印的“迷失”的歌，与抗日战争这血火交迸的现实生活的直接结合是不够的，主观条件使他们和大时代的斗争总隔着一层，而身居国统区的书斋里，渴望社会光明的感情又无所归依，于是在“迷失”之余，他们无可奈何地去寻求一种超越。女诗人陈敬容在1939年写的一首《窗》中，就曾这样说：

而我的窗——
开向黑夜
开向无言的星空

这就是说：在那个时代，他们除了感到前途的黑暗之外，就只有无可奈何地去与

“无言的星空”为伴——进入宇宙时空。企图超脱现实，把自身置于宇宙时空的人生态度，使九叶诗人们在结成流派之前就已经对生活与诗的关系有了一定的认识了。他们从国内外富有现代风的著名诗人里尔克、冯至等那里学来了所谓“质朴的自然主义”，也就是说：诗人对生活的认识要返回人类的故乡——生命的原始的本源——自然中去，这使他们在诗创作上有了共同的出发点，必须从“入化”这一“宇宙的觉识”出发，使诗意诗境“入了大化之流，化身万物，而万物皆备于我”[24]，可以说这是流派的美学核心。作为这一派的主要理论家唐湜，在评论同人们时分别从心理时间、宇宙空间、信息论等方面进行过阐述。在评郑敏时，他提出了这派诗人一种不合乎“日常的常识逻辑”的心理时间。他认为：这是“一种神往的时间”，“在这时间内，一切都浑然入于大化之流，一切都以赤裸裸的纯粹结合于一种自然的肯定，一种质朴的存在……历史与自然的一切矛盾与斗争都完全同化于最平凡的人的生活，一朵素白的时间的花，在交错的风雨中招展自如，虚心而无所不凝”。还认为郑敏“正仿佛是朵开放在暴风雨前的一刻历史性的宁静里的时间之花”[25]。在评穆旦时，他又提出这一派诗人不满足于在本地本土上发生着的社会事件的这个人类空间，而企图依此而突入进一种宇宙空间。他把人类社会现实这个空间称之为“历史”，把宇宙空间称之为“原始的自然”，认为“历史也是一种自然的运行如行星在轨道上”，因此，“要把历史‘还原’为自然”，“用自然的精神来统一历史”——也就是说，要以宇宙空间来统一人类空间。因此，在穆旦的诗里，体现为一切都返回人类的故乡，体现为“在人类的历史里的死亡也就是在自然的历史里的新生”这样一种从微观推向宏观的、自觉地超越，因而博大而深远的诗美境界[26]。在评辛笛的诗时，他认为：“一个作者不可能、也不必要经验过一切他所写的东西，而生活经验的直接揭露在艺术上实在并无意义，没有相当的心理距离，迫人的现实往往不能被写成很好的作品，只有在生活经验沉入意识的底层，受了潜移默化的风化作用，去芜存精，而以自然的意象或比喻的化装姿态，浮现于意识流中时，浮浅的生活经验才能变成有深厚的暗示力的文学经验。最好的音乐应能如音符般空灵多彩，玲珑剔透，就因为它只拨动一点，便能逗起全般反应……只有如此，艺术才能进入完整成熟的炉火纯青境界。”这就是说：他们不追求生活的再现，而把感情的直接现实隐去，而致力于从众多非直接现实中去寻找出某个能使人对此种感情引起充分联想的信息符号——意象来写诗，而辛笛就是这样一位诗人：“当生活的叶脉隐潜，而意象逐渐显色时，一种闪烁的光彩，像一阵透明的雾，便浮在我们的眼前，恬静，清晰！”“自能对一丘一阜别具慧眼，从沙粒中见出宇宙，虚心而意象环生。”[27]这就进一步肯定诗美系超越于感情之直接现实，而存在于意象所发出的信息中的。由于这种所谓自觉的超越和信息论的追求使九叶诗人在艺术实践上走上了客观主义的表现。作为这一派的另一位理论家袁可嘉曾在“新诗戏剧化”这个诗论体系中，提出了“尽量避免直截了当的正面陈诉，而以相当的外界事物寄托作者的意志与情感”，也就是“表现上的客观性与间接性”[28]。从表面看，这只不过是个技巧的问题，其实这种随自觉的超越而来的“客观性”有一种强调诗思冷静、追求诗美智性化的趋向，因此他们进一步不满于狂野的主观抒情，袁可嘉说：“以为诗只是激情流泻的迷信必须击破。没有一种理论危害比诗放任感情更为厉害”，“唯一可虑的是若干人们太迷信热情的一泻无余，而不愿略加节制，把它转化到思想的深潜处、感觉的灵敏处，而一味以原始做标准，单调的反复为满足”。[29]

在诗美的核心主张和实践上，九叶诗派初期的见解和追求与晋察冀、七月二诗派不同，但从1940年代诗坛整体出发来看，它们却处在一种互为补充的平衡关系中。九叶诗派提出自觉的超越，从某种角度看，是针对晋察冀、七月二诗派只着眼于此时此地所发生的事件进行具体抒情的一种矫枉，平衡了那二派在追求诗美时对现实宽度与历史深度所显示的某些狭窄性缺陷，而它提出的客观主义，也是对那二派不知节制、不讲含蓄蕴藉的纯主观抒情所作的补充。但九叶诗人由于过分热衷于超越的宇宙观，又由于处身国统区黑暗现实中，深感前途无所出路，所以在创作实践上，出现了对现实社会生活的超越，甚至对血火交迸的时代斗争产生了某种游离，这就被七月诗人，尤其是晋察冀诗人那种对时代和人民的高度责任感和强烈激情所平衡。不过任何事物，平衡只能是一种暂时现象。由于受了时代潮流的冲击，社会斗争的影响，以及晋察冀、七月诗派为时代而放歌的诗风渗透，九叶诗人对社会现实的态度，也已从超越转为突进了。可以这样说：九叶同人从相互吸引到正式结成流派的过程，也是他们在创作实践上对社会现实渐次摆脱超越而转向突进的过程。这一点在两个女诗人——郑敏、陈敬容身上就显得十分典型。郑敏在1940年代初期开始发表诗。在那个全民总动员、“冒着敌人的炮火、前进”的壮烈时代，郑敏的诗更多的还是关在艺术的象牙塔里，浅唱低吟着个人的哀乐，她写了《音乐》，写了《怅怅》，在含蓄而微妙的意象暗示里，个人的那点小哀怨抒唱得倒也相当动人。随着抗战进入艰苦的相持阶段，郑敏也终于突破这个小天地，在向社会现实突进了。她写了《时代与死》，讴歌了为时代而献身的勇士：

每一个，回顾到后者的艰难，
把自己的肢体散开，
化成一条引渡的桥梁，
每一个，为了带给后者以一些光芒
让自己的眼睛永远闭上。

并指出：为这样的崇高目的而献出的生命，正像“黑夜里的一道流光”，虽然“消逝了”，但“已深深溶入生者的血液，被载向人类期望的那一天”了。陈敬容这位在九叶诗人中特别富于内心抒情的女诗人，她从开始写诗起，就习惯于“在温婉的四月夜，唱起一只温婉的恋歌；当花影凌乱，帘幕低垂，你徘徊又徘徊，望着静静的星河”——这样一种抒情调子的，但终于也觉悟到：

面对广大的世界
复杂的生活
我们怎么还能够
时时只记着自己
只关心自己？[30]

因此，她决心让“小儿女的哀怨流去”，让“歌者的生命”也变成“万千个白浪，奔腾，翻涌，呼号”，以这样的情绪节奏，唱出“向明天瞭望”的歌。特别值得回味的是唐湜写于1943年的六千行长诗《英雄的草原》。写这首诗前几个月，他刚从西安国民党监狱出来，在“厌恶当时丑恶的现实，在‘梦想着原始的纯洁的爱情’”的心境下，他的诗思终于“从阴暗的地狱，走向自由的旷野”、浪漫主义的幻想天国了。也就是说，他要想从现实阴暗的记忆中超越，漫游在“自由的沙漠的国土”，“掉落在一个星辰的梦里，”[31]但当他做完了《草原的梦》——长诗的第一部，意识到了生活是无法超越的时候，现实主义就来干预他的艺术构思了，“它的男女主人公就必须进入现实的考验！”[32]于是在第二部《波浪，波浪》里，他展开了对抗日战争的描写，抒唱了草原儿女的抗击“岛国来的海盗”。而到长诗最后对新世纪的草原所作的合唱中，虽然仍想做一场超越这个纷繁世界的梦，但最后还是在幽梦中添上了这么一笔：“从野外的牧帐里，出来了我们的好少年，也许男的背了步枪，也许女的提起了药囊。”就是说，他还是要回到现实世界残酷斗争的生活中来。九叶诗人们对社会现实从超越到突进的这种共同转化，促成了他们终于能结成流派的第一个决定因素。

应该指出：提起九叶派诗人，我们就习惯地会把他们归入新现代派，因为他们都是从1930年代的现代派沿袭下来，创作艺术一贯是现代风的。其实这并不完全正确！他们在正式结成流派前，由于有自觉超越的共同观点，故比较侧重于轻灵、婉约的自我内心抒情，他们中的辛笛，本来就接受过1930年代现代派的影响，也有过这种倾向；另有些成员也确是从1930年代的现代派沿袭下来的，一开始就显示了创作艺术上的现代风，这就是其中的穆旦、郑敏、杜运燮、袁可嘉。这几个人都是西南联大出身，直接师承于闻一多、冯至。冯至1940年代初期写的《十四行集》，从对生活作时空的超越的认识到对生活作象征化、智性化的表现，都直接影响了他们。至于国外的“T.S. 艾略特与奥登·史班德们也该是他们的私淑者”[33]，“并没有白读了他们的艾里奥脱与奥登”[34]，这些影响促成了他们成了标准的“一群自觉的现代主义者”[35]。但另外几个，即陈敬容、杭约赫、唐湜、唐祈，却并不是从现代派起步的。陈敬容虽起步时受过何其芳等人的影响，但她更多点民族本色，杭约赫和唐祈基本上是从新诗传统的现实主义起步的，而唐湜则是从传统浪漫主义起步的。但这些人后来也都在创作艺术上受了现代风的影响。唐湜在他的回忆录《我的诗习作探索历程》中所谈的转变经历颇有代表意义。他这样说：“……在学校里，由于戚叔会教授的影响，我接触了一些欧美现代派的诗作与诗论，觉得在浪漫主义与现实主义之外，又发现了一个新的世界，可以作新的探索，探索如何表现现代错综繁复的社会生活，特别是现代人的心理变幻。这样，我开始先在理论上，后在诗习作上，作了新的较大胆的尝试。当时戚老师叫我们去读现代派代表作家 V. 吴尔芙的《波浪》，与大诗人 T.S. 艾略特的《荒原》《四个四重奏》一类作品。而我自己又对卞之琳先生译的《雨窗集》中现代派大诗人 R.M. 里尔克的散文诗《军旗手里尔克的爱与死》感到更大的惊异。于是，我就由雪莱、济慈飞跃到了里尔克与艾略特的世界，这在我的诗习作的生涯中，应该说是一个大的飞跃。”由于九叶诗人们在创作艺术上终于殊途而同归到现代风上来，才使他们有了结成流派的第二个因素。

认识生活和表现生活这两大因素的统一，使九叶诗人结成一个流派的条件终于在抗日战争胜利、解放战争即将开始时臻于成熟。但既然作为流派还得要有一个流派阵地——同人刊物的。1947 年，曹辛之办起了一个星群出版社，并出了一个诗刊《诗创造》。这虽还说不上是九叶同人诗刊，基本上是个倾向相似的进步诗刊，在创刊号“编余小记”里也明确提出：“在诗的创作上，只要大的目标一致。不论它所表现的是知识分子的或劳苦大众的感情，我们都一样重视。”但它又有这两大特点；（1）除了欢迎“抒写社会生活、大众疾苦、战争惨相、暴露黑暗、歌颂光明”的诗以外，也欢迎仅仅、抒写一己的爱恋、抑郁、梦幻、憧憬……只要能写出作者的真实情感的诗。（2）除了肯定“某些诗人写他的山歌、写他的方言诗”以外，又说“象商籁诗、玄学派的诗，及那些高级形式的艺术成果，我们也该一样对其珍爱”。这就明显地带有九叶同人的某些倾向。而在这个共出十二辑的诗刊里，九叶诗人辛笛、陈敬容、杭约赫、唐湜、唐祈、袁可嘉都发表了不少诗创作和译作；理论上，唐湜、陈敬容等分别撰长文介绍过辛笛、穆旦、杭约赫、唐祈、杜运燮、郑敏的创作及他们在诗坛的历史地位；而唐湜的《梵乐希论诗》，沈济的《爱略脱论诗》，袁可嘉的《新诗戏剧化》，陈敬容的《近代英国诗一瞥》，苏新的《英美六大意象派诗人》，李旦的《史彭德论奥登莱诗人》等，也系统地介绍了或阐述了国外现代派诗歌。正是这些因素，使《诗创造》有了倾向现代派的同人性倾向，"这引起了一些人的议论"[36]。而也就在这时，辛笛、杭约赫、唐湜、陈敬容、唐祈又都先后聚集到了上海，并"与北方的穆旦（查良铮）、杜运燮、郑敏、袁可嘉渐有了较多的往来"，于是，他们商量从《诗创造》中分出来，仍在星群出版社另办一个《中国新诗》，由辛笛、陈敬容、杭约赫、唐湜、唐祈约另一诗人方敬列名编"这个流派色彩较浓的刊物"[37]，其基本撰稿人除九叶其他同人穆旦、郑敏、杜运燮、袁可嘉以外，还有卞之琳、冯至、金克木、徐迟等。并且，还出了一套"森林诗丛"，包含了这一派及外围人物的诗集。于是，九叶诗派终于形成了。

如上所述，这个流派是分南北两组的，由南方的辛笛、杭约赫、陈敬容、唐湜、唐祈和北方的穆旦、郑敏、杜运燮、袁可嘉两部分人合成。由于他们诗美的核心观点此时已完全从超越社会现实而转为突进了，因此在作为同人诗刊物的《中国新诗》上也就反映了出来。创刊号上的代序《我们呼唤》中，首先富有预见性地写出了第三次国内革命战争中人民力量的壮大和反动政权行将崩溃的形势："我们原先生活着的充满了腐朽气息的房屋在动摇，我们原先生活着的阴暗沉滞的时间在崩溃"，"到处有历史的巨雷似的呼唤：到旷野去，到人民的搏斗里去"，并满含激情地指出："我们必须以血肉似的感情抒说我们的思想的探索，我们应该把握整个时代的声音在心里化为一片严肃"。同时，这两组人富于现代风的流派风格也围绕《中国新诗》而平衡、统一起来。唐湜在回忆录《我的诗习作的探索历程》中谈到南方与北方的九叶诗人在现代风流派色彩的调和时指出："他们（按：指北方的穆旦等）都是学外国文学的，直接受外国现代派诗歌的熏染较深，抽象的哲理沉思或理性的机智的火花较多，有多层次的构思，新诗传统的感性形象的描绘则较少；辛笛、敬容、唐祈、辛之与我则接受较多新诗的艺术传统或现实主义精神，较多感性的形象的思维与语言，但也从国外现代派的艺术风格与创作手法里吸取了不少艺术营养，大大加深并丰富了自己的现实主义。当时袁可嘉努力要建立一个现代诗论的体系，写了不少系统化的论文；我则从中国古典传统的诗论风格出发，吸收一些欧洲古典与现代派的论点，写了一些诗人论，一些抒情式的欣赏的解说。双方在探索的过程中，在诗与诗论两方面都渐渐接近而合流，双方的作品也渐渐靠拢，在抒情素质上形成了一种流派色彩。”

于此可以看出：九叶诗人和晋察冀、七月诗人的起步不同，他们是经历了一番痛苦的灵魂搏斗过来的，随着人民解放战争的深入，人民革命力量的壮大，既感动了他们，又教育了他们，也鼓舞了他们，使他们看清了中国人民的前途。因此，他们诗歌创作中的时代感与历史感结合的浓度大大增加了，终于和晋察冀、七月的诗人们殊途同归——走上了现实主义的广阔道路。唯其如此，九叶诗人以及他们的战斗阵地也就成了反动政权的肉中刺，成了特务们盯梢的对象，终于也像七月诗派的遭难一样，他们的出版社和刊物也都在 1948 年 11 月被国民党特务查封了。于此，我们可以看出：九叶派这种演变以及最终的遭难向中国现代诗坛证实了这么一点：由于无法回避急剧冲击的时代潮流，无法违拗尖锐复杂的社会斗争中政治的直接楔入，中国现代派诗歌最后不可避免地向现实主义归化。

通过对三个诗派形成及演变历史的叙述，我们可以看到九叶派组织形成是先分散后统一的，它的组织活动是前弱后强的！晋察冀诗派则恰恰相反，七月诗派的组织形式是稳定的，组织活动是一贯持久的。三者合在一起，也就使他们在 1940 年代诗坛形成了一个互为补充的交错式诗歌活动平衡整体，而这个平衡整体反映着革命现实主义诗歌活动的壮大和发展。

二、晋察冀、七月、九叶三诗派的创作内容及其交错关系（一）

我们从晋察冀、七月、九叶三诗派的形成和演变历程中既已看出：它们的流派活动在1940年代诗坛是个交错式的平衡整体，显示着诗歌主潮的壮大与发展，那么若具体地从创作实践上去考察，它们又各自选择生活的哪一个角度、通过艺术的哪一些途径，来显示出上面讲的哪点精神来呢？

我认为被民族解放战争推出来的这三个流派的极大多数诗人们，其创作都是从战争这个角度出发的，或作战斗鼓动，或为战争抒情，或抒战祸痛苦，自成特色，互为补充。

民族解放战争时期，晋察冀派诗人是以诗作政治上战斗鼓动而闻名的，这些诗迅捷地反映了全国人民为民族、为阶级而献身的高昂斗志和必胜信念，豪迈地激励和热烈地鼓动人民大众投入这场伟大壮烈的战争。由于这一派诗人把写诗看成是宣传的一种手段，因此必须把上述所欲反映的东西，用诗的形式广泛而及时地传达给人民。但当时边区物质条件不允许将诗铅印成书、成刊，广泛传播，因此他们只得把诗油印成传单散发或街头墙角直接书写，这就产生了传单诗、街头诗。徐明有一首叫《播种》的诗，十分生动地描述了这一派诗人用传单的形式进行宣传的场景：

我抱起一大堆传单，
刚从油印机里飞出来的
红的、绿的、黄的
写着鼓动诗的传单。
我满头是汗，
跑向大会场来，
大会场上
伸起森林般的手臂。
我把手一伸，
传单在人们手上飞，
好象一阵大风

吹落满树红叶……

我散完传单，擦擦汗，

默默地坐在人群里面，

好象一个农夫播完了种，

眼前浮起波动的金色的麦海……

这里提到的“鼓动诗的传单”表明这类诗的特征是以鼓动起一种战斗的热烈情绪，来达到宣传效果的，故它们直接显示出为革命阶级和革命政治服务的目的。这里还提到“传单在人们手上飞”表明这类诗鼓动的对象是人民大众，故他们直接地显示出这么点特色：诗就得扎根于人民的土壤；离开这块土壤，也就失去了自身存在的条件。这一类诗的基本主题是投入战争，求得民族的和人民的真正解放。诗，来自生活，对于一直生活在战争第一线的晋察冀诗人，写的街头诗是直接从战斗生活中提纯的。试看田间的《义勇军》：

在长白山一带的地方，

中国的高粱

正在血里生长

大风砂里，

一个义勇军

骑马走过家乡，

他回来；

敌人的头，

挂在铁枪上！

这就是一幅人民战争图景。它在短短几行质朴无华的素描里，把这一场人民战争的勃勃英气，极动人地表现了出来，没有对战斗生活的非常熟悉和战斗情绪的十分饱满，是把握不住这个特写镜头来的。又如史轮的《无题》：

在抗战里，
我们将损失什么？
那就是——
武器上的锈，
民族的灾难，
和懒骨头！

这里写的是战争里的人民对战争的心灵感应。正是他们，对这场民族解放战争是满怀必胜信念，并寄以强烈希望的。而作为他们中的一员，诗人史轮就十分敏锐地把握住了这一脉博大而壮烈的感应信息，并用直白的语言作了哲理的提纯，使读者能于沉思里激荡起火一般热的鼓动性豪情来。记得 1938 年 8 月 7 日在延安有过一个“街头诗运动”，并且在《街头诗运动宣言》中提出过一句口号：“让诗和人民在一起！”倒是说中了这一类诗的核心精神的。杨朔在《敌后文化运动简报》中就记述了这派诗人在晋察冀掀起街头诗运动、深入人民大众的情况：“到处可以看到街头诗，这些诗采取短小的形式，运用民谣的韵律，使用活生生的民间语言，描写斗争、反扫荡、民主政治、志愿义务兵，以及一切和战争相连接的斗争生活。这些诗人绝不高坐在缪司的宝殿里，凭着灵感来描写爱与死的题材。他们已经走进乡村，走进军队，使诗与大众相结合，同时使大众的生活诗化。”[38] 但也应该指出：作为革命战士的这派诗人，在战争异常频繁和战斗十分残酷的生涯中，以诗来鼓励人民战斗也并不仅止于街头诗。他们写的抒情诗和叙事诗也大都体现着这种战斗鼓动色彩，像田间的《祝山》《一杆枪和一个张义》《山谷夜》《苓莩》《我底枪》《叙诗》；魏巍的《月夜短曲》《蝈蝈，你喊起他们吧》《午夜图》《黎明风景》；陈辉的组诗《平原小唱》《六月谣》以及《献给母亲》《月光曲》《为祖国而歌》；徐明的《在太行山的雪道上前进》；邵子南的《英雄谣》《死的诱惑》；劳森的《打头阵、开工去》《用那双手》；林采的《向前进攻》；管桦的《还乡河上》；军城的《世界是我们的》等。这些鼓动诗总是有明确的主题的，抒情对象是既单一又本色的战斗生活，所抒之情是抒写对象的直接现实，因此，它们没有多角度的透视、多层次的暗示，荡气回肠的含蓄总是被赤裸裸的感情的突进所替代。譬如，魏巍的《好夫妻歌》，写的是日本强盗杀害了一对善良的好夫妻和他们的婴孩，毁灭了一个虽过着苦日子但又是温暖的中国农民家庭。诗人和这一对夫妻是在艰苦的战斗中结识的，善良的农民夫妇将对祖国深沉的爱具化到为抗战流血流汗的游击战士身上：

> 三年前，当我负伤在狼山里，
> 昏沉沉，又遇见你们这对小夫妻。
>
> 朋友呵，是你把我背回你的家，
> 大嫂呵，是你把紫葡萄一颗颗放到我嘴里！

可是“如今呵，你们遭难我不在，今天惨死在狼山里……”魏巍是一个善于在诗里把自己摆入进去的抒情能手，故到此，他这样写道：

> 好夫妻！好夫妻！
> 狼山里，你们这对好夫妻！
>
> 枪在我手里直发烧，
> 热泪滚到我心里！
>
> 要不用敌人的头来祭你，
> 我情愿死在狼山里……

这是一种白热化了的感情。战斗鼓动往往容易流于空泛的呼口号，战斗鼓动最好的办法是“现场教育”，《好夫妻歌》就是用精练而动人的语言描述了“现场”，本色地反映了战祸的残酷，使恨敌人的感情从抒情对象上直射出来。又如陈辉，他与魏巍有类似的风格，雄丽俊逸！他的战斗鼓动诗如《为祖国而歌》，就不流于粗豪简单，抒情对象并不很单一本色，而总是意象化了的，并作了以主观抒情为连缀的组合；至于意象的构成又十分细腻、贴切，感情密度大。如写祖国的可爱，用北国农村的场景作意象：“在八月的禾场上／把竹箫举起／轻轻地／轻轻地吹；让箫声／飘过泥墙／落在河边的柳荫里。”如写他在敌我交界处“望见了敌人的黑色的炮楼，和那炮楼上飘扬的血腥的红膏药旗”时，他的血激荡了。正是这种爱和恨，使他迸发出了以身许国的誓言：

祖国呵，
在敌人的屠刀下，
我不会滴一滴眼泪，
我要笑
因为呵，
我——
你的大手大脚的儿子
你的守卫者，
他的生命，
给你留下了一首
无比崇高的“赞美词”。
我高歌，
祖国呵，
在埋着我的骨骼的黄土堆上，
也将有爱情的花儿生长。

这是甘愿为民族解放奉献生命的誓语，闪烁着革命乐观主义光辉的鼓动性，而这样的鼓动是有别于其他晋察冀诗人的，因为陈辉既把自己全身心投入抒情对象，又是高度抒情化地来进行鼓动的。再说说军城的《世界是我们的》。他的战斗鼓动所采取的角度是：奉献予这场战争是生命最崇高的美。在诗中，他以历史主义的目光来看待在“血里游泳的战士”，因为“儿孙们将以羡慕的眼光来看望你们，以英雄的诗篇来赞美你们”。但他又对战斗中软弱自杀者投以鄙视的目光，并指出：“世界——你是我们的呀！日子——你是我们的呀！”从而把真正的战士置于全球性的现实（世界）和历史性的时代（日子）这个富有高度时空感的客观境界中，以象征的语言，作了这么崇高的直接抒情：

啊！日子——我们最茁壮的马儿
驮着我们，
到世界去吧，
　　到丰富而美丽的我们故乡去呀！
我们的马儿呵，
　　你飞奔吧，
　　你跳跃吧
我们——不会摔下来
我们的力气比天还大
　　是死也摔不下来的！

可以看出：这派诗人由于有共产主义战士的胸襟，精神境界很高，所以总是从时空的宏观角度去看待这场战争和这个时代的，以战斗实况的微观推向象征的宏观——这样一个崇高美的境界。因此他们的战斗鼓动不仅显得强烈而真诚，而且其中闪烁着圣洁的哲理光彩，它们不仅能鼓动起读者去战斗，并且更能从战斗的情绪氛围中使读者获得人生真谛的沉思，从而大大地增强了战斗的鼓动力。

除了大力抒写战斗鼓动诗以外，晋察冀诗人也写出了许多反映抗日战争极艰苦的年月里边区人民生活的诗。如果说：战斗鼓动诗因受了宣传目的以及抒情对象那种既单一又本色的制约，在充分体现诗人们自我素质上还显得不足的话，则在这一类诗中，诗人的感情个性却得到了更大的显示。诚如魏巍在《晋察冀诗抄·序》中所说的："我们热爱晋察冀，热爱根据地，不仅因为她是抗战的堡垒，她还是一个崭新的社会，是人民的希望所在。那时候，围在她周围的敌占区，是充满着血腥和哭声的'王道乐土'，在深远的后方，是令人窒息的国民党的特务统治，唯独在炮火中屹立着的抗日根据地，是一片光明。正是在这里，在硝烟和风砂中孕育着未来新中国的花蕾。"所以晋察冀诗人在抒写边区人民抗战时期艰难困苦的生活时，没有悲哀的调子，没有阴郁的色彩，字里行间总闪烁着理想主义的光彩。陈辉在《献诗——为伊甸园而歌》中这样深情地唱道：

那是谁说
"北方是悲哀的"呢？
不！
我的晋察冀呵，
你的简陋的田园，
你的质朴的农村，
你的燃着战火的土地，
它比
天上的伊甸园，
还要美丽

简陋的田园和战火燃烧着的土地真的美丽吗？当然不是，这美丽是因为晋察冀是一个"生活——革命，人民——上帝"的地方！也就是说，这个伊甸园是革命政权统治天下、人民在当家作主的新世界的象征。所以即使平原上不断有炮声在响，庄户人家随时有被炸毁烧光的威胁，但在陈辉那组抒写麦收期农民生活的《六月谣》里，他还是满怀欢乐地唱着：“黄黄的天，黄黄的土地，黄黄的大麦粒，在笑，在笑哩！”所以虽然一批游击健儿在风雪之夜迷途山道，曼晴的《女房东》告诉我们，仍有山地老乡“把自己的铺盖搬出去，腾出干净而又温暖的炕，让我们住”。这就是说：在这块土地上，战士和人民之间已深深地结下了“真挚而又亲切的善意”，这是一种新社会中才有的人与人的关爱之情。所以，虽然那些年月，战祸和水灾一齐蹂躏着晋察冀，但在劳森的《用那双手》里，我们却看到勤劳而勇敢的农民，无惧艰辛，发疯般硬用那双沾满黄土和血的手，“要把那被掩埋了他底命运挖开”，并且唱出了这样的顽强精神：“中国被摧毁了，再建设；生命被伤害了，再生长；垮了，再起……”。诗歌显示出在党的阳光雨露滋育下的晋察冀人民，身处最艰难困苦的环境，仍然保持着旺盛的生命力和对生活执着的爱。特别值得一提的是田间写于1943年的《炉火正红》，这是诗人歌颂边区生活中的参议会的。“时值午夜，窗外落着小雪”，参议会进行选举。诗人把这块土地上当家作主的人民投票选举自己的掌权人，看成是一桩“为了明天，为了战争”的了不起的大事，并把此举说成是把一块块炭火，投入革命政权的炉中。当然，这一来“火旺了！”而诗人一语双关地说，“天愈冷，就愈要火哟”，这意味着：只要有民主政权组织人民大众坚强团结起来，最阴冷恶劣的环境也会感到温暖和力量的。而就在这时，“拂晓的攻击也快到了”，于是，诗人一下子把微观的如实描写推向了客观的象征表现：

这正是时候。
一炉红火
在雪夜里
熊熊地
照耀着山道。
窗外，雪，
雪在飘落……

穷乡僻壤，炮火连天，但因为在这块血染的土地上有了人民自己的政权，那么让窗外“雪在飘落”吧，让敌人再残酷地扫荡吧！不屈的人民，执着的生活追求会愈执着，旺盛的战斗生命力会愈旺盛。诗人象征地描绘了晋察冀边区民主政权的建立和人民享受民主生活而力量倍增的生活情貌是多么真实感人呵！

晋察冀诗人眼中的生活是没有悲哀的，他们就是以这样乐观、健康的调子唱着人民的伊甸的新生活。

再说七月诗派。

作为一批“人之子”，七月诗派的作者们，较多地着眼于对战争的抒情。当然，这种抒情也包含着对战斗的鼓动，因此也有一些鼓动性作品，如胡风的《为祖国而歌》，艾青的《我们要战争呵——直到我们自由了》，田间的《给战斗者》，侯唯动的《斗争，就有胜利》等。但从总体说，那不能算这派诗人的本色，（更何况像田间这样一位鼓动性较强的诗人，不久即去了晋察冀，他战斗鼓动的诗风也就移植于晋察冀诗派了）也就是说：作为阶级战士的晋察冀派诗人，写诗是为政治宣传服务的，是战士使用另一种武器战斗，因此，战斗宣传的具体目的和抒情对象——单一而本色的战斗生活，都制约着他们的主观感受。鼓动，明确而坚定的针对性，也就成了他们诗歌的必然追求了。七月诗人的创作思想是爱国，爱人民，积极主张抗战，反对投降，但没有受一时一事具体目的的约束，不存在晋察冀诗人们的那种制约；他们又主张主观拥抱客观，因此主观感受可以自由地寄植于多元的抒情对象，特别是非本色的战斗生活上，所以他们的创作，从主题看，着眼于这一场民族战争各种各样的内容进行自由抒唱，既控诉战争的残酷，又赞叹着战斗的壮烈；既担忧国家的命运，又兴奋于民族的复兴；既诅咒岁月的艰辛，又欢呼着时代的光明，等等。从题材看，有写战争的本色生活的，但不能算多；较多的是通过大自然景色幻变的描绘来暗示战争情貌，而更多的是通过象征性的物象来表现战争，这种种都显得较为复杂。

在这批诗人中，冀汸的诗集《跃动的夜》和天兰的诗集《预言》是以雄浑豪放的气概来本色地抒唱战争的。冀汸的《跃动的夜》抒写了一座后方小城在遭受敌机轰炸后的社会风貌。诗人有一份宏大的心和概括复杂场面的魄力，在城市和农村各阶层人民积极支援前线这么一个极广阔的社会生活面上展开了他大幅度的抒写，从而对中国人民在灾难面前顽强、蓬勃的“生命的力”，坚定不移的“复仇的心”作了讴歌，正是这些社会风貌和民族精神，感召起了诗人的灵感。诗篇最后写道：

在桐油灯下
我凝着泪，
欢喜的泪；
我握着笔，
　多么流利的笔，
随和着我激越的脉搏，
一刻也不停地
写完了我底诗。

从中可见他的诗是从战斗生活的强烈感受中孕育和产生的。冀汸的另两首诗《渡》《旷野》，以及天兰的《队长骑马去了》《夜，守望在山岗上》，都直接写出了在这场战争中的胜利、挫折，坚守自己岗位，奉献自己的青春和生命。《旷野》里高度的动态感以及《队长骑马去了》里的慷慨悲歌，给人一种极强的力量感，显示着阳刚之美，能震撼人心。如果说这两位诗人因风格上的某种一致性合成了战争抒情的一种类型，邹荻帆的诗集《意志的赌徒》和亦门的诗集《无弦琴》则以风格的不一致，于对立的统一中合成了另一种类型的战争抒情。邹荻帆的诗俊逸隽秀，他的《风雪篇》描写了一支队伍，在风雪天的旷野上行军，试看他描写敲冰渡河：

从这河上
我们来了。

杨花一样飘着的，

　是雪花；

发出啄木鸟啄木声一样的，

　是我们敲着冰冻的小河。

开垦呵！

开垦这结冰的透明的处女地。

春天哪！

春天哪！

从这河上去迎接春天。

我们可以从他空寂阴冷的环境的描绘中，看出诗人渴望去迎接春天的那分坚忍的意志。亦门却沉郁滞重。他的《纤夫》，以嘉陵江上的纤夫拖着“中国的船啊，古老而又破漏的船”逆流而上的意象，来象征中华儿女在1940年代初期内忧外患严相逼的逆流的日子里，为了“大地底第二次的春的胚胎”而背负起民族的命运而战斗的精神：

伛偻着腰，

匍匐着屁股，

坚持又强劲。

四十五度倾斜的

铜赤的身体和鹅卵石滩所成的角度；

动力和阻力之间的角度；

互相平行地向前的

天空和地面，和天空和地面之间的人底昂奋的脊椎骨，

昂奋的方向，

向历史走的深处的方向，

动力一定要胜利
而阻力一定要消灭!
这动力是
创造的劳动力,
和那一团风暴的大意志力。

这里惊心动魄地写出了纤夫拉纤逆流而上的那种艰辛的形象。可以看出:诗人在这个象征形象中寄寓着“向历史走的深处的方向”,昂然前进的“那一团风暴似的大意志力”。这两位诗人都于孤寂的战斗中透现着不无一点伤感的坚忍心绪,共通的悲慨情调使他们合成了同一类型的战争抒情。再还有一类直接受艾青诗风影响的战争抒情。在艾青的创作历程中,从抗战初期到中期那几年,是他一生创作的特大高峰期。这时期,他有两类诗:一类是以《向太阳》《吹号者》《火把》为标志的鼓动性战斗诗篇;另一类是以《雪落在中国的土地上》《北方》《手推车》《乞丐》《补衣妇》《除夕》《我爱这土地》《车过武胜关》《风陵渡》等为标志的战争抒情诗篇,这些诗篇境界开阔,情调激荡,色彩阴暗,而又以细腻地描绘自然背景来显示战乱中人的活动,以及他们的深重灾难和不屈不挠抗战到底的斗志。它们集滞重、浑厚、悲慨、雄健于一体,集形象的透明感、立体感、如实感、辽阔感及情绪的热度、力度、厚度于一体。七月派的一些青年诗人如彭燕郊写的《冬日》《雪天》,杜谷写的《写给故乡》《江·车队·巷》,林稍写的《春之歌》,鲁沙写的《滚车的人》,白莎写的《冬天》等,都使人感到较明显地受了艾青的影响。彭燕郊的《雪天》,描述一队年轻战士,冒着大雪,踏着“这被异族的马蹄所践踏的土地”,前去赴战的心情:

我爱祖国
这被清洁的雪所掩盖的土地呵!
从那仅有的溪涧,
跨过冰块的阻碍,

我们横渡而过。

祖国呵！

我爱你

今天的艰苦的战斗……

我们可以感觉到艾青在《雪落在中国的土地上》《北方》以及《我爱这土地》中那种意境，那种凝重的抒情调子，已融入彭燕郊俊爽、雄朗的个人风格里了。

和晋察冀诗人一样，七月诗人也并非单纯抒唱战争的。他们也写了大量反映战争中社会日常生活的诗。由于这派诗人流动性大，社会环境各不相同，“有的在解放区，有的在国统区，有的在前线，有的在后方，有的在农村，有的在城市，有的在公开的战斗行列中，有的在秘密的艰苦的地下”。[39]因此他们反映社会日常生活的诗，也并不像晋察冀派那么单纯地歌唱党领导下边区的新生活，而是要复杂一些。综合起来看，这派诗人大致可以分为在解放区的和国统区的两类，因此所写的诗也可以分作歌颂光明社会和揭露黑暗现实两类。

在七月诗人中有几位是抗战开始后就奔赴延安参加革命的，包括艾青、鲁藜、天兰、艾漠、胡征等。这些革命者，共产党人，呼吸在党的怀抱里，工作和战斗在自由解放的新世界，对社会满怀着一片幸福的感受，对生活涌动着一股青春的情热，因此他们是“笑着”写他们的日常生活的。胡征在《打水人》中，抒写了延安一个打水的普通劳动者，既赞美了他忠实地为革命劳作的高贵品质，又赞美了他终于唱完“受苦人的歌”，而唱起了“黎明的歌”；在平凡的人和细小的事件中折射出了这一代普通劳动者在人民当家的新世界里全新的心理状态。鲁藜是一位富于青春热情和哲理冥想的诗人。他的组诗《青春曲》《开荒曲》《雁门关外放歌》《河边散歌》，几乎首首都是抒发他对边区新社会现实感受的，而这种感受几乎说得上是沉醉的。在《青春曲》里，他狂热地赞美了自己和其他青年人生活和战斗在太行山上的幸福。好一片莽莽群山，郁郁野林，由于有广大的人民战士在这里开拓着，斗争着，使诗人觉得“春天也停留在这里”，因此由衷地唱出：

在太行山的春天里
让我们尽情而激昂的歌唱呀，
在我们这里
日子是这样瑰奇宏伟！

在《开荒曲》里，诗人赞美边区的开荒大生产：“我们的同志是不怕流血流汗的，要在广阔的祖国土地上，深深地种下真理。”为了这个崇高目的，诗人和垦荒战士一起“笑在这里”。组诗《河边散歌》，从多方面来歌唱延安生活。诗人深深地感受到：“我是一个从人生的黑海里来的，来到这里，看见了灯塔”，因此他忍不住“在健康的空气”里，对种种看来平凡的生活都寄以深情，倾诉心声了。艾漠（贺敬之）和天兰抒写延安生活的诗，特别富有勃勃英气和一份扩大的自豪感。艾漠在《自己的催眠》里，深深地感受到在这光明的汇聚处，“生活就是歌，应当唱得更响更响”！他并且几乎是梦幻似地感受着：“安眠在这夜／这梦的谷／这大地……”让“延河／摇我们／用他的歌唱”是多么幸福！因为“明天／那天空／一定很蓝”，“明天／朝阳来呼唤我们”。于是他禁不住动情地唱出：

我们骄傲
我们的日子！

这种动情几乎已变为潜入意识最深处的一种神往了，而这种神往又原是新人新世界的生活内容浓缩后的感受提纯。天兰在《我，延安市桥儿沟区的公民》这首抒情长诗中，对于自己这名“不到四年的居民籍”的延安新公民，感到是一种崇高的“荣誉”，因为“我哟，我已从市民社会的公民启程，成为新民主主义的公民，将又走向社会主义的公民”。这一条路可是众多革命前辈“将血淌出、涂成的红色大道”，而诗人也意识到：“我也将血淌出，需要将这条大道涂得更远更长，让我们的子孙走来”。而就因为自己能为革命而奉献生命，这使他感到无比自豪，因为正是“那血光变作殷红色的黎明”的。于是他动情地高唱：

我哟，延安市公民之一成员，
和大家同样地度着艰苦的日子；
但这也是美的，
在繁重窘迫的斗争里，
我们仍旧呈现着欢快的笑容。

而所有这些七月诗人所抒唱的延安以及抗日根据地的生活，正像艾青初到延安所惊喜地感受到的：“这些山沟里”的“秘密”，值得大声地“向世界宣布”。

这些诗和晋察冀诗人所歌唱的日常生活是属于同个范畴的，都有一种理想主义的欢乐内蕴着，不过也有点不同：晋察冀诗人这一类诗更偏于对战争环境下的日常生活抒写，更富于现实生活的气息，而七月诗人以心灵感应的抒写为重，生活气息较淡一点。

七月诗人中的多数是生活在国统区这个黑暗环境里的，因此这些人写了大量揭露蒋介石消极抗战、积极反共、压制民主、蹂躏人民的罪恶行径的诗，以及抒发自己身无所依、朝不保夕、渴求解放、难出魔窟的悲愤心绪的诗，而这是晋察冀诗人所没有的。

在这些诗中，孙钿的《行程》是控诉国民党特务杀害一个“宣传抗战到底”的民族战士的，他是“战斗的号角，在召唤我们去迎接新的中国”的“行程”上被毒辣地杀害的；但诗人反问道：“冷酷的冬天有可能阻止春天的行进吗？”从这反问里，诗人迸发出了一片坚定的信念，不屈不挠地在“行程”上前进下去的慷慨豪情。他这样彻声高唱：

倔强的灵魂是不灭的太阳。

强烈地发光吧，

作一个永远的青年，

为了青年的永远！

这个“永远的青年”意思是什么呢？是“把自己当作一粒种子，播开去，在灾难的荒芜的原野”。这就是说，诗人在号召生活于反动统治下的青年，应该以叛逆的精神斗争到底。这种决不使自己沉湎于悲哀、决不奉献给读者以颓丧的昂扬情调和战斗精神，正是生活于国统区的七月诗人情绪的底色。亦门的《街头》，也正是从这样的底色出发的。他描述了 1941 年重庆街头下层人民悲惨的生涯：锯匠、卖花的、糖担子、拾荒的，都是为了拣拾“残余被忘的人生”，更是为了寻觅“残余被弃的火种”。诗人对“拣拾者”大声地说：“人，有人的生活”，“人，有人的权利”，“与其卑贱地活，不如光辉地死”。诗人也对“寻觅者”热情地呼唤：

从无畏的死

得不朽的生，

流十字架的血

击碎巴士蒂狱的铁门！

这是一些掷地有金石之声的煽动语言！

抗战时期，七月诗派中有两位特别年轻、1942 年后才崭露头角的诗人：绿原和牛汉。他们赶不上抒写抗战初期全民奋起抗击侵略者的战斗生活，却从皖南事变后，在国统区民主生活的“雾季”里，写出了他们迷茫、憎恶、愤怒、叛逆和向往光明诸种因素交织的激情。绿原从没有在这个流派的机关刊物《七月》上发表过诗，却在《七月诗丛》中出版了诗集《童话》，这本诗集显示了他一出手就不同凡响：他爱把他的抒情氛围置于夜、旷野、茫茫的草原环境中来对诗情进行渲染，初看色彩有些朦胧，颇给人一点现代风的艺术新趣；但透过朦胧，却深感到它们具有深邃的诗意诗境和火一般闪光的热情。在《乡愁》和《这一次》里，诗人抒述了自己生活在国统区黑暗社会中的不满和苦闷，企图有“一次象潮水的集会”。《哑者》里他进一层对“反常的不民主”产生了强烈的痛苦。他在诗里把自己比做一个“忍受着一切损害和侮辱／被不平的命运／扼住呼吸的哑者”。《越狱》里，他把自己郁结深心的反叛激情，作了高亢的抒发。他把一片神往寄之于一个绿林好汉，因为他专向榨取人民血汗者“分取着过重的财货和过剩的食糖，去接济那些缢吊的汉子和投河的妇人”。但这些感受还只是一般小资产阶级知识分子的苦闷和幻想。到《憎恨》《雾季》和《旗》时，绿原对社会的认识已深化了，叛逆的激情也已转化为对革命的追求。《雾季》描写钢铁工人劳动和生活在国统区的苦难，但“他们真是没有时间来叹息第一片黄叶底飘落”的，因此诗人在这个“灰茫茫的天地里”，终于从这些人身上找到了精神的依傍力量。在诗的结尾，他语重心长地唱道：

……而雾是徐徐地沉重了
我想着……那要降临的严厉的风雪
和向那劳碌的人民
呼喊着万岁……

这种精神的依傍，使他认识到了工人阶级及其先锋队的方向乃是指引人民前进的“旗”，而他们组织起来的革命力量乃是可以烧毁整个旧世界的“火焰”。于是诗人在“旗”里坚信地说：

旗和火焰
会愤怒地
滚过这贫穷的城——

牛汉于1942年初写出了他的长篇抒情诗《鄂尔多斯草原》。这首气魄相当宏大的诗，是这位生活在国统区的诗人对鄂尔多斯草原的苦难历史所作的悲歌，以及对即将解放的未来所作的颂唱。他以开阔的境界、浓重的色彩、慷慨长歌的情调，写出了在三座大山压迫下草原生活的寂寞、寒郁，以及生机的泯灭；写出了牧民们“放牧着牛羊，而他们自己也是王爷们底牛羊”——这样的生活折磨，以及“悲哀的日子在心灵／刻满了深长的血痕”——这样的精神折磨。就这样，多少年了，“草原上没有路／草原上的旅人／永远走着／不是路的路呀！”但历史终于用一个巨浪把生活推向一个新岸：“赶着太阳的车夫”——那些播送革命火种的人，终于从三边走来了，发动起善良的牧民，使他们起来反叛，“在战斗的血火里冶炼”，使他们的血“象解冻的热流／从冰冷的皮肤里／从冰冷的生活底牢狱里／喷出来了”。于是彻声高唱：

明天
明天的太阳
沿着夜底黑色的
腐烂的边沿，
滚来了。

于是，诗人的悲泣也停止了，他兴奋地说：“从我底歌声里／喷出草原复活的笑／扬起新的生命力／我要让这歌声／扬得／更高更响”，这是一首富有浪漫主义激情的诗，它壮阔的境界和昂扬的情调，在七月派这时期的诸多诗篇中堪称佼佼者。值得注意牛汉对鄂尔多斯草原富有历史感和现实感的如实抒写，其实是他主观心境的一个暗喻，暗喻着他对国统区黑暗现实的悲愤和通过战斗流血获得解放的热望。所以这首诗规模宏大的构思乃是个高层建筑，我们可以从形象多层次的推延里看出牛汉具有一种客观象征的艺术魄力，而他所抒唱的“草原复活”，其实也正是皖南事变后国统区那个时代的低气压下，七月诗派战斗生命力复活的一种暗示。而随之而来的，是更多七月诗人，在高昂的斗志和旺盛的诗歌生命力的作用下，写出了《暴风雨岸然轰轰而至》这样气势磅礴地预言人民大解放即将到来的诗。

综上所述，我们可以看到：七月诗人在反映日常生活上，和晋察冀诗人有相同也有相异之处。他们虽强调主观战斗精神以及主观拥抱客观，其实他们始终忠于现实，这和晋察冀诗人的现实主义精神是一致的。同时，这两派诗人都从各自不同的生活环境中悟出了我们这个民族正处在新的方生、旧的未死的时代，充满着血与火的斗争，但都坚信民族一定能解放，人民一定得翻身。因此他们的情调都是昂扬的，闪烁着希望之光。不过七月诗人中的绝大部分，由于生活在国统区，抒唱的社会生活偏于揭露黑暗，昂扬的情调是从极度的悲愤中渗透出来的，这和晋察冀诗人不同。后者毕竟生活在劳动人民在当家作主、民主的阳光暖着人心的新世界里，除非面对外国侵略者对中国人民的蹂躏，才发出血泪的控诉，凡抒写自己政权下的社会生活，揭露阴暗面，抒发忧愤，对他们来说是不存在的。

九叶派诗人也对这一场民族战争进行了抒唱，但没有晋察冀派和七月派那样抒唱得直接。这一派诗人在战争开始时，都还没有直接投入进去，所以他们总是从侧面看战争的，这决定了他们的诗也是从侧面抒唱战争的。而他们所抒唱的感受又总是兴奋和痛苦的交织品。特别值得注意的是：他们的诗不是情形于色，而往往总是把他们从战争中得来的一点体验潜入深心，作悠远的沉思，从沉思中再把战祸深重的社会实况折射出来。

辛笛在战争初起时，正远游西欧。他是隔着异邦的千山万水来感受祖国这一场战争的。在《巴黎旅意》里，生活在“好比作一株美丽耐看的树”一样的“花城”巴黎，却无法“昧心学鸵鸟，一头埋进波斯舞里的蛇皮鼓，就此想瞒起这世界的动乱”。他沉痛地唱出：

我今不能为这异域的魅力移心
而忘怀于凄凉故国的关山月

因此，他要“虔诚肃穆地工作”。虽然，心中不无几分伤感，甚至还使他茫然地感到：在这场战争中，我们的人民——也包括他自己，都会“象一个决死的死囚”；但又觉得正是这场战争，能使自己“重新捏土为人，涅槃为佛”。所以他最后以高亢的调子抒唱，要“以积极入世的心，迎接着新世纪”。辛笛对战争的这种感受，可以代表这一派诗人的抒情基调。

穆旦的诗在这方面表现得更深广也更多采一些。在这一派诗人中，穆旦的想象也许最开阔，他的气质也该是最属热血型的。读他的诗给人一种阳刚美。但他火热的心和博大的想象交融而成的创作灵感，又被紧紧地挟进理智的河床，通过沉思的闸门，化成了点点涓滴。不过，一滴水里见世界！因此，他那些不无苦涩之感的诗，有着从平凡的现实感升华为历史感的开阔空间。在《防空洞里的抒情诗》里，他从一次躲避空袭的生活侧面，反映了战争。当他和“那些个残酷的、为死亡恫吓的人们”在“空气太窒息”的防空洞里生活了一段时间后，当他看见“再也看不见的无数的人们”，并因而想到“渐渐冰冷了的僵尸”后，他的精神升华了，自我觉醒了。于是，当他从防空洞里回来时，别人问他：谁胜利了？他回答：“是我！”因为他发现自己死在楼上，“僵硬的、满脸上是欢笑、眼泪和叹息”。这个“我”的蜕变与代谢作用，就是“重新捏土为人，迎接新世纪”，就是“从空虚到充实”。是的，在战争的最初年月里，这位当初还相当年轻的诗人，就是通过这些非正面战争的生活来对这个战争时代和民族命运作沉思的，并于此中激发出了兴奋之情。可不是吗？在《五月》里他就唱出了这样撼人魂魄的歌：

> 对着漆黑的枪口，你就会看见
> 从历史的扭转的弹道里
> 我是得到了二次的诞生

这就是说：诗人把“我”归属于历史了。这一来，“我”已不是“我”，而成了我们这个民族的象征。于是，穆旦对这场战争的兴奋情绪，已从自我的觉醒推向了民族的觉醒，并以开阔的想象、宏观的气魄、雄健的笔力，写出了《合唱》和《赞美》，以体现我们这个民族已“从历史的扭转的弹道里，我是得到了二次的诞生”。在《合唱》里，穆旦一方面以强烈的爱国激情，痛苦地抒述了“古国”“在岩壁上抖索”，面临着“陨落”的危险；另一方面，又以壮阔的浪漫主义遐思，面对我们脚踏着的这颗正被“夜神扑打”的“旋转的星球，赞颂了民族之魂”：

叫远古在你的轮下片片飞扬
象大旗飘进宇宙的洪荒
看怎样的勇敢、虔敬、坚忍
辟出了华夏辽阔的神州

而正是这缕民族魂，激起今日的人民以“鲜血祭扫”即将倾倒的“庄严的圣殿”。那么，这些真正被“民族魂”激起，为“祭扫圣殿”而付出鲜血的对象该是谁呢？在《赞美》里，诗人告诉了我们：是“一个农夫”，是“多少朝代在他的身边升起又降落了，而把希望和失望压在他身上”的农夫，是“我们不能给以幸福”而“他是不能够流泪的”农夫。这是缔造我们这个伟大民族的劳动者的象征。诗人显然已经意识到：只有依靠劳动者，我们才能从“历史的扭转的弹道”里获得“第二次的诞生”。因此，他以最虔诚的感情赋予这一代劳动者——我们的民族脊梁：

我要以荒凉的沙漠、坎坷的小路、骡子车，
我要以槽子船、漫山的野花、阴雨的天气，
我要以一切拥抱你，你，
我到处看见的人民呵，
在耻辱里生活的人民，佝偻的人民，
我要以带血的手和你们一一拥抱，
因为一个民族已经起来。

读到这里，我们不能不注意到结束处的一句："因为一个民族已经起来！"的确，这才是认识这场斗争将是使我们民族从衰颓中重新振作起来的依据。不过，也不能不看到：就在这种"赞美"之余，诗人又总是唱着："痛哭吧，让我们在他的身上痛哭吧！"因为这一代处于被剥削地位的劳动者，从命运神那里接受过来的，始终是"无尽的呻吟和寒冷"。这就典型地显示了九叶诗人对这场战争兴奋和痛苦交织在一起的复杂情绪。如果说这样的复杂情绪，穆旦是以奔放的抒情转入冷静的沉思而呈现出来的，那么杜运燮则是极不作感情外露的。他极客观地描绘着投入战争者的诸形象，而从中潜流出一脉经过深思熟虑的情绪来。《草鞋兵》是有感于入缅甸作战的中国农民兵，仍旧是穿着草鞋在打仗，而英国和印度兵却穿皮鞋在打仗。诗人以真挚的感情赞颂这批穿惯草鞋的中国农民兵以如此原始的装备"走向优势的武器"，像"在后山打狼般打游击"，并进一步兴奋地说：使我们民族——这"一只巨物苏醒，一串锁链粉碎"，并带给"诗人能歌唱黎明"的权利，"就靠灰色的你们，田里来的'草鞋兵'"。不过杜运燮兴奋之余也不免夹杂着对真正肩负反侵略大旗的劳动者悲惨命运的哀叹：

你苦难的中国农民，负着已腐烂的古传统
在历史加速度的脚步下无声死亡，挣扎，
多少种权力升起又不见；说不清"道"怎样变化，
不同的枪，一样抢去"生"！都仿佛黑夜的风
不意地扑来，但仍只好竹杖一般摸索，
任凭拉夫，绑票、示众、神批的天灾……

的确，生活在国统区的九叶派诗人，是无法回避民族解放必须和阶级解放相结合这一社会命题的，所以他们的战争抒情诗总是高度评价中国农民在这场战争中的关键，也认识到他们仍然是最不幸者。从这种兴奋的痛苦中，我们可以看出这一派诗人的人道主义精神和现实主义深度。

九叶诗人的战争抒情诗，不及晋察冀、七月两派诗人那样富有冲击力，也缺乏政治直接楔入的鼓动效果，但他们给人以更悠远的思考。故可以说，他们还是和其他两派诗人一样，唱出了那个血火交迸的时代的“历史的心声”。

由于这一派诗人基本上没有直接投入战争的旋涡，所以他们描述战争年代国统区的黑暗和抒唱自己在那个环境里的苦闷、迷茫、渴望光明的心绪的诗作，比直面战争的诗要更多一些，也更出色一些。

在民族的大灾难里探讨阶级的矛盾斗争，这是这一派诗人在认识生活上从超越逐渐转向直面现实的必然结果。杜运燮的讽刺诗《追物价的人》就是如此。诗人鞭挞了抗战期间国统区物价不断上涨的现象。他认为“物价”之所以成为抗战的红人之一，是因为发国难财的“要人”“阔人”在“捧他，提拔他，搂他”，才使他坐汽车、乘飞机，高速度地上涨。然后，诗人又正话反说道：“抗战是伟大的时代，不能落伍”，而发狂般上涨的“物价”既已是它的红人，则小百姓应当“把温暖的家丢掉，把祖传的美好田园丢掉，把好衣服厚衣服，把肉丢掉。还把妻子儿女的嫩肉丢掉”，努力赶上“物价”的速度，于是诗人在辛辣的讽刺中满含悲愤地唱道：

啊，是我不行，我还存有太多的肉，
还有菜色的妻子儿女，她们也有肉，
还有重重补绽的破衣，它们也太重，
这些都应该丢掉；为了抗战，
为了抗战，我们都不应该落伍，
看看人家物价在飞，赶快迎头赶上……

杭约赫始终念念不忘的主题也是揭示民族矛盾掩盖下的阶级矛盾。还是在1940年代初期，他就写了长篇叙事诗《仇恨的埋葬》。全诗虽未都发表出来，但从已见诸《诗创造》上连载的部分，我们已可以看出：在他规模宏大的构思里，贯穿着勤劳善良的渔民遭受渔霸欺压的情节，而内中的悲欢离合又是和“遍地烽烟，天底下再找不到宁静”这一民族大灾难的现实联系在一起的。在短诗《愿》里，他蘸饱彩笔画尽“黄金的稻束躺在田埂上”的美景后，一针见血地揭示了中国农民在民族灾难和阶级压迫下内心的痛苦：

但我画不出农夫流汗的笑脸，
在调色板上找不到他们底颜色，
今天他们的笑容虽那样天真，
我知道他们的心却长年在哭泣。

这一位曾经在晋察冀边区生活和战斗过一段时间的诗人，看到国统区劳动人民生活如此悲惨，就禁不住重新向往“山那边呀好地方”来了。在《神话》《拓荒》里，他赞颂了“在苦海上开辟自己的乐园”的边区。另一诗人唐祈，在1940年代初期，曾随演剧队到过西北不少地方，既感受到兄弟民族的真纯、古朴与善良，也感受到异域风土的传奇情趣，更感受到生活在那片土地上的人民的苦难，所以他颇写了一些行吟式的诗，不同程度地反映了西北地区的现实面貌。譬如在《故事》里，他写了青海湖畔的牧女受“青海王”马步芳的蹂躏，在《游牧人》里，古代蒲昌海边美丽的羌女唱出了她的悲歌：

不欢乐的生活啊，人很早会夭亡，
哪儿是游牧人安身的地方？

唐祈的诗歌语言是纯净的，喜欢抒写女性，婉约优美，萦绕着一团淡淡的愁雾。这一种情调可以说是多数九叶诗人所共同的，在反映抗战时期国统区的日常生活时，这一派诗人擅长写自己内心的苦闷。其中两位女诗人——郑敏和陈敬容特别突出。郑敏的诗一出手就显得较成熟，意象丰富、凝重，结构既复杂又精致，情绪和哲理交融得浑然一体。在《旱》里，她说“好象这世界从没有过太阳”，故企望“黎明的来临”，可是生活在国统区这个魑魅横行的世界，她得到的只能是：

在人类的心里有一种
母亲的痛苦和恐怖
当她听见大地无声的啼哭

这种朝不保夕的心境，正是国统区知识分子的共同心境。陈敬容又何尝不是如此！她可以说是现代女诗人中抒情素质极强的一个。她的诗能于缠绵悱恻中透现出一片刚性美，想象活泼，节奏明快，有一种俊逸潇洒的风度。她说自己是一个“独自迷失于无尽的黄昏”的人，所以在《盈盈集》里，有很多有关夜的意象。对夜的感觉的敏锐，也说明她在那个时代的情绪基调是幽暗的。《夜歌》里她唱道：

我的心在夜里徘徊，
夜伴着我，
我伴着不可知的悲哀。
一张不可见的琴弦上
响着另一个世界的
奇幻的丧乐……
谁在这时候幽幽哭泣？

这个“我”就是和“夜”“悲哀”“哭泣”结合在一起的。

应该指出：九叶诗人接触社会现实毕竟不及晋察冀、七月诗人深广，时代的诗情总也不及那两派强烈，因此直面现实（包括战争和国统区的社会生活）的诗篇也不及那两派多。而那个自觉超越的人生态度和美学观点又在一定程度上影响着他们这一时期的创作，常常不自觉地把诗心从激烈动荡的社会斗争中游离出来，使得他们这一时期自我沉吟的诗篇占了相当大的比例。对国统区黑暗社会所激起的情绪，痛苦、阴郁多于愤怒、抗争，这是和七月诗人不同的。有的诗篇的情调甚至低沉到近于颓唐的地步。如郑敏的《寂寞》，以大量的诗行渲染了寂寞，证实着人与人之间是永不可解、永远隔阂的。但她把这点寂寞感引向了一个绝望的结论：活在世上的人都是不可能同一的，只有死才能使人得到同一，只有对死的解脱彻悟了，才不会再感到寂寞。晋察冀诗人创作中的这种阴影是没有的，他们绝不写脱离火热斗争、沉湎于个人哀怨的诗。七月派诗人也很少有如此现象，而总是怀着很大的社会热情直面社会人生。但我们也应该看到：一个流派的创作现象总是复杂的，何况在国统区反动政权的高压下这批生活在书斋里的知识分子，他们不可能像晋察冀诗人一样，和人民群众呼吸在一起，战斗在一起，不免因为看不清前途而出现一点消极情绪，不免无所适从而潜入于自我哀怨的抒怀。即使像郑敏，她虽有《寂寞》这样的诗，但同时期她也写了《时代与死》这样为时代的自由光明而甘愿以身相许的壮烈情怀。所以他们这时期的诗抒发反叛抗争的诗虽不多，但渴望光明、坚信民族和人民总会得到解放的抒怀还是不少的，所以郑敏唱出了这样满怀信念的歌：

自时间的消逝和剥落里
取得最终的灿烂和成熟……

而陈敬容在唱过《夜歌》后，终于“焦急地等待那春天第一道闪电”，并且，为了迎接它的到来，她还在《旗手和闪电》里高歌：

挥动那大旗呵
勇敢的旗手！

而杭约赫更在《黎明之前》里说：

别信这黑夜没有底，眼前的路无穷无尽地长，绕过这重山，跨过这道水，也许便瞧见了那天堂！

这就是晋察冀、七月、九叶三诗派在八年抗战时期的创作内容。

这三派在围绕这场民族战争所展开的抒情，虽然存在着现实主义深广度的不同，或则以身许国，慷慨豪歌；或则忧民伤时，长吟低哦，但爱国之情分明是跳动在他们抒情篇章的字里行间的。

中国现代诗歌在其主潮形成后所显示的第一个发展迹象，可以说在这三个诗派抗战时期的创作实践中，在它们互为补充的交错关系中，已充分地得到显示了。

生活会变化，时代在前进，创作要发展。这以后，三派的创作又怎么发展呢?

三、晋察冀、七月、九叶三诗派的创作内容及其交错关系（二）

于是，日本投降了，抗战八年的中国人民胜利了，一个爱和恨、血与火交织的时代也走完了一个段落。但穿过狂欢的锣鼓和鞭炮的声浪，诗坛上空却发出了一声巨响：

终点，又是一个起点！

这是诗人绿原的声音，是七月诗派的声音；同样，也是晋察冀，九叶诗派的声音。随着这一股胜利风而来的，将是什么。是的，“又是一个起点”！就这样，这三派诗人又从自己独特的角度出发，向人民大解放的战斗时代，呈献出了自己的诗情。

也许这是颇值得回味的巧合吧，抗战刚胜利的三个月之内，三派诗人各出现了一首极富代表意义的诗：晋察冀诗派的魏巍写了《塞北晚歌》，七月诗派的绿原写了《终点，又是一个起点》，九叶诗派的穆旦写了《森林之魅》。它们好像是三个诗派面对方生未死的时代如何歌唱的创作提纲。绿原的《终点，又是一个起点》写于日本无条件投降后的第五天。这位对时代特别敏感的诗人早已预见到随着抗战的终点而来的，就是内战的起点。他高唱：“胜利／来了！／呵，火种／出现在／冰河时代！”因此诗人满带政治激情地嘶喊：“当那些没有流血、没有流汗、甚至做梦也没有想到中国还会胜利的坏蛋们／面对着／中国人民底狂欢／而心惊／而肉跳／而阴险地策动中国底第二次难关的时候”：

我们底武器
不能放下！
我们底
凄凉的记忆
不能遗失！

因此他召唤“伤兵”“地下军”“沦陷的城池”“监狱里的政治犯”“解放区”“混乱的大后方”——“起来！”。

响应
胜利，
象黑暗世纪
响应
宗教革命！

如果说“人必须用诗开拓生活的荒野”[40]这句话是在点明绿原的创作方向，那么这首政治抒情长诗确实起了一种“开拓生活的荒野”的作用。这片“生活的荒野”就是国统区那个因胜利而忘乎所以的现实社会情貌；而诗人企图在那上面播种的也就是“宗教革命”——叛乱的种子，革命斗争的种子，全国人民团结起来解放自己的种子。应和着绿原在国统区的嘶喊，晋察冀诗人魏巍于稍后两个月，写出了《塞北晚歌》。这首诗表面上看，和绿原的政治抒情诗的鼓动调子不同，倒是这一派诗人中极少见的男女爱情抒唱，但其实它是以一个解放军战士对一个农村姑娘的思念为线索，展开了一幅广阔的社会生活图：在八年抗战中建立起来的人民的伊甸园——解放区，在抗战刚胜利不久，立即又遭受到内战的威胁了。的确，“终点，又是一个起点”！日本侵略的炮火刚停歇，国民党反动派反共反人民的炮火又发来了：“这炮火／要毁灭咱解放区人民的生活！”因此，我们的抒情主人公——抗战八年的战士，向远方的恋人作了这样的抒唱：

可爱的人哟，
密约改期吧！
人家的炮火
既然轰到老解放区，
想把我们的骨头炸成粉碎，
还谈什么密约呢！

爱的柔情蜜意里包裹着解放区军民那种高度警惕、同仇敌忾的反内战、求解放的激情。七月诗派的绿原是针对国统区人民作的惊雷般的嘶喊；晋察冀诗派的魏巍是面向全解放区军民所作的战斗鼓动；九叶诗派的穆旦呢？却在他的《森林之魅》中，把笔触指向国民党政权内部，揭示了它豢养的士兵的悲惨命运。这首诗写于抗战胜利的一个月后。从表面看，这是对大批缅甸远征军饿死于异国丛林而作的哀悼，但由于这一派诗人习惯于作象征表现，所以穆旦写的虽是“祭胡康河谷的白骨”，其实通过象征体自身多侧面的透视，控诉国民党把士兵充当炮灰来树立自己反法西斯有功的纪念碑。胡康河谷上的大森林实际上是国民党反动政权的象征，诗中说这片“大森林”“出自原始”，暗喻着这是一个失却人类理性与文明、充分显示着原始野蛮本能的专制统治体。这里有的是：“这不知名的虫类，爬行或飞走，和跳跃的猿鸣，鸟叫，和水中的游鱼，陆上的蟒和象，和更大的畏惧”——这些象征着一大帮凶狠卑劣、虚伪奸诈的人形动物，在这片“大森林里，全以自然之名、全得到自然的崇奉”，而那些“人”——被拉去充当炮灰的士兵，在经历了“那刻骨的饥饿，那山洪的冲击／那毒虫的啮咬和痛楚的夜晚”后，又遭受到这片“大森林”张开了“树和树织成的网”，来“压住我的呼吸、隔去我享有的天空”的身心摧残，以致“散布疾病和绝望”的“绿色的毒”，“瘫痪了我的血肉和深心”。纵使士兵们“还挣扎着想要回返，而无名的野花已在头上开满”，成了胡康河谷上的白骨。诗人沉痛地说：

过去的是你们对死的抗争，
你们死去为了要活的人们的生存，
那白热的纷争还没有停止，
你们却在森林的周期内不再听闻。

是的，“一将功成万骨枯”，这些死者原该是英灵，结果误做了炮灰而化入这片“大森林”，成了一根树干，大大地装饰了这个“温柔而邪恶”的专制统治体。但：

没有人知道历史曾在此走过！

从穆旦这首诗里我们可以看出：这一派诗人“自觉地超越”社会斗争的美学观已被不容回避的入世精神和憎恶现实的情绪所渗透，“超越”已成了艺术构思的一条思路，一种藉以构成多层次象征的手段，来为直面现实的斗争服务了。

在对以上三首诗的比较中，可以看出：这三个诗派在民族解放战争向人民解放战争过渡的关键时刻，都以基本一致的立场楔入了政治，并从自己特定的角度出发，为时代付出了诗情：晋察冀诗人依旧作慨当以慷的战争抒情；七月诗人却已致力于召唤国统区人民团结起来，并鼓动他们对反动统治进行反叛抗争；而九叶诗人呢？却集中于揭露国统区民不聊生的黑暗社会本身。这三者交错地存在在一起，显示出了中国社会斗争的整体结构。而这以后的四年中，三个诗派的所有诗人，可以说都是顺着自己忠于现实的创作路子，为人民解放的伟大时代而奉献出了赤诚的爱和真挚的诗情。

晋察冀诗人这时期创作的中心内容是讴歌人民解放战争，以更广阔的背景，更欢乐的情调来作战争抒情。但这份工作是顺着如下一个抒情逻辑展开的：人民的伊甸园确已在党所领导着的这块土地上建立起来了，当然要守卫它；而要能够真正保住这片乐土，就只有打这一场人民解放战争。可以说，这一派诗人这时的诗思渗透着一种战略意义的生活认识，从而使他们的革命现实主义更具有现实的广度和历史的深度。田间这时期的创作就是如此。他的叙事长诗《戎冠秀》写了这位劳动英雄从苦难到觉醒的一生。他很清醒地认识到，在这片土地上所“修的园、栽的花”都是来之不易的，因此：

如果有人
想要偷这花
摘这果
就打断他的手。

这是翻身人民共通的心理特征，田间是深深地把握住的。正是基于这种心理特征，才使得老解放区的人民奋起投入人民解放战争的伟大行列。这在《赶车传》这首叙事长诗中有进一步的表现。田间把石不烂的这辆车象征为老解放区——具体点说，晋察冀地区打土豪、分田地那个农民大翻身的时代，但这个局部的光明时代，要想万世长存、美景无限，是不可能的，正如同车子一定要不断地赶，才能使它占有更广阔的领域、进入更美好的境界——田间就顺着这个抒情逻辑，让石不烂一代苦大仇深的劳动人民，赶着车子，历尽艰辛，“飞腾前进”：“它曾经穿过炮火，它曾经穿过高山峡谷，它曾经穿过狂风暴雨，终于来到了中华人民共和国的门口。”[41] 这些情节的发展意味着这一代觉醒的劳动者，并不只看到自己家门口这片天下得到解放就满足了，而是深深懂得只有勇敢地投入进人民解放战争，推动这个伟大时代加速度前进，打垮反动派，建立人民自己的政权，使整个中国都成了铁打的江山，才算保住了自己生活着的这片乐土。所以晋察冀派诗人在整个解放战争时期，大致脱不了从这么三个角度进行歌唱：面对翻身日子，决心为党赴汤蹈火去捍卫革命；审视严峻现实，军民团结去进行解放战争；展望光明未来，信心满怀去追求新中国。如徐明，这时一改知识分子腔调，用歌谣体写出了好几个颇为传诵的组诗。在《兴县城小景》这组诗中，他歌颂了老解放区的翻身生活，如《赶集》里："边区老乡光景好，农钞塞满小荷包，进城赶集买了布，小摊旁边吃炸糕。"而在这些欢乐的日子里，他们又念念不忘党和毛主席的恩情，《秧歌队》里写道："毛主席像走前头，铁锤镰刀分左右，两面观众如潮涌，一条长龙街上游……"形象鲜明生动，又令人回味无穷。在《汾河两岸的歌谣》以及《战士们》这两组诗里，他又写出了军民团结一心、共赴人民解放大业的精神。在《送行》里说："咱家住在汾河旁，绿树怀抱小村庄，同志记下莫忘了，过路再来喝米汤。"这是在人民解放战争的年月里，民爱军的深情厚谊。而《休息》里说："行军休息小村前，坚壁清野无人烟，战士肚饿又渴，满地红枣没人捡。"这是军爱民的真实写照。而超越于这些之上的是另一些诗，充分地显出了解放区劳动人民全新的心理状态，如《民兵》。

十七、八岁小后生，
叫他老乡不高兴，
指指肩上土枪说：
"不穿军装也是兵！"

这是多么动人的一幅风情画，把那个特定时代解放区人民解放全国的高昂斗志折射了出来。是的，这些诗既是翻身人民新的心理状态的折射，又是一幅幅绝妙的新时代风情画，在迎接这场伟大的人民解放战争上交融了起来！孙犁的《山海关红绫歌》也显示了这二者的有机交融。这首诗写的是人民热盼解放军早日打平天下的心情，"很明显地带有说唱味道"[42]。诗是截取了这么一段特定时间开篇的：

关上的雄鸡叠声唱遍，
北斗星的杓柄
敲响了角楼上的风铃，
东方的太阳，
刚在大海底下腾起，
风霜正吹打
西边的长城！

这可是个天将大亮而未明、气候将暖还寒的时分，十分富有山海关特色的风景。这片风景也暗示着这个新旧交替时代的特点。在这片风景下，展开了一个小姑娘和她奶奶的不同的回忆。老奶奶回忆的是过去几千年来给人民以灾难的战争："号角吹翻碉楼上的瓦／铁蹄踏碎／石头长城……／早晨的太阳／夜晚的月／不是风声／就是枪声"；小姑娘回忆的却是三年前从关内打过来的那个"红红的脸，军帽沿上，挂着冰凌"的年轻战士："想起他那宽皮带，肩上的三八枪，挺拔的身影。"这些隔代人不同的心理状态，原本是普通的，并无独特处，但诗篇进一步告诉我们：老奶奶因晓得这是人民解放自己的战争而改变了对战争的恐惧，小姑娘因知道那个可爱的年轻战士是真正来解放自己的解放军而爱上了那些具有"一样的衣裳，一样的炮，一样的年轻，一样的光芒"的所有战士。于是祖孙俩共同绣起了一幅红绫，上绣"人民英雄"，四个大字。就在这幅红绫上，两代人的心理状态交融了。而当人民的队伍来到了山海关下，"茶水点心挨户排，秧歌队的锣鼓动地响，震得大海起波浪，毛主席的大像高高挂，太阳照在山海关上！"诗人在一片动人的风情画的描绘中，突出了祖孙俩把这幅红绫"飞上了战士的肩"的场面。就这样，全新的心理状态和全新的风情水乳交融了，从中十分细腻贴切地显示出了人民怀着大激动渴望这场战争到来、怀着大欢喜融进这场战争里去的时代真实。

以上都是从某个侧面作战争抒情的，那么正面作人民解放战争抒情的有没有呢？有的。

魏巍就是一位写战争抒情诗的能手。在这一派诗人中，他这方面所取得的成就也更显著些。我们在论述这派诗人抗战期间的创作时，就已谈到他写的《黎明风景》富有特别动人的战争抒情色彩。其实那时期他写的《高粱你长起来吧！》《游击队部的夜》《蝈蝈，你喊起他们吧》《午夜图》等，也都是极出色的战争抒情诗。到解放战争时期，他以更大的精力投入这类诗的写作。《开上前线》《一个战士的赞歌》《两年》等，都是成功之作，并且使人感到他前后期这一类诗有所不同。前期，还较偏重于个别场景上的抒情，俊爽洒脱有余而力度不太足；这时期，他却写出了战争的全局，有宏伟的气度和沉雄的力。在《开上前线》里他说："我们的子弹每一粒都闪着／民主的光／和平的光／都带着人民的仇恨和希望／……"就显示了这场战争富于历史感的宏伟气度；而无论是"用血冲洗了人民的泪／用头颅／换来人民的土地"也好，还是"叫他们／每一粒反革命的细胞／都顺着坚固的城堡滴血"，都给人一种富于进击锐气的强度力感。长篇抒情诗《两年——再寄张家口及其兄弟的城》，是我们现代诗歌史上不可多得的战争抒情诗。这是一支大曲，囊括了解放战争的全过程。记得诗人在抗战刚胜利时就曾写过一首《寄张家口》，抒发了我们从日本侵略者手里解放了这朵"塞上之花"后，人民和军队的共同欢欣。但随即内战打响了，"黑云压上了张家口"的悲剧重演了，人民的队伍不得不怀恨而去。但在"卧薪尝胆"两年之后，大报仇的战鼓终于敲响了，诗人禁不住以胜利者的心情向张家口慷慨豪歌：

两年了
我们在烟火中飘走了青春
忠心丹红
永不变色，
请接受

我们一支忠心的歌儿，

在这快乐的早晨。

诗篇就是在这个基调上展开中国的革命武装两年中从挫折又转向全面反攻这个全过程的。诗人以他激越的调子向我们抒述着：这是一场人民的战争，所以两年来，为了人民解放大业，多多少少温暖的家庭为此而生离死别：“人们呵，为了胜利谢绝了妻子的远送”，“来不及细听那老人的叮咛”；“人们呵，在母亲的泪眼里，挣脱那使新郎迷醉的笛子声”，“望着那照满灯光的小窗户，把家门走过……”在充满人情味的渲染中，诗人向我们展示了老解放区人民的高昂斗志。这又是一场小米加步枪对美式装备的残酷艰苦的战争，所以我们的人民战士只得“转战荒山野岭”，在“高山上，嚼青草，敲碎冰凌”，睡在“蓝被子，缀星星，一片鼾声”……诗人在对战争作艰难困苦的渲染中，向我们抒述着：正因为革命者有着为正义而复仇的顽强精神，才使得这样的队伍敢于赴汤蹈火，去和敌人血肉相拼。所以，诗人代表这支队伍，抒发出了慷慨豪情：“人民呵——／为了您／娘子关上满山红／英雄们／扑进烈火／／易水边／萧萧落叶卷秋风／英雄们／杀卷了刀刃。”“祖国呵／为了您／身经百战的人儿／被桑乾河／滚滚的春冰夺去；／／为了您／火焰般欢笑的生命／被摩天岭／淋淋的小雨浇熄。”于此我们可以看出：诗人所抒唱的这一场战争虽残酷，却并没有停留在人消灭人上面，而是受阶级消灭阶级这种社会斗争的理性控制着的，所以诗篇中由战争激发出来的强烈的人情味和人性感，是与革命和正义的理性意识紧紧交融在一起的。而当全诗进入第四章，抒唱人民解放军全面大反攻的时候，诗人不再作人消灭人的具体描述，而是从战士无数的“求战书”上展开抒情。人情、人性这些感性成分和革命、正义这些理性成分交融而成的高昂斗志，被诗人称之为“最美的歌”：

就是这歌呀

使敌人和堡垒

一起和成碎泥
张家口呵
就是这歌呀
才唱落了
你的枷锁和忧愁

于此，魏巍完成了以正义战胜邪恶、革命战胜反革命、人民民主战胜专制独裁的生动描述，升华了这一场人民解放战争的宏伟主题。

这就是解放战争时期晋察冀诗人在抒唱战争的总目标下所取得的创作成就。

七月诗人又如何呢？

我们晓得：作为现实主义诗人，他们在诗中所抒之情，总是对他们所身居的世界和与个人生活直接关联着的现实的一种反映。七月诗人从情绪气质上讲，和晋察冀诗人无很大的差异，可以说具有一致的认识：一个诗人，社会责任感应凌驾于一切之上。但由于七月派诗人是生活在国统区，与个人生活关联着的现实是人民处于水深火热之中的大灾难，是反动政权行将彻底崩溃的前景，因此，他们时代的诗情是郁勃、愤怒与乐观信念相交融的反抗欲求，在诗里就体现为一种鼓动叛乱的抒情调子：

我——
要像子弹
穿出闷郁的枪膛
向黑暗的中国南方的低沉的密云深处
打出去，
我——
渴望为我们的时代
写出一篇雷响电闪的文章！

这是徐放的抒情长诗《在动乱的城记》中的诗句，它颇可以代表这一派诗人在这个历史阶段的抒情调子：鼓动叛乱。他这首诗和郑思的《秩序》、亦门的《写于悲愤的城》等一样，都带着几乎白热化的愤怒情绪，从各个侧面来控诉国统区的黑暗统治，从中升华出来的反叛意识也体现为一种纯情绪的浮动。这些从强调主观战斗精神出发写成的诗，可以说是这一派的本色。

冀汸在抗战期间的诗，也渗透着这种强烈的主观战斗激情。不过，到这时期，他用诗鼓动叛乱时，也许觉得纯粹用主观情绪的感染会力度不够，所以他抓到了一条思辨的路子。就是说，他把愤怒的情绪和反抗的意志深化为一种冷峻的思考，高扬的激情深化为突入的思辨。因此，他写出了一批像尖刀一样锋利的、短小精悍的反叛鼓动诗，如《今天的宣言》：

鞭子不能属于你
锁链不能属于我
我可以流血地倒下
不会流血地跪下的

这确实称得上宣言，决不做奴隶的宣言，决不屈服的宣言。在《雾》里，一开头四个排比设问句："不让山岭有青翠／不让树叶与花枝有她们自己底颜色／不让一个舵手看清前面的礁石／不让一个歌者放开他底喉咙吗?"这里四个意象，包涵着全部愤怒的热情，并列在一起，又以极冷峻的思辨猛地推向了一个反拨的极端；

封锁不住的呵——
冰山会崩裂……
囚徒不能等待锁链锈烂……

受思辨所左右着的这一组大幅度跳跃的意象，到此给读者一个无声胜有声的定向暗示：黑暗王国的大厦即将坍塌了，受压迫者不能再空等下去，必须起来抗争，促使其及早崩坍。冀汸是一位热情的诗人，从当年写《渡》《旷野》这样热情奔泻的大曲到此时写这一类匕首般闪冷光的小诗，这是严酷的现实所致，所以这些诗外表看是一种思辨，内含着的却是高能量的热；外表看是一种思辨，内含着的却是对时代脉搏的极敏感的把握。更清醒更冷静地思考这个时代，也使牛汉写出了《在牢狱》《我的家》《黎明前》这样抒唱反叛意识的诗。读它们总使我们深深感到：一股黎明即将到来的强烈信念，是牛汉抒唱反叛意志的一层底色。这种信念来自何处呢？在《黎明之前》里，牛汉说：

是夜太阴寒，
是恶狗叫得太凶，
是我不屈于这污臭的窒闷，
是我有一颗醒着的心。

这也是一种思辨，是对黑暗现实有了更强烈、更深刻的感受后的一种历史发展必然趋向的醒悟。因此，这一派鼓动叛乱的诗篇更能于郁勃、愤怒中内蕴着一抹亮色。

七月诗派在解放战争时期最引人注目的是绿原。他的政治抒情诗集《又是一个起点》在国统区的知识分子中，特别是青年学生中，有着极大的反响。绿原初期的创作，已显示出他的诗感是极强的。他有一种幻觉能力，善于创造意境，渲染气氛，朦胧、奇幻、绮丽，使他近乎一个纯抒情诗人。然而，我们在《雾季》《越狱》中，我们能明显感受到他是在向残酷的现实生活突进了。后来他又出了一本《集合》，里面不少诗是和一般七月诗人类似的社会斗争诗，虽还显不出自己的特色，但确已露出了一点新动向：把自己的感情直接楔入政治，创作政治抒情诗。如《给天真的乐观主义者》。不过，真正形成政治抒情诗风格的，却是从我们上面已提及的那首《终点，又是一个起点》开始的。诗集《又是一个起点》可以说是中国现代诗歌史上第一部成功的政治抒情诗集。它一共是七首诗，全是在 1945~1946 年这三年间写成的。《终点，又是一个起点》已经在前面谈过，可以说是七月诗派认识和反映这一时期社会生活的序曲，也可以说是绿原这一册诗集的序曲。而《复仇的哲学》则是整本集子抒情结构中的主体建筑。这首长诗以凄厉的调子，召唤中国人民站起来，向反动政权开展斗争，向几千年沿袭下来的剥削制度复仇。诗人这样说：

饥饿！寒冷！漂泊！
透明的三棱镜。
把我们
集合在
一个焦点上，
使我们发出
愤怒底
轰然的光辉！

这“轰然的光辉”意味着什么呢？意味着在这个黎明前的黑暗时分，国统区一切受迫害的、正直善良的人民，必须选择走这一条路；“向前面去／一起站在／那座不平衡的天秤上／去！／——左边太轻了／一起站到／左边／去！／——把在右边盘子里打鼾的／做梦都含着狞笑的／那只狮身人面兽／推到岩下／去!”这是公开宣称不能站在历史的十字路口，必须倒向中国共产党领导的革命力量一边。所以这首诗是从官逼民反这个现实感出发，进而推向阶级解放的历史性高歌。《伽利略在真理面前》和《你是谁?!》可以比之为“主体建筑”派生出来的一双对称形建筑，补充着“主体建筑”的内涵，使之更丰富、完美。《伽利略在真理面前》是献给国统区那些真理与正义的捍卫者们的。历史上的伽利略在那个“文化跪在十字架脚下哭泣着”，“幸福在歪斜的十字架的符号里被绞缩”的中世纪，就是为了捍卫科学的真理，而终于“在真理底园光里升华出／一切政治犯们的临刑前的坚决”。随即，诗人的笔锋一转，把目光移向了今天：

现在，在中国，我们
450000000个政治犯，
用着无比的意志底速度，
在神圣的事业上
挥动着斧头的时候，
我们永远不会忘记的！
因为你是政治犯底老前辈，
你是人底标准。

这就是以两代人的交叠显示出来的富于历史感的时代真实。同时，诗人又指出：中世纪僧侣统治的愚昧时代和现在“没有绿叶素的春天，毒霉做了花朵底代用品”的时代又何等相似。但又锐利地抒述出：历史毕竟在发展、在更新，纯粹的巡回是不可能的，中世纪和今天，只是相似而不是相等，因为“那时在真理面前的，只有你一个；现在，我们，你看，是数不清的呀，伽利略”。再说今天“不光是人人相信地球是围着太阳在转动”，而且：

在我们面前走着
两只脚的食肉兽，
虎底伥　舐血者
帝王　奴才底遗族……
我们不再被慑服，
我们知道从
勇猛的乌云底裂缝里，
可以看见晴天底日光……

因此，“伽利略，让我们告诉你底在天之灵吧，在今天，将受审判的就决不是我们！”这就是以两个时代的交错而显示出来的富于历史感的现实反映。所以这首诗是向国统区一切为真理受难的人所作的讴歌和鼓动他们继续为反叛这座黑暗王国而斗争。《你是谁？！》却是面对一大批苟安偷生的市民们所作的鼓动式抒情。这首诗也许比这本集子里任何一首都更富有凄厉的调子。诗人是以极痛苦的心情对那些被侮辱被损害者、那些“充满着希望，同时又绝望到宁愿被杀掉”的扭曲的灵魂献上这一束“霹雳的诗”的。诗篇指出：“中国呵，你对我们是／一座昼夜不休停的屠宰坊／徒手的人民是（而决不甘心是）／你底牲口。”并且愤怒地揭发了大大小小的剥削者们：

金钱被法律的绳子串起来，
象用骷髅凑成的念珠，
挂在它底胸前，它呀，
那个幽灵——
用一叠钞票代替了日历，
梦想着：有钱的
就有明天！（？）

然后，他呼唤市民们、小公务员们、主妇们、善良的农民们、学生们、情人们、不懂事的少年们，甚至职业的刽子手们，都觉醒过来，集合拢来，“集合着一切苦烟似的怨恨，变成烧灼世界的光柱，冲向黑暗的天空”，进行叛乱：

现在，巨人似的夜
敲着暴雨点似的大鼓，
在中国

充溢着尸臭的荒野
演说起来了！
叫人起来！
起来参加
几秒钟以后的战斗！

这一些意象以它们巨人似的宏伟性和昂扬的气度，显出了一种顽强、刚健的战斗生命力，鼓动性是很强的。邵燕祥同志曾这样评价绿原这些诗：“也许正由于中国的现实是非常复杂的，仅仅靠诗的热情远远不够，他政治地楔入生活，直面敌人，寓热情于冷峻，化呼号为论战，把对客观世界犀利的剖析思索，以一系列尖新深刻的意象，发人之未发。”〔43〕这无疑是十分有见地的。

七月诗人在解放战争时期，以鼓动叛乱为抒情核心的创作，基本上是一些政治抒情诗。政治直接楔入进生活感受中，可以说是他们创作中共通的东西。本来，抗战时期，晋察冀诗人是有意识地以诗为政治服务的，七月诗人却并不十分强调，而到解放战争时期，晋察冀诗人因一直处于内部统一的社会中，政治直接楔入生活反倒不那么明显了，他们的诗虽主要的还是直面重大政治事件，但也有歌唱爱情的，渲染地方风情的——所有这些当然都还是和政治斗争结合在一起，但比较地说，却也已结合得不再那么紧密了。而七月诗人恰巧相反。到解放战争时期，由于国统区各股社会势力极尖锐复杂的政治斗争，几乎渗入进生活的每一个角落，叫你不得不关心，不得不表态，于是他们的诗反倒与政治密切结合在一起了。正因为七月诗人的创作在更多情况下是自发地为政治服务的，但是那时，我们要求这些诗人必须具有马克思主义的世界观和阶级斗争认识来武装自己，是不现实的，所以他们有些政治抒情诗在揭露反动派以及鼓动人民反叛时，阶级的对立往往被人“要满足动物底起码的欲求”（绿原：《复仇的哲学》）所替代——特别是绿原的一些诗中，从“人之子”出发，激发出反叛精神来的这一种表现更明显些。当然，这是可以增加一点原始的健康色泽——粗犷美的，但毕竟削弱了一点现实主义的光彩。

那么九叶诗派又怎样呢？

这一派的创作到解放战争时期才获得了大发展。不同于晋察冀派，始终专注于抒唱战争；也不同于七月派，始终专注于鼓动反叛；这一派的创作可以以抗战刚胜利时穆旦写的《森林之魅》为起点，从象牙塔里挣脱出来，抛掉“小儿女的哀怨”（陈敬容语），专注于暴露现实——国统区丑角的世界。

在那些年月，国统区的诗坛上流行着一些富于喜剧效果的讽刺诗。这并不奇怪，因为那原是个光怪陆离的喜剧时代，丑角们的世界。马凡陀和臧克家都以这种诗体揭露和鞭挞了那个社会，九叶诗人中的杜运燮和杭约赫，也是善于用这一类诗来暴露现实的。杜运燮写有《一个有名字的兵》《善诉苦者》《排泄问题》《论上帝》等，都是在腔调轻松的外衣下，内蕴着对畸形现实的愤怒鞭挞。《一个有名字的兵》，写了一个叫张必胜的农民出身的兵，他善良、勤劳，性格憨厚，被拉去当兵打日本。但恰恰在即将胜利时受了伤，锯掉了一条腿。当别人在放爆竹游行庆祝抗战胜利时，他却要被遣返回老家。结果呢？他默默地倒死在路旁了。一个真正为抗战流血的劳动人民是不可能享受到胜利的果实的，派到他名下的，什么时候都一样：不是流汗就是流血，最后是死。这就是那个反动政权统治下司空见惯的罪恶逻辑，一代劳动者的悲惨遭遇。诗人写来很轻松，读来却令人肠断。杭约赫写有《感谢》《最后的演出》《严肃的游戏》《噩梦》《伪善者》《丑角的世界》等。由于那个社会底子里虽有着广大深沉的悲剧，浮在生活面上的却是些古怪的喜剧。杭约赫正是抓住了“丑角的世界”里一出出古怪的喜剧，作了揭露，引出了一片深广的悲剧天地。《严肃的游戏》是对发动内战的反动派的当头棒喝。这些丑角们曾是何等喜气洋洋，想一下子把“摇撼世界、掌握命运的力量”——革命的武装消灭，结果却是适得其反：

> 消灭他们！正好，你的武器武装了他们，
> 你的命运也被卷进了他们的手里，发怒，
> 咆哮，把一队队的生命向战争里投，

化成烟、化成灰，变成他们的朋友。

这的确是那个无情的历史派给蒋介石手下那些将军们的一场“严肃的游戏”，古怪的喜剧情调里透现着强烈的反讥，含泪的笑声里显出了深刻的政治内容。除了以嬉笑怒骂来暴露黑暗外，九叶诗人还写出了更多正面揭露现实丑恶的诗。这一派诗人全是正直的知识分子，在那个丑角横行、社会大动乱的环境里，他们虽悲哀、憎恶和愤怒，但总没有可能投入斗争的第一线去呼号和抗争，去煽动叛乱，更多的是呈现为一种忧国忧民的沉重心绪和对社会及人生之路的清醒的思考。正是从这些心绪和思考中，激化出了他们对黑暗社会的自觉的揭露。辛笛在1948年春旅居纽约市郊时，写有一首《熊山一日游》，记述他在繁忙的工作中偶尔游了一次熊山，在“野棠花落无人问／时间在松针上栖止／白云随意舒卷”的环境里，他寻得了“浮生一日闲”的欢欣。而出人意料的是诗的结尾处：

我但愿常有这一刻过客的余闲
可是给忧患叫破了的心
今已不能，今已不能

在煞尾处重复一次的“今已不能”里，含蕴着诗人生不安顿的痛苦。因此在《一念》里他进一步说：“在纸币作蝴蝶飞，漫天是火药味”的现实中，“良知不会允许自己再去写轻飘飘的诗了”，“这是奢侈，矛盾，犯罪”，因此在《布谷》一诗里，当诗人听见布谷声声呼唤时，他想起：要是在二十年前，这声音会被他看成“是在歌唱永恒的爱情”，但今天，这呼唤在他看来“内涵变了”：“一声声是在诉说人民的苦难无边”。这一派诗人就以这么一种感情的有色眼镜去看待那个丑角的世界的。因此，一边是荒淫和无耻，一边是庄严的工作——这一个社会的两个对立的生活内涵浑然一体地在他们的灵感世界里结晶出了一首首有现实主义深广度的诗。袁可嘉慨叹：“无情的现实迫我们匆匆来去，留下的不过是一串又一串噩梦。”(《旅居》）这以后，他终于向这个丑角世界唱出了诅咒的歌。发表在1948年《中国新诗》上的《上海》和《南京》，特别能显示出这一点来。在《上海》一诗里，他以简洁的语言勾勒出了这个十里洋场的丑恶："贪婪在高空进行，一场绝望的战争（按：指国统区在通货膨胀下进行的商业竞争）扯响了电话铃，陈列窗的数字如一串错乱的神经。"然后，他在结尾处推出了一个意味深长的特写镜头：

绅士们捧着大肚子走进写字间，
迎面是打字小姐红色的呵欠，
拿张报，遮住脸：等待南京的谣言。

这画龙点睛的一笔，点出了"绅士们"严重的精神贫血症。把这个大都会的主宰者们末日来临的惶惑感入木三分地写出来了。《南京》一诗更把矛头直指反动统治的最高当局："官员满街走，开会领薪俸／乱在自己，戳向人家，手持德律风／向叛逆的四方发出训令：四大皆空。"从这里可以看出：诗人是紧紧把握住了这个黑暗王国最高统治者精神空虚的特征的：

糊涂虫看着你觉得心疼
精神病学家断定你发了疯
华盛顿摸摸钱袋：好个无底洞

我们能从这些冷峻的诗行里感悟到：反动统治确是要完蛋了。于是，一位颇带点浪漫主义气质的唐湜，怀着一颗颇为宏大的诗心，像海绵吸水一样，把黑暗现实的形形色色都吸进自己的诗心里，终于强烈地感受到这个社会叛乱的火焰已到处在蔓延了，从而唱出了这一派诗人中还不多的城市罢工的赞歌——《骚动的城》：

物价在烟囱里奔出，

象黑烟一般望天上飞，
洋油箱的声音
播下了不灭的种子，
这城市永远不会平静。
呵，骚动的城，混乱的城，
生活的犁拖着每个人的足步
向城市的腹心走去。

同时，他把握住了这个社会新旧交接点上迸发出来的点点火光，写出了《庄严的人》。在一连串显示悲壮、苦难和无耻的意象里，诗篇推出了这么一个镜头：

而深夜，狗吠着
月亮，有人推开了
沉思与行动的门，
沉重的镇压下，
一片青春的火焰……

这片“青春的火焰”可是黎明的播种者一个崇高的象征——“他”已经庄严地行走在被血液冻结着的各个角落了。这时期出版了《交响集》的女诗人陈敬容，正是从这个方生未死的时代交替期中完成了新的交响乐章的。这些诗虽无处不存在一点乱离的悲哀：“国事和人事，翻不尽的波涛，凋尽了童心，枝枝叶叶，全是悲愤和苦恼。”(《从灰尘中望出去》) 但这位女诗人毕竟冲出了象牙塔，认识到诗人“首先得扎根在现实里”[44]，“个人不能脱离时代”[45]。因此，作为个人遭遇的小哀怨，在陈敬容这时期的感受世界里，已经被“大旗飘飘，风过去一阵血腥”的现实所遮没了。一种对历史与现实的责任感，使她这样唱道：

走遍天涯
踏尽每一条路
问谁的脚步还能够
轻轻举起
漠然地弹一弹
鞋底上粘着的泥土

这里，一种悲壮的气概是能感觉得出来的。因此，冬日的某一个黄昏，她站在外白渡桥上，望着无数人匆匆回家去，她设想着他们一定是“一面叹着气，一面咽下可怜的晚餐”；望着一只只靠岸的船，送来了一批批旅人，她联想着他们“要彷徨寻找一个墙角、屋隅，或是随便什么躲避寒风的所在，躺下去，也许从此不再起来”。（《冬日黄昏桥上》）于是她再也忍不住发出了愤世嫉俗的“抗辩”：

是呵，我们应该闭着眼，
不问那不许问的是非！
我们知道我们的本分只有忍受，
到最后，我们还得甘心地
交出一切我们的所有，
连同被砍杀后的一堆骨头。

于是，她在《力的前奏》里慷慨地发出了诗人的预言：

天空的云，地上的海洋
在大风暴来到之前
有着可怕的寂静

全人类的热情，汇合交融
在痛苦的挣扎里守候
一个共同的黎明

这一位颇带点男性的繁促调子的女诗人，终于通过对人生和社会的曲曲折折的探索之路，找到了时代发展的轨迹。就这样，她勇敢地用诗把人民的心声传达了出来。比起陈敬容来，郑敏潜入内心的自我沉思总还是多一些，但和她抗战时期的诗比较，却也显示了她已和时代的接触密切起来。居身在那个黑暗社会里，她的目光投向了挣扎在生命线上的“人力车夫”和“清道夫”。在《人力车夫》里，她以悲恸的心描绘出了和死亡在进行马拉松赛跑的人力车夫。郑敏以哲理的沉思启示我们：这些被压在社会底层的劳动人民，是“为他人的目的生活”的人，“路人的希望支配着他，他的希望被掷在路旁”，“他用那饥饿的双足为你们描绘通向千万个不同的目标的路径”，而他自己的“路径”呢？

举起，永远地举起，他的腿
奔跑，一条与生命同始终的漫长道路，
寒冷的风、饥饿的雨，死亡的雷电里
举起，永远地举起，他的腿。

当然，由于生活圈子的狭窄，郑敏揭露现实的诗深广度还不可能很足。不过，这标志着九叶诗派揭露现实深广度的，是两首抒情长诗：一首是唐祈的《时间与旗》，另一首是杭约赫的《复活的土地》。

唐祈的创作到此时出现了新机。过去写的草原行吟诗，表面看也有一点社会内容，但总使人感到轻飘飘的，不深沉，即使写的是草原上人们的苦难，也好像在作旁观的欣赏。这时期他有了较大的突破，成了这一派诗人中时代感较强的一位。在《女犯监狱》《老妓女》《挖煤的人》《最末的时辰》《雾》等短诗中，比较真实地揭露了国统区的种种黑暗现象。《挖煤的人》对一批“比牲畜还赤裸的、夜一样污黑的”、在三百公尺地层下挖煤的工人，作了惊心动魄的描写。《最末的时辰》较全面地描绘了“饥饿、泛滥的河、汹涌吞没着”国统区城乡的惨景，描绘了少女的自杀，士兵的怀乡病，警察的巡行，内战的枪声……诗人的愤怒促使他对光明怀有了更强烈的向往。因此，他把这些年月称之为“最末的时辰”，他期待着“当另一支军队跨着六尺的阔步开到”这片黑暗王国来结束“最末的时辰”。但他所有这些诗都像是他为长篇抒情诗《时间与旗》作的准备。

《时间与旗》发表在**1948**年**6**月《中国新诗》第一册上。这首长诗紧紧扣住时间与旗来进行他巨大的艺术概括。诗的开头说：“过去的时间留在这里，这里不完全是过去，现在也在内膨胀，又常是将来，包容了一切，无论欢乐与分裂阴谋和求援，卑鄙的政权，无数个良心却正在受它的宣判。”这虽是从艾略特的《燃烧了的偌顿》中套来，却使这个由昨天、今天和未来的连续造成的时间的整体，具有这样一种可能：把国统区反动统治历史的、现实的种种罪恶，以及接着要来的新的未来的预感，统统压缩了进去。这个时间连续的整体中的空间是十分广阔的，足以使他游刃自如，揭示以上海为中心的这个丑角世界的万千罪恶。他揭示了郊区农民，终身伴着空旷荒凉的土地，“输出高粱那般红熟的血液，流进去”，但到头来是：“歪曲了颈的泥屋脊的烟突，黄昏里冒不出一缕象征快乐的烟”，“丰饶的季节中，更多人饥饿了”。而“为了永不减的负担，满足长期战争的政府”，他们只得去逃荒了。妇女们的纺织机杼，手摇在十月的秋夜，勤劳却换不来食粮，“饥困中难民们饱受着畸形的苦痛、迫害，在‘死的栏棚’后面被阴影掩护”。黄浦江上，躲闪着星条旗的灰色兵舰在港口机警地眺望着，形形色色的帝国主义分子计算着每一秒钟所掠夺得来的财富；“在最末的时辰装回到遥远的、属于自己的国度……”但这些历史的和现实的罪恶，导向了怎么一番新景象呢？诗人昂奋地唱出：“饥饿反抗的怒火烤炙着太多的你和我”，而“取火的人在黑暗中已经走来”，“他辩证地组织一切光与热的新世界，无数新的事态曾经在每个不同的火苗上试验燃烧”。于是：“村庄围绕着县和乡，县城孤立了。／一个个都市，直到这个黑暗社会最后的上海高岗，／每次黑夜会看见火焰，延续到／明日红铜色的太阳”，这就是人民大解放。这一阵“战争的风”刮来的一片全新的现实：“新的土地，花朵的美丽，鸟的欢叫，一个人类的黎明。”不错，这还“不是现实中的现在”，而是“未来”，但“未来发展于这个巨大的过程里”。正是过去、今天和未来这时间发展的连续过程中所呈现的空间实体，为“残酷而又仁慈的时间”完成了“一面人民的旗”，而：

……一个巨大的历史形象，完成于这面光辉的
人民底旗，炫耀的太阳光那样闪熠
映照在我们空间前前后后
从这里到那里

显然，诗人在热情地期待和欢呼人民解放战争的到来。

这一首富有现代风的长诗，是唐祈创作的一次飞跃。现代派诗人对时空概念的高度领悟被渗入进唐祈这首诗的巨型艺术构思中，辩证地组织起了广泛的社会生活和强烈的情绪。顺着历史的、现在的和未来的时间进程的必然轨迹，把个别的、分散的空间，汇向一个整体空间，又推出一面人民解放的“旗”，从中把广泛的社会生活和强烈的时代诗情辩证地结合起来，有机地交替在一起，显示了唐祈表现艺术的魄力——而这魄力又是他对这个现实认识的深广所决定的。

杭约赫的《复活的土地》是一首更巨型的史诗。

这首长诗写于 1948 年 7 月，10 月付印。1949 年初，在人民解放战争隆隆的炮声中，由上海森林出版社出版。这一派的理论家唐湜在三十四年后还说：“杭约赫去港后才在上海印出的长诗《复活的土地》，是一幅巨大的政治意象画，几乎勾描了当时世界与中国政治斗争的整个面貌，其概括力之强当时还没有第二首长诗可比，应该说，是一篇笼盖一代的巨作。”[46] 这话是相当有见地的。

《复活的土地》的最大特点是：杭约赫以极强的艺术概括力，描绘出了当时世

界与中国的政治斗争的全貌；而其宏伟而富有魄力的艺术构思是从宏观的形象勾勒推向微观的形象描绘，从而再反衬出宏观来的。所谓起自宏观的形象勾勒，就是指面向整个世界落笔，这就是第一章《舵手》，这一章开头有一个引子："世界载着沉重的担负，挣扎在历史的河流里，向着茫茫的理想滚去……"它引出了对第二次世界大战及战后局势的回顾。这些回顾是在广阔的画面上展开的。诗人称这一次给人类带来劫难的战争狂人的所作所为，是出于"一种原始的渴求"——为了扩大他们殖民统治的"生存空间"，但事情适得其反，这一场战争，倒终于使得全世界人民觉醒了，大家团结起来，扑灭了历史上最大的、也应该是最末的这一次火灾，"胜利已经属于我们！"可是这又成了另一批帝国主义分子培养野心的酵母，"向环绕着真理的卫星出发：掠夺、占领、摔取"，"使中国、希腊……一大块一大块破碎的土地，浸在血里！"这一次"理智和身受的痛苦，也惊醒了人类"，于是：

通过残酷的时间和空间
不同的颜色，不同的声音，在一面
旗帜下凝聚，纵然还得遭遇
零零落落大大小小的战争，
这旗帜将带领世界，插着
白鸽的翅翼，走向
胜利——人类的理想……

这面旗帜就是全世界人民团结起来，向大大小小的"狄克推多"（dicrator）们进行反侵略、反奴役、反专制独裁的斗争。而就在这面旗帜辉映下，人类的"生存空间"也将成为"复活的土地"。既然，全人类在为"复活的土地"而流血奋斗，那么中国呢？诗篇就从面向全球过渡到面向中国了。中国也已扑灭了日本战争狂人放的一场大火，但现实和未来是否和全世界的总形势不一样，呈现为一片和平、安宁、幸福的社会境界呢？没有！在第二章《饕餮的海》中，诗人作了形象的逻辑推论：宏观的规律包孕着微观的现象，微观的现象证实着宏观的规律！于此，诗人抓住那个颇能作国统区黑暗王国缩影的上海，把它里面种种丑恶的社会现象作了动人的描述。透过十里洋场“浓重的层层迷雾”，我们震惊于这竟是个刀光剑影的舞台，使得我们“埋伏在伤疤下的感情的泉流一次又一次的汹涌”。是的，一场大火刚刚扑灭，又一场在蔓延了。在这个黑暗王国的缩影体里司空见惯的是“潮湿的廊檐下，都有冻结的生命；喧闹的人行道上，都有昏厥的生命；森严的监房里，都有失踪的生命”。而这一座以大厦、洋楼、穿云的烟囱、霓虹灯、小轿车、娇女郎和绅士组成的都会，不过是个“永无止歇的角逐的战场”，“大赌窟”，“精神杀戮的屠场”。生活在这里的“狄克推多”们也是“一群可悲的疯狂的廿世纪的兽”，“使我们的血液和汗滴酿成酒浆”，使这里成了座恐怖的城：“满屋的骷髅，满街的灵柩”。于是“一个亘古未有的风暴就要到来”，“残暴已经完成了它的杰作，大地所流的血，足够溺毙嗜血的民族了，不死的冤魂将从新的、旧的坟墓里爬出，摇动他染血的发丝，来向杀人者索命”：

……日子走到了
它的边，一阵轻轻的北风
也会向你说：
快倒了！快到了！

这个“快倒了！”是指黑暗王国的统治将整个儿崩坍了，是指“最后一次战争向这里袭来”——人民解放战争已带来了黑暗王国的“最末的时辰”。于是，诗人在第三章里就抒唱出了这一个内容：当我们走完“最末的时辰”，《醒来的时候》所看到的将是怎么一片灿烂的景象！这就是“历史的新页就要揭开”。当然，历史的辩证法就是这样：“每一个新的黎明都是在震撼天宇的哭泣里降生”的，“那一户善良的人家没有新孀的寡妇，没有失去父母的孤儿”；但毕竟“人民已经醒来”，“新世界就要在人民的觉醒里到来”。这“人民”的核心就是“光脚的”劳动者。正是他们，曾“摇撼这沉眠的山河，保卫多难的祖国和他自己的生命的根”。而：

……现在，他们的执锄头的手
在捏紧从敌人那里夺取的武器
来解放这最后一片被束缚的
土地，复活新的伊甸园，一个
仅是“地理学上的名词”，现在敢于
站起来——它将成为坚强的巨人

诗人是以最大的热情歌颂了中国共产党所领导的工农力量，并以最大的信任期盼中国共产党所培育的人民队伍来解放这个黑暗王国！“战争正进行在成熟的季节里”，而人民给一切黑暗动物“预备下的只有坟坑了”。于是，拿惯画笔的杭约赫，完成了这一支“用彩色的笔来谱写”的乐曲：《复活的土地》。这支乐曲的主旋律是：从宏观的全球到微观的中国，“今天是人民的世纪”，世界民主革命的巨浪已经高涨，汇成了一条历史的主潮，也推动了中国的革命力量，使历史在中国也取得一片“复活的土地”，而这一片中国的“复活的土地”，也就预示着全世界被战争所蹂躏以致荒芜的土地复活。就这样，杭约赫充满历史辩证法的艺术构思，显示了中国现代诗坛罕见的抒情气魄！

杭约赫和唐祈在解放战争时期这种创作上的大幅度进展，是与他们创作思想上的进展分不开的。他们曾这样说：“我们还想进一步对自己要求：在内容上更强烈拥抱住今天中国最有斗争意义的现实，纵使我们还有着各式各样的缺陷，但广大的人民道路已揭示了一切最复杂的斗争的路，我们既属于人民，就有强烈的人民政治意识，怎样通过我们的艺术形式而诉诸表现。在这一点上，我们既非夸张的宣传主义，或市侩式的投机的‘农民派’，也更非畏首畏尾中国式的‘唯美派’的空喊斗争。我们愿意首先是一个真正的人，在最复杂的现实生活里，我们从各方面来参预这艰苦而光辉的斗争，接受历史阶段的真正的号召，来试验我们对于新诗的写作。”[47]可以理解，他们是想把忠于时代真实的精神和现代风的艺术表现高度结合起来写诗的。而这一段话作为九叶同人杂志《中国新诗》的编后记，标志这个流派诗歌美学观的新进展。

这里需要提一提穆旦。他在抗战期间和抗战刚胜利时，颇写出一些有分量、有力度的诗篇。在九叶同人中，他本是个抒情素质和艺术修养都相当高、生活视野较开阔、构思的魄力也较大的诗人。但到解放战争时期，他出色的诗作却不多了。从某方面讲，也许是1948年就出国的缘故。但从他这时为数不多的诗看来，却也显示出两点不良倾向：一点是他诗歌中玄虚的哲理味加浓了，以致把诗弄得越来越晦涩。这和那个时代的诗人们需要面对面和黑暗势力斗争的抒情风格很不相称。另一点是从他的长篇抒情诗《神魔之争》来看，他一方面肯定了“魔”对“神”维持和谐的现存秩序抱反叛态度是合理的，但另一方面，“东风”那种齐生命之生死的均衡力量显示着穆旦的超越态度并没有摆脱。诚如王佐良说的：“每一个有为的中国作家多少总是一个左派，但是他已超越过这个阶段。”[48]这就模糊了那个时代的阶级斗争的实质，客观上起了一种导引人从这个人民解放的大时代中游离出去，成为时代的旁观者。

以上就是九叶诗人在解放战争时期为那个方生未死的动荡时代歌唱的情况。

在这个人民大解放、反动政权大崩溃的时代中，晋察冀诗人为这场战争作了最激越、最自豪的颂歌，反映出了人民革命阵线的巨大威力。这些诗有一种胜利者的豪迈气度；七月诗人真实地写出了国统区浓重的黑暗和人民纷纷起来进行抗暴斗争的现实，并大胆地作了叛乱的鼓动；九叶诗人深沉地唱出了在反动政权的高压下人民的苦闷、呻吟、期盼解放的心情，从揭露丑角世界中预见到黑暗王国的“最末的时辰”早已来到了。他们分别从自己的生活经历和切身感受中把握这一个时代整体的某一重要方面来进行歌唱，从而各唱出了1940年代中后期那个光明与黑暗交替着的社会整体。

四、晋察冀、七月、九叶三诗派的创作风格及其交错关系

每一个诗歌流派形成的基础总是倾向类似的诗人，这个倾向既包括世界观和美学观的一致，也包括创作内容的一致，更包括抒情个性的大概一致。当类似抒情个性的诗人组合在一起以后，就会显示出一个诗歌流派独特的创作风格来。而我们晓得：在诗的艺术天地里，某一些杰出诗人的抒情个性和重要诗派的创作风格交错地平衡在一起，就会呈现出一个民族在特定时期的时代风格。那么晋察冀、七月、九叶三诗派都是一批具有相似个性的诗人组合起来的吗？它们之间的交错关系能显示1940年代中国诗歌艺术的时代风格吗？这倒是值得我们深入考察的。

晋察冀、七月、九叶三诗派可以肯定地说都是抒情诗派，都坚信诗是抒情的。但也各有自己的特点。一般说，抒情诗中的“情”可以分三类。一类是比较纯粹的感情，其他杂质较少；另一类是感情总被反射它的直接现实拖住着，而掺入着大量生活事件、实象，这一类感情并不很纯粹。再一类是感情掺入了一定量的、甚至是大剂量的理性成分，这一类感情也并不纯粹。当然这只能是相对而言的，即使是第二、三类并不很纯粹的感情，内中成分的配比毕竟还是以感情因素占主要的。七月诗派是主张主观战斗精神以及主观拥抱客观的，因此，这一派诗人在诗中的感情较纯粹，有的甚至显示为一种潜在的“迷狂”状态。这一派的理论家阿垅（亦门）还特地辩证地把纯粹的感情要求通过理论主张强调了出来。他说：“在艺术，当然并非以感情无条件地代替了思想底位置的，可是，思想所有的说服力，在这个地方，却附带着条件通过了感情所有的感染力然后才发生它底作用的。”[49]所以我们可以说七月诗派是一种抽象的主观型感情。而晋察冀诗派呢？陈辉在《我的志愿书》中说：“我的歌声——要充满火辣辣的热情与活生生的现实。”[50]魏巍在《〈晋察冀诗抄〉序》中说：“这些诗篇给我们绘下了动人的人民战争的风俗画。”这意味着他们的感情并不纯粹，而是紧紧依附于它的直接现实——生活实象的。至于九叶派，由

于强调自觉的超越，致使这派诗人既超越于感情的直接现实，也超越于单纯、狭窄的自我感情，而升华为一种超越于自我与超越于相对时空的宇宙觉识，这就使他们的感情掺入了一定量智性成分，成了一种抽象的客观型感情。这三个诗派由于所抒之“情”的内涵存在着这种差异，也就决定了他们诗歌形象的感情表现也各有自己的特点。同样写春天，晋察冀派的邵子南在《春天，粮食的诗章》一诗中，写的是：“春天，姐妹回娘家度荒月／穷老婆子到干儿家去／一年的粮食吃尽了／地里还是青苗。”“我在中华大地上流浪了许多年／在春天摇曳的绿海／我都感受到它的美丽的古怪／然而，别人是要踏青的／——口袋还更肥了／我同着伙伴逃荒／有的饿死了，有的进了监牢……”邵子南对春天的感情是和人民生活紧紧结合在一起的，或者说，这种感情掺杂着贫农们在春天里的苦难的生活内容——感情的直接现实。而我们对春天的把握就是通过掺杂在感情中的那些直接现实内容而达到的。如果这里有感情的话，那是具体的客观型的感情。而七月诗人鲁藜在他的《青春曲》里，却这样写春天：

啊，春的颜色
春的酒呀！
你斟给我们生命的火焰呀！
象火焰般飞舞的春天呀！
你烧灼着太行山，
你烧灼着我们青春的胸部呀！
我们的胸部起伏着，
我们狂奔向着山巅，
我们受着春天的爱恋而歌唱了。

这种对春天的感情显得有点儿“迷狂”，它是被春天万物复苏所激起的一种诗人自己的生命复苏感与青春觉识感，而我们对春天的把握就是通过这种纯粹的感情抒发达到的，比起《春天，粮食的诗章》来，它的感情的抽象性主观性就要多得多。再看看九叶诗人郑敏那首《春天》，她说春天“好象一幅展开的轴画，从泥土、树梢、才到了天上”，这一个意象其实是指春天来时遍地百草、万紫千红的场景。又说：“象一个乐曲，在开始时用沉重的声音宣布它的希望，这上升，上升终成了无数急促欢欣的声响”。这一个意象其实是指春雷滚过，春雨潇潇，万物生机勃勃地滋长了。然后她说：

像一位舞蹈者，
缓缓地站起，
用她那“生”的手臂
高高承举：
你不看见吗？枯枝上的几片新叶，
深黑淡绿让细雨浸透了一切。

这个“她”当然是指春天，而“枯枝上的几片新叶”说是她“生”的手臂的高高承举，这意味着春天带来生命的复活。这种对春天的感情就掺有一点超越于自我与相对时空，带有一点理性的思考。可以说，这种感情既是抽象的，又是客观的。我们对春天的把握就是通过这种客观意象的理性思考，思索出它们背后所暗示的东西而达到的。

晋察冀诗派那种具体的客观型感情特征，七月诗派那种抽象的主观型感情特征，以及九叶诗派那种抽象的客观型感情特征，又决定了这三派诗人各有自己独特的抒情方式和形象结构形态。

晋察冀诗人最善于通过客观现实生活的具体描述，直观地反射出感情来。这当然和这一派写诗是为了直接把革命斗争生活呈现出来、藉以达到政治宣传教育的目的分不开的，所以这一派诗人善于写小叙事诗型的抒情诗。田间的转变是个很好的例子。他原来是“用了梦的情绪投向了作为整个生活世界的战争”而写诗的，抗战刚爆发时他写的一首战争抒情小诗，以及长篇抒情诗《给战斗者》，都属这一情况——这也正是他初期隶属七月诗派的一个条件。但1938年以后他去了延安，随即又到晋察冀边区，“他投向了战争的心也就透入了具体的对象”，“能够拥抱了具体的人物或具体的生活事件底精神境界”了，于是，他“在客观对象里面发现了主观的要求，小叙事诗就这样地出现了”。[51]我们若把他《给战斗者》这本集子中的《一杆枪和一个张义》《王良》《回队》《骡夫》等和《中国底春天在号召着全人类》《自由，向我们来了》等比一比，就会发现写法上的不同。这是用直观型抒情方式写成的。这里且让我们拿他两首诗作个比较，一首是《回忆着北方》：

北方
日本
在管来着。
颤动的祖国呀！
人民看见——
那沙滩，
那荒丘，
那婴孩，
也被仇敌底眼睛检查着，
被铁的机械
无边地
锁着。
呵，
北方，
战争来了！
我们来了！

这是主观感情赤裸裸的抒发，或者说，是如胡风所说的那样，“用了梦的情绪投向了作为整个生活世界的战争”吧！但后来，他同样抒发抗击日寇、保卫家乡的爱国情绪，在《义勇军》里却这样写：

在长白山一带的地方，
中国的高粱
正在血里生长。
大风沙里，
一个义勇军
骑马走过他的家乡。
他回来：
敌人的头
挂在铁枪上。

这首诗是通过一个很典型的小情节的描述，把中国人民沉着又坚定地抗击日本法西斯、保卫家乡的感情直观地反射了出来。田间在这首诗里显示了这么一种抒情方式：把欲抒之情紧紧依附在义勇军英勇壮烈的活动上，再把如实的活动客观地呈现出来，让读者去直观地感知出感情来。因此，这种感情是具体的，富有客观性的。晋察冀诗人在抒情方式上大都走田间这条路子。譬如商展思在《野哨》这首诗里，抒唱的是战争环境中一个清晨的感兴——他的目光粘着在一个哨兵上。这位诗人就像个高明的画家，用文字描出了一幅色彩纷呈、轮廓分明的清晨野哨图：

披着灰色的被子，
腋下紧挟着枪；
在乌黑的松树林边，
在敷着一层银霜的草地上；

迎着刺骨的寒风，
你好象一只矫健的苍鹰。
紧合着两扇翅膀，
张着闪烁的眼睛，
向前方打量，打量……

东天边，
涌现出来鲜红的太阳，
闪烁着你枪上的银霜，
闪烁着你被子上的银霜。
你会意地微笑了。
脚步轻轻地踏着、踏着，
低声哼起来：
“红日照遍了东方！”

这一种由战争年月的清晨所感兴出来的乐观意志和战斗豪情并不外露，而是被包裹在外壳里的，也就是说，是从这个野哨战士的如实形象中直观地透现出来的，我们见不到诗人纯感情的裸现，所见到的是一种具体的感情的客观呈现。当然，强调用这一类抒情方式写诗，如果诗中着力描绘的事件或景物无法发射出某种特定的感情信息的话，则越着力、越如实地写出来的越具体、越客观的形象，也只能是枯燥乏味、如同散文般的事件叙写，或冷漠无趣、如同账单般的现象罗列。这一派诗人中就有这样一些篇什，也许因为急于用诗配合政治宣传，如实地告诉人们某个事件和某类生活，却没有去细察这事件、这生活是否具有一种能发射感情、促人联想的信息，结果写出来的是像田间的《康元》这样的作品：“康元，家住在河边／他和他的老婆／养种了二亩多地／捎开一个小店／／康元今年三十二／勇敢、爱说、爱笑／大眼睛、瘦条个儿／打枪呱呱叫／／九月十五那一天／敌人进攻他村／他带着游击小组／飞跑走上山尖／／康元瞄准了敌人／一枪就是一个／打得敌人直发抖／好一个和平英雄。”很显然，这首诗把康元这个人的年龄、相貌、住地、经历、特长如实地写了，又把他在一次战斗中伏击敌人的事件也如实地写了。前面两节是罗列现象，像账单。后面两节事件过程写得很周全，像报道。老老实实地写出来了，却很少有诗情的信息感。因此，如实太具体客观了，就会没有诗的光彩。

晋察冀诗人由于所抒之情总是具体的，所以他们爱用直观型抒情方式。而用这种方式所构成的形象相对单纯些，诗也就明朗些，往往一读即能把握，晦涩之味，玄虚之感，猜谜之苦不多。譬如邵子南的《模范妇女自卫队》：

> 在铁道上，
> 在大风砂的日子，
> 她参加老弱队去打仗了。
> 她——
> 紧扎着头发，
> 用小脚
> 在大队中行进呀！
> 象大兵一样
> 行进呀！

这是具体的事件，具体的感情，读者一读即能感受到诗人对边区抗日模范妇女自卫队的赞美之情。这当然也是和这一派为政治宣传服务的创作方向分不开的。他们当时宣传的对象主要的还是农民，而“一般地说，农民欢喜具体，欢喜与他直接相关的事……欢喜实实在在的内容”[52]。因为这样，他们才能接受。所以这一派诗歌的形象，我们说单纯，其实就是较简朴，是一种单层次结构。这对于他们用诗向人民大众作政治宣传来说，确十分必要也十分重要。不过，在这种单层次形象结构中，他们往往不重视去埋下这样那样的定向暗示，所以伴随着一读即能把握而来的，也就会出现一种缺乏内涵的弊病；就是说：难给人以更多的想象与联想，上升到第二层次、第三层次，获得更丰富的生活感受。例如这首《模范妇女自卫队》，给人的感受限度就只能到赞美一位模范妇女自卫队员为止。

七月诗人最善于在一首诗的整体上作主观感受抽象的抒发。不过，他们这种主观感受的抒发的抽象性既不同于郭沫若《女神》中的诗，也不同于1920年代末无产阶级诗歌派某些赤裸裸叫喊的诗。七月诗人是半裸的抒情。我们说的“抽象”是指主观感受的具象物虚拟化、象征化。这和这派诗人强调表现主观战斗精神和主观拥抱客观的美学追求相一致的。所以这一派写的是真正的抒情诗。我们读他们的诗，不论诗中的一山、一水、一人、一事，处处有着诗人主观精神活动的足迹；这就是客观对象的主体化。说到头来，一切都为了主观战斗精神的表现。譬如冀汸的《旷野》，写的是一群年轻的巡逻骑兵，奔驰在茫茫旷野上。这首诗要求形象具有一种强烈的动态感，气势上具有一种急骤的旋进感，而诗人又都不是靠客观的具体描绘达到的，而是把骑兵奔驰中所见的旷野景色都向主观精神活动作归依。如下面一节写马的奔驰：

我们底马匹，
象在追逐着风，
又象为风所奔卷地
蹄子把尘土向后边撅动。
我们在马上呐喊！
马，伸仰着颈子，
向崇高的天宇
露出整齐的排牙，
不住地嘶鸣！
这声音
比风底叫啸尖锐，

比风底叫啸旋得更高，
这声音象要划破这旷野，
透流到旷野以外的遥远处！

马奔驰的那种具体的状态的确着墨不多，更多的是骑兵骑在马上一边奔驰一边听马嘶叫中引起的感觉，代替了实景的描绘。所以与其说冀汸写的是马的奔驰，还不如说是诗人一股英气勃勃、勇往直前的豪情在奔驰，是他保卫祖国的主观战斗精神在奔驰。七月诗人这一种创作风格和晋察冀诗人显然是不同的。像上文引用的晋察冀派的商展思的《野哨》，诗歌是用描述一位野哨战士来直观地反射感情的，而七月派的天兰，在《雪的海》一诗中抒写抒情主人公在战斗环境中一个雪夜的感兴却是这样：

雪的海
而雪呼唤着

夜——
高山与城池，
犹依稀地雄峙。

跃入这海里去呵！
到更冷峻的海涛中游泳。

夜已迷茫，
风正萧索，
年轻而勇敢的人呵，
跃入大时代冷峻的战斗！

这里的雪和雪夜，如按晋察冀诗人的做法，应该色彩纷呈、轮廓分明地具现的，但这位七月诗人却把雪夜景色全抽象化了，他所把握的只是雪夜里能传神、能发出某种特殊信息的个别具象，而又把这类具象所给人的某些感觉，深深地融入诗人献身时代的战斗豪情中——这就是我们上文指出的一种主观感情比较抽象的抒发。

主观感情比较抽象的抒发和赤裸裸的叫喊或者直抒其情是不能等同的。我们上面已提到过：七月诗人是“半裸”的抒情，就是说，他们的感情虽是三派中最富于抽象的主观型的，他们一再强调主观拥抱客观，但是并不等于他们的主观型感情就没有具象依附，只不过这种依附是把客观的具象主体化，或吸取它们中个别能传神之点，以达到传出某种能激起人活跃联想的信息，从而显示感情。七月诗人以直抒胸臆为主，再掺入主体化的客观具象，来进行抒情的。我们称之为综合型抒情方式。但七月诗人由于太强调主观战斗精神，所以很容易不知不觉地从“半裸的抒情”变为“全裸的抒情”。当然，只要主观战斗欲求非常强烈，“全裸的抒情”也未尝不可以，譬如鲁藜，抗战时期写的一些诗——如《雁门关外放歌》：

啊，同志，你怎么能够知道
我们住着破屋
啮着苦菜根、填着榆皮的人民，
就是未来新中国建设的英雄呢?!

哟，未来哟，
新的未来哟，幸福的未来哟，
黄金时代的未来哟，
向着未来前进吧!

这可以说是“全裸的抒情”，相当动人，内中的热情我们强烈地感染出来。但如果诗人心中的主观战斗欲求只是一种理念物，而没有化为潜意识的感情的突进，“全裸的抒情”，就容易变成空洞的呐喊，或乏味的说教。譬如，胡风在抗战刚开始时写的一些急就章——后来收在《为祖国而歌》中的诗，像《敬礼》中这样的诗节：“十年——／九·一八／一·二八／一二·九／这一连串的日子／黑暗的日子／羞辱的日子／虐杀的日子／但也正是愤怒了／成长了／在血泊里团结起来／向着一个伟大的目标／（打倒日本帝国主义！）／开始了神圣的进军的日子！／你神圣的日子呵！／在这被辱的土地上／奔赴号召的儿女们／正在用鲜红的血液／遍写着——／山河咆哮的／反抗底歌谱……”明显缺乏内在感情的突进，成了空洞的呐喊。又如鲁藜《绿叶集》中的第九首：“同志，你的手在这里，怕甚么／你的手要拿起痛苦／你的手要擎起沉重／你的手要种花／你的手要拿起火炬／你的手要扼死仇敌／你的手要酿出蜂蜜／你的手要推动时代／你的手要迎接未来。”也只是一种矫饰的热情，成了乏味的说教。晋察冀诗人田间所写的《康元》这样的诗，是由于运用直观型抒情方式走向了一个极端——只看到具象，而忽视了感受。七月诗人胡风、鲁藜这些诗所显示的弱点，是由于运用综合型抒情方式时，把感情的抽象性和主观性导向了另一个极端——忽略了感情的真实与具体性。

七月诗人用综合型抒情方式构成的形象，不像晋察冀诗人那么单纯，如实性不足，但从整体看，是直抒胸臆中掺入多量主体化了的客观具象。因此他们的诗是一种明朗与含蓄、具体与抽象的统一。一般讲，这一派诗人所抒之情还是容易把握的，不过在感情的内在突进过程中，却也需要读者细加回味、思索后，才能真正把握。也就是说，不必猜谜，却须深入领悟；没有玄虚，也要略作思考。譬如冀汸的《我们，总要再见的》：

旗
不倒下，
篝火
不熄灭，
季候风

吹着，
冰河
总要解冻，
东方的暗夜
总要流出曙色，
我们
总要再见的！
在这块呼吸过仇恨
也呼吸过爱情的
土地上，
拥抱，
大声笑……

这首诗的形象是感情作半裸的呈现。从总体看，冀汸是在直抒其情，但他没有作赤裸裸的感情流泻。为了抒发出我们迟早要摧毁这个黑暗王国而决不会被黑暗王国所吞没这一点感情，他用了“旗、篝火、季候风、冰河、暗夜”等五个具象来依附，使得感情就此变得以半裸的姿态呈现了。这一派诗人一再强调主观拥抱客观，所以这些其实是主体化的客观具象物，都能从特定角度传出这片感情的信息来。它们就像是在凸透镜下的一束光，最后都集中于一个焦点——坚信黑暗王国一定会消失，民族一定会解放，时代一定会光明。于此我们可以看到：这一派诗歌的形象结构并不象晋察冀派那般单纯。虽然它同晋察冀派的形象结构一样，是单层次的，但它是以多侧面的透视来丰富这个单层次结构的形象内涵的。它通过各个具象从不同角度来暗示或启示“焦点”上的感情，使得这一脉感情能够集中众多具象物所发出的“光束”，得到强度的光和热，在读者的心胸中更炽烈地燃烧起来。但是这样的形象结构毕竟还是单层次的，因此感情只能以突击的气势楔入读者的心灵，使之受到强烈地震撼，获得刹那的鼓舞，故诗情只能到此为止，而没有再升华为更高一层的哲理。这是与晋察冀派相似的。

那么，九叶派的抒情方式和形象结构又如何呢？

九叶派的感情素质是一种抽象的客观型感情。也就是说，它首先不是具体化的，而是抽象化的，因为它不依存于直接现实而呈现出来。这一点和七月派相一致，而不同于晋察冀派的具体化感情。唯其如此，九叶派诗歌的形象即使有具象形态，也不是感情的直接现实，而是一种象征体，一种信息的暗示物。其次，感情有大量理性因素掺杂着，使得诗思冷静。这一派冷静的诗思，和晋察冀派那种强调主观战斗欲求的火热的诗思是大异其趣的。而我们晓得晋察冀派的感情是客观如实地具现出来的，它有超越主观左右具象形态的客观倾向。正是在这点客观性上，九叶派的感情状态和晋察冀派有相似处，即感情有了超越主观热情左右一切的客观主义倾向。既是客观的，也就理应有藉以具现感情的依附物。而按一般的习惯看法，具现感情的依附物应该是客观的如实描绘。但这一派的感情是抽象化的。所以它的具象形态只能是一种象征体，以象征信息来暗示感情，我们不妨称之为客观的象征体。作具象形态的这种客观的象征体当然不是感情的直接现实，故九叶派最喜欢对非直接现实的象征体作如实描绘，再把感情暗示出来。所以我们读九叶诗人的代表性作品，其抒述的东西也都是如实的，而没有千奇百怪的变形，但是，仿佛又并不是那么回事，而另有莫测高深的奥妙。譬如郑敏的《金黄的稻束》：

金黄的稻束站在
割过的秋天的田里，
我想起了无数个疲倦的母亲，
黄昏路上我看见那皱了的美丽的脸。
收获日的满月在
高耸的树巅上，
暮色里，远山
围着我们的心边，

没有一个雕像能比这更静默。
肩荷着那伟大的疲倦，你们
在这伸向远远的一片
秋天的田里低首沉思，
静默。静默。历史也不过是
脚下一条流去的小河，
而你们，站在那儿，
将成为人类的一个思想。

这首诗的前面十二行是对稻束散布在田野上所作的如实描绘，如同一幅境界静穆深远的油画，没有抽象派艺术那种任意变形的情态。读到此，还是平易可解的。但到十三行以后，突然来了一个大跨度跳跃："静默。静默。历史也不过是脚下一条流去的小河。"却使人感到这位女诗人并不仅仅在写那些稻束，而别有追求。首先，一条流去的小河，象征着绵延的人类历史，那站在河边的稻束"将成为人类的一个思想"。是什么思想呢？诗人没有说，也不必说，因为前面描绘的这幅秋野稻束图本身所发出的象征信息里，就潜藏着诗人冷静的诗思，足可以让读者自己去获得感悟和启迪：这是诗人为社会改革和精神创造等事业上的殉道者们所作的崇高的赞美。而对殉道者们本身来说，却只不过是在人类历史奔腾的河边享受一种孤寂的幸福。而我所阐述的这些思想感情，都是通过它们的非直接现实——"秋原上金黄稻束"这个客观的象征体暗示出来的。

这一派诗人的美学核心追求是超越。但在创作风格上，这条超越的线一直是贯穿着的。他们既要从具体的感情中超越出来，又要从狭窄、单纯、浮躁的感情中超越出来。"那朴素而又悲壮的号角呵，／在苍茫的暮色里，／把村里所有的青年都吹出来。／背着土枪、别着手榴弹／风搅雪似的到河滩里去……"这是一幅战时风俗画，感情依附在它的直接现实上呈示出来，具体而客观，是以直观型抒情方式造成的单侧面单层次结构的形象。再看艾青的《吹号者》："在震动天地的冲杀声里，／在决不回头的一致的步伐里，／在狂流般奔涌着的人群里，／在紧密的连续的爆炸声里，／我们的吹号者／以生命所给予他的鼓舞，／一面奔跑，一面吹出了那／短促的、急迫的、激昂的／在死亡之前决不中止的冲锋号，／那声音高过了一切，／又比一切都美丽”，这里也写了具体的事件——一场战争。但这一切都主体化了，是浮着一片热情的。或者说，深深地印着诗人主观战斗激情的足迹。感情是靠主体化了的具象物多方面的烘托而抒发出来，抽象而主观，所以是以综合型抒情方式造成的多侧面单层次结构的形象。而九叶诗人杜运燮的《号兵》，却和上述两位诗人的大不相同。他这样写吹号者：

我只讲团结的语言
在各个孤立的世界里
我用团体赐予我的
普遍的语言串联他们
有如太阳用光与热
浇进所有枯竭的组织，
使他们都快乐、活跃，
舞出一个白昼，笑出一个春天；
有如河流以鲜血与热情
渗透进附近寂寞的田野，
亲切地提醒，呼唤他们
大家起来，织出一片绿茵。

这里也写了号兵的一些具体活动。但不像曼晴的那么如实；好像在写吹号者，又好像不是。这里也抒发着一种战斗情思：“我用团结的语言……呼唤他们，大家起来，织出一片绿茵。”但不像艾青的那么热烈，而是相当冷静的。写的是“号兵”，却又叫我们觉得是在讲别的；是抒情吧，却又导致我们去思考一种其他的东西。抽象而客观，这是以隐喻型的抒情方式造成的形象。但这首诗还是有感情基础的：吹号者的号音是体现集体意志的语言，我们从诗人把号角说成“有如太阳用光与热浇进所有枯竭的组织”、“有如河流以鲜血与热情／渗透进附近寂寞的田野”等抒唱中，可以感到诗人对吹号者的赞美，感情的“体温”并不就很低。所以，即使感情的理性化成分太浓，也还是有意义的，毕竟还是从感情升华为哲理的，郑敏的《金黄的稻束》也如此。这方面如果走向极端，只有一点理念，而要来“诗化”——用隐喻型抒情方式来“诗化”，则只会造成十足的晦涩。九叶诗人的创作中不乏这方面的教训。其中穆旦是一个突出的例子。他的《诗八首》写的是爱情。但他不是抒唱男女相爱的热烈感情，而是作了一次爱情的真谛的思考。我们不妨拿第一首来分析一下：

你底眼睛看见这一场火灾，
你看不见我，虽然我为你点燃；
唉，那燃烧着的不过是成熟的年代，
你底。我底。我们相隔如重山！

从自然底蜕变底程序里，
我却爱了一个暂时的你。
即使我哭泣，变灰，变灰又新生，
姑娘，那只是上帝玩弄他自己。

这里值得我们注意：读穆旦的诗，是要有猜谜的耐心的，先得了解他的理念以及理念之间的辩证逻辑，然后再去猜。这正如同猜谜首先要晓得它属哪一种“格”一样，读穆旦的诗就得抓住一条思路的线索才能读得懂点。《诗八首》所贯穿的线是爱情有理性的和本能的两种，理性的爱情是永恒的，本能的爱情是暂时的。顺着这条线路来看上引的诗。所谓“你底眼睛看见这一场火灾”，即你是以自然属性的“你”在感受你我之间发生的这一场本能的性爱冲动的。“你看不见我，虽然我为你点燃”，这里的两个“我”所指不同，前一个是社会属性的“我”，而后一个是自然属性的“我”。这一句的意思是：其实你并不了解我这个社会人，虽然，焕发着青春的这个自然属性的“我”把你本能的性爱燃烧起来了。所以“你”“我”之间这一场性爱冲动，只不过是“你”的和“我”的成熟的年代——青春期性的本能的骚动而已。其实，我们互相之间“相隔如重山”一样，并没有从理性上真正认识对方。当然，作为自然属性的人，都有“自然底蜕变”程序的。随着这种自然的蜕变，“我”对“你”的这种出于本能的性爱冲动，也会过去的。因为使我有如此强烈的性爱冲动的，也只不过是焕发青春的自然属性的“你”所挑起的，而这个“你”也只是暂时的。所以即使我今天为此而痛苦万状，心被炽烈的爱火烧成了灰，然后又清醒过来，实际上，“那只是上帝玩弄他自己”——人类本能的自然蜕变在冥冥中主宰而已，值不得牵肠挂肚和大惊小怪。这就是穆旦在诗中所要告诉我们的，全是冷静地在讲理。我们不厌其烦地来作这一番解释，无非是想实事求是地得出一个结论：他是在利用隐喻型的抒情方式作理念的图解。这显然不是一条正路，而是把感情的抽象性与客观性导向了忽视真实感情这一个极端所致。

九叶诗人用隐喻型的抒情方式构成的形象，比起晋察冀和七月这二派来，显然要复杂一些。它呈现出来的感情，仿佛是一个如实的具象形态，其实是实而虚的一个客观象征体。好像明朗，实质朦胧；好像也能把握，但不细加回味思考，读完后仍是一片茫然。弄得不好，像上面谈及的穆旦的《诗八首》一样，苦涩费解，莫测高深。但如果客观的象征体是渗透着明晰而深沉的感情的，则就会内涵很深，给人较多回味思考，令人领悟到一些人生真谛。如陈敬容的《珠和觅珠人》：

珠在蚌里，它有一个等待
它知道最高的幸福是
给予，不是苦苦的沉埋
许多天的阳光，许多夜的月光
还有不时的风雨掀起白浪
这一切它早已收受

在它的成长中，交做了它的
所有。在密合的蚌壳里
它倾听四方的脚步
有的急促，有的踌躇
纷纷沓沓的那些脚步
走过了，它紧敛住自己的
光，不在不适当的时候闪露
然而它有一个等待
它知道觅珠人正从那一方向
带着怎样的真挚与热火
向它走来；那时它便要揭起
隐蔽的纱网，庄严地向生命
展开，投进一个全新的世界。

写的是蚌壳里珍珠的孕育、成长和等待觅珠人的到来。这是一种极平易极可理喻的如实体。但这又不太像！使我感到它毕竟又是虚的，是个客观象征体，可以看作这是对人类崇高的爱情的暗喻，对具有献身热情的社会志士的暗喻，对物质和精神事业的创造者的暗喻；再深一点看，也可以说是暗喻着人间大智大勇者的殉道精神。而这些暗喻又都捉到一个闪光的哲理命题："最高的幸福是给予，不是苦苦的沉埋。"所以这样的诗，形象的结构是单侧面多层次的，是诗歌形象结构的高层建筑。

中国现代新诗在它三十年的历程中，有关诗歌艺术的探索最终得归结于形象结构。这方面的探索到了1940年代，可以说已达到一定的水平了。而这个水平就显示于晋察冀、七月、九叶三诗派的艺术实践上。我这样说，并不意味着它们任何一方都有权说自己才是这方面的最高水平了，而是指三派各以自己的特色，交错地并存于1940年代诗坛。当然，这种交错并存是处在既互相渗透又互相排斥的状态中的。唯其如此，才使得它们终于潜移默化地统一于一个兼顾各方的共同原则，这就是尽量向多侧面单层次或单侧面多层次的结构发展。多侧面单层次的形象结构适宜于作气势盛、力度强那一类感情的抒发，这是能有强刺激效果的，使感情突击楔入读者心灵，如晋察冀诗派陈辉的《守住我的战斗岗应》《为祖国而歌》，魏巍的《两年》等；七月诗派绿原的《复仇的哲学》《终点，又是一个起点》邹荻帆的《风雪篇》等；九叶诗派穆旦的《合唱》《赞美》、唐祈的《时间与旗》等，都可以说是以多侧面单层次形象结构写成的好诗。单侧面多层次的形象结构，适宜于去把微观的感情升华为宏观的哲理的抒情。这是能起沉静领悟效果的，使哲理化的感情给读者以深刻的启示和深沉的感悟。如晋察冀诗派方冰的《拿火的人》、魏巍的《午夜图》等，七月诗派牛汉的《鄂尔多斯草原》、杜谷的《泥土的梦》、化铁的《暴雷雨岸然轰轰而至》等，九叶诗派穆旦的《森林之魅》、陈敬容的《旗手和闪电》《船、生命、孩子》、杜运燮的《雷》等，都可以说是以单侧面多层次形象结构写成的好诗。我们认为上述两类结构的形象后来成了兼顾各派共同追求的，并不等于善用单侧面单层次形象结构的晋察冀派就不好。其实，这种结构造成集中、明朗、单纯，只要感情真挚，也会是高艺术水平的好诗，如丹辉的《夜过柿子林》、徐明的《青纱帐》、陈辉的《姑娘》《献诗——为伊甸园而作》等。感情越真挚，就要求形象越单纯、明朗越好，这时用单侧面单层次结构就相当有利。晋察冀诗人由于战斗豪情是极真挚的，也就决定了他们爱用这种结构的形象。至于多侧面多层次结构的形象表现，是现代诗歌中的最高艺术。由于这类结构十分复杂，一般不易把握，弄得不好会晦涩，在现代诗歌中还不是很能为广大人民所接受的，但还是值得追求的。九叶诗派的杭约赫，在 1940 年代末，终于以《复活的土地》这一首抒情长诗证明他在这个方面的努力。

以上是晋察冀、七月、九叶三诗派在感情素质、抒情方式与形象结构这三个方面各自的特色。除此以外，他们又在意象和语言形式上显示了自己的个性色彩。

意象是形象元件，是能发出某种诗感信息的具象物。众多意象的有机组合，将使所抒之情成为“一个心灵的活的雕塑”[53]，所以在抒情艺术上，意象抒情之重要性也可想而知了。但正如雕塑可以有木雕、石刻、铜铸、泥塑等，意象的构成也是有不同型号的。有一种直观明示型意象，正如巴黎蜡像馆里的蜡像，逼真得几近乱真，这类意象，是人最直接的感知物构成的实体。有一种虚拟曲示型意象，是根据人刹那间产生的幻觉、错觉的具体化构成的变形体。再有一种象征暗示型意象，是根据人信息感知功能寻得的对象构成的象征体。由于人的感觉和想象在不同情景下可以有不同的表现，因此，在诗歌创作中，这三类意象在一个诗人、一个流派、一个时代的诗风中，都是混合使用的，决不存在这一个诗人只用这类意象，那一个诗派专作那一种意象来抒情。不过，正如一个有个性的诗人总有他独特的感觉和想象习惯，从而在意象使用上不同诗人、不同诗派也会有自己的侧重面一样，一个有风格的诗派也总是有其内部相近相似的一条把握感觉与想象的路子。因此，在意象抒情上也会有自己的侧重面。需要指出的是我们说不同诗派意象抒情的特征，既是指不同型号意象的偏爱，又是指意象组合的独特而言的。那么晋察冀、七月、九叶三诗派在意象抒情上，各有哪些特色？相互间的交错关系又如何？

晋察冀诗派在感情素质上既具有客观的具体性，又习惯于采用直观反射的抒情方式来构成单侧面单层次的形象，这使其抒情的特征显得相当质实。而正是这种质实，使这派诗人比较偏重于使用直观明示型意象。譬如陈辉在《为祖国而歌》里写的祖国：

当我抬起头来，
瞧见了你
我的祖国：
那高蓝的天空，
那辽阔的原野，
那无边的白云
悠悠地飘过，
或是
那红色的小花
笑眯眯的

从石缝里站起，
我的心啊
　多么兴奋……

祖国在陈辉的心目中是“高蓝的天空”“辽阔的原野”、悠悠的白云、从石缝里站起的小花。这些意象，它们是引起陈辉爱国之情的直接感知物构成的直观型意象，以此来展示祖国，是一种明示。虽没有多少奥妙，却使人感到祖国在诗人的心灵里是十分具体、贴切的，可亲可爱的。由于晋察冀诗派的诗人所抒之情总是和感情的直接现实结合在一起，这种以直接感知物构成的直观型明示意象，也就成了他们最爱使用的。譬如，写抗日先遣军的进军：“汹涌奔腾的无定河水呀，你是我们这支铁流进军的象征!”（丹辉）写“死也不做奴隶”：“奴隶呵，象马，象牛，象狗……”（林采）写敌占区老乡在封锁墙上挂出一盏红灯，向夜间活动的游击队暗示安危：“红灯呵……象一颗滴血的心。”（方冰）这里的种种意象，本体喻体之间所比的关系相当明确，很能把握，适宜于在鼓动群众情绪时，把欲抒之情单刀直入般楔进读者心灵。至于这些意象的内在组织，也比较单纯。在喻体和本体之间不搞主观强制式的通感，以建立外在的必然因果关系，而以情绪内在流动的必然趋势来串联。譬如，魏巍的《午夜图》，写的是一件真实的事：在敌人多路向山村扑来的午夜时分，被重兵围困的司令部门口，葫芦架下的灶火边，一个战士还是坐着：“一块，一块，把劈柴投向灶火”，好像什么事也没有一般，安静地坐在红火光中。诗人突然笔锋一转：

午夜里，
红艳艳的灶火
照花了我。
看哪，葫芦架那边，
山草呼啸中，

坐着的是我们的民族……

那个战士的具象描写，用的是直观型明喻意象。为了来明喻出我们的民族在危难的关头，仍然坚如磐石，镇定自若。这里的喻本之间就凭着内在感情的流势，作了一次极自然的跳跃，组织成了一个整体。至于意象之间的组合，也很少有叠加式的复杂关系。当然，有些人的意象组合复杂一些，如陈辉在《为祖国而歌》里，写他看到日本侵略者在我们的大平原上到处造着炮楼囚困着中国人民，这使他愤怒得浑身血涌！于是他用了这样一个结构复杂的意象：

我的血呵
它激荡
有如关外
那积雪深深的草原里
大风暴似的
急驰而来的
祖国的健儿们的铁蹄……

血的激荡像抗日健儿急驰的铁蹄，在积雪深深的草原急驰而过，又像大风暴似的。有好几层关系交叠在一起，在组合上有一定的叠加倾向，但总体没有变形，还是平易的，可以在直观中获得强烈的感情信息。

七月诗派具有主观的抽象性的感情素质，又习惯于采用直抒和意象抒情综合的方式，来构成多侧面单层次的形象，使其抒情特征总显得似虚而实。因此这派诗人在总体的直抒胸臆中偏爱拟喻的意象。譬如同样写祖国，上引晋察冀诗派的陈辉在《为祖国而歌》中采用了相当质实的直观意象；而这一派的绿原在《你是谁？》里却这样写：

暴戾的苦海，

用饥饿的指爪，

撕裂着中国的堤岸，

中国呀，我底祖国，

在苦海底怒沫底闪射里，

我们永远记住

你底用牙齿咬住头发的影子。

这里用了“牙齿咬住头发的影子”，惊心动魄地写出了在黑暗势力包围中极度悲愤的祖国形象，显示出了一个富有强烈刺激作用的形态，使这个写祖国的意象成为意象艺术的珍品。值得注意，这是一个拟喻型意象，是从作者主观意愿出发，通过比拟，把一脉抽象的情思具化而成的。这一派审美理想上对主观战斗精神的追求，使他们在抒情艺术上总不满足于客观的具象表现，而要使客观物主体化。为了服务于主观意愿，不惜把客观具象变形，造成拟喻型意象来发射感情信息。不仅绿原这类意象用得很多，其他诗人也是如此的。例如写苦难的一年过去了：“一九四零年，走出了那狭窄的、低沉而暗哑的门槛”。（艾漠）写反动统治扼杀新生力量是本性使然：“绿色的生命所呼唤的，冰山一定要拒绝”。（冀汸）写深夜时分作沉静的自我反省：“我看见理性的星光，划破我灵魂的黑幕。”（鲁藜）写人类的光明是要靠流血斗争得来的：“我们人呵，踏着人们自己的尸首做桥梁，走近太阳。”（天兰）这种种意象，都是一些抽象的精神状态，用拟喻使之成为可见可闻具象形态，从而达到可以感知、产生形象联想的效果。这类意象最适宜于用来写政治抒情诗，能使政治概念直接产生感受效果。七月诗派的诗歌实践中，这类拟喻型意象的内在组织还不算很奇特，还是容易理喻的。譬如牛汉在《锻炼》里，写处在黑暗社会里真理的追求者一定要作好献出生命的准备：

我们不是赌徒，

但也将生命——
在黑暗里押在太阳上，
在混沌里押在信心上，
在战争里押在真理上。

以生命作赌这样的押宝法按常规当然是无法讲通的，但诗人充分显示一种坚定的主观意愿——为求得真理与光明而不惜把生命孤注一掷，竟让生命和太阳、信心、真理之间发生这么一种奇特的关系！赌徒把生命押宝在太阳、信心和真理上，这就会产生一种强刺激作用，促使人沉思和自省——为了真理与光明而奉献生命也在所不惜。这么三个拟喻意象，由于组织的单纯，所以易理解。当然，也不能说这一派的拟喻意象就没有复杂的组织关系。试看绿原的《你是谁?！》：

当火焰的意志滑润着
希望的轮片
唱出了欢乐的歌，
为什么不用痛苦做原料来
出产生命，从死亡渗透出来的生命，
热烈的生命呢？

这是个政治概念的意象化。诗人欲说的概念是黑暗现实带给我们的痛苦，没有使我们消沉，而是使叛逆的意志更坚定了，这也使我们能成为一个胸怀乐观信念迎接明天的时代斗士。但他为了使这种概念强固在读者心灵里，就把意志、希望、痛苦、新的生命等抽象概念拟喻化，纳入机器生产的总壳子里，使它们之间有一种既是虚拟的又是有机的关系：以意志为滑润油，希望为轮片，再用痛苦做原料，机器生产出一个全新产品——这样一个富有立体感的虚拟的具象形态，从而发射出了一种刺激性颇强的意念感知信息。这个意象的内部组织显而易见是十分复杂的，充分显示了绿原的艺术概括才能，使读者的联想大大地活跃起来。

九叶派感情素质上具有一种客观的抽象性，又习惯于采用隐喻的抒情方式来构成单侧面多层次，甚至多侧面多层次的形象，使其抒情特征总显得有某种象征意味。而正是这种特征，使这派总爱使用隐喻的或拟喻的意象和意象。譬如，也同样写祖国，穆旦在《合唱》中用的就不同于陈辉和绿原那样的意象：

当夜神扑打古国的魂灵，
静静地，原野沉视着黑空，
O飞奔呵，旋转的星球，
叫光明流洗你苦痛的心胸，
叫远古在你的轮下片片飞扬，
象大旗飘进宇宙的洪荒，
看怎样的勇敢、虔敬、坚忍，
辟出了华夏辽阔的神州。

如果说，陈辉的祖国是从自己身边十分具体的一景一色中去感受的，绿原的祖国是从自己居身的社会现实中去感受的，则穆旦的祖国却是从宇宙时空中去感受的。这个祖国的意象是这样展示的——叫地球飞奔一般地旋转，叫宇宙时空再转回到地球时间的往昔时空座上去，叫我们远古的祖先们以勇敢、虔敬、坚忍的精神开辟出来的华夏辽阔的神州，叫光明来“流洗”今日地球的“苦痛的心胸”。中华古国像一面永恒的“大旗”，已飘进宇宙的洪荒中了。表面看，写的是奇特的宇宙时间中的现象，但实质上象征着我们民族的伟大精神将会带领我们打败日本侵略者，这使得穆旦所抒述的祖国显得特别雄伟、悲壮，可爱。但这个意象的直接的具象性很弱，是极虚的隐喻、拟喻复合的意象群。这一派在审美理想上追求时空的超越，使他们在表现生活上，由于热衷于对生活作高度抽象的象征，所以他们普遍地爱用隐喻、拟喻复合的意象群。如写巴尔扎克批判现实主义的创作精神：“巴尔扎克，孤傲的风景／闪烁着远代的风／远代的飘瓦的雨／永在向低卑的荒凉的山谷挑战。”（唐湜）等等。这里种种意象都显得有点言此而述它的味道，看起来是客观的具象物，但实质上是一种隐喻，暗示着沉思者在凝神观照中作着哲理思考的精神状态。所以，九叶诗人爱用的这一类意象，更富有一种弹性，有一种“一粒沙里见世界”的感受功能，适宜于写沉静的哲理诗。当然，九叶诗人这一类意象的内在组织比起晋察冀、七月的要复杂得多——特别由于它们很多是拟喻与隐喻相复合而成的，其复杂性更可以想见。穆旦就很爱把这一类意象的内在组织搞得十分复杂。如《合唱》之二里，他写他自己的歌唱：

让我歌唱帕米尔的荒原，
用它峰顶静穆的声音，
混然的倾泻如远古的熔岩，
缓缓迸涌出坚强的骨干，
象钢铁编织起亚洲的海棠。

说他的歌唱用的是帕米尔峰顶静穆的声音，这“静穆”二字极有分量。在世界屋脊的帕米尔峰顶上，一片静穆，更能使人凝神观照，从而叫人感受到这奇峰怪崖、远山近峦壮阔的气势。这种“于无声处听惊雷”的气势，显出了诗人所歌唱的声音是极嘹亮、壮阔、雄浑的。但这还不够。诗人抓住帕米尔荒原不放，又从它上面联想到当年荒原形成时乃是火山的熔岩迸涌出地面又流向四方所致，于是这一场熔岩迸涌流动的壮举，又成了诗人歌声的叠加意象；而熔岩缓缓迸涌的结果，是出现一片辽阔广大的土地，“钢铁编织起亚洲的海棠”——中国大地，正是在这个大自然变迁的壮举里形成的，而“我”的歌声隐喻了伟大祖国的形象。这么一个有隐喻、拟喻叠加而成的大意象，内在组织不是够复杂了吗？而正是这个复杂的机体，壮阔而又极有弹性地发出了诗人心目中对祖国的挚爱之情。当然，这一派诗人一般都不是用复杂到如此地步的意象的。他们中多数使用的意象虽比晋察冀、七月的诗人来要复杂，但每个“机件”的组接并不过分跳跃，也并不作多线索的交叉，是有机而单纯的。杭约赫在《复活的土地》中一些复杂意象就是如此组接的。如他写从报童手里接过每天的报纸：

> 从他颤栗的手里，接过来这个
> 颤栗的世界——大标题，小标题
> 统率着黑压压的一队队
> 千军万马，一块块雄壮的阵营
> 和高朗的吼叫，组合了一片
> 锦绣，这是一种日常的
> 演习——不再新鲜的新闻

这是一个战争风云变幻的时代，一张报纸就是一个“颤栗的世界”。杭约赫通过拟喻、隐喻复合的手法所铸造成的这个意象，把国统区那个充满火药味的、喧嚣不安的、但又习以为惯的社会风情，动人地暗示了出来。把颤栗的世界拟喻为一张报纸所刊的内容，用千军万马云集的一派战争阵势来拟喻大标题、小标题统领下的各种战争新闻等等，互相间的组接既是单纯的，又是有机的。又如，他写人民反饥饿、求生存的斗争拖延着战争狂人发动又一次大战的速度：

> 世界的列车，颠簸在
> 剧烈的痉挛里，饥饿，贫困
> 镇压不住的骚扰，如寒冬的冰雪，
> 淹没了“前进”的路轨，使疯狂的
> 驾驶者不能迅速的将它驱向
> 全盘的战争……

一个政治概念被意象化得如此地富有立体感和弹性，而意象内部又组织得如此复杂和有机。

是否用意象抒情，对诗歌形象的感情密度大有关系。一般说，直抒胸臆比之于意象抒情，其形象的感情密度肯定要小。所以采用什么样的意象，以及如何组合，是直接关系到诗歌形象的感情密度的。感情密度愈大，一首诗也就愈精练、简约，否则，就愈臃肿。而这三派诗人有个艺术形式上共同的审美标准，即他们都是信奉形式是向形式转化的内容。在他们看来，诗歌的形式必须相体裁衣，即采用何种形式是以如何自由地表现形象为转移的。正是从这一种形式上的审美标准出发，三派诗人可说都倾向予以自由体形式写诗。不过自由到何等程度，三派是有差异的；至于这种差异，又基于这三派诗歌形象的感情密度的差异。如此看来，我们上面谈到的有关三派意象抒情程度的差异，以及所采用的意象的弹性度的不同，都决定着他们在诗歌形式上各自的独特性。

晋察冀诗派习惯采用直观型意象抒情，弹性度不是太大。此种质上的不足，只得以量来补充。所以这派诗人常以大量质实的意象堆积在一首诗里。同时，由于直观型意象的具象物内在组织不很复杂，互相组合时叠加的不多，并且由于太致力于如实，使主观能动作用削弱，意象组合成了具象物之间一种物理性的依存关系，既简单机械，又散漫质实。于是，他们的形式出现了两种极端的倾向：一方面受意象过多和简单，散漫地组合的影响，使得形式上总自由过渡；另一方面在无须过多考虑感情的内在律动如何外化为旋律表现的情况下，反倒能很理智地以一定的韵文程式来表现，从而出现了格律化倾向。这二者是一种对立统一的辩证关系，并存在于晋察冀派的形式特征上。田间是个典型。他曾是一个“勇猛地打破了形式主义的作者”，“造句上力求简直”，以致“成了每首充满着一个字一行两个字一行的形式”〔54〕。但1943年以后，他又追求一种全用二言结构的音组组合成的、偶尔用单言结构煞尾的三顿体（间或四顿体）诗行，以及各行均齐、各节匀称的民歌体格律诗了。譬如他的《毛泽东》：

咱们领袖毛泽东，
他的名字满天红。
他虽住在延安府，
千山万水在家中。

这样两类形式交错的现象，也存在于其他晋察冀诗人的作品中。陈辉写了《六月谣》《为祖国而歌》等著名的自由诗，但也写了《拒马河之歌》这样的民歌体格律诗：

姑娘脸象桃花红，
姑娘脸象杏花香，
姑娘送我当兵去，
拒马河东去打仗。

这样两种极端的形式，在后来的演化过程中又互相渗透，而出现了一种自由中求规律（即（1）把音组控制在单言、二言、三言结构上；（2）诗行长度控制在四顿以下；（3）注意不同调性的音组有机地配比煞尾；（4）适当押韵）以及规律中显自由（即不强求句的均齐和节的匀称）的民歌体自由格律诗。田间的长诗《戎冠秀》、短诗《山中》《偶遇》都属这类形式。又如张克夫的《毛主席回延安》：

满天星，
亮晶晶；
我心里，
暗叮咛；
怕只怕坏蛋分子出毒计，
暗害咱们的救命星。

重上峻岭多云雾，
万里江河拦路腰，
有心给你捎封信，
又怕信儿捎不到。
要是刮风路难走，
我愿意，牵着毛驴日夜赶，
接你老人家回延安；
要是重庆天气冷，
我愿意，脱下棉来换上单，
老人家千万可别受风寒。

这就是相当能体现自由中求规律、规律中显自由的自由格律诗。

七月诗派和晋察冀诗派不大相同。这一派习惯把直抒和意象抒情结合。这派诗人由于强调主观拥抱客观，所以他们的意象多采用拟喻型的，把客观的具象物主体化。并且，他们总体上是以主观激情的直抒出发的，但又为了使直抒能有一种强刺激效果，因此把抽象情思或意念用通感手法使之拟喻化。这种不以客观如实呈现意象而以主观手段从外在强制成意象的做法，势所必然要在意象的物质外壳——语言结构上增加复杂性。这使得他们在形式上的自由化倾向要比晋察冀派更远些——这也可以说是七月诗派一个极重要的特征。绿原在为这一派的诗选集《白色花》写的序中说："他们（按：指七月诗人）认为：自由诗的形式并非如它的反对者们所设想，没有规律可循，爱怎么写就怎么写。恰恰相反，诗人十分重视形式，正因为他重视内容，重视诗的本身。形式永远是活的内容的形象反映，必须为内容所约制，不可能脱离对内容进行发掘、淘汰、酝酿的创作过程而先验地存在。因此，诗的形式应当是随着内容一齐成熟、一齐产生的；如果把后者比作灵魂，形式便是诗的肉体，而不是可以随便穿着的服装。因此，诗的形式就不单纯是一般意义上的形式，而是和内容不可分割地成为整个诗的有机的组成部分。"他们的确可以说是这样地在追求形式的。譬如，冀汸在《渡》里描写逆着十二月的寒风撤退途中的感受：

而风旋着　绞着呼啸着……
水与水碰击着　与岩岸擦撞着……
那低弱的　急促的
又是愤怒的声音哟！
象遭受了
爱底遗弃
于痛苦辗转中没有了精力的呻吟……
象恐惧于
未来的足以摧残它底命根的暴力
而喘吸……
象不甘于忍受迫害
反抗地
向亘竖在它面前的丑魔狂号……

有些长诗行中间几处断裂，有几组诗行用了宽式排比，它们所造成的旋律感，就把极度悲愤所造成的急迫短促的情绪十分动人地体现了出来，也把北风肆虐的回旋气势和让人气喘不已、不堪忍受的感觉情状也十分逼真地传达了出来。于此也就可见，他们提倡形式是向形式转化的内容的主张和实践是紧密地结合在一起的。但这一派诗人由于把主观战斗精神看得高于一切，把诗的感受和艺术形式画起了等号，这也就有意无意地忽略了形式上必要的讲究，以致任意挥洒，置粗糙散漫于不顾，使不少诗篇散文化了，阿垅就是一个例子。如在《末日》里，他抒唱了苏联的反法西斯战争。我们不能认为阿垅没有浓烈的感情，我们于字里行间还是可以感到他战斗的热情在闪光的。但看一看这样的诗节：

一个唯一的现代巨人，
消灭了：
六百万员名卐字徽的臭虫
一万五千辆把人和土地碾压成肉泥的纳粹坦克
一万三千架食尸乌鸦那样把暗云的天空密蔽得
　　连黑光也丝毫不透的纳粹飞机
一万九千门喷吐着他们底死亡和胜利的纳粹大炮
投魔鬼自己于地狱底火焰之中是最痛快的
吓，闪击战
如此迟慢又迟慢
乌龟竞走是夸大地嘲讽自己底匍匐着的能力的
进入第六个月了
进入冰天雪地开始了的俄罗斯底旷野的第六个月了啊！

句子一下子很短，一下子又很长，不仅找不到其间情绪律动的内在依据，而且，句子冗长，结构繁复，概念和事件交叉得庞杂无机，读来相当别扭。这就是相当典型的散文化倾向。

九叶诗人是用隐喻型与拟喻型复合的意象，通过暗示或启示来进行抒情的，这使他们在自由体的形式上有比晋察冀、七月诗人更高的追求。这话怎么讲呢？隐喻所达到的暗示作用和拟喻所达到的启示作用，既能使诗人们蕴藉含蓄地表达诗意，提高形象在单位容量内的感情密度，又能使得语言趋向简练，形式精悍紧缩。这能使自由体形式不致走向极端，而有一定的节制。譬如下面这样的诗：

我的足迹象云一样，
经过了一些山水一些城乡。
在春和夏的边缘上

作过短暂的停留，

用我自己的歌声和眼泪，

灌溉过生命的泥土。[55]

由于采用了一个丰盈的意象，把感情表现得蕴藉凝重，所以使女诗人陈敬容只需短短六行就完成了她的抒情追求，从而使她又能腾出手来，在句子的简洁和篇章的精悍上付出更多的精力。这节诗就使人感到语言的干净利落，绝无拖泥带水之感。并且，诗行虽参差不齐，也不押韵，但作为自由诗诗行节奏的核心内容——音组的使用十分规范，都能控制于二言、三言结构内，使人读来流畅谐和。就是在这个基础上，九叶诗人们的自由诗又进一步从诗行节奏的和谐向诗节的宽式匀称上努力。唐湜的《给夜间睡眠的小鱼儿》《水磨坊的时日》，杜运燮的《林中鬼夜哭》《不是情诗（一）》，袁可嘉的《岁暮》，陈敬容的《船·生命·孩子》《假如你走来》等，都是大宽式的匀称诗节，全篇读来琅琅上口。而他们还进一步走向诗节内部的对称或排比。这一来，九叶诗人在向自由诗追求的路上，和晋察冀诗人一样，有了两种自由格律诗的倾向。当然，他们虽一样在探索变化中求规律，规律中显变化，却各有自己的侧重面。这两派都比较注意音组使用的规范，也同样讲究句式的对称排比。不同的是，晋察冀诗人还讲究押韵以及煞尾多用三言结构的音组，以显示一种吟咏的调性；而九叶派人则侧重于诗节的匀称以及煞尾多用二言结构的音组，以显示一种诉说的调性。譬如陈敬容的《群象》：

河流

一条条

纵横在地面

街巷

一道道

交错又连绵

没有一棵草

敢自夸孤独
没有一个单音
成一句语言
手臂和手臂
在夜里连接
一双双眼睛
望着明天

这就是九叶派的自由格律诗：有诗节间的宽式匀称（第二、三节即是），有诗节内的对称（每一节都有对称诗行群），用二言结构的音组煞尾，诗行中的音组又以二言、三言结构的为规范。而正是在以上种种经验的基础上，这一派诗人又有向现代格律体探索的趋向。杭约赫和杜运燮有好多诗显示着他们在追求句的均齐和节的匀称。杭约赫的长诗《仇恨的埋葬》的序诗以及短诗《拓荒》《最初的蜜》《知识分子》，杜运燮的《不是情诗》《浮沫》《月》等都是如此。而袁可嘉更在追求一种新月派的格律，如《沉钟》：

让我沉默于时空
如古寺锈绿的洪钟，
负驮三千载沉重，
听窗外风雨匆匆。

把波涛掷给大海，
把无垠还诸苍穹，
我是沉寂的洪钟，
沉寂如蓝色凝冻，

生命脱蒂于苦痛，
苦痛任死寂煎烘，
我是锈绿的洪钟，
收容八方的野风。

但这种现代格律体在九叶派中毕竟还是次要的。这一派写得成功的还是自由体诗。如杭约赫，如果他用格律体来写《复活的土地》，就无法把磅礴的气势如此传神地写出来。

九叶诗人们受西洋文学的影响较深，而这种影响不仅在表现手法上，也深深地烙印在形式上。应该指出，形式上的这种影响是有点走向极端的。他们忽视了我们民族传统的习惯，稍显盲目地学习着西洋诗的某种形式表现。这首先表现在十四行体的移植上。这种移植当然未尝不可，但他们这方面的移植颇有点削足适履。如唐祈初期的十四行诗，往往为了扣住“四四四二”的十四行排列，而忘掉了这个诗体“层层上升又下降，渐渐集中又渐渐解开，以及它的错综而又整齐，它的韵法之穿来又插去”[56]的内在要求。他颇被称颂的《游牧人》中就有这种倾向。全诗情绪气势前后难以贯通。前三节是尽全力在写牧女的美，而到最后一节的两行，突然一转“美丽的羌女唱得忧愁，官府的命令留下羊，驱逐人走”。看似接触现实了，但这一点现实主义被牧女的美淹没了，使人感到后面结合现实的两行是硬贴上去的。这种不平衡、不完整，当然和诗人当时的美学趣味有关，却更和对十四行体的生硬移植有直接关系，因为规定只有十四行，不允许再作发挥了，故只得让诗思到十二行以后猛地一转，而不去管它是否秃尾巴了。其次，盲目学习西洋诗的形式表现，还显示于无理的跨行、跨节上。记得七月诗派的评论家阿垅曾批评过郑敏的《求知》，他引了第一节和第二节的第一行：

没有一条路比这更望不见尽头，
有的疲倦了，长眠在路边的松树下，

那些壮年和儿童继续走着，朝向
呵，什么地方？是果园？是荒滩？还是一个透
过厚雾的容貌，是神的，还是人自己的容貌？

阿垅指出：“我们知道，在一首诗中，一行诗，不妨说是一个情绪单位；一个字或者一个辞，也应该是一个语言单位。那么在这个例子里，‘透过’明明白白是一个字或者一个辞，即它应该是一个语言单位了。但是……她却没来由地把这样一个语言单位一刀两断了：既不真是美的排列，更不算是力的排列，一切莫名其妙了。由于她这样把一个语言单位任意分割了的缘故，在这首诗里，应该是一个情绪单位的东西，也就被弄得完全成为畸形的东西了……”[57]我以为这个批评是中肯的。郑敏这样无理跨行、跨节的做法，在当时的九叶诗人中相当普遍，杭约赫的《最初的蜜》竟然跨行、跨节到底！初看诗行均齐、匀称，其实句子都被弄得破碎不堪。

以上就是晋察冀、七月、九叶三诗派各自的创作艺术以及相互间的交错关系。这三个诗派独特的感情素质决定了它们各自在艺术上的一系列特征，这包括从抒情方式到形象结构，从形象结构到意象表现，从意象表现到自由体形式。而把这些综合起来，就显示出了它们的抒情风格，晋察冀诗人质实而明朗的写实风格，七月诗人郁勃而奔放的主情风格，九叶诗人婉约而朦胧的沉思风格。这三种风格交错地共存在1940年代的诗坛上。

结束语

在1940年代诗坛色彩绚丽的屏幕上，同时出现的三颗灿烂的诗星——晋察冀、七月、九叶三诗派，都以自己的现实主义之光，照耀整个1940年代，真实地反映了那个从民族解放战争走向人民解放战争的大黑暗、大斗争、大解放的社会风貌。

如同历史不是某一个英雄所能创造的，现代诗歌主潮汹涌澎湃向前发展的历

史，也是1940年代忠于现实的各路诗人共同奋斗的结果。至于这三个诗派呢？可以说是这场奋斗的核心力量。它们在相互排斥又相互渗透中交错成一个整体，才显示出这一核心力量来的。晋察冀派诗人中不少是从七月诗派转化过去的；七月诗派的机关刊物《七月》《诗垦地》等都发表过不少晋察冀诗人如陈辉等的诗；晋察冀派也翻印过七月派中知名诗人的诗作为自己的努力方向。至于七月和九叶的关系，九叶派的评论家唐湜在《诗的新生代》中就说过："波浪连接着波浪，诗的波浪在汹涌着，一个光辉的诗的新生代在涌现着，两个高高的浪峰高突起来了……一个浪峰该是由穆旦、杜运燮们的辛勤工作组成的……另一个浪峰该是由绿原他们的果敢的进击组成的。"而且，他又欣喜地指出："现在，这两个浪峰渐渐该相互起着作用了！"于是这位目光敏锐的评论家热情地说。"让崇高的山与深沉的河来一次'交铸'吧，让大家都以自觉的欢欣来组织一次大合唱吧！"〔58〕

是的，晋察冀、七月、九叶三派诗人，在中国1940年代的诗坛上，已"交铸"出了一个诗的新生代，为我们这个战斗着的民族和她的人民，奏出了一曲悲壮的时代大合唱。

1983年11月6日凌晨1时

写毕于杭州宝石山下桃园新村

注释：

〔1〕丹辉：《晋察冀诗歌战线的一支轻骑兵》，见《新文学史料》1981年第四期。

〔2〕孙犁：《白洋淀之曲·后记》。

〔3〕袁勃：《诗论三则(一)》，见洪球编《现代诗歌论文选》(上)。

〔4〕《新诗歌·发刊词》。

〔5〕蒲风：《从五四到现在的中国诗坛鸟瞰》，见洪球编《现代诗歌论文选》(上)。

〔6〕这段话从田间的《十月的歌·引言》中转引来。

〔7〕陈辉：《十月的歌》附录《我的志愿书》。

〔8〕 孙犁:《白洋淀之曲·后记》。
〔9〕 丹辉:《晋察冀诗话》,见《新文学史料》1983年第一期。
〔10〕 魏巍:《黎明风景·后记》。
〔11〕 陈辉:《十月的歌》附录《我的志愿书》。
〔12〕 曼晴:《春风杨柳万千条——回忆晋察冀边区的诗歌运动》,见《新文学史料》1979年第五期。
〔13〕 丹辉:《晋察冀诗歌战线的一支轻骑兵》。
〔14〕 艾青:《诗论·诗与时代》。
〔15〕 胡风:《民族战争与文艺性格·一个要点底备忘录》。
〔16〕 胡风:《民族战争与文艺性格·一个要点底备忘录》。
〔17〕 胡风:《民族战争与文艺性格·关于诗与田间底诗》。
〔18〕 陈辉:《十月的歌》附录《我的志愿书》。
〔19〕 胡风:《为了明天·给为人民而歌的歌手们》。
〔20〕 绿原:《白色花·序》。
〔21〕 邹荻帆:《忆〈诗垦地〉》,见《新文学史料》1983年第一期。
〔22〕 王佐良:《一个中国诗人》,见《穆旦诗集》附录。
〔23〕 唐湜:《海上》。
〔24〕 唐湜:《意度集》平原社版第12页。
〔25〕 唐湜:《意度集·郑敏的静夜里的祈祷》。
〔26〕 唐湜:《意度集·穆旦论》。
〔27〕 唐湜:《意度集·辛笛的〈手掌集〉》。
〔28〕 袁可嘉:《新诗戏剧化》见《诗创造》第十辑《诗论专号》。
〔29〕 袁可嘉:《新诗戏剧化》。
〔30〕 陈敬容:《盈盈集·小儿女的哀怨流去吧》。
〔31〕 唐湜:《英雄的草原·献诗》。
〔32〕 唐湜:《我的诗习作的探索历程》,见《文学青年》函授创作中心讲义。
〔33〕 唐湜:《诗的新生代》,见《诗创造》第八辑。
〔34〕 王佐良:《一个中国诗人》。
〔35〕 唐湜:《诗的新生代》。
〔36〕 唐湜:《我的诗习作的探索历程》。
〔37〕 唐湜:《我的诗习作的探索历程》。
〔38〕 杨朔:《敌后文化运动简报》,见1942年11月25日《解放日报》。
〔39〕 绿原:《白色花·序》。
〔40〕 绿原:《诗与真》。
〔41〕 田间:《赶车传·上卷后记》。
〔42〕 孙犁:《白洋淀之曲·后记》。

〔43〕 邵燕祥:《读〈白色花〉》。见《文艺报》1982 年第十二期。

〔44〕 陈敬容(默弓):《真诚的声音》见《诗创造》第十辑。

〔45〕 陈敬容:《和方敬谈诗》见《诗创造》第十辑。

〔46〕 唐湜:《我的诗习作的探索历程》。

〔47〕 见《中国新诗》第二集《黎明乐队》,第 20 页。

〔48〕 王佐良:《一个中国诗人》,原载伦敦 *Life and Letters*,1946 年 6 月号,见《穆旦诗集 · 附录》。

〔49〕 阿垅:《人和诗 · 诗底内容 · 关于感情》。

〔50〕 陈辉:《我的志愿书(五)· 声音》,见《十月的歌》附录。

〔51〕 胡风:《给战斗者 · 后记》。

〔52〕 艾青:《吴满有 · 附记》。

〔53〕 艾青:《诗论 · 技术(一)》。

〔54〕 胡风:《田间底诗——〈中国牧歌〉序》。

〔55〕 陈敬容:《请别为我祝福》,见《盈盈集》。

〔56〕 李广田:《诗的艺术 · 论冯至的〈十四行集〉》。

〔57〕 阿垅:《人和诗 · 关于行列》。

〔58〕 唐湜:《诗的新生代》,见《诗创造》第八卷。

1950—1970 年代新诗论纲

从新中国成立到“文化大革命”结束，新诗走过了一条十分曲折的道路，本文将从几个方面进行论述。

一、“十七年”新诗概况

中国人民革命力量解放了除台湾以外的所有国土，为各族人民创造了大团结的条件，也促成中国诗坛各路诗人的大会师。歌唱在解放区的诗人同生活在国统区的诗人终于走在一起。解放区来的诗人，有的早已活跃在二三十年代，如柯仲平、曹葆华、艾青、公木、曼晴、天蓝、何其芳、光未然、纳·赛音朝克图、鲁藜、严辰、田间、侯唯动、李雷等，特别像艾青、曹葆华、何其芳、田间等，知名度都很高，并有相当丰富的创作经验；另一些从 40 年代开始活跃起来的诗人，如阮章竞、方冰、戈壁舟、胡征、陈山、蔡其矫、魏巍（红杨树）、朱子奇、李季、贺敬之、张志民、李冰、骆文、厝岸、吕剑、铁衣甫江等。国统区来的诗人，活跃于二三十年代的就更多，如郭沫若、穆木天、冯雪峰、胡风、冯至、臧克家、苏金伞、李广田、力扬、高兰、卞之琳、辛笛、李白凤、徐迟、方敬、邹荻帆等。特别像郭沫若，是中国新诗的开拓者，冯至、臧克家、卞之琳等早就声誉甚高；另一些是 40

年代开始活跃起来的诗人，如亦门、陈敬容、曹辛之（杭约赫）、莫洛、穆旦、杜运燮、唐祈、唐湜、彭燕郊、青勃、炼虹、吴兴华、绿原、曾卓、玉杲、吕亮耕、牛汉、罗洛、田地等。除了这两路诗人，还有一路诗人是在建国后正式进入诗坛的。这支队伍包括两类人员：一类是从解放区或根据地战斗过来、接受了人民大解放的时代感召拿起笔来写诗的，如郭小川、闻捷、魏钢焰、雁翼、丁芒、巴·布林贝赫、韩笑、岑琦、胡昭等，他们在这以前有过偶尔写诗的经历，又有着新中国来之不易的切身感受，因此一出手就写得颇成熟；另一类建国前是国统区的青年，在反对专制政权、追求民主自由中经历过这样那样的社会斗争，有的也曾经写过一些诗，建国后参加部队或其他革命工作，以单纯的浪漫情怀感受着新生祖国的光明美好，也不自禁地歌唱开了，如公刘、白桦、李瑛、流沙河、邵燕祥、傅仇、汪承栋、饶阶巴桑等。这三路诗人在诗坛的大汇合从一开始起就显示了复杂性。前两路诗人都存在面对社会转型期如何改变旧腔换新腔的问题：解放区来的诗人有诗歌为政治现实服务的意识，要他们从习惯于抒写战争年代转为歌唱新中国的美好则需要一个生活熟悉的过程；国统区来的诗人有诗歌为民主自由歌唱的意识，要他们从暴露社会黑暗转为赞美新世界的光明，也需要一个情感积累的过程。但对新生祖国殷切的期望使这两路诗人都有一种尽可能唱赞歌的积极性。至于建国后成长起来的那批诗人，思想情感上旧的积习要少得多，因此他们中的极大多数总是怀着“迎接美好生活中的又一个早晨”这一主体意识去歌唱的。诚如艾青在评价公刘的诗时所说的那样：这些新人发出了“通身都是健康的一种新的歌唱”。就这样，在共和国最初年月里诗坛终于形成了一个统一格局：从主观意愿出发，同声歌唱新中国。

有了统一格局的新中国初期诗坛，由于在创作内容与艺术风格的多样化方面还未受到过多教条主义干涉，也就有可能让规模不一的流派、诗群存在或继续存在。

先看建国以前就形成的七月诗派与九叶诗派。七月诗派形成于40年代国统区。建国初期，该派成员大多还活跃于诗坛。胡风出版有大型组诗集《欢乐颂》《安魂颂》《光荣颂》及长篇抒情诗《为了朝鲜，为了人类》，鲁藜有诗集《星的歌》《时间的歌》《红旗手》，邹荻帆有诗集《总攻击令》《走向北方》，绿原有诗集《从一九四九年算起》，牛汉有诗集《彩色的生活》《祖国》《在祖国的面前》《爱与歌》，罗洛有长篇抒情诗《春天来了》，胡征有长篇叙事诗《七月的战争》《大进军》《主席台》，芦甸有诗集《我们是幸福的》，徐放有长篇叙事诗《野狼湾》等。九叶诗派形成于40年代中后期。建国初期该派一度沉默，不过其中的辛笛、陈敬容、唐湜、唐祈等在诗坛还相当活跃。50年代中期“双百”方针提出后，他们重新振作起来，以流派固有的风格来写诗。1957年《诗刊》第5期上发表了穆旦的《葬歌》和杜运燮的《解冻》，透露出他们欲重振流派雄风的信息。

军旅诗群是这阶段诗坛一道新的风景线。该诗群以边疆战士为主，成员包括守卫在云南边境线上的公刘、白桦，守卫在青藏高原的顾工、周良沛、高平、杨星火、梁上泉、汪承栋，还有游弋在南海的李瑛、韩笑、纪鹏、张永枚，战斗在朝鲜的未央、胡昭等，这些背枪的诗人写的是守卫国境、建设边疆生活的诗。短短几年里，公刘发表了三个著名组诗《佧佤山组诗》《西双版纳组诗》《西盟的早晨》，还有诗集《边地短歌》《神圣的岗位》《黎明的城》《在北方》；白桦有诗集《金沙江的怀念》《热芭人的歌》和长篇叙事诗《群鹰》《孔雀》；高平有诗集《珠穆朗玛》《拉萨的黎明》《大雪纷飞》；李瑛有诗集《野战诗集》《天安门上的红灯》《早晨》《寄自海防前线的诗》《花的原野》《红柳集》《静静的哨所》等；韩笑有《南海花园》《战士和孩子》《绿色的边疆》等；胡昭有《光荣的星云》《草原夜歌》《小白桦树》等；未央有诗集《祖国，我回来了》，长篇叙事诗《杨季珍》等。

一批社会主义大建设歌唱者组成了建设战线诗群。这个诗群最初的成员是来自解放区的严辰、阮章竞、李季，他们于50年代初就自觉地到建设基地扎根。严辰去了东北矿山和北大荒，有诗集《最好的玫瑰》《繁星集》《红岸》《青青的林子》《红霞集》《山丹集》等；阮章竞去了白云鄂博钢铁基地，有诗集《虹霓集》《勘察者之歌》和长篇叙事诗《白云鄂博交响诗》等；李季去了玉门油矿，有诗集《玉门诗抄》《致以石油工人的敬礼》《玉门诗抄二集》《心爱的柴达木》和长篇叙事诗《生活之歌》《杨高传》等。受了他们的影响，雁翼深入青藏高原宝成铁路工地，有诗集《大巴山的早晨》《在云彩上面》等；傅仇深入岷山林区，有诗集《森林之歌》《伐木者》《伐木声声》等；邵燕祥参加了边疆拓荒队，有著名的短诗《走敦煌》《到远方去》，还有诗集《到远方去》《给同志们》等；严阵深入到淮河工地，有诗集《淮河边上的姑娘》《乡村之歌》《春啊，春啊，播种的时候》等。

这阶段诗坛还出现了一个行吟诗群。该诗群的成员或漫游北国南疆，遍访民族历史遗迹，或出访欧亚拉美，阅尽人类世纪风云，为祖国的现实与世界的前景作歌唱。艾青、徐迟、田间、蔡其矫、闻捷、戈壁舟、方纪、丁芒、孙静轩等都可归属这个诗群。艾青行吟在祖国各地的著名诗篇有《双尖山》《西湖》《长城》《鸽哨》等，行吟在世界各地的著名诗篇有《西伯利亚》《维也纳》《大西洋》和组诗《南美洲的旅行》等，还出版有诗集《宝石的红星》《春天》《海岬上》；田间更踏遍祖国，走向世界，处处行吟，这阶段有诗集《马头琴歌集》《芒市见闻》《非洲游记》等；蔡其矫有著名的诗篇《川江号子》《雾中汉水》《南曲》《红豆》《榕树》《船家女儿》等，诗集有《回声集》《回声续集》《涛声集》；闻捷更活跃，行吟之声遍布漠原、海港、长江源头、革命老区，有著名组诗《吐鲁番情歌》《博斯腾湖畔》《果子沟山谣》等，诗集《天山牧歌》，还有走出国境行吟的诗集《花环》（访问巴基斯坦诗草，与袁鹰合作），更有长篇叙事诗《复仇的火焰》等；吕剑有《诗歌初集》；戈壁舟有抒情诗集《登临集》，长篇叙事诗《三弦战士》《把路修上天》《青松翠竹》和诗剧《山歌传》；丁芒有诗集《欢乐的阳光》；孙静轩有诗集《海洋抒情诗》，等等。

这阶段存在时间最长、影响最广泛的是政治抒情诗群。这是一支直接对政治现实作抒唱因而意义特殊的诗歌队伍，开始时成员有石方禹、贺敬之、郭小川。他们对社会主义所作的赞美从政治现实切入，对年轻人作共产主义道德宣谕则从革命理想切入。这是一个绝对信奉主流意识话语而抒情的诗群。石方禹的长篇抒情诗《和平的最强音》，贺敬之的长篇抒情诗《放声歌唱》和郭小川的组诗《致青年公民》都有广泛的社会反响。贺敬之还有长篇抒情诗《东风万里》《十年颂歌》及诗集《放歌集》；郭小川也还有抒情长诗《望星空》《雪兆丰年》及诗集《投入火热的斗争》和叙事诗集《雪与山谷》《将军三部曲》等。1962 年以后，“千万不要忘记阶级斗争”的口号提出使得贺敬之与郭小川更全力投入政治抒情诗写作。这时贺敬之有长篇叙事诗《雷锋之歌》和抒情诗《西去列车的窗口》等，郭小川有《祝酒歌》《甘蔗林——青纱帐》《青纱帐——甘蔗林》《乡村大道》《厦门风姿》《昆仑行》等抒情长诗。

1949年到1957年，相对而言是个新诗繁荣发展期。新中国诞生不久，单纯而善良的中国人民久乱思安，因此社会生活中普遍弥漫着一股对民族前程充满乐观信念的理想主义情调，与之相应合的是诗坛也让浪漫主义占了上风。即使是从来被大力提倡的现实主义，也在向浪漫主义靠拢；至于被排斥的现代主义，则靠浪漫主义的外在装饰而获得生存的可能。这阶段的浪漫主义创作显示为主体在现实的规范里作梦幻式的抒情。“七月诗派”的诗人们是较早作这种追求的。胡风在共和国成立不久，就连续发表了以《时间开始了》为总题的特大组诗，“他怀着对中国共产党和社会主义祖国的纯真情愫，抒写了一曲充满感激和幸福的赞歌，感情的灼热，几乎达到可以燃烧的程度”。天蓝的《中华人民共和国像太阳般升起》，绿原的《雪》《快乐的火焰》，牛汉的《我赞美北京的西郊》等也都有这种浪漫特色。另有一些原是从“七月诗派”起步后来投身革命队伍而有超越该派倾向的诗人，如田间，出版有诗集《马头琴歌集》，是他这期间写得比较好的作品，字里行间渗透着一股昂扬、亢奋的时代精神气概。这阶段的现实主义总体看给人以“应该是这样”的写实特征。诗人们在一个个生活画面中扩展了现实主义的抒情范围，显现出对生活现实前瞻性的把握和对社会人生梦幻式的描绘。傅仇的《告别林场》把生活现实和一个世纪以后“建设共产主义高楼”这一悠远的生活遐想联系起来感受，理想主义色彩浓郁；雁翼的《在云彩上面》甚至把艰苦创业表现成美的享受。白桦的《马蹄声》采用意象叠加的策略，把诗写成了一个蒙太奇大特写镜头：在巡逻兵彻夜奔跑的马蹄声中，展示出一个个和平安宁、充满温爱的人民生活情景，有一种现实中的梦幻和梦幻中的现实双向交流特色。公刘在《我穿过勐罕草原》一诗中，抒唱一个边防战士巡逻在这一片已让新生活的阳光朗照着的土地时的心情：“每踩一踩这块土地／就能感觉到音乐，／感觉到辉煌的太阳，／感觉到生命的呐喊。”这是对梦幻般的社会人生怀有典型真实心境的表现。对现实主义作“应该是这样”的生活表现、且表现得比较充分的，是一批行吟诗人。至于政治抒情诗群中石方禹的《和平的最强音》，贺敬之的《放声歌唱》，也显示出这一类特征。这一阶段的现代主义虽然不可能公开出现，但颇有人通过对生活作奇异神秘的浪漫抒情，潜在而又曲折地显示着现代主义把握与表现世界的一些基本特征，包括物我关系、时空观念、感觉方式、运思路子、传达策略等。艾青为祝贺诗人、和平战士聂鲁达五十寿辰，在聂鲁达的海滨别墅写了《智利的海峡》。从表层看，该诗抒发了一批和平战士迎着莫测的时代风云向世纪新港出发的精神，从中显示出人类前程必然光明的浪漫情怀；但在深层处，却以“房子在地球上／而地球在房子中”这样一场大空间与小空间相交叠的幻觉表现，把主体内宇宙中多姿多彩、时隐时显的意识流程神幻灵异地表现了出来，让全诗在高亢的浪漫情思中折射出一股开阔的、探求人类命运的壮志豪情和神秘的、献身于人类生命永恒事业的象征意蕴，颇有超现实型的现代主义特色。公刘的《风在荒原上游荡》《在工厂里旧梦重温》从现象上看是对社会主义大建设时代美景作奇特的浪漫主义抒情，但无论是荒原上的“风”或者工厂里正在制造的橡胶轮胎，都成了公刘灵视的对象，从而完成了一场超时空经验的生命转化，所以它们实在是社会人生关怀与新浪漫抒情的结合。九叶诗派的穆旦、杜运燮，在“百花齐放”的高潮中重新以知性现代主义的风格来表现新时代。杜运燮的《雪》以意识流的方式来表现从“冷”向“热”、从“空灵”向“充实”、从“寂静”向“喧哗”的转化，意味着主体的内宇宙被一股炽热的、跃动的、充满生机的潜在生命意绪占有着，这其实是主体拿自己从直觉感应生活中所获得的一批意象来对新时代作象征性赞美。穆旦这时发表的《葬歌》，是以灵视的目光去感知一个知识分子在迎来新人新世界后必须改造灵魂的新浪漫诗篇。

值得指出的是建国初期这三路诗人基于同声歌唱新中国而形成的统一局面，虽然营造出了一个赞歌时代，却并未能给这个表面看很统一的诗坛带来诗人们的团结。究其原因，实际上出于同声歌唱新中国后面潜隐着那个诗歌要为政治服务的极“左”文艺方针。正是这一方针代表主流意识话语对诗坛的控制，以致使三路诗人在中国社会历史性大转折中容不得考虑如何调整好自己的创作就匆匆作理性转向，来唱他们意念多于体验的时代赞歌。来自解放区的诗人，对诗歌要为政治现实作宣传的认识是自觉的；来自国统区的诗人，对诗歌要为政治运动造声势的态度是主动的；建国后进入诗坛的诗人，大都心头没有历史的因袭负担，因此在关注现实生活的政治化表现和中央声音的快速配合方面上显出极其单纯的领会。这种种导致诗人们出现了两类创作模式：一类是李季模式，在追求构思机巧中作政治意念的生活演绎。这在李季的那些曾名噪一时的“石油诗”——如《师徒夜话》《客店问答》中有典型的呈现；另一类是臧克家模式，以矫情直白来作分行的政治表态，诚如徐迟在《初读长诗〈李大钊〉》中对臧克家所称颂的：“每有重大的政治事件发生时，他总是最初的几个以高亢的激情发出歌唱的诗人中间的一个……在每一次政治运动中总有他的声音。”因此，三路诗人虽汇聚成同唱赞歌的局面，却很难按自己的声音来唱；若稍有偏离政治轨道，和上述两大创作模式不一致，就会被目为异端，以致互相作着这样那样的指责、批判。何其芳在《人民文学》1959年第10期上发表了《回答》一诗，倾诉自己要为新中国新时代歌唱的心声，却受到严厉的指责：“这首诗在情绪上不够健康，和时代精神不够协调”；“作者在自己的回答里流露着一种怎样无可奈何的忧郁的情绪”；“何其芳同志的这首诗，使我再一次深刻体会到：当一个诗人只是在个人的狭窄的感情圈子里拍打着翅膀，他产生出来的诗篇就注定了一定要失败”。艾青在《人民文学》1955年第9期上发表了《双尖山》，以真挚的情感抒发了对家乡的怀念，赞美了新中国农村日新月异的面貌，却因以自己的声音来歌唱，也受到了责难：“这首诗的思想感情是陈旧的”；“思想感情不够健康，这是他的一个基本问题”；“艾青目前在创作上所存在的问题，主要还是思想感情的问题。他对新事物的感觉和心爱，没有他过去对旧社会的憎恨、对光明未来的追求那么强烈和敏感……”流沙河在《星星》1957年创刊号上发表的《草木篇》，是一组有所寄托的咏物诗，由于它触及时弊，违反了主流意识话语，很快就遭到了批判：“《草木篇》充满了敌视集体，深刻地仇恨我们社会的情绪”；“《草木篇》中所宣扬的反人民、反集体主义的思想，在今天的社会里，谁最欢迎呢？是暗藏的敌人和已被消灭阶级中的心怀不满分子……”；“这样的作品说它是反社会主义的作品有什么不合适的地方呢？‘帽子’和‘头’岂不是很相称的吗？”这已不是诗歌文本批评、创作方向批判，而是政治罪行宣判。

令人遗憾的是这种指责与批评并非个别现象，而是在不断扩大和发展中，以致一步步从创作问题升级为政治问题，于是出现了1955年的胡风事件和1957年的反右派运动，上述三路诗人汇聚后形成的六大群体中颇有些人因此而遭遇了灭顶之灾。1955年胡风事件牵连到“七月”诗派，几乎全军覆没。刚刚在百花齐放中略作亮相的“九叶”诗派，在1957年的反右派中，也受到批判，穆旦因发表了《葬歌》一诗而被定为“是资产阶级个人主义的颂歌”，“实际上起着一种麻醉他自己又麻醉别人一种坏作用”。于是，他和杭约赫、唐祈、唐湜打成右派中断了创作，该派也很快隐失。至于其他几股创作势力，除政治抒情诗群，也大都难逃反右派、反右倾中的厄运。行吟诗群中有艾青、蔡其矫、丁芒、孙静轩，军旅诗群中有公刘、白桦、胡昭、高平、周良沛，建设战线诗群中有邵燕祥，都在政治厄运中中断了创作，群体也就解散。政治抒情诗群中的郭小川原本总处在批判者的地位，却也因《白雪的赞歌》《深深的山谷》《望星空》等诗受到严厉批评，但从总体说，该诗群成员始终能按主流意识话语歌唱而免遭生存厄运。不过，1958年掀起的那一场新民歌运动，对诗坛、特别是对这个诗群的负面影响不小。新民歌运动是应和大跃进中的浮夸风而出现的，初出现的新民歌是健康、活泼、洋溢着浓郁的劳动生活气息的，值得肯定，但当作为运动来提倡后，这一诗品种有两点不良倾向就严重起来：一是为配合政策宣传作夸张性印证；二是把如实生活抽象化作虚幻性想象。这两点倾向使创作主体与生活实感发生了游离，给诗坛，尤其是习惯于印证主流意识话语的政治抒情诗群带来不允忽视的影响，加速政治抒情在图解政治现实中的大滑坡，也助长了诗坛脱离生活实感的公式化、概念化风气。至于几近涣散的其余几个诗群，为生存下去也纷纷向政治抒情诗群靠。

当然，在1966年以前，诗坛也还出了一些尚好的作品。值得一提的是叙事诗创作获得了大丰收，十几年里出版了艾青的《黑鳗》，闻捷的《复仇的火焰》，李季的《菊花石》《杨高传》，田间的《龙门》《丽江行》《佧佤人》，郭小川的《将军三部曲》《白雪的赞歌》《深深的山谷》，阮章竞的《金色的海螺》《白云鄂博交响诗》，玉杲的《方采英的爱情》，岑琦的《向导》，乔林的《白兰花》，王致远的《胡桃坡》，王群生的《群鹰》，戈壁舟的《青松翠竹》，梁上泉的《红云崖》，马萧萧的《石牌坊的传说》，高缨的《丁佑君》《三峡灯火》等。作为解放大西北的史诗，三部曲的《复仇的火焰》虽只出版了前两部，《动荡的年代》和《叛乱的草原》，但它们宏大的气魄、深广的社会涵盖面，政治事件与地域风情、人性冲突高度有机的交融以及圆熟的表现技巧和格律形式等，都表明这是20世纪中国现代叙事诗的顶峰之作。至于这期间的抒情诗，也有一些质量尚好，如闻捷、袁鹰合作的《花环》，张志民的诗集《西行剪影》，戈壁舟的诗集《登临集》等，都风格清新、意境深远，重视新格律体、自由格律体的形式探求。这些诗人在继承民族诗艺传统、抒唱时代美景上作出了贡献。但总体而言，这期间，特别是1962年“千万不要忘记阶级斗争”这句政治口号提出后，那几个具有独特抒情对象和艺术风格的诗群中尚活跃于诗坛的诗人也转向去写政治抒情之作了，如田间以长篇叙事诗《赶车传》，李季以诗集《我们插遍红旗》《第一声春雷》，闻捷以《祖国，光辉的十月》，张志民以《擂台》宣告向政治抒情靠，而政治抒情诗群图解政治现实的诗风更膨胀起来，以致造成政治抒情这股创作势力发生了变异。至于诗坛，创作生机也在主流意识话语的干扰下萎缩下去，结果出现了如下一些令人深思的问题：

（一）脱离生活实际，肆意狂想，把创作引向无稽之谈的境地。受大跃进新民歌的抒情浮夸风影响所致，出现了像丁力的《六颗“卫星”》、高铁炉的《丰收谣》这样的浪漫狂想诗。由于无视于生产力是推动社会发展的根本动力，这些作品中群体“自我扩张”的豪迈精神反映了人对自身认识的半蒙昧状态和脱离生活实际的讲大话特色。

（二）从忠于时代假象演变成心造幻影。一些诗人面对违背历史发展基本规律的社会现象缺乏清醒认识，一味盲目自信，还据此而调动畅想力，展开虚幻的构想，由此完成的作品不论主体吹入多少热气，也只能是背离生活真实的一场闹剧。田间所作长达七部、近一万八千行的叙事长诗《赶车传》就是这一创作现象的集中反映，其小生产者意识的构思与粗制滥造的作风，给诗坛带来的负面效应不小。

（三）无视社会实际，掩盖生活真相，把创作引向粉饰现实的境地。在60年代初三年困难时期，面对“三春饿殍”的现实，严阵竟然写出一本《江南曲》，一反自己以往创作中制造时代神话的狂热奋进的浪漫高歌，去唱社会宁静和谐、生活安适满足的田园牧歌，这如果不是逃避现实，那就是粉饰现实；不认为是粉饰现实，那就是逃避现实。

（四）“千万不要忘记阶级斗争”这句口号一提出，斗争哲学得到张扬，因此1962年以后的诗坛火药味很足，气势凌厉，把阶级斗争浪漫化，把浪漫化的阶级斗争抒情引向人为的激昂慷慨。如严阵的《竹矛》、张志民的《擂台》、陆棨的《重返杨柳村》。这一批向政治抒情诗群靠的诗人尚且如此，本是政治抒情诗群中人的郭小川写的《战台风》《青松歌》和贺敬之写的《雷锋之歌》中，出现阶级斗争虚幻性、浪漫化、矫揉造作的倾向，那更是顺理成章的事。

以上种种问题的出现，只能归结于诗歌必须为政治现实服务这一极“左”文艺方针极端化的推行。在“千万不要忘记阶级斗争”这个口号的号召下，各诗群都在强化斗争哲学，积极向政治抒情诗群靠。至于政治抒情诗群自身，则已和建国初期贺敬之、郭小川等的政治抒情诗所遵循的审美追求有了更多的差异，可以说它在文学极端意识形态化的语境中，已从一般的变化转为某种意义上的异化。

二、郭小川

这一时期中国新诗的代表人物是郭小川。

郭小川（1919—1976），原名郭恩大，出生于河北丰宁一个教师家庭。中学读书时就积极参加救亡运动。抗战爆发后，他奔赴延安，途中参加八路军，战斗在晋察冀边区，并开始在《文艺阵地》《诗创作》《大公报》《大美报》等报刊上发表《滹沱河上的儿童团员》《疯妇人》《牧羊人的小唱》《骆驼商人挽歌》《热河曲》等诗。

1941 年至 1945 年在延安马列学院学习，列席延安文艺座谈会。1945 年后曾任丰宁县县长。这些年他继续业余写诗，在《新诗歌》、延安《解放日报》等报刊上发表《晨歌》《老雇工》等作。建国后在中南地区新闻和宣传部门工作，出版诗集《平原老人》(1950 年)，并与陈笑雨、张铁夫合作，用“马铁丁”笔名写了不少“思想杂谈”的杂文，产生过较大社会反响。1954 年调任中国作家协会党组副书记，作协书记处书记兼秘书长，正式走上专业文学工作之路，并致力于写政治抒情诗。1960 年至 1965 年任《人民日报》特约记者，深入钢都、煤城、农村、林区，采访行吟。“文革”期间受到冲击，并在湖北威宁五七干校劳动。1976 年“四人帮”打倒后不久，不幸去世。

作为诗人，郭小川建国以后方正式进入诗坛。他在新中国的二十七年间写的诗基本上都是围绕一个政治命题展开抒情的，这使他同贺敬之一样成了这一时期诗坛政治抒情的倡导者和政治抒情诗群的主要代表，就政治命题的侧重点不同，郭小川的政治抒情诗创作可分为三个阶段：政治理想鼓动阶段、革命人生讴歌阶段和阶级斗争张扬阶段。

1955 年至 1956 年是郭小川诗歌创作的政治理想鼓动阶段。这两年间，他“以一个宣传鼓动员的身份”，写下了一批以《致青年公民》为总题的楼梯式诗，包括《投入火热的斗争》《沿着社会主义的轨道飞奔》《向困难进军》《把家乡建成天堂》《在社会主义高潮中》《让生活更美好吧》《人民万岁》《闪烁吧，青春的火光》等，这些诗建基于斗争哲学这一“政治现实策略”，召唤年轻一代为社会主义事业而赴汤蹈火，奉献青春生命。在《投入火热的斗争》中他召唤“青年公民”“投入火热的斗争”，并向他们宣谕：“斗争／这就是／生命，／这就是／最富有的／人生。”在《向困难进军》中他又鼓动“青年公民”：“让我们／以百倍的勇气和毅力／向困难进军，／不仅用言词／而且用行动／说明我们是真正的公民！／在我们的祖国中／困难减一分／幸福就增长几寸，／困难的背后／伟大的社会主义世界／正向我们飞奔。”字里行间贯穿着一条为实现政治理想而奋斗的基线。这些诗是刚获得解放的一代中国人强烈的社会使命感和豪迈的民族气概集中的体现。郭小川后来说它们只是“一行行政治性的句子”，“简直就像抗战时期在乡村的土墙上书写动员标语一样”，自己并不满意，但当年它们对年轻一代人政治理想的鼓动作用是大的，发生的社会影响也是深远的。

郭小川政治抒情诗写作在1957年至1959年间进入了革命人生讴歌阶段。这是郭小川一生创作中最复杂也最值得珍视的时期。抒情长诗《致大海》和叙事长诗《白雪的赞歌》《深深的山谷》都是围绕革命人生这个政治命题展开的。《致大海》坦陈了个我为融入群我境界而经历的内心搏斗，却也隐现出对革命人生中自我价值的肯定。“大海”是革命群体的象征，个人有限的生命只有投入“大海”——革命群体无限的历史潮流中去，才能获得与历史相融的灿烂的人生：“我要像海燕那样／吸取你身上的乳汁／去哺养那比海更深广的苍穹；／我要像朝霞那样／去你的怀抱中沐浴；／而又以自己的血液／把海水染得通红。”这是对投身革命群体、融入时代洪流的战士的真挚讴歌。所以《致大海》是在一定程度上散发出个性主义气息的浪漫文本。《白雪的赞歌》和《深深的山谷》则表现了个我为追求群我理想而经受的革命考验，却也透视着对战斗生涯中人性意绪的肯定。尤其是《白雪的赞歌》，通过对战争年代爱情生活的描写，展示了革命者的情感世界、精神操守：革命者的感情生活“不仅要像雪那样洁白／而且要像雪那样丰富又多彩”！“我们只能用我们的战斗生活，／为这多彩的白雪高唱赞歌”。这是对投身革命理想经受灵魂严酷考验的战士人格、情操的颂唱。所以这样的叙事诗是一个闪烁着人性光辉的现实主义文本。但是，这首诗在1957年底发表后很快就受到批评。批评集中在长诗对女主人公于植的形象塑造上：“于植不仅是一个不坚定的革命者，简直是有着一颗异常脆弱灵魂的小资产阶级知识分子”；“她的人格分裂了。作者想把她塑成一个令人景慕的典型人物，实际上却叫她自己的行为破坏了自己的形象”；“读者还能相信于植是一个‘经过考验的’党员吗？我们很遗憾，这样不健康的歌声竟会出于号召青年‘投入火热的斗争’、‘向困难进军’的郭小川同志之手。”《将军三部曲》塑造了一位富有人性光辉的人民解放军高级将领的形象，《三部曲》之一的《月下》更是动人地表现了阶级大搏斗前夕我军一位高级将领以心灵深处的宇宙感应观照大动荡、大分化、大抗争的社会现象，从而使他从更高的认识意义上去把握这场战争必胜，从某种意义上说这个《三部曲》是抹着一层新浪漫色泽的。由此可见这第二阶段革命人生的讴歌之作体现着郭小川具有一种整合三大创作诗潮的特色，而这尤其显示在抒情长诗《望星空》中。就这首诗的外在现象而言，是对建国十年伟大成就的热情赞美，郭小川的抒情逻辑的前提是人及其创造性存在在宇宙时空中是既渺小又短暂的，接着他将人民大会堂灿烂的灯火作为共和国十年伟大成就的象征来反证：中国人民创造性建设事业远比星空要辉煌，并以此来进一步赞美巍然矗立于人类史册的新生祖国，正以扭转乾坤之势面向未来、征服宇宙。所以在政治权威话语遥控下的《望星空》既显出了对现实社会风貌的客观描绘，也显出了对宇宙生态的灵性感悟，更显出了新生民族革命人生的浪漫豪情。全诗到第四节进入抒情高潮："我和我的同志一样，／决不会在红灯绿酒之前，／神魂飘荡。／我们要在地球与星空之间／修建一条走廊，／把大地上的楼台殿阁，／移往辽阔的天堂。／我们要在无限的高空，／架起一座桥梁，／把人间的山珍海味／送往迢遥的上苍。"这是对革命人生最高的讴歌，而《望星空》也成了郭小川的政治抒情诗的最高成就，因为它大大拓展了这一诗歌品种的抒情视野。

令人遗憾的是郭小川仍因《望星空》一诗遭到更严厉的批评："《望星空》宣扬了'人生渺小、宇宙永恒'的意思，这完全不是马克思主义的宇宙观，而是一种资产阶级、小资产阶级的虚无主义"；"那调子是多么低沉，多么悲观绝望"；是"诗人走向了绝望的呻吟"；"正是在举国欢腾的日子，人民热烈庆祝我们革命事业的光辉成就"，"而郭小川同志却写出了这样极端荒谬的诗句，这是政治性的错误，令人不能容忍的"。这使郭小川不能不产生短期的迷惘，搁笔一年后方写了一批反映工业战线生活的诗，却并不怎么有特色。但他"投入火热的斗争"的政治激情并没有丧失，所以当 1962 年"千万不要忘记阶级斗争"的口号提出后，他一向怀有"向困难进军"的斗争哲学这次以更激越、锐利的阶级斗争意绪体现出来，这使他重又走上那条阐释政治命题、避开个性、人性、宇宙人生抒情的路子，且比第一阶段更看重政治命题的诗性阐释，从而开始了他张扬阶级斗争的政治抒情诗创作。就在

1962 年，他以《甘蔗林——青纱帐》一诗，向自己也向他的同时代人发出“唤回自己的战斗的青春”的号召，拉开了新诗战歌时代的序幕。从这首诗的抒情思路看，革命战争时代的生活体验不再以历史回顾的方式出现，在他的诗里，而是作为一种精神的传统，贯彻在他对现实生活的描绘、对时代情绪的把握中。这一年他还写出《青纱帐——甘蔗林》《秋歌》《刻在北大荒的土地上》《祝酒歌》《青松歌》。1963 年以后又写了《大海浩歌》《战台风》《西出阳关》《雪满天山路》《在大沙漠中间》《春歌》《昆仑行》等，无不体现着这一抒情思路。从而使他全面进入张扬阶级斗争的战歌时代政治抒情诗创作。这些诗有两个抒情方向：其一是新中国时刻都会有阶级斗争的风风雨雨，而我们时时刻刻都得准备着投入战斗。在《秋歌——之一》中他说：“战斗的途程呵，绵延不绝”，“只有战斗的红旗永不倒”；《秋歌——之二》中说：“看呀看，天高，云淡，大雁南旋，／我们的国土上，哪里都有战斗的风帆！”《秋日谈心》中他让战友“老刘”说：“不，生活里还会有风狂雨骤！”在《昆仑行》中他说：“在我们的大地上，／除非没有人烟——／有人烟的地方，／就有革命的波澜。”其二是每一个人时刻都要提高警惕，坚守岗位，发扬革命传统，保持战士本色。在《战台风》中，他高唱：“战！战！战！／顷刻之间起烽烟／……朝阳般的红旗／抖擞精神飘展在高山巅！”这些张扬阶级斗争的战歌创作，作为受制于特定年代主流话语所倡导的政治浪漫的体现，其虚夸、矫情是难以避免的。

郭小川是诗歌事业积极的探求者，懂得内容与形式的辩证关系。在《月下集・权当序言》中他曾说：“在形式上，我们要提倡的是民族化和群众化……我在努力尝试各种体裁，这就可以证明我不想拘泥于一种，也不想为体裁而体裁。民歌体、新格律体、自由体、半自由体以及其他各种体，只要有助诗的民族化和群众化，又有什么可怕呢？”的确，郭小川在诗体建设上是有一定贡献的。在《投入火热的斗争》等“致青年公民”的诗中他采用楼梯式，在《将军三部曲》中采用散曲体，在《厦门风姿》等中采用辞赋体，在《白雪的赞歌》等中采用半格律体，《致大海》等中采用自由体，在《海岸哨兵》等歌词中采用宋词节奏的自由格律体，《秋歌》等采用信天游民歌的变体，等等。这种探求形成了他颇为独特的“郭小川体”。“郭小川体”的节奏表现也因诗体的多样而多姿多彩，或急促明快，或雄浑强劲，或沉着舒徐，或宣谕腔，或吟咏调，或节奏整饬均齐，或旋律大起大伏。特别值得一提的是组行成节或组节成篇（章）中，他还充分运用了民歌中的复沓回环手法，诗节中各诗行相交、相随的对称，诗篇（章）中各诗节相交、相随的对称，使全诗节奏在复沓回环中层层递进，完成一唱三叹的诗情表现。值得指出，这种策略用于政治命题的诗性阐释中比较有利，因为复沓回环、一唱三叹对于阐释政治命题加深理性印象效果特别好。但令人遗憾的是，他越到后来越沉迷于形式上的排比对偶、复沓回环、铺叙演绎，以致出现“以‘形式’的雕琢来挽救‘内容’的欠缺的趋向”。而这种由郭小川所倡导的“战歌”艺术风尚，也大大影响了诗坛，被看成“战歌体”风行诗坛。严阵的诗集《竹矛》、沙白的抒情长诗《大江东去》，都是在仿效这种“战歌体”。

郭小川在诗坛开创的这个“战歌时代”，在西方和苏联同时对我国施加种种压力、国内又正当“三年困难时期”的60年代前期出现，对于配合中国共产党中央的深层意图：号召全国人民团结一心、鼓舞斗志、共渡难关，无疑具有特定意义。但由当年独领风骚的郭小川引领出来的这股诗风，其影响之所及给诗坛带来的负效应也不可忽视。这并非空穴来风，在“文革”以后很快就得到了应验。“文革”本身是“千万不要忘记阶级斗争”这个口号更全面深入的体现。唯其如此，才使“文革”诗坛承续郭小川所开创的“战歌”诗风也成了顺理成章的事。当1972年前后，诗坛有了“显在诗歌”写作活动后，仿效这类战歌写作就最为突出，最显时髦。当然，60年代的“战歌”和“文革”时期的帮派“战歌”在为具体的政治现实服务上是不可同日而语的，不过在表现斗争精神的艺术思路和阐释政治命题的夸饰方式上，却有明显的一致性。帮派“战歌”十分需要郭小川这样的声音，只要愿意，他完全可以熟练地把那套用诗性包装的权威话语使用起来，相当方便地进入“文革”“显在诗歌”写作行列。1971年至1973年之间郭小川写过《万里长江横渡》这样的抒情长诗，极尽“文革”政治术语爆炸之能事。这就进一步表明他开创的战歌在某种意义上导致的新诗异化趋势颇具危险性，使得一批帮派诗人轻而易举地接过去，又得心应手地去为帮派集团“打着红旗反红旗”。亏得那时郭小川和贺敬之等已都被帮派文坛视为异类，受到靠边待遇，幸免于被利用，这种种都是郭小川始料未及的，虽不免尴尬，却也值得庆幸。不过也必须看到郭小川当年那场狂热的“战歌”追求对自身而言，原是他战士本色的承续。唯其如此，才使他面对“文革”期间面对林江反革命集团倒行逆施现象，也能大义凛然，站在当时权威话语的对立面，作另一意义上的战歌式政治抒情。在《团泊洼的秋天》中他高唱：“战士自有战士的性格：不怕污蔑，不怕恫吓，／一切无情的打击，只会使人腰杆挺直，青春焕发”；“战士的歌声，可以休止一时，却永远也不会沙哑；／战士的一生，只能是革命的作风，／一分钟也不能放下武器，过小日子，安安静静。／／战士的作风，只能是革命的作风，／一秒针也不能止步不前，模棱两可，消消停停。”“我知道，总有一天，我会化烟，烟气腾空；／但愿要像硝烟，火药味很浓，很浓。”在这些诗里，对革命尊严、战士情操、战斗精神的坚持，使郭小川重新和第二阶段探求个性主义、人性本位的抒情思路接上轨，并把此类创作推上了一个同政治命题阐释脱钩、只从主体真实感受出发的新层次。值得指出，这一场追求却为“文革”诗坛一批同样受压、被打入另册诗人的“潜在诗歌”写作开了先导。当然，郭小川的《团泊洼的秋天》也好，《秋歌》也好，虽对“四人帮”无视人格独立、人性尊严提出强烈抗议，显出反叛激情，但又始终跳不出60年代以来形成的“千万不要忘记阶级斗争”诗境。譬如下面这些诗句：“面对大好形势，一片光明，而不放声歌唱；／这样的人，哪怕有一万个，也少于零。／／眼见‘修正’谬种，鬼蜮横行，而不奋力抗争；／这样的人，即使有五千个，也尽饭桶。／／磨快刀刃吧，要向修正主义的营垒勇敢冲锋；／跟上工农兵的队伍吧，用金笔剥开暗藏敌人的花色皮层。”可以说，被今天新诗研究界大力肯定的这两首郭小川的“潜在诗歌”，就存在着“文革”政治权威话语的爆炸。所以郭小川那时作为“潜在诗歌”的“先导”值得庆幸，却也难免使他有几分尴尬。

郭小川是一位充满才气的诗人，但他最终未尽其才，是一个历史悲剧。

三、“文革”期间诗歌

“文革”期间，诗坛有“显在诗歌”与“潜在诗歌”两类写作活动。“显在诗歌”写作指的是一批绝对配合“文革”主流话语且被帮派组织认可的诗人或写作组在公开的国家出版物上发表诗歌，歌颂文化大革命，粉饰“文革”期间社会生活的行为。这一类诗歌以“三突出”为指导思想，遵循“主题先行”原则，因此完全异化成政治斗争的工具，宣传“文革”的韵文。于是，政治意念的演绎替代了主体的真实感情、个性特征；结构、语象、手法千篇一律；丢弃了白话的鲜活、流畅、自然而去追求一种半文半白的语言传达，打破诉说体句式的统一格局而大量掺入旧诗词的句式，且烂用排比对偶、复沓回环，把新诗弄得不伦不类。若从把握诗歌世界和展示抒情策略看，这种“显在诗歌”可分两类：一类是政治命题的譬比性抒情，承袭从李季开始，60年代严阵、张志民等集大成的所谓抽象的具体写法，即抓住一个典型物象、事象作理性譬比联想进行机巧式构思，并生硬地和“路线斗争”“世界革命”联系起来，人为地拔高政治斗争主题。这期间，这种以小见大、从抽象到具体再到更大的抽象的构思艺术追求，以李瑛、严阵、刘章等为代表。这些诗人有深厚的生活感受基础，又有较成熟的个性风格，所以所写的诗虽然大多构思雷同、套话连篇，却也还有一些可读的，如李瑛“文革”期间出版的三部诗集《枣林村集》《红花满山》《边疆红似火》中，某些作品还能显示出生活气息和形象的鲜活。另一类是政治命题的阐释性抒情，直接承袭郭小川的战歌，或在一个宏大对象上作理性联想的演绎式构思，以矫作之态把同样宏大的“路线斗争”“世界革命”等一层层推延出来，以完成政治命题阐释，或把众多可以用作印证的物象按宏大的政治命题分门别类系统地串联成一体，一边虚夸地抒述一边矫情地阐释，在分析演绎中推延出一个可以隐射政治现实的战斗主题。这以张永枚、徐刚、李学鳌等为代表。徐刚写鲁迅，李学鳌写张思德等的叙事长诗，属于前者；张永枚的《西沙之战》、仇学宝等七人写作组的《锁链·铁锤》，属于后者。如果说前者属于印证，还有点人物、故事可看，那么后者完全靠夸饰、矫情来直白地阐释政治命题，更显空泛虚浮。比较而言，最有利于为“四人帮”篡党夺权造声势，且彻底显示出新诗异化倾向的，是后者。

《西沙之战》有一个轰轰烈烈的诞生过程：1974年3月15日《光明日报》从头版头条开始，以几个版面发表了它，接着《人民日报》及各省、市级报刊纷纷全文刊登。这个长篇“诗报告”是奉江青之命写的，在大力张扬革命斗争精神的文本后面隐伏着、欲大力宣扬的思想实际，以及“战歌”的形式，都十分迎合“四人帮”的政治路线以及他们提倡的创作原则。诗中写到“西沙之战”就要打响的前一刻这样表现了一番：“舰长的视线投向挂历／挂历上一幅壮丽的画卷：／飞渡的乱云、／从容的劲松、／无限的风光、／巍峨的庐山。”于是，这个指挥官斗志倍添：“呵！／军号声烈，／战鼓声酣，／《歌唱祖国》，／响彻云天！／挟昆仑／越南海／战士面前无困难！”在陈词套语、夸饰矫情中，隐射着“西沙之战”取得胜利的力量源泉来自江青。因此，被人誉之为“新诗学习革命样板戏的成功范例”。这种以隐喻形式美化江青的追求，再一次证实郭小川倡导的“战歌”和“文革”期间的帮派“战歌”虽然都像是张扬革命斗争精神，实质上的确不是一回事。郭小川的战歌是出于世纪风云变幻中激发的“反帝反修”激情，在“千万不要忘记阶级斗争”语境中所作的一场真诚自觉的显示，而《西沙之战》这样的“战歌”则是在“四人帮”主要头目直接授意下像样板戏那样先搭起框架，根本目的就是为“四人帮”造政治声势服务，而不是发扬革命斗志，文本显示出来的虚浮、夸饰、矫作，已到无以复加地步。但这还不够。《锁链·铁锤》干脆就用尽滥调、套话作口号直呼。这首所谓的长诗出于“四人帮”一个上海余党为配合张春桥《论对资产阶级的全面专政》一文加紧篡党夺权、大造声势的动机而直接授意几个工人作者写成的。诗出笼后，这个“四人帮”上海余党称之为是“擦亮诗的眼睛”，“冲破束缚”，向“大人先生”们“发动排炮”的一场“壮举”，并在《学习与批判》上撰文，鼓吹这首诗以“铁锤”砸“锁链”来“表现一个具有深刻的现实意义的主题”。

于是文本中这样写“锁链”:“呵，锁链——／阶级压迫的象征，／斗争历史的证见，／延续千年／它启示我们：／不粉碎整个旧的上层建筑，／便不能／挺直弯了千年的腰杆；／不进行／长期、顽强、拼命、殊死的战争／便不能／全面最后推翻资产阶级的锁链。”又这样写“铁锤”:“炉火呵——／烧红云天；／锤声呵——／震撼河山。／无产阶级专政的理论呵；／指示亿万革命大军／磅礴向前！／挥舞无产阶级专政的铁锤，／砸得思想上的／——种种牢笼／挥舞无产阶级专政的铁锤！／摧毁／精神上的／——一切锁链”。这些当然和诗毫无关系，只是标语、口号、套话、假话。

这样的“显在诗歌”，宣告了这么一点：极端化地为政治服务，只能换来诗的异化。

但只要人性在，人的情感世界没有被摧毁，诗总还是要归来的。“文革”诗坛还有着“潜在诗歌”的写作。

“潜在诗歌”作为一种“文革”诗坛秘密的写作现象，和上述那批紧跟“文革”主流话语的“显在诗歌”处在完全对立地位。这一个群体是分散化的，人员构成和美学追求也比较复杂。从总体看，“潜在诗歌”写作者大多属于历次政治运动中遭遇过挫折——尤其是“反右”“文革”中经受过迫害而靠边的诗人，他们在“不平则鸣”的冲动下拿起笔来，作不求发表的“地下”写作，以求得内心悲愤之情的排遣。从事这一种诗歌创作的有如下三类人：

（一）1940年代的诗人。这批“潜在诗歌”写作者有“七月”诗派的牛汉、绿原、曾卓，“九叶”诗派的穆旦、唐湜，行吟诗群的蔡其矫等。牛汉写有《鹰的诞生》《半棵树》(1972)、《车前草》《华南虎》《我去的那个地方》(1973)、《麂子》《蚯蚓》《冻结》《星夜遐想》(1974)、《羽毛》(1975)等表现倔强灵魂、抒述悲壮人生的诗。绿原写有《往往》《但切不要悲伤》(1968)、《谢谢你》《重读〈圣经〉——“牛棚”诗抄第n篇》《断念——听一位长者的告诫》《给一个没有舌头的人》(1970)、《信仰》(1971)、《陌生人歌》(1972)、《不是奇迹》(1976)等慨叹炎凉世态、吟味天地正气的诗。曾卓写有《风与火》《悬崖边的树》《无题》(1970)、《无言的歌》《感激》(1971)、《海的向往》(1973)、《我有两支歌》《生命》《黎明》(1975)等抒发幽婉情怀、申述高洁情操的诗。唐湜写有《夜中吟》《海陵王》(1967)、《泪瀑》(1969)、《幻美之旅》《默想》(1970)、《忘忧草》(1971)、《金色的幻想》(1973)、《魔童》《遐思：诗与美》(1975)等神游幻美世界、咏叹含泪生涯的诗。穆旦在1975—1976年间写了《苍蝇》《智慧之歌》《理智和感情》《城市的街心》《诗》等，感念生命律动，体悟变形世界的诗。蔡其矫写有《寂寞》(1967)、《新叶》《山雨》(1969)、《地上的光》《梦》(1970)、《悼念》《屠夫》《冬夜》《乌臼树》(1973)等灵悟梦幻之美、痛识现实之丑的诗。

(二)1950—1960年代诗人。这批“潜在诗歌”写作者中，岑琦写有《天窗》《与影子对话》《噩梦》(1970)、《屋脊跑马》(1971)、《巨鹫》《白与黑》(1972)、《蚀》(1973)、《红尘滚滚》《黑蝴蝶》(1974)、《毁灭》《歌者》(1975)、《凝眸》(1976)等捍卫人格尊严、抨击封建专制的诗。黎焕颐有《宇宙，沙漠》(1969)、《大风雪中过青海湖》(1970)、《哭骆驼》(1971)等浪迹风雪边地、张扬求生活力的诗。流沙河有《情诗六首》(1966)、《梦西安》《M周年祭》《锯的哲学》(1972)、《贝壳》(1974)、《唤儿起床》(1975)、《故园九咏》(断断续续写在70年代中期)等抒述苍凉心境、嘲谑畸形生态的诗。灰娃写有《路》(1972)、《墓铭》《只有一只鸟儿还在唱》(1973)、《我额头青枝绿叶……》(1974)、《带电的孩子》(1976，清明后)以及《静夜的旋律》《寂静何其深沉》《无题》《没有谁》《山谷啊山谷》《不要玫瑰》《我美丽忧倦的大地啊》(1972—1976年之间)等痛悼人性失落、寻求灵魂超升的诗。

(三)1970年代诗人。这批“潜在诗歌”写作者中，食指有《鱼儿三部曲》《命运》(1967)、《相信未来》《送北大荒的战友》《冬夜月台送别》《这是四点零八分的北京》《海洋三部曲》(1968)、《灵魂之二》《等待重逢》(1969)、《愤怒》(1970)、《疯狗》(1974)、《我不相信这样的讯息》《最后一班车》(1976)等抒发青春热情、沉吟迷茫前程的诗。北岛有《太阳城札记》(1974)、《回答》(1976)以及《岛》《雨夜》《一切》《日子》(写于“文革”后期)等怀疑现存秩序、痛斥践踏民主的诗。林莽有《深秋》《暮秋时节》(1969)、《秋天的韵律》(1970)、《凌花》(1972)、《列车纪行》

《第五个金秋——给白洋淀知青小农场》(1973)、《二十六个音节的回想——献给逝去的岁月》(1974)、《悼一九七四》(1975)、《生命的对话》(1976)等抗拒严寒命运、沉思历史废墟的诗。舒婷有《寄杭城》(1971)、《致大海》(1973)、《春夜》《初春》《船》《珠贝——大海的眼泪》《秋夜送友》《赠——》《致——》《海滨晨曲》(1975)、《人心的法则》《当我从你的窗下走过》《心愿》(1976)等渴望生存温爱、探求人心法则的诗。

以上三代人在"文革"时期的"潜在诗歌"写作为20世纪中国新诗史留下了一道深色悲剧意绪的风景。曾卓在《生命炼狱边的小花》一文中谈到自己在遭受迫害的日子里所写的诗:"写这些诗只是为了自己,决没有梦想发表。因而无论好坏,她们至少具备了艺术的一个基本品质:感情的真实。"唯其如此,才使它在新中国前二十七年间的新诗中,具有了顶峰意义。我们不妨对此论断作一实地考察。

所谓顶峰意义,最突出地显示在如下方面:这一场"潜在诗歌"写作实在是一场人性再觉醒活动,意味着在世路崎岖诗路难的日子里,这批"潜在诗歌"写作者竟然把"五四"新文化运动中获得、后来在50年代淡化、"文革"时期泯灭的人性意绪被他们招魂归来。或者说这批潜在写作的诗人终于把彻底异化了的新诗重又和"五四"新诗传统接上了轨。芒克在组诗《十月的献诗》的《土地》一诗中沉吟:"我全部的情感/都被太阳晒过";在《青春》中又沉吟:"在这里/在有着繁殖和生息的地方,/我便被抛弃了。"这些诗的隐示性反映着诗人对个性自由的渴望与自我价值的追求有无法实现的难言之隐。为此,舒婷在思想受"四人帮"禁锢最严酷的日子里,向那个"使春天的虹影/在所有眸子里黯然失色"的生存世界大声宣告:"但人心有各自的法则。"蔡其矫则在《诗》里,对诗歌之路作了这样的思索:"探索人心已成为诗的生命/也许曾经找到可又失落。/青烟和灰烬/都是火的兄弟。"而这种对人性自由的思索与探求的痛苦对身陷囹圄、失去自由者,则更有强烈的感受、切身的体验。牛汉在《华南虎》中写的是他看到"笼里的老虎"渴求自由而用破碎的趾爪在水泥壁上抓出的"一道一道的血淋淋的沟壑",竟感觉成是"血写的绝命诗",甚至"恍惚之中听见一声/石破天惊的咆哮,/有一个不羁的灵魂／掠过我的头顶／腾空而去。”

正是这种人性再觉醒，使这批“潜在诗歌”写作者有了维护人道与正义的自觉，进而写出一批对现实抱怀疑、否定以致抗争的“地下诗”。这首先表现为对“文革”政治现实的怀疑和否定。林莽在《二十六个音节的回想——献给逝去的岁月》中竟把那个被权威话语形容为“莺歌燕舞”的时代重新阐释为是一个在“只有磷火”存在的废墟上漂浮着的“苍白的时代”，而自己的青春则“载着压迫和忍耐”，且不得不走“那条被灵魂所厌弃的路”。芒克在《天空》中更敢于说：“太阳升起来，／天空——这血淋淋的盾牌！”岑琦在《火神》中也这样抒唱：“纵火、玩火成为权力的象征，／焚烧我的书焚烧灵魂的殿堂／古国文明之梦在火中毁灭／狂热将世界投入一片红海洋。／／惶惑的明眸在火光中闪烁／她是谁？她是我受难的祖国。”这种种郁愤之情促使这批“潜在诗歌”写作者进一步抒发出对民族前程的期待。舒婷在《初春》中向期待着“花的洪流／沉垮冬的镣铐”的朋友发出“等着吧”的预告：“一旦惊雷起，／乌云便仓皇而逃！／那最美最好的梦呵，／许会在一夜间辉煌地来到！”“惊雷”也的确响起来了！1976年这个丙辰清明日，爆发了震惊世界的“四·五”天安门事件。这批“潜在诗歌”写作者中，蔡其矫、绿原、灰娃、北岛、顾城都写了诗，愤怒抗议“四人帮”镇压人民。蔡其矫在《丙辰清明》中先把这场悼念周恩来总理的事件看作是民族觉醒的信息，高昂地抒唱道：“圣者的血／流在天堂上／有如燃烧的花，／瞬间即变为种子。”接着又十分警惕地提出：“面前伸展着／荆棘密布的路，／让我们永远遵循着／那普通的受苦人民的意志，／在浸透鲜血的崎岖道上前进。”绿原在《不是奇遇》中以激愤之情、超现实手法勾勒出了一个“天安门的童话”：说某年某月某日“人间忽然发出了一片抽泣”。而“抽泣”变成了“耳语”，“耳语”变成了“霹雳”，“霹雳”变成了“花海”，“花海变成了一摊鲜血，／鲜血变成了一堆烈火”，“熊熊的烈火变成了／无穷无尽愤怒的微粒，／充塞着全中国的空气……”：于是人人期待着有“一个更大的奇迹”——叛乱的出现，但诗人又说：“历史从不承认奇迹，／人间万象必须水落日出。”这就是说：清算的一天总会到来，这原是历史的必然轨迹。北岛的《回答》在发出了

"卑鄙是卑鄙者的通行证／高尚是高尚者的墓志铭"这一饱含义愤的机智语言后，竟提出令人深思的质问："冰川纪过去了，／为什么到处都是冰凌？／好望角发现了，／为什么死海里千帆相竞？"这场质问引发他对"四人帮"统治的社会秩序作出决绝的否定和无惧的挑战："告诉你吧，世界：／我——不——相——信！／纵使你脚下有千名挑战者，／那就把我算做第一千零一名。"显然，这年轻一代"潜在诗歌"写作者已从抗争的现象感受深入到社会反思，借社会反思放大了、深远了、强化了抗争之声。

和人性意识再次觉醒以及对那个现存秩序趋向理性化的不信任相适应，"文革"后期这批"潜在诗歌"写作者已从宗教式的负罪心理与修炼状的改造情绪中挣脱出来，清醒地看待自己的悲剧命运，进入到灵魂深层处的苦难感及转移这种苦难感的精神寻求。"潜在诗歌"中这方面的抒情所占比例更多一些。如时湛还在做学生时就被打成右派，流落到东海岸边。十年坎坷并未结束悲剧命运，又迎来了"文化大革命"，被关入牛棚、放羊。某个秋雨黄昏，孤守羊栏的他，发现羊望着苍茫雨空哀叫，不禁触动心弦，写下《羊啊，不要再这样叫唤了》一诗，设想羊正在怀念碧色的草原，旧日的侣伴，从而引起自己的身世之叹："羊啊，羊啊，不要再这样凝望了吧，／你已勾起我愁绪万千；／羊啊，羊啊，不要再这样叫唤了吧，／你已催落我珠泪数点。／我也曾有过碧色的草原，／我也曾有过多情的侣伴！／但是正像你一样，／我失了自由，放逐在东海岸边；／并且也像你一样／我那生活里也有着一道栏栅。"这多少能代表得了那一代善良的中国知识分子普遍的心态。唐湜从 1957 年打成右派起就不断在偷偷写诗，写了近千首抒情诗——其中极大部分是十四行诗；还有十几部长篇叙事诗。他也许说得上是"潜在诗歌"写得最多的一个，也是以吟咏苍凉人生中的梦幻美来消解现实痛苦最早的一个。"文革"期间他多次挨斗，心处于朝不保夕状态。《寒冬的喜悦》一诗中他这样抒述了这种心境："时日呵，颤抖地向前潜移，／寂寞里有一片阴森的寒意，／蛇似的打昏暗的崖扉之间，／悄悄儿爬向我孤独的心尖。"不过，他总以幻美的遐思来作消解。就在这首诗里，他在"阴森的寒意"中做起幻美的梦："驾一叶浮萍直上银河，／看星海的无涯"，去忘却尘世中成为“最后的浪漫主义者”。唐湜的精神巡礼对“潜在诗歌”写作者来说是有代表性的。顾城也如此，“文革”开始时他还只是个刚离开童年的少年。1968年写的《烟囱》一诗就能以巨大而新奇的意象来隐示旷远而阴郁的思考。但他天生是“大自然的安琪儿”。舒婷在《童话诗人》中说：顾城可以“只凭一个简单的信号／集合星星、紫云英和蝈蝈的队伍／向没有被污染的远方／出发”，进入超凡的灵性人生境界。在1971年那些大夜弥天的日子里，他一方面痛苦地吟唱着：“黑暗中，道路更加坎坷，／失望的云朦胧了希望的月色。”(《中秋漫笔》) 但另一方面他也写出了《生命幻想曲》，幻想自己乘上了一只以“柳丝”编成的船篷、装着“我的幻影和梦”的贝壳船向宇宙“开航”：“太阳是我的纤夫／它拉着我／用强光的绳索”，而当“黑夜来了”时，“我驶进银河的港湾，／几千个星星对我看着，／我抛下了／新月——黄金的锚”。在这种幻美的浪游中，他的心获得了“宇宙的共鸣”，忘掉了生之忧患。但这并不意味着他真的能以幻美彻底超脱苦难现实，他也感应到了“地火在地下运行”。于是，在丙辰清明这更其严酷的现实面前，他醒悟到一种为人在世更庄美的追求，借《白昼的月亮》一诗，唱出了：“终生忠于——／一月八日的悲恸／四月五日的向往……”并在《遗嘱》中为“四·五”遇难者的英灵作了代言：“当泪的潮涌渐渐退远，／理想的岛屿就会浮现。／那时请扎下一页征帆，／来覆盖我创伤累累的长眠。”由此可见：在这些“潜在诗歌”写作者中，虽有人曾以幻美的寻求来充作“忘忧剂”，但他们也同样超脱不了这个腥色时代，从而汇入“四人帮”发动抗争的洪流。

在这批“潜在诗歌”写作者中，有两个人是特别值得提出来的：一个是延安出身的灰娃，另一个是九叶诗派的穆旦。

灰娃1939年十二岁时从八百里秦川的一个村庄进入延安儿童艺术学园，在军事共产主义的大家庭里，她这个带有胡人血统、有点类似西欧人长相的小姑娘，被革命先辈和投奔延安的文艺家视为自己的女儿、妹妹、学生，使她受到良好的革命理想主义教育，健康地成长起来。为了缔造新中国，她在革命队伍里作为一个女兵，行军、打仗，然后和解放大军一起进入共和国的凯旋门。但进入北京后，对革命的未来怀有美好憧憬的她却很快发现北京是个不同延安革命大家庭的大社会，单纯而天真的心无法适应人与人之间上下尊卑、阿谀逢迎、趋炎附势的风气，屡屡遭受批评，加之因为她的长期走路姿态等等原因而被说成“是一个大贵族”，心情十分压抑，过度刺激而有轻度精神分裂的迹象。1955 年考入北京大学俄语系，毕业后分配在国家编译局工作。“文革”开始后她“就陷入反感、不解、恐惧、愤恨、忧虑之中”，“心灵遭到残酷鞭挞和挤压”：“我只有恐惧而悲凉，我对人类绝望。心被整体的灰暗充塞，精神分裂症迅速严重起来”。这种“存在的焦虑”极端发展造成的疾病，延续了整整六年。1972 年起灰娃生命深处的本能启动了自救程序，即用一种自己都无法清醒意识到的方式——写诗，来进行“自我诊疗”，藉以升华“存在的焦虑”。诚如灰娃在接受王伟明采访时自述的，在带病经历这场“文革”中，由于“心情非常复杂难耐，不由地把心事顺手写下来”，但“在灵魂都要被剿灭的地方”，这些诗便也是“罪证”，所以大多当时就毁掉，后来采用东藏西躲的办法才保存了一些。这样做总算使那些“千头万绪壅塞心头，实在难受”的“心事”有了出路：“放它们出来，心灵得以妥帖一些，即使不是彻底的。”就这样一个此前从未写过诗的人，进入了“文革”期间“潜在诗歌”写作者的队列。所有灰娃那些“潜在诗歌”都是从回忆往昔革命岁月到直面当下动荡现实——这么一条伤感而又沉痛的情绪线上浮现出来的。灰娃自己认为它们可归纳成三个方面，即在“乱世黑暗中”她“对生命本质意义的求索，对生命悲剧的沉思，对生存的更高层次的向往”。写于 1972 年的抒情长诗《路》是集大成的诗篇，可说是一个苦苦求索生命本质意义的诚实灵魂回顾自己坎坷行程唱出的血泪之歌。诗篇一开始就说自己的灵魂一直是“膝行前往”般在探求着生命的本质意义，但如今这一切已像“流星曳去了”一般，听“远梦回响 / 浪花溅泼 / 沉淀了一味咸涩”。为什么呢？是因为在这茫茫大地上她属于“为梦想缠绕又被抛却”的一代。这“梦想”专为“满头乌丝”时期“觉醒的灵魂”所有，是“用热烈坚定的脚步踏碎 / 日久年深的忧愁 / 在牺牲的血泊中痛彻震颤 / 心 / 却欣然”的那一类。为此，她深情地回顾了自己冲破黄土高原的风雪之夜投奔延安，沿着星光灿烂的延河歌唱着奔向兰家坪去参加晚会的甜美岁月，回顾了访贫问苦中盘膝坐在“贫苦农民坑边”、出征前的“誓师大会”和彻夜行军的“崎岖山间”送走的壮美岁月，也回顾了“战歌飞扬、走进都会”后欲“以赤子的心与泪医治大地累累伤痕”却换来“负伤的羽翼／痛苦地拍击着／难以鼓起”的“梦魔”岁月，然后又直面当下：“我们的欢笑、我们的血泪／灌溉了荆棘满林”的浑沌岁月。为此，她不能不提出当年访贫问苦过的山民们“回想如火如荼的往昔／是怎样／评说我们”的问题，也不能不提出她和她的同志们——“纯洁无辜永无希求”的那一代，在即将“告别人间”犹“依稀长叹”中，“可还有什么值得顾盼／为何总不肯闭合双眼”的问题，从而推出了这么个设问句：

哦，浑沌无识的灵魂
我们不是竭力栽培
不开花也不结果的蔷薇？

顺着《路》的思路，灰娃还写了《墓铭》，是“一个为人类尊严拼死抵抗的灵魂的纪念”；写了《我额头青枝绿叶……》，是以祈求一死来抗争的“绝命词”：“我再不担心与你们／遭遇陷身那／无法捉摸猜也猜不透的战阵／我算是解脱了”。《静夜的旋律》写尽了她对随毁灭而来的“废墟”感受，《不要玫瑰》是一首现代《葬歌》，但实在她是何等留恋人世，诗中说：“我有心想跟山水悠悠流走／又恐怕山水一去不回头。”这也使她在《只有一只鸟儿还在唱》中最终还是心怀着对“明丽的日子诞生”的期待。所以灰娃的“潜在诗歌”唱出了一代深怀革命理想主义精神者最诚挚的心声，这些诗之出现是中国20世纪新诗史中的一个奇迹，是对红极半个多世纪的革命诗情一次人性的深化。

穆旦这期间的“潜在诗歌”虽只有二十八首，但说得上是他对以前偏于超现实倾向的超越，或者说是一场超现实向新浪漫靠的现代主义成熟的追求，是一个生命意识很强的诗人在动荡时代、骚乱社会中有了“苦海无边”真切体验，从而使浓郁的诗情升华为知性的真醇表现。正是这些诗，使他完成了临别世界时向苍凉人世所作生命真谛的最后宣谕。事情也的确如此，他从《冬》那首里发出“多么快，人生已到严酷的冬天”的最后感慨而搁笔，两个月后的1977年2月26日，就离开了这个世界。这二十八首诗中，作为现代主义的真髓，以超验象征所显示的最高类新浪漫倾向之作，是《沉没》《城市的街心》《冥想》《听说我老了》《秋》《理智和感情》等。所谓最高类浪漫倾向，指的是由超现实的本能所催发的灵的觉醒的抒情，这些诗就是主体在生命临近尾声时出于本能的某种宇宙感应的体现。在《沉没》中穆旦对于“连心灵都被吸引进／日程的铁轨上疾驰的铁甲车”的社会政治规范生活感到无比地厌烦，对生命本体存在的宇宙境界发出痛苦的诘问：“呵，耳目口鼻，都沉没在物质中，／我能投出什么信息到它的窗外？／什么天空能把我拯救出‘现在’？”这种要想从政治现实高度残酷纷乱的肉性世界超越的强烈渴望，在《城市的街心》中有更深入的显示。在这首诗中，主体把自己定位在“人生底过客”这个位置上，去看待这个失去理性意识、你争我夺的反人性世界，并以高度拟喻化的现代技巧作了这样新颖而深意的表现：“大街伸延着像乐曲的五线谱，／人的符号，车的符号，房子的符号，／密密排列着在我的心上流过去，／起伏的欲望呵，唱一串什么曲调？”在穆旦看来，这是“超时间的冷漠的歌”。的确这是超越地球时间的，从主体“冷漠的歌”中可以见出他已把生命从社会现实中移位到宇宙人生中去了，唯其把生命存在作了这样的置换，才使《冥想》中他进一步对“奔波，劳作，冒险”地“生活了几十年”的自己，在“面对着坟墓”而“向过去稍稍回顾”时，感到在纷乱人间自己所获得的“曲折灌溉的悲喜”，到头来“都消失在一片亘古的荒漠”中了。这就在更高的层次上肯定了生命行程不过是一场大虚无。看来，这必须超越，必须向灵界转型才会有生命的更新和常青，于是在《听说我老了》一诗中，主体为自己能向灵界转型、获得宇宙人生的感应而无比欣慰，并让“赤裸的我”在“深心的旷野中”唱出“真正的自我之歌”：“我没有卖给青春，也不卖给老年！”由此看来，人们说“我老了”又算得了什么呢？“我只不过随时序换一换装”而已，于是，“我”有了生命位移后美丽的幻感：竟“常常和大雁在碧空翱翔”，“和蛟龙在海里翻腾”，并且，“凝神的山峦也时常邀请我／到它那辽阔的静穆里做梦”。这是一场欲摆脱苦难人世权力角逐的心态而藉诗性感应体现出来的“出位之思”，飘逸而潇洒。由此可见，若以“理智”去看共融后的宇宙生命是大虚无的，以“感情”去看则是大实有的。这大实有是对生命的最高体悟，是靠“感情”把握到的。这“感情”在此实在是一种直觉情绪。穆旦在此也隐隐约约地透露着如下这点觉识：要致力于以超现实走向新浪漫，以求得生命超验感应的真实表现，而这也就是这阶段穆旦新一轮现代主义追求的最大特色。作为这一追求综合的体现，也作为穆旦对纷繁、荒诞、充满权力角逐的人世彻悟的体现，《神的变形》是相当出色的。诗以“神”“权力”“魔”“人”之间的剧情化表现关系来阐明在“权力”面前神化的人与魔化的人原是同构的，可以互通，而剧情化表现中文本的内在矛盾冲突关系，显示为生活本色的象征真实，故能升华为诗化的哲理，诗的最后“权力”说：

> 而我，不见的幽灵，躲在他身后，
> 不管是神，是魔，是人，登上宝座，
> 我有种种幻求越过他的誓言，
> 以我的腐蚀剂伸入各个角落；
> 不管原来是多么美丽的形象，
> 最后……人已多次体会了那苦果。

是的，处于“文革”时期的穆旦，和所有作“潜在诗歌”写作的诗人，以及我们民族所有正直、善良、热爱祖国、富有良知的人民这次都更深刻地“体会了那苦果”。

曾卓《在学习写诗的道路上》一文中提到自己“文革”时期的“潜在诗歌”时说：“我偏爱那些小诗，是因为那是闪烁在我生命炼狱中的光点，是开在我生命炼狱边的小花。”这何止是曾卓个人、或者这批“潜在诗歌”写作者有这“偏爱”，20世纪中国新诗史也会“偏爱”的。

论现代叙事诗

一

在新诗替代旧诗的革命中，现代抒情诗在1916—1917年之交已经出现，但现代叙事诗却姗姗来迟。

朱自清在《中国新文学大系·诗集·诗话》栏的“玄庐”条中说：“《十五娘》是新文学中第一首叙事诗。”[1]考玄庐这首诗最初发表在1920年12月25日的《民国日报》副刊《觉悟》上，而就在同一年，吴芳吉也发表了《俩父女》，刘半农发表了《敲冰》，它们还都比《十五娘》要发表得略早些。因此严格地讲，《十五娘》是“新文学中第一首叙事诗”之说并不确切。不过，由于上述三首诗都在同一年问世，则可以下这样的结论，中国现代叙事诗最早出现是在1920年，比现代抒情诗迟出现三、四年。

从1920年到1926年，可以说是现代叙事诗的初创期。这期间的叙事诗，除了上面提及的三首以外，我们还读到了郭沫若的《洪水时代》，王任叔的《洪炉》《骷髅哀歌》，闻一多的《李白之死》《渔阳曲》，叶绍钧的《浏河战场》，五统照的《独行的歌者》，冯至的《吹箫人》《帷幔》《蚕马》《寺门之前》，王希仁的《松林新匪》，白采的《羸疾者的爱》，韦丛芜的《君山》，饶孟侃的《莲娘》，朱湘的《还乡》《王娇》等等。这批叙事诗出现的年月，正是经历了“五四”战斗洗礼的中国人民，在无产阶级及其先锋队——中国共产党的领导下，把彻底地、不妥协地反帝反封建的斗争引向深入的时期。作为时代的晴雨表，现代叙事诗和整个现代文学一样，十分敏锐又相当强烈地感应着这个时代，并通过如下几个角度把它反映了出来。

首先，反映了“五四”反帝反封建斗争深化过程中一股不畏艰险、自强不息、刚勇豪迈的时代开拓者精神。

显然，我们不能忽视“五四”革命民主主义战士那种反叛的、自由的、创造的豪情壮志，对初创期的现代叙事诗人还起着精神领袖的作用。鉴于此，刘半农的《敲冰》是值得我们注意的。这首诗写一群旅人在严寒天敲开已被冰封的水路，划船回乡过年的壮举，暗寓着一代民主青年寻找民族前途、人生真谛时那种不畏艰险的追求精神。郭沫若的《洪水时代》又比《敲冰》上升了一个精神层次。这首诗是以大禹治水这一神话传说为题材写的。在郭沫若笔下，禹这位一心为民治水、三过家门而不入的英雄，是怀着强烈的社会使命感的：“我若不把洪水治平，我怎奈天下的苍后！”诗篇到最后，诗人竟说禹就“好象是近代的劳工”。于此我们可以看到《洪水时代》中显示的开拓者精神，就更难能可贵了。我认为不能低估中国共产党的成立，马克思主义在中国的广泛传播，以及工人阶级登上政治舞台所显示出来的战斗力量，确已为中国人民、特别是对时代极其敏感的诗人们，在探索未来中带来了新的信念。

其次，比较真实地提示了军阀混战下中国社会的深重灾难，以及在三座大山压迫下的普通人民——特别是农民的悲惨命运。

现代叙事诗从出现起，就显示出它直面人生的现实主义精神。玄庐的《十五娘》写佃农五十和织女十五娘这一对原本生活过得还算温暖的小夫妻，在封建地主加剧土地兼并、殖民统治者扩大侵略的情势下，自给自足的小农经济生活彻底毁掉，甚至闹得家破人亡的不幸遭遇，从而反映了半封建半殖民地背景下中国农村的黑暗现实。特别值得一提的是朱湘的《还乡》，诗人选择了一个较新的角度来控诉军阀混战时代的黑暗。一个老兵离乡二十年，从死里逃生回来，家乡的风光依旧，少小的往事依稀，父母总应无恙，妻子应该还娇美，初见时的惊喜，团聚时的欢乐，全在他的幻想中等待着。谁料得当他好不容易认出了家园，却已是父死妻丧，眼已哭瞎的娘还当是儿子的鬼魂来向她讨纸钱的。这首诗的情节组合有点奇，却又不奇，这正是那离乱社会生活变迁的逻辑必然，因此相当具有典型意义。我们从这里可以看出，朱湘对现实洞察得相当犀利，体验得也颇为深刻。

初创期还有更多的叙事诗，采用恋爱、婚姻等多方面的题材，对旧礼教、旧道德进行抨击，从中反映了那一代青年强烈的个性解放要求。

朱湘的《王娇》和王希仁的《松林新匪》是抨击封建等级观念的力作。《王娇》是这一阶段叙事诗中篇幅最长的一首，写的是多情少女王娇碰上一个负心汉的爱情悲剧故事，悲剧冲突的关键就在于周府的少爷和下级军官的女儿是门不当户不对的。王娇虽有人性的觉醒和大胆追求爱情幸福的决心，但旧礼教无形的枷锁都还没有在她心头砸烂，因此当她最终晓得自己已被抛弃后，也就服从了旧礼教精神上对她的无情裁决，走上了自杀的路。朱湘写了一个千古哀怨的故事来对封建势力进行抨击，未免显得柔弱了些。相比之下，《松林新匪》则显得不同。一个纯洁有为的青年，只因家道中落、门第趋向低卑，未婚妻家就借口违背了婚约，这逼使他一怒之下，铤而走险，入了匪窝，并率众抢劫未婚妻家宅，想趁此把“心爱的姑娘”抢来。但他的打算落了空，“心爱的姑娘”反被匪首掳去，而自己也再次受到抛弃。于是，他奔向未婚妻的闺房，面对人去楼空，一切成灰的现实，最终选择放一把火连同自己一起埋葬了。无疑，这是一个很动人的传奇悲剧，情节提供给我们一个很好的视角，这个青年近似疯狂的复仇情绪，甘愿同归于尽以求解脱痛苦的心理状态，折射出了誓欲推翻封建门第、等级观念这些封建腐朽势力的顽强斗志和坚毅决心。

反封建势力是和个性解放连在一起的，或者说，“五四”时期个性解放这个口号，在那个反封建斗争的时代说得上是一件颇有杀伤力的武器。虽然，随着这个运动转入低潮，个性解放作为口号，声音也低了下去，但其精神反倒深入到社会生活中去了。这时期的现代叙事诗，和其他文学样式一样，没有忽略对这方面的反映。他首先侧重于塑造极端尊重自我意志、维护人格独立的硬汉子形象。闻一多的《李白之死》就是这种精神性格的体现。这首诗相当生动地再现了这位古诗人桀骜不羁的脾气，蔑视权贵的情操，冲决封建藩篱的意志，以及幻想能像“一只大鹏浮游于八极之表”的欲求。诗篇写的虽是李白醉酒时的心理状态，但使人感到这种醉其实是人性的真醒，是摆脱世俗羁绊的个性袒露。白采《羸疾者的爱》中的主人公，比闻一多笔下的李白更显得硬性子一些，甚至执滞得近乎怪诞了。这个深感到自己虽有“散漫的智慧”却没有够用的精力，虽“得着灵的扩张”却“没有能补充灵的实质”的羸疾者，坚持一个人既然“拥护生之尊严”，就应该让“自己先受了严密的抉择”。这个抉择对他来说就是“除了自己毁灭，需要怜悯，便算不了完善”。因此，他坚定地拒绝了一位有家财万贯的美丽姑娘对他的爱情。朋友和亲人来劝他，姑娘不远万里寻来乞求他“回心”，但他说：“我所做的，我决不反顾！”应该承认，羸疾者确是个极虔诚地“献身于生之尊严”〔2〕者，这种尊严感是建基于尊重自我意识、维护人格独立上的。在封建势力遍布那个环境并还在奴役着人们的精神时，这种精神对于现实斗争确有积极意义。唯其如此，羸疾者的性格才有了一定的民主性光彩。

这一阶段现代叙事诗创作影响最大、思想倾向也最有代表性的是冯至。这位诗人20年代的诗歌曾赢得过广泛的读者，朱自清赞誉他“叙事诗堪称独步”〔3〕。的确，他从1923年起，在四年内就给诗坛献出了四首传诵一时的叙事诗，这就是收在他第一个诗集《昨日之歌》中的《吹箫人》《帷幔》《蚕马》《寺门之前》。这些诗出现的年月，正是“五四”思想解放运动从高潮转向普遍漫涨之际，而现实呢？依然拖着又长又浓黑的封建阴影，紧紧地压在那一代还没有能投入实际斗争、只能在书斋里遥感着社会生活的知识青年身上，显得尤其沉重。而正是这一批青年，他们程度不同地都有着一个神经敏感区，凡生活中涉及自由和人性的事件，总特别敏感。冯至就是怀着这样一个神经敏感区走向诗坛的。因此，他在生活中感受到的是人性异化的悲哀和自由幻灭的痛苦，这使他只好心造一个世界来寄托自己的爱憎与渴望。故在《蚕马》里他向我们唱了一曲人兽间的原始恋歌：那个美丽的少女在孤独无依、荒凉恐怖的环境里真正得到爱、温暖和依傍的，只能来自一匹白马——象征人性本原的怀有者。我们从这一个离奇神秘的故事里听到了诗人在呼唤人的灵魂返回原始，而他对现实的渴望与苦闷也情不自禁地流露了出来。《帷幔》里冯至为一个少尼唱了一首凄婉的命运悲歌。这个少尼为了反抗包办婚姻而遁入空门，这是自我意识觉醒者对自由和人性尊严的维护。但在尼庵的漫长岁月中，她又无法控制自己少女的脉脉情肠，竟爱上了一个牧童。于是，暮鼓晨钟的生涯恰恰又成了对她觉醒了的人性和自由的再扼杀。她绝望之余，就只能把自己的全部渴望化为一个意象，并把它绣进了一幅帷幔，以期在幻想中、艺术里去求得“天上有相思鸟，水里有比目鱼”的极乐世界。可是，当她一旦把这个心造的极乐世界置诸现实时，至美又都化为了乌有，只有严酷的、绝望的现实，牧童剃度在僧院，少尼焚化在尼庵。冯至憎恶中国封建势力扼杀自由和人性的现实，他采取的态度是逃避它，去艺术的幻想里追求人性美。至于这些情况，我以为前半部分是对的，闪烁着“五四”思潮中民主性的光华，而后一半却是消极性的，违背时代发展的历史趋势。这种消极因素在他另一首《吹箫人》中也同样存在。因此，冯至的叙事诗在抨击封建腐朽势力、追求个性解放上，始终表现为对现实的憎恶、诅咒的积极因素和对人世超脱、逃避的消极因素这二者的混合，而这也正是那个时代思潮的侧面，为多数洁身自好者、不愿和黑暗社会同流合污却又无决心奋起反抗者所共有，因而也就易于为众多读者所接受。

根据以上考察，我们可以说，这批叙事诗具有题材的广泛性和主调的现实性。不过，总的来说，这种现实主义的生活反映是广度有余而深度尚嫌不足的，以神话和历史题材写成的叙事诗占了较多的分量，写爱情婚姻的也多了一点，从审美情调看，未免凄迷和飘忽了些。我们不能强求诗人们非近距离反映时代焦点的生活不可，也不能强求诗人们非得抒发昂扬的激情、唾弃宿命的悲感不可。但对那些处于社会矛盾中心地带的内容，诗人们关注还不多。特别是轰轰烈烈的“五卅”反帝运动和北伐革命战争，竟都没有得到反映；时代开拓者的形象出现得也不多。革命、变革的时代诗情，在一片伤感、幻美的氛围中，发不出更大的光彩来。凡此种种，我认为总是现实主义精神不足的表现吧！这里尤其值得提出的是，有些作品在追求个性解放上，有脱离社会进程实际内容、抽象化叙写的倾向，如白采《羸疾者的爱》中的主角，我们在前面已经肯定过他向上，具有民主性的因素，但这里也不能不指出，这个形象自身的逻辑使我们获得另一种思考，作者显然是抽象化地在理解着个性独立，因此，他把一个在社会大变革时期虽曾经呐喊过一阵子，而当遭到曲折后就消极、颓唐、把“在现实生活上甘心落伍了”的虚无主义者当成了人生楷模，在他头上绕了一层光圈，这不合时代潮流。

二

从1927年蒋介石发动“四·一二”大屠杀到1937年“七七”卢沟桥事变爆发，这是中国革命史上内忧外患交集的十年，作为“歌诗合为时而作”的中国现代叙事诗，也就进入了第二个阶段。

1927年6月5日，在上海一座监狱的囚室里，有个年仅17岁的少年囚徒，偷偷地完成了一首五百行的叙事长诗《在死神未到之前》，他就是日后成为无产阶级诗人的殷夫。正是殷夫的这首诗，揭开了第二个十年现代叙事诗肃穆壮阔的序幕。

《在死神未到之前》抒叙的是一个少年革命者在“四·一二”大屠杀中被国民党逮捕入狱这么一场勇士与恶魔斗争的故事。这一首诗虽致力于写人物的内在精神活动，对外在的社会斗争情形并没作细致的描述，但不容否认：它真实动人并且相当壮阔地反映了这一场中国无产阶级力量和蒋介石反革命力量之间生死搏斗的现实生活，以及在血雨腥风中各阶级、阶层人物的现实态度和心理特征。诗中再现了蒋介石豢养的一帮反革命、反人民的刽子手们的阴险凶狠，叛徒败类的卑劣无耻，一般市民对革命和革命者的麻木愚钝，以及工农劳动者的潜在力量和阶级觉醒。通过贯穿全篇的主人公“我”，反映出了走在时代前列的革命知识青年在残酷的考验面前，一步步摆脱弱者的“惊怖”，终于树立起为无产阶级劳动大众解放事业而殉忠到底、准备献出生命的那种强者精神。殷夫这首叙事诗是以自己第一次被国民党反动派逮捕入狱的经历写成的。《在死神未到之前》以崇高的革命理想、旺盛的阶级斗志，对时代最尖端的题材的真实描写，显示了现代叙事诗这时期的起点就非常高。

正是这个起点，显示出了本阶段现代叙事诗主流方面，即以反映第二次国内革命战争期间阶级的和民族的尖锐矛盾为主、抒写普通人民在这血雨腥风年代的命运为辅，两者汇成了一条既富于时代感受又具有历史感受的现实主义壮阔道路。具体表现在如下几个方面。

首先，是一批以后期创造社和太阳社为核心的无产阶级诗歌派，以叙事诗的形式来直接讴歌白色恐怖下革命与反革命力量面对面搏斗的壮烈生活。蒋光慈的《乡情》，杜力夫的《血与火》，罗澜的《暴风雨之夜》和殷夫的《一九二九年的五月一日》等，是这方面富有代表意义的作品。《乡情》里蒋光慈深情地抒唱了一位轿夫的儿子——后来变成穷人“大哥”的农民运动领袖黄牛，为了领导农民“与豪绅作对”，终于牺牲了他的生命“农民们如丧了唯一的灵魂”“豪绅们又重新弹冠相庆”，诗中有着强烈的悲愤情绪。《一九二九年的五月一日》是殷夫的一篇力作，抒叙了一场“五一”工人大罢工遭到镇压的悲壮事件，诗中着力塑造了“我”这个职业革命家的形象。值得注意的是这一批诗人写的叙事诗，差不多都把事件和人物作呐喊口号的“传差筒”，有激进意识却缺乏浓郁动人的抒情，只有殷夫别树一帜。他这首诗的情节事件是围绕着表现人物性格而展开的。它也不是“传声筒”，相当讲究在情节事件中创造抒情氛围，投影在“我”的心灵深处，获得自我与“伟大的一个心灵”那种既和谐又真挚的意识交流，塑造出了一个青年革命家的高度阶级觉悟及其刚毅、忠贞的内在性格特征。可惜像这样的叙事诗，在这派诗人中毕竟不多，多数还是红色鼓动性的，免不了是激进意识和口号的“传声筒”。

其次，承接无产阶级革命诗派的阶级解放精神，还颇有一些中国诗歌会派的诗人，致力于反映工农大众在三座大山残酷的压榨下终于觉醒过来、团结起来、掀起叛乱的风暴——这样一些处于时代焦点的生活内容。杨骚的《乡曲》，蒲风的《六月流火》，田间的《中国，农村的故事》等，即其代表。《乡曲》反映的是农民在地租、苛税和严重旱灾逼迫下终于爆发的一场抢粮抗争，诗中着力塑造了青年农民阿三在领导这场斗争中所显示的刚强性格，无畏斗志和组织应变的魄力。这首诗把农村形势错综复杂的演变和农民心理急骤亢奋的递进交融在一起，深刻地体现了土地革命时期农村动荡的局面和人心浮动的情貌。《六月流火》是一首规模颇大的叙事诗，写南方一个农村，农民一大片土地连同祖坟都被“官兵”强令划筑公路，以作运输军队去“围剿”革命根据地之用。在面临失去土地、挖断祖根的威胁下，农民们起来抵制，结果激化成一场暴动。最后，在农民友军的配合下，打垮官军，赶走乡长和“有钱的”，建起了自己的天下。它确实是“充分表现大时代下的农村动乱的主题”〔4〕的。诚如当年有人指出：“它不仅是悲剧的描写，它还是求生的歌唱。”〔5〕

除了上述两个诗派以鲜明的革命意识对革命与反革命面对面交锋的现实作了及时又直接的反映以外，这时期现代叙事诗创作中还出现了一些对现实生活作历史性回顾的反思型作品，臧克家的《自己的写照》和邹荻帆的《木厂》就具有这种代表意义。《木厂》最后定稿虽是在“七七”事变后不久，但据作者告诉笔者，它还是应归入本阶段的。这首诗通过从不为人所关心的木工生活的一角，颇有典型意义地反映了那个动荡的时代。诗中写了一个老木工的自杀，一个青年木工因偷情而被水葬等等，而这些悲惨生活都是通过诗篇主角“我”的目光展现出来的。“我”积二十年木工生活之所见所闻，终于懂得了生活“再不能这样下去”，“在今天，在我们这一代，都必须斗争！”毅然告别一代代木工像在地狱中轮回一样的生活，去寻找“黑暗圈外的光明”了。这首诗的抒情味颇浓，情绪氛围也创造得成功，既富有感染力，又给人以哲理的沉思。臧克家写于1935年底的《自己的写照》，通过“我”的十年经历，写出了军阀时代的中国，北伐和大革命遭受叛卖的中国，以及阶级斗争、民族斗争交叠着高涨起来的密云期的中国。就这样，他“从容展开他的‘长江万里图’似的大时代的手卷”〔6〕，从中寻觅出一个历史发展的轨迹：由革命所点燃的星火将成燎原的烈焰，烧毁旧中国，催发出一个新中国来。这首诗比《木厂》所触及的生活内容要丰富，社会面也要阔大些，因此从它的形象中透视出来的反思也要深广。当然，就这两首诗来说，没有像无产阶级革命诗派和中国诗歌会派的叙事诗那样富有面对面阶级较量的耀眼色彩，也没有那样鲜明的激进意识，但形象所透现出来的感情的真挚、贴切，以及于此中引发出来的那股对社会发展的反思，生活道路的抉择，自有其略胜于上两派某些作品之处。

这时期民族矛盾日益尖锐复杂，现代叙事诗在这方面也不能不有所反映。像穆木天、王亚平、柳倩、金剑啸等，分别以日寇沦陷东北、“一·二八”事变、进犯大沽口等作题材，写成了叙事诗。柳倩的《震撼大地的一月间》叙写了“一·二八”上海战争的悲壮事迹，当时就有人认为它“将是一部力作，正如人们不会忘记‘一·二八’一样的留在人民的记忆里”[7]。金剑啸的《兴安岭的风雪》是这时期反映民族斗争较突出的一篇。它写的是兴安岭风雪弥漫的荒野上，一队东北义勇军在乡亲父老的支持和保护下，与日本侵略者日日夜夜搏斗的生活。他们冒着严寒，浑身浴着鲜血，和日寇一次又一次厮拼，到最后只剩十八个人，但仍然携着手，去迎接祖国自由解放的春天。全诗洋溢着热烈的爱国主义情绪，对风雪严寒中的搏斗生活写得真实动人，充满着抒情气氛。可惜本阶段这一类叙事诗中，有不少失之于浮泛的喊叫，或者失之于事件的罗列。

第二个十年的现代叙事诗，反映时代矛盾的作品大为增多，用神话、历史题材和爱情题材写成的叙事诗相应地大为减少。但是，其中孙毓棠的《宝马》和史轮的《白衣血痕》颇值得注意。《宝马》是一首具有相当高艺术成就的大型叙事诗，写的是太初元年汉武帝闻知大宛国王毋寡养着一批汗血宝马，因此派大将李广利率师十万西征。结果，为了这一场荒唐的战争，万里远征的汉兵将踏冰雪、顶烈日、过流沙，承受暴风、沙雨、瘟疫以及胡骑马刀的袭击。而西域各小国人民，凡汉兵所到之处无不尸积成山、血流成河。除了这些以外，诗中还大量描写了汉家士兵“为社稷争光”的那种英勇无畏的战斗场面，显示了他们忠贞、刚毅的报国意志。孙毓棠在这首诗里给我们的感觉是把历史事件作纯客观的诗化，但通过浓墨重彩的动人场面，刀光血影的悲壮情节，以及为夺取几匹宝马这个荒唐目的而万里征战的构思，我们不难看到，在民族矛盾日益高涨的30年代，这首诗或多或少寄托着诗人对昏庸、麻木之人的某些讽刺和愤慨情绪，同时诗篇中高扬着的那种“为汉家社稷争光”的爱国思想和战斗豪情，对国难当头的人民也可以起一种振奋民族精神的作用。史轮的《白衣血痕》写的是一个世纪的流浪儿在“世纪的隐痛系我紧紧”的时刻，突然遇上了一场奇迹般的狂恋，甚至“沉溺于恶魔的诱引”。但瞬间的陶醉却在封建势力严酷的干涉下摧毁，落得心爱者为爱而丧生——酿成了一场永恒的悲剧。爱情解救不了他“世纪的隐痛”，反而给了他更大的折磨。他终于在这个“何处没有人类的伤损”的现实面前感悟到“如果没有力量担当这现实，‘现实’也决不让你逃遁”：

> 我经过湖边的烈士碑铭
> 他们曾是与现实的恶斗者
> 他们曾是胜利的人间英雄
> 哦，我怎禁你们英勇的讥评

于是，他要这些“已死者的精魂之群”“咒诅我这一群的浑沌儿、无用的畸人”，让自己“已死了的青春”重新振奋，去“招着未来的人类”。当然，我们无意于把这首长诗说成为史轮自况，但诗中世纪流浪儿的那种思绪，却可以说多少是他自己人生体验的真切反映，而诗篇尾声处那种从“为革命所牺牲”的“现实的恶斗者”身上吸取力量，继续前进的真情叙写，也确乎是史轮日后终于挣脱小资产阶级知识分子的情绪氛围，由向往革命而终于在抗日烽火中投奔党和革命队伍，以致牺牲在日本帝国主义者的屠刀下，这一条悲壮历程的基础和起点。

就这样，以殷夫、蒲风、臧克家等为代表的现代叙事诗的追求者们，以对20年代末期和30年代尖锐复杂的阶级斗争及民族危机作迅速的、近距离的反映，使得第二阶段这一类诗歌在增强时代感方面，有了突出的进展。茅盾在1937年初就指出过：“目前的长篇叙事诗都是充满了斗争的热情的。”[8]的确，现代叙事诗也就因此而更进一步登上了时代的浪尖——这使得像黄震遐的《黄人之血》和曾今可的《爱情三部曲》这类反动或色情之作，终究成不了气候。

三

当卢沟桥的炮声伴着我们这个古老民族进入了炮火硝烟的时代，一场对日本帝国主义的侵略作全面反抗的战争便开始了。中国诗人，只要还有一点爱国心和正义感的，无不把自己诗思的视角转向了这个轰轰烈烈的时代，而现代叙事诗也迎来了一片大繁荣的景象。

这一阶段叙事诗的数量之多几乎达到了难以数计的地步。艾青的《火把》、田间的《她也要杀人》和《柏树》、李雷的《荒凉的山谷》、方冰的《柴堡》、魏巍的《黎明风景》、玉杲的《大渡河支流》、侯唯动的《黄河西岸的鹰形地带》、李冰的《赵巧儿》等等，都是上千行的长卷，它们放在初创期，其规模首首都可以说是凤毛麟角的，放在第二阶段，也全是不可多得的了。但在这阶段，它们都只是极平常的中型篇幅，而凌驾于它们之上的是一些规模空前的长篇之作，如臧克家的《古树的花朵》就有五千行，唐湜的《英雄的草原》有六千行，而张泽厚的《花与果实》竟达七千行，更可喜的是，概括生活的广度、反映现实的深度，这时期的现代叙事诗都大大超过了前两个时期。

生活在战争年代，最大的生活内容就是战争。唐湜的《英雄的草原》虽是在“梦着原始的纯洁爱情”这一心境下写的，诗篇里那些男女主人公们出场时虽漫游在“自由的沙漠国土”，“掉落在一个星辰的梦里”[9]，但草原的梦毕竟醒了。这位颇有些浪漫主义宏大气魄的诗人，毕竟生活在炮火硝烟的战争环境和民族危亡的动荡年代，这就迫使他的男女主人公必须进入“现实的考验”[10]，于是在第二部以后，他展开了对伟大的抗日战争的现实描写。

这阶段的初期，叙事诗所反映的生活内容，以中国人民惨遭侵略者蹂躏、终于在血泊中奋起反抗为主，并且多少带点鼓动性。田间的《她也要杀人》、公木的《岢岚谣》、何其芳的《一个泥水匠的故事》、孙犁的《白洋淀之曲》都属于这一类。

《她也要杀人》里塑造了一个自身被辱、孩子被杀、家遭毁灭的北方农村少妇白娘，在血的惨状面前，终于抛掉连一只蚂蚁也不敢踏死的善良天性，拿起茶刀，“她也要杀人”了。全诗洋溢着诗人田间一片主观战斗激情，“几达无法控制的地步”〔11〕，而借白娘这个形象嘶喊出来。《一个泥水匠的故事》和《白洋淀之曲》与《她也要杀人》是属于同一种模式的，体现了主角们从个人切身的惨痛遭遇中奋起复仇这一个感情和行动的演变过程。比较起来，公木的《岢岚谣》写得更有特色一些。这位诗人满腔热情歌颂了一位老农民敢于和鬼子、汉奸一起饮下自己偷偷放了砒霜的毒酒，纵使和敌人同归于尽也不屈服的爱国精神。这首诗还有一个特色，它是用民歌体写的、可以说是根据地诗人以人民大众喜闻乐见的形式写长篇叙事诗的先导。但总的来说，这一类叙事诗召唤战争的意味浓些，感情贴切、深沉的还不多。

正面写战争的叙事诗比鼓动性的一类还要多些，臧克家在《古树的花朵》的《序》中说：它写了一个“以惊人的老龄和毅力推开过去，用战争为国家、民族和自己另辟了一个崭新的生命”的“新型民族英雄”。作者还在《我的诗生活》中特地指出：这位老英雄范筑先的形象是他“用心血塑成的”，这部长诗是“平生最卖力气的一本东西”。可惜它写得较散漫无边际，既有写得太实的不足，也有感情浮泛的弊病。柯仲平的《边区自卫军》写的是抗战初期边区自卫军中两个战士——李排长和韩娃机智勇敢地抓住汉奸土匪的故事。这个作品在当时的反响较大，但一些评论对它的估价未免过高了一些。天蓝的《队长骑马去了》和魏魏的《黎明风景》，具有十分浓郁的抒情味，写得也都不错。魏魏在《黎明风景》中把战争年代晋察冀人民种种不幸遭遇浓缩成几条情节线，交织在一场黎明时打响的战役中，不仅真实而动人地再现了敌后抗日根据地军民在敌、伪、旱灾的夹攻下犹作浴血苦战的壮丽情景，而且大气磅礴地展现了他们誓把“火焰般的血滴”洒遍晋察冀山岭的战斗豪情，“象要把全部生命都推上枪膛”的复仇情绪。

这期间的叙事诗特别值得提出的是艾青。

艾青是一个在诗歌上具有多方面才能的诗人。战前，他以写抒情诗为主，叙事诗只有两首：《一个拿撒勒人的死》和《九百个》，特色还不多。抗战开始后，他不但抒情诗写得很出色，成了他创作的一个高峰，叙事诗也获得了丰收。这时期他写了三首颇优秀的战争叙事诗：《他死在第二次》《吹号者》和《雪里钻》。《雪里钻》全力刻画了一匹战马，诗人通过它负着一个战地记者从日寇的枪林弹雨中突围出来的壮烈事件，象征了我们抗日根据地的战士们爱国主义的精神。激烈的战斗场景、昂扬的迎战豪情，都写得十分动人。但特色还不显著。《他死在第二次》是写一个农民出身的伤兵，伤愈后重上前线，结果第二次终于战死沙场的故事。这是诗人对"英勇地战斗又默默地牺牲了的人所引起的一种忧伤"[12]。诗篇在情节组合时，把农民人性意识的醒悟和生命美的感触，与一个民族战士对祖国的崇高使命感交错起来，从而迸发出了一道夺目的哲理闪光，最崇高的美乃是服从于祖国的解放。但这个质朴真挚的至美追求者，自己却只落得成为"无数的星布在荒原上的可怜的土堆中的一个"。渗透在这个形象中的深沉的忧郁，实质上正是诗人对侵略战争提出的控诉。这首诗不同于一般的战争叙事诗，除写出了战士的英勇悲壮外，还使人兴发出一层探索人类命运的东西。这种向生活深处开掘、从反映一般社会现象突入于整个人类生存命题的探索，使艾青写出了另一首获得更大成功的战争叙事诗《吹号者》。这首诗写一个吹号战士之死。在这一场战争中我们的主人公总是用他心爱的号角，吹出一片夹带着自己心肺中缕缕血丝的号音，迎来黎明，唤醒战士，组织战斗队伍奔向前线；当投入战斗以后，他又以"生命给予他的鼓舞"，吹着冲锋号，激励战士冲向敌阵。但就在这时，"一颗旋转过他的心胸的子弹"使他寂然地倒在了"直到最后一刻都深深爱着的土地上"，而他始终不肯放手的那支号角的铜皮上，不仅映出死者的血和他惨白的面容，也映出了永远奔跑不完的带着射击前进的人群。诗篇最后说："听啊，那号角好象依然在响……"读罢这首诗，我们感受到一层悲壮的神秘气氛。这层神秘感受来自艾青对吹号者向往黎明的幻觉以及对黎明的神异美所作的渲染，也来自吹号者殉道于这场战争的那种悲壮精神所作的渲染。艾青不仅在事件的表层显示出一位战士保卫祖国的英勇，更把他推向空间上人类普遍的命运遭际和时间上生命无垠的历史进程中去，从而使他殉道的悲壮行为和生命的永恒价值，成了天地间一种至真、至善、至美者的精神化身。由此看来，艾青这样的战争叙事诗美学价值就在于既富有宣传鼓动抗战的近距离意义，更富有探索至美真谛的远距离意义。而正是这些地方，使艾青的战争叙事诗显得更高明一些。

这时期还出现了战争叙事诗的变种，即描写战争时期生活的小叙事诗。这类诗的特点是篇幅小，总是摄取战争生活中某个片断，浓缩于一个特定的、富于某种情调的场面，用白描的手法把它勾勒出来，既能显示人物的内在性格中闪光的东西，达到匕首般犀利的感受效果，又能有一种浓郁的生活气息，读来颇有回味的余地。田间的诗集《给战斗者》中的第六辑，全是小叙事诗，大都写得情节简练，人物集中，其味隽永。由于田间的带头，影响了晋察冀诗派，差不多人人都写起了战争小叙事诗。譬如陈辉的《卖糕》，仅16行，却相当生动地写出了火苗一样去点燃反侵略大火的卖糕者形象。而在国统区，云南救亡诗歌社编的诗歌月刊《战歌》，桂林诗创作月刊社编的《诗创作》，也都提倡过这一类叙事诗。这一类诗，由于形象的白描性及富于地方风情，加之形象的具体实在，就很容易为人民大众接受。如果有不足，那就是过分喜欢找如实对象白描，弄得不够空灵；而过分近距离配合政策宣传，又造成回味不多。田间进入40年代后写的小叙事诗成功的不多，原因就在这里吧！

这阶段的初期，战争叙事诗可以说是一统了叙事诗坛的，但到1942年以后，已渐渐向其他两个方向发展。在党的雨露滋润着、民主的阳光照耀着的红色土地上，一种全新的社会关系已经形成，因此叙写劳动人民在历史大转折时期终于获得自由解放、过上美满幸福生活的叙事诗大为繁荣。而在警车嘶号、鬼魅横行的国统区，人民不仅得不到温饱，并且连抗日爱国的自由也没有，因此叙写三座大山下劳动人民的苦难、为民主自由而斗争和献身的叙事诗也涌现了出来。以劳动者为诗歌王国的主人公，叙写他们在历史的伟大转折关头怀着人所应有的尊严，挺起身来，擦干泪痕血痕，沐浴在党的阳光里，拿起土枪，背上红缨大刀，跨入解放自己民族、自己阶级的人民军队先列，或者组织起来，移风易俗，男女平等，挥汗劳作在属于他们自己的土地上，既生产自救，又支援前方，解放全中国——这种种是解放区现代叙事诗的追求者们普遍叙写的生活内容。但如果这一类反映新时代新气象的现代叙事诗只求生活的表层滑行而不深入“腹地”，显然不行。艾青比较早觉悟到要以战略的眼光认识这块“有幸接触民主的阳光和革命的雨水”的土地。他在写《吴满有》的时候就曾指出：“这里，正在萌长着新的农民典型。”[13]虽然，他这首叙事诗也仍然在生活的表层滑行而没有写好，但他提出这一点却不容忽视。“新的农民典型”该从哪个角度去把握？田间倒是在实践中作了较扎实的探索。他在参加延安文艺座谈会以后，受了面向工农兵的方向的鼓舞，就以边区人民翻身生活为题材写过不少小叙事诗，如《贫农和酒》等。这以后他写了两篇叙事长诗《戎冠秀》和《赶车传》，前者写了支前模范、劳动英雄戎冠秀从被侮辱被损害到成为人民政权的主人公、从麻木到觉醒的生活变迁史。但田间没有满足于这一点，他认识到戎冠秀和晋察冀血染的土地上所有翻身农民一样，懂得这个历史大转折来之不易，既要在这块属于自己的乐土上营建美好的生活，又要保住这乐土。因此出现在诗里的戎冠秀，是怀着理想，忍饥受饿，挥洒血汗，去支援前线的。从这里可以看出，田间已经在努力把握翻身农民典型的心理特征，这在他另一首长诗《赶车传》中，对“新的农民典型”还有更为真实、贴切、更富于理想主义色彩的表现。但总的说来，田间这两首诗的诗味都不足。

由于艾青富有战略意义的提醒和田间的实践倡导，以及配合老解放区土改宣传，使得本阶段到1945年以后，反映解放区人民翻身得解放的现代叙事诗大大地繁荣起来。这批叙事诗出现的现实背景，正是人民解放军摧毁蒋家王朝隆隆的炮声给全中国劳动人民送来了一曲从奴隶变为主人的凯歌之际，就是说，这些千百年来一直压在社会底层的受苦人终于清楚地看到他们的命运确已到了历史大转折的关头了，这一层社会心理比艾青写《吴满有》、田间写《戎冠秀》的抗战中后期，也许更浓郁，更有现实的依据了，从而也更深化地渗透进解放区诗坛的审美心理中。所以反封建——包括反对地主对农民的土地和人身占有，以及种种封建意识，像旧礼教、旧习惯以及迷信观念等对农民的精神桎梏，已属时代焦点的生活反映内容，提到了解放区叙事诗创作的首位。张志民《王九诉苦》的一开头就说：“进了村子不用问，大小石头都姓孙！”就极有概括力地揭露了旧中国农村地主一手遮天的生活真实。而阮章竞的《漳河水》则通过三个农村姑娘在婚姻家庭问题上所经历的遭遇，从砸烂封建势力对人民的精神桎梏进行民主改革入手，反映了这个时代的大变动。李冰的《赵巧儿》可说是这类题材中的佼佼者。这不仅在于它的民歌体形式更显得活泼，更在于它是在较广阔的生活面、较集中的情节线上来显示这一场中国劳动人民命运的历史性转折的。

应当指出，这一些叙事诗大多数是配合土改宣传的，多少带点鼓动性，一时出现不少，不过它们几乎都有个共同的弱点：只求能配合政策宣传，人物命运的转机被置于一个类似的模式里，并且只作粗线的勾勒，因而主题总显得难以深化下去。只有李季的《王贵与李香香》，虽然写得比上面提及的那些翻身叙事诗要早，但是它在人物形象的塑造方面却要比同类型的作品高明得多。

这部叙事诗通过陕北三边死羊湾一对贫雇农青年——王贵与李香香，在和恶霸地主崔二爷的斗争中悲欢离合的故事，从一个侧面把土地革命时期刘志丹领导的农民革命的历史壮景反映了出来，贺敬之称它为“土地革命的历史画卷”〔14〕是恰如其分的。应该说，《王贵与李香香》虽属革命历史题材之作，但它能于历史真实中显示出极强烈的现实色彩，和《王九诉苦》《赵巧儿》等一样，配合土改运动，起了很大的宣传鼓动作用，但它又超越了上述其他诗篇艺术形象的思想层次。这部长诗所提示给读者的，不仅在于反封建地主压迫是极其必要的，更在于，作为农民个人的命运是和他的阶级、他所面临的历史大转折时代既相互依存又相互制约的。诗篇把王贵、李香香放在革命与反革命残酷的搏斗中，去经受一次又一次的生死考验，直到红旗再一次插上死羊湾时，两人才真正团聚。诗篇到此，李季让王贵“挣扎半天”才说了一句话：“咱们闹革命，革命也为了咱！”这是李季对他的主人公历尽艰辛、终成眷属这一喜剧情节所作的辩证总结，也是对这两个为获得做人的自由和尊严而奋起革命的贫苦农民从必然王国进入自由王国所作的精神升华。值得注意的是，长诗中王贵、香香和崔二爷之间冲突的出发点和情节发展的主导因素，不能简单认为是爱情纠葛，根本所在是王贵参加革命而香香支持他，才引起地主分子的强烈仇恨，从而一步步激化成一场相互间你死我活的阶级斗争。王贵从崔二爷残酷的阶级压迫下悟到了一个道理："闹革命成功我翻了身，不闹革命我也活不成!"所以在全诗的情节发展中，他是作为一个进攻阶级的代表，主动挑起这一场冲突的。正是他和他的革命阶级弟兄用自己的鲜血和生命创造了一个人民大翻身的伟大时代，从而又在这个富有历史性转折的时代里，获得了他和香香的幸福。李季在《王贵与李香香》中，让他的主人公们从传统农民的形象中挣脱出来，完成了他们改造世界的质的飞跃，从而为我们现代叙事诗提供了一代真正的"新的农民典型"。

这一阶段在同一个中国的另一片世界——国统区，富有正义感、追求光明的诗人们，则怀着"复仇的哲学"挣扎在"暴戾的苦海"[15]里，为自由、民主和人民的不幸命运献出了一首首郁愤的悲歌。

艾青去延安以前，在重庆写了长篇叙事诗《火把》，这诗发表在1940年。这时，民族解放战争已进入战略相持阶段，蒋介石一方面搞曲线救国，另一方面又腾出手来，掀起新的反共高潮，致使国统区人民的抗日爱国斗争受到镇压。于是，要求团结抗战、反对妥协投降的民主浪潮日益高涨。《火把》就是通过一次反对卖国投降、团结一致爱国抗战的火把大示威游行，寓高度象征抒情于叙事中，才把"大众的力量的表现"[16]充分地显示出来的。而在这中间，艾青还穿插了一对青年学生唐尼与克明的恋爱矛盾，以及另一女青年李茵以其切身体验劝导唐尼，使她终于觉悟到只有从自我的小圈子里挣脱出来，投进民主的浪潮中去，和大家一起举起火把前进，才会有真正的爱情与幸福。正因为诗中的情绪是国统区黑暗社会的真实反映，因此《火把》发表后，在国统区的知识分子和青年学生中引起了极大的反响，在一些集会上被争相朗诵。

玉杲的《大渡河支流》和力扬的《射虎者及其家族》写的都是发生在农村的故事。《大渡河支流》写一个地主家庭的悲剧。在这部作品中地主山耳不仅对农民盘剥的凶狠已达不可想象的地步，而且在道貌岸然的掩盖下，更有着一副极端卑鄙的嘴脸：一方面无耻地奸污了自己的二媳妇，另一方面又竟然亲手缢死了与一个贫农青年私通而怀孕的亲生女儿。诚如冯雪峰所说的："这正是农村阶级斗争中的地主和土豪阶级的一个侧面”“是建筑在非人的榨取制度及其拥护者的意识形态上的一幕悲剧”，而“作品所能给予的暗示，除了革命以外，再没有别的超脱的路了”。因此，这位评论家高度评价这部叙事诗说：“我觉得这是一篇史诗……有着惊心动魄的力量。”[17]《射虎者及其家族》却是写一个贫农家庭的悲剧。它感人地叙写了南方山区一个以射虎为业的家庭祖孙几辈代代相传的悲惨命运，相当典型地把旧中国农民自古的穷困、无边的苦难和宿命的灾祸在相当沉郁的调子和浓郁的抒情气氛中透视了出来，这些被侮辱与被损害者代代相传着一个遗嘱是要复仇，向自然界的猛虎进行复仇，向戕害自己的命运之神进行复仇，他们终于觉悟到要对剥削、残害劳动者的社会制度复仇，从用弓箭复仇到用笔复仇，终于觉悟到要寻找更好的复仇武器。所以，这首诗显示了力扬现实主义叙事诗创作的深度和力度。这首诗和《大渡河支流》所给予我们的结论是一样的：“除了革命以外，再没有别的可以超脱的路了。”如果我们把40年代的中国作为一个处于历史大转折关头的社会整体来看，则王贵们是站在前哨线上的，射虎者的后代“我”是即将彻底觉醒并奋起的强大后盾。而本阶段解放区和国统区的现代叙事诗在反映的生活内容上，虽颇不相同，但对大转折的中国来说，却有着历史性延续的精神内涵，使它们血肉相承在一起。

这就是现代叙事诗第三阶段反映时代生活的概况。我们可以看出，这十二年中出现的现代叙事诗，已很少有那种与时代无关或远离时代的、诗人自我精神生活的追求，民族和阶级的灾难、抗争、解放，以及由此激发起来的悲苦喜乐，已挤走了纯属于自我的苦闷和幻美情趣，甚至可以说，充塞于第一阶段那种专写爱情或发怀古幽情的作品，本阶段也已基本绝迹，而大批革命现实主义诗人，由于能够既敏感又坚实地把握民族和阶级命运的历史性转折，他们写下的战争叙事诗和翻身叙事诗，也就替代了第二阶段那些起因偶然自发、因而结局也茫然的描写叛乱的叙事诗。至于本阶段诗人们对社会联系的广度、时代关注的深度、生活感受的贴切度，比之于以前的叙事诗追求者，不仅有量上的进展，也更有了质的变化，这当然更是可喜的。

四

中国现代叙事诗三十年来，在写法上经历过多次曲折，终于一步步走向成熟，内中有经验也不无教训。

叙事诗顾名思义就得叙事，但它是诗，又得抒情，因为诗毕竟是以抒情为其职能的。由此看来，抒情化叙事是叙事诗艺术追求的核心内容。不过，由于抒情与叙事的侧重面不同，就会呈现出形象的多种构思类型。中国现代叙事诗，则大致可归纳为如下三类。

首先，它是立足于抒情的，即在叙事诗形象机体的构建过程中，虽写了人物和情节事件，但往往叙写的并不具体完整，只是大略作了一个轮廓的勾勒，好像只是一条情绪的串连线。对于诗人来说，致力经营的倒是这条线上设置的几个抒情点，让诗人自己的或人物的主观感受不失时机地在点上得到直接的抒发，这就叫抒情淡化实体。初创期的现代叙事诗也许刚从抒情诗中脱胎出来，抒情的胎记还相当明显，因此那时的多数叙事诗都采用抒情淡化实体的写法。如郭沫若的《洪水时代》，闻一多的《李白之死》，王统照的《独行的歌者》，白采的《羸疾者的爱》，韦丛芜的《君山》，无不如此。应该说它们大多还是写得比较好的，有人物活动和大致的情节故事，而且确有真情实感，抒述得恰到好处。譬如《君山》，所叙之事实属青年男女间一场既平常又简单的交往，若从叙事要求看，吸引不了多少人，但作为叙事诗，它说得上是佼佼者，直到今天也还没有失其艺术魅力，原因就在于韦丛芜善于在情节上设置一个个有情可抒发的点，诸如野站邂逅初爱萌动的欢欣，八月君山有约不来的怅惘，南靖港口烟水迷茫的凄凉，野站重游人去炉冷的感伤等等，把人性复归期的青年陷入情网后那一段渴望与幻灭复杂交织的情绪，全在那些点上一唱三叹出来，在一团抒情氛围掩映中，叙事实体也就被淡化了。到第二、三阶段，现代叙事诗的这一种写法要少得多，不过写得成功的还是不少，如殷夫的《在死神未到之前》，史轮的《白衣血痕》，金剑啸的《兴安岭的风雪》，天蓝的《队长骑马去了》，光未然的《屈原》，魏魏的《黎明风景》等等。它们能取得成功的关键在于，坚持抒情淡化叙事实体，而不是不要实体，也不是情绪掩没实体。但20年代末、30年代前期的中国，正是革命与反革命搏斗最激烈的时期，刀光剑影，血雨腥风的现实使那时的社会弥漫着一股复仇、叛乱、抗刍的激情，几达浮动状态，因此狂呼呐喊出心头的郁愤，有一段时间竟成了风气。这就影响了后期创造社、太阳社的诗人们以及中国诗歌会的部分诗人，在他们的叙事诗中，借人物事件作“传声筒”来狂呼呐喊，也成了一种风气。情绪离开所由发生的实体而一味空泛的呼号，使得像杜力夫的《血与火》、罗澜的《暴风雨之夜》、克阿的《九百个》，甚至蒲风的《六月流火》中所搞的大众合唱诗，都程度不同地存在着脱离形象实体依附的空泛呼号。而其中，尤以田间为最甚。他在第二阶段写的《中国，农村的故事》和第三阶段写的《她也要杀人》，以及不少小叙事诗，是走纯主观情绪或热烈口号外贴这一路子的代表。在《中国，农村的故事》中，田间索性脱离了具体的人物和情节事件，天马行空般在半空中狂呼饥饿的队伍起来叛乱。诚如茅盾所说的：“这长诗严格说起来也许不能称为叙事诗，因为它没有一般叙事诗的特征——一件故事……但是这诗所达到的目的却正是叙事诗所应有的，我们不妨把它归入叙事诗这一类。”同时茅盾还提出，它即使当作叙事诗，却也好像是“一部剪去了全部的‘动作’只留下几个特写、几个‘画面’接连着演映起来的电影”。由于鸟瞰而产生的这一条极虚化的印象性情节线，被自始至终作着鼓动性的主观抒情溶化，使田间这部长诗还是有些“浩浩荡荡的气魄”，但“不能近瞩，倘若就一页或一段来近瞩，那你就会叫苦的”。[18]这个“叫苦”一是指只有一些没有中心情节线串连的孤立的画面，拼不拢来，结果成为一场无机的画面跳跃，组织不起一个有机的总体印象，而使人感到不知所云；二是指热烈的呼喊无实体依附而相当空泛。这是一针见血地道出了田间纯主观抒情掩没了实体这一写法带来的缺陷。田间的另一首长诗《她也要杀人》情况略有好转，不过也无多大的改变。

其次，是立足于叙事的，亦即在叙事诗形象机体的构建过程中致力于经营一个富有高度典型意义或传奇特色、因而能发出很多情绪感受信息的如实情节，或者在情节组合时努力使人物在外在冲突中激化内心情绪，展示精神性格。这就叫叙事激化情绪，初创期的叙事诗人似乎还不太习惯这样做，只有朱湘例外一点。他写《还乡》真是慧眼独具，发现并且还选用了这么个情节事件，极具离乱社会的典型特征。实在只要如实描写，根本无需再情绪外贴，就能使读者于这个故事身上获得大量感受信息、使读后感同身受、百感交集了。他另一篇叙事长诗《王娇》，构思的主要精力用在外在情节事件的描述，从而把王娇的内在情绪感应出来。这不仅使这位少女的外在性格得到呈现，并激化出了她那种想大胆冲破但又冲不破、最后彻底幻灭——这么一次次递进的内心感情矛盾，从而使全诗染上了一层浓郁色彩。需要指出，我们至今还流行着一种观念，以为叙事诗是诗，只能以抒情为其职能。这过于绝对了。应该看到：叙事诗毕竟和抒情诗有些区别，切切不能忽略，这种诗体要求通过人与社会、人与大自然的种种矛盾关系组成情节事件，来写人物，只不过叙事诗的这种要求又不同于小说，它更多场合是通过人物自身激发起来的感情冲突来显示人物性格，这种潜入内心描绘的做法，就显示强调感情抒写这一倾向来了。所以像《王娇》这样叙事激化情绪的写法实际上倒会产生一种更深沉的抒情效果。在第二、三阶段中，这样的叙事诗写法反倒更流行了，如杨骚的《乡曲》、许幸之的《五月的太阳》、孙毓棠的《宝马》、公木的《岢岚谣》、李雷的《荒凉的山谷》、力扬的《射虎者及其家族》、玉杲的《大渡河支流》、李季的《王贵与李香香》、李冰的《赵巧儿》等等。但也不能不看到，由于三十年代中国诗歌会一再提倡“捉住现实，具体描写”，1940 年代艾青也说“农民喜欢具体、喜欢与他们的生活直接相关的事”[19]，这使得颇有一些叙事诗人在叙事激化情绪中，不自觉偏向单纯叙事。这正像抒情淡化实体走了专门抒情的极端、导致田间写了《中国，农村的故事》那样，叙事感发情绪走了专门叙事的极端，也导致臧克家写了《自己的写照》。这是一首凭诗人自己的经历写成的叙事长诗，里面有一大堆主人公自我经历的介绍，但“我”在如此坎坷的生活道路上，面对某些事件、场面，应该能够被激化出来的情绪被挤干了。确实也诚如茅盾所指出的：“作者的情绪太冷静了一点，写军校入伍与征西缺乏了悲壮，写回到北方以后的险阻缺乏了沉痛，而严谨地、从容地展开这大手卷的手法也就使这长诗全部缺少了浩浩荡荡的气魄。”[20]但又何止于《自己的写照》，有些中国诗歌会的诗人由于受“捉住现实，具体描写”这一创作主张的影响，不太考虑自己捉住的实体是否具有大量感受信息，一味以印证得到政治命题为满足，结果抱住实体不放，成了一堆事件的罗列。这个弊端在抗日根据地和解放区的叙事诗创作中发展得更严重，如柯仲平的《平汉路工人破坏大队》、何其芳的《一个泥水匠的故事》、艾青的《吴满有》《索娅》、田间的《戎冠秀》、陈辉的《红高粱》、侯唯动的《西北高原黄土变成金的日子》等等，都是如此。

记得茅盾在《叙事诗的前途》一文的末了，分析了田间的《中国，农村的故事》和臧克家的《自己的写照》以后，曾指出“田间不注意的地方，就是臧克家太注意的地方”，“田间把目光望远了，而臧克家又太管到近处了。”这些意思无非是说现代叙事诗过分脱离实体而追求感情表现，感情反而会弄得空泛抽象，效果并不好；但过分拘泥于情节事件的枝微末节，抱住实体不放，忽略了实体理应具有的大量感受信息，忽略了人物受外物刺激产生的感情矛盾特征，也是不理想的。因此，茅盾在那篇文章的结束处这样设想，叙事诗的前途“就在两者的调和”。这个“调和”，可以这样来理解，首先得从生活实体出发，从而使叙事诗的形象和实体保持着一定的距离，比实体高一些，虚一些，更多一些想象的空隙，以达到叙事诗形象的多层次性能。那么有没有人以实践证明得了这个设想的科学性呢？

有！这就是叙事形象的意象化。

我们晓得，在审美过程中，如果把审美对象狭窄的实用性排除，在物即是我、我即是物、物我同一再进而至于物我两忘的境界中来感受审美对象，则此对象就化为意象，具有了象征的具象形态，而整个意象的把握过程，也就会受极严密的抒情逻辑的制约，这种抒情逻辑潜在的推论，就出现了活跃的联想和想象。至于以抒情为职能的诗，就原是一种想象的表现。所以叙事诗如果把所叙之事选择准又把握住，并且又能从此实体中跳出来，使其虚化为象征的具象形态，则也就会有高度抒情化的效果了。这一种写法，初创期已有人写过，如刘半农的《敲冰》。不过这首诗的比附性太明显，形象也就偏于寓意化了。冯至做得较好些，如《吹箫人》《帷幔》，都已是跳出了实体，变得似实似虚的了。它们不仅给我们以一种爱情上的幻美、神秘情趣及幻灭的永恒悲感，更能引起我们对现实的丑恶感，脱离现实，远离人世，在艺术境界里去寻求至美。它们从实体化为艺术形象后，有一层神秘的氛围包围着，使文本多少有了点象征色彩。第二、三阶段，孙毓棠的《宝马》、艾青的《火把》、力扬的《射虎者及其家族》、唐湜的《英雄的草原》，也都在有意无意追求这种写法。特别是艾青的《吹号者》，可以说是最典型地显示了叙事诗形象意象化的写法。这首诗有一个相当如实而非隐约虚拟、相当客观而非主观变形地描述出来的故事，一个吹号战士，为了民族解放而殉职、殉忠！这是艾青对抗日战争某一侧面的生活所作的近距离反映吗？可以说是的——从吹号者身上我们确实可以感受到这是一个抗日战士的典型形象。但艾青却告诉我们："吹号者……好象只是对于'诗人'的一个暗喻，一个对于'诗人'的太理想化了的注解。"[21]而我们确实也从吹号者对黎明的那种神秘的向往，对黎明时天象那种奇景的展示以及对土地、战争和死亡那种超乎常情的神圣感受中感悟到：吹号者是个貌似如实、实在是虚拟的形象，一个象征体，暗喻着为召唤伟大的战斗时代来到而吹响诗歌号角的诗人，受了他自己"对于黎明的过于殷切的想望"所鼓舞，用全部的心血吹起他诗的号角，而直到"时代安排给我们的——也是自己预定给自己的生命之终极的日子"，他寂然地"倒在那直到最后一刻都深深爱着的土地上"时，这诗的号角也"好象依然在响"的。这的确是一个"对于诗人的太理想化了的注解"。于是，我们从这首诗形象机体的第一层——对民族战士为祖国的独立解放而殉忠的讴歌，上升到了它的第二层——对那些为时代而抒唱的诗人的赞美了。而我们又何尝不可以再上升到第三层——对一切为崇高的理想而奋斗以至于奉献生命在所不惜的精神的颂扬。再进而言之，当我们每一个对人类命运怀有强烈使命感的人，面对吹号者的形象凝神观照，以致自己进入角色，人我两忘时，我们也会在吹号者身上找到自己的影子。这就是说：这首诗的形象，可以使我们在阅读过程中一步步上升到实体的第四、五……层。就这样,《吹号者》所叙之事的情绪感染力也就达到惊人的强度了。而所有这些，乃是靠吹号者形象实体的意象化——亦即客观象征的魅力所达到的。

现代叙事诗的写法约略可分如上三类，而其中形象实体意象化最富现代色彩，是太虚一类写法和太实一类写法的“两者的调和”。而艾青的《吹号者》，也可以说是田间的《中国，农村的故事》和臧克家的《自己的写照》这“两者的调和”——它是从如实的生活出发所作的相当客观的描绘，因此离生活实体不是太远，但它又从如实的生活中跳了出来，和生活实体有一段距离间隔着，因此可为“两者的调和”的标志。《吹号者》显示着它特具形象实体意象化的象征表现——一种高水平的叙事诗写法。当然，我们无意于说《吹号者》就是“叙事诗的前途”，不过至少可以说，艾青这一首诗标志着我们的现代叙事诗艺术已进入一个成熟的境界了。

1985 年 2 月 28 日—3 月 8 日

写于杭州西子湖畔桃园新村

注释:

〔1〕《中国新文学大系·诗集》，上海良友图书印刷公司 1935 年版，第 25 页。

〔2〕 朱自清:《白采的诗》,《朱自清选集》第 1 卷，河北教育出版社 1989 年版，第 322 页。

〔3〕《中国新文学大系·诗集·诗话》,《中国新文学大系·诗集》，上海良友图书印刷公司 1935 年版，第 28 页。

〔4〕 蒲风:《关于〈六月流火〉》,《蒲风选集》上册，海峡文艺出版社 1985 年版，第 580 页。

〔5〕 李磊:《六月流火》，洪球编:《现代诗歌论文选》，上海仿古书店 1936 年版，第 332 页。

〔6〕 茅盾:《叙事诗的前途》,《文学》第 8 卷第 2 期。

〔7〕 蒲风:《从五四到现在的中国诗坛鸟瞰》,《蒲风选集》下册，第 814 页。

〔8〕 茅盾:《叙事诗的前途》,《文学》第 8 卷第 2 期。

〔9〕《英雄的草原·献诗》。

〔10〕 唐湜:《我的诗习作的探索历程》,《文学青年》函授创作中心讲义⑤。

〔11〕 田间:《写在〈给战斗者〉的末页》,《诗刊》1958 年第 1 期。

〔12〕 艾青:《为了胜利》,《艾青全集》第 3 卷,第 122 页。

〔13〕《吴满有·附记》,作家书屋 1946 年版,第 77 页。

〔14〕 贺敬之:《李季文集·序》,《李季文集》第 1 卷,上海文艺出版社 1982 年版,第 4 页。

〔15〕 引自绿原《复仇的哲学》中的诗句。

〔16〕 朱自清:《抗战与诗》,《朱自清选集》第 2 卷,第 285 页。

〔17〕 冯雪峰:《大渡河支流·序》。玉杲:《红尘记》,陕西人民出版社 1981 年版,第 35 页。

〔18〕 茅盾:《叙事诗的前途》,《文学》第 8 卷第 2 期。

〔19〕《吴满有·附记》,《吴满有》,作家书屋 1946 年版,第 76 页。

〔20〕 茅盾:《叙事诗的前途》,《文学》第 8 卷第 2 期。

〔21〕 艾青:《为了胜利》,《艾青全集》第 3 卷第 126 页。

论现代抒情小诗

1922年左右，新诗坛上有一种新的诗品种突然盛行起来，它每首只有三五行，有的甚至短到一两行，大家称它为小诗，或者短诗。

周作人在《论小诗》一文中曾这样说过："情之热切者，如恋爱的苦甜，离合生死的悲喜，自然可以造成种种的长篇巨制，但是我们的日常生活里，充满着没有这样迫切而也一样的真实的感情，它们忽然而起，忽然而灭，不能长久持续、结成一块文艺的精华，然而足以代表我们这刹那刹的内生活的变迁，在或一意义上这倒是我们的真的生活。如果我们'怀着爱惜这在忙碌的生活之中浮到心头又复随即消失的刹那的感觉之心'，想将它表现出来，那么数行的小诗便是最好的工具了。"这是着目于小诗创作外在条件而立论它产生之必然的。问题在于中国新诗为什么在草创期过后不久，这一诗品种风行了起来？有其内在规律的必然作用吗？有的！

草创期的新诗人，一方面声讨死文字，砸烂旧格律，追求诗体大解放；另一方面又提倡"越偏向具体的越有诗意诗味"的写诗法。这种只着眼于外在形貌改革的倡导，使草创期的新诗写作出现了这么一个模式：或者老老实实记述一场事情，来寄寓一点人道思想；或者寓言式地写一个故事，来比拟一点人生哲理。可叹的是独独缺乏一点诗的感触，漠视诗人心灵深处突发的闪光点。这使得胡适等新诗革命派最初的"革命成果"大多"总不外是一些理论或观察的报告"，缺乏诗质，索然无味。不过，诗的审美内在规律或迟或早总要来干预这种现象的。我们晓得，诗人要想写出一首成功的诗，首先得对抒写的对象具有新鲜的感觉和自己的心灵感应，然后由此而激发起想象联想，去调动意象库存，托物寄兴……这种诗歌创作中的内在规律，已在催发中国新诗的内质变异了。不过这种内质的变异对那些从草创期出来的诗人们来说，只能是一种渐变，或者说，在特定时期，只能变异某一部分。到1922年左右，可以说诗人们在把握世界进行创作中，对浮到心头又复随即消失的刹那的感觉作捕捉，已颇讲究起来了。在那几位新诗的始作俑者中，已出现这种情况。譬如沈尹默写于1917年的那首《月夜》，刘半农写于1918年的那首《大风》，就十分注意具有自己新鲜的感触，但他们也和胡适一样，基本上还是重如实而“不重想象”的，因此像刘半农这首《大风》，虽说“做了一年”，但结果还仅仅只是捕捉住“大风”这个对象消融于心灵的那一点刹那的感觉闪光而已，却缺乏想象的推延，撒不开来，因此幅度不大，只能写成寥寥几行小诗。

所以小诗之出现，是新诗演变的内在规律所决定的，而从它出现时起，就显出一种营养不良症，只停留于捕捉刹那的感触，而没能充分地展开想象。

这一类小诗崛起于1922年左右，倒还得力于诗坛的横向移植，即周作人对日本和歌、俳句的翻译，郑振铎对泰戈尔《飞鸟集》的翻译。朱自清甚至认为这两家译品成了小诗的来源。和歌和俳句在“描写一地的景色，一时的情调”方面是“很擅长”的，而泰戈尔的《飞鸟集》，又十分便于表现“零碎的思想”，这使得小诗一开始就有两种不同的风格：情调型的和哲理型的。

情调型小诗大多是设景显情的。不过，在小诗崛起的初期，写作者往往偏执一端，有人偏于“描写一地的景色”，从中淡淡地衬映出一脉情调。这实在很不容易做，因为要在万千现象中提炼出那么一点，非要有深刻的观察、敏锐的感觉、独特的透视角度不可。在这方面，何植三在《农家的草紫》中一些写田园生活的小诗很值得注意，如《夏日农村杂句》之二：

青青的田禾里，
遮着绿萍，

浮出咻咻的小鸭。

还有之六：

放着送饭去的篮，
徘徊竹篱间，
捉蜻蜓的儿童呵！

这是农村中常见之景，别人没有发现，却让这位诗人闪过心头的刹那感触捕捉住了。它们给人以鲜明的画面感，而画面又有特强的透视性能，能于外在的风景面上衬映出恬静、秀丽的江南风情色调，简单而又隽永，怪不得朱自清说“是小诗里我最爱的”。应该说这一类情调型小诗由于难写而不多见，大量的做法是把写景作为一个发端，重在写出从中激起的一点感触，如朱自清的《除夜》：

除夜的两枝摇摇的白烛光里，
我眼睁睁瞅着，
一九二一年轻轻地折过去了。

又如潘漠华的《七叶树》：

七叶树呵，
你穿了红的衣裳嫁于谁呢？

除夜的“白烛光”和红叶纷披的“七叶树”作为“一地的景色”写得极其简单，但“白烛光”却引出一场年华流逝的伤怀，“七叶树”引出一片青春情热怀有者的浪漫遐思，它们虽没有展开想象的翅膀，深入情绪的腹地，但从拟喻化的意象中发射出的一点信息，却是迷人的、淡淡的怅然情调。

情调型小诗偏于描写“一地的景色”也罢，偏于表现“一时的情调”也罢，都是允许的，只要“能把捉住生命底一刹那而具体地实现它”。但实际上由于各执一端，要达到这个境界难度往往较大，实在说，最好的办法是把描写“一地景色”和表现“一时的情调”作有机交融，可惜初期小诗这方面做得也不够出色。

哲理型小诗崛起之处也显示出两种写法。一种是具体描写一副景色，然后提炼出一点哲理思考，如邓均吾的《光》：

窗缝中射进了阳光一缕，
浑夹着无数的微尘，
氤氤氲氲地，
绝没有些儿的安静，
啊，好一副人生的摄影！

这就是说，面对眼前一景，诗人展开了适度的联想，感悟到人生亦如是浑浊、烦嚣，没有一点清净安逸。但应该看到，一缕阳光中翻滚着的灰尘和人生之间是缺乏感兴的内在联系的，纯粹是理性的譬比型联想。比较高明的是宗白华在《流云小诗》中的写法。那些小诗也描写“一地的景色”，却显示着一种自我融于自然、物我合一、以致两忘的境界，从中点化出一种超现实的宇宙思维。譬如这一首《夜》：

黑夜深，
万籁息，
远寺的钟声俱寂。
寂静——寂静——
微眇的寸心
流入时间的无尽！

这是人对自然境界真切地感应的结果，人和自然达到了最高的和谐，于是人融入大千世界，从地球的相对时间中挣扎出来，进入了宇宙的绝对时间，获得一种最高超越的觉识，以致使自己于一刹那中把捉住了永恒。这一类哲理型小诗，景与理结合得浑然天成，其哲理思维竟能达到如此高度的极少。唯其如此，没有多少人敢于问津，也可以理解。很多人喜欢写的另一类哲理型小诗，它其实是意象化的格言，譬如冰心的《繁星》："冠冕？ ／是暂时的光辉， ／是永久的束缚。"这是人生哲理，是靠机智的语言表达出来的格言。冰心这一类诗写得很多，其他人也颇有这样写并且写得不错的，如徐雉的《孤独者的烦闷》三十七，闻一多的《宇宙》，朱湘的《当铺》等等。

初期小诗大致上就是这么两大类、四种写法。

那时，大量写小诗的首推冰心。她从1919年开始写，写到1922年，结集成两个本子：《繁星》《春水》，共346首小诗，于1923年出版。"其后辗转模仿者很多"。如宗白华，读了冰心的这些小诗后，也写了一卷包括48首的小诗集子《流云》。他在小序中说："读冰心女士《繁星》诗，拨动了久已沉默的心弦，成小歌数首，聊寄共鸣。"刘大白也是致力于写小诗的，单是1922年，他就写了《旧梦之群》161首，《泪痕之群》141首，《秋泪之群》44首，《落叶之群》33首，数量可说是小诗作者中最多的，可惜诗意索然，艺术上也相当粗糙。闻一多写了《小诗》76首。其他如朱自清、俞平伯、康白情、徐玉诺、梁宗岱、徐志摩等，都致力写过，其流行的势头之猛，超过任何一类诗品种。朱自清在1922年春天就说："现在短诗底流行可算盛极！作者固然很多，作品尤其丰富，一人所作自十余首到百余首，且大概在很短的时日内写成。这是很可注意的事。"注意什么呢？除了注意到它好的地方外，这位有见识的评论家还指出了它的弱点。首先，是"只有感伤的情调和柔靡的风格"。的确，初期小诗反映社会现实的极少，几乎全是写童年回忆、爱情悲欢或超然情趣的。记得当年有个因恋爱而自杀的女中学生，留下过这么首小诗遗作："不梳的发儿偏偏／不画的眉儿弯弯／不乐的心儿酸酸"这很足以代表初期小诗的风格情调。读一二首，会有新鲜感，读多了，千篇一律，就感到单调，因单调而乏味，因乏味而生厌。其次，朱自清还认为“太滥了”，尽是些“仓卒的粗制品”，这也是击中要害的。所谓小诗，顾名思义，它极短小，却又要在极有限的容量内表现出较丰富的内容，所以特别要有重暗示、重弹性的表现，叫人读了仿佛有许多影像跃跃欲出似的，因此小诗对艺术上的要求应该更高。但世间往往有很难的事被人误会为很容易的，小诗即一例。因为觉得容易，所以滥作，所以盛行，所以充斥，结果出现了一大批内容苍白甚至无聊的东西，败坏了小诗的声誉。

除朱自清指出的两个弱点以外，我们还以为，初期小诗更有一条带根本性的弱点，就是我们在前面已点出了的，由于只致力于去捕捉刹那的感触，因此忽略了想象。读初期小诗，我们往往会被诗人的刹那感触打动，初接触会有一点新鲜感，可惜这点新鲜感刹那而来，也就刹那而去，经不起回味，如汪静之的这一首小诗：“风吹皱了的池水，／没来由地波呀，波呀！”初看有点情趣，再一回味却没有了。为什么？究其根本，是没有一点想象的契机埋着，推不开去。“波呀，波呀！”只不过是在原处回荡，回味自然就不多。

就这样，初期小诗只盛行了短短一段时间，就在广大读者的厌倦感和斥责声中衰落了。

要避免初期小诗的这些弱点，可不可能呢？可能的。当年朱自清在《短诗与长诗》中就曾经提出过改造小诗的方案：“我希望现在短诗底作家能兼采日本底短歌与《飞鸟集》之长，先涵养些新鲜的趣味，以后自然能改变他们单调的作风。”这就是说，他主张把小诗中情调型风格和哲理型风格统一起来，达到“设景→显情→悟理”这么一个统一的感受过程。这是相当中肯的。但要能达到这两大风格“兼采”的要求，只有强调写小诗者开展想象，切切不要停留于刹那的感触。那么，这三者兼备有人达到过吗？有的。郭沫若的《鸣蝉》可以说是个例证：

声声不息的鸣蝉呀！

秋哟，时浪的波音哟！

一声声长此逝了……

这首小诗因鸣蝉起兴，表现了季节交替中一点年华易逝的伤怀情调，同时也启示着人们：在无始无终的茫茫时间中，季节交替乃是宇宙永恒律中的一个必然现象。可见景、情、理是层层推进的，颇有丰富的内涵而不显单调。而能达到这种效果，正是靠想象的充分展开。诗人把“声声不息的鸣蝉”设想成既是“秋”的具体标志，又是时间海洋上一抹小小的流波声，被时间海洋中汹涌的浪涛卷带远去。这是多么开阔又多么丰美的想象。而这么一来，短短三行诗就感情的色彩看，也和其他初期小诗一样，“只有伤感的情调”，时代内容不足。

所以初期小诗的昙花一现，除了缺乏时代性以外，创作艺术上没有走《鸣蝉》的路子，是个极重要的原因。看来，要使小诗振兴，只有从两个方面努力，内容上提高现实主义精神，艺术上走《鸣蝉》的路子。

这以后，小诗的追求者是否朝这两个方面努力，使小诗振兴起来呢？

在很长一段时间里——具体点说，从那以后到抗战爆发前，十几年中，中国抒情小诗似乎是一蹶不振了。这是什么缘故呢？我以为首先是小诗的传统观念还改变不了。一谈小诗，就好像只是以淡远的境界表现自我刹那感触的即兴体诗，不适宜于表现社会斗争的重大内容。而中国社会在这十多年中，阶级矛盾和民族矛盾却日益严重，社会生活中浮动着一片反叛、抗争、救亡的斗争激情，只要稍有一点社会、民族意识的诗人，谁还会孜孜于品味个人刹那的感触和淡远的情趣呢？其次，由于小诗在艺术上只要求用三五行表现一点感触、而感触往往是飘忽的，没能容得多少感情，三五行一首的外在篇幅，也实在太狭窄。装不得多少感情，因此想写出大波大澜的时代激情，也确乎使不上劲。当然一蹶不振并不等于不再有人去写小诗了。老传统制约下的这一诗品种对于躲避时代的暴风雨、在象牙塔里低吟的某些诗人来说，还是颇管用的。于是，这一些诗人在“开拓一条以‘情致’‘意象’为归的、比较能自如地抒情、描景的新途径”中，进入了小诗创作的天地。他们继承了《鸣蝉》的路子，把小诗的创作艺术推向了更成熟一些的境界。这中间，林庚和卞之琳取得的成绩多一些。林庚在《春野之窗》《北平之歌》《冬眠曲及其她》中都收有不少小诗。他似乎是个感觉派，爱从身边琐事中获得诗的感觉。如《春野与窗》中的那首《欲春之夜》：

北斗明静的冷清中
独自的长桥上
星子的神秘与两面的湖水
拍着夜深同去
随手指着北极星
隐约的有灯一闪不见了
转入了林中的梆子响
打出了湖上的风声水声来

像这样一首小诗，写早春的深宵，望湖水、星光衬着丛林，听梆子声和着风声、水波声，隐约透出一种大地解冻、春将来临的情调，确实颇有一点淡远的境界。但全诗是一堆朦朦胧胧的感觉碎片，让你自己去感受、思索、回味，诗人自己几乎是毫无动静似的。这里显示着林庚在小诗创作艺术上的功绩：改变了初期小诗如实道来的直露和单调，把几个刹那的感觉跳跃状地串联起来，又压缩在极有限的容量里，内涵实际上颇丰富。可惜由于他致力于感觉碎片的无机拼合，因此常常浑沌一片。不单纯，不明朗，显得相当晦涩。只有《长夏雨中小品》写得明朗而富情味一点。卞之琳的作风和林庚的差不多，所不同的是，林庚的小诗是情调型的，而卞之琳却是哲理型的。林庚小诗的意象组合显得随意，卞之琳却相当有机，如《断章》：

你站在桥上看风景

看风景人在楼上看你。
明月装饰了你的窗子，
你装饰了别人的梦。

这是一种相对论的哲理思考。诗人对日常生活有精微细致的感觉，因此他能从桥上人、楼上人之间的关系上，从明月、窗子和梦中人的关系上感悟出这点哲理来。两组意象都很有画面感，于淡远的境界里给人以水乡小镇的风情美，而于此中获得的哲理启迪又含而不露，全交给读者自己去回味。凡此种种。全凭诗人活跃而不浮躁的想象推延出来，由此而达到了景、情、理的有机统一，是颇写得成功的。这两个人在小诗创作艺术上的追求应该说是走了《鸣蝉》的路子的，他们不仅致力于去把握刹那的感触就算了，而且还展开活跃的想象，使局促的意象空间富有更大的弹性。但这些情调型的或者哲理型的小诗，缺乏一种天真的清热，显得冷峻，这却是不同于《鸣蝉》的地方。当然，单是艺术上的开拓而没有在内容上把小诗引向更丰富更开阔的感兴新天地，小诗当然还振兴不了。

小诗再次振兴，是抗战爆发后直到解放战争这一段时间。这十二年是民族的和阶级的矛盾以战争这个最高形式表现出来的历史大转折年月。时代充满着血与火的情调，人民——即使是那些曾经想躲避时代暴风雨、吟哦在象牙塔里的诗人，也无法把个人的悲欢游离于整个民族、社会的命运了，因此“把捉生命底刹那”也就无不着上了民族的和社会的底色。譬如戴望舒这样一个曾经是“渴望着回返到那个天，到那个如此青的天”去的人世超然者，到日寇蹂躏祖国河山的年月，也写了像《萧红墓畔口占》这样的小诗：

走六小时的寂寞的长途，
到你头边放一束红山茶，
我等待着，长夜漫漫，
你却卧听着海涛闲话。

这位现代派的诗人也走出象牙塔，为“长夜漫漫”的祖国而焦愁、痛苦了，并且是多么殷切地期盼自由和黎明到来。如果我们承认文学是生活的必然反映，文学的发展是生活发展的必然结果，那么以上这些社会因素就有可能为小诗的现实主义铺设起坚实的基础，从而使它的传统观念发生突破性的变异，创作也出现更高层次的进展吧！

这样的估计是合乎实际的。

首先是在这十二年中，小诗已处处显示为从表现自我生命的刹那向时代生命的永恒推延。

我们读这期间的大量小诗，无论是情调型的或者是哲理型的，已基本上看不到纯自我的、越乎尘世的感兴表现，即使面对同一个对象世界，这期间的小诗追求者们，总体说，所引起的感触和联想，也大不同于初期的小诗追求者了。就拿“夜”这个对象世界来看，它是最能使人摆脱尘世杂事的纠缠、让心孤寂下来沉思遐想的。初期作者中，宗白华最爱写夜，除掉我们前面引述过的那首《夜》以外，他还有这一首《解脱》，专写夜很动人：“心中一段最后的悲凉，／几时才能解脱呢？／银河的月，照我楼上。／笛声远远吹来——／月的幽凉／心的幽凉／同化入宇宙的幽凉了。”从这里可以看出，宗白华对“夜”易于引起诗感的是银河、明月、小楼、笛声。在这样的境界里，自我的灵魂出窍，纯客观地看着自己的微躯，只不过是大千世界一颗微尘而已。因此他感触到自己已超脱人世，化入了宇宙。但这期间的小诗作者，如艾青，却不是这样。他也有一首写夜的小诗《无题》：

有时我也挑灯独立，
爱和夜守住沉默，
听风声狂啸于屋外，
怀想一些远行人。

艾青容易引起感触的夜，是户外风声狂啸、室内一灯如豆的夜，他感触所及的是黑夜中逆狂风而摸索行途的旅人。他们是因战祸而流离失所到处流浪者，是为了民族解放而奔赴战斗者？诗篇没有明说，但令艾青心悸而遐思的这些风沙夜中的远行人——作为一个意象，在这里就有着动荡社会的鲜明印记。又如面对“陨星”这个对象世界，初期小诗作者刘大白在《旧梦》之六里引起的是这样的感触：“我是一块陨石，／一堕地就无光了，／生命在无堕之前呵！”这是以陨石来明喻自己，斤斤计较着自我生命的有光无光，缺乏时代内涵。但到了这时期就不同了，冯雪峰在《审美》中这样写：

我们终于达到了这样的审美——
当星陨迸散，
不去吁嗟那瞬间之光的幻灭的美，
却在沉听那陨声的哀远。

一般人写陨星几乎都停留于视觉感，独有冯雪峰突入于听觉感：“沉听那陨声的哀远”，这可是全诗的凝聚点，由这一点感触所达到的审美核心乃是毁灭的悲壮美。血火交迸的民族战争和刀光剑影的阶级搏斗，使多少美好的生命毁灭了——包括诗人写这首诗时亲眼目睹着无数革命志士、民族精英，被国民党政府屠杀于上饶集中营。因此在一切爱国者、正义人士和革命同志看来，被毁者既显示了壮烈的美，又毕竟是令人哀痛的。由此看来，有关陨星的审美意象就决非纯自我的感触再现，而内蕴着丰富的时代内容和深刻的历史感。再如面对自然世界最习见的花草树木，山水泥土，两代小诗追求者的感触和哲理思考也有颇大差异。初期写小诗最出名的冰心，在《春水·三三》中写一朵小花：“墙角的花／你孤芳自赏时／天地便小了。”这首诗以“墙角的花”发端，从提高个人修养上着眼，作了象征的抒写，由此表达一点哲理感悟，当然也自有提高精神境界方面的价值，但毕竟缺乏社会意识。再看鲁藜的《泥土》：

老是把自己当作珍珠，
就时时有被埋没的痛苦；

把自己当作泥土吧，
让众人把你踩成一条道路！

泥土也是极平凡的对象，诗人从它身上捕捉到的刹那生命，是一代革命者对民族庄严的责任感和对人民崇高的献身精神的象征，比冰心笔下墙角的花，其审美层次就要高。

通过以上的比较，我们可以说，这时期抒情小诗的追求者所把捉的刹那感触，已经导向了广阔的社会生活内容，获得了时代的生命，具有了一种凝定于历史旷野的永恒意义——这正是现实主义在现代抒情小诗中渗透的表现。

而我还以为，小诗发展到这时期，现实主义不仅仅对它作了渗透，更是强化了它。可以说，小诗在那个时代所显示的革命性和战斗作用，甚至超过了其他诗歌品种。

在这方面特别值得提出的是抗日革命根据地的街头诗运动。当年的边区诗人为了及时反映全国人民——特别是边区人民抗击日本侵略者的战争，真挚地抒唱为民族、为阶级的解放而献身的高昂斗志和必胜信念，豪迈地激励人民大众投入这场伟大而壮烈的战争，达到向广大军民迅速作战斗鼓动的目的，才采用把诗歌印成传单散发或直接书写于街头墙角，这就产生了一种像匕首般锋利、像标语般简短、又像擂鼓般富有鼓动力的街头诗，如下面这首街头诗就写在晋察冀边区从神木到哈拉寨山沟的石壁上：

汹涌的奔流啊，
你是象征先遣军的远征吗？

这首无名氏之作，和初期小诗——如前面曾提及的《七叶树》，在手法、形式上何等相似。但这位无名诗人的刹那感触豪迈雄浑，更富有时代的生命。可以说，这是一首标准的情调型小诗。又如写在甘谷驿到清涧的岩石上、史轮作的无题街头诗：

在抗战里
我们将损失什么？
那就是——
武器上的锈，民族的灾难
和懒骨头！

这里写的是战斗中的人民对战争的心灵感应。正是他们，对这场民族解放战争是满怀必胜信念并寄以强烈希望的。而作为他们中的一员，诗人史轮就敏锐地把握住了这一脉博大而壮烈的感应信息，并用直白的语言作了哲理的提纯，使读者能于沉思里激荡起火一般的豪情来。而就诗本身来说，是一首完全“能把捉生命底一刹那而具体地实现”的哲理型小诗。这里我们还特别要提到田间。这位诗人是当年街头诗的倡导者和最积极的实践者，他以短促的诗行造成擂鼓般的节奏和像宣言、誓言般的陈情语调写的街头诗，特别富有鼓动性，如《自由，向我们来了》《假使我们不去打仗》《饲养员》《坚壁》等。这里不妨引用《坚壁》来看一看：

狗强盗，你要问我么：
“枪，弹药，
埋在哪儿？”

来，我告诉你：
“枪，弹药，
统埋在我的心里！”

简短有力的诗句，斩钉截铁般吼出了中国人民在敌人的屠刀下甘愿杀身成仁、决不妥协投降的爱国精神，无畏斗志。“枪，弹药，统埋在我的心里”这样的诗句，能给读者以弹性颇强的暗示：中华民族潜藏着决不会被征服的战斗力。这种街头诗风行边区，可说是小诗振兴的动人标志。

这类富有战斗鼓动作用的小诗，以其极强烈的战斗现实主义精神和单刀突入读者心灵的艺术冲击力，不仅被革命根据地的广大诗歌作者所喜爱和追求，也为生活在国统区的诗人揭露社会的黑暗统治、召唤人民奋起叛乱所采用——当然，其作用已不能说是鼓动而是煽动了。其中，臧克家是最努力的一位。在他的《泥土的歌》中就收有他不少这一类品种的诗，譬如《黄金》：

提防着黑夜，
农民在亮光光的场子上，
做着黄金梦；
梦醒了，
他又把粒粒黄金，
送给了别人。

这就相当深刻地揭露了国统区农村封建剥削的残酷和农民的苦难。再如《反抗的手》：

上帝
给了享福的人

一张口；

给了奴婢

一个软的膝头；

给了拿破仑

一柄剑；

同时，

也给了奴隶们

一双反抗的手！

全诗通过四个并联的意象，层层推移，有力地推出了一个生活哲理，反抗奴隶压迫是社会的必然，它一定会出现。以诗煽动进行反叛，在抗战胜利后出现第三次国内战争时，越来越盛行了，不仅政治抒情长诗，像绿原的《终点，又是一个起点》等是如此，还有更多抒情小诗，像陈敬容的《力的前奏》、曾卓的《火与风》、邹荻帆的《黑夜》等，也如此。特别值得一提的是《诗创造》这本进步诗刊，刊发了些抒情小诗，如茅隐农的《孕》、于漠的《没有罪》、李白风的《树》、陈奔的《鸡斗》等。

至此，我们可以作这样的判断了：现代抒情小诗的传统观念确已跨出了变异的第一步，它再也不是只给诗人们表现自我刹那感触之用的消闲品，而终于导向了广大的社会生活，汇入中国现代文学战斗的现实主义洪流中了。我们信奉文学的功利主义，审美的诗如果脱离了社会生活和时代精神，必将大大降低其审美价值。因此，对这时期小诗所跨出的变异的第一步，就值得我们珍视。

考察到这里，我们也不能不指出，文学的内容和形式之间，从来是一种辩证关系，内容既已变异，形式呢？也毫无疑问是要跟上的。就这样，我们还看到这时期的小诗在创作艺术上也颇有大的进展。

首先，这时期诗人们由于接触社会实际比以往任何时候都密切，因此使他们引起刹那感触的，已经不只是来自境界淡远的自然景色，更多情况下还是来自社会生活自身，并把这感触提纯为诗意的信息，贮存于引起感触的直接现实中，以这直接现实来作形象造型。这样做，就使读者无须绕很大的弯子即能从造型体上直接收到刹那感触的诗意信息。譬如田间的《义勇军》：

在长白山一带的地方，
中国的高粱
正在血里生长。
大风砂里，
一个义勇军
骑马走过家乡，
他回来：
敌人的头
挂在铁枪上。

极壮美的造型！把诗人从战斗的实际生活中感触到的那股中华儿女反抗侵略、保卫国土的勃勃英气极动人地表现了出来。这样的小诗从风格上看，已不是缥缈虚无，因而难以把捉的一种纯情调表现，而是生活实感性极强的、摸得着、看得到的、沉甸甸的感触。

其次，随着小诗作者们致力于在实际社会生活中去把捉刹那的感触，并以感触的直接现实来造型以后，他们又注意到对如实的造型对象进行蒸馏式的提炼，使之变得如实而模糊，诱发读者在捕捉感触的诗意信息时，充分地展开联想，从而使极短小的篇幅里有极丰富的内涵。譬如臧克家的《三代》：

孩子
在土里洗澡
爸爸

在土里流汗
爷爷
在土里埋葬

这个感触的造型既是如实的，却又并不具体。如实而模糊，却使人感觉到农民对土地是生死相依的。这层密切关系不仅在于三代人都依存着土地，而且还在于三代人的命运作为一个流动着的统一过程，始终是在土地上交替的。这就叫人感悟到土地和农民还有更深一层关系，土地对于农民的悲惨命运来说，是世代轮回的舞台。太如实是对读者不信任的表现，使读者展不开联想，发挥不出再创造的主观能动作用。正是如实而模糊的这种做法，对篇幅极小的小诗进行造型来说，分外有利。初期小诗作者们似乎还不大懂得这个奥妙，《三代》的出现是令人欣喜的，显示着小诗艺术的可喜成熟。

第三，这时期小诗的写法，还进而走向了整体虚拟化。如果说如实而模糊使小诗的造型体具有开展联想的诱因，则虚拟化就进一步具有充分发挥想象的可能。田间有一首鼓动性很强的小诗《自由，向我们来了》，就是把抽象的自由作了拟喻化处理。诗篇告诉我们，在九月的亚细亚原野上，自由“从血的那边，从兄弟死骸的那边”，像暴风雨、像海燕般的来了，这里深刻地暗示出了诗人胸中以流血牺牲定能换取抗战必胜的信念，而暗示得如此动人却靠虚拟化的想象达到。我们不妨再引用邹荻帆的那首《车》：

有一天会没有黑夜。
青天作我们的篷帐，
太阳作我们的轮片，
我们驾驶着自己的车，
一个崇高的理想作我们的曳车者，
走向时间的顶点，

空间的边缘!

这是梦想光明时代到来的一脉感触所化成的小诗。诗人把青天、太阳和崇高的理想各各拟喻化，再组合成一个有机的造型体——一个拟喻型大意象，暗示出，我们一定会有那么一天，驾起光明的车子，踏遍生活的边陲，走向历史的尽头。这个虚拟化的造型体，内藏着多么丰富的想象，让读者去展开，再造生活，进入时代感受的无限境界。

总之，从小诗创作艺术这么三方面的进展看来，这一诗品种的传统观念又跨出变异的第二步了，即从把捉对象世界的刹那感触出发，进而去拥抱富有高度社会审美透视力的对象世界。唯其如此，后期小诗在表现刹那感触时，抒情的直白和哲理的格言化倾向已大大地削弱了，而代之以具象造型和具象的意象化造型，从而使这一诗品种的艺术也终于达到中国现代诗歌总体艺术的水平线上。现代抒情小诗三十年的历程，道路不能说不坎坷，无论是它的观念，还是创作的内在审美特征，前后期发生的变化和所取得的进展幅度，比起别的诗品种来，都更显著一些。这些情况我们在上面已作了考察，多少可以证实一点这样的判断。但又何止于这些呢?我们不妨再回顾一下小诗外在诗形的演变。初期小诗完全自由化，不讲究格律和押韵。到沉默的中期，却走向了另一端，讲究起格律来。林庚在《北平情歌》中的小诗，甚至是最最标准的豆腐干体。但到了振兴期，自由体重新流行，而格律体呢?也对应地并存着。这样的起伏变化可谓不小了。再回顾一下小诗作者的队伍，初期写作小诗的面的确广泛，一时几近泛滥之势，但真正致力并且是严肃写的，只有冰心与宗白华，而他们感兴趣的是抽象的哲理抒情，写生活的不多。沉默的中期，写者寥寥，更无所建树，唯林庚、卞之琳勉强说得上对此有所追求。到振兴期，情势大变，单是街头诗就多得不可胜数。一支颇具阵容的小诗队伍也终于形成，田间、臧克家、邹荻帆、鲁藜、丽砂等，勤奋写作，成绩显著。而田间可以说是到此为止小诗创作中最有建树的，他把小诗引向了表现生活、表现时代内容的广阔道路上去。我看，正是这些地方，进一步证明了三十年中现代小诗的变化和进展幅度是极大的。

小诗以其短小的篇幅，以及只传达刹那感触的创作艺术特征，大大方便了读者在有限的时间内进行审美欣赏。不言而喻，在生活节奏高速度化的今天，会大大受到欢迎的。而它终于形成的以情调、哲理和社会化相交融的审美特征，对精神文明建设也是极有用的。可惜中国新诗从前三十年的现代诗歌进入社会主义时代的当代诗歌后，小诗却再度受到冷遇，直到新时代以来，才由诗人艾青带头，得到一些诗人的关注，但我认为还有待大力提倡。鉴于此，今天我们来对这一诗品种建国前三十年的演变历程作一考察，总结它成长中的经验和教训，也该有一定的现实意义吧!

1985年9月25日于西子湖畔桃园新村

论现代散文诗

有人说散文诗是舶来品，这并不确切，却也可以这样说。

上世纪初，王国维在《屈子文学之精神》中说："庄列书中之某分，即谓之散文诗，无不可也。"到1921年，郭沫若在《论诗三札·一》中更具体一点说："我国虽无'散文诗'之成分，然如屈原《卜居》《渔父》诸文以及庄子《南华经》中多少文字，是可以称为'散文诗'的。"这表明散文诗在我国可是古已有之，决非舶来之物。不过，我们的先人没有为这类作品命名过。域外类似这类体裁之作也早已有了，《圣经》中的《雅歌》，古希腊萨福、柏拉图一些铭句小诗，波斯诗人萨迪的《蔷薇园》，黎巴嫩法拉兹的箴言，都可以看成是和《卜居》《渔父》类似的特殊诗歌品种。19世纪中叶法国一个叫贝尔特朗的诗人写有一本这类品种的诗集《夜间的卡斯帕尔》他就以"poemes enprose"予以命名，这就是今天通行的"散文诗"这个名称的由来。而王国维、郭沫若就把它引入进了中国。如此看来，若就"散文诗"这个名称来说是舶来品，倒也说得过去。

那么这类品种的诗有哪些特征呢?《简明不列颠百科全书》第七卷中这样说"散文诗"："短篇作品，可以具有抒情诗的各种特性，但形式上却是散文。"这倒是说得颇为得体的。1920年代初，创造社的滕固写有《论散文诗》一文。他在谈及《水经注》中一段文字后说："其法则记，其材其趣则诗也。这便是散文诗的界说。"这里的"其材其趣则诗"也就是"抒情诗的各种特性"。而"其法则记"当指散文的形式。可见中西方对散文诗总体特征的看法是完全一致的。滕固在上文中还说："散文诗与普通文及韵文诗的界限，却很难分；我在此地可说一下，譬如色彩学中，原色青与黄是两色，拼之成绿色，绿色是独立了……散文与诗是二体，拼之成散文诗，散文诗也独立了。"因此，滕固认为它"有独立艺术的存在，也可无疑"。不过，它应归入诗一类呢，还是散文一类呢？这方面滕固有自己的看法："散文诗是诗中的一体。"(《中国新文学大系·文学论争集》第308—310页)。滕固这番话为散文诗定性，也就够到位的了。

在中国新诗破土而出的过程中，散文诗和自由体诗一样，是扮演了主角的。这期间，新诗探求者致力于向旧传统挑战，要破除用文言和旧格律写诗的习惯，并在"诗体大解放"的旗帜下提倡用白话和新体写诗。这使新诗也就被称为白话新体诗了。对那一代新诗草创者而言，用白话写诗倒不成问题，但新体还未建立，该如何建立却心中无数，只有一个意念：写诗总要以自然流露为上，所以新体必须是自由的。于是不拘格律、不讲平仄、怎么想就怎么写的自由诗、散文诗找上门来，在旧诗体已废、新诗体未确立的青黄不接之际，前来唱主角了，这是既合理又必然的事。诚如郭沫若在《论诗三札·三》中所说的：

> ……诗的本职专在抒情。抒情的文字便不采用诗形，也不失其为诗。例如近代的自由诗、散文诗，都是些抒情的散文。自由诗、散文诗的建设也正是近代诗人不愿受一切的束缚，破除一切已成的形式，而专指诗的神髓以便于其自然流露的一种表示。然于自然流露之中，也自有它自然的谐乐，自然的画意存在，因为情绪自身本具有音乐与绘画二作用故。情绪的韵律、情绪的色彩便是诗。诗的文字便是情绪自身的表现。

由此看来，散文诗之所以能在草创期扮演极重要的角色，不仅出于"诗体大解放"的需要，更是对"五四"文化启蒙中个性解放的呼应。

百年新诗流变历程中，散文诗不是一贯受重视和持续兴旺发达的。由于这一新诗品种特别强调表达的自由，无形中使它成了自然流露心灵秘密最适宜的手段，因而在“五四”人文意识高涨、个性主义大力张扬的新诗草创与成长期间，散文诗写作也就特别盛行。甚至有一种说法：新诗的样板——或者就说百年新诗中的第一首新诗，就是散文诗，这不是没有一点根据的。郭沫若曾多次讲过自己尝试写新诗比胡适要早，他的根据是：1916 年 12 月 24 日——也就是圣诞夜，他用英文写了一首散文诗赠给正与他热恋着的日本女护士安娜，后来自己又把它译成白话散文诗，并用作创造社同仁的一本合集——《辛夷集》的《小引》正式发表。这当然比胡适“尝试”写新诗要早，所以散文诗《小引》确也可以作为郭沫若是“百年新诗写作第一人”的依据。当然，这只是郭沫若自认为如此，新诗研究界是否认同，那是另一个问题。不过说它是中国第一首现代散文诗，则完全可以肯定下来。这个散文形式的文本，写了这么一件离奇的事：近海处的海滩上有一个洼穴，洼穴中有条小小的鱼儿，那是大海的晚潮退后遗落在这里的。当时穴中还有一些海水，鱼也还能活着。但第二天烈日当空，猛照海滩，洼穴中水已一点点晒干，这条鱼也濒临死亡了。这时，走来一个着唐时装束的女郎，看到这条将死的鱼后，“她不言不语，不禁涌了几行清泪在那洼穴里。洼穴处便汇成了一个小小的泪池。／少女哭了以后，她又凄凄寂寂地走了。／鱼儿在泪池中便渐渐苏活了转来……”可以看出，此处用了一个感兴功能极强的离奇意象构成，具有适度变形的本体象征功能，象征着只要有你少女的爱，“我”这个生活的绝望者就会重新有活跃的生命了。在传统抒情中，这样幻化的写法是罕见的，可这是一场诗意很浓而又韵致高远的现代抒情。由于它系建基于情节化的叙事，所写事件比较复杂，所以郭沫若就采用了散文的形式来写，这一来，也就使它成了一首在现代艺术思路作用下形成的现代散文诗了。学术界一般的看法是 1918 年 1 月出版的《新青年》四卷一号上发表的三个诗人的九首新诗是百年新诗中的样板文本，其中两人——刘半农与沈尹默，在 1917 年秋冬之间尝试写的新诗中，刘半农写了《窗纸》《晓》，沈尹默也写了《人力车夫》，它们都是散文诗。这些最早的现代散文诗倒也有其特色，像《窗纸》，强调写感觉印象，是在现代艺术思路作用下极具现代色彩的散文诗，不过它比郭沫若的《小引》迟写了一年，艺术上也要粗疏一点；沈尹默的《人力车夫》，还可包括他在1918年以后写的《三弦》《生机》等，艺术思路是传统的，写法是一般的借景抒情，有浓郁的本体感兴意境创造，却缺乏隐喻性，和《小引》更不一致。由此说来，郭沫若这首《小引》无疑是百年新诗中第一首散文诗，并且由于现代艺术思路在运思过程中发挥了大作用，使这个“第一首”，有着不可漠视的创作高度。这也正反映着百年新诗中的散文诗，起点高度也是超常的，比起新诗中的其他品种，诸如抒情诗、叙事诗来，这可要富于现代性得多，预示着现代散文诗会在新诗中处于领先地位。事实也的确如此。就在新诗九首样板文本公开发表后不过几个月，即1918年8月，鲁迅在《国民公报》上陆续发表了一组叫《自言自语》的小杂感，其中的《火的冰》《古城》竟完全具有散文诗的特征。正如同《简明不列颠百科全书》所说的，它们除了形式是散文的以外，其他方面诸如因敏锐的感觉而获得的意象以及意象抒情，因意象抒情之需而营造成的意境氛围，因意境氛围诱发而得的本体象征或主观象征，因象征而使情感抒发向情思的领悟、智慧的升华等，都具有“抒情诗的各种特性”。《火的冰》是极具变形意象、主观象征相结合的抒情特色的。“火的冰”这个变形意象出之于幻化感觉的超常敏锐，其构筑的原创性可说是一场非凡得惊人的举措，而这也正是现代艺术思路传神的体现。全作让本质与现象处在高度悖论关系中来展开运思，这不仅反映着现代人的精神世界极其敏感，更反映着人文意识觉醒者在捍卫人性尊严而展开复杂的斗争中孤独而热情、绝望而渴求、无奈而坚韧对立统一的心理状态。《古城》是对新旧意识搏斗中一代民主斗士大爱精神的悲慨性礼赞，其本体象征的艺术运思路子和郭沫若的《小引》是相通的，但更具有屠格涅夫的《门槛》那种气概。可以说，鲁迅这两篇散文诗的现代性，不仅远超沈尹默的《三弦》，比之于刘半农的《窗纸》、郭沫若的《小引》也要高一个层次。

时间进入1920年代以后，郭沫若改变了写《小引》那种做法，致力于通过具体事象、景象的描绘作纯感兴的生态抒情，象征味也相对淡化了，如《山茶花》《路畔的蔷薇》等。与他走同一条路的，是朱自清、冰心、许地山、王统照、徐玉诺、刘延陵等。由于散文体的形式可以较充分细致地表现构成意象的外在事物，叙事性因此也就随之加强，而抒情则成了对叙事的感兴点化，所以有意境，颇能给人以韵味的品尝。如刘延陵的《海客底故事》，写的是“海客”每年从海上归来，向“蓝布衣裙的她”表达一个流浪汉的爱恋，前三年都被她“微微地无声的一笑”躲开了，等到第四年回家，“海客”看着家里虽收拾得整整齐齐的，但只有老母亲一个人，而她的背更驼了，不免又升起一个流浪汉的惆怅与某种渴望，正这时，“门呀的一声开了，蓝布衣裙的她拿着一杯茶，一半低着头儿，轻悄悄地走进来了”。它像一篇具有叙事情节的散文，但情节的漂泊回归感和情节组合的复沓回旋，却导致文本的氛围感兴功能极强，从而把一场感伤的爱和爱的美的浓郁韵味充分表现出来了。而正是这种韵味使文本具有更多抒情的成分，也使这类写法广为散文诗写作者所接受。鲁迅进入1920年代后，不仅没有疏远散文诗，反而更强化了对这一新诗品种的写作，于1924年至1926年之间，陆续发表了24篇这一类的作品，后来结集成《野草》，于1927年出版，成了中国现代散文诗创作的里程碑。这本集子中的作品沿袭了《火的冰》《古城》的写法，把现代散文诗追求抒情的战斗性和表现的象征性相结合的创作路子作了更大的拓展。大致说《野草》涉及四个方面的主题：首先是解剖自我心灵，可以《影的告别》《墓碣文》为代表，对自我矛盾的精神世界作了无情的暴露。在致李秉中的信中鲁迅曾说：“我自己总觉得我的灵魂里有毒气和鬼气，我极憎恶他，欲除去他，而不能。”《影的告别》就是对这一觉识的象征性表现。在这里，鲁迅把自我一分为二：一个是沉睡状态中的“我”，他处在苦难深重的地域却妄想着根本不存在的虚无缥缈的天国，并轻率而过早地把“未来的黄金世界”许给人们；另一个是“影”，他怀着复杂的心境决心要和身处地狱而妄想天国、轻许幸福于他人者作矛盾重重而又无奈的告别。《墓碣文》中把作为人生归宿的坟墓象征化为埋葬旧我心境之窟，墓碣正面的文字与背面的文字象征着鲁迅思想中的光明面与黑暗面——或者说心灵的阳面与阴面的矛盾斗争，全作气氛更神秘、阴森，酷烈地反映着他灵魂深处虚无主义的浓重和欲求摆脱纠缠的艰难。第二个是针砭民族、社会痼疾，可以《求乞者》《复仇》《复仇（其二）》为代表。《求乞者》是对安于奴才式命运、哀呼不止的国民劣根性——包括自我灵魂深处也存在着的这类痼疾的憎恶与揭露。两篇《复仇》是对看客式精神麻木病患者进行悲慨的“复仇”，象征境界极其酷烈、壮阔和旷远，从中体现出鲁迅哀其不幸、恨其不争那种痛切心情之深重。第三个主题是讴歌韧性战斗精神，可以《这样的战士》《死火》为代表。如果说揭露国民劣根性是一场艰巨的战斗，解剖自我灵魂是一场沉重的战斗，那么这些战斗又必须持之以恒，以韧性精神去对付。《这样的战士》对受统治者所直接操纵的所谓现代文明世界展开了勇猛、顽强而韧性的战斗，并对这场战斗持续下去决不半途而废的精神作了赞美。这个所谓的文明世界是虚伪而阴毒的，它以欺骗的应付手段，以“道德、国粹、民意”等美丽言辞来布成一个空洞而又无聊的“无物之阵”，来抵挡“这样的战士”掷去的投枪。于是投枪所及之处好像“一切都颓然倒地——然而只有一件外套，其中无物。无物之物已经脱走，得了胜利，因为他这时成了戕害慈善家等类的罪人”。但“他”不怕，依旧“举起了投枪”，向着依旧有“一式的点头、各种的旗帜、各样的外套”的无物之阵掷去，可是无物之阵依旧存在。而“他”又掷去投枪，无物之阵还是不损皮毛而得胜。于是，“他”“终于在无物之阵中衰老”，而天下“太平”，“谁也不闻战叫”了。然而，就“在这样的境地里”，韧性的战斗并没有终止：“但他举起了投枪！”因此这韧性的战斗是悲壮的。在《死火》中，落入“冰谷”的“我”用自己的体温救活了“死火”，并带着再生的他冲出冰谷，但在谷口却被大石车碾死，在临死前的刹那“我”看到大石车坠入了冰谷，不禁得意地笑说“你们是再也遇不着死火了”——这是对一次又一次拯救苦难者那种死而无憾的大无畏韧性战斗精神悲壮的讴歌。第四个主题是探求生命终极价值，最具代表性的是《过客》。这一位走得脚踵鲜血淋淋、浑身疲惫不堪的“过客”，既不受怜悯也不求布施，总是不计价值地在勇往直前。他明知生命的前方和鲜花共存的是黑夜、坟墓，也绝不肯像“老翁”一样中途停下，不再前进。这个本体象征功能极强的文本，隐示着一场生命哲学大顿悟：生命的终极是大虚无，生命的价值是在过程中。《野草》以所追求主题的现代人生丰富多元性和生命象征的广阔深邃性赢得了中国新诗界极高的评价。榜样的力量是强大的，《野草》影响了几代诗人。首先，影响了1920年代的散文诗创作，从而出现了现代散文诗的第一个创作繁荣期。在这期间，莽原社诗群是首先响应鲁迅的，纷纷从生命体悟出发写着有一定象征意味的散文诗，如韦丛芜、高长虹，都在这些方面做出了成绩。韦丛芜有以散文诗为主的诗集《冰块》，对《野草》风格直接作了仿效，在《冰块》《我披着血衣爬过寥阔的街心》等作中，可以明显地见出。在《野草》的象征艺术中极重视神秘的氛围渲染，也影响了绿波社的诗人们，特别是焦菊隐和于赓虞，竟集中精力写散文诗。焦菊隐后来结集出版有《夜哭》(1926)《他乡》(1929)两本散文诗集；于赓虞出版有《魔鬼的舞蹈》(1928)《孤灵》(1930)两本散文诗集，他们的这类作品就致力于追求神秘的氛围渲染，可明显见出受《野草》的影响，但偏重于通过超现实事象较抽象的表现，来抒发生存的茫然和生命的感伤。于赓虞尤其对黑夜、坟场、阴灵感兴趣，竟成了他的审美敏感区，却没有把这些提高到像《过客》《墓碣文》这样具有生命体验的哲理高度。

1930年代至1940年代，也就是新诗的发展与壮大期间，现代散文诗算不得繁荣，这同时代环境有关。这期间我们国家正处在国愁家难煎逼的境遇中，为民族救亡与阶级解放而高歌成了那一代诗人共同的心声。这样的时代主旋律和1920年代已形成的、抒发生命体验的主题追求及由此决定的神秘象征艺术，也就变得不相适应。鲁迅后来在《野草》英译本《序》中也说："后来，我不再作这样的东西了。日益变化的时代，已不许这样的文章甚至于这样的感想存在。"唯其如此，才使这期间走红的散文诗，大都具有雄浑与劲健相结合的风格特色，如阿垅的《总方向》《土》《星》《晓》等，能给人以"积健为雄"的阳刚美，即便是习惯于为"贵妇人"写《春之首章》《春之末章》、爱作《乳底礼赞》的汪铭竹，在反法西斯战争全面展开的大时代面前，也粗犷了抒情的嗓子，采用散文诗来作现实主义的歌唱，在《纪德与蝶》《给肖邦》等散文诗作中，显示了雄健的风格。不过，正如一个人的积习毕竟一时难改一样，一个时代的总体创作风貌要想一下子改变也是不可能的，传统沿袭的线断不了。于是1920年代形成的几路散文诗写法在略作沉默后又开始被一些散文诗追求者所仿效并予以发展了。首先是承袭沈尹默的《三弦》、徐玉诺的《故乡》、刘延陵的《海客底故事》等爱作生活感兴一路。他们致力于现实社会性事件、景象来构筑意象，以创造浓郁的意境、情调作为自己的审美旨趣，这突出地显示在 1930 年代的缪崇群、1940 年代的郭风的一些作品中，如前者的《取火》，后者的《麦笛》。不过，在血火交迸的抗战年代，唱《麦笛》这样的牧歌，虽美，其声音毕竟是微弱的。其次是承袭焦菊隐、于赓虞作人生体验一路。他们致力于拿适度超现实的事物来构筑意象，并以创造氛围情调为其审美旨趣，比之于焦菊隐、于赓虞，他们更重视对印象的捕捉，神秘意味却已大为淡化，突出地显示为感觉的敏锐与联想的细致入微，文本的结构、语言也都十分精致。这种特点特别明显地显示在何其芳、丽尼、陆蠡等的作品中。如何其芳的《黄昏》，开头一节就这样写："马蹄声孤独又忧郁的自远至近，洒落在沉默的街上如白色的小花朵。我立住，一乘古旧的黑色马车，空无乘人，纡徐的从我身侧走过，疑惑是载着黄昏，沿途散下它阴暗的影子，遂又自近至远的消失了。"这里有气氛的恍惚朦胧，情调的忧郁感伤，意境的淡远迷茫。应该说他们的作品反映出现代散文诗已走向成熟，但这种人生体验的审美追求只不过是一场"梦中道路"的徘徊，离那个大时代是更其遥远的。第三条路子是对《野草》的承继与拓展，致力于作生命体悟的追求。这方面最有代表性的是唐弢和莫洛。唐弢在 1930 年代与 1940 年代之交，写有散文诗集《落帆集》。他曾和鲁迅有过密切交往，且又一直研究鲁迅，故一旦进入散文诗创作就极自然地成了《野草》风格的传人。《拾得的梦》一开头就说："在黎明的边涯，我拾得了这样的梦——……"，这就有点受鲁迅的影响了。《野草》中就惯用梦作开头，如"我梦见自己在冰山间奔驰"(《死火》)"我梦见自己在隘巷中行走"(《狗的驳诗》)"我梦见自己躺在床上"(《失掉的好地狱》)"我梦见自己正和墓碣对立"(《墓碣文》)"我梦见自己在做梦"(《颓败线的颤动》)。再单就这个文本而言，连核心意象"冰谷"以及有些神态的表达，如"我始而静思，继而沉吟，终于大笑，宇宙也跟着我笑起来"，也都有《野草》的影子，可唐弢唯独缺乏鲁迅那样精致的构思，奇崛的意境和深刻的生命体悟。这方面莫洛做得更好些。1930 年代至 1940 年代的散文诗创作，最具有代表性的，是莫洛，散文诗研究界却很少有人注意到这一点。莫洛 1940 年初起正式发表散文诗，积十年间之所作，一部分成集为《生命树》，于 1948 年出版，另有一部分集成《梦的摇篮》，直到1982年才出版。此外，另有八篇收入《大爱者的祝福》第五辑（1983），还有四十八篇收入《生命的歌没有年纪》的中卷（1995），八篇收入《闯入者之歌》第四卷（2001）。作这样的统计可以反映出莫洛在1940年代所作散文诗数量不低，而质量也颇高。莫洛是怀着追求时代民主的激情踏上诗坛的，所以他那些散文诗中的抒情主人公一以贯之地显示为人生真理殉道者的角色，而对人生真理的歌唱又总是一场真善美辩证统一的活动。他1940年代的审美主题追求具有这样一条轨迹：从人生体验不断向生命体悟推进。唯其如此，才使他成了鲁迅散文诗创作最合格的传人。他从不亦步亦趋地仿效《野草》风格，而总以吸取《野草》式主题探求与审美呈示为指归。鲁迅这一条独特的艺术思路则集中地体现在《过客》这个文本中，这个文本对诗歌世界作把握与表现的策略很大程度上影响了莫洛。《过客》以确立人生体验，向生命体悟推进这个主题来显示诗歌世界把握方式的选择，又以确立适度变形的本体象征来显示诗歌世界表现策略的选择，并以此来作为鲁迅特定的一条艺术思路。莫洛1940年代创作散文诗的艺术思路也正具现为选择人生体验向生命体悟推进的审美主题与适度变形的本体象征表现。有一个文本最能见出莫洛散文诗创作的这类艺术思路，这就是《播种者》。这个文本的主题表现是从诗人浓墨重彩地描绘春天繁荣的景象切入的，这场繁荣具现为“万物都把潜藏的生命的力，跟同希望，炸裂开来”“让世上所有有生命或无生命的东西，都欢喜而美丽”。但要实现这片景象的前提则是须依赖播种者在大地上播撒种子。因此，这个文本着重写的是“播种者”和“种子”。作为经营春天事业的殉道者，“播种者”跣脚蓬头跪在泥地上用手刨土，这播种的形象表现固然动人，但他最后竟然又从自己的胸膛里挖出血淋淋的心来埋在泥土里，然后让自己平静而满足地倒在心播下的地方，这就不仅是表现得动人而已，更是让人惊心动魄了，可见“播种者”既是“播种”的人，又是一粒最佳的种子。唯其如此，才使这个文本的主题显出了复调性。首先，播种者在播种时竟挖出心来播种，且让肉身倒在播种的泥土上，这是一种极情化的感兴隐喻，隐示着“播种者”为春天事业而殉道的意志坚定与激情强烈到献身地步——这当然是真理人生体验的隐喻性表达。但不能不进一步看到：

“播种者”作为一个播种着的生命体，实属宇宙中一个物质形态，正是这个染着热血的物质形态在大千世界中充当种子而去促成春天的繁荣——或者说去装扮繁荣的春天，那可就成了天地间一种大宇宙精神的象征了，神秘而旷远悲壮地感兴着为春天而殉道献身具有宇宙物质不灭的永恒价值。而这一来，也就使这个文本从表达人生体验推进到表达生命体悟的境地了。于是，我们从《播种者》这个文本中既看到主题的复调性呈示，亦即诗歌真实世界的多层次把握，又看到核心意象——“播种者”的本体象征呈示，亦即诗歌真实世界的多侧面表现。莫洛类似这样的散文诗，还可以举出不少，如《投宿者》《取火者》《生命被审判》等，它们都显示着如下特点：作为鲁迅《野草》最合格的传人，莫洛是吸收了《野草》风格中的神而不是貌。如果我们说《野草》是中国现代散文诗中最富有现代性品位的，那么莫洛是1930年代至1940年代现代散文诗中这种现代性品位予以发扬光大的最真实的代表。有了莫洛的存在，也就使1930年代至1940年代并不那么景气的现代散文诗创作显出了生机。

进入20世纪的下半叶，直到新世纪的今天，中国新诗坛的散文诗创作，可说是经历了“萧条——复兴——大繁荣”这样三个阶段。1950年代至1960年代，散文诗和其他体裁的文学创作一样，处在一个政治干预的尴尬处境中，必须为政治——实际上是为特定期间的具体政策作宣传、特定语境的政治运动作鼓动服务，不能搞“风花雪月”小资情调，更不许以散文诗为手段揭露社会阴暗面。这期间，首先因闯这个禁区而倒下的，是写散文诗组《草木篇》的流沙河。随之是具有国际影响的诗人艾青，仅仅出于对文艺界教条主义不满而兴之所至地写了《画鸟的猎人》《养花人的梦》等几则寓意散文诗而成了右派的重要罪证。再是当年年仅十九岁的复旦大学新闻系学生徐成淼，只因为发表了处女作的散文诗《劝告》而被打成右派，历经人生坎坷达二十二年之久……这都是血淋淋的事实。于是，曾经为重振诗坛的散文诗出过力的人，如一心想打破短篇小说与散文诗的界限而曾在1950年代中期发表过一些散文诗的小说家汪曾祺，也在那个“不平凡的夏天”被打入另册，从此对这场探求洗手不干了。不过，在散文诗坛大萧条的年月，倒也有两位散文诗家相当活跃，一位是前已提及的郭风，在1940年代初以吹奏“麦笛”出名。这期间他出版了《叶笛集》，把“麦笛”改换成“叶笛”来吹奏田园牧歌，颇具意境美，正合于那个颂歌时代的需要，不像1942年写《麦笛》那样不合时宜了。另一位是曾经以小说家身份亮相于文坛的柯蓝，忽儿改弦更辙，写起了散文诗，并出版了一大卷以《早霞短笛》命名的散文诗专集，由于这批用大自然中花草树木、鸟兽虫鱼、风霜雨雪作对象，经巧妙构思而成的短小精悍之作，既有风花雪月的韵味，又能在譬比中提炼出一点人生情操美，对青少年颇能起革命道德教化的作用，所以颇受社会欢迎，风行一时。由此看来“风花雪月”还是起了大作用的，这只要读读《萤火虫》《雪》等即可见出。但遗憾的是好景不长，待到诗坛进入战歌的1960年代，即便像《早霞短笛》这样歌颂新时代之作，也还是被姚文元之流宣判为小资产阶级、资产阶级情调之作。理由吗？则因为这里有的是“风花雪月”。这正是荒谬时代的荒谬审美逻辑。于是，等十年“文革”一来，散文诗在诗坛也就不见踪影了。

“文革”结束到1986年的近十年间，现代散文诗唱着“归来的歌”，回到了新诗坛，且告别了1950年代至1960年代的那种萧条状况而进入了复兴期。由于受第二次思想解放运动的鼓舞，诗人们本着选择最适宜于充分表达激情的原则，选中了散文诗，因为它既具有散文的自由性，能给诗以意象表现的便利，又具有散文的口语化语调美，能给诗以情旨表现的真切。于是，一大批“归来”诗人闯入散文诗这块久已荒芜不堪的园地，进行拓荒。在这支拓荒队伍中，走在最前列的当然是“文革”以前甚至共和国建立以前就已在写散文诗的，如莫洛、邹荻帆、唐湜、彭燕郊、郭风、柯蓝、丁芒、刘北汜、叶金、李耕、李萌、傅子玖、许琪、徐成淼等等，他们是散文诗坛的“归来”者。另有一批虽一直写诗但以前从未写过散文诗的诗人，如郑敏、屠岸、耿林莽、木斧、雁翼、西彤、伊萍、黎焕颐、王尔碑、胡昭、石英、韦其麟、唐大同、刘湛秋、白渔、张长、管用和、于沙等，他们是散文诗坛的闯入者。更有一批新人出现，如刘虔、楼肇明、邹汉岳、刘再复、李希英、闻频、桑恒昌、叶庆瑞、陶然、陈慧瑛、鄢家发、傅天琳、季振邦、陈所巨、张烨、桂兴华、梅绍静、谢明洲等。这支振兴散文诗的拓荒队，成员发展得相当快，气势很盛，促成诗坛对他们的创作现象不得不重视。《诗刊》社因此在1981年组织了一次“散文诗六人谈”。作为“六人谈”之一的耿林莽日后在《我的散文诗之旅》中曾这样说：“我有幸参与，便悄然加盟了……经过一段时间的实践，我开始对凝练而又舒展，自由灵动而又有所节制的这一文体，感到如鱼得水的喜悦，觉得很适合自己的文学气质，便决意以身相投了。”从这些话中可以见出，《诗刊》社这样的活动对推动散文诗振兴、推出新人，是颇有意义的，而这种活动本身，也成了散文诗振兴的标志。至于耿林莽，也正是通过这场活动的感召而全身心投入到散文诗创作中去的。到1983年，这位散文诗家把自己在十年振兴期间写的一批作品作了选择，编成一本题名《醒来的鱼》的散文诗集，作为“黎明散文诗丛书”的一种，于1987年出版。该丛书由柯蓝、郭风主编，柯蓝在为丛书所写的前言中说耿林莽以这本集子表明着他“为散文诗的振兴”立下汗马功劳。其实又何止耿林莽，莫洛、王尔碑、楼肇明、刘再复等同样是现代散文诗振兴期的主要角色。莫洛进入新时期已是奔七十之人，他从1981年受“诗魂归来”的催促重又写散文诗起，到1986年，短短六年中就推出了九十七首新作，反映着他为这场振兴付出的热情之高，不仅保持着他1940年代讴歌人生真理的主题探求，设色依旧瑰丽，且构思更为精巧、意境更为高远，这些都反映着他的创作青春没有衰退迹象，反显得更旺盛了。这只要读一读收在《大爱者的祝福》第一辑《心笛》中的作品，如《幻觉》《魔鬼的花园》《刽子手和圣人》，特别是《先行者》《心笛》即可见出。王尔碑的散文诗所选题材博大，构思奇崛，意境壮阔深远，且语言表述颇显创新，《沙漠》《建筑者》即是不可多得的佳作。楼肇明的乡土叙事性吟咏，极有韵味。特别是刘再复的生命哲理性长篇抒怀，可说已为振兴中的散文诗在开拓一条更广阔地通向现代化的新路。

从1987年到新世纪的今天，中国的现代散文诗进入了大繁荣时期。这期间作者之广、作品之多已很难作出确实的统计。不过，这二十八年来散文诗所拥有的审美世界，其广度、深度，还是可以作出概括的。这里值得引一段文字——耿林莽在《中国散文诗鉴赏大观·当代卷·导言》中这样说：

……新时期散文诗的内容和题材，开拓出前所未有的深度和广度，有了沉甸甸的分量。不是过去某些人对若干平庸散文诗指责的那种轻飘飘的“易碎品”了。有对宏阔历史与人生体验的跨时空的大幅度展阅与思考；有对祖国山河风流人物壮怀激烈的激情讴歌；有对改革开放新事物和人物美好心灵的赞颂；有对十年浩劫沉痛灾难的反思：有对社会丑恶现象的无情鞭笞和冷隽反讽；有对现代都市生活日新月异变化的蒙太奇组合；有变革中的田园乡村新牧歌的悠扬鸣奏；更有人物内心世界即内宇宙无比丰富的感情变化细致入微的特写；有对历史人物传记式的诗化缩写；有以书笺形式进行诗人间亲切的感情交流……人生忧患、生命意识、友谊爱情、自然风光，更是时有所见的篇章。可以说，没有什么题材不可驾驭，没有什么内容不可触及。散文诗的载重负荷能力明显增长了，它的审美空间正在不断扩展。

我同意这段话，虽然它写在二十三年前，但用作对散文诗现状的估计也还是合适的。可惜分类太细，略显啰嗦。我们不妨从五个方面作个提纲性的概述：（1）这期间表现祖国山川的雄伟壮丽之作风行一时。山河也可意指祖国大地，也可直指大自然。繁荣期的散文诗人抒唱山河的作品是大量的，内中不乏秀美之作，但更值得珍视的是抒唱山河的作品透发出一股雄浑健劲的气势，“雄”是雄浑，境界开阔；“健”是健劲，大力存焉。所以这些山河颂歌是具有壮阔之境、冲天之力的气势的，而这也正是我们改革开放新时期昂扬的民族精神象征性的体现。唐大同的一些散文诗就极具这个特色，这在他的散文诗专集《大江东去》和其他报刊上的散篇中可以见出，如《夔门》《摆渡者》《远方，有一座高峰倒塌》等即是好例。（2）这期间表现梦幻境界中的人生也颇流行。新时期以来，总的说，时代蒸蒸日上，中国正处在民族新生、理想高扬的格局中，所以我们的人生是涂抹着一层梦幻色彩的。唯其如此，才使散文诗坛相应地出现了一批以变形象征来表现理想人生的作品，似真似梦，似真若梦。这里值得一提的是冯慧君，他的《大地·太阳·炼油塔》就是这方面的代表性文本。该作有一个合于科学原理的精巧构思：在原是一片荒原的土地上，“你”——它的挚爱者受了感召而让自己的生命消融进去——埋在荒原中了，于是，“你”的血块在大地血管里碰撞而成了“太阳”——“能”。很多年后，“炼油塔”在这里出现，“你”有了壮美的生命延伸，对黄昏背后的黑夜也“不再惧怕了”。在这里，我们的抒情主人公是怀有着这样一个人生理想的：只求献身祖国，让她多获得一点光明，而这个理想在这位散文传家的笔下表现得多么富于梦幻色彩。（3）这期间抒唱神秘氛围中的生命意绪颇不乏人。改革开放以来，由于国门大开，欧风东渐得畅行无阻，这也使现代散文诗创作能充分吸收西方诗人的现代艺术思路，不仅在潜创作中致力于追求变形象征的构思艺术，还在意象构筑中追求原始蛮荒的设色，在意象组合中追求离奇怪诞的情节，使强烈的生命感应在这类意象的感发活动中始终萦绕着一层神秘氛围，以致文本呈现为朦胧得似实似虚，一片飘忽，意境旷远得让人难解生命永恒之谜。汤素兰的一批散文诗如《梦之音》组章、《致远方》组章、《野雨》组章，就极具这种运思和意象表现的现代艺术特色，从这些写得既浪漫又精致的文本中我们可以感受到由现代人的孤独感引起的悲剧心理意绪竟然如此强烈，离奇的意象组合体则使文本中的生命抒情处处弥漫着原始蛮荒的神秘气氛，给人以夺目的野性美。（4）这期间还流行一种内心絮语之作。散文诗是自由的艺术，最适合于表现内心世界骤来忽去、恍兮惚兮的情思意绪，是一个人在出神状态中喃喃自语最适宜的传达工具，而在这种情境下的絮语是摒绝一切理性逻辑的，因此作为一场审美表现，这类散文诗既具有心灵表现最大程度的真实，又显示了超常的飘忽情调，因此特别具有吸引少男少女的艺术魅力。由于这是个精神上沉重负荷不多、心灵可以畅开的年代，故真实流现心境的絮语式作品也就被散文诗追求者看好。骆蔓的《含羞草》《忧郁草》《忍冬花》《枫叶》等就颇具有此种特色，而她的长篇散文诗《二十岁的心路》，絮语的飘忽性更甚，凸显出自我在青春初萌时对人生憧憬的纯洁性与神圣性。（5）表现社会生活的生趣盎然，在这期间更是得宠。这是一个可以不以积极、消极为绝对标准来对现实作出二元对立的审美价值判断的年代，故这类生趣盎然的表现在散文诗大繁荣期间并不等同于莺歌燕舞的政治宣传，而是身处开明时代心灵向世界开放者对大千世界抛出的会心微笑。这就值得把耿林莽推出来了。这位散文诗家的作品基调和主调都是表现生活生趣的，即在日常生活中去寻求诗味。他写《梦江南》是暖色调的，写《四月！打工的女孩》有点忧伤，是灰色调的。在他不带现实价值判断而纯以合理的——亦即合于人性存在规律之理去冷峻地作诗美审视中，这暖色调与灰色调都具有盎然的生趣和浓郁的诗味，因而可以堂而皇之地一起进入文本，更何况“美丽的忧伤”还特别能唤起人的生趣来呢！所以我们无须对耿林莽的作品有点忧郁苍茫感说三道四，反倒要说，这是现代散文诗真正进入社会人生表现腹地的一场意义深远的实践性倡导。对此，这期间颇多散文诗追求者争相呼应，为繁荣期的散文诗创作大大拓展了抒情幅度。

在回顾了现代散文诗百年流变的历程后，我们还想就这一新诗品种在艺术表现上一些根本性特色作一番探讨。

本文在一开头就说过：学界对散文诗有一个比较一致的看法——它是以散文形式写成的诗。但学界似乎对这样一种组合企图达到什么目的并没有作深入思考，倒是诗人艾青侧面地触及到了这个问题。艾青在1939年写的《诗的散文美》一文中，提出诗要追求散文美，并顺此说了这样一句话：“散文的自由性，给文学的形象以表现的便利。”此话虽是针对用口语写自由诗而说的，倒也触及到了散文诗，因为散文诗本是采用口语写不讲格律的自由体诗的拓展。由此说来，诗歌之所以要延伸出一个新品种——散文诗，是因为以散文形式写成的诗，有其先天决定的自由性，能给诗的意象以表现的便利。鉴于此，谈散文诗艺术表现的根本特色就必须以是否能给意象以表现的便利作为逻辑起点，或者说首先要明确到散文诗的艺术表现策略须以围绕能否给意象以表现的便利而确立。但这里又碰到一个问题。耿林莽在《中国散文诗鉴赏大观·当代卷·导言》中这样说：“诗和散文作为散文诗的两大源流，并非平均施加影响于它的发展的。在30年代至40年代，散文化倾向占着优势，而在新时期，诗化倾向有所发展。”这样讲似乎给人如下一个印象：1930年代至1940年代的散文诗偏重于散文的语言体式，新时期以来的散文诗偏重于诗的内心情感。这当然是不合实际的。实际情况是1930年代至1940年的散文诗与新时期的散文诗都一样是用散文形式写成的诗。当然也得承认这两个时期的散文诗艺术表现是有所区别的，只不过这是两个时期为了给诗的意象以表现的便利所确立的艺术策略有所不同，而这场不同也反映着中国现代散文诗存在着两个艺术表现系统。不过，为了方便，用“散文化倾向”“诗化倾向”也未尝不可。现在我们就分头对它们作一探讨。

1930年代至1940年代散文诗艺术表现系统为求方便不妨就称之为“散文化倾向”。它的确立，源于这期间的散文诗追求者在作生活概括中对智性升华的重视，因此这一代散文诗创作有形无形地定下了一个总体艺术策略——重视本体象征。作为象征之用的本体，大都以事象充当，有适度的情节性。而在对情节作营构中，又得考虑埋下一些能产生象征功能的联想机制，或作神经刺激之用的神秘离奇设置，或作譬比领悟之用的机灵巧妙设置。这就既要求重视艺术构思，又要求强化叙事功能。而无论是构思缜密的展示，或者叙事多元的展开，都重语法修辞规范、句法逻辑性强的语言。正是这种正统白话书面文字，具有可以放开来叙说、确切具体表述的便利。这样完成的散文诗文本就像一篇朴实无华的小散文，但总是能给人深邃悠远的意境美的。就这样，这期间形成了一个独特的散文诗艺术表现系统。必须看到这个表现系统是依赖散文语言易于铺陈而不受格律桎梏的便利，才能让繁重的叙事、离奇曲折的情节设置、机灵巧妙的构思以及意境幽邃玄奥的本体象征得以实现的，所以说这种散文诗是“散文化倾向”的散文诗也还是可以的。这期间采用散文语言的策略来形成一个独特的散文诗艺术表现系统做得最成功的是莫洛。莫洛的散文诗大都有一个离奇曲折的情节故事，叙事性强，且特重视让文本作智性升华的构思，而所有这些，又总是用极守语法修辞规范、不忸怩作态、平实得近于白描般叙说的散文语言，才得以成为现实的。对此我们不妨拿他《取火者》这个文本为例。这个文本有点像一篇魔幻小说，写的是这么一件离奇的事：以写作为业的“我”，在一个“荒凉和寂寞的黄昏”，孤坐斗室而让“思想的门都一扇一扇关闭起来”时，忽有夜客来访，向“我”索要“一粒火种”。“我”迷惑不解，只得邀他进房。给他倒茶，他不要；给他一点钱，他拒绝“布施”，只是固执地说“请给我火种”。当“我”手足无措、不知如何是好之际，他却已把目光盯住墙上的三幅画像——那是鲁迅、高尔基和罗曼·罗兰的像。他眼发光了，说他们是“给人类带来不灭火种的圣者”，还回顾“我”，说“我”也是个“点燃火种的人”——“你用你的一支笔，点燃了火种”。并且还进一步说“我”的心虽“已经给火焰灼伤”，但“别害怕”“你应当更爱火，即使你在火里烧死了，但你会变成一只新生的凤凰!”“我”兴奋又惶惑，感到无以回报而打算把胸膛里一颗心掏出来相赠，这可引他大笑起来，一面制止“我”，一面拿起了“我”桌上的一叠原稿说：“我要携走你的火种，去献给渴望火焰的人们。”随即飘然而去。“我”于腼腆而羞愧中望一眼壁上的三张画像，顿感身心燃烧，周围映照得一片明亮——“黑暗中，那三位给人类带来火种的圣者，微笑着通体透明起来，阔步地走进我的心中……”这样一个文本，不仅情节离奇，并且多转折而曲折，曲折而有层次地推进。构思十分巧妙，机智地完成了一场本体幻化的意象象征，给人以耐久的智性回味，为捍卫人性尊严的文学事业是人类精神世界的火种。但要想既充分又便利地把这种属于叙事文学才能表现的方方面面传达出来，仍用“诗家语”是很困难并且会弄巧成拙的，只有用合于语法而使之表达明确的、合于修辞而流畅的散文叙事语言，才能完全从内在意象关系中自然而然地提升出一种智性意味出来，而不靠意象语言成分缺失、语序颠倒造成的跳跃和违反修辞导致语义畸变等外在刺激达到传达效果。从这样的诗例中我们可以为“散文化倾向”的散文诗艺术表现概括出如下一些特点。首先是采用遵语法修辞规范却不遵声律规范而近似于白话书面叙说的散文化语言，其次是重视合于逻辑的铺陈式叙事，第三是致力于情节意象构造与组合的本体实存化，第四是讲究艺术构思，第五则是在以上种种表现机制设置的基础上，顿悟出具有一定理性意味的本体象征意蕴。

1987年至今，散文诗艺术表现系统也不妨就称之为“诗化倾向”。它的确立则源于这期间的散文诗追求者在生活概括中对平凡人生的存在意境作追求，因此这一代散文诗的总体艺术策略是重视情调象征。显示这一类象征的情调大都以“风花雪月”的物象、景象来作兴发感动的显示，具有在对等原则作用下意象间的内在串联性能，却淡化外在情节性。而在意象内在串联中又能注意到设置一些能引起情调功能的诱发机制，或用以作意象组合之用的对等原则的设置，或用以作意境生成之用的氛围渲染设置。这就既要求重视文本布局的匠心，又要求强化意象组合的功能。

布局中虚实线索的有机安排，感兴氛围的互为映衬则都要求充分利用反语法修辞规范和句法随意扭曲的口语，来给情态毕现的抒述带来便利，从而求得传神的感兴表述。由此形成的散文诗文本，就像一首华美洒脱的自由诗，能给人意味隽永的情调美。而这也就使这期间形成了又一个独特的散文诗艺术表现系统。也必须看到，这个表现系统是依赖于散文语言中的一个分支——口语之易于作情态灵动表现的天然优越性，才得以让神妙的感兴、貌似纷杂实属有机的意象组合，匠心特具的布局，以及氛围迷离的情调象征成为现实。所以说这种散文诗是“诗化倾向”的散文诗也还是可以的。这期间这方面做得最有成绩的，是耿林莽。他的散文诗大都是一些貌似意象拼盘之作，实质上其感兴功能颇强，且讲究以虚实情态的映衬作感兴领悟的布局。而所有这些，则采用于一种反语法修辞规范而显得有点飘忽的口语来实现，这种口语具有一咏三叹的语调和恍兮惚兮的韵味，以它来作叙述才得以使以上种种追求也便利地实现。对此我们也不妨拿他《芦花》这个文本为例。这个文本表现了一个女性对爱情坚贞不渝的情操。她从两鬓青丝起始一直到满头白发，始终在绝望里盼等远去他乡的恋人归来。内容和意境都是旧的，耿林莽的创新在于他设置了两条意象流变线，一条是从季节的盛夏走向凋衰，另一条是从人生的盛夏走向残秋，它们相互掩映衬托地感兴出一片淡月逝水的凄清情调，更让这情调在寂寞千秋空守候的存在状态中萦绕不散，从而韵致悠远地凸显出一个中国女性对爱情素洁而又坚贞的悲慨命运。这两条意象流变线从更高层次看，还有另一方面值得注意的。季节流变线在文本中十分隐约，大多是在括号里点一点而已。但不管怎么说，这两条线上的意象组合以及两条线之间的和弦式组合，在这个文本中都表现为高度跳跃的特色，很能把一种由语调诱发、对等原则组合而生之感导致的氛围情调更浓郁也更便利地在文本中呈示。如全作的后两节：

> 夏季的歌手，燃烧过了。喧哗与骚动，燃烧过了。
>
> 秋是休止符。
>
> 河水流动，淡淡的月。

一支箫，吹白了少女的温柔。

芦花，九月的素女，弱不禁风。

还在等那不归的船吗？

一次次弯腰，吻着河岸，吻那冰冷的石头。

这里划有线的语句，相互间的组合关系就是高度跳跃的，尤其是“芦花，九月的素女，弱不禁风”和括号里突然冒出的那句“还在等那不归的船吗”之间的关系，跳跃得更其厉害。这可是在对等原则作用下最佳的语言化意象组合，共同感兴出一种凄清得无奈的情调，而这种情调则能在接受者的灵魂中把直觉联想激发出来，起到领悟性的象征作用，让人能获得孤独乃是生命永恒存在状态这一形上的感受。而所有这一切则全靠语言不就语法制约、句法不就声律制约的散文语言的另类——即口语的运用而得以成为现实的。通过这个诗例，我们可以为“诗化倾向”的散文诗艺术表现概括出如下的特点：首先是采用一种反语法修辞也不遵声律规范的、近似于白话书面文字中的口语；其次重视不合逻辑关联的点化式叙述；第三致力于变形意象构造与组合；第四十分讲究布局；第五是在以上种种表现基础上显示具有极鲜明的情姿意态的感兴象征特质。

值得指出的是，散文诗艺术表现无论走的是1930年代至1940年代的“散文化倾向”那一路也好，或者走的是1987年至今的“诗化倾向”那一路也好，它们是各有其优点与弱点的。走“散文化倾向”那一路，采用本体隐喻象征来抒写具有社会责任感的人生真理追求，比较大气，但本体象征过分使用会流于理性比附，也会有陷入抒情散文、小说、寓言书写的泥淖，而过分讲究情节性也会对诗性必具的韵律感彻底扬弃。走“诗化倾向”那一路，采用变形感兴象征，用来抒写具有人性尊严感的生命哲理追求，比较深沉，但变形象征过度使用会流于感兴浑沌，也会有陷入尽是风花雪月导致华而不实的陷阱，而过分着眼于意象的新奇组合和率性跨跳，也会对诗性必具的韵律感漠然处置。如果说这两路写法必须各取所长而各去所短，才能在整合的策略导引下为未来的散文诗艺术表现走出一条新路，那么两路写法共同犯有的一点——对诗性必具的韵律感不关注，得一起来矫正。台湾诗人痖弦在《现代诗的省思》中曾说：“世界上杰出的诗作，中国的传统诗，同一层次的内容，愈接近音乐的愈是最好的诗。音乐是高层次的部分。如果我们的现代诗在语言的创新之外，也把握住音乐性，就可以逐步趋向成熟。”这很有见地。散文诗作为诗的一个品种，痖弦这番话也完全适用。

散文诗的音乐性，如何以内外在节奏相结合来显示，是个全新的课题，也是当务之急，值得我们集中心力来探索。可庆幸的是在耿林莽等人的一些散文诗作中，已可以见到这种探索的成绩了。

2015 年 5 月 5 日下午 5 时完稿于

西子湖畔乌石山下

第二辑　诗人专论

戴望舒论

一、戴望舒的创作历程（上）

戴望舒从1922年——也就是他十七岁时开始写诗，1926年《璎珞》旬刊创刊号上发表的《凝泪出门》是他生平第一首面世的新诗；抗战胜利前夜写下《偶成》后，就不再有新诗出现。所以这位诗人新诗创作的实际时间不长，只有23年，却可以分为四个阶段。

在1946年所写《我的辨白》中，戴望舒曾说过这样一句话：“我是一个过分重感情的人。”这是确切的，也因此使他成了纯粹的抒情诗人。对他来说，没有在生活中刺激起情绪感应来而提笔，总是写不成诗的。所以，有没有进入情绪状态，对这位诗人来说至关重要。就不同的诗人而言，情绪状态是有区别的。有的诗人往往情绪一触即发，发过即歇。有的诗人则在情绪被触发起来后，还会在心头弥漫相当长一段时间，显示出持续性的情绪状态。这种持续性情绪状态就是心境。创作心境在一定的时间内往往会潜移默化地影响诗人整个的创作行为，使他感受和表现的一切都染上当时那类情绪色彩。所以，创作活动中偏重于心境的诗人，若对他的创作阶段进行划分，当按不同的创作心境来进行最为适宜。戴望舒不是一个凭激情写诗的人，他的情绪总呈现为弥漫开来而又萦荡难散的持续特征，如同《印象》一诗最后一节所说的："从一个寂寞的地方起来的，／迢遥的、寂寞的呜咽，／又徐徐回到寂寞的地方，寂寞地"——连诗人对自己的情绪状态所怀的"印象"也是这样往而复返、持续流动的，可见他确是个创作心境色彩极浓的诗人。特定时期出现的特定创作心境，对主体把握和构筑诗歌真实世界是能起决定性作用的。而这正是我们考察戴望舒创作历程的逻辑起点。

根据戴望舒的有关资料及他的新诗文本提供的信息，我们认为：从1925年起到1927年中期止的时间段，戴望舒正处在成年初度、多梦多思的心境中，因此也就有了青春病态型的创作阶段；从1927年后期起到1932年去法国前止的时间段，他处在社会初度、潇洒自得的心境中，也就有了世俗感喟型的创作阶段；从1934年起到1941年止的时间段，他处在阅历丰富、超然自若的心境中，因此也就有了人生意悟型的创作阶段；从1942年起到1945年止的时间段，他则处在饱尝战祸的社会离乱心境中，也就有了现实悲慨型的创作阶段。所以，戴望舒二十三年的新诗创作历程可以分为青春病态型、世俗感喟型、人生意悟型和现实悲慨型四个抒情阶段的。

青春病态型抒情

从1925年起到1927年中期止的时间段内，戴望舒致力追求的是青春病态型的抒情。这个时间段也正是戴望舒写作诗集《我的记忆》中"旧锦囊"与"雨巷"这两辑诗的时期。对戴望舒来说，这期间也正成年初度，随着生理生命的开始成熟，他也本能地陷入了恍然若失的心境中，对人生的理想信念如何确立总是把握不准，飘忽不定；对异性的神秘渴求竟然成了至真归宿，至美终极。鉴于已就读两年的上海大学被迫停办，他也失学。失学后开办"文学工场"，却一开张而受挫。留学法国无望，革命美梦破毁，再加上和施绛年的恋情关系扑朔迷离，使他陷入极褊狭、幽暗、茫然的心境中。每当诗笔一触及这一片心境，也就显出一个青春病患者的精神病态特色。戴望舒这种病态的抒情，让人感到多少有点匪夷所思。在“旧锦囊”“雨巷”这两辑诗中可以看到其中有些联想极端变态。如《十四行》中写“微雨飘落在你披发的鬓边”，本是一般现象，他竟然无端地敏感到像是“死鱼飘翻在海波上，／闪出神秘又凄切的幽光”。怎么会有同死挂钩的怪诞联想呢？又如《断章》中抒发消沉的情绪，竟这样写：“谁希望有花儿果儿？／但愿在春天里活几朝。”年纪轻轻，竟有如此任性的抒写，让人难以理喻，只能说是歇斯底里的发作。类似情况多处可见，综合一下这样的反常态抒情可分为三类：

一类是长歌宿命的哀感。作为一个对生命十分敏感的诗人，戴望舒这些年求学途程受挫、革命美梦破毁等不愉快的事，并非时过境迁，可以不当一回事的，恰恰是深埋于心的，并且日积月累地在潜意识中转化为一种宿命的哀感。这哀感小看不得，当外界某一场偶发事件触动心灵，哀感就会喷井。《Spleen》一诗中他先是叹说“心头的春花已不再开，／黝黑的烦扰已到我欢乐之梦中来”，接着说自己的内心中已“呼吸着火焰”，真是心焦如焚！于是他一方面只得“颓废地在挨受着”朝朝暮暮，一方面这样唱道：

> 去吧，欺人的美梦，欺人的幻象，
>
> 天上的花枝，世人安能梦想

这就是扎在他灵魂深处的宿命哀感！类似的抒唱我们还可以在《寒风中闻雀声》中听到。该诗写抒情主体在深秋的荒野中踽踽独行，感受着“枯枝”的“悲叹”，“死叶”的“萎残”，真好像一切生机全已寂灭了。于是这一角世界，“大道上寂寞凄清，／高楼上悄悄无声，／只那孤岑的雀儿，／伴着孤岑的少年人。”孤独到只有雀儿在伴着自己，这些自伤自悲的抒情，宿命的哀感就更是强烈。我们的诗人就这样不断地唱着这些哀歌。但实际情况呢？这些只不过是病态情绪的发作，多愁善感者一场心绪发泄，并无实质性生存内涵。这类哀感更多地体现在情诗中。这类诗写给施绛年的也许只是一小部分，因为在这个时间段里诗人那场马拉松式恋情还刚开头，未必就已带给了他很多绝望的哀感。它们大多只是对一个假想对象而发的。值得提一提如下的文本：《生涯》中说“无情的百合”因为“太娟好，太轻盈”，使“我难闻你娇唇”而让“泪珠儿”不断地“抛残”，甚至痛感到“人间伴我的是孤苦，／白昼给我的是寂寥，／只有那甜甜的梦儿／慰我在深宵”。坦率地讲，这有点矫情；《自家伤感》中说：“怀着热望来相见，／冀希从头细说，／偏你冷冷无言，／我只合踏着残叶，／远去了，自家伤感”，以致引起了“终天长怨”，这有点夸张。《山行》中说：“见了你朝霞的颜色，／便感到我落月的沉哀，／却似晓天的云片，／烦怨飘上我心来。”对一个敏感的少年诗人来说，这倒是可能的，但接着说因为听不到“你啼鸟的娇音”，“我”就“要像流水的呜咽”，“珠泪盈睫”，这就太矫情了。这样的情诗显然缺乏爱的真切，只是通过氛围渲染去隐示一个成年初度者多愁善感的心灵活动。所愁所感来自理想信念把握不准而生的心灵飘忽迷茫感，所以这些诗里的宿命的哀感，只是偶发事件触动善感而脆弱的心灵所致，是青春期才有的病态现象，从而导致戴望舒创作初期出现的，是如此强烈的青春病态色彩。

另一类是沉吟被弃的遭遇。如果说戴望舒在这个时间段中出现宿命的哀感并无实质性内涵，只是一个多愁善感青年的青春病症候，那么这症候在没有消解之前，是完全有可能因此而形成一个病灶，使青春病在适宜条件下得以扩散的。情况也的确如此。戴望舒随着宿命的哀感的出现，也就使他有一种在人间遭到遗弃的感受延伸出来。这方面的诗在戴望舒这一阶段写了不少。他生平第一首公开发表的诗《凝泪出门》就抒唱“我”遭到遗弃的悲苦之情。诗写的虽是在“一个沉沉的未晓天”“我”趁“你”还“沉沉酣睡未醒”时分“凝泪出门”远去，但这是在“我无奈踯躅徘徊”后才离开的，有一个“无奈”贯穿着全作。因此，在结束处才会这样写：“清冷的街灯，／照着车儿前进；／在我底胸怀里，／我是失去了欢欣，／愁苦已来临。”可见这场“凝泪出门”，实是被遗弃者的抒情。《流浪人的夜歌》中更写出了“我”在一个残月之夜被弃荒野那种孤苦无依情状：

来到此地泪盈盈，

我是颠连漂泊的孤身，

我要与残月同沉。

看来在抒情主人公心目中，自己在人间是得不到一点同情的，要说有一点，那只能是天上那钩残月，因此“我要与残月同沉”了。特别值得一提的是《雨巷》。这首戴望舒的代表作虽然也可以看成是爱情诗，不过它还有更深广的象征意义。大多戴望舒研究者的理解是它象征地表现了大革命失败后一代民主意识觉醒的青年找不到精神依托的惘然心境。这是合理的。但由于对形象的构成逻辑缺乏深入把握，所以未能作更深入的理解。是否还可以这样说：《雨巷》象征地表现了诗人内心深处一股遭到被时代遗弃的茫然情怀。在我看来，要理解这首诗，得抓它的中心意象“丁香”。卞之琳认为这首诗是“丁香空结雨中愁”——一次现代汉语版的稀释。这是有见地的，可见他看到了“丁香”作为中心意象的价值。可惜他没有提及这个中心意象的感兴象征究竟是在哪一方面。其实要为这感兴象征作价值定位也不难：丁香是紫色的，紫色给人以神圣庄严感，也给人以忧患沧桑感，所以在这个文本中“丁香”的感兴象征应该是指神圣的忧患或忧患的神圣。戴望舒拿“丁香”来修饰一位出现在“雨巷”中的“姑娘”，说“她是有／丁香一样的颜色，／丁香一样的芬芳，／丁香一样的忧愁”，并且“在雨中哀愁，／哀愁又彷徨”着。这就可以见出诗人是赋予这个“姑娘”以神圣的忧郁气质了，她散发出来的也就是一股崇高悲郁之美。因此，我们有理由认为：这个“丁香一样地结着愁怨的姑娘”是“四一二”事变后革命势力处于低谷状态的那个时代的象征，并以在雨巷中哀怨、彷徨来隐示时代斗争在低谷时期的情状。戴望舒曾参加共青团，还因参加地下活动而经受过短暂的牢狱之灾。后来，他虽因切身感受过现实斗争的残酷而从此不再参加这类激进活动，但对这个为争取人类大同而在白色恐怖中饱受创伤、忧患重重的时代依旧怀有挚爱向往之情，这是毋庸怀疑的。同时毋庸置疑，他对自己意志脆弱、脱离现实斗争也怀有内疚。由此可以推论他的内心中总是敏感地设想着这位具有神圣的忧郁气质的时代姑娘不会再接纳自己了。正是这样一些潜意识活动，决定着诗人把《雨巷》的构思置于梦幻状态中，所以也就有“我”期待在“雨巷”（现实斗争的低谷）中还能有这位时代姑娘散发着紫色的精神洁光出现，而恍惚中她出现了，向“我”走来了，结果却是与“我”擦肩而过，向“雨巷”那一头走去，“静默地远了”，“走尽这雨巷”也消散了“她的芬芳”。这些感兴象征所隐示的是他一种独特的隐秘心态：处在神圣的忧患中的时代的确不会再接纳他了。这里有埋得深深的心灵自责，也有超越被人间遗弃而不得的一般性痛苦感受，更有感兴象征地抒发出来且更显悲慨情味的感受。不过，《雨巷》中如实似虚的人物与场景的抒写，毕竟也是成年初度的诗人出于人生敏感期的幻觉表现，同样缺乏生存的实际内涵；从大范围看，也同样是在青春病的病灶上发生的，只不过多了点社会内容的青春病态抒情。

再一类是，沉迷幽冥的境界。戴望舒的青春病态还神秘地体现在对黑夜、墓地等幽冥境界的沉迷上。在《十四行》的结束处他曾说：“我将有情的眼藏在幽暗的记忆中。”既然灵感的有情的眼来自“幽暗的记忆中”，那么眼之所及也必然是一个幽冥境界了。情况果然如此。这期间，戴望舒的诗中有不少篇充满着对黑夜、荒冢、骸骨、幽灵的赞颂。赞颂的核心是“死”。“死”被他看成诗化对象中极高雅的装饰品。于是，一枚普普通通的落叶，他予以意象化时称之为“死叶”，如“死叶在大道上萎残”（《寒风中闻雀声》）；“在死叶上的希望又醒了”（《不要这样盈盈地相看》）；残月很美，也同死亡挂上了钩，说“残月是已死的美人”。同这样的审美趣味相应的，是他在诗中处处流露着对“死”的神往。《十四行》中他说自己“青色的灵魂”要“到爱和死底梦的王国中睡眠”；《可知》中说：“我将含怨沉沉睡，／睡在那碧草青苔。”而“死”又总是同荒冢联系在一起的，“荒冢”则是同黑夜和出没于夜中的各类幽灵联系在一起的。于是这阶段戴望舒的诗中，一个幽冥境界也就形成了。这个幽冥境界突出地显示在《流浪人的夜歌》和《夕阳下》这两首诗中。《流浪人的夜歌》抒唱的是一个现代浪子穷途末路的悲情。现实生活中既已穷途末路，那就只得去寻求精神世界，抒情主体“我”的美好精神世界竟然是在幽冥之境里：“此地是黑暗底占领”，“幽夜茫茫地不明的”，而怀有着“细弱的灵魂”的“残月”，则已是“已死的美人”。在这幽冥里还活跃着一批神秘的幽灵，它们相互间以及与“荒冢”都是和谐地相处着的。可不是吗?“怪枭在幽谷悲鸣，/饿狼在嘲笑声声，/在那残碑断碣的荒坟”，这样的阴森之所却成了“我”的神往之地：

来到此地泪盈盈，
我是颠连漂泊的孤身，
我要与残月同沉

看来这个漂泊者对这片幽冥境界实在太神往了，以致一经投入就忍不住“泪盈盈”起来。而再进一步，则打算同“已死的美人”——残月同沉了。这不是意味着要以死去融入这片幽冥境界吗?应该说抒情主体在这首诗中对幽冥境界的神往采取的是一种过激的态度：想以自己的死亡来融入进去。情感是强烈的，但未免简单化了一点，反倒扼杀了诗美。值得再提《夕阳下》来看看。这首诗写暮天上晚云散锦、残阳里溪水流金时分，“我”的影子“像山间古刹底寂寞的幽灵”一般飘向有“落叶”在飞舞、欢迎“幽夜底衣角，那一片清风”的地方。这是个堪称标准的幽冥境界：“荒冢里流出幽古的芬芳，/在老树枝头把蝙蝠迷上，/它们缠绵琐细的私语，/在晚烟中低低地回荡。”在这里，荒冢、精灵在“幽古的芬芳”中和谐相处、亲密絮谈。于是，由此感发出一种神秘情绪来了。他这样唱：

幽夜偷偷地从天末来，
我独自还恋恋地徘徊，
在这寂寞的心间，我是
消隐了忧愁，消隐了欢快。

这是对幽冥境界真正的品味。诗人在这里“恋恋地徘徊”为的是什么?原来，是因为这里使他“消隐了忧愁，消隐了欢快”。这种不喜不忧、无情无欲的生存状态有点不食人间烟火，写得有韵味。但这是意境创造得法的艺术美带起的，要说真实吗？那就未必，因为成年初度的戴望舒远未能进入禅定。所以，戴望舒在这一阶段的创作中，沉迷幽冥的境界，同长歌宿命的哀感、沉吟被弃的遭遇一样，都是一个青春病患者精神病态的表现。

唯其如此，才使我们对艾青在《望舒的诗》一文中有一句谈戴望舒初期作品的话表示质疑。艾青说："他像一个没落的世家子弟，对人生采取消极的、悲观的态度。"这未免把话说得重了一点。作为一种青春病态表现，宿命的哀感、被弃的遭遇、幽冥的境界的长歌也好，沉吟也好，沉迷也好，所有权未必就只属于"没落的世家子弟"，戴望舒也称不上世家子弟。像他这种精神病态，对于成年初度期性格内向、多愁善感者而言，大都会或强或弱地发生过。如果其中有人能写诗，写成了诗，大概唱的调子也会同戴望舒差不多，所以艾青这种涉及人生态度的判断，用在戴望舒身上未免早了一点。

我们通过以上三个方面对戴望舒初期新诗创作中的青春病态现象作了考察。这种创作现象的形成固然同个人的社会处境和生理年龄、性格气质有关，却也不能忽视西方"世纪末"文学思潮及其荡进中国新文坛的那一股余波对他的影响。由于1925年上海大学被迫停办，戴望舒于同年秋进入震旦大学法文特别班学习。这个班的主讲教师樊国栋神父比较传统，禁止学生阅读法国象征派的作品，但诚如施蛰存在《戴望舒译诗集·序》中所说的："望舒在神父的课堂上读拉马丁、缪塞，在枕下却埋藏着魏尔伦和波特莱尔。他终于抛开了浪漫派，倾向了象征派。"这表明戴望舒在新诗创作初期是通过法国象征派诗人的作品而接受了西方"世纪末"文学思潮的影响的；就是说，这期间他青春病态的抒情——诸如宿命的哀感、被弃的悲怀、幽冥的神往，同波特莱尔、魏尔伦等对他的影响分不开。但我以为这类影响更多地来自西方"世纪末"文学思潮荡进中国新文坛的那一股余波。可以说戴望舒既受惠于以郁达夫、王以仁等风行一时的自叙传小说，又和李金发、于赓虞等象征派的"世纪末"人生抒情相呼应。所以他这场青春病态的抒情追求决不是孤立的，而是一场多元而复杂的交互作用的产物。不过，戴望舒毕竟是一位属于自己的诗人，他的这类抒情有其独特性。在这个阶段的创作心境中，他想向这个世界求得生态和谐，却又怀着绝望态度，虽是受了西方以象征派为主的“世纪末”文学思潮的影响，甚至有从既定意念的先在性出发去作生态感受的倾向，不免褊狭，但他和法国象征派以及在中国的余绪式诗人那样激烈的绝望性抒情不完全一致，在一定程度上他接受了温柔敦厚的中国诗教传统，如抒写被人世遗弃的悲怀就不像李金发的《弃妇》那样以极阴冷、暗黑到可怖的设景设境来一场阴森森的抒情，如他的《凝泪出门》就能从诗的骨子里显出温柔敦厚的格调，使人想起韦庄《菩萨蛮》中的设景设境：“红楼别夜堪惆怅，香灯半掩流苏帐。残月出门时，美人和泪辞。”实在能达到一种暖色调的古典情韵。再如抒写幽冥境界，虽如同我们前面指出的，他在诗中致力于对黑夜、荒冢、幽灵作抒唱，但他写这些毕竟不是诗的终极目的，终极目的是寻求远离人世的另一世界，以求得精神世界的安谧——《夕阳下》中所追求的就是这个审美旨趣，它其实也出之于中国的游仙诗。只不过戴望舒把仙境改成幽冥之境了。如果和爱抒唱《骷髅上的蔷薇》的于赓虞比一比，那审美旨趣就大相径庭。于赓虞在为自己第一本诗集《晨曦之前》写的《卷首》就明确地这样宣告：“我生活于人间犹如死尸沉寂的，／无语的躺倒于荒草无径的墓地；／我凄泣于人间犹如夜莺微弱的，／寂冷的低吟于幽邃寒森的古林。”可见他诗中的幽冥境界为的是对阴森恐怖的变态心理美作审美终极追求，而这正是西方象征派的精神嫡传。所以比较而言，戴望舒更具有“哀而不伤”的中国诗教传统。从上面所述的两个方面我们可以看出：他写诗虽受西方文学思潮中的法国象征派的影响，但从本质上看他受传统的影响更多。更值得指出的是这位诗人从一开始登上诗坛起，就本能地在继承传统、借鉴西方的同时，又在继承与借鉴的基础上作超越，作原创的追求。他以一个青春病患者那一缕极不安定的灵魂感受着社会生态的冷漠和自己被人世遗弃的痛苦的同时，心里慢慢地孕育出了一个现代浪子的形象。一反中国传统那种对人世绝望者用仙窟作空幻比附的形象概括，也一反西方象征派传统那种对人世绝望者用场景作铺陈寄托的形象概括，他以一个现代浪子的本体意象象征和往复回旋的节奏体式暗示，来塑造《雨巷》中的“我”与“姑娘”、《残叶之歌》中的“男子”、“女子”这两对现代浪子，感兴象征地表现了主体作为青春病患者那种绝望于人世的精神病态。

总之，戴望舒这种在继承、借鉴中作超越的诗歌原创性追求，在他的初期创作中已有丰富的显示，也为这位“雨巷诗人”在新诗创造事业上有更深广的拓展打下了坚实的基础。

二、世俗情怀型抒情

1933 年酷暑期间，杜衡为已去法国留学的戴望舒第二本诗集《望舒草》写了一篇序，其中提到一件事，值得一引：

> ……1927 年夏某月，望舒和我都蛰居家乡，那时候大概《雨巷》写成还不久。有一天他突然兴致勃勃地拿了张原稿给我看，“你瞧我底杰作”，他这样说。我当下就读了这首诗，读后感到非常新鲜。在那里，字句底节奏已完全被情绪底节奏所替代，竟使我有点不敢相信是写了《雨巷》之后不久的望舒所作。只在几个月以前，他还在“彷徨”“惆怅”“迷茫”那样地凑韵脚，现在他是有勇气写“它的拜访是没有一定的”那样自由的诗句了。
>
> 他所给我看的那首诗题名便是《我的记忆》。

这段话十分重要，表明这首《我的记忆》具有分界线意味：从它开始，戴望舒告别了青春病态型抒情。

于是从 1927 年后期起到 1932 年去法国为止的这个时间段里，戴望舒进入了新一轮新诗创作。这期间戴望舒初涉社会，初进文坛，总体说还算顺利：1927 年秋冬间有北京之行，结识了冯雪峰等文学界青年朋友；1928 年与施蛰存、杜衡一起办“文学工场”，搞得红火；同时自己的新诗写作和翻译都很有成绩：《小说月报》发表了他的《雨巷》等作；开明书店出版了他的童话译作；虽然和施蛰存等办《文学工场》杂志未果，和刘呐鸥开第一线书店、办《无轨列车》受挫，但1929年初他帮刘呐鸥开办水沫书店很顺利；由他任总编辑的这家书店出版丛书、译介苏俄文艺理论，也出版新兴作家的创作集，搞得轰轰烈烈；他自己的第一本诗集《我的记忆》在这一年的4月就由水沫书店出版；在这一年的9月还以水沫书店名义和施蛰存、刘呐鸥创办了《新文艺》月刊；也在这一年，他还在开明书店出版译自法国作家保尔·穆杭的长篇小说《天女玉丽》；在水沫书店出版译自古罗马诗人奥维德的长诗《爱经》，在光华书局出版译自法国的古弹词《屋卡珊和尼各莱特》，等等。1930年3月左联成立，他成为该组织的第一批成员。这一年他还由神州国光社出版了译自西班牙作家阿左林的散文集《西万提斯的未婚妻》(与徐霞村合译)；由水沫书店出版译自苏俄作家里特进斯基的长篇小说《一周间》；由金子书店出版译自莎士比亚的剧本《麦克倍斯》；由水沫书店出版的译自M·伊可维支的《唯物史观文学论》，等等。1931年10月婚恋出现大转机，他和施绛年终于订婚，在兴奋之余一连写了《村姑》《三顶礼》《二月》《我的恋人》《野宴》等诗，分别在《小说月报》《北斗》上发表。1932年5月，施蛰存开始主编《现代》，戴望舒参与编辑，并在该刊陆续发表了《印象》《游子谣》《寻梦者》等具有相当高艺术水准的诗。戴望舒这个时间段中的行迹可以见出：不仅一切还算顺利，并且说得上是得心应手的。无疑，他人生处境的这种变化也改变着自己对社会生态的基本观念与态度，那就是从哀感人世无情转为了赞赏红尘可亲，从神往幽冥安逸转为热衷现世投入。于是，在特定的境况下，戴望舒于生存洒脱自得之余，也开始对灯红酒绿感兴趣起来。王文彬在《雨巷中走出的诗人——戴望舒传论》中谈及这一时期“雨巷诗人”的情状时说：“据徐霞村后来回忆，戴望舒当时比较爱玩，爱跳舞……”这位对“雨巷诗人”颇有研究的学者还根据《望舒草》中三首写给日本舞女的诗——《百合子》《百重子》和《梦都子》提出一个看法：“在办水沫书店时，从表面上看，戴望舒还是十分快活的，甚至是放浪的。”这“放浪的”三个字分量不轻，表明他一方面死死缠着施绛年，另一方面也并不想当不食人间烟火的柏拉图。王文彬不仅根据这三首诗作出“放浪”的推测，还拿事实来证实。这位“雨巷诗人”已从哀感人世无情转为赞赏红尘可亲、已从神往幽冥安逸转为热衷于现世人生的抒唱了。不过在这阶段他写的一首小诗《少年行》中，却又对自己这种红尘游走不满意起来，把自己比作“是簪花的老人呢，／灰暗的篱笆披着茑萝”，从而发出“结客寻欢都成了后悔，／还要学少年的行蹊吗”的自悔自责之声，并延及他在这阶段的创作，说：

旧曲在颤动的枝叶间死了，

新锐的蝉用单调的生命赓续。

可见他对自己新一轮诗创作作世俗情怀的抒唱也有微词，又在作超越的探求了。所以这场世俗情怀的抒唱显得较复杂。综合一下，大致说有三个特征。

首先，这场世俗情怀型抒情突出地表现了人世间情爱原属无常的体验。创作前期的戴望舒把情爱看得神圣而永恒，一旦失去了也就像失去了自己的生命；一旦重新获得它，那就等于生命的再生而进入天国，如同已提及的《山径》，主体的精神状态已到这么个地步：“不听你啼鸟的娇音，／我就要像流水地呜咽”；又像凝露的山花“不禁地泪珠盈盈”了，当男女间终于又“彳亍在微茫的山径”，就马上感到自己“让梦香吹上了征夜，／和那朝露，和那啼鸟，／和你不尽的缠绵意”了。这里反映着一个少年诗人对情爱所怀有的无条件的单纯与全身心地投入的真诚。但到这一阶段，他已有了一定的人世阅历，并且这种阅历还来自事业比较顺利的时候，情况就不同了。首先是爱与不爱是有条件的。《路上的小语》中抒情主人公向“姑娘”要她那颗“火一样的十八岁的心”时，姑娘回答说：“它是我的，是不给任何人的，／除非别人愿意把他自己底真诚的／来作一个交换，永恒地。”这就是一种世俗条件，建立在人性平等的理性之上的条件。当然，这是对的。但在与这首诗对应地存在的《林下的小语》中，爱情关系上的理性化竟被推向极端，成了是否会有永恒之爱的怀疑论者。这首诗的前两节是写一对相爱者“在幽暗的树林里”拥抱、接吻，享受性恋中无比激动却又是“短促的欢乐”。但当一方在激动中表示永恒之恋的心情时，“我”竟这样抒唱：

“追随你到世界的尽头，”
你固执地这样说着吗？
你说得多傻！你去追随天风吧！
我呢，我是比天风更轻，更轻，
是你永远追随不到的。

这个诗节有一个关键词：“多傻”！看来永远“追随你”的永恒之恋是傻事儿，人世间不可能有这种情况。诗的最后一节在收入《望舒草》时改成这样：“哦，不要请求我的无用心了！／你到山上去觅珊瑚吧！／你到海底去觅花枝吧！／什么是我们的好时光的纪念吗？／在这里，亲爱的，在这里，／这沉哀，这绛色的沉哀！”这更明确地表明这种永远追随你的爱情并不存在。我们无意于考证此诗是否出之于诗人与施绛年那段恋情，如果确是这样的话，也无意于穷究诗中笑对方“说得多傻”的“我”是指诗人自己还是施绛年。反正表白的是一个意思：爱情没有永恒可言。而事实上不仅施绛年是如此，戴望舒自己何尝能做到“追随你到世界的尽头”。可不是吗？痴恋施绛年多年的戴望舒从法国回来后，发现女方已移情别恋，就打了她一个耳光而扬长而去，以实际行为表明他也是做不到永恒之恋的。所以把“我”理解成抒情主体未尝不可。出现这样的变化正反映着如下这点：戴望舒由于入世渐深而终于形成了一个类似情结性的观念，即情爱无常，从而在这阶段多次表达了他对世俗爱情的幻灭性体验。《妾薄命》是借闺怨来喻示主体的世俗情爱幻灭感的。诗的第一节前二行是叙写“妾”的卧房景色：“一枝，两枝，三枝，／床巾上的图案花”，这可是隐示着情爱的温床。可随即一转：“为什么不结果子啊？／过去了，春天，夏天，秋天。”情爱开过花，可是没有美好的结果，情爱也就显出无常来了。随即第二段这样写：“明天梦已凝成了冰柱，／还会有温煦的太阳吗？／纵然有温煦的太阳，／跟着檐溜，／去寻坠梦的丁冬吧！”这就显现出“妾薄命”来了：世俗的爱情乃永恒的无常，无常的幻灭！《款步》有两首，连起来看显出了奥妙。第一首写一对恋人进入树林中，松树、小溪和闲花野草都熟悉有情人的约会，“好像我们就是新婚夫妻”，而“我要用我的舌头封住你的小嘴唇了”，一片情爱美好的抒唱。但《款步（二）》就不同了，写的是两人又款步到江边，沙岸、水浪，“你的”水中的素足，以及江边那一片“鲜红并寂静得与你底咀唇一样的枫林”，都显出有情人一起款步是多么潇洒、美妙，但诗篇突然一转说：

虽然残秋的风还未来到
但我已经从你的缄默里
觉出了它的寒冷

这场瞬间转换是否来自主体的个人经验，我们不好说，却让人强烈地感受到世俗情爱的无常。类似这样的表达在《秋天的梦》中有更具韵味的显示。这个文本的前两节把一场秋天的恋梦写得多美：“迢遥的牧女的羊铃，／摇落了轻的树叶。//秋天的梦是轻的，／那是窈窕的牧女之恋。”这该是对主体自身的一场恋梦的暗示吧！美丽而多情的恋梦“是静静地来了”，可是诗笔一转，“却载着沉重的昔日”，随之诗篇也就这样结束：

唔。现在，我是有一些寒冷，
一些寒冷，和一些忧郁。

可以说这里是再也没有青春病态期那种单纯的、在宿命的哀怨中坚守情爱神圣的精神病态抒唱了，有的是主体投身社会以后从多次经历中提炼出来的实感，一种看透了人生真相的实感。杜衡在《望舒草·序》中说：“我们谁都是一样的，我们底心里都有一些虚无主义的种子，而望舒，他底独特的环境和遭遇，却正给予了这种子以极适当的栽培。”这倒是说到了点子上。只不过“雨巷诗人”的虚无主义在这个世俗情怀型创作时期，初涉社会而事业开展得颇为顺利，唯独爱情这一关一直折磨着他，那也就使他的虚无主义主要地体现在这一方面。而爱情是属于青春的，青春是短暂的，年华易逝么，因此他在《夜是》中就这样说了：“我是怕着，那飘过的风，／已把我们底青春和别人底一同带去了。”那该怎么办呢？以神圣的爱情为表征的真实生态在现实社会中既然变化无常，也就迫使戴望舒只得在世俗实际生活比较顺利的情势下另谋化解症结之生路了。

于是，这阶段世俗情怀型抒情也就有了又一个特征：寻求世俗生活趣味，而对这种趣味若更进一步寻求，则是及时行乐和抒唱及时行乐。值得率先提出来的是《村姑》一诗。对这首诗评价很高的是艾青。在《望舒的诗》一文中，艾青这样说：“在《村姑》里，他给我们描出了一张动人的风俗画，他很巧妙地刻画了一个农村少女的心情。假如我们不过于苛求，我们认为诗人是在寻求一些新的题材——在自己的感情生活以外的题材了。”说这首诗“描出了一张动人的风俗画”讲得很对。这正是诗人投入世俗、寻求世俗生活趣味的动人体现。作为“风俗画”，它给人的是世俗生活之美：“村里的姑娘静静地走着，／提着她的蚀着青苔的水桶；／溅出来的冷水滴在她的跣足上，／而她的心在泉边的柳树下。／／这姑娘会静静地走到她的旧屋去，／那在一棵百年的冬青树下的旧屋。／而当她想到在泉边吻她的少年，／她会微笑着，抿起了她的嘴唇。”让人感受到世俗生活的生态和谐美、劳动美、情爱美。只是这并不如艾青说的是戴望舒在寻求“自己的感情生活以外的题材”，而恰恰表明地在寻求属于自己所投入的世俗生活和具有世俗趣味的题材，而这正是戴望舒对青春病患者年代那种脱离现世、沉溺于人生梦想之谜的大胆超越。可惜戴望舒追求世俗生活中这一类具有淳朴、高雅趣味的诗作不多，仅此一例吧，单纯追求现世生趣的比较多一些。如《野宴》《小病》就是如此。《野宴》写一对恋人在“对岸青叶荫下的野宴”，他们在一起享受薄荷酒、腊味、芦笋、乳酪，过着“知味的美食家”的生活。从“溪水已洗涤了碍人的礼仪／白云遂成为飘动的天幕”的设景与语气看，全作是否还会有某种隐意，我们不好说，不管怎么解读最终一点还是明确的：这是一种现世生趣追求。《小病》写病后境况：

从竹帘里漏进来的泥土的香，
在浅春的风里它几乎凝注了；
小病的人嘴里感到了莴苣的脆嫩，
于是遂有了家乡小园的神往。

由这些身心两方面延伸开来的，是对家乡的小园在春天阳光下那片情景的回忆："细风是常在细腰蜂的翅上吧！"以及"雨后的韭菜却许已有甜味的嫩芽了"。最后又归结于"我又神往于家园阳光下的莴苣"。这些都写得贴实、亲切。这两个文本的现世生趣抒写，虽不能说有多么高雅，却淳朴、闲适、耐人寻味。不过这阶段如此淳朴、闲适、耐人寻味的世俗生趣抒写，也还不是太多。戴望舒对世俗生活的趣味追求似乎更偏重于传统中国文人的及时行乐。这就要谈到《我的记忆》了。这首诗被诗人自己看成是"杰作"。如果这是从他采用口语诉说性语调来写且获得了成功的角度来看，他这个自我评价有一定道理，如果是从诗情的美学价值来看，却未必是杰作，因为诗中所表现的记忆内容偏于世俗生活趣味庸常甚至低俗的档次。诗中说"我的记忆"存在于哪里呢？存在在"燃着的烟卷上"，"绘着百合花的笔杆上"，"破旧的粉盒上"，"颓垣的木莓上"，"喝了一半的酒瓶上"，"撕碎的往日的诗稿上"，"压干的花片上"。如果我们把这些引起他记忆的对象拼起来，可以看出主体"我"的外在生活实在有点乱糟糟，精神生活相当颓唐，世俗趣味不外喝酒、抽烟等，相当平庸低俗，再说这些"记忆"缺乏现代青年勃勃生气：

它底话是古旧的，老是讲着同样的故事，
它底音调是和谐的，老是唱着同样的曲子，
有时它还模仿着爱娇的少女底声音，
它底声音是没有力气的，
而且还夹着眼泪，夹着太息。

如果说这样一些晦暗、颓唐、没有一点生气的“记忆”在诗人戴望舒眼中是“老朋友”，是“忠实于我的”，那也就只能说这位雨巷诗人在这些年中的心境相当灰颓，他投身现世，出入于红尘，以诗传达的生活趣味不能不说相当的低卑，《我的记忆》也因此比《野宴》《小病》更远离高雅了。人的心理逻辑有时很奇怪：精神愈颓唐，也就愈要及时行乐；愈追求及时行乐，也就精神愈颓唐。于是戴望舒随着初涉社会的顺利，为他创造条件游走于灯红酒绿之中，从而“放浪”起来，把世俗生活趣味的追求竟深化为及时行乐了。前面我们曾提及他写过三首赠日本舞女的诗——《百合子》《八重子》和《梦都子》，就相当充分地表达了他这种人生及时行乐的世俗生活趣味。当年和诗人一起穿行于灯红酒绿中的徐霞村多年后的一段回忆录音说道：“我和戴望舒当时都爱跳交际舞”，“梦都子就是我们常去的一家舞场的一个日本舞女”，“梦都子很活泼，我跟她跳舞，后来介绍望舒也和她跳”；“百合子也是日本舞女，戴望舒很欣赏她，常和她跳舞，她人长得更为秀丽端庄”；“一次，她（指梦都子）和戴望舒跳舞后，用软纸搓了个指捻，做成个戒指让他戴上，它像个订婚戒指似的。梦都子就是好玩这些年轻人的花样”。这些和日本舞女混的生活实况，的确够得上“放浪”，而戴望舒写给日本舞女的诗则实在算不得有多少艺术价值，特别是《梦都子》，调情味儿相当重，如下面的诗节：

> 我们是她年轻的爸爸，诚然
> 但也害怕我们的女儿到怀里来撒娇，
> 因为在蜜饯的心以外，
> 她还有蜜饯的乳房，
> 而在撒娇之后，她还会放肆。

这些情状在诗里作表现当然有负于“温柔敦厚”的诗教，是不应该的；而这样的诗作为人生及时行乐的表现，也就使“雨巷诗人”的世俗生活趣味越来越低下了。

但诚如上面已提及的那首《少年行》中所写："结客寻欢都成了后悔，／还要学少年的行蹊吗？"在灵肉冲突中的诗人，最终还是让灵占了上风。于是，他又对自己自律起来，在"后悔"之余对世俗感怀型抒情作了适度的调整，对世俗趣味作了超越。这就出现了这阶段创作的第三个特点：展示现代浪子的浪游。百年新诗中有一个已成传统的抒情形象：现代浪子。这类浪子的现代性特征在于主体不存在现实生涯中的流浪者身份，而更多表现为心灵的流浪。戴望舒在青春病态型抒情阶段已经有了一个现代浪子的雏形，那便是《雨巷》中撑着油纸伞彷徨在雨巷中的"我"。但这个"我"只是自怨自艾的一场青春病的现世生态寄植，虽也属心灵流浪，但归之于生命意蕴的幅度不大。这阶段诗人经历投身红尘的炼狱洗礼，终于有了对现世生态作超越和在本真意义上作心灵流浪。归纳一下，他的心灵流浪可以分为三条途径。由于这是戴望舒刚游走红尘后的超越，所以每一条途径上心灵流浪总是或强或弱地与世俗生态有着潜在的、千丝万缕的联系的。现在先看第一条途径：空间道上迢遥的浪游。展示心灵在空间途中流浪的迢遥感，在戴望舒这阶段的诗中以《对于天的怀乡病》最有代表性。在这首诗中，他把"天"看成自己生命的故乡，因此说："我渴望着回返／到那个天，到那个如此青的天，／在那里我可以生活又死亡，／像在母亲的怀里，／一个孩子笑着和哭着一样。"这种宇宙回归的心灵流浪，从独特的角度看，是对一个迢遥的空间存在的神往。也就是说要想"没有半边头风，／没有不眠之夜，／没有心的一切的烦恼"就只有流浪，流浪到迢遥的空间存在那儿去。这似乎隐示着：对戴望舒来说空间的迢遥是一种寄托。《游子谣》很有代表性，这首诗写这个现代浪子不愿让生命浪费在守住家园上。在他看来，家园虽然是美好的，能让自己安逸地度日，但他宁愿让"篱门"成了"蜘蛛的家"，"土墙"成了"薜荔的家"，"枝繁叶茂的果树"成了"鸟雀的家"，就不想去坚守，一心只想流浪到海上去，因为他爱上了"海上微风起来的时候，／暗水上开遍青色的蔷薇"——这么迢遥的一条风波路，而这条路则是铺设在"鲸鱼海蟒间"的！这才是"游子"更"甜蜜的家园"。而这个家园则以迢遥而又险恶的存在萦系着他。他也有乡愁，"乡愁在那里徘徊踯躅"，因此他献上赞歌："唔，永远沉浮在鲸鱼海蟒间吧!”这似乎在进一步隐示着对戴望舒来说，空间越迢遥得险恶，越是他的一种寄托。值得注意的是戴望舒在一生的诗中有多处表达了他对远方的神往（这一点在谈他艺术个性时还要详谈），这一点可决定了他——一个现代浪子流浪在这条空间道上独特的审美心理。这样的审美心理是积极向上的，可以说同这些年诗人初涉社会、事业有成、对自己所追求的诗歌创作满怀雄心和信心是分不开的。再看心灵流浪的第二条途径：时间道上永恒的浪游。心灵在时间道上的浪游对戴望舒来说不像空间道上那样充满亮色，似乎过惯红尘人生，一旦脱离，不免有点虚脱之感。也就因此，而对浪游的永恒性他有点茫然起来。《夜行者》一开头就说：

> 这里他来了，夜行者，
> 冷清清的街上有沉着的跫音，
> 从黑茫茫的雾，
> 到黑茫茫的雾。

主体在这里已化身为一个夜行者，在黑夜的时间道上浪游，而这条道路又始终呈现为“从黑茫茫的雾，／到黑茫茫的雾”。这可是以无穷尽的黑茫茫来显示永恒的浪游。诗人还赋予“夜行者”以这样的形象：“戴着黑色的毡帽，／迈着夜一样静的步子”，这种表现使全作沉浸在一片阴郁得有点茫然的意境中，反映着主体作为现代浪子对生命在时间道上浪游及其永恒性都怀着茫然心境。与《夜行者》相应的是戴望舒另一首被人看成名作的《寻梦者》。这首诗中的寻梦者从少年一直寻梦到老年，可见时间道上的浪游是毕生的，因此对特定的个体而言，这场寻梦也是永恒的。以毕生的代价作着永恒之旅，换来的是什么呢？文本结束处说：

> 你的梦开出花来了，
> 你的梦开出娇妍的花来了，

在你已衰老了的时候。

把“在你已衰老了的时候”置于终结处，无疑对现代浪子在时间道上的浪游具有永恒性这一点作出了价值定位：这是一个接近死亡的美梦，一场大虚无的追求。总之，戴望舒对时间道上浪游的抒情表现，使人感到“雨巷诗人”判断时间的永恒价值怀有某种惶惑感，显现为希望永恒却又知道不可能永恒而引起的逆反心理，以致潜在地拒斥永恒，讳言永恒存在了。这倒也可以理解：“流连光景惜朱颜”原是敏感的诗人心态的本色。这期间戴望舒写的《老之将至》《过时》等也都反映着这种心态。心灵流浪的第三条途径是超验道上寂寞的浪游。这里的“超验道”指的是以直觉把握到的一条超越地球相对时空直通宇宙绝对时空之道。戴望舒笔下的现代浪子在超验道上的一场浪游，动人地显示在《秋蝇》一诗中。诗人在诗中对木叶纷扬时分渐趋冻僵的“秋蝇”作了一场死亡过程的直觉表现，说在一个“无边木叶萧萧下”季节，已进入昏眩的秋蝇直觉到仿佛有来自迢遥的“大伽蓝的磬声”或者“天末的风”传来，使“旋转着”的木叶乱纷纷地“飘下地，飘上天”，作“红色，黄色，土灰色的错杂的回轮”，这使得秋蝇的“眼睛渐渐模糊”起来，且觉得有什么东西向自己压下来，翅膀沉重了，但身子忽变得“像木叶一般地轻”。这会是“载在巨鸟的翎羽上面”吗？于是，这微末的生命让灵魂脱离肉身，超越地球时空，在超验道上寂寞地浪游去了。以秋蝇喻示的现代浪子在超验道上的浪游，让人感到不仅寂寞，且是一场生命超越的挣扎，相当劳累。这种寂寞地挣扎着宇宙浪游的表现，在《乐园鸟》中表现得更真切。诗抒写的是一只从伊甸园中出来的“乐园鸟”，在青空中“飞着，飞着，春，夏，秋，冬，／昼，夜，没有休止”，而诗人对这场宇宙浪游竟然发生了疑问：“这是幸福的云游呢，／还是永恒的苦役？”并且凭着直觉，还对“乐园鸟”的浪游引发了一股不可名状的苍凉感应，忍不住追问：

在茫茫的青空中

也觉得你的路途寂寞吗?

宇宙浪游竟然如此寂寞苍凉，这实是一场红尘人生趣味的回潮，是又一种后悔吧！我觉得有可能，这里且按下。再说按构思的主题表现要求，文本到此已把现代浪子的浪游作了充分呈示，可以结束了，但戴望舒还加了一节，又一次发问："华羽的乐园鸟，／自从亚当夏娃被逐后，／那天上的花园已荒芜到怎样了?"这不觉让人有画蛇添足之憾。不过杜衡在《望舒草·序》中有一说法颇值得注意。他认为初涉社会顺利了一阵子的诗人"渐次地发觉"他的"一切希望都是欺骗"，"连那个无可奈何的对于天的希望也动摇起来"，而《乐园鸟》中的情绪正是这种希望也动摇起来的表征："望舒是把几年前这样渴望着回返去的'那个如此青的天'也怀疑了，而发出'自从亚当夏娃被逐后，／那天上的花园已荒芜到怎样了?'的问题。"这样说不无道理。因此我以为从艺术构思严格的要求看，这一节是游离主题的。不过，它的存在倒也能起注释的作用，不仅为《乐园鸟》，也包括《秋蝇》等抒唱超验道上作寂寞浪游之作，都能起到这个注释作用，让我们明白："雨巷诗人"艺术个性原是神往远方——宇宙故乡的（这一点下一节要详谈），为什么这时抒唱超验道上的浪游却会觉得寂寞而苍凉呢?原来是除了红尘趣味回潮不免对超世俗的时间里人生寂寞苍凉的本能揪心，也还有着更重要的生态因素，即特定的社会背景、生存心境在从中起作用。而这种种也正是戴望舒世俗情怀型抒情另一个角度的体现。

从1927年后期起到1932年去国的这一时期，是戴望舒诗歌创作的顶峰期，所作新诗后来结集成《望舒草》。这虽是一批抒唱世俗情怀之作，但世俗情怀的构成相当复杂。抒情主体这期间从青春病患型心境中超越出来，投入社会、沉溺红尘，作着现世生趣的抒唱，却又厌倦了灯红酒绿，挣扎而起，自律自强，以现代浪子身份作超越肉性世界的心灵浪游，寻求新梦，却又不免有脱离红尘而生的寂寞苍凉感，在《游子谣》《寻梦》《乐园鸟》等作中发出了心灵浪游中新梦难求的喟叹。正由于这个世俗生命复杂的情怀结构，使存在于《望舒草》中这一阶段的诗，成了百年中国新诗中的精品。

二、戴望舒的创作历程（下）

人生意悟型抒情

从1932年10月8日乘“达特安号”邮轮横渡大洋赴法兰西留学起，到1937年“七七”事变导致抗日战争全面爆发为止，这将近五年时间，是戴望舒诗歌创作的第三阶段，这期间他诗写得出奇地少，只有十三首。但把它们置于戴望舒诗歌创作整体格局中来看，却有其独特的存在价值。在我看来他以青春病态型抒情显示的第一阶段诗歌创作，具有传统的浪漫主义特征；以世俗感喟型抒情显示的第二阶段诗歌创作，具有与浪漫主义尚有较多血缘关系的主情类象征主义特征；至于以人生意悟型抒情显示的第三阶段诗歌创作，则可以说已彻底摆脱浪漫主义，而和超现实主义有瓜葛了，从而显示为主智的象征主义特征。因此，第三阶段的这场转化，对戴望舒来说意义特别重大，使他终于能让把握与表现诗歌真实世界的探求深入腹地了。这是值得庆幸的，标志着“雨巷诗人”已走向了成熟。值得指出：他终于能深入腹地，同他出国留学欧洲和归国后创办《新诗》杂志这两场经历分不开。

先看留学欧洲的经历和在此期间写下的一批诗。

戴望舒继1920年代末被誉之为“雨巷诗人”，出版了别具一格、社会影响不小的诗集《我的记忆》，而进入1930年代之后，他在文坛特别是诗歌界的地位已相当稳固。1930年3月“左联”成立，他是第一批成员；1932年大型文学杂志《现代》创刊，他既是主要的编辑人员，又被文学界普遍认为是“以《现代》为大本营提倡象征诗”（施蛰存致戴望舒信中语）的大家。这种种迹象表明他完全可以在国内顺利地发展诗歌事业。可是他突然要去法国留学，这是什么缘故呢？原来这里有着一桩出于婚姻关系的苦衷。他追求施蛰存的妹妹施绛年多年，终于感动了女方，两人在1931年9月订立了婚约。但施绛年提出一个条件：戴望舒必须出国留学、获得学位并有稳定的职业后方可成婚。这就逼得他匆促决定于1932年10月自费赴法国留学。所以，诗人放下国内已展开了的事业而远涉重洋，实出于无奈。他天真地想也许施绛年只是让他在法国转一转就叫他回去成婚的，那么正式入册进某一所高校岂不成了累赘，女方一旦下了“特赦”令，反倒会弄得不能马上归国。因此，到法国后近一年的时间里他就没有正式进某一所大学求读，只是在巴黎大学旁听一些课程，而把大量时间和精力用在搞文学翻译，寄回国内出版，从中赚点稿酬以维持在巴黎的生活，空下来则参加一些文艺沙龙式集会，或者在塞纳河边闲逛。当时他就写过《法国通信》一文，寄回国内，在《现代》杂志上发表，记述自己在巴黎参加的一次“文艺界的反法西斯谛”集会，并且在会上聆听了纪德的一次演讲，感受了法国知识阶层“对于德国法西斯谛的恐怖的最猛力的反抗”。数年后他还写过一篇《巴黎的书市》，回忆自己在塞纳河边逛书市的经历，这样说：“在滞留巴黎的时候，在羁旅之情中可以算做我的赏心乐事的有两样：一是看画，二是访书。在索居无聊的下午或傍晚，我总是出去，把我迟迟的时间消磨在各画廊中和河沿上”。对后一种消磨时间的做法，他还具体一点说是“在河沿上走走，或在街头巷尾的各旧书铺里进出”，而等到书摊逛倦后，则“就走上须里桥去，倚着桥栏，俯看那满载着古愁和着圣母河的钟声的、塞纳河的悠悠的流中，然后在华灯初上之中，闲步缓缓归去”……这样的闲趣生涯看起来着实潇洒，但有谁知道空幻的期待和由此引起的心神不定，正在折磨着他的灵魂。不过，没有正式入学而过着闲散生活的近一年时间里，戴望舒还是翻译了不少文学作品的，如梅里美的《高龙芭（附珈尔曼）》《法兰西现代短篇集》等，还编定了自己的第二本诗集《戴望草》后来在上海现代书局出版。但是这期间他就是没有新写诗。现实问题明显地摆在他面前：一切全须自费，经济已难以支撑；马上就回国吗？对国内的亲友，特别是对施绛年，如何作学业上的交代。这使他实在难以在塞纳河边这样生活下去了。正在如此焦虑之际，凑巧得悉设在里昂的中法大学有庚子赔款基金，可以接纳一些公费中国留学生。为此戴望舒向该校申请入学。凭着他已是中国有点名气的诗人，加之他已有法国文学的中文译作，该校也就批准他公费攻读硕士学位，不过须按学校的规定去上课，交作业，参加考试，如若违反，考试又通不过，那就得遣返回国。就这样，1933年9、10月间，戴望舒离开巴黎到里昂的中法大学读书，食宿等问题也算得到了妥善解决。

坐落在里昂城郊圣地爱纳山名胜地的中法大学，有堡垒炮台、古塔教堂点缀着罗马荣光，而枫林草坡、晨雾暮烟的山岗里伫立着一幢又一幢石砌楼房，推窗远盼可以见到时隐时现的阿尔卑斯山。在这幽静的校园环境里，戴望舒的心境也就有过一段短暂的安静，而宁静又使他对故国亲人的怀念浮上心头，因此又开始写起诗来。如同《微笑》一诗所说的："轻岚从远山飘开／长蜘蛛在静水上徘徊"的安谧境界里，"迢遥的旅愁"又促使他首先想起施绛年，写下了《见勿忘我花》一诗。诗中，他设想着人虽远隔重洋，两颗心却总会是相互思念着的。这正像有一朵在"陌生的太阳下""陌生的树林间"开着的"勿忘我花"，它是"为了你的怀念／为了我的怀念"而正盛开着。幻想如此天真而单纯，可现实却严酷而无情。当诗人还"在静的一隅"向这朵"我们的小小的青色的花"发出"开着吧，永远开着吧"的祝祷不久，从国内一些人的来信中却使他遥感到这朵"定情之花"已面临凋残。这个打击真的击倒了诗人。他用写完《见勿忘我花》不久的诗笔又写下了《霜花》一诗。在这秋叶飘零的校园，他幻感到心头浮现出一个暧昧不明的"雾的娇女"正用"霜花"在装点这"秋叶的单调的死"，还幻感到她还来"替我"簪上她的这朵"素艳"的"霜花"。为此诗人忍不住反问这位"雾的娇女"："你还有珍珠的眼泪吗？"他似乎不想得到回答：有，或者没有。看来这些都已不再重要，重要的是"太阳已不复重燃死灰了"。是的，这一次打击看来是再也无法让自己回心转意。于是他用冷透的心这样唱道：

我静观我鬓丝的零落，
于是我迎来你所装点的秋

既然“你”让“我”迎来以“你”的“霜花”装点成的生命之“秋”，既然“我”的命运已明确地进入了“秋肃临天下”，那“我”又何必再考虑自己在学业上对“你”有所交待呢？从此，从1933年10月底起，他不和施蛰存联系约半年之久，据与戴望舒同在中法大学且同住一室的罗大冈日后的回忆文章《望舒剪影》中说：他也从未看到过戴望舒给未婚妻写过信。而与婚恋之事的绝望相应和的，则是诗人在中法大学根本不再去上课、做作业、参加期末考试，而只是自己读读书，搞点翻译，逛逛多雾的里昂街头巷尾，欣赏那儿特有的迷茫景色。有一次他在里昂一条陋巷中好不容易找到著名的小说家都德居住过且在那里写出成名作《小物件》的故居，认出了《小物件》中描写过的那块横嵌在大门上面和二层楼窗下之间的那块“石头的牌子”至今赫然犹在，可是住在这里的人却根本不知道八十年前曾经住过一位从这里走向法兰西、走向世界的大作家，他忍不住这样说：“我踌躇了一会儿，又摸了一下发黏的门，望了一眼门顶上的石牌，想着里昂人的纪念这位大小说家只有这一片顽石，不觉有点惆怅……”（见戴望舒的散文《都德的故居》）。这是什么样的“怅惘”呢？是生命生态的怅惘：一个大作家曾在此无声无息多年，后来有成就了，远扬于世界了，但最终又在这陋巷旧居地无声无息走完他的人生。由此他思及自身，也是这样一条人生轨迹吗？曾在故国的书斋中蛰伏，后来走向文坛，有了一定的成就与影响，可如今又在异国回归于书斋，重又蛰伏起来；又由此而思及和施绛年的爱情，曾有过多年绝望的期待，后来沟通了，订婚了，美丽了，但至今要回到原点，还作绝望的期待吗？正是这种种，使他陷入了深深的沉思，且获得哲理的顿悟，从而写出一首与此前的主情路子迥异的、属于主智的精品之作《古神祠前》。

这首诗以“抑——扬——抑”的内在节奏进程把一场主智的象征性抒情推涌了出来，具体点说：来自他对以客观对应物充当的意象及其组合体所作的感兴抒叙所达到的一场象征表现。这种感兴抒叙不是客观化的，总体框架属主观行为，而由此达到的象征表现往往一不小心会隐喻化而难以凭本体的升华而获得象征性能。不过戴望舒并没有陷入这种困境。他那些以客观对应物充当的意象及其组合体建立在直觉化兴发感动功能的基础上，所以这些意象及其组合体有极强的感发功能；能感兴出浓郁的氛围情调，促成顿悟的发生，使接受者能通过这场抒叙获得智慧的直觉把握，达到一种介于主观变形与客观如实之间的象征功能效应。如此说来这个以意象及其组合体的流变具现的文本虽来自客观的主观变形抒叙，但和本体抒叙同样感兴功能极强，如对“我多少的思量底轻轻的足迹”所作的显示，他这样写：“从苍翠的槐树叶上／它轻轻地跃到／饱和了古愁的钟声的水上／它掠过涟漪、踏过荇藻，／跨着小小的、小小的／轻快的步子走／然后，踌躇着／生出了翅膀……”这一串拟喻化意象组合体的抒叙虽因拟态而大大变形，却能以异样浓郁的生存氛围情调显示生命成长过程中那种矫健风姿，蓬勃生机，从而使一种奔跃向远大前程的青春生命升华为精神性象征，主智的象征抒叙因此而显得甚为得体。不过，显得更得体的还是意象的组合和意象组合体的再组合。显然，戴望舒在这首诗的写作过程中更关注的是文本整体让人直觉顿悟到什么。从这个意义上说，他致力追求的是让接受者能直觉顿悟到某些生命存在规律。为达到这一目的，他就着重抓意象组合体的再组合，全作共五节，每一节自成一个意象组合体。第一节写“我”的“思量”在蛰伏中的情状；第二至第四节写“思量”生出了翼翅化蝶而翩翩，化云雀而高飞，再化鹏鸟而“作九万里的翱翔”，然后在“人间世的边际”，即“迢遥的云山上”、作“孤独”而又“固执”的盘旋，而最后：

终于，绝望地
它疾飞回到我心头，
在那儿忧愁地蛰伏。

这就使这场意象组合体的再组合，显出了“蛰伏——高扬——再蛰伏”的流变轨迹，也显出了“抑——扬——抑”的内在情绪节奏轨迹。至于这轨迹的呈现者，意象组合体也好，情绪节奏也好，其实都得归之于“我多少的思量”，一切全由“思量”幻化为蝴蝶、云雀和大鹏而展开意象流动的。这样一场具有感兴功能的抒叙，则能以浓郁的氛围情调，使“思量”升华为直觉象征表现。所以《古神祠前》也就具有了如下的特性：它的表层是抒写诗人的一场“思量”，即具有幻想色彩的思维活动，深层处是对生命存在规律的一项象征表现，象征着大起大落的生命活动最终不过是一场原点的回归。而文本“抑——扬——抑”的内在情绪节奏则反映着诗人的心境始终是由“抑”所包孕因而总显现为由抑而抑地回荡的。这些正和戴望舒在都德故居门口的感受、在自身事业与爱情遭遇上的感受相应和，可以说这是生命始终受压抑的体验在心境中的真实反映，从而使这个文本具有极具感兴魅力的主智特色。这里还值得指出，作为一个象征主义的虔诚追求者，戴望舒这首诗能以本体变形象征的抒叙来作主智的直觉顿悟，已隐约地显示着他的抒叙追求已有某种超现实主义的迹象。

人往往这样：在尚存一线希望时，心总九曲回肠、转辗不宁，但一当彻底绝望，倒反而会安定下来，不那么痛苦了。戴望舒也没超越这条轨迹：在再次感到这场马拉松式的婚恋已希望无存，他倒也在喊出“太阳已不复重燃死灰了”终于断念之后，心也反而安宁起来。于是，为了排遣灰暗的余绪，他于1934年8月20日起程，离开里昂到他一直向往的西班牙去做了两个多月的旅行，领略西班牙的文化和风光，寻觅散落在西班牙的中国文化珍籍，访问塞万提斯的故居，感受村街广场上回荡着的洛尔迦的西班牙谣曲，徘徊在马德里的书市，呼吸阿左林的灵感的芬芳，甚至也参加过西班牙人民反法西斯的游行。但实际上，他是在异域的西班牙作了一番人类灵魂的神圣巡礼。为此，这趟西班牙之行不仅使他为日后翻译塞万提斯的《堂·吉诃德》和《洛尔伽诗抄》《西班牙抗战谣曲抄》《西班牙诗选译》打下了思想基础，更使他在《我的旅伴》《鲍尔陀一日》《在一个边境的站上》《西班牙的铁路》《记玛德里的书市》等散文中录下了他对这个国家更内在的感兴印象。这感兴印象大致显示在四个方面：一、“神秘的西班牙在等待着我”，这使自己又走在“永远伴着我的旅途上”（见《我的旅伴》），且“怀着进香者一般虔诚的心，到这梦想的国土上来巡礼了”（见《西班牙的铁路》）。二、古老的西班牙“过着一个寒伧、静默、坚忍而安命的生活，但是它却具有怎样的使人充塞了深深的爱的魅力”（见《在一个边境的站上》）；三、这真是一个梦想的国土，在这里“一切都邀人入梦，催人怀古，一溪一石，一树一花，山头碉堡，风际牛羊……当你静静地观察着的时候，你的神思便会飞越到一个更迢遥更幽古的地方去”。（见《西班牙的铁路》）；四、“铁的生客”——标志现代文明的火车的出现，却“破坏了那古旧的山川天地之间相互的默契和熟稔”，“破坏了人和自然界之间的融和的氛围”（见《西班牙的铁路》）。他的感受是复杂的，也许他要为古老的西班牙唱一曲挽歌，但没有来得及唱，就在 11 月份返回里昂，结束了两个来月的西班牙感伤之旅。

回到中法大学，又坐在学生宿舍的多雾的窗口，面对着时隐时现的阿尔卑斯山，戴望舒似乎有一种遥远感不时出现。这种古旧、沉寂而又超脱尘俗的遥远感，是从西班牙带来的，更是他那“太阳已不复重燃死灰了”的婚恋死灭心境和来自西班牙的安命生态感受相交融而成的。因此，他的遥远感也就提升为特异的情调浮荡于心头难散，促成他在这一年的 12 月一下子写出了两首与此前格调不同的诗：《古意答客问》和《灯》。《古意答客问》也许是戴望舒萦绕心头的遥远感在现实生活中特异显示而引起同室友人的诘问，一场以诗作答吧。顾名思义，是张扬“古意”的“答客”。由此透露出来的信息也许表明他还沉湎于缥缈静穆、超尘脱俗的古老意趣中，而诗中选用的意象也证实了这种美学追求：追逐舒卷的心是美丽的，由此带来的欢乐是“窗头明月枕边书”——这里有孤独生涯的洒脱；而晨看山岚，夜听林风，则引发人如同“袅绕地升上去的炊烟”般的飘忽、虚无之美，也够诱人的。最后，主体让自己融入于众生万物，能够“渴饮露，饥餐英／鹿守我的梦，鸟祝我的醒”——以此来隐示自身在宇宙生态大和谐中对人世的喧嚣作超越，从而感悟到人世悲欢不过是百代过客消沉下去的几声跫音而已。这样一首意境超尘脱俗的诗，是超越相对时空而进入绝对时空而作宇宙生态感应的产物，有人说它显现为“对世事的漠然”，其实从诗情流向看，与这一问题是无关的。此作写成的三个来月后，戴望舒访问法国超现实派著名诗人许拜维艾尔时，曾听到过许氏对这首诗的评说：“我不能像你的《答客问》那样（有）澄明静止的心。”有人认为这是对戴望舒婉转的批评，其实也未必，因为“澄明静止的心”是会走向“宁静以致远”的美学境界的，许拜维艾尔显然感受到《古意答客问》那种通向宇宙绝对时空的遥远感，所以如此评说，我认为这实是超现实派大师对这首诗的赞赏。这场赞赏还表现为共鸣。在戴望舒日后写的《记诗人许拜维艾尔》一文中也曾这样评说许氏：“他所需要的是一个更广大深厚得多的世界，包涵日、月、星、辰、太空的无空间限制的世界；混合过去、现在与未来的无时间限制的世界；在那里，没有死者和生者的区别，一切东西都是有生命有灵魂的生物。”这个说法是属于超现实主义核心内涵的艺术思路。由此可见，为许拜维艾尔所赞赏的《古意答客问》那种以遥远感具现的艺术思路，也正是为戴望舒所首肯的、许氏超现实主义艺术思路的体现。可以这样说：这是中西两位具有前卫意识的诗人把握诗歌真实世界的艺术思路在《古意答客问》上的一致，反映出戴望舒在留法期间是接受了法国超现实主义的影响的——当然体现在《古意答客问》这个文本中，这种影响还只是一个方面，且是初步的。《灯》是戴望舒为童贞与青春在死寂的生存境界中渐趋消逝所唱的哀歌。这里无疑有诗人婚变破灭的心情渗透于中。不过，戴望舒却能立于生命哲学的高度，把现实人生的希望破灭提升为生命生态的幻灭虚无境界来感受，因此此中显示的遥远感也在一定程度上反映着超现实主义把握诗歌真实世界的艺术思路，特别是把那盏照着“木马栏”把“儿童”“稚子”的“彩衣”转成“褪了颜色”的“灯”和帝王陵寝中的长命灯叠印在一起作烛泪掉落的表现：“这里，一滴一滴地／寂静坠落，坠落，坠落”，以此来凸显生命生态永恒地幻灭的大虚无，是有很沉郁而遥远的象征意味的。这里也因此具有超现实的表现意味。不过，最显超现实表现特色的还是这个文本的第一节那种写法：

灯守着我，劬劳地，
凝看我眸子中
有穿着古旧的节日衣衫的
欢乐儿童，

忧伤稚子，
像木马栏似地
转着，转着，永恒地……

这里以“灯”来“凝看我眸子中”着古旧节日衣衫的儿童、稚子在“木马栏上转着，转着”的抒叙，既显现为“照花前后镜”式绝对空间中的互动，又显现为“万代同一时”式绝对时间中的叠合，而这正是“包涵日、月、星、辰、太空的无空间限制的世界”和“混合过去、现在与未来的无时间限制的世界”相交叠以致“在那里没有死者和生者的区别，一切东西都是有生命，有灵魂的生物”相交流，而在交流中显示的艺术思路作用下，一场超现实主义表现诗歌真实世界所惯用的技巧——拟喻化扩大的表现得到了充分的发挥。由此看来，戴望舒的留法生涯是有价值的，使他接受了超现实主义的艺术思路与表现技巧的影响，以致他的新诗创作因此而进入了一个新层次。

写完《古意答客问》和《灯》不久，也就是1935年的春天，中法大学因戴望舒不去上课，不交作业，不参加考试，决定把他退学，并让他立即回国。诗人只得匆匆去巴黎拜访了下许拜维艾尔，就于这年的3到4月间返回上海。不出所料，施绛年已移情别恋，两人解除婚约，自己依旧孑然一身。三个月后也就是1935年的7月6日，大热天的上海他竟写了一首题名《秋夜思》的诗，说他的心十分寒冷，“也需要秋衣”；并且幻感着：“听鲛人的召唤，／听木叶的呼息！风从每一条脉络进来，／窃听心的枯裂之音”：而吴丝蜀桐，知音何处，真是心寒至极。这期间他是和刘呐鸥、穆时英两家住在一起的，而穆时英的妹妹穆丽娟竟悄悄儿闯入他的情感世界。此事在好友穆时英全力支持与鼓动下，两人的关系进展顺利。这真是时来运转！这一年10月，戴望舒被聘为中英庚款文化基金委员会编译，翻译《堂·吉诃德》，按月预付稿酬，这使他有了经济实力，也安定了生活。同月，他主编的《现代诗风》创刊；是年冬，和穆丽娟订婚，并于1936年7月成婚；婚后三个月由他牵头创办的大型诗刊《新诗》创刊。这种种表明他的爱情生活与文学事业都很顺利，诗人的美好人生也达于顶峰，且持续到1937年“七七”事变。

但这期间戴望舒写诗还是不多，只五首。它们中的《小曲》以“啼倦的鸟”和“老去的花”喻自己往日那些美妙的诗，并设问如今在哪儿了，“诗人却微笑而三缄其口”后说：“有什么东西在调和氤氲／在他的永恒的宇宙”，从中显示他的志得意满。《寂寞》中抒唱的“寂寞”是他在安适的生涯中作为对安适之佐料用的一场超尘脱俗的旧调重弹：“夜坐听风，昼眠听雨／悟得月如何缺，天如何老。”如此“悟得”，以“寂寞已如我一般高”来修饰，强化，多少有点矫作。倒是《赠克木》，虽是对金克木译《通俗天文学》的调侃，内中却颇藏有一些人生的意悟，诗中流露的现实态度——“不痴不聋，不作阿家翁，／为人之大道全在懵懂，／最好不求甚解，单是望望，／看天，看星，看月，看太阳”，真是超然；而人生志趣——“也看山，看水，看云，看风，／看春夏秋冬之不同，／还有人生的痴愚，人世的倥偬／静静地看着，乐在其中”，则是旁观的。它们合起来可以发现他对《寂寞》中超尘脱俗的深化。这首诗中还说这种超尘脱俗与旁观自有乐趣，是“乐在空与时以外”的，甚至“超越过一切的境界”的，这倒还能显出绝对时空的觉识和宇宙感应，显现着超现实派那种把握诗歌真实世界的艺术思路。不过，在出于全面抗战即将爆发前夜的中国，这种居身于自我世界的超然咏唱，是不合时宜的，试比较一下艾青那时写的诗，《煤的对话》《太阳》《复活的土地》等讴歌反抗、向往时代黎明、高唱为民族独立而献身的如火激情，戴望舒这种“静静地看”“人生的痴愚”，这种喋喋不休地唱“为人之大道全在懵懂”，实在太不应该。这些诗从艺术层次上看，大多平平，未见有新的气象。只有《眼》和《我思想》颇具特色。《眼》一诗像一颗彗星一样掠过，给人以奇异的亮光。诗写在戴望舒和穆丽娟新婚期间，一切全从“我”凝视“你”的眼而“你”的眼映现“我”的风姿神采这一互动关系出发展开抒情的，说明白点也就是通过“眼的魔法”的抒写既表现了情恋又表现了由情恋延展为爱欲的复合式爱情抒唱。诗共六节，两节为一单元。第一单元也就是第一、二节，写的是“你”由情爱引起的一场“眼的魔法”表现：当“我”与“你”相互作平视时，“我”见到“你”的眼中映现着因激情而生的一幅如大海般神异地变幻的景象：“迢遥的潮汐升涨：／玉的珠贝，／青铜的海藻……／千万尾飞鱼的翅，／剪碎分而复合的／顽强地渊深的水。”这里用了一批海洋生物及其活动的意象来隐示处在动情中“眼”的灵光的闪耀波荡，进而又以“我”的身影映入“你”的眼中幻现为投入动荡大海的景象：“在什么经纬度上的海中，／我投身又沉溺在／以太阳之灵照射的诸太阳间，／以月亮之灵映光的诸月亮间，／以星辰之灵闪烁的诸星辰间?”这场设问性表现已把“你”眼中幻现的世界悄悄儿从单纯的大海景象提升为大海与天空的叠映，因而构成了一个具有宇宙应和意味的幻美世界，从中凸显出“我”在那里矫健洒脱地遨游的风姿神态，且把“你”心目中的“我”具有强烈的情恋吸引力的这一点也作了隐示。俗语说动情者的眼睛能说话，这一单元的两节诗就以“你”看“我”时“你”眼中映现的种种幻象来隐示“你”对“我”强烈的恋情。第二单元也就是第三、四节，写的则从情恋向爱欲冲动发展而引起的眼神变化——新一场“眼的魔法”表现。文本换了一个视角，写“我”从“你”的眼中发现“我晞曝于你的眼睛的／苍茫朦胧的微光中”，并且“在你上面／在你的天空上的镜子中”鉴照“我”自已的“火的影子”，从而促成“我”敢于“在你之中”作“伸长”和“转着”，隐示爱欲冲动猛烈的发散。第三单元的第五、六节则游离了“你”的“眼”而去专写“我”的情恋——爱欲刺激出来的情绪体验，以及由此激活的想象：“我是从天上奔流到海／从海奔流到天上的江河，／我是你每一条动脉，／每一条静脉，／每一个微血管中的血液”——所有这些所展现出来的，既是内心世界与外部世界彻底的混同，又是“你”与“我”高度的交融，从而升华为一种近似本能式的体验，“我”已成了“你”的一部分，因而“我”也才有了“我”自已。这样的情感逻辑所推延出来的是“你”与“我”完全合一的一场至真实、至美好的相恋。由此看来，《眼》是一首情恋与爱欲合二为一的诗，是一首“你”与“我”爱恋得合二为一的诗，更是一首个人经验与宇宙超验合二为一的诗。这里有超现实主义艺术思路的集大成，也有超现实主义变形技巧的集大成，是戴望舒继留法时在《古神祠前》《古意答客问》等诗中尝试超现实主义写作的发展，显示出他对超现实主义追求已趋向成熟。所以，这首诗像彗星一样掠过，闪烁出一道奇异的亮光。《我思想》

的象征意义是戴望舒对自我抒情事业所作的价值定位，后面我们还要谈，这里只就戴望舒把握与表现诗歌真实世界这方面来论析一番："我思想，故我是蝴蝶"的幻想式判断显出了精神与实体、个人与众生可以互通的宇宙感应，而"万年后山花的轻呼"中的"轻呼"，是绝对时间中以通感为基础的拟人，而其能"透过无梦无醒的云雾／来震撼我斑斓的彩翼"这事儿，则是绝对空间中的宇宙感应。这种艺术思路与变形技巧，也正是超现实主义抒情极生动的显示。

综上所述，我们可以说戴望舒这一阶段的诗创作具有一定的超现实主义艺术思路，并凭此来展开人生意悟型抒情。这种意悟也就是《赠克木》中所谓的："为人之大道全在懵懂"。

现实悲慨型抒情

当中国社会于 1937 年"七七"事变而进入全民抗战的剧变时代以后，戴望舒的超然物外也已不可能，严酷的现实迫使他从象牙塔里走出来，进入离乱人生的队伍中。于是，从 1937 年 3 月 14 日戴望舒写出《我思想》这首小诗，结束了第三阶段的创作起，直到 1945 年 5 月 31 日写下一生最后一首诗《偶成》止，也就构成他第四阶段的诗创作：现实悲慨型抒情。

如同前已论及的：戴望舒在全民抗战爆发以前所扮演的，是一个乞灵于同个人哀乐切身相关的狭窄生活世界的角色，唯其如此，才使他即便在"山雨欲来风满楼"的密云期，犹漠视于为大时代而高歌，对念念不忘家国忧患的诗人及他们的"国防诗歌"还颇有微词。在 1936 年出刊的《新中华》第五卷第七期上，曾发表过这位"雨巷诗人"一篇诗歌时评《谈国防诗歌》，内中这样说："所谓国防诗歌呢？只是一篇分了行、加了勉强的韵脚的浅薄而庸俗的演说词而已，'诗'是没有了的，而且千篇一律，言不由衷。"这表明他对鼓动人民为捍卫民族独立而奋起抗日的诗歌运动不仅不感兴趣，不想参与，还持挑剔的态度。唯其如此，也才使他在“七七”事变后近四年半的时间里，作为诗人，还是没有真正投入进抗战诗歌队伍中，去为祖国而歌。全民抗战一开始，他是沉默的，直到一年半以后的1939年元旦，才写了一首《元旦祝福》的诗，祈求全民抗战进入“新的年岁”后能带给我们“新的希望”和“新的力量”，并且发出这样的声音：“祝福！我们的土地，／血染的土地，焦裂的土地／更坚强的生命将从而滋长。”“祝福！我们的人民／坚苦的人民，英勇的人民，／苦难会带来自由解放。”这诚如艾青在《望舒的诗》中所说：“真是一个了不起的变化”，“我们当然很高兴”。不过，这只是诗歌创作态度的变化，就诗本身来说，过高评价这首诗是不恰当的，因为这也只是一篇应景之作，拿一些套话略作点染再分行排列罢了，一读就可以见出他的一颗诗心还没有真正在为全民抗战而跳荡。当然，这不能表明戴望舒对这个能使我们古老民族获得新生的大时代缺乏关心的热情。他在“七七”事变后就积极投身于抗日宣传活动。“八一三”上海战争结束，鉴于上海已陷落，一大批困在“孤岛”的作家、诗人、艺术家不愿做亡国奴，纷纷响应中华全国文艺界抗敌协会号召，或南下，或奔赴内地，或上前线，去积极宣传抗战。戴望舒也于1938年5月举家迁往香港。在写于1948年的《十年前的〈星岛〉和〈星座〉》中，诗人更详尽地说及当时自己安排的去向：“……我还是不打算在香港长住下来。那时我的计划是先把家庭安顿好了，然后到抗敌大后方去，参加文艺界的抗敌工作，因为当时中华文艺界抗敌协会已开始组织起来了。”不过一个相当偶然的因素，却使他留在了香港，那就是《星岛日报》在香港创办，他被聘去主编文艺副刊《星座》。他也就在香港滞居下来。为了通过文艺作品向广大民众宣传抗日，他约了内地的和流亡在香港、南洋的作家如茅盾、郁达夫、肖军、肖红、沈从文、端木蕻良、卢焚、沙汀、郭沫若、施蛰存、艾青、卞之琳等，在这个副刊上发表作品，使《星座》成了战时以文艺宣传抗日的重要阵地，以致十年后戴望舒在《十年前的〈星岛〉和〈星座〉》一文中还不无几分自豪地说：这些《星座》上发表的作品像“一系列灿烂的明星，在南天上照耀着”。他还受聘于中华全国文艺界抗敌协会总会，参与对外宣传而去编《中国作家》，姚雪垠的小说《差半车麦秸》、艾青的诗《雪落在中国的土地上》都是经他选编发在这个刊物上的。1939 年，他还和远在桂林的艾青合编大型诗刊《顶点》，成了战时中国既具有宣传的时代内容、又显现为现代诗艺风格相结合的诗歌刊物。与此同时，戴望舒还积极参与旅港文化人的种种抗日活动。他是全国文协香港分会的筹备委员，研究部和西洋文学组的负责人，又是《文协》周刊编委，负责国际反法西斯战争的宣传工作，更参与召开“作家文艺座谈会”，讨论文化界救亡力量等问题。但这些涉及抗日的现实行动却和诗人为祖国而歌的抒情追求难以统一起来。在四年半中，他除了写过《元旦祝福》一诗，就没有再为诗坛提供一首抒唱抗战的作品，只写了两首涉及他和穆丽娟因家庭波折而引发个人哀愁之作，那就是《白蝴蝶》和《致萤火》。有研究者认为“这两首诗（特别是《致萤火》）都堪称望舒后期的优秀之作”，这就有点过誉。实事求是讲它们写得相当平庸，空乏。《白蝴蝶》写在戴望舒和穆丽娟之间的情感出现较大裂痕期间，那是一个月里两人不说一句话的冷战时期，这使诗人心中的空虚、寂寞颇为强烈。诗写的是他孤坐窗口凝望蝴蝶谷中翩翩蝶舞引起的感触。说白蝴蝶只能提供给“我”以“翻开了空白之页／合上了空白之页”。显然，蝴蝶与书缺乏内在感兴联系的基础，只能以理性联想硬性把二者拉扯在一起，这就只能让人意识到而不是感受到美好环境中“我”读不进书这一点。至于说“翻开的”和“合上的”书页上写着的只是“寂寞”二字，这“书”和“寂寞”之间更是主体硬性以理性联系起来的。这样的诗显然意象干枯，表达不充分，因而诗味极有限。《致萤火》写在穆丽娟终于因母丧离港回沪，和戴望舒分居的半年之后，两人婚姻破裂的现实横在面前，因此这首诗显现为以死亡来超越人世烦恼、因而把死亡境界美化起来。它比《白蝴蝶》意象抒情展开的幅度要大，表达得也要充分一些：让“萤火”来照死亡的“我”，像“照这沾露的草”，这幽冥境界写得就较有意境，而死亡的“我”转化为再生的表现也写得有浓烈的感兴意味，如：“我躺在这里／咀嚼着太阳的香味；／在什么别的天地，／云雀在青空高飞。”这样的意象表现能显出以死亡获得再生，境界相当高远。诗到此本来也就可以结束，但他还添了这样一节：

萤火，萤火，

给一缕细细的光线——

够担得起记忆，

够把沉哀来吞咽！

这可是让“萤火”这个意象转回来了：以它“细细的光线”来“担起”记忆，吞咽沉哀，表明他欲以死来解开烦恼结，又不得解开，一种无奈的情绪总是在作回荡，而以萤火照着死亡的“我”来吞咽“沉哀”——这个为戴望舒所特有的词汇又一次出现，反映出这样的抒情与“雨巷诗人”总是在彷徨的心境十分合拍，是一场似曾相识的旧调重弹。值得指出：戴望舒面对民族大抗争的时代，外在行动虽是积极参与这场时代斗争，显现着一个爱国者的风采，但民族危亡还未直接威胁到他切身的悲欢，所以忠于心灵真实写诗的他总无法为时代抗争作彻声高歌，依旧在个人狭窄的情感世界里浅唱低吟。这当然也还是可以理解的。不过，血火交迸的现实却是不会轻易放过每一个人的，以致在全民抗战年代造成了多少桩离乱人生事件。

戴望舒也没有躲过这场磨难。

而这场磨难却也使“雨巷诗人”终于走出雨巷，把个人的命运感同身受地融进民族抗争的大时代中，从而唱出了一个中国知识分子忠于民族操守的爱国主义心声。

对戴望舒来说，1940 年到 1942 年之间特别多灾多难。1940 年 6 月，他的妻兄兼至好文友、新感觉派小说名家穆时英在上海遭暗杀，他不体谅穆丽娟的心情，琴瑟失和加深，且有家庭破裂的趋向。是年底，岳母在上海身亡，戴望舒隐瞒此事，后又阻止穆丽娟回沪奔丧，旧痛加新伤逼使穆丽娟携女儿愤而出走，返回上海后正式提出离婚。戴望舒因此赶回上海，求她回心转意，却无效，而这时的汪伪组织乘虚而入，以可以帮其家庭破镜重圆为交换条件胁逼他下水，他以宁可家庭破裂决不当汉奸的决绝态度相对，愤而返回香港。这一深明大义的精神感动了穆丽娟，在分居一长段时间——也就是戴望舒写作《致萤火》一诗的那些日子之后，已有回港意向，但尚未成行之际太平洋战争爆发了，滞留香港的文化人由中共组织安排分批撤回内地。戴望舒却因盼等妻子归来而未走。结果1941年底香港沦陷，眼巴巴盼等妻子回港成空，而他因是积极宣传抗日的抛头露面者，遂于1942年3月被日本宪兵逮捕，投入土牢，严刑拷打。这一场涉及民族操守的严酷考验，终于使他在切身感受中有了灵魂的大觉醒，个人命运与民族有了高度交融。而忍辱等待、宁死不屈的斗志也就汇成一股灵感喷泻而出，于1942年4月7日在土牢中写下了慷慨赴难的囚诗《狱中题壁》。后经叶灵凤设法而于是年5月保释出狱。养伤期间他又陆续写了《我用残损的手掌》《心愿》《等待（一）》《等待（二）》，组成了一个可称之为"黑屋手记"的组诗。

1942年5月戴望舒出狱后，经过一段时间养伤，身体渐趋好转，却因经受过酷刑而加疾原有的哮喘病时有发作。为了生活，特别是为了远在上海的穆丽娟母女的生活，不得不在伤体彻底好转前就去大同图书印刷局任编辑，但这时香港与上海间的交通、邮路都断，又令他为妻女的生计十分焦虑，心情凄苦。事也凑巧，大同图书印刷局一个女职员杨静对他的处境十分同情，且怀有爱怜之心。如此年轻而又开朗热情的女性闯入进他的情感生活，倒也减轻了他内心的痛苦。是年底，香港与上海的邮路已通，方知穆丽娟在离乱的日子里拖着一个孩子，生计无着而另有所适，于是在1943年初两人签订离婚协议，旋即也与杨静于是年5月结婚。婚后各方面的情况都还顺利，尤其是他除了在大同图书印刷局任编辑，又兼胡文虎家的家庭英语教师，报酬不菲。经济收入不错，居住条件大为改善，人生离乱也趋向安定。但当外在生活有了安定，诗人的内心生活反极不安定起来。他怀念曾经有过的那段短暂的幸福生活，路过林泉居旧居而悲情难抑，远望大海思念弃他而去的穆丽娟母女。1944年，他一连写下了《过旧居初稿》《过旧居》《示长女》《在天晴了的时候》《赠内》等诗，组成了一个可称之为"离乱人生"的组诗。

1942年到1945年这三年是戴望舒诗歌创作的第四阶段。在写诗最后的阶段里，他以"黑屋手记"与"离乱人生"两个"组诗"而显出了超越以往抒情事业的杰出成就。

具有“黑屋手记”意义的六篇作品组成的“组诗”（我们姑且这样称），作为戴望舒一场全新的主题探求，体现为悲壮型的抒情。值得指出：这种悲壮型抒情在全民抗战时期为祖国而歌一代诗人中，是有层次差别的，大致可分为忍辱地等待、艰苦地追求和决死地抗争三类。当然，“等待”“追求”“抗争”作为一种生存意向，都是对未来的执着而不是绝望。这种执着于未来的生存态度，显示了情绪在深处的高昂，痛苦中渗透着高昂的情绪，因此会使忧患类抒情的忧患感引导主题思路向悲壮的境界。有鉴于此，我以为戴望舒这个组诗的主题探求虽属“忍辱地等待”的抒唱，却给人以悲壮型境界的感受。如前所述，这位诗人在相当长一段时间里，曾扮演着超脱社会现实而作为艺术而艺术追求的角色，但全民抗战爆发后，他毕竟让自身的生存忧患和民族忧患一步步结合了起来，在香港积极从事抗日宣传活动。1941年11月香港沦陷。他在《十年前的〈星岛〉和〈星座〉》中曾写到：当他和他的同事们离开报馆时，“都充满了悲壮的情绪，互相望着，眼里含着眼泪”。这已显出一个爱国者的个人与祖国的命运高度交融的“悲壮的情绪”来了。1942年春天他被日本宪兵打入土牢，诚如《等待（二）》中所说：“做柔道的呆对手，剑术的靶子，／从口鼻一齐喝水，然后给踩肚子，／膝头压在尖顶上，砖头垫在脚踵上，／听鞭子在皮骨上舞，做飞机在梁上荡……”但他还是“怀着深深的仇恨”，忍辱地等待着民族解放的一天。正是这种忍辱等待的悲壮心情存在，也使他这期间的创作不仅从沉湎于纯诗艺术超越出来，进入到战斗的现实主义行列中，并且还使他写出了一首别具一格的、具有百年中国新诗之经典意义的抒情诗《我用残损的手掌》。这首诗既是现实主义的精神情怀与浪漫主义的理想激情的结合，又是他留法以来一直在摸索的超现实主义那种绝对时空中把握诗歌世界与变形艺术中表现诗歌世界的艺术路子一次集大成的实现。全诗从一个超验的艺术想象为起点展开运思，展开意象抒情的，这就是主体的“我”用“残损的手掌”抚摸一幅祖国地图，对祖国的大地河山作了一场血泪交迸的超验性巡礼。用“残损的手掌抚摸”当然隐示这场巡礼是一个遭受过百般蹂躏的“黑屋”囚徒之所为。而“手掌”抚摸这幅地图也正暗示主体的“我”含着血泪对祖国广大的土地付出了强烈的爱与思念。文本中以超验的艺术思路作导引，对“手掌”所及展开超现实的感应：“这一角已变成灰烬／那一角只是血和泥”；“这长白山峰冷到彻骨，／这黄河的水夹泥沙在指间滑出”；“江南的水田……现在只有蓬蒿”，“岭南的荔枝花寂寞地憔悴”……这种来自绝对时空的超验感受和变形艺术表现，终于使文本中意象的流动推出了一片极具概括力的象征境界：“无形的手掌掠过无限的江山／手指沾了血和灰，手掌黏了阴暗。”这片蕴有极强蓄势的意境表现，接着就顺势推出了一个全新生态境界的意象组合体：

只有那辽远的一角依然完整，
温暖，明朗，坚固而蓬勃生春
在那上面，我用残损的手掌轻抚，
像恋人的柔发，婴孩手中乳。
我把全部的力量运在手掌
贴在上面，寄予爱和一切希望，
因为只有那里是太阳，是春，
将驱逐阴暗，带来苏生，
因为只有那里我们不像牲口一样活，
蝼蚁一样死……那里，永恒的中国！

这样一首诗，既在艺术上显示出以超现实主义为主让超现实主义与浪漫主义、现实主义高度的交融，更在情绪体验上显示出戴望舒从自我忧患通向民族忧患，再从民族忧患通向对时代真理的感悟。“我”残损的手掌最后把全部力量压在“辽远的一角”，感受到“只有那里是太阳，是春，／将驱逐阴暗，带来苏生”。对此艾青在《望舒的诗》中认为这是指延安。由此看来，戴望舒这一个可以用“黑屋手记”命名的组诗，是有一个完整结构的，那就是：“灾难的控诉——不屈的抗争——永恒的渴望”。这既是组诗的结构模式，也是诗人戴望舒走出艺术象牙塔去感受他那个悲慨壮烈时代所特具的心灵感应模式。

全民抗战八年中，戴望舒和广大中国人民一样，饱尝了离乱人生的灾难和痛苦，不过他真正强烈地体验到这种苦的，还是从1940年开始的，而真正对离乱人生之苦作抒写的，则集中在1944年。前已论及，他从1943年下半年开始，人生离乱已渐趋安定，特别是1944年，经济收入的好转和随之而来的各类生存困厄也都有所缓解了，虽然日本侵略者的铁蹄犹在门外逞威，关起门窗倒也还可以有自己一角温饱的小天地。现实境遇安定了，心灵境遇又会翻波涌浪起来。戴望舒就这样又在内在世界不安宁起来，灾难的岁月已破毁他和穆丽娟组建的家庭，虽然他和杨静的家庭此时也还温爱，在《赠内》一诗中还动情地说过："不如寂寞地过一世，／受着你光彩的薰沐，／一旦为后人说起时，／但叫人说往昔某人最幸福。"但在灵魂深处他总驱赶不了和穆丽娟一起时的生活。所以当重新走过林泉居的那幢和丽娟母女住过的旧居时，他忍不住悲从中来，一连写了两首《过旧居》的诗。《过旧居（定稿）》是一场在现实中回忆往昔的抒情，突出地抒写了由现实情景中某一点触发起来的记忆以及生发开去的联想，而这也就形成了一种空间与时间的错位表现，如开头一节："这样迟迟的日影，／这样温暖的寂静，／这片午炊的香味，／对我是多么熟稔。"这就是异时间同空间的错位；而"现在……可不是我回家午餐……／桌上一定摆上了盘和碟，／亲手调的羹，亲手煮的饭，／想起了就会嘴馋。"是同时间异空间的错位。而错位是会引起幻觉的。诗中就这样写："我不明白，是否一切都没改动，／却是我自己做了白日梦，／而一切都在那里，原封不动：／欢笑没有冰凝，幸福没有尘封？／／或是那些真实的岁月，年代，／走得太快一点，赶上了现在，／回过头来瞧瞧，匆忙又退回来，／再陪我走几步，给我瞬间的欢快？"这种由错位导致的幻觉表现，显然体现出了极其深沉的伤感，以及由这种伤感带引出来的凄楚。于是当浸沉在往昔时间中的主体所见到的竟是这样的现实空间："有人开了窗，／有人开了门，／走到露台上——／一个陌生人。"这种时空特显错位的表现，也就使文本推出了这样的结尾：

生活，生活，漫漫无尽的苦路！

咽泪吞声，听自己疲倦的脚步：
遮断了魂梦的不尽是海和天，云和树，
无名的过客在往昔作了瞬间的踌躇。

在这里，往昔的主人成了现实的过客。这身份的转换也就把“生活，生活，漫漫无尽的苦路”的抒情作了无奈的表现。这样一首十分贴近生活现实的诗，世俗化的人生感怀是真挚动情的，且能起一种直接触及和揭露日本侵略者给我们人民带来身心难以弥合之痛的罪恶，但就对人类历史性悲剧底蕴的挖掘而言，却由于这样的诗太贴近、太拘泥于真实生活，反而使《过旧居》定稿本深化不下去。仅只有四行的《过旧居（初稿）》就不同了：

静掩的窗子隔住尘封的幸福，
寂寞的温暖饱和着辽远的炊烟——
陌生的声音还是解冻的呼唤？……
挹泪的过客在往昔生活了一瞬间。

这首小诗当然不可能对“旧居”过多回忆的细节作具体表现，也不可能对“过旧居”的世俗性心情作多方面的抒写，但他以“辽远的炊烟”为中心，拿被“静掩的窗子”所关注的那段“尘封的幸福”与之组接，意味着曾有过的那段虽寂寞但还是温暖的小家庭生活往事已经逝去了。由于“炊烟”是个原型意象，能感兴地象征着温馨的生存境界已淡远得永远消逝了。随后文本在这个诗行末了用了个破折号“——”，意味着会有一个藏于空白中的潜情景：“旧居”的一景一色依旧，这也就促成主体顿生幻觉：这一如当年的旧居在散发信息吗？是另换主人的“陌生的声音”呢还是“解冻的呼唤”呢？由“辽远的炊烟”的情景感受引发的幻觉，很快就被现实的知觉所清除，于是也就有了最后一行：“挹泪的过客在往昔生活了一瞬间。”这一点知觉的醒悟不仅使“旧居”原先的主人成了过客，也因了这知觉是和

“辽远的炊烟”连在一起的，原型意象的“辽远的炊烟”也就以温馨已永远消逝的感兴意象对知觉作了象征性烘染，凸显出这一知觉有超越世俗意味而升华为生命存在规律的觉识：消逝了的已像“辽远的炊烟”一样消逝了。这也就使《过旧居（初稿）》具有人生离乱乃是一场宿命的必然意味，因此，从格调上看它比《过旧居》定稿要高一个层次。不过必须看到，那些年月毕竟不属于奢谈玄理的诗歌时代，严酷的现实逼迫着每一个有良知者直面现实的多难，世俗的离乱，戴望舒也不例外。所以从《过旧居》的初稿转为定稿是极自然的，反映了这位“雨巷诗人”的现实主义因素在创作中大为增强。戴望舒不仅重视《过旧居》的定稿，还写了一首与之同调的诗《示长女》，人生离乱的世俗感受更显得强烈。诗写的是诗人回忆和长女咏素（其实是指丽娟母女）在一起时的生活情景，说“我们曾有一个安乐的家”，说“白天有朋友，晚上有恬静”，还说“岁月在窗外流，不来打扰／屋里终年长驻的欢欣”，可是诗篇又猛地一转，说“这幸福是短暂的／一霎时都被云锁烟埋”。随即出现了这一片人生的离乱：

> 你记得我们的小园临大海，
> 从那里你们一去就不再回来，
> 从此我对着那迢遥的天涯
> 松树下常常徘徊到暮霭。

这是一串带血的倾诉。其感人之深要超过《过旧居》。

总之这一批由六首短诗组合成、可以名之为“离乱人生”的组诗，是由灾难的岁月造成人生离乱之痛的抒唱，它不仅因情感的真挚贴切而有相当高的诗美价值，并且还有极其深远的历史价值。诚如戴望舒在《赠内》一诗中所说：

> ……我苦涩的诗节，
> 只为灾难树里程碑。

于是我想起戴望舒在“黑屋手记”和“离乱人生”这两个组诗所叠合成的协奏曲的尾声来了，它就是《萧红墓畔口占》，全诗是这样：“走六小时寂寞的长途，／到你头边放一束红山茶，／我等待着，长夜漫漫，／你却卧听着海涛闲话。”诗人在等待着“在天晴了的时候”真正到来，既焦灼又有耐心，为此他还写着《口号》《偶成》。而在写成《偶成》三个月后，日本侵略者终于无条件投降了，《偶成》中祈求“生命的春天重到”，也终于盼来了。

可惜“雨巷诗人”也就在万民欢腾中搁下诗笔，结束了这一阶段同时也是他毕生的诗歌创作了。

三、戴望舒的艺术个性

戴望舒的新诗创作如同上面所说，不过二十三年，时间不长。在这不长的时间里，他出版了《我的记忆》(1929)、《望舒草》(1933)、《望舒诗稿》(1937)、《灾难的岁月》(1948)四本诗集，全部合起来删除重复的，不过93首诗，创作数量并不算多。凭着不足百首诗，戴望舒却能在百年中国新诗史上拥有重要的地位。为什么能这样？这情况是值得来考察的。这位诗人的名声在诗坛叫响得较早。杜衡在《望舒草·序》中就这样说：“《雨巷》写成后差不多一年，在圣陶先生代理编辑《小说月报》的时候，望舒才忽然想起把它投寄出去。圣陶先生一看到这首诗就有信来，称许他替新诗底音节开了一个新的纪元……圣陶先生底有力的推荐，使望舒得到了‘雨巷诗人’的称号，一直到现在。”1933年5月29日施蛰存在给戴望舒的一封信中也有过这样的称许：“徐志摩而后你是有希望成为中国大诗人的。”由此看来，戴望舒作为诗人的存在有着特殊的魅力！至于戴望舒自己呢？虽并不以此自诩，却也对他所追求的抒情事业满怀信心，深信会被历史所接纳。写于1937年3月的一首小诗《我思想》就流露出了这份自信，只不过他以“思想”事业替代了诗歌事业。“思想”属于精神活动，诗也是，所以可以相通而替代，这首诗这样写：

我思想，故我是蝴蝶……
万年后小花的轻呼
透过无梦无醒的云雾，
来震撼我斑斓的彩翼。

全作虽只短短四行，口气之大却不同凡响。让我们看到诗人的自我定位：作为灵感创造结晶，自己的诗纵或在一段时间内会被埋在“无梦无醒”的时间的“云雾”深处，无人注意，但总有一天会被后代人所认同，让他们的灵魂之花声声“轻呼”而促“我”的这只蝴蝶苏醒，把“我斑斓的彩翼”震撼，以至于“万年”后也会翩翩起舞。诗人戴望舒相信存在于时间之流中的世界不会把他遗忘。事实似乎比诗人自己所估计的还要乐观：即便在他身后的几十年中，这只“蝴蝶”也一直在新诗的百花园中飞舞。这些也进一步证实戴望舒身上有着不可忽视的诗的魅力。“雨巷诗人”具有非同一般的艺术个性，才使他的诗也具有特殊魅力。

所谓艺术个性是就诗人在他的作品中表现出来的创作独特性而言的。艺术个性的构成因素可以归纳为“才、气、学、习”四个方面。这里的“才”指创作才能；“气”，指气质及性格特点；“学”，指学识和修养；“习”，指生活环境、社会环境及个人具体生活经历的影响。刘勰在《文心雕龙·体性篇》中就说：“夫情动而言形，理发而文见，盖沉隐而以至显，因内而符外者也。然才有庸儁，气有刚柔，学有浅深，习有雅郑，并情性所铄，陶染所凝，是以笔区云谲，文苑波诡者矣。”这段话就专就艺术个性而言。每一个诗人的艺术个性都必然按照由隐至显、因内符外的艺术规律表现出来，从而把内心情态外化为物态化的作品。所以，尊重诗人的艺术个性就是尊重艺术创造的特殊规律。就这四个构成因素而言，“气”，也就是气质，实是艺术个性的中心话题。“气”和“习”也就是特定的气质与社会环境、人生经历的影响相结合，能为主体在概括生活中确立为自己所有的思维定势，即艺术思路，而这正是艺术个性中至关重要的方面。“气”和“学”也就是特定的气质与学养相结合，能为主体的创作心态确立内倾型或外放型起决定性的作用。“气”和“才”也就是特定的气质与才禀相结合，则能为主体创造的最终成果打下具有哲理标记的个性的印痕。戴望舒独特的“才、气、学、习”决定了他具有独特的艺术个性，而这些又具体地反映在如下三个方面：生活概括的超越倾向、生性内向的内发艺术和生态循环的抒情轨迹。

本章将从这三个方面展开考察。

生活概括的超越倾向

在考察一个诗人的艺术个性时，须抓个性结构。独特的艺术思维定势所显示的个性倾向性，处在个性结构的最高层次。正是它，成了诗人一切心理活动的最高调节者，也是诗人进行创作活动的基本动力。至于不同诗人的心境、能力、气质、性格等个性心理特征的独特结合，则具体地表现了诗人的心理过程以及心理面貌的个别性和差异性。从这样的认识出发我们再来考察戴望舒，则他的以宇宙时空观念为核心的艺术思维定势就很值得关注，并且在对他的艺术个性作考察中首先要提出来。他的这种宇宙时空观念是具体的，即对宇宙世界终其一生而不变的神往。对此，我们可以拿他在《我的素描》一诗的第一节来看看：

> 辽远的国土的怀恋者，
> 我，我是寂寞的生物。

把自己首先“素描”为一个怀恋“辽远的国土”的人，表明主体的精神生态具有十分高远的境界。那么如此高远境界的所在地在哪里呢？众所周知：最高远的境界只能在绝对时空中，也就是说在宇宙中。有旁证吗？有的。《赠克木》一诗中有这样两句：

> 乐在其中，乐在空与时以外，
> 我和欢乐都超越过一切的境界。

这“乐在其中”的地方竟然是“在空与时以外”，那就是指存在于宇宙间的绝对时空中；说“欢乐”全都“超越过一切的境界”，这就无疑是从常态境界超越出去的、只能凭直觉才能把握到的宇宙境界。在《古意答客问》中主体说自己是一个“孤心逐浮云”者，具有“惯看青空的眼”。还说：“清晨看岚踯躅于山巅，／入夜听风琐语于花间。／你问我的灵魂安息于何处？／——看那袅袅地、袅袅地升上去的炊烟。”看，主体真是多么地神往于散入青空、融入宇宙。这种种都足以证实主体精神生态中神往的那个具有高远境界——“辽远的国土”，就是宇宙——非常态格局中的太空存在。当然作这样的判定，只是出于我们的推论。有一首诗却点明了这一点。这首诗写诗人患了一种很特殊的病——怀乡病，这个恋恋难忘的故乡其实也就是那片“辽远的国土”。他还说这种怀乡病是“一切有一张有些忧郁的脸／一颗悲哀的心／而且老是缄默着／还抽着一支烟斗的／人们的通病。”这也就呈现出了这类“怀乡病”患者，或者这一类“辽远的国土”的怀恋者，才是“寂寞的生物”，而他们所怀恋的故乡，实在不是在地上，而在比地上要辽远得多的地方。诗中这样说：

> 我呵，我真是一个怀乡病者，
> 是对于天的，对于那如此青的天的。

为此，戴望舒就把这首诗定名为《对于天的怀乡病》，所以这个文本还可以进一步证实《我的素描》中的主体作为“辽远的国土的怀恋者”，所怀恋的实在是绝对时空中超常态的存在，而无意于相对时空中的常态存在。于是，这场怀恋必然和现实的庸常生态构成了对立关系，从而使“我”不得不成为“寂寞的生物”了。所以在庸常的生态格局中作“辽远的国土”的怀恋，伴随而来的必然是、也只能是寂寞。这正证明《我的素描》中开头两行所凸显出来的、构筑诗歌真实世界中的艺术个性特征——戴望舒已本能地拥有一条守住生命的寂寞而作宇宙故乡怀恋的艺术思路。在《古意答客问》最后一节中，诗人俨然以来自宇宙故乡者的口气说：“渴饮露，饥餐英，／鹿守我的梦，鸟视我的醒”，多潇洒，随即又说：

你问我可有人间世的挂虑？
——听那沉下去的永恒之过客的跫音！

这正是生活概括的超越倾向的具现，也是它作为艺术思维定势的最真切表达。是的，人间世的一切不过是百代过客在宇宙时空中留下的几个脚步声而已，不考虑了吧！

这使得戴望舒不仅怀恋着“辽远的国土”，患着“对于天的怀乡病”，并且开始寻求归去之路，这也就使他成了寻求宇宙故乡的现代浪子，只不过这种寻求并不是外在实际行动的显现，而是发生在心灵中。在《我的素描》中诗人早就宣告自己只是“一幅单纯的静物写生”——爱静不爱动，这一来，寻求宇宙故乡的这个现代浪子也就成了心灵浪子；只在心灵中浪游着，作着对庸常世俗生态的超越，也作着“辽远的国土”的寻求。心灵浪子形象是古已有之的。泰戈尔在《园丁集》中就说过这样一句话：“我是自己心里的流浪汉。”作为神往于宇宙的一种象征体现，戴望舒是无法让他飘逸宇宙之举能在现实生活中得以实现的，他只能扮演心灵浪子的角色。这个心灵浪子浪游活动的开展可分四类。一类是借回忆作浪游。也就是说回忆中把握到的琐琐碎碎往事可以成为心灵浪游极好的材料，而这些材料一经串联也就把主体在存在世界中的心灵浪游轨迹显示出来了，如《我的记忆》中主体说自己的记忆存在在“烟卷”“笔杆”“酒瓶”“诗稿”“灯”等上面，而接受者也就会自动地在潜意识中把它们连成一体，用来隐示心灵活动中的主体进入往昔的生存状态后的浪迹情景："我"曾经在深夜伏案灯下抽烟，喝酒，摇着笔杆子写着诗，度着心灵浪子的生态浪迹生涯。诗篇最后还说"我的记忆"虽然不间断地前来拜访，无休止地来诉说往事，"但是我是永远不讨厌它，／因为它是忠实于我的"。这一来也就喻示出主体作心灵浪游的持续永恒性。另一类是凭拟想作世俗人生浪游，也就是说拟想中把握若实若虚的人生现象，一经组合也就把主体在世俗人生中那场心灵浪游活动的轨迹显示出来了。如《深闭的园子》，诗人拟想出一座"深闭的园子"，外面有一个路过的异乡浪子正探首锁着篱门的园子内一片五月的荒芜，引起了他的"空想"：这"园子"的主人公也会像自己一样流落在他乡吗？而在"迢遥的太阳下"的那个远方，也会有像眼前这座一样的"璀璨的园林"吗？这一来，拟想中两座"园子"和两个各各浪迹他乡的游子，竟然错位地组合起来了。诗篇最后说：

陌生人在篱边探首，
空想着天外的主人。

这就已不是简单化的错位表现，而是通过"他乡—深闭的园子—篱门外探首"的一系列表现来对浪子浪迹天涯的人生作交替展示。这种存在于同时间异空间的交替浪迹出之于主体巧妙的拟想，显出了世俗人生活概括与世俗人生命实体的二元统一，而这样的交替浪迹也就显出了心灵化的特性。第三类是伴年华作生命浪游。这也就是在年华（特别是季节）递进中把握渐趋衰颓的生命体，一经组合也就可以把主体在生命之流中心灵浪游的轨迹显示出来了。例如《少年行》，这首诗极具意境美，写得相当成功。前两节是写自然世界：篱笆旧了却茑萝披满，恍如老人簪花；旧蝉曲已经终止在枝叶间，新锐的蝉前来重演单调。第三节转向人，说自己年轻时代"结客寻欢"的放纵生活已"成了后悔"，又何必再"学少年的行踪"，这是对第一节的呼应，喻示生命应尊重自然演变的规律，而不该有违逆之举。第四节这样写：

平静的天，平静的阳光下
烂熟的果子平静地落下来了。

这是对第二节的呼应，以“烂熟的果子平静地落下来”来具现生命的延续，而这种新老交接则像这片天、这片阳光一样，是十分平静地展开的，所以整个文本交替式地表现了一场随岁月流逝而作生命新老交替的自然进程，这可是戴望舒伴随年华改变一切的贴切感受而作的生命浪游。第四类是按梦幻作宇宙浪游。也就是说梦境与幻思中把握到的似真似幻宇宙生态现象可以成为心灵浪游极好的材料，而这些材料一经组合，也就把主体在宇宙绝对时空中心灵浪游活动的轨迹显示出来。《乐园鸟》一诗最有这方面的代表性。这首诗通过一只天国神鸟——“乐园鸟”不分春夏秋冬也不分昼与夜地飞着的意象表现，来对心灵中一场宇宙浪游作了展示。“乐园鸟”是个幻象，属伊甸园中神鸟。按圣经中的说法，自从智慧进入伊甸园，以亚当、夏娃为表征的单纯天真、自由自在生命体，由于开启了智慧而被逐了。“乐园鸟”既流浪在宇宙中，当也表明已成为被逐出伊甸的对象。由此说来，这只“飞着”的神鸟不存在“到乐园里去”的问题，只能“是从乐园里来的”，与之相应，当然也早就知道“乐园已荒芜”了，至于抒情主体问神鸟“那天上的花园已荒芜到怎样了”的问题，那可是问“荒芜”到怎么个程度，而并不是如杜衡在《望舒草·序》中所说表明主体开始对“渴望着曾打算回返去的‘那个如此青的天’也怀疑了”。杜衡这样讲会把这首诗的理解引向误区，好像是在喻示社会学上的事儿。其实从意象及其组合的关系看，主体是怀着天上的“乐园”也已失去单纯、自由，才有真不知“天上的花园已荒芜到怎样了”的感喟的。诗中强调地问“乐园鸟”在宇宙中作流浪“是幸福的云游／还是永恒的苦役”，这里藏有潜台词，即对宇宙中的浪游是苦还是乐表示怀疑起来，言下之意这种浪游似乎并不一定会是幸福的。所以，第三节出现了这样的诗行：

华羽的乐园鸟

在苍茫的青空中

也感到你的路途寂寞吗?

从这几行的字里行间可以见出：宇宙浪游实在也并不那么飘飘然，有点劳累，也有点茫茫然。所以《乐园鸟》中这场心灵浪游实在流露着如下这一点：主体渴望在“辽远的国土”——宇宙中找到单纯、自由的生存环境却并不如愿，因此多少有点心无所皈依的怅然。不过也不能不说：这个文本按梦幻作了一场极真切的宇宙浪游。综合以上所述可以说戴望舒笔下的宇宙浪游都是非实质性的。四条浪游途径各显其妙，但它们又只是对“辽远的国土”——宇宙故乡作心灵的幻游，对现实生活作直觉的超越，对高远境界作神往的抒唱。这里因此呈现出“雨巷诗人”的个性倾向性，体现为以宇宙时空观念为内核的艺术思维定势。这一思维定势是戴望舒追求至美诗歌境界的心理活动最高的调节者。我们通过《乐园鸟》发现：具有对于天的怀乡病的他，在对茫茫青空作宇宙故乡的寻踪已感到劳累、茫然和厌倦后，对自己所拥有的以宇宙时空观念为内核的艺术思维定势也在作着调节。寻踪宇宙故乡是永恒不变的，不过生命皈依处的宇宙故乡，未必非在茫茫的青空不可，也会在地上，在自己贴近的自然世界中。

这使我们想起了《二月》《款步》《旅思》等作。《二月》的第一节说：“春天已在野菊的头上逡巡着了，/春天已在斑鸠的羽上逡巡着了，/春天已在青溪的藻上逡巡着了，/绿荫的林遂成为恋的众香园。”这一个地上的春天世界竟然那么热闹，又那么融洽，是令人惊喜的。可不是吗？春天正通过“野菊”“斑鸠”“青溪”在逡巡，而这个二月的世界竟然成了“恋的众香国”，这岂不意味着像天上的伊甸园一样的地方在地上也有吗？伊甸园却因智慧的开通而把自由自在地生活着的亚当、夏娃驱逐了，“天上的花园”随之荒芜了。那么在地上的这个二月的世界呢？诗人为此进一步抒唱：

于是原野将听倦了谎话的交换，

而不载重的无邪的小草
将醉着温软的皓体的甜香；

在这众香园里，众生万物都是相亲相爱的，甚至自然世界的“原野”“小草”还在向人示以亲和。真的，何必“在茫茫的青空中”去作宇宙故乡的寻求，地上这片二月的世界就可找到宇宙故乡的。于是，诗人将在最后一个游女的“惋叹”中，“拈着一枝蒲公英”归去。

“雨巷诗人”能找得到存在于自己身边的乐园——宇宙的故乡吗？当然找不到的，只能在心灵里。他毕竟是一个“自己心里的流浪汉”！但目标是不变的：在心灵中寻踪宇宙故乡——这里有着属于戴望舒本人的艺术思维定势，固执的个性倾向性。

生性内倾的内发艺术

戴望舒作为一个爱在心灵中寻踪宇宙故乡——这一艺术思维定势的拥有者，凸显出来的是人生行为与诗歌创作的高度心灵化。而正是这一点，在很大的程度上使他成为了内倾型的诗人。作家和艺术家可以分为内倾与外放两种类型，这是荣格提出来的。内倾表现为一种主体对客体的否定性联系，主体的兴趣不是向客体方面运动，而是退回到主体自身而进行封闭式的直觉感应与自我独白。所以对内倾型诗人来说往往为传达不可传达者而强化自己的直觉把握意象，作超验的表现，而这也导致他在把握诗歌真实世界的运思过程中，远离外部世界而沉浸在自己的主观感受——特别是超验感觉中，这正是一种想从内部发生出一些什么来的内发艺术追求，因此对包括戴望舒在内的内倾型诗人来说，外在世界没有实际意义，而内心世界才是一切，才是艺术的根本追求。为说清楚这一点，不妨拿戴望舒的《小曲》来一谈。这个文本可以看成他追求内发艺术的一次宣告。诗写的是“鸟”啼倦了，

“花”老去了，在现实中这“音的小精灵”、“香的小精灵”都不见了，它们是不会去地狱也不会去天国的。那么藏在哪儿了呢？谁也不知道，诗人也“三缄其口”，不过他明白：

有什么东西在调和氤氲，

在他的心的永恒的宇宙。

这喻示着：客观世界中已不存在的东西，却已进入诗人的精神世界，成了心灵化的存在。心灵是一个“永恒的宇宙”，“音的小精灵”、“香的小精灵”则在氤氲的灵感中将重新被搭配和受调和，以完成一场从内部发生出些什么来的艺术创造。由此看来，戴望舒这项内发艺术追求是通过官能活动或者凭借想象活动来实现的。

先看官能活动对戴望舒实现内发艺术所起的作用。

这位诗人很看重诗歌创作中的官能活动。在《诗论零札·八》中他曾这样说：“诗不是一个官感的享乐，而是全官感或超官感的东西。”在所译果尔蒙《西茉纳集》的《译后记》中，戴望舒称颂果尔蒙的诗“有着极端的微妙——心灵的微妙与感觉的微妙。他的诗情完全是呈给读者的神经和微细到纤毫的感觉的”。由此看来，外在世界对果尔蒙来说社会价值并不重要，重要的是官能刺激力。其实戴望舒的诗何尝不是凭着他多方面的且是极强的官能刺激而显出了内发艺术特色来的。对此他具体表现为两方面。首先是追求感觉微妙。这场追求属于生理性官能活动，我们在这里就拿戴望舒对色彩的敏感与偏爱为例来作一探讨。“雨巷诗人”在色彩感觉上对蓝色、紫色特别敏感。伴随着对“辽远的国土的怀恋”或者说“对于天的怀乡病”而来的，是他有一种能快速诱发直觉的色彩偏好，这就是蓝色。他的诗中以青色（他以“青”代蓝，在色谱中“青”与“蓝”相通，可视为一体）构成的意象真不算少。《对于天的怀乡病》一诗中主体说自己的“怀乡病”是“对于那如此青的天的”，这正表明他对天蓝色的爱好。除此以外。以“青”、“天青”构成的意象在他诗中屡见不鲜，如《十四行》中有“青色的灵魂”，《路上的小语》中有“天青色的爱情”，《我的恋人》中有“天青色的心”，等等。色彩在感觉心理上是具有极重要地位的，张耀翔在《感觉心理》一书中就说：“颜色能引起各种感情。”他又说：“光带上红黄一端的颜色使人活动、鼓舞”，而“蓝绿一端的颜色使人安静、消极”；还指出：“这并非想象作用，而是可证明的生理事实。”上引戴望舒《我的素描》一诗的第二节中说：“假如把我自己描绘出来，／那是一幅单纯的静物写生。”这样状写自己倒是和他特喜好蓝色相应合的，和“蓝绿一端的颜色使人安静”的生理事实相一致。《感觉心理》一书还对蓝色所体现的情绪感受特性作了如下的言说：“蓝为海水和天空的颜色，也就是王勃《滕王阁序》里秋水和长天所共的色，表示高阔、深远、空旷、渺茫。”这种情绪感受就具有旷远飘逸、清廖幽渺的意境味儿，这里不妨拿两位诗人以不同色彩来表现“灵魂”作一比较。艾青在《大堰河——我的保姆》中写他把一首赞美诗呈给保姆大堰河——一个中国农妇，用了这样一行诗：“呈给你黄土下紫色的灵魂！”以“紫色的灵魂”来表现一个中国农妇勤劳善良、朴实圣洁而又受尽人世凄苦的灵魂，的确很贴切动人，因为紫色能给人以既高洁又凄怆的感觉。戴望舒的《十四行》写微雨中的“你”对“我”一瞬间灵魂的感召，用了这样两行诗：“诱着又带着我青色的灵魂，／到爱和死底梦幻王国中睡眠。”这里抒情主体幽渺的灵魂以“青色”这个色彩来表现，也很贴切生动，因为“青（蓝）”还能给人以旷远、清廖的感觉。戴望舒对“青”“天青”（亦即“蓝”“天蓝”）的色彩意象的精致构筑，以及对此类意象感发出来的、属于幽渺清旷意境美的偏爱，在他的诗中随处可见，如此频繁地使用“青色”意象，也正反映着“雨巷诗人”心灵深处隐匿着对旷远、神秘境界中的宇宙故乡的神往。戴望舒除了特别偏爱蓝色外，对紫色、绛色也感觉敏锐。如《雨巷》一诗中，诗人赋予梦一般从“我”身边飘过的那位姑娘，以“丁香一般”的色彩，进而构成了一个紫色意象。由于丁香花是紫色的，而紫是红与蓝的混合色，暖色的夸张与冷色的安静的调和，所以这位以紫色呈现的姑娘既高贵又含有淡淡的忧郁韵味。鉴于全作原是“丁香能结雨中愁”的现代汉语稀释，也就全方位地把这种高贵的忧伤气质凸显出来了，连同“丁香一般的颜色”，“丁香一般的芬芳”，也都有一层高贵的忧伤氛围着，发展到后来则是：

在雨的哀曲里
消了她的颜色，
散了她的芬芳
消散了，甚至她的
太息般的眼光
丁香般的惆怅

高贵的忧伤在这场悠远地荡开的氛围情调中显示出了它存在的永恒性，而所有这些以紫色引起的官能刺激，也就以其生理的反应而使“我”与“丁香般”地惆怅的姑娘这一场“雨巷”邂逅化为了心灵的真实，表现为从主体内部发生出一些什么来的创作冲动。这里有生理性的感觉微妙，因此使《雨巷》具有了极其标准的内发艺术特征。

当然，官能活动也还显示为内在心理感觉的刺激，因此戴望舒不仅以生理感觉的微妙来展开内发艺术的创作活动，他更追求心理感觉所导致的精微体验，而由此展开的内发艺术追求，则更给人以真切感。戴望舒的心理感觉不仅精微到纤毫的地步，而且还显出一种匪夷所思的神妙体验。如《秋夜思》，第一节说：“谁家动刀尺？／心也需要秋衣。”这里就有来自心理感觉的精妙体验。更精妙的是下一节：

听鲛人的召唤，
听木叶的呼息；
风从每一条脉络进来，
窃听心的枯裂之音。

如果这节诗的第一行表现的是秋夜特定境界中的心理感觉，第二行表现的是秋郊特定境界中的心理体验，那么第三、四行则是一场从外感觉（风吹来引起的肤体觉）到内感觉（风凉进血脉）再到心理体验（窃听心的枯裂声），层层递进，以致获得了从“全官感”直到“超官感”的“享乐”表现。说风能进入“每一条脉络”而去“窃听心的枯裂”，这是心理体验，精微神妙到有点匪夷所思，却也表明这场“秋夜思”属于向内转的抒情，这也就导致这个文本成了一场内发艺术的创造。

再看想象活动对戴望舒实现内发艺术所起的作用。

戴望舒在《诗论零札·十五》中有“诗应该将自己的情绪表现出来”的说法。那么情绪由何而生，它对诗的创造又能起什么作用呢？这是值得探讨的。情绪来自感觉刺激，而多重感觉刺激则会引起感觉对象间的推移，而这种事物在感觉过程中其实已成映象化的经验。所以这场推移就可能是经验与经验的呼应，这就产生了联想。而如果这场推移是经验向未知的出发，则就产生了想象。所以联想与想象如同艾青在《诗论》中所说的，“是情绪的推移，是这一事物到那一事物的飞翔”。在诗歌创作中没有感觉情绪则已，有了感觉情绪也就一定会发生联想或想象。戴望舒既然强调受感觉刺激而生的情绪推移，也就会十分重视联想或想象在抒情中的作用。但引发感觉的客观对象作为真实的存在物，一旦进入主体的感觉系统受想象的调遣、重组，也就不再是原先的真实存在物了。所以在戴望舒看来，“诗是由真实经过想象而来的，不单是真实，亦不单是想象”，表明他在潜意识中已懂得诗歌世界须具有真实是向真实转化的想象而想象是向想象转化的真实辩证统一的特质。而正是这一特质，使他的诗歌世界既不是外在如实反映的直接叙写，也不只是内在抽象玄思的逻辑推论，而是能让接受者在具象体验中把握到具有想象之幽渺的诗歌真实世界，这样一个真实世界则具有特别鲜明的内发艺术特性。这类内发艺术特性之所以能显现，依凭的就是通过幽渺的想象而使外在事象得以心灵化。《眼》一诗是这一类内发艺术的极致追求。如前已述，这首诗是诗人写给新婚妻子穆丽娟的，抒唱了她美丽的眼睛。这场抒唱分三个方面展开。第一节属于第一方面的内容，特写了她含情凝睇之魅力。真实的凝睇属外在情姿，但此中反映出来的则是内在神态，也就是经过主体想象的调遣而重组过的、属于心灵化的存在状态，说具体点是在“眼睛的微光下眸中显现出来的”“迢遥的潮汐升涨，／玉的珠贝，／青铜的海藻……／千万尾飞鱼的翅／剪碎分而复合的／顽强的渊深的水”，如实的凝睇完全幻化成海中的存在物，所以如要说有真实可言，这真实完全是向真实转化的想象。第二至第四节属于第二方面的内容，写“我”因“你”的凝睇引发的心灵感动情状：在不知道处于什么经纬度上的这片“无渚崖的”大海的“暗青色的水中”，“我”在作“投身与沉溺”，这不仅使情绪因兴发感动而推移，还激活了由此而生的三重想象：一重是“我”在“你”的眼眸的海水中投身与沉溺时竟直觉到自己是浮游在绝对时空中的宇宙之灵——太阳、月亮、星辰的互照、互映中，而“我”则因融于其间而成了飞掠宇宙的彗星；又一重是“我”在“你”的像“太空的镜子”一样的“眼的微光”中鉴照自己的“冰冻的火的影子”；再一重是“你”的“眼之魔法”使“我伸长，我转着，／我永恒地转着，／在你的永恒的周围／并在你之中……”喻示“我”因欲望而生的欢乐、痛苦、苍茫、热情都是在“你的太空的镜子”中映现出来的。这三重想象所形成的第二个方面从总体看，同样是从外在事象（“我”受“你”的凝睇的感召）进入内在神态的心灵真实表现。第五、六节属于第三方面的内容：写的是“我”被“你”的“眼之魔法”融入进“你”之中了。“你”以眼眸幻化成的“大海”与“太空”，即美的宇宙的威力，使“我”成了“从天上奔流到海，／从海奔波到天上的江河”，更使“我”进一步成了“你每一条动脉，／每一条静脉，／每一个微细管中的血液”，甚至最终成了“我是你的睫毛”。这一场融入的结果是：

> 而我是你，
> 因而我是我。

这就是说“我”在“你”的“眼的微光”下，鉴照出“我”真的成了“你”的一部分，而“我”也成真正的“我”了——这是对爱情作了宇宙化的幻美表现。这样一首诗可谓是一场心灵化的真实表现，具现为外在如实的真实是向外在如实的真实转化的内在想象的真实，而其一系列内在想象的真实则是向内在想象的真实转化的外在如实的真实。所以，这个文本是极具幽渺的想象的内发艺术创作。

总之，戴望舒在创作中如此执拗地追求感觉微妙、体验奇妙和想象幽渺，已使他成了百年中国新诗史上追求内发艺术相当成功的诗人。

生态循环的抒情轨迹

一个诗人一旦拥有神往宇宙故乡的艺术思路去构筑诗歌世界，则他的潜创作活动也必然会成了对内发艺术的追求——这是上两节中我们已论析过的了。不过不能不看到，由这样一条艺术思路引起的内发艺术追求也必然会促成主体的心灵生态抒情须站得更高，以宇宙视野去看待众生万物的存在真实，从而在展开运思、搭建诗歌世界的框架时，能对生态的抒情轨迹有属于自己的独特把握。结合到戴望舒，他则致力于生态的循环性感受把握，从而使他在创作活动中留下了一条生态循环的抒情轨迹。

生态循环对戴望舒来说是绝对时空中的事儿，唯其如此，也才使现实人生中同属相对关系的两组性质相同而作相对组接的对象，在他的诗中显出了循环关系，如“生即死”和“死即生”这两组对象同出于属“生”与“死”的相对关系，现在又把它们相对地组接起来成为“生即死而死即生”，显出循环性来了。戴望舒诗中这种生态循环性抒情也是建筑在相对论基础上的，典型地表现在前面已提及过的那首《深闭的园子》中，在前面我们只是拿这首诗的构思来论析主体对现代浪子的心灵流浪作表现的特色，没有深挖这场流浪从原点出发最终又回到原点的那种永无终点的循环轨迹。《深闭的园子》引人注目之处就在于隐示出了戴望舒立足于相对论的那种生态抒情的循环性轨迹。在这首诗中，流浪人在异乡这座深闭的园门外想着漂泊在外的主人；而与此相对应，漂泊在外的主人则也在异乡一座荒芜了的园子外设想着是否也有个在自家“深闭的园子”外探首的流浪人。由此看来，这个文本颇能提供一点意味：站在社会总体格局上看，显示着人间生态的相对关系和以此为基础的抒情循环性。这和主体对文本整体意象组合的设计别具匠心是分不开的。当然，像《深闭的园子》这样毕竟是世俗现实生态，作为这类生态的循环性抒情，固然也有价值，但很多情况是出之于认知，从体现一个诗人的艺术性看，还不够典型。要使这种循环性典型地反映在心灵生态的表现上，才能更具有艺术个性，因此，值得来对《我的记忆》和《古神祠前》作些探讨。《我的记忆》被诗人自己和一般戴望舒研究者看好，主要在于它是采用口语语调节奏写成，是一次成功的实验，要说文本整体的美学层次，实在算不得有多高，因为缺乏意境美。不过它毕竟是主体一场心灵深处记忆的再现，并且是通过抚今而追昔的一场时间循环表现，所以值得来谈谈。“记忆”一般而言是过去的事儿，不过预感到当下发生的事会成为来日深深的回忆，所以“记忆”也可以是现在的事儿。《我的记忆》就正是过去的“记忆”与现在的“记忆”之间一场心灵生态循环性抒情，具体点说是记忆从过去转向现实又从现实转向过去——这样一桩循环抒情表现。这首诗的第一节“我的记忆是忠实于我的，／忠实得甚于我最好的友人”，以及最后一节：“它是琐琐地永远不肯休止的，／除非我凄凄地哭了，或是深深地睡了，／但是我是永远不讨厌它，／因为它是忠实于我的。”这些都属于过去的记忆，是一场追昔的心灵生态表现。第三节专写“记忆”对“我”的拜访，说“在寂寥时，它便对我来作密切的拜访”，并且说“它底声音是低低的”，“它底话是很长，很长”的，等等。同第一节和最后一节一样，也属于过去的记忆追昔的心理生态表现。但第二、四节不同，这两节所抒唱的是在抚今中寻找的记忆。第二节说“记忆”是“存在在燃着的烟卷上”“存在在绘着百合花的笔杆上”，无疑是现在的记忆，抚今中也就是说从现实的存在物上寻找往事——记忆中的东西。第四节说“它（记忆）的拜访是没有一定的”，且是“在任何时间，在任何地方”，等等，显然也是现实中发生的事，抚今而寻找过往。理清了每一节所显示的记忆的时间性后，可以这样讲：这首共五节的诗，显然具有这样一条心灵生态演进线：追昔—抚今—追昔—抚今—追昔，正因为这样，它也就显出了该诗抒情轨迹的循环性。这是一场从“追昔”出发最后又回到“追昔”

这个原点上的心灵生态循环活动。《古神祠前》是戴望舒的代表作，写的是主体的“思量”——也就是从心头出发飞向天空，最后又无可奈何地飞回心头的潜意识活动，诗的第一节写“我多少的思量”的“脚迹”印在“古神祠前逝去的／暗暗的水上”。是隐示多思的诗人在时光的流逝中曾留下过无数有关生命生态的感受与体悟，这种感受体悟是从地上开始的，也就是“思量的轻快的脚迹”先是“从苍翠的槐树叶上”跃到“饱和了古愁的钟声的水上”。掠过涟漪、踏过荇藻而轻快地走了后，又“踌躇着／生出了翅膀飞”，这似乎在隐示他的“思量”已有超越的迹象，先像是“蝴蝶”，在芦苇间、红蓼花上飞，继而“高升上去了”，成了云雀，又成了鹏鸟，在白云间、青天上“作九万里的翱翔——前生和来世的逍遥游”，然后在云水间“人间世的边际”作孤独到固执的“盘旋”，久久。可是后来呢？

终于，绝望地
它疾飞回到我心头
在那儿忧然地蛰伏。

可见对戴望舒来说逍遥游是不可能长久的，他即便“回到人世间的边际”，也依旧是孤独的。可见这只有回到自己的心儿里去蛰伏。所以这首诗表明：戴望舒既不容于现实人生，也深感自己难适应幻想中的逍遥游，这些都难以解决他的孤独感，只能回到内心中去讨生活。当然，这样说是从思想境界上谈论“雨巷诗人”，但我们更感兴趣的还是他的心灵生态的感受独特性。他以这个文本所显示的那场从内在走向外在又返回内在、从地下飞向天空又飞回地上的意象组合新奇性，宣告了他的艺术个性中确具有这样一条从原点出发又返回原点的心灵生态循环感受圈。可以说要考察戴望舒艺术个性中生态循环的抒情轨迹，《古神祠前》最典型。

问题是我们为什么要如此固执而卖力地来证实戴望舒艺术个性中具有一个生态回环的感受圈！可以这样说：这种回环性的感受反映着个性的一个特点：徘徊不前，犹豫不决。这样一个回环圈在戴望舒心灵中扎根，对他的艺术个性的形成是具有决定性意义的，使他始终改变不了在内心世界讨生活的习气，也永难改变他的内发艺术追求。当然，话也得说回来，就戴望舒的本意来说，他其实并不想固执地把自己封闭在内心世界讨生活，越到晚期，他似乎也越想突破自己的内发艺术追求。艾青在《望舒的诗》中也曾经说过这样一句话："听说他曾经一度对现实采取积极的态度。"这话是有分量的，不过我以为若把"一度"二字改成"几次"似乎更合于戴望舒的实际，因为从"雨巷诗人"的整体创作所反映出来的情况看，他那生态回环感受圈，还曾转为了回旋的线。

从回环感受圈变成回旋感受线，意味着生态感受从原点返回到原点已转为从原点返回到更高一个层次的原点上，所以从本质上讲都归入于无穷无尽的循环。但回环具有循环中递进的性能。唯其如此，才使回环的圈成了回旋的线，二者在表现形式上也因此有了同属没有终点的无穷无尽中的差别，那就是回环是没有前方因而没有终点的无穷无尽，回旋只有前方因而没有终点的无穷无尽。唯其如此，才促成这位从生态感受的回环性转为回旋性的"雨巷诗人"，对"远方"具有超常的敏感与兴趣。值得提一提《流水》和《我用残损的手掌》。《流水》是戴望舒1920年代末在"文学工场"时期受左翼诗歌影响写成的。这首诗抒唱了一股"从山间，从乡村／从城市的沟渠"汇聚成的一股内蓄着"力的力"的"流水"，穿过"暗黑的林"，"在同一个方向中"奔流着，"把握住"自己的意志"冲过横在路头的顽强的石"，"泻过绿色的草地"，以"决了堤防，破了闸"之势奔流着，要"奔流到太阳的家乡去"。主体如此神往的这个"太阳的家乡"，作为意象，当然是隐示光明境界，但同样隐示着这是个遥远的地方，是无穷无尽难以算计终点在哪儿的遥远的地方。诗人有神往之情但又不免带几分茫然，因此这只能说明诗人对远方怀有固执的爱好。《我用残损的手掌》表现诗人抚摸祖国的地图而引起超验的感受，感受着在日本侵略者的铁蹄践踏下大江南北处处是血泪浸染的泥土，是城市化为灰烬，田园一片蓬蒿，但他忽然感到"只有那辽远的一角依然完整"，因此他把"全部的力量运在手掌／贴在上面／寄予爱和一切希望"。诗人神往的这个遥远的地方指以延安为中心的抗日根据地，可能性当然很大，但从主体如此地作意象组合的精神个性看，这显然反映着戴望舒对远方的神往。这种神往很难说来自明确的政治意识的觉醒，只是朦胧而茫然地在神往而已（两年半后他写的《萧红墓畔口占》中说“我等待着，长夜漫漫”的心境足证“辽远的一角”带给祖国以新生的信念并不坚实，实际上还是茫茫然的）。所以从《流水》和《我用残损的手掌》这两首诗看，诗人戴望舒神往的远方实是个茫茫然的地方。即便这两首诗中“太阳的故乡”也好，“辽远的一角”也好，都还是存在于以“远—近—更远”这个回旋状生态感受体至“更远”那个位置上的，也可以隐约地感受到这位“雨巷诗人”神往的其实是一种更遥远的茫然感。这从《游子谣》和《雨巷》中可以更其明显地见出。不妨来看一看《游子谣》。这首诗原本五节，收入《望舒诗稿》时删去了第五节。现在先按四节来分析。第一节说：“海上微风起来的时候，／暗水上开遍青色的蔷薇。”这是把“游子”的生态环境置于海上，从游子的家园的角度看；这当然是遥远的。第三节说：“篱门是蜘蛛的家，／土墙是薜荔的家，／枝繁叶茂的果树是鸟雀的家。”这是写游子荒芜的家园，这当然是贴近的。第三、四节说游子“让家园寂寞的花自开自落”于不顾，竟然通过海上的“青色的蔷薇”去寻找那个能“萦系自己的”另一个家园——这个新家园意味着漂泊才是值得人生依恋的更美丽的地方，从游子的家园的角度看，这是更遥远了。由此说来，这四节诗体现着“远—近—更远”这样一条生态感受的回旋线，诗人神往于远方，而回旋状的生态感受则使更高一个层次上的远方——即“更远”凸显出来了。所以戴望舒回旋状生态感受的抒情显示为从远出发，推向更远的轨迹。现在再回过头来看原本是五节后来被删掉的第五节意味着什么？这一节是：

清丽的小旅伴是更甜蜜的家园，
游子的乡愁在那里徘徊踯躅。
唔，永远沉浮在鲸鱼海藻间吧！

这是对“清丽的小旅伴”亦即“更甜蜜的家园”的赞美，而它是存在于“鲸鱼海藻间”的，意示着漂泊的路上。所以这个结尾实是对“更远”的生态感受的丰富，点化游子的家园永远在漂泊的路上。从文本营造得更简洁集中看，第五节确可以删，但从余韵推宕、哲理点化的角度看，删掉有点可惜。可以说根据第五节提供的信息，戴望舒向往遥远、更遥远，是一往情深的，而更远处则是茫茫然的，他的心所向往的实是向往辽远的茫然情趣！是永远向前漂泊下去的茫然追求！是以旷远的忧郁为美的一场追求。怪不得“雨巷诗人”爱天蓝色！天蓝色正体现着旷远的忧郁之美么！有关这方面，《雨巷》一诗表现得更集中、有机而明确。如上所述，这首诗历来被看成是为新诗的音节开了一个新纪元，它以复沓回环的节奏诗行有机地组接，并巧妙地辅以断句、跨行，恰如其分地配上叠词、叠句，以及微妙地押上尾韵、头韵，来获得一种萦回波荡的节奏效果，的确相当成功。同时，“雨巷”“姑娘”与“我”之间组合关系的设计也颇具匠心，先是全景式地凸显出春雨中一条寂寥的长巷，然后一个丁香一样结着愁怨的姑娘撑着油纸伞从烟雨迷蒙的“雨巷”这头向“我”走来（由远及近），与“我”擦肩而过，又消失在烟雨迷蒙的“雨巷”另一头（由近及远），这可是一场生态意象回旋状组合，音节搭配造成萦回波荡的节奏效果对于强化音组组合造成“由远而近又由近更远”的回旋状生态抒情，起了极好的映衬效果。在循环性的总体氛围中凸显这场由远而近又由近而更远的生态回旋状的感受，既充分体现了戴望舒神往远方的艺术个性特征，也显示出他对前景更其悠远同时更其茫然的忧郁美乃出于本能的神往。文本的最后两节很可玩味。前一节写姑娘由远而来与“我”擦肩而过又消失于雨巷另一头时这样写：“在雨的哀曲里，／消了她的颜色，／散了她的芬芳，／消散了，甚至她的／太息般的眼光，／丁香般的惆怅。”这是“她”走向更其悠远的表现，是茫然的忧郁美极具余韵的推宕。文本到此本来也可以结束了，但有意思的是戴望舒还添了最后一节，而这一节基本上是文本第一节的重复：

撑着油纸伞，独自
彷徨在悠长、悠长

又寂寥的雨巷，
我希望飘过
一个丁香一样地
结着愁怨的姑娘

这个诗节和第一节只有第三行有点差异：把“我希望逢着”改为“我希望飘过”。这个约略的改变是合理的，因为既希望“逢着”的心愿已实现，那么下一次则只能希望于“飘过”了。所以可以说末一节是第一节的重复，是戴望舒对生态循环这场抒情的拓展：文本末一节以前的六节是对回旋式生态的抒情，而最后一节则隐示着这场从远而近而更远的回旋表现是持续不断的，反映着诗人对远而更远引起的忧郁性茫然也是无尽的，不断头的。而这最后一节作为第一节的重复出现，首尾呼应，则隐示着心灵生态总是无始无终地重复而回转的。这一来，也就把回环与回旋两种循环生态结合成一体了，而这样一种茫然得忧郁的生态循环的抒情轨迹，也就显出了立体式的呈示，由远而更远引起的那一份旷远的茫然、茫然的忧郁，也就更显得深广了。

据以上所论我们可以明白：戴望舒不仅是一个追求生态抒情的诗人，更是一个追求生态循环性感受的抒情诗人，而他的这类感受主要来自众生万物在运转中显示为从原点出发最终又返回原点的回环式生存状态，这使他的抒情轨迹是向内转且是自我封闭的。《古神祠前》就是对这一条抒情轨迹最好的喻示。不过，戴望舒实在又想超越这种自我封闭，于是也就出现了他对回环式生态抒情的变奏。“雨巷诗人”的这场超越是建基于对“远方”的神往的，他的变奏则显示为从远而近又从近而更远。这也是一种循环，即从原点的远方启程最终回归原点的远方，只不过这是回归更高一层次的远方，所以这场变奏使他的生态循环感受从无始无终的回环圈转为了无穷无尽的回旋线，远方的远方而又更远的远方——如此递进没有尽头，没有终点。诗人戴望舒则因此从回旋式生态中感受到一种茫然的忧郁，而他又把这作为美来神往。于是，他的生态循环抒情也就显出持续不断地从远方起程而向更远的地方作追求，从中品尝“雨巷诗人”所神往的旷远的哀感。如果说回环式生态抒情属于戴望舒“旧锦囊”时期艺术个性的体现，那么“雨巷”时期以后则使他从回环式生态抒情转向了回旋式的，这更属于他生态循环抒情的本色，因此更能体现他的艺术个性。这种旷远的哀感作为一种美，则集中地反映在《雨巷》一诗中。所以，《雨巷》最能见出他的艺术个性。

四　戴望舒的诗体探求

上一章我们论析戴望舒的创作个性时，曾提及他作为一个内倾型诗人的情绪存在形态，认为总体现为从回环往复上升为回环旋进——即在一个更高层次上回环的流变轨迹。这是很可注意的现象。怀着这种个体特征的诗人，不仅情绪总显示为来而复往的萦回荡动，且往往因此而决定了他选择用来传达这种情绪形态的艺术手段——语言形式时，逐步格局多变，整体看却是回旋上升的。也就是说，这类诗人的新诗创作，在选择诗性语言和与之应合的节奏体式时，总表现为从原点到突破原点的创新，又回到高一层次的原点上。所以戴望舒诗创作在对语言形式的艺术选择上，就有这样的变异特色，甚至有着超越常态的显示，值得作一番考察。

一个诗体追求的多变者

提起戴望舒，就使人想起他的《雨巷》。当年这首诗发表后，反响很大，被看成是杰作，而戴望舒也很快被誉之为“雨巷诗人”。这样的评价和这个称谓几十年来没有改变过。奇怪的是写成《雨巷》的几个月后，这位“雨巷诗人”又写了一首《我的记忆》，竟然自称这才是他的杰作，并对《雨巷》作了自我否定。1932 年他编诗集《望舒草》时，还把《雨巷》以前写的那批“旧锦囊”时期的诗，连同包括《雨巷》在内的一批“雨巷”时期的诗，全删掉了，只收《我的记忆》以后写的作品。这不能不使我们对戴望舒的审美选择感到困惑。《我的记忆》及这以后写的诗固然有值得肯定的地方，“旧锦囊”时期那批古旧气味很浓且有过多哀哀戚戚的诗，评价的确也高不了，不选入也罢。但《雨巷》及“雨巷”时期的诗是说什么也不能轻视的，他却还是轻视了，且抛弃了。这场变化说得上是“一夜之间”（即几个月之内）发生的事。不仅是审美标准变了，更是审美趣味变了。从此，就新诗语言而言，戴望舒一律排除文言词语、句法入诗，全改用现代词语和口语腔调；就体式而已，他一律抛弃“句的均齐和节的匀称”以及押韵的新格律体，还有长短句的现代词曲体，独尊散文化的自由体。但在七年后写的《古意答客问》中，他却启用了“孤心逐浮云之炫烨的卷舒”这样古奥的文言词语，加上押韵的宽式新格律体；再过一年多，在《小曲》中更以文白相杂的语言、极严格的新格律体来写，全面地让语言体式的审美选择回归原点，并且在《白蝴蝶》《心愿》等中有比新月诗派的“豆腐干体”更成熟的新格律追求，加上《元旦祝福》中押抱韵，《我用残损的手掌》中押随韵，来了一场比原点更高一层次的回旋式回归。这些现象说明什么呢？只能说明戴望舒以说话腔调的口语和极自由的语调节奏体式向吟诵腔调的文白相杂语言和“句的均齐、节的匀称”的节奏体式发起挑战，而过不了几年，又以吟诵腔调的文白相杂语言和“句的均齐、节的匀称”的节奏体式向说话腔调的口语和极自由的语调节奏体式挑战。

戴望舒真是一个诗体追求的多变者。

新诗语言审美选择的多变

明代诗学理论家谢榛在《四溟诗话》卷四中曾说过一句话：“凡多用虚字便是讲，讲则宋调之根。”这一句话最重要的意义是把虚字用得多的语言概括为“讲”的语言，也就是说话式的语言。如果这样解释不算太离谱的话，那么与之相对，实字用得多的语言概括为吟的语言，即吟诵的语言——这样的类推当也该是合理的吧！的确，《雨巷》及“雨巷”时期的诗同《我的记忆》及“我的记忆”时期的诗都是虚字用得较多的“讲”的——说话式的语言。《雨巷》中是这样的语言：“她飘过／像梦一样地／像梦一样地飘过！”同《对于天的怀乡病》中的：“我呢，我是渴望着回返／到那个天，到那个如此春的天。”都是说话式的，倾诉味儿很浓！《我的记忆》中这样的语言：“我的记忆是忠实于我的／忠实得甚于我最好的友人。”而《不要这样盈盈地相看》中的语言呢，也是同样的调调儿，如

静，听啊，远远地，在林里
在死叶上的希望又醒了

这也许是更近于说话式了！

对于戴望舒来说，这是一场诗歌语言上的创新。《雨巷》及“雨巷”时期的诗同《我的记忆》及“我的记忆”时期的诗，完全可以归于语言创新亦即用说话式语言写诗的一类。但戴望舒自己贬抑前者而褒扬后者，这又是为什么呢？大概这同《雨巷》及“雨巷”时期的作品大多是押韵有关。戴望舒在写“我的记忆”时期的诗时，特别讨厌押韵，也许在他那时的观念中，押了韵就算不得是用说话腔调的语言写诗了吧，所以他要贬《雨巷》而独尊《我的记忆》。不难明白：戴望舒对自己诗歌有这种审美选择，是被他一时的偏见搞懵了。我们却还是要把它们并做同一个创新时期的作品来看。

用说话式的语言写诗，也就引出了一个口语的话题。诗坛与学术界都说新诗史上戴望舒首先倡导用口语写诗。我们曾查阅这位诗人有关的资料，却找不到他在这方面的任何言论。不过他倒确实在作这方面的倡导，只不过是通过诗歌创作实践显示出来的。他写的诗如《我的记忆》，就是对这方面生动的倡导。三十多年前我曾

帮艾青整理过一篇他的演讲稿《与青年诗人谈诗》。演讲录音中有这么一段话：“我说的诗的散文美，说的就是口语美。这个主张并不是我的发明。戴望舒写《我的记忆》时就这样做了。戴望舒的那首诗是口语化的……”艾青把口语等同于散文语言，而白话散文语言是说话腔调的，所以艾青很敏锐地发现了口语就是“讲”的语言，说话式的语言。对此是值得钦佩的。不过口语——或者说话式的语言必须具备的一个条件是语调，语调具有表演的性能，有了它，能使话讲得更生动、形象，更富有感染力。口语的语调可以通过几条途径来显示：使用叠字排句，重视断句分行，讲究句读破碎，强化虚字——尤其是语气词、感叹词，但散文语言大抵排斥这些，它只求把意思传达得干净利索就好，无须用语调的表演性辅助。由此看来，把口语等同于散文语言来写诗，会使诗成为按逻辑推演的语言来作事理陈述，可以把诗写得明白畅达，却啰嗦、呆板，缺乏感染力，所以“诗的散文美说的就是口语美”这个提法值得斟酌。为此，我当面问过艾青这样提是否还可考虑，艾青肯定地说就如此，所以现在的定稿也就按艾青原话整理进文本中，而“诗的散文美说的就是口语美”一时间也就成了定论，结果用不讲究语调的散文语言来写诗，带来了不小的负面效应。由于艾青已认定“这个主张”的发明者是戴望舒，那么这位诗人1928年以后用口语写诗到底正面效应如何，负面效应又有多少呢？我们不妨作点实事求是的评估。

应该承认戴望舒在潜意识中懂得口语毕竟是口语，有重视语调之必要。所以他以口语写诗一炮打响的那首《我的记忆》就十分注意采用说话式的语言中显示出语调来，办法之一是强化宽式排句，以及用一种型号的排句直排到一定时候，掺入另一种型号的排句直排几句，然后又回到原来那个型号的排句；办法之二是让一些诗句过意断续、跨行，等等。这样做的确能使一个诗节以致全篇有一种语调时高时低、顿挫有序的表演味儿。不过这种语调表演倒是常见的——在鼓动性的演讲中最易见到，还不能说是戴望舒一场了不起的创新。戴望舒其他一些口语诗还特别爱让诗行插入较多叠词叠语，断续、跨行，把句子弄得破碎、颠倒，如《不要这样盈盈地相看》中的：“静，听啊，远远地，在林里／在死叶上的希望又醒了。”又如《路上的小语》中的："那边，你看，在树林下，在泉边……"《林下的小语》中的："拿去吧，亲爱的，拿去吧／这沉哀，这绛色的沉哀"，等等。这样做，就属于戴望舒所独有了。特别是他大力起用"的""呢""吗""吧""了"等语气词，置于行末，来形成一种特别柔婉、感喟、迟疑萦回的语调，使他使用的口语很适宜于作内心独白或向人娓娓倾诉之用。不妨看一看《少年行》：

是簪花的老人呢，
灰暗的篱笆披着茑萝；

旧曲在颤动的枝叶间死了，
新蜕的蝉用单调的生命赓续。

结客寻欢都成了后悔，
还要学少年的行蹊吗？

平静的天，平静的阳光下，
烂熟的果子平静地落下来了。

这个文本的第一、二节，首行用的都是低弱的语气词，次行既是语意的持续也成了语气持续流向低弱，所以这两个诗节的语调是柔婉的；第三节的首行因语意未尽而转向次行，而次行用了个设问性的高强语气词"吗"，使全节的语调转为刚烈的；第四节的首行也因语气未尽而转向次行，而次行用了个"了"——低弱语气词，全节的语调又转为柔婉的。所以，整个文本的语调显现为"低—低—高—低"的波动状态，特别能体现抒情主人公内心脉脉絮语，其情味如同山涧幽抑的流淌。这样一种语气词的设置说得上是戴望舒为了强调口语的语调所使出的绝招，也表明他用口语写诗的创新之举是有成绩的。

用以上一些强化语调措施的口语来写诗，对戴望舒来说只是从1928年到1933年这么几年间的事儿，成功的并不多，总体上，语言芜杂、拖沓，有些由于受欧化语言影响而显得别别扭扭。最不应该的是他常常在一些口语诗句中插入文言词语，如“施施然绕着小村而去”(《款步》)，“我的眼睛亦然”(《过时》)、“因为我们知道爱灯／如仁者乐山，智者乐水”(《灯》)等中，显得格调不统一，语言芜杂了。有些语句则相当拖沓，如：“为自己悲哀和为别人悲哀是一样的事／虽然自己的梦是和别人的不同的”(《独自的时候》)。有的不仅拖沓，并且在诗句中任意插入附加成分，如：“我认识你充满了怨恨的眼睛，／我知道你愿意缄在幽暗中的话语。”这是他在《有赠》一诗中的语句。这首诗后来成了一部电影的主题歌，作曲家陈歌辛不得不把如此别扭的句子改成这样：“我难忘你哀怨的眼睛／我知道你的沉默的情意。”把二者作一对照，原诗所谓的口语语言既拖沓又别扭那是显而易见的。不过，这些方面的问题还是次要的。戴望舒在大力实践用口语写诗的这段时间里，他的口语观念是存在问题的，这使得他的诗歌语言创新走上了歧途。上面已提及艾青认为诗的散文美就是口语美的主张，首创者是戴望舒，这表明戴望舒用口语写诗的根本点是用散文语言写诗，散文语言同口语一样有“讲”——说话式的特征，却又并不强调语调，这也就决定了戴望舒对他写诗所用的口语并无重视语调的自觉，却有合于逻辑规范的散文语言井然有序地铺陈或演绎事理的追求兴趣。这样的“口语”只适宜于说明、陈述而不适宜于表演。他这期间写的不少诗，读来给人以读一篇散文的印象。《村姑》是一篇精美的小散文，其语言有说话的亲切，却缺乏语调表演；至于《断指》《祭日》等，全是用拖沓、累赘的散文语言写成，连精美的小散文也称不上。

根据以上考察，戴望舒以扬弃“旧锦囊”时期的风格起始到编定新二本诗集《望舒草》为止的这些年中，说他在自觉地用口语写诗，自觉地追求一种口语美，实在并不那么确切。

那么《望舒草》以后，戴望舒的诗又采用哪些语言来写呢？也还用他那种口语写吗？想了解这一点，不妨拿他在1934年12月所写的《古意答客问》作一番检讨。下面是该诗的第一节：

> 孤心逐浮云之炫烨的卷舒，
> 惯看青空的眼喜侵阈的青芜。
> 你问我的欢乐何在？
> ——窗头明月枕边书。

《古意答客问》中口语味是没有了，有的是白话散文语言框架里塞上大量的文言词语，如“孤心”“炫烨”“侵阈”“青芜”“何在”等，还从旧诗中搬来一个七言句“窗头明月枕边书”。可见他虽然有过短短一段口语写诗的努力，却也如同艾青在《望舒的诗》一文中所说的：“不幸这种努力并没有持续多久！”这首诗写在诗人留学法国期间，因此还具有另一种意义。迄今为止许多戴望舒的研究者都把他抛弃“旧锦囊”时期的语言风格改用口语来写诗这件事儿，归于他从前期象征派转向了后期象征派，是他接受西方后期象征派提倡口语写诗的影响所致，如罗振亚在《中国现代主义诗歌史论》中就认为戴望舒之所以转向了以“舒展的现代日常口语”作“自由化散文美”的追求，是基于他“已由魏尔仑、道生转向保尔·福尔、果尔蒙、耶麦，并且迷上了后期象征诗风”之故，这种说法有一定的道理和依据。不过，他在留法时期写的《古意答客问》，却又使我们对上述说法产生了怀疑，因为诗人留法期间正是后期象征派在法国大为走红之际，按常理，他更应该把该派提倡用口语写诗这件事不说大张旗鼓也该进一步落实在自己的创作中才是，但戴望舒反而出人意料地写着《古意答客问》《灯》《秋夜思》等诗，全面恢复了“旧锦囊”时期的语言风格，甚至变本加厉，大量起用了文言词汇。这一实践更足以证实：戴望舒用口语写诗同转向后期象征派、接受该派口语写诗的主张并没有必然关系，而更像是兴之所致猎奇一番而已。结果随着兴趣已过，也就从口语创新全面地倒退回“旧锦囊”时期的语言风格了。

抗战爆发，戴望舒到香港定居，编报纸副刊宣传抗日；香港沦陷，被投进日军监狱，受尽折磨；出狱后，经婚变而重组家庭，在忍辱负重的蛰居中度着漫漫长夜，盼等“生命的春天重到”……在这一段“灾难的岁月”里，爱国主义的激情与离乱人生的痛苦体验，促成他的生活从“雨巷”走向了时代，也促成他的诗歌创作从自我心情的柔婉絮语转向了严酷现实的刚烈倾吐。这期间他不仅不再作以“的呢吗吧了”为语调表征的口语创作探求，也再次扬弃了“旧锦囊”时期已使用习惯了的那种欧化白话与文言词语杂凑成的、古旧气息很浓的语言，而走上了一条以白话为本的吟诵式诗歌语言。这类语言既无创新也不显倒退，只是顺一般新诗语言之大流，保持他安于庸常地对待新诗语言的态度。这种态度使他在对两大诗歌语言的选择中，也告别了具有说话语调美的追求，而较多地选择了具有吟诵声调美的追求，而与此相配套的是他重新起用了曾经讨厌的押韵。于是这期间他写的诗大多变成了这样的：

走六小时寂寞的长途
到你头边放一束红山茶，
我等待着，长夜漫漫
你却卧听着海涛闲话。

这首题名为《萧红墓畔口占》的诗，就是用吟诵式语言写成的，并且讲究押韵。它选择的是当年一般新诗人所惯走的宽式格律体语言之路。当然，如果同当年写的作品，像《林下的小语》中如下的诗句来比一比：

我呢，我是比风更轻，更轻
是你永远追随不到的。

真是两个诗歌语言的世界了。

如此说来，戴望舒在诗歌语言追求上，走的是一条从创新变倒退再到安于庸常的路。

新诗体式审美选择的多变

戴望舒探求体式的创新又怎么样呢?

在诗歌创作中，语言和节奏体式总是辩证地结合在一起的，什么样的语言也就会有什么样的节奏体式。我们在上面已论及，诗歌语言可以分为吟诵式的和说话式的两类。戴望舒从《我的记忆》一诗起，坚决扬弃了吟诵式的语言，改用说话式的口语来写。所谓吟诵式的语言，是一种除了强调用实字，尽可能少用虚字以外，还讲究音组等时停逗，诗行间或对应诗行间音组数（顿数）一致，又重视押韵，便于有板有眼吟诵，所以采用这种语言写的诗，必然会走向新格律体。戴望舒“旧锦囊”时期的诗受新月诗派的影响，采用吟诵式语言，其体式也就是新格律体。说话式的语言即口语，讲究语调的抑扬顿挫，这导致其体式总会是诗行的参差不齐，任意断读、跨行、不押韵的自由诗体。所以，当戴望舒从《我的记忆》开始用讲究语调的口语来写诗后，他必然要扬弃“旧锦囊”时期那种字句整齐和用韵的新格律诗体了。这位诗人在1932年11月出版的《现代》第2卷第1期上发表了共计十七则的《望舒诗论》(即《诗论零札》)，其中第五则中他提出了“诗的韵律不在字的抑扬顿挫上，而在诗的情绪的抑扬顿挫上”的说法，很可注意。对这句话他似乎特别重视前半句，类似的意思还在其他几则中多次提到过。如第一则说:“诗不能借重音乐，它应该去了音乐的成分。”第七则说:“韵和整齐的字句会妨碍诗情，或使诗情成为畸形的。”都可见出他已大力反对新月诗派那种新格律诗体了。至于后半句，他看重的是以“情绪的抑扬顿挫”来显示一种非外在的韵律节奏，这是他为提倡新诗中的自由诗体而确立的理论依据，而他也就怀着这样一种新诗节奏体式创新的态度和自觉，从“雨巷”时期开始，用口语来写自由体诗了。

如果按戴望舒的标准，长短句不押韵才算是自由诗体式，押了韵的长短句得排除的话，那么从“雨巷”时期到《望舒草》编定的这些年，他确是用口语成功地写出了一批自由体诗，有《我的记忆》《路上的小语》《林下的小语》《对于天的怀乡病》《印象》《百合子》《八重子》《秋天的梦》《三顶礼》《二月》《款步（二）》《游子谣》《秋蝇》《妻薄命》《少年行》《秋思》《不寐》《深闭的园子》《寻梦者》《乐园鸟》，共计二十首。这些篇目中除了《百合子》《八重子》《款步（二）》等几篇，其余的篇目与他用口语写得成功的诗的篇目全一致。这至少表明一点：凡是他的诗用口语写得成功的，自由诗体也总是运用得成功的。正是这一点，也再次反映了语言与节奏体式有着必然的因果关系。自由诗体运用得成功的标准，在戴望舒看来是要表现出“诗的情绪的抑扬顿挫”，但问题是，要把这种抑扬顿挫表现出来，虽不是通过“韵和整齐”的字句，却也总得有一个途径才是，而恰恰在这方面，戴望舒没有讲。第十六则倒是讲了一点，说是“应当用巧妙的笔触描出来，这种笔触又须是活的，千变万化的”，意思就是抑扬顿挫的诗的情绪要用活的、千变万化的、巧妙的笔触描出来，这种讲法等于白讲。这反映着提供者戴望舒其实自己也不明白“诗的情绪的抑扬顿挫”究竟是怎么个东西，得通过什么媒介来表现。由此看来这种“诗论”是跟着感觉走的产物。从一种理论的学术价值角度看，含金量不多。不过从创作实践价值角度来着，却不可低估。戴望舒就是凭着他对情绪内在节奏的感觉把握，完全摒弃“字的抑扬顿挫”而致力于“情绪的抑扬顿挫”追求来写自由体诗的。我们可以从他写的较成功的二十首自由体诗来看，它们确让人感到表现出了“诗的情绪的抑扬顿挫”，而这种表现又全是依凭口语的。不过，使用口语表现“情绪的抑扬顿挫”，又须通过口语不同的存在方式才能实现。我们可以从这二十首写得成功的自由体诗中获得一个认识：口语不同的存在方式在自由诗体构成中作有机的交替使用，是能把“诗的情绪的抑扬顿挫”恰如其分地显示出来的。譬如，我们在前面论及戴望舒喜欢用宽式排句。排句能对口语的语调起强化的作用，或使高昂语调更高昂，或使低抑语调更低抑。如《乐园鸟》一诗，杜衡在为《望舒草》写的序中认为是“灌注着作者的整个灵魂的”，并说：“在这小小的五节诗里，望舒是把几年前这样渴望着回返去的‘那个如此青的天’也怀疑了，而发出‘自从亚当夏娃被逐后，／那天上的花园已荒芜到怎样了？’的问题来”，“是怎样一幅绝望的情景显在我们面前”。可见这首诗的“情绪”显现着先高扬后低抑的节奏波状线。为此他在各个诗节中都安排了两个排句，而它们之间都插上一个重复的诗行：“华羽的乐园鸟”，于是就构成这样的诗节：

渴的时候也饮露，
饥的时候也饮露，
华羽的乐园鸟，
这是神仙的佳肴呢，
还是为了对于秋天的乡思？

这五行诗中第三行的“华羽的乐园鸟”把前后两个排句隔开了，前一个排句是对畅饮甘露引起高扬语调的强调，后一个排句则是对“饮露”属美味还是愁意抱怀疑而作的低抑语调的强调，整个诗节就显出了由扬转向抑的语调为表征的“情绪的抑扬顿挫”。又如我们前也论及戴望舒在使用口语时喜欢在行尾置放“的呢吗吧”等语气词，这种语气词的存在令诗行产生或升（即扬）或降（即抑）的语调。“吗吧”煞尾的诗行会有升调性能，“的呢”煞尾的诗行则会有降调性能。在戴望舒的诗中，我们常见这种口语以不同存在方式被起用，其迟疑柔婉的腔调甚至引起一些评论家认为是情感不健康的表现，这当然有点苛责，不过因此而使诗节、诗篇显出迟疑柔婉的柔软腔调倒也确是事实。如《不寐》中，抒写抒情主人公彻夜难眠的心情：

让沉静的最高的音波
来震破脆弱的耳膜吧！
窒息的白色的帐子，墙……
什么地方去喘一口气呢？

这里的前二行系一句，以“吧”煞尾，有一种幻感：“沉静”在无眠的深宵似乎也生出了“最高音波”，那就豁出去，来把自己脆弱的耳膜震破算了，于是他在煞尾处用了“吧”，使语气显出升调，抒情主人公的心理状态大有高扬意味。可紧接着是后二行以“呢”煞尾的一句，是现实的：这房间里的墙和床上的帐子，拘束着自己，使自己的气也喘不出一口，又怎能豁出去？于是煞尾的“呢”又使语气转向了降调。抒情主人公的心理状态紧接着逆转为低抑。所以，整个诗节也就显出由扬转抑的语调，来显示“情绪的抑扬顿挫”了。

举以上一些例证目的是要从戴望舒很能显示出“情绪的抑扬顿挫”来的二十首自由体诗中寻找“情绪的抑扬顿挫”究竟是怎么表现出来的，至此我们可以说是找到了。他其实是通过语调节奏表现出来的。语调节奏是语调的有规律的显示。写诗采用口语我们之所以特别强调这种口语必须以具有语调表现为核心内容，实在是为了在自由体新诗写作中能形成一种语调节奏，来显示“情绪的抑扬顿挫”。所以我们一方面要说戴望舒当年在《诗论零札》第五则中说“诗的韵律不在字的抑扬顿挫上，而在诗的情绪的抑扬顿挫上”是一句空话，他自己也搞不清“情绪的抑扬顿挫”究竟怎么表现出来。但另一方面这位诗人通过创作实践的确摸索出了一条通过口语的各种语调节奏来表现的途径。

但这里必须看到：戴望舒通过口语的各种语调节奏来表现“情绪的抑扬顿挫”，毕竟停留在感性（亦即凭感觉）的把握上，而没有上升为明确的理论见解，是自发而不是自觉的一种认识。甚至也可以说，他提出这样一个主张，并作了这样的创作实践，同他采用口语来写诗一样，不过是一种猎奇行为，而难说具有科学探求的严肃性。他用口语写的有些诗，并没有自觉地去考虑语调；他用自由体写的有些诗，也没有自觉地去考虑语调节奏，所以在这期间大搞自由体诗的创新中，多数文本都还是既无外在的“字的抑扬顿挫”，也见不到内在的“情绪的抑扬顿挫”，有的只是欧化白话的无机分行，《断指》《祭日》《到我这里来》《款步（一）》等都成了分行散文的书写。这里不妨拿《小病》中的一节来看：

现在，我是害怕那使我脱发的饕餮了，

就是那滑腻的海鳗般美味的小食也得斋戒；
因为小病的身子在浅春的风里是软弱的，
况且我又神往于家园阳光下的莴苣。

这样的诗节，句子冗长而累赘，没有外在节奏感，不押韵；也没有语调表现，用了不少虚词（“因为”“况且”等）来作欧化白话散文的铺陈，根本感觉不到通过语调节奏表现出来的“情绪的抑扬顿挫”。这正是戴望舒在追求自由体新诗创新上存在的根本问题。

在创新的追求中遇到一些挫折，甚至相当大的失败，都是不足为怪的；可怕的不是失败，而是失败以后的倒退。戴望舒从1934年起到抗战前夕为止的这几年，节奏体式特别混乱，出现了倒退。

富有戏剧性的是这场倒退出现在戴望舒和林庚之间一场论争期间。

林庚原本是写自由体新诗的，曾于1933年出版《夜》，1934年出版《春野与窗》两本自由体新诗集，戴望舒认他为同道。但只隔了一年，1936年林庚又连续出版了两本新格律诗集：《北平情歌》《冬眠曲及其它》。这使戴望舒很不是味儿，写了《谈林庚的诗见和“四行诗”》，颇带点情绪地说：“在许多新诗人之间，林庚先生是一位有才能的诗人，《夜》和《春野与窗》曾给过我们一些远大的希望，可是他现在却多少给予我们一些幻灭了。”他进而批评林庚的“四行诗”(《北平情歌》中的作品大多是每篇四行的新格律体诗）和其他的新格律诗，说：“从林庚先生的‘四行诗’中所放射出来的，是一种古诗的氛围气”，“他只是拿白话写着古诗而已”，这“实在是一种年代的错误”。然后集中起来批评了林庚的新格律体诗说：“从前人有旧瓶装新酒的话，‘四行诗’的情形倒是新瓶装旧酒了！而这新瓶实际也只是经过了一次洗刷的旧瓶而已。”从这些言说中都可以见出戴望舒在写这篇文章的1936年，理性上还是认定新格律诗不可取，主张写自由体新诗的。可是在实际上，他自己这期间也已不声不响地从自由体新诗倒退回到新格律诗了。林庚对这个批评当然是不服气的，也写文章反驳，后来此事不了了之。六十二年后的1998年，林庚在写《从自由诗到九言诗》一文时说："万万没有想到的事是约一年后望舒所写的那首《小曲》(引者按：《小曲》写在1936年5月，林庚的《北平情歌》《冬眠曲及其它》的出版在1936年，戴望舒批评林庚的文本也发表在1936年，所以说'约一年后'写《小曲》恐记忆有误，应该"同是在1936年望舒所写的那首《小曲》"，才确切）竟然也全篇就都是有韵而又整齐的，而且以后他的诗也似乎就是这样来写的。"因此，他感慨万分地说："这真可说是让你难以置信地出乎意料之外。"这首《小曲》是十分标准的"死水"型新格律体诗，每行十个字，每节四行，共三节，严格地做到了"句的均齐与节的匀称"，不妨引它的第一节看看：

> 啼倦的鸟藏啄在彩翎间，
> 音的小灵魂向何处翩跹？
> 老去的花一瓣瓣委尘土，
> 香的小灵魂在何处流连？

这可以说是两组诗行（一、二行与三、四行）合成的对子，比一般的新格律体诗有更严的格律要求。总之，我们把这一段戴望舒批评林庚的戏剧性事件提出来，足以证实戴望舒在节奏体式的创新追求方面兴趣已过，悄悄儿在倒退回原点了。那么从抗战爆发以后到1945年5月写出《偶成》而从此搁笔的这些年里，他在节奏体式的追求上又是怎样的情况呢？

上引林庚《从自由诗到九言诗》一文中曾说及戴望舒《小曲》以后的诗："此后他的诗作也似乎就是这样来写的。"这说法在一定程度上是合乎实情的。不过像《小曲》这样绝对追求句的均齐、节的匀称之作并不多，大概只有《过旧居（初稿）》《萧红墓畔口占》等数首，在多数情况下，除了押韵以外，是对应的"句的均齐"和"节的匀称"。所谓"句的均齐"则大抵不是指字数，而是指相交、相抱、相随的对应诗行顿数的均齐，这就不完全像"死水"型的豆腐干体诗了。如《元旦祝福》：

新的年岁带给我们新的希望，
祝福！我们的土地，
血染的土地，焦裂的土地，
更坚强的生命将从而滋生。

新的年岁带给我们新的力量。
祝福！我们的人民，
坚苦的人民，英勇的人民，
苦难会带来自由解放。

这是节与节之间对应诗行顿数“均齐”且导致节与节的“匀称”要比“死水”开放也要自由一些的新格律诗体。又如《蝴蝶》：

给什么智慧给我，
小小的白蝴蝶，
翻开了空白之页，
合上了空白之页。

翻开的书页：
寂寞；
合上的书页：
寂寞。

这同《元旦祝福》有些不同，它完全是各个诗节内部对应的诗行（第一节是相随的对应，第二节是相交的对应）顿数均齐，讲究诗节内部匀称，但诗节之间并不讲究匀称。这样的新格律诗的节奏体式比《元旦祝福》要开放也更自由一些。可以看出：戴望舒在对新诗节奏体式作新探中，经历了一番否定之否定后，并不全是回到“旧锦囊”时期的原点，写新月诗派那样呆板的豆腐干体诗，而是在原点的基础上发展开了。这场发展使戴望舒的新格律体追求合上了整个诗坛新格律体诗写作的步伐，不像新月诗派那样一味追求字数相等或对应地相等的作风，而定位于顿数（音组数）的相等或对应地相等。就这样，我们的“雨巷诗人”不再作新异创新，安于和诗坛风尚一致的格局，写着《狱中题壁》《等待》《口号》等宽式的格律体新诗。

但戴望舒对自由体新诗的追求倒也没有放弃，只不过他已不再孜孜以求地用具有独特语调的口语来写，而是安于用说话式的口语分行铺陈，很难说有多少可能把“情绪的抑扬顿挫”表现出来。为此他也和整个诗坛的自由体新诗写法一样，调动外在音乐性——讲究押韵了。由此写成的《我用残损的手掌》《在天晴了的时候》等诗，也和诗坛流行的自由体新诗一样，进入了告别语调节奏、安于顺大流的格局。

诗歌中的语言体式是诗歌艺术中的核心课题，戴望舒曾经以赳赳雄姿出现在诗坛上，作创新的追求，有过出色的成绩，但终于还是败阵下来。这是什么缘故？我以为他只满足于跟感觉走，过于自信也过早作印象式的立说，竟连用口语写诗的核心是语调追求，要写出“情绪的抑扬顿挫”来得凭依语调节奏——这样一个严肃的理论认识也没有明确到，是令人遗憾的。

艾青论

艾青是一株高大、挺拔而又常绿的诗的生命树，他从出现在中国诗坛的那一天起，就把自己牢牢地扎根在现实的土壤，并始终以热切关注众生之苦乐和他所投身的革命阶级之爱憎作为情感的养分，滋养自己，拔枝抽叶，昂然挺立在风云变幻的时代旷野上，以他的智慧的语言，净化着几代人的心灵。

作为已被今日世界所公认的20世纪“中国诗坛泰斗”，艾青一生的道路十分坎坷，虽几起几落，饱经风霜，但他始终像大海中的礁石一样，纵使遍身伤痕，也依旧矗立在狂涛巨浪中，“含着微笑，看着海洋”。这是什么力量在支持着他呢？是他的大爱，是他创造性劳动的激情，更是他对未来大同世界的信念。

艾青的爱是辽阔而深沉的，在《我爱这土地》这首献给浴血奋战中的祖国的诗里，他说：“为什么我的眼里常含泪水？／因为我对这土地爱得深沉！”在《大堰河——我的保姆》这首献给乳娘的诗里，他说要把自己的爱“呈给这大地上一切的／我的大堰河般的保姆和她们的儿子。”可见这种爱既属于民族，也属于人类。他既倾心于繁殖生命的土地，更倾心于与土地相依为命的劳动者。艾青创造的激情来自对生活的追求，认为“生活与创造是我们生命的两个轮子”，而这种激情的结晶则是诗，所以“诗是生活的牧歌”。正是这种大爱，这种创造的激情，使艾青发现人类生活的主宰者是那些洒血流汗的劳动者和正被压在社会底层的“困苦的人群”。在他看来，他们“对世界怀有希望，对人类怀有梦想”，是“人类从今天到明天的桥梁”。因此，他毫不犹豫地投身于无产阶级先锋队的行列，牢固地树立起他对人类未来必然光明的信念而纵情歌唱。

这使艾青获得了生存的力量，诗的力量。

这使艾青及其诗歌终于从中国走向世界，从现世的短暂进入历史的永恒，从令人困惑的传统转化为更富于人性表现的现代，完成了现代汉诗的世纪性超越。

这也使得学界对艾青的探求既无比丰富，却也艰巨。因为，艾青毕竟是一位心灵创造的大师，而心灵创造是有更多难以把握的奥秘的。

为此，我们打算对这位经典诗人两个心灵创造的基本点作一考察。这就是：他的诗歌审美观和抒情主体性。

上篇　艾青的诗歌美学

艾青在《诗人论》中曾说过这样的话：“我不知道人类能否有一天离开诗而生活……这实在是不可想象的，人类会有一天失去了思想感情的最高的活动……匍匐着，匍匐着，将是怎样的一种鳄鱼啊！”于是，他写着诗，不断地写；他也探索着诗：“我随时思考着，随时试验着解释，随时记下来。”于是，他出版了《大堰河》《向太阳》《北方》《海岬上》《归来的歌》等20本诗集，也出版了《诗论》《艾青谈诗》等诗学论著。正是这种种，全面而真实地反映着这位20世纪中国杰出诗人的诗歌审美观。毋庸置疑，这是我们民族诗歌史的一份极可珍贵的财富。这份诗性文化财富包括如下几个方面：关于诗美，关于诗人素养，关于生活、想象、真实的世界的关系，关于形象思维和关于形式审美。

一

关于诗美，历来有种种看法。圣·托马斯·阿奎那在《关于美和艺术》中这样说：“美的条件有三：第一，完整性或全备性，因为破碎残缺的东西就是丑的；第二，适当的匀称与调和；第三，光辉和色彩。”〔1〕这显然是把美归之于形式。车尔尼雪夫斯基在《艺术与现实的美学关系》中提出了“美是生活”的命题，并这样说：“任何东西，凡是显示出生活或使我们想起生活的，那就是美的。”〔2〕这是把美归之于社会实际生态。波特莱尔在《随笔》中则说：“美是这样一种东西：带有热忱，也带有愁思，它有一点模糊不清，能引起人的揣摩猜想。”〔3〕这是把美归之于情绪体验。以此三方面来认识美与诗美，都有其合理性，却又都不够全面，这种各执一词的孤立认识，也很难说能揭示美——特别是诗美的本质特性。艾青对诗美有另一种提法。在《诗论·诗》中他这样说：

> 存在于诗里的美，是通过诗人的情感所表达出来的、人类向上精神的一种闪烁。这种闪烁有如飞溅在黑暗里的一些火花，也有如用凿与斧打击在岩石上所迸射的火花。〔4〕

这是社会生态经情绪体验而转为心灵境界的一种品赏。从这一意义上说，艾青心目中的诗美有点像是车尔尼雪夫斯基与波特莱尔所具诗美认识的综合，或者说是一种外在内转的美感经验。这里须考虑到一点：作为社会生态具现的、为车尔尼雪夫斯基所特别重视的“生活”，历史地看，具有两种倾向：一种是拓展人类生存空间的情绪体验内转为向上的精神；另一种是腐蚀人类生存空间的情绪体验内转为“堕落的品性”。艾青选择的是前一类“生活”所显示的“人类向上精神”。而这种精神又被艾青形容为“有如飞溅在黑暗里的一些火花”和“用凿与斧打击在岩石上所迸射的火花”，可见这是通过黑暗、苦难、冲破压力、阻挡，在极大的打击中迸发出来的一种崇高意志的体现，而这种意志又被艾青看成是“至人性”的，因此他又进一步说：“愈是生活的，愈是美的；愈是人性的，愈是美的。”[5]

艾青不仅把“人类向上精神”看成是一种“至人性”或者“愈是人性”，而且他还在其他场合以“人类向上发展”、“人类向上生活”来替代“人类向上精神”，于是，这些比较外在的、属于物质功利范畴的“人类向上”追求，也成了“至人性”表现，也同样都是诗美的体现了。由于这些可以统一于“人类向上”的追求，是“有如飞溅在黑暗里的一些火花”、“用凿与斧打击在岩石上所迸射的火花”一样的，因此这样的意喻也进一步表明艾青这种对“人类向上”的追求必然会有苦难需要经受、斗争必须经历的，也就深一层地暗示出了艾青心目中的诗美还包括苦难美与斗争美。

把苦难、不幸的生涯遭遇以及因此派生的“忧郁”也看成一种美，波特莱尔早就提出。他在《随笔·美的定义》中这样说：“我并不主张‘欢悦’不能与‘美’结合，但我的确认为‘欢悦’是‘美’的装饰品中最庸俗的一种，而‘忧郁’却似乎是‘美’的灿烂出色的伴侣；我几乎不能想象……任何一种美会没有‘不幸’在其中。”[6]艾青在《芦笛》一诗里曾说：“我耽爱着你的欧罗巴啊，波特莱尔与兰波的欧罗巴！”这显然是把波特莱尔作为欧洲文明的一个标志了，那也就不难推测他是受过波特莱尔影响的。我们不能说艾青对苦难美、忧郁美的提法就来自波特莱尔这些言论，但的确在艾青的审美意识里，苦难、忧郁都已被归入诗美范畴了。他在《诗论》里明确地说：“苦难比幸福更美！”[7]不过，他的苦难美属于人类合理生活之遭到破坏、正义力量之遭到摧残，自有其悲剧的庄严。他的忧郁美也不像徐志摩那样是一种“蜜甜的忧愁”[8]，而是“一曲人类命运的悲歌”透现出来的忧郁。在艾青看来，苦难美、忧郁美实是特定范畴的美，那就是人类、民族生存的不幸与时代、社会生活的痛苦。所以在很大的程度上，艾青诗美观中的苦难美，是阶级大搏斗的1930年代与民族大灾难的1940年代一个有良知的知识者典型的精神反映。在《诗论》里他就这样说：“苦难的美是由于在这掠夺的世界里，一切的幸福者是贪婪的和一般的受难者是善良的这观念所产生的。”[9]“必须了解生活的美，必须了解我们此刻所蒙受的一切的屈辱与不幸、迫害与困厄，即是我们诗的最真实的源泉。”[10]他还对“忧郁”的美作了推心置腹的阐释。在《诗论》里他说：“叫一个生活在这年代的忠实的灵魂不忧郁，这有如叫一个转辗在泥色的梦里的农民不忧郁，是一样的属于天真的一种奢望。”在《为了胜利——三年来创作的一个报告》中他谈到自己诗中因有忧郁情调而受责难时这样答辩说：“我如何能使自己不忧郁呢？我所看见的东西真的就完全像你们所看见的那样快意么？”[11]因此，在《诗论》中他进一步说：“在这苦难被我们所熟习、幸福被我们所陌生的年代，好像只有把苦难能喊叫出来才是幸福的事；因为我们知道，哑巴是比我们更苦的。”[12]正是这一种独特的诗美追求，使艾青的诗笔始终不离一切不幸者的命运，表现着他们的苦难遭遇，抒述着他们的痛苦感受，并代他们唱着一曲“人类命运的悲歌”。他的《大堰河——我的保姆》《透明的夜》《马槽》《死地》《雪落在中国的土地上》《北方》《旷野》等名篇就都贯穿着对这类美的追求。值得特别指出的是艾青本性中有一种忧郁的气质，他在《致亡友丹娜之灵》中也说自己“即使最欢乐的时候也有悲酸”。当然这同他一生流浪、命运坎坷有关，也同他在贫苦农民家庭中长大、自小就“感染了农民的忧郁”[13]有关，更同他对生活的一个固执的认识有关，那就是如同他在一首小诗里所表达的：“朝向光明走的时候，后面还有着阴影”。他从颠沛流离几十年的人生阅历出发深深感受到我们的社会生态不仅“暗中也有光”，同样会是“光中也有暗”的，这使他有无法唱完的“人类命运的悲歌”，也有无法排遣的心灵的悲酸。因此，他一生创作中，也就始终闪烁着苦难美、忧郁美的动人的洁光。

如果说苦难、忧郁美是艾青1930至1940年代诗的底色，那么受这底色映衬而凸显出来的那道辉煌夺目的主色则是斗争美。在《诗论·生活》中他这样说：

> 凡心中有痛苦的，有憎恨的，有热爱的，有悲愤与怨屈的……不要沉默！[14]

这说得上是为斗争美追求发出的宣言。那么不要沉默又该怎么样呢？他接着说：

必须把人类合理生活建立的可能，成为我们最坚固的观念，而且一切都由这出发而又归还到它里面。[15]

是的，艾青的斗争美的核心就是为“人类合理生活建立”而战斗。正是在这样的审美意识作用下，他不能不对置身于自我小天地里过着“画梦”生涯者发出语重心长的感慨了：

为的是什么啊——

假如不把人类身上的疮痍指给人类看；假如不把隐伏在万人心里的意愿提示出来；假如不把较美的思想教给人们；假如不告诉绝望在今天的人还有明天……

为的是什么啊？[16]

于是，他进一步把苦难、忧郁美和斗争美结合起来，作了辩证的阐释：“把忧郁与悲哀，看成一种力！把弥漫在广大的土地上的渴望、不幸、愤懑……集合拢来，密集如乌云，沉重地移行在地面上……伫望暴风雨来卷带了这一切，扫荡过整个世界吧！”[17] 为此他写下了一篇篇闪发着斗争美光彩的诗篇：《芦笛》《巴黎》《九百个》《向太阳》《吹号者》《他死在第二次》《火把》《雪里钻》《时代》《在浪尖上》《光的赞歌》，等等。他并且还提出了斗争美抒情的一个高标准：“描写那最英勇而被人忘却的。”[18] 而《吹号者》《他死在第二次》就都具有这个高标准特色。

二

艾青把诗美定位于“人类向上精神”，实质上是一种心灵境界。心灵境界说到底乃是一种人格美。人格美通过情感表达出来就成了诗美。人格美也可以通过观照而得的顿悟而成“真”的觉识，通过实用的态度而成“善”的把握。所以在诗里只要是真实的心灵境界的展示，那么必然会有“真善美”的统一。朱光潜在《谈美》中通过人对一棵古松的三种不同态度讨论了真善美的问题。他这样说：

> 实用的态度以善为最高目的，科学的态度以真为最高目的，美感的态度以美为最高目的。在实用态度中，我们的注意力偏在事物对于人的利害，心理活动偏重意志；在科学的态度中，我们的注意力偏在事物间的互相关系，心理活动偏重抽象的思考；在美感的态度中，我们的注意力专在事物本身的形象，心理活动偏重直觉。真善美都是人所决定的价值，不是事物所本有的特质。离开人的观点而言，事物都浑然无别，善恶、真伪、美丑就漫无意义。真善美都含有若干主观的成分。〔19〕

在这番见解的基础上，朱光潜又进一步提出：“人性本来是多方面的，需要也是多方面的。真善美三者具备才可以算是完全的人。”〔20〕这些不仅说明真善美在“完全的人”的前提下须统一起来，而且还认为这种统一是互补性的统一。艾青的诗美观中也主张真善美的统一，不过前提是诗。在《诗论》的《出发》一节一开头他就说：“真、善、美是统一在人类共同意志里的三种表现，诗必须是它们之间最好的联系。”〔21〕在这节的最后又说：

> 我们的缪斯是驾着纯金的三轮马车，在生活的旷野上驰骋的——这三个轮子，闪射着同等的光芒，以同样庄严的隆隆声震响着的，就是真、善、美。〔22〕

这些话表明：真善美必须在最高类的诗上统一起来。上面提及，艾青在论及诗美时认为“愈是人性的，愈是美的”，这说明具有美之最高类的诗也就“愈是人性”的——亦即至人性的诗。所谓至人性，显然指“完全的人”之所有。由此看来，艾青和朱光潜对真善美的统一，思路是一样的。而朱光潜提出的互补，艾青在对真善美的思考中也是认同的。在《诗论·诗》中他就说：“一首诗必须把真、善、美如此和谐地融合在一起，如此自然地调协在一起，它们三者不相抵触而又互相因使自己提高而提高了另外两种——以至于完全。”[23]这认同与艾青把诗美归之“人类向上精神”大有关系，“人类向上精神”或者“人类向上生活”“人类向上发展”等提法，其实是“善”的派生[24]，因此艾青的诗美也可以认为是一种以情感表达的善美，这就使他诗创作中对苦难、忧郁美和斗争美的追求显示着善与美的互补。1980年代艾青处于生活安定、社会开明的大环境中时，有人按照他当年提倡斗争美及诗要成为号角、战鼓的思路，向他提出现在“你怎么看”的问题后，艾青竟然这样回答：“诗歌要成为号角和战鼓，那是打仗的时候嘛！‘鸣鼓而攻之’。平常时候乱吹号乱打鼓，招摇过市，无异于起哄。”[25]这个回答很有深意：善美是互补的。作为社会功利性这“善”的实际内涵已从时代大动荡年代以战争解决民族独立、阶级解放的功利内涵转为时代大安定年代的社会开明、生态和谐，作为互补的“美”也得从号角、战鼓转化为叶笛、牧歌。也就是说，斗争美随着生态环境的变化，也有必要转为和谐美。

由此看来，艾青的诗美观是辩证的。

可是这个辩证法又使艾青的诗美观被人看成是矛盾的。刘西渭在《三本书》一文中评到了艾青的《诗论》。这位目光犀利的批评家先是提出了一个总体印象：“诗人有一定的倾向，但是，未曾绵密地整理他的论点，成为一个不相矛盾的、谐和的全体。”随之，具体的批评也提出来了。刘西渭抓住《诗论》中“美和诗的关系”的说法这样说：“艾青先生一时给它最高的评价，和真和善同等敬重，一时又把它贬为外在的条件：‘美是依附在人类向上生活的外形。’”[26]这里确有矛盾。使人感到困惑的，甚至还不只那一句，在《诗人论》中他说：

“美”只是外衣——

为了用来遮蔽“真”与“善”的裸体。[27]

这就比“美是依附在人类向上生活的外形”更显出他对真善美关系前后说法的矛盾性来了。那么在这三者的关系上艾青真的存在着矛盾的看法吗？其实不是。他对真善美阐释的思考路子是不同的，说“真是我们对于世界的认识：它给予我们对于未来的信赖”；“善是社会的功利性，善的批判以万人的福利为准则”。这是按普遍性的抽象原则来思考和阐释的，提到“美”他却说：“没有离开特定范畴的人性的美：美是依附在人类向上生活的外形。”[28]这一思考与阐释在冒号的前后是不同的路子。冒号前面说美不能离开特定范畴，是说判断美须从特定现象出发而归结到特定范畴的个别具体性，但冒号后面的那句却是把“美”同“真”“善”一样从普遍抽象的思考出发来阐释了，也就是说一旦把“美”同“真”、“善”一样抽象化，那么“美”就无独立存在可能，只能依附物，“用来遮蔽‘真’与‘善’”。值得注意的是：在艾青的思考中诗美不能离开特定范畴，它只能是个别具体的存在。在《诗论·诗》里他说“愈是生活的，愈是美的”[29]，也就表明了这一点，因为“生活”总是具体而个别的。别人认为艾青对“美”与“真”“善”之间关系的说法是矛盾的，是因为艾青没有把特定范畴的美与普遍抽象的美分别标明。不过，从这一场矛盾中倒也凸显出艾青对诗美认识的辩证性。唯其如此，才使艾青在自己的诗创作中对诗美追求总框定在具体个别而特殊的对象上，来展开他的艺术构思，选择意象，进行新颖的意象组合，从而在具体、个别而特殊的美与真、善统一中完成对象透视，进而把握到更深更远的意蕴，拓展了诗的真实世界。我曾在别处提到过艾青的《太阳》，他表现“太阳向我滚来”是这样的：“从远古的墓茔，／从黑暗的年代，／从人类死亡之流的那边，／震惊沉睡的山脉，／若火轮飞旋于沙丘之上，／太阳向我滚来。”这和一般人写太阳滚来的情况颇不相同。郭沫若在《太阳礼赞》中写“太阳”滚来是这样：大海中波涛汹涌潮向东方，天地间“光芒万丈”，当“天海中的云岛都已笑得来火一样地鲜明”时，“出现了哟！出现了哟！耿晶晶地白灼的圆光”！这是和真善美按一般原则普遍结合相合的，或者说是一种抽象的真善美的结合，“美”只是普遍可见的外在现象的表现，也是对“真善”一般性意念的装饰。要说这里的“美”只是“为了用来遮蔽‘真’与‘善’的裸体”之“外衣”，“依附在人类向上生活的外形”，是可以的。但艾青的运思与联想却别出心裁，在太阳滚来的感受中他竟联想到这是“从远古的墓茔”“黑暗的年代”“人类死亡之流的那边”来的。这可是个别、特殊而具体的“太阳”，他拿具有生活之特性、丰富性的“太阳”作美的呈示，再去和“真”“善”结合，说“太阳”是从墓茔中、黑暗处、死亡的那边来的，自有其“对于世界的认识”的“真”的一面，也有其出于社会功利目的——如果社会有了光明，就值得欢呼这“善”的一面，对“真”是象征出了“对于未来的信赖”，“善”是象征出了“万人的福利”的准则，而作为诗美具现的“太阳”，是具体如实的，又是抽象象征的，它自身就具有深层处蕴涵的一个真实世界：光明是从黑暗处来的，是以血作为代价、穿越死亡而来的。于是这样一场“太阳向我滚来”就显示为真善美“如此和谐地融合在一起”，“如此自然地协调在一起”的特质，这里的诗美就不再是“真”与“善”的外衣，而是与“真”与“善”处于平等地位，既有美的内容又有美的形式的诗性具现。

艾青对诗美的观念以及在创作中的体现能超越于一般而获得较高的价值，就在于他的这一项追求渗透着辩证法。

三

对诗美的独特理解也决定了艾青对诗人素养的独特要求。

如果说素质在很大的程度上是出于先天的，那么素养则是以先天为基础再加后天的培养的一种综合。具有诗美辩证法的艾青，要求于诗人的就是先天与后天辩证地综合的素养。

在艾青看来，一个真正的诗人主要的素养应该是时刻不忘把自我推向群我。这个群我是对社会、民族、人类、广大群众的泛称。有关这方面，艾青在写于1939年的《诗论》《诗人论》中有不少诗意化言说，其中特别强调确立认识世界的观念。在《诗人论》中他提出了诗人须“服从历史的法则”。但“历史的法则该如何把握

呢?”这就使他进一步对诗人提出把握世界的人生态度的要求。在《诗论·服役》中他这样说:

> 不对人类命运发出空洞的预言,不以先知者的口吻说“你们都跟我来”;而是置身在探求出路的人类当中,共呼吸,共悲欢,共思虑,共生死,那样才能使自己的歌成为发自人类的最真实的呼声。[30]

正是这一类有关人生态度的观念使艾青进一步把诗人提到“人群的代言人”[31]的高度,以“为全体而斗争”[32]要求诗人,且以“精神的劳役者,以人间苦为自己的重负,向理想的彼岸远行”[33]来为“诗人”的整体形象定位。于是,“自我”的问题也就凸显出来了,因为抒情的诗总是通过诗人的自我展开抒情的。对“诗人”的形象作了这样的定位后,“自我”也就有了新的含义。艾青因此说:“诗人的‘我’,很少场合是指他自己的。大多数的场合,诗人都借‘我’来传达一个时代的感情与愿望。”[34]值得注意的是“借‘我’来传达”的说法是隐伏着一类似暗礁式的危险的,因为“借‘我’”的很大可能是诗人在抒情中把“自我”当成工具、传声筒,以致失去自我。在新诗几十年的历史中,标语口号化的作品、政治宣谕、道德说教的抒情,都是“借‘我’”而行。但艾青的有关诗人素养的理论在一定程度上避免了这场“触礁”。他的这一理论思路自有策略性的补救高招,那就是把属于“自我”的质素强化起来。为此,他提出了一个诗人应该具有的乌托邦:

> 诗人会有什么乌托邦呢!——
> 但愿爱人散步的道上不会躺着饿殍,
> 但愿赈簿和算盘都放在博物馆,
> 但愿监狱改成动物园,
> 但愿做工的种田的个个都能温饱,

但愿人民是国家真正的主人。[35]

这表明对具有良知的、至人性化的诗人来说，灵魂深处必须有这个乌托邦——追求人类自由、民主、平等的理想主义精神。但艾青又进一步看到这乌托邦虽能为“自我”确立起奋斗的目标，却缺乏现实的基础，因此他又提出“自我”还须有对现实密切关注的态度。在《诗人论》中他就说了这一番语重心长的话：

啊，要是你们能听见深夜还有哭声，
看见垃圾桶边还有若干探索的眼，
年轻人的尸骸还暴露在道旁……
你们的呼吸能不感到困苦么？
你们的咀还能缄默吗？[36]

这是要求诗人必须对生活作严峻的现实主义审视。由于艾青既强调诗人须有自己的乌托邦，又强调诗人对现实作严峻的审视，让此二者密切地结合在一起，终于使他完成了对“自我”的形象定位。这一场对真正意义上的诗人的“自我”定位，使自我与群体有了更高层次上的结合，即使是社会、民族、人类或广大群体“借‘我’”以传达一个时代的感情与愿望，也不会“触礁”而变为政治宣传、道德说教的传声筒了；因为有了这前提，诗人对人类命运的关注已有可能化为感受生活的基因而植入“自我”的灵魂深处。当然以上根据的是艾青去延安以前写在《诗论》一书中有关自我与群我结合的言说，大多是从人性良知的角度切入，来探讨诗人的自我群我化素养的，而不是从阶级政治的角度契入作这一命题的探讨的。应该说这对于反映艾青诗歌审美观更近于真实。去延安以后直到三中全会以前，艾青也多次论及诗人这方面的素养，但大多避开人性良知的切入角度，而从一般的阶级政治进入，已缺乏属于他自己的诗歌审美意识真实性。到三中全会以后，艾青对自我与群我的看法再次显示出属于他自己固有的审美观念。也许是经历了几十年政治漩涡中的浮沉，他更悟到了自我与群我的关系，实际上是一个自我与社会时代的关系。因此，在再次论及这一诗人的素养时，他发表了一些更切合生活实际的意见。

新时期以来，随着一股新诗潮的出现和发起向旧传统的挑战，诗坛流行着一个“作品中明显地表现自己的感情”的观念。艾青对此发表了自己的看法，提出须区分“两种个人感情”，其中有一种“是排除了‘自我’以外的一切”的。对此艾青认为：“我们不能把‘我’扩大到遮掩住了整个世界”[37]；“个人的东西究竟是个人小范围的事，自己身边的琐事，写得好自然也可以，但眼光不能只限在琐事上”[38]。那么如何在创作中恰如其分地对待“自我”，处理好“个人的东西”呢？艾青说：“我认为：诗是要通向人民的”[39]，“诗人必须忠实于自己的时代，忠实于自己的人民”[40]。他还具体地说：“诗是由诗人自己创造出来的，诗也可以表现自我”[41]，不过，“自我”是离不开生存的大环境的，“诗人绝不是个体，他后面有背景，有更多的人。”[42]又说：“时代像大气层，整个时代都是愁苦的，个人有什么欢乐呢？强调写‘自我’，以为每个人可以从地球上脱离出去的想法是天真的。”[43]又说：“我的很多诗里面有‘自我’，这倒是真的。不过，这个‘自我’无论如何离不开现实生活，是在一个大的政治空气里面。政治就像一个大气层，每个人都离不开。”[44]这个“时代大气层”“政治大气层”，是艾青新的提法，很可注意。这表明：只要是有良知，对人民、对国家有责任感的诗人，“自我”决不可能是纯粹的“我的自我”，极端的自我抒情是不存在的。可见，在辩证地对待自我与群我的关系——这个诗人的素养上，艾青确已有更切合生活实际的新看法。不过，不管前期还是后期，艾青对这一诗人素养的要求，始终是一以贯之的。在《诗人论》的结尾处他有这样的说法：

> 以热情去催促人类向美善的未来跃进，不论他是用溅血的声音呼吁，还是以闪光的剑去劈击那横在道上的荆棘，诗人和战士是以同一的姿态出现在世界上的。[45]

这就是说，诗人需要有战士的精神品格，而这可是对诗人素养的最高要求。

四

在艾青看来，诗人的第二个重要素养是感觉力要强。

一般说诗人创作的起点或者说艺术构思的开始是感觉，艾青认为一个优秀的诗人，须有比一般人要强的感觉力。在《诗论·美学》中他说：

> 如果诗人是有他们的素质的，我想那是指他们对于世界的感觉的特别新鲜，和对于文字的感觉的特别亲切。[46]

把诗人的感觉能力分为对世界的感觉和对文字的感觉两类，是十分确切的。当然，艾青把这类感觉力称为诗人的素质，并不意味着这来自先天。在写于1957年的那篇重要的诗学论文《诗与感情》中，艾青就说："感觉力一样是能培养的。一个人只有他和外界的接触更多，和事物的关系更密切，他的感觉力也就更强。生活经验愈丰富，知识愈丰富，对人的理解和对社会的理解也愈深，他的感觉力也就愈强。"但另一方面他又指出：经验愈多，对感觉能力来说容易钝化。他认为年轻人看世界比较单纯，常常是根据自己的直觉来判断各种事物，感觉敏锐而显得新鲜一些，而"当一个人的经验愈多，就常常的比较冷静的反复思考对待事物，因此，那种好像出于直觉的判断的写诗冲动，就愈来愈少了"[47]。由此也足以表明，感觉力的强弱是浮动的，并非天生如此。

就诗人"对于世界的感觉的特别新鲜"而言，艾青提出了一个感觉专业化的问题。他说："每个人感觉力是有强弱的。就是在同一个人身上，不同的感官也有强弱，有的人对形体的感觉很敏锐，有的人对声音的感觉很敏锐。也有些人，各种感官都很强，他对外界事物的运动和变化就能得到非常迅速的反映。对于外界事物的形体、色彩、密度、温度、声音以及它们的运动和变化的正确而又迅速的反映，是一个写诗的人所应该具备的素质。”[48]对这个素养的重视，同艾青创作中的切身体验很有关系。艾青原是学画的，他对事物的形体、光线、色彩很敏锐，视感觉能力特强，所以从某种意义上说他的诗创作中体现着专业化感觉：强调光线与色彩，强调事物的形状及相互间组合关系的表现。在《我怎么写诗的》里，他就说自己最感兴趣的是“努力把握物体所存在的地位和周围的关系”，这使他在创作中“常常从这一物体联想到和它类似的所有物体，从这一感觉唤醒和它类似的所有的感觉”，从而从这些“已有的经验中去组织一些想象”，进而达到了“对世界的感觉的特别新鲜”[49]。如1932年初，艾青从法国返回祖国，2月16日夜轮船在湄公河上行驶，他望着茫茫黑夜的那边城市的灯光，写下了《那边》一诗，一开头就这样写：

> 黑的河流，黑的天。
> 在黑与黑之间，
> 疏的，密的，
> 无千万的灯光。

这是对“相对亮度”处于两极的一种光线视感觉表现。作为两种对立的视觉意象，“黑的河流，黑的天”是与“那边”的“无千万的灯光”直接对立的积极要素，艾青敏锐的感觉把它们组合成一体了。这也就使得善于“从这一感觉唤醒和它类似（当然也包括和它对立）的所有感觉”的艾青，能从“已有的经验中去组织一些想象”，进而获得了对世界特别新鲜的象征性感受。这“新鲜”就如同鲁道夫·阿恩海姆在《艺术的视知觉》一书中论及伦勃朗的画时说的：“当一道明亮的光束射入这个狭窄黑暗的场景之中时，也就把它所携带的来自彼岸的生命信息带了进来，这种信息似乎带有一种神秘的和不可知的性质，它们不能从光线本身中觉察到，但可以从它那强烈的反射作用中被感觉到。”[50]

就诗人“对于文字的感觉的特别亲切”而言，艾青提出了一个诗人必须具有鉴别语言的能力问题。他说：“诗人必须有鉴别语言的能力：诙谐的、反拨的、暗射的、直率的以及善意的和恶意的……如画家之鉴别唤起各种不同的反应的色彩一样。”“字与字，词与词，句子与句子，诗人要具有衡量它们的轻重的能力，要知道它们之间的比重，才能使它们在一个重心里运动，而且前进……”[51]这些话里的“鉴别”“衡量”，就是指文字感觉。在《我怎样写诗的》里他说：“新的词汇，新的语言，产生在诗人对于世界有了新的感觉和新的发现的时候。”艾青在这里再次强调了高层次诗性语言来自诗人对文字感觉的敏锐性，也强调了这种文字感觉是伴随诗人对世界具有新的发现而生的。艾青从强调对文字的感觉力进一步提出一个观点：“抒情诗所要求的，是诗人对世界的出于直觉的语言。”[52]艾青对感觉力中的文字感觉力有着更高的要求。唯其如此，才使他在“文字感觉”的追求中还特别关注在词与词、句与句组合中把握“语言的气氛”的问题。“气氛”来自陌生化的新鲜。艾青自己就是这样在追求着的。在《大堰河——我的保姆》中，他说自己在狱中写着一首呈给大堰河的赞美诗，诗中这样写：“呈给你黄土下紫色的灵魂”。

“灵魂”本非有形之物，艾青竟赋予色彩感，以“紫色的”去修饰，显得新奇。根据阿恩海姆在《艺术的视知觉》中的见解，色彩感是具有刺激性的，“紫色的灵魂”这样的词的搭配，不仅以非常态修饰关系引起一种刺激，且更因以色彩修饰而进一步强化了这种刺激；而“灵魂”又以“紫色”去修饰而不用别的色彩，也给人以新奇奥秘感：因这种色彩能引起人创伤的感觉，所以这不仅有一定的神秘象征意味，还因陌生化引起的两层新奇刺激上再加添一层刺激，这一来“语言的气氛”也就造得浓浓的，文字的感觉也就显得特别新鲜了。再如《透明的夜》中：

> 酒徒们，走向村边
> 进入了一道灯光躺开的门

这里的“一道灯光躺开的门”的“躺开”也充分显示出艾青“文字的感觉”的新

鲜。这句的意思原是“进入了一道有灯光射出来的门”——显然，若是这样写，就只是很一般的陈述。在中国青年出版社出版的《艾青诗库》中，这句诗被改成“进入了一道灯光敞开的门”。用“敞开”也未尚不可，有其拟喻化语言表现的新奇，不过，这只涉及“门”开着这一层意思而已，比“躺开”要逊色得多。“躺开”，不仅把“门”开着的陈述作了新奇陌生的表现，连带还表现了门影——灯光照出来的门影是躺着的，于是也就有了“灯光躺开的门”这样更显陌生化的新奇表现。这种艾青所创造的新奇的词语组合，也就体现出他自己就是个对文字的感觉力很强的诗人。

但是，艾青强调诗人的感觉力不是绝对化的，而总是对它赋予辩证的认识。在艾青看来，“感觉只是认识的钥匙”而已，他这样说：“不要满足于捕捉感觉”，“感觉被还原为感觉，剩下来的岂不只是感觉么?”[53]要避免这一点，就得把感觉刺激起情绪、情绪激活想象，又充分发挥想象—联想作用，一方面净化情绪以成情感，另一方面使感觉具体化为意象并以其作为情感的载体，再进而作意象的语言化组合以成文本。艾青是充分认识到内在的这个系统关系的，因此他把感觉力要强化这一条诗人的素养提到了更科学也更要高一层的要求，作了这样概括的言说：

> 诗人应该有和镜子一样迅速而确定的感觉能力——而且更应该有如画家一样渗合自己情感的构图。[54]

由此看来，诗人的感觉力要强，说到底还是为了刺激情绪、激活想象、形成情感、创造意境。的确，诗必须是抒情的。

五

诗人的素养除了上面所述至关重要的两点以外，艾青还提及如下一些方面：

其一是“典型事物的天才的直观者”[55]。

在与世界的交流中，艾青认为诗人要具有一副“典型的事物之天才的直观者”的目光，以此去发现表层世界下面隐藏着的奥秘。值得指出的是这种能力总是被超常的心理基因所决定的，那就是热情。既然是“诗人”，就要“以热情去点燃生命，生命藉热情表现”。不过正像任何事物总表现为对立统一一样，真正发自心底的不该是矫饰的狂热之情，而须和冷静对立地统一起来，即要做到“更富有狂热，更善于冷静”。具体地说就是热情须受理性调节。他在《诗论·美学》中就说：“用明确的理性去防止诗陷入纯感情的稚气里。”[56]

其二是须懂得艺术与生活之间的统一与调和。

在艾青看来，艺术与生活之间须统一与调和，而诗人应采取这样的态度：“把自己搁置在现实与理想之间。”[57]这就是说，诗人既需要以严峻的现实主义态度揭示众生的苦难，也要给人类的明天展示希望，这才是诗人必须有的素养。在《诗人论》中他这样说：“使人类有别于其他动物的是——／人类能知道自己是怎样生活过来的，正是在怎样生活着，将要怎样生活下去……／而最能使人类知道自己的生活的是艺术——绘画、诗篇。”[58]于是，艾青给“诗人”提供了一个完整的形象设计，“听见深夜还有哭声，看见垃圾桶边还有若干探索的眼；年轻的尸骸还暴露在道旁”，就不能沉默；而更不能沉默的是向人类发出最天真的“预言”：“不隐瞒陈腐的之将死亡，夜的尽头是黎明”，并给“屈服者反抗，咽泣者含笑，绝望的重新有了理想……”[59]所有这些才是艺术与生活最好的统一与调和；而作这样的追求，则为一个诗人所必具的素养。

其三是诗人要有心物相应的感受路子。

艾青始终认为诗人必须有一种心与物游的“特异功能”。他这样说：“只有在诗人的世界里，自然与生命有了契合，旷野与山岳能日夜喧谈，岩石能沉思，河流能絮语……风，大地，树木，都有了性格。”[60]只有让“自然与生命有了契合”，才能获得物即是我、我即是物，物我同一以致两忘的幻化感受，也才能有利于激活想象与联想。因此将“给一切以性格，给一切以生命”作为诗人的一种禀赋来要求，是很有必要的。

最后一点是作为一个成熟的诗人，须确立自己的抒情个性。

在《诗论·美学》中艾青说："连草鞋虫都要求着有自己的形态；每种存在物都具有一种自己独立的而又完整的形态。"[61]这已宣告着艾青有一条思路：一切存在物都该有自我的标志。这就是个性。艾青看重万物存在的个性，而这也反映在他对诗人素养的要求上。在《诗论·道德》中他这样设问："曾否问过自己——我有着'我自己'的东西了么？我有'我的'颜色线条以及构图吗？"[62]他还有过一段很出名的言论：

> 每个诗人都有他自己的一个缪斯……
>
> 惠特曼和着他的缪斯散步在工业的美利坚的民众里……
>
> 玛耶珂夫斯基和着他的缪斯以口号与示威运动欢迎"十六年"的到来……
>
> 叶遂宁的缪斯驾着雪橇追赶着镰刀形的月亮……
>
> 凡尔哈仑的缪斯则彷徨在佛拉基特的原野，又忙乱地出入于大都市的银行、交易所、大商场，又在喧嚣的大街上像石块般滚过……[63]

看来大诗人从来都是有"一个自己的缪斯"的，这确是诗必须具有的一个素养。

艾青就通过以上几个方面表明了他对诗人素养的要求。

六

艾青在复出后，提出了一个在诗学理论上十分重要的问题，这就是"关于生活、想象、真实的世界的关系"，那是1980年《诗刊》第一届"青春诗会"上他所作的《与青年诗人谈诗》的讲话中提出来的。在该报告的第三部分，他这样说：

我发现自己的诗里凡是按照事实叙述的，往往写失败了，如《藏枪记》，是我去家乡听了一个抗日游击战士的故事后写的，完全根据人家怎么说，就这么写的，事情写得很清楚，但不感动人，而《吹号者》、《雪落在中国的土地上》、《向太阳》、《火把》这些诗毫无具体事实根据，全是想象的，但成功了。我没有当过伤兵，也没有当过吹号者，到目前为止，我还没有看见过一次火把游行的场面，完全是凭想象构思的，而且写得相当顺利，长诗《火把》几天就写成了。这里有一个问题很值得我们思考：为什么凭想象可以写出好诗来？为什么根据事实反而写不出好诗来？想象是以生活积累为基础的，生活积累并不限在一时一事上，运用想象也不限制在一时一事上，过分要求生活的真实反而展不开想象……另外一首《雪里钻》，那是罗丹跟我讲述的，他讲得很生动，我也是展开了想象然后写成的。总之，有时候根据人家讲的记录下来，不一定是好诗。这里面，生活、想象、真实的世界的关系，很值得我们来思考。〔64〕

我们引述了这么一大段话无非是想说明：艾青提出了诗歌创作中关于生活、想象、真实的世界的关系这个话题，是从他切身的创作体验中感觉到的。他的困惑以及因此而提出要对这三者的关系展开思考，实表明他的诗歌美学观在深化，所以应该分外引起我们的重视，并顺着这一思路继续思考下去。

这场思考的逻辑起点是“真实的世界”。那么什么是诗的真实的世界呢？这使我们想起黑格尔在《美学》中对这一方面的言说。黑格尔在《美学》中论及抒情的艺术作品时有这么一番话：

……在史诗里诗人把自己淹没在客观世界里，让独立的现实世界的动态自生自发下去；在抒情诗里却不然，诗人把目前的世界吸收到他的内心世界里，使它成为经过他的情感和思想体验过的对象。只有在客观世界已变成内心世界之后，它才能由抒情诗用语言掌握住和表现出来……抒情诗也并不排除对外在对象的鲜明描绘。真正具体的抒情作品要求把实体摆在他的外在情境里，因而也要把自然环境和地方色彩之类采纳进来，甚至有些抒情诗只在这方面下功夫。但是就在这种情况下，真正的抒情因素也不是实际客观事物的面貌，而是客观事物在主体心中所引起的回声，所造成的心境，即在这种环境中感觉到自己的心灵。所以触动我们的意识和同情的也并不是这个或那个对象被描绘出来的那些特点，而是寄托在该对象上的心情。[65]

这段话表明，诗的真实的世界不是客观描绘的外在具象的拼合，而是由进入主体内心观照视野的精神性事物构成的。这就要求真实的世界的构成者——诗人的主体把“目前的世界”的实在内容完全吸引到自我里，使它心境化；亦即客观世界的事变成内心世界的。当然这里并不排除对外在世界鲜明的描绘，但这也只是拿客观事物心境化，在这心境化的环境中让主体感觉到自己的心灵。所以说到头来，存在于诗的真实的世界中的特有内容，就是主体的心灵本身；这个诗的真实的世界就是主体心灵的真实的世界；诗的真实，就是心灵的真实。

明确了黑格尔关于诗的真实的世界的内涵后，我们也就可以进一步把生活与真实的世界的关系来思考一番。在这个问题上，黑格尔显然认为：存在于诗的真实的世界中的生活是没有其独立自足地存在的可能与意义的。在这位杰出的美学家看来，由于抒情诗乃是“主体的自我表现，其所表现的就是心灵本身”，所以诗人会“满足于运用很平凡的”生活内容。而这也就决定了：这些“内容所展现出来的特殊因素的意蕴和关联并不是客观上本身就是实体性的内容，也不是个别事迹的本身独立自足的外在现象”[66]。那么这些“客观上本身就是实体性”的生活内容，一旦进入了诗的真实的世界后，原本被称之为“独立自足的外在现象”既已不复存在，那该怎么办呢？只有把它们心灵化，转化成为“富于想象和情感，或是具有宏伟而深刻的见解和思想”的内在生活，才有资格成为“一个独立自足的完满的世界”[67]，而这也就是属于诗的真实的世界。因此，心灵化就像一座桥，沟通了生活和真实的世界的关系。“生活”通过此“桥”而实现过渡之时，生活的实象成了心象。那么“生活”依靠谁的力量才能畅行无阻地通过此桥而实现超升呢？想象！

而这也就进一层引出了一个新话题：生活与想象的关系。

想象是诗歌王国的天之骄子，历来的诗学理论家都很关心想象在诗创作中的作用。雪莱在《诗辩》中就说：“在通常的意义下，诗可以界说为‘想象的表现’。”[68]艾青的诗歌审美观中对想象也十分重视，写于1986年的《诗论》中他提出了一句醒目的口号：“想象——最杰出的艺术本领。”[69]在写于1939年的《诗论》中除了说“想象是思维织成的锦彩”，对想象作了美的肯定以外；又说：“有了联想与想象，诗才不至窒死在狭窄的空间与局促的时间里。”[70]这就涉及想象与生活的关系问题了，意味着诗歌创作要凭想象从孤立而静止地存在的生活表现中超越出来。对想象在诗歌审美中的价值所作的这种大力肯定、并未使他对想象与生活之间关系的认识丧失辩证法。1986年写的《诗论》中他又说：“诗要有想象，作者的想象要看生活的积累，要随时随地注意积累。诗人的脑子就像仓库一样，随时可以从中取出所要用的素材。”[71]不过他进一步在为雁翼的诗集《白杨林风情》作的序中兜了转来说：“只是从生活到生活，抱住生活的具体性不放，负荷太重，想象就飞展不起来。”[72]把二者结合起来就可以见出他对想象与生活之间的关系的认识确显得很辩证。他又说：

> 想象—掌握现实及其形象的资禀和敏感，把现实世界的丰富多彩的图形印入心灵里。[73]

这一句话很重要，表明他从想象切入，在对生活、想象、生活的真实的世界的关系作深入地探求了。在这里，想象作为一种“资禀”，确像是一座桥，让“生活”（“现实”和“现实世界”）畅行无阻地走入进心灵世界。

的确，想象是使外在生活化为内心生活从而构成真实的世界的手段、媒介。凭着想象这一番作用的发挥，生活、想象、真实的世界之间也就形成了一个心灵综合系统。

西方的诗学理论家、美学家对生活、想象、真实的世界的关系的认识，或者说这场心灵综合的大工程的设计思路，有一个多侧面互补以完善的过程。波特莱尔在《一八五九年的沙龙》中说："想象力是一种敏感"，"第一次教给人们以形、色、声音的道德意义的，便是想象力"，"它分解万物，使用一些除了灵魂最深处再无其他来源的规则，积累素材而加以处理，创造出一个新世界"〔74〕。值得注意的是他说想象力的使用是来自灵魂最深处的"规则"所作的一场"分解万物"的工作，这可说是认识生活、想象、真实的世界的辩证统一关系的一个侧面；华兹华斯在《〈抒情歌谣集〉一八一五年版序言》中说："想象力……意味着心灵在那些外在事物上的活动"〔75〕"想象力最擅长的是把众多合为单一，以及把单一分为众多——这些变化是以灵魂庄严地意识到自己强大的和几乎神圣的力量为前提，而且是被这种庄严的意识所制约的"〔76〕。这倒是把生活、想象、真实的世界的关系辩证地统一起来了，但并不把这作为心灵事业凸显。我们在这些言论中还难以感到三者的关系是一个心灵综合系统。黑格尔最强调艺术是心灵的创造事业，上面已提到过这一点。在《美学》的一开头，谈美学的范围和地位时，就这样说："艺术美是由心灵产生和再生的美"，"只有心灵才是真实的，只有心灵才涵盖一切，所以一切美只有在涉及这较高境界而且由这较高境界产生出来时，才真正是美的"〔77〕。他还说："只有通过心灵而且由心灵的创造活动产生出来，艺术作品才成其为艺术作品。"而作为"艺术所必需的感性因素"——也就是"生活"，在这场创造活动中和心灵之间的关系则是双向交流的，"在艺术里感性的东西是经过心灵化了，而心灵的东西也借感性化而显现出来了"，因此，这就是说"在艺术创造里，心灵的方面和感性的方面必须统一起来"〔78〕。但在这场"心灵的创造活动"中，黑格尔认为"发生效用"的是想象，他说："真正的创造就是艺术想象的活动。"而艺术想象的活动则"具有心灵性的内容（意蕴），但是却把这种内容放在感性形式里，因为这种内容（意蕴）只有放在感性形式里，才可以被人认识"〔79〕。因此黑格尔进一步说：艺术家的创造的想象"是一个伟大心灵和伟大胸襟的想象"，它"用图画般的明确的感性表象去了解和创造观念和形象，显示出人类的最深刻最普遍的旨趣"〔80〕。这一来，也就完成了诗的真实的世界的创造，而生活、想象、真实的世界的关系也就这样辩证地统一起来，而我们也可以说三者的这一场统一，其实就是心灵藉“想象”的头脑把生活实体心象化的一项综合化工程。我们以这些观点来反观艾青提出“生活、想象、真实的世界的关系，很值得我们来思考”的话题，也就可以明白：这其实就是诗创作中一项最高层次的追求——心灵综合的审美追求。当年艾青虽没有点破这是一场心灵综合的关系，但他把这个理论话题提了出来，让诗学理论界来研究，也正反映着艾青诗歌审美观具有相当强烈的现代化色彩。

从以上的理论思考为基础，我们也可以进一步对艾青一些自己创作中的困惑作出恰切的解释了。根据上面所引他的话来看，这种困惑大致可归纳三种：为什么根据事实写的，反而失败了；为什么全凭想象写的，成功了；为什么根据事实而又展开想象写的总能写出好诗？我们就分别对它们作些论析。

艾青“发现自己的诗里凡是根据事实叙述的，往往写失败了”，为此他举了《藏枪记》为例，这情况只能归结于没有开展想象。不过这首诗的“失败”，原因就只是这么笼统的一点，未免简单化了。需要追究的是为什么想象开展不起来。问题出在艾青太了解事实了，对这类事太熟悉，这方面的经验积累得太多了。这么说是否意味着对欲写的生活对象越熟悉，越有经验反而于创作不利？回答是肯定的。对所写生活对象若是太熟悉往往会熟视无睹，引不起新奇的刺激，以致造成一种感觉麻木，想象也就飞不起来，无法引领生活对象进入主体的心灵中，消融成为主体“自我”的心象。这一来，写失败也就成了必然的事。有关这一点，歌德倒在和艾克尔曼谈话时很坦诚地说过一番话：

> 一般说来，我总有先对描绘我的内心世界感到喜悦，然后才认识到外在世界。但是到了我在实际生活中发现世界确实就像我想象的，我就不免生厌，再没有兴趣去描写它了。我可以说，如果我要等到我认识了世界才去描写它，我的描绘就会变成开玩笑了。[81]

这番话虽来自切身体验，却有相当的理论深刻性。值得特别再提一提的是：“只有在熟悉外在世界之前，才觉得有兴致描写我的内在世界。”这话大致说意味着两点：（1）描写内在世界就是指描写心灵世界；（2）写心灵世界须凭想象而无需靠外在的实际生活就可以写得好。这就可以和艾青一个困惑的新问题挂上钩。

那就是“《吹号者》、《雪落在中国的土地上》、《向太阳》、《火把》这些诗毫无具体事实根据，全是想象的，但成功了。”艾青对这种情况还作了更具体的说明，说他在写它们时“并没有从理性上认识哪些材料我要写，而是写着写着，写出来了”。他还举例《雪落在中国的土地上》的写作状况：“我预感到天要下雪了，想象开去，出现了雪的草原，戴着皮帽、冒着大雪的马车夫；雪夜的河流，破烂的乌篷船里的蓬头垢面的少妇……不过，实际上我写《雪落在中国的土地上》时确没有见过那个场面，而是面对欲雪的天气想象出来的。”[82]这个现象表明：由于主体欲写的对象没见过，场面没亲历过，这时候想象反而会调动起来。那么这一片想象是凭空而来的吗？其实不，它们是艾青平日的生活积累凭想象综合而已。上面我们曾引述过华兹华斯那句“想象力最擅长的是把众多合为单一”的话，他并且还说这种“众多合为单一”的变化“是以灵魂庄严地意识到自己强大的和几乎神圣的力量为前提”的，也就是说这是一场以心灵综合为指归的活动。可见这是心灵综合的潜在要求促使想象力把艾青平时积聚在记忆中的众多生活事象场景作选择，把合于心灵综合的要求的“众多合为单一”，从而完成的一个意象组合体。

使艾青感到又一次困惑的是叙事长诗《雪里钻》的写作。那是他根据一个记者所讲有关一匹战马的故事写的，但他“展开了想象”。艾青还在《英译〈黑鳗〉后记》里谈到这首诗的写作情况：“当地的一个文艺工作者和我谈起了一个民间故事，感动了我，我把它记录了，写成了《黑鳗》。当然这不可能是故事的原本，这是我的想象的一次大胆的飞翔。”而在写成27年后，艾青重谈时深深感到：“这是属于一个年轻人的作品，从中可以感触到年轻人的心灵的跳动。”[83]这两个作品艾青自己也认为是写成功了的。它们都根据具体的生活事件，但不是记录摹写，而是“展开了想象”，“想象的一次大胆的飞翔”后写成的。这就是说它们是根据生活事实但又用想象把它拆解，拆解后挑拣部分材料，又纳入生活积累中选出的新材料，合在一起重新组装成的，这里用得着上引华兹华斯那个“把众多合为单一”以及“把单一分为众多”的想象原则。但这种“把单一分为众多”，又“把众多合为单一”又是根据什么标准进行的呢？艾青在谈《黑鳗》时认为它“可以感触到年轻人的心灵的跳动”，这表明是按心灵化的标准进行的。所以从这两首诗的情况来看，艾青是让生活、想象、真实的世界辩证地统一来进行创作的。殊不知当他再一次为生活、想象、真实的世界之间的奇特关系感到困惑时，他却不知不觉登上了诗歌创作的最高层次——心灵综合的审美境界了。

综上所述，艾青通过对生活、想象、真实的世界的关系的思考，为自己的诗歌审美观确立了一个以心灵综合为核心的体系。

七

如果说艾青通过生活、想象、真实的世界的关系的思考，完成了以心灵综合为表征的诗歌创作特性的美学建构，那么他又通过抒情、生活反映、形象思维的关系的思考，完成了诗歌本体特征的美学建构。

把诗看成一桩抒情事业，是艾青诗歌审美观中一个坚定不移的看法。在艾青晚年写的那篇长文《诗论》中，他回顾中国新诗坛与自己几十年的诗歌探求历程后说：

> 诗，原是属于感情的。
>
> 抒情诗主要是表达一种情绪。抒情诗所要求的是纯粹的感情。[84]

这个观点和他创作早期的说法没有改变，同他的新诗创作几乎是同步进行的，以卞之琳为代表的主智诗创作风尚丝毫未影响他。在写于1939年的《诗论》中，关于诗是情感的抒发的言论很多，如同我们在前已引述过的，他从诗歌美学的高度早就言说过这个命题："存在于诗里的美，是通过诗人的情感所表达出来的，人类向上精神的一种闪烁。"他还从人性本身出发来谈：

人类无论如何也不至于临到了一个可以离弃情感而生活的日子；既然如此，"抒情"在诗里存在，将有如"情感"之在人类中存在；是永久的。[85]

把诗歌的抒情事业提到这样的高度来谈，在现代诗学理论界恐怕是鲜见的。不过艾青并没有停留在简单地言说诗是抒情的这点见解上，他对"情"——也就是"感情"提出了更具体的要求。在写于1957年的《诗与感情》一文中他说："作为诗，感情的要求要更集中，更强烈；换句话说，对于诗，诉诸于情绪的成分更要重。"[86]这也就是抒情的"情"对诗人来说更要追踪到其源头——情绪上，诗的本体特征也就是藉助情绪的抒发，直接"使人们欢喜与厌恶某种事物"[87]。那么这种比感情更要集中、更显单纯的情绪由何而生呢？他进一步说："激起我们的情绪的，经常是新鲜的事物，是那些把我们从半睡眠的意识里惊醒起来的事情。我们经历了长期的灰暗的冬天之后，忽然，一天早晨，发现了金色的阳光照射在我们的窗户上，我们就会高兴：晴朗的春天来了。这种感觉会使我们产生一种力量。这种被外界的事物所唤起的新的情绪，常常是诗的情绪，这种新的情绪，对诗的创作来说，是最可宝贵的东西。"[88]这就是说，抒情的"情"所追踪到的源头——情绪，来自主体对新鲜事物引起的感觉刺激。这就表明抒情的"情"的源头是感觉。看来，感觉的新鲜对抒情是十分要紧的。艾青因此还说："每天经历同样的事情，也可以写成诗。对于同一事物的延续很久的印象，也可以产生一种情绪，虽然这种情绪是比较平静的，但当你去把这些印象重新组织起来的时候，你还是要激起新的情绪，才能把原来平凡的印象变成新的印象。"[89]这里的"新的印象"也就是再生的感觉刺激。他还说："感情活动首先是通过感官对于外界事物的反映引起的"，"人活着，就一定在感觉着，在思考着，才能产生各种不同的情绪"[90]。所以作为诗的本体特征的抒情，不管怎么样也是离不开感觉的。诗人的抒情事业的开始，就是感觉。

所以艾青对诗人的素养的要求，特别强调感觉的能力。这方面我们在前面已作了详细的论析。但有一点我们还没有涉及：对于诗人来说，感觉虽十分重要，如果不能好好地把握感觉，恰如其分地使用它，是会陷入歧途的。

在《诗论》中艾青说到“清新”的问题。他说：“清新是在感觉完全清醒的场合的对于世界的一种明晰的反射。”〔91〕这里值得我们注意的是他提出了一个感觉清醒的概念。感觉清醒会使诗人对于世界的反射明晰，那么不清醒呢？他提出一个“晦涩”的问题：“晦涩是由于感觉的半睡眠状态产生的，晦涩常常因为对事物的观察的忸怩与退缩的缘故。”〔92〕这就是说以感觉的半睡眠状态来写诗，会使诗晦涩。感觉如果是清醒的，那就会有感觉的统一性，而不是断裂的一堆废品。艾青就为此而发出“不只是感觉的碎片”〔93〕的警告。唯其如此，他才进一步说：“不要满足于捕捉感觉；感觉被还原为感觉，剩下来的岂不只是感觉吗？”〔94〕值得指出：对于感觉没有能把握好可能出现的后果，艾青是看得远比这些要严重的。在《论抗战以来的中国新诗》中他提到一些唯美派、颓废派诗人的美学趣味时说过这样一句话：“有些诗人在感觉的浸淫里任性地亵渎着艺术，像污辱一个善良的女人似的。”这就是说诗歌创作中会有可能出现玩弄感觉的情况，这倒是合乎实际情况的。像1930年代出现的一批现代派诗人中颇有几个是爱玩弄感觉的，他们把一种生理感觉化为奇特的意象联想来表现，如路易士的《伤风》，写的是伤风咳嗽的感觉；吴奔星的《失眠》，写的是睡不着觉的心理感觉。问题更严重的是以诗来追求纯快感而无视于审美。在写于1985年的《诗论》中艾青说：“事物的真实的美，事物的外形的美，事物的内蕴的美，这其中无论哪一种所给予人的快感，都是诗。”〔95〕这是审美的，所以进入诗是好的。但另有一些情况却不是这样。艾青在《否定的艺术》中这样说：

专门追求新奇与怪诞

从中寻找某种快感

无思想内容的快感
纯粹属于神经末梢的刺激
动物性的、生理上的刺激
是属于神经错乱的作业
最多也只是把艺术当作游戏〔96〕

这席话是深刻的。1980年代后期的后现代诗潮中，追求神经末梢的刺激、动物性快感、沉迷于神经错乱的变态性作品，对我们来说是并不陌生的，比之于1930年代的现代派所玩的感觉游戏来，实在大有青出于蓝而胜于蓝的感觉。

在“诗是抒情的事业”上艾青不仅追踪到“情”的源头——感觉，也追踪到“情”的结局——思想。《诗论》中他十分强调抒情必须通向思想认识：“诗不但教育人民应该怎样感觉，而且更应该教育人民怎样思想。”〔97〕他甚至说：“一切艺术的建筑物，必须建筑在坚固如磐石的思想的基础上。”〔98〕但艾青在强调诗歌的思想性的同时，又坚决反对标语口号，反对理念的分行书写，混充作诗，他指出：“纯粹从理论出发所写出的诗是不能感动人的。”那么该怎么办呢？他认为：“当诗人写作的时候，他必须把他从哲学书里所得到的东西，把他对人生、对社会的见解，化为直觉的东西，化为童年的天真，不然的话，他的诗就不能成为诗了。”〔99〕直觉是情绪化的感觉，感觉化的情绪。但到头来，思想认识和理论观念，只能从诗人对世界引起新的感觉和激发起强烈的情绪中提纯出来的，抒情可以称之为情绪思维活动，而这样那样的思想理念，也只是这一活动的必然产物。

在艾青的诗歌审美体系中，诗的本体特征的第二个方面是：诗是生活的牧歌。《诗论》的第六节《生活》中，艾青有过一个警句：“诗——永远是生活的牧歌。”〔100〕伴随这句话而出现的，还有：“诗的旋律，就是生活的旋律；诗的音节，就是生活的拍节。”〔101〕这个诗歌审美观念也是他一生坚守并在创作中贯彻始终、从未变化过的。

既然诗永远是生活的牧歌，那也就意味着诗总是社会生活的反映。在《愿青年诗人健康地成长——为〈青年文学〉创刊而作》中，艾青这样说：

有生活就有诗。诗的发展根据于生活的发展。一切都得服从生活的变革，必须透现生活的真实。只有真实的才是动人的。[102]

这是把“诗——永远是生活的牧歌”的说法推到更原则的高度上去了。按“诗的发展根据于生活的发展”这一说法作逻辑推论，无疑在生活面前诗总是处于依附地位的，不仅如此，他还说：“艺术的魅力在于生活的真实性。”[103]这可是给艺术对生活的依附的认识又增加了一个砝码。但艾青之可贵在于他虽然坚持诗是社会生活的反映，使人初初一看，的确会觉得艾青的认识中，诗不过是生活的依附物，其实远不是这么一回事，他更强调诗人必须去反映社会生活。正是这种从被动转为主动的认识，使他提出一个主体主动去把握社会生活的命题。他说：“愈丰富地体味了人生的，愈能产生真实的诗篇。”[104]这是要求诗人去“体味”人生；他还提出诗人的“体验生活”。他这样说：“‘体验生活’必须把艺术家的心理活动也溶浸在生活里面，而不是在生活里做一次‘盲目的飞行’。”[105]这里的“体验生活”提出了一个主体主动地让心灵去把握生活现象的问题。就是说：诗是社会生活的心灵化反映。不过说得还不免笼统了一点，他还有另一种言说：

生活实践是诗人在经验世界里的扩展：诗人必须在生活实践里汲取创作的源泉，把每个日子都活动在人世间的悲、喜、苦、乐、憎、爱、忧愁与愤懑里，将全部的情感都在生活里发酵，酝酿，才能从心的最深处，流出无比芬芳与浓烈的美酒。[106]

这段话就说得相当深刻。不禁使人想起古典诗学理论家提出的那个米变饭或变酒的差别问题。一个诗人在体验生活中如果不把自己的思想情感浸入到生活中去进行淘洗、选择以“为我”所用，而只满足于熟悉生活，如实逼真地描绘出生活的形貌，那就充其量只是米变饭一样的量变。但如果主体拿自己强烈的感觉情绪、多重情感来浸泡生活，使其“发酵”——溶解生活实象，进而让主体在心灵综合中重新组合，凝聚成为心象，那就是米变酒——“从心深处流出无比芬芳与浓烈的美酒”一样的质变。而这实在是心灵的社会生活化反映。所以，对艾青来说，诗是社会生活的反映，实在包括两个方面的涵义。就诗是社会生活的心灵化反映而言，他强调的是诗人须审视生活。他说：“一刻也不能丧失审视生活的勇气啊！／你看着世界——必须把世界映进你深不可测的瞳仁之底。”[107]在《我怎样写诗的》一文中，他谈到了自己在这方面的追求：“我对生活对人世都很倔强地思考着，紧随着我的思考，我在我的画本和速记簿上记下了我的生活的警句——这些警句，产生于一个纯真的灵魂之对于世界提出责难的时候……”[108]正是这种对生活严肃的审视，使他也对诗人们提出了一个要求：“啊，要是你们能听见深夜还有哭声；／看见垃圾桶也还有若干探索的眼；／年轻人的尸骸还暴露在道旁……／你们的呼吸能不感到困苦吗？／你们的咀还能缄默吗？”[109]这是艾青对诗是生活的反映提出的一个高标准要求：让生活在主体的现实主义精神光照下去作出真实的反映。正是这些，使他对“既不考虑人的生活所发生的问题，也不想借艺术手段解决这些问题”，“艺术里看不见人民，人民中看不见艺术”的作品是“否定的艺术”[110]。再说诗是心灵的社会生活化反映。在《诗论》的《生活》一节中，艾青说过这么一句话：“生活是艺术所由生长的最肥沃的土壤，思想与情感必须在它的底层蔓延自己的根须。”[111]这句话貌似平常，却颇具奥秘，意示着属于心灵存在的“思想与情感”要藉社会生活而获得美的表现，这岂不就意味着诗须是心灵的社会生活化表现。这使他在《诗论》的《主题与题材》一节里这样说：“凡你眼睛所见的，耳朵所听的，都必须组织在你思想的系统里，使它们随时等待你的调遣。”[112]这种“调遣”其实是指外在世界的实际生活须被当成材料使用。唯其如此，才使他进一步说：“问题不在你写什么，而是在你怎样写，在你怎样看世界，在你从怎样的角度看世界，在你以怎样的姿态去拥抱世界。”[113]这更明确地表明：实际生活要服从主体的目的意识安排，要为心灵表现的需要服务。而外在世界的实际生活莫大于时代社会生活，而每个人又都是脱离不了这个实际存在的。因此，主体的心灵作出时代社会生活化造型，对艾青来说，也就成了诗是生活的牧歌这个命题中一条十分重要的、属于诗是社会生活反映的原则。我们读艾青的一些看似现实主义色彩很浓的诗，如《透明的夜》《卖艺者》《吹号者》《他死在第二次》《船夫与船》《冬天的池沼》《礁石》等，其实都可以看成是心灵的社会生活化造型。所以艾青在诗是社会生活的反映的美学思考中，实是达到了相当的高度。

值得指出：如果只说诗是社会生活的反映，还不能解决诗作为抒情事业的根本问题，更要考虑的是社会生活的审美反映。艾青在《诗论》的《创造》一节中说：

> “选择着，拣取着，拼凑着”在万象中，选择与自己的情感与思想能糅合的，塑造形象。[114]

这句话是谈抒情形象塑造的，也指社会生活的审美反映，因为塑造形象就是审美创造的核心工作。值得我们分外关心这句话的是：这里似乎藏着诗对社会生活作审美反映这一认识的一点玄机。我们上面已论及艾青对此有两类思考：一类是社会生活的心灵化反映，另一类是心灵的社会生活化反映，而现在他的这句话似乎对两类反映都适用，其基本关系是：万象（广大的社会生活）中选择、拣取、拼凑，而这一切的标准是“与自己的情感与思想”亦即主体的心灵“能糅合”。怎么糅合呢？是心灵渗透生活呢还是生活溶解心灵呢？他没说，可见两种都可能。这也就表明在艾青的认识中，社会生活的心灵化或者心灵的社会生活化都属于诗的社会生活的审美反映。那么诗歌中有没有社会生活的非审美的或者审美不足的反映呢？有的，艾青提出了一个摄影主义的问题。在《诗论》的《思想》一节中他说：“不要成了摄影师；诗人必须是一个能把对于外界的感受与自己的感情思想融合起来的艺术家。”[115]在《主题与题材》一节中他说：“‘摄影主义’是一个好名词，这大概是由想象的贫弱，对于题材的取舍的没有能力所造成的现象。”然后他感慨地说：“浮面的描写，失去作者的主观；事象的推移，不伴随着作者心理的推移，这样的诗也就被算在新写实主义的作品里，该是令人费解的吧！”[116]而在《否定的艺术》中他又说：

艺术也决不停留在
　　对实物的复写
每个艺术家都会从实物中
　　去找出对自己感兴趣的东西
　　然后进行把实物“重新塑造”
要是没有最后这一道工序
艺术就没有灵魂了[117]

这就是说，不和主体的心灵糅合的社会生活的反映，只是现象的罗列，一种非审美反映的摄影主义，而艾青则是把它列入“否定的艺术”中。

八

诗的本体特征的第三个方面，艾青认为指诗是形象思维的存在。

艾青在1985年写的《诗论》中说：“诗是形象的艺术。”[118]在《和诗歌爱好者谈诗》中说：“形象思维是艺术创作的灵魂。”还具体地说：“形象思维是为了把你所看见的或是所想到的，使之成为可感触的东西的基本活动，目的在于把生活的感受能以具象化的形式介绍给你的读者。”[119]他在这里提到具象化，表明形象思维也就是具象思维。因此也可以说诗是具象思维的存在。

在艾青的审美体系里，形象思维总是与诗的抒情事业紧紧联系在一起的。在《和诗歌爱好者谈诗》中谈到形象思维时他说：“有一种沿着具体的形象所进行的思维活动，通常叫做形象思维。这是一种不从概念出发，却沿着真实的感觉而进行的思维活动。"[120]这句话值得注意的是"沿着真实的感觉而进行的思维活动"，这可是与诗歌的抒情活动的发生完全出于同一个根源的。也就是说，形象思维的起点就是真实的感觉，而它作为一种思维方式，显然也是具体的。因此在《我怎样写诗的》中艾青说"诗人是以形象思考着世界"[121]的，在写于1939年的《诗论》的《形象》一节中，他说：

诗人一面形象地理解着世界，一面又通过形象向人解说世界。诗人理解世界的深度，就表现在他所创造的形象的明确度上。[122]

可见作为一种具体的思维，对世界的思考、理解与解说都有它独特的功能。在写于1985年的《诗论》中他又一次阐释形象思维，认为它是"具体地思考事物，具体地表现事物"[123]的。这一来，也就把"具体"的功能凸显出来了。《在汽笛的长鸣声中》一文在谈及诗的形象思维时也凸显了这种"具体"："形象思维活动，在于使一切难于捕捉的东西，一切飘忽的东西固定起来，鲜明地呈现在读者的面前，像印字打在纸上一样的清楚"；"形象思维活动，在于使所有滞重的物质长上翅膀；反之，也可以使流动的物质凝固起来……"[124]于是，也就有了"诗总是越具体越好"[125]的言说，也有了"愈是具体的，愈是形象的"[126]的说法，而与之相应的，也就有了种种相应的言说："用可感触的意象去消泯朦胧隐晦的隐喻，诗的生命在真实性之成了美的凝结，有质量与硬度的体质，无论是梦是幻想，必须是固体。"[127]"一首诗必须具有一种造型美；一首诗是一个心灵的活的雕塑。"[128]具象成了诗歌本体极鲜明的一个特性。

随着凸显具象而来的，是具象与抽象的关系问题，在艾青对诗歌本体特征的认识中也受到了高度的重视。他在《答〈诗探索〉编者问》中这样说：

诗总是从具体到抽象，再到具体，中间有相通的东西。[129]

这话很有分量。既有具象（具体）也必然会有抽象相应而出，这本是对立统一原理所决定的。但诗毕竟是形象思维的产物，属具象艺术，所以从具象到抽象以后还是要回到具象的，这也就成了一次否定的否定，艾青说这“中间有相通的东西”，大概是发现了具象思维的独特规律。一首成功的诗，在具象思维进展到一定程度时，突然作一哲理提纯是一种通用的策略。如果说“冥想”有哲理的性质，属于抽象的性能，那么艾青如下的话很值得注意：“冥想的过分，诗就会晦涩。这句话也可以从相反的方面讲：没有冥想，诗就会显得浮浅。”[130]值得注意的是后面那句。的确，没有作哲理提纯式的冥想在具象思维的特殊阶段出现，诗就会显得浮浅。基于这一认识，艾青在为雁翼的《白杨林风情》所写的序中说了这么一段话：“雁翼近年的诗，有了沉思冥想。只要从生活实感出发，即使有苦思冥想，写出来的诗也并不感到晦涩。他前期的诗，只是从生活到生活，抱住生活的具体性不放，负荷太重，想象就飞展不起来，缺乏一点传神的虚写；现在虚虚实实有机的交错，从生活到想象，从想象再升华为哲理。”[131]这些话虽是评论一个人的具体创作情况的，但的确也能说明从具象到抽象在诗创作中的必要性。不过，诗毕竟是具象艺术，从具象到抽象虽然在诗创作中是个正常的存在现象，但从整体说它又总是具象的。艾青自己的创作，特别是一些名篇，如《北方》，诗篇在大面积地铺写了冬日的北方原野荒凉、惶乱的景象后，推出了如下的一片直接抒情：“我爱这悲哀的国土，／古老的国土／——这国土／养育了为我所爱的／世界上最艰苦／与最古老的种族。”这直接抒情虽不是哲理，却也一样的属于抽象，可见这首诗很标准地显示着从具象到抽象，但从整个文本来说，谁也会认为这是具象抒情，其他如《我爱这土地》等，也都如此，所以从这个文本接受的总体印象看，可以说是“从具体到抽象再到具体”的，而像《死地》这样，就文本的结构形态看，则更标准地体现着“从具体到抽象再到具象”的形象思维特征。

在诗是形象思维的存在这个问题上，艾青更关注的还是从抽象到具体。早年写的《诗论》里，他多次论及这个问题。在《形象》一节中他说：

形象是一切事物从抽象渡到具体的桥梁。[132]

这也说得上是个警句，似乎意味着形象思维就是一场从抽象到具体的思维活动。在《诗人论》中也说：“诗人以形象使一切抽象的变成具体。”[133]他还进一步提出诗人须在他的诗中“给思想以翅膀，给情感以衣裳”[134]。在后来他继续强调这个主张。《在汽笛的长鸣声中》里他说：“形象思维的活动，在于把一切抽象的东西转化为具体的东西——可感触的东西。”[135]还说“写诗的人常常为表达一个观念而寻找形象”[136]。在对这方面所作的大量言说中，他又强调“互补”。他说：

形象思维的方法，是抽象与具体之间的“互相补充”的方法。[137]

这就显出了他的诗歌审美观的辩证法来了。唯其如此，也才使他进一步要反对艺术审美中只讲抽象的抽象艺术。在《答〈诗探索〉编者问》中他就说：“完全抽象的诗，不通过具体的形象和比拟的纯属智性的诗，恐怕只有同他一样用抽象方式思考问题的人才能理解。”[138]这话说中了某些被捧成高水准的智性诗的要害。他还在晚年写的《否定的艺术》中，借议论抽象派的绘画、雕塑而论及诗歌审美中“完全抽象”的歧途，认为“排除了客观世界的实物形体，弃绝社会生活的真实的内容”，追求一种类似于专求“抽象的形体的组合”，专求“抽象的线条、抽象的色彩”，“单纯从构图上寻找新的节奏、新的韵律”的艺术审美之作，是“无意识的、无理性的活动”[139]的必然结果。

而这也就促使他对诗歌形象思维的存在作思考中对变形与变态的艺术审美作了严肃的探求，他是从对“朦胧诗”存在的某些问题谈起的。艾青认为：诗同绘画一样，“变形，在艺术上是许可的”，不过须要求“全幅画面上的和谐与统一”。而“离开形体的美，甚至达到难于理解的程度”，那是不行的，这就要求我们“把有意识的变形与画不准轮廓区别开来”，要把“思想不明确，口齿不清楚，不可能通过明确的语言表达明确的思想”区别开来。而那种“胡思乱想，苦思冥想，奇思怪想，把不能联系的东西拉扯在一起”，“以残缺不全为美”的、“畸形的”怪胎，是要严肃地对待的〔140〕。在《否定的艺术》中他十分感慨地写了这样一些话：

从放任到放荡
消除现代生活所引起的精神苦闷
这样的艺术
不可能引起普通人思想感情的共鸣
只能被为数极少的人所理解
——谁也不可能真正的理解〔141〕

这些使他如此感慨的现象，在他看来只能归结于这样的认识：“变态的世界，产生变态的艺术。”〔142〕

九

对形象思维的深入探求，也就触及形式审美的问题了。

在艾青的有关诗学理论著作中，提到形式时总是把语言和体式联系在一起的。《诗的形式问题》中他这样说：“所谓形式，里面虽然包括着体裁和格式，却不只是体裁和格式。在文学上，所谓形式，里面包含着体裁、格式、结构、手法、风格、韵律……，而所有这一切，都是通过语言文字表现出来的。”〔143〕唯其如此，他提出著名的主张——诗的散文美时，才把口语与自由诗体连在一起作阐释。所以，这里的形式审美，也是包括艾青对新诗的语言、体式两个方面以及二者综合的见解的。

艾青于诗歌语言，有超乎常人的重视。早年写的《诗论》中他就说：“诗的创作上的问题，语言是最重要的问题之一。诗人必须为创造语言而有所冒险——如采珠者之为了采摘珍珠而挣扎在海藻的纠缠里，深沉到万丈的海底。”[144]晚年写的《诗论》中他说：“不理解语言的性能，不可能写出动人的诗篇。”[145]可见他对诗歌语言是一贯重视的。那么在艾青心中，这是怎么一种语言呢？他提了一个“艺术的语言”的概念，而其标准则是“容量大的、高度概括的、表达力强的、能震撼人心的”[146]。在《诗的形式问题》中艾青提到“五四”诗歌革命运动的发难者“提倡用白话写诗”，认为是有道理的。“白话有较大的语言容量，为广大人民所能接受，能更充分地表现新的生活和新的思想感情。”[147]白话是经过适度语法规范而净化了的那种日常用语的文字体现。既然白话“有较大的语言容量”，是合于“艺术的语言”标准的，艾青也就进而认为新诗的语言“必须是以日常用语做基础的”[148]。而日常用语实际上就是口语。这一来，提倡以口语写诗也就成了艾青一生未变的观念。他说：“口语是美的，它存在于人的日常生活里”[149]，因此新诗须“尽可能地用口语写”[150]艾青曾经多次说提倡用口语写新诗是戴望舒首先提出来的。在《与青年诗人谈诗》中他就说：“我说的诗的散文美，说的就是口语美。这个主张并不是我的发明，戴望舒写《我的记忆》时就这样做了。戴望舒的那首诗是口语化的。”[151]在《望舒的诗》中，他还对戴望舒另外一些诗如《路上的小语》《秋》《祭日》等表示赞叹，说：“这些都是现代人的日常用语，而这些口语之作为诗的语言，在当时，是一大胆的尝试。”[152]艾青之所以特别推崇用口语写诗，有两大原因：一是自然、亲切。在《诗论·语言》中他说“最富于自然性的语言是口语”[153]在《诗的散文美》中说口语“富有人间味，它使我们感到无比的亲切”[154]。在《诗人论》中说“诗人的语言常常充满了大同感”，因为“它的宽大，使本国人听了，像是一个方外人所说的；它的亲切，又使一个异国人听了都欢迎”[155]。这话说得较玄，但可以意会，是说这种语言是基于人性的自然，用它作交流能使心灵倍感亲切，这当然也是指口语。把口语的自然、亲切提到这样的高度不免夸张过分。之所以要这样说，是有艾青自身特具的审美偏爱的。他很厌恶诗歌语言的陈词滥调而喜好新鲜，至于语言的新鲜感则来自诗人对生活体验的自然真切，陈词滥调却是不自然不真切、矫揉造作的结果，引不起人新鲜感。在艾青晚年写的《诗论》中就说：

“有意识地摒弃陈词滥调，人人爱吃新鲜菜。陈词滥调像馊了的饭菜。”[156]在《艾青谈诗及写长篇小说的新计划》中也说：“陈词滥调就像被揉坏了的花草一样，没有什么水分，蔫巴了。我也讨厌那些为了押韵把语言破坏了的。我特别赞赏现代人用现代口语写。”[157]这种种都说明艾青在诗性语言上具有相当敏锐的审美敏感力：他懂得要想抛弃旧诗中已凝固的词汇、已成滥调的句式，只有强调使用现代口语，因为口语的流动性强过文言、甚至白话很多倍，更何况口语是一种“在场”语言，往往在特定的言语活动的“语境”中能显出变化多端的语调，而语调及其内中微妙的差异都会有暗示意味，是写诗所不可或缺的。这在《诗的形式问题》中他就说过：“日常用语因为藉助于人物的表情、动作，即使省略了某些细微的部分，也能使对方理解他的意思。”[158]因此他提出“按照生活的要求和这种语言的规律，创造出新的语言”[159]的设想。

艾青认为：“语言文字构成两部分：一个是它的外表，即所谓形式；一个是它的含义，即所谓内容。在这里，语言文字又是工具又是材料。”[160]那么我们就从材料和工具这个角度来看看艾青对创造新的语言的思考。

从诗性语言作为材料的角度看，艾青把注意力放在新词汇的创造上。如上所述，他反对陈词滥调，也不主张把别人创造的词汇随便拿来供自己使用，他为此而这样说过：“当我不得已而采用一些现代的词汇的时候，我是每次都感到恶心的。”[161]故提出在对生活世界作深入的体味中去获得新的发现，去寻觅新鲜感，创造新的、属于自己的诗性词汇。这并不是艾青信口开河、不着边际的言说，他自己就不断在朝这个方向作探求。在《我怎样写诗的》中他说：“我确是如一些批评者所说，在同时代的诗人里面，比较的欢喜努力着创造新的词汇的人。我最嫌恶一个诗人沿用一些陈腐的烂调来写诗，我以为诗人应该比散文家要花一些功夫在创造新的词汇上。”[162]在展开这场创造新的词汇中，他强调抓形容词。在晚年写的《诗论》中他说：“对每件事物要找出自己的形容词。”[163]对创造新的词汇强调抓形容词，是抓住了问题的关键。西方语言诗学中提及词汇建设时就首先抓形容词，沃尔夫冈·凯塞尔在《语言的艺术作品》中就说“‘形容词’在一些作品中明显地为人所寻求”[164]。这位西方学者还借此而引出一个话题：“一种词类并不只产生一种意义的功能，同时一种功能的实现并不是单一地同一种词类密切相连。”在这个话题下，凯塞尔还举出一些由他类词转化成的形容词，如“名词化的形容词”“动词化的形容词”，正是这些形容词与准形容词，与其他词类（多数是名词）进行谬理的、矛盾逆折的、“富于表情的新的组合”，就会引出新一个“意义的功能”[165]。他认为“在象征主义中是为了达到抽象概念的事物化”，甚至“上升到拟人化”[166]。这其实是一场语言化的意象构筑，而这形容词来作新组合，其构筑功能更大。这是诗性语言在词汇组合上一种内在规律所决定的。艾青以他特具的诗性语言敏感力提出抓形容词，是有眼力的。当然从语言化意象构筑的角度看，并不止于抓形容词，动词、副词等都是十分重要的。艾青在自己的创造实践中为我们提供了不少可作出理论规律来看的思路，如“磷光的幻想”“生命的绿色”“紫色的灵魂”“轰响的光彩”“溅血的震颤”“沉睡的灵魂”等，都为这种“创造新的词汇”的思路提供了很成功的例证。当然，值得指出的是：这种词汇的创新，一般说具有两类特色，一类是平淡中见新趣，如“生命的绿色”“沉睡的灵魂”等，另一类则是于平淡中见新奇，如“紫色的灵魂”“轰响的色彩”等。

艾青认为诗性语言作为手段是更重要的。在《我怎样写诗的》中，他这样说：“我以为……无论用文言写也好，用国语写也好，用大众语写也好，总必须写出来是诗。这意思就是：那所采用的语言必须能充分地表达了作者对于现实生活所引起的思想情感；必须在精炼的、简约的、明确的文字里面，包含着丰富的生活面貌、生活的智慧、生活的气息、生活的真理。”[167]这里所说语言“充分地表达”思想情感，以及用精炼、简约等文字来包含丰富的生活面貌等，主要指的是语言的言语功能——即作为手段的语言问题。他接着又说：“我常常在决定题材的采取同时决定语言的采取。我的语言是常常和因题材所决定的表现手段而变更的。”[168]这就进一步提出：须以独特的生活内容所决定的表现手法来决定语言作为工具的使用方式。为此他主张要重视“语言的构造”，也就是“调整字与字之间的关系，调整句与句之间的关系”[169]。而这些，其实是个句法的问题。这就是说：诗性语言作为手段的使用方式，须在句法上变出些花式。就变出众多花式的总策略看，艾青认为是："大胆地变化，大胆地把字解散开来，又重新拼拢，重新凝固起来。"[170]他还从另一个角度说了一番话来强调这个主张：

> 假如我们没有把文字重新配置、重新组织，没有把语言重新构造、重新排列；假如我们没有以自己的努力去重新发现世界，发现事物与事物的关系、人与事物的关系、人与人的关系，我们就没有必要去制造一首诗。[171]

这里所引的话虽然是在艾青创作前期说的，但后来他一直没有改变过看法。在《诗的形式问题》中，他也说："语言的效果，完全看作者把它安排在什么地方。语言和语言的关系，就像各种不同化学成分摆在一起，可以发生完全不同的效果。一根火柴放到水里就完全失去了作用，而当它被放到火里，就会突然燃烧起来。有时出于冷静的理智的语言，被放在那些充满感情的章句一起，会引起一种反衬的作用，而且可以藉它来暗示这些感情的章句是在明确的理智的基础上的。"[172]在这个总策略下，艾青对语言文字的拆解重组的运作问题也提出了自己的看法，他提出以省略来造成语言跳跃的问题。艾青很重视语言的跳跃，在《抗战以来的中国新诗》中，他推崇"七月"诗派的庄涌："用他少年的激情，和突跳的语言，歌唱了战斗的勇敢与美丽。"[173]这种"突跳的语言"作为一种语言审美价值，不仅在庄涌的诗中，也在艾青自己和田间等抗战时期的诗中有充分的显示，在1980年代以来的"朦胧诗"中，这种语言运作更有大发展的趋势。这本是中国传统诗学中语言结构的一项独特经验，如马致远的《天净沙·秋思》，就典型地体现了成分省略导致的语言突跳感。西方诗学中也重视这项经验。沃尔夫冈·凯塞尔在《语言的艺术作品》中也特别提到从省略到跳跃的语言结构，并充分肯定其功能价值。他还说："从表面上看来，这当中缺少一个句的部分"，但"在真正意义上根本没有'省略'""它不需要任何东西来补充，因为基本上并没有省去什么东西。毋宁说：事物本身是这样"[174]。这样的言说同艾青是很一致的。艾青在晚年写的《诗论》中论及从省略到跳跃的语言结构时就说："跳跃——把不必要的过程省略：联想与想象之间无须交待得太详细；看来并不相干，却有内在联系。"〔175〕这其实也是个意象语言化的问题，从句子成分的省略到跳跃，本身就是个充分凸显意象而使它不至于在语法规范中从具象变成抽象印证的问题。当然，在拆解重组中艾青特别重视省略跳跃，也出之于他对口语的重视。如上已引，他曾说过："日常用语因为藉助于人物的表情、动作，即使省略了某些细微的部分，也能使对方理解他的意思。"〔176〕那也可以说：新诗中的口语作为"在场"的语言，是本来就要求具有结构上的省略跳跃特性的。

十

艾青对诗歌形体格式——简称体式的看法，也是同变动的生活和由变动的生活引起的这样那样情绪感受结合在一起的。在《诗论·形式》中他说："不要把形式看成绝对的东西——它是依照变动的生活内容而变动的。"〔177〕类似的话他多次讲过。在人周围的生活及主体对此的感受内容时刻在变，这就意味着作为显现这生活内容的体式——即艾青所说的形式也得不断变化；在体式上追求模式化，在青年艾青的形式审美观中是绝对不能容忍的。因此他还说："千万不要把从人家那里摹仿来的形式贴上标签，因为那样做纵或可以遮掩了读者与批评家，却遮掩不了那被摹仿的作者的。"〔178〕其实又何止于摹仿的问题，更大的问题是"不合身材"——和自己独特的生活内容不能相称。所以，他还说了一句决绝的话："宁愿裸体却决不要让不合身材的衣服来窒息你的呼吸。"〔179〕艾青的这种决绝的言论是事出有因的。他极端地要求自己也希望其他诗人写的每一首诗都属于创造的、独特的新形式，出发点乃是极自然也极真实地表达自己的生活感受内容。在《艾青选集·自序》中他就说："我曾尝试了许多诗体……努力把自己所感受到的世界不受拘束地表达出来。"〔180〕唯其如此，才使他在关于诗的节奏体式上坚决主张合于生活感受本身的自然，反对雕琢。在《爱国诗人闻一多》中，他对“闻一多甚至‘反对自然的音节’”颇不以为然。他肯定了闻一多“丰富的想象，正确的感受力，鲜明的色彩”等艺术特点，但又说：“这些特点却常常被一种愈来愈严格的近乎形式主义的规律约束着，有时使他的诗成了不自然的雕琢，以致限制了他的原来是异常热情的心胸，形成一种矛盾。”〔181〕他并不认为闻一多的现代格律诗追求有多少可取之处，而根据他在形式审美上的理想追求也不难推测到。他追求自由诗体。有关这方面他说过不少次这样的话：“从我整个创作历程来说，我更多的采取自由诗的形式——这是我比较习惯，也是比较喜欢的诗歌形式。”〔182〕因此他推崇自由体诗，在《和诗歌爱好者谈诗》中他这样说：

自由体诗更是新世界的产物，它比各种格律诗体更解放，容易为人所掌握，更符合革命的需要，因而也受到更多人的欢迎和运用。

他甚至紧接着说了这么一句：

自由体诗的诗是带有世界性的倾向。〔183〕

这不无几分夸张的言说，正表明他对自由体诗的态度如同闻一多对格律体诗的态度一样，都多少有点“狂热的提倡者”〔184〕意味。

那么自由体诗有哪些特征呢？艾青在《诗的形式问题》中曾这样说：

什么叫“自由诗”？简单地说，这种诗体，有一句占一行的，有一句占几行的，每行没有一定音节，每段没有一定行数；也有整首诗不分段的。

“自由诗”有押韵的，有不押韵的。

“自由诗”没有一定的格式，只要有旋律，念起来流畅，像一条小河，有时声音高，有时声音低，因感情的起伏而变化。〔185〕

他对自由诗所下的定义，第三段的那几句是颇有价值的，提出了一个有关自由诗体节奏形态的问题：自由诗体的节奏形态是旋律。这方面他多次说过。在《和诗歌爱好者谈诗》里他说："自由体的诗，更倾向于根据感情的起伏而产生的内在的旋律的要求。"〔186〕那么"旋律"究竟是什么东西，在新诗的自由体诗中又是怎么表现的呢？说"旋律""像一条小河，有时声音高，有时声音低"。这样的解释只是感觉印象，当然不解决问题；说是"因感情的起伏而变化"的声音，也太抽象。其实从郭沫若提倡"内在律"，戴望舒提倡"情绪的抑扬顿挫"，到艾青的"根据感情的起伏而产生的内在的旋律"，都是把"旋律"归之于情绪节奏。但情绪节奏并不只属于自由诗体的专利，格律诗体也允许有的，他们都把"旋律"作为一种特定的节奏形态和情绪内在起伏混在了一起，以致总讲不清楚。作为有规律的声音表现的旋律是怎么一回事？节奏形态大致可分两种：复沓状与推进状。复沓状我们就叫节奏，推进状则称旋律，所以旋律作为声音有规律的一种表现，不是均衡的重复，而是起伏的推进。艾青形容"旋律"像小河有时声音高有时声音低的说法是合于声音感觉印象之真实的：第一，这声音是起起伏伏的，有时还可以大起大伏；第二，这起起伏伏的声音是推进而非回荡的，正如同小河的水声高高低低表明小河在向前流动。但这种旋律化节奏又如何显示呢？如果说复沓型节奏靠音组等时停逗来显示，那么旋律型节奏靠的是语调——或者说声调。艾青在《诗的形式问题》中说过一句很重要的话：

> 各种不同的情绪，应该由各种不同的声调来表现。〔187〕

这是艾青在谈到诗歌节奏的音乐性时说的。他认为格律体诗的声音节奏是通过"音节和韵脚"〔188〕来显示的，而格律体诗基本上属于复沓节奏，可见复沓节奏的音乐性——或者说"声音的象征"靠"音节和韵脚"。而艾青是自由体诗的推崇者，他说以不同的声调来表现不同的情绪主要是指自由体诗是通过声调体现的声音节奏来作“声音的象征”——象征地显示（其实是感发）情绪。而自由体诗基本上属于推进节奏。由此可以推断，在艾青心目中，自由体诗的推进型节奏是通过“声调”来表现的。

艾青所说的“各种不同的声调”又分哪几种呢？我们从他在这方面的审美主张，再结合他的自由体诗创作在追求旋律化的表现看，大致可分为三种：排句、语调和押韵。艾青从早期创作起，就很重视变化与统一的关系，这也影响到他的诗歌审美观中很醒目的一条是在高度集中的前提下力争统一中求变化，变化中求统一。因此他的三种声调表现也大致体现着这个审美观念。先看排句。这是艾青创作中使用得十分频繁的，并且他也在理论主张上对此十分推崇。我们且不谈他自己创作中的显示，就来看看他在理论上的推崇。在《曹辛之的诗》中他十分赞赏曹辛之对排句的运用，特别是长诗《复活的土地》的第二章《饕餮的海》中对大上海的描画，“开始用排句展开”，他一连分析了四组排句，并说：“他运用排句时经常变换形式，十分活泼，以致煞尾没有显得单调的感觉。”〔189〕这种排句作为词语、句的语言结构及其意义相近的语言形式的“堆积”，在西方形式诗学中也十分重视。沃尔夫冈·凯塞尔在《语言的艺术作品》中曾对此种修辞风格说：“诗的语言的较自由的组合是要为一种强有力的节奏服务。”〔190〕他还对曹辛之那些排句样的“散珠式排列”的句子作过这样的言说：它们“提高成为一个巨大汹涌的运动中的波涛”，并“在其中完成一个上升的动作”〔191〕。这看法无疑是确切的，排句作为一种特定的“声调”，对自由体诗的推进式节奏表现有不可忽视的功能价值。还值得指出，排句这种词、语、句结构意义的相近显示为整体的集中统一，但它们又不是模式化的重复，结构与意义实际上是各有形色的，这就是变化。这种统一中的变化也就显出节奏表现的活泼而不单调。

再说“声调”的另一种表现——语气，我们也可称之为语调、语吻。艾青在创作前期就已注意到这个问题，因此在《我怎样写诗的》中就提出要注意“语言的气氛”〔192〕其实这方面有意识体现的是戴望舒。戴望舒惯于在句子的末尾使用“的、呢、吗、吧、了、啊”等语气词，使句子“软化”，显得亲昵。“的”与“呢”在诗行末尾会显出降调，“吗”与“吧”在末尾会显出升调。他还常常“吗、呢”“的、吧”等连用，显出不同的节奏调性。戴望舒的这一做法，在1930年代的诗坛影响不小，一时仿效者甚众。艾青所说的“语言的气氛”也有着这类声调表现的特色。如《死地》一诗的结束处，他先是这样写：“从死亡的大地／到死亡的大地／你知道／那旋转着、旋转着的／旋风它渴望着什么呢？”然后一跳，以这样两句作结：“我说／如有人点燃了那饥饿之火啊……”前一诗行群以“呢”作结，是降调，一抑；接着后一个诗行群以“啊”结，是升调，一扬。先抑而后扬是兴奋人的，这就显示向前推进的旋律化节奏特色。值得指出的是这样的声调表现是处在变化中的，但这是在一种被叛乱的激情所支配的，由于情绪本身从低抑转向高昂，所以“呢”与“啊”煞尾的两个诗行群的节奏调性是对立中的统一。这就是变化中的统一。再看第三种声调表现：押韵。在押韵要不要的问题上，艾青的观念是很复杂的。在创作前期他很反对押韵。一篇《诗的散文美》第一句就说明了一切：“由欣赏韵文到欣赏散文是一种进步。”他还进一步说：“自从我们发现了韵文的虚伪，发现了韵文的人工气，发现了韵文的雕琢，我们就敌视了它。”〔193〕但是到1954年写《诗的形式问题》时他说：“诗必须有韵律”，“用韵的目的，就是为了念起来比较和谐，唤起读者的快感。我以为，这种念起来和谐，唤起读者快感的要求，在‘自由诗’里也应该而且可能做到的。”〔194〕在《答〈中国青年报〉记者问》中他又说：“自由诗……不一定押韵，能押韵也可以。我还是努力寻找音韵的。”〔195〕不过艾青在这里总是把“韵律”和“韵”混在一起，有点说不清，有时韵律就是韵，有时又不是实际上的韵，而实指节奏——旋律、音节。但不管怎么说，他也认为押韵不只是格律诗中的事，“在‘自由诗’里也应该而且可能做到”，这就够了。对艾青来说押韵的目的是“为了念起来比较和谐”是很可注意的。所谓念起来“和谐”，实在意味着是一种旋律进程的匀称、有机，或者说节奏感知的集中统一。从这意义上说，押韵只能是声调节奏表现的辅助，辅助旋律化节奏进程的变化中的统一。由于悟及这一点，艾青既觉得自由体诗也应该押韵，又并不把押韵当作诗歌节奏体式中了不起、非它莫属的一回事。我们可以从他中后期的创作中见出，自由体诗的确也注意押韵了，如写于1953年的自由体抒情长诗《双尖山》就注意到了这一点。但他又并不那么严格押韵。有的自由体诗他有几处押了韵，有几处又不押韵，例子不少。而这些情况说到头来还是同他诗歌审美的核心观念相适应的："诗的声音，就是自由的声音。"[196]"我在形式面前，缺少宗教信徒的虔诚。"[197]

综上所述可以明白：艾青对于新诗节奏体式构成的认识趋向以情绪内在律动为依据，因此他成了自由体诗的积极提倡者。这些形式审美观又同他的语言审美观辩证地统一在一起。这种统一基于他对语言是材料又是工具的思路。构建新诗节奏体式的材料是口语，口语自然流利的语音作为材料，是自由体诗推进式节奏表现的基础；口语从词语到句子，以非模式化的自由结合形态，又成了自由诗体式构成最合适的材料；而口语又以其组合结构关系的自由灵活，也成了构成自由诗节奏体式构成最得心应手的工具。所以艾青的诗歌形式审美观念突出地呈现为作为材料与工具的口语与自由体诗推进节奏体式的辩证统一。当然，我们这样言说并不是一场哥伦布对新大陆的发现，其实艾青对二者辩证统一的认识是自觉的，即他自己早在作如是之想了。这种自觉的"如是之想"，在艾青对散文美的提倡中早已存在了。

散文美是诗学领域很奇特的提法。作为一个术语，散文美的内涵十分复杂。艾青在《与青年诗人谈诗》中这样说："我说过诗的散文美。这句话常常引起误解，以为我是提倡诗要散文化，就是用散文来代替诗。"[198]这个误解因何而起的呢？我以为是从他那篇《诗的散文美》开始的。这篇文章写在1939年，正是他以自由体诗进行创作取得极大成就之际。由于他那些成就很高的诗都是用散文结构的口语写的，具有情感表达自然亲切的语调，而传统诗歌和新格律体诗中使用的韵文为了适应韵律的需要，往往很不自然亲切，所以他把诗化口语与韵文对立起来，而诗化口语因是散文结构的，因而又把散文与韵文对立起来，以散文美来称颂散文结构的口语在新诗创作中使用的价值。从诗学理论的角度看，诗性语言既不是文言与白话之争，也不是散文与韵文之争，而是隐喻语言与逻辑语言之争。散文是守语法规范、顺分析推论构成的线性陈述性逻辑语言，本不是诗所要求的那种语言，而韵文（泛指古典诗歌所用的语言）是反语法规范、顺直觉印象构成的点面感发性隐喻语言，是诗所要求的那种语言。唯其如此，才使《诗的散文美》第一句话就引起非议，这句话是："由欣赏韵文到欣赏散文是一种进步。"〔199〕"韵文"是有韵的文字，散文是一种文体，本不可比；如果说"韵文"指诗，那岂不是说由欣赏诗到欣赏散文是一种进步？这就更不对头了。问题出在艾青把文体的散文当成散文化的文字——线性陈述的逻辑语言，这就会使人有这样的误解：诗的散文美是说诗要散文化。其实艾青的本意是说诗的文字不该是有韵的文字，要用口语化的文字，而口语则以其自然、流利活泼而富于语调感的表达特性，和散文采用的语言相似，也就以散文美来代替口语美了。但我们还得进一步理解艾青。他不打口语美的牌子而偏要打散文美的牌子，是另有一番苦衷的，那就是他还要让诗歌语言和体式挂上钩，即和自由诗美挂上钩。在《与青年诗人谈诗》中他说："我用口语写诗，没有为押韵而拼凑诗。我写诗是服从自己的构思，具有内在的节奏，念起来顺口，听起来和谐就完了。这种口语美就是散文美。"〔200〕这一番话其实不只是表明口语美就是散文美，也表明更是自由诗美。何以见得呢？不妨再引他在《和诗歌爱好者谈诗》中的话："自由体的诗，更倾向于根据感情的起伏而产生的内在的旋律的要求。"〔201〕二者一比较即可看出所谓"具有内在的节奏或者内在的旋律"的追求，都是指用口语能给自由体诗追求创造充分的条件。由此可以看出《与青年诗人谈诗》中那一番话还包括有用口语写诗达到的自由诗美的意思，只不过艾青并没有点出来罢了。所以艾青一生提倡的诗的散文美，其实是口语美、自由诗体美与散文美三位一体的一种形式审美观念。

这种形式审美三位一体的聚合和散文的文体似乎无关却也有关。它来自节奏表现，这是依靠散文艺术性节奏表现的要求使它们聚合而成三位一体的。西方形式诗学研究者早就提出"两个有关节奏的理论"："一种理论把'周期性'判定为节奏的绝对必要的条件，另一种理论把节奏的含义大大扩展，甚至把非重复性的运动形式也包括在节奏的定义内。"这使得"第一种观点显然将节奏与格律视为一体，因而必然导致否定'散文节奏'的观念，把散文的节奏视作与之相矛盾的"，而第二种观点则认为"个人说话有节奏"，"没有同期性"的散文也都有节奏，于是，节奏与以语调的曲线显示的旋律也就“紧密地联系在一起”，“节奏”也就“包括了节奏与旋律两方面的含义”〔202〕。这后一种节奏理论也就被称为散文艺术性节奏。有鉴于这样的认识，因此在《文学理论》中韦勒克、沃伦还这样说：“散文的艺术性节奏可以描述为通常口语节奏的一种结构，它与普通散文的差别在于它的重音分布有较大的规律性，虽然这种规律性未必具有明显的等时性（即在节奏重音之间具有规律的时间间隔）。”〔203〕这番话表明艾青提倡的自由诗正是这种散文艺术性节奏的体式显示，而韦勒克、沃伦的说法，和艾青所主张的口语美、自由诗美与散文美三位一体的形式审美思路，可说是不谋而合的。

由此说来艾青的散文美主张是极珍贵的，它解决了自由体诗从语言到节奏再到体式的一系列问题。“散文美”在艾青的诗歌形式审美中还有更重要的价值，这就是他在《诗的散文美》中最后的一段话：“散文的自由性，给文学的形象以表现的便利；而那种洗练的散文，崇高的散文，健康的或是柔美的散文之被用于诗人者，就因为它们是形象之表达的最完善的工具。”〔204〕理解这一段话首先得把“散文”这个术语按艾青的本意正名，它指以口语构成的自由诗体——语言与体式辩证统一的一个称谓。在艾青看来，口语—自由诗体是“形象表达的最完善的工具”，这是大可值得探究的。为什么说是最完善的工具呢？根本点在于“散文”能给“形象”以表现的便利。这“表现”就不是通过语言特具的“声音”感兴来“象征”或“隐喻”形象，而是通过口语—自由诗体的自由性能——诸如语言容量大，不受韵律表现控制，不受形体格式禁锢等易于操作的材料与工具来刻画、描摹抒情形象，所以才会有“表现的便利”之说。而这正是从艾青自身诗歌创作的特殊性出发提出来的。艾青原是学绘画的，对物象形体的感觉能力特强，这使他十分强调对意象作具体的描绘，以沉甸甸的、具有质感的意象来感发情绪，完成抒情。如果再采用像电报密码式点面感发的隐喻语言和严格的格律模式来表现，势必是难以胜任的。所以，艾青大力提倡的诗的散文美创作追求，作为一种诗歌形式审美的独特观念，实是他自身创作内在规律的体现。

我们已分十个方面对艾青的诗歌审美观作了考察。在论析艾青的形式审美观念的最后，我们说判断这是他“自身创作内在规律的体现”，其实何止是形式审美观如此，艾青整个的诗歌审美观都是从他切身创作感受中概括出来的。所以艾青的诗歌审美观不仅是中国现代诗歌美学的一份宝贵财富，更是深入了解艾青抒情事业构成系统的寻踪指南。

“诗——永远是生活的牧歌”是艾青的名句，这个名句不仅指诗歌创作应该是而且必须是对生活的忠实反映，也意味着诗歌审美的最高标准是生活感受的美；离开对时代、社会、人生的真实感受，就无诗可言。正是这一点，贯穿在艾青的诗歌审美体系中，成了他诗歌审美的总纲。而这不仅对研究艾青一生的抒情事业——从创作到诗学理论有特殊价值，更是对中国新诗坛在走向世界、走向未来的进程有着深远的启示意义。

下篇　艾青的抒情个性

一

艾青在《诗人论》中曾这样说过：

> 每个诗人有他自己的一个缪斯——
>
> 惠特曼和着他的缪斯散步在工业的美利坚的民众里……
>
> 马雅可夫斯基和着他的缪斯以口号与示威运动欢迎“十六年”的到来……
>
> 叶赛宁的缪斯驾着雪橇追赶着镰刀形的月亮……
>
> 凡尔哈仑的缪斯则彷徨在佛拉芒特的原野，又忙乱地出入于大都市的银行，交易所，大商场，又在烦嚣的夜街上，像石块般滚过……〔205〕

这里的“缪斯”是对诗人的抒情个性与艺术风格的综合称谓。也就是说：艾青认为诗人必须具有自己的抒情个性与艺术风格。

那么艾青具有自己的“缪斯”了吗？回答是肯定的。

但他通向“缪斯”之路，是既艰难又富于特色的。

众所周知：由于童年时候艾青就被算命的说成“命硬”，要“克父母”，因而遭到家庭的遗弃，在贫妇大堰河家里奶大。这使他从小就切身体验了下层劳动者被剥削受欺压的苦难命运，“感染了中国农民的忧郁”；而当领回地主父母家后，他依旧是家庭中地位最低的，受父亲无情打骂，被全家歧视。这种不愉快的童年生活，促成他从小时起就本能地同情受压迫者，滋育出捍卫人性尊严的人道意识，而对社会无道、人间不平又会激起愤慨，产生了谋求自由解放的反抗情绪。后来在念初中时，他又无意中接触到一本《唯物史观浅说》，使他第一次获得了以阶级关系看待社会问题的观念。在这以后艰辛的人生历程中，消灭阶级、世界大同的共产主义理想终于一步步消融了他单纯的民主主义要求，形成了崭新的真理人生的世界观，同时也形成了一条能贯穿他一生的线——依靠劳动人民，走革命的路，为绝大多数受压迫者求解放而斗争。如同他自己所说的：“正因为这样，我当年对人类前途就充满乐观的信念。我曾经这样想，即使自己消灭了，又怎么样呢？——人类还是在发展的呟！”因此，他敢于在“大夜弥天”的30年代初，毅然投身左翼文艺运动，以致在铁窗下度过了三年的囚徒生涯。民族的灾祸，人民的疾苦，个人的激愤，使他对光明、美好的时代怀有强烈的渴望，而“即使自己消灭了，又怎么样呢？——人类还是在发展的”这一股潜在的情绪，又使他始终憧憬光明，对未来怀有坚定的信念。因此，对黑暗苦难的忧患感受，叛逆抗争的骚动情绪，自由光明的神圣信念——这三方面的心灵感应，对艾青来说显得分外敏锐。它们也就构成了艾青情感个性的三要素。

艾青曾说：“一切都为了将来，一切都为了将来大家都好好地活，就是目前受苦、战争、饥饿以至于死亡，都为了实行一个始终闪烁在大家心里的理想。”还认为：“属于这伟大和独特的时代的诗人，必须以最大的宽度献身给时代，领受每个日子的苦难像是那些传教士之领受迫害一样的自然，以自己诚挚的心沉浸在万人的悲欢、憎爱与愿望中。他们（这时代的诗人们）的创作的意欲是伸展在人类的向着明日所发出的愿望的面前的。唯有最不拂逆这人类的共同意志的诗人，才会被今日的人类所崇敬，被明日的人类所追怀。”[206]

这些话表明艾青情感个性三要素中，自由光明的神圣信念——对人类的明天所寄托的希望，是黑暗苦难的忧患感受、叛逆抗争的骚动情绪的必然归宿。

艾青体现黑暗苦难的忧患感受、表现叛逆抗争的骚动情绪，差不多都会涉及对黎明、太阳或火——这些“光”的联想。因此，在他的诗篇里，“光”的意象千姿百态，瑰丽动人，总比他表现黑暗苦难或叛逆抗争的意象更深邃与辉煌。《吹号者》里，他把“黎明”比做“时间的新嫁娘”，乘着金色轮子的车辆，从天边滚辗而来，而我们的世界为了迎接她，已在东方张挂起万丈曙光，让天地间举行最隆重的典礼，藉以暗示未来的时代必然无比光明美好，大大地丰富了为正义而献身的崇高主题。在《晨歌》中，太阳幻化为金色的大鹏，扑腾着那光的翅膀，畅游在“无极的海洋”、“无风的沙漠”、“阿尔卑斯山之巅”；在《迎》里，更把太阳设想为骑了金黄棕毛的马，浑身闪着金色的光芒，从山背后向山巅疾奔而来，从松林那边的旷野上驰骋而来……太阳被表现为所向无敌的巨大形象，有囊括天宇、气吞汪洋的气概，使人感悟到光明时代的来势谁也阻挡不了。诚如18世纪意大利思想家维柯所说：“人心的另一特性是：每逢人们对远的未知的事物未能形成观念时，他们就根据近的习见的事物，去对它们进行判断。”[207]艾青正是根据近的、习见的自然界光明现象，来对远的、未知的时代进行判断，藉以体现他对光明必能到来的信念。

情感个性是决定抒情思路的基础。艾青以向往光明为核心的情感个性三要素，也决定着他在创作中以向往光明为逻辑中心，使三条抒情思路之间形成独特的结构和规律。

先从艾青诗中抒情对象的逻辑组合关系来考察他的抒情结构及其规律。

在艾青一些主题各不相同而具有代表性的诗篇里，抒情对象总是环绕一个以“光”为象征内涵的对象作核心，结构成有机的抒情建筑群的。这样的抒情结构可以分为两大类：

第一类，凡以抒唱自由光明的神圣信念作为逻辑起点的，其抒情思路必然由此出发推移向黑暗苦难的忧患感受和叛逆抗争的骚动情绪。《向太阳》是这类抒情结构的典型。如他所自述的：这首诗“是以最高的热度赞美着光明、赞美着民主”。全作由“我”奔向太阳贯串起来。因此奔向太阳是抒唱的逻辑起点，但“我”从光明的感受出发，首先联想到的是血雨腥风的黑暗祖国和家破人亡的苦难人民，以及自己忧患到几近绝望的心境。如：“昨天／我把自己的国土／当作病院／——而我是患了难于医治的病的／没有哪一天／我不是用呆滞的眼睛／看着这国土的／没有边际的凄惨的生命……／没有哪一天／我不是用呆钝的耳朵／听着这国土的／没有止息的痛苦的呻吟”。这就是推向了黑暗苦难的忧患感受真切的表现。其次，他联想到中国人民终于发出“最后的吼声”：反叛！于是有对撑着拐棍的伤兵们为国捐躯的赞颂，有对为抗战募捐而进行着宣传活动的少女，也有对吃不饱、穿不暖仍在加紧搞生产以支援前线的工人、农民的赞颂，更有对日夜操演着杀敌本领的士兵的赞颂。在这场抒情思路的继续推延中，显示出整个中华大地亿万人民叛逆抗争的骚动情绪。这样一条逻辑推延线显示着严峻的现实主义始终在规范着艾青诗歌中的情感导向，即我们的时代要通向光明，必然要经历无比艰难曲折的过程：亿万人民在黑暗痛苦中煎熬，在奋起抗争中流血献身。

再看第二类，凡以抒唱黑暗苦难的忧患感受作为逻辑起点的，其抒情思路必然由此出发推移向叛逆抗争的骚动情绪和自由光明的神圣信念。《我爱这土地》是这类抒情结构的典型。艾青在诗里唱出了对灾难深重的祖国母亲的爱，他说他要像一只鸟一样“用嘶哑的喉咙歌唱”如下几个在祖国大地必然会出现的对象，以及他通过这些对象激发出来的情感：（1）“被暴风雨所打击着的土地”——以及由此而生的黑暗苦难的忧患感受；（2）“汹涌着我们的悲愤的河流”和“无止息地吹刮着的激怒的风”——以及由此而生的叛逆抗争的骚动情绪；（3）“那来自林间的无比温柔的黎明”——以及由此而生的自由光明的神圣信念。这三类有关祖国命运的对象以及他对此所怀有的几种情感，它们的排序十分值得注意，体现着艾青对祖国的歌唱是这样一场递进关系：从灾难痛苦到奋起战斗，再进入一片光明。总之，灾难也罢，痛苦也罢，总是暂时的，而通过反叛抗争，最终必定有一个自由光明结局。

所以这两大抒情结构各有特点：第一类是从“光”的感受中去体察和反映严峻的社会现象，从而对新时代的神圣憧憬作了战斗的现实主义展示；第二类是从战斗的社会现象中去感受和抒唱光明的感受，从而对现实的严峻的发展前景作了光明的浪漫主义渲染。

二

艾青诗歌创作的这种抒情结构是有其规律性的，且体现在他一生的创作中。由于不同阶段抒情的侧重面不同，其抒情结构形成了两大体系。

从 1932 年开始写诗到 1937 年抗战爆发前夕，是艾青创作的第一个阶段。

这阶段的创作是从表现黑暗苦难的忧患感受出发的。他写了如下几类诗：第一类表现的是一个激进的革命民主主义者在半封建半殖民地社会里被压迫、受凌辱以致到处流浪、长年监禁所引起的痛苦、忧郁、愤怒和渴望自由的情绪。如《芦笛》《画者的行吟》《马赛》《铁窗里》等诗；第二类表现的是广大劳动人民在三座大山压迫下家破人亡、走投无路所引起的痛苦、阴郁、茫然和仇恨的情绪，如《大堰河——我的保姆》《透明的夜》《卖艺者》《死地》等诗；第三类表现的是广大人民——也包括诗人自己在黑暗势力的高压下所激化的情绪，首先是反叛抗争的情绪，写在狱中的叙事长诗《九百个》表现得十分强烈；其次是流血献身的情绪，以耶稣被钉死在十字架上这一圣经题材写成的《一个拿撒勒人的死》很突出；第四类表现的是叛逆抗争和流血牺牲必然会迎来自由光明时代的乐观信念，如《春》《煤的对话》《太阳》等。

所以艾青第一阶段的创作，揭示社会黑暗、人民苦难的诗和叛逆时代、献身抗争的诗，是和渴求自由、憧憬光明的诗以一种因果关系结构在一起的，而后者则是前者的必然归宿。

从抗战爆发到 1941 年 3 月，是艾青创作的第二个阶段。

这一阶段的创作也是从表现黑暗苦难的忧患感受出发的，还可分为《向太阳》时期和《火把》时期两个创作高峰。

《向太阳》时期艾青写了如下几类诗：第一类是艾青 1937 年底到武汉和 1938 年初去山西临汾期间写的诗，如《雪落在中国的土地上》《北方》《手推车》《乞丐》等，表现战乱中祖国遭受的灾难和人民流离失所的痛苦。不过，他在北方并不只看到悲哀，更有令人振奋的一面："在风沙吹刮着的地域，我看见了中国的深厚的力量，当每次列车运着无数的士兵与辎重与马匹驶向前线时"，"更看到了民众的力量在无限止的生长，扩大到任何一个角落。"因此他又写下了另一批表现中国人民奋起抗战，以战斗求生存、得解放的诗，如《风陵渡》《车过武胜关》《除夕》《街》和长诗《他死在第二次》等，而"在这种新的信心里"，他又"写了《吹号者》，以最真挚的歌献给了战斗，献给了牺牲"。"写了《向太阳》，以最高的热度赞美着光明，赞美着民主"〔208〕。以此完成了这阶段的第一个创作高峰。1938 年秋天，艾青因武汉大撤退而辗转至衡山、桂林、新宁，后来又去了重庆，在所谓的大后方，他又一次面对旧中国农村在三座大山压迫下残败的景象，切身感受到当局消极抗战、曲线救国、压制人民民主的社会现实，迫使他的诗思既关注民族战争，又注目阶级矛盾与民主斗争。这时他写了如下几批诗：第一批写荒芜的山野景色和穷苦的农民生活，如《旷野》《冬天的池沼》《船与船夫》等，渗透着深沉的哀怨之情。第二批写大自然景物，用以象征人民大众在黑暗的现实中不甘屈服的坚韧精神，如《山毛榉》《灌木林》等；第三批写战略相持阶段广大人民团结一心、力抗抗日逆流、维护爱国民主的大后方社会情势，如《树》《火把》等。特别是《火把》，以万千火把大游行的壮丽场面来渲染人民民主团结的力量，赞美这种力量能"使黑夜从这里逃遁"的斗争精神。第四批写光明的未来一定会来到的信念，如《解冻》《太阳》等。

综合这两个阶段的创作，虽分两个高峰，但总体上是从表现黑暗灾难的忧患感受出发，推向奋起抗争以求光明前程——这么一条抒情思路。

由此看来，艾青第一、第二阶段的创作，属于同一种抒情结构体系。

再看第三阶段，即从 1941 年 3 月艾青抵达延安起到全国解放。

这几年的创作。那是从自由光明的神圣信念感受出发的。

艾青抵延安后感到自己“才算真正看见了光明”，在一种诗人乌托邦色彩的浪漫激情支配下，艾青写下了《古石器吟》《向世界宣布吧》《太阳的话》《给太阳》《野火》《播谷鸟集》《黎明的通知》等诗，唱出了陕北人民翻身得解放的感受，有一种“光明世界的喧噪声”。但他又清醒地看到在敌占区、国统区广大城乡人民还在经受着种种苦难，民族独立、人民民主远没有得到实现，因此他又写了《献给乡村的诗》《村庄》《古松》，对旧中国农村的闭塞、落后和农民的不幸命运作了悲哀的抒唱。而光明世界和黑暗世界鲜明的对比，又激发起艾青的激情，用血的代价来捍卫自由光明的新世界，因此他又写了《雪里钻》《起来，保卫边区》等诗。从这里可以看出艾青没有在光明的世界里忘乎所以，光明是和黑暗对立地统一着的，要扩大光明，就得时刻想着周边环境依旧是黑暗苦难的，要消灭黑暗与苦难的存在，只有奋起反叛抗争，不怕流血牺牲。

从新中国成立到 1957 年，这八年是艾青创作的第四个阶段。这时他总的倾向是讴歌光明，如他自己所说的：“我的心是阳光满照的海洋。”因此他下决心要“为新的日子歌唱”，〔209〕写了大量歌颂新社会新生活的诗。这时他还没有感悟到“光中也有暗”的道理，却能正视外部世界还存在着帝国主义的侵略和殖民地人民的苦难，所以他面向世界，写了《维也纳》《一个黑人姑娘在歌唱》《黑人居住的地方》《我的阿非利亚》等诗，为殖民统治下的被压迫民族寄予忧患之情，同时也写了《亚细亚人，起来》《千千万万人朝着一个方向》《大西洋》等诗，以高昂的情绪歌唱反帝反殖民侵略。这些诗在血与火的斗争光辉照耀下，庄严雄浑，洋溢着受压迫者定会获得解放的乐观精神。

第三、第四两个创作阶段同属于艾青又一种抒情结构体系：立足于自由光明的神圣信念，推向黑暗苦难的忧患感受和叛逆抗争的骚动情绪的抒发。

从以上艾青两大抒情结构体系的分析中可以归纳出几条结构规律：（1）艾青总

是在为时代而抒情，总是在用全身心体察着和时代有必然关系的三类感受——黑暗、斗争和光明，并且缺一不可地环绕于每个特定时代进行抒情；（2）艾青用悲郁的调子抒唱黑暗苦难的时代时，决不失去对未来必然会光明的信念，他懂得顶着大夜弥天的黑暗，通过战斗的路，定会争取到光明的时代；（3）他用欢乐的心情抒唱光明的时代时，也不会忘记光明之外还有着黑暗；他懂得要保卫光明，就要忍受特定情况下的苦难，以顽强的战斗去消灭黑暗；（4）光明始终是他抒情的核心。

从1932年起可以让艾青大大地进行创作的岁月有半个多世纪，但是，他竟有整整二十年———生中最好的创作年华被迫中断了创作。在此之前，他对于“甚至暗中也有光”的感受是强烈的，认识是深刻的，但对于“甚至光中也有暗”却一直认识不足，他把延安根据地和新中国内部几乎是写成绝对光明的。艾青所揭示的黑暗，其实只是存在于特定的光明世界之外的，似乎他仅仅意识到“光外还有暗”。但经过二十多年默默无闻和流放戈壁的痛苦生活后，他终于感悟到在我们今天的社会主义社会——光明世晃的内部，阴暗面也还是有存在的。人民所受到的一桩桩血的教训，迫使他去深入思考：我们社会主义祖国的光明时代内部，到底存在着什么性质的黑暗、灾难和痛苦。这就使艾青在“归来”后所写的诗中，抒情结构有了新的调整。

艾青仍然认为今天的社会是他年轻时憧憬过的光明时代，所以他始终是社会主义制度的赞歌手，这从“归来”以后所唱的第一支歌——《红旗》开始，一系列诗篇都可以证实。不过，经历过十年浩劫的他，毕竟无法规避社会主义制度下的社会“光中也有暗”的事实了，同时也无法抑制他发自内心的愤怒。于是，他采用各种抒情方式写了不少揭露这场浩劫的诗篇，如《听，有一个声音》等。

可贵的是这第五个创作阶段的抒情结构始终显示着这一点：艾青既不是盲目吹捧的赞歌手，更不是抑郁悲观的哀歌者。他既看到光明，也看到光明中的黑暗，更看到黑暗中的光明。由此写成的诗如《光的赞歌》、《在浪尖上》等，就显得成功。

通过这一阶段艾青创作的分析可以看出：他的创作基本上保持着我们上面概括出来的四条结构规律，只不过对其中的两条有所修正和深化。首先是由于诗人深切地认识到社会主义时期，“光明”是要建筑在现代化的物质基础上的，是有赖于民主和法制保证的，而黑暗和抗争的含义也与以往各个创作阶段有极大的不同，自觉地修正和深化了第一条抒情结构规律。而这一场修正也必然会牵涉到第四条规律要赋予新的内容：在抒唱光明时不仅不忘光明以外有黑暗，还更须看到光明中也有黑暗！抒情结构规律的这种调整，说明艾青的诗歌创作始终与时代步伐合拍。这才是真正的现实主义精神。

三

艾青的情感个性三要素派生出了他的诗歌意象世界的三大系列；而抒情结构规律也决定了他的意象世界结构系统。要考察艾青的意象世界，有必要从他独特的审美敏感区出发。艾青在诗歌文本中显示着他的审美敏感区是这么三个：土地、波浪、太阳。

先看他第一个审美敏感区——土地。

在长诗《他死在第二次》里，艾青对一个农民出身的伤兵在伤愈后急于去野外走走的心情作了一番真切的抒情，说他仿佛觉得郊外的田野“像有什么向他在召唤似的”，他要去寻找“那像在向他召唤的东西”，但那东西“他自己也不晓得是什么”。这个“他”可以说是艾青自己爱国主义激情的传声筒，而“他”这种心情也其实是艾青自己的心情的反映。至于召唤“他”的东西，也不是别的，是对土地出于本能的爱。这也决定了艾青对土地爱得极其敏感。在《旷野〔二〕》里他声称：“何必隐瞒呢——／我始终是旷野的儿子”。在《我爱这土地》里，他说自己如果变成一只鸟，就要为这片土地歌唱到嘶哑：“然后我死了，／连羽毛也腐烂在土地里面。”而这正是“对这土地爱得深沉”的结果。因此，他常常与土地及其边缘类事物作心灵的交流，如在《旷野〔二〕》中，他对“简单而蠢笨／高大而没有人欢喜的山毛榉”就感到十分亲切，成了“朋友”。每当自己“被难以抑制的忧郁所苦恼时”，他就会“仰卧在山坡上／从山毛榉的阴影下／看着旷野的边际”，来求得一点慰藉。他甚至是“田野的各种气息的爱好者”，在《黄昏》里说：当他闻到“故乡路上的畜粪的气息和村边的畜棚里的干草的气息”，也会产生不可排遣的爱的困惑。由此可见，土地确实成了艾青独特的审美敏感区。

再看他的第二个审美敏感区——波浪。

艾青爱大海的狂潮，江河的洪流，浪涛上颠簸的船只。在《浪》里，他对白浪无理性的强蛮作了抒写后，却说“它是美丽的”：

而我却爱那白浪
——当它的泡沫溅到我的身上时
我曾起了被爱者的感激

在《芦笛》里，他说：要把自己反叛旧世界的歌“送给海的波／粗野地嘶着的／海的波啊”！正由于艾青对波浪具有异样强烈的爱与敏锐的审美感应，所以面对与波浪这个审美感应可以相通的事物时，艾青的直觉情绪就会被刺激出来，从而获得新鲜独特的意象。在《古宅的造访》里，他竟对所爱的波兰女郎卷曲的金发作这样联想：“你金黄的长发／在我的眼前／展开了一个／幻想的多波浪的海……”对《大上海》中抒写的对象上海，也使他与狂潮巨浪联系起来，激发出独特的直觉情绪，把握住这样新鲜的意象：“好像是某一次涨潮／或许是从未有过的一次涨潮／潮水汹涌着上了岸／在纵深百里的海滩上铺展／却突然固定下来／再也没有退潮／就这样／构成了这么个奇迹——／大上海”。于是随着这个新鲜的感受出现，他的联想推出了一片浪花：“是一片建筑物的浪花／是千万种屋顶的浪花／是钢铁与水泥浇铸成的浪花／是电力与火焰喷涌的浪花”。艾青还把自己坎坷的命运与海浪的动荡不安联系起来感受，在《监房的夜》中他这样唱：“像栖息在海浪不绝的海角上／听风啸有如听我自己的回想／心像颠扑的陈年的破旧的船只／永远在海浪与海浪之间飘荡”。还把自己真理人生的追求与“奔跑而又跳跃着”、“越过莽野又跌下崖壁”而“从不休息也不畏惧”的水浪奔流联系起来感受，如《河（一）》中这样唱：“我要到东方去——／那边有辽阔的海洋／有蛮野的波涛／有莫测的危险与深奥／有精疲力竭后的／月夜似的平静”。他甚至把一些抽象的情思与波浪联系起来，说自己青年时代的苦难生涯是“躺在时间的河流上／苦难的浪潮／曾经几次把我吞没而又卷起”。甚至他还对自己所喜爱的聂鲁达的诗称为“我们这时代的涛浪”，聂鲁达则是“风浪和阳光的朋友”。由此可见，“波浪”确实成了艾青又一个审美敏感区。

再看第三个审美敏感区——太阳。

艾青爱太阳，他的很多诗是受太阳的刺激写成的，这在我们诗坛已成佳话。据粗略统计，他单单以太阳命题的，就有《太阳在远处》《太阳》（1937）、《向太阳》《太阳》（1940）、《给太阳》《太阳的话》《太阳岛》等，更不要说采用与太阳有关的边缘类，如光、火、黎明等写成的诗了。在写于1940年的那首《太阳》中，他这样抒写自己对太阳的感受：

同我们离得那么远
那么高高的在天的极顶
那么使我们渴求得流下了眼泪
那么使我们为朝向你而匍匐在地上
我们愿意为你飞翔折断了翅膀
我们甚至愿在你的烧灼中死去

爱得真是够炽热的！只要艾青一进入太阳这个审美敏感区，便灵感喷涌，浮想联翩。太阳使他想起少女、含露的花，想起《马赛曲》《国际歌》，想起不朽的哲人；黎明使他想起光明的使者、美好前程的预言家，等等。虽然，全面直接抒写太阳及其边缘类的诗在艾青全部诗歌创作中只占百分之十左右。但这类诗大篇幅的居多，其他类的诗，由这一个审美敏感区刺激出来写成的还不少。由此可见，“太阳”确实成了艾青又一个审美敏感区。

正是这样，使艾青在长年的创作实践中不断受到来自这三个审美敏感区的感觉刺激，摄取到并积累了一批为直觉情绪具体化所需的“意象元件”。在他的潜创作活动中形成一个以意象三系列拓展成的意象元件系统。现列表于下：

艾青的意象元件系统	土地系列	田野类	水田	池沼	灌木林	薄雾	田塍
			玉蜀黍	手推车	水牛	水车	播谷鸟
		山峦类	悬崖	岩石	斜坡	山涧	映山红
			山毛榉	松林	鹰鹫	煤	荒坟
		村舍类	茅屋	炊烟	畜棚	竹篱	草垛
			石井	舂臼	纺车	油灯	卵石路
	波浪系列	海洋类	海岬	荒岛	礁石	风暴	海潮
			港口	珊瑚	海燕	海螺	灯塔
		江河类	洪流	堤岸	野渡	木桥	荇藻
			黄河	风陵渡	塞纳河	芦苇	水鸟
		行船类	大航船	木船	乌蓬船	布帆	渔火
			桨橹	桅杆	救生圈	铁锚	罗盘
	太阳系列	光芒类	阳光	新月	闪电	彩虹	星星
			羽光	霓虹灯	不朽的哲人	金轮	生活的镀金匠
		火焰类	焰火	火轮	野火	烽火	篝火
			火把	烧荒	浓烟	磷火	普罗米修斯
		黎明类	朝霞	曙光	晨号	晨钟	光明的使者
			汽笛	新露	白日的先驱	东方	时间的新嫁娘

这一图表显示艾青诗歌意象三系列中的意象元件，是由他的审美敏感区向边缘类不断拓展的结果。使艾青写出那些代表性诗作的最初的直觉情绪，就是由土地、波浪或太阳刺激出来的。并且，当直觉情绪在推移中一步步获得意象表现时，也先由它们出发向大范围的边缘类拓展，即“土地”先向“田野”“山峦”“村舍”拓展；“波浪”先向“海洋”“江河”“行船”拓展；太阳则向“光芒”“火焰”“黎明”拓展。越过这一个层次，接着向更细更具体的边缘类拓展，如“土地”系列中的“田野”类，向“水田”“池沼”“灌木林”“手推车”“水牛”等拓展；“山峦”类向“悬崖”“岩石”“斜坡”“山毛榉”等拓展；“村舍”类向“茅屋”“畜棚”“卵石路”“竹篱”等拓展……如此类推，应该说向边缘类作这样不断的拓展，是符合艾青直觉情绪意象化推延的联想路子的。如《旷野》，抒发的是艾青对土地的真挚的眷恋和真切的哀感，而触发他这种直觉情绪的，当然是这片薄雾迷蒙着的空旷而瑟缩的土

地。他就从这儿出发，继续对直觉情绪作意象化推延，先推向“卑微的田野”上“荒芜的田亩”“枯死的野草”“枯涸的池沼”，再推向阴郁的山峦，即由一条灰黄的泥路引向斜坡，斜坡上是疏林横陈，墓碑散乱，雀鸟抖索着羽毛在聒噪。这之后，再推向斜坡下灌木丛边那几间用“芦苇和荆棘所编的篱围里”的小屋——村舍，村舍里的畜棚、柴堆、炊烟……正是这样，形成了艾青代表性作品的三个意象系列。

四

如果艾青直觉情绪的具体化所推延出来的只是上述三个意象系列，那他的诗是缺乏深度的。可贵的是他还对这三个意象系列作了本体义与象征义的延伸。

所谓艾青意象三系列的本体义及其延伸，意思就是顺着这三个意象系列再深入一步，以它们自身的审美内驱力作意象之“意”的逻辑推延。并且，他还牢牢把握着诗是至人性的原则，这使他的逻辑推延最后总要归结于人。

上面分析《旷野》时，是从土地出发，再向田野、山峦、村舍作推延的，这当然合乎作品实际，却并不全面。诗篇在充分表现了村舍的意象群以后，接着还作了这样的延伸：

农人从雾里
挑起箩箩走来，
箩箩里只有几束葱和蒜；
他的毡帽已破烂不堪了，
他的脸像他的衣服一样污秽
他的冻裂了皮肤的手
插在腰束里，
他的赤着的脚

踏着凝霜的道路，

他无声地

带着扁担所发出的微响，

慢慢地

在蒙着雾的前面消失……

这个既寂寞又阴郁、既贫穷又艰辛的农人的形象，是和种种旷野意象衰颓之“意”颇谐调的。意思说，既然旷野是“悲哀与旷达”“辛苦而又贫困”的，那么“徘徊在旷野上的人们／谁曾有过快乐呢？”土地系列作这样的意象推延，对我们很有启示意义。的确，不论“田野”“山峦”“村舍”，它们的边缘类事物延伸出来的一批意象，要么本体自身就隐含着苦难意味，如“手推车”“水牛”“山毛榉”“茅屋”等，要么艾青把苦难的主观感受有意打入，如“卑微的田野”“紫色的岩石”“无力的炊烟”等。他这样做的目的是想顺势把一代农民苦难的命运推延出来。的确，在他的诗篇里有着一大批被侮辱与受损害的“地之子”：牧童、童养媳、木匠、泥水匠、算命瞎子以及大堰河等。在长诗《九百个》里，他就写这些“地之子”与土地的关系：“黑邃的土地也不断地／送出我永远难忘的／痛苦的记忆……”而在《大堰河——我的保姆》里，艾青饱含热泪赞美的保姆，最后竟是这样的结局：“大堰河，含泪的去了！／同着四十几年的人世生活的凌辱／同着数不尽的奴隶的凄苦，／同着四块钱的棺材和几束稻草，／同着几尺长方的埋棺材的土地，／同着一手把的纸钱的灰，／大堰河，她含泪的去了。”一个勤劳、善良而又富有人性的农妇，却落得多么悲惨的下场。

“波浪”向边缘类拓展是基于这样的关系：它来自海洋、江河，与行船为伴，它们之间有着内在的依存关系。艾青爱波浪，自然也延及其他。正如《在智利的海岬上》里他向聂鲁达抒情时所写的：“你爱海，我也爱海／我们永远航行在海上”。艾青的这块审美敏感区在把直觉情绪刺激出来，再向边缘类拓展时，海洋、江河及行船大多会串联在一起，再延伸出一批“意象元件”。如《黑鳗》这首民间传说叙事诗，显然是由“波浪”类审美敏感区刺激出来的。风浪推着一只小船驶出江河，进入深海，风浪又把小船击碎在礁石上，使小船及渔夫陈全统统融入海洋。在《英译（黑鳗）后记》里艾青曾说：“它是属于一个年轻人的作品，从中可以感触到年轻人的心灵的跳动。”因此，全诗具有“想象的一次大胆的飞翔”。可见这首诗在潜创作过程中，其直觉情绪就来自艾青年轻时怀有的那块审美敏感区—“波浪”的刺激，有着他一贯的直觉情绪的意象化推延。诗篇中年轻的渔夫陈全不愿在贫困的陆地环境生存下去，就跳上小船，穿过江河，驶进大海，去寻找“仙岛”了，但风浪击碎了他的小船，又把他推送到黑浪山，和渔霸的邪恶势力搏斗，成全了他悲壮的人生追求。对“波浪”和“海洋”“江河”“船”以及它们的边缘类多彩的描绘，反映了艾青“波浪”系列的意象群一贯的组合特征，但“波浪”的本体义还是要延伸的，延伸出渔夫为追求幸福而去漂泊的浪子形象。不仅《黑鳗》如此，其他不少诗中凡是“波浪”系列意象群的本体义，也大多如此，如《船夫与船》：

你们的帆像阴天一样灰暗，
你们的篙篷像土地一样枯黄，
你们的船身像你们的脸
褐色而刻满了皱纹，
你们的眼睛和你们的船舱
老是阴郁地凝视着空茫，
你们的桨单调地
诉说着时日的嫌厌，
你们的舵柄像你们的手一样弯曲
而且徒劳地转动着，
你们的船像你们的生命——
永远在广阔与渺茫中旅行，
在困苦与不安中旅行……

这个船夫就是在广阔与渺茫、困苦与不安中漂泊着的浪子。根据这些可以认为，由波浪系列延伸出来的浪子形象，陈全也好，船夫也好，其实全是隐喻艾青自己。不妨看一看《少年行》中：

像一只飘散着香气的独木舟
离开一个小小的荒岛
一个热情而忧郁的少年
离开了他的小小的村庄

很显然，独木船离开荒岛而去漂泊，同离开双尖山下的村庄去异国他乡流浪的“我”是叠加在一起的意象，能使我们感悟到这个寻求新世界的浪子，是从“波浪”系列的意象本体义延伸出来的。波浪系列本体义层层推延而成的这条潜创作路子，在建国以后艾青写《在智利的海岬上》时也还保持着。作为对现实生活作适度变形的象征诗，《在智利的海岬上》把那座海岬上聂鲁达的家比作一只大航船，而“从地球的各个角落来的”诗人，比作漂泊到智利海岬来的“十几个航行的伙伴”，聚在一起“谈着航海的故事”。他们为了“在这个世界上应该生活得好”而“一边听海涛像在浩叹”的声音，一边等待拂晓之前哨子的吹响，那时他们就会“张起船帆，向海洋起程，向另一个世纪的港口航行”。可以说，这也是一群追求新世界的浪子。

同样，太阳向边缘类的光芒、火焰与黎明拓展，推延出系统表中那一堆“意象元件”，也是合乎艾青创作实际的。太阳是最大的光源，光和火是一对孪生姐妹；可是没有太阳在黑夜的尽头出现，就不会有黎明。因此对艾青来说，它们成了以太阳为核心拓展出来的太阳类审美敏感区。艾青被这块审美敏感区刺激出来的直觉情绪在作意象推移中，也总把上列表中那一批“意象元件”经选择后搭配起来。写于1937年的那首《太阳》中，太阳被推延成为“火轮”滚向大地，再推延为光芒，使“冬蛰的虫蛹转动于地下”，城市也因它而获得生命的呼吸，“用电力与钢铁召唤它”——这是从太阳推向光与火的意象，却也把物质创造者所具有的特质推延了出来，最后，诗篇进一层推出这样的诗句：“于是我的心胸／被火焰之手撕开／陈腐的灵魂／搁弃在河畔／我乃有对于人类再生之确信”——这更是从太阳推向一个精神探求者。所以太阳系列意象的本体义——光明所推延出来的，是一个灵物统一体。特别值得一提《吹号者》。它这样作太阳系列的推延：从微明到黎明，从黎明到太阳以轰响的光彩出现，再到大地上一切生命苏醒，在太阳光中展开一场反侵略战争——这战争也是太阳系列推延出来的一个标志光明的“意象元件”。太阳系列的意象推延靠吹号者串联起桌。因此吹号者本身也就成了太阳系列中一个光明的“意象元件”，在这场推延中显示出太阳系列本体义的延伸，即推延到人——吹号者。吹号者因此和太阳、黎明、光芒、火焰联系在一起了，成了太阳系列本体义延伸出来的，能代表黎明、光、太阳去唤醒众生从事物质创造（即鸟雀出巢，马群去饮水，村野醒来，劳动者从堤岸上走过）与精神追求（即唤醒民众去为正义而战争）的人的意象。艾青曾在《为了胜利》一文中说过：“吹号者，是对于‘诗人’的一个暗喻”。看来在太阳系列里，艾青对意象本体作延伸到最后，出现的是一个呕心沥血作着歌唱、召唤众生为物质世界而创造、鼓动众生为正义事业而奋斗的诗人。他的存在，他的事业，暗示着人类未来的幸福与光明。《向太阳》里，艾青有这么一段直接抒情：

太阳
它使我想起　法兰西　美利坚的革命
想起　博爱平等　自由
想起　德谟克拉西
想起《马赛曲》《国际歌》
想起　华盛顿　孙逸仙

从一切把人类从苦海里拯救出来的人物的名字看来艾青是把崇高的物质世界创造者和精神世界探求者作为“意象元件”列入太阳系列里了。他们作为把人类从苦海里拯救出来的人物，已成了艾青太阳系列中最高类的“意象元件”了。

所以艾青意象三系列的本体义最后延伸出来的是三类“人”的意象：土地系列是被侮辱受损害的劳动者——特别是农民；波浪系列延伸出来的是寻求生存新境界而四处漂泊的浪子；太阳系列延伸出来的则是把人类从苦海中拯救出来的智者、勇者。人类世界原本就是靠这三类人创造出来的，那么活跃于艾青诗歌圣坛的这三类人是不是也能创造出一个独特的、完整的、可以看作人类世界缩影的意象世界呢？

这就要求我们再深入一步，超越以上所论及的本体义及其延伸，而对象征义及其延伸进行考察了。

五

象征同比喻、借代、影射在技术处理上有某种类似之处，但并非一回事。它的真正内涵在于超越形体意义上的借代式联想或功利意义上的影射式联想，而以具有高度兴发感动功能的喻体来诱使接受者进入宇宙、自然、人生，感悟出它们生存的、发展的以及与万物相互联系、相互转化的内在规律，是一种对真理作兴发感动的隐喻。由此看来，艾青诗中意象三系列，只有通过比喻，感发出超越本体义、进入精神范畴的真理规律感悟。只有这样，才算具有了意象三系列的象征义延伸。在艾青的作品中是达到了这点的。

先看土地系列的象征义延伸。

根据上一节的分析，土地系列的本体义其实是从物欲追求出发推延出来的，并延伸为如下一层新意：由于物质要求的不可得——即土地的贫瘠以及劳动者无法支配土地而导致的生活贫困，生活贫困导致的农村衰败落后又使得劳动者物质生活上的艰难困顿与精神生活上的阴郁痛苦。由此看来，艾青已超越土地系列的本体义，获得了这样一个象征义：土地是苦难命运、忧患生涯的载体；而与土地相依为命的大堰河及“地之子”们所获得的象征义延伸则是：从土地中获得灾难、忧郁、痛苦，那是人世至真的事实。艾青曾写过一首反映1930年代四川旱荒给人民带来苦难的诗《死地》，抒唱几千万农民在灾荒年月不得不“向死亡的大地的心脏／挖掘食粮”，即挖树皮草根充饥，而等到这些也得不到时，艾青这样抒情：

可怜的“地之子”们啊
终于从泥土的滋味
尝到大地母亲蕴藏着的
千载的痛苦

说土地里蕴藏着“千载的痛苦”，足以证实艾青感受到土地是苦难的承载者，这是深沉的。艾青是一个吃农妇大堰河的奶而长大的、深深地“感染了农民的忧郁”的人，这种来自土地耕殖者的忧郁又强化了他对土地永恒的、难以排遣的忧患感。唯其如此，才使他在《我爱这土地》中有“为什么我的眼里常含泪水／因为我对这土地爱得深沉”的宣告。这是可以从诗句的另一角度获得新的感受的：土地负载的痛苦实在太多了。明白这一点以后，我们进一步来思考：由于每一个人的生存世界都无法与土地分离，艾青在面对整个生存世界时，也会情不自禁怀有一份忧郁、痛苦。这在“归来”后写的两首诗《沉思》与《致亡友丹娜之灵》中表现得最突出。按理说，写它们时艾青已经恢复政治名誉，生活在“迷人的春天”里，总该欢乐了吧，但实际上艾青心灵深处不完全是那么回事。他从海南岛访问回来，在火车上看到春雨霏霏中南方肥沃的土地和农民在田间劳动，而“黄的油菜花、绿的茶”也在预示着“今年要丰收／日子可能过得好一些”，这使他感受到“人和大地有了默契／人和自然谁也不辜负谁”，照例说他的心境该是欢畅的。然而在诗的结束处，艾青却向自己这样设问：“为什么……／为什么……／我的心还是这般忧郁？”我们也不妨问问：这究竟是为什么呢？再来看另一首《致亡友丹娜之灵》。诗中写到艾青自己已恢复尊严可以纵情歌唱了时，丹娜却已丧身车祸，“再也听不到我的歌声了”。这时艾青突然这样地抒情：“这歌声你是熟悉的——／即使最欢乐的时候也有悲酸”。这又是为什么呢？首先，艾青在几十年的诗歌创作中生活感受是以忧患打底的；其次，这正显示了他由土地系列延伸出来的象征义：生存的至真境界原是永恒的忧患。

再看波浪系列的象征义延伸。

根据上述“意象元件”系统表，波浪系列的意象本体义其实是从精神追求推延出来的，是人出于灵性欲求不可得的产物。由于波浪富于原生的强蛮和爱动荡，不肯让自己在避风港里或者死亡海上静止；总要跳跃，要奔流，要流向更广阔的天地去，面对任何阻拦它奔流的障碍物也总要采取挑战的姿态。因此，艾青在波浪系列的象征义则是：波浪是自由地追求与无畏地抗争的精神载体，而陈全、“我”等寻求新世界的浪子，又具有这样一种意象象征义的延伸，与风浪相依为命的漂泊者从人生的风浪中去获得奔跃——搏斗——自由，是人世至善的事实。不妨看一看那首《河（一）》。诗中艾青先问河流：“奔跑着又跳跃着／越过莽野又跌下崖壁／从不休息也不畏惧”，“要到哪儿去呢？”河流的回答是：“我要到东方去——／那边有辽阔的海洋／有蛮野的波涛／有莫测的危险与深奥……”这就是说，河流懂得自由地奔流着去探求东方辽阔的海洋之可贵，它虽在追求中经历种种拼搏与苦难，并预感到未来还会有更多的危险等待着，却也在所不惜。这该是寻求新世界的浪子在人格化的河流上的显示。在《九百个》里，艾青借秦末农民之口直截了当地讲出了这种为了自由向恶势力挑战、抗争的象征义：

> 江河啊，和你一样
> 我们的心里也有巨大的
> 争斗的叫喊潜伏着

江河显然具有一股强大的、风与浪相冲击的斗争力。而艾青在这里使人感到有着一份深沉的感受，江河是自由探求、无畏拼搏的精神载体。如前所论述的，艾青总把自己看成寻求新世界的浪子，在他前期的诗如《我的父亲》里，强烈地流露出他要冲出愚昧、闭塞、贫困的家乡，到更广阔的世界“去孤独地漂泊，去自由地流浪”的渴望。后来当他真的漂泊到塞纳河边后，感受到浪客生涯的“单调与孤独”，还同多数在巴黎、马赛街头漂泊的行人怀有同一的心境：“如海洋上夜里的船只／朝向灯塔所指示的路／像有着生活之幸福的火焰／在茫茫的远处向他们招手”，动情地抒唱出世纪浪子对美好前程的向往与茫然，却也显示着他追求的执拗与无所畏惧。建国后，特别是“归来”后的诗里，艾青波浪系列的这种象征义延伸，不仅依然保持，并且还作了深化的探求。1950年代他写了《礁石》一诗，诗中那一个以礁石为中心的意象组合体也是波浪系列里推延出来的。浪和礁石可以理解为对立关系，譬如突出礁石无惧不断打击、傲然挺立浪涛中的精神品格，但这也不妨从另一个角度来感悟，即它们是被统一在大海中的。大海以浪来显示执著地追求自由，也以礁石来显示坚毅自若地坚持操守。在浩瀚的大海中，它们的组合获得了相互补充，推出一个为坚持自由意志而拼搏者的生存操守。发表于1970年代末的《鱼化石》也值得一议。艾青从波浪系列推出了一条“在浪花里跳跃，在大海里浮沉”的鱼，它因地壳变动而埋入灰尘，成了鱼化石，虽“依然栩栩如生”，却已绝对的静止。诗人由此获得一个悲慨的感悟：“离开了运动／就没有生命。”得出了“活着就要斗争／在斗争中前进”的生存规律。这更显示了艾青的一种形而上思考，也使我们获得了艾青诗中波浪系列的象征义延伸的极致：生存的至善境界只能是永恒的探求、搏斗。

再看太阳系列的象征义及其延伸。

根据前面的“意象元件”系统表和对太阳系列意象本体义的分析，当可以看出，这一系列的意象本体义是指生存完美的光明境界，是从灵物统一的追求中推延出来的；它的延伸义是指人在既获得物质解放又获得精神解放中显示出来的人性完形境界。由于万物生长的最终依据只能是太阳，也由于人类生存是绝对离不开光、火以及黎明的，因此太阳系列必然成为人类物质欲望至高无上的恩赐者；由于太阳能给人温暖、明亮的真实感觉，光、火和黎明使人获得冲破黑暗看到多彩世界的美好感觉，因此太阳系列也必然成为人类精神欲求至高无上的恩赐者。而我们晓得：使人类能得到物质欲求最大满足的，只能是日新月异的科学；使人类能得到精神欲求最大满足的，只能是充分解放人的个性、发挥他们才智的民主；而能让以追求科学为手段的物质财富创造与以追求民主为手段的精神世界探求高度结合的制度，则成了太阳系列的象征义。有关这方面，较有代表性的是《烧荒》《向太阳》《火把》《光的赞歌》等诗篇。在《烧荒》里一开头就说："小小的一根火柴／划开了一个新的境界"。这就是指使得"荒原成了火海"的烧荒。艾青把这个从太阳系列的"火焰"推出来的烧荒意象表现得很壮美："火柱直冲到九霄云外"，"火焰像金色的鹿／奔跑得比风还快"，"腾飞的烟在阳光里／像层层绚丽的云彩"，并在这基础上升华出一个智性感悟：把荒草烧尽，才能让犁刀"犁开一个新的时代"。为什么说能使人犁开一个新的时代呢？又是个什么样的新时代呢？这里有着一种由太阳系列推延出来的光明，即物质财富创造的象征义。《向太阳》一诗如艾青在《为了胜利》一文中所说，是"以最高的热度赞美着光明、赞美着民主"。这话说得较概括了一点。具体点说：它抒唱了诗人（"我"）从风雨的昨夜走向辉煌的黎明，从单个的孤旅走向群体的洪流，从"哭泣我们的世纪"走向欢呼我们的时代，从永远唱着一曲人类命运的悲歌走向笑得像太阳般唱起民族再生的颂歌。全诗以"我"奔向太阳作为太阳系列意象推延的线索，由此推延出来的"太阳"就是因反抗侵略而使全民觉醒、同仇敌忾、奋起救亡的一个民主爱国时代，而它最终展示的乃是诗人精神世界的深入探求、绝望意识一步步转变的历程。因此，这里有着一种由太阳系列推延出来的光明，即精神世界探求的象征义。《野火》一诗写的是黑夜的山巅有一堆熊熊燃烧的野火，诗人欢呼它把火星飞扬起来，"像群仙似地飘落在／那些莫测的黑暗而又冰冷的深谷"，去照见"那些沉睡的灵魂"，去鼓舞"我们这困倦的世界"，让它"苏醒起来！喧腾起来！"前者推延出来的，是灵的觉醒；后者推延出来的，则是物的创造。灵与物——精神生活与物质生活相融于"野火"这个意象，显得十分和谐，并富有魅力地显示了野火具有丰富的内涵，即"写的是1942年的延安”，显示了以延安为核心的抗日根据地“光明世界的喧噪声”。不过，艾青这个太阳系列的意象象征义也还是要作延伸的。在《诗论》里艾青曾说过：“存在于诗里的美，是通过诗人的情感所表达出来的、人类向上精神的一种闪烁。这种闪烁有如飞溅在黑暗里的一些火花，也有如用凿与斧打击在岩石上所迸射的火花”。这启示我们：艾青太阳类审美敏感区所刺激出来的直觉情绪，在作太阳系列意象化的推延中，不仅仅合于至民主、至人性的社会制度来象征光明，而且进一步延伸为人类向上的精神。《火把》写的是人民群众强烈要求政府坚持抗战、反对妥协而举行的火把示威大游行，诗篇中洋溢着的是爱国人民昂扬的民主精神。的确，全诗从人流汇集广场、演说、街头汇报演出、火把大游行等壮阔场面的抒写中，充分体现了艾青“对于‘人群’、‘动’、‘光’的形象”的追求。诗中一再写到“给我一个火把”的呼唤，这是人民对民主之光发自肺腑的要求，而如此众多的人群要火把，并且在有了火把后又高举着它呐喊口号，化为一股由声音与火光融合的洪流“泛滥”在大街上。这是艾青追求“人群”、“动”的表现，它又反过来充实了火把的内涵：群众对民主要求的觉醒和追求民主的行动才是真正的“火把”。诗篇还插入唐尼与克明的爱情故事。唐尼在火把游行这一民主洪流冲击、感召下终于觉醒，挣脱了自我爱恨的小天地，汇入民主洪流。这可说是对“人群”在积极追求民主的“动”势中更辉煌而深沉的具现，也是在“人群”之“光”的鼓舞下更积极追求民主的进一步充实。总之，这是不断追求、壮大民主斗争的一种社会向上精神的表现。艾青自己说过：“一个友人说，这诗假如在‘武汉时代’（指以武汉为抗战中心的时期）写成就好了。这友人大概有些感慨于现状吧？但‘民主主义’并没有死啊，反之，它却无限止地在生长啊！”这正说明艾青在这首诗的抒情构思中是有意识地要拿以火把为核心推延成的意象群来象征中国人民不断壮大民主势力的向上精神。《光的赞歌》集“光”的本体义、象征义之大成，内涵极其丰富，在后面分析艾青诗的社会追求结构时要详细谈，这里只谈它象征人类向上精神的方面。这首诗所抒唱的光，既是科学智慧的结晶，推动人走向最完美的生存境界；又是民主理想的标志，促使人起来反专制，反奴隶，反思想禁锢。在这基础上，艾青讴歌了人类融入“光”的虔诚，追求“光”的热情，献身于“光”的壮烈行动，并赞美了消融于光的队伍而共同奋进的磅礴气势：“让我们的生命发出最大的能量／让我们像从地核里释放出来似的／极大地撑开光的翅膀／在无限广阔的宇宙中飞翔”，甚至高呼出：

让我们从地球出发
飞向太阳……

这是“人类向上精神的一种闪烁”，十分耀眼！是太阳系列的意象象征义一次动人的延伸，或者可以说：艾青使我们获得了这样一个印象：人性与宇宙性高度交融的至美境界，乃是人类永恒地向上进取。

以上就是艾青诗中意象三系列的象征义及其延伸。艾青从土地系列中延伸出对“真”的象征，从波浪系列中延伸出对“善”的象征，从太阳系列中延伸出对“美”的象征——这是最高类的象征义延伸。而艾青在《诗论·出发》的一开头就说过这样的话：“真、善、美是统一在人类共同意志里的三种表现，诗必须是它们之间最好的联系。”这意味着一座辉煌的缪斯神殿，应该是真、善、美之间联系得最好的建筑结构。那么，艾青这一座缪斯神殿，也属于这样的建筑结构吗？

这就有必要对艾青诗中意象世界的整体结构系统作一番考察了。

六

综合艾青的全部诗作留给我们的印象是：他那诗歌的意象世界是一个相当严谨而有机的结构系统。他处理意象三系列之间的关系，就是由土地系列向波浪系列再向太阳系列依次的递进。其中最典型的是《解冻》。这首诗先向我们展示出“凝固着的地层”，这里有着被严寒窒息的“多少残留的生命”在“发出微弱的喘吁”，还有深山里的积雪，深涧里的冰层，平野上“乌暗的土地”——所有这些，全是土地系列的意象，它们作为递进结构的开始。其次，是季节转暖的大自然以顽强的生命力对土地的抚慰，使“一切冻结着的都苏醒了”，各处的积雪融化，冰层解裂，化成涓涓水流，从各个阴暗的角落向平野汇合，奔向江河；而江水因此泛滥起来，化为洪流，发出波涛的喧嚷，“满怀兴奋与喜悦／一边捶打着腐朽的堤岸，／一边倾泻过辽阔的平野，／难于阻拦地前进着”——所有这些全是波浪系列的意象，作为递进结构的第二个层次。再次，我们看到了这一支洪流：

经过那枯竭的树林
带着可怕的洪响，
汹涌到那
闪烁着阳光的远方去了……

这就是从波浪系列的意象又向太阳系列的意象递进。这样的递进顺序可以看成艾青把握诗歌意象世界的一个结构模式，更可以理解为他所认识的自然生命体演化发展的潜在规律，或许还可以说：艾青正是把握了自然生命体演化发展的潜在规律，才使他诗中意象三系列这样的递进式组合成了意象世界的结构模式。

意象是直觉情绪的具象体，艾青诗中意象三系列的组合其实就是艾青的直觉情绪以及由此升华的诗美情感和社会理想的具象反映。因此，艾青诗的意象世界可以说是通过诗美情感追求结构和社会理想追求结构而把模式特征体现出来的。

先看诗美情感追求结构。

我们且拿《吹号者》来看看。诗篇的主人公吹号战士既然是“对于诗人的一个暗喻”，那么他的号角也该是对于诗的一个暗喻。全诗写到吹号者在激战冲锋中被子弹射中而倒下后，突出地表现了他手中紧紧握着的号角：

在那号角滑溜的铜皮上，
映出了死者的血

和他的惨白的面容；

也映出了永远奔跑不完的

　带着射击前进的人群，

　和嘶鸣的马匹，

　和隆隆的车辆……

而太阳，太阳

使那号角射出闪闪的光芒……

艾青在这里也用了三组意象来传达号角映现的三个结构层次：从“映出了死者的血／和他惨白的面容”出发——这是土地系列中意象的延伸，它体现出为献身而承受苦难的诗美情感；再进到“也映出了永远奔跑不完的／带着射击前进的人群／和嘶鸣的马匹／和隆隆的车辆”——这是波浪系列中意象的延伸，它体现出为正义而不屈地抗争的诗美情感；然后再进到“而太阳，太阳／使那号角射出闪闪的光芒”——这是太阳系列中意象的延伸，它体现出战争前程一定光明美好的诗美情感。这些地方使我们感悟到艾青具有这样一个诗美情感的追求结构：苦难虽然存在，但只要坚持斗争下去，最终必定是光明美好的。这显示出从苦难递进到抗争再递进到光明的感受趋向——吻合他意象世界的总体结构模式。

再看社会理想追求结构。

在分析艾青诗中意象三系列各自的延伸义时，已经触及到艾青如下的社会理想追求：土地系列突出地显示的是物质领域里人民自古延续的穷困与苦难，这涉及物质世界的创造必须以科学化来武装的问题，但艾青懂得孤立地谈科学化是行不通的，因此他在波浪系列里突出地显示了精神领域里社会文化的革新与思想境界的开放。这涉及精神世界的建设必须以民主化来武装的问题。但艾青也懂得同孤立地谈科学化行不通一样，抽象地谈民主化也是行不通的。我们既要科学化，也要民主化，但它们辩证地结合并付之于实践，只有靠制度作保证。因此，艾青在太阳系列里突出地显示了一个科学化与民主化相交融、既没有阶级剥削又没有思想禁锢的先进社会制度。但这里又涉及艾青的世界观，使他明确意识到：追求一个先进的社会制度必须立足于世界大同的共产主义理想。艾青就依据这样一个社会理想追求来规范自己的运思路子，写成了一支集社会理想之大成的大曲：《光的赞歌》。这首诗的前五章把“光”向四个方向拓宽：第一方面，表现“光”是万物的生命恩赐者，指出大自然要是失去了太阳这个最大的光源，也就没有了春夏秋冬这四季及它们所繁殖的自然财富，也就没有了人类赖以生存的物质世界。第二方面，表现“光”是精神财富的恩赐者，指出人类要是没有“光”，就看不到大千世界的美，没有了热情与想象，失去了艺术文化，那么“我们对世界还有什么留恋”——以上两个方面是“光”的本体义层次。再看第三方面，表现“光”就是科学智慧，指出人类从愚昧走向智慧，从迷信走向科学，就是从黑暗走向光明；而蒸汽机、电、原子弹、地球卫星、激光、电子计算机等科学智慧的结晶是“光”，“光把我们带进了一个光怪陆离的世界”，使“人类在追踪客观世界中留下了自己的脚印”，走向了人类最完善的物质生存境界。第四方面，表现“光”就是人民民主，指出历史上所有暴君都是怕这个民主之“光”的，更怕“有意志的人”，他们千方百计要监禁光，要使人民成为“驯服的牲口”，“会说话的工具”，不过“人间也有多少勇士，用头颅去撞开地狱的门”，要去解放“光”——这两个方面是光的象征义层次，但艾青并没有把“光”中止于科学与民主既孤立又抽象的内涵，他懂得要使二者真正交融，必须有一个真正属于人民自己的社会制度作保障。因此从第六章起到结束，把“光”推向一个更高的象征层次了。艾青用最大的热情召唤人民，以“最美好的理想”——即真正能沿着科学实践这一“认识的阶梯”去“追踪星际物质”，并能让“任何财富都是人民的”这一原则受到法律保障的社会制度来武装我们，“和最先进的阶级在一起”，“投入火的队伍，光的队伍”，去“极大地撑开光的翅膀／在无限广阔的宇宙中飞翔”。在这里使我们感悟到艾青有这么一个社会理想追求趋势：人民在物质领域里还过着贫穷困苦的生活，度着愚昧闭塞的日子，因此要高度科学化；人民在精神生活领域里总在渴望个性解放，创造自由，因此要高度民主化。而我们的民主创建了并正在完善着一个属于人民自己的社会制度，它能保障科学化与民主化高度交融，所以我们的前程必定是光明美好的。这就显示出艾青的社会理想追求结构是从民族落后的痛苦感受递进到追求革命的激情，再递进到深信民族前程和人类前程必然光明——这也完全吻合他诗中意象世界的总体结构模式。

艾青曾经在1937年写的《生命》一诗里，以“青色的河流鼓动在土地里／蓝色的静脉鼓动在我的臂膀里／……里面旋流着／土地耕殖者的血液”这样的诗句，向我们暗示：土地象征着他的肌体，波浪象征着他的血液。那么太阳象征着他的什么呢？这使我们再次想起他在《光的赞歌》里对自己一生的事业作过的抒唱：“在这茫茫的世界上／为被凌辱的人们歌唱／为受欺压的人们歌唱／我歌唱抗争，歌唱革命／在黑夜把希望寄托给黎明／在胜利的欢欣中歌唱太阳”。可见他这一生的事业是处在这样一个结构中的：从真切地去感受人民的苦难到顽强地去探求新世界而进行革命，再进到对光明普照大地作彻声歌唱。可见，他一生事业的归结点是追求光，是追求最大的光源太阳——像太阳一样辉煌的、被艾青坚定不移地信奉的、世界大同的共产主义理想。

七

在对艾青诗的意象世界及其结构系统作出宏观的综合考察后，如何进一步认识艾青诗中具体意象的本体特征和它们的构成方式，也该提到深入考察艾青“通向‘缪斯’之路”的记事日程上来了。研究诗是不能离开意象的，研究艾青的诗歌创作艺术尤其离不开意象，因为他是一位始终坚持意象抒情，甚至致力于意象象征抒情的诗人。

当今意象研究中，对意象的概念有无边扩大的趋势。但这里谈艾青诗的意象，只能限定在诗歌创作艺术的范畴中。那么什么是诗歌创作艺术中的意象呢？

在我国古典诗论中，意象这个术语早已在使用。胡应麟在《诗薮》里早就说过“古诗之妙，专求意象”的话。何景明《与李空同论诗书》里还具体指出：“意象应曰合，意象乖曰离。”在他们看来，意象是意与象的有机交融。意是心意，象是物象，心意与物象相融，才可能有诗的意境美。所以中国传统诗论里，意象实指以景寓情，情景交融的艺术处理。亦即“意加象”。但在西方，意象却被看成是内发心意的产物。英语里“Image”就具有想象的含义。指心意通过想象而获得的一种具象表现形态，是心意在物象上寄托出来的一种艺术处理品，简言之，意象就是“意之象”。至于在中国现代诗论里，意象既可以是“意加象”的，也可以是“意之象”的。不过，有一条倒必须统一，即意象首先是感觉或情思的具象表现。

艾青在《诗论》里对意象有过论述，认为它是纯感官的，是一种具体化了的感觉。他又说：“用可感触的意象去消灭朦胧晦涩的隐喻：诗的生命在真实性之成了美的凝结，有重量与硬度的体质，无论是梦是幻想，必须是固体。”[210] 这儿就进一步指出意象必须能起唤醒感官的作用，它必须像“有重量与硬度的体质”一样，必须像“固体”一样，给人以一种“可感触的”感觉。

在艾青的艺术体系中，如何使意象具体化，是涉及如何使形象具体化的大事。艾青面对一些平常的事象，一处诱人的景色，一个抽象的观念，一脉裸露的感情，要想使它既显明生动、又具体可感地表现出来，也得采用一些方法。艾青惯用比兴手法使形象具体化。对意象的构成是否也可以采用比兴手法呢？回答是肯定的。比兴作为一种手法，不仅可以用于形象构成，也可以用于意象构成。正因为这样，所以艾青诗里的意象也因使用的手法不同可以分为两类：兴的意象，比的意象。

先谈兴的意象。

兴的原意是先言他物以引起所咏之词，故能达到言已尽而意无穷的效果。兴的关键就是要有“物”，其次又要使这个“物”渗透感性的文化内涵——或者说具有审美文化积淀，以造成意境。根据这两点我们来看艾青兴的意象，可以发现它乃是“物”的艺术再造；而这种再造又是通过种种策略达到的。

最直接的做法乃是忠实地刻画有形之物，也就是白描一个物象，以兴发出一片意境。譬如《乞丐》那首诗，为了表现中国人民在日本帝国主义的铁蹄蹂躏下流离失所，四处逃荒，有些人以致沦为乞丐的惨景，艾青用了很客观的笔法，把乞丐的神态作了如此细致的白描：

在北方
乞丐用固执的眼
凝视着你
看你在吃任何食物
和你用指甲剔牙齿的样子

这真是入木三分的刻画。我们通过这个具有细节真实的意象，可以直达乞丐内心深处那种饥饿感，那种渴求食物的欲望，那种在死亡线上挣扎的情状，以及使我们不能不为多灾多难的祖国而掉下泪来的悲感。又如《北方》，艾青以画家所特具的才能，选择了一个个富有形态感的意象，写出了北方冬日原野的荒凉、阴郁、寒冷而骚乱的自然景色：

天上，
看不见太阳，
只有那结成大队的雁群
惶乱的雁群
击着黑色的翅膀
叫出它们的不安与悲苦，
从这荒凉的地域逃亡
逃亡到
绿荫蔽天的南方去了……

这里对有形物“雁群”确实作了既忠实又动人的刻画，再造出这么个渗透着主观情绪的兴的意象，感发出了战乱年月人们的惶惑、迷乱情绪。

诚如艾青自己所说的，“在万象中，‘抛弃着、拣取着、拼凑着’选择与自己的情感与思想能糅合的，塑造形体。”[211]他的确不断在万象中寻找并选择与自己的情感相适合的、具有“形体”的意象，这好像已经成为艾青创作的习惯。在这份习惯工作中，兴的意象构造占的比重较大。他要么用具体事象来兴托情绪，要么用具体景色来寄寓感受。在这方面特别值得提一提《大堰河——我的保姆》和《旷野》。前者用了50来个兴的意象兴发出艾青对贫农大堰河及她一家悲惨命运的哀怜之情；后者用了30来个兴的意象寄寓着诗人对旧中国宗法制农村残败、悲凉的感受。通过这些兴的意象，我们不难看出艾青对旧中国农家生活十分熟悉，它们全是属于生活的真实的，在艾青对它们作了如实刻画后成了美的凝结物。这种美，是指可以由感官感觉得到的具体的美；这种美，是指能充分感发出意境的美；这种美，是指渗透着诗人主观情感，使人对旧中国农村的衰败引起愤懑、对旧中国农民的苦难引起哀感的美。

这种兴的意象内部结合的情况有一定的复杂性。有时候碰到选作意象的事象或景象本身并不那么具体，这时若单靠忠实的刻画就不可能达到丰美的造型，艾青就采用辅助手段，补加一些东西来烘托或反衬，或者用小意象结合成一个大意象，一个意象群。譬如《一个拿撒勒人的死》，写到拿撒勒人被犹大出卖而要被钉死在十字架上的那一刻，正巧是“白日呵，将要去了”时分，这当然可以以景色构成一个意象，来寄寓光明被黑暗绞杀的悲壮感受。但单靠“白日呵，将要去了”是难以兴起深远的意境的，艾青为了把它写得具体可感，就这样：

落日照着崎岖的山坡
大地无言的缄默着，
只有原野的远处
传来飓风的吼叫，
整个的苍穹下
聚集着恐怖的云霞……

白日呵，将要去了！

在这里艾青花了六行诗共四个小意象来烘托意象群，能感发出人的一系列的感受。再如《旷野》里，写到冬日的旷野一片死寂，生机全灭，艾青这样写：

没有什么声音，
一切都好像被雾窒息了；
只在那边
看不清的灌木丛里，
传出了一片
畏慑于严寒的
抖索着毛羽的
鸟雀的聒噪……

这里“没有什么声音，／一切都好像被雾窒息了”是不具体的，为了使它更具体，就采用了古诗中“鸟鸣山更幽”的办法，写鸟雀的聒噪，使这个意象不仅具体而可感，而且把旷野的朦胧、阴冷、寂寞的深远意境兴发感动出来了。

再谈比的意象。

比的本意是借物喻物或借物喻情。意象是渗透了主观情绪的材料经典型化后的产物，如果这种材料不具体，或仅是抽象的观念及单纯的情绪，那么为了弥补不足，艾青就运用比的手法，比的意象也就这样产生了。

艾青惯用的比的意象大致可以分为以实比实、以实比虚和拟喻三类。

以实比实就是物比物。由于“此物”并不很具备能兴发感动某一种感觉情绪，或者它所要强调的某一点不够鲜明生动，于是取“彼物”中某一点来作比喻，使此物因之显得生动感人。在这一类意象中，艾青首先给人印象深的是那些看似平凡却十分新鲜的形似的比。譬如《马赛》里描写资本主义的工厂：“多量的／装货的麻袋，／像肺结核病患者的灰色的痰似的，／从厂旁的门口，／不停的吐出……”《旷野（又一章）》里写山峦：“不驯服的山峦，／像绿色的波涛一样，／横蛮地起伏着；”《人造雨》里写人造雨：“无数的雨喷射在黑色的水管上，／像无数的蒲公英开在暗绿的田地上……”所有以上这些都是从印象中产生形似的感觉，从而获得以实比实的比的意象，它们不仅比得像，并且很富有生活气息，给人以深远的意境。至于神似的——即“彼物”以某种神态来比“此物”的意象，艾青用得更多，譬如:《船夫与船》里写船：“你们的帆／像阴天一样灰暗，／你们的篙篷／像土地一样枯黄，／你们的船身／像你们的脸／褐色而刻满了皱纹。”《高粱》里写高粱米：“丰满的累累的果实啊，／在早晨阳光照着的旷野上，／在澄碧的天空的下面，／像无数少女的沉重而闪光的垂发。”还有一种神似的比，突人“彼物”精神意义深处，发现出某点闪光的意义来照亮此物。它是比一般形似和神似的比的意象更有深意的。譬如《少年行》里写少年艾青离开故乡外出漂泊以寻求自由幸福：“像一只飘散着香气的独木舟／离开一个小小的荒岛；／一个热情而忧郁的少年，／离开了他的小小的村庄。”《告别》里对一个诗人的赞美：“人们多么容易理解你，／像人们理解树和岩石一样／像人们理解海和山一样。”

以上所举的，是以实比实的意象中比较单纯的一类。有一类以实比实却把“彼物”的比意、比态作了进一步的扩大与发展，构成一个复杂而又自成完整系统的意象群。譬如《双尖山》中描写一条山泉：

而在巨大的岩石下面，
一泓清泉
发出淙淙的声音，
像一条银蛇
滑进了草丛，
不见了，
忽然又出现在林木那边。

以银蛇来比山泉，把那种滑动的、蜿蜒的、飘忽的感觉写得十分传神。记得艾青在写这首诗前十七年，在《春雨》一诗里就已经写过："看青草丛中的溪水，／徐缓地游过去／——像一条银色的大蟒蛇。"由于没有把蛇的比喻扩大，构成一个完整的过程，就不及这儿写得生动，更富有魅力。又如在《光的赞歌》中：

我们在自己的时代
应该像节日的焰火
带着欢呼射向高空
然后迸发出璀璨的光

诗人把自己的生命比作节日的焰火，本已很生动地表达出如下这点：作为社会主义时代的诗人应该为这光辉灿烂的时代而高唱自由、幸福和光明的赞歌，但艾青并不停留在焰火这一单纯的实比实上，而又用后面两行诗把焰火的比喻扩大，发展，成为一个复杂而有完整体系的意象，比意就更鲜明动人了。

刘勰在《文心雕龙·比兴篇》里曾指出："夫比之为义，取类不常，或喻于声，或方于貌，或拟于心，或譬于事。"的确，世事万千，诗境无穷，欲比之类可谓多矣！上述以实比实的，也许可以说是"方于貌"，"譬于事"吧！至于"拟于心"的"心"，"喻于声"的"声"，都是抽象的东西，现在要把它们构成一个具体可感的意象，就得采用以实比虚的方法。我们先看艾青写声音的。譬如，《马赛》里写车辆在不平的路上驶过发出的声音："不平的路／使车辆如村妇般／连咒带骂的滚过……"又如《鸫》里写鸫的鸣叫声："你的歌声清新而委婉／圆润如花瓣上的新露／悦耳如情人的话语"。《保卫和平》里写大城市的喧声："大城市的骚扰的喧声，／像按响了一千架钢琴的键盘，／发出无比繁杂而沉洪的音响。"《西伯利亚》里写原野上电线鸣响的声音："电线震动的声音，／像盛夏的果树园里，繁忙的蜜蜂的嗡鸣。"我们再看艾青写心情的。如《马赛》里写资本主义世界人与人之间互相角逐中的心情："接连不断的行人，／匆忙的，／跄踉的，／在我这迟缓的脚步旁边拥去……／他们的眼都一致地／观望着他们的前面／——如海洋上夜里的船只／朝向灯塔所指示的路，／像有着生活之幸福的火焰／在茫茫的远处向他们招手。"《群众》里写诗人参与群众斗争生活的心情："我静着时我的心像被无数的脚踏过，／我走动时我的心像一个哄乱的十字街口。"《雪落在中国的土地上》里写流离失所的老人对生活绝望而茫然的心情："我们的年老的母亲，／都蜷伏在不是自己的家里，／就像异邦人／不知明天的车轮，／要滚上怎样的路程"《时代》里写诗人追求时代的心情："我的心追赶着它，激剧地跳动着，／像那些奔赴婚礼的新郎"。《在浪尖上》里写"四五"英雄韩志雄在"四人帮"以极左面目迷惑人民、混淆视听的复杂阶级斗争面前的心情："而你是清醒的，／像大风大浪中的一个岛，／你在万里晴空下，／宁静地注视着万顷波涛……"

以上这些都是以实比虚的较单纯的比的意象。但艾青灵活运用技巧，又把这一类意象扩大化，并使其有内在的完整系统，使意象更丰满。譬如在《马赛》里，他写自己在花花世界巴黎时那种格格不入的孤独感：

在你这陌生的城市里，
我的欢乐和悲哀，
都同样的感到单调而又孤独
像唯一的骆驼，
在无限风飘的沙漠中，
寂寞的寂寞的跨过……
街头群众的欢腾的呼嚷，
也像飓风所煽起的砂石，
向我这不安的心头
不可抗的飞来……

在诗人眼中，自己像骆驼，那么巴黎当然像沙漠；骆驼在沙漠中寂寞而孤独地走着，确实生动地比出了自己在巴黎的心情。但寂寞并不等于什么也不来触及他，街头群众的呼嚷总是会在他周围又可怕又可憎地震荡着，于是，诗人又把沙漠、骆驼的比喻扩大和发展，用砂石扑向骆驼来比喻呼嚷，这一来，从骆驼的比喻出发，扩大并发展了它以后，成了一个又复杂又有个完整系统的意象群，使这样一个比的意象的确显得丰盈，更具体可感了。再如《青色的池沼》里，写池沼的平静而清澈，诗人却用蓝衣少女作比：

平静而清澈……
像因时序而默想的
蓝衣少女，
坐在早晨的原野上。

这是很美丽的比的意象。诗人并不局限于以少女比池沼，还给涂上了一层“蓝衣的”色彩，不仅给她以坐在早晨的原野上的宁静姿态，还给她展示内心世界，像因时序的律动而在默想着。诗人作了如此的扩大，使“彼物”表现得如此充分，确是别出心裁，把少女秀丽柔美的外表装饰、温雅娴静的感情内涵、沉思默想的个性气质全赋予池沼了，于是这池沼的平静清澈就显得具有生命之美、灵魂之美。这就是扩大化的比的意象。

在艾青比的意象里还有一类拟喻，这实在是以实比虚的一种变通。我们可以这样说，那些抒情境界较开阔、气魄较大的诗人，在表达抽象的情绪和哲理的观念时，为了使抽象具象化，给人以有血肉有灵魂的生命美感，就采用拟人化意象。马雅可夫斯基就特别爱采用这种意象构成法。艾青也大量使用这种手法来构成意象。《黎明》里为了表达黎明是白天的开始，他这样写：“我知道／你又叩开白日的门扉了……”《黎明的通知》里写黎明来到人间：“说我已踏着露水而来／已借着最后一颗星的照引而来”。《吹号者》里写黎明的到来：“群星倦了，一颗颗地散去……／

黎明——这时间的新嫁娘啊／乘上有金色轮子的车辆／从天的那边到来……”。这类拟喻意象构成，艾青有时也给予扩大化，使拟想得来的人化的物象具有“人”的行动或性格表现的过程。譬如写《巴黎》这座资本主义精神文明集中体现的大城市，就这样写：

巴黎
在你的面前
黎明的，黄昏的
中午的，深宵的
——我看见
你有你自己个性的
愤怒，欢乐
悲痛，嘻戏和激昂！
整天里
你，无止息的
用手捶着自己的心肝
捶！捶！
或者伸着颈，直向高空
嘶喊！
或者垂头丧气，锁上了眼帘
沉于阴邃的思索，
也或者散乱着金丝的长发
彻声歌唱，
也或者
解散了绯红的衣裤
赤裸着一片鲜美的肉

任性的淫荡……你！

……

巴黎

你患了歇斯底里的美丽的妓女！

这个意象就是一种扩大的拟想，艾青把妓女妖艳的形态，放荡的行为，歇斯底里的精神气质都作了生动的描写，从而逼真地比出了巴黎这个现代化都会的糜烂和荒淫的生活，疯狂而放荡的精神气质。

八

艾青上述两类从构成方式上区分的意象，就审美功能说，都归结为兴发感动出意境这一点，因此它们实质上是一回事，不同于有些诗人，比的意象总是用作认识性的譬比、借代、影射。唯其如此，才使艾青诗的意象抒情特具意境美。当然，艾青是个不倦的艺术探求者，他的意象抒情策略还有更显复杂、更见新颖的地方，从意象的审美功能看，他还能显示出既象是兴的意象，对下文起“起情”的作用，又像是比的意象，对下文起“托情”的作用。譬如长诗《藏枪记》里：“李树开花一片白，／解放大军过江来。”前一句和后一句没意义上的必然关系，仅仅是“起情”的作用；但仔细一回味，李树开花是春色宜人的标志，又像是比喻解放大军过江也像春天来临，带来温暖和欣欣向荣的生活境界一样。这就有“托情”的作用了。又如长诗《黑鳗》中：“谁能叫天不刮风，／谁能叫水不起浪，／谁能叫人不长大！”前两行和后一行也没意义上的必然关系，仅仅是“起情”的作用。但再一回味，前两句是暗示着任何力量也阻挡不了自然现象的必然发生，那就对后一句有比的意义了。这是艾青吸收了民歌中兴的手法。在《悼罗曼·罗兰》中，他更把民歌的表现手法运用到现代诗上了：

山是欧罗巴最高的山，
湖是欧罗巴最美的湖，
老人是欧罗巴最好的老人——
正直严肃，勇敢而又聪明；

这儿“最高的山”“最美的湖”用来比喻“最好的老人”是显而易见的，但假如前两行没有，后文意义也完整，不比也清楚。那就在这里还有什么作用呢？应该说是以“最高的山”的壮美和“最美的湖”的秀美来兴起对罗曼·罗兰崇高的赞美之情。这样一来，前两句的意象是比兴两者结合的了。

艾青有一类诗，形象本身是象征性的，但意象却可以是写实的，这时，这个意象就出现了比兴结合的情况。从意象本身看，它是兴的，有“起情”的作用；但对全诗来说，它又是象征形象的一个分子，一个组成部分，是起了“比”的，亦即“托情”的作用。这方面的例子在艾青诗里很不少。譬如《风陵渡》抒唱突破黄河风浪，驾船从风陵渡过渡到潼关去，艾青用了细节真实的表现，如：

古旧的渡船
载着我们的命运
古旧的布帆
突破了风，要把我们
带到彼岸

我们首先感觉到这是兴的意象，藉以引出一种在险恶环境里搏斗的坚忍感受。但结合全诗象征形象一体味，我们又会感到这也是比的意象，比喻着民族在生死存亡大搏斗的疾风暴雨时代带着全国人民要突破侵略者的腥风恶浪，以达到平安的彼岸。又如《解冻》也是象征性的形象，但写的又完全是大自然解冻的真实景象，每个意

象都是自然而真实的。如

在这晴朗的早晨，
每一滴水
都得到了光明的召唤
欣欣地潜入低洼处，
转过阴暗的角落，
沿着山脚
向平野奔流……

我们读了也首先感到这是一种“兴”，它能引起我们冬去春来、万物复苏的美好情感。但若再回味一下，会发现这是在比喻每一个向往光明的人，在时代解冻时一种奔向新世界去的欢乐的激情。

这些就是比兴结合的意象，能使人的感受由浅入深，富有更多情感回味的余地，甚至由此达到意象象征的高品位抒情。如《浪》《树》《礁石》《高山上的风》等诗。

艾青正是采用大量丰盈的意象来抒情，才使情感不架空。值得指出的是，风行于1930年代的现代派诗歌艺术，曾把寻求意象作为写诗的根本目的。这一派人把意象当作时髦的装饰品。他们把个人的一点小哀怨用美丽的意象打扮起来，以掩盖情感的贫乏；更有甚者，把一些极无聊的观念和琐事也用意象打扮起来，以掩盖自身思想的空虚和生活的平庸。这些人把联想、拟想当成了魔法，把意象当成了魔衣，把诗拖人了形式主义的泥坑。譬如路易士有这么一首诗：

一群奏着管弦乐的鸽子
飞着飞着——
回旋于我的两太阳穴之间；
而旅行了我的头的全世界的

是一声破哑的锣鸣。[212]

诗的题目叫《伤风》，也就是说，写的是伤风感冒。前两行用奏着管弦乐的鸽子飞旋在两太阳穴之间这个意象来暗示人在发高烧中头脑昏眩得嗡嗡发响的一种感觉，接着又以一声“破哑的锣鸣”旅行了“头脑的全世界”这个意象来暗示一阵咳嗽把整个发昏的头脑震得更昏了。在这里意象的确成了像某些人所谓的只是一种暗示、譬比的艺术处理，可不是吗？这首诗就是用所谓的意象来暗示人伤风感冒时的感觉的。伤风感冒竟也写成诗，这当然是在开缪斯的大玩笑，而这样的玩笑正是通过玩弄意象游戏表现出来的。但艾青力矫此弊。我们在他的创作实践中可以看到，意象首先要渗透主观的感受，其次它应该是使思想观念或内心情绪具体化到可以被感官感知的一种艺术处理。因此，它们不仅可以以比的手法构成，也可以以兴的手法构成。基于这些认识，故艾青不把意象当写诗的目的，而认为“是诗人使人唤醒感官向题材的迫近”，[213]也就是说每个意象不只反映感觉而已，还必须统一在体现题材的总原则下。这决定了艾青诗中的意象决非孤立的，支离破碎的，或者分开来看一个个很美而统一起来看却莫名其妙的。譬如，他的《冬天的池沼》虽全用比的意象有机地组合，以暗示出池沼的形象，但这些意象全是在体现一个晚景凄凉的老人这个形象的总原则下统一在一起的，它们都不可孤立看，只有在总体中来认识，才能使人感到更丰富，意境更深远。这些是我们分析艾青意象构成艺术时必须注意到的。

九

形象是根据构思的原则，运用艺术概括的手法，把意象有机地组合而成的；意象是根据题材典型化的要求，运用艺术表现的手法，把素材具体化感觉而成的。但形象也好，意象也好，都得通过语言表现出来。所以我们说：语言是诗歌艺术中极重要的问题之一。

正如艾青所说的："语言是诗的原素；诗是语言的艺术。"[214]

在诗歌语言的问题上，艾青一贯坚持要以口语为基础，经过加工成为文学语言，又经过提炼方可作为诗的语言。他认为诗的语言既要把口语中凌乱、芜杂而夹带不纯的成分淘汰，也得把散文语言中松散、枯燥和缺乏暗示性的成分净化，这才能使诗歌语言具有"简洁，单纯，明白"这样的"荷马艺术的要素"。[215]

表现在艾青的创作实践中，诗歌语言的特色显示在哪些地方呢？艾青曾经说过："语言文字构成两个部分：一个是它的外表，即所谓形式；一个是它的含义，即所谓内容。在这里，语言文字又是工具又是材料。"[216]这启示我们得从这两个方面入手去对艾青诗歌语言的成就作考察。

先来考察他作为材料的语言特色。

语言是思维的物质外壳。人类的思维分逻辑思维和形象思维两种，所以语言也可以说是逻辑思维的概念和形象思维的形象的物质外壳。作为物质外壳的诗歌语言同形象是对立统一地依存着的一个完整的东西，从这个意义上讲，语言也就是诗的"材料"。在艾青诗中，这种"必不可少的材料"实际上就是渗透着情感的意象。所以语言也就是意象的物质外壳。艾青的诗总是具体可感的，是一种美的凝结，像"心灵的活的雕塑"，那么作为物质外壳的语言，必定也是具体的。这种语言的具体化，就是指语言的形象化——这是艾青诗歌语言的主要特色。

那么，艾青诗歌语言的形象化工作是怎么做的呢？

首先，艾青从敏锐的感觉出发，充分发挥联想去构造富有声、光、色、热等感觉的新奇形容词或短语来作定语，因而使得被修饰的名词具体可感。譬如，他在表现痛苦的感受时，爱用"紫色的"这个形容词作定语，像《大堰河——我的保姆》里："呈给你黄土下紫色的灵魂。"《向太阳》里："伏倒在紫色的岩石上／流着温热的眼泪／哭泣我们的世纪"。这两个例中，无论"灵魂"或"岩石"，都不可能是紫色的。但紫色是一种能给人以痛苦感觉的色彩，因为人受鞭笞后呈现出来的伤痕往往是紫色的，艾青把握住了这一点从现实中得来的具体感觉，再创造出这么一个定语来修饰内含痛苦的物象，可说是贴切不过。可不是吗？大堰河的"灵魂"是受尽人世创伤的灵魂，“岩石”是象征着受尽蹂躏的祖国的大地，这是一种色彩的语言。色彩是具体可感的，所以色彩的语言也是具体可感的形象化的语言。其他表示色彩的还有。如《透明的夜》里，“十几个生活在草原上的泥色的脸”中的“泥色的”；《北方》里：“颓垣与荒冢呀，都披上了土色的忧郁”中的“土色的”。因为旧中国饱受压迫的忧郁的农民和泥土始终是相依为命的，看到泥色的颜色，就会引起农民的忧郁的感情，用在这儿确也十分贴切。又如《旷野》中有“衬出它们黑色的褴褛”，“褴褛”原是劫后拾余的残破的标志，黑色令人想起熊熊大火化一片焦土的色彩，二者也因此可以通感，于是用“黑色的”去修饰“褴褛”也就更能给人以艰辛苦难的感觉。又如在《浮桥》里写城市：

又以金色的梦
和磷光的幻想
吸引了万人

这儿“梦”用“金色的”来修饰，给人以灿烂美好的感觉，而“幻想”用“磷光的”来修饰，就更贴切动人了，因为磷光耀眼如梦幻，却又刹那即灭，从这个意义看，它用来修饰刹那即灭的幻想，就使得幻想可视化了。又如《画者的行吟》里：

这歌里
以溅血的震颤祈祷着

“震颤”用“溅血的”来修饰，也是从感觉得来的。人或者动物因流血必然会引起痛苦的抽搐，使肌肉不由自主地震颤，艾青就把二者打通了感觉，从而使“震颤”可视化。又如《北方》里：

沙漠风，

已卷去北方的生命的绿色

“绿色”用“生命的”来修饰，也极妙。草木成长时总是绿色的，死了方变枯黄，所以绿色给人以生命的美感，用“生命的”来修饰它就能使这种美更显得具体。又如《吹号者》里有这样的用法：

而当太阳以轰响的光彩
辉煌了整个天穹的时候

这儿用“轰响的”声音来修饰“光彩”，似乎极不科学。阳光怎么能有声音呢？但我们从这个通感修辞成分中可以看出艾青是多么善于捕捉感觉：当太阳初升，猛从地平线跳起，投出它最初的光时，就像炸药爆炸一样，而爆炸是要发出巨响的，艾青就捕捉住了这个“轰响”的预期感觉用来修饰太阳初升，把一刹那无限辉煌了的“光彩”修饰得逼真可感了。类似的例子还很多。如《时代》里“也无论是阴沉的注视和黑夜似的仇恨”，用“黑夜似的”来修饰“仇恨”就挺奇特。仇恨是一种痛苦的郁结而欲求付出代价报复的内心冲动，从心理学角度看，仇恨给人一种阴沉而可怖的感觉；而黑夜，也往往给人以阴黑、恐怖的感觉。就从这点相通的感觉上，艾青找出了“黑夜似的”修饰成分来修饰“仇恨”，确也使人从感官上具体地看到“仇恨”一样了。又如《初夏》里：“晴空下的江水／明亮而柔滑”中的“柔滑”，用来修饰“晴空下的江水”，给人以动人的触感。“碧蓝的天与软白的云层下”中用“软白的”来修饰“云层”也使人对“云层”有像棉花一样的触感。所有这些都是靠感觉得来的定语，用一种奇特的方式去修饰名词，使被修饰的名词具体可感。

其次，艾青构语造句时也十分讲究从感觉出发，充分发挥想象、联想与拟想，在主谓宾的结合中造成一种通感的奇妙关系，从而使得抽象的或一般的讲法变成具体可感的语言形象。譬如《透明的夜》里有这样的句子：

村，

狗的吠声，叫颤了

满天疏星。

“吠声”怎能“叫颤”“疏星”呢？但由于荒村之夜声声狗吠，有一种阴森惊怖的感觉；而漆黑的夜，疏星才能被肉眼感到像在颤动，也往往对此夜景产生一种阴森惊怖的感觉。人对此二者会有相似的感觉，现在把它们结合起来，用拟想使吠声叫颤疏星，就能更动人地构成荒村深夜的惊怖气氛。主谓宾关系虽奇特，但由于这种关系是从一种感觉中获得的，只要我们深入到这种感觉中去，如此奇特的关系也就不奇特，反而饶有回味余地，使人深入到一种只可意会难以言传的意境中去了。

艾青使语言形象化的主要工夫就是下在修饰成分的奇特和主谓宾关系的怪异上。由于他对语言作了这样的艺术处理，因而使他的诗歌语言十分富有暗示性和启示性。像下面的一些诗句，就是在具体可感的意象化语言的外表下暗示着一种深刻的思想或强烈的感情。如：

桥是河流与道路的爱情（《桥》）

让我们走在众人的愿望所铺成的道路上吧（《他死在第二次》）

都为的想从时间的深沟里升腾起来（《时代》）

我们有过被欺骗的春天

我们有过被流放的春天

我们有过被监禁的春天

我们有过呜咽啜泣的春天（《迎接一个迷人的春天》）

欢乐坐着智慧的小艇（《写在彩色纸条上的诗》）

至于启示的语言，艾青曾这样说："启示的语言以最平凡的外形蕴蓄着深刻的真理。"像下面一些诗句就是这样：

爱情并不能医治我们
却只有斗争才能把我们救起（《火把》）

愚昧就是黑暗
智慧就是光明（《光的赞歌》）

认识没有地平线（《光的赞歌》）

在这些例子中我们都可以看出一个特点——它们要么是修饰成分奇特，要么是主谓宾关系怪异，而正是在这种关系中，各结成了具体可感的语言意象。当然，这样的语言凡富于暗示性的，往往意境较深，感情内涵丰富；凡富于启示性的，往往像格言一样，充分地表现出一种机智，诚如艾青在《诗的形式问题》中特别强调的："一个诗人不理解语言的性能，是不会写出好诗的。"的确，我们不但要充分认识艾青诗歌语言的意象化的奥妙，而且还得透过这层奥妙而区别认识两大性能。

"语言里面必须富有暗示性和启示性。"〔217〕艾青正是按这个标准而来创作，从而创造出他那些作为材料而言的诗歌语言的。

十

再来考察艾青诗歌语言作为工具的特色。

在考察语言作材料后我们可以得出这么一点认识，语言是向语言转化的概念或意象。但语言毕竟是概念或意象的物质外壳，也是形式，所以说由形象或意象的情感内涵为转移的词与词、语与语、句与句之间的有机结合，以及对这种内涵起辅助作用为转移的音乐效果，是艾青诗歌语言作为工具的具体途径。

先看艾青诗中由意象的情感内涵为转移的词与词、语与语、句与句结合的错综复杂情况。

由于艾青诗的意象特别具体而丰富，往往好几个小意象组成一个大意象，再由一些大意象组成一个意象群来完成一篇诗完整的形象，因此，他非得用大量意象化的词和语在各个成分中或一个句子中堆砌起来不可。一个简单句，艾青往往在各个成分上分别配给不少的意象，使各个句子成分无限止的扩充，以致就一个简单句变成很复杂的简单句。譬如《吹号者》里有这么一段：

在震撼天地的冲杀声里，
在决不回头的一致的步伐里，
在狂流般奔涌着的人群里，
在紧密的连续的爆炸声里，
我们的吹号者
以生命所给与他的鼓舞
一面奔跑，一面吹出了那
短促的、急迫的、激昂的
在死亡之前决不中止的冲锋号

这是一句简单句，而“吹号者一面奔跑，一面吹出了冲锋号”是它的主要成分。艾青为了使意象具体可感和丰美，确实很巧妙地使用了语言这个工具，办法就是大量增加修饰成分。他用了“在……里”四个处所状语、“以生命所给予他的鼓舞”这个行为方法状语一同来修饰“奔跑”、“吹”这两个并列谓语；又用“短促的、急迫的、激昂的”和“在死亡之前决不中止的”这四个以形容词或介词短语充当的定语来修饰“冲锋号”。这一来，一句本来只需15个字可以表达出中心事件的简单句，因为用了大量的小意象去充实这个中心，就成了有92个字，占了9行诗的一句复杂的简单句了。又如在《写给小睡车里的婴孩》的最后一节：

你静静地睡着了
在温爱中
在芳香里

在布拉格
在维尔塔发河边
在长长的堤岸上
在母亲推着的
温暖的、柔软的
像花一样的
像云一样的小睡车里

这是一句更简单的句子：你睡着了。但为了强调写出婴孩睡着时那种和平、安宁的幸福境界，艾青不仅用副词“静静的”来修饰“睡着”，还用了六个介词短语作处所状语来修饰“睡着”；而第六个介词短语“在……小睡车里”更用了一个主谓结构（“母亲推着的”）两个形容词（“温暖的、柔软的”）和两个介词短语（“像花一样的”、“像云一样的”）作定语修饰“小睡车”。瞧，一个简简单单的中心事件却用了这么多小意象来使它丰满华美起来，确实全靠扩大修饰成分达到。意象如此丰盈，又一起挤压在一个简单句里，就使得这样的句子词与词、语与语的结合非常复杂了。但这还只是发生在一个简单句里，艾青有时甚至用复合句，用大量的状语副句、定语副句来修饰主句中的主谓宾。譬如《大堰河——我的保姆》里：

你用你厚大的手掌把我抱在怀里，抚摸我；

在你搭好了灶火之后，

在你拍去了围裙上的炭灰之后，

在你尝到饭已煮熟了之后，

在你把乌黑的酱碗放到乌黑的桌子上之后，

在你补好了儿子们的，为山腰的荆棘扯破的衣服之后

在你把小儿被柴刀砍伤了的手包好之后，

在你把夫儿们的衬衣上的虱子一颗颗的掐死之后，

在你拿起了今天的第一颗鸡蛋之后，

你用你厚大的手掌把我抱在怀里，抚摸我。

这一节诗，第一行是主句，后面有八个时间状语副句去修饰主句的谓语，也就是说用了八个小意象来充实主句的中心事件。应该说，这有些放任大剂量的意象堆积了。从这里我们也可以看出艾青诗歌语言中句法的复杂已达到臃肿的地步。曾记得已故诗人朱湘评英国诗人济慈的语言现象时，说过这样一段话："他的初期的作品是繁复的，意象过于拥挤的，好像是夏天河边的芦苇，又像是未经修剪的树枝。"〔218〕我以为这也很适用于艾青，特别是他前期的语言现象。由于诗歌语言的这种复杂化现象，导致艾青的诗行不可能一行就是一个完整句子，不可能做到句的顿数均齐，节的格式匀称，难以形成诗歌形式的格律美，而突出地显示了他语言形式的散文化倾向。至于艾青自己呢？又是抱定一个宗旨："以如何最能表达形象的语言，就是诗的语言。"〔219〕这样，他就有意识地提倡诗的散文美。他说过："而那种洗练的散文，崇高的散文，健康的或是柔美的散文之被用于诗人者，就因为它们是形象之表达的最完美的工具。"〔220〕所以我们说艾青提倡写自由诗，提倡形式的散文美，乃是出于他诗歌形象的特别富有具体性，出于他使用的意象既具体可感又丰盈到有点堆积的地步，非得用散文结构的语言形式来容纳不可，实出于一种苦衷。当然，语

言形式的散文化和诗的单纯美是背道的，但我们若理解了艾青的苦衷以后，也就可以对他这种做法谅解了。有一个基本出发点艾青是抓得牢牢的，那就是区别诗和散文的是内容而不是形式，如果是有诗的内容，有诗的意象的，那么“即使不是分行排列也是诗。”〔221〕——艾青的诗之所以不因形式的散文化而被贬之为散文，根本在于它们具有真正的诗的素质：形象，意象，意境。

不过话得说回来，假如一味强调只要内容是诗的就好，而把作为诗歌的另一重要标志忘掉了也是不行的。这另一重要标志就是既然承认诗是语言的艺术，那也得要求诗歌语言必须富有音乐美。这就需要我们来进一步探索以对意象的情感内涵能起辅助作用为转移的艾青诗歌语言的音乐效果。

我们从艾青的创作实践中可以看出，艾青把诗歌语言的音乐效果只看作充分表现诗歌意象和抒述情感的辅助手段，而不认为是根本的目的。同时，这种音乐效果只能在诗歌语言能以充分地表达意象的前提下，合乎情感内在节奏地、自然而然地呈现的，而不愿加上人为的外力。有鉴于此，艾青在他的创作中不仅不凭诗行节奏——音组的有机配合和每行顿数的均齐来显示音乐效果，也不凭诗节的匀称来显示音乐效果，而且连最起码的音韵他也不注意，特别是前期的诗，他“却常是首先就离弃了韵的羁绊的”。〔222〕那么，艾青诗歌语言的音乐效果到底从何处显示出来呢？我以为艾青应合着情感的内在节奏，按语言结合的自然音节，从一种旋律感上来体现音乐效果。这样讲似乎有点玄妙莫测，但实际上我们概括艾青的创作实践，还是可以找到他旋律美的外在表达规律的。

首先是艾青的分行有一定原则。

他的诗以散文句法为多，一句不一定是一行，有时一句甚至分成十几行。因此诗行往往分得长长短短。一般讲，艾青当然是凭语气的抑扬顿挫自然而然地分的，不过他有几种习惯做法：凡强调哪一个成分，就把那一个成分另起一行。例如《火把》中的《那是谁》这一节里，唐尼对一个和克明一起走的女子特别注意，这时诗行是：

那是谁？那是谁？

和他一起走来的
那是谁？那穿了草绿色的裙装的
女子是谁？那头发剪得像马鬃的
女子是谁？那大声地说着话的
又大声地笑着的女子是谁？
那走路时摇摆着身体的
女子是谁？那高高地挺起胸部的
女子是谁？

这里的“那是谁”“女子是谁”都是抒情主人公所特别注目而非强调出来不可的，于是诗行就以强调的对象为界线另起一行了；二、由于艾青的诗歌意象重视表现动态，而突出谓语是能强调显示动态的，所以当主语带有一定的附加成分，谓语部分就基本上和它分家，另起一行了。例如《北方》中写沙漠风吹过广大的原野时，艾青对自然景色的动荡而又骚乱的描绘：

从塞外吹来的
沙漠风，
已卷去北方的生命的绿色
与时日的光辉
——一片暗淡的灰黄
蒙上一层揭不开的沙雾；
那天边疾奔而至的呼啸
带来了恐怖
疯狂地
扫荡过大地；
荒漠的原野

冻结在十二月的寒风里，
村庄呀！山坡呀！河岸呀
颓垣与荒冢呀
都披上了土色的忧郁……

这里六个句子，有七个打着“·”号的谓语，其中有六个都是另起一行的。我们试把这些谓语放在上行的末尾，念起来那种跃动的、不安定的旋律感就要逊色得多；三、配合对动态美的强调，艾青往往把他惯用的介词短语的状语成分另起一行，以突出对谓语的修饰作用。譬如《手推车》中：

在冰雪凝冻的日子
在贫困的小村与小村之间
手推车
以单独的轮子
刻画在灰黄土层上的深深的辙迹
穿过广阔与荒漠
从这一条路
到那一条路
交织着
北国人民的悲哀

这里十行诗，倒有五行是介词短语的状语，前三个修饰“刻画”，后两个修饰“交织”，都各以时间状语、地点状语、行为方式状语而单独立为一行；四、艾青深懂分行造成各种断续，能使音节在骤停或故意拖沓中产生同内在情绪节奏相吻合的旋律效果，所以他往往根据情绪的特征来进行各式各样的分行，譬如《透明的夜》里：

一群酒徒，离了
沉睡的村，向
沉睡的原野
　哗然的走去……

夜，透明的
夜！

上引诗句中打“·”处就是艾青故意造成的断续，这使得诗行破碎，产生骤断又续的旋律效果，能给人一种茫然的、游移不定的情绪感受，这和全诗情绪的内在节奏非常吻合。因为这首诗写的是一群流氓无产者，他们是被三座大山压在最底层、逼得走投无路的一个阶层，心里满怀对旧世界的反叛情绪，却找不到生活出路，也找不到如何反抗以求解放的出路，结果放纵自己，以致自暴自弃了。所以这个阶层若引导得好，可以改造成一支革命力量；若不去引导，会成为一股破坏力量。这个阶层精神上的典型气质就是游移、彷徨和茫然，艾青的诗正是反映了他们这一种气质。而这种分行的旋律效果也正好是和这一点情绪气质相吻合的。

其次，我觉得艾青还善于根据情绪内在节奏的需要，运用叠词、叠语或排句，以造成某种气势，把所抒之情一层又一层地推向高潮，达到很高的旋律效果。譬如《火把》是一首朗诵效果很好的长诗，抗战前期在重庆时曾多次朗诵，激动过无数年轻人。朗诵效果好的特点之一是特别爱用叠词、排句。如在《给我一个火把》一节里艾青就这样写：

火把已排成发光的队伍了
火把已流成红光的河流了
火花已射到我们这里来了
火花已射到我们的脸上了

你们的脸在火光里真美
你们的眼在火光里真亮
你们看我呀我看一定也很美
我的眼一定也射出光来
因为我的血流得很急
因为我的心里充满了欢喜
让我们跟着队伍去
跟着队伍到那边去
到那火把出来的地方去
到那喷出火光的地方去

这节诗基本上是四行一排比或两行一排比，一直排下来的，那种感情的气势确实是越来越高亢——这是一种热爱光明、向往斗争、投身于群众的激流中去的火热的激情，以一浪高过一浪的旋律效果体现出来的。再如《春》这首诗，也以激越的旋律配合着激越的情绪来呈现的，诗行采用比较灵活的排句和叠词来推进情绪趋向高潮，而到“点缀得江南处处是春了”时，仿佛已经完结，出现了一个急刹车似的旋律休止，而突然又另起一段：“人问：春从何处来？ ／我说：来自郊外的墓窟。”好似于无声处猛现的惊雷，藏在语言的外壳中的无形的旋律，以更高亢的情调震响在我们的感觉世界里了。从这儿可以看出艾青善于运用排句的另一个方面，在过多的排句排下来时突然来一个不排，也能增强旋律美。所以艾青追求的是灵活运用。

再次，我觉得艾青还善于在句式上采用前后照应，往复回旋的复沓手法，使他的诗歌语言在具体的作品中呈现一种回肠荡气、一唱三叹的旋律效果。著名的长诗《大堰河——我的保姆》共 13 节，有 12 节都是每节的第一句和末一句一样，反复咏唱的，如：

大堰河，今天我看到雪使我想起了你：

你的被雪压着的草盖的坟墓，

你的关闭了的故居檐头的枯死的瓦菲，

你的被典押了的一丈平方的园地，

你的门前的长了青苔的石椅，

大堰河，今天我看到雪使我想起了你。

这种做法是被柔绵的情绪不绝如缕地呈现出来的情调所决定的。有了语言形式上这样的往复回旋又加强了这种情调。又如《播谷鸟集》里的《浇地》一首，每一节开头都用“驴子走，水车转”：

驴子走

水车转

一个妇女

坐在水车边

她的怀里

躺着一个小孩

睡得甜又甜

驴子走

水车转

……

这首诗写的是农民在踩水车旋转中作引水灌田的劳动，形象本身要显示描写对象那种回旋的状态，艾青在语言形式上采用了这种往复回旋的诗节，对描写对象的回旋状态起了辅助作用，并且还加浓了对这种新生活的一往情深、恋恋不舍的情调。

这就是艾青在诗歌艺术中语言形式方面的特色。总之，内容决定形式而形式又反作用于内容这个艺术辩证法原则，在艾青的创作实践中是运用得很好的。他在语言上虽也有晦涩难懂的辞藻，也有过欧化的、别扭的、拖拖沓沓的句子，形式上也有过分散文化而造成的散漫，但从主流看，他不做没有真实感情的辞藻的堆砌，也不做脱离内容的形式主义。他的诗形象具体而丰美，是靠大量“美的凝结物”——意象充实起来的，这结果使他的诗产生了意象的放纵，从而造成了语言现象的复杂化，产生了散文结构的句法，出现了形式上的散文化倾向，但由于艾青始终抓住诗必须要有感人的抒情形象，所以他形式上的散文化成了一种诗的散文美。这种美在于能达到充分表现形象的便利。当然，我们在这里谈的主要是指他具有代表意义的语言形式。建国后，由于生活内容、感受深度等种种原因，以及对民族化、大众化的探索，他在语言艺术上有显著的发展，语言上趋向于单纯、明丽，形式上趋向于有韵、有格律倾向，这是艺术上成熟的表现，是艾青向“简洁、单纯、明白……荷马艺术的要素”迈出的可喜步伐。

注释：

〔1〕 伍蠡甫主编:《西方文论选》(上卷)，上海译文出版社 1979 年版，第 149 页。

〔2〕《西方文论选》(下卷)，第 409 页。

〔3〕《西方文论选》(下卷)，第 225 页。

〔4〕 艾青:《诗论・二・诗》，新新出版社 1946 年版，第 4 页。

〔5〕 艾青:《诗论・二・诗》，第 5 页。

〔6〕《西方文论选》(下卷)，第 225 页。

〔7〕 艾青:《诗论》，第 14 页。

〔8〕 徐志摩《沙扬娜拉》一诗中的句子。

〔9〕 艾青:《诗论》，第 14 页。

〔10〕 艾青:《诗论》，第 20 页。

〔11〕《艾青全集》第 3 卷，花山文艺出版社 1991 年版，第 124—125 页。

〔12〕《艾青全集》第 3 卷，第 62 页。

〔13〕《艾青全集》第 3 卷，第 277 页。

〔14〕 艾青:《诗论》，第 21 页。

〔15〕 艾青:《诗论》，第 60 页。

〔16〕 艾青:《诗论》，第 60 页。

〔17〕 艾青:《诗论》，第 62 页。

〔18〕 艾青:《诗论》，第 58 页。
〔19〕《朱光潜全集》第 2 卷，安徽教育出版社 1987 年版，第 17 页。
〔20〕《朱光潜全集》第 2 卷，第 12 页。
〔21〕 艾青:《诗论》，第 12 页。
〔22〕 艾青:《诗论》，第 1 页。
〔23〕 艾青:《诗论》，第 2 页。
〔24〕 艾青:《诗论》，第 4 页。
〔25〕《艾青全集》第 3 卷，第 542 页。
〔26〕《李健吾批评文集》，珠海出版社 1998 年版，第 275 页。
〔27〕 艾青:《诗论》，第 100 页。
〔28〕 艾青:《诗论》，第 1 页。
〔29〕 艾青:《诗论》，第 107 页。
〔30〕 艾青:《诗论》，第 57 页。
〔31〕 艾青:《诗论》，第 107 页。
〔32〕 艾青:《诗论》，第 104 页。
〔33〕 艾青:《诗论》，第 62 页。
〔34〕 艾青:《诗论》，第 58 页。
〔35〕 艾青:《诗论》，第 119 页。
〔36〕 艾青:《诗论》，第 117—118 页。
〔37〕《艾青全集》第 3 卷，第 545 页。
〔38〕《艾青全集》第 3 卷，第 542 页。
〔39〕《艾青全集》第 3 卷，第 502 页。
〔40〕《艾青全集》第 3 卷，第 553 页。
〔41〕 周红兴:《艾青研究与访问记》，第 121 页。
〔42〕《艾青全集》第 3 卷，第 502 页。
〔43〕《艾青全集》第 3 卷，第 545 页。
〔44〕《艾青全集》第 3 卷，第 545 页。
〔45〕 艾青:《诗论》，第 118 页。
〔46〕 艾青:《诗论》，第 10 页。
〔47〕《艾青全集》第 3 卷，第 324 页。
〔48〕《艾青全集》第 3 卷，第 324 页。
〔49〕《艾青全集》第 3 卷，第 135—136 页。
〔50〕 鲁道夫 · 阿恩海姆:《艺术的视知觉》，中国社科出版社 1986 年版，第 442 页。
〔51〕 艾青:《诗论》，第 51—52 页。
〔52〕《艾青全集》第 3 卷，第 134 页。

〔53〕 艾青:《诗论》, 第 17 页。

〔54〕 艾青:《诗论》, 第 35 页。

〔55〕 艾青:《诗论》, 第 107 页。

〔56〕 艾青:《诗论》, 第 13 页。

〔57〕 艾青:《诗论》, 第 107 页。

〔58〕 艾青:《诗论》, 第 115 页。

〔59〕 艾青:《诗论》, 第 115—116 页。

〔60〕 艾青:《诗论》, 第 110 页。

〔61〕 艾青:《诗论》, 第 10 页。

〔62〕 艾青:《诗论》, 第 64 页。

〔63〕 艾青:《诗论》, 第 100 页。

〔64〕《艾青全集》第 3 卷, 第 460—461 页。

〔65〕 黑格尔:《美学》第 3 卷下册, 商务印书馆 1992 年版, 第 212—213 页。

〔66〕《美学》第 3 卷下册, 第 191—192 页。

〔67〕《美学》第 3 卷下册, 第 192 页。

〔68〕《西方文论选》(下卷), 第 51 页。

〔69〕《艾青全集》第 3 卷, 第 638 页。

〔70〕 艾青:《诗论》, 第 46 页。

〔71〕《艾青全集》第 3 卷, 第 589 页。

〔72〕《艾青全集》第 3 卷, 第 506 页。

〔73〕《艾青全集》第 3 卷, 第 638 页。

〔74〕《西方文论选》(下卷), 第 231—232 页。

〔75〕《西方文论选》(下卷), 第 21 页。

〔76〕《西方文论选》(下卷), 第 23 页。

〔77〕 黑格尔:《美学》第 1 卷, 第 4—5 页。

〔78〕 黑格尔:《美学》第 1 卷, 第 49 页。

〔79〕 黑格尔:《美学》第 1 卷, 第 50 页。

〔80〕 黑格尔:《美学》第 1 卷, 第 50—51 页。

〔81〕 歌德:《歌德谈话录》, 朱光潜译, 人民文学出版社 1978 年版, 第 33—34 页。

〔82〕《艾青全集》第 3 卷, 第 461 页。

〔83〕《艾青全集》第 3 卷, 第 515—516 页。

〔84〕《艾青全集》第 3 卷, 第 644 页。

〔85〕 艾青:《诗论》, 第 14 页。

〔86〕《艾青全集》第 3 卷, 第 121 页。

〔87〕《艾青全集》第 3 卷, 第 322 页。

〔88〕《艾青全集》第3卷，第320—321页。

〔89〕《艾青全集》第3卷，第321页。

〔90〕《艾青全集》第3卷，第324页。

〔91〕艾青:《诗论》，第11页。

〔92〕艾青:《诗论》，第16页。

〔93〕艾青:《诗论》，第30页。

〔94〕艾青:《诗论》，第17页。

〔95〕《艾青全集》第3卷，第652页。

〔96〕《艾青选集》第3卷，四川人民出版社1986年版，第728—729页。

〔97〕艾青:《诗论》，第18页。

〔98〕艾青:《诗论》，第19页。

〔99〕《艾青全集》第3卷，第325页。

〔100〕艾青:《诗论》，第21页。

〔101〕艾青:《诗论》，第201页。

〔102〕《艾青全集》第3卷，第578页。

〔103〕《艾青全集》第3卷，第652页。

〔104〕艾青:《诗论》，第20页。

〔105〕艾青:《诗论》，第21页。

〔106〕艾青:《诗论》，第22页。

〔107〕艾青:《诗论》，第99页。

〔108〕艾青:《诗论》，第130页。

〔109〕艾青:《诗论》，第117—118页。

〔110〕《艾青选集》第3卷，第723—724页。

〔111〕艾青:《诗论》，第22页。

〔112〕艾青:《诗论》，第23—24页。

〔113〕艾青:《诗论》，第26页。

〔114〕艾青:《诗论》，第67页。

〔115〕艾青:《诗论》，第17页。

〔116〕艾青:《诗论》，第24页。

〔117〕《艾青选集》第3卷，第725页。

〔118〕《艾青选集》第3卷，第638页。

〔119〕《艾青选集》第3卷，第447—448页。

〔120〕《艾青选集》第3卷，第447页。

〔121〕《艾青选集》第3卷，第449页。

〔122〕艾青:《诗论》，第43页。

〔123〕《艾青选集》第3卷，第638页。
〔124〕《艾青选集》第3卷，第399—400页。
〔125〕《艾青选集》第3卷，第619页。
〔126〕艾青：《诗论》，第42页。
〔127〕艾青：《诗论》，第16页。
〔128〕艾青：《诗论》，第33页。
〔129〕《艾青选集》第3卷，第502页。
〔130〕《艾青选集》第3卷，第506页。
〔131〕《艾青选集》第3卷，第506页。
〔132〕艾青：《诗论》，第43页。
〔133〕艾青：《诗论》，第102页。
〔134〕艾青：《诗论》，第115页。
〔135〕《艾青选集》第3卷，第400页。
〔136〕《艾青选集》第3卷，第401页。
〔137〕《艾青选集》第3卷，第400页。
〔138〕《艾青全集》第3卷，第502页。
〔139〕《艾青全集》第4卷，第596页。
〔140〕《艾青全集》第3卷，第532—533页。
〔141〕《艾青全集》第5卷，第597页。
〔142〕《艾青全集》第5卷，第597页。
〔143〕《艾青全集》第3卷，第335页。
〔144〕艾青：《诗论》，第40页。
〔145〕《艾青全集》第3卷，第644页。
〔146〕《艾青全集》第3卷，第643页。
〔147〕《艾青全集》第3卷，第347页。
〔148〕《艾青全集》第3卷，第341页。
〔149〕艾青：《诗论》，第72页。
〔150〕艾青：《诗论》，第52页。
〔151〕《艾青全集》第3卷，第461—462页。
〔152〕《艾青全集》第3卷，第378页。
〔153〕艾青：《诗论》，第52页。
〔154〕艾青：《诗论》，第72页。
〔155〕艾青：《诗论》，第108页。
〔156〕《艾青全集》第3卷，第642页。
〔157〕《艾青全集》第3卷，第419页。

〔158〕《艾青全集》第3卷，第338页。

〔159〕《艾青全集》第3卷，第341页。

〔160〕《艾青全集》第3卷，第335页。

〔161〕《艾青全集》第3卷，第139页。

〔162〕《艾青全集》第3卷，第234页。

〔163〕《艾青全集》第3卷，第642页。

〔164〕沃尔夫冈·凯塞尔：《语言的艺术作品》，陈铨中译本，第130页。

〔165〕《艾青全集》第3卷，第132页。

〔166〕《艾青全集》第3卷，第134页。

〔167〕《艾青全集》第3卷，第133页。

〔168〕《艾青全集》第3卷，第133页。

〔169〕《艾青全集》第3卷，第133—134页。

〔170〕《艾青全集》第3卷，第134页。

〔171〕《艾青全集》第3卷，第134页。

〔172〕《艾青全集》第3卷，第350页。

〔173〕《艾青全集》第3卷，第157页。

〔174〕沃尔夫冈·凯塞尔：《语言的艺术作品》，陈铨中译本，第189页。

〔175〕《艾青全集》第3卷，第642页。

〔176〕艾青：《诗论》，第28页。

〔177〕艾青：《诗论》，第28页。

〔178〕艾青：《诗论》，第32页。

〔179〕艾青：《诗论》，第32页。

〔180〕《艾青全集》第3卷，第279页。

〔181〕《艾青全集》第3卷，第382页。

〔182〕《艾青全集》第3卷，第143页。

〔183〕《艾青全集》第3卷，第441页。

〔184〕《艾青全集》第3卷，第477页。

〔185〕《艾青全集》第3卷，第345页。

〔186〕《艾青全集》第3卷，第443页。

〔187〕《艾青全集》第3卷，第355页。

〔188〕《艾青全集》第3卷，第353页。

〔189〕《艾青全集》第3卷，第591—592页。

〔190〕沃尔夫冈·凯塞尔：《语言的艺术作品》，陈铨中译本，第167页。

〔191〕《语言的艺术作品》，第143页。

〔192〕《艾青全集》第3卷，第133页。

〔193〕 艾青:《诗论》，第71—72页。

〔194〕《艾青全集》第3卷，第353—354页。

〔195〕《艾青全集》第3卷，第540页。

〔196〕 艾青:《诗论》，第8页。

〔197〕《艾青全集》第3卷，第447页。

〔198〕《艾青全集》第3卷，第461页。

〔199〕 艾青:《诗论》，第71页。

〔200〕《艾青全集》第3卷，第461页。

〔201〕《艾青全集》第3卷，第443页。

〔202〕 韦勒克、沃伦:《文学理论》，江苏教育出版社2005年版，第182页。

〔203〕《文学理论》，第184页。

〔204〕 艾青:《诗论》，第73页。

〔205〕 艾青:《诗论》，第99—100页。

〔206〕 艾青:《诗论》，第85页。

〔207〕《致盖拉多·德科·安琪奥利》,《古典文艺理论译丛》第11期第268页。

〔208〕 均见艾青《为了胜利》一文,《抗战文艺》第7卷第1期。

〔209〕 艾青写于1954年的诗《这是一个晴朗的早晨》中的诗句。

〔210〕 艾青:《诗论》，第16页。

〔211〕 艾青:《诗论》，第67页。

〔212〕《新诗》第1卷第3期。

〔213〕 艾青:《诗论》，第44页。

〔214〕 艾青:《诗论》，第48页。

〔215〕 艾青:《诗论》，第50页。

〔216〕 艾青:《诗的形式问题》见《人民文学》1954年第4期。

〔217〕 艾青:《诗论》，第50页。

〔218〕 朱湘:《闻君一多的诗》，引自洪球编《现代诗歌论文选》下册，上海仿古书店1936年版，第166页。

〔219〕《艾青选集》第3卷，第45页。

〔220〕《艾青选集》第3卷，第45页。

〔221〕《艾青选集》第3卷，第253页。

〔222〕 艾青:《诗论》，第73页。

殷夫论

殷夫（原名徐柏庭，笔名殷夫、白莽）1910 年出生于浙东沿海的美丽古城象山，14 岁开始写诗。1931 年 2 月 7 日深夜，被国民党政权秘密枪杀于上海龙华戒备司令部。他在世上只生活了二十一年。在这短暂的一生里，他诗歌创作的时间更短，不过六、七年，留下来的诗也不能算多，只 110 首。但殷夫为共产主义事业殉身的精神，以及为讴歌世界大同理想、咏唱革命青春生命而写下的诗篇，其历史价值却是不可限量的。鲁迅在《白莽遗诗序》中早就这样评说过殷夫的诗：“这是东方的微光，是林中的响箭，是冬末的萌芽，是进军的第一步，是对于前驱者的爱的大纛，也是对于摧残者的憎的丰碑。一切所谓圆熟简练、静穆悠远之作，都无须来作比方，因为这诗属于别一世界。”这位中国新文化巨匠如此高度评价殷夫，足以说明问题。

正是这些“属于别一世界”的诗，为中国新诗史增添了特呈异彩的一页。

一

在 20 世纪中国诗坛上，殷夫无疑是杰出诗人中最年轻的一位。

一位杰出诗人的出现，同诗坛的生态环境是有必然关系的。殷夫也不例外。可以说，以体现生命自主类浪漫主义精神为特性的后期创造社、太阳社当年提倡的“革命罗曼蒂克”抒情风尚，大大影响了殷夫。

对于革命罗曼蒂克，我们没有理由用贬义的目光去看待。不能不注意到：出现这种抒情风尚，自有其特定的时代背景。1927年大革命失败后，一批追求民主真理的革命知识青年一下子成了迷失的一代，但他们又不甘于沉沦，犹想在逆境中保持气节，以待东山再起。因此，他们愤激而冲动，感伤而彷徨，深感寂寞孤单，祈求生存慰藉。同时，也正是他们，深受过“五四”新文化运动的洗礼，其中不少人之所以投身大革命，其思想基础就是个性解放。鉴于他们对世界大同之核心内涵——民主真理的追求在现实中已遭到禁锢，也就不得不潜在地返回到原点，再次迸发出以自我表现为形式的个性解放激情，只不过这场自我表现在那个特定时代已有了左倾性质，即立足于自我本位，并立足于与阶级压迫尖锐对立的那一类自我表现作新一轮的个性解放抒情，以使精神中的愤激与彷徨有所缓解，心理上的孤单寂寞有所发泄，感受里的生活慰藉有所着落。正是这种生态环境，使后期创造社、太阳社的诗人们终于以“革命＋恋爱”“战士＋浪子”为模式的“革命罗曼蒂克”抒情得以风行起来。所以，革命罗曼蒂克抒情风尚实是文化启蒙向阶级觉醒转化中一种过渡现象在诗创作中的反映。明确地说，革命罗曼蒂克作为一类个性解放抒情，既是个我抒情的深化，又是群我抒情的先声。须要指出的是：作为直接呈现这新一轮个性解放抒情的自我表现，由于是立足于自我本位并与社会阶级压迫相对立，而不是与伦理道德规范相对立，也就使自我表现中的自我作为个体的存在，被这批革命罗曼蒂克的诗人作变形的表现了。

在以自我表现呈示个性解放中，“自我”大都指“我的”自我，唯其如此，才使此类自我表现特别能显示出审美想象——幻想与联想的活跃。因此在自我表现中，自我可以凭幻想在特定的时间、空间中作个体分裂，并在融入其他对象后再组装成新质自我，进而在多元综合成的新层次上作自我表现——这就叫个体分裂的自我表现。自我也可以凭联想在时间、空间中作主体扩张，并在吸纳其他对象后重新组装成一个新质自我，进而在单元延展成的高层次上作自我表现——这就叫个体扩张的自我表现。个体分裂也好，个体扩张也好，都导致一点：自我变形。而正是这种自我变形的个性解放抒情，特别有利于推动革命罗曼蒂克的抒情。

大致说，后期创造社的诗人群体偏于以个体分裂的自我表现来显示个性解放抒情。这一派诗人可以在共时态中把个体——即“我的”自我分裂成两大块：一块是置自我于个人小天地，完成个人生活中恩恩怨怨的自我表现，体现个性解放精神；另一块是置自我于时代大背景，完成社会生活中爱爱恨恨的自我表现，同样体现个性解放精神。

创造社元老郭沫若是个典型例子。他从1923年开始写诗集《前茅》中的诗，在新诗坛率先作阶级解放的高歌，完成社会生活中的自我表现；随即又于1925年写出爱情诗集《瓶》，作恩恩怨怨的性恋咏唱，完成个人生活中的自我表现。白色恐怖的1928年，他因重病蛰居上海，写成诗集《恢复》，抒发了他对大革命遭到叛卖的满腔悲愤，同时却又写着《牧歌》等抒情诗，抒唱“我”和一位姑娘“沐浴着那亲蔼的阳光”，在“碧桃花下游行”，幸福地唱起了“姑娘呀，陶醉吧，姑娘！／春风吹入了我们的心房。”显然这里“有两重人格”。郁达夫在《瓶·编后记》中对此现象作了一番解释：“诗人的社会化”并非要“诗里有手枪炸弹，连写几百个革命”不可的，重要的是把诗人“真正的感情”“灿烂的热情”表达出来，使得他人“可以和你悲啼嬉笑”。他还说“革命事业的勃发也贵在有这一点热情”，而这种“热情的培养”则“要赖柔美、圣洁的女性的爱”，由此而“推而广之，可以烧落专制帝王的宫殿，可以摧毁白司底儿的囚狱”。正是在郭沫若这种个体分裂的个性解放抒情的创作实践和郁达夫这种革命罗曼蒂克的理论主张相结合导引下，后期创造社的诗人也大都以“两重人格”的抒情来为展开这类风尚推波助澜，王独清比郭沫若更典型，不用说了。诗集《黄花岗上》的作者黄药眠，诗集《鲛人》的作者裘柱常，诗集《梦与眼泪》的作者邱韵铎也都如此。特别是杨正宗，他的诗集《花圈》，分《献酒篇》《花圈篇》两辑，前一辑大写抒情主体沉湎于“浪漫，浪漫，浪漫／蜜蜂儿在吻着花脸”的自我情爱心态，后一辑则唱的是以社会斗争生活为对象作奠祭“国魂”的壮歌，正是较典型地显示出了个体分裂的两类“我的”自我表现，以及以“革命+恋爱”为模式的革命罗曼蒂克抒情风尚。

太阳社的诗人群体偏于以个体扩张的自我表现来显示个性解放抒情。这一派诗人可以在共时态中把个体——即“我的”自我扩张成一个二极共存体，一极是个人小哀乐的低诉，另一极是时代大斗争的张扬，二极双向交流、互为因果，从而统一成一场双面人生的自我表现，以此来体现个性解放精神。作为太阳社的核心人物，蒋光慈是个典型例子。他留学苏俄，处女诗集《新梦》里就宣告自己要“全身，全心，全意识”去“高歌革命”，但他的这种革命追求又总是和性爱追求绞在一起的，如同高语罕在为《新梦》写的序中所说的，这些诗显示着“以男女的爱情做那为人类牺牲的调和，最后的安慰”。但蒋光慈同一般人一样，不可能强使爱情总是美满幸福的，更多情况倒是失望痛苦，而大革命的失败又使革命追求受挫，这样一场“二结合”也就使蒋光慈在后来写的诗——如《给某夫人的信》、《怀都娘》等中，通过情场失意心境来寄托自己的革命幻灭情绪，或者通过革命幻灭情绪来寄托自己的情场失意心境。在蒋光慈这种个体扩张的个性解放抒情的实践和高语罕这种革命罗曼蒂克的理论主张相结合的导引下，太阳社的诗人也大都以双面人生展开这类抒情。钱杏邨在大革命失败后的流浪生涯中，一连出版了《荒土》《饿人与饥鹰》《暴风雨的前夜》等诗集，他自认为这些全是发泄离乱时代个人生涯的悲苦和“失败的党人的激愤心理”汇聚成的“不稳定的情绪”之作。显然，战士落荒而走的悲壮心绪和浪子漂泊无依的茫然情怀复杂而又和谐地交融在一起。《给——》很有代表性，写流浪途中“我”遇到对邻而居的朝鲜流亡女郎而一见倾心，“我”一面高唱“誓要用赤血染得地球红”“不杀仇人的头颅我誓不休”，一面又低吟女郎异国音调的歌声“沉醉了我受创的心房”，并进而这样抒情：“残败的人生还有什么特殊的希望？／对你的讴歌便是我胜利的终场。”充分显示了他双面人生的自我表现。无疑，这些诗有着“热烈的情绪”，它们是乐观与悲观、明朗与阴霾、坚定与茫然二元对立的极端化组合。这种组合于外在关系不和谐统一与内在精神极和谐统一的关系中造成了一股张力，畸形地显示出个性解放的激情。有关这方面表现得最突出的是冯宪章。他的诗集《梦后》中，有《匪徒的呐喊》这样反叛旧世界的“热烈的情绪”之作，但这些作品的确如他在《梦后·后记》中所说：有点畸形。也就是说对旧世界反叛的根由被表现为“我的”自我的追求受到黑暗社会阻碍所致。在《给她》中，这位诗人提供了一个奇怪的抒情逻辑：激起“我”对现实强烈仇恨以致欲与旧世界“决个你死我活”的，是这个社会逼着“战败归来”的“我”只能“日夜都匿在黑暗的书房”里，不能跑到“爱我的你”那儿去，“领受你的温情与柔意”。这里，有这样一条复杂的情绪逻辑线：因“我”对社会的反叛引起了个人情爱的痛苦，又因个人情爱的痛苦而激发起“我”对社会更强烈的反叛。这样的情绪逻辑推延下去，也就是社会反叛的多次失败使“我”产生更强烈的痛苦、伤感与茫然。可不是吗？作为《给她》的续篇，《叹息》中就这样唱：“何处是我灵魂的归宿？ ／何处能容我灵魂之足？ ／啊，我这飘零的灵魂呀， ／至今还是如此落寞孤独！”这里提供了一个个性解放追求者这场“我的”自我表现的真实。总之，个体扩张使抒情主体的心灵感受中自我哀乐与时代安危、个人自由与社会解放、浪子落魄与战士落难全对立统一成一体了。所以太阳社这种“我的”自我表现确是以“战士＋浪子”的模式来显示革命罗曼蒂克的抒情风尚的。

回顾了两大类革命罗曼蒂克的抒情后，再来看殷夫，说他的诗创作出于这种风尚，那就不难理解了。在《“孩儿塔”上剥蚀的题记》中，殷夫说：

> 我的生命，和许多这时代中的智识者一样，是一个矛盾和交战的过程，啼，笑，悲，乐，兴奋，幻灭……一串正负的情感，划成我生命的曲线；这曲线在我诗歌中，显得十分明耀。
>
> 这里所收的，都是我阴面的果实。

这番话是殷夫自编诗集《孩儿塔》的自序中说的。他敢于坦陈自己拥有的是一条正（社会的）负（个人的）情感共存共融成的“生命的曲线”，而这条曲线还“十分明耀”地显示在他的诗中。他又提出阴面与阳面的问题，说《孩儿塔》中的诗是“阴面的果实”，却也意味着他未收入《孩儿塔》中的诗，更阳面一些。由此说来他似乎自认为自己——“我的”自我有双重人格；自己的诗创作属于双面人生感受的自我表现。这样解读与推论这段话如果能成立，那么可以说，殷夫在潜意识中也认为自己的诗创作具有革命罗曼蒂克的抒情风尚。

且不管殷夫怎么看自己的诗创作，我们就拿这110首诗的文本实际来检讨一下。不难看出：殷夫相当数量的诗是个体分裂或个体扩张这两类自我表现的产物。由于他主要的诗创作时间集中在1928、1929两年，所以我们就以此两年的诗为例，立足于共时态来审视其个体分裂或扩张的实况。

1928年殷夫所写沉湎于个人天地吟唱爱心恋意的诗29首，直面动荡时代抒发豪情斗志的诗8首。前者如《孤独》《感怀》《心》《生命，尖刺刺》《干涸的河床》《给——》等，后者如《醒》《清晨》《归来》《星儿》《我醒时》《呵，我们踯躅于黑暗的丛林里》等。从比例看，前一类诗的量高于后一类；从质量上看，它们全是从血管里流出来一样，具有心灵感受的自然贴切，体现着个体分裂的自我表现特征。如《心》和《归来》，头一天写的《心》是“我的心是死了”，而隔一天写的《归来》则是“归来哟，我的热情”。又如《给——》，是抒发他失去“纯洁的初恋”的情绪：“西寺的高桥边，／长松依然辉映着夕阳，／只是我得何时，／再在此醉你幽香？”一片往事不堪回首的凄苦。但隔几天写《我醒时》，情绪走向了另一端，因林中小鸟儿传报恋人的小名，使“我”想起她的存在，于是感到自己的“生命才放光芒”了，诗情也像虹影一样：“从海起入天中，／连贯着渺漠的宇宙，／吹嘘着地球的长孔”，而诗人的豪情斗志也仿佛可以使“太平洋为着你平静，／昆仑山为着你不倒……”前一组的情绪因谁而引发我们不知道，后一组看来同盛孰真有密切关系，也许是这位“F姑娘”一封信使我们的诗人从情绪极消沉的一端一下子转向斗志昂扬的另一极端。说这样的诗创作是正负情绪的共存，是阴面果实与阳面果实共结于枝头，都可以。它们作为一种现象充分显示了这位青春型诗人个体分裂的自我表现。

1929年殷夫所写直面动荡时代抒发豪情斗志的诗27首，写沉湎个人天地吟唱爱心恋情的诗8首。前者如《月夜闻鸡声》《赠朝鲜女郎》《别了，哥哥》《最后的梦》

《写给一个新时代的姑娘》等，后者如《春天的祷词》《夜的静》《……记起我失去的人》《是谁又……》《残酷的时光再见你》等。这期间两类诗的创作，从比例看，和1928年的恰巧相反，吟唱个人爱心恋情的大为减少了，抒发时代豪情斗志的大为增加，但它们也共同体现着个体分裂的自我表现特征。在这期间正负情绪极端相反的诗也显示着瞬间的转换。如《春天的祷词》，可说是一场绝望的祈祷，希望有生活中些微的春风、春阳，带给他微温，因为砭骨的寒冷和凶恶的贫困使他那颗曾“灼热的希望过”“横溢的情火过”的心已“一片无垠焦枯”。这样的祈求如能实现，虽也不过是“装饰了我心的墓道”，但“死的灵魂”倒也可图个片刻的陶醉。他这样强烈的幻灭感的出现，肯定是生活中遭受过一次大打击。但三个星期后写的《月夜闻鸡声》中，他又以赳赳雄姿出场，呼唤友人趁月夜闻鸡而起舞，去做一个“时代的先知”，执“闪光的刚亮的宝剑”，去“欢迎明晨”，且“必要做着第一个百灵”，幻灭的情绪一扫而光。又如《记起我失去的人》是殷夫在流浪生涯中怀念起初恋情人盛孰真——在生活中失去的人的。诗中吟唱往事如梦般消逝，展望来日却是一切皆“休”的“黑色的前途”，甚至说“失去了你”，“我立于世上”只能是一片的“空孤”。恋人只不过一时难以相见而已，可我们的诗人对人生就如此绝望起来。可作对比的是不久后——同是1929年春天写的《最后的梦》。这首诗所表现的是殷夫一场新的恋情，他爱上了一个留苏归来和殷夫一起在上海搞地下工作的女战友：“哟，我在最后的梦中看见了你，／你像女神般端正而又严肃，／你的身后展开一畦绿的野地，／我无可慰藉地在你脚下泣哭。”但这位女神般的她却把她的心“留在远的都城”——莫斯科了，那儿有着与她同是革命者的丈夫。这使“我”被“失望的情火”几乎要烧成“烈炭”，为此求她能赐一个“光的温吻”给自己——一个没有真正享受过爱情的纯真青年。诗篇到此就以如下的诗节作结：

……我吻着你了，你的朱唇，
冷颤颤地不胜春寒，
姐姐哟，即使你只给我一个冷的吻，

我心中也爆了新生的火山。

这爆发出来的“新生的火山”，显然指又产生了一股投入革命斗争的巨大热情。这首诗结束处一片赤诚壮烈的战斗人生情怀和《记起我失去的人》结束处不忍卒读的幻灭心声，形成了多么强烈的对比。极端相反的两种情绪，从一极向另一极作瞬间转换，正反映着一位浪漫诗人个体分裂的非常态自我表现。由此也足以见出个性解放的抒情在此处已进入更深一个层次。

值得指出的是：殷夫这些诗的果实，都是和他纯真的爱情生活感受牵连在一起的。爱的幸福或者痛苦，直接影响其诗情是正面还是负面的，也影响其诗情结成的果实是阳面的还是阴面的。这同郁达夫为郭沫若的《瓶》所写的编后记中那个说法很一致，即由爱情引发的热情，或者就说“柔美、圣洁的女性的爱”“推而广之，可以烧落专制帝王的宫殿，可以摧毁白司底儿的囚狱”；也同郭沫若、王独清和后期创造社的诗人黄药眠、杨正宗等以“革命 + 恋爱”的革命罗曼蒂克抒情风尚相一致。

殷夫在 1928、1929 两年中，以个体扩张的自我表现来体现个性解放、显示其革命罗曼蒂克抒情风尚的作品相对少一些，却也显得更动人一些。如写于 1928 年的《致纺织娘》《宣词》《独立窗头》《孤泪》《给某君》等，1929 年写的《写给一个姑娘》《寂寞的人》《给茂》《夜的静》《是谁又……》等，都有代表性。它们具有陷入消极人生与追踪积极人生、沉湎个人天地与放眼时代风云在同一个文本中作瞬间转换的特征，可以说这两年他的诗文本中大概有两类心境是以二元对抗中共存来显示的。

一类显示在现实生态中。这两年殷夫来自现实生活中的二元对抗心境，作瞬间转换虽有点勉强却在文本中尚能和谐共存之作并不少。1928 年写的《独立窗头》，前三节大有李白《玉阶怨》现代版的意味，而像“我眩然地沉入伤感，／懒把飘零的黑丝掠上；／悲怆的秋虫鸣歌，／岂是为我诉说苦想”这样颓丧情绪的抒发，更显出他“魂儿”的“深创”。这是他所谓的负面情绪，但末一节却猛地一个转换：“不，我的英勇终要回归，／热意不能离我喉腔，／暂依夜深人静，寂寞的窗头，／热望未来的东方朝阳！”这就转出正面情绪来了。写于1929年的《给茂》，前五节回忆和友人“茂”少年时代在家乡的美好生活，但“暮春的杜鹃催去了憧憬”“老人的岁月的巨轮，／已辗碎了我青春幻影”，并且，“我如今是孤独奔行，／往日的回忆徒勾伤心”。可以见出他的情绪已深深陷入伤感消沉的泥淖，但结尾一节却来了一个大幅度的转换：“但我不能压制血液，／血和泪的交迸，／我要理我当日狂歌，／花束般向你献呈。”正负两类对抗情绪就这样共融于一体，把诗人个体扩张的自我表现特色凸显出来了。须要指出的是：现实生态中这种二元对抗情绪共融一体的抒情追求，在殷夫1929年的诗创作中比1928年的多了一点浪子情调。写于1928年的《给某君》是殷夫和他一个同学漫步在上海吴淞海滨黄昏中获得感兴写成的，他们在“暮气凝烟的黄昏中”“同踯躅于崎岖的街头”，深感到“在黑暗中动着是不可测的威吓，／后面追踪着时代的压迫”，感受着“晚风悲调的袭击”，而忍不住“弱小的心儿颤抖”了。但到末了情绪却来一个大转换：“我们笑那倾天黑云，／预期着狂风和暴雨。”在这些二元对抗的情绪表现中，并无浪子情调渗透进去。但1929年写的就不同，也许是殷夫正式从事地下革命工作，生活一直处在不安定中，因此浪子情调就出来了。如《寂寞的人》，这是首典型的浪子哀歌，抒情主人公在夜凉如水的公园里像“一个寂寞的孤儿”，只是“走着路”，心里浮动着一团阴郁的情绪：不愿再去询问一再带“虚渺的音耗”来的“无信的白云”：“说在那高山巅上有青春，／我却徒然跋涉，徒然潦倒……”他要的只是“寂寞地走向冷静的墓前”去。而当作为“葬礼的准备”的“希望的灯光”亮起时，却猛然以这样的诗行作结：“但我爆裂之心的血花血蓓蕾，／也要在永久的幻影下耀着光辉。”一下子转为以付出鲜血的斗争来取代漂泊途中的幻灭感。显然在这场二元对抗的情绪转换中，时代浪子生无所依的情调是强烈的。

另一类是显示在爱情心态中。作为一个为人纯真的人，殷夫对爱情怀有神秘而圣洁的心态，唯其如此，才使他比后期创造社、太阳社的革命罗曼蒂克诗人更虔诚地在潜意识中把爱情视为人生追求的理想目标，以期能从中获得投身革命斗争所需要的鼓舞力量。不过他又明白自己在革命斗争中的命运莫测，而他又是个极尊重异性未来幸福的人，所以又强使自己以理性克制向往爱情的潜在冲动。他和盛孰真之间极纯洁的爱情最终导致悲剧，究其根源也就在这里。在献给盛孰真多首情诗中，他屡屡扮演双面人生的角色，根源也就在此。写于1928年的《宣词》，这一点就表现得极明显。诗中他把这个“亲爱的姑娘”看成是自己“孤独生涯中的亲人”，把他们的关系说成是“一对无告的小山羊，／互以诚挚的情热慰问”，又“好似两粒小星／流浪空中熬够清冷”，而“纯洁的爱顾之花，／舒展了我俩的底层”。特别是“魅的影漂舞”中，她“好像一个虔诚的信女，／祈祷于每个黄昏”，给了诗人多少慰藉与鼓舞。但他突然在说出“你可裁判我的灵魂”的话后，用以下一节诗结束：

你不看，漫漫的长夜将终了，
朝阳的旭辉在东方燃烧，
我的微光若不合着辉照，
明晨是我丧钟狂鸣，青春散殒，
潦倒的半生殒入永终逍遥。
我不能爱你，我的姑娘！

这就是说：在长夜将终的搏斗中，“我的微光若不合着辉照”，那只证明“我”在迎接“朝阳的旭辉”的斗争中已“青春散殒”。正是这种革命者的命运莫测感，使诗人断然说出“我不能爱你”的话！极端的两种态度共存于瞬间的感兴中，充分体现出个体扩张的自我表现。写于1929年流浪途中的《写给一个姑娘》，是向盛孰真说明“我为何不交你以我的心”的问题。诗中坦陈两人之间“不曾有过握手，谈心，／也没有过吻染脂粉”，自己十九岁的生命，“人生的秘密不曾探得一线”，而对姑娘“火样的情热只能自焚”——已达到白热化的程度了。这难道表明诗人是“畸零”的吗？其实不！“我何曾不希求玫瑰花房甜的酒，／我看见花影也会发抖”，只不过一想到“我在荆棘上消磨我的生命”，未来的命运不是“把血流入黄浦江心”，也会是“把颈皮送向自握的刀吻”，所以他断然说“我不配接受你的深情”。这个文本和《宣词》的抒情逻辑完全一样，表明殷夫在情爱心态中，也完全以个体扩张作着自我表现。不过在《写给一个姑娘》中，抒情主体的生态环境给人以更多不安定的氛围感，即浪子漂泊的伤感情调，这大概也是写于1929年的这类诗不同于1928年的之处。再举一例同样写于1928年的《致纺织娘》，也许比《宣词》更鲜明地反映着殷夫这一年的情爱心态：“我”是个“在杀生的网中回翔”的“小鸟”，“红的血肉，白的骨，／已奉献于自由的交响”，因此命定“我不能与人幸福分享”，那就“别了吧，你这柔心的姑娘”。情感发展的逻辑线很明晰，比《宣词》还要直接到缺乏余韵，因为诗篇没有把抒情主体推向现实的与可以预见的未来的生态氛围中。写于1929年的《是谁又……》则比《写给一位姑娘》更具有生态氛围感。这首诗以两个设问句开头：“是谁又使我悲悒呢？／是谁扰起了我的幻灭？”有点不同凡响，表明诗人和他所爱者早已断然诀别，前面几首诗中显示的那些情感逻辑线在此处已全隐到了幕后。这首诗着重写诀别后他于怀念中体现的隐隐悔意：“我清冷的一生，／无人顾惜，／我周遭静静的，／沉寂。”这些当然是属于个人爱爱怨怨的所谓“负面”情感，随即是向另一极“正面”情感转换：“有火和力，／我要燃起生命的灯。／冷漠的世界／要听我有力的声音。”这里表现的是：丢掉个人狭小的哀怨，投入火热的现实斗争。这场个体扩张的自我表现，就这样以双面人生的姿态呈示了出来。但诗到此并未结束，且看最后一节：

> 只是
> 我告别了旧的衣履，
> 裸热的胸怀
> 去迎受，在暗夜，冷风和凄雨。

这是一个浪子走在人生道上时所特有的情怀，全诗也就让二元对抗的情感共融于一体中，进一步提供给接受者以一个从战士转为时代浪子后的流浪生态路，这样的生态能给人以异样悲慨的余韵。

拙著《新诗主潮论》对太阳社诗人个体扩张类自我表现有过这样的议论："蒋光慈、钱杏邨、冯宪章虽显示出追求社会解放的强烈色彩，它却是个体扩张成的。以这种社会解放化的个性解放所显示的自我表现追求和由此完成的诗篇，比起郭沫若、王独清、黄药眠以个体分裂的部分自我作社会解放的表现，主体意识要强得多，感受也要更真切一些。或者说，以'英雄 + 美人''战士 + 浪子'的抒情模式完成的革命罗曼蒂克诗篇，若以浪漫主义诗学的要求来衡量，还是值得肯定的。蒋光慈、钱杏邨、冯宪章的这一类诗，从某种意义上讲，更偏重于以革命战士和社会英雄艰难的社会解放追求来强化英雄之恋的刺激，浓化浪子之哀的情味。"这些话虽没有提到同属太阳社成员的殷夫，却倒也可以用来说明：殷夫以"战士 + 浪子"的模式写成的、充分显示个体扩张类自我表现的诗，比他以"革命 + 恋爱"模式写成的、充分显示个体分裂类自我表现的诗，诗情感受更真切。

不过，殷夫虽然直接受后期创造社和太阳社的影响，甚至出身于太阳社，写下了一批有相当高审美价值的革命罗曼蒂克的诗，他却并没有满足于此。他总是在不断调整自己的创作路子。具言之，即他要从个体分裂、个体扩张的自我表现追求中挣脱出来，要从单纯的个性解放中挣脱出来，要超越革命罗曼蒂克的抒情风尚，要超越后期创造社、太阳社诗人群体。

而所有这一切全集中在一个焦点上：要从"我的"自我表现追求转为"群的"自我表现追求。

二

殷夫毕竟是个浪漫主义诗人。浪漫主义诗学的核心内涵是自我表现，而这又是涉及对自我理解的问题。一般意义上的自我，是一个个体概念，我们在很多场合谈浪漫主义的自我表现，其实是指“我的”自我表现。但自我也可以归属于类型化范畴，即类的自我，或者就说“群的”自我。这一来，浪漫主义也就可以有“群的”自我表现，且因此而使浪漫主义提高一个层次。正是从这样的理论认识上看殷夫，他对后期创造社、太阳社的革命罗曼蒂克抒情风尚的超越，具现为一步步从“我的”自我表现转向“群的”自我表现，而这是同他参加实际地下革命工作，同劳苦的工人群众结合在一起，对世界大同的共产主义理想有了更高的领悟分不开的。在《“孩儿塔”上剥蚀的题记》里，殷夫还说过这样的话：“我不想说方向转换，我早知光明的去路了。”这是很可注意的，表明他确能对世界大同的理想有高度领悟，并以此来树立对革命前景——“光明的去路”的坚定信念。在《写给一个哥哥的回信》中他说：“我要以集团的属望来支配我自己的意志。”这进一步表明：他在认定世界大同的共产主义理想才是光明之路而对自己作创作方向转换中，首先一项工作就是对自我表现作调整。此项工作进行的切入点则就是以“集团的”——也就是无产阶级的阶级“属望”来支配自我意志。这也就牵涉到“自我”和“自我表现”非有一种质的改变不可。是的，殷夫就在“自我”的问题上致力于作质的改变了。

这场质的改变工作，殷夫是从两个方面展开的，即自我群体化和群体自我化。至于这两方面展开的最终目标则是：他要让自己的诗从“我的”自我表现向“群的”自我表现作精神性转型。

先看自我群体化在殷夫诗创作中的体现。

作为一种浪漫派的自我表现，个体向群体转化的讴歌，同个体扩张的抒情虽很接近，却不能等同。后者始终立足于自我本位，属于个体自我表现范畴，而前者则立足于集团本位，属于群体自我表现范畴。当然，这二者的关系非同一般，个体扩张的抒情已具有个体向群体转化的量变因素，个体向群体转化的讴歌则是个体扩张式抒情的质变。转化总是个过程。这过程突出地反映在殷夫一些带有政治鼓动性质的创作中。《一九二九年的五月一日》《在死神未到之前》可说最集中地反映着这种自我群体化的转化过程。

《一九二九年的五月一日》是首叙事诗，作为主体的“我”是整个叙事活动的组织者兼串联者。全诗就通过“我”的活动充分展现了一场工人“五一”大罢工的激烈斗争，同样的是这场活动的全过程也正是自我群体化的全过程。这场全过程体现在“我”的活动中，其外在叙事和内在叙事则表现为紧紧的结合。作为“五一”罢工的组织者和街头示威的鼓动者，“我”一大早就出现在上海清晨死寂的街头。当他经过工厂门前，竟灵觉到“这儿宇宙是一个旋律——／生的、动的，力的大意。”当他和上工的青年男女走在一起，竟幻感到他们“默默地走上，／哲学家般地充满思想”，且都有“一个伟大的头脑／思慕着海底的太阳。”正是这些促使他“把我历史的工作布置”，急急奔向示威斗争的集合地。接着各个工厂的工人纷纷冲出厂门，汇聚到集中地点，展开了声势浩大的“五一”示威，“我”这时则在人群中散发传单，引来满街一片响应的呼声。正当“我融入于一个声音的洪流”时，“我”还神动地直觉出“我们是伟大的一个心灵”。正当“我”和这个“伟大的心灵”融在一起，“欢迎自己的早晨”时，却被捕了。但是，“黑暗的囚牢却没把我心胸占领”，因为“我”已深深感到“我们的心是永远只一个／无论我们的骨成灰，肉成泥”。这样一场斗争事件的表述确能显示出殷夫的自我群体化的全过程。表述这个事件的布局能显出殷夫艺术的匠心，但体现得更多的则是他对自我融入群体的真切感受。经过工厂时产生的一点灵觉，显示着诗人对培育一代无产者——实现世界大同的根本依靠力量的现代机械文明怀有一种神秘而可信赖的崇敬心理；对走在一起的工人所生的一片幻感，则显现着诗人对无产阶级群体怀有一片神圣而虔诚的膜拜心理。由这些心理感应对象的综合所显示的虚拟意象——“伟大的一个心灵”，则是无产者阶级群体的象征，这可是超越了自我本位的“群的”自我，而叙事主体的“我”对之怀有的崇敬、膜拜心理，也就很自然而真切地被吸引进工人阶级街头示威斗争的洪流，而“我”接着因散发传单而引来一片响应，也就更自然真切地在“我”的潜意识中完成了一场“融入”，既是自我融入声音的洪流，又是个我融入“伟大的一个心灵”。于是，这个自我本位的“我”质变成阶级本位的“我”了，“我的”自我也转化成“群的”自我了。这以后到主体被关入囚牢，直觉到“我们的心是永远只一个，／无论我们的骨成灰，肉成泥”这样的诗句，就进一步把无产阶级阶级群体那颗大心象征地推了出来。就这样，殷夫在这首诗中完成了一场了不起的转化——自我群体化，完成了一场从“我的”自我表现向“群的”自我表现的转化；他彻底超越了个体自我本位的革命罗曼蒂克抒情。

《在死神未到之前》的写成，在中国新诗史上是一个奇迹。首先，它出自一个还只17岁的少年之手，而能写得艺术上既成熟、又高格，真是奇才惊人；其次，它在白色恐怖最厉害的那一段日子，大屠杀肆虐的核心地上海监狱写成，胆大得惊人；再次，它又是藉微弱的路灯拼一夜之功写成的一首长达500多行的长诗，灵思激情堪称非常态的喷涌。1928年4月出版的《太阳月刊》发表了这首长诗，并附有《编后》，编者钱杏邨兴奋地说这时候能发表这样一首诗是“最可值得纪念”的，可以让人看到“一个革命青年的情绪在当时是怎样的奔进”。同时，他也认为全诗的情绪“带着一点病态”。这种种都很可让人注意。诗写的是1927年“四一二”事变中殷夫首次被捕的经历，是他在“为惊怖与愤恨的扰动而困顿”中写出来的，因此具有强烈的情绪冲动性。全诗分别写被搜查、拘捕、押解、审讯、入牢，而这几方面又大致有联络，形成了一个被捕经历的轮廓。对经历本身他并不细致抒叙，而是把全部力量花在对高度亢奋情绪的抒发上。所以，一个个被捕经历的场面成了诱导激情喷发的“触媒”。把这些亢奋情绪同被捕经历结合起来统观这首长诗，可以认为《在死神来临之前》是一个意识流文本。意识流是意识混沌状的流动，很难作外在流变的逻辑推敲，却自有其情绪波伏的内在逻辑可循。《在死神来临之前》中的意识流由于有被捕经历的外在轮廓框着，倒能于意识流动的浑沌无机中添入几分明晰有机的成分，从而使其情绪波伏的内在逻辑也显明一点起来，让我们能看到这位少年革命囚徒那种出于个体本位的自我的惊怖与愤恨，如何一步步向集团本位的自我的抗争及由此激发的情绪无畏奔进的过程。全诗从结构看，除序曲，下分八节，而第八节其实可看成尾声。序曲凸显出抒情主体被捕的最初一刻所产生的惊怖以及对自我生命的绝望，所谓“完了，完了”“我已到了尽头”“我的灵魂将如飞沙般散进／我的躯骸将如泥土般消崩”等，就正是这位少年囚徒最初一刻心理状态相当真实的表现。全诗就以这些“我的”自我表现拉开了序幕。作为尾声的第八节则是对序曲一种呼应。此处抒情主体已转为“我并不怕死”“我只觉得我的光明愈近”。这可是一反序曲的逆向呼应，以“群的”自我表现作为结束。所以这首长诗具有十分典型的自我群体化特性。至于如何从序曲中“我的”自我表现转为第八节尾声中“群的”自我表现——这一场精神世界的转换过程，则全在第一节到第七节之间的意识流动中显示出来。大致说第一节表现“我”在学生宿舍里受到巡警搜查并被拘捕的情况，以及内在世界中“我”“一切理性的影子”消去和头脑“迷惘地昏沉”的心态。这种种，使他羞耻，并谴责自己：“呵，软弱的人类，软弱的，／死了！恐怖侵蚀尽我的生命！”无疑这一场“我的”自我表现相当真切。在昏乱中他却又对围观的人民发出了感慨：“我是光荣的，光荣的，／我是革命的忠臣，我有无涯的热情。”这是站在自我本位上对自己投身革命的人生选择作出肯定，成了他转向“群的”自我表现的内因。第二、三节表现“我”被押送到审讯室审问后送入囚牢的过程，这两节强烈地显示出“我为惊怖与愤恨的扰动而困顿”的心理状态，有比上一节更多的惊怖感。所谓“我的知觉已经十分地沉昏”，所谓“我失了感觉，／只觉得身子和宇宙一起慢慢的消殒”，所谓“我遗忘了宇宙一切／我也遗忘了自身”，这种种惊怖的表现，对一个还缺乏斗争经验的少年来说，是十分真切的一场“我的”自我表现。可贵的是和惊怖混在一起的他还有愤恨，对审他的红鼻子和押解他的“走狗”，他恨得发狠地吼出：“我要血溅你们这些狗颈！”对“可怜的车夫”，他发出鼓动性的话：“你们要起来奋斗，／来，来，来打死你们的敌人！”这两节抒发得更多的还是惊怖与愤恨交替在一起的“扰动的困顿”：他一方面惶惑地说：“像我，完了”“恶魔们已吞噬了我的生命”；另一方面恨极地说：“呵，我要破毁，我要破毁，／破毁这狭小的死城。”这些复杂交织的内心情绪的扰动，促使抒情主体作出了这样二元对立统一的抒情：

呵，呵，完了，完了，
我的日子终于告尽，
别了，宇宙，别了，地球，

我的赤血将把你们润浸！

这样的抒情，就实质而言，仍出于自我本位，是一场“我的”自我表现，却也为自我群体化打下了更坚实的心灵化思想基础，只等待斗争生活中的“触媒”碰上。这就出现了第四、五、六节。作为一个结构单元，这三节推出来的那一片亢奋的意识流动，成了全诗的高潮。首先，这单元让这位少年囚徒和五个工人——所谓“我的同路者”同居一个囚笼，而“他们是在展示无限的欢迎”地接纳我，而在他们的慰藉与鼓励下，“我的心膜着了无限的震刺，／我的眼泪徐徐地流到衣襟”。这使“我”向他们发出了如对亲人般的心声：“朋友，别哭我这弱者，／我的心中有热火在燃焚！”其次，把“我”和其余五个工人合成一个群体——“我们”，并这样抒唱：“牢狱应该是我们的家庭；／我们应该完结我们的生命，／在森严的刑场上，／我的眼泪决不因恐惧而洒淋”“让血染成一条出路，／引导着同志向前进行”！第三，在此基础上，又把“我”、牢内的“我们”与牢狱外还在斗争的“你们”，组合在阶级群体中，以这个阶级群体一部分的“我们”向另一部分的“你们”发出悲壮的抒情：“我们现在完了，／我们卸去了责任，／但是工作正还多着，／快些下个决心把它做成！”更希望“你们”踏着“我们的血，骨，头颅”，“去争回玫瑰的早晨”，而“我们的血，骨，头颅／我们都将慰欣”！这三节这样的抒情，显然已使原本立足于自我本位的主体转为了阶级本位，较自然贴切地完成了自我群体化。从浪漫派的自我表现看，显然这已成一场全新的自我表现。于是就顺势推出了第七节，这一节奏响的是一曲挽歌，已“群体化的”自我向“生命的残灯”的旧我送别，与此同时送别的还有我的“自我”世界中存在着的朋友，新我告诉他们：这盏“生命的残灯”就“将消灭在这无边的中心”；也存在着“永久的爱者”母亲，新我告诉她：“你儿子的生命之残灯／油已经枯涸干净，／你要恕我呀，／我不能把你孝敬。”这之后殷夫又让旧我已唱起献给自己的挽歌：“我要死去，这样光荣的死去！”这样的抒情逻辑作进一步推延，也就出现了作为尾声的第八节中如下的诗句：

死在等候着我，
和他一起的还有光明

“我的”自我表现结束了，“群的”自我表现出来了——这样一场表现是闪烁着一片光明的，因为自我群体化了。

所以，《在死神未来之前》最大的价值就在于它审美地体现了殷夫的自我表现已有了这种弥足珍贵的浪漫主义新质。

再看群体自我化在殷夫诗创作中的体现。

群体自我化是被自我群体化推出来的，或者说自我群体化的极致需要有群体自我化来调和、平衡，因为当极端的群体化使“我们”彻底替代“我”时，“我”往往会变成“我们”的符号，所抒之情说好听点成了类的情感，不好听点则成了抽象理念，那也就没有了主体“我”对抒情对象——生活的心灵化可言，更谈不上生活感应的真切性了。殷夫 1929 年写的一些红色鼓动诗，就存在着这方面的弊端，当年已遭到过批评。如沈圣时在《谈诗》一文中就对殷夫的《与新时代的青年》批评说：“像这类的诗，充满着血腥，似乎是充溢了一纸踊跃反抗的情调，但我觉得过分像口号式；以我的主张，现代的诗内容确然应该趋向劳苦大众，我们该为大众而写诗，但我觉得诗体过分趋于粗暴，全不注意到技巧，这究竟不是有生命的作品。”[1] 这批评虽然未必全合理，但“趋向劳苦大品”，追求群体化到极致，失却自我而使诗变得“像口号式”，无疑是击中要害的。对殷夫来说，这当然是一个存在的缺陷，但从这位诗人整体创作情况看，他倒能潜在地把握艺术辩证法，潜在地懂得自我群体化后也必须群体自我化，以求得自我与群体之间的平衡和双向交流。正是在这个认识基础上，殷夫这场群体自我化追求在当年盛行的普罗诗派——特别是太阳社的诗人群体中，尤有超越常态之势。但必须说明的是：这并非出于纯艺术策略之举，更大的意义倒是在思想感情上，或者本能化的内心体验中，认识到自我是群体的一部分，群体的精神特性须在个体中体现。上面我们论析《一九二九年的五月一日》，谈到“我融入了一个声音的洪流，／我们是伟大的一个心灵”时，认为这正表明殷夫已具有“我的”自我融入“群的”自我——或者个体融入群体的自我群体化觉识。但这里我们还想从另一角度提一提《议决》一诗，该诗的第一节这样写：“在幽暗的油灯光中，／我们是无穷的多——合着影。／我们共同地呼吸着臭气，／我们共同地享有一颗大的心。”这里出现了与“伟大的一个心灵”同一意义的“大的心”，不过“我们共同地享有一颗大的心”的潜在语意却不是个我的“小心”融入“群我”的“大心”，而是“群我”的“大心”让“我们”——由一个个个我聚合成的“我们”分享，这就意味着这颗“大心”是在一颗颗“小心”中体现的。所以这不是“融入”，而是“分现”。这是群体自我化的结果，是群体意绪成为了自我意绪。要产生这种“化”，或者“分现”，是要有特定条件的，那就是群体的存在如果同每个人都有切身利害关系，即个体认同群体，那么这场群体的自我化对个体必然会产生一股诱发力，群体意绪也就成为自我意绪了。所以群体自我化大量地发生在社会大动荡、历史大转折时代，也更适合于诗人对重大社会历史事件的感兴表现。殷夫这场群体自我化追求也正好发生在“五卅”“四一二”“广州起义”等大事件接踵而至的年月里，那时整个中国处于历史转折关头，大动荡的时代。为此，他写下了两支大曲，来显示这场群体自我化的诗美创造追求。

《血字》是对“五卅”惨案的历史回顾，也是对未来民族独立、人民解放前程的展望。全诗给人以郁勃、沉雄而境界壮阔的感受，是百年中国新诗中抒唱国家民族命运一类文本中的精品之作。诗的前三节节型相同，组合在一起，有层层推排的抒情气势，由此导致的沉雄的内在情绪节奏，把“五卅”这两个“血液写成的大字”所蕴含的民族恨、家园仇等深沉体验感发出来。接着在以“五卅哟！／立起来，在南京路上走”开头的第四节中，把“五卅”拟喻为一个民族复仇者的巨型形象，并推出这样的诗句：“把你血的光芒射到天的尽头”，“把你的洪钟般的预言震动宇宙。”这是坚信中华民族精神永存的历史感兴，在这场感兴中他又推出“洪钟般的预言”的根本内容：“今日他们的天堂，／他日他们的地狱，／今日我们的血液写成字，／异日他们的泪水可入浴。”斩钉截铁般的历史判断，正是无数劳动者——特别是工人们的鲜血凝结成的群体意绪的体现。这种群体意绪就是那一颗

"大心"，这颗大心又分别在一个个革命的、爱国的民族精英胸膛中跳动，而诗人殷夫正是怀有这颗大心且让它搏动得特别强烈的一个。这种真切与强烈的搏动具体地显示在下面这个诗节所表达的精神体验中：

我是一个叛乱的开始，
我也是历史的长子，
我是海燕，
我是时代的尖刺。

这是一个以天下为己任的社会叛逆者、世界大同这一历史新篇的创作者发出的声音，而通过"我"的这一串声音，竟如此真切而集中地把那个被大动荡时代激发起来的、无畏地追求民族独立、人民民主的群体意绪表达出来了。作为与之相应和的象征性言说，诗人更机智地把"五卅"二字拆解成意象化暗喻，说"'五'要成为镰刀和铁锤""'卅'要成为断锯和炮弹"，暗喻着"五卅"这个民族和人民耻辱的字，已激化成为工农团结创造未来世界大同的精神探求方向，奋起抗争到底、彻底摧毁仇敌一切堡垒的实际斗争力量，而这种种也正是"够坚决了"的群体意绪——"千万的心音"通过群体自我化的殷夫诗歌，集中地宣泄了出来。

值得特别谈一谈《意识的旋律》，这不仅由于它是一个极具现代抽象艺术意味的超现实文本，更由于它是一篇记录现代中国民主斗争进程的浓缩了的史诗。可以说在这以前这样的新诗文本写作还不曾出现过，以后也鲜见有这种史诗型的现代宏观抒情艺术之作。这首诗由三个侧面合成，如同一个三棱镜，能层出不穷地展示出从北伐战争到大革命失败这一期间的中国从乡村到城市风云变幻的社会生态特征。这三个侧面是：（1）这里贯穿着抒情主人公的人生历程，即他以一个羞怯的乡村少年从静穆淡远、宁静安适的田园境界中走出来，在城市的喧嚣声中一步步决然走进血火交迸的时代斗争漩涡；（2）这里也贯穿着1920年代中后期中国社会从记录民族屈辱的"五卅"惨案起始，经北伐战争、"四一二"大屠杀到广州起义失败等一系列风起云涌的大动荡时代风貌；（3）这里特别贯穿着一个借音乐旋律由舒徐悠渺到激越高亢再到豪迈壮烈的推进过程，来隐示革命意识加速突进，现实矛盾愈趋尖锐的大动荡、大剧变的特定时代风貌，殷夫在这个文本中记录现代中国民主斗争的进程并不着目于对现实的摹写，而是把注意力集中在剧变现实投影在一代民主真理追求者心灵上引起的波澜，具言之，即把斗争实况抽象化为一种时代精神情调，再藉音乐节拍急骤运行的旋律声调作映衬，层层推展出来。如诗的第三节，先以急骤运行的音乐节拍映衬，徐徐拉开那个血火交迸时代的序幕：“呵！高音的节奏！／山高的浪头！／《月光曲》的序幕开展，／洪大的巨波起落地平线！／碧绿的天鹅绒似的波涛，／在天边，天边，夹风怒嚎！／卷上昆仑的高顶，／振动满缀石窟的长城！／愤怒的月儿血般地放光，／叛逆的妖女高腔合唱！”这些表现当然更多点斗争实况的精神性抽象，如此做为的是给音乐节拍的映衬打好坚实的基础。紧接下去出现的诗行就在旋进式音乐节拍的映衬下对时代斗争实况作了一半如实一半抽象化的混合表现：

流血，复仇，冲锋，杀敌，
新的节拍越增越急！
黄浦滩上唱出高音，
苏州河旁低回着呻吟！
炮，铁甲车，步声，怒吼，
新的旗帜飘上了人头！
三次的流血，流血，流血，
无限的坚决，坚决，坚决！
“四一二”的巨炮振破欢调，
哭声夹着了奸伪的狂笑！
颤音奏了短音阶的缓曲，
英雄受着无限的耻辱！

在这些所引诗行中，我们不难发现其字里行间渗透着炽热壮烈的情感，那是由顽强地抗争、无畏地献身和悲愤地奠祭这个正义与邪恶火拼中血流成河的时代感受汇聚成的。这里的情感不是浮面的、廉价的，而是诗人以血写的心声，是群体斗争意绪的自我化表现。值得指出：殷夫之避开斗争实况的摹写，是有其深一层道理在的，因为仅仅是忠实的摹写，则避开主体对实况作心灵化表现也能办到，而避开心灵化也就意味着这样做不是通过自我表现的群体意绪。还值得进一步指出：主体的现实斗争作精神风貌的抽象，既然就是主体对生活实况作心灵化表现，那么，随着他更深入于时代的漩涡，以及受到音乐旋律化节拍映衬的推动，这场抽象还会有可能再抽象，或者说作深一层的心灵综合，进而促使他对时代实况作出精神性抽象提纯为对民主斗争进程的规律性领悟，以致获得对这场进程必然会在血的代价之后迎来光明。于是，我们也就读到这个文本以这样的诗节结束：

> 最高，最强，最急的音节
> 朝阳的歌曲奏着神力！
> 力！力！力！大力的歌声！
> 死；胜利！决战的赤心！
> 朝阳！朝阳！朝阳！
> 憧憬的旋律到顶点沸扬，
> 金光！金光！金光！
> 手下生出了伟大翅膀，
> 旋律离了键盘
> 直上，直上天空飞翔，飞翔！飞翔！

这场信念的领悟，使这首诗到此，诗情已从斗争的旋律递进到“憧憬的旋律”——未来必定是光明的信念。故这场领悟使全诗完成了一场从大起到大落又到大起的

“意识的旋律”进程。

对这一“意识的旋律”的把握，其实就是殷夫对时代意绪作群体自我化最真切的占有，从而形成了他为时代精神放歌的抒情新风尚。

就这样，殷夫的诗创作以自我群体化与群体自我化的途径完成了从“我的”自我表现到“群的”自我表现的质的飞跃，使中国的浪漫主义新诗创作攀登到一个更高的层次。如果说，由“我的”自我表现所派生的革命罗曼蒂克的抒情风尚，是受后期创造社的郭沫若、王独清、杨正宗，太阳社的蒋光慈、钱杏邨、冯宪章等人的影响所致，他不是一个开创者，那么由“群的”自我表现所派生的时代精神放歌的抒情风尚，他则是一个开创者，其影响之所及，从1920年代末期至今，已有几代时代的放歌者了。这里更远的影响且不说，就说说对1930年代和抗战时期的浪漫主义诗潮的影响吧！

曾在1933年出版长篇叙事诗《白衣血痕》、后来在抗日战争中活活被日本侵略者砍死在晋察冀反扫荡斗争中的史轮，在《白衣血痕》的后记《作者的话》中曾这样说：“如果人的个性可以是部落的、民族的、阶级的、社会的有组织性的元素之组合的单一化，那么，在真实的个性上一样地可以显示我们的时代。”这席话表明在史轮的意识里也已有了个体向群体转化、“我的”自我表现须向“群的”自我表现转化的觉识。因此，在这首原本表现一对青年男女爱情悲剧的诗中，贯穿了一个主导情绪——对个性解放追求的反思。诗中的男青年“我”是为了逃避丑恶的现实才投入温柔乡的。可是结局恰恰是进一步让“人类至惨的悲剧深刻我的灵魂”，并再度使他在经历了“自我向何处行进”的迷惘后顿悟到：“如果没有力量担当这现实，现实也决不让你逃遁。”这使他在“永远的忏悔”中出现了一个幻觉：为大时代而献出生命的“时代的怨魂”，仿佛在“向我流泪而自语”，“我”也沉痛地回答说：“你已死的精魂之群，咒我吧！／诅咒像我一代的混沌儿！”这里有着一个深刻的寓意：只有自我群体化，才有人的出路和诗的出路。这类浪漫派诗人所追求的新质自我表现更动人地显示在天蓝的诗创作中。这位诗人在抗战前是中国诗歌会的成员，1938年到陕北根据地，他的创作始终在群体解散的革命氛围中进行。战前他写的《无题》中就唱过：“我随历史的战斗行进，／我从单个人／走向人群”。这已表明他要在历史的战斗队列里使自我群体化。紧接着他写了抒情长诗《车子辘辘走你门前过》。这首诗竟是主体的两个自我的一场倾谈："你"是个体自我，而"我"作为群体化的自我向"你"诉说自己二十年来恍如做了一场大梦，梦醒后决不想"循着原路返回我的故里了"，因为"我"已懂得"我不能属于个人"，而已属于"被人鞭打的祖国""被奴役着的劳动人民"。为此，"我"向"你"发出"历史的浪潮声"："斗争的人，／投入真理的永恒！／洗去哀愁，／超出死生！"也只有这样做，"你"的"我"与"我"的"我"才会统一在历史的自觉意识里，获得"我的"自我全部的价值："我哟，我虽微末，／但我是一点不能被毁灭的微尘！"正是这种自我群体化的追求意识是建立在群体对自我的认同基础上的，也才使这位诗人在抗战后写的诗中，特别爱表现"跃入"的意象，如《雪的海》中："年轻而勇敢的人呵，／跃入大时代冷峻的战斗！"也爱表现寻求道路的意象："人类／从古昔到如今，／由散漫的个人／走成了集体的队伍，／人们在队伍里获得了更大的自由。"从个体走向群体，从"我的"自我转化为"群的"自我，浪漫派诗人不变的自我表现获得自觉的新质了。

这是同殷夫的自我群体化诗创作实践所给予的启发与影响分不开的。

田间1936年出版了《中国牧歌》，在《跋诗》里，他说这些诗的感兴来自"扬子江上农村底暴风雨""岁月的饥饿""失去的东北的土地"，且是自己在"恶夜"里"用血液织成的诗"，即来自自我灵魂的深处。这些表明它们是群体意绪消融在自我心灵中喷洒出来的。这使得田间在诗创作中面对一些寄寓着群体意绪的生活，总是用自我心灵将它们消融后重组出来的再造性生活新形象来显示。特别典型的是长诗《中国，农村的故事》，它表现的是中国扬子江边的农村一场因饥饿而逼起的大叛乱。但文本中见不到具体的叛乱的"农村的故事"，全是诗人天马行空式的想象飞跃，和反叛时代、寻求社会解放的激情的奔涌。这种叛乱生活被诗人作了时代精神的抽象，成为群体的革命意绪，再藉他自我感受引发的激情，结合直觉感应把握到的感觉碎片，成为一种重组出来的生活形象，以此来完成群体意绪自我化，作出时代反叛精神的放歌。特别值得一提的是1940年代，中国正处于民族大解放、人民大翻身的历史转折时代，旧世界在一天天没落下去，新世界在一天天成长起来，一批有良知的浪漫派诗人必须从一切与自我有密切利害关系的现实环境中选择自我生存之路，特别是其中一批投身抗日根据地的诗人，从生活实际的对比中，真切地感到以延安为中心的根据地的“天”是“明朗的天”。因此，他们与它相依为命，且多少带点本能意识地把那片土地和那里的群体感应成是属于自我的。正是在这个历史转折时期，他们很自然地让革命群体意绪自我化了。因此，根据地的诗人有个特点：爱从新一视角出发把自我强调出来。如艾漠——即贺敬之，在《我生活得好，同志》中有“我／从长列的火车上／驶向新历史的门槛”这样的诗句，很值得注意。这个“驶向新历史的门槛”的“我”，可以是个体的“自我”，也可以是以“我”标志的群体的“自我”——即“我们”，坐着革命列车的群体。唯其如此，才使贺敬之在《我走在早晨的大路上》中，面对根据地的“这个国度，这个政权”骄傲地说：“这土地是我的，／这山也是我的！”“这早晨，这太阳”，“这欢快的一天的开始”也统统“是我的”。于是“我”走在早晨的大路上，对遇到的每一个人、每一座山、每一条河、每一块土地，都由衷地唱道：“你是我的同志，我的爱人呵！／你是我的伙伴，我的邻人呵！／你是我的茅屋，我的田野呵！／你是我的早晨，我的太阳呵！”这些诗句所显示的抒情是如此奇妙！奇妙者何？在于“我”是“一切的一”，革命群体中的一分子；而革命群体的意绪却也是“我”这一分子的意绪，于是也就有了“一的一切”，在“我”的意绪中也会反映出革命群体的意绪。就这样，贺敬之以群体自我化的自我表现抒情，完成了更高品位的、时代精神放歌的浪漫主义美学追求。

这些，同殷夫的群体自我化诗创作实践所给予的启发、影响，显然是分不开的。

如果说由“群的”自我表现所派生的时代精神放歌式抒情确已成了中国新诗中的主导诗风，那么我们有理由说殷夫功不可没！

三

殷夫的诗，若放在1920年代中后期、1930年代初期的中国诗坛背景上看，是具有现代色彩和较高审美层次的。它们在内容上，真情而不滥情，智慧而不干涩；形式上，自由而不散漫，规范而不拘谨；格调上，绚丽而不浮艳，质朴而不粗陋。但更重要的是作为一个致力于自我表现的诗人，独创性也就成了他自觉不自觉的追求目标。而这，是要求有相当高的审美创造资禀的。

百年新诗出现过一代又一代的诗人，但就诗美创造的资禀而言，很高的算不得多，除郭沫若、艾青、穆旦、昌耀等，殷夫也算得上是一个。如果不是那颗罪恶的子弹夺走了殷夫年轻的生命，他成为中国新诗坛的大诗人，可能性是不会小的。因为，大诗人的基础，就是要具有超常的诗美创造的资禀。

黑格尔在他的《美学》第一卷一开头就提出艺术美要高于自然美，因为艺术美是“由心灵产生和再生的美”。他还强调说：“只有心灵才是真实的，只有心灵才涵盖一切，所以一切美只有在涉及这较高境界，而且由这较高境界产生出来时，才真正是美的。”按这样的见解来推论，作为艺术美中主要的一种——诗美，该来自对生活的心灵化，而心灵化能力的高低，不仅可以决定诗美层次的高低，同时也可以成为检测诗人诗美创造资禀的决定性条件了。按这个认识看殷夫，他的诗美创造的资禀确实不低。虽然，他现身于新诗坛还只是个小青年，从事诗创作的时间也不过几年而已，但他的一些代表性诗作就已显出他具有独特的生活心灵化的能力。

如果把诗美创造分为把握真实世界与表现真实世界递进式的两步看，那么殷夫在把握真实世界方面，是超越于同时代一般的诗人的。他具有从事物表层透视到深层的目光，从社会现实推向历史的觉识，从个体生态展示人类的胸襟。而这一切，对他来说并不是有意为之的，而像是一种出于本能的行为。正是这一点，大大推动了他对生活作心灵消融、重组这一能力的发挥。所以他的艺术运思是拓展型的，且因此决定了他总会本能地以宏观视野去进行抒情。也正是这种对生活作心灵消融的能力，促使殷夫在表现真实世界中，习惯于对生活作虚拟式重组。他具有能把常态情思化为幻感显示的潜能，把现实事态变为隐喻传达的智慧，把普通语言转为直觉表述的本领。对他来说，这种种做法全像是出于本能的行为，显得很自然，从而使他对生活作心灵化重组的能力得到了充分的发挥。这种种表明他的艺术传达有高度现代化的特性，即总是以宽式象征去进行抒情的，从而也进一步显示出他对生活作心灵消融的诗美创造本色。上文提及1929年他写的抒情长诗《意识的旋律》，是一首记录了从“五卅”到大革命失败后处于大动荡时代的中国，正义与邪恶搏斗历程的史诗，反映了抒情主人公——一个向往民族独立、人民解放的知识青年，在经受了革命遭受叛卖之痛、时代充满白色恐怖之恨后的大觉醒，并以捍卫民主真理之心投身新的斗争，在斗争中坚持未来必定光明——这一心灵历程。全作无论是从田园牧歌的境界向都市白刃战的时代推进，还是从上海“四·一二”大屠杀向广州起义大血拼的斗争蔓延，无论是“死！胜利！决战的赤心”、“滔天的大浪又沉没了神州”还是“金光！金光！金光！／手下生出了伟大翅膀”的历史演递，无论是“山也清，水也秀／鳞波遍吻小叶舟”的舒徐节奏还是“三次的流血，流血，流血／无限的坚决，坚决，坚决”的激越旋律，都以情绪化“意识”的流动贯穿起来，并借用音乐由轻柔向激昂旋进的旋律形态来对抒情主人公革命情绪“奔进”的意识流作幻示。而所有这些，其实又是那个处于时代大动荡中的真实生活被心灵消融、重组后的隐喻呈现，从中可以明显地见出殷夫这种生活心灵化的能力，正是上面提及的把握与表现真实世界那六个方面的综合呈现。他超越了一般写红色鼓动诗者惯用的具象摹写或标语分行的做法，显出了在诗美创造中寓壮阔的时代境界和雄健的战斗意志于象征幻示的心灵综合能力，而这种写法在当年的新诗坛可说绝无仅有。

这就是为一个大诗人所必具的诗美创造的资禀，殷夫的资禀。

当然，资禀只能是条件，不能代替诗人具体的诗美创造。更重要的倒是由生活心灵化综合能力派生出来的、一个诗人特殊的艺术思路。殷夫开始诗创作起，就自发地——后来渐次趋向自觉地确立了自己的艺术思路，其内涵就是在创作构成中他始终贯穿着对立统一的思维路子。

前已提及在《“孩儿塔”上剥蚀的题记》中，殷夫曾说过“一串正负的情感，划成我生命的曲线，这曲线在我诗歌中，显得十分明耀”的话。这话虽只是就诗人自身的精神存在状态而言的，却也表明在他的创作构成中同样会自发地让对立统一的艺术思路贯穿。的确，正是这种艺术思路左右着他在潜创作中的感兴运思和显创作中的意象设置，而这二者的有机结合，也就使殷夫在生活心灵化的诗美创造中，显出了丑恶—美善、幻灭—兴奋、阴柔—阳刚这三个方面的对立统一。它们分别体现为思想意识、情绪境界和审美格局的独特性。

就“丑恶—美善”对立统一的构成看，如《孤泪》中，一方面是“冷厉的暴风加紧／秋虫的哀鸣更形残哀”，另一方面则是“鲜红的早晨朝曦／也是叫它们带来消信。”《给某君》中，一方面是“在黑暗中动着是不可测的威吓，／后面追踪着时代的压迫。”另一方面是“我们笑那倾天黑云，／预期着狂风和暴雨。”特别是《呵，我们踯躅于黑暗的丛林里》，一方面是“我们”踯躅“在这黑暗的丛林里”，另一方面则是“世界大同的火灾已被我们煽起”。这些诗均把那个社会现实表现为“丑恶”与“美善”对立统一的存在，并且总是让丑恶在前而美善在后。这些做法既显示着殷夫具有“暗中也有光”的历史透视意识，也反映着他对未来怀有坚定乐观的信念，思想意识的觉悟层次是很高的。就“幻灭—兴奋”对立统一的构成看，如《独立窗头》中，先抒发了“我”在暮色来临、独立窗头时分“眩然地沉入伤感”，“热血已停止奔腾”，“往日如许豪烈的情热／都变成林中的孤摇残光”，但紧跟幻灭感而出现的是：“不！我的英勇终要回归，／热血不能离我歌腔。／暂依夜深人静，寂寞的窗头，／热望未来的东方朝阳！”高度的激越兴奋。特别是上面提及的写于1928年11月同一期间的两首诗，前一首《心》，“我的心是死了，不复动弹”，“我用我死灰般的诗句送葬尸骸”，“我最后的泪珠雨样飞散”，一片人生的幻灭。但随后又写出《归来》：“归来哟！我的热情，／在我胸中燃焚，／青春的狂悖吧！／革命的赤忱吧！／我，我都无限饥馑！”奔进的热情，高度兴奋。这种“幻灭—兴奋”对立统一的情绪意识构成，表明殷夫生活心灵化的真实追求是具有很高的诗美价值的，因为处于大革命失败后的大动荡时代实况在诗人心灵中的投影，就是这样的。可珍视的是：幻灭在先而兴奋在后，显出奔进的兴奋对退缩的幻灭的否定，隐示着那个特定时代作为一种社会思潮的情绪境界向上的趋势。就“阴柔—阳刚”对立统一的构成看，如《夜的静默》，共四节，前两节是一片静穆平和，有牧歌般的阴柔美，如这个诗节：“夜不歌唱，夜不悲叹，／巷尾暗中敲着馄饨担，／闹钟的啜泣充满亭子间。”

语言连贯，节奏以每行四顿显示出和谐，全个诗节给人以民谣风一般的婉约柔和。但后面两节却显出极大的逆转，如这个诗节："燕儿归，鸽群回，女人回家去，／红的电，重的雷，愤怒的诗句，／狂风暴雨之暴风和狂雨。"这里展现的是一个骚乱动荡的世界，相应和的是语言上大量起用叠词叠句、短句、成分大缺失的断句，言语活动不是流畅而是破碎，造成语言的跳跃感很强，并带动起节奏的短促、快速的进展，给人以奔跃、旋进，洋溢生命搏击的阳刚气。其他如《飘摇的东风》《夜的静》等也都如此。这种形式上二元对立格调的设置，也正是中国革命低潮时期一代觉醒者民主真理追求处于迷茫中的心灵的真实反映，而从阴柔转向阳刚，同样显出主体最终对自己的人生还是采取积极态度的，折射着他乐观、坚定的生存信念。

这就是殷夫对立统一的艺术思路在诗美创造中的体现。

但殷夫并没有满足于对立统一的创作构成。作为一个对世界大同的共产主义理想怀有自觉追求意识的革命诗人，殷夫既让自己的艺术思路立足于对立统一，又把这格局推前一步，提纯出一片全新的抒情天地。

如果说先进的世界观对一个诗人的创作的历史性价值的获得，确有决定性作用的话，那么这种作用产生的前提必须是：让先进的世界观在高度人性化的世界大同理想意识上定位，并使这种理想意识能转化为本能地制约心灵消融和重组生活的潜能。提出这一点是有针对性的。革命诗人的殷夫正是按此来确立先进的世界观对诗美创造作制约的。这种制约，在殷夫的精神生活中可以说已化为自觉行为，而制约的对象则是心灵。因此他在对生活作心灵化的追求中，几乎本能地以世界大同的目光去作心灵审美，而他的艺术思路在对生活作对立统一的设置中，也进一步为创作构成推出了一个被鲁迅誉之为"别一世界"的新境界，即在一些代表性诗作中，抒情主人公显示出他对时代征程的乐观坚定信念，对革命追求的殉道献身意志和对诗美创造的沉毅雄朗格调。

这些代表性诗作可以举出《一九二九年的五月一日》《在死神未到之前》《血字》。这些文本我们上面也已具体分析过，认为它们都以二元对抗的设置作为创作构成的基础，不过没有深入考察它们又在此基础上把一个全新的诗美境界推了出来。《一九二九年的五月一日》是一首叙事诗，抒写的是一场“五一”工人大罢工。前三节写罢工前诗篇的主人公——罢工的组织者走在黎明时分上海街头的情景，第四节展开工人们冲出工厂举行“五一”示威，这是向丑恶世界展开斗争的美善行为。在此基础上他又进一步抒写“我”的被捕，但“黑暗的囚牢却没把我心胸封锁”，先进的世界观本能地制约着他的心灵去消融与重组生活，使他在地狱般的环境中感受到“我们的示威是胜利的前提”，并发出了气壮山河的呼声：

未来的世界是我们的，
没有刽子手断头台绞得死历史的演递。

这些抒情表明：这位共产主义理想坚定不移的追求者，进一步从他对历史必然规律的认识胸襟中推出了一个全新的思想境界——对时代征程的乐观坚定的信念。《在死神未到之前》是“四一二”事件中被捕的殷夫在囚室里写成的长诗，它记录了殷夫第一次被捕和被押解、提审、投入监狱、被难友怀疑等的过程，这一串过程的叙写是跳跃式的，缺乏逻辑演绎的明晰，那是由于这些事件整个儿是浸润在主体惊怖和激愤交织的骚乱情绪中的。这种惊怖和由此而生的幻灭感，对一个生平第一次被捕的17岁少年来说，是可以理解的，令人诧异的是：他这种惊怖和对敌人的激愤及深信自己从事革命的正义性竟然紧紧结合在一起，使全诗始终处于幻灭与兴奋对立统一的格局中。他既这样唱：“我17岁的青春，／这槁枯的灰尘，／消灭了，消灭了，／一切将随风散殒。”但随即又发出继续渴望战斗之声。正是在这种正负情绪交织的基础上，殷夫又推出了一片新境界，他这样向战友倾诉：“朋友，有什么呢？／革命的本身就是牺牲，／就是死，就是流血，／就是在刀枪下走奔！”然后高唱：

让血染成一条出路，
引导着同志向前进行！

这样大义凛然的抒唱，使殷夫的诗情境界凸显出革命追求的殉道献身意志。《血字》是为纪念“五卅惨案”而作。对这一段民族屈辱历史的抒唱，诗篇采用的核心意象是“五卅”两个用中国人民的鲜血写成的“血字”。诗篇的前三节，每节均以同一句“血液写成的大字”开头，以“润饰着一年一度”“几万个心灵暴怒”“狞笑着几多叛徒”递进式的句子作结，又用了以每节三顿且押韵的格律体，所以它们在结构体式上是复沓回旋的，强化了沉重的诗情萦荡难散的特性，作为诗节的组合，它们具有郁勃低回的阴柔格调。第四节把“五卅”又拟喻为从血泊中挺起而走在南京路上的巨大意象，而“把你血的光芒射到天的尽头，／把你刚强的姿态投映到黄浦江口，／把你的洪钟的预言震动宇宙”这三个排比句，则增强了情绪一步步推向激越的旋进气势。于是，第五、六、七节以直接抒情宣告着血淋淋的事实面前中国一代觉醒者将作为“叛乱的开始”，投入复仇的行列，这一部分因此显出了激越高亢的阳刚格调。但阴柔与阳刚对立统一没有使殷夫满足，他又在此基础上进一步推出一个节奏表现新格局，这就是最后的一节：

> 四年的血液润饰够了，
> 两个血字不该再放光辉，
> 千万的心音够坚决了，
> 这个日子应该即刻消毁！

这个诗节颇值得讲究。从言语句式看，第一、三行和第二、四行是宽式相交的对句，给人以诗情凝重回环的感觉；而第一、二行与第三、四行间的关系又有排偶意味，给人以沉着推进的感觉。它们是“三顿体＋五顿体＋三顿体＋五顿体”的诗行组合，即“324+22222+324+22222”的组合，第一、三行是明快的节奏感，第二、四行是沉滞的节奏感。这样相交的组合会形成节奏感知的调和。句式上对婉约、激昂综合后的超越，体式上对明快、沉滞节奏的调和，也就使殷夫的抒情表现在阴柔与阳刚对立统一的基础上又推出了一个新境界：沉毅雄朗的艺术格调。

在对殷夫的诗创作作了以上几方面的考察后，我们有必要指出：他诗美创造的独特性是自成一个体系的。正是这个体系，或隐或显地存在于诗人整个的创作构成系统中。在以上几个方面的论析中，我们虽然较多选择直接作政治抒情的诗篇为例，但这不等于说他诗美创造的独特性及使他能在新诗史上留下实迹的，主要是一些直接为政治斗争服务的诗，或者说一提起殷夫，他的称号就该是红色鼓动诗人。事情远非如此。他的红色鼓动诗，在他一生保留下来的110首诗中，其实不足四分之一之数，所占比重最大的还是殷夫生前自编的诗集《孩儿塔》中的74首诗，此中有一大部分纯真优美的爱情诗和体现他人生情操的言志述怀诗，其中虽然也有与政治间接关联之作，但还是偏于人生情操的表达。正是这些爱情诗和言志述怀诗，更全面集中地显示着殷夫独特的诗美创造体系的存在。在我看来，诗集《孩儿塔》中的《地心》，就是这个体系全面显示的文本。这是一首献身民主真理追求事业的言志述怀诗，它的诗美品格之高大致可归纳为这几个方面：（1）该诗是高度幻感化的，它一开头就说："我微觉地心在颤战，／于慈大容厚的母亲身中，／我枕着将爆的火山，／火山的口将喷射鲜火深红。"这是一场堪称巨型的时代幻感表现，而正是这个幻感，使这首表现时代大斗争即将到来的诗，能以对生活作心灵化重组来隐喻。在这个文本中，一切时代斗争与志士献身的实际内容全虚化成象征意象了。因此，这场幻感也反映着殷夫创作个性中那种超常的心灵综合能力。（2）该诗也强调丑恶与美善的并置，如第二节的意象设置："冷风嘘啸于高山危巅，／暮色狰狞地四方追踪，／秋虫朗吟颓伤歌调，／新月冷笑着高傲长松。"在这种"冷风"与"暮色"、"秋虫"与"新月"二元对立的隐喻化表现中，诗篇凸显出了历史演递的必然趋势："我耳边震鸣着未来预言，／一种，呵，音乐和歌咏。"这场历史趋势所提供的"真"，就是自由解放的一天总会来到；（3）该诗还显示着幻灭与兴奋两类情绪的双向交流，第三节前二行表现了"光明的宇穹"被"吞没"——他在幻灭着；后二行表现了耳边却震响如歌咏般"未来的预言"——他在兴奋着。它们在第四节前二行"我枕着将爆的火山，／火山要喷射鲜火深红"中作了双向交流，并以此为基础，推出了后二行：

把我的血流成小溪，骨成灰，

我祈祷着一个死的从容。

这是一位民主真理虔诚的追求者对自我生命终极的觉识，这觉识包含着诗人在大悲悯中的大欢乐——为迎接世界大同的共产主义时代早日到来而以身殉道的大欢乐。

这样的抒情文本，在中国新诗史上，也可算得上是精品了。不过，殷夫留给我们的诗——特别是收在《孩儿塔》里的诗，选一选，又何止《地心》可看成精品呢?《呵，我爱的》《清晨》《独立窗头》《给某君》《我醒时》《青的游》等，都可说是殷夫这个诗美创造体系全面而集中的体现，都可说是精品。

结　语

记得鲁迅在《白莽遗诗序》临近结束处，曾这样说："现在，对于他的诗，我一句也不说——因为我不能。"如此感慨的话，正是这位中国新文化巨匠"吟罢低眉无写处"的心情另一种痛楚的表达。但这离鲁迅说的话毕竟已过去了 74 年。世界变了，对殷夫，鲁迅"不能"说的时代也早就结束；今天，已临到可以大谈殷夫的日子了。可见我们比鲁迅要幸运！令人惋惜的是殷夫只活了 21 年，只留给我们 110 首诗。这是中国诗坛无法弥补的损失，历史终古的遗恨。

注释：

〔1〕 洪球主编:《现代诗歌论文选》上册第 90—91 页，上海仿古书库 1936 年 6 月初版。

张烨论

张烨是这样一个诗人：她既具有传统文化和人类现代文明相交融的修养，又具有中西诗学互补的系统知识积累，更具有立足于女性而又超越性别意识，立足于个人化而又超越一己悲欢、面对人类命运而歌唱的创作视野。这使她在当代女性诗人中能以高雅的抒情格调和成熟的艺术风度，给人留下深刻的印象。值得指出：她之所以能获得这种高雅与成熟，同她几十年来重视诗歌情感空间的营建、拓展以及更新分不开。这方面的自觉，在我们新诗坛还是不可多得的。

这位女诗人曾写有一篇诗学论文《诗的情感空间》，提倡诗人须重视情感空间的营建。她还对自己的这一提倡颇具信心地说："情感空间早晚会成为一个诗歌术语，有待行家来下定义。"话虽这样说，其实她自己已在这篇论文中对情感空间作出详细的阐释了。这场阐释是从她为诗的情感空间确立逻辑起点开始的。这个逻辑起点就是诗歌必须重情。这很可注意。因为，选择这个起点一方面固然出于她作为一个诗人的特定素质，但更重要的方面却是这个选择反映着她对当时诗坛某种风尚的不以为然。可以说这是出于针对性的策略举措。在这篇论文的开头，张烨就把诗歌创作中的一种倾向提了出来："近些年来，诗坛上出现了一股'诗歌不要抒情'、写诗必须'情感放逐'、'情感零度'的所谓新诗潮。"还进一步说："理论思考的强度深浅已成为一些批评家对作品进行评价的机械尺码，诗的情感力量与诗的艺术审美已不再被重视。"在以上这些认识的基础上，她又展开来作了这样的发挥：

……现代诗过分张扬理性、轻视或贬斥情感已成为一种先锋象征，这样走下去只能使现代诗最终变成一束束抽干了水分的干花，像所有精致包装的工艺制作一样成为时髦而炫目的消费品。当诗只是一种智力游戏，一种新观念新思想的工具，只是组织些文字来散发所谓的现代意识的时候……诗歌也许将会是最早被逐出艺术的殿堂。

这不是故作危言耸听，而是出于张烨对诗的一个基本观念："情感是诗的生命，是诗人在进入诗歌王国之前必须获得缪斯发放的通行证。"张烨正是在对情感要素高度重视的前提下，才把重视诗的情感空间的主张提出来的。她说："情感空间就是人在生存空间中通过同外界接触与内心世界相互交融、作用后所产生的情感场，它具有内敛的包孕性和外展的广延性，如同一个视觉化的立体高层建筑。"我们可以从这个说法中了解到：她所说的情感空间，指的是诗人在感受生活世界中把握到的一片主客体交融在一起的意象世界。此话怎么讲呢？这还得再来看看那篇论文中对情感空间一说作补充的一句话："情感空间也是一个人心灵库存的标记。"这话很值得玩味。所谓"心灵库存"是说得相当含混的，省略了不少内容。"心灵库存"其实是指诗人在感应客观世界中近似本能地选择、吸纳了一些特定的生活印象在心灵中库存起来。据此而言，这"心灵库存"实来自诗人的心灵对生活印象的积累。由于这种生活印象是诗人的心灵对客观世界的感应之所得，所以也就相应地具备了区别于理性分析的感兴功能，这也就使我们有理由把这些库存于心灵的生活印象或主观化的客体存在，称之为意象世界。因为意象就是客体的主观化、生活的心灵化的存在，具有能通过感兴激发情绪的功能。诗人就怀着自己的意象世界在进行着潜创作，而其中某一片意象世界如果有幸进入某一场运思轨道，也就能顺着这场运思的导引而使自身的感兴功能得以发挥，既把情绪感受散发出来，又使自身得以萦绕着一层情绪氛围，也就是情感场。这一来，特定的即被纳入进运思轨道的意象世界，也就成为情感空间了。由于意象世界毕竟是主观化的客体存在，也就决定了它既有客体物质性能也就是空间特性的一面，也有主观感兴功能也就是情感特性的一面。所以，若把活动于潜创作中的意象世界落实到一个具体作品的创造中，也就可以称之为情感空间的构造。当然，意象世界与情感空间有所不一致。意象世界是指诗人在整体潜创作活动中的存在，而情感空间则仅指存在于诗人某一篇作品的潜创作中。它们是整体与部分的区别。不过，它们又都具有因主体对客体作感兴而生的情绪感受，这是完全一致的。说到底，从意象世界到情感空间，都是诗人在潜创作中如何激发情感又如何承载情感的一种追求。所以提倡情感空间，也正意味着是把情感看成诗创作的核心内容。一个诗人，只要有志于诗创作，那么他的潜创作活动总也会在日常生活中时刻进行着的，这也就会使他的“心灵库存”——意象世界也呈现出“不断积累的过程”，进而决定了诗人在创作每一篇具体作品中，情感空间的构建也会相应地有所开拓和深化，从而显出它的深广度。为此，张烨在《诗的情感空间》中特别强调一点：“诗人应不断去拓宽、丰厚和充裕自己的情感空间。”

综合以上所析，可以说张烨通过《诗的情感空间》一文，不仅力主写诗必须重情，还为重情而大力提倡诗的情感空间；不仅提倡诗的情感空间，还十分重视情感空间的拓展与深化，并在创作实践中探求一套情感空间营造的策略。为此，本文将以“情感空间”这个话题为核心，从张烨诗歌情感空间的广度、深度及营建策略这三个方面，对这位女诗人的新诗创作作出全面的考察。

一、张烨诗歌情感空间的广度

作为诗人，张烨的心灵是向生活世界开放的，并且还十分自觉。在《关于诗的思考》一文中，她认为“伟大的诗人”之所以伟大，是因为他们具备浩荡的宇宙意识、历史意识、现代意识，除了对自身、祖国、民族，还必须关注整个人类的命运，歌颂人类一切进步的事业，对人类有一种与生俱来的使命感，在《自我与生命的世界》一文中，她一方面说自己的个性是“呈一种封闭状态的”，所以自己的诗往往“由这种孤寂的个体体悟性内倾式的深入开展而致”，另一方面却说自己的个性“对生活、对人类、对世界又是呈辐射的开放性的”，“能把敏锐的触须伸向人类的共性”，从而做到“审视自身、感知与理解人类的普遍追求，吮吸诗的营养，提示人类生存的本质”。这种言说表明她既和一般女诗人一样关注人生情恋而作心灵困顿的抒写，又能对此作超越，自觉地去感受人类的命运遭际，以及生命存在的无奈境况，在和这三类存在对象作感应中去选择、吸纳三大片缤纷多彩的意象世界，而这些意象世界则在张烨多次运思活动中又分别转化为更其丰富多彩的情感空间。

我们的考察将从这三方面展开：（1）人生情恋的意象世界及其情感空间的拓展；（2）人类命运的意象世界及其情感空间的拓展；（3）生命存在的意象世界及其情感空间的扩展。

（一）人生情恋的意象世界及其情感空间的拓展

张烨在感受人生情恋中所把握到的，对她来说是一片最圣洁、最幽秘、却也是最苍凉的意象世界，显示在《妙龄时光》《别》《彗星》《悼歌》《无题》《雪中》《车过甜爱路》《怀念》《凝视》《月光曲》《黑色》《初会》《扬子》《月色的一瞬》《雾中》《最后的青春》《纯真的爱》《鬼男》等诗中，这些诗可分三类：

首先一类来自只属于张烨个人持有的感受对象——她的“已故情人”。她为这段绝望的恋情一次又一次地作了千古长恨的抒唱。这一批阴阳相隔的幻感式诗歌，在当今诗人——特别是女诗人中是极为罕见的。在《无题》里，写“我”拉起小提琴，会猛地幻感到“你的面孔突然浮现在小提琴上”，“整个天空回响着你的歌声”。在《雪中》里，当“我”走在雪地上，脚踏出“银色的嚓嚓声”时，会猛地幻感到有一对人儿出现了，那是“被雪的光线照亮”的“很美”的人儿——“他”和“我”走在一起：“我们会心地笑着／臂儿挽得更紧／没有路的地方更有着魅力／让我们去感受去探索——／去开拓——”。特别值得一提《雾中》。诗写“我”走在一片浓雾笼罩的弄口时所发生的幻感。居身于“白茫茫的混沌”中的她感到“模糊的美在蜿蜒”，“人影飘渺，恍若隔世／雾中的花园是天堂的伊甸园”。而就在这时，“亲爱的你蓦地出现／出现在当年攀谈的弄口”。可叹这幻感只是一刹那的，“我甚至来不及走近／你就与雾化为一体”。于是，这雾成了“勾起记忆的气息”，使“我深深呼吸”，心也为之悸动了：

雾浓郁了人间的孤独
雾冲淡了人间的孤独
用天堂的气息包裹我，渗透我
我的灵魂在雾的怀中
感到幸福

这节诗首先值得注意的是第一、二行。如果说“雾中”产生的这些幻感其实隐喻着抒情主体的潜意识活动，那么这两行诗实质上是隐示着诗人的这场千古情恋已近于本能行为，在本能驱使下做着一场白日梦，梦醒了后会觉得“雾浓郁了人间的孤独”——对“已故情人”的千古情恋徒然增添了自己现实中生存的孤独而已，不过纵使如此，她还是留恋这样的白日梦，因为这里有“天堂的气息”，使“我”在潜意识中能和“已故情人”重聚，让这场千古情恋的本能行为因此“冲淡了人间的孤独”而“感到幸福”。由此可见，这场绝望的恋情已陷入得多么深了。

其次一类来自新生的恋情和已经死亡的恋情之间的冲突。这类感受对象使张烨把握到的意象世界由于新生的爱情欲求无缘，已死的爱情欲罢不能而弥漫起一团极其无奈、困惑的阴郁氛围。组诗《彩色世界》中有一首《黑色》，是对新生的恋情激越的抒唱，以“黑色大海”的狂涛巨浪来隐喻。但接着一首是《蓝色》，写“我”居身的这片翻腾着“疯狂的海浪”的黑海洋顷刻间变成了平静的蓝海洋。这是由情感的冲突推向了感觉对象的变异，显出了心理状态的大跌宕，以及大跌宕中抒情主体精神生活的大痛苦。《两个太阳》对这种冲突表现得尤其强烈直接，且富有戏剧性。诗写的是处在新爱中的“我”，猛地幻感到爱情海上跃出一轮旧日的太阳，“闯入我的记忆”，以致使“我”感到“一个结束了的年代又重新开始”，“无数蓝灰色幽灵”纷纷走来，其中也有“已故情人”。这时“我”正依偎在一个男人怀里，他默默地在向我凝视。这可是“欣慰？辛酸？祝福？妒忌？”惘然的“我”已不敢辨别个中的实际内涵了。也就在这时，一声灼热的柔语把我从梦幻中唤醒——现实中的情人竟然也默默向我凝视，微笑起来。于是

> 两个太阳，两个……
>
> 两个太阳在海面交替闪烁，重叠

这真是一场撕心裂肺的心理戏剧表现。张烨赋予“我”这样的诗行作结束：“生者比死者更加痛苦需要爱情！”这是画龙点睛的一笔。点化了新生的与已死的恋情之间的冲突，以及由此激发出来的、无比凄艳而又宿命的哀感。

再一类则来自生命的灵肉冲突。张烨颇有一些人生情恋的诗，在对特定环境中的肉性冲动作表现时，往往以临阵脱逃结束。不能不说这里有心理扭曲的迹象，却能给人以灵魂震撼。《雪女》写“两只玻璃杯在餐桌上清脆歌唱”时，抒情主人公有了爱欲的冲动——“海盗船占领爱，这座神秘岛”，以致在灵魂深处涌出“六种变幻的情感”，但顷刻间又会“雪弥漫全身，血液冷却”，“灵”占上风，以致出现如下一些灵肉选择中人无所适从的抒写：“我该如何制止自己的灵魂／不朝漆黑的深渊坠下去，而是／站立起来／当蜷缩颤栗的身子只穿着一层雪水／你，吼着，赤裸裸袭来。”当然，这样写还只是灵肉矛盾。组诗《爱情海》则把这种矛盾推向极度的冲突，以及由此引起的惶惑、痛苦、愤慨。这个组诗中，《给》是对人间有欲无情的警惕性抒写，《爱的锁链》是对恋情颓入欲念的惶恐，《从种子、红珊瑚到珍珠》是渴望灵肉和谐的赞词，而《忧》则是正面对灵肉冲突作表现，强烈地谴责了人生情恋中的有欲无情：“一个有欲无情的季节／它斑斓的激光辐射整个世界／我却依旧渴望坚贞专一的爱／我却依旧奉献坚贞专一的爱。”正是立足于此，才使张烨诗中人生情恋之海积聚起一团对有欲无情予以反击的风暴：“如果你／如果天下所有的男人／都感染了这个季节病”，那么

我的风暴将在憎恶中升起
掼碎一个个欲念的海洋
高仰着头颅远离世界而去
没有谁会真正知道我
为什么幽寂地独处终身

这些诗行使人不由地想起那些狂躁地唱着“你不来与我同居”、沉湎于“黑夜意识”的某些女性诗歌，张烨的诗歌趣味可是远超时尚的。我还认为：与其说像组诗《爱情海》这样的作品主要的审美价值是张烨通过人生情恋表现了爱情的神圣感，反映着她独立自尊的女性主义精神，还不如说她通过幻感式的内心絮语，大大拓展了人生情恋这片意象世界的复杂性。

（二）人类命运的意象世界及其情感空间的拓展

张烨在《自我与生存的世界》中有一个提法值得注意。她说：“我的诗歌主体有‘自转’也有‘公转’。”这意思就是她的情感触须既要伸向自我切身的生存体验，也要伸向一个社会、一个民族，甚至整个人类的命运遭际。正是这种诗歌创作态度，使她持续关注外在世界，为自己的意象世界开拓出一道特异的风景：真诚体察人类命运的意象世界。

人类命运是一个宽泛的概念，广义地说是指生活在地球上有智慧的高等动物——所有的人的生活遭遇，狭义地说则指一个民族和一个特定社会中人的生活命运遭遇。张烨灵感的触须在这三个方面都有所触及，范围是相当大的。从来自诗人切身感受的社会人生遭际看，张烨对文革时期的苦难生活抒写最多，也最深刻，像《花儿欢歌在我心中》《丙午红魔》《在阳光鞭笞下》《沉默》《无题》《青年失业者》等，都是“文革”时期潜在诗歌中写得相当大胆的文本。这些文本反映着十年大灾祸中上海社会极其混乱的面貌，既有对打砸抢的实景描述，又有逼人至死的恐怖记录，更有对年轻人失去学习机会而又无事可干、流浪街头的真切抒写。《丙午红魔》是对大揪“走资派”、大搞打砸抢时期骚乱的上海社会现象发出的抗议，诗篇结束处说：“一头名叫丙午的红魔——／从混乱中升起——／狂笑着降临华夏大地——”这是她豁出命对那个疯狂年代的社会人生遭际所作的愤怒抒情。特别值得提一提的是《无题》。这首小诗用象征笔法抒写了十年浩劫中的中国社会已失去一切生机，月光凉如金属，大地寂静，不闻蛐蛐的歌声，只有一种存在——诗人捕捉到这样一个感觉：

只有月光的金属声
串起一条无形的铁链
在灵魂深处响起

这可是来自潜意识的恐怖感觉，反映着在社会大浩劫中一代人灵魂的阴森恐怖感受。除此之外，她还对社会现实中各种各样的人生命运遭际作了殷切的关注，拥有了一片出于人道主义关怀的意象世界。在《求乞的女孩，阳光跪在你面前》《离婚》《老单身汉》等中，这片意象世界特别能让读者的灵魂颤动。

张烨灵感的触须还伸向我们民族曾经有过的百年屈辱历史，并对此作了悲慨壮烈的史诗性抒写。我指的是她的三支大曲：《刘公岛》《世纪之屠》和《东方之墟》。使人感到困惑的是张烨的抒情长诗《刘公岛》迄今为止似乎没有进入任何一个评论家的视野，他们喋喋不休地谈论的是她的《大女的心律》之类的诗。当然组诗《大女的心律》也写得好，值得评论，不过它和《刘公岛》所把握的这一片富有极强烈历史意识的、宏大壮阔的意象世界是不可同日而语的。诗人在这首长诗中怀着浓重的忧患意识抒发了一腔爱国深情。她通过踏访中国甲午海战中北洋水师全军覆没的古战场刘公岛时的回忆，抒述了我们民族的一场屈辱遭遇，也表现了人类纷争带来的深重苦难。诗篇以宏大的海战场面的亦叙亦抒，重演了刘公岛海面发生的中日海战过程，以及丁汝昌、邓世昌等将士舍生奋战、与侵略者同归于尽的壮举，进而以悲慨的心绪发出了议论："上帝创造一个刘公岛／为了向世代昭示千古遗恨，是吗／那沉埋海底的白骨，上帝／你能辨出哪根分娩于太阳旗／哪根上面注有炎黄字样／上帝保佑已失去意义。"站立在这一幅令人悲慨的历史画卷面前，诗人作了这样的抒情：

历史站在一艘烧焦的舰艇上
痛苦地弯下身子
轻轻抚摸波浪痛哭的面庞
把高粱酒泼洒在硝烟渐逝的海面
将一朵朵血红的山茶花飘洒海面

诗人悲慨的抒情到此却并未驻步，诚如同鲁迅在一首小诗中所说的："心事浩茫连广宇！"张烨的"心事"也从百年前的这场民族屈辱通向了现代中国。诗的第六节出现了诗人心情复杂的沉思：刘公岛海域又回到风平浪静和生态和谐，但历史是不能忘记的，并且如果我们民族要想"获得欢乐和幸福"的命运，只驻足于这种记忆而"不孕育行动"，去"将上帝安排错了的人生全部改变"，那么刘公岛上的"古炮台、堞墙、旧戏台、水师学堂旧址"以及"丁汝昌与邓世昌的塑像"等，都会担忧而轻轻地说："谁能保证悲剧不再重演。"这是张烨忧患心态的深化。全作开头一节专写"风"吹"幽梦遥"的"落叶"向"冷若绝望""静若凝望"的刘公岛海域乱纷纷落下，以示对百年前的殉国者的哀悼，结束的一节则写在冷月清光的无声音乐伴奏下刘公岛海域无数英灵"轻轻呼唤着一个带血的名字。／中国"。这样一场浓重而又旷远的氛围境界的前后呼应，感发出了诗人灵魂中对民族命运所怀的"最辉煌的痛苦／最深沉的情感"。所以，如此大气的《刘公岛》显出了张烨在诗创作中已拥有远远超越一般女性诗人的意象世界。同样以染血的诗笔抒写日本侵略者一手制造"南京大屠杀"惨案的《世纪之屠》，也显出了张烨拥有一片恢宏的、表现民族命运的感兴天地。值得指出《刘公岛》《世纪之屠》，提供给我们的虽是一片有关民族命运的意象世界，其实已涉及整个人类命运的问题。另一支大曲《东方之墟》抒写的是八国联军火烧圆明园。全作通过一个从“过去与现在交叉的时刻”中走来的“他”引领、启示“我”一起来作历史沉思，这样一场运思也同《刘公岛》一样。不过《东方之墟》仅凭诗题即可以见出火烧圆明园作为世界性纷争中的旷世浩劫，暗示着“苦难注定是人类的命运”这个宏大的哲理命题。所以这首长诗所拥有的已是偏于全人类命运抒写的一片意象世界了。

以全人类命运为抒写对象的意象世界，在张烨的诗中也不少。诸如《海湾战争》《卡廷森林》《奥斯威辛之歌》等。虽然前面两首由于构思艺术的薄弱而流于一般性抒叙，达不到佳作水平，但长诗《奥斯威辛之歌》却上了层次，获得了成功。这首共分十二章的诗整体构成是匀称有机的，把纳粹企图灭绝犹太民族的一系列事件——从他们在德国有意制造事端，到驱赶几百万犹太人出境，再到把犹太难民分批送往波兰奥斯威辛集中营全部毁灭抒写了出来。可以说它是德国法西斯罪恶史的一个缩影。其中《战争降临》《孩子的太阳》《大屠杀之三》都写得相当惨烈，给人以强烈的灵魂震撼。特别是《大屠杀之三》，写一批女囚徒组成的乐队，穿着蓝色制服、演奏着圆舞曲，然后就在安宁、梦幻和快意的旋律伴奏中，让纳粹分子把一批犹太人推入毒气室，而随着“钢门砰的一声关上”，“厚墙外死一样的寂静／仿佛什么也没有发生／乐曲声奏得更响，更欢快／只有沿墙的排血沟／默默地向苍穹，吐露／人世间的兽行”。如此强烈对照的写法，其残忍的刺激效果几乎达到让人难以承受的地步。但这首诗不是在作纳粹分子的展览，而是紧紧扣住人性控诉的立场，并从此出发作了一场从高度感性升华为全人类生存命运的哲理领悟：“苦难注定是人类的命运。”但诗人又并不驻足于此。面对这一座骇人听闻的集中营，深沉地感受着“这里的每一寸土地”“每一块石头”“每一株草”的她，以四百万殉难者代言人的身份，发出这样的议论：“我们的死亡将是永恒的拯救／绝不是永恒的沉沦。”并随之吐出了这样的声音：

那么，请抬头看看吧，善良的人们

四百万灵魂在天空书写的血字：

警惕啊！

二十世纪——奥斯威辛

这是张烨站在人类的高度，人类文明史的高度，语重心长地发出的警世之声。随着此声悲慨地荡开，张烨体察人类命运的意象世界更加开阔了。

（三）生命存在的意象世界及其情感空间的拓展

张烨诗歌中，最值得重视的是她对生命存在作哲理领悟的那片意象世界。这是一片更多姿多彩的感兴天地。它之所以能被张烨所拥有，是同存在主义哲学激活和导引她获得某些定向联想的思路有着必然关系的。我们并不了解张烨是否关注过存在主义哲学，受过存在主义的影响，但从她的诗中还是可以看到她从现实生活中感悟到的生命存在哲理，至少有四类是同存在主义有内在关联的。

首先是她有一些作品是在对生命存在这个哲学命题作诗性阐释：人类是被“抛入这世界的”，痛苦、挫折、病、死是人类现实的本质特征。对张烨来说，这方面的感受几乎成了一个情结，一直纠缠着她善感的心灵。作为这个情结形成的源头，要追溯到“文革”时期。“文革”刚开始时，她目睹上海出现的种种社会现象而写了《血城》《愁城》等抒发社会大浩劫之痛的诗，特别目睹父亲、叔叔等亲人受到冲击，使这位刚进入“妙龄时光”的女诗人单纯的心涂上了一团浓重的阴影，以致应该去歌唱夜莺与玫瑰的她竟然发出了这样的声音：“始终有阴影笼罩我／外界的阴影，父亲的阴影／还有，还有预感中的阴影／向我弥漫——／像冰的寒气／虽然，窗外阳光灿烂／四周是炽热喧闹的一片红。”可见，人生苦难这个念头已在她心头打下了深深的烙印。写于1969年6月的《预感》中，这位处在青春年华中的女诗人竟然说要“向白昼告辞；／向泪眼凄迷的玫瑰告辞”，因为她已预感到“不可抗拒的命运已如期袭来。／人类将进入一个没有白昼，／没有玫瑰的漫长年代”。而

《夜行》中她更把自己在这个世界的存在直觉地看成一场“夜行”：“路／所有的路／突然直立起来／我惊恐地想／我是谁？从哪里来——／为什么我的四周全是一条条栅栏？”这意味着生命存在不仅是一场夜行，并且是一场无路可走的夜行。即使是十年浩劫结束后，她灵魂深处依旧抹不去这团人生苦难的阴影。写于1992年的组诗《带风景的乐章》是她在内心世界深切地感受着人生苦难的抒唱。张烨在题记中说这是一片“我琴声里的风景”，是“神秘”的，因为“风景里有着我的故事”，并且会“隐隐牵痛你”。在《坚守一种精神》里，她把“千里光秃皱裂的黄土地”看成是和自己的灵魂最贴切的一片风景，自己正像它一样，“一生一世，永远干渴”地存在着。而这又何止是“我”一个呢？！“许多人和我一样／感受着你在世上的艰辛、灾难和泪血／许多人和我一样从未诉说／只是默默地追求、坚守。”这种像黄土地一样永远干渴着的人生存在，却总是在期待着冥冥之中会有一个转变的契机到来。这契机是什么呢？出现了以后又怎么样呢？在《梦境》中她说：这契机不过是“敏感的神经感应着一道遥远的白光”而已。又说：“创造欲狂与精神病狂／它们载着我蒸馏水做成的躯体／在峭壁撞碎了像一阵狂笑／我突然空荡荡地站在大海的中央／捧着一颗巨大的珍珠茫然失措。”这是一种源出于生命本能的欲求，可这欲求又总无法使自己得到满足，以致在潜意识中折磨人。特别值得一提的是这个组诗的第四首《斑斓时刻》。这首诗不仅抒写了“海水把落日”淹没了的刹那间出现的斑斓时刻所引起的惘然感触，而且还结合自己的身世抒发了一缕情思：“往昔已经流逝／正在进行的是消失／未来又若何？／最彻底的孤独不再是孤独／惊扰了的梦不再是梦／心驰神往地走进黑夜／如同游子回归故乡。”这该是一场哀莫大于心死的彻声歌唱。李清照的《声声慢》曾是这种大哀感的千古绝唱，可是只停留自我的社会层面，张烨这首诗却还对社会层面作了超越，进入了对生命存在大哀感的抒写。这种人生苦难才是人类现实的本质特征，属于生命存在的哲学范畴了。

其次是她对人不可能知道将会有什么事要发生作了感悟式的诗性解读。这是个存在主义哲学命题。张烨对此是通过三个方面来展开抒写的。（1）她似乎已意识到，人对生命存在往往着眼于眼前静定的空间而忽略了时间，而时间由于总是在流动的，生命拥有的流动时间又总会改变生命静定的空间，这就使人不可能知道自己的生命存在将会发生什么，以致一旦发生了某件事就会让人感到意外，导致伤感；而这伤感也因此成了生命存在中的必然。有关这方面在张烨的诗《老处女》中有深沉的显现。“老处女”在年轻时，可以“托着月亮在海边欢奔”，“搂着太阳在原野欢歌”，可以让“一滴秋雨”去湿透“月亮和太阳”。她可以把世界摆弄出一片美妙，但她却不知道随着时间流逝，世界会变。可不是，“你”纵保持着“滚烫的脚步”，却只能“将碧草踩得一片焦黄”。这里透现着“老处女”的伤感——生命存在的伤感。（2）她也似乎意识到人对生命存在往往局限于个体的孤立存在，忽略了整体的互为关联。由于忽略了个体总还是要受整体互为关联的格局制约，因此人也就不可能知道将会发生什么，以致一旦发生了某件事便会感到突然，导致恐怖。恐怖也因此成了生命存在的必然。有关这方面，张烨在组诗《美丽大地》中显现得相当深刻。这组诗是为1999年9月21日台湾大地震而写的。在《滚石流》中，她写了台湾这片“美丽大地”竟然地层下滚雷，人们已来不及去品味“预感”，“恐惧”就已用“滚石的海啸”逼迫人们的“预感滚开”了。在《轰响未来》中，她更深入一层，抒写人们面对天灾迹象的预示而失去警惕；“大地的生灵，习惯于忽视／猫在梦游／蝙蝠在屋檐荡秋千”，而突然之间，这片“美丽大地”已沿着恐惧坠道，轰响未来了。因此在《地兽》里，她忍不住发出“美丽大地更不可信／翻手摇篮／覆手坟墓”的悲慨之声。在《祭》中她还忍不住作了这样的长叹：“天意从来高难问啊！”由于立足在以上一些感应和兴叹的基础上，使得她在《开启另一扇门》中领悟到了生命存在可以有十扇门、一百扇门让人通过，进入事物内部，却“永远也找不到／关闭着的另一扇”，恐怖在里面会突然爆发。于是一种宿命的悲剧感悟，使张烨在全组诗的最后这样唱道：

亲亲美丽的大地
开启另一扇门
是一种哲学的手势

这“一种哲学的手势”是诗人在对她所领悟的生命命题作意示：人的生命存在乃是一种无奈的恐怖存在。的确，诚如西方的存在主义哲学家克尔凯郭尔所认为的：恐怖支配着存在，人不可能知道将会有什么事发生。（3）她似乎还意识到，人对生命存在的认识往往局限于外在的现实层面而忽略了内在的精神层面。内在的精神世界的突变常会超越外在现实世界的存在逻辑，这也就使得人不可能知道自己将会发生什么，以致一旦发生了异于常态的事，就会对自己感到不可思议，导致神秘。神秘也因此成了生命存在的必然。有关这方面，张烨在长诗《灵魂杀手》中显现得相当生动。这是一首颇具荒诞色彩的诗，浪迹都会的“我”躲进一家简朴而又宁静的小酒吧里，企图写一首让如同荒凉的沙漠般绝望而又疯狂的心境能长出一朵世纪末的玫瑰的诗，这时，一个袖藏手枪的陌生男士走来，看了“我的”诗《世纪末的玫瑰》，嘲讽“我”干的是在女人的灵魂长满思想的事儿，还说这样的事儿存在是要打乱世界的。“我”识破他的阴谋而逃出小酒吧，可他追了出来，在夜街上企图追杀“我”，还说自己是“灵魂杀手”，要“杀我”是因为难以容忍女人灵魂的高贵与深刻。不过他又说只打算射杀“我”的灵魂，而“我”的肉体仍可活下去。为了躲过他的追杀，“我披头散发／恐惧而沮丧地寻找灵魂栖息地”。这显然是一首表现自我分裂的诗。沉迷精神生活的“我”在世纪末的日子里追求着灵魂的创造，而居身于世俗生态中的“我”则以“陌生男士”的象征形象出现，怀着女子无才便是德的世俗观念，要来射杀“我”创造的灵魂。由此看来，小酒吧里那个“陌生男士”突然走向“我”，作为“灵魂杀手”突然要射杀“我”这个怀有创造意志的高贵灵魂，确是一场隐示“我”神秘地分裂成两个对抗的“我”的突发事件，这事件弄得“我”不可能知道自己的生命存在将会有什么事要发生。

从上面提及的三个方面以及三首例诗的分析可以看出：张烨对不可能知道将会有什么事要发生这个生命存在哲理是有深切的领悟的，并且凭着这场生命存在哲理在实际生活中的领悟，她开拓了与之相应的意象世界。

再次，张烨似乎还把虚无看成存在的唯一可能的展现。这是属于存在主义本体论的命题，她也作了诗性解读。这位女诗人对生命存在的领悟在颇有些诗中体现为存在即虚无。这使她似乎本能地具有这么一个抒情逻辑：希望以失望呈现，真实以虚幻呈现，而春光最终也以雪光呈现。她有一首短诗《火车奔驰》，分两节，前一节写火车在绿色的原野上奔驰，似乎将到达某一个存在于她灵魂深处的小站，这使她心头猝然出现一场期待，惊扰了她的宁静，“仿佛一生中某一个微妙的瞬间蓦地亮起／我重新感受到最强烈的激动和欢愉”——显然这是抒情主人公在人生旅途中涌出了一个神秘的希望。可是火车很快从这个小站驰过去了，好像错失了好几个年代，自己已再也抓不住“辽远的梦”，而眼前出现的仅仅是“把我震醒的闪电与雷鸣”。一次美丽的梦想竟然是让恐怖的现实来呈现。《车过甜爱路》写“我”想到要乘车经过曾与恋人相约散步的甜爱路时，竟然本能地先把自己打扮了一番。在车行途中，她还感到“胸口悸动脸颊发烧”，感到“初春的行道树梧桐枝头跳跃着嫩绿的希望”，甚至还幻听到“一个声音在车后追赶／呼唤着我的名字”。可是，“车过甜爱路没有停下”，什么事也没有发生。随之是无奈袭来：“我一声也不响／心中的天空正在下雨。”这些抒写表明人生的一切期待都不过是虚无而已。《原野》的构思虽套用蒋捷的《虞美人·听雨》，但抒情路子并不同，《虞美人·听雨》抒写抒情主人公在不同年龄段听雨情味的变迁，并以此来感叹生命的流逝：“悲欢离合总无情，一任阶前点滴到天明。”这是出于纯情的感喟。张烨的《原野》却以“原野”喻“心儿”——人的精神状态，说“少女时代”心是“初春”时“含笑的原野”，像已“怀春”；“青年时代”心是盛夏时“疯狂的原野”，已在“钟情”；“中年时代”心是暮秋“萧索的原野”，有“离情”纠缠；而到生命残年，心则成寒冬“苍白的原野”，一切对“情”的追求最终都全已“忘情”。这首诗写在张烨三十四岁时，这还是个青年期的年龄，她还不至于有暮年人作生命流逝的纯情感喟，而只是对人的“情”在生命整体中的浓淡盛衰作动态存在的诗性领悟，领悟的结论是人生之有情最终以“忘情”呈现；情的终极存在状态是无情。这可是对浮动于存在与虚无之间的存在主义本体论的核心内涵——把虚无看成存在的唯一可能的展现，作了诗性解读。

最后，从张烨的诗对生命存在的领悟中可以发现：她是个人道主义的存在主义信奉者，她一些诗中总是自觉地在向世人强调人应以行动承担改变社会的责任。我想在这里强调地申述一点：张烨是当今女性诗人中出类拔萃的一个，但如若没有《刘公岛》《隐显在长城上的面孔》《东方之墟》《奥斯威辛之歌》《世纪之屠》以及《鬼男》，在一支庞大的女性诗人队伍中她要显得出类拔萃是很困难的。而这一批诗正体现着人应以行动承担改变社会的责任——这一生命存在的哲理意蕴。前面我们提及的《刘公岛》等诗，已是触及一个民族的，甚至是全人类命运的大曲，它们大都悲壮地体现着这种出于人道主义的、承担改变社会责任的生命存在哲理意蕴。即便是《鬼男》，虽出于对已故恋人的追念，但在展开阴阳界相交融的神秘情节场面表现中，诗人也始终让人物怀有超越阴阳界的精神趋向和承担改变社会责任的最终觉醒。诗篇中有一段写鬼男乐受佛光的辐射而不得不在潜回阳间后又和阳间的恋人抒月作永别的情节。这段情节写乐向“佛光”发射者说他“在地狱不服管教／又煽动众鬼魂在人间纵火”是“触犯戒规”提出抗议：“说我有罪不如说我在铲除罪／何谓善？那么多无辜的人被打入地狱／你法力无边，却放任人间的种种罪恶／……我有罪是因为我没有罪／我被你的光芒击中，倒下了／然而，你也没能够胜！”又向痴情的抒月这样语重心长地说：“抒月，亲爱的，永远的抒月／越过我，越过你的爱情／将目光投向更多更远的境界。”这是怎么个境界呢？他是去抗拒“瓦解一切的佛光”，是让“目光集整个人类的生命与死亡之恨／蔑视它”！这就充分体现了一种出于人道主义而敢于承担改变社会责任的生命存在哲理。对张烨来说这种出于人道主义的、承担社会责任的生活存在意识，是一贯拥有的。在写于1974年的《撒旦之歌》中，她也抒发了诗人对“地狱旋起夜色”的浩劫社会发出了“没有泪只有火”的声音，向世界宣称“我是撒旦”：

那就用我带血的头颅
撞开地狱的门

解放无数被称为魔鬼的天使

我完成了最美的死亡！

这是敢于承担改变社会的责任的最强音！张烨所拥有的有关生命存在的意象世界，落实在具体作品中所显现的情感空间，不仅多姿多彩，并且总萦绕着一层悲慨的精神氛围。唯其如此，才使她的这一类诗纵使具有存在主义的知性意味，但由于它们都具有精神氛围萦绕的情感空间，感兴功能极强，因此这种知性是来自感悟的，所以给予读者的不是理念的逻辑推延，而是诗意的品位。

综上所述，张烨所拥有的意象世界及其具现于作品中的情感空间是方面多种而又色彩缤纷的，不能简单地以《大女的心律》的抒写、女性主义的歌者来为她定位。意象世界是诗人感应客体存在中心灵化所指的体现，而其具现的情感空间则是诗人感兴生活世界中心灵化能指的所得。张烨在创作中，心灵化之所指显出了“心事浩茫连广宇”的博大，至于具现在作品中的心灵化之能指则显出了“万花缤纷迷人眼”的多彩。因此，她对意象世界拥有的丰富，成了对情感空间拓展性构建的基础；而她对情感空间拓展性构建则成了意象世界大量拥有的内驱力。当我们回顾了张烨多年新诗创作，考察了她包括人生情恋型、人类命运型和生命存在型的这三大意象世界系统属下多个情感空间子系统，可以见出她所构建的诗歌情感空间是极显广度的。正是这种广延性，使我们为这位看似柔弱的女诗人山容千壑、海纳百川的创作胸襟感动。

二、张烨诗歌情感空间的深度

张烨是以情感空间的独特性来显示诗美价值的。对这一定位，我们除了考察情感空间广度予以落实，还准备再通过情感空间深度的探求来作进一步落实。

情感空间广度是个题材问题，而其深度则涉及主题了。当然，这样讲只是现象上的概括，若要更本真一点，那么得这样说：情感空间广度来自诗人感兴地把握诗歌世界广泛的活动，深度则来自诗人智慧地透视诗歌世界深邃的活动。值得指出：智慧地透视诗歌世界极其复杂，包含着几个方面内容。首先，情感空间的深度乃来自智慧，也就是指领悟；其次，领悟式的智慧有感兴因素，但更多点理性逻辑推延；再次，透视是感兴与理性逻辑推延相结合而对对象世界作深入探索。这就涉及诗人在创作过程中外象与内省关系，情感与理智关系以及现实与历史关系如何进行双向交流的问题。只有对这三类关系双向交流得流畅，才会有可能使情感空间的构筑进入抒情对象底部的深邃。为此，本节将通过以外放为推力促使内倾的深透、以理性来遥控导引感兴的升华、以历史作镜子映现存在的真实——这三个方面，来对张烨诗歌情感空间的深度作一番探求。

（一）以外象为推力促使内省的深透

张烨就本质而言是一位倾心于内心世界的诗人。我们在前面曾引述过她在《自我与生存的世界》中的话，说自己的诗“是由这种孤寂的个体悟性内倾式的深入开掘而致”。类似的意思她还在发表于《深圳周末文艺》上两篇《关于诗的思考》中说过。在1994年12月24日该刊上她说：

> 写诗对于我只是一种精神上的需要和寄托，我为自己而写诗，是为了满足自己，为了在现实世界以外建筑一个似于现实又不全似的世界，那是属于我自己的一个真实的、独立自由的世界……

又在1995年1月19日该刊上说：“我写诗更多的是与自己的灵魂交谈，与想象中的另一个自己交谈……”这种对“属于我自己的一个真实的、独立自由的世界”的追求，这种“与自己的灵魂交谈”的追求，更明确而深刻地表明：她的新诗创作重在对内心世界的开掘。如抒乡愁之情，千百年有多少人涉笔。余光中的《乡愁》可谓名篇了，他用了一串生活中常见的通俗比喻，作了说明性的延伸，说“乡愁”是“一枚小小的邮票”，“我在这头，／母亲在那头”；“乡愁”是“一张窄窄的船票”，“我在这头，／新娘在那头”，这是一种基于外部世界的乡愁。但张烨的乡愁是说不清道不明、来自内心深处的血缘性的怀恋之愁，所以使她产生这类感情的，是近似于本能的直觉。如《乡愁（之一）》，抒发的这场悲，是“从都市的霓虹灯飞出”的那片“雪”引发出来的。这片“雪”的漫天飞舞，使她潜意识里感到这有点像是“乡人弹棉絮的节拍”，甚至幻感到是“雪白的飘着淡淡暖香的苇花／朝我亲切逸来”，于是她把握到一场非理性的直觉联想：

我是一片被你怜悯的温馨覆盖着的
被你怀抱在辽阔田垄的冬小麦

这样的联想所具现的意象群，对“乡愁”虽没一丝儿点明，却能给人异乎常情的乡愁。比之于余光中这方面的抒写，张烨完全是内心世界的开掘，而这样做才说得上是诗人在与自己的灵魂对谈。同样值得一提的是《过神女峰》。这首诗写张烨乘船经过神女峰时，心灵与这座奇峰一场瞬间的神幻交流。在诗人眼中，这座矗立在巫峡边的云雾中、“萦回着一个湿漉漉的故事”的山峰，是“我们这个世界”以“她古老的激情凝成”的，是“人们的愿望”赋予它以美丽的生命的，是一位美丽少女盼望情人归来而在巫峡边站了千百年而石化成的，或者就说这是人类“古老的激情”与“愿望”的一个物化形态，而当“我的船儿”向它靠近时，张烨幻感到她嘴角的笑意和眼睛都在向“我”召唤，于是潜意识中的诗人和神女峰已成了知音，两颗心在互相慰藉。孤寂的诗人“我”感到神女峰同自己一样太冷太孤寂而向这位“云雨巫山枉断肠”的“神女”发出邀请：上“我的船”，从我怀中来汲取热量，也幻想着用自己“眸子的闪光”去“点亮她的心房”，“祈求我们各自忘掉那场雪／为大地的阳光而欢愉”。在诗人颖入心灵梦想之谜的瞬间，“微风刮下一片片晚霞／这唯一的声音和着江涛／在回响”，而“神女”也随即如同“瞬息即逝的幻影”一般“隐退了”，“搏击着人生的急流”的“我的船儿”，也在这刹那里与神女峰擦肩而过了。诗篇最后说：

我蓦地回首，只见她
用晚霞拭擦着潮润的脸庞
在蔷薇色的烟雾中，向我
频频点头……

这很亲切，又十分沉重，因为这是“我”与“神女”——两缕同样孤寂的魂的交流。由此看来，《过神女峰》实是张烨向内心世界开掘、与自我灵魂交谈的最典型诗篇，“神女峰”成了她得以发泄心灵孤寂、寻求人性慰藉最好的客观对应物。有鉴于此，也就使人不由地想起舒婷的《神女峰》。作为同代女诗人，舒婷不像张烨，没有经历过旷世情恋的悲剧命运，所以“神女峰”于她，只能作为向社会宣谕人性尊严的客观对应物，从而对有关“神女”的神话传说发出挑战世俗观念的声音：“与其在悬崖上展览千年／不如在爱人肩头痛哭一晚！”这声音颇有震慑人的诗力，所以历来的诗评家对舒婷这首《神女峰》评价一直甚高。但恕我坦言舒婷这首诗是外向的，是一场立足社会宣谕层面的抒情；而张烨的《过神女峰》则是内倾的，是与自己灵魂交谈式的抒情。所以，我说应该给予《过神女峰》以更高的评价，因为向内心世界开掘的诗，其情感空间是更具深度的。

不过，张烨又不是一个与外在世界绝缘、颓入心灵神秘之境的诗人。她有自己的艺术辩证法：以外象为推力，促使内省的深透。这意思就是，以对外在现象的真切感受来和心灵的内在省察相应合，从而使内倾式的主体在内在世界的开掘中因了烘托、比照、印证等的助推，使这场开掘更具有省察的深刻性。这是多少有点超越禅宗意味的一种内在省察，它不脱离现实世界，因而更宜于诗创作，因为诗更需要拿外象构筑意象，来为内省活动提供一点感兴功能。进而言之，内在世界的挖掘，或者在诗中显示内在省察的深入，则是要靠诗人在外在世界中获得的独特感兴才得以达到的。张烨在发表于 1995 年 1 月 19 日的《深圳周末文艺》上那篇《关于诗的思考》中还这样说："不仅是诗人感受生活，更重要的是让生活感受诗。不仅诗人去体验世界，而更要世界万物来体验我，这有什么不可以的呢？对创作艺术来讲这不是简单的方位更替，而是诗人创造意识的大胆突进，对客观世界的介入由被动变主动的转移。"这番话含有几层意思：（1）提出诗歌的创作艺术中有极重的一条途径是必须以对外在世界的感受为推力来促使内在世界开掘的深化；（2）这不仅是创作意识中传统主客体关系的方位更替，而是一场大胆颠覆；（3）这场颠覆具现为主体的主动性，客体——也就是外在世界必须为主体所用，改变它的主动地位为被动地位。显然，这些是张烨站在内倾式诗人的立场上提出的、颇显前卫的主张，而把它们贯彻在她自己的诗创作中的，则就是以外象为推力来促使内省得以深透。张烨不少成功的诗都具有这一特色。

有一首诗体现这一特色颇为典型，它就是《醉》。诗写的是"我"和"一群透明的酒杯／旋转"的醉中幻感，而此中隐约听到酒的"白沫翻滚时的喧响"，则使她从神经性眩晕转为"久远的回忆之声"的恍惚幻现。这种于精神恍惚中现形的往事，对她是具有"陈酒的馨香"般的魅惑力的，这股魅惑力还"伴着滑行的灯光／冷雨般朝着静伏在桌上的黑发倾泻"。诗篇如果写到这里即告结束也是可以的，因为已能显示抒情主体在醉中颓入本能，与自己的灵魂作"陈酒的馨香"般的交谈了，而这样的交谈该是美妙迷人的。但你能说抒情主体的诗人——孤寂地生存着的张烨，在内心世界深处真会是美妙迷人吗？恐怕未必，果不其然！随即作为结束的一些诗行就这样写：

淋湿了
惊醒了浓密的长发覆盖着的
一支久睡的悲歌

这是画龙点睛的一笔，凝聚着醉心于内在世界的女诗人在向外在世界突进中所得的最为沉重的社会人生感受，明白一点说，就是对十年浩劫中被邪恶势力逼死了的初恋情人的回忆。这一段痛苦往事是深深烙印在张烨灵魂深处的，而正是这场唤醒，使“陈酒的馨香”般的回忆全变得苦涩了。这意味着：在张烨对自己生命存在的省察中本能地发现了：作为存在的基础，乃是宿命的悲剧。由此可见，这位内倾式诗人是靠来自外在世界的一段特定社会人生感受助推，才得以有她内省的深透度的。不过张烨大规模地采用外象助推内省以求得内在世界开掘的深透的，还是《鬼男》一诗。

《鬼男》带点荒诞色彩，作为虚幻化的叙事长诗，抒情性极强。全作可以以拆除阴阳界限展现一曲情恋悲歌来定位，但这样的定位只是现象上的，它还有更其深广的象征内涵。诗写一个被现实社会逼死的、名叫乐的鬼男，在历尽恶丑的阴间地狱生涯而犹能保持一颗纯洁高贵的心，念念不忘阳间恋人抒月，以及深信抒月在尘世也仍怀念着他，并怀着立场分明的意志、贵贱有别的情操、对阴阳两界都存在的恶丑发出仇恨，对善美寄之以向往。正是这些，使他在地狱里煽动众鬼魂“将拧紧的地狱旋开，将巨创的灵魂释放”，组织骷髅狂舞。而当众鬼魂赴尘世欢度鬼节时，又“点燃一个惊天动地的火把”，率领众鬼魂去人间纵火，此外，自己则敢于去寻找恋人抒月。但当看到她正和尘世的恋人在一起时，出于妒忌又想伤害他们却又并没有真正实行，只是怀着被弃的痛楚而离开。这时，抒月本能地幻觉到乐的阴魂已来过，前去追赶，并向乐倾诉衷肠：“只有你，我才会爱得死去活来。”但正当他们欲跨越阴阳界两情缱绻时，一道佛光射来，把乐照住，并宣布：他在地狱和阳间都触犯天条，因此要将他在火中“瓦解”。无奈却又决不屈服的鬼男一方面向来自佛光的声音抗议：“何谓善？那么多无辜的人被打入地狱／？你法力无边，却放任人间的种种罪恶”；“说我有罪不如说我在铲除罪”；“说我有罪不如说我有爱”；“我有罪是因为我没有罪”！并且进一步义正词严、毫无惧色地向阴阳界的施虐者宣告：“没有一种力量能量出灵魂的深度／没有一种力量能制服灵魂的力度！”同时又向苦恋着他的抒月说：“死亡也无法将我们分开”，但“你何必随我同去地狱／地狱已鬼满为患”。在此基础上，鬼男宣称：“人类应当飞往一个崭新的星球／开拓一个真善美的星球”，并劝导抒月：“越过我，越过你的爱情／将目光投向更高更远的境界。”

此话一落，他就不知去向。所以从这首长诗中当可见出：《鬼男》的爱情悲剧只是表层上的，只能作为内倾式抒情的诱导因素，它还有向内心世界开掘因而更其深广的内涵。那么这是些什么内涵呢？这就得深入地来对鬼男乐与抒月这两个形象及他们的关系，以及尘世冥界一样是一片恶丑等表现来作出系统的分析。先说乐，这个鬼男是百年中国新诗中一个塑造得十分成功的鬼魂形象。他完整、丰满、高度人性化，是一个有人文意识觉醒的现代化鬼魂形象。他负荷着生与死双重苦难，被尘世的恋人抒月以爱召唤而在这个世界不断出现，却又不得不在邪恶势力逼迫下消失。围绕着他，诗篇展开了一场善美与恶丑的争斗。抒月是永恒之爱的化身，她把具有善美秉性的鬼男乐召唤来，这是胜利，是欢欣，但阳间与阴界都遍布恶势力，时刻会从她身边把善良的鬼男夺走，这是失败，痛苦。文本中把这种现象以西西弗斯推巨石上山又随即滚下山来作比喻，实在很可回味。前面提及鬼男乐被佛光照住即将被瓦解时，曾要抒月“越过你的爱情”，将“目光投向更高更远的境界”，此处的“境界”，同西西弗斯向山顶推巨石这一持续不断的荒诞行为是相通的。鬼男乐在要求抒月把目光投向更高远境界后，紧接着说：

继续推你的石头上山吧
每一次抵达顶峰就是一次胜利

这话里有着反抗恶丑、捍卫善美必须持续的寓意，如此寓意就是“真”，或者说一种把目光投向更高更远的境界。唯其如此，才使抒月在《暗伤》这一节中这样说：“我成了西西弗斯，巨石是我的依托／推石上山是痛苦的辉煌。”如此珍惜“痛苦的辉煌”表明：抒月在鬼男乐善美追求处于危崖上即将坠落时，总是以坚贞的爱心提醒他，或者以爱召唤他回归善美，这可是以西西弗斯式的行为来象征生命存在之“真”乃是“吾将上下而求索”的持续不断——亦即追求的永恒。由此看来，《鬼男》实是一首象征诗，它把生命存在的实际内容——善美与恶丑争斗，赋予“负荷着生与死双重苦难”的鬼男乐；把生命不断地作“上下而求索”看成一种存在规律，一种求“真”的体现，并且还把这一求真精神赋予怀有永恒之爱心的抒月，进而完成了生命存在之真的象征性展示。而这也正显示着内倾式诗人张烨省察生命存在的深透。不过必须指出：也有大量属于外在世界的社会人生内容被纳入这场内心世界开掘工程中。就尘世现实内容的纳入来看，且不说特定的畸形社会把乐逼上死路，就说成了鬼魂的他趁鬼节重返尘世的所见所闻：“在危机四伏的繁华大街，暗娼蛇立／到处爬行着可怜的格里高尔／阳光下男人女人浮萍似的笑／精神拉起一片废墟／十月的罂粟模糊了人的深层意识。”这就够算得上是一个恶丑的外在世界了。再就冥界实际内容的纳入来看，无论是新鬼渡过奈河受蛇蝎围攻，盆地火腌，小夏的色诱，还是鬼妓受众男鬼强暴，老鬼流落荒郊的凄苦孤寂等表现，无不是对尘世现实的寓言式倒置，同样称得上是一个外在恶丑世界。它们反映出了阴阳两界共存的尔虞我诈、弱肉强食、荒淫无度、麻木不仁等生存危机的具体内容，而正是这些内容，进一步强刺激出了当代社会的精神危机，从而使诗人张烨可以骄傲地宣告自己走向内省深处已拥有两大条件：没有一种力量能制服灵魂的力度，没有一种力量能量出灵魂的深度。这里所说的“灵魂的力度”乃是指主体对外在世界的强烈感受对灵魂的强刺激而产生的助推力，正因为有这股助推的力度存在，才使张烨通过对生命存在之“真”的探求动人地显示了“灵魂的深度”。问题是难以量出的“灵魂的深度”究竟显示在这首诗的何处。我们可以说：这首诗以鬼男乐的形象寓意象征着善美与恶丑在生命存在中不断的争斗，以爱之化身的抒月的形象寓意象征着对生命存在规律求真的“永恒的女神”，从而作出如同上面已说过的那个结论：“把生命不断作上下求索看成一种存在规律，一种求真的体现”，这已显示出张烨内心省察生命存在的深透了。但是从鬼男乐在“瓦解”前告别抒月时说的那一句话——“越过我，越过你的爱情／将目光投向更高更远的境界／继续推你的巨石上山吧／每一次抵达顶峰就是一次胜利中”，我们似乎还可获得“灵魂的深度”进一层探求的信息：这场“上下而求索”乃是持续而没有终极的。也就是说：所谓生命存在的必然规律，所谓求真的真理只能是善美对恶丑的进攻性争斗会不断发生，不断被“瓦解”，又会再发生，再“瓦解”……那该是怎样一条生命存在规律或者“真”呢？

诗人显然从尘世与冥间共存的外在世界的真切感受中获得了助推力，把她在内省中“灵魂的深度”推向了极境，从而领悟到：

生命、死亡、自然、历史
爱情与社会、宿命与科学
谁能解开这永恒之谜？谁？
欲问苍天吗？
一片永恒的空白

这就是说生命存在及其价值只能是善美与恶丑的不断争斗，终极是不存在的，终极的结论是没有的，要说有只能是“一片永恒的空白”——大虚无。

（二）以理性来遥控导引感兴的升华

张烨在诗创作中崇尚情感，对当今诗歌的冷血期颇有微词，不过她又并非诗的纯情主义者，她也反对滥情，主张理性对情感的适度节制。在《诗的情感空间》一文中她这样说：

……诗是复杂的情感表现，也是高级的理性活动。情感在诗中的表现其实也隐含着作者审美的理性认识，它能激动读者的感情，调动人生的经验，也能提高情愫陷入沉思……

这段话表明：诗人的审美理性认识必须隐藏。特别值得赞美的是“提高情愫陷入沉思”的说法，意思就是在抒情活动中诗人所抒发的情感要让读者于激动之余有沉思发生。从这些话中似乎隐藏着如下一脉思路：张烨既主张诗人的情绪感受在通过诗歌抒发时须受理性的遥控，而情绪感受本身的兴发也须升华为一种领悟，进入知性沉思的境界。事实也的确如此。他在该文中论及情感空间的创造时，就提出了几条途径，其中之一是“情感节制”。她说：“情感节制是创造诗的情感空间的重要手段。它往往将冲动的情感加以控制或压缩凝聚在一个有限的空间里使之产生一种反弹力。与激情相比，诗人更需要一种特殊的情感控制力。”这话的意思就是以理性来遥控。其二是“知性抒情”。她说：“诗歌的知性化抒情是以心灵体验为前提的一种由感性向理性转化的诗情”，或者说是一种“理性的智慧向心理感受的内心而生成的诗情”——这话的意思则是导引感兴的升华。我们把张烨围绕情感空间的诗学观念进行综合，再结合她的诗创作实践规律，可以说以理性来遥控并导引感兴的升华，乃是她所提倡的诗歌情感空间得以显出深度的又一重要途径。

有三首不太受诗评家关注的诗很能说明张烨选择这条途径而使情感空间深化。首先一首是《红枫湖的波澜》。这首诗写一批人泛舟红枫湖上，在满船欢歌笑语中却有一个不协和颤音飞离出去，飘落在“岑寂的船尾”。这是一位着白裙的女郎，湖上风来并没有把她眉的“忧结”吹散，“雪色的痛苦”仍“在船尾凝聚”。这一个“潮湿的孤独”的剪影，竟激起了原先“心绪宁静、神态安然”的“我的”心中的波澜。诗篇到此似乎有一股蓄势出现，可以对这股“心中的波澜”作一番直接抒叙式的铺写，可张烨不这样做，她在这关键处本能地让理性遥控住，悄没声息地推出一个意象：“我的抚慰／是一片／漂泊在湖面的红帆。”“红帆”作为一个西方典故，意示着爱和希望，这一个意象则隐喻诗人欲以爱和希望必能实现去抚慰。这样也就把“我”的激情捆锁住，不至于四溢了，然后这样诉说：“你不知道我潮湿的情感／一次又一次／缓缓浸过／你水中的身影。”这里再一次使用了一个能把心中的波澜凝聚起来的意象，通过平静的语调把激情在意象的感发作用下作了有节制的表达。但这只是理性遥控情感，并没有借理性的导引而使蕴满情感的意象感兴得以升华为顿悟。

《孤独的玉米地》就不同了，诗写抒情主人公“她”逆光立在“烫热的山坡上”，深情地凝视着一片没有谁去关注过的玉米地。它们“顽强地生存”在“缺乏感情的天空下”，捧出的果实虽然小了点，却“不凡”，但纵使如此也还是没有受到别人的重视。只有“她”走进了玉米地，并感到“我们在一起挺和谐”，可见她和它们一样是被世人所漠视的；一样孤独地相处在一起，反倒有一种和谐感。诗篇至此，抒情主人公生存的孤寂情绪可说已达到既含蓄有节制又很深沉的表达了。到此结束也已能给人“言有尽而意无穷”的感受了。张烨却并未驻足，还写了一段：

淡黄色的侧影渐渐化为
一株高拔的玉米秆
风儿将她蓬松的长发柔柔地托起
吹拂成金黄的玉米须

以这样一个多少有点幻化的诗节作结，有点神秘，意味深长。这是一个现世人的生命体和自然物质生命的交融，是现世人超越困惑的现世生态而进入物即是我、我即是物、物我同一以致物我两忘的消解生态困惑的境界，从而有了天人合一的道家意识的领悟。在这场生存超越中，她在玉米地中“很和谐”的情绪感兴，也就显出了对某种知性意识有了领悟的迹象。不过这首诗对感兴升华为知性也还没有明确显示。

《安赫尔瀑布》更进了一步。这首诗是对世界上最高的安赫尔瀑布的赞美。诗人把它拟人化为“我”。全诗第一节只一行，大有破空而出之势：“是留下呢还是回去?”如此表述犹豫，给人以一个霹雳突兀而下的强烈感觉。紧接着一连四节写这条瀑布的起点高度之高以及对好奇的庸众的吸引力：一批爱凑热闹者以争先恐后之势竞相攀登以求征服这个高度。这使得在这个高度上堆满了“不是想象中的洁白”的无聊性闹猛，也使处在这个高度上的“我”——瀑布，有退回去的念头。但“一束束冰冷的目光向我穿刺过来”，似乎在挑战“我”的胆量。这逼使“我”重新振奋，发出“站住！无须向我逼近”的怒斥声，然后说了一句：“我自会走的，昂着头。”诗篇随即这样作结：

……但这是出发

毫不畏惧地从
万
丈
冷
崖
跳
下

这一场瀑布从极顶而降的表现显得跌宕顿挫，很有气势，是一场张扬力之激情的行为表现。作为瀑布，总是从制高点跃下来呈现自己的形象的。如若这制高点愈近极顶，也就愈能显其形象的壮伟。所以极顶如何表现，成了展示安赫尔瀑布的关键。按说极顶有如此多庸众来赞叹和竞相攀登，诗篇尽可抓住这一机遇作情绪感受的铺写，可张烨并不！她只拿拟人化了的瀑布“我”不愿与这个虚荣浮夸场面为伍，以及庸众对它的挑战，作了一场戏剧化的表现，激起瀑布发出“我自会走的，昂着头”的铿锵之声。这样的话没有故作张扬的语气，显示出来的是理性对激情豪言的强烈节制，并且把这句话中深藏着的意志在“毫不畏惧地从万丈冷崖跳下”这个力的意象中作了压缩的表现，更能显出理性的遥控。而尤其可珍视的是：压缩在这个意象中的激情更进一步在理性引导下作了画龙点睛的言说：“但这是出发！”是的，任何大事业的追求，从出发的第一步起，就要付出无畏的意志的。所以作为一场象征人生的领悟，这画龙点睛的一笔，是超越了一般感兴的升华，而表现出了明确的知性飞跃。这一来也就极能显示出这首诗情感空间的深度了。

当然，以理性来遥控而引导感兴的升华来显示情感空间的深度，处理得最全面成功的，还要算《世纪末的玫瑰》。

这是一首具有变形象征色彩的抒情长诗，抒述了诗人如下一段心路历程：在她最可珍惜的青春年代正逢“文革”浩劫，以致使她这一段人生历程成了一匹红骆驼在红色沙漠中的踽踽独行，纵使后来“沙漠”上终于能依稀听见“水流声”，能让

"希望携起绝望"而"奔向生存",她的灵魂也依旧沙化着,"摇滚是冷漠,繁华也是冷漠",世纪末终了也不过是她"生长的沙漠"。显然,这是一个灵魂病患者的恋歌。从艺术上看,这篇长诗显得相当成熟,也该是张烨的代表作,它有如下几点颇值得注意:(1)这首诗是"文革"时期抒情主人公精神遭受禁锢甚至被扭曲留下深重后遗症的悲剧人生写照,按常理文本中应该会有大悲观、大激愤的抒发才是,可是全作给人的印象却没有捶胸蹬腿、呼天抢地的情感抒写,始终显得较平静。诗人抓住几个核心意象,在奇幻的联想关系中组合成一个变形象征化的意象组合体来不动声色地感发隐喻理应是大悲怆、大激愤的情绪感受,这样做反倒能使读者的内心世界获得大悲怆、大激愤的生存感应。如写"文革"全面爆发而令人大激愤的场面:"沙沙,声音的细雪辽远而来/沙漠静坐在太阳下,眯着眼睛……//一瞬旋转着五千年/每一颗沙粒都充满时间/爆开原子苦味的核,火一般红/红色沙漠全面进入世界,以惊人的速度,音乐突然一个止步/我一只手臂高举头顶,一仰脸坚固的金字塔暴动,扭曲/库存千年的白骨竖立起来……/我厌恶地闭眼/感觉到一种很冷的声音在沙化我/蓦地我已变成一匹红骆驼。"这里全是意象组合体平静的展示而没有悲愤之情激越亢奋的抒发。即使抒述她个人的命运遭际,也是寓大悲怆于冷峻中:"我原是一朵青春的红玫瑰/在赞美声中生长的爱之花,美之花/上帝让我变成一匹丑陋的红骆驼/该不会是叫我体验/世上最伟大的灵与肉的苦难/悟出爱的真谛,生存的全部意义?"这些都表明张烨在创作过程中激情的抒发是被理性遥控着的。(2)从上引"我原是一朵青春的红玫瑰"而终于沙化成了"红骆驼"的表述中已可见出:张烨在抒发激愤时相当冷峻,即使理应引发强烈的生命感伤,她也决不过度。如全诗第一章《轻柔徐缓的慢板》,抒发抒情主人公意识到自己在人生舞台上佳期已逝而不免有生命的哀叹时,也只是这样写:"我,时间的舞者,失宠的玫瑰/音乐熨着我残卷的边缘/别了,我全盛时期的美貌/我没落的芬芳,散发沧桑的气息/警觉着生存的阴冷与险恶/我毫无表情地望着你……"值得注意的是所引最后的一行,这里的"我"是诗人的"我",而"你"则是人生舞台上现实的"我","我毫无表情地望着你",这"毫无表情"是指她对自己生命流逝纵有哀感，却并没有借此作感伤主义的大发挥，在外在形式上是“毫无表情”，至于内在呢？感伤情绪很强烈，但有着理性对这股大悲怆情绪的高强度节制。有关这方面在第五章《安魂曲》中还给人留下更深的印象：不少一起在“红色的沙漠”中漂泊的同伴已把“全部的血汗都留给了沙漠”，她除了对逝者深沉地说一句“安息吧”之外，就只作了这样的悲怆抒情：“走在没有了你们的沙漠里／更觉得时空的苍茫、悲凉／更使心灵的天空飘满雪花。”这里的伤感极强烈，却又是被理性硬性地节制了。（3）从以上两点可以看出《世纪末的玫瑰》在运思过程中理性已大面积渗透了进去，唯其如此，也才使这片理性对所抒之情潜在地起一种引导作用。文本的第四章雄壮粗犷的摇滚节奏是对“文革”大浩劫全面的象征性抒写。当然，它还是围绕着“红色的沙漠”展开的。面对那个畸形时代，诗中强化“沙漠”的干渴，这样说：“像一场深刻的情爱浸在红色的氛围／这时辰死亡高举起冰做的火炬／强化干渴，强化疲竭／诱惑和瓦解一切终极的承受力。”并且她还指出：这已成了一个时代“浩荡前进”的“阳刚大旋律”，任何一个“看重自身”、要求自我价值的个人化“音符”只有被纳入大旋律才能存在，否则只有毁灭。就在这时，“沙漠”似乎遥传来“水流声”——时代在转变了，“希望携起绝望”而“奔向生存”了，可诗人却补了一句：“水呵你是毁灭还是拯救？”这是意味深长的，这会是进一步让人丧失爱与个性自由吗！出现如此一个疑团，是“异化”的抒情逻辑的体现。至于为什么会出现这种现象，在第三章《流动的行板，宽广、沉重的壮板》中抒唱“我们的跋涉是从荒凉到繁华”后，竟然会进一步提出“可繁荣之后是什么”这个问题，并已有这样的回答：

一种信仰，一种对进步的理解
有时能在顷刻间动摇崩溃

显然，这是理性思考对久居“红色沙漠”而面临信仰危机者被扭曲了的情感所作的一场独特的引导。（4）于是在第六章《辉煌地、平静而充满感悟地》中，理性对抒情的引导也就使前面一些被扭曲的情感抒发有了超越。这一章写的是抒情主人公的人生舞台终于在“世纪末”迎回了“灯火辉煌”，“光照使一切表层的东西活跃起来”。作为“观众的反响”，“还有鲜花、掌声、喝彩”，诗篇到此时却突然说：

但我感到另一种声音始终在耳边萦回
但我感到自己，另一个自己
一直在我面前晃动
像一朵燃烧的玫瑰
挡在我的眼前

这是个很可品味的结尾，具有跌宕效果。当然，要想对此作充分品味，先得对“燃烧的玫瑰”这个意象有所了解。这是一个张烨所特有的意象，在写这首长诗三年前她就写过一首题为《燃烧的玫瑰》的抒情短诗。在这首诗里，“燃烧的玫瑰”是集整个世界玫瑰的愤怒，“抵挡浸透雄毒的诽谤之族”这一女性尊严捍卫者的象征。现在这个意象出现在《世纪末的玫瑰》的结尾处，作为“另一种声音”“另一个自己”的比拟物“挡在我的眼前”，也就意味着在已有“灯火辉煌”的世纪末的人生舞台上，抒情主人公仍心有余悸：“红色沙漠”年代传下来的那个人性爱与自我人格尊严的杀手躲在暗处，还时刻有可能来偷袭，所以总本能地让“燃烧的玫瑰”在眼前抵挡。还是在《安魂曲》中，张烨在抒述“红色沙漠”年代灵魂的痛苦时，曾感慨地说：“天空这样高贵，空气这样自由／生命原本也应当这样高贵、自由。”这正反映着她痛苦的灵魂渴求的是人性爱、个性自由，而这是人格尊严者理性自觉的反映，也正是这种理性自觉在“红色沙漠”年代遭到摧残而使她痛苦，以致人生舞台已进入“灯火辉煌”境界也还是担忧着独立自尊说不定还会被暗杀，这使她把当年那个理智的自觉深化为存在主义意识。存在主义的关键问题是有关人自身获得独立尊严的问题。这些全是对生命存在的领悟——一种理性自觉意识，张烨就通过

“燃烧的玫瑰”时刻“挡在我的眼前”的意象象征来作表现，让这种自觉意识在全诗特定的氛围中展开，使得从“红色沙漠”中沿袭下来的痛苦抒情有了大飞跃，大超越，从而有了知性的顿悟：人生舞台青春永驻的美丽乃是人性爱的人格独立与自我尊严。

就这样，抒情长诗《世纪末的玫瑰》全方位显示了理性遥控情绪向知性作升华的过程，从而显出了张烨这首长诗情感空间的深度。

（三）以历史作镜子映现生存的真实

张烨多少有点流连光景惜朱颜。如果说“流连光景惜朱颜”的延伸，有一种可能是成为感伤主义者，那么也会有另一种可能：成为历史回眸者。张烨无疑属于后者。在现实情境中引发对往昔的回想，从某种程度上说，已成了她的诗性思维定势。她在世纪末写过一首不算短的诗《经过青春年华》，写她站在上海博物馆的大门口，回忆已进入博物馆的那段三十年前自己那一代人丧失人生理想、作为待业青年而浪迹街头的往事。诗篇最后说：“博物馆大门口进进出出的人群／谁曾经是你／你又在世界的哪个角落／在同样时刻里等我。”这个“你”就是往昔青春年少的自己——或自己的那一代人。这结尾意味着“我”只能在博物馆——也就是历史中寻找往昔的自己，而已成历史的往昔的自己又会在哪里等着与现实中的“我”见面呢？这里有点想入非非，却也正动情地反映着一个历史回眸者张烨的真实心境，体现着她这一类诗性思维定势。作为这种思维定势的进一步延伸，张烨加强了对人生存在的思考。为此她写一篇诗歌创作谈的文章《远逝的声音与我有关》(《文论报》2000 年 12 月 15 日）。文章一开头就说：“进入 90 年代以后，时空、历史、战争、苦难、人性、生存之类的词像有灵性的生命，在我头顶的上空盘旋，歌唱。它们又像是一面现实的镜子——对着‘我’说话的镜子。”这使她成为一个历史主义的时代歌者。诚如她在诗论《草叶与麦芒·十七》(《文学报》1998 年 7 月 30 日）所说的：“伟大的诗人在严峻的理想中／提升着人类／他们是时代的证人／历史的良心／大智大情的统一。”这意思也就是：伟大的诗人面对严峻的现实须怀着历史的良心，以时代证人的身份来进行创作，才能写出“大智大情的统一”的诗篇，提升人类的精神境界。正是如此，张烨一些具有传世意义的诗篇，总是将现实置于历史的映照下来展开抒情的。前面我们已论及她的长诗《刘公岛》是一场基于历史反思的时代抒情。在“波光潋滟，晓风，温柔的天鹅／在空中一步一徘徊”的今天，我们民族和平、美好的日子里，那“丁汝昌与邓世昌的塑像”，“那千万个无名的幻影”，“那千万个被永远淹没在阒寂海底的故事”，都在“轻轻呼唤着一个带血的名字”——“中国”。是的，我们祖国身上曾染过的血痕是不能忘却的，这样的现实抒情“同历史并肩站在一起”，才显出了它的深刻性。不仅《刘公岛》如此，《世纪之屠》《奥斯威辛之歌》等莫不是如此。而其中《东方之墟》《隐显在长城上的面孔》这两首长诗更具代表性。

《东方之墟》是诗人去参观圆明园废墟后所写的一首集悲愤的感慨与沉郁的内省于一体的抒情长诗。19 世纪末叶英法联军入侵中国，火烧圆明园，这事件震惊世界，不仅成为我们民族的奇耻大辱，也以这一片“东方之墟”化成人类浩劫的巨型意象感发着新世纪正直善良的灵魂，促使一代代新人思索。在这首长诗里可以看出张烨扮演了这场劫难的思索者的角色。诗篇设计两个出没于圆明园废墟的人物，一个是抒情主人公“我”，面对这一片废墟发出悲愤的激情；另一个是引领“我”参观残迹并对那段历史作出反思的“他”，从艺术构思的角度看，这实是诗人把自我一分为二，作了一场或是“我”独白或是“我”和“他”对话的形式体现出来的心灵絮语。诗篇一开始就写“我”参观一个多世纪前留下来的这片废墟而引发的强烈感慨。“我”面对这旷世而立的“东方之墟”幻感到在英法侵略军的火枪下，这里的“石头曾吸饱了多少临终的目光”，当“我”向断柱伸过手去，竟然“被冥冥中溅出的一滴泪珠击痛”，且随即幻现出那些“石头”在“我”的周围“燃起奇异的火”，而“深埋一个多世纪”的亡魂“则纷纷从火中升起／天空红得血涌”，这使“我”宛若“目睹一幕火里的死亡”。就在这样的情绪感受背景下，“他”神秘地出现了，且针对一些残迹中深埋着的往事和“我”展开了对话，以“过去与现在交叉的时刻”树立起来的、以民主科学为内核的人文主义先觉意识来开导“我”。大致说这场开导触及了三类反思内容：（1）当“我”幻见这片废墟上响彻了无数民工的“杭育声”，且幻成了一座“宫殿”，使“我”情不自禁而深深鞠躬时，他却说：“但任何一个行动都是走向灾火”，甚至“不是火也注定毁掉”。这是一场“在劫难逃”因为当政者“昏聩”，执行者“腐败”，“根基早已动摇”。所以，圆明园的这场“火”，不过是“一种毁灭的符号”。（2）当“我”面对这片废墟“将脸靠在倾圮上”，念及一个多世纪来曾有无数志士仁人来过，这些人中有不少还成了“刀下亡魂”，他们也同自己一样，为我们民族的耻辱而痛苦。“他”发觉了，却平静地说：这不过是它“以旷世的自嘲穿逾时空／作为整个人类文明毁灭的一个标记”而已。（3）以上种种使“我”醒悟，这“东方之墟”如同是一片“火”，在“我”面前是一面历史的火镜，而就在此时最后一片火光之中“他”消失了，而当“我”正不知道该用什么来支撑我灵魂的颓垣残壁时，空中却传来他的启示性的声音：“最可怕的是精神上的废墟……”，这唤醒了作为诗人的“我们的使命”感，感悟到要净化“人类的精神世界”，即“将人类的精神世界提升到诗的高度”。为了达到这一目的，“我”乃感悟到得寻求“同仁”，去“开一代雄风”。于是站在这片“东方之墟”上的“我”投下了“融雪的目光”在潮湿的土壤上，“萌发出一丛丛金色的迎春花”，而

> 我品味着春天的目光
> 有失败的味道，水的、火的、血的味道
> 有心的搏动和召唤的声音
> 我微微震颤，在这个瞬间我是不朽的
> 我，将从废墟走出
>
> 不会再来

这也是个意味深长的结尾。大劫难留下的这片“东方之墟”已成了一面历史的镜

子、映现出了现实的真实：若着眼于“师夷之长技以制夷”固然是现象上的立策，“师夷之长技以强国和天下”也不过是现象上深一层的立策，真能从现实的本质上立策，只有拯救人类的灵魂，在现实的和平环境中精神永不麻木，永不遗忘这一使命。唯其有此一觉识，“我”才不会在圆明园的颓垣残柱中迷失，而能走出这片“东方之墟”，且再不进入。这样的抒情逻辑显然相当成功地引导了张烨的运思，使《东方之墟》情感空间的整体构建显出了深度。

如果说以历史为镜子而映现现实真实的这场抒情逻辑追求在《东方之墟》中还有较多理性分析的直接干预在起作用，显得审美形象感兴薄弱了一点，那么另一首长诗《隐显在长城上的面孔》中，同样采用了这一抒情逻辑，则全已渗透在（或消融在、淹没在）整体形象自身的律动中了。这是一首出于幻觉表现，在相当程度上显得有点神秘感的诗。由于在文本构成中各个意象间的内在关系一时不易明确把握，所以我们打算先在下面略作串讲。这首长诗从总体说可分四部分：（1）它集中抒写了长城在张烨心中引起的复杂感受。这些感受来自诗人恍见长城上时隐时显出现且“繁衍着苔藓”的一批“绿色面孔”的引导；这些“面孔”则“飘雪似的”沉默着；这“沉默”则给“长城”带来了一片“静穆”的境界。诗篇就在这片境界里展开，它首先让“我”幻感到有一支“像古老得发黄”般幽冷低回的旋律出现，且缓缓沁入怀有难以言明的“我的苦衷”的心中。这时，死神从静穆境界中那支幽冷旋律所化成的“积雪的银色背景里”走来，他挥舞起“长城”，让它放飞出千万个幽灵（该就是那些隐显在长城上的面孔吧！），天空也就布满了恐怖的死色和让人冷彻心肺的丧钟声，以致使“积雪的银色背景”里那些“雪花都哭了”。这一大片抒写也就构成了诗人对“长城”的第一印象，它们凝聚在那支来自静穆的幽冷低回的旋律中。（2）接着“丧钟”也就大响起来，且竟然敲碎了“沉默”，而从“沉默”碎裂处则出现了在“时间里哗哗流血”的情况，于是宇宙剧烈晃动，那支“幽冷”的旋律涌起血色的波浪向“我”卷来，无数的“面孔”在血液里浮沉，相碰撞挤成砖石，堆砌成波浪层次，并在“冰水里凝冻”成“长城”，然后起伏着涌向远方——这里形象地表现了“长城”在广阔的空间和悠远的时间中形成的过程。（3）这样一条长城从近距离看，它的不同层次上分别镌刻着不同朝代年号及其所隶属的帝王的显赫勋业、而风的调皮的手指则“正在剥蚀漫漶的字迹／金色的显赫木屑般碎落”，而“所有的面孔一律背向余势犹存的铭文”，显出像哭又像笑的表情。当南来北往的“大雁”像时间在空间徘徊着，而它们如雪霰般的哀鸣声纷纷坠落时，诗人发出了感慨：“润湿他们满头蛛网的蓬发／润湿他们低垂着悲凉的睫毛。”这是颇值得玩味的。紧接着在斯时斯境里历史苍遒的身影于绀红的雾霭中缓缓升起，并且冷视着眼前这个幻觉似的真实。它不免也有痛苦（可不是，这长城记录着几多朝代的兴起又衰落）但明澈的眸子却闪烁着哲学家般深邃、睿智的亮光，并且：

咀角隐显着神秘而揶揄的微笑
泛着青熠气味的音乐
钟声般透过神秘掠过微笑

这样的抒写给人以冷眼旁观、严肃审省的意味，是对历来的封建统治者推行闭关锁国政策、企图以“长城”来固守千秋帝业的嘲讽、鄙视，——诗人在这里批判了“长城”。（4）紧随历史的升起之后，“我”作为踏勘历史真谛的痴迷者欲去捕捉历史身影，却只见这身影“随音乐的流雾沿着石阶冉冉上升”了，而“激动的长城步着流血的面孔／辉煌起起伏的龙背”，于是“长城”上所有的烽火台一瞬间都火辣辣燃起，“沙暴的呼啸撼响城堡撼响铁炮撼响／震天的战火”，而当狼烟渐趋淡蓝。长城上却是一片“血水血水血水”：

嘉峪关的汩汩血水淌在山海关
山海关的血涛澎湃着涌往鸭绿江涌往
我的血管我的沉思我的冷峻

这是发生在“长城”的一场又一场捍卫祖国的战争通过幻觉的表现，由此可见：为了这场捍卫，“长城”献出了多少中华儿女的鲜血——诗人在这里赞美了长城。（5）就这样，诗人“把轰响着世纪之声的前额／浸润在城墙的积血里”，冷静下来了，这时，她多想捧一束鲜花献给长城，为每一张湿漉漉的面孔抚平伤痕。但伫立良久，“只见地悠悠雪茫茫天地一色”，“只见黄河般肤色的静穆覆盖着千万个故事千万个灵魂覆盖着／世纪永恒的沉思”。于是，在历史的镜子里映现出了代表这时代现实真实的“我”：

我忽然觉得自己正伫立在追求尊严的最高处
我忽然觉得自己是一尊自由女神的雕像

这样突兀而出的幻觉给人以复调抒情意味。虽然随即是“我”依依不舍目送“这一支波涛般起伏的血色的旋律”，它还在无止境地流动，也不知“那微光显露的前方将是怎样的一个境界”，可“我”已获得了启示，对现实中的自己在历史这面镜子照映下的时代真实已有了全部而科学的意识：“长城”的存在是值得赞美的，因为它以无数志士仁人的鲜血生命捍卫了祖国的和平安宁，使中华民族获得了独立自主，而正是这一场来自世纪永恒的沉思使“我”感到站在长城上是站在民族尊严的高度上；“长城”的存在也是值得反思的，因为它成了皇权统治禁锢民族之魂的象征，而正是这一场来自世纪永恒的沉思，使“我”以“自由女神”的精神意绪立在长城上，以警世人。所以，《隐显在长城上的面孔》就这样以历史作镜子而映现出生存真实的运思追求，使这篇长诗的情感空间大为深化，同时也使它成了百年新诗的经典文本。

如果说张烨诗歌情感空间的广度来自把握世界艺术视野的制高度，一种运思的外放，那么其情感空间的深度则来自概括世界艺术认知的辐射度，一种运思的内敛。

三、张烨诗歌情感空间的营建

张烨诗歌具有情感空间的广度与深度，这对于一位诗人来说，已是难能可贵的了。但这样的情感空间是怎样营建起来的呢？还值得作探讨。这涉及真实世界的把握和表现两个方面的问题。诗歌真实世界的把握得归属于运思策略，具体点说即探讨内在结构的框架；诗歌真实世界的表现得归属于节奏方式，具体点说即探讨外在形体格式；而介于把握真实世界与表现真实世界之间的，则归属于叙事机制设置，具体点说即探讨意象抒情层次。因此，我们对张烨诗歌情感空间营建将从诗歌真实世界如何得以确立的三个话题出发展开论述。（1）真实世界的内在结构框架；（2）意象构造的复调叙事；（3）语调感兴的外在节奏体式。

（一）真实世界的内在结构框架

探讨张烨诗歌真实世界的内在结构框架，非得从考察这位女诗人特殊的审美敏感区出发不可。如何发现一位成熟的、具有自己风格体系的诗人的审美敏感区，当然可以根据诗人自己的言说为据而得，但最科学而合乎实际的还是从诗人全部作品中某些意象化词语出现的频率特高为据最好。根据这样的认识，我们发现张烨全部诗歌文本中有三个意象化词语出现的频率是最高的，这就是“破碎”“旋转”和“紫色”，这表明：属于她的审美敏感区是由如下三类可引发超感的物质材料组合成的：“破碎”“旋转”和“紫色”。

读张烨的诗，我们随时可以碰到她对这三个词语的使用近于偏爱。先看“破碎”。在《雪球》中有“破碎的雪球里跃出一团红纸”。《第一个》中有“像金刚石／划破了她玻璃般纯洁脆弱的心”，《撒旦之歌》中有“真冷／打碎固有的观念／像打碎一面镜子，一堵墙”，《忠诚》中有“你是一个能使破碎的心／无力抗拒的声音”，《抽屉里的流水声》中有“仿佛是我灵魂的碎声细语”，《背影》中有“一只猝然迸碎的玻璃杯”,《我是多么善于感受你的目光》中有“我踏碎了一个水晶般透明的忠告”,《离婚》中有“稚嫩的小手/捏碎了甜蜜的巧克力”,《近乡》中有“一朵朵的细碎的浪花簇拥跳跃”,《康岭河》中有“晨曦雨珠般地下着碎碎的光斑”,《隐显在长城上的面孔》中有“金色的显赫木屑般碎落”,《失败的感受》中有“破碎的心灵被打上标签/成了一堆/处理的碎饼干”,《雪女》中有“爱情不是弥合而是破裂/碎成雪片飞散”,《呵,朋友你的信》中有“碎玻璃给予我锐利一击”,《爱的锁链》中有“请你砸碎它将它深入海底吧”,《带风景的乐章》中有“它们戴着我蒸馏水做成的躯体/在峭壁撞碎了像一阵狂笑”,《死亡盒》中有“我们是巴士拉上空飞舞的坦克碎片”,“死亡盒内的生命碎片”,《玻璃人》中有“我们都是玻璃人/为易碎的自己,缴税”,“看不见的暴力,看不见的碎裂”,“神话很轻很轻,像我们一样易碎”,等等。

再看“旋转”:《高原上的向日葵》中有“旋转,强烈而飞速的节奏/向着太阳旋转着你的痛苦和希望”,《红舞鞋》中有“旋转,旋转,旋转/旋转在阴冷的黑夜”,《答 K.5》中有“瞬间,山旋转,人也旋转”,《红钥匙》中有“旋转灵魂/说是把你的灵魂交给我”,《两个太阳》中有“一柱柱旋转的气体”,《月色夜话》中有“月亮弯弯,在风中旋转”,在《玻璃人》中有“我们日夜旋转在光和图案之中”,“被飞旋牵动我无法安静”,《爱尔兰咖啡》中有“液汁的夜/随一群音乐,猛兽旋转”,《经过青春年华》中有“花朵旋转,花朵笑时我无端地哭”,等等。

张烨对“紫色”特别偏爱。在《少年的诗》中有“姑娘在开满紫花的小河边/捧着欢乐又笑又哭”,《感觉着月亮》中有“如果我穿上紫衣服/月亮就是紫色的”,《祈求》中有“如今却跪在你紫金色的威严下”,《帆》中有“欢快的音乐深蓝深蓝/洋溢空间,漫过海滩,浸染紫纱裙”,《紫色的窗户》中有“脚步溅起一片淡紫的苦味停在/你的嘴角”,《绿色选择》中有“我如果选择这条金项链/那么,我们的小紫屋,也许/会变成一叶光彩耀人的紫帆”,《希望》中有“黄沙呼啸,抱起我的身影/在暗紫的风声中旋舞”,《原野》中有“青年时代,心是疯狂的原野/盛夏的紫光,盛夏的紫光/一束束喷热我的胸”,《渔妇》中有“稍远处有/一幢紫薇色的宾馆／有人从窗口，朝向渔岸／悠闲地眺望”，等等。

除了以上一些散篇的例证以外，这三种意象词语还多次出现在同一个文本中的，《鬼男》就是一例。在这个文本中，“破碎”被起用两次，有“绿色雪，一个冷得爆碎的苦胆的迸飞／堆积在地，像一堆毁灭，一堆失败的经验”，“突然，床前的一面镜子猝然迸裂／鬼魂的泪水从玻璃碎片渗出”；“旋转”被起用四次，有“一盆地火的蝙蝠！在烈焰的抽打下／旋转成陀螺”，“我的身体是一座旋转着疯狂的地狱”，“来吧，阿幸让我们旋转／我要帮助你恢复记忆”，“太阳已身首异处，血淋淋的头颅飞速旋转”；“紫色”则起用7次，有“黯紫的世界，可怕的黯紫，呵，黯紫／那么多初临冥府的鬼魂在奈河桥上颤栗”，“我和阿幸向他们献上紫荆花依依惜别”，“冥河畔，紫荆树下，／一群鬼魂正红舟待发”，“紫月亮／噙着泪在浓烟中咳嗽”，“寒山一片紫晖”，“紫荆花飞满冥河上空，河面缀满／紫色的斑点……”，“佛光消失了／月亮刚从银河出浴，穿着紫袍／斜倚在漆黑的悬崖峭壁”。

我们不厌其烦地举出这么多例证，当足以证实“破碎”“旋转”和“紫色”确已成了张烨特具的审美敏感区。特定的感觉总是和特定的潜意识共存的，因此，特别能引起张烨敏锐反应的“破碎”感，“旋转”感和“紫色”感，相应的也会有特定的、本能化的潜意识存在。这可是值得来探讨的。

先谈“破碎”。把“破碎”看成是对存在于潜意识中的那种摧残、毁灭的隐示，一般说得过去，因为“破碎”相对于和谐匀称是对完美的损伤。生命原是完美的存在，而“破碎”对生命的完美存在而言，无疑起了摧毁的作用。因此，张烨在《失败的感受》中的那一句“破碎的心灵被打上标签／成了一堆／处理的碎饼干”，这“破碎”的心灵隐示的是遭到摧残的心灵；《鬼男》中的“绿色雪，一个冷得爆碎的苦胆的迸飞，／堆积在地，像一堆毁灭”，最足以表明张烨诗中的“破碎”感是一种“摧残毁灭”感。

再说“旋转”。旋转的发生首先是从原本状态转化，其次是由“旋”而生的循环，但又不是回复原本状态，而是回归原先方位，却又比原本状态要高一层次，因此旋转能给人以轮转中旋进的感受，所以“旋转”感可以是对人的命运在轮转中深化的隐示。张烨在《绿》中有“一粒种子轻盈地飞进我的心灵／在深处萌动，旋转……”“种子”萌动后，将在生命的方位上持续存在，但一经萌动种子就会抽芽、开花、结果，可见持续回归生命之方位中的“种子”的“旋转”，是对生存状态在轮转作命运深化的隐示。本于此当能认定张烨诗中的“旋转”感是一种“回环上升”感。可不是吗，在《撒旦之歌》中有“地狱旋起夜色／旋起夜色般漆黑的风”，“地狱”存在的是永恒的夜色，它的“旋起”只能回到“夜色”里，方位没变，但还“旋起”夜一般黑的“风”，这岂不表明地狱因“旋起”而更黑了一个层次，“旋转”感是一种“回环上升”感吗？！

再说“紫色”，就更复杂一些。紫色是一种混合色彩，由“红”与“蓝”混合而成。人对各种色彩所怀的情感不同。张耀翔在《感觉心理》一书中说：“火的颜色是红的，尤其是在夜间，火使人兴奋”，所以“红色也连带的”会“使人兴奋”，给人以理想的鼓舞与期待感，“蓝为海水和天空的颜色”，“表示高、阔、深、远、空旷、渺茫”，一种旷远的惆怅。[1]“紫”既是“红”“蓝”的混合色，也就相应地会有兴奋的期待和渺茫的惆怅——两类情感相交融的特性。张烨在潜意识中就是这样把握和使用紫色来感发独特的情感的。在《鬼男》中有“寒山一片紫晖”，还有“佛光消失了／月亮刚从银河出浴，穿着紫袍／斜倚在漆黑的悬崖峭壁”。这里的紫就偏于“蓝”，有一种迢遥而凄清的怅惘；《原野》中有“青年时代心儿是疯狂的原野／盛夏的紫光，盛夏的紫光／一串串喷热我的胸”，这里的紫就偏于“红”，有一种兴奋热烈的情调。《紫云英盛开》中有“紫云英盛开／一道地上的紫色银河”，这既含有化红尘为天乡的热烈向往之情，又含有银河迢迢可望不可及的茫然惆怅，这里的“紫”是真正出于“红”与“蓝”混合得十分均匀的色彩了。这些也正反映着：张烨诗中的“紫色”感，是一种“哀远期待”感。由此看来，张烨是把摧残毁灭感的“破碎”，兴发回环上升感的“旋转”和兴发哀远期待感的“蓝色”作为搭建情感空间的框架主要的物质材料了，这是很可注意的。

既然“破碎”“旋转”与“紫色”是搭建情感空间框架主要的物质材料，那么该如何按心灵逻辑序列来进行搭建呢？我们认为张烨无论是几十年来的总体新诗创作，或者一个文本的创作，在运思过程中情感空间的框架搭建，一贯地是受如下这个心灵逻辑所制约的：从一场生存状态被摧毁出发，回旋到同方位高一层次的生存状态，随之又从这高一层次的同方位生存状态又被摧毁出发，走向无边的期待。这样的心灵逻辑无疑体现为否定之否定的旋进轨迹，而作为三大物质材料的“破碎”“旋转”和“紫色”，在运思过程中的搭建序次，也就相应地是“破碎→旋转→紫色”的推进过程。

有关这方面我们可以通过张烨有代表性的文本的解析来求得证实。不妨选择《高原上的向日葵》和《鬼男》。《高原上的向日葵》是首短诗，抒发了贫瘠的高原上以向日葵为象征的顽强而健旺的生命所“挥洒的金色情感”。全诗第一节类似于序曲，意示“向日葵”具有“辉煌又漂亮、馨甜”的精神生命。但这个精神生命如何具现出来呢？在后面的诗节里可以找到答案。第二节写现实中存在的“你的忧伤”，这“忧伤”“流淌在躯体”，“沉淀在根须”，“渗红土壤”而使“高原微微震颤”的，第三节写“你”就让装满着“灰黄色的小茅屋”的“旋盘”以强烈而飞速的节奏向“太阳”“旋转”，摧毁着“痛苦”地旋向同方位的高一层次处。随即出现第四节，“你”回旋到同方位高一层次处后，再次碰上高一层次的“忧伤”——阴暗的天空没有一丝阳光，于是“你”让“每一个转盘都变成了太阳”，旋转到依旧是同方位却属更高一个层次处，使“高原的天空燃烧得火辣辣的”，再一次以“金色情感”摧毁了“阴暗的天空”“鲜红的忧伤”。这以后怎么样呢？诗篇作结束的第五节这样写：

你深信每一个茅屋都将是宫殿
从茅屋里走出来的人
个个都是帝王

这就寓示着摧毁“阴暗的天空”“鲜红的忧伤”的工作因着一批又一批从贫瘠中成长起来的、有“帝王”一样高贵的精英存在，将会持续下去——这是心灵逻辑推延出来的结论：兴奋而悠远的期待。因此这首诗也就以“破碎→旋转→紫色”的次序为框架，搭建成一个对高原现存生态的荒瘠感应进行摧毁回旋到高一层次的再摧毁，进而走向旷远期待的情感空间，这样的情感空间无疑具有心灵昂奋的诗意深度。唯其如此才使全诗最后一节作为营建情感空间最深层次之用的心灵物质材料“紫色”偏于“红”，因而超感知觉所把握的是对未来高原生态兴奋而悠远的期待。不过这情况在张烨诗创作中并不多见，“紫色”的超感知觉在她的诗中偏于“蓝”：对未来哀远而茫然的期待。《鬼男》就是一例。这首长诗从前面的介绍中可以看出：它的情感空间的框架该是这样的，从对“鬼男”乐和女友抒月相亲相爱在一起的存在变为“破碎”——被邪恶人世所摧毁，乐自杀身亡，到他经历地狱生涯的“旋转”回归到和抒月在盂兰盆节又相会这个高一层次的生命存在上，又再度被邪恶势力（佛光）所摧毁，即“鬼男”被佛光攫住而“不知去向”，随之在一片“紫色”氛围中诗篇这样写：“仿佛一切都未曾发生／白茫茫的大地／没有丝毫痕迹表明／？一个负荷着生与死双重苦难的鬼男／？曾悄悄来过这世界／突然又永远地消失”，进而又把这事件纳入“生命、死亡、自然、历史／爱情与社会、宿命与科学”这个网络里，发出“谁能解开这永恒之谜”的浩叹，并在设问“欲问苍天吗”之后，以“一片永恒的空白”结束。这里的“紫色”效应就偏于“蓝”，而诗人超感知觉到的就是对未来哀远而茫然的期待了。值得指出：“紫色”效应无论在《高原上的向日葵》中偏于“红”也好，《鬼男》中偏于“蓝”也好，都不影响张烨诗歌的情感空间是按她的心灵逻辑以“破碎→旋转→紫色”的递进线路搭成框架而营建起来的。由此形成的情感空间则具有心灵化意象的丰盈性。

为什么这样说呢？这是因为张烨在诗创作中是把“破碎”“旋转”与“紫色”本能地纳入心灵逻辑关系中进行运思的，而这正反映着她有过人的超感知觉能力，凭这一能力写成的诗则成了一种心灵现象的体现，而诗歌中的情感空间不过是心灵现象的意象呈示，至于这心灵现象的意象呈示则是诗歌真实世界内在结构的基础。

（二）意象构造的叙事策略

张烨擅长意象抒情。意象来自主体对外在物象、景象、事象的具体化感觉，所以意象的构造同叙事有密不可分的关系。一般说意象分两大类：类型化意象和个性化意象。类型化意象是以半抽象的类型物象充当的。如“山”“水”“云”“日”“月”“花”“草”“人”“鸟啼”“马嘶”等，至于是怎么一座“山”，哪一类“鸟”的“啼鸣”，则是不管的。个性化意象就不同了。说“水”，可有“清水”“浊水”之分，有“奔腾的水”“静止的水”之分，甚至有“卷起千堆雪”的水和彻夜呜咽的水之分。说“花”可有“红花”“白花”之分，有“春花”“秋花”之分，甚至有“笑着的花”“含泪的花”之分。相比于类型化意象，个性化意象的构造要复杂得多，叙事的要求也就更高。张烨喜欢采用个性化意象，这也就决定于她的诗的叙事成分较多。韩国学者李贞玉在《论诗与诗人的自我拯救》中说：“‘事件性’文本在张烨诗歌中占了很大比重，诗中明确的主体（人物或事件）、现象的演变（事件）、现象发生的时间和地点因素，加强于她诗歌文本的‘叙事性’特征。”（《文学评论》2011 年第 5 期）。陈超在《张烨的方式》中说，“在她的诗里，我们已很难找到那种冥想式的感情抒发。她所处理的抒情基点是本真的经验，生活的细节。因此，我们在她的抒情诗中会感到较明显的叙事成分。比如在组诗《“大女”的心律》、《流向母亲心灵的情感》、《姐妹坡》，和稍后的《世纪末的玫瑰》、《灵魂杀手》、《经过青春年华》、《外白渡桥》等代表性作品中，我们都会看到人具体的生活处境，它们是碎片的、场景的、限量的，在‘真情’之外还承担着‘真相’的负荷。”（《文论报》1999 年 1 月 28 日）这样的提法有值得肯定的一面。但如果把叙事性特征限在叙事上，而没有和意象构造结合起来，在抒情诗中追求叙事“真相”的说法，只能是贬义的。张烨诗中的叙事从总体看是对审美意象的追求，唯其如此才使这些叙事性特征是意象化了的，很难说是“真相”。本着这样的认识，我们准备从三个方面来探讨张烨意象构造的叙事策略。

首先一个叙事策略是意象的本色叙事。

张烨的诗中起用了一批如实浮雕型的意象。虽然，她不及郑敏诗中意象的浮雕感，更不及艾青诗中意象的如实浮雕感，但在追求意象的本色叙事中，她这方面的功力还是不浅的。叙事长诗《奥斯威辛之歌》几乎就是一个事件性意象组合而成的超大型意象组合体，这一个个事件性意象是被她浮雕般如实的笔法呈现出来的，显示着这位女诗人诗化叙事的才能，说具体点也就是她在事件叙写中能埋下兴发感动力极强的功能机制，给予接受者以心灵的震撼。所谓兴发感动功能机制在这首事件叙写的超大型表现，张烨强调了两点：一点是局部事件在同时空中的对比。有关这方面，如我们在前面已介绍过的该诗第十章《大屠杀之三》就是很好的例子。这一章她这样安排大屠杀事件的叙写：在春天的波兰，波兰的一座树林中，一边是一片绿色大草坪，草坪上一支身着蓝色制服的女囚乐队，演奏着回归家园的梦幻似的圆舞曲，另一边是一支由男女老少组成的犹太囚徒队，分批向一间大房子的铁门走去，铁门一关，屋后排血沟就激越流淌起来，血的汩汩声和圆舞曲梦幻似的旋律相应和着，夜以继日送400万犹太人进地狱。这种人道与兽道、文明与邪恶强烈的对比，以及把它们在同一时空中展示的事件叙写，兴发感动特异地有力是不言自明的。另一点是抓事件超常的细节予以放大，凸显，给人以扩大的联想，获得神秘的浮雕感。在这首诗的第二章《战争降临》中叙写战争降临的可怕，先是这样写："死亡之手，敲响世纪的丧钟／向天穹发出黑色轰鸣／大地被震聋／花朵奄奄一息，在火中呻吟。"这还是比较抽象的拟喻化写法，但随即是：

空中升起没有了形体的
生命碎片，弥漫着死亡气息

凄恻的苍鹰，俯瞰着
烟中的城市

这里的前两行放大了一个细节："空中升起"些"没有了形体的生命碎片"，真够血淋淋的；后两行凸显了一个细节：“苍鹰”俯瞰“烟中的城市”——是等硝烟散后在城市的废墟中去享受人肉大餐吗？这是何等的阴惨，这些都反映着张烨如实浮雕型叙事不是说明性的，而是富有极强感兴功能的表现。如果说《奥斯威辛之歌》是对动态事件的如实浮雕，那么《静物》《寂》等作是对静态事物的如实浮雕。张烨对这类本色事物作意象化叙事更重视埋下兴发感动的功能机制，突出的一种做法是抓具体而微的感觉，并予以凸显。如《寂》，是对“静寂”的生态作如实的叙事，她只用了两行诗：“这里静得能听见蚂蚁的细语／阳光在水面轻柔的摩擦。”这“蚂蚁的细语”和“阳光在水面轻柔的摩擦”，就是对静寂的生态环境极敏锐而又有事物特征的感觉把握，她对这场感觉活动如此具体而微地浮雕出来，就颇具联想激活力和兴发感动功能，促使人能顺此而让联想深入到静寂的境界里。《静物》是更寓有感兴远韵的事物如实浮雕。她像个色彩画家一样，这样写在特定背景关系中存在的物象：“黯蓝色的背景／桌布连同盘子都是黯蓝的／桔子。”这就是说这首诗的前三节对一块黯蓝桌布上的那个黯蓝盘子里放着个黄色的桔子作了一场如实浮雕，而其实这是一场属于色彩组合的叙事，而我们知道“蓝”和“黄”一经组合，就成为“绿”的调和色。所以这场叙事在前三节中凸显的是远眺中的一片绿色氛围感。而“绿”如同艾青所称颂的，乃是“生命的绿色”，是能给人以生命活力的感受的。但这种色感用语言如实呈示，实在难以把韵致充分感发出来。为此，张烨采用了意象叠加，增写了两节权当“补色”之用，这样写：

仿佛是情绪悒郁的大海
在回忆
一叶橙色的帆，一轮
漾着初恋微笑的日出

但更像
冷暗的逆境里，燃起的一片
明亮而饱满的思想

这有点像电影中两个蒙太奇镜头，它们兴发感动功能更强，用来对大背景作烘染。如此一来，“黄”与“蓝”色彩组合的如实呈现，也就因这场意象叠加——蒙太奇镜头的“补色”，使诗人对远韵深蕴的“生命的绿色”的叙写显得完整了。

不过，张烨诗中这类意象构造，更显得成功的还是戏剧冲突型的本色叙事。诗歌戏剧化的根本点是对精神冲突的叙事，它的策略有两种，一种是抒情主人公自我分裂后展开的内在冲突，另一种是抒情主人公心境转折中产生的内在精神冲突，张烨偏重于后一种，她抒写爱情生活的《别》《外白渡桥》《车过甜爱路》，都是为心境瞬间转折产生内在精神强烈冲突所作的戏剧化叙事。前面两首的心境转折都来自某种意识行为违背情爱准则所产生的分歧。《外白渡桥》写一对恋人漫步月色清亮的外白渡桥时，因男方说了一句“我永远爱你／除非你那天不再爱我”的话，女友的“我”因而心头打了一个结，为自己的魅力不能将“你的”心儿永久占有而神情蓦然黯淡。不过诗篇中也说，“我”还是因了“你”的坦率、诚实而不改自己的初衷：“即使你哪天不爱我／我还是爱你的”，只不过“你下半句话不说出该有多好”，这使“我会感到幸福”——瞬间的满足。至于“我”若碰上一场“无望的爱”却也还是要将它深藏的，不愿“这样的一天降临在夜深人静的外白渡桥”。诗篇至此，则鉴于“你”对“我”的爱是有条件的，而“我”对“你”的爱则无条件，内在的戏剧冲突也就发生了：

> 你甜蜜的眼神漾开了我的微笑
> 可你不知道，不知道
> 月光像淡黄微酸的
>
> 柠檬汁缓缓流进我心头

这场情爱中的心境瞬间转折导致的内在精神冲突，就以如此含蓄而不剑拔弩张的结尾，完成了感兴功能极强、令人回味久远的意象叙事表现。

回顾张烨以本色叙事构建意象的策略追求，我们可以说以此构建成的意象是埋藏着感兴机制的，如同我们肯定《静物》《车过甜爱路》特强的感兴功能一样，我们也不能忘记《醉》《雨后》《凝视》《雪中》等作，它们以本色叙事构成的丰富意象及其组合体，大都具有一种特异的感兴功能，这使得由本色叙事而成的意象具有韵致悠远的特性。

其次一个叙事策略是意象的变形叙事。

相比较而言，张烨在构建诗歌意象中，更擅长作变形叙事，所谓变形叙事其实是一种虚拟化叙事。唯其是虚拟的，才使本色叙事变成了变形叙事。这种变形叙事有两种，一种出于有意为之，即受诗人理性意图指派，把欲叙之事拟人、拟物化，强行用来印证相应的“事”或意绪。由这种变形叙事构造成的意象，可以称为主观虚拟型意象，另一种出于诗人的直觉幻感，即受诗人潜在意识指派，让欲叙之事虚幻荒诞化，本能地用来隐喻相应的“事”或意绪。由这种变形叙事构造成的意象，可以称之为心理幻觉型意象。现在就综合这样的理论见解来探讨一番张烨这两类意象的变形叙事情况。

主观虚拟型意象的变形叙事是一场主观虚拟追求，说明白一点就是拟喻化追求。这种追求由于是有意为之的，所以容易给人矫揉造作感，这对于喜好天然原色的张烨来说并不那么热衷。不过，她在从事变形叙事的意象构造中，也还是有节制地采用主观虚拟来使所叙之事变形。值得一提《机遇》《沙漠落日》等诗。后者所叙之事原本是太阳从蓝天落到沙漠的地平线上的景象，这时的太阳光已不在天空朗照而成了夕光，是平射在一个个沙丘上的，最后也就被夜拾走了。但张烨却把这个自然景象彻彻底底地变形了，办法就是发挥主观能动作用，把这场“沙漠落日”拟喻成一匹“红豹”，撞开“天边的玻璃栅栏”而从“蓝色囚牢”——即蓝天中逃脱，自由自在地狂奔在大漠“一个个沙丘”上，“追逐着雪白的流沙”，嬉戏到筋疲力尽，以致睡着了，这时：

一只黑色的巨掌

从天际伸展过来抓起红豹

像拾一粒红豆

轻捷，娴熟，不着一丝痕迹

把这个“沙漠落日”写得多活泼、天真、可爱。虽然这完全是出于诗人有意为之的虚拟，却也渗入进一股追求自由的童真意绪。但所引的最后这一节却印证着童真的自由也难以持久存在，因而透视出一丝淡淡隐忧。这样一场主观虚拟的变形叙事虽有点荒诞，却很美，美得惆怅，读后似乎让人感到这是女诗人伤悼童真易逝心绪作着印证表现，把“落日”最后比拟为一粒红豆是对这场童真怀恋的象征。我们这里特别要提出来的是长诗《灵魂杀手》。这首诗对那个“陌生男士”跟踪“我”与追杀“我”作了神秘怪诞的叙事，是诗人有意为之构造成的一个大型变形叙事意象，无疑是用来强行印证如下这点：有思想的女性灵魂必须杀害。这个“灵魂杀手”的意图显然来自女诗人切身感受到男性对女性独立尊严本能的排挤，打击倾向，而诗篇的最后“灵魂杀手”在深夜的大街上追杀“我”的场面，显得惊险而又不免怪诞，诗人这样表现“我”的情状作结：“在深夜的大街上，我披头散发／恐惧而沮丧地寻找灵魂的栖息地／感到需要宁静。”这就让我们看到：这首诗以拟喻得怪诞的变形叙事性意象，来隐喻女诗人在创作这首诗前的那些年遭受某些男性排挤、攻击，弄得灵魂不得安顿的痛苦、愤慨心境，写在此前不过两年的《燃烧的玫瑰》如同前已提及的正反映着她这种痛苦、愤慨心情。由此看来《灵魂杀手》同《沙漠落日》一样，是一场理念印证式的隐喻活动。隐喻可以具有感兴功能，但理念印证功能更重，而意象的拟喻化叙事形态则更易导向这种理念印证，《灵魂杀手》在这点上是突出的。而理念印证的拟喻叙事是易于导向矫揉造作的，《灵魂杀手》因此给人以不够自然之感。

心理幻觉型意象的变形叙事在张烨的诗创作中采用得较多，这或许同女诗人具有较强幻觉能力有关。《初恋的冷》写抒情主人公在经历了初恋后，一个人平静地坐在海边岩石上凝望月亮，忽而幻见“自己的灵魂”在“海水里蹦跳”，一会儿哭，一会儿笑，而一阵子撞击后，似乎受了点伤让血染红了珊瑚。当“她”终于泅上岸，带愧色“朝我走来”时，“我轻蔑地转过身去／报以冷笑”。这是幻觉中自我分裂后幻现出来的一场心理冲突。显然，这是一场变形叙事，使文本中的意象组合体成了一个虽有一定印证意味但感兴功能也不弱的隐喻，隐示着激情与理智纠缠在一起的初恋心境。《逆境》中有两个意象组合体，心理幻觉化更显得生动。诗篇从“我”看“他”的视角出发来写，在“我”的视线中幻觉地展现了“逆境”中的“他”的形相。说逆境中“他”的眼睛射出来的似乎是“两道”来自黑渊的寒光，能使受者“我”的骨髓冻结成鲜红的冰凌，但“我”无法看清；说“他”的手似乎是悬崖边上的树，树上仅存一片“黄叶”在“没有月光的黑夜警惕着更大的风暴”，但“我”也看不清；又说“他”手下的黑白琴键似乎流出的旋律是“世上所有的孤独与苦难汇成”。但“我”还是看不清。最后“我”却“看清了他前行的背影”：

那是悲壮的大海
伛偻着被沉重的不幸压弯的波浪
肩膀被时间折断了
目标还在前方

这些心理幻觉所构造成的有关“他”的意象，虽然是一场变形叙事，似乎并不真实，却能给人真切的悲壮感。显然，“他”只是一个身处逆境却又不被压抑的精神化身，具有较多感兴功能的隐喻。值得指出：心理幻觉是一种出于本能直觉的心理现象，是一种内在情绪体验，所以作为一类变形叙事的意象构造，这其实是用情至专成痴的感受体验的结晶。《无题》就是这种用情至痴的心理幻化意象表现。诗写的是抒情主体难以忘怀的已故情人在幻觉中出现的神秘情况：“我”写诗时，笔上会有他的形象直立起来，要“我”把他的真实的故事写出来；当“我”拉起了小提琴，他的面孔会突然浮现在小提琴上；而当“我”猛地收弓后，则整个天空会回响他的歌声。这种幻觉发展下去则：

总觉得你为我撑着伞在雨天
乘车时总以为你已为我买了票
……再见！
每逢外出
总对着渐渐后退的月台或码头
轻轻呼唤着你的名字

这典型地表现了一个用情而至痴者的心理幻觉，而这类变形叙事构造成的意象——处在一系列幻觉中的"我"，作为女诗人自我心境的隐喻，也就特别具有感动深远的感兴魅力。

由此看来，张烨意象构造中所追求的这种变形叙事，构造成主观虚拟型意象也好，构造成心理幻觉型意象也好，都具有隐喻功能。隐喻的功能可以偏重于理念印证的，张烨诗中主观虚拟型变形叙事意象像《灵魂杀手》中那一类，就印证功能较强；也可以偏于情绪感兴的，张烨诗中心理幻觉型变形叙事意象像《逆境》中那一类，就感兴功能较强。比较地看，张烨更感兴趣采用后一种变形叙事的意象来写诗。她的一些代表性诗作，如《世纪末的玫瑰》《隐显在长城上的面孔》《往事》等，其意象、意象组合体都出之于心理幻觉型变形叙事，并且感兴化的隐喻功能特强。张烨写得最成功的抒情长诗，也正是以这种变形叙事策略写成的，具有极强感兴隐喻功能。

张烨第三个叙事策略是意象的复调叙事。

复调叙事的意象、意象组合体，能使文本具有立体化的层次感。读这类诗大有"庭院深深深几许"的审美意趣。诗歌中的复调叙事同虚拟、如实相结合及隐喻的双重功能结下了不解之缘。张烨的创作实践本能地证实这一点。

让虚拟、如实结合的复调叙事策略来构造意象和意象组合体，使张烨这类诗特具韵致悠远的魅力。《康岭河》无疑是以虚实结合的复调叙事来构造全作整体意象的典范之作。这首诗让人感到“你”“我”的身份以及相互关系颇扑朔迷离，这正是虚实相结合造成的。在这里“我”是“你”的叙述者。在“我”眼中，“你”有时是现实中存在的，有时却又成了回忆中的虚拟存在，而“我”则把这两个“你”绞在一起，一会儿是现实中如实存在的“你”，一会儿又成了回忆中存在的虚拟的“你”，再一会儿又成为现实中如实存在的“你”了。大致说第一节写的是存在于现实中的如实的“你”。由于走过街道、花园、音乐厅时，竟然感到“处处都旋流着一条故乡的河”——这一来，“你”成为存在于回忆中虚拟的“你”了；第二节写原是存在于回忆中的虚拟的“你”，由于把手放入大雪天的冰河中“不急于缩回”时，水声在回忆中的喧响却在你的眼眶激起浪花——这一来“你”转为在现实中存在的如实的“你”了；第三节写原是存在于回忆中的“你”，那歌声忽地融进了大都市的霓虹灯以致纯真的笑容在灯色里瑟缩摇曳——这一来“你”转为在现实中存在的如实的“你”了；第四节写的是存在于现实中的如实的“你”（凝立在冰雪的街头，“前额微颤着风暴留下的痕迹”），却由于有一股康岭河的“暖流”竟从河底一直涌进你的心里——这一来“你”又转为在回忆中存在的虚拟的“你”了。所以这个文本中的两个“你”是被“实虚→虚实→虚实→实虚”这样错综的关系组合在一起的。这使得《康岭河》成了现实中阴冷感的“你”和回忆中温暖感的“你”——或者如实中阴冷的“你”和虚拟中温暖的“你”以复调叙事构造成的复式意象表现了。这里有张烨可贵的叙事匠心，有艺术。同样是虚实结合型复调叙事意象表现，《无题》也是成功的。诗写“文革”大浩劫初期上海一片混乱以及一片恐怖的气氛，共八行，前五行是如实叙事，勾勒了夜上海人人都“骚动不安地在黑暗中走来走去”，“听不见树叶的颤动／听不见窗子的簌簌声”，后三行如同前已引过的，她这样写：“只有月光的金属声／串起一条无形的铁链／在灵魂深处响起。”这可是一种超感知觉，全是虚拟的，这就形成虚实共存的复调叙事了。从这两个文本的分析中我们可以看出：这种复调叙事的意象及其组合体，情思的抒发也是复式的，除了直观反射而得的现象层面上的情致抒发以外，其虚虚实实带引出来的神秘联想会显得相当活跃而开阔，让接受者在获得本义的感受外，还会跃上一层，获得象征义的感兴。如《康岭河》不仅能使人感受到一种乡愁，更能感悟到一个存在意识：现实是丑恶的，美善只存在于虚幻的回忆中——这种感悟是象征功能的体现。

张烨颇有些诗的抒情意象是由隐喻叠加型复调叙事构造成的。这在她的叙事策略中很可注意。隐喻叠加也就是隐喻功能的深层次开掘。《那时候》一诗是对爱情总要流逝这个人生现象感慨式的叙写，诗中叙写了两件事：一件是"那时候"发生的美好难忘的事，另一件是当下"白云"缠着"我"的事。第一节像序曲，抒情主人公说自己的现实心境如同飘飘然在白云间神怡地欣赏尘世，而对自己的往事也大有释然之意：一切都看透了。不过张烨着力地写了"那时候"的事，这就是第二、三节。说那时候"自己"心中只种下一颗种子就收获了"一千个金苹果"，胸前只滴落"一颗泪珠"心中就会"涌起绵绵长河"，可见这些往事在自我人生中的价值之大，真是"说也说不清／忘也忘不掉"。第四节则写到了当下"似烟如梦的白云"在缠着我，似乎没有打算展开。不过趁着不要"白云"来缠着我之机，诗篇延伸出一句话："想你也迟早会飘逝的，就像／／那时候。"这句延伸出来的话极重要，一方面暗示"那时候"的美好往事已如白云般飘逝，另一方面又拉"那时候"的美好来暗示"你"这朵虽注定要飘逝的"白云"对"我"的纠缠毕竟也是"说也说不清／忘也忘不掉"一般会自己"神怡"的，呼应了第一节。这场往昔叙事与现实叙事的交错组合，也就显出了复调叙事的特色，而正是这场复调叙事，显出了意象的隐喻叠加的特性：美好的事物总是要流逝的——这是隐喻的基本喻义；流逝的事物总是美好的——这是对基本喻义的深化，是隐喻的叠加。还值得一提《雨丝》。在1973—1975年之间，张烨写有两首《雨丝》。从写于1975年4月的《雨丝》中可以明确到这"雨丝"是隐喻被时光打湿的缠缠绵绵的相思。我们更关注的是写于1973年3月的那篇《雨丝》。这篇《雨丝》共三节，第一节劈头就写有一场美好事件的"断裂"发出的声音在天地间"隐约回荡"，既隐喻情事已断而余绪犹存，又隐喻雨丝绵绵不绝。第二节以"雪白的藕丝飘飘洒洒／轻轻牵动着原野……"点明"雨丝"牵连着"原野"，是隐喻人世某一断裂情事犹藕断丝连。第三节对"雨丝"绵绵不绝作了极妙的延伸：

原野一失神
从一块馨香的绿手帕
抖落一颗
湿漉漉的红豆

从前面的实猛转向这里的虚拟写法，激活了须要急转弯的联想：绵绵烟雨牵来春天，春天的原野也就萌生出“春来发几枝”的“红豆”，因此而有“原野”的馨香的绿手帕中抖落“红豆”的意象幻现，但“红豆”自古就被说成“此物最相思”的，这岂不是隐喻着一场天地之恋虽已“断裂”，但高天犹存藕断丝连的余绪，感动了“原野”也相思复萌作了?！还值得一提：天地之恋毕竟是虚设，无非借此隐喻陷入人间情事的一段心境，这就有了隐喻的叠加。但这还不够按文本意象组合体即喻本的叙事逻辑所隐喻出来的实际喻义，藕断丝连的心境是会带来生命的春色的，而生命的春色是又会强化藕断丝连的心境的。如此一来，《雨丝》的复调叙事，不只是使所构造的意象具有隐喻叠加的性能，还进一步具有隐喻叠加的叠加性能了。可见张烨这种貌似平常的复调叙事，其实并不平常，而是具有意象构成极其复杂而有层次感的内涵。

这就使诗艺策略中又一个命题被提出来了，复调叙事不仅导致意象的隐喻叠加，还使隐喻获得了超越，转变成象征功能。隐喻和象征是有区别的。凡情物因不显痕迹作譬比而意得事理者，称为隐喻，而情物因反复显示生直觉而悟得精神者，则成象征。根据这样的理解当可推出如下的认识：复调叙事而走向隐喻叠加，特别是叠加的叠加，这隐喻必转化为象征。因此，貌似平常的短诗《那时候》《雨丝》，因其复调叙事而使意象具有隐喻叠加性能，也就超越隐喻性而显出象征功能来了。张烨意象构造的叙事策略若真有新颖之处，那我以为就集中地体现在这一点上。这种复调叙事使隐喻叠加提升为象征功能的追求还显示在张烨另一些名篇中。《孤独的玉米地》《鬼男》都属突出的例子。《孤独的玉米地》的意象构造是虚实结合的，具有复调叙事特性，它是对人世和谐强烈渴求之情的隐喻，更是对自我融入自然以求获得生命大和谐的隐喻，所以这是一首通过复调叙事来构造隐喻叠加型意象的诗。如果说文本的第六节（“她微笑侧过身来／不知不觉地走进玉米地／边走边自语／‘我们在一起挺和谐’”）是隐喻的基本喻义，那么第七节（“淡黄色的侧影渐渐化为／一株高拔的玉米秆／风儿将她蓬松的长发柔柔地托起／吹拂成金黄的玉米须”）是第六节复沓式的推延，也就是再次提及人和自然相消融的和谐美，可见这是事情的反复显示，也就使其隐喻叠加因直觉而悟得了生命美这一博大的宇宙精神意蕴。这一来，这场以隐喻叠加为标志的意象复调叙事，也就超越了隐喻，显出了象征功能。按此见解再去看《鬼男》，其复调叙事获得的意象的隐喻叠加，更有超越性能，更有象征功能，就不言而喻了。

就这样，张烨以《外白渡桥》《初恋的冷》《那时候》，更以《隐显在长城上的面孔》《孤独的玉米地》《鬼男》等显示着她叙事策略的新颖。

（三）语调节奏的感兴途径

还值得我们探讨的是张烨诗歌的节奏体式。诗的体式按诗学本体的规范原则，是由节奏决定的。张烨写的是自由体诗，那么她主要采用的是怎么一种节奏呢？自由诗体的节奏一般分两类：一类是音顿化节奏，说具体点，即通过不同长度（或不同音组数）的诗行和情绪起伏相应合而进行有机组合，由此显示因音顿多寡不一致而形成的不等时却有旋进规律的节律感应，就是音顿化节奏。这一类自由诗体节奏，张烨也还是能掌握的，并在创作中有所采用。如《化羽》一诗中抒写抒情主人公灵感旋动的内在情绪律化为外在的自由体语言节奏时，她这样写：

净化
升华
刹那间

读画人已化做一只小鸟
翩跹
云鹤
去无迹

如果说：二字音组形成的一顿体诗行（如“净化”）的节奏感是极“扬”，三字音组形成的一顿体诗行（如“刹那间”）的节奏感是次“扬”，四顿体（如读画人／已化作／一只／小鸟）以上的诗行节奏感应是极“抑”，那就显出这个诗行群的节奏进程是“扬→扬→次扬→极扬→扬→扬→次扬”——这么一条从“大起到大伏再到大起”的运行轨迹，这样一种自由诗体的节奏表现是旋进式而非格律诗体那种复沓式的。但张烨自由体诗的节奏表现主要的不属于这种。自由诗体还有一种节奏表现是语调化的，或者就说她的自由体诗的主要体式来自语调化节奏。如《别》中的开头两节：

在雨的喧哗中
我听到了你的心跳
不，不要说了

雨水
顺着我的脸颊流淌

这两节诗给我们口语的语气感很强，上一节是一种激越的语气，下一节是一种沉郁的语气，合起来显出了从扬向抑旋动的语调节奏感。“不，不要说了”是极激动的语气，而“雨水／顺着我的脸颊流淌”则是极无可奈何的消沉语气。这同抒情主人公和情人“别”时的情绪由一极端向另一极端作瞬间变化极其吻合。由此说来，张烨这种语调节奏的追求，其实是一种情态的追求，说语调节奏是情态节奏也未尝不可以。唯其如此，才使我们有理由说语调节奏更贴近情感本身，而情感来自主体对某一客体对象的兴发感动，也就是感兴作用，作为和情感极其贴近并相应合的语调节奏，会埋下感兴功能机制也当是很自然的事。所以语调节奏比起音顿节奏来，它的音乐性审美更具有内在的感兴功能。张烨追求的节奏体式，走的是一条语调节奏的感兴途径。

语调节奏如何表现出来，不是依靠音组有机组合中不同时段的音顿停逗关系，靠的是语言的构成关系，即词法、句法、分行等方面的特殊性。张烨的诗在这些方面都有自己的建树。

先看她诗歌语调节奏在词法上的体现。

大致说她是通过词法上的如下四个方面来体现这类节奏的：一、大力起用语气词。语气词有情感色彩，或表情感的激昂高扬——如“呵”“吧”，或表温婉低抑——如“吗”“呢”。张烨这类语气词在诗中用得很多。“呵”最具激昂的语气，如《呵朋友你的信》中有“呵，朋友，你的信从天边飘来。”《信》中有：“多美呵，在这样纯净的夜晚！”《歌手》中有：“可我是一个音域宽广音量厚实的女低音呵！”《回声》中有：“我的回声涌塞在喉头／喉头是如此的腥热呵！”。“吧”具高扬语气，如《静》中有：“让我在精神上多占有你一会儿吧！”《红舞鞋》中有：“让季节的风暴／卷走轻飘的浮云吧！”《爱的锁链》中有：“请你砸碎它将它沉入海底吧！”《单恋》中有：“把心放进海让浪涛湿个痛快吧！”。“吗”可以是疑问的，也可用作语气词，张烨特别爱用它表示郁闷，如《我是多么善于感受你的目光》中有：“我错了／你忍心我过分羞愧吗?!”《月光曲》中有：“哦，是我甜蜜温柔的光线／润湿了你绿色的眼睛吗?”这一例的前一行以“哦”(可等同于“呵”)体现一种神采飞扬，但第二行就变得温婉缠绵了；《鬼男》中有：“死亡将阴冷尸布拉过我们的头顶／我还能畅饮阳光畅饮清澈的溪水吗？／我还能在芬芳的花丛漫步吗?”同诗结束处有：“谁能解开这永恒之谜？谁？／欲问苍天吗／一片永恒的空白！”这后两例中的“吗”使诗行体现出郁闷低抑了。再说“呢”构成的诗行，则更有低抑的语调，《怀念》中有：

“为什么我们再不能碰响／碰响这甜蜜的酒杯呢？！”《贝母》中有：“我该怎样对你说呢，贝母！”《鬼男》中有：“幸福从来不能出现两次，但／我怎么能辜负你的爱心而痛不欲生呢？！”《世纪末的玫瑰·安魂曲》中有：“在苦难中结伴而行那么多年／心与心为何不能握一握呢／脸与脸为何不能宽容地笑一笑呢？！”。二、张烨还大力起用叠词叠语和同构词语准叠合来体现语调节奏。叠词的使用能使诗行节奏强化复沓感，如《原野》中有：“少女时代，心儿是含笑的原野……／初春的绿光，初春的绿光／一片片照亮我的胸”；《雪中》有：“今天我独自走过这里／脚踏雪响，脚踏雪响／？银色的嚓嚓声，唤起我的回忆”，这里无论是“初春的绿光”的偏正结构，“脚踏雪响”的动宾结构的重叠表现，都有复沓带来的飞扬语调或低抑语调的强化。所谓同构词语准叠合指构形相一致而意义或意象感兴相近的词语准叠合在一起的词法追求。这方面张烨特别爱用，如《一片白色的沙滩》中有：“海水／就这样悄悄退去了吗／就这样没有告别没有悲伤没有眼泪……”《背影》中有：“让天上没有太阳没有月亮没有星星／让谁也看不见你！”《雨夜》中有：“走进历史之伤，苦难之伤，生命之伤／？从地狱提炼天堂！”总之同一词语叠合和同构词语准叠合具有一种因推进而显得激越的语势，这种语势是具有感兴冲击力的，使情绪感受得到或高扬或低抑的语调节奏表现。三、张烨还让词语在诗行组合关系中有意作断裂的设置，以致让诗行变得破碎，如《安赫尔瀑布》中有：“我自会走的，昂着头，但这是出发”，如《东方之墟》中的：“从空旷到空旷，荒芜到荒芜蛛丝／在灰烬中悬荡，灰色旁的灰色，灰色上的灰色”，《世纪末的玫瑰》中有：“闻出水的气味，骆驼，水的无知／水的感觉之王。水！水！希望捞起绝望”，等等。把词语间正常的逻辑关系割断，让它们像一盘散沙在诗行中破碎地存在的这种设置，会强行调动接受者的联想，使各词语建立起内在关联，这样一来反会使词语于断裂破碎处激发出一股情绪内在张力，让与或高扬或低抑的情感相应合的语调节奏获得感兴的强化。如上引《世纪末的玫瑰》中的那两行诗，因了断裂而使语调节奏越显出激越高扬；上引《东方之墟》中的那两行，因了破碎而使语调节奏越显出郁勃低抑。这种种例证都表明女诗人在词法上体现语调节奏是别具匠心的。

再看张烨诗歌的语调节奏在句法上的体现。

句法上体现语调节奏，张烨是从句型、句式两方面作探求的。

从句型上看，这位女诗人似乎特别关注感叹句、疑问句、设问句、反问句。上面我们已提及爱用感叹词是她一个特色，这也就使她的诗中颇多感叹句。设置“呵”(包括“啊”)“吧”的感叹句，给人以高扬的语调，而设置“呢”“吗”的感叹句则给人以低抑的语调。疑问句在张烨诗中算不得多，但在表述内心隐秘的情感时就时常被选用。如《阴·阳》抒发的是主体内心深处阴阳相隔的痛苦，开头一节是：“意识静静流动，朦胧又随意／坚实的旋律能吃掉／丰裕脆弱的梦?”这是个疑问句，语调是低抑的。结束的第三节是：“声音一触及深深的呼吸／总止不住那一阵心跳?”又是疑问句，语调低抑，前后响应。至于第二节，以“是怎样的来临／就有怎样的消失”作结，使全节终止于宽式排句的语调中，具有高扬的语调(有关排句，后面还要读到)，所以这首诗就形成了“抑扬抑”的语调节奏。又如《长恨歌》的最后三行：

为什么让天长地久这词儿
又一次温柔地涌上心头了呢
啊！一池清波

这前两行以“呢”结尾的长句，是个疑问句，属低抑的语调，而后一行以“啊”开头的感叹句，是高扬的语调，它们的组合也就形成了“抑扬”的语调节奏。设问句是主体貌似提出问题实际上是以提出问题的形式来强化否定意味，此是无须回答的一种特殊句型，张烨用得较多，如《世纪末的玫瑰》中有：“难道我们就不该高贵／就该安于龌龊贫乏的生活?”“该不会是叫我体验／世上最伟大的灵与肉的苦难／悟出爱的真谛，生存的全部意义?!”《东方之墟》中有：“这片废墟难道仅仅是某一民族的耻辱?!”这种设问句型显然具有强行克制的低抑语调。反问句是对所提问题含有强烈肯定语气的一种句型，如《我是多么善于感受你的目光》中有：

“你真没觉察出／闪烁在我湿润睫毛上的／那一丝狡黠吧”这语气是无须回答的，具有高扬的语调。同一首诗中还有这样一些诗行：

我错了

你忍心我过分羞惭吗

我的六月

但你大概不会想到吧

即便在此刻

湿漉漉甜蜜蜜仍未从我血管里退潮

这前两个问句是真问，有低抑的语调，后四行的问句是反问，无须回答的，有高扬的语调。于是这个诗行群也就显示为“抑扬”的语调节奏了。

通过不同的方式来组合诗句，叫句式。大致可以把句式分为对句式和排句式两类，它们很有语调感，在语调节奏中扮演了句法范畴中的重要角色。张烨诗的语调节奏颇倚重它们。对句是中国诗歌传统，古典诗词中大量使用，特别是律诗当中两个对子不可少。对句的节奏意义是具有复沓回环的语调效果，一般说句型相同而偏于回环性的就会产生缠绵低抑语调。对句能生回环效果，那就形成缠绵低抑的语调了。如《老处女（之一）》中有“你曾托着月亮在海边欢奔／你曾搂着太阳在原野欢歌。”《世纪末的玫瑰》中有“这细雪是深造雪崩的细雪／这丝绸是煽动沙尘暴的丝绸。”这些对句有回环旋动的效果，语调显得低抑。但有些更复杂一些的对句，情况就不同了，如《江南雨》中：“要爱就爱得轰轰烈烈，两颗心相撞而陨／要苦就苦得彻彻底底，一杯酒无言而饮”，这给人的吟诵印象是四行诗以交错的对偶显示相同的复沓语调，这种语调有推进感，也就给人以激越高扬的语调节奏了。又如《姐妹坡·独白》中有：

比大海更像大海

比深山更要深山

想宁静时烈火也无法点燃

这是回环性复沓，其语调节奏就更显激越高扬了。排句是语调节奏尤其要倚重的。这种句型相同或大致相同的诗行在一个诗行群一个诗节甚至一首诗中集中在一起，直排下来，语势急逼，其语调节奏也特显激越高扬。张烨也重用排句。如《单恋》中有："那人的梦辐射照亮你的失眠／那人的目光掠过你的凝视飞向他方／那人的希望是你的绝望。"《忘掉我》中抒情主人公对苦苦追求者说："倘若有一天我们奇迹般相逢"，若问她的态度该怎么样，她就用了排句来表达："不能给你热烈的拥抱和亲吻／不能给你轻柔的目光／不能给你沸腾的低唤／不能给你觉察水面的压抑／不能给你知晓来世找你的决心／不能给你翻阅我的全部含义。"用了六个排句，语调是决绝的。值得指出：张烨的排比句式并不那么单纯，她有时颇为庞杂，如《世纪末的玫瑰》中有："这时辰死亡高举起冰做的火炬／强化干渴，强化疲竭／诱惑和瓦解一切终极的忍受力／这时辰生与死汇入同声部同声部合唱／这时辰谁掉队便意味死亡……"这里的第一个"这时辰……"竟用了三行来容纳，太膨胀了，却也同样和第五、六行两个"这时辰……"构成排比关系，显出语调的激越高扬。尤其显得出格的是《青年》一诗第一节的一个大排句：

那是不怕死的手掌

　　讥笑着长满厄运的纹路

那是探索者的双脚

　　生来就朝荆棘丛中闯

那是风暴的声音，呼啸着

　　穿过枯叶、败絮、死水

颓锈的铁栅，清晨的噩梦

然后化为温柔缠绵的春光

奉献爱

也将爱默默收藏

这十行诗由三个句子构成排比关系，前四行是两个排句，后六行只是一个排句，但也不影响这个诗节总体的排句语调。唯其如此这个诗节的语调节奏感受是激越高扬的。

我们还得进一步来探讨张烨诗歌语调节奏在分行、跨行、跨节上的体现。这方面的追求她自己在《诗人之恋·后记》中这样说过“让诗行的排列受情绪的流动而流动”的话。这对我们在这方面的探讨是有启发的。但这种分行特征如果不是和语调节奏的感兴表达联系起来探讨，是会陷入理论分析的玄虚和不得要领的。因此我们不得不结合诗行搭配和跨行应循的原则，来对张烨这方面的追求作出考察。

西方的诗学理论家喜欢把自由体诗说成是散文体诗。推而广之，也就把自由诗体的节奏说成是散文的艺术节奏。韦勒克、沃伦在《文学理论》中曾说：“散文的艺术性节奏可以描述为通常口语节奏的一种结构。”[2]可见作为“散文的艺术节奏的”体现，自由诗体的分行“可以描述为通常口语节奏的一种结构”。说白了，分行涉及的是语调节奏的结构问题。语调节奏是一种应和情绪起伏的内在节律作直觉本能化言语表述的节奏形态。因此在真正成功的诗中语调节奏是最接近于情绪内在节律的，而分行作为语调节奏的一种结构表现，其实是情绪内在律的产物，也是这种内在律真实的体现。张烨说分行是受情绪的流动而流动的话是对的，只不过她没有和语调节奏挂上钩。其实在她的诗创作中情绪的内在节律是通过语调节奏的结构形态，也就是特定的诗行排列（亦即分行）得以显现的，这里不妨引用《隐显在长城上的面孔》的最后一节来看看：

依依不舍地目送

目送一支波涛般起伏的血色旋律

无止境地向前流动流动流动

那辽远的前方

那微光显露的前方将是怎样的一个世界呢？这个诗节的第一、二行因了第一行煞尾的“目送”和第二行开头的“目送”的句连关系存在，也就使它们在吟诵中合并成了一个特长诗行，显得相当沉滞郁勃，因而是低抑的语调；第三行虽也较长，会给人沉滞感，却因为用了三个“流动”的叠词而有了从沉滞感中挣扎出来而渐超激越的趋势，这也就决定了第四行以一个二顿体的短诗行把渐趋激越的语调更推一步，以高扬的语调体现出诗人对“辽远的前方”的兴奋期待，但随即出现第五行中的以带有“呢”这个低抑语气煞尾的七顿体长诗行，语调一下子转为极沉滞郁勃，情绪一下子又转入极茫然的低抑状态，从而以这样的诗行排列真实地体现出与情绪内在节律相应合的语调节奏是一场“抑扬抑”的进程。由此看来张烨诗的分行不是任意为之的。

跨行也隶属于分行总体原则，受情绪的流动而流动。或者说，跨行也须以真切传达情绪内在节律为转移，不过也内含着艺术表现自身的需求。大致说跨行的原因有两方面：一、使前后诗行紧紧勾连；二、诗行表述打破陈规而求变。张烨追求诗中的跨行大致说都能照顾到这些方面。这里不妨也对有些学者论析过的一个诗例进行再探讨——它是《雨夜琴声》中如下这个诗节：

你曾怜爱过他吗？当
他的眼睛像两个伤口痛苦地望着你
你曾唤回过他吗？当
他的脚步从犹豫到坚定

第一、三行各以介词“当”煞尾，使原本两个介宾结构以跨行的形式呈现，这自然能使一、二行之间，三、四行之间都勾连了起来，使两个介宾结构充当的状语副句对第一、三行两个主句的谓语“怜爱过”“唤回过”的修饰关系更其贴切。跨行还有一个能使程式化表述得以求变的功能。沃尔夫冈·凯塞尔在《语言的艺术作品》中曾说："作家在这里必须考虑，不要让每一行诗产生严格的、完整的、统一体的效果。同一统一体的规则的重现会使人厌倦，不断重复就会产生单调的效果。一个审美的原则要求一切在时间中分布的东西依照分布原则的变化。最简单的方法就是'跳行'（上句牵入下句），意义从一行跳入下一行，因而放松了行列的严格性。"[3]这段话是指前一行跨向后一行，张烨这个诗节是指第二行跨向第一行，但"跳行"（即跨行）能使"同一统一体的规则的重现"得以超越求变，这个功能的认识是一致的。显然，第一、三行诗煞尾是个"当"，这使第一、二行，第三、四行的那种程式化表述关系打破了，从而以陌生化的警策效果强化了第一、二行间，第三、四行间的非常态紧密关系，可见跨行会使两造非凡结合而生张力，这一点功能效应与张烨的跨行表现中显示得更好。

张烨诗中还颇多跨节的。在中国新诗中跨行常见，跨节却不多见。张烨的跨节基本上是发生在最末两节诗之间的，她之所以对此倍加关注也是为了强化语调节奏的感兴功能。大致说她欲达到的是两个目的：（1）强调节与节的勾连；（2）强化煞尾诗节的感兴推宕。如《献给石头的颂歌中》：

……你已丑成撒旦，布满闪电的手臂
高举着地狱的灾难与火，直捅
鲜花绚烂的梦幻。那么
就让我用风暴的喉咙呼啸你的黑暗
被封锁的歌声
永远活着的死亡

这就是使两个诗节藕断丝犹连而成一体的跨节。再如《外白渡桥》中：

你甜美的眼神漾开了我的微笑

可你不知道，不知道

月光像淡黄微酸的

柠檬汁缓缓流注我心头

这场跨节则强化了主体内心忧伤的深远，导致结束这节有极深邃的推宕意味。

总之张烨追求具有浓郁感兴意味的、语调节奏建设新颖的自由诗体是相当成功的。正是这些方面的成功，使她的诗歌情感空间营造得分外坚实。

结　语

我们已对张烨诗歌情感空间的广度、深度及情感空间的营建实况作了全面的考察，此刻已可以对她作出这样的判断：在百年中国新诗的女性诗人队列中，张烨已确立起了坚实的领先地位。

注释：

〔1〕《感觉心理》，工人出版社 1987 年版，第 185—186 页。

〔2〕《文学理论》，三联书店 1984 年版，第 174 页。

〔3〕《语言的艺术作品》，上海译文出版社 1984 年版，第 105 页。

张如凌论

一

作为一个法籍华裔女诗人，张如凌凭她三部抒唱文化寻根的诗集——《中国红》《法国蓝》和《红蓝如凌》闯入华文文学世界。

张如凌走向诗坛，是颇具历史感的。歌德曾说："历史感指的是这样一种高度文化修养的感觉，它在评价时代的功绩和勋业时，也考虑到过去的时代。"是的，我们首先要考虑的是这位女诗人是从怎样的历史语境中走来的问题。

张如凌的上辈世居苏州和上海，以丝织和毛纺为业；信奉基督教，有一个开明而博爱得虔诚的基督教家庭传统。其父很早就受到上海地下党的影响，"七七"事变后，父亲为了拯救民族、抗拒沦为亡国奴，毅然弃学弃商投奔抗日根据地延安，在陕北公学和鲁艺学习后，很快投入从事发动民众抗日的革命歌曲创作，主办杂志刊物，活跃在晋西北抗日根据地。许多在抗战时由她父亲作词作曲的革命歌曲在当时脍炙人口、广为传诵，如《烽火进行曲》《吕梁进行曲》《风呼海啸》《摇篮曲》等40多首都极有影响力和号召力。今天再听《生活之歌》："枣花吐出芬芳，像那太阳射着光。麦苗在自由生长，在欢笑舞蹈。我们这幸福的一代，生活在快乐的土地上……"仍能感受到当年文学青年对革命的如火热情。由她父亲谱曲、他上海同去延安的亲密战友作词的《快缴公粮》对当时根据地征收公粮、齐心抗日直接发挥了作用。诚如她在《又见父亲》一诗中所抒写的：

童年的我过早出现在岁月中
父亲骑着白马一路风尘
向我飞驰而来
我还没来得及叫他一声“爸”
他已转身赶去鲁迅艺术学院

而在第三次国内革命战争中，父亲又作为贺龙属下八路军第二野战军的一员，随刘邓大军转战南北，为缔造新中国立下汗马功劳……所以，张如凌是在红色家庭中成长起来的，自小受革命人生的熏陶，磨炼出了独立自强的意志，敢于闯荡的精神。“文革”期间，“走资派”的父亲受到批斗，家庭受到冲击，她高中毕业后也被分配往自行车厂当工人，却没有把她的精神摧垮，而是暗自发奋读书，尤其爱上了文学。在《法国蓝·后记》中，就回忆过这段生活：

……在那段禁读外国文学的年代，（我）如饥似渴、废寝忘食地偷读法国名著，半夜打着电筒躲在被子里，为的是不让父母逮住收书；为了拿到大仲马的《基督山恩仇记》，以刚读完的罗曼·罗兰的《约翰·克利斯多夫》作交换；为了用巴尔扎克的《高老头》交换司汤达的《红与黑》，与女友不快……纯情如流泉的年代，记录了我的成长经历，也记录了我个性中始终没变的那个“真”字。

正是这种种知识——特别是文学知识的积累，使她底气很足，恢复高考第一年，她就作为“七七届”优秀生录取进入南京师范大学中文系就读，韶光四年使她打下了中外古今文学专业知识的基础。

如果说张如凌的父亲当年为了拯救祖国和实现自己的革命理想离开繁华的上海

而投奔陕北黄土高原的延安，是一种别求新境的心理内质在起作用，那么这一内质也遗传给了张如凌。当四年寒窗结束，面临人生新的选择时，她竟然也在内心中涌起一股别求新境的激情，毅然放弃了留校任教的美好前程，告别父母、家乡，跨出国门，飞往北美新大陆。她以惊人的勇气与毅力边打工边在加州贝克莱大学读研，最后又成功获得美国斯坦福大学博士奖学金，专攻比较文学诗学研究。通过对新月派（特别是徐志摩、闻一多）和浪漫派（特别是拜伦、雪莱、济慈）作诗学比较的学术论文，她获得了学位并占领了国际诗学理论研究的学术制高点。

但随之而来的又是何去何从的问题，她又面临第二次人生抉择：像二姐一样留在美国工作？还是再一次投入陌生的国境挑战全新的生活？

求知欲旺盛的张如凌仍不满足于在美国所获得的最高学位。父亲遗传给她的那种别求新境的潜在意识再次萌发。她注意到，世上除了有一种用语言写的诗，还有一种被歌德称之为无言的诗歌，那是建筑，有人也称它是凝固的诗歌，既然建筑和纯粹的诗一样都有诗性，同属广义的诗的范围，那么为了拓展诗学，再去学建筑艺术吧！于是她怀着决不肯认输的心情，飞往浪漫的法兰西，进入了巴黎大学，在建筑艺术上探求诗的境界，也进一步扩大了她孜孜以求的诗学视野。终于在巴黎的攻读中她把诗的浪漫与建筑的质实在自己的诗学结构中完美地结合了起来。这一场对广义的诗学领域的开垦是富于魅惑力的，不仅使她有了爱情，成了法国的媳妇，也使她有了安身立命的职业，成了一名建筑艺术文化的创意专家，在巴黎扎下了根。

从此，辉煌的职场生涯开始了，而她首先把目光投向自己的出生地——有着黄河、长江的地方。她要把最美的建筑艺术献给祖国，把这片崛起的土地装扮得更加美丽。于是，诚如陈徵在《〈中国红〉· 再版序言》中所说的：

自从 1997 年，屈指数来，上海大剧院建成开放，上海浦东国际机场启用迎接世界各国宾客；广州体育馆及时完工顺利迎来第九届亚运会的开幕；上海浦东东方艺术中心的建筑外形、室内设计和声学效果给人们带来的震撼性惊喜，都足以使她欣慰，使众人赞叹的。而张如凌并不就此满足，还是马不停蹄地继续再接再厉，她再一次全身心地投入了以保罗 · 安德鲁为总建筑师的团队，角逐中国国家大剧院设计竞赛并最终成功夺魁。这个在世界建筑史上具有颠覆性意义的艺术宫殿的建成，张如凌在其中演绎了不可替代的重要角色……

这些业绩表明：张如凌是个成功者，她获得了自我的人生价值。

正是因了职业需要而展开的这一场"凝固的诗歌"创作，使她广义的比较诗学研究有了重大的突破。施养德在《〈中国红〉序》中也说：张如凌与法国著名建筑师夏邦杰合作的上海大剧院"设计建造工程"，"是东西方文化融汇的结晶"，作为一个比较诗学博士，"她深信东西方文化总有汇集成流的一日"。

也是因了职业的需要，张如凌又不得不在巴黎与中国大陆之间往返奔走，穿梭飞行。这可是一场幸运，使她每年可以有多次回到老家上海，与亲人聚首；深夜，安静地在复兴路上徘徊……这使她感觉自己有两个家园：一个在巴黎，一个在上海。可是善感的女诗人却总在心灵中回响着如同艾青在《沉思》一诗中所发出的那个声音：

为什么……
为什么……
我的心还是这般忧郁？

要回答这个问题得用两个字：乡愁。她因事业的成功引发的一腔欣悦的人生感受，却让灵魂深处一脉乡愁作底色了。

在中国的传统观念中，"乡愁"实是"家"文化的产物。

对于稳定的中华传统文化结构而言，建基于孝道意识的亲情至上派生出了家国感，而家国感可说是形成这种结构最稳定的基本单位。家国感的依附体是"家"，以"家"为核心的宗亲血缘关系千百年来代代相传，也就会从中升华出一种集体无意识——化入每个民族成员本能中的原型，而生态文明的建构也因此总以"家"作为逻辑起点而推衍开去，把宗亲血缘关系放大，从而形成了一种血缘意识。至于存在于血统意识中的这个“家”，也就成了构成社会关系的文化基础。如果说宗亲血缘关系依附于家（家族），那么“家”也要有所依附，这就是“乡”；而“乡”是由宗亲血缘关系放大而成的“血统”所依附的土地。由“家”而推向“乡”的过程中，血统是中介，这也是把“家”和“乡”维系在一起的存在之根的生命线。因此，血统不可轻易背叛，家和乡也非到万不得已不可离开；一切以“亲”至上，“父母（亲）在，不远游”；远游就是别亲，也是对血统所依附的土地的离弃，“根”的失去。据此而言，别亲也就是灵魂中的失根；流落他乡而成为无亲无根者，就会本能地受到基于血统的集体无意识的折磨。历来浪迹天涯的诗人脉脉的乡愁，就是这样发生的。李白因床前见霜月而起乡土之思；李商隐因巴山闻夜雨而生乡归之叹；杜甫在《秋兴八首·一》中有“丛菊两开他日泪，孤舟一系故园心”；崔颢在《黄鹤楼》中有“日暮乡关何处是，烟波江上使人愁”。当然，我们的儒家文化也鼓动着一代代有建功立业意识的人，怀着大丈夫志在四方的壮志雄心，或宦游官场，或跃马边陲，或漂泊江湖，但每个人最终都须“叶落归根”，即便不能如愿以偿，这一缕终极意愿总也还是本能地牵系着心灵的。不过，由于过往传统中的游子，广义而言大都还是没有离开自己出生这块土地的，还是呼吸在同一个文化层中的，他们流落他乡并没有绝对失根，至少文化之根还是存在的，所以“叶落归根”未必就难于上青天。但今天不同了，现代人的游历广泛，漂洋过海，移居异国者不可胜数，那才真叫做浪迹天涯：不论地理上远离故土，文化上也才真正说得上是失根了——特别是有一些拥有较深厚中华传统文化的游子，生活在异国他乡的异质文化语境中，他们既不能融入，并且他们的中华文化传统也成了弱势而遭排斥。华侨也好，华裔也好，新移民也好，那种乡愁之烈，失根之痛，以及因此引起的生存茫然，才动了真格。菲律宾华裔诗人云鹤就在一首叫《野生植物》的诗中这样写：“有叶，／却没有茎；／有茎，／却没有根；／有根，／却没有泥土。／那是一种野生植物，／名字叫／华侨！”这可说极具典型性，生动地表现了寓居海外的炎黄子孙的生存境况与心理状态，而这些正是丧失家园感和文化依凭的海外游子真切的生态意绪。海外华文诗歌的主题探求也大都集中在这方面。因此，他们这方面的抒情也就显得相当直接而单纯。

但是，张如凌这方面的探求有所不同。她虽然也以乡恋——乡愁作为自己抒情整体的逻辑起点，却因了在异国的现实生态感受实况，以及存在决定意识的先验性作用也使她主题展开角度具有独特性。具体点说，不像上引《野生植物》中的抒情主人公，无论现实生态或文化心态都无法融入居住国，寄人篱下，落落寡欢而生无根之哀。张如凌不属于这种处境。她凭着自己的学识、专业能力和全球视野的文化素养而被巴黎社会所接纳；跨国婚姻形成的小家庭也具有东西方文化和谐融洽的特色，正是这种种影响到她笔下的抒情主人公怀有一份稳定实在感，决定着她的乡恋——乡愁主题抒情，那不仅不直接而单纯，反倒使其内在的展开相当多义和复杂，形成了一个乡恋——乡愁主题的延展系统。

这个系统建基于张如凌二元对立与双向交流辩证统一的抒情逻辑。

我们不能不首先把探求的目光投向她的社会生态之恋，也就是说：我们必须一开始就对她那不同于他人的心理状态作一番考察：什么样的社会生态之恋最能扣动她的心弦，令她感动，令她引起美丽的遐想与神往。为了把这方面引向实地考察，我想先来分析一首与她个人的社会生态无直接关系的诗。它就是《瞻仰钢琴诗人肖邦》。

这首诗所抒写的是张如凌和儿子、侄儿去世界杰出的音乐家肖邦的故乡——波兰华沙参观了肖邦博物馆后的激情感受。文本对如下三方面作了突出的抒写：（1）肖邦的波兰故乡经历灾祸而山河破碎，他也有家难归，不得不浪迹天涯，最后法国收留了他；（2）故国沦亡而个人流落他乡的这种“民族与个人的悲凉”，带给肖邦强烈的“内心的乡愁”，而巴黎的诚挚与乔治·桑的跨国爱情温暖了他，使他在“故国和异乡的撞击对比”中“创作的激情”之火点燃了起来，一部部音乐杰作以“情到深处的最高境界”而震惊了世界；（3）但这位“钢琴诗人”终于客死异乡，“巴黎给了他最高的圣典”，他的身躯也“永远安息在拉兹公墓”，但“肖邦博物馆”却建立在华沙。这三个抒情聚焦点不仅闪发出女诗人对世界级大音乐家虔诚的赞美之情，同时也让我们把握到一层隐意：张如凌对双重国籍，双重乡恋在双向交流中完成的一种人生境界的神往，而文本的副标题“与儿、侄一同圆梦”则表明如下这一点：她由亲人陪着的这一场“圆梦”，与其说纯是了却一场瞻仰肖邦事迹的心愿，还不如说是去感受一个至美的人生境界。当然，这是须要有一个前提的，即对双重国籍、双重乡恋出于本能的认同。既然如此那就进一层透视出了张如凌潜意识中的奥秘：她既爱恋故乡的中国，也爱恋新家的法国。

的确，张如凌的诗充分地反映着这种社会生态之恋的双重性，她对故乡中国和新家法国的双重爱恋之情，在她的诗中实在俯拾皆是。归纳一下可以从三个方面见出：

首先，她抒唱了对“家园”的爱恋。张如凌对中国的故家和法国的新家都抒发了出自深心的爱恋之情。“故家”有一个由上辈人传承下来、以亲属关系为主的故家系统，在这个系统里，张如凌寄寓着去国之前种种或欢乐或辛酸，但日后看来都是美好的记忆。《习惯》中一开头就说自己的“种族和肤色”不时会给心灵带来“一种缠绵”的感受，而在异国生涯中她对此已“习惯了”。这种习惯了的缠绵事儿指什么呢？是“告别亲人总觉离魂幽情／春蚕到死终不悔”的爱恋与怀念。这里的“亲人”主要指父母，所以她又一连写了《又见父亲》《母亲的遗孤》《母亲睡着了》等作，《分离》中说自己每每在夕阳光中幻现“母亲那张望的泪眼”，因此这样抒唱：“深深海洋／远隔了母亲和我／苍茫天地／回荡着熟悉的呼唤。”这种爱恋与怀念之情够强烈了。不过，她也以同样的激情抒唱了对法国新家园的爱恋。新家是一个由中法文化构建、以亲属关系维系的全新系统。在这个系统里她寄寓着对法国的挚爱。《法国蓝》是她对法国这个第二故乡的讴歌，在此诗中她抒唱新家园带给她的蓬勃朝气，令她散发出前所未有的女性特质，说“花媚”实在“媚不过我的娇媚”，而在法国的一个个“平淡的朝夕”中，她对新家园的爱是只有舍生取义的“义重”才能表达出来的强烈情感。当然，作为一个有着独立精神的女性，我们也从张如凌的诗中读出了她不满足于小家安逸生活的那份追求。《不再奢求》中在新家每天能见的“这一片蓝天／这一朵白云”，已“习惯”于“东去的列车／西去的落日”，对于小家她无更多“奢求”，但隐在字面下的是她的自责和对生活更深意义上的追求。特别是《暮秋的虚度》一诗，抒写了她在繁忙之余难得贪闲的一个暮秋下午，在新家的花园里独自品茶息憩的闲适情趣："望着与世无争的白云／无拘无束地飘逸着／在我眼前停留后又飘走／这景象有几分感伤／又有几分温柔／一种虚无缥缈的感觉／笼罩着我。"这种缥缈的感觉与遐想，鲜明地体现着她对新家安逸生活的挚爱，却又从字里行间闪现出她不断提醒自己勿沉溺于安逸的内心反思，全篇都流淌着普鲁斯特式的对过往的悠长追忆。

其次，她对故土的东方心态文明和新地的西方生态文明都作了礼赞。在张如凌的诗中，念念不忘东方心态文明。上面已提及的《习惯》一诗中，她不仅说自己每见黄色人种就会引发起思念故家的缠绵温情，也说每想起"炎黄和龙传"就会让"天长地久永相望"的一团相思涌上心头；每念及"长江和黄河"，就顿生一种渴望：回归"那远离的家园"。这里的"炎黄和龙传"与"长江和黄河"都是原型，蕴藏着东方心态文明所具神思远韵的集体无意识。在《思念》中，她说对故国的思念"充满春意"，并这样表达"春意"："朝霞满天，／醉人的芳香／把大地托上云间，／一片白色的野花，／一片绿色的草原，／这思念像春水一样东流。"这个意象组合体引出了她对东方心态文明的个体无意识，她还怀着"浪游天下只为久远的乡情"之心返回上海，写下《秋天的梧桐》一诗，抒发她夜步复兴路享受"繁华褪尽"后那种"秋天的空灵"；也去到杭州，写下《夜游西湖》，抒发她这场夜游所得感受："月色写下完美的寂寞"中水天一色、万类共融的神秘境界。不过她也以同样的激情礼赞了西方生态文明，浪漫的法兰西自由得飘逸，梦幻得温馨。《塞纳河》中诗人对暮色里的塞纳河和诗人自己的陶醉心情作了礼赞，并说："今夜我的灵魂翱翔／于这永不衰老的世纪。"值得注意"永不衰老"，表明以法兰西为具现对象的西方生态文明在她的感受中有着不败的青春魅力。唯其如此，才使她在《来自法兰西的礼赞》中，进一步宣称作为她第二故乡的法兰西有着"时辰"的"恬静和谐"，也有着纯爱的温馨。并且还这样唱道："一万年过去／阳光仍然把大地／——紧紧拥抱；／海浪依旧把岩石／——热烈亲吻！"这就进一步礼赞了这种以青春魅力永存作为标识的西方生态文明。

第三，张如凌还站在更高的抒情层次上，对她的两个家乡——故土中国和新地法国从整体风貌上都作了真诚的讴歌。对她来说，自己出生与成长的那块土地是时刻萦绕于心头的。在《流……》中一开头就说："我的梦流向远方／汇成一种恒久的意识。"这"恒久的意识"就表达了她对故土中国时刻不忘的心境。她还说："我的诗流向田园／汇成一片绿色的希望／繁衍在亘古千年的沧桑。"这就是说她盼着祖国日益强大，并要为这片绿色的希望能实现而歌唱。这个心愿终于实现了。改革开放给古老中国带来蒸蒸日上的新气象，海外游子的张如凌看到了，深深地感动着了，她于是写下了一首小诗：

从遥远的东方走来，
负一身重荷；
向无尽的天边走去，
留一路足迹。
自强不息地走着
寻找梧桐醴泉的芬芳。
要走出遥遥天网，
融入红色迷人的梦幻。

这首诗就是《中国红》。在这里，故国虽"负一身重荷"，却青春勃发，自强不息地向"无尽的天边走去"，去寻找新世纪芬芳的生态，而这个生态是蕴蓄着"红色迷人的梦幻"的。她也怀着同样的激情讴歌了新地法国。值得提出：在张如凌的印象感受中，法国之值得爱恋，固然有一个重要因素：浪漫而自由的生态带给它永不衰老的青春活力，但埋在她心底似乎还有一个更重要的因素，使她深深地爱上了第二故乡，这就是平等交流、自尊尊人的社会风尚。正是这个因素，使她深深地感到法兰西是一个人性的大同世界。《致巴黎》一诗很值得玩味。诗中的抒情主人公"我"向巴黎的"你"倾诉衷肠："如果你给我纯洁的一瞥／我送你一脸热情的笑颜／

如果你送我一单纯的问候／我为你写一首甜美的诗歌。”这种倾诉是渗透着一个独特的诗情逻辑的，就是社会交流建立在对等的基础上。唯其如此才使我们感到这些诗行组合关系隐示着社会交流的平等性，于是，“如果你示我一温暖的关怀／我向你展现我浓烈的激情”就显现为人性平等的双向交流。由此看来，这就已不只是“我”向巴黎作单纯的倾诉，而已成为一场基于人性平等的双向交流上升为自尊尊人的事情了，可不是吗？“如果你献给我真情一片／我用圣洁的灵魂许诺于你。”这样的抒情逻辑使《致巴黎》的题旨有了新一层意味：进一步对“我”向巴黎诉说的表层关系作超越，把隐示自尊尊人的事儿用作人性大同世界的象征体赠给巴黎。这层新意味是悠远而耐人遐思的，从色彩学上看，这种新意味能给人以海蓝的色彩。唯其如此，也才使张如凌获得了“法国蓝”的意象，并在以此为题所写的诗中这样讴歌：

海蓝
蓝不过法国之蔚蓝
真爱
爱不过我对你的挚爱

如此蓝色之恋，可以见出她在激情中渗透着知觉理性，和她对故国那种用非理性的纯激情抒唱红色之恋构成了对照。使双重国籍、双重乡恋的抒情在这种对照中更加鲜亮。

综上所述可以见出：张如凌以写她对故乡爱恋之情为主的第一本诗集命名为《中国红》，以写她对新家爱恋之情为主的第二本诗集命名为《法国蓝》，是有深沉含义的，而她最近出版的第三本诗集命名为《红蓝如凌》，我认为是更含义深远的，她要想把双重国籍、双重乡恋的抒情于对立中统一起来。这在诗集的献诗《红蓝如凌》中可以见出。在这首诗中她选择了“彩虹”的意象，这样来展开抒唱红蓝的对立统一：

穿云破雾

感悟天幕无垠

斑斓的彩虹

留一抹红蓝辉映

思绪久久驰骋其中……

这里值得注意的是“斑斓的彩虹／留一抹红蓝辉映”。看来这位女诗人对自己如何处理好乡恋的双重性，考虑得比较简单。她选择二元对立的统一之路。但她忽略了潜意识中的这种双重性是不可能平衡的，自有其本能化的潜在倾向存在。于是，由双重国籍带来的双重乡愁，却引起了二元统一的两难处境。

二

乡恋往往会导向乡愁，因为乡恋是一种无意识精神活动。

同是乡恋，这种无意识活动的深度并不相同：可以出现在精神的表层，也可以存在于深层处。荣格在《原型与集体无意识》中认为：表层处的无意识无疑是含有个人特性的，包括后天获得的个人经验，因此他称之为“个人无意识”。深沉的无意识则与个性心理相反。他这样说：“当精神的更‘深层次’在向纵深的黑暗之中隐去时，失掉了它的个人独特性‘往下’，即是说，当它朝自治的功能体系走去时，它们更加变得具有集体性质。直至它们变成普遍性。尔后在身体的实体性中完全消失……因此，在最底层精神中也仅仅是‘世界’了。”荣格就据此称之为“集体无意识”。而在《集体无意识的概念》中，这位分析心理学大师还作了如下的定位：“个人无意识主要是由各种情结构成，集体无意识的内容则主要是原型。”这使他进一步认为：以情结显示的“个人无意识”，“主要是一些我们曾经意识到，但以后由于遗忘或压抑而从意识中消失了的内容”；而以原型显示的“集体无意识”的内容，“从来就没有出现在意识之中，因此也就从未为个人所获得过，它们的存在完全得自于遗传”。综合荣格的这些说法，我们可以作出这样的归纳与演绎：个人无意识或情结，是表层精神存在，个人的获得是一种自在的实体，通过遗忘或压抑可以在意识中消失，而在特定的情景中又可以被唤出，因此具有知觉反映的飘忽性，集体无意识或原型是深层精神存在，种族遗传，是以特殊的记忆表象的形式，从原始时代传递下来的一种始终与精神深层处的无意识建立起对应同构关系来的潜能，因此具有本能反射的恒定性。明白了这些以后我们可以这样说：张如凌双重国籍带来的双重乡恋，并不是同一价值天平上得以平衡的爱恋。对法国的新家之恋是一种出于个人无意识的情结表现，而对中国的故乡之恋则是一种出之于集体无意识的原型表现。如果把这两种爱恋置于同一的价值天平，是会失衡的。这又是为什么呢？

其实要探究内中原因也不难，无意识的精神活动发生在表层或者深层，当然不是用来对乡恋作或淡薄或浓烈的判断的标准，只不过为乡恋经常化程度作定位之用。既然如此，那就得比较张如凌两类乡恋中哪一类历史的幅度更其悠远。这位女诗人于1980年代后期加入法国籍，并在巴黎成家，这个属于她自己的小家庭一直很简单，亲属关系只是和法国丈夫及他们的一个男孩，由丈夫家的上辈人沿袭下来的，属于法国型的家园文化传统极其有限，更何况她是以异国人的身份投入进去的，法国型家园文化传统对她心灵的熏陶更其有限。所以她在这个新家中把握到的法国型家园文化，其传统的历史幅度同样有限，而从中引发的乡恋，纵使也属无意识，也只能在表层精神区活动。和这种家园文化传统的历史幅度不悠远相应的是：她法国小家庭的现实文化生态也比较单纯，三口之家平时各奔职场，休息了就以家为原点相伴一起，所谓对家园之爱，都已化入进日常家庭生活中，无特殊情况，对法兰西的乡恋也就在意识中消失而遗忘了。这也就不会有从乡恋向乡愁转化的事儿。诚如上已提及的那首《暮秋的虚度》中所说的：坐在花园里“沏上一壶下午茶／独自慢慢品味”，并回忆“一些平淡的过往”，从而发出“好久没这感觉了”的欣悦感喟，这可是法兰西家园之恋的无意识表现，乡恋情结的被唤醒。值得指出：

这是不会在精神活动中持久的，随着日常家庭生活的运转，这种美好感觉也就淡忘了，更不会出现乡恋而乡愁的情况，当然，例外情况也有，譬如她因工作需要去远方，在特殊情景中触发无意识，出现乡恋而乡愁，但事过境迁，回到了家，这种无意识也就自行消失，乡恋而乡愁的情结也就重新被家庭的日常生活压抑在意识之下，藏匿起来，被遗忘了。这种种表明了，张如凌所拥有的法兰西家园文化传统，历史幅度不悠远，负荷不多，乡恋淡薄，乡愁更不多。

但张如凌中国的家园文化传统，历史的幅度却相当悠远，对她来说这一方面的心灵负荷实在太重。在中国，她有一个上辈人传承下来又发散开去的亲属关系与生活方式的复杂存在系统，而这样一个系统又从她幼年时起就已烙印在心坎儿里的，一种中国家园文化之根已在她心上扎根，根上抽出的主杆丫杈，真堪称枝繁叶茂，把她的整个儿心灵空间全笼罩起来了，常常是某一特殊情景触及某一条神经，就会牵一发而动全身，使她顿然引起了乡恋而乡愁的无意识精神活动。因此，故土的“家园”也就作为“原型”而埋在张如凌的心灵中了。原型是本能的表现。荣格在《探索无意识》中这样说过：“本能是生理上的冲动，并且被感官所感知，但同时，它们也在幻想中表现自已，时常是仅仅通过象征意象表现它们的存在。这些表现便是我们所说的原型。”还说：“原型实际上就是本能的无意识形象。如果换句话说，也就是‘本能行为的模式’。”所以，张如凌如此钟情的中国家园，其实是对故土之恋的象征，一个“本能的无意识形象”，这也就使她一有故土之思，也就会出现这个原型，而生乡恋之叹、乡愁之憾了。更何况对张如凌而言，居住国在法兰西。虽然她每年有多次返回上海，也还只能是客串；故土家园对她来说毕竟还是远隔的。这使怀有中国家园文化之原型的她不仅时时要生乡恋之情，并且还因为和老家这种实质上的远隔，从客观上也更加深了这种乡恋而乡愁的心绪，大有失根之痛。这使我们读她的诗——如《西湖风雨》中如下的诗句，不能不惊骇了：

我无家可归

独自一人

在苏堤上流连

将孤独的心

许诺给风雨西湖

这些诗行让人听出一个失“根”者的心声。

所以从比较的角度看，张如凌对故土家园文化传统的依恋是更具悠远的历史幅度的，由此而生的乡恋也显得更经常，更深入。唯其如此，也才使得她的双重乡恋在价值的天平上也就失去了均衡，欲选择走一条二元统一之路则成为不可能，欲在这种关系中不作倾向性选择也不可能，于是也就陷入了两难困境。怎么办？只能凭本能行事，这就使故乡的家园作为原型占上风了。但故乡的家园又始终是和自己远隔着的，现存的处境要想化解也根本不可能！这种已是两难选择的乡恋，也就特别耀目地显出了乡愁。

张如凌诗中的乡愁是被现实处境逼迫出来的。不过，她却又一步步超越了现实处境而进入到高一层次甚至更高一层次的乡愁。因此我们打算从地理的乡愁、文化的乡愁和生命的乡愁这三个方面来谈。

先看地理的乡愁。

张如凌的新家在欧洲的巴黎，老家在亚洲的上海，相互间不是一般的相隔，而是洲际的距离，要想让双重乡恋得以平衡，新老家园都指日可见，是不可能的。因此，因了这个洲际的距离，她的乡恋也就提升为地理的乡愁了。这方面的抒写颇具代表意义的是《分离》一诗。这首共两节的诗，第一节写了自己和母亲天南海北的远隔：“深深海洋／远隔了母亲和我／苍茫天地／回荡着熟悉的呼唤。”真是远隔啊！于是满腔乡恋也就具现为这样的情景：

总有母亲那张望的泪眼

灯火下

仍是游子那破碎的心田

这一片两地相思的情景兴发感动出来的却是绵绵无期的乡愁意境。而那双“张望的泪眼”和那片“破碎的心田”可绝不是短暂的存在。诚如她在《黄浦江之恋》中所说的，这可是“一条漫长人生路”上存在的事儿，即便“我们用毕生悲欢铺筑”，也是难以化解哀愁的。因为这场地理的乡愁已化为本能的了。在《感受》一诗中就涉及这方面。她说自己远“隔着夜空／穿过云雾”总是“在思念”，而这“就成了一种乡愁”，竟然“刻在了满是沧桑的额头上／永远也无法抹平”。还说自己“隔着海洋／穿过暮霭”，总是“在盼望”，而这“就成一种渴望”，竟然“融进了布满痛楚的骨骼里／永远也不能除去”。更说自己“隔着山峦／穿过草原”，总是“在缠绵”，而这“就成了一种惆怅”，竟然：

流淌在浓浓的血液里
永远也流不尽

这是说她的这一脉地理的乡愁已化为血液，只要血液在流淌，生命还存在，洲际间隔导致的乡愁也是永远会在灵魂中活动的，如此说来，张如凌的地理的乡愁已经本能化了。这首诗两节为一章，共三章，由此构成了反复咏唱的咏叹调，这样做从艺术上加深了柔肠百结、去而复返的乡愁难散意境。如果说《感受》一诗是通过复沓回环的咏叹调功能来使这场乡愁抒写得到深化，那么《夜游西湖》则通过人称交替的对话所形成的戏剧化效果来强化地理的乡愁。这首诗共四节，以一节为一个人称，相互轮替两次的结构来展开对话式抒情。全诗对话的抒情主人公是远隔故土的游子和象征故土的西湖。第一节的抒情主人公是“游子”的“我”向“西湖”的“你”倾诉心曲，说“我”是“用千万种思念”和“一颗破碎的心”前来美丽的湖边作中秋夜游的，“在宁静的月光下／与你独自相遇”的。第二节的抒情主人公转为了西湖的“我”向游子的“你”作回应，说这一场“苍穹下最庄严的重逢”并不是偶然的，故土的“我”其实一直在“追寻你的踪迹”，且是“用尽一生去铺垫”

一条路来“迎接你归来的那一刻”。第三节的抒情主人公又转为游子的“我”作倾诉，说自己“浪迹天涯只为久远的乡情”，如今“失落的岁月”总算已经“沉淀出圆满”了，那就把“我”历经“沧桑”的“细节”全都“淡化”了吧，“繁华荣耀早已褪落”了，“我”唯求“用诚心”开垦乡恋的这片“荒原”。第四节的抒情主人公又转为西湖的“我”作倾诉，说今夜的相逢使“月色”也“泻下完美的寂寞”了，“我”要“拾起你闪亮的诗”，将两地的“思念”全“隐藏进季节”里，并且：

我把悲伤的心挂在天空
湖水倒映出一双裸体剪影

这就是说：游子的“你”的乡愁和故土的“我”难盼“你”归来的伤怀都将长存在宇宙中。这一场互诉心曲的戏剧化表现，也就使张如凌由乡恋转向乡愁，不仅情感的抒发更浓烈，互动立体化，而且使地理的乡愁的主题表现提升了一个层次。

再看文化的乡愁。

文化的乡愁来自对家园文化的坚守，是一种对家园亲人，对故乡、祖国的历史性传承性依恋之情失却寄寓而导致的失落感。如果说地理的乡愁以个人无意识显示，是一种特定情结瞬间的冲动表现，那么文化的乡愁则以集体无意识显示，是一个特定原型持续的本能反射。世界华文诗歌中抒写乡愁主题比较普遍，大都集中在对地理的乡愁的抒写，文化的乡愁相对少了一点，但作为心灵的真实的表现，文化的乡愁在真实的深度上是要超过地理的乡愁的。从这个意义上说：台湾的两位诗人洛夫与余光中都写有传颂颇广的乡愁诗，却因了不同的乡愁而分出了品位的高低。洛夫的《边界望乡》写自己在香港落马洲用望远镜遥望大陆的激动心情，写得极真切感人，特别是这样写乡愁：“望远镜中扩大数十倍的乡愁／乱如风中的散发／当距离调整到令人心跳的程度／一座远山迎面飞来／把我撞成了／严重的内伤。”这样超现实的意象表现，若主体没有强烈的感受，是把握不到的，这使洛夫这首诗显出了高水准。但他写的是较偏重于社会政治原因导致的地理的乡愁。相比较而言，余光中的《春天，遂想起……》能从地理的乡愁中超越出来，重点表现了主体在春雨迷蒙中感发出了对“苏小小的江南”、“小杜的江南”的怀恋，这就是文化的乡愁。我们之所以作了这么一番比较，无非想说明一点：在乡愁主题的探求中，文化的乡愁更值得珍视。张如凌在乡愁主题探求中，文化乡愁是写得更成功，在《习惯》一诗中她说自己“习惯了，祖先和遗传／给我多了一种惆怅”，以致“中秋时总望着故乡的月亮”，表明传统中国的家园意绪已化为文化原型，时时在感召着甚至是折磨着游子的心灵。在《秋日思语》中，“落叶”的秋声又把她的文化乡愁感召了起来：“中国／给我沉甸甸的责任／来路艰辛／去程无尽／永远在路上……”特别是在《梦幻的真实》里，她写到自己“在梦幻的湖面上徜徉”时，总在努力地“寻找过往记忆”，以致让“梦里的乡音／惊了我的乡愁。”那么这是怎样一种乡愁呢？

我的乡愁你不懂
孤独中存放着无尽的企盼

传统家园文化的原型由于深埋在她的心灵中，所以她总有一份为他人难以理解的企盼、回归。她先是作大范围的回归。在《烟雨西湖》中，她写了自己在“烟雨朦胧”时终于回到“眷恋已久”的杭州，且西子湖边散步时美好的心情：“追随唐宋诗人的风骚／与诗友寻梦湿足／兑现情感的深度落魄”，以致在期待“捡回一路丢失的诗句”。可是捡回了一些什么样的诗句呢？在《西湖风雨》中她续写自己捡回的是这样的诗句：

雨没有家
风没有家
我也没有家
今夜我们心无羁绊

暗送温馨满西湖

她竟然把西湖当成游子在漂泊途中的一个驿站了。可见她虽然回归到地理上的家园，心灵却无法承认这是自己真实的家园。既然如此，那就作小范围的回归，回真实的老家去吧。她真的回到了出生的家园，在《超度今生》中她说这是“一种精神追逐”，是“孤寂中守候千帆过尽”才等来的一个机会，但诗中却这样说：“市井深巷望天空／故乡的月亮要拽在手心／八千里云雨写进诗句／走出老屋只见虚无。”这真是“流年太轻”，为魂牵梦萦的家园而“八千里路云和月”地赶回来，可“走出老屋”所能感受到的只有“虚无”，这使她不得不喟叹一声：“该辞行了。”于是在《秋天的梧桐》中，写出了她辞行前的心境。诗篇所写的是女诗人又一次回乡，在上海的某个深秋之夜，独自漫步在复兴路上时，因眼见梧桐叶落满长街而引发了文化乡愁，这样唱道：

梧桐树带走了乡愁
因了幼时的梦想
竟在它的国度
抖落了满地痴情
终不知落叶归何处

这里显现的心象是动人而又让接受者遐想悠远的：秋风中梧桐树抖落的竟然是痴情，当然这只是对落叶的借代。不过，张如凌对这借代（“痴情”）又作了引申：“终不知落叶归何处”，这个引申却反转来隐喻失根的游子魂无所皈依的文化迷茫感。这对张如凌来说可是双重乡恋进一步趋向对立了：在西方的新家是没有可以让传统家园文化扎下根来的土壤的，而东方的故家虽有可以扎根的土壤，可她又失去了“根”。正是在这场两难困境的逼迫下，集体无意识以本能的推力促使她找到了一个能充分展示家园文化原型的平台，终于唱出了一支大曲——《留在故园的梦》。这首写文化乡愁的诗是由25首短诗嵌在一个简单的情节框架中组合成的，所以它实是一首叙事长诗。虽然这首诗采用了“出走——回归——再出走”的老式母题，张如凌却没有把表现的重心放在“出走”至“回归”或“回归”而又“出走”上，而是致力去写“再出走”之后的种种情状。全作共分三大单元。第1至第8首是第一单元，写出走与失根之痛；第9至第13首，写回归与再出走；第14首至第25首，写再出走后的情状。先看第一单元，写“我”的跨出国门与失根之痛又分三层：第1至第3首是抒唱“我”深感故土“古老”得“沉默”而缺乏生气，决定出走，要“去得很远”，“远得望不见家园”，留给故土的只是“一叶孤舟”顺流远去的“一串浪花”，而对此是“没有人会记住它扬帆时的喧哗”也“没有人能知道它停泊时的沉寂”的——这可是一场哀怨而壮烈的出走。第4至第6首是抒写她飘向异国后的寂寞孤独的心境：那是被严重地污染了的“一片不属于我的天空”，“一块不属于我的土地”，人人都“忙于奔命”而“根本不在意我的出现”，因此“没有同伴”，更“找不到乡音”，只有“寂寞热烈地拥抱着我”，岁月赐予的只是“枯黄的哀草”“奔驰的车辆”和“陌生的语调”“爵士的呐喊”。这诚如当年闻一多在美国留学时《口供》一诗中所抒唱的那样：“这不是我的中华，不对！不对！”张如凌同样陷入精神失落之痛中了。于是也就进入第7至第8首的第三层：传统家园文化意绪对她心灵的召唤：以“黑眼睛、黑头发、黄皮肤”为标志的、远古中华文明流传下来且烙印在心头的龙的传人必须“繁衍”，作为一种担当与信守，也必须回归：“为了那春天的播种”，更“为了记忆中的情怀”。于是以“我又重返家园”以此作结，继而进入第9首至第13首，它们作为第二单元，抒唱了“我”的“回归”与“再出走”——包括现实与心理两方面都变迁得相当曲折的过程。这单元分两层展现。第9首至第12首。写的是山河依旧而人事已非，“我”的回归又一次换回了精神的失落。这种失落感她是借“初恋”的“被亵渎”来寄托的：“长江还在／黄河还在／真诚的心呢？”而“你的冷峻／我的热情／你的现实／我的浪漫”的确是“构不成爱情方程”的，于是在第13首中，“我”还是怀着“那颗破碎的心”而“再一次出海”了。值得指出：一般人在对“出走——回归——再出走”的文化乡愁母题展开表现时，重在写“回归”后的不得不“再出走”，这似乎已成套路，张如凌却超越了，仅仅点到为止，即便借以寄托精神再失落的“爱情”也是隐约其事的。她的注意力全集中在第14首至第25首的第三单元，即再出走后的种种情状。第14首至第20首是重头戏，写“我”为弥补“没有收割爱情”的失落而想去异国他乡寻找到一个怀着同样一种情怀且是带着乡音的“天涯倦客”，让“异国情调”与“东方气质”结合得完美的漂泊侣伴。她多想和共具古老中国家园文化本能感应的侣伴一起在异国植下这个作为种族记忆的原型之根。可是只有夜深人静时“孤独”来“引我走进街巷”，看星月，沐雨雪，“直到所有的灯都灭了／只有足音留在小道上／重复又重复”。结果得到的只是灵魂的“一片空白”。于是进入这一单元的第二层，也是整个文本的抒情高潮和心路归结的第21首至第25首：顿悟到生存的自爱，把家园故土往事的美好记忆全埋入“一片空白”的心灵中，让以此而充实了的心灵找到文化乡愁得以升华之路：一切都是过眼云烟，真实的只是一个梦：

梦中
永远是故乡那条
长满青苔的
弯弯曲曲的石板路……

这才是真实。古老中国集体无意识的家园文化，对于天涯漂泊者而言，只能是一些记忆，记忆滋育的土壤则是在心灵里。不过，这些植根于心灵土壤中的家园文化记忆，又是病灶，时时会有文化乡愁的症候显现，而“留在故园的梦”，将是最难消解的症候了。

再看生命的乡愁。

在品味张如凌乡愁主题的艺术表现境界中，我发现这境界是立体的，给人以层层递进的层次性感受。如果说她的地理乡愁给人以真切味，那么她的文化乡愁能使人觉识到深刻性，而到生命的乡愁，则让我们有了顿悟，把握到一种超越相对空间的大虚无，从而引发出生命的解化感来了。

我不敢说张如凌和神秘思维会有密切关系，但我敢肯定她在把握诗歌世界中的思维往往会对客体对象作神秘的透视。当然她这样做完全是自发的，一种本能的行为使然。法国象征派先驱者、大诗人兰波曾提出过写诗要具有通灵术，而上世纪初活跃在西方的新浪漫主义则大力主张在看得见的事物中透视到看不见的存在。这些大概都可以归入神秘思维。这条思维路子其实倒也并不见得就神秘莫测，在我们看来也不过是一种置客体对象于绝对时空中去感应的事儿。张如凌在《无题》一诗中说：

有一种感觉
超乎人类想象
有一种渴望
早于宇宙洪荒

这场“超乎人类想象”不就是绝对空间中发生的感觉！这种“早于宇宙洪荒”不就是绝对时间中提出的渴望！这样的感觉与渴望进而言之也就不可能出现在相对时空中。所以说这种感觉与渴望属于神秘思维范畴。不过，张如凌在《无题》中写下了上面所引那一节诗之后又说：“深深地珍藏／不敢启齿／重重地掩饰／不露痕迹。”这似乎是对自己这种超常限的通灵言说予以掩饰，深藏不露，其实这大可不必。究其根源，这种对自我感受的不自信实来自理性的干预，因为任何理性观都是拘囿在地球相对时空中的。唯其如此，才会出现一种情况：如果我们超越相对时空而在绝对时空中作宇宙感应，把一切——包括自我生命体的“感觉”“渴望”都纳入超验活动，那就会觉得超越常限的通灵言说实在是合情合理的了，也可以有充分自信认定那些事儿实现的可能性。这使得张如凌要把地理的、文化的乡愁升华时，也就敢于大胆地把一个奇怪的念头——抒唱生命的乡愁。在《星恋》中她就先作了这样的痴想："寂寞的夜空／挂满了惆怅的星星／宇宙间最遥远的相思／从这里开始起源"。这是超越地球时空的出位之思。自我与宇宙间众生万物在这里有了通灵的感应：仿佛夜空是寂寞的，挂在夜空的众多星星在孤离中为"遥远的相思"而无奈和惆怅着。这场星恋表现虽然还算不得是生命乡愁，却倒也是在宇宙——生命永恒的故乡中抒发着无法互通眷恋的哀愁，因此说这是另一种乡愁倒也未尝不可。不过，张如凌又很快让神秘思维渗入进自我生态中，"我"这个地球生命体提升为宇宙生命体，这就有了特显旷远而超常限的乡愁发生了。《自慰》中说："茫茫之宇宙／渺渺之人生／寻求的不过是／孤独的梦幻。"这还只是对包括主体自身在内的宇宙生命的超验抒唱：大家都是孤独而无奈地存在着呵！但随即则是：

漂泊的生涯
永恒的愁怀
渴望的也仅是
夕照中的家园

在这里，作为已把自我提升到超地球时空的生命体，又以宇宙存在的身份对永恒的故乡、迢遥的家园——宇宙作无法回归的乡愁抒唱了。我们乃于此中发现生命乡愁的极端化。张如凌对此称之为"永恒的愁怀"是确切的。中国诗歌中，抒发这种无法回归宇宙故乡的"永恒的愁怀"虽然说不上已形成一个主题探求的传统，却也不可忽视以此类主题展开的抒情，颇留给后人一些经典之作，《黄鹤楼》之所以成为千古传颂的经典篇章，最重要的一点原因就在于它是站在宇宙的高度对生命的乡愁作了抒唱。可不是吗？在昔人驾鹤远去宇宙故乡而悠悠白云千载音讯杳然的情况下，敏感的诗人能不对生命所来处生旷远之思。于是，在某个特定情景里他乃有"日暮乡关何处是，烟波江上使人愁"的喟叹了。张如凌似乎也是个感染了这类神幻诗境的多思者。她在《天国》一诗中就表现了和绝对时空中存在的宇宙的通灵关系，说由于"一个灵魂沉默不语"而使"远方另一个灵魂在呼唤"了。于是"幻想一种永恒的缠绵”的“我”，也就开始“向那朦胧的天边望去／寻找求索的道路”起来，并且让神秘的思维给自己幻现出一个奇迹：

带我去远方的国度
道路遥远又艰辛
悠悠的云朵在天上漂浮

这确是奇幻而神妙的，可是当“我”在去向“远方的国度”的途中“凝视寒夜的沉寂深邃”和“未来穿透了时空”的现象，虽感到神奇，却也引起强烈的“迷离”茫然之感，从而在灵魂深处有了“透明破碎的忧伤”——这永恒的故乡就在前方透明地存在着，可它又是破碎而不完整的存在，哪一块碎片该是自己神圣的家园呢？受了冥冥召唤的“我”不能不生惘然而忧伤之情了，原来“我寻求奇迹”天国，既给了“我”强烈的乡恋，还给了“我”更强烈的、生命最终要回归的乡愁。于是，张如凌也就正式有了《乡愁》的抒唱了。这是一首把“乡愁”的浸染性实质作了意象化概括的诗，所抒的乃是具有经验之抽象意味的乡愁。诗中说“乡愁”在“我”的生态中无处不在。说是“在我的空气中”，所以“我”每一个呼吸“都有你的芳香”；又说是“在我的眼波里”，所以“我”每一个瞥视“都有你的倩影”；然后再说“在我的灵魂里”，所以“我”每一个思绪“都有你的温馨”。这样对称的三个诗节把“乡愁”的弥散浸染性能以三组拟喻意象的有机组合作了递进式的表现，应该说作为拟喻象征的功能已得到了极佳的发挥，且让人真切地感受到“乡愁”作为一种心境时时萦回在自己精神生活中。但张如凌似乎还不够满足，在最后一节中这样写：

可你并不存在
你只是我的幻觉
纵然存在于我的内心

从处处存在猛地一转而为并不实际存在，只不过是“我的幻觉”而已，转出了三层新意：（1）这种“乡愁”并没有地理的、文化的乡愁那样感同身受的贴实真切，可见这只是主体闯入宇宙绝对时空中的生命乡愁；（2）这种“乡愁”因此只是一场神秘的心灵波动；（3）超越地球生存实体的生命乡愁用现实目光看的确会给人“并不存在”的感觉，这正反映着生命乡愁是形而上的，因而是具有旷远之思的、至高格的乡愁，而张如凌则以这首《乡愁》表明：她的乡愁主题的诗性抒写已进入至高格的境界了。

三

乡愁原本出于乡恋——一种对故土的爱，而这爱则又是可以分为大爱与小爱的。大爱可以指人类之爱，祖国之爱等，小爱可以指亲人之爱，男女情爱，而出于爱心，大爱、小爱也就可以相通；故土之爱的乡恋会导致乡愁，男女之爱也会导致情恋之愁。这种种也就为现代诗人提供了一种可能：男女间的情恋而情觞，也可以是乡愁的延伸，乡恋而乡愁也可以藉情恋而情觞来体现。基于这种认识，我们有理由说张如凌抒写乡恋而乡愁的诗，也可以极自然地延伸为对男女情爱而情觞的抒情，而从抒情逻辑上看，张如凌所写的一批有关男女情爱而情觞的抒情之作，从某种意义上说，也成了她郁积心头的乡恋而乡愁的本体象征。所以，在张如凌三本诗集中我们虽然发现有相当数量的爱情诗，却在很大的程度上应该把它们看成是乡恋而乡愁抒情系统的一个子系统。而这个子系统，则是由四个方面组合而成的。

这四个方面的第一方面所表现的是：情爱属于人生的相契。

所谓相契，实指众生万物之间的大和谐，对这种和谐境界的追求，可以说是张如凌抒唱情爱之属于人生的相契这种感受意识的基础，或者说人生相契在她看来是众生万物大和谐的一种表现形态。因此，在对人生相契作感悟中，她常常通过自然世界和谐共融的情景去把握。《思念》一诗抒唱的是“我”对“你”的思念。张如凌采用了一个“充满春意”的意象组合体来感发这种思念，这样写：“朝霞满天，／醉人的芳香，／把大地托上云间，／一片白色的野花，／一片绿色的草原，／这思念像春水一样东流。”这样一个意象组合体能使我们把握到一种万物在春光明媚中和谐共存的美好情境，而也正是这情境特具的感染力，使我们进一步把握到情爱乃属于人生相互默契的觉识。因此这首诗在最后说：“不要探询梦里的良辰，／不必担忧梦醒的惆怅，／这思念似游云一样安宁。”这就明确地告诉我们，她已从自然界的大和谐中感悟到了人生相契的美好。立足于这一基点，女诗人又把“自然的和谐——人生的相契——情爱的永恒”递进式地综合成一体来感受，写出了《亿万年不变心》一诗。这是一首境界开阔的诗。张如凌从宇宙万类的和谐共存开始展开抒情，说“有了天空的无尽／才有了大地的广袤”；“有了大地的奉献／才有了万物的复苏”；“有了天空的有声有色／才感到大地的多姿多彩”；“有了大地的繁荣茂盛／才感到天空的极尽无限”。这些二元组合的意象表现处处隐示着依存共融的万类大和谐关系。随之文本又转向人生关系的抒唱：“我愿永是你朴实的大地／始终仰望你无限的广阔／／我愿你是我无尽的苍穹／永远将我紧抱于你怀中。”这一场双向交流的意象组合关系，隐示出人生的相互契合了。随之是从人生的相契进一步推向男女间情爱的真谛：“你给我蓝天／我为你耕耘／你给我黑夜／我陪你梦幻”，于是：

你与我已承诺
亿万年不变心

这就是说她把男女间的情爱能达到至美至永恒，同人生的相契深深地结合了起来，从而形象地展示了情爱属于人与人之间那种融洽无间的契合关系。于是，她又在《一颗启明星》中对情爱作了人生相契的幻想式象征表现；呼唤启明星“请来地球歇息安居”，并发出祈求式询问：“为了我你愿陨落吗？”随即推出如下三行作结：

而我愿是一片春意盎然的草地
你躺在青青芳草地上写史诗
我愿生生息息作永远的陪伴

而在《如果你允许》中则让抒情主人公作了这样的直接抒情："诗人／看见你那双炽热的眼睛／抛弃了过往的寻觅／余生就让我来伴你／只因我爱你／如果你允许。"这虽然是直白的抒唱，却由于出自心灵深处，是一种心声，强烈地表达了她以追求人生的相契为指归的情爱抒唱，自有其感人之处。不过，张如凌并没有把情爱的事儿停留在社会人生的外在关系相互契合上。而是更深入到男女间心灵的相契，这使女诗人这些抒唱情爱之作进入到相当纯净的精神境界中，《你与我》也以二元对应组合而达到双向交流式的情爱抒情。诗中的第一节是二元对应的情爱抒写，说"你是月亮／我是地球"，"你使我有白天和黑夜／我使你有缺憾和完整"，然后以"我守着你相思／你伴着我圆满"，显示了人生相契的情爱美。但这样是不够的。张如凌意识到男女间情爱美的至高境界还是心灵相契，于是这首情诗又被她推向了一个新层次，后一节这样写："我给你崇高／你让我沉着／我给你光润／你让我坚实／我给你丰满／你使我纯朴"，最终是：

我给你洁白
你使我成熟

这种心灵的相契，高层次情操的互补，是颇值得玩味的情爱至美。而在《宇宙知音》中，她更把这种心灵的相契置于"宇宙知音"的层次，作了超地球时空的抒唱。该诗以无须争议的口吻道出了热恋中人的心情："你放心／我的心已留下给你了／你放心／你的心我也悄悄带走了。"说得多朴实真挚。但主体还在这个感受的基础上进一步发挥幻想；索性把两颗既然已相契的心融成一颗。"你放心／我俩只有一颗心”了！而这是多珍贵的一颗心呵：“茫茫人海中寻找的心／宇宙万物最美最纯的心！”这样一颗为至美的情爱而跳动在“你”与“我”胸膛中的心所发出的心声，的确是只有“宇宙知音”才能听得真切的。于是我们读到了张如凌一首爱情诗《激流》。全诗两节，各以“大海”与“浪花”、“旋涡”与“港湾”所形成的两组意象的展开感兴地喻示现实人生与心灵世界都相互契合的情爱美。不妨引述第一节：

如果你是激流
注定汹涌澎湃
一泻千里
汇入浩瀚的大海
而我愿是
你的一朵浪花
随波逐浪
抛弃归程
跟随你入海

这里无疑隐示着社会人生与心灵人生都是相互契合的，而这样的艺术追求才是基于生态大和谐的一场人生相契的情爱抒唱。

再看第二个方面：情爱属于执着的追求。

张如凌的爱情诗情感炽热，抒发爱的情感也轰轰烈烈。这里有着情爱追求执着得不计后果的一面。《火山爆发》一诗就反映着这种特点。诗以较多篇幅抒写了维苏威火山爆发而掩埋了庞贝城的历史往事：“瞬间消失了一切生命踪迹／瞬间留存的只有灰烬废墟。”她这样做为了印证火山爆发式的爱情对爱的爆发者来说，带来的后果是损失惨重的，但诗篇竟然又说这场“火山爆发的威力／缔造了更炽热的爱情佳话／超越了时空／超越了宇宙”，甚至“超越了瞬间的永恒”，以致人们“已不能幻想”到此中的辉煌。这是什么样的辉煌呢？像金星和木星无所忧虑地“在设定的轨道上运行”、准备去迎接相撞那一刻毁灭的辉煌那样，让“两颗心在自己的程序中相爱”，不惜毁灭，只要能有情爱相融时瞬间的辉煌就好。而“我”这样的渴望则也就是“我献给你不悔的爱意”。这里的情爱强烈到几近极限的壮美。但更值得我们玩味的却是此中体现出来的抒情逻辑，只求瞬间辉煌而不惜随即毁灭。这是因为瞬间也就是永恒，而既然如此，那么“这遥远崇高的爱／也无法毁灭”了。这样一个抒情逻辑所推延出来的，则是对两心相契的情爱追求已达远超常限的执着了。同《火山爆发》相似而以单向情爱作执着追求的是《抑或一个偶遇》。诗中说自己对“你”的爱是天天“摘一轮明月／枕着它相思”；自己对“你”的情思是夜夜“捧一把星星／陪伴你夜游”，甚至自己为“你”而写的诗足以表明：

我那颗流血的心
只为你而存在

这的确反映出了抒情主人公那种“爱得轰轰烈烈／爱得洁白无瑕／爱得永无止境”的情爱执着追求。但不能不指出：男女情爱的完美确立毕竟是双方面的事，在特定情况下，单方面的真诚追求未必奏效，这就会出现你的情爱追求是否执着的考验。张如凌颇多抒唱这类考验的诗作。《收获》一诗写自己曾“有过丰收的季节”，收获过“满天的云彩”让“你”能“在云朵中遨游”；也收获过“铺地的鲜花”，让“你”能“在花丛中梦幻”；也收获过“满足”，得到过“整条河的爱恋”，让“你”能在“爱河中荡漾”。可是“如今这一切离我／古老又遥远”了。那该怎么办呢？她昂然而无一点颓丧地说：

残阳里我抹去魂绕的泪流
生命中等待再一次收获……

这倒真表明她对情爱有个新颖的认识：属于执着的追求，《也去天涯》则从情爱得而复失的角度来抒唱这方面的执着追求。这首诗写一对恋中青年的事儿。男友在一夜之间竟让人“读不懂你的语言”——突然要远走天涯，另觅新境了，但在和女抒情主人公“我”告别时还是“撒了一地多情”，使“我”深深感动，以为是“捧着你的一串心跳”，深信“你还回来”。可是在“我”多少失眠之夜的“深沉的挂念”中“你把你的许诺丢失了”，“我”真不知该“怎样体会你的忠诚”，于是：

搜寻你我也去天涯
沙漠中深埋着
一段永恒的故事

如果说情爱这事儿不论怎么看一经发生就会是“一段永恒的故事”，那么这“永恒”在这位女抒情主人公的眼中就是心灵决不放弃这一段情爱，珍惜它，也去天涯，在茫茫沙漠的行程中执着地追踪“你”。这是比《收获》一诗更动情地抒唱出了情爱属于执着的追求——这一圣洁、忠诚而又单纯、坚贞的精神意志。值得指出：这种执着的追求所体现出来的精神意志，并非凭空而来，而是受一股神奇力量推送出来的。这股神奇力量不是别的，正是心灵的相契所蕴含着的潜能。正是这股潜能持续的发散，使张如凌抒唱情爱属于执着的追求进入了更高一个层次，这现象在《我心中的神灵》一诗中有更真切的体现。这首诗共有五节，前四节是宽式对称，把两心相契激发出来的那一股执着地追踪情爱神圣境界而无所畏惧的精神意志发散到了极致地步。不妨读读这样的诗节：

我心中的神灵
你是我灵魂的依附
纵使地老天荒
纵使日月沉沦

只要你为我亮着

我不再骇怕遥远跋涉

这是献身情爱火辣辣的情感表达，而所有的规则都是围绕一个中心展开的，这就是“你是我灵魂的依附”。可见两心相契的力量是何等强大。当然，这个情爱抒唱的文本，两心相契还只是对情爱追求作渗透，立足点还是在情爱追求的执着上，如同这首诗自身告白的：“即使今生注定漂泊异乡／即使来世的尽头是深渊／我也义无反顾／只要你还照着我。”用“义无反顾”来表达情爱的执着追求是贴切的，但总感到两心相契没有凸显，只有陪衬，执着追求的神圣性还有点不足。《凤凰涅槃》一诗就不同了。这首诗把两心相契与执着追求置于平等地位，在相互交错的关系中来展开情爱抒情，因而是更具有立体感的成功文本。这是一首高扬浪漫主义激情之作，抒唱的是一场“我”欲“寻回失去的自己”的事儿。诗的开头与结尾互为呼应地显示着：“寻回失去的自己”是“抒情主人公“我”处在“爱与被爱”中发生的。这就表明全作的抒情逻辑从起点到归结形成了一个现实人生与心灵人生都契合的情爱语境圈，像大气层一样包围着整个儿“寻回自己”的全过程，而欲求寻回来的“自己”，则是一个敢于执着地去接受爱自己者的爱和顽强地去寻踪为自己所爱者的爱结合而成的形象，这么一个形象是高扬着个性主义的大旗的，而毁灭旧我重造新我则成了高扬这面大旗者醒目的标志。张如凌用了两个喻示意象组合体来感兴地印证必须毁灭旧我，重造新我。其中的一个是花朵：娇艳的花朵由于被篱笆圈禁起来而褪尽了娇艳之色，为此就非得下一个彻底改变现状的决心不可，索性把凋残的花朵连同篱笆一起烧毁，让“灰烬来肥沃大地”，并深信“来年春天花朵会更美／你将找到生命的延续”。另一个是鹦鹉：爱歌唱的鹦鹉被关在鸟笼里，以致丧失了婉转悦耳的歌音，为此也就非得下一个彻底改变现状的决心不可，索性把老残的鹦鹉连同鸟笼一起烧毁，让“火焰越烧越旺盛”，使得生命在受了火的洗礼后再生，像凤凰火中涅槃后再生。这两场毁灭旧我重造新我的悲壮事件在抒情主人公的灵魂深处轰轰烈烈地发生，也就使她成了“永不凋谢的花朵”——为了可以“生生世世陪伴你辉煌”；或者成了“高高翱翔”的凤凰——白日伴“你”飞舞，晚上相啄相拥。总之，让“茫茫宇宙不再寂寞／渺渺天地不再恐惧”。这两个象征“凤凰涅槃”的喻示性意象组合体的运行过程象征性地体现了情爱执着追求的那种精神意志，诗的结束处这样写：

看吧，我与你一起燃烧着
在爱着和被爱着的天地中
娇艳的花朵更加亮丽纯粹
矫健的凤凰更加勇敢智慧
除了与你燃烧我别无选择

这节诗看似平常，却有几点颇可玩味：（1）第一、二行表现人生相契的情爱，必须作执着的追求，也就是持续地让“我与你一起燃烧着”；（2）第三、四行是第一、二行的延伸，表明只有毁灭旧我，才能有新我的诞生，才能显示情爱执着的追求；（3）第五行意味着要能始终执着地追求情爱，从而获得“你”与“我”情爱的永恒，选择的路只能是一起投入熊熊的火焰，如同凤凰浴火而再生。如此说来，这最后一行特别值得注意了。

注意者何？似乎张如凌这首《凤凰涅槃》已不完全像是在作情爱的抒唱，尤其不大像是在抒唱情爱执着的追求了。莫不是如同我们在前面已论及的：在张如凌的诗歌主题探求中乡恋而乡愁有向情恋而情觞延伸的可能，而如今在这首《凤凰涅槃》中显示出端倪来了呢？

四

我们的探索将深入下去，从《凤凰涅槃》的话题开始。

《凤凰涅槃》一诗抒唱“我与你一起燃烧”以求得一起毁灭旧我再生新我，可以理解为是对男女情爱执着的追求作铺垫——这样理解当然也不错。不过从另一个角度来看：情爱执着的追求如果不是让更新的“我”来进行，就会有危机出现。如此说来在抒情主人公“我”甚或女诗人的潜意识里，男女情爱虽然诱人，令人恋念，却不见得总是完美的，往往残缺——这样理解也算不得错，有例可证，张如凌有抒情长诗《雨·小巷·主题》，就写了一场从情爱转为情觞的事件。男女间的情爱大都是从一次偶然事件开始的，这首诗中女抒情主人公“我”的初恋也出自邂逅，“是在一把伞下开始的”。那是一个春雨迷蒙的江南夜，“我”独自徘徊在一条曲曲折折的小巷中，这时“你走过来挨着肩给我打伞”，同“听屋檐下叮咚的滴水”，爱情也就开始了。于是“甜蜜得大胆／惆怅得裸露／轰轰烈烈／构成了生命的交响”，而“岁月”也“诚实地流淌／载着满足”。可是好景不长，“你”竟“带着一片幻想”而“离开了这细窄的小巷”，“去寻找蔚蓝的天际”，“我”则“挽着一丝牵挂／伴着一缕惆怅”地在“等你”回来。好不容易等到了这一天，漂泊回来的“你”已“不再迷恋旧式的小巷”了，至于被“你”摘走的“我的爱”也不知被“你”“忘在了哪儿”，接着而来的只能是“慷慨地告别”。通过这一事件，“我”也终于悟到“不要一味追求永恒／既然高潮已过注定是尾声”——“雨水·小巷”中也就有一个“主题”凸显：情爱不属于永恒与完美，只属于过眼云烟留下的残缺的美丽。这样一个文本启示我们一些什么呢？同乡恋通往的是乡愁一样，情爱通向的也只能是情觞。由此可见：乡恋与情爱实可浑然一体，乡愁与情觞也可融成一片。唯其如此，才使张如凌又写下了《醒》一诗。诗写的是“我”的一场醒悟：“我”不能再这样“无条件”地为情爱而“期盼”来日，因为期盼得来的只能是“凋零”在“无望中”的情觞；也不能再这样“无休止”地为乡恋而“忏悔”当初，因为忏悔求来的只能是“冻僵”在“寒冷中”的乡愁。正是对这些“生命的极限”的这种悟得，也就使“我”唤醒了“虚无、沉迷、失落的自我”。这可是无以自释的极度迷惘与痛苦，她忍不住要向上苍祈求：

让大地收留我这世纪的遗孤

我将走出精神的荒凉与沼泽

这样的祈求是足够强烈的，可是“大地”安能收留她，并带她“走出精神的荒凉与沼泽”呢？她最终在一系列诗里为抒情主人公也为主体的自己开辟出了三条由乡恋而乡愁、情爱而情觞引发的精神困境得以解脱之路，这就是长恨化解凭依于时空超越，生命归宿存在于天涯漂泊，生态和谐具现于梦里真实。

在《状态中的人》一诗中，主体的“我”曾借他人之口“说我是锲而不舍的女人”，“说我是缠绵动情的女人”。这也许正道出了她的个性特征。缠绵动情到锲而不舍地步的这种个性，势必决定了她的乡愁——情觞会提升成人生长恨的精神困境，那该怎么办？我们在她的诗中找到了一条化解之路，就是以宇宙绝对时空的视角去看待发生在地球相对时空中的乡愁——情觞，能使这种人生长恨心境得到化解。而这就是我们要考察的精神困境超脱之路：长恨化解得凭依时空超越。张如凌好多诗中都以这样的艺术思路在进行抒唱。首先一条可化解之路是她幻想把那一股由乡愁——情觞郁结成且萦回于自己心境久久不散的人生长恨得以化残缺为完美的愿望，埋在空间的极限处，也就是接近于超越地球相对空间的宇宙绝对空间处，等待后代人发掘出来，在他年他月的某一天能按当初的愿望得到至美的呈现。张如凌为此写了一首极具旷远感的诗篇：《大漠深处》，表现了这场化解全过程的神妙情景。在诗中她把“大漠深处”写成地球空间的极限处，并说这是亘古宁静地沉睡着的世界亿万年的光阴“都无忧无虑地／在此飘悠着”，而“我”则“尽情感受”着在沙漠中为人类而写“无数世纪爱的故事”的乐趣，特别是写下了残缺的长恨能走向圆满的自己的故事，还将它们“深埋进杳无人烟的大漠”，那么这是干什么呢？她说：

千万年后

那些感人的章节

幻影般浮出

这就是说：那些令人长恨的残缺化解成完美的事儿终于会在多年后的某一天像幻影浮现出来，让后人发掘出来，并且还可以深信：后人一定会来演绎，“我们”的长恨终于得到化解，从而演绎成为圆满的、“动人的传说”。类似这样作化解的抒唱，我们还可以在《我绕过记忆》等作中见到，第二条可以化解之路是：她更大胆地设想把化解长恨寄托于来世。今世和来世可以相通无疑是超越相对空间而成了绝对时间——即宇宙时间中的事儿了。

张如凌为解脱精神困境而探求到的又一条抒情路子是生命归宿存在于天涯漂泊。这似乎给人以宿命性感受。

为什么这样说呢？这缘于作为抒情主体的张如凌有着一个漂泊天涯的情结。在《状态中的人》中，她以“你”的称谓说自己的一生总处在不断进击的状态中：“在状态中挑战极限／在状态中挑战世纪”，也在状态中“沉思”，“幻想”和“走过未知的人生路”，去寻找“新的人生境界”。不过，主体的这种以爱上漂泊为表征的情结——亦即精神个体性，同波西米亚人的所谓漂泊中的安定感并不一致，在很大程度上她是由于身处在中西文化交汇点上，两种不同文化所决定的思维、生存方式在心灵中不断地冲突着而难以得到协调的困境逼迫而成的。我们在前面已提及《超度今生》，诗人说自己好不容易万里迢迢从异国他乡回到故乡，可是当“我”踏遍魂萦梦牵的“市井深巷”而“走出老屋”时，心儿里却“只见虚无”一片，以致无可奈何地喟叹一声“该辞行了”，重新踏上了漂泊之路。特别是《留在故园的梦》这首长诗，单从题目上也可以见出她从异国回归故里却发现留在这里的那些美好记忆不过是个梦：“初恋被亵渎了”，“不可解的梦幻”也已“飘忽得像云”，“我”又只好怀着一颗“破碎的心”再次出海，踏上天涯路。再一次跋涉在这条路上，她最初的心境还是免不了有点“凄婉”情调的。诚如同《寻求》一诗中所抒唱的：“沿着一个古老的村庄／去寻找生命的归宿。”而且这个归宿她还一直找不到。在《孤独的灵魂》中就说：“我找不到归宿。”《无题》中说：“我没有归宿／明天在一片梦境中走来。”这就是说等待在前行路上的只是梦而无真实可言。《秋天的梧桐》中写她有一次回国，深夜徘徊在上海复兴路上时，有感于秋天的梧桐叶纷纷飘落，竟然有身世之叹：“抖落了满地痴情／终不知落叶归何处。”不过她又执着地认为：人虽然不过是“宇宙的过客”，“天地间”倒也“依然有梦境无限”的，所以在《晨与昏》中她把这条让自己再次去漂泊的天涯路看成是在“散发生命的诱惑”的路，满怀一份爱意地接纳了。在《寻求》中她唱罢“去寻找生命的归宿”之后，调子高昂地又唱了：“太阳刺痛了我寒冷的心灵／和生活言归于好吧／明天将从另一个边缘诞生。”这使她终于有了一个灵魂栖居地的觉识：自己灵魂的栖居地既不可能是塞纳河畔的新地，也不可能是黄浦江边的故土，只能在漂泊天涯的路上，她生命的归宿只能是永远的漂泊。而只有在天涯漂泊的路上，她作为生命体的人，方有可能与大地、苍天和冥冥中的神灵不时地交流，甚至交融。而唯其如此，也才使她找到了灵魂诗意地栖居之地，归宿之处。我们在这里提出的“栖居”其实就是归宿，它是一个存在的原初结构，即原始的一。刘小枫在《诗化哲学》中说：“这原始的一不是形而上学的绝对理念，而是天、地、人、神的四重整体。人生存于大地，苍天之下，并承纳着神性的恩爱，因此而构成了世界存在的原初的一。这四重整体中的各要素，从原初意义上来讲是不可分割的……人就在大地上，苍天下，神面前，此即单纯的一。”他又针对荷尔德林的一句名言“人诗意地栖居在大地上”而这样说：“人的本质就在于他能趋向神，仰望神意之光，用神性来度量自身。正是这种度量使人跨出了大地和苍天之间的维向，进入自己的本质，从而度量敞亮了栖居的面貌，此一敞亮就是诗意。”由此说来张如凌的漂泊天涯有了生命哲学的意味。在她的潜意识里，漂泊成了一场天、地、神、人相交融中的一场栖居追求，而趋向于神的灵觉则使她的漂泊天涯闪发出诗意地栖居的光。她在漂泊天涯的路上也就因此于冥冥中有了心灵的自慰。在《天国》一诗中，她竟然对遥远而艰辛的漂泊行程生出了情感，认为这是走向天国之路，渴望有谁来引领她，还设想在这条路上“悠悠的云朵在天上飘浮／凝视寒夜的沉寂深邃／神奇迷离的未来穿透了时空”。于是她的抒唱开朗了：“我向那朦胧的天边望去／寻找求索的道路／不为颠沛流离而伤感。”

她的抒唱更高亢了：

春风沉醉的夜晚
脚下寒意袭人
抖落古老陈旧的残梦

我寻求奇迹

是的，她要寻求奇迹。那就上路吧！这使我们读到张如凌的一首精品之作《异乡人在天涯》了，在这首诗里，她说自己曾认为“异乡人的灵魂太重”，“感伤太深”，“失望太多”，但如今她的看法变了，竟发现“异乡人在天涯”有一种独特的美妙境界，漂泊者可以自由自在，可以随心所欲地面对世界；更甚至说好觅知音于天涯的“承诺”也可以“忍痛”向“咫尺天堂”抛回去。这真是“来时无忌去也无悔”，如此也就表明了异乡人已不怕“灵魂太重”“感伤太深”“失望太多”，可以“独自走天涯”了。于是在诗篇的结束处歌唱：

耽搁了些许光阴
异乡人上路了
消失在天涯

这个结尾推出来的大特写镜头，推宕得韵致悠远，颇有诗味可品。这个异乡人——人生路上的漂泊者的灵魂栖居地不在西方，也已不在东方了，而是在不断向世界寻求新意境的路上。张如凌把她的抒情主人公的文化之根扎在漂泊的路上，生命价值定位在永恒寻求的过程中，这在一定的程度上也可以认为是接受了上述诗化生命哲学传统的影响的。

于是解脱精神困境的第三条道路，也就显现出来了，这就是生态和谐具现于梦里真实。

说生态和谐具现于梦里真实是从生命归宿存在于天涯漂泊的抒情顺势推出来的，其理由不难理解。我们在上面已说过：生命归宿作为终极生态其实就是灵魂栖居。栖居不同于实利性的筑居，其存在气质趋向于神灵感应，具现为有限中见无限的超越性能。因此，栖居作为一种生态表现也就更偏于精神梦幻。所以和谐生存也就往往是梦里的存在。唯其如此，才使张如凌在她的诗里对梦的抒写特感兴趣。在《自慰》中说，“茫茫之宇宙／渺渺之人生／寻求的不过是／孤独的梦幻。”而在《流……》中说：“我的梦流向远方／汇成一种恒久的意识。”“恒久的意识”就是“……一片绿色的希望／繁衍在亘古千年的沧桑”，这显然是指生态和谐。抒情长诗《歌剧魅影》就是抒唱情爱生态和谐的，而抒情主人公则通过梦境来求得。诗写的是主体在梦中观看巴黎格尔尼歌剧院上演的歌剧《欧根·奥涅金》。这部歌剧，只写了一场达吉雅娜在梦里和奥涅金重逢的事儿。在梦里重逢中，奥涅金向达吉雅娜忏悔，请求原谅自己“过去的恒久的意识踌躇”，不珍惜她情感的圣洁，以致铸成大错，落得“孑然一身，四处奔波”，“尝遍了苦痛”，还说从今以后决心“用坦诚赢得你的真情”，“如果你愿意／我将为你消殒”。达吉雅娜则在发出“为什么你要来点燃我柔情的火花”，“扰乱我平衡的生活”的几声喟叹后，终于“被奥涅金的情感”重新“征服了”，她幸福地倾听着奥涅金这一番絮语：“我带你远离浮华／我们去唤醒沉睡千年的梦／我们去寻回遗忘万年的爱／我将用一生的努力／读懂你的智慧柔情／我将用生命的极致／为你写下闪亮诗篇。”而她也柔情似水地作了回应说：“你是我唯一的、也是最后的／灵魂的知音和伴侣／带我走吧，就在此刻。”就这样被情感折磨着的她“累极了／在奥涅金的臂膀中静静睡了”，享受着情爱的生态和谐。显然，这是一场梦中之梦的表现。反映着如下一项追求：生态和谐具现于梦里真实。当然，我们也不该忽略《歌剧魅影》有一个意味深长的结尾：等达吉雅娜从奥涅金臂膀中睡醒来时，“太阳已经灿烂地升起／她这才醒悟过来／这一切都随昨夜而去”了，“只是在梦里／她与她梦中的奥涅金／演出了一个世纪最感人的歌剧”。这样的结尾至此可品出三重意味：（1）这场以情爱体现的生态和谐只是梦而已，并无真实可言——可见此处的生态和谐属于现实性；（2）这一场生态和谐只有梦里的真实，别无他处可求——可见此处的生态和谐属于虚幻性；（3）只有以梦为手段才能把一场生态和谐求得——可见此处的生态和谐是以或心灵或历史的幻化而成，属于真幻统一体。如此说来，《歌剧魅影》中的生态和谐有多种面目，而就梦中的奥涅金向达吉雅娜提出的生态和谐核心内容——“我带你逃离世俗／我们去开垦远古的净土／我们去播种心灵的花朵”而言，这远离世俗的生态和谐之所是心灵的也是历史的幻化而成，因此是属于真幻统一性的理想化现实存在。所以《歌剧魅影》实是对一种理想化现实的祈求。而唯其如此，也才使她为生态和谐写出一首更具理想化现实祈求之作《远古的呼唤》。这首诗可以说是张如凌写得最成功的诗文本之一，也说得上是百年新诗中的精品了。诗写的是深夜的梦中，一匹受“圣洁的月光”照引而来的汗血马，在中国东部诸暨的苎萝山下，浣纱溪边，负上了浣纱美女西施，向三千年前的“春秋国广漠的草原”奔去了。这匹汗血马是负着她失散的夫君——吴王夫差，“同去找三千年前的家园”。“如此洒脱”而“无牵挂”地疾驰着。奔向远古的岁月，去“追逐梦”去了。但这时被梦境感动得“泪如雨下”的“我在马蹄声中惊醒”，望见了：

窗外。白沙滩
诺曼底海边的马场
一对恋人欢笑着
骑着汗血宝马
驰骋而去……

在这里，第一节西施和夫差骑汗血马同去寻找三千年前的家园的历史联想幻化，是第二节诺曼底海边马场一对恋人欢笑着同骑汗血马驰骋而去这一场以现实体验为基础感兴出来的，而第二节诺曼底海边马场一对恋人欢笑着同骑汗血马驰骋而去的心理幻化是第一节西施和夫差骑汗血马同去寻找三千年前的家园这一场以心理经验为基础彰显出来的。所以这个共两节的文本以现实与梦的互渗互映而把情爱和谐与乡恋乡愁结合成的一场奇思，把历史从悲慨转向和谐、把人类从乡愁转向乡恋以及再把这二者融汇在一起的一场妙想。更呈现为地球村终于走向和谐的一场生态大合唱。这样一场艺术概括十分重要。特别是最后这一点，可以说决定了《远古的呼唤》要比《歌剧魅影》更深刻地体现出生态和谐具现于梦里真实的特点。我们之所以这样说，是因为这首诗是以西施、夫差的情爱和谐为表征的中国传统文明与以诺曼底海滩一对青年的情爱和谐为表征的西方现代文明的一场叠合。而正是这场叠合，隐示着东西方文化相交融。只有这场交融，才能在真正意义上获得生态大和谐，实现人类的大同梦。而这场大同梦的圆满，才能从根本意义上解脱我们的乡愁和隐示乡愁的情觞所带来的精神困境。

总之，为解脱乡恋而乡愁、情爱而情觞引起的精神困境，张如凌所选择的三条抒情路子，使她的诗歌更上了一个层次。

五

一个有成就的诗人之所以能有成就，除了他在诗歌真实世界的把握上有高瞻远瞩的视野，还得在诗歌真实世界的表现上有属于自己的艺术格局。张如凌的艺术格局虽还不能说已很完整，却也已在相当大程度上显示了系统性特色，大致说可以从以下几个方面见出：时空叠合化拓展运思幅度，抒叙直陈化通向本体象征，语言意象化带来悠远情韵，结构匀称化营造回荡情调。

张如凌有一个和一般诗人不同的运思展开方式，就是不喜欢抒情对象的单一而希望面对多种对象来展开运思。具体点说就是：可以在时间上作历史与现实、现代与将来的叠合，也可以在空间上作东方与西方、地球与外星的叠合，甚至还可以在时与空统一的情况下作历史的东方与现代的西方的叠合，如此等等，来展开运思。其结果是使运思幅度大为开阔，这就是张如凌艺术格局的第一类个性特征。现在就分头来考察。先看因时间的叠合而拓展运思幅度的这一类。我们可举出《大漠深处》《梦幻的真实》等作。就说《大漠深处》这一首诗吧。主体在这首诗中说自己在沙漠深处漫游时，不倦地写着“我们无数世纪爱的故事”，并且写好的全被她“埋进杳无人烟的大漠”中，等千百年后的某一天它们“幻影般浮出”，惊天地泣鬼神于后代人。这样写当然是把现在与将来两类时间作了叠合，而张如凌在展开运思时，势必会因了同一对象却存在于不同时间而引起独特的生态感受，从而激发出一种神秘的遐思，活跃了具有沧桑感的联想，从而因时间叠合，由此产生前后对照而强化了历史意识，再因大量历史意识渗透而拓展了运思幅度。因空间的叠合而拓展运思幅度的，可举出《诗的祭奠》《回归大地》《千古绝唱》等，就说《诗的祭奠》这一首吧！诗中说主体因一个爱的“久远的承诺”而对“人间沧桑不了情”开始诗兴盎然起来，并以不变的浪漫情怀抒写梦里梦外的“几分憧憬”和“更多沉思”。这些“憧憬”和“沉思”还给人以“诗的真挚深沉永在”的感觉。不过，她也没有忘掉这样的作品千百年后还得让人来解读，这使她忍不住同合唱“爱的礼赞”的人儿一起从现实的地球空间超越出来，进入外星空间，这样唱道：

你我将超越时空
两颗水晶般的心
祭奠似曾相识的诗魂
让它繁衍在宇宙人世间

这是让地球空间和外星空间作了一场叠合。在外星空间“我们彼此相遇”而“再抒写一曲爱的礼赞”，同地球空间中“一写竟是两个世纪”的这场爱的激情抒写，实是同一件事儿，只不过把它们分别置于不同的空间上而已，可唯其如此，也才使这首诗抒唱男女情爱的诗，不仅具有彼此依恋得难分难舍的意味，更显示着这缕“诗魂”之爱“在宇宙人世间”一起“繁衍”具有永恒性。这正是空间的叠合这一艺术策略的体现。在这策略的指引下，这首诗的运思也就不再是单一平面的，而显出了俗语所谓天长地久的永恒性，感受了立体性呈现的特色，至于主体这场运思也就大大地拓展了幅度。让主体的抒情活动在地球与外星接轨而展开的这种空间叠合策略，张如凌多次使用。前面我们论及她的《回归大地》一诗时，曾说她在这首诗里把地球生态送往外星去延续，使地球空间中的乡恋而乡愁、情爱而情觞的残缺在那里得以补偿，获得圆满。《回归大地》值得一提的是把地球空间与外星空间叠合以拓展运思幅度的这个艺术策略：“我们的”爱及为爱而书写的“我们的诗”将会在宇宙中更加天长地久存在和更显其神幻艳丽的美。为此，我们想再来谈一谈《远古的呼唤》。上面曾说还有一种时空叠合是时与空统一的情况下作历史的东方与现代的西方的叠合。这方面的策略在运思中体现得特别出色的就是这首《远古的呼唤》。这首诗我们前面已从生态和谐具现于梦里真实的视角作过分析，指出这是对中西方文化相交融的人类大同理想一场象征体现，这当然很重要。不过，还没有从展开新颖运思的艺术策略视角出发来作考察。值得珍视的是张如凌这首两个诗节组合成的诗，其实表现为时与空全方位的叠合。大致说这叠合表现在五个方面：（1）东方的诸暨浣纱溪边和西方的诺曼底白沙滩头两大空间的叠合；（2）中国的春秋战国年代和西方的现代两大时间的叠合；（3）古代中国的西施、夫差同骑一匹马“洒脱”地“疾驰”而去和现代西方一对青年男女同骑一匹马“欢笑”着“驰骋而去”这两大人生逐梦的叠合；（4）“昨夜”梦里的幻象与今晨梦醒的实景这两大感觉反射的叠合；（5）东方式男女情爱与西方式男女情爱所体现出来的和谐生态的叠合，这样五个方面叠合成一体，也正体现着这世界：

属于它的岁月
如此洒脱，无牵挂

如此说来这可真是一场象征感受的博大深邃的抒唱，既让人感应出人类文明的大同，更让人感悟到地球村生态的大同。显而易见，张如凌这种时空多层次叠合对运思幅度的拓展已深入到象征艺术的层次了。

抒叙直陈化通向本体象征是张如凌艺术格局显示的第二个方面。

这里的“抒叙”是指诗性叙述，亦即抒情化叙述，而不是抒情与叙述。所以这种抒叙只是总体框架的直接叙述，在局部处却还允许超逻辑演绎的客观对应物充当的如实意象甚或变形意象来作烘染或印证；也允许总体框架和局部处都作直接诗性叙述。这后一种就是这里要谈的抒叙直陈。这种抒叙直陈大都只具有直观反射的鉴赏功能。不过也有一些抒叙直陈却能在直陈中埋有某些能激活想象或触发特定联想的功能机制。于是，抒叙直陈也就会增添一点象征功能。由于抒叙直陈是对象的本体原貌，所以增添的象征功能也就称之为本体象征。张如凌感兴趣的这种抒叙直陈化通向本体象征的实际内涵就是这样的。且看《晨与暮》一诗。这首诗抒叙了一场从旭光晨辉到夕照晚霞的运行过程。说晨辉“洋溢着清新的喜悦／散发生命的诱惑”，而到“骄阳”的“光芒万丈普照大地”，再到“夕阳坠落／留一抹血红的意境”，这场经历展示的该是“晨辉与夕照各自精彩”。不过，主体更关注“晚霞”，特别提出来说“晚霞每秒的优雅变化／展显出消退的深沉气度”。这里竟把标志“黄昏”的“晚霞”感觉成有优雅气度，如此这场感觉表现给人的感觉就有点不寻常了，可以说在抒叙直陈中已有定向联想设置的迹象。随即文本这样作结：

黄昏蓄满成熟的眷恋
瞬间折射出隽永的精神
纵然只是宇宙的过客
天地间依然有梦憧憬无限

这里又一次专抒写以“晚霞”显示的“黄昏”是值得注意的。我们知道一个对象多次被强调显示，也就会使人觉得有隐意，象征化起来。因此，这里的“黄昏”又一次埋下了定向联想。同时主体还把晚霞光中的黄昏感觉成有“成熟的眷恋”，折射出“隽永的精神”，还感觉成是“依然有梦憧憬无限”的“宇宙的过客”，并且还把抒叙的直陈作了适度虚化，这可就进一步显示出定向联想的功能机制已设置妥了。于是“黄昏”也就对一个已入晚景者具有了象征功能，以致能对“夕阳无限好，只是近黄昏”的境界作了逆向的隐示。而由夕照中的晚霞点缀出来的黄昏又来自日子一天运行的一个阶段，从意象逻辑性演绎中可以让我们发现从旭日晨辉到夕阳黄昏的一日运行显然也埋着定向联想的功能机制，让我们感悟到这是对作为宇宙过客的人一生过程的象征，隐示着他的一生始终是有梦的憧憬的，尤其到晚年，依旧有优雅风姿，深沉气度，隽永精神，特别对世界怀有“成熟的眷恋”之情。这样的隐意来自对一日运行的对象作抒叙直陈，所以张如凌能在抒叙直陈中进入本体象征的层次，这实在不容易。再来看看《云烟》。这是首表现感觉的诗，它写的是浮云变飘雾，飘雾成烟雨，烟雨化幻想的感觉，能对交错感觉有十分敏锐的把握，因此抒叙得神幻，直陈得精微。如写云而成雾，雾而成雨：“走近飘逸如烟／抓住是两手湿润的空／滴落成雨。”这样的感觉寻踪，的确给人“留下是幻想”的情味，从而有“轻柔的新梦随之飞翔”了。如果诗篇就写到此，让抒叙直陈而直观反射出一种迷离恍惚、缥缈虚幻的逸趣，也够具有诗美情味了，可以结束了。但张如凌对此并不满足，而是再写了两行：

就让它在天边飘着漾着
这样真好

这两行依旧是直接陈述。孤立地看，算不得有特别的诗美要求。但和这以前的七行一经组接，它们就起了一种隐示的点化作用，以致因此而具有了把抒叙直陈推向本体象征的功能，使这个文本象征性地表现了生命生态自由美好的境界。

张如凌的诗还颇能让人品味到一种悠远情韵。这种审美效果是同她追求语言意象化分不开的。

新诗语言不同于日常交流语言。日常交流语言包括书面交流的与口头交流的两种。前者即白话，要遵守语法规范；后者即口语，要遵守特定语境圈中人约定俗成的表达习惯。所以白话——口语其实仅仅是自然状态的人际交流用语，当然也是新诗的基础用语，故它们不存在是否是新诗语言的问题。从诗学的角度看，诗歌语言

（或专用术语诗家语）说到底是一种意象化语言。所以，新诗语言完整地说应该是以白话——口语为基础用语再吸纳古典诗歌、民歌和域外（主要是西方）诗歌的用语，综合成一个用语系统，来达到意象化目的而言的诗家语。唯其如此，才使我们有理由说：谈新诗语言切勿陷入白话、口语、翻译文字、半文半白之类谈资中，而要抓几个构成新诗诗家语的核心话题，那就是：（1）制造或发掘能充分呈现意象感兴特质的词语；（2）词法讲究反修辞规范；（3）句法讲究反语法修辞规范。正由于力求语言意象化，才使张如凌的诗带来了悠远的情韵。

语言意象化和意象语言化是一种互动关系。意象在语言艺术的诗中无疑须要语言来作物质外壳才得以存在。同样，语言在语言艺术的诗中也须要意象化才有存在的价值。所以，因了语言意象化而在诗歌中形成的意象化语言，乃成了诗家语的核心。而我们如果可以认定语言有两大构成要素：基本词汇和语法，那么致力于词语的创造性构筑和发掘、积聚，该是新诗意象化语言形成中核心之核心了。对此，张如凌是有足够的自觉意识的。所以当她一开始投入新诗创作，在语言层面上就显得颇为老道，特别是对词语的意象化追求。诗家语中词语创造是否有价值决定性的一点是意象化程度，而实现意象化的途径则可以概括为三条：拟喻化、感觉印象化和反修辞规范化。张如凌就走着这三条路。她比较喜欢用比喻性词语。如《理解》中有："多雨的岁月里／走着比梦还要遥远的你。"《雨水·小巷·主题》中有："雨水似往事般缠绵／缠缠绵绵勾起我情感的流连。"不过，她不太用明喻性词语，对拟喻性词语更感兴趣一些。这种词语总是藏着一个含而不露的比喻的，却以拟人或拟物化隐现着。这方面的例子不算少，如《留在故园的梦》中有："踩着岁月的落叶漫步／宁静又失意。"这里的"岁月的落叶"以抽象的节候修饰"落叶"，构成一个拟物化的词语，隐示漫步在落叶堆满的路上其实是行走在岁月之流中。这可是一个感兴意味很浓的拟喻性意象词语。又如《孤独的灵魂》中有："当最后一缕余晖／舔去我灵魂留下的泪珠。"这里的"灵魂流下的泪珠"，以"灵魂"之能"流下"的拟喻化短语来修饰"泪珠"，又构成以事喻物的拟喻化词语，强化了出自灵魂深处的那种痛苦表现。除此之外我们还可以举出"阳光的记忆""冻僵的情愫""残忍的

沉醉”“惆怅的星星”“夕阳开始悲壮”等。再看反修辞规范的意象化词语构筑。这类词语是违反修辞规范的，却也指出凭感觉印象建立起修饰关系来的这类意象化词语，因了感觉印象的自然性心理作用，倒具有反常合道引发的具象鲜明性。现在提出这一种反修辞规范词语却没有自然性心理作用垫底，竟然也能获得意象化的鲜明特色，倒也是颇有意味的词语创造。在《雨水·小巷·主题》中有：“岁月诚实地流淌／载着满足。”这里有“诚实地流淌”不能不说这有点怪，山涧的流淌、小河的流淌、岁月的流淌都是物态，自然现象，和为人处世诚实不诚实根本是拉不上关系的，但此处竟说“岁月”在“诚实地流淌”，能说不怪！是的，怪。但怪得有意味，令人思索。毫无疑问，这个偏正结构词这样的主从关系只能是违背修辞规范的硬性组合，却也因了这种硬着干的行为，让人在不自然的感觉中激发出这样一点思索：如果时光按着自己的愿望流逝，这对希望岁月能万事大吉的主体来说岂不会有“不负吾心”的诚实之感。既然如此，说“诚实地流淌”倒是渗透着主观意愿组合成的意象化词语了。《晨与暮》中有：“黄昏蓄满成熟的眷恋／瞬间折射出隽永的精神。”这里的“成熟的眷恋”不用说也违背修辞规范，“眷恋”根本不存在成熟不成熟的问题，强行把二者拉起主从关系，让“成熟”去修饰“眷恋”，这似乎也是硬性让人去思索：“黄昏”对大地的“眷恋”不同于晨曦的那种热烈和飘忽，而是沉静而稳定的，而情思恋意的沉静稳定则正像一个人的性格表现一样，是成熟的标志。这一来，“成熟的眷恋”这个反修辞规范的意象化词语也就从硬着干变为反常合道，颇有耐人寻味的内涵了。类似这种反修辞规范的意象化词语，张如凌还创造了不少，如“时间的尘埃”“凝固的诗歌”“完美的寂寞”“精神的荒凉”“失落的岁月”，等等。

总之，张如凌在创造性词语的构筑上是很有一些可取的经验的。但诸多经验中特别值得我们珍视的，是她能有意识地狠抓陌生化。上述三条构筑意象化词语之路最终都是通向陌生化的。有关这方面，赵毅衡在《诗歌语言研究中的几个基本概念》一文（《诗探索》1981 年第 4 期）中谈及俄国形式主义者什克罗夫斯基提出“陌生化”（又称“奇化”）理论时，这样说过：“他认为诗歌语言的各种手段其实

都围绕着一个中心问题，即就是使诗歌语言不同于日常语言的习惯程序，亦即有意使语言的组合‘生疏化’，诗歌语言组成的原则就是消除语言的习惯性，延长和加强感知的过程。‘艺术的手段是要使事物陌生起来，使形式多阻拒性，以便扩大感知的困难和时间。’”以这个理论主张去印证张如凌三条构筑意象化词语之路，可说是不谋而合。不过，这个“陌生化”意识，不只是体现在张如凌意象化词语构筑上，同样也体现在她对新诗诗家语的句法探求上。

可以说张如凌对新诗诗家语的句法创新探求，起自反语法修辞规范，归结于陌生化。所以反语法修辞规范是研究她句法创新的核心课题。就反语法规范而言，张如凌至少有三类造句是奇特而让人感到陌生的。其一是她常常为了迁就造句的需要而把词性随意改变，以致词性活用成了她句法中的常态现象，这种做法当然不合语法规范，却又颇能促成语言的意象化。如《留在故园的梦》中有：“寂寞热烈地拥抱着我。”这“寂寞”原是副词，在这个句子中置于主语地位，可以“拥抱着我”，而按语法规范，主语得用名词充当，这使“寂寞”不得不转词性，被活用成名词了。这一场词性活用，为“寂寞”与“我”之间构成拟喻关系创造了条件，让“寂寞”来对“我”热烈地拥抱，岂不大大地凸显出“我”心境中寂寞感的深重。经此一来，一场平常的语言表达也就意象化了。又如《雨水·小巷·主题》，写的是抒情主人公“我”与“你”的情爱经历。由于两人间的初恋“是在一把伞下开始的”，所以“我”的初恋记忆总和雨连在一起，这使“我”在抒唱这段往事时也就从一个江南黄昏的春雨开始，这样写：

在雨和雨的缝隙中
我找回了你
初恋留下的淅沥

这里的“淅沥”是形容词，是用来形容下雨的声音的。但“初恋留下的淅沥”中的这个词，和“我找回了你”的宾语“你”同位，作为句中的成分当然也属于宾语，

而宾语是须以名词充当的，形容词“淅沥”也被活用成名词了。这一来，使原本应该是“淅沥之声”的“之声”省略而把“淅沥”凸显了出来。这使得一个平常的表述语言，也就意象化，显出悠远的情韵来了。类似的词性活用在张如凌诗的句法中还颇多，如《也去天涯》中有：“一夜之间／你成了遥远。”这其中的“遥远”，形容词已转为名词；《梦思》中有：“我踩着沙漠去寻觅／最漫长又寂寞的沉默……”其中的“沉默”，形容词也转为了名词，等等。张如凌也喜欢采用语序错综的句法，如《黄浦江之恋》中有：“一条漫长人生路／我们用毕生悲欢铺筑。”按正常语序应该是：“我们用毕生悲欢铺筑一条漫长人生路。”原是个兼语句，“毕生悲欢”即是“用”的宾语，又是“铺筑”的主语，而“一条漫长人生路”则是“铺筑”的宾语。现在把它提了出来，独立成一行，置于前面。这样做当然能凸显出“一条漫长人生路”。有意思的是在《西湖风雨》中的这么两行：

潇潇，雨为我下
悠悠，风为我吹

这里的“潇潇”和“悠悠”原本都是副词，应该作状语修饰“下”和“吹”，亦即：“雨为我潇潇下／风为我悠悠吹”，现在却采用状语提前且和整句用逗号隔开，这一来每一行好像有两句似的；这状语提前，光秃秃的，好像成了主语省略的谓语句，结果这两行可以化为这样四句：“(雨）潇潇，雨为我下／（风）悠悠，风为我吹”。由此说来，这么一场语序错综的句法追求，既凸显了“雨”下的那种“潇潇”状，“风”吹的那种“悠悠”状，也强调出了“雨”与“风”的存在，自有其悠远的情韵可品。张如凌还特别爱采用成分残缺的句法。这种追求使她的诗里颇有一些奇特句子，只用了一个成分来充当，无论主要成分、次要成分都可以省略掉，结果句子残缺得只剩下一个光秃秃的成分化词语。《远古的呼唤》里有一个诗行群，是这样：“梦醒。泪如雨下／是马蹄声惊了我／窗外。白沙滩／诺曼底海边的马场。”这四行诗有六个句子，除了“泪如雨下”“是马蹄声惊了我”成分省略得不是很厉害，其余四句都只是光秃秃的单个词语，如果把它们省略的成分全补上，该是这样：

梦（已经）醒（了）。（我的）泪如雨下
（那）是马蹄声惊了我
（我看着）窗外。（只见一片）白沙滩
（这是）诺曼底海边的马场

我们补足的成分中，有主要成分，也有次要成分。这样做其实是干了场傻事，有点吃力不讨好。语法是规范了，逻辑性很强，事情也因此说得很清楚了，可惜没有了跳跃感，没有了空白导致的想象力，也没有了陌生化引发的刺激功能。所以说，成分残缺对于句法意象化是大好事。这里我们不妨再举一首小诗《中国红》为例来看看。此诗前已引用过，为了用来说明张如凌追求主语残缺的美学价值，不妨再引一次：

从遥远的东方走来，
负一身重荷；
向无尽的天边走去，
留一路足迹。
自强不息地走着，
寻找梧桐醴泉的芬芳。
要走出遥遥天网，
融入红色迷人的梦幻。

这是一首境界相当开阔、格调相当高的诗，但就句法而言主语是残缺的。唯其如此，才使文本的潜在主语变得模棱两可："负一身重荷"而"从遥远的东方"走向世界的，可以认为是"中国"，也可以认为是抒情主体的张如凌本人；"自强不息地走着”并且决心“要走出遥遥天网”——冲破种种阻挡而“融入红色迷人的梦幻”者，只能是中国，也可以是红色家庭出身的女诗人自己。这场主语的缺失反倒使读者增添了联想幅度，也更丰富了感受。如果巴赫金的复调叙事也可用来套用的话，那抒情诗句法上主语的缺失，倒也有可能导致复调抒情的吧！

在句法追求上如果说张如凌通过反语法规范使诗句的构造获得了具有悠远情韵的意象化效果，那么她通过反修辞规范，使句法功能的这种审美效果尤见显著。词语的意象化构筑要讲词法；由于词语只是物象事态静止孤立的展示，反修辞规范还较简单；句子的意象化构筑要显示句法的反修辞规范就复杂了，因为句子要通过主谓宾关系表达物象及物象在事态中的全貌，这就使构筑句子中必须显示出动态的全过程，而此中显示反修辞规范岂能不复杂。所以张如凌的反修辞规范的句法追求就更有看点。先看她聚焦于主谓关系的反修辞句法。《雨水·小巷·主题》中有：“春雨温柔地抚摸着雨伞。”这里让“春雨”发出“抚摸”并且是“温柔地抚摸的动作”，主谓关系就违反修辞原则；《抑或一个偶遇》中有：“我摘一轮明月／枕着它相思。”“我”能把“明月”“摘”下来还“枕着它”吗？不可能，主谓关系违反修辞原则。《余晖》中有：“夕阳开始悲壮起来。”这里的“夕阳”竟然能显出“悲壮”之态，主语与谓语不合修辞规范；《异乡人在天涯》中有：“异乡人的灵魂太重。”灵魂竟然有轻重之分，主谓不合修辞规范。再看聚焦于谓宾关系的句法，《梦思》中有：“我的步履踏响了旷野中／一长串悠远的梦境。”说“步履”能发出“踏响”的动作是可以的，说能把“梦境”踏响那不可能，谓语与宾语不合修辞规范；《雨水·小巷·主题》中有：“窗外雨点静静地滴洒／声声滴碎了我冻僵的情愫。”说“雨点”能“滴洒”是可以的，能把“情愫”滴洒得碎裂，这谓宾关系从修辞原则看就不能成立；《留在故园的梦》中有：“金秋时／我没有收割爱情。”可以“收割”麦子和稻，“爱情”怎么可以用镰刀来“收割”呢，谓宾关系当然违背修辞规范；《梦幻的真实》中有：“（我在）孤独中存放着无尽的企盼。”作为一种行为动作，“存放”是对物质而言的，而“企盼”是精神，怎能“存放”，谓宾显然违背修辞原则。综合以上一批实例可以说：我们对张如凌这些诗家语的句法若用修辞原则去要求，那是可以判为不通的。但恰恰是这种常态意义上的不通，实在又是好得很的，是句法创新，因为正是这些令常人感到奇怪的句子，内中却埋着能激活想象——联想、让人有悠远情韵可品、且能有进一步促人深思的功能机制。若问这功能机制在哪儿埋藏着？张如凌的实践经验会告诉你：词句颠覆，出人意表却引人深思，这功能机制恰埋藏在反修辞规范的反常合道造句中。

张如凌艺术格局中第四个方面的表现是她对结构均衡化营造回荡情调的致力追求。

一切得从“情调”谈起。

情调是情绪体验，不过是同感觉——知觉相联系着的情绪体验。不妨再说得具体一点：客体物像、事像刺激人特定的感觉器官所引起的感觉反映，因了一种受人的生活经验、需求、心境影响而形成的感觉方式潜在的干预作用，会感兴起与之应合的情绪体验，这就是我们所说的情调。所以情调实是主体对情景的一场感兴。值得注意的是：受主体的生活经验、需求、心境影响而形成的感觉方式所制约的特定感觉反映向情绪感兴推进的潜在干预是相当复杂的事儿，譬如感觉反应之于视觉的“蓝色”，可以感兴出安静的、深沉的或悲伤的三类不同情绪体验，主体在潜意识中究竟倾向于感兴哪一类，那就得让受影响于生活经验、需求、心境所形成的特定感知觉方式去进行选择了。由此说来一个个性鲜明的诗人会拥有怎么一种感兴情调，同主体特定的感知觉方式以及影响这类感知觉方式形成的生活经验、需求、心境有极密切的、有时甚至是决定性的关系。反之，什么样的生活经验、需求、心境以及受这些影响形成的特定的感知觉方式，对主体拥有怎么一种感兴情调也会起决定性作用。根据这些理论认识，我们再来看张如凌。探讨一下她在自己的艺术格局中致力于营造回荡情调的原因。

如前所述：张如凌因跨国婚姻而移居法兰西，以致使她有两个家，一个在上海，一个在巴黎，但无论在东方的故国，还是在西方的新家，她都无法扎下根，直到现在还处于两地穿梭似的奔波中：去而复归，归而复去。这样的生活经历不仅使她有扎根的需求而难以如愿，也使她因失根之痛难以排遣而滋生出一种能求得文化生态与现实生态都能和谐的强烈渴望。正是这种种生存实际刺激物刺激了强度之大和刺激次数之多，使她在《习惯》一诗中发出“习惯了”的慨叹，在《不再奢求》中她还告诉我们：“习惯了／东去的列车／西去的落日”，甚至还说此中“残梦”有“仍旧花样年华”的“满足”，从而形成了一种对客观世界具有特定个性倾向的感知觉方式。那是怎么一种感知觉方式呢？是去而复归、归而复去才是合理的这个潜意识所决定的、以对称均衡感知世界为常态之美的追求。正是以这样的感知觉方式去对待世界时，也就强化了女诗人心境中一种对称而欲求均衡之感萦绕难散，久而久之也就使她对世界的情绪体验具现为一种回荡情调。体现在诗歌艺术上，则使她去追求一种具有回荡情调的抒情。那么回荡情调又如何表现出来呢？抓结构美。我们这位女诗人似乎总是怀着对称均衡的审美目光去看待世界的，于是她也就有了结构匀称化营造回荡情调的追求。

排除结构的内外在之分，单从外在而言，艺术结构则有狭义与广义两种。狭义的结构指文本的谋篇布局。广义的结构除了谋篇布局，还可以有语言表现上的句法和节奏表现上的体式。张如凌句法结构上的追求前已论及，此处不再赘言。这里我们来探讨她两个广义结构上的特点，即布局的对应相称与体式的复沓相随。这两个特点和新月诗派可颇有关系。在系统研究这个诗派时，她深受影响，爱读徐志摩的诗。这倒可以从她的作品中找到些迹象的。不过谈起新月诗派，在一般人的印象中好像只是追求“节的匀称与句的均齐”的格律上的问题。这当然也对，不过鲜有人注意到这个诗派在布局内容方面对应相称的致力追求，也少有人关注这个诗派节奏体式方面复沓相随的致力追求。这个诗派以闻一多为首搞“节的匀称与句的均齐”的建筑美追求实在走过了头，以徐志摩为首搞布局的对应相称、体式的复沓相随倒以能圆美流转的结构特色取得成功，这位诗人有一首《我不知道风从哪一个方向吹》，茅盾曾以“荡气回肠”来对这种结构表现作贬义的评说，其实今天看来倒是值得褒扬的。张如凌正是在这个方面继承了徐志摩，甚至比徐志摩做得更经常更自觉一些。或许这是因为她受到建筑方面的职业影响，所以在诗歌创作时更为注重建筑美和诗歌美的结合。

先看她布局上对应相称的追求。

通读张如凌的诗可以发现她的谋篇布局不讲究传统的起承转合，讲究的是意象叠加意义上的诗情内容节与节之间略微有些意象变动，总体来说是一场对应相称的铺陈，达到的是情思意绪往复旋动的回荡情调表现。这一方面的追求在她第一本诗集《中国红》中特别显著。不妨举其中的《流……》来看看：

我的梦流向远方
汇成一种恒久的意识
散留在遗忘了的信札

我的情流向故乡
汇成一场温柔的春雨
飘洒在古朴的村落

我的泪流向山涧
汇成一条纤细的小溪
日夜倾诉抹不去的忧伤

下面还有两节，一节以“我的歌流向暮色”起始，另一节以“我的诗流向田园”起始，它们各自的中心意象变一变，总体的气氛不变，所以也就不再引用，整个文本可说是对应相称的诗节一连反复了五次，这可真是有点回肠荡气。值得指出还有一种变奏的做法，在回荡几次后突然来一个跳跃些的诗思提纯。如《无题》：

我没有初恋
初恋在一片纷乱中走过
我没有归宿

明天在一片梦境中走来
没有真实
只有幻觉

前四行是两两对应相称的，第五、六行突破原格局，以另一种对应相称作了诗情的提纯，给人以警策之感。《乡愁》前三节对应相称，后一节突破格局，逆折提纯，也相当成功。

有一点值得指出张如凌这种对应相称的布局追求，像徐志摩的《我不知道风向那一个方向吹》那样规整的并不多，除了《思念》那可是绝对的规整。她爱走徐志摩《海韵》一路，只求大致对应相称，而在这个前提下让节与节随中心意象作点些微变动，主动目的还是创造一种复沓回旋的节奏效果。以期让情思意绪旋进得层次深一点，给人以抒情不呆板之感。不过我更欣赏张如凌的《激流》，这首两节的诗，每节不仅中心意象变动，并且是一个意象系列的变动，情思意绪依凭的气氛则不变。这种对应相称布局，更能让人有回环荡动的情调感，回肠荡气不至于只剩下一股气，而显得浮泛。

再看她在体式上相随相交的追求。

新诗把节奏表现的重心从诗行移向诗节，以节与节之间独特的体式安排来显示，是一种进步。而这场显示采用复沓回环的体式则是更大的进步。复沓回环的做法同闻一多在《诗的格律》中提出“节的匀称”是有相似之处的。不过，闻一多强调的是格律的建筑美，并且还把格律直接等同于节奏。这说法有一定合理性，凸显格律不仅仅是具有匀称的建筑美要求的体式，还须体现节奏，显示节奏的复沓回环性。却也有可能把格律只看成具有建筑美的体式，而无视于体式用来显示节奏。闻一多正是被建筑美迷惑而丢弃了格律作为一种具有建筑美的体式必须为复沓回环的节奏表现服务的这个形式审美认识，而制作出了一批“豆腐干诗”。张如凌对体式追求首先一个认识是要为节奏表现服务，其次一个认识是建筑美的体式要为复沓回环的节奏表现服务。所以，她对字数划一而不顾节奏是否和谐的“豆腐干诗”不感兴趣，感兴趣的是能显示复沓回环节奏的体式营构。这场营构的核心虽说也是“节的匀称”，但和闻一多的主张已并不全同，可以是“节的匀称”的并列体式，显示复沓节奏；也可以是“节的匀称”的交错体式，显示回环节奏；更可以是“节的匀称”的并列与交错相综合的体式，显示为复沓回环兼容节奏。《瞬间》一诗是这样：

昨天
我们在梦幻中相遇

明天
我们在仙境中消失

未来
我们在银河系收获

这三节诗每一节的节奏诗行都是“1+3”顿体的组合，形成“节的匀称”的并列体式，显示出节与节之间复沓的节奏进程。《感受》一诗，两节一组，共六节三组，显现为“节的匀称”的交错体式，由于太长，这里引四节两组：

我总在思念
隔着夜空
穿过云雾
望着星星

思念久了
就成了一种乡愁
刻在了满是沧桑的额头上

永远也无法抹平

我总在期盼
隔着海洋
穿过暮霭
望着天涯

期盼久了
就成了一种渴望
烙进了布满痛楚的骨骼里
永远也不能除去

这两节一组的四节诗，第一、三节与第二、四节各自相交，形成“节的匀称”的交错体式，显示出节与节之间回环节奏进程。《凤凰涅槃》是一首较长的诗，共八节，第一节与第八节是“节的匀称”的远距离并列，第六、七节是“节的匀称”的交错，由此形成“节的匀称”并列与交错的兼容体式，显示出节与节之间复沓回环的节奏进程。这位女诗人还有一些体式上新的安排法，着眼于一个诗节内部以诗行群为单位作或相随或相交的组合，以显示或复沓或回环兼容的诗节节奏，并据此扩大为文本整体的诗章节奏。如《雨水·小巷·主题》中这样的诗节体式安排：

岁月诚实地流淌
载着满足
载着豪爽
小巷弯曲地衰老
揣着担忧
揣着惆怅

这里的第二、三行与第五、六行各自是相随，相互间则显示相交，第一、三行是相交，第一至第三行作为一个诗行群与第四至第六行作为诗行群又是相交，由此形成了复沓回环兼容的节奏。总之，张如凌这种体式上相随相交的追求所显示的复沓回环节奏进程，最终达到的结果是这样的体式节奏能把回荡情调充分回荡出来。

张如凌由于两种文化乡愁在心灵深处的对立并存，使出走而回归、回归而又出走这两类情绪一直萦绕在心儿里，也就导致她情结化地爱上了一种回荡情调，从而在艺术格局上显示出了她对对应相称的结构美执着的追求，而情思意绪与艺术审美则在这场追求中获得辩证统一。

结束语

张如凌以一曲赞歌《中国红》于1990年代后期闯入进世界华文诗诗坛，并在新世纪开头的十几年里，在她的故土中国一连出版了三本诗集，赢得了当今诗歌界的称颂。她由于在祖国接受了良好的高等教育，又赴西方留学，因此具有了全球性的文学知识视野和与这一视野相应的诗学修养，却也由于灵魂中双重国籍身份带来的两重文化乡愁在心境中的相互碰撞，使她的心声既真挚贴切，又自有其高远超迈性。而以中国传统为逻辑起点推延开去的诗学修养又使她的诗艺格局既传统而不固化，既现代而不浮躁。所以，在当今华文诗歌的大同世界中，她超然于众，以诗歌文本的浪漫而又纯朴性的结合而显出了独树一帜的风采，也为百年中国新诗坛增添了珍贵的新品种—— 一朵受过域外雨露滋润的素洁之花。

2017年4月14日晨写毕于杭州西子湖畔乌石山下

骆寒超诗论选集

下

骆寒超 著

上海人民出版社

第三辑　诗艺求索

论新诗创作原则的综合化传统

新诗去芜存精地继承民族诗学和借鉴西方诗学，历经近百年创作实践的探求，终于形成了自身的特色，而其中创作原则综合化追求，则是最为亮丽的特色。

本文将对此作一考察。

一

创作原则指形象塑造的原则，它大致可分为三类：一类以就是这样地概括生活为本，重现实精神和客观描叙，即现实主义原则；另一类以应该是这样地概括生活为本，重浪漫激情和主观表现，即浪漫主义原则；再一类以可能是这样地概括生活为本，重象征灵觉和多层透视，即象征主义原则。一般说这三类创作原则都独立自主，在诗潮流变中常相互对立甚至取代。不过，也诚如袁可嘉在《新诗现代化》一文中所说的："现代诗歌都显示出高度综合的性质。"[1]一些成功的诗歌文本，往往使人感到：它既是现实主义的，又有点像浪漫主义；既是浪漫主义的，又有点像象征主义；既是象征主义的，又有点像现实主义。更有甚者，一些经典作品，差不多既像现实主义，又像浪漫主义，再细品一番，似乎是象征主义的了。这些现象表明：在具体的形象塑造上，三类创作原则可以"综合"。

新诗创作原则的创新，就在于这种综合。

周扬在《现实主义试论》中说："现实主义在文学史上一般是被了解为浪漫主义的反对物，这种区分法是机械的和不确当的。实际上这两种倾向常常互相错综、渗透和融合。"他还引用了高尔基的话，说"大艺术家"的创作中，"浪漫主义和现实主义似乎总是浑然融合的"〔2〕。冯雪峰在《中国文学中从古典现实主义到社会主义现实主义的发展的一个轮廓》中说："对文学发展带来最大成绩的现实主义，并不排斥浪漫主义"；又说：中国古典现实主义的特征之一是"富有浪漫主义色彩，和浪漫主义结合着的"〔3〕。既然现实主义和浪漫主义可以综合，那么综合的条件是什么呢？周扬在《现实主义和民主主义》中说："对于现实主义，我们应当有一种比以前更广更深的看法。它不是作为一种样式，一种风格，而作为一种对现实的态度，一种倾向。"〔4〕可见"对现实的态度"或"倾向"，是现实主义美学追求的关键，由此演绎出来的其实是一种现实的精神。但这同样是积极的浪漫主义所要求的。高尔基就认为积极的浪漫主义有这样一种倾向："企图强调人们对生活的意志，在人们的心中唤醒对现实及现实的一切压力的反抗。"冯雪峰因此在《中国文学中从古典现实主义到社会主义现实主义的发展的一个轮廓》中说："这种积极的浪漫主义倾向是和现实主义精神相通的，相互渗透的，并且我们可以把它看作现实主义的精神与特色之一而概括到现实主义之内去的。"〔5〕

这反映着：创作原则作综合中，现实主义一方须守住的是现实精神。

浪漫主义和象征主义的综合，也受到理论家的关注。韦素园、李霁野合译的特罗茨基《文学与革命》，就引进了"罗曼的象征主义"这一提法，那是论及勃洛克的诗时涉及的。特罗茨基还进一步说："勃洛克底抒情诗，是罗曼的、象征的、神秘的"，并因此而呈现为"遁出生活底具象性，显出个性的特点"，以一种"改变和升腾生活的方法"来形成"一种象征"〔6〕。这些言说意味着这是一首受主体个性制约的、按主观意图来"改变"生活的具体性，使之成为能让生活"升腾"起来、给人以多层次感受性能、使浪漫与象征熔于一炉的诗。还值得注意：这首长诗浪漫性的一面，更以形象塑造渗透激情来体现。英国诗人史罗康伯为悼念勃洛克所写的同题诗中就说，在这首象征主义诗中，勃洛克所表现的十二个战士的心灵世界，是“火焰和一个暴风雨似的急忿”，而生活场景也“熔化得像一把燃烧了的刀剑”[7]般激情四射，以致和象征氛围相互映衬，使浪漫主义和象征主义得到了内在的有机综合。

这反映着：创作原则作综合中，浪漫主义一方须守住的是浪漫激情。

再说象征主义和现实主义的综合。这是被理论家们谈得最多的。鲁迅也许算得上是其中最积极的一个。他在为《小约翰》中译本所写《引言》中，引进了“象征写实底童话诗”[8]这个术语。在译安特莱夫的《黯澹的烟霭》后写的《译者附记》中，更提出了“使象征印象主义与写实主义相调和”的主张，特别强调安特莱夫的作品“虽然很有象征印象气息，而仍然不失其现实性”[9]。那么这是如何让二者综合成一体的呢？在《中国新文学大系・小说二集・导言》中，鲁迅论及浅草—沉钟社时，认为该流派“向外，在摄取异域的营养；向内，在挖掘自己的魂灵，要发现心里的眼睛和喉舌，来凝视这世界，将真和美歌唱给寂寞的人们”[10]。特别是在《〈十二个〉后记》中，他不同于特罗茨基专谈这部长诗，并把它看成“罗曼的象征主义”之作，而是谈勃洛克的都会抒情诗，并把它们看成象征印象主义的写实主义之作。如下面的一番涉及勃洛克作为都会诗人的话很可注意：

> ……他之为都会诗人的特色，是在用空想，即诗底幻想的眼，照见都会中的日常生活，将那朦胧的印象，加以象征化，将精气吹入所描写的事象里，使它苏生，也就是在庸俗的生活、尘嚣的市街中，发见诗歌底要素。所以勃洛克所擅长者，是在取庸俗、热闹、杂沓的材料，造成一篇神秘底写实的诗歌。[11]

这段话中，鲁迅把主观调遣客观事象而去为表现作者的情思心境服务这一形象塑造原则提了出来。所谓“精气”，系灵觉通过“幻想的眼”对客观事象与宇宙生态关系有了灵的发现而生的一种神秘联想。精气吹入事象，使客观事象化为主观“朦胧的印象"，使之具有多层次神秘联想性能，于是，这主观印象化之事象也就象征化，这就有了"象征印象主义"的说法。但这"朦胧的印象"又毕竟以客观事象为基础，是写实的对象。有鉴于此，鲁迅也就进一步有象征印象主义与写实主义相调和的提倡。继鲁迅以后，与这一提倡相类似的，有袁可嘉。他在《新诗现代化》中说："现代诗歌是现实、象征、玄学的新的综合传统。"[12]在《综合与混合》中他还有"在创作方法上综合"的说法。把袁可嘉两处的话结合起来看，与鲁迅的提倡可说一致了。

这反映着：创作原则综合中，象征主义一方须守住的是象征灵觉。

总之，诗歌可以按创作原则综合的路子来进行抒情形象的塑造。不过，上面我们引述的话都只是两类创作原则作综合的主张。我们是否还可以让三类创作原则一起作综合呢？回答是肯定的。

创作原则三元综合的可行性与必要性，作为一种理论主张，其实在中国新诗草创阶段和1920年代就借引进西方的新浪漫主义而提出来了。或者可以这样说：新浪漫主义的核心主张，也就是创作原则三元综合的理论依据。

1920年代前后那几年引进新浪漫主义的专题文章，有田汉的《新罗曼主义及其他》[13]，昔尘的《现代文学上底新浪漫主义》[14]和谢六逸《西洋小说发达史·自然主义以后》[15]专论新罗曼主义的第七节。昔尘的专文着重谈了新浪漫主义在西方兴起的原因及其作为一种创作潮流的实质。他认为："科学万能底迷梦，从十九世纪末期已渐渐觉醒，文艺上专依赖人类浅薄有限的直接经验底倾向，也跟着落灭。"于是，一个崇灵和重灵的时代来临，"那些善于用自己强烈清新的主观抓那真和美"的作家、诗人就竭力想凭灵觉去追求"那更比现实生活深远的不可知"，而紧跟而上的则是"浪漫思想"重新出来找寻幻影。当然，这是对那种缺乏理想主义情绪色彩却又盛极一时的写实主义的超越。不过这又不是架空情绪的旧浪漫主义的简单回归，而是新浪漫主义的诞生。在这样一个语境中出现的新浪漫主义文学，要求"从这已经用自然科学底力量开发的世界，一步步踏进直观的惊人底心境，向未知底神秘境地，去探求意义"。因此，作为一种文学潮流，新浪漫主义的实质是在“灵底觉醒”中去“探求那潜伏在这事实里面底神秘的方面，依敏锐强烈的主观力，极力同这事实底真髓精神相接触”；是藉“灵底觉醒”而“一面能描写现实人生底一件事情，而不受现实人生底事实所束缚；一面又能抒写超自然，却决不是脱离现实人生”。谢六逸在专文中说：“旧罗曼主义为盲目的热情和空虚的想象所驱使，而与现实分离，于是自然主义就给他们一种教训：要注重现实”。但这一来“灵”被丢失了。等到“灵”的重新觉醒，“反抗自然主义的新罗曼主义一出，虽同为注重主观、直觉、情绪，而他们却注意到那罗曼主义所未曾注意到的现实”。因此，新罗曼主义又“并不和自然主义相背”。不过谢六逸又认为：已有“灵底觉醒”的作家，重现实却并不表现为“将现实的事物现实地描写出来”，而是为了“显示出那潜于现实奥底之根本的意义”。这种显示“现实奥底之根本的意义”之追求，在田汉的《新罗曼主义及其他》中称之为“求真理”。在田汉看来，凭灵的觉醒而生的新罗曼主义，“求真理”便是“从眼睛看得到的物的世界去窥破眼睛看不到的灵的世界；由感觉所能接触的世界去探知超越感觉的世界的一种努力”。从这三人的理论主张中可以看出：新浪漫主义实际上体现为现实主义、浪漫主义和象征主义的三元综合。大致说这场三元综合被他们纳入这样一个双向交流的逻辑推延关系中：浪漫主义的直觉激情被现实主义的现实精神渗透而不至于虚漂，象征主义的超验灵觉被浪漫主义的直觉激情渗透而不至于冷涩，现实主义的现实精神被象征主义的超验灵觉渗透而不至于肤浅；反之，象征主义的超验灵觉被现实主义的现实精神渗透而倍添踏实，浪漫主义的直觉激情被象征主义的超验灵觉渗透而倍添深沉，现实主义的现实精神被浪漫主义的直觉激情渗透而倍添生气。

综上一系列引证与论析可以认定：新诗的三大创作原则可以作多种结构的综合，但必须是一场现实主义取其现实精神、浪漫主义取其直觉激情、象征主义取其超验灵思的内在有机交融活动。

这使我们又想起前面已引过的那句袁可嘉的话：“现代诗歌都显示高度综合的性质。”那么，反映在新诗创作原则的综合上，创作实践又是如何的呢？

二

作为一种传统，新诗创作原则的综合首先显示在一些二元综合文本上，这是一场以两类创作原则于双向交流中互补的策略来塑造抒情形象的追求。大致说，新诗中一些抒情形象显得较和谐匀称，并能给人以一定程度的深切感受的文本，或强或弱、或明或暗地具有创作原则二元综合的特色。我们不妨分三类来作考察。

首先一类是现实主义和浪漫主义的综合，这是新诗中比较常见的，大致上和大跃进年代提倡的“二结合”相似，不过美学精神并不一致。革命现实主义和革命浪漫主义的二结合是文学创作应和大跃进宣传的产物，强调生活应该就是这样的艺术概括原则，这就迫使主体非得按政治权威话语所设计出来的虚拟性生活矫作成一些感受来抒唱不可，因此“二结合”塑造出来的抒情形象显然缺乏“二结合”的内在有机性，而成了政治意念的图解，难以成为从心灵中浮现出来的、血肉丰满的意象表现。现实主义和浪漫主义的综合首先要求对现实生活有真切把握，如果面对的是政治权威话语所设计的生活而主体在创作中所提供的又是言不由衷的虚假现实精神，那会使二元综合一开始就丧失内在有机性。其次，要求对抒情对象产生激情。如果现实精神是出于人为的设计，那主体提供的也就不可能是真实的激情。因此，形象塑造的过程中浪漫激情也就成了对现实精神是否真实存在的鉴定剂。按此说来，现实主义与浪漫主义的综合要得到内在的有机，必须建立在现实精神与浪漫激情“真”的基础。只有这样，才使这场综合在双向交流中进入十分贴切地互补的境界。这正是现实主义与浪漫主义的二元综合与当年特指的“二结合”根本差异之所在。根据这种认识来看，现实主义和浪漫主义在新诗创作原则求新的探求中，的确以求真实为前提才得以完成它们之间的综合。有一些堪称精品的文本就是以这一类综合来进行形象塑造的，如殷夫的《在死神未到之前》、艾青的《聆听》、田间的《给战斗者》、牛汉的《鄂尔多斯草原》、魏巍的《黎明风景》、绿原的《雪》、贺敬之的《放声歌唱》、昌耀的《划哟，划哟，父亲们》、李小雨的《昨天，晚上零点整》等，都是如此。可以说这些诗的二元综合是具有内在有机性的。所谓内在有机性，除了要求整体制约部分，还要求诸种因素既分得清又无法分开。这也就意味着它们具有以下这些共同的综合特征：主体能对现实精神风貌作整体把握，并藉此制约外物感觉与心灵直觉在引发情绪并使之激越化的功能机制上统一起来，再让由此而生的激情渗透于现实精神风貌，使之不至于太实体凝固而有某种虚拟度，使浪漫激情神态也不至于太空泛飘忽，而有一定的踏实感。如魏巍的长篇叙事诗《黎明风景》，这是在抗战进入相持阶段，日本侵略者向晋察冀根据地发动大规模扫荡而晋察冀军民在灾荒和敌人的炸弹大炮威逼下奋起反扫荡的日子里诗人写出来的。魏巍牢牢地把握住了这场残酷的斗争实况和晋察冀军民心怀必胜信念、同仇敌忾战斗到底的精神风貌，并以此制约着主体把外在感觉和内心直觉交融成一股定向联想力，推出两个特定的感兴象征意象："长城"和"黎明鸟"。诗篇中说："多少年代的风雨"都"不能摧毁"的"长城"不会忘记自己"古老光荣的历史"，不会失去"它光彩的未来／谁能匹敌"的信念；"黎明鸟"则作为神圣的象征意象贯穿了全诗的始终，从黑夜即将消逝时召唤黎明的到来，到大地上展开血战时预示黎明一定会到来，再到正义终于战胜邪恶的黎明时分它又向美丽、自由的大地发出欢唱。因此黎明鸟成了光明的信使："是它呵，正用燃烧的生命／捎来了黎明的信息……"这两个颇具兴发感动功能的意象所感发出来的情绪是激越而昂奋的，而这样的浪漫激情渗透在现实的战斗场景中，使一场血战闪烁出一道奇异的光彩：晋察冀军民无比坚毅的战斗意志就是"黎明"必将到来的真实信息，他们万众一心的强悍气势喻示着谁也休想征服我们的民族。所以诗篇到结束处这样高唱：

只要你怀着黎明的信念，
向前走去，
太阳呵，它愿和勇士
携手同行……

昂奋的浪漫激情和血战的现实场景交融得和谐有机，使场景从实体中获得一定的超越，进一步使壮烈的血战适度抽象化成为中国的一个缩影，一个大意象，来感发出更其深广的现实精神风貌：血战中的中国正在迎接一个自由解放的黎明。所以这部长篇叙事诗以现实主义与浪漫主义的综合而有了精品的价值。贺敬之的长篇抒情诗《放声歌唱》更能显示这类二元综合的内在有机性。这位富有才情的诗人一贯坚持现实主义精神，致力于让自我与客观对象作充分有机的融合。他的形象塑造是以"生活应该就是这样"为起点展开想象与联想活动的，这使他在创作原则上习惯地形成一个适度抽象化的生活与激情相交融的综合格局。其中，《放声歌唱》最具典型。这是献给奇迹时代的创造者——中国共产党和年轻的共和国的一支赞歌。由于诗人能真实地认识到我们第一个五年计划期间社会主义大建设的时代特征，又能从总体上感受到我们社会蒸蒸日上的现实生活的发展趋向，所以在概括生活时并不执着于具体内容，而更感兴趣于对现实精神风貌的把握。这种别致的审美追求，形成了主体外在物理感觉弱化和内在心理直觉强化的现象。这促成主体在概括现实生活时总爱把诸多感觉碎片在想象逻辑作用下作心灵综合。由此决定了这场心灵综合产生了两类结果：一是引发激情，二是推出一批意象。贺敬之在《放声歌唱》里就是这样开展形象塑造的。显然，追求"应该就是这样的生活"决定了贺敬之在这首长诗的创作过程中没有对生活现象作具体描绘，而总是让诸多感觉碎片心灵综合成生活抽象的表现，而这个受现实精神风貌所制约的生活抽象形态，也就不自禁地被激情所渗透。诗篇抒唱共和国大建设中各条战线争分夺秒获得超额增产的那道时代风景时，他这样写："呵，在千万个／矿井／和织布机旁／煤炭／和布匹的／洪流／又在突破／定额的水位；//在千万顷／稻田／和麦地里／早稻／和新麦的／行列／正千军万马／奔向／粮仓……//呵呵，正是这样……／在节日里／我们的党／没有／在酒杯和鲜花的包围中／醉意沉沉//党／正掉汗如雨／工作着／在共和国的大厦的／脚手架上"。这是渗透着浪漫激情、有飞跃想象的生活抽象形态的表现，而这也是现实精神风貌鲜明又动人的显示。这种生活抽象形态成了内含极强兴发感动力的意象，而诸多这样的意象有机组合成的意象群更以极强的兴发感动力感发出一股新的直觉情绪——和亿万人民融成一体的诗人代表亿万人民向年轻的共和国发出的誓语终于滚滚而来：“呵，给你——／我们心中的／熊熊烈火；／呵，给你——／我们血管里／燃烧的岩浆；／给你——／我们生命的／滚滚黄河，／给你——／我们青春的／浩浩长江……”这是更加强烈的浪漫激情的抒发。这部长诗也就这样十分有机地完成了现实主义与浪漫主义的综合。

从以上的分析中我们发现：新诗中现实主义与浪漫主义能达到具有内在有机的综合，有一项堪称关键的经验，是求真实——求现实精神把握的真实和求浪漫激情激发的真实，而在这样一个二元综合的创作原则指引下所完成的抒情形象，则显现为有激情渗透的生活抽象化形态特征。

再看第二类：浪漫主义与象征主义的二元综合。

作为一项创新的创作原则，这一类综合化抒情形象塑造，也许更多地出现在生命力特别旺盛，生活意志分外执着的那一类诗人的美学追求中。何其芳在《我为少男少女们歌唱》中写到自己丢弃“成年的忧伤”而“重新变得年轻了”后，以这么两句结束：“我的血流得很快，／对于生活我又充满了梦想，充满了希望。”这很值得珍视。当然，这里可珍视的不只是主体心境所反映出来的那种积极、健康、向上的人生态度，更重要的是新诗中有一路诗人创作原则的创新正是对人生满怀“梦想”“希望”的结果。满怀“梦想”与“希望”既是浪漫行为，也暗寓着象征意欲。由此看来，这一路诗人往往会热衷于对浪漫主义与象征主义作综合的追求。何其芳正是这一路诗人的代表，他的《预言》等就典型地显示着创作原则上的这一类综合。我们还可以举出郭沫若的《凤凰涅槃》、柯仲平的《海夜歌声》、闻一多的《剑匣》、张白衣的《信号》、雪峰的《雪的歌》、邹荻帆的《无题》、化铁的《暴雷雨岸然轰轰而至》、唐湜的《划手周鹿之歌》、公刘的《风在荒原上游荡》、清子的《珊瑚的梦》、吉狄马加的《黑色狂想曲》等。关于浪漫主义与象征主义综合中因双向交流而产生互补的情况，我们在前面曾经说过这样的话：“象征主义的超验灵觉被浪漫主义的直觉激情渗透而不至于冷涩”，“浪漫主义的直觉激情被象征主义的超验灵觉渗透而倍添深沉”。这些典型的文本在抒情形象塑造上的确显示着浪漫主义与象征主义在双向交流中这样互补的特色。如雪峰的抒情长诗《雪的歌》，在这方面的追求就是极成功的。诗所表现的是从大爱到献身、再进入精神净界这一高洁的社会人生境界，这显然是当年正被囚于上饶集中营的诗人幻思自我生命向至真、至善、至美的“纯境”升华——这一心境的真实写照，只不过雪峰采用了“人化自然”的办法，让“雪”拟人化来象征地表现。因此在这个文本中，“雪”既化为了社会人的“我”，又让“雪”的“我”在自然现象的大框架里象征地来表现出社会人生现象。具体说，即“我”从黑暗的天空“一片雪儿一个光”地飘落到满目疮痍的大地上，使大地“凝结在一个单一的洁白的颜色里，／跳跃在一个诱惑的颜色的波动里”，使大地上一切存在物全进入纯美的梦——“从寒冷到温暖”，“从昏暗、浑浊到光明的波动和净境”。但这一来，反鼓动起“雪”的“我”对春天产生了强烈的“渴望和冲动”。于是，生存逻辑又推出一个相悖的命题：要使大地的春天梦成为现实，“雪”的“我”只有自我殉身。这可是一场“宇宙的流态”：当“雪”的“我”求希望于最高类的美——太阳的抚慰终于成为现实，“寒风已最后呼啸而去”时：

大地上响着一片令人消融的幽妙的音乐，
在音乐里我消融去。

就这样，“雪”化为雾霭蒸气，从大地升起，加入轻清的白云里，成为“最高洁的美象”。这首诗以“雪”为抒情对象所完成的一场人化自然类象征表现，既充分地隐喻出社会人生中一个高洁的灵魂真实，却又不失却以季节运行为表征演绎出来的“宇宙的流态”，但“雪”覆盖大地使世界处于一片纯美境界的一场既迷幻又壮阔的表现，促使“雪”的“我”又把这一纯美创造所达到的“顶点”是“等我的爱人，太阳／伏下身来，在我脸和全身上吻着的时候”——这一场追求至美的过程，虽不合乎“宇宙的流态”，却能给人以和谐地呈示、自然地转折的感兴，从而完成一场总体象征表现。但这样做依据的是什么呢？我们前面已提到这首诗是“人化自然”，即“自然”的“雪”向“我”的投入，但实际上这是“我”向“雪”这一对象投入而幻化出来的，所以全诗的构思实是从“自然化人”为先才得以转为“人化自然”的，这就埋下了主体向对象高度投入的浪漫主义因素——直觉激情。因此，在抒情展开中，应和象征的需要而非得让主观摆布意象流动不可时，抒情主体也就让直觉激情大面积地向拟喻化象征意象群渗透，出现了“雪”覆盖大地而得到“净境”和渴求“净境”创造达到“顶点”的狂欢式抒情，也十分自然地完成了浪漫主义与象征主义的综合；“雪”的象征因此而不至于给人冷涩感，“我”的激情也因此而显出了深沉。吉狄马加的《黑色狂想曲》是神秘的浪漫象征诗。在诗里，“黑色的梦想”“死亡”“溶化”是象征性意义上的同位体，它们的指向是一致的，即隐示着一个希望：自我灵魂和母亲大地交融。从表层意义上看，这首诗是写主体通过“黑色的梦想”中的“死亡”以求得自我的“溶化”进“土地”。由于这是一个非凡的“梦想”：欲求“死亡”，因此“梦想”是“黑色”的，而由于“死亡”是生命转化的极限，从“梦想”的角度看，也是灵魂转型的极境。因此，这“死亡”是全诗从表层深入于象征底蕴的触媒，有特殊的功能价值。当然，“死亡”又不过是来自“黑色的梦想”的虚拟设置，是连接“梦想”和“溶化我”于“土地”之间的桥梁。真正塑造的是主体希望自己成为的“土地的灵魂”。正是这种使我们看到吉狄马加在形象塑造中处处闪现出对黑色的梦想、死亡和灵魂溶化于土地之间那种神秘的超验灵觉。全诗的第一节把“黑色的梦想”推出来的情境就十分幽渺而开阔，第二节对“死亡”的“梦想”出现的表现更显得神秘：“而在远方，在这土地上／千百条河流在月光下游动／它们的影子走向虚无／……啊，古里拉达峡谷中没有名字的河流／偏给我你血液的节奏／让我的口腔成为你的声带／大凉山男性的乌抛山／快去拥抱小凉山女性的阿呷居木山／让我的躯体再一次成为你们的胚胎／让我在你腹中发育／让那已经消失的记忆重新膨胀。”这一场诗人的灵魂成为土地的灵魂的灵觉表现，使全诗的感兴象征艺术达到了很高的层次。但溶化于土地必显示为壮阔的格局，成为土地的灵魂必显现为旷远的境界，因此这支“黑色狂想曲”必须使“狂想”更拉开，更强化，从而出现了超验灵觉的意象表现大面积地渗透了直觉激情。整个第三大节就出现了这样的诗行：“啊，黑色的梦想，你快吞没我，溶化我／让我在你仁慈的保护下消失吧／让我成为草原，成为牛羊／成为獐子，成为云雀，成为细鳞鱼／让我成为火镰，成为马鞍／成为弦，成为马布，成为卡谢尔”。在这种种浪漫激情喷泻后，他说：

> 啊，黑色的梦想，就在我消失的时候
> 请为我的民族升起明亮而又温暖的星星吧

这该是“狂想曲”的最高音阶；浪漫激情的最高喷射也就有象征灵觉的至美放光；自我灵魂溶化为“土地灵魂”也就因浪漫激情而更显出健旺的活力；也就因象征灵觉而更显出隐喻的真实。应该说《黑色狂想曲》在浪漫主义与象征主义的综合上，更显示出双向交流中互补的有机性。这一场抒情形象塑造所取得的成就，在新诗创作原则的综合化传统形成中，是有某种里程碑意义的。

按以上分析，我们可以说新诗中浪漫主义与象征主义的综合，关键是诗情趋向是求希望。由此塑造的抒情形象，则具有适度的神幻化特征。

第三类是象征主义与现实主义的二元综合。

这一类为鲁迅所津津乐道的“象征印象主义与写实主义相调和”的二元综合原则，也就是本体象征的形象塑造。不过，这里存在着一个问题：本体象征常常被诗人们理解为本体隐喻。隐喻可以是理性譬比符号也可以通向象征。朱熹有《观书有感》：“半亩方塘一鉴开，天光云影共徘徊。问渠那得清如许？谓有源头活水来。”它无非从方塘水清可鉴乃由于源头常有活水来这一客观现象（本体）来譬比人之能万事通明乃在于能天天伏案读书，日日知识更新之事理。柳宗元的《江雪》却是感兴意象之象征。原诗是这样：“千山鸟飞绝，万径人踪灭。孤舟蓑笠翁，独钓寒江雪。”它以戴箬笠穿蓑衣之渔翁在山无鸟飞、路无人行、极其孤寂凄冷的风雪江上钓鱼的意象组合体来象征不管环境如何险恶犹能心持操守、遗世独立的精神。新诗中象征主义与现实主义的综合是属于《江雪》一类的。综合得比较有机，形象塑造得较成功的文本，在新诗中不少，可以举出戴望舒的《雨巷》，冯至的《绿衣人》《十四行集·我们并立在高高的山巅》，卞之琳的《古镇的梦》，南星的《城中》，孙毓棠的《河》，公刘的《在工厂里，忽然旧梦重逢》，陈敬容的《珠和觅珠人》，郑敏的《金黄的稻束》《树》，昌耀的《雕塑》，赵恺的《第四十七个黎明》，周宏坤的《无岸之河》，李曙白的《废弃的车站》，江一郎的《雪为什么飘下来》，马莉的《世界的一隅》等。这一类抒情形象塑造看似简单，实质复杂。这缘于主体须在现实主义地把握本体对象的过程中获得超验灵思，且须把这灵思转化为一种超生存时空的神秘联想，并把它埋入抒情对象中，以形成一个感兴象征意象组合体。这个意象组合体具有感发意境氛围的功能，能诱引接受者进入本体深处，把握到超现象认知宇宙人生的奥义。值得特别提一提亦门的《纤夫》。这首诗能把握住超现象认知，从而进入意象实体深层处揭示其奥义，所以它是一首颇下了一番现实主义描绘功夫的本体象征诗。全作致力于写纤夫拖着一艘装有五百担粮食和种子的大木船，迎着寒风黑浪一寸又一寸地逆流而上的情状，这可是一寸又一寸地用血染的脚步量尽千里之遥的峡谷滩路，去一寸又一寸地求得胜利和一寸又一寸地接近“那一轮赤赤地炽火飞曝的清晨的太阳”的壮烈情壮、而让诗人如实而细致地写出来了。面对纤夫拉纤拖船这一个本体事象，主体的心灵感光板上闪出了一颗颗灵觉的火星，照醒了富于超现象认知性能的神秘联想。这使得全诗在写到船中装的五百担粮食和种子时，主体灵觉联想到这舱里装的不仅是“人的生活的资料”，更是“大地的第二次的春的胚胎，酵母”。在写到装运“第二次的春的胚胎”的大木船时，他灵觉联想到“这是中国的船啊／古老而又破漏的船啊”。在写到拖着大木船排除万难逆流而上的“那么一个方向”时，他又灵觉联想到这是“昂奋的方向／向历史走的深远的方向”。这一来，这个作现实主义实景表现的本体似乎已虚拟化，浮起来了，具有了超现象认知的透视度，从而有了对本体深层处奥义的发现：灾难深重的祖国在逆境中没有丧失意志，始终在为求得振兴而坚忍地奋斗着。所以，这首以象征主义与现实主义作综合写成的诗，通过“纤夫”本体的灵觉化表现，把我们的民族灵魂动情地象征了出来。孙毓棠的《河》在追求这一类综合上也很值得注意。这首诗写的是一支有几千根帆樯，几万只桨的大沙船、小沙船、舢板等组成的巨型船队，载着无数的“看不见快乐、悲哀，也不露任何颜色”的男女老少，和他们的箱笼、包裹、头盔、锁子甲、青铜剑、戈茅、皮马、硬弩、盾牌，在一条被“两岸无边的荒沙夹住”的河上驶着，船夫们一迭声吆喝着“到古陵去”。但谁也不知道古陵在哪里，不知道古陵是山，还是水，是荒境，还是古国，只知道是一个“神秘的世界”，一个“隔着西天重重的烟雾”的遥远地方。但这些都可以不必管，“只要寒风紧牵了帆篷／长河的波涛指点着路——反正生命总是得飞，飞／不管前程是雾，是风暴，古陵有多么／远，多么遥，苍天总会给你个结束。”作为一个客观地具现的形态，《河》所写的不失为是一个为现实主义欲追求的本体。但“到古陵去”的目的性却被抽除了，因此也就不存在生存理想的认识和思考，这就使《河》的写实本体虽从现象上看没有变形，但实际上已奇特化、虚拟化、神化了。诗人的超验灵觉没有产生在本体外象上，而是从这支巨型船队和船上的人们理想目的不存在，也不可能真正存在的精神荒谬上引发出来。于是，怀着这一场灵觉去把握写实本体的实体，也就使这实体显出传奇性的荒谬，不可思议的神秘，以致使写实本体虚拟象征化。我们还留意到如下一点：文本中竟反复出现这支巨型船队声势浩大地到古陵去的表现，而“我们到古陵去”，“古陵是什么地方”的话竟达八次之多。特别到最后，更集中全力这样抒唱：

“到古陵去！”呵，古陵船夫一声声呼喊，
摇动几千株帆樯几万只桨，荒原的风
似无形又似有形，吹动如天如夜的帆：
多少片帆篷吸满了力量，鼓着希望，
载着人、马、牲畜、醇酒和刀矛，追随着
长河波涛无穷止的哽噎，“我们到
古陵去！我们到古陵去，到古陵去！”

这一场壮美行程反复出现，可行程的目的地竟是个无何有之乡，这里有奥秘。我们晓得：当意象、场景、事件、言说在诗中反复的出现，也就成为了象征。因此这一场奔向无何有之乡的壮美行程，在保持现实主义写实完整性的情况下，出现了本体因“精气”吹入而有了象征的苏生，有了灵的透视，有了生命存在大虚无这一存在主义奥义的发现。孙毓棠就这样给新诗坛提供了一个为鲁迅所向往的“象征印象主义与写实主义相调和”的典型文本，提供了一份象征主义与现实主义综合得十分成功的运作经验。

综上可见：这一类创作原则综合的追求，关键是求奥义；由此塑造成的抒情形象，则具有适度抽象化特性。

新诗二元综合的创作原则付之于创作实践，是积累了相当丰富的经验的，也为新诗坛提供了一批诗歌文本的精品。因此，它已为新诗创作原则的创新传统打下了良好的基础。不过，创作原则的二元综合，作为一种诗学追求还是比较普通的，我们的古典诗歌中不乏先例。所以，它还不能说是新诗创作原则创新的根本性标志，真正可以作为创新传统标志的，是三元综合。

三

创作原则的三元综合追求能使新诗的抒情形象塑造富有立体感，而这一项追求也为新诗坛提供了一批经典性文本。

由李璜编著的中国第一部《法国文学史》中，曾谈到法国的“新象征主义”（即后期象征主义），并说了这么一段话：

> 最近十余年间，象征主义既不能占领法国诗歌界的全部，因之派别及章法都随时迸出，不可胜数。大概论起他们共同的趋势，可以说在构造方面近于复

古，在感兴方面有熔罗曼主义、写实主义和象征主义于一炉之势：能抒情而又不只是言我，能写实而又不只是求真；在生活形式方面去求灵魂，在社会意识方面去求感想；不取黑暗的象征，也不作无病的呻吟。这一些诗人如果称他为新古典主义，他拒而不受；如果说他是新罗曼主义，又觉不足包含。[16]

这段话是很值得重视的，它介绍了20世纪初的法国诗歌界已出现一股综合的创作诗潮，并且在一定程度上这已形成一股势力。文中说这股势力反映在创作实践上的特点是"在感兴方面有熔罗曼主义、写实主义和象征主义于一炉之势"，就表明这股诗潮中人在抒情形象的塑造上已在走一条创作原则的三元综合之路。

郭沫若从1919年起大量发表新诗，从1920年6、7月起，就已自发地注意到在抒情形象塑造中要作多元综合。如写于1920年6月的《笔立山头展望》，就是浪漫主义和象征印象主义的综合；写于1920年7月的《金字塔》就是浪漫主义与现实主义的综合；写于1920年11月的《蜜桑索罗普之夜歌》就是浪漫主义与象征主义的综合。而特别值得一提的是诗剧《湘累》，则是现实主义、浪漫主义和象征主义的综合。这首诗写屈原与其姐女媭于秋暮时分乘一老翁驾驶之船漂泊在洞庭湖上的一个场面。在这场面中，屈原对怀王身边的佞臣对他的排斥、郑后对他的捉弄和怀王本身的昏庸作了满腔悲愤的抒情，还对女媭劝他明哲保身进行了反驳，凡此种种都表现出一个忧国忧民、正直善良者的品性操守，是现实主义精神的体现；同时，屈原为维护自我尊严对专制统治、恶劣环境那种多少带点"疯疯癫癫"的激愤言词和对生存世界失态的抗议表现，特别是他为维护人格独立所作的个性张扬抒情，都是浪漫主义激情的喷泻。但更值得注意的是在靠近君山时幻现君山上一对裸体女妖——娥王与女英唱着凄婉的歌："爱人呀，还不回来呀？／我们从春望到秋，／从秋望到夏，／望到水枯石烂了，／爱人呀，／回不回来呀？"屈原竟恍然感到她们是"在望我归去"，并发出"我要回去，我的故乡在哪里呀"的茫然提问，这是自我融入宇宙人生的灵觉表现，女妖的水中歌声象征着大宇宙对充满浩然正气的精神生命体——屈原发出的冥冥召唤，深情赞美。这正是象征主义的。所以《湘累》显示着抒情形象的三元综合特征，能给人以现实感、激情感和神异幽渺感，在一定程度上显示着立体化的审美造型。不过，《湘累》毕竟是新诗中三元综合的最早尝试之作，难免稚嫩，偏于激情和梦幻的浪漫成分强一些，本体的如实感和灵性透视中的奥义发掘是不足的。

新诗中创作原则的三元综合是从1930年代起进入成熟阶段的，具体标志是冷峻与激越、实感与幽幻、经验与超验在形象塑造中的辩证统一。在这方面，1930年代初发表的孙大雨的《自己的写照》，1950年代出现的郭小川的《月下》，1970年代出现的唐湜的《幻美之旅》，1980年代出现的陈明远的《圆光》等，都在某种程度上有代表性意义。郭小川"将军三部曲"之一的《月下》就创作原则三元综合而言是很可注意的。这首诗写一位将军在一场大决战前夕布置好作战计划后，竟然大发雅兴，要秘书陪同，趁夜深人静溜出村庄，去河边赏月。于是他从冷峻地对待严酷的现实转向了激情地拥抱优美的大自然，在那里他灵视宇宙，浮想联翩。这溪边月下诗人的雅兴和决战前夕指挥官的心绪是很难取得外在联系和内心沟通的，但《月下》的抒情形象却能达到。凭的是什么？是三元综合。这综合在诗篇中首先显示为让"将军"的精神状态处在激烈与冷峻的辩证统一关系中。诗篇以较大的篇幅写"将军"以满腔激情投入这一场决定全局形势的作战部署并在即将发令指挥全军打响这一仗的前一刻，寻求"清醒"。诗中有这样一句将军对秘书说的话："作为司令员兼政治委员，／我怕失去清醒！"可见为了使自己清醒才使"身影／在月光下飘"——飘到河边，"然后躺在沙滩上，／面对晴空，／默默望着，／不再作声"，这是对宇宙作博大而悠远的遐思。这又是冷峻。这激情和冷峻是如何辩证地统一起来的呢？诗篇以更多篇幅表现了实感与幽幻的辩证统一。这就是：他在"水波，月影，草舞，虫鸣，蛙叫，涛声"等夜野景色中发现"河水也有心灵"，在"巨石，树丛，落叶，流萤，小路，清风"等月下景色中感到"一切都有生命"，在"谷堆，窝铺，场院，高树，人家，大路"等"河水下游"展开的"庄严画幅"中发现"生活该有多么丰富"！在"明月，青天，繁星，大山，银河，云烟"等"高空景象"中感到"世界多么久远"。这里有如实的直感，又有幽幻的灵觉，正是这些，使这位处于决战前夕的高级指挥官获得生命无限博大、永恒的宇宙感应，从而面对超时空的“灿烂风光”，将军也因此强化了“生活美好／前途无限”这一生存信念，激发起誓死保卫这个美好世界的意绪：“正是这样，／我们才拚性命，／为和平而战，／伟大的爱／变成了英雄虎胆。”这就使激烈之情感与冷峻之意志以社会生态与宇宙生态的双向交流作基础，完成了辩证的统一。但激烈与冷峻的如实感与幽渺感的辩证统一，又推出了一场对为正义而战的将士们“纯净的灵魂”的透视，这就有抒情对象深处的奥义的把握。诗中的“将军”这样对他的秘书感慨：“最好的战士／才有最高的意境／月亮是我们的／月亮与战士的心／相辉映……”这可是“将军”灵视月色中的大千世界而获得“大地充满生机／军中长了斗志”的感兴顿悟。也就是说：以“将军”为代表的这一支为正义而战的队伍因灵觉到宇宙众生万物永恒美好的存在而倍添为捍卫人世美好存在而战的必胜信念，而到此境地，诗人也就在“全军上下、斗志昂扬／天上人间／充满月光”的感兴氛围中，代这位通灵的“将军”在大决战前夕进一步发出了昂奋的、浪漫激情的抒唱：“敌人你来吧！／我们已准备停当。／狂风呵，／暴雨呵，／让我们较量较量！／枪呵，／马呵，／张开坚强的翅膀！／这片大地上／升起的将是万丈曙光。”而这一激情又进一步渗透抒情主人公“将军”处于决战前夕必须冷峻的意志，于是冷峻的意志有了生命活力作内核。《月下》就这样完成了创作原则三元综合，现实中强悍的“将军”因为既有浪漫激情又有象征灵觉而显出可作多层次透视的特征。

当然，就郭小川的《月下》而言，虽说三元综合已显出成熟迹象，却也还有稚拙之处，那就是他没有把三元综合贯彻始终。全诗五节，第一、二节极能体现三元综合；第三节开始弱化；第四节《将军和战士》纯粹是现实主义的，拖沓、做作、缺乏诗味；第五节《一封电报》于写实中增添了一点浪漫，但也不浓烈。所以全作的创作原则不统一，抒情形象总体看塑造得不够和谐匀称。这种成熟过程中的稚拙，在孙大雨的《自己的写照》、唐湜的《幻美之旅》中同样有所显示。究其原因，大概同他们追求创作原则三元综合还缺乏一点自觉精神。

对此怀着自觉精神去作追求并真正显出三元综合之成熟的，是艾青、穆旦、昌耀和岑琦。当然，他们又各有自己综合的特色。

艾青的三元综合也许最本色，是一场由浪漫激情渗透的纯本体象征形象塑造。他这方面的代表作是《向太阳》《吹号者》和《火把》。对《向太阳》和《火把》，朱自清在《抗战与诗》一文中有两点议论。一点认为艾青是由于“发现大众的力量的强大，是我们抗战建国的基础”才写这两首诗的，意即它们表现的是在抗战中的“大众的力量”。另一点谈它们的写法：“《火把》和《向太阳》的写法不同。如一位朋友所说，艾青先生有时还用象征的表现。《向太阳》就是的。《火把》却近乎铺叙了。”[17]对前一点我们是同意的，说得很到位。关于写法问题却可商榷。说《向太阳》是“用象征的表现”，似乎太看得简单了一点，确切点说它有三类写法：整个城市为抗战而奔忙的现实主义精神风貌描写，苦苦追求光明的抒情主人公在融入抗战群体后发现光明就已出现在眼前的浪漫主义激情抒发，以及以太阳升起普照战斗大地来隐喻我们时代的光明确已来临的象征主义灵觉显示。这表明这首诗是三元综合的表现。说《火把》是“近乎铺叙”，而“铺叙”则使得“诗里的散文成分实在很多”[18]，这并不确切。这首诗如艾青在《为了胜利》一文中所说的：“是对于‘群众’、‘动’、‘光’的形象。”[19]在《关于〈火把〉(上)》中他又解释“群众”属于“行动所发挥出来的集体的力量”——这是一种现实主义精神风貌，“动”属于“全民族争取光明的热情和意志”——这是一种浪漫主义激情；“光”则“是光明”的象征，“是光明如何把黑暗驱逐到遥远的荒郊的故事”——这是一种象征主义灵觉。所以这部长诗其实也是按三元综合写成的。不过这两首诗的三元综合也还不很和谐完美。值得特别提出来议论的是《吹号者》。这首诗可以说是抒情形象按三元综合原则来塑造的一个十分完美的文本，连艾青自己在《为了胜利》一文中也说“是比较完整的”[20]的。这首诗写一个忠实于战争职守的中国普通号兵，他和其他中国士兵一样，为保卫祖国而生活十分艰辛，连睡觉的地方也只是铺散着稻草的泥地。而他每天又总是第一个起身，走上山坡去迎接黎明，等黎明一出现，就吹响起身号，召唤众生苏醒；吹响集合号、出发号、行军号；当投入战斗后，又“以生命所给予他的鼓舞”，奔跑在队伍前面，吹响冲锋号。而正当“任情地吐出胜利的祈祷的时候”，他却被一颗子弹打中，倒下了，而由人群、马匹和隆隆的车辆组成的铁流却依旧滚滚向前奔去。这个围绕吹号者而展开的战争叙事，显然是现实主义生活的严肃写实和时代精神风貌的真实表现，充分显示出艾青善于抓既典型又新鲜的抒叙场面，并在此中集中人物的诗化行动来作大面积铺写的才能。而这种现实主义的铺写又是渗透着强烈情感的，是一种在激情驾驭下展开场面与人物行为的复杂叙事。如第四节写临战前战士们心里的兴奋情绪：“在时代安排给我们的／——也是自己预定给自己的／生命之终极的日子里，／我们没有一个不是以圣洁的意志／准备着获取在战斗中死去的光荣啊！”在这种献身祖国的情绪意志的铺垫或者支配下，第五节中艾青这样正面地表现了战争场面：“于是，惨酷的战斗开始了——／无数千万的战士／在闪光的惊觉中跃出了战壕，／广大的、激烈的奔跑／威胁着敌人向前移动……／在震撼天地的冲杀声里，／在决不回头的一致的步伐里，／在狂流般奔涌着的人群里，／在紧密的连续的爆炸声里，／我们的吹号者／以生命所给予他的鼓舞，／一面奔跑，一面吹出了那／短促的，急迫的，激昂的／在死亡之前决不中止的冲锋号，／那号声高过了一切，又比一切都美丽。”所有这些都属浪漫主义激情喷泻。但《吹号者》更值得注意的是文本整个儿笼罩在一层神秘的氛围里。这种神秘感来自艾青对号兵超常地向往黎明到来的幻觉的抒写，也来自对黎明来临时奇迹般的天象美的渲染，更来自直觉感受的“一种不能闪避的启示”，正是这启示指引他去宿命地献身战争。而写黎明来临时天象幻变的拟喻化抒写，颇能给人以奇幻的宇宙遐思；万类皆赋予灵的生命在天地间迎接黎明到来，特具神秘的庄严华美。又如写决战前伏在战壕中的士兵的心理状态：“灰色的人群／散布在广阔的原野上，／今日的原野呵，／已用铺向无限的暗绿的苗草／给我们布置成庄严的祭坛了。”这里有感伤的悠远，宿命的神秘。尤其是写到吹号者寂然地倒下而“他的手却依然紧紧地握着那号角”时，诗篇竟然推出了一个层层叠映着的大特写镜头：“在那号角滑溜的铜皮上／映出了死者的血／和他的惨白的面容；／也映出了永远奔跑不完的／带着射击前进的人群，／和嘶鸣的马匹，／和隆隆的车辆……／而太阳，太阳，／使那号角射出闪闪的光芒……//听啊，那号角好像依然在响！”这是从如实推向幽秘，是灵觉透视出吹号者这一生命体深层处的奥义，这位中国普通战士殉忠于祖国的悲壮行为和生命的永恒价值，已成了天地间一种至真、至善、至美者的精神化身。由此看来，《吹号者》确是一个渗透浪漫主义激情的、象征印象主义与写实主义相调和之作，是创作原则三元综合得十分和谐之作。

穆旦和昌耀的三元综合追求和艾青相近，不过艾青渗透浪漫主义激情的本体象征，是如实描绘实体对象中予以象征灵视的。穆旦和昌耀却追求如实描绘虚体对象中予以象征灵视。这是三元综合的一个进展。比之于艾青，穆旦与昌耀三元综合写成的文本更多，特别能显示成熟度的则是穆旦的抒情长诗《防空洞里的抒情诗》《赞美》和诗剧《森林之魅》，昌耀的抒情长诗《慈航》《哈拉库图》《旷原之野》等。穆旦的《赞美》是对世世代代忍辱负重、心怀“无言的痛苦”的中国农民的赞美：他们在这场伟大的民族抗战中，终于“放下了古代的锄头”，“溶进了大众的爱”，投入战斗队列。由于有他们的加入，也就显示出“一个民族已经起来”。所以这首诗在中国农民历史性命运的实情描绘中凸显出了悲壮的现实主义时代精神。这场描绘有两大特征：（1）对中国农民既悲悯又崇敬的激情大面积地渗透着；诗中不时地在描叙中插入这样的激情抒发：“我要以一切拥抱你，你／我到处看见的人民呵”；“在耻辱里生活的人民，佝偻的人民，／我要以带血的手和你们一一拥抱。”“为了他我要拥抱每一个人”；“为了他我失去了拥抱的安慰，／因为他，我们是不能给以幸福的”；“痛哭吧，让我们在他的身上痛哭吧”！并且，每一节的最后一句总是“因为一个民族已经起来”。这是一个不断回旋的主题词句，洋溢着一片诗人对中国农民崇敬的激情，这些是现实主义和浪漫主义的综合；（2）中国农民及其命运是以灵觉化的历史虚拟形态来呈现的，所以所描绘的情事是从如实转向抽象，从实感转向幽玄神秘的，表现出意象象征的深层次透视，如：“一个农夫，他粗糙的身躯移动在田野中，／他是一个女人的孩子，许多孩子的父亲，／多少朝代在他的身边升起又降落了，／而把希望和失望压在他身上，／而他永远无言地跟在犁后旋转，／翻起同样的泥土溶解过他祖先的，／是同样的受难的形象凝固在路旁。”这里挖掘出来的奥义是中国农民历史的命运，宿命的、与泥土生死相伴的悲剧生涯。这些是现实情事与象征灵觉相交融中完成的一次心灵综合，一个主观意象群也就形成了。除此以外特别值得一提的是这首诗还有一个相当宏大的背景设计。诗一开头就把历史地存在的中国农民的抽象化形象置于时空交汇的民族整体格局中来呈现，也就是说诗人让这一支怀有“说不尽的灾难”的故事的中国农民军——“不移的灰色的行列”行走在这么一个时空环境中：“走不尽的山峦的起伏，河流和草原，／数不尽的密密的村庄，鸡鸣和狗吠，／接连在原是荒凉的亚洲的土地上，／在野草的茫茫中呼啸着干燥的风。／在低压的暗云下唱着单调的东流的水，／在忧郁的森林里有着无数埋藏的年代。”可以说这是一个巨型意象组合体，它是如实本体和幽幻虚拟的交融，而内蕴着强烈的悲慨、苍凉之情。正是这个由如实、幽幻和激情和谐交融的意象群，派生出了一系列分别由现实主义、浪漫主义和象征主义具现的“赞美”，也唯其是这样一个意象群，才使《赞美》的现实主义精神、浪漫主义激情和象征主义灵觉获得了内在有机的三元综合。昌耀的《慈航》是写一个被“文明”社会所不容的“流囚”——“我”从社会大炼狱中出来，流浪到“为大自然所宠幸”、以游牧为生的“自由民”世界，受到亲人般的接纳，获得爱的洗礼和灵魂拯救的故事。对于昌耀来说，这场从炼狱的此岸转入“净土”的彼岸是有其切身经历和大量生活积累的，但他在抒叙中删去了许多荒原流囚的血泪生活内容，而把笔力聚焦在土伯特牧民对“我”的接纳上，可见主体的现实主义美学追求重在表现那个年代所罕见的良知未泯的现实精神风貌的表现。而正是这一点也足以引起抒情主人公的激情了，何况这里还有土伯特女儿——“众神的宠偶”和“我”之间因邂逅而顿生的爱情。当“土伯特女儿”向“不速之客”暗示：“——那么／把我的鞍韂送给你呢／好不好？／把我的马驹送给你呢／好不好？／把我的帐幕送给你呢／好不好？／把我的香草送给你呢／好不好？”这使抒情主人公发出“美呵”的由衷赞叹，而我们感受到的也就不仅是一个情窦初开的少女，更是全部落“众神”给予这位没有享受过一点人间温情的“流囚”的爱的洗礼。因此，在改变了命运的“我”的深心里激起的情感不仅极其激烈，而且也使诗篇中那几行一再重复、足以代表主体生存信念的诗句——“是的，在善恶的角力中／爱的繁衍与生殖／比死亡的戕残更古老／更勇武百倍！”也获得了这股激情的全面渗透，强化了这几行诗句所显示的生存信念。正是在这些地方，现实主义精神和浪漫主义激情有了极和谐的综合。但《慈航》毕竟是一首大诗，自有其更广阔与深远的生存涵盖面。昌耀把诗笔聚焦于“接纳”只是他整个艺术构思的切入点，更何况具体的“接纳”过程的叙述也不是他的兴趣所在。他在这场传奇式的“接纳”中获得了灵觉，以灵视的目光去看待他被土伯特人所接纳的这一事件和接纳他的那个世界。于是，原始、单纯的土伯特人的生存天地在他的心目中成了超越“此岸”的“彼岸”，而他的被接纳也就说得上是一场“慈航”，接纳他的世界是一块“净土”，至于他生命的精神境界则是“极乐界”了。于是全诗除了前三节还是生活实体的如实叙写，从第四节《众神》起到第十七节《极乐界》，本体被“精气”吹入而幽秘化，诸多生活碎片受“慈航”这一宗教性灵觉的支配而有了心灵的综合。这诚如叶橹在《〈慈航〉解读》中所说的：“它的结构在形式上的意义使人感受到一种对生活中的事件和过程进行了一次全新的艺术性观照与组合。”[21]但在内容上的意义呢？我认为正是象征印象主义与写实主义相调和中兴发感动出来的奥义的求得，或者说一个“流囚”从文明而残酷的此岸转入野蛮而慈惠的彼岸的生存经历，竟被灵觉透视出存在于这场“经历”深层处的“极乐界”的“真谛”：

而他——
扔掉荆冠
从荒原踏来，
走向每一面帐幕。
他忘不了那雪山，那香炉，那孔雀翎，
他忘不了孔雀翎上那众多的眼睛。
他已属于那一片天空。
他已属于那一方热土。
他应是那里的一个没有王笏的侍臣。

这里有着沉甸甸的激情，而正是这激情催动灵觉，透视到了这场“慈航”之奥义了：从现代的复杂回归原始的单纯，从文明人的失道回归“自由民”的良知，才是人类走向“极乐界”的“准确的信息”。于是，我们看到昌耀三元综合的抒情形象塑造走向了成熟。

比起以上三位诗人来，岑琦三元综合的抒情形象塑造更富有现代色彩，也就是说：他在追求渗透浪漫激情的本体象征中，本体更偏于生活碎片的心灵综合，或者就说完全是心灵重组的本体。这种渗透浪漫激情而经心灵重组的本体象征诗，岑琦写得不少，并且颇有一些可进入精品或经典之列，如被冠以“殉道者三部曲”的诗剧《闻一多之歌》《朱自清之歌》和《雪峰之歌》，以及长篇叙事诗《真理女神》和一些十四行诗。“殉道者三部曲”中的三个文本，是对20世纪中国文化史上三位著名诗人闻一多、朱自清、冯雪峰所作的赞美。他们都是争取社会民主的斗士，贯穿三颗心的是一条由维护祖国尊严、皈依人民力量、追随时代真理层层递进而成的红线。所以都是具有现实主义精神的。在对一个特定时代之精神风貌的描述中，又都大面积地渗透了浪漫主义的奇幻想象和激情。所以，这个“三部曲”在第一个层次上都显示为现实主义与浪漫主义的综合，但可贵的是它们又都是诗人灵觉大放异彩的结晶品，是一场虚拟化本体象征体现，因此，其形象的透视度十分深远。《闻一多之歌》以“火”的虚拟化意象演绎，来对闻一多的形象作象征表现；《朱自清之歌》以“清溪”的虚拟化意象演绎，来对朱自清的形象作象征表现；《雪峰之歌》则以“雪峰”的虚拟化意象演绎，来对冯雪峰的形象作象征表现。它们中最具代表性的，是《朱自清之歌》。这首诗塑造了朱自清这个富有正义感的爱国知识分子形象。他追随时代，投身人民民主洪流；无视淫威，不为利诱所动。这种种都显示着这部戏剧化人物叙事长诗具有强烈的现实主义精神。但作为现实主义表现对象的人物一生经历，岑琦却不作如实抒叙，而去追求一场虚拟表现。“朱自清”这个具体的人物被拟喻为一条来自山间的清溪，向往“奔腾在中华儿女的血脉里”的黄河：“我多想融入你的心中／让每个细胞呼吸着你的浩然正气。”即使是旱魔吸干了他的津液与血浆，使他化为云雾，漂泊在远离人间大地的茫茫天际，他也期待着雷电来把自己击碎，化为一掬相思泪——滂沱的大雨，洒向中华大地；“投向你的浪尖，融入你的洪波”。这种皈依大地的幻化表现，使这首围绕“清溪”来拟喻朱自清一生的诗，以“清溪”明丽中的柔曼，柔曼中的坚贞而隐喻出他那些执着人生操守而殉道于人民民主事业的高洁。而其所以能这样，乃由于这首诗的抒叙对象在创作过程中是被灵觉化了，也就是说，岑琦是将“精气”吹入进诸多朱自清作品中所涉及的人生碎片——如“梅雨潭的绿”“荷塘月色”“背影”“桨声灯影里的秦淮河”“生命只值七毛钱”，以及富于感发功能的自然景物“清溪”“火山”“云”“野草”“旱神”“黄河”等，它们全有了灵的苏生，且接受心灵的调遣而重组成拟喻化的意象组合体。这个意象组合体出之于实体而又超越如实，成了象征印象主义与写实主义相调和而成的独特形态，那可是一个幽幻神秘的、在最底层存在着生命之“真意”的抒情形象。不过这场深入底蕴的透视，还借助着又一股内在的诗力推涌，那就是全诗自始至终把现实主义的实体与象征主义的虚拟浸溶在一起的浪漫激情。岑琦的这个“三部曲”，虽说是人物叙事诗，但其实是戏剧化的叙事诗，特别有利于让人物自身站出来抒情，情节性的和过程性的叙事成分是相当稀薄的，从某种意义上说，“三部曲”全以浪漫激情的递进式流泻来替代过程，催动情节发展，这情况尤以《朱自清之歌》更其突出。这首诗在写了“清溪”被“旱神”烤干津液成为饥渴的云而浪迹天宇，最后又在雷电的闪击下化为大雨洒向大地后，就以强烈的感情抒发作了“朱自清”这个形象至美至真的生命幻化：

啊，大地，你还记得我么？
我原是你心中的一个波浪。
你是谁，是哺育生命的母亲。
你是谁，是我的归宿，我的摇篮。
在你的泥土中渗入我的幽思梦想，
在你的湖泊里倾吐我碧绿的情愫，

我要把每缕情丝拉成线，织成网，
网住遍地比星光更灿烂的露珠，
网住从先驱者脚印中萌发的蓓蕾，
网住从地层深处升起来的凯歌，
网住曾在浓雾中迷失路途的朝晖，
网住我绿树丛丛果实累累的新中国！

显然，这里有一个组织得十分缜密而幽幻的意象群，把漂泊之魂皈依大地的浪漫激情感发了出来，而浪漫激情又把这个幽异神幻的意象群深层处的奥义点化了出来：至真生命的至美归宿是回归大地。于是，我们看到《朱自清之歌》成了现实主义精神、浪漫主义激情和象征主义灵觉作三元综合的成功文本，而朱自清这个抒情形象也因此而塑造得立体化，具有多层次透视中获得生命之“真意”的特异功能。

创作原则的三元综合，使中国新诗在抒情形象塑造上达到了最高水平，而艾青、穆旦、昌耀、岑琦之成为新诗坛的代表性诗人，一个重要原因就在于三元综合的创作原则能在他们的诗美追求中得到较好的贯彻。

四

新诗创作原则多元综合之所以值得我们珍视，不仅由于此类追求使一些新诗文本达到了精品或者经典的层次，还在于一些杰出诗人富有成效的文本创造经验影响了不少诗群、诗派，使之成为他们的创作追求方向；而随着时间的推移和实践的深入，此类追求又进一层变为新诗自身不容忽视的一项传统了。

传统的形成，须经历一个较长的时间过程。新诗创作原则的综合化追求在新诗草创阶段和1920年代还不具备形成传统的条件，只是极个别诗人在创作中的自发行为。不过纵使如此，也会对同一诗歌群体中人产生影响，这一点是不能不注意到的。我们发现郭沫若早期的有些诗已有创作原则多元综合的迹象。如《黎明》《凤凰涅槃》《蜜桑索罗普之夜歌》《新生》等，都有浪漫激情与象征灵觉的二元综合特色，又如前已提及的《湘累》有现实主义精神、浪漫主义激情和象征主义灵觉的三元综合特色，这些多元综合虽还显得稚嫩粗糙，却也已影响了创造社诗群的其他诗人和该诗群的外围诗人，如王独清的《我归来了，我底祖国》、蒋光慈的《哀中国》，就是现实主义与浪漫主义的综合；柯仲平的《海夜歌声》、谢康的《露丝》是浪漫主义与象征主义的综合；穆木天的《苍白的钟声》、冯至的《北游》、雪峰的《月影已在山岗飞走》，是象征主义与现实主义的综合；杨骚的《心曲》、殷夫的《在死神未到之前》，则是现实主义、浪漫主义与象征主义的综合。新月诗派也是富于创新精神的。闻一多1920年代出版的《红烛》《死水》有些诗就有着创作原则多元综合迹象，如《荒村》有现实主义与浪漫主义综合迹象，《夜歌》有浪漫主义与象征主义综合迹象，《死水》有象征主义与现实主义综合迹象，而《剑匣》则是现实主义、浪漫主义与象征主义的综合。这也影响了该派一些同仁，如徐志摩的《云游》、朱湘的《泛海》近乎浪漫主义与象征主义的综合，徐志摩的《海韵》近乎象征印象主义与写实主义相调和。但总的说，他们这一类自发追求的积极性还是淡薄的。新月诗派尚且如此，1920年代的其他诗派、诗群就更不用说了。特别是文学研究会诗群，在创作原则上，几乎就没有多元综合的创新探求。1930年代倒略显进展了一点。戴望舒受过法国后期象征派的影响，而如同我们前面已引述过的、法国后期象征派就以创作原则的多元综合而形成了一股势力，所以戴望舒的诗，颇多形象塑造的综合倾向，如《等待（二）》《过旧居》，是现实主义与浪漫主义的综合；《流水》《寻梦者》是浪漫主义与象征主义的综合；《雨巷》《深闭的园子》是象征主义与现实主义的综合；《我用残损的手掌》《眼·在你的眼睛的微光里》，则是现实主义、浪漫主义与象征主义的综合。戴望舒作为“现代”诗派的代表人物，他这种形象塑造多元综合化的追求，可以想见会影响一大批该派同仁及其外围人物，如孙毓棠的《宝马》、侯汝华的《水手》，是现实主义与浪漫主义的综合；番草的《白杨》、路易士的《火灾的城》，是浪漫主义与象征主义的综合；卞之琳的《一块破船片》、常任侠的《列车》、南星的《城中》，是象征主义与现实主义的综合；何其芳的《预言》、徐迟的《年老的海盗》，则是现实主义、浪漫主义与象征主义的综合。但戴望舒和“现代”诗派追求多元综合，有两点很不足：一点是由于这一路诗人对现实多少带有点遁逸倾向，因此现实主义精神往往淡薄，以致现实主义与浪漫主义的综合总不多；另一点是与上一点可以联系起来的，就是三元综合的抒情形象塑造不足。所以这一路诗人在创作原则创新上，格局不大，倒是一批也受过象征主义影响，在艺术思维上比较能以灵视目光去看待世界而现实主义精神又较强的诗人，多元综合形象塑造格局要大得多，如臧克家的《壮士心》，是相当成功的一次象征印象主义与写实主义相调和的表现；田间受过未来派影响，又具有激进的现实主义精神，因此他的短诗集《中国牧歌》中一些诗，以及长篇叙事诗《中国，农村的故事》，虽然写得粗率，不精致，但它们几乎都是以三元综合的创作原则为准写成的，格局就相当大。特别值得一提的是艾青，1930年代虽还是他创作的前期，却已在创作原则多元综合上显得相当的成熟。除了前面我们已提到的以外，我们还可举出如《芦笛》《铁窗里》《九百个》，是现实主义与浪漫主义的综合；《当黎明穿上白衣》《画者的行吟》《太阳》，是浪漫主义与象征主义的综合；《煤的对话》《马槽》《一个拿撒人的死》，是象征主义与现实主义的综合；《巴黎》《马赛》《春》，则是现实主义、浪漫主义和象征主义的综合。这些诗作气势之盛、格局之大，是远远超过此前中国新诗坛其他诗人的多元综合追求的；其抒情形象塑造的立体化程度，也是他人所难以企及。综合这些情况，我们可以说经过上一批诗人的不懈探求，中国新诗创作原则的综合化传统，到1930年代总算已打下了基础工程。

于是从1940年代起，这场综合化追求在一批重要诗派、诗群中全面展开了，它们分别是七月诗派、九叶诗派、新边塞诗群和东海诗群。

七月诗派的这场综合化追求是在艾青影响下展开的。

该派以浪漫主义为基础，强调发挥主观拥抱客观。沿着这一条思路，他们确立起自己的流派主张。胡风在《关于创作发展的二三感想》中提出：诗人要求得“抒情诗发达起来”，就须“把热情潜伏到具体对象里面”[22] 值得注意的是“潜伏”二字。从这里可以见出：七月诗派强调诗歌创作须让激情对现实对象的渗透。这也就意味着他们主张浪漫主义战斗激情和现实主义精神风貌的综合。这种综合化的认识，也就成了他们流派的核心主张。唯其如此，才使他们认同了艾青对抒情诗形象塑造的创新追求。绿原在《白色花·序》中有这样的说法："始终欣然承认他们大多数人是在艾青的影响下成长起来的。"这一番话不仅是对自由体诗而言，我们认为同样适用于对创作原则作综合化追求上。如前已述：艾青在1930年代对创作原则的综合化探索已使他的创作获得极大的成就，而1940年代他更以《向太阳》《吹号者》《火把》等作使新诗三元综合的抒情形象塑造推向了成熟，凡此种种，我们都可以在七月诗派中听到回声：从牛汉的《鄂尔多斯草原》中看到现实主义与浪漫主义的综合；从田间的《自由，向我们来了》中看到浪漫主义与象征主义的综合；从杜谷的《泥土的梦》中看到象征主义与现实主义的综合；从彭燕郊的《春天——大地的诱惑》中看到现实主义、浪漫主义与象征主义的综合。

九叶诗派是在穆旦的影响下展开这场综合化追求的。

该派以象征印象主义为基础，强调对时代现实的殷切关注，但又要求历史地透视现实生活。在《中国新诗》丛刊的代序《我们呼唤》中，就特别提到他们所追求的"历史"风度："只有历史的光耀里才有人的光耀"，"我们渴望能拥抱历史的生活，在伟大的历史的光耀里奉献我们渺小的工作"。但这还不够多，还要求诗人进一步有一双"历史的超越的目光"，使得他们"超越"的目光所及的现实生活，成为"一个超越的浑然的大和合"，这就意味着他们还主张要有置于宇宙时空的透视。因此，他们在把握诗歌真实世界中致力于追求那些埋于生活现象深层处的奥义，从而显示出他们已有了一条抒情形象塑造的创新路子：象征印象主义与写实主义的相调和。唯其如此，才使该派认同了穆旦对抒情形象塑造的综合化追求方向。的确，如同有人认为的："在穆旦诗中，我们很少看到生活原貌的直接呈现"，"诗中的现实多数是敏感的心灵所感应的现实"。[23]这"心灵所感应的现实"，也就是灵觉化的现实；这种灵觉也就是从对生活现象的超越到对历史的超越所获得的一场绝对时空中的生命顿悟。唐湜在《搏求者穆旦》中就说："穆旦也许是中国能给万物以生命的同化作用的抒情诗人之一。”[24]他具有“回到生命的自然里去的自觉精神”[25]，并且还“想用自然的精神来统一历史”[26]。这种种都说明这位诗人一直在对现实生活作灵觉追求，然后从现象透视到历史，再从历史透视到“能给万物以生命的同化作用”的宇宙生存现象，进而获得现实生活深层处的奥义。所有这些都显示着穆旦的形象塑造具有现实主义精神与象征主义灵觉作综合的特点。除此以外，穆旦的诗创作还具有激情内蕴的性质。对这一点，笔者曾在《论晋察冀、七月、九叶三诗派及其交错关系》中说过一番话。[27]所以，穆旦有《荒村》这样现实主义与浪漫主义综合之作，有《神魔之争》这样浪漫主义与象征主义综合之作，有《合唱二章》这样象征主义与现实主义综合之作，更有像前面已提及的《赞美》这样三元综合之作。凡此种种，我们也在九叶同仁中听到或强或弱的回声：杭约翰的《复活的土地》有现实主义与浪漫主义的综合，陈敬容的《珠和受珠人》有浪漫主义与象征主义的综合；郑敏的《金黄的稻束》有象征主义与现实主义的综合；杜运燮的《滇缅公路》有现实主义、浪漫主义与象征主义的综合。

新边塞诗群创作原则的综合化追求，是受昌耀的影响而展开的。

该诗群以浪漫主义为基础，强调“开拓者的故乡壮阔激越的绿色交响”。这句话是当年《绿风》诗刊主编杨牧在该刊创刊号扉页上所写的，颇有深意：让“绿色交响”在沙漠和黄土地上演奏，当然是隐喻理想主义的抒情追求。而这“交响”的“壮阔激越”，则意味着要以豪迈的气概、高亢的情调来作这一场交响。把这些联系起来显然表明这个诗歌群体要求自己在对这块“开拓者的故乡”——边塞大地作一场能渗透浪漫主义激情的表现。章德益则在《大西北，金黄的史话》中说他歌唱的“大西北”，“是历史与现实的象征”，是“人类不断远征的最高启示”。这表明他们要求自己在诗歌中把大西北作为一个巨大的意象象征体，从中透视出隐于深处的那种“人类不断远征”的奥义。林染在《西部诗论：从高昌壁的黄昏开始》一文中提出：“西部诗歌”要特别注意表现“西部氛围”，要“以西部中国自然地域和人文地域为诗情触发点，物我化一又物我互现，高视点、广角度地透视东方民族顽强的反命运力量”[28]。这意味着：他们要在对西部现实主义精神风貌的描绘中触发“物我化一又物我互现”的灵觉，完成具有意境氛围感发功能，能具有多层次意象象征透视力的西部形象塑造。由此看来，新边塞诗群在创作原则上追求一种综合化。这一个方向，从某种程度上说是对昌耀抒情形象塑造路子的认同。昌耀走的就是综合化之路。他在致李万庆的信里就说自己在“立足于生活感受之上”的前提下，“不太习惯于主观的形象感受”，“不太习惯于从一个角度去认识对象”，而追求一种“把现实转换成主观感受，虚化融合”，即“把无数因素有机地结合在一起，有序地、协同地发挥作用”的创造格局。他认为“表面毫不相干的分离的人物”，在诗人“想象的视力”中，“永远是同构与共生的世界”〔29〕。因此，他的诗就不只是“一种高超的客观描述”和“激情的主观抒发”，而“是诗人物我合一后的灵魂呈示”〔30〕。这些表明他始终在追求创作原则的多元综合，所以他有《大山的囚徒》这样现实主义与浪漫主义综合之作，有《划呀，划呀，父亲们》这样浪漫主义与象征主义综合之作，有《木轮车队行进着》这样象征主义与现实主义综合之作，更有如前已提及的《慈航》这样现实主义、浪漫主义与象征主义三元综合之作。凡此种种我们都可以在新边塞诗群同仁中听到或强或弱的回声：杨牧《我骄傲，我有辽远的地平线》有现实主义与浪漫主义的综合，马丽华的组诗《我的太阳》有浪漫主义与象征主义的综合，林染的《胡杨》有象征主义与现实主义的综合，章德益的《凿渠者》有现实主义、浪漫主义与象征主义的综合。

东海诗群创作原则的综合化追求则是在岑琦的影响下展开的。

该诗群以象征印象主义与浪漫主义相调和为基础，强调面向海洋而歌唱，认为海洋聚集着“自由的元素”，“生命的精灵”，因此在他们诗性感觉中，这是一个“灵动之海”，而“灵动之海给了我们灵气与激情”。因此他们致力于“通过海写社会与人生，写生命与宇宙”。正是这些使“东海诗群”有其流派的特殊美学内涵：以“心灵之海与自然之海的融合”作为他们诗歌世界真实把握的对象。他们“力图灵视海洋文化之共性”，但“更侧重于对自然之灵的追寻，对生命之灵的追寻”；他们“立足现实，注重写实手法，却更高地追求寓意和象征”；他们“试图重构的是一个现实与心灵相联的世界，一个生命之海，宇宙之海与人类生活的审美统一场”〔31〕。

作为一个流派性纲领，从《东海诗群诗选》中那一番《献辞》中的话可以见出：东海诗群的创作原则是多元综合的，这也可以说是对岑琦的抒情形象塑造路子的认同。岑琦的一大批十四行诗里，颇有一些是富于智慧的论诗，它们表达了他对诗歌创作的看法。在《颤动的一线》中他写凌晨登高远望被旭日映红的那条地平线，直觉到这条颤动的线在召唤他去“寻觅天外的乐园”；在《融入碧蓝》中说自己这缕“漂泊的灵魂”之所以“想将生命投入一片碧蓝”，是因为“碧蓝尽处”是“星星的摇篮太阳的故乡”。这些都表明他有一条诗性思维路子：融入宇宙以获得大智慧、大顿悟、大美丽。在《时间》中他抒唱“在宇宙间永不会变老”的绝对时间，并把握到“通过环形隧道我会去而复返”的生命宇宙律。所有这些都表明这位诗人致力于在客观生活对象上获得灵觉来写诗。正是这种灵觉追求使他在《发掘》一诗中提出：为了“探寻一支能震撼灵魂的歌”，诗人必须“潜入生活的最底层”，“从历史的沉积层挖出风雨声／从每粒砂粒中探索生命的奥秘”。这就表明：他要让自己的创作从现实主义的如实生活中获得灵觉，从而透视到实体深处的奥义。可见他是一位致力于抒情形象塑造作综合追求的诗人。唯其如此，才使他有《向导》这样现实主义与浪漫主义的综合之作，有《少女与天使》这样浪漫主义与象征主义综合之作，有《真理女神》这样象征主义与现实主义综合之作；更有前已提及的《朱自清之歌》这样现实主义、浪漫主义与象征主义三元综合之作。凡此种种，我们也可以在东海诗群同仁中听到这样那样的回声：戴中平的《吕泗洋》有现实主义与浪漫主义的综合，李越的《大鲸鱼》有浪漫主义与象征主义的综合，群岛的《洛华岛》有象征主义与现实主义的综合；王彪的《莽海上的家族》有现实主义、浪漫主义与象征主义的综合。

由此看来，创作原则的综合化追求，已在新诗几十年创新历程中形成了一股具有约定俗成之共识的势力。不过就事物的综合化而言，意味着内在质素的调和与外在结构的平衡。这种调和与平衡，在上面提及的这些诗派、诗群的追求中，大致具现为情感与意象、实显与隐示、体验与智识这三个方面。

诗是抒情的艺术，抒情必须有情感与意象两个内在质素，没有情感就不存在抒情，而没有意象的抒情则是空泛而缺乏回味的。以上所论及的几个诗歌群体，可以说都不作情感架空的直接抒情，诗人们总是在追求情景互映（或情景双向交流）这样平衡的抒情结构。这显然同现实主义与浪漫主义的综合有着莫大关系。现实主义在综合化中虽然强调的是它的现实精神，但现实精神就其终极来源乃是主体对生活的具体把握，这也就决定在诗歌中的“景”“具象”以及由此提升的意象，成了现实主义的主要内质，所以这“景”和作为浪漫主义主要内质的“情”的互映也就成了此类综合化形象塑造的生动体现。七月诗派的胡风在抗战期间一系列有关现实主义的论辩文章中，既反对没有主观激情的客观摹写生活之作，又反对架空激情的抽象叫喊。这一批评的导向正是这位批评家欲求激情与具象二大内在质素以外在的平衡结构来显示现实主义与浪漫主义综合之意图的反映。而这又何尝只是胡风和七月诗派这样看呢？这已成了新诗创作原则综合化这一共识在现实主义与浪漫主义综合上的深化。因此，我们传统诗学中的情景交融在新诗创新探求中已获得创作原则——这一更高层次上的定位，而不仅仅是一种技巧意义上的追求。艾青对此很感兴趣，并且运作得很圆熟。他的名篇《我爱这土地》共两节，前一节这样写：“假如我是一只鸟／我也应该用嘶哑的喉咙歌唱：／这被暴风雨所打击着的土地，／这永远汹涌着我们的悲情的河流／这无止息地吹刮着的激怒的风，／和那来自林间的无比温柔的黎明……／然后我死了，／连羽毛也腐烂在土地里面。”这是一组“景”——由物象、事象所提升的意象的组合体，为现实主义所热衷的一批沉甸甸的具象物的描叙。第二节陡然一跳，这样写：

为什么我的眼里常含泪水？
因为我对这土地爱得深沉……

这可是爱国之情的直接抒发，是为浪漫主义所热衷的激情表达。所以这首诗的两大内在质素——具象与激情通过外在结构的调和平衡而完成了一场二元综合的形象塑造。由于它凭藉客观实象来使激情落于实处，又以主观激情来使实象更显精神意志高度，所以这个“情”“景”调和平衡结构远远超越了情景交融的技巧层次，而具有现实主义与浪漫主义二元综合的深化性能。艾青在短诗《黄昏》、长诗《北方》等作中也都显出这类综合的深化。而像辛笛的《航》、昌耀的《河西走廊古意》等名篇也同样如此。这一场深化是有特殊意义的，因为中国新诗几十年历程，也正是我们国家民族图存和社会纷争特别尖锐复杂的时代，现实环境的严酷和心灵天地的骚乱成了这一代中国人——尤其是知识者生存的共性，对于诗人们来说，所把握的诗歌真实世界必然郁积着一股以激烈与冷峻辩证地统一的气质。而让这种特殊的诗性气质，置于现实主义与浪漫主义综合、情景调和平衡的格局是最易体现出来的，所以这一场综合的深化，对于新诗创作者来说，也是普遍地接受的，而七月诗派与新边塞诗派则接受得最为普遍，在创作中作这方面的追求成绩也最佳。

值得指出：新诗经过几十年的探索，就主体把握真实世界而言，已进入到这样的层次，超越时代精神气质赖以依存的现象界，在实陈与幽示的调和平衡中获得诗性追求的历史感应魅力，甚至推向超时空的宇宙感应魅力，这是创作原则综合化所推出来的又一种形象塑造风格特征。杜衡在为戴望舒的《望舒草》所写序中曾经说过：他们总爱把所写的诗定位在“表现自己与隐藏自己之间”[32]。这是从技巧传达上说的，同这里所提的实陈与幽示调和平衡有相似的地方，但实质上有区别。昌耀在《我的诗学观》中提到他希望自己的诗能“具有力度的新的艺术效应”，而这“不可能靠纯粹的技巧取得”，主要的“还必应是灵魂的力”。这股“力”作用下获得的“艺术效应”在他看来“是时空的抽象，是多部主题的融汇”[33]。这才讲到了点子上。也就是说：实陈与幽示调和平衡这一创作原则综合化派生的风格特征，要靠“灵魂的力”，换言之，即靠灵觉而激发出来的心灵综合力。有关这个话题我们在前面已约略谈过，但没有从实陈与幽示调和平衡的角度展开。作为一种综合化创作原则的风格深化的标志，这一场调和平衡所达到的新艺术效应是：实陈因能通向幽示而强化了时空超越潜能，幽示因能从实呈起步而强化了历史真实依据。这是很可珍视的。我们之所以用“幽示”而不用“隐示”，因为后者是两边的比照，诗歌世界只具有外在关系的怪异，而前者则是对本体的深层透视，诗歌世界具有内在构成的神秘。本着这样的思路我们来看看上面提及的那些在创作原则综合化追求中具有代表性的诗派诗群，当可以发现：他们更致力于实际与幽示的调和平衡，即在一个抒情对象上作深挖。这样的风格追求，则是从浪漫主义与象征主义的综合中或象征主义与现实主义的综合中派生出来的。邹荻帆有《无题》，以一个设问句开头："我们将扑倒在这大风雪里吗？／是的，我们将！"接着就对这一事件作必然的现象推延："而我们温暖的血／将随着雪而溶化，／被吸收到大树的根里去，／吸收到小草的须里去，／吸收到五月的河里去。／而这雨后的平原／会袒露出来。"到此为止，这首诗全是对一批时代斗士为时代而献身的实际，这里有略带伤感的激情向置于浪漫联想关系中的实际内容作的渗透。但主体紧接着发生了一场由灵觉而得的神秘想象，出现了如下一批意象流动的诗句：

那时候
天青
水绿
鸟飞
鱼游
风将吹拂着我们的墓碑……

这样的意象流动能给我们曲径通幽的神幻美感，对"我们将扑倒在这大风雪里"这一现象合情理地展开的想象活动能导引出一场超现象的幽示：大地将因受到我们热血的浇灌而出现一派生机，人间将因我们的献身而更美好，未来世界也将永远记着拥有浩然正气的殉道者。新诗抒情形象塑造之所以"新"，一个方面的显示就在于有这种浪漫主义与象征主义综合导致的灵觉透视，就是由这种实际与幽示调和平衡而达到的，从而有从生命现象到精神境界完全一致的诗美崇高表现。卞之琳的《古镇的梦》也是很可注意的。这首诗的抒情对象是"一样的寂寥"的"两种声音"，一种是"算命锣"，另一种是"梆子"。白天——"清冷的下午"，瞎子敲着"敲不破别人的梦”的算命锣，像“做着梦似的”在街上走，寂寞而永远反复的生活使他摸熟了古镇街上“哪一块石头低／哪一块石头高”，更熟习“哪一家姑娘有多大年纪”。而晚上——沉沉的夜半，更夫敲着“敲沉了别人的梦”的梆子，像“做着梦似的”也在街上走，而寂寞又永不改变的生活使他也摸熟了古镇街上“哪一块石头低／哪一块石头高”，更熟习“哪一家门户关得最严密”。由两个不同时间中发生的两种“一样的寂寥”的声音推向了“一样的寂寥”的镇街。至此，这场实陈已十分细致，颇能显示“寂寥”永难排除的意境韵致。但诗人并不驻足，于是又有了以戏剧化人物语言表现的第四节：“‘三更了，你听哪，／毛儿的爸爸，／这小子吵得人睡不成觉，／老在梦里哭，／明天给他算算命？’”这是个能把生态之闭塞兴发感动出来的意象，而生态之闭塞乃“寂寥”“清冷”之根源，所以这又是存在于不同时间中的“寂寥”在同一空间中的交汇。至此为止，这也还是一种古镇生态现象的实陈，不过也已透视出：“寂寥”乃来自生态环境的闭塞落后，这是抒情对象的社会透视，就实陈而言已有深化之趋势。但这场透视对卞之琳来说还是不满足的，他还在算命锣与梆子上灵觉到一点更深层处隐藏的东西，于是有了最后一节：

是深夜，
又是清冷的下午，
敲梆的过桥，
敲锣的又过桥
不断的是桥下流水的声音。

这乃是不同空间的“寂寥”在同一时间中的交汇。“不断的是桥下流水的声音”这个意象来自“子在川上曰，逝者如斯夫”的文化原型，是对岁月流逝这一永恒时间的象征。这意味着：对古镇河上景色貌似如实的陈述，实际上因了此景色所特具的文化原型性能而象征化了。于是，在如实的深层处有了虚幻的奥义，实陈的另一端有幽示来平衡，幽示着：由算命锣声与梆子声显示的古镇的寂寥，乃是时间之流中流荡不尽、永恒存在的生命的寂寥。这场新诗抒情形象塑造之所以“新”，另一方面的显示就在于有现实主义与象征主义综合导致的实陈与幽示的调和平衡。此类综合化创作原则所派生出来的形象塑造创新风格所达到的乃是：从社会生态到生命境界完全一致的诗美旷远感。

最后，我们认为：由综合化创作原则导引出来的新诗形象塑造风格特征，最具前卫色彩的，还不是前面两种，而是体验与智识的调和平衡。在几十年新诗历程中，颇有一些诗学理论或诗歌评论文章，爱谈诗歌创作中的经验追求，这很大一个原因显然是受了西方诗学的影响。但孤立地谈经验而不是从生活体验中触发起经验联想这样一种写诗的主张，容易使主体忽略对生活的真切感受，以至于把诗创作引入观念图解的歧途。可庆幸的是：新诗人创作探求的结果，几乎约定俗成地走着一条凭体验与智识调和平衡之路来取代唯经验至上的片面性言说。他们懂得诗歌本体要求于诗人的是从生活体验中获得情绪感受，并由此激活感性想象与经验联想，把抽象的情绪感受凝聚于具象物而成意象，来进行抒情。但这又只是诗创作中的第一层次。诗歌本体还进一步要求诗人在意象抒情过程中，对蕴蓄着众多想象与联想的意象，藉想象与联想进行深入透视，挖掘埋于底层处的奥义，这就使诗创作进入了更高的层次，获得了“此中有真意”的智识。这种使情感与智慧能结合起来的理想境界是体验与智识调和平衡的产物，在新诗中就是由创作原则三元综合导引出来的。

为什么这样说呢？我们知道：三元综合是对三类创作原则各取精华的综合，但综合后，原先三类创作原则中其他的要素也还是要作为胎记隐在综合体中的，因此，在三元综合中，现实主义虽主要取其现实精神，但它还有如实具象性隐存；浪漫主义虽主要取其浪漫激情，但它还有直觉想象力隐存；象征主义虽主要取其象征灵觉，但它也还有超验顿悟能隐存。在三元综合中，现实主义的如实具象依靠浪漫主义的直觉想象而重组成具有兴发感动功能的意象和意象组合体，而这些意象和意象组合体又由于受到来自象征主义的超验顿悟的提纯而升华出一种宇宙生命的“真意”把握，这一来，也就使得这场三元综合导引出来的形象塑造风格，呈现为体验与智识的调和平衡。在新诗几十年的历程中这可是抒情形象塑造所达到的最高层次，较有成绩的诗人大多集中在前面已提及的那些诗派、诗群中，穆旦的诗剧《森林之魅》最具有代表性的。王佐良在《一个中国诗人》一文中，曾写到穆旦写这首诗的背景。那是1942年，穆旦参加西南远征军并成了一场远征军在缅甸向印度大撤退中一名幸存者。“他从事自杀性的殿后战”，不知多少天，他给死去战友直瞪的眼睛追赶着。在热带的毒雨里，他的腿肿了，疲劳得从来没有想到人能够这样疲倦，放逐在时间——几乎还在空间——之外。胡康河谷的森林的阴暗和死寂一天比一天更沉重了，更不能支持了，带着一种致命性的痢疾，让蚂蝗和大得可怕的蚊子咬着，而这一切之上，是叫人发疯的饥饿，他曾经一次断粮到八日之久。而对这一场九死一生的经历，“他也只说到他对于大地的惧怕，原始的雨，森林里奇异的、看了使人害病的草木怒长，而在繁茂的绿叶之间却是那些走在他前面的人的腐烂的尸身……”[34]除了他有这么一场非常人能说及的经历，王佐良的文章还提到穆旦和他的西南联大的人，“一直有着那点对于心智上事物的兴奋”[35]。正是这两点背景因素，促成穆旦写出了《森林之魅》。这首诗写的就是诗人在胡康河谷原始森林里的一次死亡之旅，作为现实主义的如实具象就是原始森林的雨、怒长的草、蚂蝗、大得可怕的毒蚊、密集的树林和腐烂的树叶间一具具直瞪着眼的尸身，而他，拖着肿胀的腿、饥饿的身子在这个阴暗的世界爬行。浪漫主义的直觉想象使他产生了“对于大地的惧怕”，幻感到“森林”在向他发出诱惑的声音：“我要把你领过黑暗的门径”，“美丽的一切，由我无形的掌握／全在这一边，等你枯萎后来临”。而饥饿、疲倦所引起的虚脱，更使他有“放逐在时间——几乎还在空间——之外”，自我的肉体之身与原始森林中的花草树木、飞禽虫兽有了宇宙生命意义上的同位，以致出现了象征主义的超验顿悟：“一个梦去了，另一个梦来代替”；“从此我们在一起，在空幻的世界游走，／空幻的是所有你血液里的纷争，／一个长久的生命就要拥有你：／你的花你的叶你的幼虫。”于是，这首诗以现实主义、浪漫主义与象征主义三元综合的策略所塑造成的抒情形象，从强烈的生活体验起始，而到结束处则有了旷远的生命意识的把握，诗篇以这样结束：

静静的，在那被遗忘的山坡上，
还下着密雨，还吹着细风，
没有人知道历史曾在此走过，
留下了英灵化入树干而滋生。

这不仅是生命历史的把握，而且是超历史感的宇宙生命的把握；这不仅是对“英灵”们历史价值的认识，更是对“英灵”们浩气长存于天地间的宇宙价值的认识。这是迄今为止中国新诗中最具有崇高境界的一场智识表现，而《森林之魅》所达到的这个高度，正是新诗创作原则三元综合导引出来的、以体验与智识作调和平衡这一形象塑造新风格的具现。

由此看来：新诗创作原则走多元综合之路是对的，并且是必要的。

而这一项新追求经受了历史性的检验，也已成为中国新诗的一项优良传统。

余　论

是的，创作原则走多元综合之路，已成为中国新诗的一项优良传统。凭谁说新诗自身没有传统呢？传统一旦形成，是难以割断的，并且它的辐射面将会很大，很深远。唯其如此，才使我们在本文结束处还得来余论几点：

（1）创作原则的综合化并不妨碍三类基本创作原则——现实主义、浪漫主义与象征主义各自的独立存在。三类基本创作原则其实是抒情形象塑造的三个策略系统，它们各自均具有感觉方式、联想形态、意象性能、情智结构、运思路子等方面的独特性。所谓综合，以三大基本要素即现实精神、浪漫激情、象征灵觉的交融为主，也可在三类策略系统中各取其他某一要素的交融，如前已提及的如实具象、直觉想象、超验顿悟的交融。可见此类综合有多条渠道可走。

（2）新诗创作原则的综合化，不管是二元、三元综合，都应该是调和平衡的，是抒情形象塑造合乎自然、浑然一体的完形，若是偏重于某一方面的嫁接，不属此例。如果把创作原则的综合变为嫁接，像有些现实主义如实叙写硬接上一段浪漫奇想的做法，会使抒情形象塑造得矫揉造作，不伦不类，当年提出的“二结合”就是一种嫁接，一种硬性插入。郭小川以三元综合写成的《望星空》抒情形象之所以给人不匀称感，多少有点矫作，正是犯了现实主义“嫁接”的流行病。

（3）新诗创作原则的综合化，必须是综合要素按感性逻辑作过渡，而不能按理念逻辑支配下的演绎。从意象抒情到哲理提纯，或者实体描叙到本体象征，都应是感性的转折、递进、喻示。郭沫若的《天狗》是浪漫主义与象征主义成功的综合，就在于它是一场感性逻辑作用下的精神喻示。《炉中煤》却是浪漫主义与象征主义不成功的综合，因为是以一个小标题“眷恋祖国的情绪”理念外贴硬性导引的譬比。

如果能注意到这几点，新诗创作原则的综合化将会显示更多传统的魅力。

2008 年 1 月 30 日晚脱稿

于西子湖畔乌石山下

注释：

〔1〕 袁可嘉：《论新诗现代化》，三联书店 1989 年版，第 3 页。

〔2〕《周扬文集》第 1 卷，人民文学出版社 1984 年版，第 153—154 页。

〔3〕《冯雪峰选集 · 论文篇》，人民文学出版社 2003 年版，第 336 页。

〔4〕《周扬文集》第 1 卷，人民文学出版社 1984 年版，第 227 页。

〔5〕《冯雪峰选集 · 论文篇》，人民文学出版社 2003 年版，第 335 页。

〔6〕《文学与革命》中译本，未名社出版部 1929 年 3 月版，第 152—153 页。

〔7〕 饶了一：《十二个 · 译者附识》，《小说月报》第 13 卷第 4 期。

〔8〕《鲁迅论创作》，上海文艺出版社 1983 年版，第 410 页。

〔9〕《鲁迅评点外国作家》，岳麓书社 2007 年版，第 162 页。

〔10〕《鲁迅论创作》，上海文艺出版社 1983 年版，第 224 页。

〔11〕《鲁迅论创作》，上海文艺出版社 1983 年版，第 404 页。

〔12〕《论新诗现代化》，第 4 页。

〔13〕《少年中国》第 1 卷第 12 期。

〔14〕《东方杂志》第 17 卷第 12 号。

〔15〕《小说月报》第 13 卷第 11 号。

〔16〕 李璜：《法国文学史》，上海中华书局 1922 年版，第 250 页。

〔17〕《朱自清选集》第 2 卷，河北教育出版社 1989 年版，第 285 页。

〔18〕《朱自清选集》第 2 卷，河北教育出版社 1989 年版，第 283 页。

〔19〕《艾青全集》第 3 卷，花山文艺出版社 1991 年版，第 126 页。

〔20〕《艾青全集》第 3 卷，花山文艺出版社 1991 年版，第 126 页。

〔21〕《〈慈航〉解读》，《名作欣赏》1991 年第 3 期。

〔22〕《胡风评论集》中卷，人民文学出版社 1984 年版，第 292 页。

〔23〕 柯文搏：《中国新诗流派史》，海峡文艺出版社 1993 年版，第 326 页。

〔24〕《新意度集》，三联书店 1989 年版，第 91 页。

〔25〕《新意度集》，三联书店 1989 年版，第 98 页。

〔26〕《新意度集》，三联书店 1989 年版，第 104 页。

〔27〕 笔者曾这样说："在九叶派诗人中，穆旦的想象也许最开阔，他的气质也该是最属热血型的……但他的火热的心和博大的想象才力交融而成的创作灵感，又被紧紧地挟进理智的河床，通过沉思的闸门，化成了点点涓滴……"

〔28〕 林染：《西部诗论：从高昌壁的黄昏开始》，《当代文艺思潮》1985 年第 4 期。

〔29〕《昌耀诗文总集》，青海人民出版社 2000 年版，第 876—877 页。

〔30〕 燎原：《昌耀：西部大时空中的史论》，《昌耀阵痛的灵魂》，青海人民出版社 2000 年版，第 39—40 页。

〔31〕《东海诗群诗选·献辞：面对海洋》，《东海诗群诗选》，浙江文艺出版社 1992 年版，第 9—10 页。

〔32〕《戴望舒诗全编》，浙江文艺出版社 1989 年版，第 50 页。

〔33〕《昌耀诗文总集》，第 322 页。

〔34〕 曹元象编：《蛇的诱惑》，珠海出版社 1997 年版，第 3 页。

〔35〕 曹元象编：《蛇的诱惑》，珠海出版社 1997 年版，第 2 页。

论新诗追求兴发感动的创作传统

一

中国诗歌近三千年的历程中，形成了一个更近于诗歌本质属性的创作传统，即追求兴发感动。这个传统在新诗创作中也被继承了下来，这值得来作一番专题研究。

所谓兴发感动，其实就是在创作发生过程中一种心物相感应的现象，我们的诗人和诗学理论家对此一直十分重视。《毛诗·大序》中有“情动于中而形于言”的说法。“情动于中”是怎么一回事呢?《礼记·乐记》中早就作过解说——虽然那是对音乐之发生而言的，但也同样适用于诗：“凡音之起，由人心生也；人心之动，物使之然也。感于物而动，故形于声。”这就是说，由物感于心，心里才会产生音乐——或者诗歌。南北朝时代的钟嵘在《诗品·序》中，就直接秉承此观点，进一步在创作的发生上作了发挥：“气之动物，物之感人；故摇荡性情，形诸舞咏。”他还具体举例说：

> 嘉会寄诗以亲，离群托诗以怨。至于楚臣去境，汉妾辞官；或骨横朔野，或魂逐飞蓬；或负戈外戍，杀气雄边；塞客衣单，孀闺泪尽；或士有解佩出朝，一去忘返；女有扬蛾入宠，再盼倾国；凡此种种，感荡心灵，非陈诗何以

展其义？非长歌何以骋其情？

从这段话中可以见出：心物相感应的“物”，包括两大类：一类属于自然界的现象，如“春风春鸟，秋月秋蝉，夏云暑雨，冬月祁寒”，可以“摇荡性情”；另一类则属于人事界的现象，如“楚臣去境，汉妾辞宫……塞客衣单，孀闺泪尽”，同样可以“感荡心灵”。可见在四季变化、万物盛衰、四候感诸诗者之外，社会动荡不宁、人际悲欢离合，同样是心物感应到的性情表现和诗歌创作发生的原因。把心物感应看成诗歌创作极重要的质素，不单中国如此，在西方诗学理论界也是一样的。法国20世纪的大诗人瓦雷里在《诗》一文中认为：诗表现的是“一种情绪，一种特殊的情绪的状态”，而“这种情绪是因各种不同的事物或境遇所激起的”。他还进一步说：

> 至于诗之情绪，乃是情绪中最主要的部分。当人们遇到一种易起感触的自然景色的时候，我们会知道它们有如何的感想。夕阳、月光、郁郁森林、茫茫大海，常给我们一种深沉悠远的感思；重大的事件——我们情感生活急剧的转变，如爱的失望、死的来临等等——当能使我们心灵深处立刻起了响应，不论是急剧地或舒缓地，知觉地或不知觉地。[1]

可见瓦雷里的这些话，不仅也认定心物感应是诗歌创作极重要的质素，并且同样觉得：心与“外物”相感应中，这“外物”是兼有外界之时节景物与个人之生活遭际二者而言的。

值得注意的是：心物感应是可以分为两种基型的。黑格尔在《美学》中曾有一个说法：创作要“力求转化自然事物为精神事物和转化精神事物为感性事物的双重努力”[2]。这就表明他已看到：在心物感应中存在着由物及心和由心及物的不同。叶嘉莹对此作了明确的区分。她在论及“比”与“兴”之意识活动时就把“由心及物”与“由物及心”两种心物交感的基型提了出来，在她看来“由物及心”是一种“兴”的感发，而“由心及物”则是一种“比”的感发。在《中国古典诗歌中形象与情意之关系例说》中她说："首先就'心'与'物'之间相互作用之孰先孰后的差别而言，一般说来，'兴'的作用大多是'物'的触引在先，而'心'的情意之感发在后；而'比'的作用，则大多是已有'心'的情意在先，而借比为'物'来表达则在后，这是'比'与'兴'的第一点不同之处。其次再求其相互间感发作用之性质而言，则'兴'的感发大多由于感兴的直觉的触引，而不必有理性的思索安排，而'比'的感发则大多含有理性的思索安排。前者的感发多是自然的，无意的，后者的感发则多是人为的，有意的。这是'比'和'兴'的第二点不同之处。"[3]这虽是谈比兴之类别，但对理解心物感应的实际内涵很有用，可以使我们明确到如下两点：一、兴发感动确可以通过由物及心与由心及物两类心物感应的基型来显示；二、由物及心的感发是自然天成的，由心及物的感发则含理性安排。

对此，可以结合一些实例来谈。

兴发感动是离不开具体的生活对象的，心物感应中由物及心的那一类基型首先要求有"物"——客体的存在。何其芳是一位致力于以兴发感动来写诗的诗人，在结束了"预言"时代的创作而在延安写《夜歌》中那些诗后，他改变了"预言"时代追求由心及物的感发活动，而转向了由物及心。他后来在《写诗的经过》中曾说："认真地生活，热情地生活，在一定的时候生活就把可以写的东西提供出来了，或者说有些东西就在你的脑子里长成了，而且它们使你感到非写不可。好像写了出来然后可以精神上得到一种解放。"[4]这就表明从"夜歌"时代起他对兴发感动的追求已采取由物及心的路子。在《关于〈生活是多么广阔〉》中，他谈到自己写《生活是多么广阔》一类诗的第一篇《黎明》时说："我现在还记得很清楚，那是一个清早，我坐在窑洞的门口，望见山底下浮着白雾，空气里带着露水似的微冷，黎明在变成阳光，就像花朵在慢慢地开放。在这样的早晨的静寂中，山底下的工人们打石头的声音飘散在山谷里，一声声地听得很真。我知道他们是在为了建筑新的房屋而劳动，我也就坐在桌子前面开始写我的无声的短歌。"[5]于是我们也就读到了《黎明》一开头的那些诗行："山谷中有雾，草上有露。／黎明开放着像花朵。／工人们打石头的声音／是如此打动了我的心。"这正是对由物及心的兴发感动极好的描述。这种兴发感动最完整的体现是那首《河》。该诗写的是诗人“散步时的伴侣”——“河”。由于这种“伴侣”般的亲密感，使诗人的“我”与“河”的“你”有了某种潜在的交感。诗人对“河”说：“你在歌唱着什么?”这句“多么无意识的话”就泄露了最初的心物感应，随即出现如下一行“但我知道没有水的地方就是沙漠”，把“物”及“心”推进了一步。这以后四行是：“你从我们居住的小市镇流过。／我们在你的水里洗衣服，洗脚。／我们在沉默的群山中间听着你／像听着大地的脉搏。”这就更进一步把“物”之“摇荡性情”作了全面的推进，把河水流淌的声音幻感成是“大地的脉搏”。到此，把这场兴发感动也就推向了极致，出现了最后的两行：

我爱人的歌，也爱自然的歌，
我知道没有声音的地方就是寂寞。

这是“物”对心灵的感发进入顿悟的阶级，一场智慧的升华，从而也就完成了兴发感动的全过程。一般说心物感应中由“物”及“心”的“物”化为听觉的刺激导致的感发力当然是强的，何其芳的《黎明》《河》都是让“物”以听觉刺激来感发的。不过，感发力更强的还是“物”之视觉刺激，艾青比何其芳更热衷于由物及心的感应，在创作过程中更显出他兴发感动强度的，是视觉刺激。这位诗人原先从事美术，对事物的形体、光色等的视感觉特别敏锐，因此所选之“物”大都提供给人更多的视觉刺激，由这种性能的“物”及“心”的感发力也特强。这正如新柏拉图派创始人普罗提诺所说：“美主要是通过视觉来接受的。”艾青一些名篇的创作，既建基于心物感应中的由物及心，又总是让“物”显示为视觉刺激的功能来完成兴发感动。对此，我们从《雪落在中国的土地上》《北方》《旷野》等作中都可以见出。《雪落在中国的土地上》一诗，分层次地展示了：抗战时期家破人亡的中国农夫赶着马车茫然流浪在雪的旷野上；受尽敌人凌辱、失去男人保护的中国妇女坐着乌篷船漂泊在雪夜的河流上；“我们的年老的母亲”，“蜷伏在不是自己的家里”，还有失去土地的“无数的土地的垦植者”朝向阴暗的天，“伸出乞援的颤抖着的两臂”……具有视觉强刺激的“物”，然后在“雪落在中国的土地上／寒冷在封锁着中国呀”反复咏唱的烘染下，推出了如下一串设问式的直接抒情：

中国
我的在没有灯光的晚上
所写的无力的诗句
能给你些许的温暖么？

这是“感荡心灵”的声音。在“物之感人”达到极致处这画龙点睛的一笔，完成了由物及心感应的全过程，具有极强的兴发感动效应。

废名在《谈新诗·十二》中有过这样的说法：“郭沫若的诗是直抒的，诗人的感情碰在所接触的东西上面。因为是诗人的感情碰在所接触的东西上面，所接触的如果与诗感最相结合，那便是天成，成功一首好诗。”[6] 对于废名来说，这大概只是一种感觉而已，却为心物感应中由心及物的感应提供了实践经验的有力佐证。郭沫若也许是中国新诗人中最早一个提倡以兴发感动来写诗的人，他对此发表过不少言论，也就不作引证了。值得注意的是：他确如废名所感觉到的那样，在追求心物感应中强调由心及物。从现象上看，这是客观世界由“心”摆布的做法，但实质上更是主体的情思意绪在寻求“物”——客观世界来作呼应。上面废名提到郭沫若因让“感情碰在所接触的东西上面”而写出好诗来的例证是《夕暮》，倒是抓准了。此诗是郭沫若“星空”时期的作品，这期间他由于饮够了人生的“某味之杯”，狂飙突进气势已经削弱，代之以对人生冷峻的观照。虽然自由的遐思与渴望还在继续，却对这自由是否能持久的不安感充塞心头，作为一股复杂的情思，一触及自然界的景色，白云、荒山等“物”，也就爆发出了这场由心及物的奇特感应：“一群白色的绵羊，／团团睡着天上，／四周苍老的荒山，／好像瘦狮一样。”这场表面上看是自由其实并不自由的生态环境值得玩味，显然是心怀自由的渴望却又糅合着不安全感的复杂情思一触及白云、荒山等“物”后所作的一场有意为之的安排，然后顺势推出了第二节：“昂头望青天，／我替羊儿危险，／牧羊的人哟，／你为甚么不见？”通过意象推延的奇妙遐想，把这份无可奈何的不安感充分地暗示出来了。这是很典型的一场由心及物的感发活动，这样的心物感应是掺杂着理性成分的，故它说不上浑然天成，而是经过某种思索后所作的一场井然有序的巧妙呈示。类似的感发活动，我们还可以在《新生》《雪朝》等作中见出。这种由心及物的兴发感动追求到1930年代，随着里尔克、艾略特等知性现代派的艺术思路的引进，新诗坛也盛行起一种诗风：拿某种哲理观念在现实世界中寻求能对上号的物象来作形象化阐述。这样做使一些诗人走上了玩弄观念的路，却也有另一些诗人如卞之琳、玲君、南星等，别有新招，他们拿这样那样的哲理观念碰在可以相呼应的事物上时，往往能应对得恰到好处，因此也就会产生由心及物的兴发感动，这显然是受理性遥控的感发活动。卞之琳的《断章》是名篇，却实在是作了一场相对论的形象阐释。不过，无论是“你站在桥上看风景，／看风景的人在楼上看你”，或者“明月装饰了你的窗子，／你装饰了别人的梦”，具现为相对观念的“心”与用作相对观念之图解品的“物”，在这里有着恰到好处的审美应和，因此就产生了由心及物的感应。可惜卞之琳这种让心与物恰到好处地应和之作并不多。南星在这方面做得更高明些。他那由心及物的感发活动是不露声色的。他对一桩桩客观事件、一个个客观事物都作了淡远的描述，往往是到末了方使我们明白：这些看似纯客观的事件、事物，其实是受理性遥控着的一场由心及物的感应。他收在《石像辞》中的《城中》，说“商店之行列”、“过路人”、“武装者”以及“夜色的胡同里”的“叫卖声”，都“永远是年轻的”存在，这里的“年轻”，当然指存在始终不变；又说已有裂纹的老树把影子投在失修已久的墙上，纵使“春风吹过了一个个季节”，也还是像花枝，指的也是存在的始终不变。这种种“物”的表现全是受“心”操纵的，时间流走而空间依旧，这样的时间在时空聚合中也就会显出漫长的一年等于短暂的一夜，短暂的一夜也如同漫长的一年。正是这种“永久与暂时混合”，也就让生活在永远闭塞而荒凉的“城中”的人全觉得自己“记错了岁月”，“怀疑年轻或年老”。这一场哲理冥想，也就是所谓的“心”凑巧“碰”上的那些对得上号的“物”——“城中”那些古旧不变的种种事象，而这场相互呼应是最能引起人这类哲理冥想的，亦即由心及物中心与物审美配合得恰到好处的，也就导致《城中》的这场兴发感动富有魅力，且显得清晰有序，而这得归功于由心及物的“心”含蕴着理性，发挥分析一演绎的逻辑作用。

但是上述由物及心与由心及物这两类心物感应，还只是浅表层次上的兴发感动表现。新诗创作中的这项追求，还要进入新的层次。

二

诗创作中，兴发感动是一个完整过程。心物感应在更大的意义上说，是兴发感动整个过程中的起步阶段。随着心物感应而来，会出现一股潜在的情绪，来激活想象。想象既已激活，它就会在潜创作中选择意象以及把这些意象聚合成意象组合体，并通过这些意象组合体所具有的感兴功能，营造出一种气氛、情调显示的意境。这大概可以说是兴发感动整个过程中的发展阶段了。

但心物感应中由物及心与由心及物在激活想象方面是有一定差别的。想象活动存在这种差别，或者说感应基型存在这么两类，会使诗人在兴发感动作深化中，能各显示其奥妙。

先看由物及心的想象活动。

由物及心的感应所激活的往往是神奇甚至神秘的幻想，所谓幻想，是指与个人生活愿望相结合的创造性想象特殊的一种形式。因此，幻想可以说是非常态感发活动的产物，主体对“物”——客观存在的把握是凭直觉的，因此这一类由物及心的感应也是排除功利目的潜意识活动。这场心物之间的感应已从“物”中有“心”（景中有情）、“心”中有“物”（情中有景）的混合中超越出来，转向“物”即是“心”（景即是情）、“心”即是“物”（情即是景）——或者说转向心物（物我）同一以致两忘的心灵化趋势。唯其如此，才使这场感发活动能摆脱来自现实中的记忆表象的纠缠，获得超现实的、未直接感知过的事象、物象来作虚幻化的意象组合，从而使幻想具有指向未来的想象特色。当然，从幻想的发生上看，凡处在与群体隔绝中的人，往往最易藉幻想来转移精神的困惑，避免心理的失衡，所以从某种意义上说，幻想也还是有一定的功利目的的，只不过这场在潜意识中发生的活动，主体并没有明确意识到而已。

艾青的《聆听》一诗，就是一例。原诗是这样：

驰荡呀
驰荡呀
法南水电厂的吼声
彻叫着：夜
沉在监狱的房里
震摇的
夹着难友的鼾声呀
像大航轮般
在深蓝的海洋上
以速力钻开了水波
夜
它前进着……

这是 1932 年 7 月艾青因从事左翼美联活动被上海法租界巡捕房逮捕后在狱中所写的最早一首诗。由于看守所在法南水电厂附近，所以狱中的诗人日夜可闻现代科学文明的产物——发电机的马达吼声。无眠的诗人在这监房的深宵听着不远处传来的一声声促人“驰荡”般的马达声——“物”，竟触发起他如同进行曲般奋进的幻思——“心”。这可是一场非常态的心物感应，全受直觉操纵。于是他展开了幻想：

仿佛这给人以如此沉重之感的“夜”是“沉在”夹着难友鼾声的监房里，并混成一体像一艘“震摇的”大航轮。接着他又进一步把深宵的宇宙也幻想成一个“深蓝的海洋”了。这艘“夜”之大航轮正合着进行曲般的马达吼声，“以速力钻开水波”在“前进着”。这里把宇宙设想成深蓝的大海，把“夜”和监房混合成大航轮在上面钻开水波飞航，都是摆脱了记忆表象的幻想的产物。这样一场由物及心的非常态感应，激活了一种幻想：“夜”一定会航入黎明港口的乐观信念。所以《聆听》这种具有混沌而神奇创作境界的追求，反映着身心健旺的诗人欲以神奇的直觉情绪来消解铁窗生涯的困顿，也显示着艾青在这场创作活动中兴发感动的魅力。

但是，像《聆听》这样的诗，虽然也已有心物感应中心物同一以致两忘的感发趋势，却还没有能让心物感应彻底建基于心物契合上，受理性遥控的功利目的也略有显在迹象。像把法南水电厂“驰荡呀”的马达吼声置于诗篇，就不能排除以现代科学文明决定反专制、求民主进程必然会来到的暗示目的；也就是说心物感应还没有浑然天成到契合的程度。而这是同心物感应还没有完全把幻想推到万物同体的宇宙境界有关的。

西川的《在哈尔盖夜望星空》也走由物及心的非常态感应路子，但比艾青的《聆听》在心物相契合上更跨前了一大步。这首诗是西川在青藏高原一个远离城市的荒凉小站上眺望星空时心忽有所动，不禁“摇荡性情”而形诸笔墨之作。这场心物感应是浑成的。诗篇把主体置于原始蛮荒而又万籁俱寂的深宵环境中去眺望星空，这就特别能使人摆脱尘俗而独对宇宙，于悠远、旷茫的感受境界中蓦然生发了出位之思，以致直觉到“河汉无声，鸟翼稀薄”，“青草向群星疯狂地生长”，“马群忘记飞翔”，甚至还本能地发现相对的时间在那个环境里绝对化了：“风吹着未来也吹着过去”。这种种都表明：自我已整个儿沉入到宇宙时空中，与万物同类而互转，化身为非我之“我”——“一个领取圣餐的孩子”了。于是，在这场非常态感发活动中，西川把握到了一次人作宇宙皈依的生命觉识。从心物感应浑然天成的角度来看，这首诗的前六行值得注意。它们是这样：

有一种神秘你无法驾驭
你只能充当旁观者的角色
听凭那神秘的力量
从遥远的北方发出信号
射出光来，穿透你的心
像今夜……

应该说这些诗行多少能起一点点说明性的作用，点明此诗出于一场由物及心的心物感应，并且是出于非常态的感应，以致使他幻感到有一种“无法驾驭”的“神秘的力量”，“射出光来，穿透你的心”，并加深一个印象：这“神秘的力量”也就是人与宇宙契合的、神妙无比的兴发感动。不过，我们认为这种说明性诗行实在有点多余。除掉它们，人与宇宙那种神秘的契合，反倒更真切而浑成，加上这六行反使这种“契合”的真淳因掺入理性而有所削弱，因为人与宇宙的“契合”及其深化必须靠幻想，而幻想是直觉潜意识的产物，无需理性掺入来作点明。所以《在哈尔盖夜望星空》也还算不得真正进入人与宇宙融洽无间的契合境界。

这就涉及“契合”之能达到融洽无间的根本要求。

“契合”作为一个概念来自波特莱尔的一首十四行诗。该诗中国几十年来有好多个译文，题目也不一致。戴望舒和卞之琳都译为《应和》，诸候译为《交响共感》，陈敬容译为《通感》，梁宗岱才译为“契合”。由此可见“契合”和“应和”“交响共感”“通感”有相一致的意义。不过内在的差别也是存在的。“交响共感”和“通感”都止于神经性感觉层次，而“应和”已是精神性感觉层次了，至于“契合”则属于神经性感觉和精神性感觉都相应和的意思，所以“契合”这个题目的译法更近于波特莱尔这首十四行诗的原意，因为这首共四节的诗，第一节提出了宇宙与人整体上的契合；第二节提出了物质世界中的人神经性的官能通感；第三节提出了向内转的人精神性的心灵应和；第四节则赞美了使物质世界与精神世界融洽无间的契合中，“心灵与官能的狂热”的作用。袁可嘉对这首十四行诗有个说法：认为它“把大自然看作向人们传递信息的‘象征的森林’，肯定物质世界与精神世界的相通以及色香味各种官能的交感……”[7]这是可取的，如果能把“各种官能的交感”置于“物质世界与精神世界的相通”之前，那就更合于原诗的认识逻辑。这首诗启示我们，达到融洽无间的“契合”必须是两个层次的递进或复合。第一个层次出于本能反应的神经感觉。在这个层次上由物及心的感应会生一层直觉情绪氛围。人处此氛围中会使人对客观事物引起声、色、香、味等刺激的感官相通，从而产生生理错觉以致使声、色、香、味等所依托之物成了同一个感觉状态的存在，诚如同波特莱尔在《契合》中所告诉我们的：由于“芳香、颜色与声音在互相应和”，各个感觉的不同依托物会像“回声在远方混合”那样，“变成了一体”，于是，物也就从客观存在内转为主观存在。这就完成了契合式感应的第一个层次。第二个层次出于潜意识反映的精神灵觉。由于物已内转成主观的存在，于是由物及心的感应所发出的已是灵觉情绪氛围，在此情绪氛围中第一层次上心物感应时的客观之物，已因通感而成错觉而相通，“变成了一体”——心象，于是在第二层次上内转及心的感应也就产生了心理幻觉。这是一种没有外在刺激而出现的虚假的感觉。幻觉中由于受无限制而高度自由的幻想的推动而促成幻象的生长，幻象间那种神奇、神秘关系的生成，从而出现物即是心（景即是情）、心即是物（情即是物）的大应合，出现了物即是我、我即是物、我已无我中物我两忘的大统一。进入由物及心这一层次的感发活动后，这场心物感应也就成为在心灵中完成的物质世界与精神世界的大应合，并和宇宙大统一相呼应。于是，由物及心的心物感应才真正达到了融洽无间的“契合”。这场契合的标志乃是：我们在宇宙中、宇宙在我们里、宇宙和我们在一起的万化冥合。

这样一种由物及心的契合式心物感应，从新诗草创期开始，就有人在追求。刘半农写于1918年初的散文诗《窗纸》，从一幅“被沙尘封着，雨水渍着，斑驳陆离”的“窗上的纸”中，“看出许多幻象”：一会儿是落日余晖，映着一片没有人影的平地，一会儿是两座金字塔，三五株棕榈，几个骑着骆驼拿着矛子的人，一会儿是满地鲜血、无数骷髅，一会儿是拍卖场，万头攒动，一会儿是老虎，是慈善面孔的托尔斯泰，是美人，是满地球洪水，诺亚方舟的沉没……赵景深评说：它“写幻象足见想象力之丰富”[8]，但通过这些瞬息万变的幻象的出现，却使我们感到：刘半农在进行这一场由物及心的兴发感动中，心物的契合已进入宇宙大统一的心灵境界了。更值得提出来一谈的是宗白华。这位诗人在1920年代初期出版过小诗集《流云》。这本诗集中的诗，随处可以感受到心物感应达到融洽无间的契合。在《夜》中，他说：“一时间／觉得我的微躯／是一颗小星，／莹然万星里／随着星流。／一会儿／又觉着我的心／是一张明镜，／宇宙的万星／在里面灿着。”这正表明他怀有我们在宇宙中、宇宙在我们里的那种万化冥会的心物契合式感应。在另一首《夜》里，他还具体地表现了这种由物及心的契合式感应过程：

黑夜深
万籁息
远寺的钟声俱寂。
寂静——寂静——
微妙的寸心
流入时间的无尽！

在这里，“黑夜深”的视觉、“万籁息”的动觉、“远寺的钟声”的听觉都统一在“寂静”的心理感觉中了，并成为同类而在向内转中产生了幻觉，使它们合成一体，化为一道时间之流的幻象，再和抒情主体的情思——心交相感应，于是就有了“微妙的寸心／流入时间的无尽”的契合。这是自我融入绝对时间即宇宙时间的一场心物契合式感应。这种高层次的兴发感动在新诗人中出现得不多，因为这同诗人心物感应特定的路子有关，这是由一种超验的感应气质所决定的。宗白华在《我和诗》一文中就自述从童年时代起着他潜意识里就有一种“遥远的情思”，特别是在夜里，“顶爱听那远远的箫笛声，那时心中有一缕说不出的深切的凄凉的感觉，和说不出的幸福的感觉结合在一起，我仿佛和那窗外的月光雾光溶化为一，飘浮在树梢林间，随着箫声、笛声孤寂而远行”。到了中年以后，他回忆写《流云》中那些诗时的心境，也这样说：

……大都会千万人声归于休息的时候，一颗战栗不寐的心兴奋着，静寂中感觉到窗外横躺着的大城在喘息，在一种停匀的节奏中喘息，仿佛一座平波微动的大海，一轮冷月俯临这动极而静的世界，不禁有许多遥远的思想来袭我的心，似惆怅，又似喜悦，似觉悟，又似恍惚。无限凄凉之感里夹杂着无限热之感，似乎这微渺的心和那遥远的自然和那茫茫的广大的人类，打通了一道地下的深沉的神秘的暗道，在绝对的静寂里获得自然人生最亲密的接触。[9]

这就是由物及心的心物感应通向宇宙的思路，也是兴发感动中物质世界与精神世界融洽无间地契合的决定性条件。

到1930年代以后，新诗人中像宗白华这样具有通向宇宙的心物感应者中，孙毓棠是较突出的一个。这位诗人虽以长篇叙事诗《宝马》闻名于世，其实就他在创作中追求兴发感动并使诗成为具有很高的象征意蕴而言，《河》《回家》《渔夫》《北行》等就特别值得关注。如《回家》，就通过心物感应的两个层次的递进来体现万化冥合。该诗的前四行以海上的狂风撕碎“我的”船帆，荒风撼抖桅杆，腥风“噎着舱对我讲话”的通感化错觉，把“海”“船”“风”和“我”建立起同类的关系，以致使它们都成了主观化的存在而向内转。于是，在第五到八行中，由物及心的心物感应进入灵觉情绪氛围中，激发起一片在超验的幻觉促进下的幻想，以致让“船沉入了海底，又飞到和天齐”，而“黑的浪敲着黑的云乱吼”，“我抬头找不到一颗引路的星斗”——在大一统的宇宙生态环境中万类各自展开了神秘的活动。由此进入第九到十二行后，“我”已非我，成了宇宙中的我。当这个“我”在特定的往世与来生间旷茫的境界中正找不到生命的皈依时，忽然：

我只听咸的风对我笑着讲话，

“船夫，不要怕，我会送你回家!”

这可是超越生死的“我”在万类生命一体中被导引向宇宙终极皈依的象征表现，也是心物感应在宇宙境界中真正获得契合的一场高层次兴发感动的幻想表现。

三

由心及物的感应所激活的想象，在深化兴发感动方面所起的作用有另一番奥妙。

由心及物的感应激活的想象，是按与心相呼应的记忆表象来展开的，我们称之为联想。对联想，我们还可以说具体点：由当前所感知的事物而回忆起有关的另一事物，或由想起的一件事物又想起另一件事物的心理活动，即联想。具有这种性能的联想势必会在回忆、推理过程中扮演重要的角色，且始终会受理性或强或弱的遥控，以致它总具有一定程度的定向性。由心及物的感应所激活的既然是一场联想活动，这场感应也就会隐含着某种功利的自觉。唯其如此，由心及物式的心物感应也就显现为如下的特征：从心物的心灵性化合中返回，重现二者的物理性混合。因此，这类心物感应始终会和记忆表象结合在一起，展开一场属于“种族记忆”的习惯性联想，拿直接或间接感知过的事与物化为原型化的感兴意象。这类有某种超验意味的意象也就成了由心及物这场感应所获得的极其重要的成果，且使得以此激活的联想具有原型想象——亦即兴象联想的特色。从联想的发生学上看，处在大群体中而能与“种族记忆”相通的人，最易藉兴象联想来求得精神的依傍，避免心理的迷茫。所以，从某种意义上说：兴象联想还是有超现实功利目的的，只不过这场在意识深处潜藏着的活动，主体始终视而不见而已。

卞之琳的《古镇的梦》是由心及物的感应颇为成功的一例。这首诗从外象上看，诗人的主体不出场，它只是纯客观地写了一座古镇中存在的三种如梦似的声音，而且它们作为“物”，还被表现得十分精微细致。但必须注意到：这种种“物”之表现都是“心”之所及的产物。不妨来看看这三种声音以及它们之间的关系是如何来表现的。白天古镇上有一种如梦似的声音是“算命锣”，它来自“敲不破别人的梦，／做着梦似的”一步又一步在街上游走的瞎子。这瞎子天天这样走，年年这样走，因此十分熟悉古镇“哪一块石头低，／哪一块石头高，／哪一家姑娘有多大年纪”。显然这是主体的“心”有意的安排，从一个盲眼者的角度来表现古镇永恒难变的、回荡着沉沉梦境情调的愚昧与寂寞。深夜，古镇上另有一种如梦也似的声音，是“梆子”，它来自“敲沉了别人的梦，／做着梦似的”一步又一步在街上游走的更夫。这更夫也夜夜这样走，年年这样走，以致十分熟悉古镇“哪一块石头低，／哪一块石头高，／哪一家门户关得最严密”。这同样是主体有意的安排，从一个报更者的角度来表现古镇永恒不变的、回荡着沉沉梦境情调的闭塞与寂寞。接着，诗篇推出了一个戏剧性的场面：深夜镇角的一间小楼上，一个妻子对丈夫说了一段话：“三更了，你听听／毛毛的爸爸，／这小子吵得人睡不成觉，／老在梦里哭，／明天给他算算命吧！”这也是主体有意的安排：在充分地把古镇白天和晚上如梦的情境作了表现后，卞之琳又把白天和黑夜、算命与报更叠合起来，然后临势推出了最后一段：

是深夜
又是清冷的下午，
敲梆的过桥
敲锣的又过桥
不断的是桥下流水的声音。

诗人凭他活跃的联想，抓住了一个视觉物象“桥”，这“桥”又放射出三条联想线：（1）相对时间上，古镇的深夜和白天，都有人从桥上走过；（2）相对空间上，敲梆的更夫和敲锣的瞎子都会从桥上走过；（3）绝对时间、空间上，则是永恒存在的“桥下流水的声音”。这是第三种古镇的声音。显然这更是主体有意的安排，让“桥”来连接发生在空间化时间中的、藉以隐示闭塞与愚昧——荒原般的古镇的现实境界，也让“桥”来连接发生在时间化空间（古人有云：“子在川上曰，逝者如斯夫。”）中的、以白日沉梦与深宵沉梦不断轮回的三种声音——“荒原般古镇的”永恒境界。在这些境界中蕴含的情意，正是不出场的诗人主体之“心”，而古镇的这三种声音则是“心”所及之“物”。这是一场十分成功的由心及物的感发活动，可以看出此中没有直觉化的幻想，只有灵觉化的联想在发挥作用，而联想所选取的都是日常可见的物象、事象。由于“心”是渗透着理性旨意的，由心及物又必然是按“心”之理性旨意来摆布“物”的，因此这场感应具现于文本中，是一片井然有序的诗歌天地。

不过，像《古镇的梦》这样的诗虽成功地显示出由心及物的感发活动中的“心”中有“物”，“物”中有“心”，但心物之间总给人以不是一回事的隔一层之感——即使主体不出场，但暗中操纵得如此井然有序，总会让人有理性摆布下的雕琢痕迹。这对心物感应并不有利，有削弱兴发感动的倾向。因此，由心及物的感应适度强化心物互通中“心”的激情化和“物”的虚拟化，实在是有必要的。在这方面，绿原的长篇抒情诗《高速夜行车》做得极好。

《高速夜行车》是中国近百年来新诗作品中极少见的一首具有神秘象征格局、以大规模隐喻性书写来对无止境的人生追求作心灵化表现的奇诗。它超越具体的现实事件，高扬顽强的精神意志，散发着“路曼曼其修远兮，吾将上下而求索”的那种生命追求的原生力与激情。从艺术表现的角度看，这首诗采用了习见的生活内容——一个人开着高速夜行车在漆黑的公路上作无具体目标的疾行，经历一次又一次险境，排除一重又一重难关，与黑夜阴恶的阻拦血拼，与自身虚无的怯懦交战，终于穿越漫长而旷远的时空无物之阵，迎受到“从太极汹涌澎湃而来的一阵罡风”，“吹开了”“心灵的盲点”，激发起“我”与无数个“在空间上相互隔绝”而“在时间上却共同着一个胎盘一个磁场一个大气层”的“单个的‘我’”，“以相同的频率孤身奋战”。至此，诗人发出高歌：

让我们开着各人的夜行车一齐冲破
蒙昧无知迷信误解孤独绝望的罗网
一齐向着
黑暗和光明空虚和实有死亡和生命
的边境线
高速前进直到
鸡声四起直到
……我们和我们的车与
第二个新生代伴随着
更猛烈的新造山运动各自成为
另一个永远有待进一步加工否则
永远将成为废品的半成品
被投入了无尽的时间流水线……

在这些属于尾声的诗行里，我们见不到纯粹的光明尾巴，有的是生命群体的“半成品”，如不加工将“成为废品”而弃置于“时间流水线”。这样一首抒情长诗，同屈原的《离骚》、艾青的《光的赞歌》等一样，是同属宏大的生命哲学的放歌。比较而言，《离骚》以由物及心的感应显示直觉浑成，作为一个经典文本是后人难以超越的；《光的赞歌》也以由物及心的感应展开抒情，但直觉性不足而让过多的知觉因素掺入，因此心物间没有做到真正契合，也就缺乏点生命追求境界的浑成而显得松散；《高速夜行车》则是一场由心及物的感应。绿原在这首诗的后记里说：“人终归会认识，希望不是现实，绝望也不是现实，在任何横逆和挫折面前只能有进无退才找得到出路；因此终点是没有的，即使有那不过是自己的断念和休停，只有永恒的进程才使你不致于成为‘末人’。”可见他投入这场创作原是先在头脑里明确地生有上面的这个旨意——“心”，而找到相呼应的“物”——代表“烈士暮年，壮心不已”的诗人自己和他那代人而引起感发活动的。由心及物的感应由于是知觉的产物，故由此激发起来的是受理性遥控、以记忆表象为物质手段展开的联想，这使得主体之“心”所及的“物”，全是以高速夜行车为中心推延出去的一系列常见的、夜行车在公路上疾驶时会碰上的种种物象、事象、景象，但鉴于整体的虚拟性而使得这些物、事、景所转化成的意象及其组合体，是生活真切感与虚幻感的综合呈示，因此显得分外神秘。说起神秘，我们的先入之见是奇特、怪异、不可思议，违反现实生存逻辑。《高速夜行车》却不完全是这么一回事，它是有层次感的一场似虚似实的推进，因此也就使全诗形成了一个井然有序的有机组织，而这正是该诗的心物感应有理性渗透所致。可贵的是绿原在这场感发活动中，理性渗透只是一种遥控行为，在整体上有一个明确意识到的目标，整个由心及物的感应过程中，主观意旨是让一股“烈士暮年，壮心不已”的人生追求激情渗透着的，意象流动也出于激情的推延，这使得这首抒情长诗不像卞之琳的《古镇的梦》那样纯属无主体感应迹象的冷静。因此，这两首诗虽都给人以重知觉联想活动、受理性遥控的印象，但《高速夜行车》更多一份激情涌流，也就使这场兴发感动更显力度。虽然这激情涌流还缺乏一点内发的成因而多少有一点不自然的外贴之感，这也多少削弱了一点兴发感动的力度。

值得注意的是由心及物的感应虽因有理性遥控而使兴发感动显出了深度，有激情涌流而使兴发感动显出了力度，但在多数新诗创作中，这类心物感应往往缺乏一种融和感及自然流态的性能。究其原因，是同这场心物感应更多知性化因素有关。这一代新诗人中大智慧者自发地甚或自觉地发现了这一点，所以他们不自觉地甚或自觉地作了力矫此弊的探求，把由心及物的感应侧重于兴发，让知觉联想转为兴象联想。而所有这些，又是和由心及物的“物”从习见的事象、物象、景象转为原型有关。

这里说的原型是由荣格提出、流行于西方的术语。原型是一种与生俱来的心理模式，它对于一个民族甚至所有民族的所有时代都是共同的，还具有规范意象的中介作用，故又可以称之为原始意象。具体地说：原型是一个民族在童年时期发生的、对某一特定事物在特定情境中深印于民族成员集体心灵里、经过漫长的岁月无数个时代而积淀成的一种“种族记忆”，或者集体无意识。荣格就这样认为：“集体无意识的内容则是所说的原型”[10]并且进一步说：“我们在无意识中发现了那些不是个人后天获得而使经由遗传具有的性质……发现了一些先天的固有的直觉形式，也即知觉与领悟的原型。”[11]这个原型理论在早于荣格两千来年前的中国传统诗学中早已用“兴”这个术语而提出来了。赵沛霖在《兴的源起——历史积淀与诗歌艺术》中有这样的说法：

> ……兴的起源根植于原始宗教生活的土壤中，它的产生以对客观世界的神化为基础和前提。它经历了个别的具体的原始兴象和作为一般的规范化的艺术形式的兴这样两个发展阶段。所谓原始兴象是被神化了的因而具有一定观念内涵的物象被援引入诗的结果，它完全以其宗教性质和意义为本质；从心理过程来看，则是观念内容与物象之间的一种联想。而作为一般的规范化的艺术形式的兴则是在众多的原始兴象的基础上产生的，是这些原始兴象由于历史的发展而丧失了其原有的观念内容而逐渐演化成物抽象的形式（即以“他物”来引起“所咏之词”）。[12]

这段话至少可以让人感到兴与原型在三个方面可以统一起来：（1）它们同样属于原始的“象”的久远的遗存，中国的“兴”指的是原始兴象，荣格指的是原始意象，究其根源其实前者基于宗教性的民族图腾，后者基于特殊情境下族众对原始宗教的心灵共感，都属于原人与大自然（宇宙）神秘感应中对事物的幻象化把握；（2）它们的这些原始的“象”都是一定理念的内涵和事物通过为种族所共具的习惯性联想关系的结合体。这一定观念的内涵，在中国的“兴”中指原始宗教意识，在荣格的“原型”中指“种族记忆”，其实同是指一个民族的集体无意识；（3）它们的定型以及获得民族文化意识上的定位，都经历了无数个世纪的历史演变，以致使原始的观念内涵渐次淡化、消失而化为一种能引起某类本能反应的、先验存在的抽象形式。

对这种能给予人本能反应的、蕴含着丰富而遐思深远的集体无意识的结晶——兴或原型的自觉或不自觉的把握，是一代新诗人在创作追求中推动由心及物之感应的一件大事。对那些通过由物及心的感应而在创作中显出兴发感动特强力度、特广幅度的名篇作逐一考察，不难发现诗人几乎都立足于“物”的兴化或原型化之上的。郭沫若的《凤凰涅槃》、艾青的《我爱这土地》、穆旦的《森林之魅》等均如此。中国传统中的原始兴象有四大类：鸟类兴象、鱼类兴象、树木类兴象和虚拟动物类兴象，而《凤凰涅槃》就采用了虚拟动物类兴象，《我爱这土地》采用了鸟类兴象，《森林之魅》采用了树木类兴象。这些名篇我们容后再谈，这里且提出另外一个例证来论析：黄纪云的《燕子》。

《燕子》是一首短诗，像荷叶上的露珠，晶莹剔透而又有浑圆的流动感，且蕴含的容量又很大。原诗是这样：

风雨无阻
我在到达你的途中
你是否也踏上了归途

旧巢早已荒芜

但，你是否知道
我的眼睛里闪耀着
你衔来的一粒粒泥土

透过一粒粒泥土
你知道，我看到什么

泪水打湿的记忆

开着黑与白的花朵

读罢此诗，可以把它的创作过程概括出来：诗人心头本有一脉怀念故土欲求归返之“心”，触在了“燕子”上而引发起由心及物的感应，以致激活了一连串与“燕子”相关的联想，形成一个既习见又不免有虚拟意味的意象组合体，从而延展成了这一首诗。它写得精练而含蓄，几乎每一节都埋着隐喻：第一节说“我”风雨无阻地“在到达你的途中”，这“你的途”即燕子归返故土之途，是隐示的说法，而“你是否也踏上了归途”虽是直说“你”的归途，却也把上行“你的途”作了点明。所以这一节连起来是说我风雨无阻地奔向的是你燕子正在实现的这场返归故土的途中，如此表达确显得曲折有致。第二节仅一行“旧巢早已荒芜”，是隐喻这一场奔向故土的归途对“我”来说是凄苦、伤感的。这以后三节则由此派生出来。第三节“我”问“燕子”是否知道“我的眼睛里闪耀着／你衔来的一粒粒泥土”，说“泥土”是闪耀在“我的眼睛里”的，可见是对眼泪的隐喻，而全节隐示的也就是“燕子”是否会晓得它返归故土之举带给我的是凄苦、伤感的泪。这是对“旧巢早已荒芜”的第一层隐喻作深化。第四、五节是可以合并的一个单元：再问“燕子”可知道透过一粒粒泥土“我”看见的是自己“泪水打湿的记忆”，这是以抽象的“记忆”被泪水打湿的拟喻化意象来隐示。但这还不够，诗篇又让“记忆”再拟喻一次，在记忆化的泥土上开出“白与黑”的两朵花，来隐喻对故土既凄苦又伤感得纯洁的怀念。这是对“旧巢早已荒芜”的第二层隐喻作深化。以密集的意象作密集而又层层推延的隐喻性抒情，使全作组成了一个完整、有机而流动状的抒情境界，其心物感应受理性遥控是显而易见的。这样一场兴发感动把这个文本推到了精湛艺术的高度，是值得肯定的。不过更值得肯定的是这首乡愁诗还具有原型象征到具有宿命之哀感的内涵。不可忽视它是以“燕子”起兴而充分展开兴象联想之作。燕子是鸟类，它作为原始兴象，蕴涵着怀念祖先与父母的集体无意识，远古神话中商人以“玄鸟”即燕子为民族的始祖，正是这个原始宗教意识经数千年而成为我们民族共有的本能意识——“种族记忆”，因此诗经《邶风·燕》一诗以燕起兴来怀念与赞美祖先，也使诗人黄纪云在这首诗中同样以燕子起兴和作怀念故土的隐喻来抒情，这无疑更能显出其兴发感动的悠远与深沉。赵沛霖在《兴的源起——历史积淀与诗歌艺术》中对此话题也作过如下的发挥：

……以鸟类为“他物”起兴来引起怀念祖先和父母的“所咏之词”，由于历史的发展失去了它本来的观念意义之后，它们之间在形式上的联系却没有因此而消失。这是因为在长期的宗教生活中，鸟类与祖先观念之间的联系由于不断的频繁的重复，形成了人们心目中相应的习惯性的联想。所以，即使在人们对于鸟类兴象产生时的观念意义早已茫然无知的情况下，当思念祖先和父母而咏唱时，仍然会不由自主地联想到鸟类……〔13〕

黄纪云在由心及物的感应中，心所及之物挑中的这个“燕子”，大概正是“不由自主地联想到鸟类”这种习惯性联想在起作用的缘由吧。

看来，新诗创作在追求兴发感动中，如同由物及心要关注心物高度的“契合”那样，由心及物也要重视心物高度的兴象化。

四

上面我们考察了新诗创作中心物感应的两种基型以及它们在激活与展开想象活动中的情况。但这只是兴发感动的前期特征。必须看到：心物感应的两种基型在激活与展开想象活动后，各自所达到的意象构筑与意境营造，是更重要的。作为兴发感动全过程的环节，这些方面的情况是兴发感动的后期特征，尤需深入考察。

这里先考察基型之一——由物及心类感应所激活的那类想象，即幻想，在意象构筑与意境营造方面的情况。

意象构筑与意境营造的标志是功能。由物及心型感应所激活的幻想构筑成的意象和意象组合体具有感兴功能，所营造成的意境则显现为氛围化功能。行文至此，倒有三点需要加以说明：（1）这里的“兴”和上一节论及的“兴”有着动词与名词的区别。上面提及的“兴”是个名词，代表“兴象”或者“原型”，是集体无意识的具现物，此处的“兴”是“赋比兴”中的“兴”，也可以说是“感兴”，或“起兴”，是一种功能、手法，即“先言他物以兴起所咏之词”的“兴”；（2）这里的“氛围”是对以多种意象或意象组合体的直觉体验而生的感兴为其特征的，是情境的弥散。因此，它属于非理性的感应，非知觉的印象显示；（3）意象与意境是心灵统一体中表里的关系，必须连起来认识，意象是具体化的感觉情绪，意境是对意象具体而真切的体味。所以，没有意境的意象只是生活中可见的、仅具物性价值而与心灵无关的事物场景而已，没有意象的意境只是抽象的意识空泛的情绪而已。说清了这三点后，我们还得进一步来看感兴与氛围作为功能的关系。一般说，具有感兴功能的意象和意象组合体虽未必就只给接受者提供氛围化的意境，但氛围化的意境则非得让感兴化的意象来提供不可。由此看来，通过幻想展开的这场兴发感动的后期活动，构筑意象和意象组合体是十分重要的一个环节。

在中国新诗的创作传统中，由物及心的心物感应激活的幻想所构筑成的意象，往往以感兴的神幻化呈示，所营造成的意境也总表现出氛围化的混沌特征，有关这方面我们可以举出不少例证。如戴望舒的《印象》，显然是诗人在具体事物场景面前产生了感觉刺激，获得了与自己寂寞孤独的心境相应的感触——一场由物及心的感应而激活幻想，才完成了一场意象组合与意境营造。从文本的角度看，这场由物及心的“心”是埋在幕后的，显在可见的是一批纯意象组合体，如开头的一节：

是飘落深谷去的
幽微的铃声吧
是航到烟水去的
小小的渔船吧
如果是青色的珍珠

它已堕到古井的暗水里。

这里是三个意象的组合：飘落深谷的铃声，航进烟水的渔船，落入古井的珍珠，它们是诗人一个印象的奇幻具现。说是奇幻，指三个意象的组合有点怪，因为“铃声”“渔船”“珍珠”绝非一回事，可以凭逻辑演绎而相通，现在硬用“是”这个判断词把它们拉在一起，实在无它种缘由可道，只能说是奇幻化的。这场意象组合活动的结果，给予人的只能是由陌生化带来的莫测神妙。这使人不禁要问：由物及心的“心”究竟指什么？在无法辨明中接受者只能进入一个混沌冥漠的境界。这个境界无理性意旨可寻，也难让人有实际内容可感受，有的不过是接受者在上述几个平列意象上收到的感兴相近的信息，发现它们都从自身的角度在散发着一股同样是幽寂、落寞的气氛，亦即情绪氛围。而正是居身于这层情绪氛围中，接受者才能领会诗的第二节：“林梢闪着的颓唐的残阳，／它轻轻地敛去了／跟着脸上浅浅的微笑。”——那一份衰残的孤独；更能进一步把握住具有实情意味的第三节：“从一个寂寞的地方起来的，／迢遥的，寂寞的呜咽，／又徐徐回到寂寞的地方，寂寞地。”——无法排遣的寂寞人生的哀愁。这才是这首诗由物及心的感应中的“心”，而这两节的几个平列意象的设置同样能使接受者具体而真切地体味那层幽寂、落寞的情绪氛围，而全诗的意境也就以这么一层接受者所感兴到的情绪氛围统一成一体了，虽然这样营造成的意境混沌冥漠一片，却有超常的感兴诱发力。

值得指出：由物及心型心物感应在凭奇幻组合意象和营造意境中，体现为以情绪氛围显示的意境那种混沌冥漠是必然的，因为这种情绪氛围来自接受者对意象的感兴，意境在很大程度上是受制于意象的。而意象的选择、意象的组合又要靠绝不稳定的奇幻神妙来完成，这也就决定了意象的选择与意象的组合会显示出随意性。而正是这种随意性，先天地决定了作为意境标志的情绪氛围的混沌冥漠性。记得何其芳在《写诗的经过》一文中谈及他青年时代梦中得诗的事时，曾具体地回忆了《爱情》一诗的写作：

……我当大学生的时候，曾根据梦里做成的一些诗的断片写过诗。这首诗的形成好像是一种很荒唐很特殊的情况。然而它仍然是从生活中孕育出来的。就是那里面的“南方的爱情是沉沉地睡着的，它醒来的扑翅声也催人入梦”，“北方的爱情是警醒着的，而且有轻趫的残忍的脚步”那种近乎怪话的句子，也不仅仅是受了形式主义的影响的结果，或者是不必认真去追问它们的含义的梦话，而是表现了一个年轻人对于幻想中的美满的爱情的歌颂和对于现实中的并不美满的爱情的怨言。爱情当然并无南北之分，只不过因为作者当时生活在北方，他就有了那样的奇特的想象罢了。〔14〕

这段话表明《爱情》这样的诗，也还是通过由物及心中奇幻想象的产物。唯其如此，也才使这首诗被诗人看成有点“近乎怪话”。不妨举它的第一节来看看：

晨光在带露的石榴花上开放。
正午的日影是迟迟的脚步
在垂杨和菩提树间游戏。
当南风从睡莲的湖水
把夜吹来，原野上
更流溢着郁热的香气。
因为常春藤遍地牵延着，
而菟丝子从草根缠上树尖。
南方的爱情是沉沉地睡着的，
它醒来的扑翅声也催人入睡。

在这里，意象的选择与组合就是高度自由、随意的：一会儿是“晨光”，一会儿是“正午的日影”，又一会儿是“南风”“把夜吹来了”；一会儿是“石榴花”，一会儿是

“垂杨和菩提树”，一会儿又是“睡莲的湖水”……但正是这些各不相同的意象的自由选择和随意组合，才营造出了一层混沌冥漠的情绪氛围。何其芳也承认自己“只是为这样一些形象、情绪和气氛所萦绕，觉得可以写成诗”而把它写出来的，至于它究竟说的是什么，几十年以后他才能猜测到一些，当年“并不是这样明确”[15]的。连诗人自己也搞不清其内中意旨，足见这首诗意境的混沌冥漠了。但《爱情》中的意象选择与意象组合还算不得特别自由随意，内中还有一定的脉络可寻；因此意境混沌冥漠也还可以通过某些知觉表象把握到一点，像安操的《缱绻》这样的文本，就更极端了。且引其前半：

曾有过白下的春潮驿站
波光燕呢滩，明月芳甸
柳堤的水村有如歌的作别
鹧鸪天旷远了历历晴川
可也有夏梦里风雪贝加尔
瓯江西行客，野渡荒烟
栈道的背纤人沉沉夜歌
红河谷摇曳着篝火野焰

呵，请收下这份缱绻
探求者忠实于美的勘探

这里的第一节八行，每一行有一个或两个以上没有什么外在关系的意象。如“波光燕呢滩，明月芳甸”，是两个意象的组合，但“波光、燕呢、滩”又是三个意象，“明月、芳甸”又是两个意象，这一行又可以是五个意象的组合；有些复合词语又可细分出几个意象，如“柳堤的水村”，可分为“柳堤”“水村”，“鹧鸪天”可分为“鹧鸪”“天”。而大跨度的跳跃形成的一场意象组合又颇显奇幻，如“白下”“水村”“风雪贝加尔”“瓯江”“栈道”“红河谷”相组接就非常情可及，其意象挑选的自由、组合的随意是显而易见的。但这些意象及其组合体在一个由物及心感应引起纷繁幻想的整体格局里，各自发放的信息却能凝聚成一团情绪氛围，虽然十分混沌冥漠，却能使接受者在心灵中总体把握到一场说不清道不明的感兴，从而在潜意识里意会到抒情主体对“美的勘探”的忠实，以及时间上漫长、空间上开阔所显示的艰辛——如同第二节所隐约点出的。由此看来由情绪氛围显示的意境，对接受者来说，纵有感觉印象上的混沌冥漠，但正是这片混沌溟溟有极强的诱惑力，强迫接受者去把这些似乎毫不相干的意象及其组合体和它们散发出来的浓郁气氛一起潜入心灵，去获得深层次的精神领会。

不过不能不看到：这种意象的自由选择与随意的组合如果极端化，让接受者局限于由单纯的情绪氛围所感兴出来的混沌冥漠意境，会使这场兴发感动的后期活动幅度不大。当然，人对世界的把握可以是如同西方智者所云“一粒沙里见世界”。即使一个很普通、狭小的客观对象上也能想象出一片广阔的世界。但事情往往是这样：完全只是单个的意象倒可以展开开阔的想象，几个意象的组合，各种感兴力量的相互牵制反而会限制想象活动，特别是对想象中的幻想束缚会更大，由此引发的情绪氛围趋于单一。单一而缺乏多色彩的变异，纵使浓郁，感兴成的混沌冥漠意境诱入接受者的心灵，接受到的潜在感应信息量却是有限度的，这是新诗中纯印象派的诗歌创作一直发达不起来的根本原因。穆木天、冯乃超是印象派诗歌创作的主要诗人，他们的诗作为新诗中的一类品种，象征主义追求的特殊成果，是值得肯定的，但几十年来在这条路上继续追求下去的，却不多。这表明这一路诗人创作中兴发感动的幅度不大。不妨拿穆木天《苍白的钟声》中的一节来看看：

一缕　一缕　的　羯香
水滨　枯草　荒径的　近旁
——先年的　悲哀　永久的　憧憬　新殇——

听　一声　一声的　荒凉

从古钟　飘荡　飘荡　不知哪里　朦胧之乡

这里有“羯香”“枯草”“荒径”，又有“新殇”“古钟”“朦胧之乡”，它们各各独立，彼此互不相连，却强行组合在一起，又从不同的角度散发出属于自己的感兴信息，然后以“古钟的飘荡”为粘连物，把众多感兴信息结成一团，在相互补充、渗透中形成了一层古旧、衰残、荒凉而又幽暗迷离的乡愁氛围。接受者从这层氛围中体味到的意境是浓郁的，却也是单一的；如同檀香萦绕于一室，久而不知其香一样，接受者的意识不仅在此意境中完全丧失，连潜意识也酣然入睡了，不仅是这一节如此，《苍白的钟声》共六节均如此，一切薄暮时分的外在现象全随着“苍白的钟声”入“无限的茫茫”而已，兴发感动之幅度也就只在尺幅之内，却难以激活更有力度、更活泼的幻想，使其有尺幅千里的人生遥感。看来幻想的放任须要控制，幻想对意象的自由选择和随意组合也要有所抑制。此举付诸实施的途径无它，唯有一条：掺入理性。在由物及心的感应中，对物的感应须适度的知觉化，让感觉情绪适度知觉情感化，由此激活的幻想就会有适度的理性遥控，意象的选择与组合也会有一定的规范制约。只有这样，混沌冥漠的意境也才有一定的明晰和一定的感受倾向显示，也才有可能增大兴发感动的幅度。这里不妨举昌耀的《驿途：落日在望》来讨论一下。原诗是：

大漠落日，
是日神之揖别。

这片原野，马兰草的幽香里
有他紫色的流苏。

无限慷慨。拱手相让，——

天涯的独轮车只剩半轮金环了。

亚细亚大漠
一峰连夜兼程的骆驼。

这样一首短诗，从政治意义上来拔高是不必要的，我们只许意会到一个特定时代的精神风貌就够了。这首诗显然能提供给我们以人生路上不倦奋进的那种气概。但这样的意会又从何而来呢？须要对诗人创作此诗中兴发感动的全过程作些分析。从诗的前三节看，是诗人见大漠落日而触动心弦的一场由物及心的感应起始的。由此激活的是相当宏阔的一片幻想，由大漠落日景象而幻想到是日神在向大漠告别。立足于这一意象的选择后，幻想又让原野上散着幽香的马兰草幻感成是日神所驾之马车上的流苏，这两个意象的组合虽随意，却也掺入了知觉联想。再是在继续展开“大漠”对“日神”拱手相让的幻想后，把大漠地平线上落日只剩一半的景象又幻想成“天涯的独轮车只剩半轮金辉了”。整个幻想的意象选择与组合虽自由随意，却可见出有理性的适度遥控，因此“大漠”“落日”“原野”“马兰草”“天涯独轮车”各自所发出的感兴信息因有适度理性遥控而显出外在适度的关联，由此引发的情绪氛围，就比较清纯，意境的混沌冥漠在淡化中显出了层次感。唯其如此，才使文本的最后一节把落日之景象幻想成“一峰连夜兼程的骆驼”显得不那么突兀，而自有可以意会之处了。但这一个意象的选择与上面一串意象的组接已是主体对由物及心的感应的扩张，对前三节始终围绕大漠落日凝定了的意境的突破，特别是在结束处把“大漠落日”之“大漠”用“亚细亚”来定位，使日神揖别之地的“大漠”有了某种隐喻性，隐喻一清二白之中国吧，也未尝不可，但生活在这块土地上的生命，人与骆驼却在“连夜兼程”探求与追踪另一个新颖的白天。全诗的意境到此已从突破而转为扩大，显出一种壮烈的生命追求气概来了。这也正是诗人昌耀对改革开放初期那种时代气概所作的象征性体现。有鉴于此，才使昌耀在创作这首诗的过程中，兴发感动的幅度显得相当大，而这要归功于幻想展开中知觉理性的作用。

由此可见，由物及心的心灵感应若完全排除理性是不应该的，这只会使氛围意境混沌冥漠得狭窄，凝固不化，兴发感动幅度不大，使文本创造显得小家子气。

五

由心及物这类感应的基型所激活的想象——联想，在意象构筑与意境营造方面，则是另一番情况了。大致说凭联想选择的意象和意象组合体，其功能从大范围看，是一种虚拟性的比附，而其所营造的意境则具有情调化的功能。这里的所谓情调和上一节中谈到的氛围都是意境所具有的功能。如上所述，氛围大都表现为情境的弥散，是众多意象所透现的触发信息相互渗透，相互烘染的一种感兴状态，属于肌质的合成；情调则是情境的凝聚，是单个意象或一组意象群的实体存在往复回环、触发信息萦荡难散的一种感兴状态，属于构架的重叠。意境以情调化显示，是由意象和意象组合体虚拟化的比附性能所导致的，由于由心及物的心物感应物皆着我之色，故由此激活的想象活动总是受“心”的摆布的，“心”触及“物”而引发的交感中，主体会有经验与经验的呼应，即“心”会由此物唤起类似的、受“心”摆布早就藏在心中的他物——表象记忆，这样一场想象活动也就是联想，凭此联想选择的意象和意象群，也必然会是受主体之“心”所摆布，印证心之情旨的，比附的功能也就这样形成了。这种用作比附的意象及其组合体，由于始终受“心”所摆布，也就不可能再是自然形态的呈现，而成了虚拟化的存在。意象及其组合体的虚拟化存在，势必掺杂着分析、演绎和再综合的知觉理性因素，虽然这是心物感应的产物，虚拟化的意象及其组合体也还是有其感兴功能的，但比之于由物及心而得的意象及其组合体的感兴功能则要有所削弱，感发作用也面临着难以充分发挥的危机。为摆脱此种危机，采取情境的凝集且不断作回环往复，让此凝集的一缕触发信息——情境萦回荡漾而不散，以强化对接受者精神的浸润，这就使此类意象及其组合体能使接受者进入由情调诱发出来的异样的意境。所以，由心及物的心物感应导致的是联想活动的产物——虚拟化的意象及其组合体，而此类虚拟化意象及其组合体使接受者具体而真切地体味到的乃是以情调这一功能为标志的意境。这类意境则已非混沌冥漠一片，而显示为明晰有序的催眠性能。

有关这些方面的兴发感动追求，在新诗创作中算不得多，但颇被1920年代中后期出现于诗坛的一批受西方后期象征派影响的诗人所青睐。王独清是很典型的一个，他的《玫瑰花》《我从café中出来……》，特别是整本诗集《威尼市》，就显示着这方面的特色。读他的诗，让人发现是心之触物而引发经验与经验间的呼应而生出的一个极单纯的意象或相近数个意象组合体的反复出现、萦荡不止形成的一片情调化意境。《我从café中出来……》其实不过是“我从café中出来／……啊，冷静的街衢，／黄昏，细雨！”这么几个感兴意味相近的意象的反复，冯乃超比王独清走得更远，他的《酒歌》《现在》《眼睛》《古瓶咏》等都是如此。如《阑夜曲》：

梦醒
澹恬的钟声
澹恬的钟声
梦里遗情
梦醒
低微的鸡声
低微的鸡声
怪的心惊
梦醒
满窗的月影
满窗的月影
浸出哀情

梦醒

零零的疏星

零零的疏星

泪痕晶莹

梦醒

显然此诗系诗人以灰颓之心触及深宵梦醒之场景顿生联想而得，他选择了几个感兴触发信息相同或相似的单纯意象来比拟其生存况味。这些感兴相同或相似的意象被诗人拿来直接重复（如“澹恬的钟声／澹恬的钟声”），或间接重复（感兴触发信息近似的“钟声”“鸡声”“月影”“疏星”），节奏体式又是绝对复沓对称的，故颇能显示出一种往复回环、萦荡难散的情调。值得指出：这些意象是联想的产物，且十分单纯，本身的感兴功能不强，接受者拿它们作具体而真切的体味后所把握到的意境，感发力也是弱势的，不过，由于具有情调功能，倒使这类意境的感发力也由弱势转为强势了。

不过像《我从 café 中出来……》《阑夜曲》这样让意境作情调化营造的诗，毕竟形式意义上的情调显示偏重了一点。偏于从意象及其组合体的反复出现来显示意境情调化的诗歌创作，要到 1930 年代以后才成气候。这里使我们想起卞之琳的《一块破船片》：

潮来了，浪花捧给她

一块破船片

　　　　　不说话

她又在崖石上坐定，

让夕阳把她的发影

描上破船片

　　　　　她许久

才又望大海的尽头，
不见了刚才的白帆
潮退了，她只好送迎
破船片
　　　　给大海漂去。

对这首诗，李广田在《诗的艺术——论卞之琳的〈十年诗草〉》这篇长文中有一段议论。他首先对诗中的“她”“大海”“破船片”等意象的暗示性作了一番猜测，认为“她”就是歌德在《神秘的和歌》中所写的那个“引我们上升”的“永恒的女性”，“她是永久的，也是完全的”。“大海”是那“不舍昼夜”的时间，永远在她面前流着。至于那“破船片”，“也就是漂在时间之流上的残缺的暂存的事物”。然后他这样解读全诗：“完全的、永久的面前，流过那残缺的、暂存的，表现在形式中就是那整齐而差池的章法。这首诗一共九行，每行字数相同，除第九行外，前八行都是两行一换韵，其中‘破船片’一共出现三次，而每次出现的那一整行便分成了两个半截，而第一个‘破船片’之前有一行，第二个‘破船片’之前有两行，第三个之前就有三行。这像什么呢？这正如流水，也正如那流水上浮沉着一块破船片，是整齐的，而整齐中又是差池的。”[16]这个解读除了象征性主旨未及点明以外，其他方面都还相当得体。并且，由于李广田作这样解读为的是考察卞之琳的章法，所以不去涉及主旨也可以理解。我们却要参考李广田的说法来考察卞之琳写这首诗时的兴发感动情况。《一块破船片》无疑是由心及物这场心物感应触发写成的。诗人的心里先有个相对论观念，当这一份“心”触及大海上浮着的一块破船片，便使他爱用相对论看待生态关系的这一哲思找到了感兴呼应的印证物，于是一串联想激活了。这联想是从“破船片”“大海”与“她”之间奇特而神秘的关系展开的，并有意识地选择了“破船片”“大海”与“她”作中心意象，围绕这三者形成的三个意象组合体倒也并不复杂。一个是潮来时浪花捧给“她”一块“破船片”，另一个是“她”让夕阳把自己的发影暂时地描上“破船片”，再一个是当白帆远去潮退以后，“她”

又把“破船片”送还给“大海”，让一段残缺漂走。这些都是极简单的陈述性表述。这样做也可以理解，因为主体的目的是在超常的关系中作暗示式的印证，所以也就只是简单地用了这几个虚拟意象。不过卞之琳别具匠心，他把这三个中心意象都重复出现三次，并于大海不断潮涨潮落的时间之流中凸显出“破船片”与“她”的关系以及浪花捧给“她”“破船片”的场景意象作这样的重复回环，也就产生了一种情调，诱发接受者从意象间奇特的暗示关系中体味到一片象征性意境：汇入绝对时间之流的残缺、暂存，与完全、永恒一样，都体现为残缺中的完全与完全中的残缺、暂存中的永恒与永恒中的暂存的相对关系。值得注意的是这首诗虽也以三个核心意象的重复回环的表现来显示情境凝集萦荡的情调表现，但由三个核心意象各自凝聚成的意象组合体，却在总体上显示为萦荡感中含有一定层次的递进感，所以它不同于《阑夜曲》那样一味地原地往复回环，它是一种具有旋进意味的情调表现，故能诱发接受者在体味意象及其组合体中把握到深一层的意境。而这也正显示着1930年代以后新诗人在追求由心及物的感应活动中意境营造的深化。

从《一块破船片》中我们特别能见出与诗人的兴发感动共存的那一份理性自觉。西方现代派的一些名家，如瓦雷里、艾略特等所提倡的思想肉感化，或者为情思寻找客观对应物等的追求引入中国后，在新诗创作实践中体现得成功的，大都像《一块破船片》一样，主体有这份理性自觉存在。而正是由于这份理性自觉在遥控着由心及物型感应所激活的联想，也就使得虚拟化意象的组合既有序又有机，有利于情调的功能发挥与意境的明晰。北岛诗歌创作的发生大多出于由心及物的心物感应，而理性自觉又特强。他的诗几乎每一首都意象密集，但多姿多彩的意象几乎都是些思想的客观对应物。从外在想象上看，它们都是思想的个别对应，个别之间难见明显的联系，但从内质上去看，它们实是有一条联想逻辑线串联着的，从而使它们自身有颇不弱的感兴功能，而组合起来则又有逻辑化的虚拟性譬比功能，这样的意象组合体也就在隐喻层次上显出了组合的有序而又有机性。如《和弦》，不妨先看它的第一节：

树林和我
紧紧围住了小湖
手伸进了水里
搅散雨燕深沉的睡眠
风孤零零的
海很遥远

这个诗节的末二行是："风孤零零的／海很遥远"。这里的"海"，和那个"树林和我"可以"紧紧围住""雨燕在深沉的睡眠"，而"我"的"手伸进了水里"就会把它们"搅散"的"小湖"，在格局上是可以相对应的，无疑这是现实中的海；而"风"在海上总是和乌云、暴雨、洪流巨浪结合在一起的，"小湖"上空当然不可能这样，所以才会说"风"有孤零零之感，据此而说"海"很遥远，当然也是指现实的海很遥远了。正是这种种，也使我们感到另一层意思：这样雄强的风以存在于离海很遥远之处来凸显，含有着对壮士被弃的微妙暗示。第二节写"我"在街上走得身影凌乱、脚印歪斜，虽然"喧嚣被挡在红灯后面"，但"安全岛"是"孤零零的"，这表明街上的"安全岛"没有能给人以安全，人也没有安全保障，还暗示人既不能求得安全的岛屿，那就的确是"海很遥远"的。这就不仅是"岛"，还有"海"，已都在趋向虚拟化，即"我"离一个有安全之"岛"存在的"大海"还很遥远——这一来，"海"也就暗示为是生活安宁之境了。第三节写开了灯的楼下几个男孩吸烟、弹吉他吟唱着，这是暗示他们有家，"野猫孤零零的／海很遥远"中，"野猫"暗示无家可归的流浪者，而这里"很遥远"的"海"则已不再是现实中的海，也不属半虚拟的生存安宁之境，已完全虚拟为人世温爱的归宿地了。而强调"海很遥远"，还暗示如下这点：要求得这人世温爱的归宿地是非常遥远、难以达到的事。完成这种种铺垫后，也就出现了最后一节，海已到了，可"你"却在沙滩上"睡着了"，"风停在你的嘴边"，而"波浪悄悄涌来／汇成柔和的曲线"，所有这些对于"睡着了"的"你"来说，则导致：

梦孤零零的

海很遥远

这一来竟连“梦”也是孤零零的了。“海很遥远”而连“梦”也无可依傍，可见这里的“海”更是超越真实的虚拟化之海，成为梦中理想的境界了。这样一个彻底虚拟化为梦中之境——“海”，离自己也是“很遥远”的了。由此看来，这样一首共四节的诗所传达的实际上是主体对自己所居身的生态环境虽还有这样那样的一点企求。但也如企求之遥远不可及了——如此绝望的心境。这四个诗节里的四个意象组合体，全是虚拟化的，起了一种比附的作用，是对企求开阔的生活环境、企求生存安宁、企求人生温爱的归宿地，甚至企求一个美丽的梦境……都不可能实现的隐喻，这四组意象从外象上看都各自独立，互不相关，但其内质通过“梦孤零零的/海很遥远”中“孤零零的”所拥有的主语的变换和“海”的暗示对象的变换，显出了潜在的感兴联想和隐喻意蕴层层递进的有序性和有机性。特别值得注意的是：全诗每节末两行是宽式的重复，具有抒情进展中复沓回环的情调表现功能，它们以一切都是孤苦无依、企求难成这一意蕴的情调化显示，来使接受者对意象群有更深沉而明晰的意境把握。

但不能不指出：在由心及物的心物感应中，“心”所具现的思想意识往往逻辑概念性能太强，让理性遥控着甚至渗透进全个心物感应过程中了，由此导致的是：主体往往越过了感应而直接让知觉理性化联想出场，来强行按理念意图挑选、组合意象，使意象组合体彻底成为印证思想意识的客观对应物，这结果则是出现了思想观念的图解。拿物象来玩弄概念，这是对诗歌创作中兴发感动追求的亵渎，会大大削弱兴发感动的力度。其实，当我们肯定了卞之琳的《一块破船片》后，也不得不对这位连穆旦也认为“太没有感情”[17]的诗人提出批评，他的一些曾被人称道过的诗如《圆宝盒》《白螺壳》等，兴发感动的力度太弱了。究其原因，大概可以说：他对物象的内在构成性能很感兴趣，爱用物理分析性的联想，把一个相对论的观念像剥笋一样，一层层地剥出来，这其实就是所谓思想肉感化，观念图解。这种情况是必须纠偏的。想要纠偏只有在由心及物的心物感应过程中适度强调把握诗歌世界的直觉情绪化，使在感应中激活的联想摆脱理性逻辑推延而获得一些感兴质素的浸润，从而使意象的选择与组合有一定的反规范的自由度，把过分明晰的意境适度混沌点起来，使它有一定的多义性。只有这样做，才会加强兴发感动的力度。

对此我们不妨拿郭沫若的长诗《凤凰涅槃》来作考察。

《凤凰涅槃》是怎样写成的呢？1920年1月18日郭沫若在写给宗白华的那封长信里这样说："我现在很想能如Phoenit一般，采集些香木来，把我现有的形骸烧毁了去，唱着哀哀切切的挽歌把他烧毁了去，从那冷净了的灰里再生出个'我'来，可是我怕终觉是个幻想罢了！[18]"两天以后的1月20日，他在学校听课时突然涌动这段情绪以及凤凰涅槃的故事，由心及物的心物交感发生了，激活了凤凰取香木自焚而又从火中再生的神话联想。于是他在课堂上和午餐桌上以最迅捷的速度完成了这篇宏大象征的诗剧。我们不说写这首诗时诗人的心物交感所激活的是幻想，而认为是联想，是因为"凤凰涅槃"后由火中再生的神话已是幻想的产物，诗人只是在这个幻想神话的基础上顺着自我与祖国在埋葬旧我而迎接新我这一情思意绪遥控而展开比附的一场联想，从而挑选以"凤歌""凰歌"及其他动物种种的表演为意象，虚拟成一个意象组合体——凤凰火中自焚而再生来作隐喻。所以，这场由心及物的心物感应向意象联想延展的过程，完全是受理性比附的意图遥控着的。尤值得指出的是："凤凰"是作为虚拟性动物蕴藏着神秘的"种族记忆"的，或者说蕴藏着集体无意识的，所以它是原始兴象，是原型，是对集体无意识的隐喻，既有理性比附性，又有感兴潜意识性。这个双重特性的原始兴象在由心及物的心物感应中被联想挑中，化为虚拟的比附性意象，一方面是受着理性遥控而在作思想意图的图解，但其自身又以出于集体无意识而有了不弱的感兴功能，而作为浪漫派诗人的郭沫若在心物感应中又特具直觉情绪化感发能力，因此理性联想拿这个原始兴象展开意象构造，也就会有一定的感兴质素浸润。这一点在《凤歌》与《凰歌》中就反映得相当显著，它们的感兴化抒情十分强烈，具有一定的意境混沌冥漠性。正因为这部大曲的前半部分具有感兴质素浸润的深厚基础，所以易作相似的意象组合体复沓回环式的情调表现。尤其是后半部分的《凤凰再生歌》，其“鸡唱”与“凤凰和唱”两大部分都是涵蕴相同、相近、相似触发信息的意象组合体复沓回环的表现。“凤凰和唱”在1928年改定稿中被删成五节，每节除个别处略作意思近似的变化，其他都一样，如：“我们新鲜，我们净朗，／我们华美，我们芬芳，／一切的一，芬芳。／一的一切，芬芳。／芬芳便是你，芬芳便是我。／芬芳便是他，芬芳便是火。／火便是你。／火便是我。／火便是他。／火便是火。／翱翔！翱翔！／欢唱！欢唱！”这种近似的意象组合体的多次复沓回环，也就显出了相当有序而浓郁的情调，而这种情调功能的充分发挥，则使毁灭自我、浴火重生的这片意境有明晰中的朦胧，朦胧中的明晰，显出生命进入宇宙运行律后生死互易、否极泰来的那片哲思，而兴发感动的力度也显然大为强化了。

六

提出心物感应中兴发感动的幅度与力度的问题，目的是为了意境的升华能达到更高的审美层次。

应该说诗歌创作中因心物感应而达到意境的营造，已可以说是完成兴发感动整体使命了。没有意境的诗，是纸扎的花，可以有色彩艳丽的鲜亮却没有生命。不过，止于意境的诗，是真实的生命，可以有顾盼生辉的活力，却缺乏神韵；升华意境的诗，是超凡的灵境，不仅有物我两忘的超验，更还有顿悟。一般传统的中国诗很讲究意境，这一点远远超越了西方诗歌；西方诗歌似乎没有意境这个概念。但讲究意境的传统中国诗大多止于意境而已，给人以这样那样对现实世界既真挚又深切的感应，但超现实的灵觉感应，如屈原在《离骚》中显示的那种上天入地寻求生命价值的感应，或者陶渊明的“采菊东篱下，悠然见南山”、王维的“行到水穷处，坐看云起时”、张若虚的“江畔何人初见月，江月何时初照人。人生代代无穷已，江月年年只相似”等感应，都是诗人的自我与宇宙交融成一体而得来的，却毕竟还不多见。这是一场意境的升华。有了这场升华，才使我们对生命有了超世俗的宇宙顿悟，从而使诗篇的审美价值如同闻一多评张若虚的《春江花月夜》那样，可以达到“顶峰上的顶峰”的高度。而能把诗歌文本营造送到这个高度去的兴发感动，其幅度与力度那就不可等闲视之了。这不容易。不过，百年新诗毕竟也还是提供出了这样的文本营造成果，显出了兴发感动的幅度与力度超越常限的审美特征。

意境的生成离不开意象及其组合体的感发，而选择什么意象和如何组合才能更其“敏感”地引起一场感发活动，使接受者具体而真切地体味到意境，是有原则可言、规律可循的。如上已述及的，由物及心的心物感应中，意境的发生要靠多种意象的选择及多重组合中相近似的感兴信息的密集，以创造氛围来烘染。由心及物的心物感应中，意境的发生则要靠主导意象的确立与宽式的同类意象组合体在复沓回环中形成情调来推宕。那么使意象升华又有何原则可循呢？这要从意境的构成谈起。意境的外形存在是意象及其组合体，内质存在是感兴体验与品味，而氛围—情调则是功能，是由外形存在引向内质存在的桥梁。诗歌创作中意境的营造一般就到此为止。但现在要使意境升华，前提该是意境在构成中须有某种能产生越轨触发信息的功能潜埋。这就要求做到如下几点：（1）意象的选择与组合须达到高度感兴化甚至原始兴象化，以集体无意识促成心物的契合；（2）意象及其组合体须置于极度静态或持续动态而成相对静态的环境中，以显示“宁静以致远”的神秘感应功能；（3）氛围—情调的功能作用须达到使人忘却己身存在，进入类似催眠的直觉状态，以对内在潜力的动员与集结；（4）充分把握从感性直觉向理性直觉飞跃——或者说从对触发信息外在特征的直接感受向对其内在本质的直接领悟过渡的契机。通过以上作为体现意境升华之原则规律的种种条件的实现，意境也就可以实现升华了，其标志是心与物、自我与宇宙的契合中获得灵性顿悟和智性领会。所以意境升华可以有灵性顿悟和智性领会两类。而这同由物及心与由心及物两种兴发感动基型有着必然的关系。我们上面说百年新诗在意境升华的追求中提供出了不少文本创造的成果，它们大致说也就是出于由物及心基型的灵性顿悟和出于由心及物基型的智性领会两类。对前者我们不妨提出艾青的《吹号者》和吉狄马加的《黑色狂想曲》，对后者不妨提出郑敏的《金黄的稻束》和穆旦的《树林之魅》，来作一番分析检讨。

艾青的《吹号者》和吉狄马加的《黑色狂想曲》都是由物及心这类心物感应的产物。艾青写《吹号者》的情况，番草在1991年8月北京召开的“艾青作品国际研讨会”上曾这样作过回忆：“当年，我有一次和艾青先生睡在一起，天要亮的时候，我们听见吹号的声音。我说这是黎明的号角，吹号者是用他的血变成气，用他的气变成声音；我们写诗也是这样，用我们的生命变成声音，用我们的声音表达我们时代、我们民族的感情。他催我写，我说：‘你是专业诗人，你写比我写更有成就。’”由此足证艾青写此诗出于由物及心的感应。全诗写一个吹号战士用他夹带血丝的气吹出的号声，迎接黎明的到来，唤醒大地和众生，也用号声召唤战士走向前线，投入战争，并用激越的冲锋号声鼓舞战士冲向敌阵，但就在这时他被子弹击中而倒下了，而在那支被他的手还紧紧握着的号角的铜皮上，映出了死者的血和奔跑不完的向敌阵冲去的马匹、人群，而太阳也在号角的铜皮上发出闪闪的光芒。从表层看这无疑是对一个献身祖国的民族战士的赞美，而从深层次看，则实现了番草的意图，如同艾青自己所说的：“这好像只是对于‘诗人’的一个暗喻，一个对于‘诗人’的太理想化了的注解。[19]”而从写作此诗的兴发感动角度看，则可以说:《吹号者》这场由物及心的感应激活的是一片幻想，这幻想集中表现在吹号者面对黎明到来太阳升起时的那种神秘的幻感上，吹号者死后冲锋前进的人流中竟还能听到“那号角好像依然在响”。由此幻想出发所作意象的选择及意象的组合，都是围绕“太阳”进行的，它们以相近似的感兴触发信息而汇成一团极其浓郁的氛围，这样的氛围竟然会有一股魔力而让人几乎忘却己身之存在了，这魔力来自以“太阳”为核心的意象组合体充分显示了诗人之“心”与自然现象之“物”相感应而达到了人与宇宙的神秘契合，如写太阳升起时的天象奇观：“黑夜收敛起她那神秘的帷幔，／群星倦了，一颗颗地散去……／黎明——这时间的新嫁娘啊／乘上有金色轮子的车辆／从天的那边到来……／我们的世界为了迎接她，／已在东方张挂了万丈的曙光……／看，／天地间在举行着最隆重的典礼……”这就给人以一种天上人间大契合，众生万物大和谐的入神境界。尤值得注意的是：全诗的主导意象“太阳”是个原始兴象——原型，落而又升的太阳，或者在篝火节从山上滚下一个火轮来用以作象征的太阳。在世界许多民族中都有两层集体无意识转化成的定向隐喻：（1）“消除一切灾难与不幸”。（2）预祝丰收与希望。而且，这个主导意象的多重新组合，特别到诗篇结束处这个“太阳”意象组合体又存在于以持续动态显示相对静态的环境中，所以特别具有结集内在潜力、促成越轨触发信息的产生，从而在一场不期而遇的直觉感应中以“听啊／那号角好像依然在响……”作结束，完成了一场从对触发信息外在特征的直接感受向内在本质的灵性顿悟过渡，隐示一个生命的陨落将会是更多灾难的消除和希望的来临，而这就是《吹号者》意境的升华。可惜《吹号者》也存在着一些问题：幻想展开的幅度不大，意象组合体的神秘感应没贯穿全作，生活的贴实性略重一点。《黑色狂想曲》则以高度的幻想和神秘感而超越了《吹号者》。该诗写诗人见黑色而引起狂想，也属由物及心的感应的产物。“狂想”是激烈的幻想，故主导意象“黑色”及围绕它形成的一个个意象组合体都显得相当神秘，据诗人自述：“黑色”蕴含有彝民族先民原始宗教崇拜留下来的“种族记忆”：家园安宁的神圣，山川相依的庄严，万类和谐的高贵。所以它是个原始兴象——原型，这使得文本中密植的“黑色”意象组合体，都定向地通向这种神圣、庄严、高贵的种族记忆，形成了一团浓郁的抒情氛围，加之这些“黑色”意象组合体都被置于夜的环境里，夜意味着宁静，而“宁静以致远”，这些促成了和谐相依而安宁的意境有一种内在潜力在深层次上结集，于是诗中凸显出了两组意象：一组是让“我”成为“黑色的梦想”的意象群：“在这寂静的时刻／啊，黑色的梦想，你快覆盖我，笼罩我，／让我在你情人般的抚摸中消失吧／让我成为空气，成为阳光……”，甚至“成为黑色的梦想，你快吞没我，溶化我”。这里的“成为”“吞没”“溶化”即转化。诗人要想让众生万物“溶化”自己，转化为宇宙存在，这是自我与宇宙间忘情的契合。另一组是“在死亡和生命相连接”中显示生命循环的意象群："啊，黑色的梦想，让我伴随着你／最后进入那死亡之乡"，然后"让我的每一句诗，每一支歌／都是这土地灵魂里最真实的回音；／让我的每一句诗，每一个标点，／都是从这土地蓝色的血液里流出"。这诚如吉狄马加在《诗与我们共同面临的时代》这篇演讲稿中所说的："我们和祖先一样来自大地，当我们重返大地的时候，我们将同样化作河流、山岭和草木，于是我们就作为大自然的一部分而永存于大地之间。"这正是对生命转化的循环运行律的发现，而体现于《黑色狂想曲》的，也正是在和谐相依而求得家园安宁的现世生存意境中有了越轨触发信息的产生，从而在强烈的直觉中把握到一种对意象组合体内在本质的灵性顿悟：生命的永恒乃是宇宙运行中不断的转化。这一来，《黑色狂想曲》的意境升华了。

出于由物及心感应基型而完成的意境升华，是一场灵性顿悟，这种诗文本来自纯任自然的兴发感动过程，因此感兴成分较重。出于由心及物之感应基型而完成的意境升华，情况就不同了，是一场智性领会。这种诗文本来自倾向鲜明的兴发感动过程，因此智性成分重了。郑敏的《金黄的稻束》很是典型。郑敏学哲学出身，她爱以哲学家的目光去看待世界，因此客观存在总是她哲学观念的印证物，发而为诗歌创造，也就总从由心及物的感应起始。《金黄的稻束》最后两行说："而你们，站在那儿／将成了人类的一个思想。"这就表明"金黄的稻束"乃是对"人类的一个思想"的印证。由此出发激活的想象也就成了经验与经验相呼应的经验联想。如诗篇一开头，就把收割过的秋天的田里那些"金黄的稻束"联想成是黄昏路上所见到的一个个全已变成"皱了的美丽的脸"的"疲倦的母亲"。这种出于经验联想而把"稻束"和"疲倦的母亲"连在一起的譬比关系所形成的虚拟性意象群，也就成了全诗的主导性意象组合体了。在这以后触发信息一致的还有两个意象群，前一个是"收获日的满月在／高耸的树巅上／暮色里，远山／围着我们的心边／没有一个雕像比这更静默。"这个具有以"静默"显出精神气质的意象群，和秋天田野上的稻束、黄昏路上疲倦的母亲们是完全相通的，且使后二者因此叠合成一个"雕像"了；后一个是："肩负着那伟大的疲倦，你们／在这伸向远远的一片／秋天的田里低首沉思。”这使“金黄的稻束”和“皱了的美丽的脸”的“母亲”通过“肩负着那伟大的疲倦”而再次叠合成一体。这三个具有同一种触发信息的意象群在于一个“静默”的环境中作复沓回环，从而营造了一股为完成创造事业后的造物者特具的生态情调。这可是一股肃穆、庄严而又有悠远之思的情调。而且，由于“金黄的稻束”本是属于树木类的原始兴象，原始人的木石崇拜使它具有生命之母的神秘感应，而造物者乃生命之母，也就更使这股情调具有一种出之于集体无意识的定向感兴，从而使接受者获得了一个触发信息：现世层面上的意境所展现的是完成创造后的造物者心境的既欣慰又感伤。但由心及物的感应毕竟受着理性遥控，何况诗人郑敏又是以哲学家的目光去看待世界的，所以以上所构筑的意象组合形态和营造的意境，也总会在她的潜意识中成为哲学观念的印证物，因此诗人陡然在意象推延中提纯出一句警语：

静默。静默。历史也不过是
脚下一条流去的小河

显然“肩负着那伟大的疲倦”的造物者创造的事业本身，是伟大的，而记录创造进程的历史在创造事业面前，不过是“脚下一条流去的小河”。这种重现实存在而轻历史过程的人生创造价值，实是一场肯定存在合理性的宇宙觉识，因为在无始无终、无边无际的绝对时空中，只有人的创造的真实存在才是可贵甚至伟大的。里尔克在《杜伊诺哀歌》中曾说：“我们最深的销魂的每一瞬间，都使自己摆脱了时间的延续和流迁；的确，这些销魂的瞬间直接与生命的过程相对立。”[20]这里“销魂的瞬间”，是刹那的爱的陶醉，也是刹那的创造的定型，里尔克宣称这才是令人销魂的，而必须摆脱“时间的延续与流迁”，也正是里尔克对存在的宇宙觉识。《金黄的稻束》到此，受理性遥控的现世生存意境终于成了越轨触发信息的产物，出现了强烈的理性直觉，从而出现了最后两行：“而你们，站在那儿，／将成为人类的一个思想。”这“思想”指的是存在主义意识。从诗美表达的要求看，这两行无疑是败笔，不过倒也能使我们直接领会到："金黄的稻束"站在收割后秋天的田里，将向世界宣告：只有创造的真实存在才是生命的神圣伟大——于是，《金黄的稻束》以智性的领会而获得意境的升华了。可惜郑敏在诗歌创作中对兴发感动的追求受理性遥控得太严重了一些，因此思旨很深而韵致不足。在这方面，穆旦的《森林之魅》虽也出之于由心及物的感应基型，却要好得多。在意境升华的追求中，这首诗是既有很深的思旨又有很浓的韵致的。当年《文学杂志》上发表时，其诗题原是《森林之歌——祭野人山死难的兵士》，可见它原出祭奠死难战友之心而及自己当年在野人山那场出生入死的战争经历，是凭由心及物的刻骨铭心感应写成的，内中两次"森林"与"人"的对话虽受理性遥控，把"人"的"血肉脱尽"而融入于作为宇宙缩影的"森林"的过程通过虚拟性意象组合体细致、有层次地展现了出来。不过，不能不看到"森林"容纳"人"的那两次有意象密植的对话，是渗透着极强烈的情感因素的，大不相同于郑敏《金黄的稻束》那么冷艳。所以在兴发感动过程中激活的经验联想也掺入了神秘的幻想，由此选择的意象和组合成的意象群，就不仅仅是印证"人"融入"森林"——宇宙这一哲理情思，而还有由物及心感应层次上通过幻化意象而感发出来的激情，所以全作既有"人"融入"森林"这一主导意象群的反复出现，让相似的触发信息形成的情调萦荡不散，又有现世与幽冥相叠合的神秘氛围扑面而来。还值得指出：作为主导意象"森林"实系一个原始兴象——原型。据西方神话传说，在罗马东南的内米湖边有一片建有林神狄安娜的圣殿，在这里常会举行血腥的祭祀仪式，每一个进入此森林的外乡人都会爱上狄安娜，却又总被宰杀在她的祭坛之上，以示获得两心交融的献祭。所以诗中"森林"对"人"的魅惑让"人"的"血肉脱尽"而融入"森林"——"从此我们在一起，在空幻的世界游走"，体现着人类先民传下来的集体无意识潜在地在强化诗人穆旦经验联想的定向性。正是这几种意象组合体所拥有的内在潜力不知不觉地发挥，使接受者能体味到一片尘世人生转化为幽冥人生的神秘、恍惚意境——"一个长久的生命就要拥有你，／你的花你的叶你的幼虫。"诗篇到此，正处在尘世触发信息与越轨触发信息的交汇线上。这时，由心及物的感应所特具的、理性对兴发感动的遥控却又进一步来发挥作用了，以直接的、定向的强制方法，把理性直觉推出来，发挥它观照真理、直接领悟事物本质的认识能力，使穆旦在《葬歌》中继续强化了“人”消融于“森林”的神幻过程：“在阴暗的树下，在急流的水边，／逝去的六月和七月，在无人的山间，／你的身体还挣扎着想要回返，／而无名的野花已在头上开满。”更深化了这种消融：“那刻骨铭心的饥饿，那山洪的冲击，／那毒虫的啮咬和痛楚的夜晚，／你们受不了要向人讲述，／如今却是欣欣的林木把一切遗忘。”对尘世的遗忘其实也正是人向自然转化，达到物我同一以致两忘的一场自我与宇宙的大契合。于是，夏夫兹博里在《论特征》中所提出的那一双“内在眼睛”，在穆旦心中睁开了，使他在大契合的直觉中蓦然回首而灵视到：

静静的，在那被遗忘的山坡上
还下着密雨，还吹着细风，
没有人知道历史曾在此走过，
留下了英灵化入树干而滋生。

这是一场超越循轨思维路子的触发信息群的把握。说胡康河谷的原始森林消融了“人”——“血肉脱尽”而成为“你的花你的叶你的幼虫”，本质地说是一场“历史”在此走过时“留下了英灵化入树干而滋生”的壮举，这可是一块丰碑！把尘世纷争中“为了要活的人们的生存”而献身者感天动地的精神提纯出来，作为历史真实记录的丰碑，而置之于绝对时空的宇宙中抒写，也就显出了一次至神圣的智性领会。这正是《森林之魅》超越于《金黄的稻束》的历史观的地方，更何况它比《金黄的稻束》更具有智慧与感兴相结合的意境升华。

《森林之魅》因此显出了兴发感动至大的幅度与至强的力度。

综上所述，可以说：中国新诗创作确已确立了一个追求兴发感动的传统。对这场由心物感应起始的兴发感动全过程所作的梳理启示着我们：没有通过兴发感动创作出来的诗是没有血肉的，甚至可归入非诗；兴发感动幅度越大，力度越强，才会是至美的诗，甚至有可能拥有“顶峰上的顶峰”的美学高度。

2010 年 10 月 5 日写成于

杭州西子湖畔乌石山下

注释：

〔1〕 曹葆华译：《现代诗论》，商务印书馆 1937 年版，第 66 页。

〔2〕 黑格尔：《美学》第 2 卷，商务印书馆 1997 年版，第 28 页。

〔3〕 叶嘉莹：《迦陵论诗丛稿》，北京大学出版社 2008 年版，第 12 页。

〔4〕 何其芳：《一个平常的故事》，百花文艺出版社 1982 年版，第 94 页。

〔5〕 何其芳：《一个平常的故事》，百花文艺出版社 1982 年版，第 67—68 页。

〔6〕 废名：《谈新诗》，人民文学出版社 1984 年版，第 159 页。

〔7〕 袁可嘉：《九叶集・序》，见《九叶集》，江苏人民出版社 1981 年版，第 3 页。

〔8〕《半农诗歌集评》，书目文选出版社 1984 年版，第 8 页。

〔9〕 宗白华：《我和诗》，见《艺境》，北京大学出版社 1987 年版，第 192 页。

〔10〕 荣格《心理学与文学》，三联书店 1987 年版，第 53 页。

〔11〕 荣格《心理学与文学》，三联书店 1987 年版，第 5 页。

〔12〕 赵沛霖：《兴的源起》，中国社科出版社 1984 年版，第 4 页。

〔13〕 赵沛霖：《兴的源起》，中国社科出版社 1984 年版，第 98 页。

〔14〕 何其芳：《一个平常的故事》，百花文艺出版社 1982 年版，第 86 页。

〔15〕 何其芳：《一个平常的故事》，百花文艺出版社 1982 年版，第 88 页。

〔16〕 李广田：《诗的艺术》，开明书店 1946 年版，第 23—24 页。

〔17〕《穆旦诗文集・2》，人民文学出版社 2006 年版，第 133 页。

〔18〕 田寿昌、宗白华、郭沫若：《三叶集》，亚东图书馆 1923 年版，第 11 页。

〔19〕 艾青：《为了胜利》，见《艾青全集》第 3 卷，花山文艺出版社 1991 年版，第 126 页。

〔20〕 转引自刘小枫《诗化哲学》，山东文艺出版社 1986 年版，第 205 页。

论“真意”及新诗中真意的追求

新诗中除了有大量主情诗以外，从1930年代中期起，也盛行了一种“以智慧为主脑”的主智诗。当年，结合这一阶段新诗创作风尚，较早对主智诗作了理论阐释的，是金克木。他那篇写于1936年6月并以柯可笔名在1937年1月出版的《新诗》第4期上发表的长论文《论中国新诗的新途径》，把1930年代中期的新诗分为三大潮流：“一是智的，一是情的，一是感觉的。”从对它们排列的先后也可看出：他把主智的诗看成中国新诗选择新途径的主要对象了。他说这类诗“和旧的所谓说理诗不同”，也并非“卖弄聪明做警句的诗”，更不能看成“兼哲学家的诗人所做的哲理诗”。在他看来这类诗有几点特色。首先当然是“以智慧为主脑”。唯其如此，才使它总是“不使人动情而使人深思”的。其次是“情智合一”。他为此指出：“这种诗的智慧一要非逻辑的”，“二要同感情的”。值得指出：智慧须“非逻辑的”存在，最能显出金克木对主智诗见解的新颖与深刻。配合这一点，他还发挥说：这路诗人“对事物、人生、宇宙”自有一种“绝不是哲学家的了解”的“诗人的了解”：“因此（他）不能逻辑的展开和说明。这种蕴之既久，于是一触即发，发时如情，不能自止。而且自己也不能说明是什么，因为如此说明便不是诗的而是散文的了。于是不得不以逻辑不能解说的诗的形式来表现出来。”[1]由此可见，按“诗人的了解”而得的“非逻辑”的智慧，乃来自感性直觉。唯其如此，才使这类情智合一中以智慧为主脑的诗，让智慧凭依非逻辑推论来诉之于众的审美，也就顺理成章地推出了下一点：它们难懂。金克木这样认为："懂的另一种意思是类似参禅的人的悟道。此一偈来，彼一偈去，如来拈花，迦叶微笑。有的人觉得这一下是当头棒喝，懂了，而别人也许还在茫然。"[2]这席话重要的是"类似参禅的人的悟道"。由此可见：金克木所说以智慧为主脑的诗中智慧之所以是"非逻辑的"，"不能解说的"，就因为这智慧是凭"诗人的了解"——由直觉营造成的感兴意境中的领悟。正是这种种，构成了金克木主智诗学的核心内涵。

这一番智慧来自感兴意境中的领悟的阐说，表明中国新诗中的主智追求在立论上一开始就与理性划清了界线。

那么在新诗创作中，主智诗是否也如此呢？这使人想起宗白华。这位在少年时代就爱"在森林里，落日的晚霞里，远寺的钟声里"对"遥远的情思"和"无名的隔世的相思""有所追寻"的诗人，曾在1937年1月写过一篇《我和诗》的文章，谈及他客居莱茵河边写《流云小诗》时的情景与心境：

> 往往是夜里躺在床上熄了灯，大都会千万人声归于休息的时候，一颗战栗不寐的心兴奋着，静寂中感觉到窗外横卧着的大城在喘息，在一种停匀的节奏中喘息，仿佛一座平波微动的大海，一轮冷月俯临这动极而静的世界，不禁有许多遥远的思想来袭我的心，似惆怅，又似喜悦，似觉悟，又似恍惚。无限凄凉之感里，夹着无限热爱之感。似乎这微渺的心和那遥远的自然，和那茫茫的广大的人类，打通了一道地下的深沉的神秘的暗道，在绝对的静寂里获得自然人生最亲密的接触。我的《流云小诗》，多半是在这样的心情中写出的。[3]

也正是在这样的情况下，他写出了《夜》这样的诗：

> 黑夜深，
> 万籁息，
> 远寺的钟声俱寂。

寂静——寂静——

微渺的寸心

流入时间的无尽!

这是一首很标准的主智诗。在人与自然的默契中，对生命在绝对时间中永恒存在的宇宙律的这场领悟，成了此诗真正的智慧。这智慧却不靠逻辑推论得来，而是在这片“黑夜深”“万籁息”“远寺的钟声俱寂”的直觉意境感兴中藉宁静以致远浮现出来的。当年同宗白华一样具有一颗“要把宇宙全体从新看作个有生命有活动性的有机体”之心，发挥“纯粹的直观”去“透视万事万物底核心”[4]，从而使自己深深地保持与自然默契的郭沫若，也写下了不少主智的诗，如果说他那时写的《夜步十里松原》生动地表现了他与自然的默契，那么《立在地球边上放号》就是在这种默契中对力的宇宙律纯直觉的领悟。他还写有一首向来不被人注意的小诗《偶成》，值得一提：

月在我头上舒波，

海在我脚下喧豗，

我站在海上的危崖，

儿在我怀中睡了。

这也说得上是首标准的主智诗：“我”的怀抱像个摇篮，熟睡着一个婴孩；“我”脚下的大海摇荡着、喧闹着，也像是个摇篮，置放着“我”，催“我”入眠；月光则在茫茫的海上舒波，像慈母一样抚慰着“我”和怀中的婴孩。显然，这一角世界是从一层极浓郁的意境氛围中浮现出来的，也正是在这意境氛围的兴发感动作用下，直觉想象活跃起来，使诗人找到了一个人类与万物之间处于齐物境界的奇妙契合点，从而领悟到一种泛神意识：大千世界中众生万物之间总是互为应和、和谐自适地享受生命的。

这种主智诗到1930年代盛行起来，甚至像艾青这样具有独立精神的诗人，在那时的诗中，有不少从表层看是主情的文本，其实也以智慧为主脑，如《阳光在远处》《聆听》《浪》《春》等，莫不如此。值得一提的是卞之琳。这位诗人早期所追求的主智的诗，也在以智慧为主脑中显示着情智的合一，诗中的智慧也是“非逻辑的”，如《一块破船片》《古镇的梦》等均如此。这里就着重分析一下《古镇的梦》。这首诗写古镇的两种声音：算命锣声与梆子声：年年月月的白天，瞎子敲着锣过街，虽然做着梦似的，但他不仅知道“哪一块石头低，哪一块石头高”，更知道“哪一家姑娘有多大年纪”；年年月月的夜里，更夫敲着梆过街，虽然同样做着梦似的，但他也不仅知道“哪一块石头低，哪一块石头高”，更知道“哪一家门户关得最严实”——这是“古镇的梦”的分写。第四节写一户人家深夜里老被梦里哭的孩子闹得睡不成觉，以致有妻子对丈夫一番戏剧化的言说：“毛儿的爸，明天替他算算命吧！”——这是“古镇的梦”的合写。在这些平实的意象组合关系里让人领悟到古镇的宿命感与现世感。最后一节这样写：

是深夜，
又是清冷的下午；
敲梆的过桥，
敲锣的又过桥，
不断的是桥下流水的声音。

这一节前四行是代表两种声音的两个人（敲锣的瞎子与敲梆的更夫）在“桥”上的交汇，从而把“桥上的”人间声音和第五行“桥下的”流水声音叠映起来；这两种声音又构成相对的关系——死寂与生动的相对，从而使接受者进一步领悟到：1930年代中国人梦的现实与现实的梦是相对地存在的，20世纪中国社会是停滞与奔流相对地存在的，现代世界闭塞与开放是相对地存在，等等。于是，接受者也就有可能潜在地结合这些领悟而提纯出一个智慧的觉识：大千世界莫不处在一种相对的关系中。需要再提出一点：这种领悟乃诗人通过意象选择与有机组合而营造的一片风情意味极浓的意境所兴发感动出来的，所以由此而得的智慧也是非逻辑而是情智合一的感兴存在。可不是吗？卞之琳是把我们引进到一片风情味十足的意境氛围中了，他让我们自己去领悟这智慧。这样的诗如怀着理性譬比联想来言说，是会把这一份智慧拖入逻辑的陷阱、鉴赏的误区的。有人就这样说：它是“用古镇的形象，展示了三十年代中国社会没有阳光一片黑暗的情景，也揭示和鞭挞了中国老百姓对祖国民族的命运漠不关心、对追求光明和真理缺乏热情，安天乐命，逆来顺受，甘于在黑屋子里沉沦的民族心理……”这种说法似乎意味着《古镇的梦》并不以智慧取胜，不过是政治理念巧妙的言说而已。

从卞之琳《古镇的梦》中智慧追求的考察，倒使我们联想到陶渊明的《饮酒·五》。这首“几乎成了中华诗史上最为人们熟知的”[5]抒情诗，其艺术的魅力来自哪里？看来也是来自“以智慧为主脑”，原诗是这样：

结庐在人境，而无车马喧。
问君何能尔，心远地自偏。
采菊东篱下，悠然见南山。
山气日夕佳，飞鸟相与还。
此中有真意，欲辨已忘言。

朱光潜在《诗论》中论及此诗时说过一段话：

……诸句都含有冥物忘我、和气周流的妙谛；儒家所谓“赞天地之化育，与天地参”，梵家谓“梵我一致”；斯宾诺莎的泛神观，要义都不过如此；渊明很可能没有受任何一家学说的影响，甚至，不曾像个思想家推证过这番道理，但是他的天资与涵养逐渐使这么一种“鱼跃鸢飞”的心境生长成熟，到后来触物即发，纯是一片天机。了解渊明第一须了解他的这种理智渗透情感所生的智慧，这种物我默契的天机：这智慧，这天机，让染着近代思想气息的学者们拿去当作“思想”分析，总不免是隔靴搔痒。[6]

这段话比起历来对这首诗的论析来都要高明。之所以如此乃在于：朱光潜不把自己的言说置于文本说了点什么那种引经据典、条分缕析的基础上[7]，而是从陶渊明抱怎样的观物态度与感物方式去把握抒情对象出发来展开论析的。他说这首诗“含有冥物忘我、和气流转的妙谛”，点明了陶渊明有他独特的观物态度，而正是这种态度使他在感物中心境总是通过理智渗透情感的智慧去和自然取得默契，以致面对触动他审美感觉的对象时一拍即合，从而发现里面藏着的竟然“纯是一片天机”。所以这首诗在朱光潜看来真正的价值在于：陶渊明在与自然的默契中拿理智渗透情感所生之智慧去发现天机，那就是物物相应的和谐与生生不息的流转融汇成的宇宙生态。虽然朱光潜对该诗结合“此中有真意，欲辨已忘言”的“真意”没有作具体论析，但从他把“理智渗透情感所生的智慧”与“物我默契的天机”相结合来认识这首诗的价值，也就可明白：这智慧、这天机的统一体就是真意。真意由于来自天机，所以总是“欲辨已忘言”的；由于来自智慧，所以总是情智合一的。

由此说来，把卞之琳的《古镇的梦》和金克木对主智诗的言说同陶渊明的《饮酒·五》和朱光潜对该诗的言说作一比较，可以见出它们实属同一类型，而1930年代中期起盛行于诗歌创作中对智慧的追求同陶渊明对“真意”的追求，也实属同一回事。我们还可以进一层说：如果能不像《陶渊明集笺注》的撰者那样，体悟到“所谓‘真意’乃在一‘归’字，飞鸟归还，人亦当知还。返归于自然，方为真正之人生”[8]，而能从观物态度与感物方式的角度去理解“真意”，那么“智慧”与“真意”也就是一样的。

1930年代中期起，西方“智性”这个术语引入，“智慧”之说被代替，而“智性”又被人写成“知性”，于是原初的“智慧”的内涵也渐次强化了理性因素，智慧—智性即理性，也似乎不成文地被诗坛所接受。与之相应的是：卞之琳等从1930年代中期起改变了创作方向。张同道认为卞之琳在1933—1935年之间已转向瓦雷里为代表的后期象征主义，而到1935—1937年期间“才真正进入现代主义创作状态”，并高度评价“这短短两年多的时间耸起了卞之琳一生也是整个中国现代主义诗史上的奇峰”。他还认为：这场创作转变是卞之琳于1934年译了艾略特的《传统与个人才能》、“完成了诗学观念的转换”带来的奇特效果。张同道还这样言说了卞之琳诗学观转换、创作调整后的特征：

……在诗学特征上，扩大诗的内涵，以异质冲动加入诗，变纯诗为非纯诗，以细腻尖锐的感觉窥取生活的奥秘，从日常生活中升华出理性之光，从更高的科技支点上实现玄学的回归，现实、象征和玄学融位一体，突出诗的综合特征；在抒情方式上，由软抒情转为硬抒情，热情掩藏在冷漠的背后，外形旋入内在的旋律，倾向于戏剧化、小说化，感让位于思，诗风趋于疏朗、坚实、复杂，垂首向学院化诗学。[9]

这些话大致说是合于卞之琳实际的。可注意的是这期间卞之琳所追求的主智诗，是“非纯”的，有“理性之光”的，“热情掩藏在冷漠的背后”的，“感让位于思”的，甚至是一场“从更高的科技支点上实践玄学的回归”的。正是这种种，表明卞之琳所追求的那种“以智慧为主脑”的诗，其“智慧”是逻辑的理性化的，以更高的科技为支点展开玄学运思的。这种智性同金克木的智性一比较，几乎是南辕北辙。至于在创作上，也一改《古镇的梦》《一块破船片》这样的智性追求，而变成理性追求了。如《第一盏灯》：

鸟吞小石子可以磨食品，
兽畏火。人养火乃有文明，
与太阳同起同睡的有福了，
可是我赞美人间的第一盏灯。

这首诗并不怎么难懂。虽然文本构成中作者有意省略了句与句之间关联转折词语，初读让人难以一口气跳跃过去，不过只要抓住那条内在的理性联系逻辑线，接受者的“三级跳”也是可以很顺畅的。有研究者对它作了很高的评价，这样说：

> ……它表现作者多年悟出的一种“心理”，赞美人类的一切发现、发明与创造；但却不直接说理，而是通过鸟吞石子、兽畏火、太阳、灯等几个具体的细节与意象流动、转换与撞击来暗示。一、二句首句的比喻为后句的说明，正如鸟吞石子有助于消化增加营养一样，人类经历了许多苦难才学会使用火，逐渐创造了文明，这又超出了兽；三句说明人得益于“火”与文明，能够与太阳同起同睡“有福”了。尾句扣题，至此“第一盏灯”以成人类文明的象征。〔10〕

这段话明白不过地告诉我们：卞之琳在这首诗里要想说理，“却不直接说理”，而是借助“鸟吞石子、兽畏火、太阳、灯等几个具体的细节与意象流动、转换与撞击来暗示”。这其实不能叫“暗示”，而该说卞之琳是合于凭理性联想建构起来的譬比来说明道理。就在这段引文里，有“一二句首句的比喻为后句的说明”。值得注意的是“说明”，这正是这首诗中所谓“智性”的理性逻辑特性，同真正的智性毫不相干。金克木明确说过以智慧为主脑的诗，智慧是“要非逻辑”的。所以卞之琳《第一盏灯》等被推崇为智性的诗，实在已是“异化”为说明道理的诗了。

用机智巧妙的譬比来说明道理，在散文中当然可以，并且该欢迎，但不能出现在诗里。

受到西方一些著名诗人、诗学理论家提倡智性即理性的影响，以及卞之琳等为之身体力行，新诗中的主智诗到1930年代中后期起终于“异化”，紧接而来的，是玩观念游戏而美其名曰智性诗、玄学诗、象征诗的赝品，纷纷出现于诗坛。这类玩弄观念的诗大致可分三种，兹分述于下：

第一种，是发掘观念。具体的做法是面对一个物象，诗人像一个文物考古者那样对它进行发掘，测定它的属性，途径是充分发挥理性联想，为它确立与周围存在的种种关系，然后在综合归纳后概括出其存在之本质观念。洛夫有一首《临流》是对临流自鉴进行生命存在之本质观念的发掘，诗是这样：

站在河边看流水的我
乃是非我
被流水切断
被荇藻绞杀
被鱼群吞食
而后从嘴里吐出的一粒粒泡沫
才是真我
我定位于
被消灭的那一顷刻

这首诗藉“流水切断”与“荇藻绞杀”“我”的影子，又让“鱼群吞食”“我”的影子而成为它吐出来的一粒泡沫，来显示“真我”，然后点破“真我”定位于“被消灭的那一顷刻”。诗人对临流鉴照的这一场“真我”本质属性的观念发掘，是一场理性联想作用下完成的逻辑推论。发掘“真我”的途径本来自“万物静观皆自得”，是微妙的心理流程中的浮现，洛夫此诗却是一场有意为之的观念发掘，当然，他发掘得细腻、贴切，纵使多少有点玩观念之嫌，也还是能给人一些理趣的。卞之琳的《白螺壳》就不同了。卞之琳的做法是自己先设置好一条理性联想逻辑线，让读者攀着这条线一步步深入到物象“白螺壳”的深处，而由此而展开的一场“白螺壳”存在关系的观念发掘也就井然有序；在五花八门的意象陈列与七拐八弯的意象组合中，也自能对“白螺壳”体现这一观念的迹象在分析—演绎中得“知”，但读者要是不知道这条“救命”的理性联想逻辑线，那就只得叫苦连天，茫然不知所云。这就是说：读这样的诗，只能让作者牵着你的鼻子走。朱自清就受到过这般待遇。他在《新诗杂话·序》中提及对这首诗的理解时说：“我以为只是情诗，卞先生说也象征着人生的理想跟现实。”[11]经朱自清把卞之琳自设的“内线”一抖出，我们的发掘就顺畅了。就是说：诗人想以这首诗来表达自己对人生理想跟现实永远处在矛盾中的一场沉思，做法是拿“白螺壳”以及与“白螺壳”连在一起的“大海”“潮”“烟雨”“海滩”，还有由“白螺壳”派生出来却与其外在物质性能无必然关系的“小楼”“风”“柳絮”“燕子”“珍本”“银鱼”“原始人”等组成一个符号化意象系统，来作意象逻辑推论式演示：“我”得到了一个“白螺壳”，它被“大海”以“细到可以穿珠”的“神工”“慧心”磨炼得晶莹剔透、“孔眼里不留纤尘”了——这里暗示着超然世俗的理想人生。那么这么一个高雅脱俗的形象在理想人生追求中的感受又如何呢？诗篇告诉我们：如同“一湖烟雨”把自由高飞的鸟之羽也“漫透一片”那样，“白螺壳”的“我”也如同“一所小楼”了，它“风穿过，柳絮穿过，／燕子穿过像穿梭”，如若楼中有珍本藏书，书叶也一定会“给银鱼穿织”，并且“从爱字通到哀字”了——看来理想人生在现实中不过是从幻美到幻灭。而欲超越这幻灭感，办法只能是“出脱空华”——生死荣辱均视之等闲。于是诗篇又进一步告诉我们：“白螺壳”的这种超然心境与脱俗行径，人世中实在是被看成无用的，正像玲珑的白螺壳落到一般人手里会根本不当一回事一样，倒是原始人，若捡到，虽换不来一只山羊，还可换一个蟠桃。只有让“多思者捡起”，才会引来一片反观自我往昔的“愁潮”，因为经历了檐流滴穿石阶、绳子锯裂井栏、时间被忍耐磨透的漫长噩梦后，“多思者”只落得个对理想人生追求的意兴阑珊。可不是吗？到头来还是“黄色还诸小鸡雏，／青色白诸小碧梧，／玫瑰色还诸玫瑰”——一切回复原状，可见严酷的现实人生无法超越。不过，回顾稚气的理想人生追求及为此洒下的辛酸泪，看看它挂在“柔嫩的蔷薇刺上”，倒也有点纪念意义。当然，宿泪之美是短暂的，很快也就干枯。这样一首七拐八弯地表现出来的诗，有点像七宝楼台。花式众多的符号化意象，凭诗人理性逻辑意图选出来又让串连线连缀而成的“七宝楼台”，说闪烁着理性之光倒是对的，“智慧之光”可未必。若非说《白螺壳》也有智慧不可，那这“智慧”可以理解为一种逻辑的存在，一种观念的游戏，此智慧非彼智慧了。

第二种是印证观念。具体的做法是拿一些具体物象、事象，通过理性联想以暗示某一观念所定出的要求把它们组织起来，藉此获得一种玩观念的趣味。路易士在1930年代写过一首很出名的《7+6》。这首诗把“13”这个西方人看来是不吉利的数字的观念，拿诗来玩弄了一番。诗这样写：“我”是执着一根形似“7”的手杖又咬着一个形似“6”的烟斗——这样一付形相的诗人，如果“拿着手杖7／咬着烟斗6”的“我来了”，也就是“手杖7+烟斗6=13之我”来了，但这“13”可是“一个最不吉利的数字”，于是“我”感到自己身上有了宿命的预兆：

呵，一个悲剧！
悲剧悲剧我来了，
于是你们鼓掌你们喝彩。

这样的诗没有主体投入，不显悲剧之悲，而是轻松而幽默的，这是一种玩世不恭的人生态度而藉玩玩宿命论的途径来玩诗。当然，靠“手杖7+烟斗6=13之我”来印证宿命观念的做法很机巧，但这机巧是逻辑的，并不是智慧。废名有一首《理发店》，将“理发匠的胰子沫”，脸上剃刀划出的痕迹和“下等的无线电”在逻辑推论关系中拼成的一个组合体，用来印证现实生命体总是互相隔阂而孤独的观念。在《〈妆台〉及其他》中，废名自述过在理发店理发而促成写此诗的经历：当理发匠用胰子沫涂了他一脸而准备刮脸时，他在镜子中看到那个自我形象竟感到自己伟大，代表真理，这缘于思及此刻理发店中只有自己与理发匠两人而已，说得上相濡以沫了，暂时可以“相忘于江湖”，出此傻念头又有何妨。但随即是“一把剃刀已经把我脸上刮得许多痕迹了，而理发店的收音机忽然响了，下等的音乐，干燥无味，我觉得这些人的精神是庄周说的涸鱼相濡以沫而已”[12]。可见，人生“相濡以沫”般的暂时凑合是此诗展开观念印证的“内线”。诗以“胰子沫”印证人与人存在相濡以沫、相忘于江湖，以“剃刀”印证相濡以沫的很快消失和“人类的理解”之不易，以“无线电”印证在肮脏、阴暗的角落芸芸众生只能无可奈何地作“灵魂之吐沫”，无聊地作短暂的“相濡以沫”……这种种全是挖空心思在作符号化意象印证的观念游戏。这样的诗更是逻辑的存在。

第三种是图解观念。我们常说有一种政治图解诗不可取，但“图解”是中性的。政治意图固然可以以诗图解，所谓智性的观念图解也大有人在，做法是主体直接参预，把抽象观念拟喻化一番，使观念变形，以其怪诞加深读者一点印象。此类做法，最是常见，这里我想谈一谈穆旦曾经有过的一种倾向。这位诗人在 1945 年至 1948 年之间有意学奥登而写下的一批思考社会的诗，如《旅》《野外演习》《七七》《反攻基地》《通货膨胀》《良心颂》《暴力》等，也被看成是一种智性追求。穆旦此项追求的途径是充分发挥理性联想，构成拟喻化的意象来写。于是，智性追求也就成了观念图解。如《良心颂》，是对有关良心这个抽象命题的图解，图解的手段是拟喻。第一节“良心”的出场就不同一般，颇显机巧：“虽然你的形象最不能确定，／就是九头鸟也做不出你的面容。／背离的时候他们才最幸运／秘密的，他们讥笑着你的无用。”全诗利用“背面的力量”，充分施展理性联想，采用拟喻手法图解了伪善者的良心观，接着又说随“良心”而来的是“饥寒交迫”，这位同伴“常不能随机应变”，是“一条死胡同”，这使得伪善者不能不感到“吃惊”，从而“退缩”。最后一节对“良心”作了正面的拟喻表现：“因为你最能够分别美丑，／至高的感受，才不怕你的爱情，／你看见历史：只有真正的你／的事业，在一切的失败里成功。”读了这一些后我们不禁要说：这首诗实在是藉理性联想推动，借逻辑推论开展的一场观念图解，是对“良心”的巧妙的阐释而不是深刻的领悟。说这是智性经验的诗化表现实在很勉强。这场“奥登病”对他诗创作的损害实在不小。直到 1976 年他创作了一生中最后一批诗，大多都炉火纯青，极成功，凡是写失败的，如《友谊》《爱情》等，也还是“奥登病”的后遗症带来的观念图解。好多诗人，如果不是从对生活真切的感受出发来构筑智性诗歌世界的，都会或深或浅陷入观念图解的陷阱。杜十三有一首《桥》，是这样的：

他把一句谎话吐在地上

变成一座桥
架在两岸之间

河水不相信
从
 桥
  底
   下
    走
     过

这首诗的第一节有拟喻化意象构筑的机巧，埋着一层藉理性联想可以把握到的有关“谎话”特性的图解。第二节进一步图解下去，逻辑起点是“河水不相信”，意即时间将考验真伪，于是全节暗示：时间一久，谎话会露馅。这个诗文本也就把如下的理意巧妙地图解成了：假象是蒙蔽不了存在世界的，时间运行的法则会证实其虚设。这类诗，实在同智慧无关，它是逻辑的，是一场受制于逻辑推论的理性联想活动。

以上种种智性“异化”成理性的新诗实况，必然也会反映在有关智性的理论见解中。可以说，迄今为止智性等同于理性在诗学理论界大有定论之势。余光中在《现代诗的名与实》中就这样说：

……“主知”原是古典主义的精神之一，批评大师艾略特……认为17世纪诗人邓约翰的作品里，机智（wit）和激情（passion）是融合在一切的，但是到了18世纪，诗人抑激情而扬理性，19世纪的诗人则反过来抑知而纵情。〔13〕

从“抑激情而扬理性”和“抑知而扬情”的对位比较中可以见出：余光中心目中

"知"就是"理性"。郑敏在《中国传统的古典与现代》中论及中国传统诗歌中"意象"绝非"比喻"时说：

……在意象中已失去的能指与所指的区别，能指即所指，二者已合为一个复合体，感性与概念（知性）完全凝聚成一体。〔14〕

这段话甚至明明白白把理性产物的概念也说成是智性了。

更多这方面的言说材料也就不再引述了。

值得再引述的，看来该轮到不那么主张或者不主张智性等同于理性方面的言说。陈仲义的《中国朦胧诗人论》中，在把智性说成"是诗歌走向哲理升华的一把'拐杖'"后，有如下一番话：

……当诗人展开思维运动时，心理场间时涌泛潜意识流与显意识流，多种层次的心绪、体验，多种感觉、知觉，在相互渗透交流冲突汇合中，不是径直提升为一种带有判断推理的思辨色彩，形成思索的理性，而是充分的感性展开中，感性本身就体现了深刻的理性。这是智性的奇妙功能：一种深刻化的知觉。〔15〕

他的这段话一方面认为智性不就等于理性，另一方面又说智性是在感性展开中时，"感性本身就体现了深刻的理性"，那可是一种既非感性又非理性的东西，表明这位理论家不那么主张智性等同于理性。不过，感性本身就体现出深刻的理性的说法，显然来自艾略特。在《玄学派诗人》中，艾略特主张"感性的思想，也就是能在感情中重新创造思想"——或者说"像对玫瑰花的感觉样"的感觉思想〔16〕。所以还很难说陈仲义对智性已有属于自己的、明确而定型的看法。王元化在《思辨随笔·七七》中说"康德曾经把认识划分为感性—知性—理性三个阶段。后来黑格尔也沿用了这一说法……"，然后进一步在《思辨随笔·七八》中这样说：

……我觉得用感性—知性—理性这三个概念来说明认识的不同性能是更科学的。把知性和理性区别开来很重要。作出这种区别无论在认识论或方法论上，都有助于划清辩证法和形而上学的界限。有人指责我提出这三个范畴是“回到康德去”。但是据我所知，马克思也是采用知性的概念，并把智性和理性加以区别……〔17〕

这就和艾略特或者受艾略特影响的陈仲义把智性定位于从感性中挖出来的理性有所不同，明确提出智性是认识三阶段中的一个阶段，它上承感性，下启理性，而又有自身的独立自足性。由此看来，王元化是主张智性不能等同于理性的。

不过王元化的主张毕竟是出于思维认识论上的考虑，如果从审美认识论上考虑，则“三阶段”的井然区分还不及“三阶段”的有机交融更恰当。正是从这个意义上看，艾略特以及受艾略特影响的陈仲义把智性看成“在感情中重新创造思想”或者“像对玫瑰花的感觉一样”的感觉思想更合适一些。说实在的，当今的中国诗学理论家和诗人虽常把艾略特挂在嘴上，奉他的话为金科玉律，却往往并不能做到全面而透彻地了解艾略特的诗学。艾略特秉承里尔克的主张，把诗说成是逃避个性、逃避感情、专写经验的，而写经验又正是智性追求的具体表征——如同艾略特在《传统与个人才能》中所说的，知性诗“是许多经验的集中，集中后所发生的新东西”〔18〕经验呢？在一般观念中又是理性范畴的，所以不少以艾略特的意见为自己诗学观依据的人，就从这点出发来认定智性即理性。他们却没有注意到：艾略特认为“诗是经验”的“经验”是该怎么来写的问题。艾略特在提出智性诗“是许多经验的集中”后，接着说：“这些经验不是‘回忆出来的’，他们最终不过是结合在某种境界中。”〔19〕这就是说：由许多经验集中的主智性，其“经验”须通过“某种境界”才得以呈现。这一来，艾略特的智性追求岂不是同朱光潜眼中陶渊明在《饮酒·五》中的真意追求走上同一条路子了？如上所述的，朱光潜心目中的智慧或真意，是在与自然默契而把握到一片天机的境界（意境）中才提升出来的！而这也令我们想起《唐诗解》中提及“堪与‘结庐在人境’竟爽”的另一首诗：王维的《终南别业》：

中岁颇好道，晚家南山陲。
兴来每独往，胜自空自知。
行到水穷处，坐看云起时。
偶然值林叟，谈笑无还期。

对这首诗，《诗人玉屑》认为："造意之妙，至如造物相表里。"又说："观其诗，知其蝉脱尘埃之中，浮游万物之表者也。"这首和陶渊明《饮酒·五》"竟爽"的、以真意为主脑的诗，其真意乃来自"如造物相表里"的境界，来自"浮游万物之表"的境界。这可以进一步证实我们的传统诗学理论早就认为作为诗歌中最高类的真意诗，其真意来自与物我默契中诗人沉溺的那一片理智渗透情感的、与造物相表里的境界。

根据以上种种，我们已有充分理由肯定：西方诗学理论中的智性，就是我们传统诗学中的真意，西方的智性诗，就是我们传统诗歌中的真意诗。由此说来，为了避免诗学中的智性被看成理性，避免今后新诗坛再有人打着智性诗的幌子贩运以理性为主脑的观念印证图解诗招摇过市，我们何不把智性改成真意，智性诗称为真意诗?！这样做至少有一个好处，让人一听到"真意"，就会在心中鲜明地浮现出"此中有真意，欲辨已忘言"的诗句；一提及"真意诗"就能让人进入《饮酒·五》中理智渗透情感所生的智慧、物我默契的天机融汇成的那个最高格的诗美境界，有了表率，有了民族传统的诗美方向，岂不很好!

而事实上通过意境的创造，让人生感受中获得的经验——有很强的理性内涵的艾略特式"经验"也好[20]，不是智力的、主要是情感的瑞恰慈式"经验"也好——从中浮现出来的真意诗，在新诗成长的历程中，出现的数量是不少的。卞之琳的《一块破船片》和前已论及的《古镇的梦》不同，如果说后者从生存的情的感受通过浓郁的"古镇"文化氛围——意境而提纯出对真意的领悟，那么前者则是从预设的“永恒”与“残存”的相对论观念通过“她”坐在海边礁崖上摆弄“一块破船”的极神秘的意境创造而浮现出对真意的领悟的。郑敏的《金黄的稻束》是情的感受通过收割后的秋天晚上月照远山、四野空旷的田里站着的一束束金黄的稻束——这样一幅清朗、优美的画面描绘所创造的一片美丽得寂寞、旷远得神幻的意境而提纯出对生命与历史内在关联这一宇宙律——真意的领悟，而她的《秋的组曲》中的《落叶》则是预设了一个新陈代谢、周而复始的观念，通过秋叶飘落大地，地下水同归河海的描绘所创造的一片灵异意境而浮现出对真意的领悟。穆旦的《冬》是情的感受通过自我外在与内在的冬天生活和室内疗养者与室外马车夫的冬天生活融汇成的一片寂寞与喧闹、静止与奔跃互渗互映的意境而提纯出生命形态对立统一、生机生生不息这一真意的领悟；他早年写的《春》则是预设了一个有关宇宙生机运行律的观念，通过春归大地、“绿色的火焰在草上摇曳”，而和“满园的欲望”相应和的“二十岁的紧闭的肉体”等待着“新的组合”的抒叙所创造的一片浮雕般的骚动的意境而浮现出对真意的领悟。至于他的杰作《森林之魅》，则是从切身的生存感受与预设的生命转化观念相结合出发，通过胡康河谷原始森林中“我”与森林中草木鸟兽、淫雨雷电同位共生互易的描绘所创造的一片神秘幽幻意境而浮现出了对真意的领悟。所有这些追求真意而获得成功的诗，今天也已成了新诗的经典文本。

由此看来，中国新诗的振兴，须继承古典诗歌中的真意追求传统。须从境界的创造中领悟真意，并以此来为新诗文本创造的最佳选择定位。

2008 年 6 月 1 日脱稿于

杭州西子湖畔乌石山下

注释：

〔1〕 柯可:《论中国新诗的新途径》，杨匡汉、刘福春编《中国现代诗论》(上编)，花城出版社 1985 年版，第 260—261 页。

〔2〕 柯可:《论中国新诗的新途径》，杨匡汉、刘福春编《中国现代诗论》(上编)，花城出版社 1985 年版，第 262 页。

〔3〕 宗白华:《艺境》，北京大学出版社 1987 年版，第 192 页。

〔4〕 田寿昌、宗白华、郭沫若:《三叶集》,《宗白华全集》Ⅰ，安徽教育出版社 2008 年版，第 222 页。

〔5〕 引自骆玉明对《饮酒二十首（其五）》的赏析文,《汉魏六朝诗鉴赏辞典》，上海辞书出版社 1992 年版，第 553 页。

〔6〕《朱光潜全集》第 3 卷，安徽教育出版社 1987 年版，第 255 页。

〔7〕 这样做大有人在。随手举袁行霈在《陶渊明集笺注》中对该诗所作“析义”的一段话：“‘心远地自偏’颇有理趣。心与地之关系亦即主观精神与客观环境之关系，地之喧与偏，取决于心之近与远。隐士高人原不必穴居岩处远离人也，心不滞于名利自可免除尘俗之干扰。‘采菊东篱下，悠然见南山’瞬间之感应，带来无限愉悦。在偶一举首之间心与山悠然相会，自身仿佛与山交融成为一体。日夕之山气，相与之归鸟，诸般景物仿佛不在外界而在心中，构成一片美妙风景。此乃蕴藏宇宙、人生之真髓，此真髓即还归本原。万物莫不归本，人生亦须归本，归至未经世俗污染之真我也。”引见该书中华书局 2006 年版，第 247 页。

〔8〕 袁行霈:《陶渊明集笺注》，第 249 页。

〔9〕 张同道:《探险的风旗——论 20 世纪中国现代主义诗潮》，安徽教育出版社 1918 年版，第 203—204 页。

〔10〕 罗振亚:《中国现代主义诗歌史论》，社会科学文献出版社 2002 年版，第 318 页。

〔11〕《朱自清选集》第 2 卷，河北教育出版社 1989 年版，第 261 页。

〔12〕 废名:《谈新诗》，人民文学出版社 1984 年版，第 223 页。

〔13〕《余光中选集》第 3 卷，安徽教育出版社，第 75 页。

〔14〕 郑敏:《诗歌与哲学是近邻——结构—解构诗论》，北京大学出版社 1999 年版，第 315 页。

〔15〕《中国朦胧诗人论》，江苏文艺出版社 1996 年版，第 226 页。

〔16〕 李赋宁译:《艾略特文学论文集》，百花洲文艺出版社 1994 年版，第 22 页。

〔17〕《思辨随笔》，上海文艺出版社 1994 年版，第 120—121 页。

〔18〕 艾略特:《传统与个人才能》，卞之琳译，戴维·洛奇编:《二十世纪文学评论》(上册)，上海译文出版社 1987 年版，第 138 页。

〔19〕 柯可:《论中国新诗的新途径》，杨匡汉、刘福春编《中国现代诗论》(上编)，花城出版社 1985 年版，第 138 页。

〔20〕 参见曹万生:《现代派诗学与中西诗学》，人民出版社 2003 年版，第 80 页。

论诗歌世界的把握方式

诗歌世界是人、自然物以及宇宙之间错综复杂的审美关系结构成的，至于它的把握方式，则是诗人独特的主题思路的延伸，是采用更好的角度去表现人、自然物与宇宙之间关系的艺术策略。

一般说，诗歌世界中的人与自然物、自然环境之间的关系，总是不平等的。若诗人的主题思路以人为中心展开，则他就会从以我观物的角度出发，用人化自然的方式把握诗歌世界。若诗人的主题思路以物为中心展开，则他就会从以物观我的角度出发，用自然化人的方式把握诗歌世界。不过，当人与自然物共融于宇宙本体时，二者在诗歌世界中的关系就会变得平等，这是由于人与自然物在宇宙本体中同属于物质的存在，除了形式表现的差异以外，没有别的不同。这就使得诗人们的主题思路会从物我互观以致物我两忘的角度出发，用宇宙化万汇的方式去把握诗歌世界。我们的考察就从这三个方面入手。

人化自然

人化自然是指诗人在把握诗歌世界时以人为核心，而使自然物、自然环境皆屈从于人。的确，诗人们为了扩大人生化的活动范围，藉以完成他心目中至善美的意蕴追求，总喜欢把人的意欲强行打入自然物。因此，采用人化自然的方式所把握住的，也就必然是主观完形的诗歌世界；而诗学向人学化的根本目标迈进，也就会得到真切的体认。

一般说，把自然环境中某一特定的对象凭诗人的主观作用直接以社会人生的存在形式来替代，这在诗歌创作中是不乏其例的。譬如英国的意象派诗人休姆写的《日落》一诗，就这样来表现红日西沉时分的动人情景：

一位芭蕾演员贪恋着喝彩
迟迟不想走下舞台
在全场不友好的喊喳声里
她旋展出最后的魔力
高高踮起她的脚尖
露出了胭脂云织成的嫣红的内衣

在这里，太阳西沉直接被比拟为一个芭蕾舞演员即将退场而又不甘愿退场的社会人生场面，不言而喻属人化自然。不过这完全是以人生现象替代自然现象的。要是去掉题目，则芭蕾舞演员的谢场实在无法使人联想到太阳西沉。唯其如此，这种人化自然方式，点题才极其重要，能起点明印证的作用，不仅太阳西沉的情景因此而具有一种悲壮感和社会人生的亲切味儿，还多少能给读者一点象征性联想：人生暮年犹不甘退出舞台，依旧不歇地为之奋斗。当然，休姆毕竟是个意象派诗人，对于意象的外在营造及理性印证关系更感兴趣，因此情智交融于意象深层处的象征味不足。

直接以人生现象去替代自然现象，诗人们用得不能算多，他们更爱直接以人生现象去改造自然现象，而这种改造又有两种具体的做法：一种是自然现象直接被改造成人生现象，另一种是自然现象人生化以后又和真实的人生现象建立关系，交融成一个荒诞的社会存在形式。

先看第一种。且举莱蒙托夫的《悬崖》为例。全诗是这样：

一朵金云夜间栖息，
栖在悬崖巨人怀中，
清早她又离去匆匆，
在蓝天上欢乐地嬉戏；

但古老悬崖的皱纹里，
留下了一片潮润的印痕
他矗立着，独自出神，
在荒凉中默默饮泣。

在荒野的夜里有云朵停在悬崖上，这原是十分平常的自然现象，却被莱蒙托夫改造成人间少女和老人的一段恋情。清晨，云散雾退，悬崖上留下了夜露润湿的痕迹，也是习见的自然现象，却又被诗人改造成老人因失去少女而备感孤单，老泪纵横。莱蒙托夫也许是有感于人世间聚散无常，才把这脉感受强行打入悬崖与金云骤聚又散的自然关系中。这有一种反衬效果，即以这一自然现象的本然法则来强化人生聚散无常的存在特征。这样做很有审美感染力。值得指出：诗中悬崖和金云之间的关系虽然已人化，却并不见有另一些真实的人生活动闯入进来，去和人化的悬崖、金云进一步拉上人际关系。这样的人化自然是单纯的。

当然，诗人们可以让自然现象人化以后再去和真实的人生现象拉上关系，从而交融成相当荒诞的人生存在形式。

这就是人生现象直接改造自然现象的第二种做法。

我们上面提到过休姆的《日落》，现在拿郭沫若的《日暮的婚筵》来作个比较。两首诗都系诗人对太阳西沉这一自然景象的抒唱。郭沫若先让“夕阳”与“海水”组合成人际恋情关系，说：“夕阳，笼在蔷薇花色的纱罗中／好像满月一轮，寂然有所思索。”而“恋着她的海水也故意装出个平静的样子／可他嫩绿的绢衣却遮不住他心中的激动。”在这些自然景象直接被改造成人际恋情关系后，郭沫若又进一步说：

几个十二三岁的小姑娘，笑语娟娟地，
在枯草原上替他们准备着结欢的婚筵。

这就是自然被人化后又和真实的人生拉上关系。这对读者来说能起强化潜在感应的作用，使“夕阳与海水”具有了灵性，真能相恋结欢。因此到诗篇的结束处：

新嫁娘最后涨红了她丰满的脸庞儿，
被她最心爱的情郎拥抱着去了。

将真实的人生关系掺入人生化的自然景象至此已完全顺理成章，作为诗歌世界一种独特的传达结构，它使已荒诞化了的人化自然具有更多荒诞的可信度。当然，就《日暮的婚筵》而言，人化自然中掺入真实的人生关系还算不得复杂，多少还有点背景点缀的意味。公刘有首《风在荒原上游荡……》就不同了，它在人化的自然与真实的人之间有着更复杂的人际交流关系。作为一种自然现象，荒原上风在无忌惮地吹刮，诗里已被改造成一个流浪汉“打着呼哨，四处张望，寻找可以过夜的地方”。但随即真实的人生关系——绿化荒原的青年团员们的活动掺入了，他们亲切地向风呼喊：“你来吧，到我们的树林里来吧，我们为你准备了眠床。”并且进一步让风和树林、和青年团员们拉上相当荒诞的人际交流关系：

风啊，你来吧，来和树林交谈吧，
树林将会告诉你一切：
关于干旱，关于沙漠，

关于青年团员的理想……

这里有一连串的联想推论：有了树林，干旱、沙漠就不再存在，而同干旱、沙漠共命运、整天在荒原上游荡的风呢？也不必再过流浪汉的生活了，因为有了树林的绿色的家；至于令风沉迷的，也将不再是游荡路上的“醉汉”生涯，而是去听青年团员们谈进一步改造沙漠的理想、结束风在荒原上游荡的新打算。绿化沙漠的青年团员直接同人化的荒原风对话，进一步建立起人际存在关系，到底有何审美价值呢？这就是使诗人对我们改造沙漠的真实感受通过更人化的风得到更动人的体现。可不是吗？风能得到安歇的最好地方是树林，而有了树林就再不会有沙漠与干旱，这是自然法则，潜沉于这法则中的感应作用能进一步强化我们改造沙漠的理想信念。所以自然现象被人生化以后又和真实的社会人生建立这么一个奇特的社会人生存在形式，审美功能就特别强。

总之，作为诗歌世界的一种把握方式，人化自然的出发点应该是自然物，而归结点则是社会人生，或者说，应该达到情智交融于意象深处的那种社会人生象征。上面谈到休姆的《日落》，虽然从归结点看也有一定的社会人生意味，但情绪感应的联想力不够强。作为一个意象派，休姆多少还有点玩弄意象的倾向。莱蒙托夫的《悬崖》和公刘的《风在荒原上游荡……》则社会人生的象征味浓多了，可惜《悬崖》的审美象征指向更偏于群体人那种始终超越不了地球人生的理想追求。我这样讲并不意味着人化自然所完成的诗歌世界其审美指向就扩大不了。不，完全可以扩大。譬如，七月派诗人杜谷的《泥土的梦》就是如此。

《泥土的梦》致力于把泥土这一自然物人化。在杜谷的构思里，泥土竟能在春天来到时做渴求爱情的春梦。正是抓住这个人化的核心，他才能又把同泥土有关的种种春天景观和泥土组合成一体，共同来圆成这一场“春梦”：太阳是“从南方回来的漂亮的旅客”，“搔痒着它”，风吻着它隆起的乳房和长发，而滂沱的夜雨又“激动地摇拍着”“热情地抚摸着”它。在人化地表现了这场天地间爱的交感后，杜谷最后说：

泥土从深沉的梦里醒来，
慢慢睁开晶莹黑亮的大眼，
它眼里充满了喜悦的泪，
看，我们的泥土是怀孕了。

这里渗透着一股象征性的情思：新生命的可待性将在春梦里得到。联系到这场春梦是泥土做的，则上述情思还能从象征层次上进一步扩展：自然界只要依顺物候运行律，一定会将春天盼来，而这种可待性也决定了自然生命一定会复苏，再生；而同时还由于这些全是以人化自然表现出来的，那么自然生命获得复苏、再生的可待性就能强烈地印证出人类世界同样会蕴藏着一股顽强的生命力，一定会有如同春天使万物复苏般的可待性存在着。由此说来，只要这信息一出现，行将寂灭的种种社会人生现象也将会有复苏的一天，使生命再骚动再孕育，延续又一代新生命。基于这般的潜在推想，我们还将进一步感悟到：一种有关社会人生境界的暗喻性意蕴，在上述人化自然的把握方式作用下，将以情智交融的宇宙人生境界来映衬并强化出“野火烧不尽，春风吹又生”的哲理命题。

由此可见，由人化自然的方式把握住的诗歌世界，完全有可能达到超越地球人生的审美价值判断。所以，人化自然从表层看似以人际关系来强行证实自然物的人性表现，实质上达到的效果是以自然本体枯荣互易、否极泰来的存在运行律来反衬出人生存在运行律最终又必然是枯荣互易、否极泰来的。

自然化人

作为诗歌世界的又一种把握方式，必须屈从于自然的存在形式而变形，人性被淹没在自然属性中。正由于采用这种人的自然属性化策略，也就使诗歌世界中人的价值上升到自然化生命价值的高度，于是诗人就能别具只眼，让他从人的自然存在中看出人的生命体是真正自由、自主、自律的，因此也是生生不息的。就这样，人生存在的历史价值进入了自然存在的价值系统中，自然化人这一把握方式也就获得特殊的审美功能。

明白了自然化人的审美功能特性后，我们再来看诗人们是如何通过自然化人来把握诗歌世界的。

首先一种做法是：把某一特定的人生活动凭诗人的主观作用，直接以自然物的存在形式来替代，至于替代关系也用诗题点化出来。这种自然化人所把握住的诗歌世界大多以理性式的体认为基础，所以确有“行云流水之自然”，却也不免局促于某种理性印证关系。譬如朱熹的《观书有感二首》就是这样：

> 半亩方塘一鉴开，天光云影共徘徊。
> 问渠哪得清如许？为有源头活水来。
>
> 昨夜江边春水生，艨艟巨舰一毛轻。
> 向来枉费推移力，此日中流自在行。

这两首诗一写方塘、一写巨舰。方塘由于有源头活水在时刻更换而总清澈明净，是习见的自然景观，但点题却是“观书有感”，可见这无非是印证人认识世界的头脑能永远清醒且充满智慧是源于寒窗攻读经年以致知识日日更新。巨舰由于一夜春水上涨而不再笨重得滞涩于中流，而轻如鸿毛般灵活自由起来，也是习见的自然景观，但点题也是“观书有感”，可见这也是印证人追求知识技能只要功夫花到一定火候，就会出现触类旁通、游刃有余的奇妙境界，进入自由王国了。这些观书有感，诗人并不想凭人自身行为直接传达出来，而是靠一种特殊的自然化人方式，即人生行为被自然现象所替代来传达。而这种替代，也像人化自然一节中谈休姆的《日落》一样全靠题目画龙点睛的一着达到。结果是替代者被详加描绘，充分地发散出它的印证信息，让读者能根据这信息的指示而展开定向联想，把握住印证的那一点理性意味，至于被替代者的社会人生则全隐居幕后，靠题目点化出来。

应该说，这是间接自然化人。

在把握诗歌世界中，自然化人更多地是拿自然现象去改造社会人生现象，而不是替代。庞德献给他女友杜立特尔的《少女》一诗，显示他在爱情的感召下生命焕发出蓬勃生机的具体做法则是拿“树”去改造“我”：

> 树进入了我的双手，
> 树液升上我的双臂。
> 树生长在我的胸中——
> 往下长
> 树枝在我身上长出，宛如臂膀。

这种“树”与“我”叠印、使“我”树化的方式就是直接自然化人。

直接自然化人也叫改造式自然化人，在创作中的具体措施是这样：抓住人与自然在某种意义上可以契合的特定角度，让社会人生存在一步步消融进自然存在形式中。

我们不妨举岑琦的《朱自清之歌》来看一看。这是一首叙事长诗，写诗人、学者、富有骨气的知识分子朱自清。在诗中朱自清一生的具体经历并不是岑琦所要致力表现的，他感兴趣的是写出朱自清的正直、善良与爱国的精神，那种高风亮节的性格内在真实。为此，他采取自然化人的方式来把握诗歌世界：让朱自清化为从大山奔向平原的一条清溪，又让这条清溪“在群山相持的夹缝中奔走”，“在大地如网的脉络中寻觅”一条通向大海的路。这条清溪作为朱自清这个人生存在的象征物，对岑琦来说实在是一个定向契入的角度，可以让朱自清单线地、一步一步地消融进自然中去。我们晓得，朱自清写过一些很著名的散文，如《梅雨潭的绿》《荷塘月色》《桨声灯影里的秦淮河》等，他又是个教育家，以毕生心血培养过不少学生。这些作为社会人生的存在形式，岑琦也全把它们和清溪暗暗接上关系，化入了自然，即“清溪”在奔走途中“成为一挂倒悬的瀑布”，在悬岩上撞击、迸溅，化作“无数朵小小的白梅”，随风飞入梅雨潭；而后又流入清华园月夜的荷塘，和荷尖上绽开的一朵睡莲为伴，以后又“沿着大地的脉络”渗入于泥土，“奔流于绿树的枝干与叶脉间”，“含苞待放的花蕾里”。我们也晓得朱自清是个反封建斗士，他热爱祖国、追求民主、向往革命，潜在地懂得了人民群众才是历史的真正创造者，所以他越来越渴望投身到人民民主的洪流中去。正是这些，使岑琦进一步让消融朱自清的“清溪”又到处奔走，去寻觅那条“奔腾在战火弥漫的烽烟里”的“壮阔的洪流”——黄河，企图把自己汇入进去，一同奔向大海。但是朱自清在追求爱国民主的路上是受尽磨难的，面对种种威胁利诱，他大义凛然毫不动心，后来在贫病交迫、生命垂危时分，也始终不改变他知识分子的凛然正气。所以消融朱自清的“清溪”在奔流的路上，岑琦不仅让它受大旱的威胁，也让被清溪滋润过的花花草草，连同大地一切生机，全部枯萎，而自己也终于被烤干生机的津液，化为水气，从“饥肠辘辘的山川平原”和“风蚀沙埋的旷野”飞向天空，化为一朵饥渴的云，漂泊在茫茫天宇，最后勇敢地迎接雷电的劈击，被撕裂成碎片，“凝成一掬相思泪”，重新扑向神州大地，复现出一条清溪，渗入泥土中，汇入湖泊里，和“大地”消融在一起，倾吐“碧绿的情愫”，于是：

人间万类重又生气勃勃，绽开笑脸，
千百条溪流呼应着汇入江河，
一路腾跃去灌溉秋菊春兰。

这就是说：朱自清一生追求民主的历程及热爱祖国的精神所含着的历史价值，确是完全化入到一条清溪中了，并且这种化入完全是从清溪与种种景观所构成的那个自然本体有机关系中发展开去的，可以说这是非常典型的一种直接自然化人。值得指出：这首诗题目就点明是《朱自清之歌》，可见“清溪”即朱自清对读者来说一开始就已清楚；而作为社会人的朱自清和作为自然物的清溪之间并不存在物质属性的必然联系，这也是大家明白的，因此从某种意义上说，这首自然化人的诗所达到的实在是一个有关人生精神的动人的寓言。

从创作实践看，直接自然化人必须追求神秘效果，穆旦的《森林之魅》就是这样。它不仅自然化人得直接而自然，并且特别富有神秘的遐思味。这首诗写穆旦作为中国远征军中的一员于1942年缅甸大撤退中获得的生命体验。在那些日子里，他一方面遭受着日本骑兵的日夜尾追，另一方面又经受着印缅边境特有的淫雨、饥饿、毒虫、痢疾等折磨，以及随时都可能在胡康河谷大森林中倒毙的威胁，这使他在追求生命真实的体验中，渴求能有一点“人生以外的东西来支持和安慰”自己（王佐良：《一个中国诗人》）。后来他找到了让人纳入于自然的运思路子，并且从这一思路出发，采用自然化人的方式来把握诗歌世界。他让“我”这个缅甸大撤退中的孑遗者“离开了文明”，“离开了众多的敌人”，行走“在青苔间，在百年的枯叶上”，居身于“死去了世间的声音”的地方，感受着这一角世界的花草虫鱼，甚至“陆上的蟒和象和更大的畏惧”，统统“以自然之名全得到自然的崇奉”。就这样，在一层“出自原始，重把神秘的原始展开”的神秘气氛作用下，“我”的精神也就不自禁地被“森林”所消融了。这一点人向自然转化的心理预期十分重要，可以说是这一场极神秘的自然化人的基础，正是在这个基础上，才会有森林向“我”作这样的呼喊：“欢迎你来，把血肉脱尽”。于是作为人的“我”感到“有什么东西”在绿叶后面露出“温柔而邪恶”的眼睛向“我”注视，并轻轻跟随着“我”，“贴近我全身”，“压住我的呼吸”，“散布疾病和绝望，和憩静，要我依从”。于是：

> 在横倒的大树旁，在腐烂的叶上，
> 绿色的毒，你瘫痪了我的血肉和深心！

森林就这样“无形地掌握着”人，把“我”领过黑暗的门径，完成一个“枯萎后来临”的森林化的人了。这个森林化了的人具有“无目的眼”和“无言的牙齿”，更拥有“你的花，你的叶，你的幼虫”的一个长久的生命，和森林一起“在空幻的世界上游走”。如是“我”这个荒诞的自然化了的人获得了“美丽的一切”，连同“那刻骨的饥饿，那山洪的冲击，那毒虫的啮咬和痛楚的夜晚”，在自然本体的新生命里，也统统被遗忘不再存在了。我们晓得，遐思是一种超越现实人生的率性思索，遐思者如果能从他所思索的人生中发现这对象和自然本体具有共通的物质基础，那么就能把这对象从社会存在中释放出来，置诸自然本体，再去和它在社会存在位置上的“原型”对比起来思索，从而以对比逆差造成的张力，去促使遐思获得一种神秘的意味，使思索的对象在生命体现中辽阔化、悠远化、神话化、永恒之谜化。《森林之魅》至此就进入了这般境界。正是这种遐思的神秘性诱惑，才促使诗篇到最后归结为这样的诗意想象：

> 静静的，在那被遗忘的山坡，
> 还下着密雨，还吹着细风，
> 没有人知道历史曾在此走过，
> 留下了英灵，化入树干而滋生。

胡康河谷的大森林是一个融于自然本体的“长久的生命”，之所以长久，乃在于它是由无尽的宇宙空间——“森林”的自生自灭的客体存在，和不灭的宇宙时间——“历史”组合成的。那么，化入树干而滋生的“我”作为“森林”自然本体的一部分，他们至真、至善、至美的生命和事业，也就成为不灭、永生的了。

《森林之魅》可以说是自然化人的典范。

宇宙化万汇

如果说人化自然出之于以人为中心的主题思路，自然化人出之于以自然物为中心的主题思路，那么宇宙化万汇则出之于人与自然物共融于宇宙为中心的主题思路。人为万物之灵，正是在这一点上，人和自然物是有界限的。但在宇宙中，这二者又都仅只是形式不同的物质存在。也正是在这一点上，人和自然物又并无界别可分。因此，把人和自然物同置于宇宙，则二者同属宇宙之物，是平等的，亲如兄弟般能交流的。就这样，诗人们为自己追求最高真实的诗歌世界找到了一个全新的契入角度：物即是我，我即是物，物我同一以致物我两忘；也找到了一种全新的把握方式：宇宙化万汇。

宇宙化万汇在具体进行中又有着三类不同的措施。

先看第一类：宇宙化人。这里的所谓“人”，不仅指灵肉相融的个体人，也意味着人与人交往所构成的那个社会人生现象。在创作中，诗人们若把这个体人的存在或整个人生现象都看成宇宙物，并和宇宙直接发生交流关系，就是宇宙化万汇中的一类措施，把人宇宙化。且拿美国现代乡土诗人罗伯特·弗罗斯特的一番追求来作例。这位诗人善写农村习见的生活现象和农民常有的人生经验，但他诗中对人，特别是对新英格兰农民如此真实的表现，却总使人感到不真切、不踏实，仿佛还有着一点弦外之音。何以会如此呢？原来他总是把人生现象放在宇宙中去表现的。譬如《雪夜林边小立》。诗篇写的是“我”有一次在雪夜时分驱车经过一个朋友的树林，在林边稍停了一会儿后又继续赶路。这么简简单单的一场人的活动，内涵却极复杂。在第一节里，写那位“住在林外的农村”的树林主人既“不会看见我暂停此地”，也不会晓得“我”正在“欣赏他披上雪装的树林”，意思是说连主人也没发现“我”这片雅兴，别人更断不会关心到这一点的。可见“我”这一行为含有超越人之常情的怪意。第二节在上述基础上对“我”的怪意作了强化：“我”停车欣赏的地点是在“树林和冰湖之间”，“不见人烟”之处，时间则是“在一年中最黑暗的晚上”。为什么要在这么个时间、地点去欣赏“披上雪装的树林”这一个并非罕见的景色呢？怪意确实得到了进一步的强化，甚至连小马也抱着个疑团起来。于是第三节就从“小马”的疑团出发发挥：

它摇了摇颈上的铃铎，
想问问主人有没有弄错。
除此以外唯一的声音，
是风飘绒雪轻轻拂过。

我们在这里看到了：由于“我”的超常行为以一种具有宇宙感应的自然背景来烘托，终于使此行为进入到使“我”与“黑夜”“雪”“树林”以及“小马”齐物的那种境地了。也就是说：这些都已经以宇宙物的身份而共融于宇宙，他们可以用平等的、亲如兄弟般的关系作交流了。正是在这种基于齐物的共融中，弗罗斯特才能在全诗最后一节中特写镜头般把人的宇宙化显出：

树林真可爱，既深又黑，
但我有许多诺言不能违背，
还要赶多少路才能安睡！
还要赶多少路才能安睡。

在蛮荒、神秘的“树林”面前，漫长无底的黑暗之中，“我”听到凭超自然的直觉的召唤而融入宇宙，与万汇之间构成一种亲如兄弟般的依存关系，并受制于难以违背的、宇宙运行律化的“诺言”的约束，还要继续“赶路”——宇宙化的人顺着宇宙运行律继续走生命之路。那么当作为宇宙物的一种形式表现的“人”走尽这条路之后又怎样呢？自然也将以“安睡”的姿态结束。不过也正像“安睡”后的宇宙生命会醒来一样，“人”也将以另一种宇宙物的形式显示出新的生命，顺宇宙运行律而继续“赶路”……就这样，作为万物之一的“我”经历宇宙化之后，就凭超现实的直觉去作豁达而洒脱的人生追求了，并且能既幽玄又神秘地把生生不已的人生精神象征出来。

再看第二类：宇宙化自然。

我们在前面和这里讲的自然，都是狭义的，指对应于人的外物，而宇宙是囊括人与自然的天地万物之总称。因此，宇宙由于自身物质表现形态的多样性而多样性，又由于自身系万物之总汇而使多样性能转化为统一性、万汇可以共融于宇宙这个基础上。现在要使对应人的自然物体，或者说独立于人的外物也有某种超自然的灵性和运行律，首先得融入宇宙，一方面可以同对应于自己的“人”交流，使自己也具有灵性；另一方面也可以让宇宙运行律在自己身上得到真实而充分的体现，这里且举艾青的《解冻》来看看。

这首诗写春天到来时大自然解冻的壮观。值得注意的是整个壮观过程纯是自然物自身的显示，没有掺入一点人的因素。各个解冻的意象与意象群是十分有机地在一种动态关系中组合起来的，它显示了这么几个递进层次：峡谷、溪涧的冰雪受光明的召唤而化冻——平野上的寒霜化为白气——白气升上天与云混合在一起——云缝中投射出阳光——阳光辉耀着平野边、山脚下的江河——江河泛滥起春潮——春潮汹涌着奔向阳光朗照的地方。我们把这几个层次再归纳一下可以分为这么几个递进段：阳光化解冻结的大地——大地消融进阳光——阳光鼓起大地上的春潮——春潮汹涌向阳光。这里显示着从光明的意象这样三次回环状的旋进，每一个回环旋进段的归结点是阳光，而阳光是真善美境界的象征。艾青紧紧抓住自然物这种旋进式循环的存在特征，显然已把游离于“人”的自然物这种旋进式循环的存在特征作为宇宙物质世界特殊的存在形式，潜移默化地汇入进宇宙了，因为这样的旋进式循环只能是宇宙物质存在运行律的反映。而人，在宇宙中也是物质存在的特殊形式，和自然物是平等相通的，因此大自然在解冻过程中旋进式循环以最终归结于光明的可待与可求而向人作着提示。可不是吗？当大地终于解冻，而那些喧嚷着、拥挤着的春潮也终于：

一边捶打着朽腐的堤岸，
一边倾泻过辽阔的平野，
难于阻拦地前进着。

经过那枯竭的树林，
带着可怕的洪响，
汹涌到那
闪烁着阳光的远方去了……

我们会情不自禁地感受到时代与人生也都会是这样：假丑恶一定会被真善美取代。

宇宙化自然的结果，诗歌世界多少会有点神秘的象征色彩。不过这一类措施对此种追求具有先天性弱点，是用自然景色描绘来传达的。正因为描绘得太如实，才使解冻全过程中没有能极微妙地埋伏下一点超自然的关系，这就是自然消融于宇宙的分寸感掌握不够好，以致这首诗的诗歌世界神秘的象征感不足。那么，艾青如果对解冻作不太如实的描绘是否会使情况有较大改观呢？也不一定。因为任何神秘感总来自人与自身或自然环境之间莫测深奥的关系。《解冻》所采取的宇宙化自然，由于不是从人出发，它所达到的象征效果神秘感就先天地不足。

再看第二类宇宙化万汇的措施：把人与自然都宇宙化，使二者都穿着宇宙衣、操着宇宙腔，在宇宙的物质存在关系中亲密如兄弟、平等如朋友地共处、交流。我们不妨称之为人与自然同步宇宙化措施。

这一类同步化入宇宙的措施可以是化合式的，也可以是混合式的。

先看化合式。这意思就是让人与自然物在宇宙中天衣无缝地消融成一体，成为宇宙物质存在的一个特殊形式。屈原的《山鬼》是个突出的例子，它很典型地显示了以人与自然在宇宙中化合成一体的那种构成山鬼形象的特色。诗篇所表现的是一个山鬼女性精灵的爱恋与愁怨。山鬼“既含睇兮又宜笑，子慕予兮善窈窕”——可说是美女，但她又“被薜荔兮带女罗”，“乘赤豹兮从文狸”——又像是美兽。她“表独立兮山之上”，等待爱人来——很正常；但她等待人来之处竟高得来“云容容而在下”——就超常。她思念情人是“怨公子兮怅望归，君思我兮不得闲”——富有女性心理的细腻真切，但又说：“留灵修兮瞻望归，岁既晏兮孰华予”——有些超人口吻。总之山鬼既有人的成分又有自然物的成分，是人与兽的复合体，人生与自然的交融。诗篇的最后是这样来显示这个交融体既盼望又绝望相交织的情绪的：

雷填填兮雨冥冥
猨啾啾兮狖夜鸣
风飒飒兮木萧萧
思公子兮徒离忧

就这样，在天地交感的抒情氛围里，透现出一股超人性的爱爱怨怨。唯其来自天地交感，这一段爱爱怨怨就特别显得悠远、深沉，恍若万物之情郁结天地间永远难散似的。要不是山鬼这个形象在人与自然同步宇宙化中采用化合式的交融，是不可能达到这样的审美效果的。当然，屈原的山鬼神秘感更多地来自外在环境（雷、电、神灵雨、峡谷、高山、猨啾啾等）的氛围渲染。值得再举一个例子的是法国象征派诗人兰波在《醉舟》一诗中的醉舟，则更多地来自化合式交融体内在双向交流的象征关系。这首前期象征派的代表作显然想指示人这样一个真理：只有汇入进宇宙的时空，万物才能得到真正的自由。全作有一个事件的壳子：一条从欧洲装货到美洲去的船遭到印第安人的袭击，除了"我"，其他船上的人全部被杀。"我"摆脱了船员的控制，船也因此不再受纤夫的操纵，都感到无牵无挂，极其自由。在风暴的肆虐和潮水的汹涌中，"我"和船就随意漂流到大海去了。实际上，在整个过程中，"我"和船很难分出你我来。"醉舟"的"舟"即指船，也暗喻"我"，或者说是船与"我"的复合体。"醉"指因获得自由而纵情漂流的狂喜神态。当然在诗里把"我"与船分离出来也不是不可能的。"我"：不再控制航向，无牵无挂，直到化入洋身；"船"：海水灌醉骨架，无锚漂流，直到龙骨折断。可见"我"是精神现象，"船"是物质现象，二者归结于对"醉"——自由无羁境界的追求，而这境界是只有在大海中才存在的。因此，《醉舟》的诗歌世界被大海笼罩着，这大海可是超自然的，是有着"珍珠浪"及"会唱歌的鱼"的大海，有着浮岛、海鸟、狂浪、龙卷风的大海；是一个"只能幻想的"别一世界，因此当醉舟纵情高歌：

我是失踪的船，缠在大海的青丝里，
还是被风卷上飞鸟不到的太虚？
无论铁甲舰或汉萨同盟的帆船
休想把我海水灌醉的骨架钓起。

的确显示出“醉舟”要让“龙骨折断”，“化入洋身”了。值得注意：“醉舟”沉浸于大海时，几次出现“一具惨白的沉思而沉醉的浮尸”漂过，甚至“倒退着漂进来”。“浮尸”而赋予“沉思”“沉醉”的限定词，是大有深意的。“浮尸”暗喻“醉舟”——“我”与船的复合体葬身大海，这“葬”即“化入洋身”。“海洋”在这首诗中就是宇宙存在境界的象征，“醉舟”的化入是指“我”与船的复合体宇宙化，怪不得这具浮尸是在“沉思”，并且要“沉醉”了。“我”是指人生，船是指自然物，而“醉舟”是人生与自然双向交流（即精神的“我”与物质的“船”相互渗透）的象征关系中化合成的一种宇宙物质的特殊形式。

采用化合式来使人与自然同步宇宙化，以造成合二而一的宇宙交融体，而在此中激发出宇宙情性，故这一交融体成了天地间那一脉博大、永恒的情思的象征。

人与自然同步宇宙化还可以有混合式。即让人与自然物在宇宙中和谐相处，你是你、我是我，但又一起顺应于宇宙运行律。歌德的《浪游者的夜歌》就采用这种混合式，让人与自然同步宇宙化来把握诗歌世界：

群峰
一片沉寂。
树梢
微风敛迹。
林中
栖鸟缄默。

稍待

你也安息。

这里写夜的体验。歌德着重在表现由白天的动极转向夜晚的静极的境界。在大自然的景观中这境界体现为“群峰”的“沉寂”“树梢”的绿叶凝停风敛迹、林中的栖鸟缄默，这可说全是如实的自然景象呈现，不过也插入了人，在夜的境界里，“你”稍待一会儿也将安息。自然景象和人这里是各各保持自身的本体真实而混合在一起的。这有好处，因为不论自然物或者人，“日入而息”是合乎生存逻辑的。现在歌德让二者混合在一起，就有可能充分地让自然物与人呼应起来“息”，暗示出自然与人生最终合于同一个生存运行律是平等的，可以交流的。就这样，歌德悄悄儿让人与自然同步化入宇宙了。而站在宇宙的角度看，人的死实际上就是物质存在形式转化前的一次“安息”。歌德是这样彻悟人生的，而作为接受者的我们，彻悟可推进一层，即当夜消逝太阳重升时，作为自然物的群峰、微风、栖鸟，重现生命的新鲜生动，人这个与自然物同步宇宙化的宇宙物呢？也会在“安息”后再醒过来，获得再生的新鲜。就这样，宇宙化万汇的方式把握的诗歌世界也因此而具有了博大、永恒的审美价值。类似混合式，我国古典诗歌创作中更是运用得普遍。如王维的《竹里馆》：

独坐幽篁里，

弹琴复长啸，

深林人不知，

明月来相照。

在这里，世界就缩成了小小的一块：诗人独坐竹林深处，谁也不去过问。而自然界也只有当顶明月一轮；诗人顾自己弹琴、长啸，明月也顾自己朗照清光。二者各归各，既无需你屈从我，也不必我依附你，平等地相守在一起。人与自然就这样混合在宇宙里了。在宇宙大背景下，二者因此可以呼应、互证：作为自然物的明月是无始无终永恒存在的，那么作为与明月互证的人呢？不言而喻也会是无生无死、永恒存在的了。

读《浪游者的夜歌》《竹里馆》与读《山鬼》《醉舟》的感受不同，给人以冷艳美。混合式的优势在于人与自然互不相关，只以一种博大、幽玄的互证来显示宇宙智性境界，正是在人与自然的互证关系中，诗歌世界大都哲理化了。

诗歌世界的把握方式是一个值得深入探讨的课题。从以上所论看来，把握方式是和契入角度密切联系着的。可以这样说：诗人在创作过程中，怎么样才能有更高层次的诗歌世界的把握，是取决于他对人、自然物与宇宙之间多种关系的体认角度的。人化自然的把握方式出之于诗人只看到自体的至高无上，要让周围环境统统屈从于他。如果诗人把自我置于宇宙境界，来使自然环境屈从于己，则自然就成了以人为特殊形式的宇宙物质演示物。如果从这个体认角度契入诗歌世界，这倒还是好的，但这样做往往会显得人的自体意识太强，使诗人只着眼于人的社会生存层次，自然物成了自我及其所属社会的种种意绪发泄器、传声筒，所把握到的诗歌世界，天地未免狭窄，诗境层次不多。自然化人的把握方式出之于诗人只看到自然的存在，要让人的本体特征统统屈从于自然，使人成了自然物的特殊形式而归入于宇宙物质系统，进而成为宇宙物质的演示物。如果自然化人真的是出于这个体认角度，则所把握住的诗歌世界天地也未免浅露，诗境层次不深。总之，诗歌创造主体的这两类把握方式如若不是出于感受对象的宇宙物质化体认角度，则诗歌世界就会陷入寓言的泥坑。要使诗歌世界具有真醇的象征意蕴，就得要求诗人具有一种宇宙意识，人与自然物都被看成是宇宙物质系统中特殊的存在形式。诗歌创造主体要是从这样一个体认角度出发，使用宇宙化万汇的把握方式，诗歌世界才能具有思接千载、视通万里的悠远与博大，超越人生而更深化人生意蕴和窥探生命底奥的审美象征功能，超越情绪感受而进入智性感悟的诗学新层次。

论新诗的布局新措施

布局即布置。中国古典诗学对它就相当重视。南宋无名氏在《诗宪》中说："布置者，谓诗之全篇用意曲折也。"元陆辅之《词旨》（上）中也说："制词须布置停匀，血脉贯穿。"这些见解都把布局定位于结构中具体的操作要求。新诗是在西方逻辑思维为本的诗学观念与创作实践影响下发生的，所以在结构问题上它也弃传统的圆美流转而取方美直向，而相应的，作为结构的一个极重要方面——布局，也从传统操作方式中超越出来，具有了新的法度和独特的实践路子。

一、布局的新法度

新诗布局应循的法度，相当一部分人还是主张对称均衡、圆美流转的。叶公超在《论新诗》中就说："中国文学里有一种极有效力的对偶和均衡的技巧，在旧诗里用得很多，但在新诗里，它们仍是很有用处的。"他还把此"技巧"作为布局的理论原则来提倡："均衡的原则是任何艺术中最基本的条件，而包含对偶的均衡尤其有效力。重复律一方面增加元素的总量（Massiveness），一方面产生一种期待的感觉，使你对于紧跟着的东西发生一种希望。"但新诗中对偶均衡的布局主张毕竟已是少数，多数人主张的是逻辑安排。

所谓布局的逻辑安排，李广田称之为“推延的章法”，也就是“由一推到二再推到三的那种章法”，这位诗学理论家在论及冯至的《十四行集》时还大力称赞了十四行体的章法特征：“层层上升而又下降，渐渐集中而又渐渐解开……是最宜于表现沉思的传统的。”这就是推延的章法。李广田当年还只是提“推延”而不提“逻辑”，到1980年代以后，更新潮的年轻诗学理论家就不再躲躲闪闪。徐敬亚在《崛起的诗群——评我国诗歌的现代倾向》中就称颂向传统发起挑战的“新诗潮”诗人在“诗中都有较强的理性加工痕迹”，“他们的思维的图像”“是理智的飘线”，因此他们追求“理性式的构思”，在布局上流行“断层推进式”，而这“是靠感情流动和逻辑性”的。所谓逻辑的安排就这样提出来了。值得指出：这种逻辑的安排既是推延式的，那么从一般理解看，该是一种线性布局吧！其实不全然如此。茅盾当年在《叙事诗的前途》一文中曾对臧克家的长诗《自己的写照》和田间的长诗《中国，农村的故事》的布局作过一番比较，在他看来，《自己的写照》的布局并不很理想，认为：“作者在布局剪裁方面很费过心血的，然而我还觉得有些材料他大概舍不得剪去，一并放着，以致抽不出手来把紧要场面抓住用全力对付而在全书中形成几个大章法。没有了大章法，全书就好像一片连山，没有几座点睛的主峰了”，因此这首诗“全部缺少了浩浩荡荡的气魄”。对于《中国，农村的故事》，他认为：“觉得好像看了一部剪去了全部‘动作’而只留下几个‘特写’几个‘画面’接连着演映起来的电影”，“假使我们不是读而是用眼光扫过”，“也还有些浩浩荡荡的气魄”。这个看法在徐敬亚研究“新诗潮”诗人的布局时以“块状诗歌结构办法”的主张予以发展了。上引徐敬亚的文章中说：“他们诗中出现的往往不是连贯的线而是断续的点，诗中的空白处在明显增多”，“其内部粘合力靠的不是事件的客观情节性”，而靠的就是这种“感情流动和逻辑性”。这是很可注意的一种布局现象，是中国新诗坛大力引进西方现代主义诗歌新途径而产生的布局新观念所致。

郑敏在诗的布局问题上虽然还没有达到徐敬亚那样的观念高度，创作实践中也很难说已闯出一条全新的布局途径，却可以说是新诗坛最重视诗的结构布局者之一，这不仅反映在她的诗歌创作中，也显示在她的一篇长论文《诗的内在结构——兼论诗与散文的区别》中。这篇论文所说的内在结构，是“非文字的、句法的结构”，指的是对抒情材料的组织安排，或者说程序。这个对抒情材料作组织安排的程序追求，其实就是对一种布局策略的追求。在郑敏看来，布局策略必须定位在异于小说、戏剧的“突出的含蓄”上，而含蓄必须通向领悟，甚至顿悟。领悟也好，顿悟也好，达到的目的不是别的，是理性认识，或者美其名曰智慧性认识。问题是：诗的含蓄如何办得到？“含蓄”中如何埋下暗示或启示的功能机制，以使接受者能有领悟或顿悟？这是布局策略——或如郑敏的专用术语“内在结构”中更其值得作考察的。她说：“情节的安排是悲剧的灵魂，在诗里意念、意象的安排（即诗的内在结构），也是诗的灵魂，它决定一首诗的生命的开始、展开和终结”，“诗必须在运动，在展开，才能给读者带来顿悟。这种展开和运动的方向决定了诗的结构。有的诗由于没有内在的结构就不能有层次地将读者引向‘顿悟’，这种诗是一个死胎”。那么如何“展开和运动”？在郑敏看来须要在诗的传达机制中有个独特装置：

> ……诗人在写诗前要经过一个感性、理性的升华。诗人的感觉长时期为他存储了大量的资料，诗人观察世界、思考问题、体验生活、经历感情的风波，这不过是诗的素材的积累，这些素材要变成诗的内容必须经过一次艺术观、灵感、想象对它们的发酵和催化，在这过程中内容就呈现在某种逻辑的安排里，这时结构就诞生了。

这段话也证实了在现代诗人的目光中布局程序就是某种逻辑安排。新诗的布局是一种逻辑的展开。

一般而言，布局是诗人为了体现统一的主题思想和美学要求而对作品的抒情事件的发展、场景的设置和具体细节所做的组织安排。但在俄国形式主义者看来，布局还有更重要的价值。布克洛夫斯基就认为：“布局是标志诗歌作品作为意义整体的各种手段的复合体。”〔1〕这话一方面强调了布局作为一种特殊的建筑术具有的重要性，同时也顾及布局与内容的关系，即布局要为体现“意义整体”服务。日尔蒙斯基在《诗学的任务》中十分重视“程序”，并说：“诗歌的研究，也像其他任何艺术的研究，要求确定它的材料和那些借以使用材料去创造艺术作品的程序。”在这里，“使用材料去创造艺术作品的程序”〔2〕就是布局，这意味着布局是材料与程序的对立统一，于是布局也就成了兰色姆所提出的“构架与肌质”关系的体现。兰色姆认为“一首诗有一个逻辑的构架，有它逐步的肌质”。构架是指诗中的“一个中心逻辑或者情景或者可以用语言发挥的核心”，肌质是“一些活的、局部的细节”，肌质的作用就在于对构架的逻辑内容形成“阻碍”，使诗含有“言外之意”，获得多种价值。〔3〕有一点值得注意到：这种构架与肌质关系的提出，是和索绪尔提出语言的横组合与纵聚合相呼应的。索绪尔的这个语言学思想经布拉格学派的雅可布森的“极化”和“对等原则”的研究有了进一步的发展。雅可布森还进一步把它引向语言“诗性功能”的研究，提出了一个著名的论断：“诗性功能把对等原则从选择轴引向组合轴。”另一个布拉格学派成员穆卡洛夫斯基则从索绪尔语言学思想中悟出了一部文学作品的结构问题，特别是结构的系统整体性问题，这些影响了法国结构主义文学理论的创立。该派认为文学作品是一个由各种因素相互联系而成的封闭的结构整体，它们的本质不在于结构要素，而在于构成整体结构的各要素之间的联系。因此，这批学者总试图在各种文学形式要素的联系中抽象地建构起关于文本的结构模式，而且——如同罗兰·巴尔特所说的，“建构的方式必须要表现出这个客体中起作用的（‘各种功能’的）规律”。〔4〕我们以此结合雅可布森所提出的“诗性功能把对等原则从选择轴引向组合轴”的主张来看，可以对构架与肌质的关系获得这样一个认识：横组合的组合轴即构架——体现为意图的逻辑线，亦即所指；纵聚合的选择轴即肌质——体现为多种“局部的细节”可供选择的对等原则，亦即能指。在对文本作布局中，组合轴上先立下所指，即确立具有意图逻辑线的构架，然后把选择轴上存在的多种“局部的细节”——也就是可充当意象的景象、物象、事象所体现的肌质，按对等原则分别置于构架中欲作强调修饰的相应部位，以达到所指的目的，从而完成内容与形式浑然一体的诗文本布局活动。这样的布局是新型的。其构架作为横组合轴上一条意图逻辑线，不是单一的直线，而体现为按对等原则置于意图逻辑线上相应部位的肌质——“局部的细节”（景象、物象、事象）的“点”的串连或缀合。不过，这也依赖意图逻辑线所特具的分析推延功能才能使“点”得以有机串连，能指对所指的作用得以层层展开，同时也因“点”与“点”自身具有按对等原则聚合的功能，在组合轴上它们也会有脱离对构架的依附倾向，甚至阻碍构架意图逻辑线的推延，诚如兰色姆在《纯思辨的批评》中所说的：“每一个细节都可以加以扩充，而扩充的方向和要义并无关系。”肌质的作用就在于对构架的逻辑内容形成“阻碍”，使诗“含有言外之意”，获得多种价值。〔5〕维姆萨特和布鲁克斯在《文学批评简史》中对兰色姆的观点还作了深入的阐释说：“一首诗既有肌质，也有构架。肌质虽与这首诗的逻辑无任何关系，但肌质能够影响诗篇的形态；它的影响能‘阻碍’论辩之进行，所以肌质与逻辑缺乏关联，变得反而十分重要。由于肌质的存在，诗里的论辩不能单纯地朝前进展，它可以被阻碍，可以被分开，甚至它的成功也可能受到威胁，于是，这于论辩便愈加复杂。最后，我们还是获知了诗篇的逻辑论辩，但我们也已觉悟到逻辑无法处理的真实存在。”〔6〕这些见解的重要性在于：为诗歌文本布局提出既按理性逻辑层层展开，又超越逻辑控制而扩大肌质活动，从而导致这场布局使文本在对立统一的关系中因此获得更多“言外之意”，且潜在地提供逻辑分析所难以到达的属于真实存在的奥义。这正是现代布局观对逻辑布局的推进、发展。

正是在这样的认识基础上，我们认为徐敬亚提出今天新诗的布局“不是连贯的线”而“是断续的点”的连接，从而使“诗中空白处在明显增多”的那种“诗歌结构办法”，实在得珍视。这表明：结构主义诗学所提倡的构架与肌质对立统一的观点在今天新诗布局探求中已有自发的反映。易言之，这种“块状诗歌结构办法”代表得了新诗布局的新法度。当然，这法度是徐敬亚从“新诗潮”的创作实践中概括出来的，走近“新法度”是自发的，作为一场布局上的诗学理论探讨，免不了简单化一点，理论性不够强。因此，徐敬亚三十年前提出的说法在今天新诗创作中虽已得到体现，且有了新的推进，但诗学理论界至今也并不见得有多少重视，更遑论继续深入作探讨了，这是一场遗憾。现在我们回顾以“断续的点”连接的那种布局，其实也不能忽略那条意念逻辑线在为“连接”各个点起一种潜在规范作用，这是因为：“点”与“点”（即局部的细节）之间在已定点的组合轴上按对等原则的连接，其实是意图逻辑线上那些定点处采用不同的“点”（“局部的细节”）作相应的修饰而展开、扩大，以致使这些“点”与“点”也有了相应的关联的缘故。说到底，肌质是对作为所指的构架作能指的逐步修饰，它可以在一个个逐步处“阻碍”构架的活动，却无法阻止构架拖着它在逻辑程序中层层展开。因此，新诗布局的新法度还须深入一步的探讨，那就是：我们必须注意到，今天的布局观毕竟是建立在逻辑程序基础上的，即布局达到的所指的终极，或构架的最高层次，是理性的领悟，智慧的顿悟。郑敏对内在结构或布局的考察，就归结到哲理。在《诗的内在结构——兼论诗与散文的区别》中就说：“有这样的诗，作者竭力用激动的文字渲染着诗行，努力作细节的描绘，但终因没有好的内在结构，失去了方向，而不能引读者入胜，最后并不能使读者有什么震撼心灵的领悟，读者走出了诗篇后感到做了一次没有收获的旅行，虽然沿途也看到一些花草。在一篇散文或小品文中细节、描绘、叙述可以占很重要的地位。但在一首诗中这些是相当次要的。人们要求的是在极短的时间里突然领悟那更多、更富哲学意味、更普遍的某个真理。”由此看来，新诗的布局必须抓所指的构架，而驱使能指的肌质为其服务——发挥修饰的功能。这也就使我们考虑到：考察一首诗布局的途径，可以尝试这样做：用一句话（可以是一个陈述句型、判断句型或主从、并列的复合句型）把所指——即构架的意图逻辑中心线抽象出来，然后根据语言结构中主、谓、宾、定、状这几个成分来定出文本布局中的主事、施事、受事这三个主要成分及作定、状之用的修饰成分，然后依语法序列把它们各就各位地在组合轴上组合或按对等原则聚合，由此当能显示文本布局中沿意图逻辑线（或所指线）肌质的相应聚合，展开修饰性的活动（能指活动），也可见出主体意图的重心及肌质修饰的着重点，更可以看出肌质富有“阻碍”性的修饰同架构住肌质而作层层推延中激发出来的顿悟——所指的终极或构架的是最高层次，即郑敏所一再强调要求得到的哲学意味。

根据以上所述的布局新法度，我们来对新诗中层层展开式、逻辑依附式、虚实共融式、似真实幻式这四大布局类型作出考察。

二、层层展开式布局

层层展开式布局是新诗中最普遍的。那是由一个特定的意图逻辑线串联起来的一串对等的意象群组合体，相互间以适量的感发度或比拟度在量上的差异而呈稳定的推延之势，层层展开，从而在逻辑推延线上把主体的意图作了感知的深化，让接受者领会到某种哲思理意。这类布局的关键是意象群在意图逻辑线上如何做到级差性的递进。这种递进在有些文本中外在显得不易觉察，要到组合轴上意象群组合的结束后再统观全组合轴上的进程，方能发现这里存在着层层展开的内在逻辑，并获得回味式的领悟。如臧克家的《三代》：

孩子
在土里洗澡；
爸爸
在土里流汗；
爷爷
在土里葬埋。

土里洗澡、流汗、葬埋这三类不同生存状态，在组合轴上作了三代人的分别显示，好像是一种并列组合，其实不然。三代农民虽有年龄、辈分的级差，但他们都是农民。在土里洗澡、流汗、葬埋都是他们和泥土相依为命这同一生存内容的表现，因此三代农民的这三类生存状态又反映了中国农民在三个年龄段级差中始终离不开泥土的同一命运，当然，这里也有不动声色的递进：农民从生到死都离不开泥土。臧克家在构架搭建时先是立下一条意图逻辑线的：中国农民亘古的不幸是生生死死都被捆在土地上。然后，又以三类不同生存状态的意象以貌似并列实质是以内在的逻辑递进来显示布局上的层层展开。但在构架的搭建中像这种意图逻辑线设置并不多，较多的是意图的外在逻辑线串联起来的意象群以逻辑递进显示布局的层层展开，并且在递进到最后时往往显示为带点轻度跳跃或转舵式跳跃的总结性推延。如穆旦的《智慧之歌》，在创作前期所搭建的构架贯穿着一条独特的意图逻辑线：走到幻想尽头的“我”对凋残的往事惋惜而痛苦。这条意图逻辑线很难说具有多少吸引接受者的效能，在组合轴上，一连五个意象群充当的肌质，对意图逻辑线上几个定点的凋残往事及主体对它们的惋惜和痛苦都作了相当有感发性的修饰，如：“有一种欢喜是青春的爱情，／那是遥远天边的灿烂的流星，／有的不知去向，永远消逝了，／有的落在脚前，冰冷而僵硬。//另一种欢喜是喧腾的友谊，／茂盛的花不知道还有秋季，／社会的格局代替了血的沸腾，／生活的冷风把热情镕为实际。”在构架所立的意图逻辑线上，这些对定点处作修饰的肌质让构架挟持着在逻辑线上作了步步推延，从而使布局也层层展开了，不过，此处的肌质对构架作不知变换的修饰实在过多，引起接受者的感受疲劳是可以预料的，因此到文本的最后一节，主体以肌质对构架——或能指对所指的修饰猛地来了一个转折：

但唯有一棵智慧之树未凋，
我知道它以我的苦汁为营养，
它的碧绿是对我无情的嘲弄，
我咒诅它每一片叶的滋长。

这是肌质对构架作“阻碍”的典型例证，这一举措显然打破了意图逻辑。不过，恰恰也是这一逆向修饰的布局，使构架获得了“言外之意”：在封建法西斯的愚昧统治时代，知识越多被看成越反动，真是“理也可奈何”，所以“智慧之树未凋”是对自己苟且生存“无情的嘲弄”，着实令人痛苦，以致“我”要咒诅“它每一片叶的滋长”了。这一转折使布局在轻度跳跃中显出了深化一层的逻辑推延，并有了对全局的总结性领悟。

但层层展开式的布局，让肌质在组合轴上按意图逻辑线作级差的平稳推延，给与接受者的感受联想激活率不可能很高，很难说能获得多少领悟；即便领会一点也不可能深。现代结构却要求在文本构成中有一种能使接受者突然提升出某点哲思理意、进入顿悟境界的潜能埋藏。这可是布局不可推卸的责任。因此这一代新诗人在对层层展开式布局作探求中，更致力于步步推延过程中的突然飞跃，以达到对意绪突然作哲理的升华。这种飞跃有两种状态：一种是挟着一个意象群飞跃，让意象群感发出能令人顿悟的哲思理意，另一种是直接升华为一场顿悟。不妨举两首构架类似的诗来看一看。一首是魏巍的《午夜图》，另一首是昌耀的《雕塑》。《午夜图》写于抗战中期救亡图存最艰难的日子里，魏巍显然预先搭设了一个构架，以一个判断所指所体现的意图逻辑线贯穿，那就是：在午夜山村中，平静地坐在灶边添灶火的战士是我们的民族。在构架的定点处，魏巍用了一批富于气氛渲染功能的肌质予以修饰，形成了这样一幅“午夜图”：午夜时分，敌人正分路向驻扎着晋察冀反扫荡斗争司令部的山村扑来，但这个台风中心式的山村反显得异样的平静，电话机不时在响的司令部，葫芦架那边，灶火正熊熊地燃着，一个战士坐在灶边，让“滚过大雷雨的胸膛”半袒露着，并“一块一块，把劈板投向灶火”，神态镇定自若：“谁能从这个战士的灵魂，／看出我们被重兵围困?”诗人显然以油画般的笔法，推出了一个动人镜头，来体现八路军临危不惧、满怀必胜信念的精神。这一切确写得淋漓尽致了。但魏巍接着猛然推出了一个新的镜头，把灶火边坐着的战士作了这样一场飞跃的表现：

午夜里，

红艳艳的灶火

照花了我。

看哪，葫芦架那边

山风呼啸中，

坐着的是我们的民族……

这般抒叙出来的一节诗，使这个文本陡然有了哲理的升华，给接受者以这样的顿悟：中国人民在反法西斯战争最严酷的日子里依旧镇定自若，证明着这个民族对这场战争具有必胜的信念。而这顿悟是从这一串有机地组合在一起的意象感发出来的，这可是画龙点睛的一笔。《雕塑》以浓墨重彩的笔浮雕出一个拉重车前行的拉车夫形象，然后也来一次哲理的提纯。昌耀让文本构架也以一个判断所指体现：负重前进的拉车夫是一尊雕塑。作为一条存在于组合轴上的意图逻辑线，其所指性谬理判断又让几类肌质性能指去作修饰。就是说：要对"拉车夫"和他"茹苦负重"、"奋力前进"的形姿神态作修饰，于是这个文本在这三个点上给人以如此强烈的雕塑感："像一个／七十五度倾角的十字架／——他，稳住了支点，／挺直脖颈，牵引身后的重车。／力的韧带，／把他的躯体／展延成一支——／向前欲发的闷箭……"这些冷静的描绘是对客观对象经过分析、具有一种和意图逻辑线上三个点十分应合的修饰性表现，如对"奋力前进"所作的修饰是："力的韧带／把他的躯体／展延成一支——／向前欲发的闷箭"，就活现出高度集中的人力发射形态。但主体并不满足于对雕塑的客观审美，他要在"向前欲发的闷箭"上有一种哲理的提纯，象征的升华，于是后一节也就来了一场意念飞跃：

——历史的长途，

正如此多情地

留下了先行者的雕塑。

这是很结实的一个诗节，不仅使“雕塑”主观化了，还给接受者以画龙点睛式的顿悟。这里的意念的飞跃来自对“雕塑”意象的象征性超越，感发。直陈所感所思。这样做反倒更有感受力了。

值得一提的是：层层展开式布局的这两类做法中，步步推延类的构架大都属于陈述式所指，肌质的修饰大都集中在受事部位；飞跃升华类的构架则大都属于判断式所指，肌质的修饰大都集中在主事部位。这一布局规律很可注意。何其芳的《听歌》属于步步推延类布局，其构架可以抽象为这么一句话：“我听见了迷人的歌声。”这是陈述式所指，肌质的修饰就集中在受事部位。第一节是：“我听见了迷人的歌声，／它那样快活，那样年轻，／就像我们年轻的共和国／在歌唱她的不朽的青春。”这里的“那样快活，那样年轻”和“共和国在歌唱她的不朽的青春”，作为肌质都是“迷人”的具象化，修饰“歌声”自然十分动人。后面一连四节，每节的意象群都对“迷人”作了动人的感发，且能以肌质身份进一步强化构架中的受事“歌声”，如第二节：“就像早晨的金色的阳光／因为快乐而颤抖在水波上，／春天突然回到了园子里，／花朵都带着露珠开放。”这是以“阳光”“春天”“花朵”组成的意象群对歌声迷人得嘹亮的修饰；第五节：“然后又唱得那样温柔，／像少女的眼睛含着忧愁，／和裂土而出的植物一样，／初次的爱情跃动在心头。”这是以“少女”初爱时甜蜜的忧愁来对歌声迷人得温柔作修饰。而最后一节则是平稳推延达到最高点了，从布局的角度看也得来一次总结性的修饰，于是：

呵，它是这样迷人，
这不是音乐，这是生命！
这该不是梦中听见，
而是青春的血液在奔腾！

这里让“生命”于“梦中听见”“青春的血液在奔腾”组成意象群，并以这个具有更高审美意义的意象群作肌质来对“歌声”作修饰，使主体在“听歌”中感受到的“迷人”也递进到更高一个层次了。显然，这是平稳地推延中一次幅度不大但带点总括性的递进表现。艾青的《春》属于飞跃升华类布局，其构架的意图逻辑线是明确的：被枪杀在龙华的志士的血滋润着大地，催开了桃花，也点缀出了春天；作为所指，则可以抽象为这么一句话：“春所来之处是郊外的墓窟。”这是判断式所指，当然，这属于谬理判断，肌质的修饰集中在主事部位。对主事的这场修饰幅度极大，先是对“春”作修饰，而修饰“春”，则先是修饰“桃花”以及桃花在龙华的开放，而还未涉及春天的象征义。文本以“春来了，／龙华的桃花开了”拉开序幕。我们晓得，龙华是国民党上海警备司令部所在地，在这里枪杀过无数革命者，艾青就从这层关系入手，发挥想象与联想，在继“春来了，／龙华的桃花开了”之后，来表现是在什么情景下、依靠什么才使桃花在龙华开放：

在那些夜间开了
在那些血斑点点的夜间
那些夜是没有星光的
那些夜是刮着风的
那些夜听着寡妇的咽泣
而这古老的土地呀
随时都像一只饥渴的野兽
舐吮着年轻人的血液
顽强的人之子的血液

这就是说：桃花是开在杀人的黑夜的，而种着桃花的这块土地是渗透着志士的鲜血的。接着，诗人抓住“顽强的人之子的血液”大幅度地拉开去，把“桃花”爆开的原因和过程作了细致的描绘，来对“春”的出现作了神秘、奇幻而又悲壮的修饰：

于是经过了悠长的冬日
经过了冰雪的季节
经过了无限困乏的期待
这些血迹，斑斑的血迹
在神话般的夜里
爆开了无数的蓓蕾
点缀得江南处处是春了

经这修饰，构架的意图逻辑线充分地获得了感兴逻辑体现，也就是说：春所来之处已被上述多个意象群显示的肌质在逻辑线的几个点上作出了强化的修饰，从而让接受者已能感悟到这一点：春天所来之处是顽强的人之子倒下的地方，是有他们的血液渗透着的地方，是血迹斑斑的夜所盘踞的地方，是没有星光、刮着风、有寡妇咽泣声传开的地方。不过，这里提炼出来的理悟还缺乏一点警策性和强刺激效果，而一种意念提纯的渴望显然已形成一股蓄势，等待着有一次布局中的飞跃出现，于是有了最后一节：

人问：春从何处来？
我说：来自郊外的墓窟。

这一场飞跃相当漂亮，警策性的提纯是一个顿悟：时代的春天要靠顽强的志士的鲜血生命换来，并且一定能换来。但请注意：这场层层展开后突然的飞跃和哲理提纯，是靠谬理判断所指的主事部分作了非同一般的强化修饰才达到的。可以说：谬理判断类所指作为构架，若想在层层展开的布局中获得飞跃和哲理提纯，操作上是强化对主事的修饰。

三、逻辑依附式

这一类布局也是意象群显示的肌质对意图逻辑线显示的构架作修饰的一种安排。这种安排表面看和层层展开式布局似乎没有多大差别，其实不然。值得指出：这二者有一点是相似的，即以意象群显示的肌质在对构架几个定点上作修饰时，由于构架以意图逻辑线显示，故作修饰的肌质之间也会随意图逻辑线的逻辑推延而建立起相互间的联系，但是层层展开式布局中这种逻辑联系是外在的，可以一目了然，而逻辑依附式布局中这种逻辑联系则是内在的，外在看肌质之间几乎毫不关联。所以，这后一种布局中受意象群依附的是一条内在的意图逻辑线，这种布局不显外在的逻辑推延，而总显示为内在的演绎递进。大致说，这一类布局可分为肌质的情境逻辑化依附和意念逻辑化依附两种。

所谓以肌质作情境逻辑化依附亦即以意象群显示的肌质在意图逻辑线上作定点修饰，修饰策略则是情境感兴。由于定点修饰所依附的是内在逻辑线，用情境感兴作修饰更适应于内在逻辑递进。因此，情境感兴的修饰所递进到的是一种体悟。不妨举邹荻帆的《蕾》来看：

一个年轻的笑
一股蕴藏的爱
一坛原封的酒
一个未完成的理想
一颗正待燃烧的心

诗篇题名《蕾》，意味着此诗的构架——或者说组合轴上的所指系“至美境界存在于生命之花将开未开之际”。而为之作修饰的肌质——包括“年轻的笑”“蕴藏的爱”“原封的酒”“未完成的理想”“正待燃烧的心”这五个意象，相互间不具备任何外在关联，但又都具有情境感兴功能，以对等原则聚合在组合轴上，一起来展开定点修饰。由于这种修饰出于情境感兴，故各肌质之间又存在着潜隐的逻辑关联。所谓逻辑关联，指这五个肌质性意象对“生命之花将开未开之际”作修饰中相互间存在着以同一情境感兴级差显示出来的推延递进关系。所谓“年轻的笑”，是对青春信念的暗示，“蕴藏的爱”是对人生执着的暗示，“原封的酒”是对生命潜力蕴蓄的暗示，“未完成的理想”是对目标确立的暗示，“正待燃烧的心”则是对热情满怀的暗示。由此看来，“青春信念→人生执着→潜力蕴藏→目标确立→激情满怀”这一个过程确很真切地感发着“生命之花将开未开之际”的特性，同时也可以看出：这一个过程潜隐地体现着它们之间的有机推延，逻辑递进。再如宋清如的《有忆》：

我记起——

　一个清晨的竹林下

　一缕青烟的缭绕

我记起——

　一个浅灰色的梦里

　一声孤雁的长唳。

我记起——

　一丛灿烂的玫瑰间

　一匹青虫的游戏。

我记起——

　一阵萧瑟的晚风中

　一片槐叶的飘坠。

这一首抒情诗给人以轻盈飘忽剔透玲珑的感受，构架十分简单：“我记起了多彩世界。”这个所指有没有贯穿一条意图逻辑线呢？有的，那就是这个多彩世界是生命节律的逻辑组合。只不过没有明显表露出来而已。以五个意象群显示的肌质对构架定点处所作的修饰，表面看不出有任何逻辑依附，因此是外在各自孤立的存在，但感兴情境使它们在深层处有了隐喻性的联系。当然，这种感兴情境存在着级差，因此在组合轴上各肌质聚合的前后，显然受着内在逻辑的安排。“一个清晨的竹林下／一缕青烟的缭绕”，有春的清亮；“一个浅灰色的梦里／一声孤雁的长唳”，有秋的苍茫；“一丛灿烂的玫瑰间／一匹青虫的游戏”，有夏的繁茂；“一阵萧瑟的晚风中／一片槐叶的飘坠”，有冬的萧条。这里有“春—秋”与“夏—冬”节律的轮替，隐示着生命节律以轮转、更替或新陈代谢为表征的内在逻辑性。正由于以上五个意象群显示的肌质对构架作内在逻辑依附的修饰是集中于“我记起了多彩世界”这个陈述所指的受事部位，也就使这场以情境感兴为修饰手段而对“多彩世界”作多侧面表现的布局达到了内在逻辑推延的审美高度。也正是在这样的推延中，文本激活了接受者的感兴联想，获得了体悟：生存的多彩才属于这个世界。

以肌质作意念逻辑依附的布局亦即以意象群在意图逻辑线上作定点修饰，修饰策略则是意念印证。由于定点修饰所依附的是一条外在逻辑线，意念印证更适应于外在逻辑，也更能显出其布局上层层展开中递进的特色，而由此递进出来的则是一种理悟，且举青勃的《要》来看：

要世上没有枪炮
要夜里没有狗吠
要乡下没有饿殍
要城市里没有妓女
要翅膀上没有绳子
要人民没有叹息
要门上没有锁
要心和心没有距离
要人类再没有半个坏蛋

要地球上没有一块地方发霉

这首诗写于1940年代中后期的国统区，是一首表现社会现实黑暗、广大人民痛苦、诗人祈求改朝换代的诗。贯穿构架的是一条明显的意念逻辑线：“我们要一个没有黑暗的世界。”这个陈述型所指无疑要让受事部位加强，因此对“一个没有黑暗的世界”作了定点修饰。这场修饰有两个值得注意的地方。一个是用以修饰的肌质虽说是意象，其实只是意象符号，“枪炮”“狗吠”“饿殍”“妓女”等都是具象的抽象物，它们的兴发感动功能极其淡薄，只是用这些意象符号来印证主体的意念，如“枪炮”“狗吠”印证战争暴行；“饿殍”“妓女”印证被剥削者的穷困；“绳子”“叹息”印证强权统治下人民失去自由的痛苦；“锁”“距离”印证世风日下，人与人失去信赖感；“坏蛋”“地方发霉”显然印证坏人当道。另一个是这些意象符号是定点依附在那条明晰的意图逻辑线上的，它们虽并无本身的关联，却有大范围的意义的关联，是意义与事象、物象之间的“对号入座”，唯其如此，才使它们之间的组合显示出层层推延的特征。全诗十行，两行一个意象组合体——或一个肌质单元，五个单元的布局完成的是这样一场超越于上述那个抽象的陈述所指、更显得具体而多层次的直线递进式陈述：“我们要一个没有战争、没有穷困、没有压迫、没有猜忌、也没有坏人当道的社会。”而这是靠意象作意念印证的能指活动达到的一场生存理念。在激烈的社会斗争中，这种布局的诗富有极强的煽动性效果。

值得指出：这种以肌质作意念逻辑依附的布局既可以做得像《要》这样比较明显的意象印证，也可以做得不那么明显，甚至是很隐晦的意象符号印证。之所以这样，全在于有一些意象作为符号相互间实在太无对等原则下感发性的隐喻关联了，更何况它们大都定点依附在一条不明晰的意图逻辑线上，愈加助长了这种布局的隐晦性。这对于一批怀有难言之隐心态来写表现自己与隐藏自己之间那类诗的诗人来说，是最适宜的布局策略。北岛的诗大都出于这种布局，特别是越到后来在激情消退而理性加强的状况下所写的诗，更热衷于用这种布局。还有废名、卞之琳等本来不以激情见长而专注在深思中提取人生经验来写诗的，也爱用这种布局。北岛的《古寺》值得一提。这首诗共23行，1981年第5期《上海文学》上发表时，前有一段小引，认为“民族化不是一个简单的戳记，而是对于我们复杂的民族精神的挖掘和塑造。”[7]这话虽不全是针对这首诗发的，但可以看出他写《古寺》的基本意图。因此这首诗的构架贯串着这样一条逻辑线：“我们民族的灵魂是一个沉沦的心理结构。”应合总体预设的意图，北岛把布局的重心置于判断对象——“沉沦的心理结构”上，他用了五个意象群，分五个单元作定点修饰。第一个单元是第1—3行：“逝去的钟声／结成蛛网，在柱子的裂缝里／扩散成一圈圈年轮。”——这是钟声逝去的意象群，对“民族灵魂是封闭的”这一意念作了印证。第二个单元是第4—6行：“没有记忆，石头／山谷里传播过回声的／石头，没有记忆。”——这是石头无知的意象群，对“民族灵魂是愚昧的”这一意念作印证。第三个单元是第7—10行：“在小路绕开这里的时候／龙和怪鸟也飞走了／从房檐上带走喑哑的铃铛／和没有记载的传说。”——这是传说荒老的意象群，对“民族灵魂是古旧的”这一意念作了印证。第四个单元是第11—13行：“墙上的文字已经磨损／仿佛只有在一场大火之中／才能辨认。”——这是文字陈旧的意象群，对“民族灵魂是衰颓的”这一意念作了印证。第五个单元是第14—18行：“荒草一年一度／生长，那么漠然／不在乎它们屈从的主人／是僧侣的布鞋／还是风。”——这是土地卑贱的意象群，对“民族灵魂是麻木的”这一意念作了印证。第六个单元是第19—23行：

残缺的石碑支撑着天空
也许会随着一道生者的目光
乌龟复活起来
驮着一个沉重的秘密
爬出门槛

这是残碑神秘的意象群，对“民族灵魂是阴郁的”这一意念作了印证。所以这确是一场以判断型所指显示的布局。六个意象群作为肌质所作定点修饰的六个单元，为了强化“一个沉沦的心理结构”中的“沉沦”，从六个侧面来进行修饰相当成功，但它们在横组合轴上的组合，从外象看是无机的，“钟声”和“石头”没有关系，和“龙”“怪鸟”、檐角的“铃铛”，和“文字”“荒草”“僧侣的布鞋”“风”“石碑”“乌龟”也都无涉，各各孤立，不存在可连接可过渡，是一种空白、绝缘的关系。对这种布局，北岛在上面提及的那则小引中曾说：“我试图把电影蒙太奇的手法引入自己的诗中，造成意象的冲击和迅速转换，激发人们的想象力来填补大幅度跳跃留下的空白。”[8]这话说明他作这种新颖的布局是自觉的，只不过激发人们的是一种理性联想力，他似乎还没有意识到。陈仲义在论及这首诗的“思想价值和力度”时说：“他解剖《古寺》：为什么消失的钟声会在裂缝的柱子里扩散年轮？为什么龙和怪鸟带走喑哑的铃铛？为什么复活的乌龟爬出门槛带着古老的秘密？在这首诗里，被隐蔽的时间、传说、文字、历史含纳着某种麻木、古老、封闭的心理结构，乃至社会模式、民族情性。”[9]可以说：这位诗学理论家也已看出北岛有个独特的布局，即先立意念逻辑线，再作意象编码，然后对号入座去印证意念。也只有取这样的布局策略，才使不便明说或明说难免干巴巴的意念能含蓄地表达出来，给接受者以理悟。

逻辑依附式布局，是现代诗学在结构探求中较为新颖的一种布局。它在古典诗学中就已被发现与使用，像李商隐《锦瑟》这样弄得后世“无人作郑笺”的诗，也就是这种布局导致的。所以，新诗中这类布局的文本，尤其是意念印证类布局而成的诗，就由于意象群之间没有外在显著的逻辑依附关系拼合而成，在组合轴上人为的断裂、间隔反倒使联想——尤其是理性联想的激活率更高，从而成了体现方美直向型结构特性极重要的一项操作措施。为什么这样说呢？这是因为：联想受理性指使也就显出了主体预设的定向性，一旦进入意图逻辑线上的操作程序，这类联想也就使布局总显示为递进式的展开，而这和方美直向型结构那种逻辑递进是完全合拍的。唯其如此，才使这类布局肌质对构架——或能指对所指的修饰关系总显示为：一、陈述所指构型上强调对主事或受事的修饰，而不强调施事的修饰；二、判断所指构型上强调对主事或判断对象的修饰，而不强调判断本身的修饰。对此不妨举例作一考察。

先看第一种以陈述所指构型为标志的能指修饰强化的布局规律。冯至的十四行诗《有加利树》是陈述所指的构型，对所指作修饰强化的部位是在主事部位，这首诗的陈述所指的构型是：“有加利树成了我的生命的引导。”这处于主事部位的“有加利树”为什么能成为“我的生命的引导”呢？布局中就必须强化“有加利树”的独特性能，才能使这个构型中主体的意念得以审美地体现和诗意地证实。且看原诗：

秋风里萧萧的玉树
是一片音乐在我耳旁
筑了一座严肃的庙堂，
让我小心翼翼地走入。

又是插入晴空的高塔
在我的面前高高耸起，
有如一个圣者的身体，
升华了全城市的喧哗。

你无时不脱你的躯壳，
凋零里只看着你生长：
在阡陌纵横的田野上

我把你看成我的引导：
视你永生，我愿一步步
化身为你根下的泥土。

在这里，主事的“有加利树”被修饰成“是一片音乐”，并“在我耳旁筑了一座严肃的庙堂”，而“让我小心翼翼地走入”——隐示着这株树能给人以神秘的庄严感；又被修饰成“是插入晴空的高塔”，“圣者”一般“升华了全城市的喧哗”——隐示着它能给人以超凡的神圣感；再被修饰成是“无时不脱你的躯壳／凋零里只看着你生长”的一株不断在新陈代谢中的生命树——隐示着它能给人以永恒的存在感。总之，这一株具有神秘的庄严、超凡的神圣和存在的永恒的“秋风里萧萧的玉树”，是主体在灵视中发现的一个宇宙生命，唯其如此，它才能成为“我的生命的引导”。那么，“我的生命”该属于怎样一种性质呢？于是，用来修饰“引导”的“我的生命”也受到了修饰，就是“我愿一步步化身为你根下的泥土”。所以这一场陈述所指构型的能指活动，作为一种布局的体现，达到的目的其实是指有加利树成了使“我”的生命化为永生的宇宙生命的引导。从这样的修饰关系中可以看出这类布局所属陈述所指构型的能指活动有一个规律：对主事和受事所作意象修饰须强化。冯至的《有加利树》如此，郑敏的《人们》也如此。从这首诗的文本中可以抽象出这样一个陈述所指构型：“每一个身躯锁着自己的宇宙。”那么主体是否也对主事与受事作修饰的强化呢？是这样的。且看原诗第1—4行：“混杂在灰白的石子下，／在海滩破碎的贝壳下，／美丽的纹石和有虹彩的蚌壳／静静的睡着了；”这是对“身躯”这个主事的第一层修饰：“身躯”是“混杂在灰白的石子下”的“美丽的纹石”和“在海滩破碎的贝壳下”的“有虹彩的蚌壳”的“身躯”。第5—8行：“人们由世界的田园走来／好像秋风里落在一起的叶子／交杂着，藏觅着，静静／的停在一堆，”这是对“身躯”的第二层修饰：是“由世界的田园走来”，“好像秋风里落在一起的叶子”样“交杂”在一起的“人们”的“身躯”。所指主事的能指活动因这一部位作为肌质的意象相当丰盈，修饰的强化更显广泛，这已能使人对“身躯”获得宇宙生态的神秘感应。接着诗篇这样写：

……每一个身躯锁着
自己的生命，自己的宇宙

一个硬壳的海蚌锁尽
宇宙最深的秘密
在杂乱、贫乏的深处
静静睡着“美丽”的整体
日夜勤勉的磨光他的珠子

这是对“自己的宇宙”这个受事部位作修饰强化了：这“自己的宇宙”是属于“纹石”“蚌壳”“人们”所有的，它是存在于“杂乱、贫乏的深处”的、属于“宇宙最深的秘密”的“自己的生命”，是一个个“静静睡着‘美丽’的整体”，而这“美丽”是由于“日夜勤勉的磨光他的珠子”而得的。对受事部位——“自己的宇宙”所作的这种强化修饰综合起来看，示意着：这是一个“创造智与美的宇宙”。作为施事的“锁着”显然没有作什么修饰，更无须强化。因此在这场布局活动中，这个文本构架经肌质作宇宙化的神秘修饰以后，陈述所指也就获得了逻辑递进：“众生万物自身都存在着创造智与美的宇宙。”而这一类布局对陈述所指构型而言，强化的是主事与受事部位而无须强化施事部位，也可在以上分析中得到进一步证实。

再看第二种以判断所指构型为标志的能指修饰强化规律。戴望舒的《印象》是很有布局新貌的一首诗，全作是这样：

是飘落深谷去的
幽微的铃声吧，
是航到烟水去的
小小的渔船吧，
如果是青色的真珠：
它也已堕到古井的暗水里。

林梢闪着的颓唐的残阳，

它轻轻地敛去了
跟着脸上浅浅的微笑。

从一个寂寞的地方起来的
迢遥的，寂寞的呜咽，
又徐徐回到寂寞的地方，寂寞地。

这首诗的题目很有布局价值，因为诗文本全是孤立的几串意象——铃声飘落深谷，渔船航进烟水，真珠堕入古井，林梢敛尽残阳，寂寞的呜咽回到呜咽的寂寞，它们在横组合轴上的堆积，可以说是主体心灵超越杂尘而向宇宙开放中所抓住的一些感觉碎片作了一场拼合，这样做会导致审美指向不明，以“印象”为题，才有可能把文本抽象出一个所指：“生之印象是一片苍茫。”这是一个判断所指构型，以意象显示的肌质把修饰定点在主事和判断对象上。其中第一节的六行是对主事“生之印象”的强化修饰。其中“是飘落深谷去／幽微的铃声吧”，是以生之微茫修饰“印象”；“是航到烟水去的／小小的渔船吧”，以生之混沌修饰“印象”；“如果是青色的真珠：／它也已堕到古井的暗水里”，以生之幽渺修饰“印象”。从“微茫”到“混沌”再到“幽渺”，乃是对生命陷入暗淡这一印象所作递进式的感觉表现，主事部位的定点修饰因此得到了强化的表现。第二节是主事向判断对象作判断的过渡，其中前二行——“林梢闪着的颓唐的残阳／它轻轻地敛去了”是“生之印象”的余觉，或余韵吧；而第三行“跟着脸上浅浅的微笑”则是对未来的“生之印象”也必然会是茫然的无奈的表现。这一承上而启下的判断所指，作为布局中的过渡，也就迎来了所知的推延。布局的递进的第三节共三行，以“迢遥的，寂寞的呜咽”为中心意象。这个中心意象是“从一个寂寞的地方起来的”，又“徐徐回到寂寞的地方，寂寞地”，它对判断对象的强化修饰显然凸显出这一点理悟：人生永远是从寂寞的呜咽到呜咽的寂寞——这样荒诞地轮回而无法超越的一片苍茫。这一场对主事和判断对象作强化修饰的布局，使判断所指构型对生之印象的审美判断得到了圆满的完成。何其芳的《花环》也属这样的布局。这首诗以判断所指体现的构架其实很简单："你是美丽的。"它以对主事和判断对象作定点修饰来显示肌质活动。原诗是这样：

开落在幽谷里的花最香，
无人记忆的朝露最有光，
我说你是幸福的，小玲玲，
没有照过影子的小溪最清亮。

你梦过绿藤缘进你窗里，
金色的小花坠落到你发上。
你为檐雨说出的故事感动，
你爱寂寞，寂寞的星光。

你有珍珠似的少女的泪，
常流着没有名字的悲伤。
你有美丽得使你忧愁的日子，
你有更美丽的夭亡。

从总体布局看这首诗，第一节是对"美丽"作修饰强化，第二、三节则是对主事的"你"——"小玲玲"作修饰强化。先看主事的"你"到底要怎么一个样子才算美丽的呢？第二节四行用了四个意象："你梦过绿藤缘进你窗里"是以多梦修饰"你"，"金色的小花坠落到你发上"是以沉静修饰"你"；"你为檐雨说出的故事感动"是以善感修饰"你"；"你爱寂寞，寂寞的星光"是以多愁修饰"你"。第三节四行，前三行"你有珍珠似的少女的泪，／常流着没有名字的悲伤。／你有美丽得使你忧愁的日子"是以丰富的内心生活修饰"你"，而第四行"你有更美丽的夭亡"

则是因早夭而能超脱尘俗来修饰“你”。所以“你”经了这些意象的修饰而提供给接受者一个既纯洁又爱幻想的少女形象，特别是最后一行——“你有更美丽的夭亡”是肌质对构架阻塞性的修饰，更强化了她的圣洁意味。正是这样一个“你”，才对“美丽的”这个对象的判断有了独特的定位，这就是第一节的四行中第一、二、四行三个意象对“美丽”的修饰：“开落在幽谷里的花最香”以孤芳自赏修饰“美丽”；“无人记忆的朝露最有光”以红尘隔绝修饰“美丽”；“没有照过影子的小溪最清亮”以纯净无邪修饰“美丽”。于是这样一种对主事和判断对象所作修饰性强化的布局，使文本推延到了更高的一个层次，使人感悟到：爱幻想的少女才是最纯洁美丽的。

四、虚实交融式

如果说逻辑依附式布局的操作途径是具象（意象、物象、事象）受制于情思意念，那么虚实交融式布局的操作途径则是情思意念受制于具象，也就是说：不论实的景象、物象、事象或者虚的景象、物象、事象，在充分体现布局推延、操作递进的横组合轴上作有机交融才能提纯出情思意念。因此，这种布局完成的诗文本，往往是具有隐喻象征意味的，这也是新诗结构探求中最高类布局，而其操作方式则可分两种：一种是幻真互动，另一种是似真实幻。

先看幻真互动方式在这一类布局中的使用。

从诗美鉴赏的角度看，强调具象逼真和逼真具象作约定俗成的逻辑组合所完成的诗文本，只能提供现世的情思和人生的经验，而难以进一步进入宇宙的灵思和生命的体悟。因此打破唯实主义格局，而追求虚实互动的新格局，也就成了新诗布局中新的一项操作追求。所谓幻真互动中的“幻”，指的是具象心灵化的显示，尤其是极度心灵化的变形显示。从新诗的总格特性而言，具象彻底的心灵化及完全心灵化的组合是不多见的，虚实共存而又幻真互动的操作，倒是新诗布局的本色。这在戴望舒的《我用残损的手掌》中有相当成功的显示。这首诗把“用残损的手掌摸索这广大的土地”作为文本布局中意象展开的逻辑起点，但这个起点处的意象却是虚实共存的：用手掌摸索“广大的土地”不是不可能，但若要用残损的手掌摸索遍960万平方公里的中国土地显然不可思议，所以一开始就虚实共存，共存的基础是主体摸索一幅中国地图引起的感觉幻化；而由此激发起来的想象和联想，又把这虚实共存推向“幻”与“真”的互动，来大幅度展开意象的推延与递进，幻感到“这一角已变成灰烬／那一角只是血和泥”；“这长白山的雪峰冷到彻骨／这黄河的水挟泥沙在指间滑出；／江南的水田，你当年新生的禾草／是那么细，那么软……现在只有蓬蒿，／岭南的荔枝花寂寞地憔悴，／尽那边，我蘸着南海没有渔船的苦水……”所有这些都是“无形的手掌掠过无限的江山”的幻感，但“手指沾了血和灰，手掌粘了阴暗”又有中国人民生存遭际的真实。特别是接着下去的部分：

> 只有那辽远的一角依然完整，
> 温暖，明朗，坚固而蓬勃生春。
> 在那上面，我用残损的手掌轻抚，
> 像恋人的头发，婴孩手中乳，
> 我把全部的力量运在手掌
> 贴在上面，寄与爱和一切希望，
> 因为只有那里是太阳，是春，
> 将驱逐阴暗，带来苏生，
> 因为只有那里我们不像牲口一样活，
> 蝼蚁一样死……那里，永恒的中国！

这里的幻感已表现得够强烈了，却因此而深化了生态与心态的真实；生态与心态真实的这场深化，又反过来凸显出幻感的强烈，幻真互动也就达到了如此的有机。这首诗一直被称颂为是用超现实主义的独特表现写成的。超现实主义者为了获得一个

"比现实世界更真实"的诗歌世界，而在创作中追求着"'彼岸'世界，即无意识即潜意识的世界"，却也不能不看到他们是"使无意识世界与日常的理性世界共同进入'一个绝对的现实，一个超现实世界'"[10]的，这也正巧说明了幻真互动才是《我用残损的手掌》虚实交融的布局独特的一场操作。与这首诗有异曲同工之妙的，还可举出公刘的《风在荒原上游荡》。如果说虚实共存、幻真互动是和超现实表现相通的话，那么超现实主义者"强调诗人要听从潜意识的召唤，写梦境，写事物的巧合"，也适合《风在荒原上游荡》。公刘的这首诗显然是灵视感应的产物，显示了主体对客观世界具有幻真同化的特色。诗中的"我们"——"绿化祖国的青年团员们"和游荡在荒原上的"风"同进入主体灵的视域后，幻感与真实合体了。于是在"我们"的幻感中"风"成了一个生命体，一个流浪汉，在荒原上打着唿哨游荡着，"寻找可以过夜的地方"，而现实世界中的"我们"——正在荒原上植树造林的青年们为绿化祖国而奋斗着的生态真实，又反过来强化了自身的幻感，竟然进一层和"风"作了情感交流：

风啊，你来吧，到我们的树林里来吧，
我们为你准备了眠床，
绿色的、凉爽的眠床，
一片叶子，一只温柔的手掌。
风啊，你来吧，来和树林交谈吧，
树林将会告诉你一切！
关于干旱，关于沙漠，
关于青年团员的理想。

这里幻真互动表现得何等动人、动情！它也许说得上是1950年代中国诗坛最出色的一首诗，它之所以出色，全在于结构的新巧，全在于虚实交融的布局采用了幻真互动的操作。这样的布局操作把文本结构纳入神秘象征的格局中了。

而神秘象征可是结构艺术最高格的一场追求。象征的，也必然是神秘的；神秘的，也定会导向象征。虚实交融的布局确是埋有神秘象征的功能机制的，尤其当这类布局采用虚实共存、似真实幻的操作方式时。

艾青很善于作虚实交融的布局并采用似真实幻的操作方式。他的《透明的夜》《吹号者》等作特别能显出这方面的功力。《透明的夜》写的是一群生活在草原上的“夜的醒者”——“醉汉／浪客／过路的盗／偷牛的贼”在一个“透明的夜”里闯进“牛杀场”去喝牛肉汤、啃牛骨头的场景：“‘酒，酒，酒／我们要喝。’／油灯像野火一样，映出／牛的血，血染的屠夫的手臂，／溅有血点的／屠夫的头额。”还对他们的外形和心灵都作了力的雕塑：“油灯像野火一样，映出／我们火一般的肌肉，以及／——那里面的——／痛苦、愤怒和仇恨的力。”这些表现的整个设计布局，无论从这些“夜的醒者”的行为到形态，从外形到内象，都显出客观描绘的真实，而这真实又是富有油画般审美感发力的，因此胡风高度地评价它是“最异彩”的“一幅色画”，让人感受到“充溢着乐观空气的野生的人生”，“预告了作者底另一视角和心神底健旺”。这是从世俗人生角度作出的审美价值判断。但这首诗却又给人以虚虚实实难分的感受，布局中十分强调背景的氛围渲染：“透明的夜”和“狗的吠声叫颤了满天的疏星”相映；“满天的疏星”和“油灯像野火”互衬，给人以特殊的神秘感应，尤其值得注意的是上“牛杀场”喝“牛肉汤”的一串场景是被置于“夜的醒者”永远走不到头的路途中的布局，如开头就是：“透明的夜。／／……阔笑在田堤上煽起……／一群酒徒，望／沉睡的村，哗然地走去……／村，／狗的吠声，叫颤了／满天的疏星。”结尾处既重复开头，又有所推进地这样写：

“趁着星光，发抖
　　我们走……”
阔笑在田堤上煽起……
一群酒徒，离了
沉睡的村，向

沉睡的原野

　　哗然地走去……

夜，透明的

夜！

在“透明的夜”中这一条横贯阴郁的荒野，特显得苍茫无尽的路被反复推出，也就能以其特殊性而给人以不可思议的意味，使走在这条路上的“醉汉、浪客、过路的盗、偷牛的贼”及其作派，显示了某种非现实的神秘，从而激起一种超验感应，在虚实交融中进一步有似真实幻的体悟，体悟到：在原始本能的支配下生命会无所皈依，永远成为夜的荒野的浪客。这样的布局也就使《透明的夜》的文本出现了超凡的神秘象征格局。这就是本体象征的布局操作。同艾青一样，李曙白也是很致力于这一追求的，并显得十分成熟。他收在诗集《大野》中好有一些诗，如《深夜的马》《渡口》《夜半钟声》《远行》《废弃的车站》等，均很有代表性。如《废弃的车站》：

像一只鞋　废弃的车站

用旧了　被人随意

扔在夏日的荒草中

壁墙上的老式挂钟

时针和分针　将光阴

凝固在过去的某个时刻

售票口　被无数双脚

踩得凹凸不平的地面

让我觉得就在刚才

还有人在这儿排队
嘈杂的人声中各种方言
陌生而亲切

行车时刻表　从一长串
站名和发车时间中
我一下子就找到
我要去的那座城市
票价：7元8角
发车时间：下午5时30分

就在这儿　我还能够
守候到我的那一趟车吗？

如果没有最后一节的两行，《废弃的车站》可以说完全是写实的，并且写实得十分细腻，层次分明。李曙白抓住“废弃的车站”中三个中心意象：“壁墙上的老式挂钟”“售票口”和“行车时刻表”展开联想，完成前三节三个意象组合体，充分地展示了“废弃的车站”作为车站原有的特征，却又在这些特征背后隐埋着作为一个车站的功能已永远失去了的、浓重的时间之觞。若诗到第三节结束，那一份时间之觞的抒情也还是相当动人的，而这又是建基于车站确实已废弃的既定感觉印象的。所有这些都被定位在现世人生的时空感应中，由此可见主体在对文本进行布局中有一个“预谋”十分精彩，把现世人生时空感写足。于是，突然跳出了最后一节的两行：“就在这儿，我还能够／守候我的那一趟车吗？”这一个设问句使诗的结构整个儿发生了变化。现实中，车站既已废弃，若“我”还在想是否还能“守候到我的那一趟车”，只要不是精神病患者，那是根本不可能发生的，但竟然在诗人笔下严肃地发生了，可以想见这“废弃的车站”不是真实的，怀有“我的那一趟车”是否还能等到的想法的“我”以及“我的那一趟车”也不是真实的，结论只能是一个：《废弃的车站》写的是一场似真实幻的事儿，是一场神秘象征的布局的产物。在这场布局中完成的结构是一个高层建筑：“欲穷千里目，更上一层楼。”凭着这个高层建筑，我们获得了这样一场生存系统智悟：失去时机，也就失去前程。值得指出：《废弃的车站》似真实幻的布局达到的文本象征效果有凭依逻辑推理的倾向，而艾青的《透明的夜》则全凭兴发感动。应该说《废弃的车站》是新诗方美直向型结构体系较标准的体现，因而更具结构现代化色彩。

这种虚实交融的布局之所以能使结构显出高层建筑特色，具有幻化的神秘象征性能，其构架与肌质是以怎样一种修饰关系显示出来的呢？这靠的是对陈述所指或判断所指两类构型之修饰关系作谬理的强化。这里的谬理显示为横组合轴上对肌质修饰的序列规范作反约定俗成的追求。大致说这可以分为陈述所指构型及其修饰关系的谬理和判断所指构型及其修饰关系的谬理两类措施。

先看陈述所指及其能指活动的谬理化布局。陈述所指作为一个构型是由主事（相当于主语）、施事（相当于谓语）和受事（相当于宾语）在横组合轴按约定俗成的规范（相当于语法修辞规范）组合成的，其主施受关系若是违背规范的组合，就成谬理组合，正因为这场组合是反约定俗成规范的谬理关系，对于接受者来说是新奇的、富于刺激作用而能提高联想激活率的，尤其是能催动分析演绎之大力开展，故反而具有较强的隐喻象征效果。这场谬理关系形成的关键是施事（相当于谓语）的作用。施事既由主事发出，又要作用于受事，对沟通主受关系极其重要，它和主事或施事的关系只要一方反约定俗成，就使构型（相当于句型）顿生谬理，而主、受间反约定俗成而施事无法从中调停、理顺关系，谬理顿生更可以想见。但这一代新诗的结构探求者对此类布局反尤其感兴趣，大多富有象征格局的文本结构都走这一条谬理关系之路。冯至的十四行诗对此项布局措施最感兴趣，如《十四行集·十七》：

你说，你最爱看这原野里

一条条充满生命的小路，
是多少无名行人的步履
踏出来这些活泼的道路。

在我们心灵的原野里
也有一条条宛转的小路，
但曾经在路上走过的
行人多半都已不知去处。

寂寞的儿童，白发的夫妇，
还有些年纪青青的男女，
还有死去的朋友，他们都

给我们踏出来这些道路，
我们纪念着他们的步履
不要荒芜了这几条小路。

这首诗是个陈述所指构型，可以抽象成这样的陈述句："我们不要荒芜了心灵的原野里那几条小路。"显然，施受关系违反约定俗成的修辞规范，是一种谬理关系。导致谬理的问题出在施受关系上，即肌质在横组合轴上的能指活动——对受事"小路"用在"心灵的原野里"这一介宾结构的意象作修饰，按约定俗成的生态规范去认识"小路"，那是不可能存在于"心灵的原野里"的，而"我们"也无法施"荒芜"的行为到那条存在于"心灵的原野里"的"小路"上去，这全是谬理关系。但诗人就是热衷于这种关系，并在修饰上作了意象的修饰性强化。首先是文本第一节以客观世界中存在的"小路"对第二节心灵世界中存在的"小路"在相互映衬中作了"比"的强化，只不过第二节第3、4行"但曾经在路上走过的／行人多半都已不知去处”在接受第一节第3、4行“是多少无名行人的步履／踏出来这些无名的小路”的修饰后自身又有所推进，即踏出心灵的小路的“行人”多半已不知去处了。于是第三节和第四节的第1行又进一步对那些已不知去处的“行人”——“寂寞的儿童，白发的夫妇，／还有些年纪青青的男女”以及他们在“我们”的“心灵的原野里”踏出“这些道路”作了具体的表现，从而又深一层强化了“心灵的原野里”的“小路”，以致使这条“小路”有点幽玄起来，使接受者引起神秘象征的感受，同时也使得“不要荒芜了”心灵之路的“荒芜”与“心路”之间原先的谬理关系化为默契。再看第四节的后两行：“我们纪念着他们的步履／不要荒芜了这几条小路。”这里以“纪念着他们的步履”来修饰“不要荒芜”，因此举而使主事的“我们”与受事的“心灵的原野里的小路”建立了定向的默契，使陈述所指与能指活动有了高度完美的统一，构架与肌质在获得丰盈的结构完形，并在此基础上使结构出现了高层建筑，一种神秘象征的顿悟：心心相通的人性记忆是神圣的，永不能忘怀的。但值得指出：这种能显现神秘象征的高层结构的建立，靠的是布局中虚实交融的谬理关系。

再看判断所指及其能指活动的谬理化布局。判断所指作为一个构型，是由主事、判断（相当于“是”）和判断对象在横组合轴按约定俗成的规范要求组合成的，若是违反这种规范的组合，就成谬理的组合。判断所指及其能指的谬理化布局功能和陈述所指及其能指的谬理化是一样的，能使文本结构具有隐喻象征效果。值得指出：谬理判断所指及其能指活动的完美统一，作为一种虚实交融的布局策略，在新诗致力追求的象征结构功能中，是备受青睐的。穆旦的《诗八首》是个爱情组诗，不过穆旦并不致力于作抒情的追求，去抒唱男女相恋的热烈情感，而是在男女情爱中寻求一种顿悟，顿悟生命本体的“真意”，这是以里尔克、艾略特为代表的一路智性诗人惯走的。而判断所指及其能指活动的谬理化成了穆旦体现虚实交融这类布局的主要策略手段。且看《诗八首》的第一首：

你底眼睛看见这一场火灾，

你看不见我，虽然我为你点燃；
唉，那燃烧着的不过是成熟的年代，
你底，我底。我们相隔如重山。

从这自然的蜕变底程序里
我爱了个暂时的你。
即使我哭泣、变灰，变灰又新生，
姑娘，那只是上帝玩弄他自己。

这首诗可以抽象出一个相当怪异的判断所指："由我点燃的这场火灾是我们成熟的年代。"显然这布局中搭起来的构架是极谬理的，同样的是能指活动中对各个定点的肌质修饰，也处处可见出谬理关系。先看"由我点燃的这场火灾"这主事部位的情况："我"是"爱了个暂时的你"可"你看不见"的"我"；这样一个"我"是"为你点燃"这场火灾的；至于"这场火灾"是只有"你底眼睛看见"的、"使我哭泣、变灰，变灰又新生"的"火灾"。根据这种种肌质修饰关系，接受者会获得这些印象：这场"火灾"只限于"我"为"你"点燃的，它比喻男女之间由"我"主动而"你"只看见"火灾"却看不到别的热烈恋情，或者说"你"只看见"我"的热烈而"看不见"精神世界中"我"的真实，因此这虽是一场"使我哭泣、变灰"的"火灾"，但这样的"你"只不过是暂时的"你"，"我"也最终会是"变灰又新生"的。由此沿袭到判断对象"我们的成熟的年代"，也就使"我们"是"相隔如重山"的"我们"："成熟"是"从这自然底蜕变的程序里"显示的"成熟"，这样一个"我们的成熟的""年代"，也就顺理成章地只是"上帝玩弄他自己"的年代了。这些意象的谬理修饰串联成的印象，是一条由谬理逻辑线左右着判断所指的整个能指活动系统，为判断谬理化激活了具有分析推论意味的联想，让"由我点燃"的这一场"火灾"在判断为"我们的成熟的年代"中突然领悟到：这场"火灾"般弥漫的情热，不过是一场性本能骚动，而性本能骚动是生理成熟的标志，也是青春生命走向成熟年代的必然。所以这种谬理判断所指及其谬理化能指活动的布局，使文本结构特别具有高层建筑的提示、顿悟作用。

但是不能不指出：无论陈述所指及其能指活动的谬理化布局，或者判断所指及其能指活动的谬理化布局，之所以能达到结构的高层建筑，使文本具有隐喻象征的性能，是建立在逻辑分析推论基础上的。而这是一种结构的方美追求。

综上所述可见：新诗奉方美直向式结构体系为最高类型。

注释

〔1〕 转引自智量等主编:《外国现代派文学辞典》，第 63 页。

〔2〕 方珊等译:《俄国形式主义文论选》，北京三联书店 1989 年版，第 213 页。

〔3〕 转引自王先霈、王又平主编:《文学批评术语词典》，上海文艺出版社 1998 年版，第 228 页。

〔4〕 罗兰·巴尔特:《结构主义活动》，转引自王逢振等编《最新西方文论选》，漓江出版社 1991 年版，第 106 页。

〔5〕 王先霈、王又平主编:《文学批评术语词典》，第 288 页。

〔6〕 王先霈、王又平主编:《文学批评术语词典》，第 288 页。

〔7〕 洪子诚、程光玮编选:《朦胧诗新编》，长江文艺出版社 2004 年版，第 19 页。

〔8〕 洪子诚、程光玮编选:《朦胧诗新编》，第 19 页。

〔9〕 陈仲义:《中国朦胧诗人论》，江苏文艺出版社 1989 年版，第 27 页。

〔10〕 智量等主编:《外国现代派文学辞典》，第 77 页。

论新诗语言的意象化

回顾新诗用语的演变情况，可以得出这样的结论：百年新诗虽然通过这样那样途径，吸收了古典诗歌、民歌和西方诗歌的用语来丰富自己，但作为基础的，还是白话—口语。须要指出：我们称白话—口语是新诗的用语而不叫新诗语言，是有特殊含义的。众所周知，语言对于文学（包括诗歌）来说，既是材料又是工具，其中的材料，也就是我们所谓的用语。但单有用语对文学（也包括诗歌）创作来说是无济于事的。韦勒克、沃伦在《文学理论》中说过这样的话："语言的研究只有在服务于文学的目的时，只有当它研究语言的审美效果时，简言之，只有当它成为文体学（至少这一术语的一个含义）时，才算得上文学的研究。"[1] 他们还进一步补充说："所以能够使语言获得强调和清晰的手段均可置于文体学的研究范围内：一切语言中，甚至最原始的语言中充满的隐喻；一切修辞手段；一切句法结构模式。几乎每一种语言都可以从表达力的价值的角度加以研究。"[2] 这些都表示，我们对新诗语言的研究，除了考察白话—口语作为其用语的确立情况以外，还更要考察这种白话—口语作为工具手段在表现生活中的使用特征。

这就是新诗语言的意象化所显示的特征。

一、语法规范与新诗语言的意象化困境

平常我们说诗是语言的艺术当然是正确的，不过更确切的说法应该这样：诗是意象化语言的艺术。这意味着：语言不是意象化的，也就不能成为诗的语言。王元忠在《艰难的现代：中国现代诗歌特征性个案研究》一书中，说过这么一段话：

> 诗歌语言本来是迥异于日常语言的，日常语言着重通过语义的使用而进行语感的传递，是一种表意性语言。诗歌语言则主要是通过强化语言的声音和画面组织功能而象征性的抒情，是一种表现性语言。举例如“小鹿来到泉水旁去喝水”语，这是一种日常表达，它的主要目的就是告诉我们生活中发生了什么，传递说话人所了解到的来自生活的信息。同样的生活内容，一个诗人的表达则可能是这样的：“泉水轻轻的捧起小鹿的嘴唇。”他的语言表现给人提供的是一种明晰的画面，目的是让读者感知而不是直接地去了解诗人内心所捕捉到的或所渴望的生命与生命之间的一种和谐感。所以从日常生活语言到诗歌语言，其间有一段很长的路要诗人走。[3]

这段话虽然没有特别新颖的理论见解，但说得通俗而又颇得要领。古添洪在其专著《记号诗学》中介绍了洛德曼关于文学语言的理论，认为“自然语”——也就是我们的日用语言是“首度规范系统”，文学语言则“是建筑在前者之上而成为一个二度系统”的。就规范功能而言，洛德曼认为“‘自然语’已对现实世界作了‘首度’的规范，把现实世界纳入其模式里，‘文学’作为上置于‘自然语’的二度系统，则是对已为‘自然语’规范了的世界作‘二度’的规范”，而“二度系统里所特为强调的‘内容’与‘形式’之互为渗透、‘对等’以及‘歧义’（deviation）等，不免会把‘自然语’所作的首度规范世界打开。这二度规范与首度规范两者的

复杂辩证关系，也正是文学系统与自然语系统的辩证关系”[4]。这些言说进一步强化了诗歌语言不同于日常语言。这基本上已成为一个共识，怪不得韦勒克、沃伦在《文学理论》中十分干脆地说：“日常语言只是在低级的文学类别中使用。”[5]诗，是文学类别中最高级的，由此推论诗歌语言要超越日常语言。

按上面种种说法，是否表明新诗在语言上历经几十年的探索所确定采用的白话—口语是不妥当的呢？我们认为“用语”是语言材料，白话—口语作为写新诗的语言材料还是适当的，问题是它作为新诗语言的工具手段，其功能价值在新诗创作中没有得到充分体现。闻一多在《诗底格律》中就直言不讳地指责新诗人们虽然“认识了文艺的原料”，却“没有认识那将原料变成文艺必须的工具”，而即使“他们用了文字作表现的工具”，也“不过是偶然的事”[6]。于赓虞还说过一段更透彻的话：

> 诗既为抒情的艺术，则其情感应为完整的统一之表现，而其藉以表现的工具即为文字，故文字为传达情感的桥梁。自所谓“新诗”运动以来，我们尚未看到较完美的诗篇，其原因在作者大半缺乏艺术的素养，不能使其情感的魅人之力加深推广，并且亦无造词之能力，以适合其情感的波动，表现其特有之神采，徒有情感而无表现之艺术，则其诗将缺乏感染之力；徒有技术而无真实之情感，则其诗将会死静之文字。诗为语言的艺术，而其语言之力即活动的、思考的、神秘的人生，语言因其形与音与意而成立；诗为音韵的艺术，故语言之音韵即诗之神魂，同音韵之不同，其所表现的色彩情调意义亦不一。既知诗因文字而得形，因音韵而得律，则诗必有其特殊性的文字……诗的文字之选择，一半在其所言之意义，一半在其所言之音韵。而且我们应知道，巧妙的造词与平稳的音韵，还能将超于语言的表现之神采，笼罩于诗之全体。[7]

这段话表明：诗所具有的特殊性文字，表现在造词、选词的巧妙上。于赓虞又引述了古列利治（Coleridge）那句名言：“诗乃以最好之字在最好之秩序中。”然后又发挥说：

诗之字：古氏说诗乃最好之字在最好的秩序之中，其意即诗之造词最好最妙最适于诗境诗情之表现，而其表现又应为完整之统一，即有其最好之秩序。完美之统一！这正是一切好诗唯一的特点。诗乃一整体，其每一部分与其全体之关系，犹如人的五官四肢与其全体之关系。是故诗人应在字与字之间注意其自身之色音义。字与字之关系如此，行与行、节与节之关系亦如此。[8]

从于赓虞的这些见解里可以见出：新诗虽以白话—口语为基础，但要成为合格的工具，须通过特殊的词法、句法来使这基础语言具有意象化功能。

问题是这一代诗人该以什么样的方式来使词法、句法具有意象化的特殊功能。也正是在这一点上，新诗坛意见纷纭，甚至出现了极端对立的情况，给新诗语言探索增添了复杂因素。

早在新诗草创期，就已有人对用白话写诗表示了不满。如“新潮”社的傅斯年，在《怎样做白话文》中就说写诗所“使用的白话”，是“浑身赤条条的”，“非常干枯，少得余味”，“没有美术的培养”，并且“异常的贫——就是字太少了”，因此提出“补救这条缺陷须得随时造词”。俞平伯在《社会上对新诗的各种心理观》中也说“感到用现今白话做诗的痛苦”“缺乏美术的培养”“雅言太少”。但这些意见是出于和胡适同一营垒中人之口的，还算客气。后来的人就说得不那么客气了。梁宗岱在《文坛往那里去》中说：“我们底白话太贫乏了，太简陋了，和文学意境底繁复与缜密造成反比例”；“我们底白话就无异于野草荒树底自生自灭；于是，和一切未经过人类意识的修改和发展的事物一样，白话便被遗落在凌乱、松散、粗糙、贫乏、几乎没有形体的现状里。”[9]穆旦在《致郭保卫的信（二）》中说：“中文白话诗有什么可依靠的呢？历来不多。白话诗找不到祖先，也许它自己该作未来的祖先，所以是一片空白。”[10]毛泽东在《给陈毅同志谈诗的一封信》中更干脆地说：“用白话做诗，几十年来，迄无成功。”[11]不过，也有人对白话—口语作出这样那样肯定。胡适在《谈新诗》中就拿傅斯年的《深秋永定门晚景》一诗为例指出：若不是采用白话来写，这样复杂、曲折、包含有几层意思的情景表现是达不到的。卞之琳在《戴望舒诗集·序》中对这位“雨巷诗人”改用口语写诗这样评价：“在亲切的日常生活调子里舒卷自如、敏锐、精确而又不失它的风姿，有节制的潇洒和有功力的淳朴。”[12]叶维廉在《语言的策略与历史的关联——五四到现代文学前夕》中说：“白话的好处正因为是白话，是我们日常讲的话，不是学习得来的艺术语，所以在模拟我们实际的语调、神情态度时，比较接近……”[13]出现这样两种相反意见的根源在哪里呢？我们认为这是同白话—口语要不要受语法规范分不开的。

对于白话—口语要不要语法规范，分歧历来存在。胡适、刘半农、钱玄同都积极主张要受语法规范。钱玄同在《寄陈独秀》中还说：“杜甫‘香稻啄余鹦鹉粒，碧梧栖老凤凰枝’，‘香稻’与‘鹦鹉’，‘碧梧’与‘凤凰’皆主宾倒置，此皆古人不通之句也。”但他们的学生辈却坚决反对用白话写新诗还要受此束缚。俞平伯在《社会上对于新诗的各种心理观》中说：“文法这个东西不适宜应用在诗上。中国本没有文法书，那些主词客词谓词的位置更没有规定，我们很可以利用它，把句子造得很变化很活泼。”[14]康白情在《新诗底我见》中说得更极端：“文法也是一个偶像。本来中国文里，没有成文的文法，就没有文法，只要在词能达意底范围里，也不宜过拘。在散文里要顾忌文法，我已觉得怪腻烦的；作诗又要奉戴一个偶像，更觉没有自由了。而且凌乱也是一个美底光景，我们只求其美何必从律。杜甫底‘香稻啄余鹦鹉粒，碧梧栖老凤凰枝’这种的倒装句法，本为修辞家所许可的，不能以通不通去责他。所以我在诗坛，要高唱‘打破文法底偶像’！”[15]他这番反对新诗语言须受语法规范的话有点煽动性了。

如果说草创期关于新诗所用的白话要不要受语法规范这一话题的对立，还只是出于共同反对旧诗传统采取不同角度而已，那么日后在这个问题上的照样对立，已提到诗性语言是继承传统而作为直觉隐喻表现的工具还是接受西方而作为逻辑分析表现的工具——这样的理论高度来讨论了。这方面具有代表性的，是废名、叶公超和林庚。

废名谈新诗有一个逻辑起点：旧诗是散文的内容诗的文字，而新诗则是诗的内容散文的文字。他说：“中国诗里简直不用主词，然而我们读起来并不碍事。在西洋诗里便没有这种情形，西洋诗里的文字同散文里的文字是一个文法。故我说中国旧诗里的文字是诗的文字”[16]，而“白话新诗是用散文的文字自由写诗。所谓散文的文字，便是说新诗里可是散文的句子”。[17]根据这样的认识，他得出一个结论：“新诗要用散文的句法写诗。”[18]这个“散文的句法”，便是指西洋诗里使用的、讲究语法规范的逻辑分析语言。可见，废名赞成新诗使用的白话须讲究语法。这样一来，也就表明废名的另一个看法：讲究语法规范的新诗的白话，乃是一种散文化的文字。叶公超说：“西洋文字中字与字的关系是明摆出来的，用文法表明的，所以它们的组织比之中文可以说是完整。中文的句法往往有文法的意义在，而无文法的完整排列；其结果和西洋文字比较起来，中文的语句多半好像是以短的语词构成的，尤其是在文言里，中文里根本缺少连接关系的工具，所以语法的断逗短而多。同时也不能有很大而比较复杂的句子，一句里有了三个‘的’字就要倒霉的样子。西洋文字的文法结构是连接的，前后呼应的，所以有一种流动性……中国语法的种类也不如西洋文字的来得多，来得复杂（古代的语法变化还似乎比现代的多一点）。”[19]这些话表明：西洋文字讲究语法规范，组织结构完整，句法复杂而有大容量，且有流动性，所以新诗的白话也要讲究语法规范。应该实事求是说，废名对新诗的白话讲究语法是赞同中带点批评意味的，即讲语法的诗性语言毕竟是散文化的，而叶公超则完全倾向了西方，坚持新诗要讲究语法规范。

林庚的态度就不同了。他反对新诗使用的白话讲语法规范。对此话题，他的见解十分值得珍视，他认为：凡讲究语法的是逻辑语言，这不是诗性语言应具有的。从这样的逻辑起点出发，他反对新诗讲究语法规范。这位颇具有独立思考精神、见解往往别出心裁的诗学理论家，在写于1930年代初的《诗的语言》中就这样说：“诗的跳跃作用，使得诗的文字比散文更不受逻辑的束缚，因为逻辑原如走路般是连续的，诗不但打破了逻辑的束缚，同时却还建立一个更解放的语言。”[20]在同一篇文章里他还对诗性语言的非逻辑性作了发挥说：“诗的语言则正是要牺牲一部分逻辑而换取更多的暗示。其实逻辑正如文法，本来是我们自己为了方便而规定的，原非天经地义。”[21]可以说从逻辑性与非逻辑性的角度来区分散文语言和诗歌语言的，在中国诗学史上，林庚是第一人。他的这个观点坚持一生。在晚年时，林庚回答龙清涛的访谈中对此话题还有更多的言说。如龙清涛问他诗歌是否属于“某种特殊的语言”、应该“高于散文语言”时，他这样回答：“确实如此，散文语言就是生活语言，是逻辑思维。诗歌语言较含蓄悠长，不能太受散文语言——概念性语言——的约制，它应有能与散文分庭抗礼的东西，而且层次上高于散文，散文要学习它，像‘秦时明月汉时关’一句，逻辑不能成立，可它包含深远，回味无穷。散文则无法做到。”[22] 那么诗的语言“包含深远”“回味无穷”的语言魅力来自哪里呢？他认为“混沌领域是更高于具体领域的，最原初的宇宙是混沌的”，而“把人带到原初的浑然的境界”的“语言也是如此”的，这样的语言“乃与生命更为接近”，因此才更有魅力。这就是诗所要追求的语言，而“散文的分析性在此显得格外有限”[23] 了。这也就点明：诗的语言是一种直觉隐喻性的语言。林庚还进一步把这种直觉隐喻性的语言归之于中国古典诗歌所拥有。在《漫谈中国古典诗歌的艺术借鉴》一文中，他作了一番言说，那是从他谈论诗歌语言的飞跃性开始的。他认为：“摆脱散文与生俱来的逻辑性和连续性，使语言中感性的因素得以自由地浮现出来”的，“也就是诗歌语言的飞跃性”。然后他结合唐诗这样说：

……唐诗在诗歌语言上的发展已经达到了这样的程度：那些为语法而有的虚字都可以省略，因为这些虚字都没有实感，省略了就更有利于飞跃。可是我们又不能失掉现实生活的语言，省略掉这些字，因此要经过一个漫长的掌握过程。我们新诗的这个过程还很短，就还不容易做到这一步。比方唐诗中可以完全不用“之”字，而新诗中“的”字就还不能完全不用。例如，“无边落木萧萧下，不尽长江滚滚来”，若用我们今天的话，还不得不说“无边的落木”“不尽的长江”，省不下这“的”字。古典诗歌的语言越是具有这种特征，也就离开散文越远，这也就是“诗化”的过程，诗化而自然天成，一点也不别扭，这标志着古典诗歌语言的真正成熟。诗的语言因此才更灵活，更有弹性，一瞬间便能捕捉住新鲜的印象。[24]

这段话启发我们：（1）中国古典诗歌语言是真正能区别逻辑性的散文语言的；（2）它是能使语言中的感性因素——即直觉隐喻功能性因素自由地浮现出来的飞跃性语言；（3）达到这种飞跃性能的手段是大量省略有助于逻辑思维进行的虚字，进而达到了打破语法规范；（4）由此说来，语法规范不利于诗歌语言的飞跃性，新诗所用的白话也就不能过分讲究语法。

林庚关于建设新诗语言的见解出现在中国新诗坛大张旗鼓走欧化之路的热潮中，似乎有点鹤立鸡群的意味。西方诗歌语言偏于逻辑分析，故中国新诗坛提白话—口语须作语法规范的主张日盛。在此形势下林庚提白话—口语在新诗创作中应反语法规范也就不得不策略一点。于是，我们在他的《九言诗的五四体》中看到了他的又一个新的见解：

> 我开始分析白话与口语的不同，逐渐发现口语有许多时候是比白话更要简短的。例如：
>
> | 白　话 | 口　语 |
> |---|---|
> | 还没有吃饭 | 还没吃饭 |
> | 看这个月亮 | 看这月亮 |
> | 不在乎这个 | 不在这个 |
> | 谁是头一名 | 谁是头名 |
> | 这鞋是谁的 | 这鞋谁的 |
> | 新的蓝布褂 | 新蓝布褂 |
>
> 至于白话说“什么时候吃饭”，口语说“多咱吃饭”；白话说“没有什么事情”，口语说“没什么事”，口语所以一般比白话要简短些。关于口语之所以反较白话为短的原因，大概由于五四以来的白话是受欧化影响较多的缘故，所以文法较详密，字数也就多些。口语是直承中国本土文法简略的传统，所以反而

在“节奏音组”上更容易接替“五”、“七”言的二字尾。[25]

提出口语和白话都是守“文法”的，只不过白话守的是西洋文法，而口语则守的是“中国本土文法”，这是迎合潮流：诗歌语言乃受语法规范。但又说：比白话要简短些的口语守的是本土文法，等于否定了白话—口语要受语法规范的说法，因为所谓的语法规范，是指西洋语法——舶来品。显然，这样提十分策略，不仅悄悄地否定了胡适等开始提倡新诗语言要语法规范的说法，而且还能以口语比白话要简短、更具有诗歌语言飞跃性的条件来证实中国本土文法在诗性语言建设上远较西洋文法有用，从而使我们看清了中国古典诗歌的虚字省略、语序错综、成分缺失等，并不是落后现象，恰恰相反，它在语言意象化上是必要的，值得新诗继承的，因而是先进的。

但是从新诗坛总体看，白话—口语作为新诗的工具手段，须守语法规范还是不必守语法规范，一直意见对立，纠缠不清。

梁宗岱在《文坛往那里去——“用什么话”问题》中批评了新诗采用的白话“凌乱、松散、粗糙、贫乏”的现状后说：“所谓现代诗，也许可以是有余裕地描画某种题材，或惟妙惟肖地摹写某种口吻；如果要完全胜任文学底表现底工具，要充分应付那包罗于变幻多端的人生，纷纭万象的宇宙的文学底意境和情绪，非经过一番探险、洗练、补充和改变不可。”那么如何入手去做呢？他提出“求助于罕见的字与不常有的句法”[26]的主张，他还进一步说：“我们不独不能把纯粹的现代中国诗，那最赤裸裸的白话当作文学表现底工具，每个作家并且应该要创造他自己底文字——能够充分表现他底个性，他底特殊的感觉、特殊的观察、特殊的内心生活的文字。”[27]用罕见的字、不常有的句法，并且还要求主体自己去创造罕见的字、不常有的句法，当然是一项反约定俗成的语法规范的行为。在梁宗岱的这番议论几十年后，赵毅衡在《诗歌语言研究中的几个基本概念》一文中提出了白话—口语奇化的主张。对此，他是借介绍西方形式主义的主张提出来的：

……我们不妨插叙一个文学语言中的原则性问题，那就是俄国文学理论家什克洛夫斯基提出的“奇化”(OCTPA HEHNE)原则。他认为诗歌语言的各种手段其实都围绕着一个中心问题，即是使诗歌语言不同于日常语言的习惯程序，亦即有意使语言的组合“生疏化”，诗歌语言组成的原则，就是消除语言的习惯性，延长和加强感知的过程。艺术的手段是要使事物陌生起来，使形式有阻拒性，以便扩大感知的困难和时间。[28]

这番话出现在1980年代初期，那时俄国形式主义的“陌生化”理论还没有正式引进，赵毅衡是在研究诗歌语言中顺便提及的，却以“消除语言的习惯性”，道出了赵毅衡欲对新诗所采用的白话—口语须违反语法规范的学理性提倡。

但事情并不是那么简单的。必须看到：白话—口语须守语法规范似乎已潜移默化地成了这一代新诗人中多数人的心理定势，以致使徐志摩、艾青这样有大成就的诗人也陷入既想冲破语法规范又难以冲破的两难困境中。

徐志摩和他的新月诗派同仁虽然在诗学观念上受西方影响较深，但他们毕竟是一批有较高文学修养的知识者，因此涉及诗歌上的具体问题，总能以诗学的质的规定性来判断。关于诗歌语言要不要受语法规范的问题，他们的态度是：对一切以西方为标准不盲从，或者就说不那么赞成严格的语法规范。如梁实秋，到晚年也还在《新诗与传统》中坚持这样的认识：“白话是逻辑的，有相当的文法顺序”，“和诗的文字有出入”，“大抵诗的文字，必须精练，要把许多浮词冗语删汰净尽，许多介词不要，甚至动词也可省，有时主语根本不需点明，这和所谓‘最好的字放在最好的位置’之说颇为仿佛。”[29]而新诗中的白话由于受语法规范，所以在他们看来这是散文，而不是诗的文字。怀着这样的语言诗学观，使徐志摩和他的新月派同仁写的诗也不像草创期的新诗那样拖泥带水，而有一种超脱语法规范的活泼流转劲儿，如徐志摩在《再别康桥》中的“寻梦？撑一支长篙”，就是倒装；《月下雷峰影片》中的“我送你一个雷峰塔影／满天稠密的黑云与白云”，是关联词省略；《沪杭车中》的“匆匆匆，催催催！／一卷烟，一片山，几点云彩，／一道水，一条桥，一支橹声！／一林松，一丛竹，红叶纷纷”，是句子大面积的成分残缺，都说明了这场诗性语言的美学追求并不按语法规范办事。不过徐志摩的这种追求是理性探索冲动引发出来的出格行为，在他灵魂深处，仍然认为白话—口语应守语法规范。最能说明这一点的，是他为李清照的词所作的今译《白话词十二首》。如果他能注意到这些宋词转译成白话新诗非保持其不受语法规范的本色不可，那就不会译得这样散文化了。令人遗憾的是他没有意识到这一点，如李清照原作《怨王孙·帝里春晚》中的最后三行是：

秋千巷陌人静
皎月初斜，
浸梨花

他却译成这样："这静悄，秋千也空着，只有向月亮浸着白白的梨花。"且不说他译得如此缺乏文采，也不说"巷陌""初斜"，这两个意象他没译，只说说文言形态的意象转成白话后的组合情况：第一行的"秋千""巷陌""人静"它们原显示为各自独立、无外在关联存在，让这三个独立的意象状态能排列在一块儿的关系中相互感发而形成一片宁静安谧的意境，而不存在像译文中那样以"这""也"等虚字来点明三者间的依存关系和状态；第二、三行"皎月初斜"和"（月色）浸梨花"它们也是各自独立的存在，排列在一块儿也因相互感发而形成了一片明艳柔婉的意境，而不存在像译文中那样以"只有"这样的虚字来点明关系，"白白的"这样的形容词来限定"梨花"；三行合在一起其实是写了"秋千""巷陌""人静""皎月初斜""（月色）浸梨花"这五个各自独立、让无外在关联现象排列在一块儿以相互感发，从而形成一片幽渺飘逸的"小夜"意境。原作三行只有第二行是个完整的句子；第一行的三个句子，第三行的一个句子，都是大面积地省略了主要成分，变成四个光秃秃的词语的，这显然不合语法规范。徐志摩的译文却补足了主要成分（如"秋千"译为"秋千也空着"），还用关联词语把它们拉起关系（如"只有向[30]月光浸着白白的梨花"）。为什么原诗不守语法而译诗对此不作考虑呢？只能作这样的解释：徐志摩最终还是认同白话写新诗得守语法规范。当然，这认同是潜意识的。

艾青追求诗的散文美。对他来说用白话—口语写新诗要守语法规范，是顺理成章的事。但他其实也很矛盾。他的一些名篇如《巴黎》《透明的夜》《聆听》等中的白话—口语，很明显地表现出反语法规范的倾向。在他写的《诗的散文美》中竟然十分欣赏一个工友写给他同伴的一个通知："安明！你记着那车子！"这样普通的一个通知，被他看成是"那么新鲜而单纯"，甚至说"这样的语言，能比上最好的诗篇里的最好的句子"，这是为什么？我们在以前就论及过，认为是一种向生活猎取句子的具体反映，但没有说到另一点：生活中的用语——口语，如林庚所说是省略了一些虚字而显得比白话要简约的，这张通知正是如此，它在"记着那车子"下面还有一些须要说明白的成分却因了特殊的语境（两个工友之间心照不宣的关联内容）所起的"意会"作用而省却了，于是这句话也就有一种飞跃性。所以说这张通知好，其实是赞赏藉成分残缺显示的反语法规范追求。但艾青又毕竟是诗的散文美的提倡者。散文的语言是逻辑分析性的，要讲究语法规范，所以他有好几篇文章爱从诗句合不合语法来批评他人，如写于 1941 年的《语言的贫乏与混乱——一封关于诗的信》，写于 1950 年的《关于诗的一封信》。这些批评所采取的角度正反映着他对白话—口语写新诗要守语法规范的立场。应该说他这方面的批评有些是对的，揭示出被批评者诗歌语言的贫乏，但另有一些指责就值得商榷了。在《关于诗的一封信》里，他指责受信者有一首诗中的一个句子："但爸爸板起冬天的脸。"他是这样指责的："'冬天的脸'，你是说阴沉的脸，还是冷酷的脸呢？把'冬天'两个字放在这里是不恰当的。"[31] 又对那位作者在《春耕》一诗中的句子——"汗珠滚落到泥土里 //（这是最好的肥料呵！）"这样说："这是象征性的呢，还是真实的呢，我们有时说用血汗灌浇土地，意思是以辛苦的劳动去培植庄稼，这原是有些象征的说法：而你现在却真的把'汗珠'当作肥料，而且加上一个那么肯定的形容词'最好的'，这么一来，却反而成了不合乎科学的了。"[32] 这样的指责从语言化的意象构筑角度看实在不必要，因为这种带点夸张的隐喻表现是允许的。如果按语法修辞的角度说它们"不合乎科学"，那就是另一回事了。所谓"另一回事"，表明艾青还是讲究新诗所采用的白话—口语须讲语法修辞规范的。

我们把徐志摩和艾青作为个案来分析，无非想探求一点：用白话—口语来写新诗，要不要语法规范？说实在的，这一代新诗人在这个问题上的心情相当复杂、充满矛盾。正是这种复杂与矛盾，也就把新诗语言的意象化推向更深一层的困境。

但这样的困境不全是坏事，它使新诗的语言建设出现了三种探求趋势：守语法规范，不守语法规范以及二者的辩证统一。这三种趋势使整个诗坛的语言建设，在其词法、句法和连续性句法活动中呈现出丰富多彩的特色。

二、新诗的词法

词法属于词语选择、构筑与应用的范畴，也就是今天的文学词汇学。韦勒克、沃伦在《文学理论》中曾说："语言的研究对于诗歌的研究具有特别突出的重要性。我们这里所说的语言研究当然是指那些语言专家们通常忽略或者轻视的部分。除了在格律和音韵史中要研究一些罕见的发音问题以外，现代文学研究者不大用得着历史词法、音韵学甚至实验语言学，但他却需要语言学中一个特别的分支，那就是词汇学，即研究词汇的意义及其他的科学。"〔33〕这段话明白不过地说明词法的重要性。把它和中国诗歌结合起来看，则可以说，词语的问题在诗性语言建设中不仅十分重要，并且还可以说是重中之重。叶公超在《谈白话散文》中曾论及中国诗歌语言的一个特点："中国文字的特殊力量，无论文言或白话，多半是寄托于语词上的，西洋文字的特殊力量则多从一句或一段的结构中得出，有的语词的力量也可以运用到相当的程度，但终不及句段的力量来得可观。"〔34〕这位比较文学研究者的新颖见解，足以进一步佐证：词法问题在诗歌语言探求中确系重中之重。

在中国新诗几十年来的探求历程中，诗人们是充分地意识到选词之重要性的。新月诗派的成员于赓虞在其长篇论文《诗之艺术》中就认为："诗的词藻之美丽及恰切，将使诗更有着媚与魔的气氛"，因此，"诗人对于字及词之含义色彩有洞彻的认识，方能运用自如，恰如其分"。至于在具体的创作活动中选用什么样的词语，他认为须“适合其情感的波动”[35]。对此他还特别强调地说了一番话：“选词乃为情思，非使情思适于词藻；情感因恰妙的词藻更增加其美的风韵，非使词藻掩盖情感的灵影，因情感而变其词藻，词藻却不宜改变情感，正如衣饰之如美人，非美人装饰衣饰，衣饰乃所以装饰美人，情感犹如美人，它永远是主体。”[36]有鉴于“诗之文字的选择，一半在其所含之意义，一半在其所含之音韵”，他因此还说：“巧妙的选词与工整的音韵，还能将超于语言表现之神采，笼罩于诗之全体。”[37]

值得指出：随着选词之受重视，新诗词法上首先需要解决的乃是词语如何大量积累的问题，因为只有在诗性词语库中有较多“库存”，才有可能供诗人们充分选择。由于中国诗歌是重实境的，所以大多词语是凭诗人对实物、实态、实事的经验衍化构成。经验衍化往往和诗性文化有着极密切的关系。于是，凡实物、实态、实事以作为特性文化表征的社会情结、种族原型内蕴于中来展开经验衍化，以构成实境性词语的，也就成了高层次的隐喻类词语，特别具有意象化性能，所谓以情结、原型为表征的诗性文化，当然主要属于我们民族自身传承下来的那类。譬如“易水”。这不过是一条普通河流，却因为在这条河边发生过一个可歌可泣的故事：勇士荆轲以一死之决心在这里诀别燕太子，前去行刺秦王，且作歌：“风萧萧兮易水寒，壮士一去兮不复返。”从此流传下来，成为一个战国时期形成的社会情结，再传承千百年化成了一脉诗性文化，渗透在“易水”这个名词中，等于把一个独特的经验衍化契机埋在里面。这一来，“易水”也就成了高层次的隐喻词语。在旧诗中也在新诗中被广为使用。同理，如“伊甸”，这是个洋典，出自圣经，说上帝为人类始祖亚当、夏娃造了一座伊甸乐园，让他们在那里过自由自在的生活，但后来他们偷尝“禁果”，上帝就把他们逐出，并派天使守住道路，让后人再不得寻见。这故事延展开来，经历两千多年，也就变为了一个难以磨灭的种族记忆。作为自由美好的幻想世界之表征，这种族记忆退而成了一脉诗性文化渗透在“伊甸园”中，这等于把一个独特的、经验衍化契机埋入内中，使“伊甸园”获得了高层次隐喻词语的资格，在新诗抒情中也被广为使用。“易水”是由中国诗性文化渗透的；“伊甸园”则是由西方诗性文化渗透的，它们都可以作为新诗意象化词语追求中具有较高层次感兴功能的词语。这样的现象正表明充实新诗词语库的库存量，有两条路可走：（1）从中国古典诗性词语中收集，“融化”；（2）从异域诗性词语中转借，归化。事情的确如此。

我们之所以如此强调新诗词语库中具有意象化性能的词语增加库存量，是出于如下的考虑：新诗用白话代替文言的最初阶段所碰到的第一问题就是白话还没有建立起属于自己的诗性文化传统，那时的白话词语还找不到几个够得上让意象来定位的。因此，当胡适和他的“战友”们用白话“尝试”写诗一年后，诗性白话词语不够用就嚷嚷开了。傅斯年和俞平伯就认为白话词汇太干枯，“没有美术的培养”，“雅言太少”。那么如何作“美术的培养”以改变白话“雅言”不足之弊呢？傅斯年认为“唯有从它——唯有欧化”；俞平伯认为“只得借用文言来补充”。

傅斯年提倡走欧化之路，指的是向异域语言索取富有文化意蕴、已经获得意象定位的词语音译或意译过来，“为我所用”。支持者甚众。郭沫若等就从圣经、古希腊神话、天方国传说等中索取到不少音译或意译的“雅言”，如“伊甸”“方舟”“维纳斯”“阿波罗”“普罗米修斯”“宙斯”“麦加”“耶路撒冷”“约旦河”“金字塔”“十字架”“庞贝”“巴士底”“荆冠”“洗礼”“犹大”“阿尔卑斯”“塞纳河”“德谟克拉希”“蒙娜丽莎”“可兰经”“穆罕默德”“红帆”等。如“巴士底”，艾青的《芦笛》中有：“今天，我是在巴士底狱里，／不，不是那巴黎的巴士底狱。”“十字架”，舒婷的《在诗歌的十字架上——献给我的北方妈妈》中有：“我钉在／我的诗歌的十字架上／为了完成一篇寓言／为了服从一个理想……”；“耶路撒冷”，绿原在《忧郁》中有：“太阳它扇形的放射没落了，／耶稣骑着驴子回到耶路撒冷去。”时湛的《荒村》中有：“像圣徒朝向耶路撒冷／我向你走来，爱的圣城！”特别值得一提的是像“红帆”这样的词，原出格林童话，写一个花季少女幻想着一个白马王子有一天会乘一艘红帆船而来，就天天等在海边。终于有一天红帆船真的从远处驶来，载来了一个英俊少年，圆了她的梦想，这是象征希望的一个意象化词语，由于洋典本身就来自一个动人的故事，所以作为异域诗性文化渗透在“红帆”中，这个词汇就特具感兴功能。北岛在《红帆船》中就抒唱了一场“我们”乘“红帆船”航行的故事。诗中说：虽然“我们”是“只求静静地航行”，但是“如果大地早已冰封／就让我们面对着暖流／走向海／如果礁石是我们未来的形象／就让我们面对着海／走向落日／不，渴望燃烧／就是渴望化为灰烬”。因了“红帆船”而展开的抒情也就有了更深沉的意境。秋荻的《空谷兰》中有：

“重门的深宵有朝圣的幻象／罗布泊又扬起片片红帆。”这位诗人在《丁香的紫结》中，还把中国古典诗歌中有意象定位的“帝子”“丁香”“九歌”和来自异域的“红帆”组合在一起：“云雾湘江有帝子的苦恋／丁香的紫结／系不住九歌的红帆。”如果说屈原的《九歌》是祈求生命创造的一组赞歌，那么“九歌的红帆”所暗示的则是祈求生命创造的一场希望追求——这是世俗的人生苦恋之哀所压制不住的，以这样一种特殊面貌出现的“红帆”所造成的语言张力，显示出了极其丰富的诗意内涵。从这些例证中可以看出：向异域寻求诗性词语来充实新诗的词语库存，此路可通。

再说俞平伯提倡走传统的路，响应者更多。胡适在对陈套语作探索后说：旧诗中的陈套语可以刷新使用，不该轻易抛弃，从而感悟到在“文言中有许多词尽可以入白话诗中”。[38] 闻一多则“主张在新诗中用旧典”[39]。周作人提出“传统之力是不可轻侮的”这一说法，还说“因了汉字而生的种种修辞方法，在我们用了汉字写东西的时候总摆脱不掉的”，因此“新诗的成就上有一种趋势恐怕很是重要，这便是一种融化”。[40] 这个“融化论”在提醒新诗坛：旧诗中富有审美生命力的词语必须融化进新诗白话词语中。的确，从20世纪20年代起，就一直有不少新诗人在这方面作探求。如朱湘、马君玠、丁芒、唐湜等就很有成绩。总之，从新诗发生以来，诗人们都在探求着起用旧诗中富有意象感发力的词语，来充实新诗之不足。如“漠漠”，李白在《忆秦娥》中有“平林漠漠烟如织”；冰心《一句话》中则有“那天湖上是漠漠的轻阴”。“烟波”，柳永在《雨霖铃》中有“念去去，千里烟波，暮霭沉沉楚天阔”；何其芳在《砌虫》中则有“穿过日光穿过细雨雾／去烟波间追水鸟底陶醉”。“烽火”，王昌龄在《从军行》(四)中有“烽火城西百尺楼，黄昏独上海风秋”；田间在《给战斗者》中则有“疆土的烽火／在生长着”。“萧萧”，荆轲在《易水曲》中有“风萧萧兮易水寒，壮士一去兮不复返”；臧克家在《兵车向前方开》中则有“炮口在笑，／壮士在高歌，／风萧萧，／鬃影在风里飘”。“木叶”，屈原在《湘夫人》中有“袅袅兮秋风／洞庭波兮木叶下”；戴望舒在《秋夜思》中则有“听鲛人的召唤，／听木叶的呼息！”“芒鞋”，苏曼殊在《无题》中有“芒鞋破钵无人识，踏过樱花第几桥”；绿原在《蛰惊》中有“我将芒鞋作舟叶／划行在这潮湿的草原上”，等等。

正是这一代新诗人兵分两路对充实新诗意象化词语作了不懈的探求，才使新诗在并不太长的时期内，“雅言”大大地增加了。

但令人遗憾的是，这样一种探求却受到了这样那样的指责。首先是针对走欧化一路的。闻一多在《〈女神〉的地方色彩》[41]中就批评了郭沫若：“现在的新诗中有的是‘德谟克拉西’，有的是泰果尔、亚坡罗，有的是‘心弦’、‘洗礼’等洋名词。但是，我们中国在哪里？我们四千年的华胄在哪里？”其次是针对走传统一路的。戴望舒在《谈林庚的诗见和“四行诗”》[42]中批评了林庚，认为这位诗人爱“扯一些”颇具备“古已有之的旧境界”的旧“字汇”来写诗，是“写着古诗而已”，结果他那些“四行诗中所放射出来的是一种古诗的氛围气”。这种“拿白话写着古诗”的追求，“实在是一种年代的错误”，“多少给予我们一些幻灭”。为什么会出现这类指责的局面？这是值得深思的。其实这两条路，不过是对中国传统“雅言”的继承和对西方“雅言”的借鉴，说穿了无非借用他类语言中的意象化词语来丰富自己而已。当然，单靠照搬旧诗的与西方的“雅言”是不可能完全解决新诗词语之贫乏的，重要的是新诗在继承旧诗、吸收西方中提取经验。在这方面，胡适倒是较早觉悟到了。他在《寄沈尹默论诗》一文中说到如何继承旧诗创造意象词语——“具体的字”时这样提：“须要使学者从根本上下手，学那用具体的字的手段。”[43]这是很有眼光的。

新诗自创意象化词语集中于名词。

由于中国传统诗歌中的意象大多属于指涉已抽象化的原生态单个物象，如“草”“花”“树”等，到此为止而很少有再细分的；而其所用的文字—文言，多为单音节词汇，名词尤甚，因此旧诗的意象载体以单音节词为主。至于新诗的意象，大多属于能显示过程性、结构复杂、指涉具体的事象；所用的文字—白话，则有大量的附加语加在词根上，以致双音节甚至多音节词大增，因此新诗的意象载体，以复合名词或名词短语为主。正是这种种，导致新诗自创的意象化词语比旧诗要多得多。从某种角度说，旧诗的意象化词语是词根，而新诗的意象化词语则是那些词根的衍化物。如“日”，是旧诗中的意象化名词，也是词根，新诗则从它出发，衍化出了“太阳”“日头”“红日”“骄阳”“金轮”等；“月”，新诗衍化出了“月亮”“朗月”“皎月”“月轮”“月华”等；“星”，衍化出了“星星”“明星”“星光”“星影”“天星”等；“云”，衍化出了“白云”“流云”“沉云”“幻云”“云波”等；“花”，衍化出了“野花”“娇花”“红花”“夜合花”“勿忘我”等；“草”，衍化出了“碧草”“浅草”“野草”“死草”“离离草”等；“鸟”，衍化出了“候鸟”“归鸟”“飞鸟”“青鸟”“百灵鸟”等；“山”，衍化出了“大山”“苍山”“暮山”“云山”“山峦”等；“地”，衍化出了“旷野”“大地”“雪地”“漠原”“大草甸”等；“海”，衍化出了“星海”“大海”“远海”“汪洋”等。“春”，衍化出了“阳春”“花季”“杏花天”“艳阳天”“芳春”等；“秋”，衍化出了“金秋”“淡秋”“清秋”“三秋”“颓秋”等。这些由词根衍化的新诗意象化词语，除了个别指涉具体的物象以外，多数还只是词根加附加修饰成分的一级衍化词语。新诗的这一场“雅言”自创还进入到二级、三级衍化。我们不妨举艾青的意象化词语为例，来看看这种衍化的幅度。艾青有三个核心意象词语：“土地”“波浪”“太阳”。现列衍化表于下：

艾青意象词语衍化系统						
土地	旷野	水田	池沼	灌木林	田原	玉蜀黍
		手推车	水牛	水车	播谷鸟	薄雾
	山峦	斜坡	悬崖	岩石	山涧	山毛榉
		映山红	阴云	鹰鹫	荒坟	煤
	村舍	茅屋	畜棚	石井	草垛	卵石路
		竹篱	舂臼	纺车	油灯	炊烟
波浪	海洋	海潮	荒岛	海岬	礁石	风暴
		海燕	珊瑚	虎斑贝	港口	海螺
	江河	洪流	堤岸	野渡	木桥	沙滩
		水鸟	秋鹭	芦苇	荇藻	塞纳河
	行船	木船	布帆	桨橹	乌篷船	渔火
		大航船	桅杆	救生圈	铁锚	罗盘
太阳	光芒	阳光	闪电	灯塔	彩虹	向日葵
		新月	星星	羽光	磷光	刀光
	火焰	火轮	野火	烽火	篝火	红旗
		焰火	浓烟	火把	烧荒	普罗米修斯
	黎明	启明星	晨号	曙光	朝霞	晨钟
		新露	东方	鸫	潮音	汽笛

从此表可以看出：艾青的三大核心意象词语“土地”“波浪”“太阳”其实是词根“地”“水”“日”的一级衍化，而“旷野”“山峦”“村舍”是“土地”的衍化，“海洋”“江河”“行船”是“波浪”的衍化；“光芒”“火焰”“黎明”是“太阳”的衍化，它们全属二级衍化，而“水田”“斜坡”“村舍”“海洋”“光芒”等以后则是三级衍化了。这一来，自创意象词语是愈来愈多了。

新诗自创意象词语的确越来越多，但它们必须有“美术的培养”。这培养工作要求对旧诗既有“美术”继承的一面，更有发展的一面。就复合词语而言，旧诗中的浓缩形态——如“流光”“哀笳”“烟水”“苇风”等，可以说是俯拾皆是。新诗中也有，其中偏正结构的浓缩语还较多见，如“荒夜”，系“荒寒的夜”的浓缩；于赓虞的《夜思》中有：“这无限的时间、无限的生命在惨变，流动，／心恻恻这无着落的荒夜，一片怆情。”“阔笑”，系“开阔的笑”的浓缩，表示爽朗放肆的笑声，艾青的《透明的夜》中有：“阔笑从田堤上煽起……”，等等。并列结构的浓缩词语也有一些，如“梦谷”，系“沉梦”与“幽谷”的并列复合词，表现一种恍惚幽缈的迷幻感觉，绿原在《神话的夜呵……》中有：“从梦谷里爬出来的……／新鲜的生命呀！”“凄艳”，是形容词“凄寂”与“艳丽”平列的浓缩，表现美好年华正在消逝的感伤情绪，戴望舒在《残花的泪》中有：“一枝凄艳的残花／对着蝴蝶泣诉。”但总的说来这两类浓缩词语形态在新诗语言中大幅度地减少了。究其原因，这同语法规范不严密、省略了修饰标志“的”或连接词“和”等有关。但新诗采用的白话一口语须吸收西方经验，守语法规范这一股潜在势力影响不小，因此，合于语法规范从而膨胀开来的词语大量增加了。并列结构的膨胀词语新诗中特多如“雨露阳光”“桃红柳翠”“蓝天白云”“斧头镰刀”“千军万马”等，也容易理解，就不多举例讨论了。此处讨论偏正结构的。这一类膨胀形态的词语构筑中，名词、形容词、动词与名词构成的复合词语特多，可以举出“心灵的处女地”“灵魂的坟墓”“磷光的幻想”“浑圆的和平”“碧绿的真实”“透明的忧伤”“青春的盛宴”“挣扎的意态”“褴褛的时间”“肥饱的鹑声”“复仇的风暴”，等等。如“心灵的处女地”，舒婷在《献给我的同代人》中有：“为开拓心灵的处女地／走入禁区，也许——／就在那里牺牲。”“灵魂的坟墓”，刘半农在《别再说》中有：“我想到了我灵魂的坟墓，／我亲爱的祖国。”“碧绿的真实”，岑琦在《朱自清之歌》中有：“我爱碧绿的真实，不爱彩色的欺诳”；“磷光的幻想”，艾青在《浮桥》中有：“又以金色的梦／和磷光的幻想／吸引了万人”，等等。再看以名词、动词、形容词和形容词构成的复合词。如“生命的绿色”，艾青在《北方》中有：“沙漠风／已卷去北方的生命的绿色”；“决断的从容”，闻一多在《什么梦》中有：“决断写在她脸上——决断的从容……”；“坦荡的舒服”，臧克家在《歇午工》中有：“一根汗毛／挑一颗轻盈的汗珠／汗珠里亮着坦荡的舒服”；“铁力的疲倦”，臧克家在《难民》中有：“铁力的疲倦，连人和想象一齐推入了朦胧，／但是更猛烈的饥饿立即又把他们牵回了异乡。”还有以名词、副词、动词和动词构成的复合词，如“韵律地扬起”，玲君在《喷水池》中有“虽然你韵律地扬起水沫的拍节，／对于你移植的地域，你沉默”；“古典地点缀”，玲君在《长明灯》中有：“冬青树古典地点缀哪，生命／沉湎在辉煌的光亮的奇异中”；“乳色地蹒跚”，秋荻在《百合花》中有“纱窗外，夜雾乳色地蹒跚，／我那心魂儿忽闪出梦幻”；“煮沸地透进”，田间在《中国，农村的故事》第一部第77节中有“呼唤的音调／煮沸地／透进／土地”；“透明地交响”，田间在《中国，农村的故事》第三部第4节中有：“扬子江／碰着／怨恨／透明地／交响”，等等。此外还有以“数词＋名词（动词、形容词）”构成的奇特数量词，再去和名词、动词、形容词组接的数量复合词，如“一径马蹄”，何其芳在《秋天（一）》中有“一径马蹄踏破深山的寂默”；“一伞松荫”，闻一多在《也许》中有“撑一伞松荫庇护你睡”；“一纸轻寒”，辛笛在《寄意》中有“你给我带来了一纸轻寒，／正是风打窗格的时候”；“一踢马刺”，臧克家在《自己的写照》中有“当一匹倦骥吃一踢马刺／还会向前抢上一步”；“一枕记忆”，陈敬容在《静夜》一诗中有“一枕记忆／白的月色”，等等。值得提出来的是新诗意象词语构成最走俏的是短语复合词语。有主谓短语与名词、形容词构成的复合词语，如“浪花祝祷的峭岸”，北岛在《岛》中有：“只有浪花祝祷的峭岸／留下岁月那沉闷的痕迹。”有动宾短语与名词、形容词构成的复合词语，它们还特多，如“饱食过稻香的镰刀”“没有照过影子的小溪”“凝着忍耐的驼铃声”“奔泻着酩酊的芬芳”“落月的沉哀”“梳人灵魂的晨风”“深蕴希望的音符”“生了锈的情热”，等等。何其芳在《花环》中有：“没有照过影子的小溪最清亮。”《爱情》中有：“……凝着忍耐的驼铃声／留滞在长长的乏水草的道路上。”舒婷在《初春》中有：“奔泻着酩酊的芬芳／泛滥在平原，山坳。”张烨在《贝母——读梵高的画〈贝母〉》中有：“我抚慰的目光来自你深蕴着希望的音符。”闻一多在《红豆·十二》中有：“那里有多少年底／生了锈的情热底成分啊！”还有介宾短语与名词、动词构成的复合词语，更能显示其结构膨胀性能。如“从时间的深沟里升腾起来”，艾青在《时代》中有：“我要迎接更多的赞扬，更大的毁谤／更不可解的怨雠，和更致命的打击——／都为了我想从时间的深沟里升腾起来……”“在雨的哀曲里消了”，戴望舒的《雨巷》中有：“在雨的哀曲里／消了她的颜色／散了她的芬芳。”

以上几种形态的新诗“雅言”，有着构筑的内在规律。

所谓“雅言”，或者说诗性词语，即新诗词语的意象化。处在既继承传统又借鉴西方格局中的新诗，走向隐喻的意象是感兴式与印证式并重的，感兴意象化的新诗词语是直接指涉，而印证意象化的新诗词语则是变异指涉。

感兴式意象词语的自创，对一代诗人或一个诗人而言都需要有对该词语特定的审美感觉，因为这一类词语的诗境只能通过词语自身来直接指涉，其终极情况是这词语所负载的意象必须在接受者的审美感受机制上迅速而灵敏地直观反射出这种诗境。我们在上面也说到过中国传统诗歌重实境，这实境就来自具体语象的直观反射。“枯藤老树昏鸦，小桥流水人家”，那六个感兴式意象词语就是漂泊者心中那一股残秋时分天涯浪迹无依的生存实境的根本来源。这种无任何辅助措施、全凭直观反射来实现自身审美价值的感兴式意象词语要自创很难。新诗继承了旧诗的传统，并在一定程度上发展了这个传统。且拿陈敬容《律动》一诗的第一节来看一看：

水波的起伏，
雨声的断续，
远钟的悠扬……

这三行诗是三个感兴式意象词语，“水波的起伏”这个视觉意象词语直观反射出持续律动感；“雨声的断续”这个听觉意象词语直观反射出间歇持续感；“远钟的悠扬”这个听觉意象词语则直观反射出缥缈律动感。前两个意象词语一属空间，另一属时间，第三个意象词语则属时空合体的宇宙。前两个意象词语表现出了均衡复沓的节奏，第三个则表现出线性递进的节奏。正是这样一些感兴式意象词语的组合和感兴的互动，完成了一场从持续均衡到缥缈沉静的内在生命微妙的律动实境。应该说陈敬容自创的这三个感兴式意象词语是很成功的。我们不妨再引舒婷《思念》的第一节来看看：

一幅色彩缤纷但缺乏线条的挂图，
一题清纯然而无解的代数，
一具独弦琴，拨动檐雨的念珠，
一双达不到彼岸的桨橹

这些诗句表达了一种无奈到绝望的思念，四个意象词语的自创无疑是十分成功的。之所以成功，不仅其第三、第四个意象词语是感兴式的，尤其是“一双达不到彼岸的桨橹”特具兴发感动功能，还在于第一、二个意象词语在感兴功能中还渗透着一定的理性譬比因素，使这两个意象词语还有印证的色彩。这使新诗在自创意象词语中已具有从感兴式隐喻向印证式隐喻转化。这是发展传统——一个很值得注意的现象。同时也是一个重要的信息：印证式意象词语在新诗自创“雅言”中将会大量涌现。

同属隐喻审美功能的印证式意象词语在负载这一类意象中，自身显示出词语构成的反常规特征，从而使指涉因变异而达到印证式功能。所谓词语的反常规的构成大致可分两类，一类是通感，另一类是拟喻。从实质上说，通感和拟喻类都属于修辞反常规。

先看通感类意象词语在新诗词语自创中的构成情况。

所谓通感，就是感觉挪移互通。钱锺书在《通感》一文中说：

> 在日常经验里，视觉、听觉、触觉、嗅觉、味觉往往可以彼此打通或交通，眼、耳、舌、鼻、身各个官能的领域可以不分界限。颜色似乎会有温度，声音似乎会有形象，冷暖似乎会有重量，气味似乎会有锋芒，诸如此类在普通语言里经常出现。譬如我们说“光亮”，也说“响亮”，把形容光辉的“亮”字转移到声响上去，就仿佛视觉和听觉在这一点上无分彼此。又譬如“热闹”和“冷静”那两个成语也表示“热”和“闹”、“冷”和“静”在感觉上有通同一气之处，牢牢结合在一起……我们说红颜色比较“温暖”而绿颜色比较“寒冷”——只要看“暖红”、“寒碧”那两个诗词套语，也属于这类。

这一段话可说是对通感最好的阐释。以通感构筑意象化词语，中国古典诗人早已在作追求。新诗也承袭这一传统，自创了不少这一类词语，如“燃烧的颂歌”“轰响的光采”“透明的声音”“乳色地蹒跚”“火焰的舞蹈”“绿色的旋律”“银色的平静”“凉滑的幽芬”“软白的云层”，等等。“透明的声音”是视觉与听觉通感造成的偏正结构意象词语，绿原的《忧郁》中有“常有一个透明的声音召唤着你的名字”；“轰响的光采”是听觉与视觉的通感造成的词语——如同“响亮”一样，艾青的《吹号者》中有“当太阳以轰响的光采辉耀了整个天穹的时候”；“乳色地蹒跚”，是视觉与动觉的通感——它表现晨雾的浮荡，如蹒跚状，而夜雾是乳白色的，故有以色彩感修饰动感组合而成的意象化词语，如秋荻的《百合花》中有“纱窗外，夜雾乳色地蹒跚”；“火焰的舞蹈”是温度觉与动觉的通感造成的意象词语，陈敬容《莫扎特之祭》中有“从一切琴弦一切键盘上／撩拨出火焰的舞蹈”；“凉滑的幽芬”是温度觉、触觉与嗅觉的通感造成的意象词语，这三类感觉的相通使这个词语特别有意象功能，何其芳的《夏夜》中有“你的鬓发流滴着凉滑的幽芬”。

通感类意象词语由于其构筑的起点是感觉，所以它虽属于印证式隐喻，但还是有较强感兴功能的。作为诗性词语，这一类印证式隐喻的功能体现要比单纯的感兴式强得多，且由于它构筑的起点是感觉，其隐喻虽也是属于印证范畴，却要比拟喻类印证多点感兴联想，少点经验联想，从诗学质的规定性要求看，它更属于诗性词语。旧诗中之所以大量采用，是古典诗人历千百年的创作实践经验而终于悟得的一条诗性语言建设策略。可惜新诗这一类自创意象化词语关注者还不多，还未形成这类“美术培养”之风气，而更多人热衷的还是拟喻类意象词语的自创。

所谓拟喻，即或拟人或拟物化的隐喻，一般是以人拟物为主。拟喻能使抽象化为具体，无生命化为生命。从技巧追求的角度看这样的词语构筑，在日常语言交流中也很普遍。但从新诗意象化词语构筑的角度看，这一做法却体现着新诗语言建设中一个方面的重要策略，故有讨论之必要。

前已述及新诗的语言策略主要借鉴自西方，它所采用的白话是归属于一种伴随经验联想、遵循分析—演绎程序、在线性陈述的过程中推延出来的语言系统。这也决定了新诗意象词语构筑从总体看实是受理性分析掣肘的，即在严密的语法规范下，让词语有意反修辞规范，既造成语言表层分析—演绎的程序井然，又让事象因“我”而生的存在关系有意错位，以便埋下以主观拟态的新奇性为表征的隐喻，给接受者以不可思议的感受刺激，积极调动经验联想而获得意悟理趣。这种拟喻类意象词语构筑路子和方式贯穿在实践中，能使意象词语强化如下三类功能：（1）使接受者在阅读中获得经验联想的强烈刺激，以深化对理悟性审美求索；（2）使抒情对象从抽象变为具象，或从一般具象变为新颖的、意象化的具象；（3）给接受者直接打入创作主体的主观意图，形成审美导流。为此，我们不妨把新诗中拟喻类意象词语构筑一分为三：即具象的抽象化词语构筑，具象的更具象化词语构筑，以及抽象的具象化词语构筑，并深入地来作一番考察。

上述三种拟喻类意象词语构筑的关键其实是一致的，即在修饰及被修饰上建立起一种反修辞逻辑的拟态谬理关系，或者说创作主体让客观事象同与它没有必然依存关系的修饰成分作“张冠李戴”般的组接，使其有意违反约定俗成的思路，以造成一种非常态、指涉变异、不能作直观反射的意象。这样做的结果是：因其形态的陌生新奇而激发出一股张力，活跃起经验联想，去建立一种喻本与喻体之间不露声色的隐喻关系。这就不仅把原先的客观事象变为了不可思议的主观化事象，且因二者间有隐喻关系而更显出其独特性、新颖性。

按此策略途径，我们先来看具象的抽象化意象词语构成，如“正义的回音壁”，舒婷在《风暴过去之后——纪念“渤海二号”钻井船遇难的七十二名同志》中有：“……七十二个人被淹灭的呼吁／在铅字之间／曲曲折折地穿行／终于通过麦克风／撞响了正义的回音壁。”“回音壁”本来是十分具体的具象物，只有物质价值而无精神意义可言，现在让“正义的”这么一修饰，也就显示了二者之间的谬理关系，这可有刺激味，发人深思，于是“回音壁”也就成了有抽象意味的隐示物，使接受者在经受过经验联想后感悟到：新闻传播为七十二名蒙难者申冤的呼声是正义的，必然会赢得更大的社会反响。这一个凭谬理的组合关系造成的“正义的回音壁”，也就以具象的抽象化形态而获得了隐喻功能的定位。其他如“斗争的火焰”，田间在《走向中国田野的歌》中有：“田野啊／在中国／养育吧／斗争的火焰！”“心灵的潮汐”，曾静平在《失败者》中有：“他，就这样的起来／聚拢了又跃动的思绪／漫过南国的槟榔树／心灵的潮汐／不再漂流。”“贤良的桌椅”，闻一多在《心跳》中有：“这灯光，这灯光漂白了的四壁／这贤良的桌椅，朋友似的亲密。”等等，也都如此。再看具象的更具象化意象词语的构成。这一类以拟喻达到的隐喻关系更明显。如“残废的农村”，田间在叙事长诗《中国，农村的故事》中有：“茅屋的中国／诉说吧——／残废的农村的故事哟！”“农村”本已是很具体的存在，现在又让“残废”作修饰成分与之组接，这是违反修辞规范的，因为“残废”只对“人”或“动物”而言。这一场反约定俗成的做法，使“农村”更具象化了，正是这个拟喻类意象词语“怪胎”，反倒能促使接受者激活经验联想，使二者间形成隐喻关系，隐喻农村生机遭受到极大的摧残。附带说一句：“茅屋的中国”也使“中国”更具象化了，但这样的组接也反约定俗成，从而促使接受者在经验联想中获得了对贫穷苦难的民族隐喻关系的品赏。总之，“茅屋的中国”“残废的农村”这两个畸形的意象词语也因此有了隐喻性的特殊功能。其他的，如“歌声的子弹”，岑琦在《雪峰之歌》中有：“唱着真实的歌你向世界走来／歌声的子弹击穿黑狱的高墙。”“溅血的震颤”，艾青在《画者的行吟》中有：“这歌里／以溅血的震颤祈祷着。”“心海的情涛”，郭沫若在《金字塔》中有：“哦哦，渊默的雷声！我感谢你现身的说教！／我心海中的情涛也已流成了河流流向你了！”也都如此。特别值得一提的是抽象的具象化意象词语的构筑。如“土色的忧郁”，艾青在《北方》中有：“村庄呀，山坡呀，河岸呀，／颓垣与荒冢呀／都披上了土色的忧郁……”“忧郁”是抽象的，不可能有色彩，现在竟用“土色的”去修饰，“忧郁”有了色彩，具象化了，但这是反约定俗成地组接起来的词语怪胎。唯其怪，且怪得不可思议，才激活了接受者经验联想。由于与土地相伴终生的农民在旧中国总是苦难的，情感世界存在着一种特有的“农民的忧郁”，因此看到土地的颜色就会联想到农民，进一步联想到农民的忧郁，而“忧郁”一旦具象化为具有“土色”，也就使二者间出现了隐喻关系，这个意象词语也就具有一种隐示旧中国农民苦难的特殊功能。其他如“萎谢的憧憬”，玲君在《憧憬》中有：“有一朝，我真要吐出最后一声颤悚了，／如果像西伯利亚羊群一样的／我的头发，我的胡须，／同时我的萎谢的憧憬。”“褴褛的时间”，冯雪峰在《夜望》中有：“浑身血迹和光烂的年代／就依然跟在褴褛的时间的后头。”“饥渴的灵魂”，岑琦在《朱自清之歌》中有：“我是云，我是饥渴的灵魂！”也都如此。

以上我们通过继承、借鉴和自创三个方面考察了新诗意象化词语的积聚情况，也探讨了它的构成规律。但这还只是新诗词法研究的一个方面。我们还注意到另一个方面：诗性词语如果离开意象浮现、流动的运作系统，单独地存在，那它就只不过是个普通词语或比较雅致的词语而已；相反，让它存在于运作系统中，那么即使它不够“雅”，只要恰如其分地受到安排，它也就会闪发出诗性魅力。所以新诗的词法还得研究如何把词语放在最好的位置以充分发挥它审美潜能的安排规律。这是词语在诗性审美中运用的技巧问题。这一代诗人对此之重要性是已有所察觉的。

1941年初，在重庆召开的一次《关于新诗的用字和造句》的座谈会上，王亚平说过这样的话："一个诗人如果不能技巧的使用自己的词汇，那就写不出新型的艺术作品，也造不成自己的特殊风格。"[44]这是很有分量的话。而燎原在《高原精神的还原》一文中也曾这样说："将词置放在特定的语境中，或者将它们以一种内在关系进行组合，从而使之显示特殊的意味这是语言本来具有的功能。"[45]这更是为新诗意象化词语技巧地使用作了很重要的提示。

那么如何技巧地使用新诗所积聚起来的意象化词语呢？从新诗创作实际中可以概括出三类措施：按近似作主次换喻，按同性作平行举喻，按语境作对比设喻。

按近似作主次换喻是指以修饰语代替被修饰语，用工具代表事件，转换形容词等办法来突出某一词语，使其充分显示意象魅力。这种换喻及其意象词语之魅力的产生关键是联想的逻辑是否起作用。这一种做法大量存在于新诗的词法追求中，尤其显著地出现于一些艺术风格成熟的诗人创作中。艾青在这方面多有所建树。如他在《向太阳》中有：

早安呵
你来自城外的
挑着满箩绿色的菜贩

在这里，"挑着满箩绿色"是不可能的，其实是"满箩绿色的菜"，这样做使修饰语"绿色"代替了被修饰语"菜"，这一来"绿色"却因此强调了出来，让不出场的"菜"就不出场，反因此显出了异样鲜明的意象魅力。再如他在《北方》中有：

沙漠风
已卷去北方的生命的绿色

这"生命的绿色"应该是"绿色的生命"，艾青似乎对"绿色"情有独钟似的，又一次把它凸显了出来，这次的办法是转换形容词。这种主次换喻在田间的早期诗中也时有所见。在《走向中国田野的歌》中有："田野啊／在中国／养育吧／斗争的火焰。"这"斗争的火焰"其实是"斗争的火焰般的热情"，田间是以附加语——定语"火焰般的"来替代被修饰的"热情"，凸显了"火焰"，意象也就更其鲜明动人。《故乡的手推车》中有"太阳／像罪恶般／流淌"。"太阳"是不可能流淌的，是"光流"在流淌，只不过这是"太阳的光流"，修饰语"太阳"替代了省略的被修饰语，这一来，是把修饰语"太阳"凸显了出来。在《我的田野在疯狂》中有"饥饿／膨胀年代的顽强"，这实在是"饥饿膨胀顽强的年代"，是转换形容词，这一场换喻因此而凸显出"顽强"。田间诗中的三例："火焰""太阳""顽强"，如果孤立的存在，那就不过是平平常常的词语而已，经主次换喻确实显出了词语的意象化潜能。再如北岛的《和平》中有：

在帝王死去的地方
那支老枪抽枝发芽
成了残废者的拐杖

在这里，"老枪"是战争的工具，用来代替发动战争的"帝王"的权力："帝王"已死去，"老枪"抽枝发芽变成了"拐杖"，却又是供"残废者"用，而这"残废者"显然是发动战争的"帝王"权力的牺牲品。这场变，是幸，因为这场权力不存在了，可又是深远的不幸，隐喻着残破的人间不得不让阴影相随生存下去。这是用工具代表社会地位。由于联想的逻辑起了很重要的作用，显得颇成功的换喻把"老枪"这个平平常常的词汇有了诗性的强化，获得了意象魅力的发挥。的确，诗性词语只有在意象运行系统中作最合适的安排，才能使它有诗性，成为"雅言"。

再说按共性作平行举喻。这其实就是在行或节的统一情境中词语的聚合，因此，这不同于同一词语重复所显示的叠词现象。说简约点，这是一种按对等原则的词语排列，前提是情境同一。如果说上一种按近似作主次换喻的办法来使用新诗词语，那么这一种使新诗词语充分发挥意象化潜能的做法，凭依的是联想的感兴作用。秋荻在《楼兰梦（二）》中有：

我在神游里为你招魂
碧云天，红柳地，孤烟数行

诗中所招的楼兰之魂是“碧云天”“红柳地”“孤烟数行”，这三个意象化词语是统一在身处荒漠中的楼兰特定的情境中的，那就是辽远、干涩和孤寂，而这三个词语也正是具有对这样的情境作感兴之共性的。一个诗行中这三个词语的平行举喻或排列，使这三个“雅言”具有更显意象魅力的审美功能。殷夫在《夜的静默》中有：

我想起我幼小情景……
鹤群和鸽队翱翔的乡村，
梦的田野，绿的波，送饭女人……

这第二行的一个词语、第三行的三个词语是统一在同一个平和神异、静穆悠远的乡野情境中的，具有感兴之共性。这种平行举喻，使它们相互影响，共同受惠，如果孤立地存在，如“送饭女人”，意象化功能毋庸置疑是十分薄弱的，现在让这个词在组合关系中出现，“送饭女人”也就颇具意象魅力了。贺敬之和昌耀是最善于顺共性作平行举喻这一词法追求的。贺敬之在《走出了南方》中有“春天，／浓雾的早晨；／野花——／红色的招引。”《自己的催眠》中有“这歌，／这大地，／这梦的谷……”特别是在长诗《放声歌唱》中，处处出现平行举喻，如：

……春风。
　　　秋雨。
晨雾。

夕阳。……

……轰轰的

车轮声。

嗒嗒的

脚步响。……

我们可以看到这是和共和国生存于奋进岁月中这一情境相应和的一场词语平行展开，也可以说是一次举喻的大集积，相互间的感兴影响力极强，每一个词语可说都因此而显示了意象魅力。昌耀在《旷原之野》里则这样写：

庄重的是：

爬上来的半边月。

骏马的披肩长发。

僵持中的摔跤手。壁毯。攀树的瓣瓶

下野地农垦兵团沙漠前沿的雄强丈夫，

雄辩的《蘑菇湖课题》。

……紫泥泉。

这些诗行语言所提供的悲壮而不免苍凉的生存氛围情境，是西部高原内在雄强气质所衍生的酷烈的阔大感一场具现，是在一个单一的语言表达的世界把多元混杂的世界结合起来加以比较，并以感兴联想得以完成的平行举喻活动。任何“爬上来的半边月”“骏马的披肩长发”，或者“壁毯”“紫泥泉”，从整个语言情境中游离出来，它们都会变得平平常常，失去诗性光泽。所有这些都进一步证实着一点：新诗词语意象化的主要条件是技巧地作妥善安排。

如果说上述两类新诗词语技巧地安排所获得的意象化魅力，来自这些意象词语的隐喻性能，那么按语境作对比设喻则能使意象词语具有象征性能。这里涉及语境和词语的特殊关系问题。赵毅衡在《诗歌语言研究中的几个基本概念》中曾这样说：

> 所谓语境，我们一般称为“上下文”。诗歌中的任何词语都受到上下文的压力而使词意出现扭曲。科学用语其意义是固定的，不少努力做到放在任何上下文中都保持相同的语义，而文学语言意义是可塑的，是变动不居的。钱锺书先生称之为比喻的多边：“看书眼如月”是说如月之明，“特携天上小圆月，来试人间第二泉”是借其圆似杯口。意义的确定是由于上下文的压力。而一定的上下文压力，使语象可以变成象征。例如美国现代诗人斯蒂文斯的一首短诗《坛的故事》首句就云：
>
> 我在田纳西放了一只坛子……
>
> 这上下文配置太突兀，太不配称。田纳西州太大，而坛子太小，这个逻辑上的不通就给我们提示这“坛”是个象征。至于究竟象征什么，当然要看下去才明白，因为象征的意义也是上下文给出的。[46]

这是相当有见地的话。意象化词语作为语象要获得象征的性能，只有把作为语象的词语妥善地置于语境——特定的上下文关系中才是。艾青在抗战爆发的前夜写有《太阳》一诗，一开始就这样写：“从远古的墓茔／从黑暗的年代／从人类死亡之流的那边／震惊沉睡的山脉／若火轮飞旋于沙丘之上／太阳向我滚来……”在这个诗节里，“太阳”是处在这样一个语境中：上文说“太阳”是从“远古的墓茔”“黑暗的年代”和“人类死亡之流的那边”来，却不说是从山上升起，从海平线上跃出的，这就很特殊，违反了常理；下文说“太阳”以具有“若火轮飞旋于沙丘之上”那样气势竟是“向我滚来”的，这么壮阔的行为竟是为“我”而为，也实在不相称。这个“太阳”被安置在这样的上下文之间，可见有些特别了。也就是说“太阳”因其非常态的出现导致逻辑上的不通，也就使我们有充足理由感到“太阳”这个作为语象的意象化词语有了象征的性能，象征的是“时代”，“太阳”向“我”滚来其实是象征时代向“我”发出感召。由于一个光明时代的出现总是要付出无数人的鲜血生命作为代价的，而“太阳”来自“墓茔”“黑暗的年代”和“人类死亡之流的那边”，也正是对这一觉识的象征。艾青还在《雪落在中国的土地上》中这样写：

雪落在中国的土地上
寒冷在封锁着中国呀……

在这里，带有局部性的落雪现象竟然和如此辽阔广大的“中国”连在一起，说成“雪落在中国的土地上”是不可思议的，作为语象的“雪”和作为语境的“落在中国的土地上”不协调，不相称，这种非常态导致了日常生存逻辑的不通，这个意象词语“雪”也就具有了象征性。同样的情况是田间在《史沫特莱和我们在一起》中有：

她笑……
她笑着
在中国!

一个外国女记者史沫特莱“笑着”是很普通的事，但诗中让“她”是“在中国”“笑着”，上下文对“她笑着”一挤压，也就使“她笑着”有了非常态的象征意味，象征着全世界正义人民对中国抗战的赞赏和抗战必胜的信念。还使我们感兴趣的是穆旦在《赞美》中这样的诗句：

一个农夫，他粗糙的身躯移动在田野中，
他是一个女人的孩子，许多孩子的父亲
多少朝代在他身边升起又降落了

诗的第一、二行表现的“农夫”是具体的、现实的、普普通通的，不过是亿万农夫中的一个，第三行突然出现“多少朝代在他身边升起又降落了”，这改朝换代具有“多少”次，非有几百年、几千年不可，以一个人的短暂生存时间和历史悠远的流变时间叠合在一起，逻辑上当然不通。所以，上文的“农夫”被下文一挤压，也就使他成了抽象的、超现实的、不平常的、亿万农夫的象征了。如果没有让第三行与第一、二行作语境的对比，“农夫”这个语象不仅成不了象征意象，而且连普通的意象化词语也算不上。

从以上三个方面的论析都表明：新诗词语的确需要多方面的长期积累，作多渠道的“美术的培养”，但最主要的是对词语作技巧的使用，尤其是新诗的词语必须在特定的诗境中作意象化的、意象—象征化的巧妙安排。

这就是新诗语言建设中有关词法的全部现实内容，而通过这些内容让我们发现一条规律：新诗词语的积聚与创新，既有继承传统、反语法规范，从而体现为点面感发类隐喻语言的一面，又有借鉴西方、守语法规范、从而体现为线性陈述类逻辑语言的一面。而新诗则更偏于后者，显示为立足于线性陈述类逻辑语言，而让逻辑语言与隐喻语言作二元综合。其具体表现则为：（1）守语法规范与反修辞规范的统一；（2）词语在意象运行系统中的安排受制于经验联想与感兴联想的统一。

写到这里，我们不禁想起燎原在《高原精神的还原》中议论昌耀诗歌词语的一番话。他这样说：

在那座高原的腹地，昌耀在由地下的地质矿层到地表的地理生物谱系，再到高空的星云河汉这样一个立体空间，和由大气密粒释放的历史住处这一时间纵轴上，看到了一个气象万千的语言世界。它们既是地质史和地矿元素范畴的，又是稞麦、松苔、胡杨、雪豹、牦牛、白唇鹿、云雀、苍鹰等植物谱系和飞禽走兽谱系的。是藏传文化系统的宗教、习俗、法器、仪轨、佩饰，又是匈奴、突厥、蒙古等北方草原民族的图腾崇拜、英雄史诗和大地遗迹。昌耀以这一切高原物象为自己的词根，并进一步延伸向现代自然科学和人文学科术语系统中的哲学、美学、逻辑学、语言学、考古学、人体学等等，以及民间俚语谣歌。这一切语言词素在他诗歌那种类似彤云叆叇的青藏高原的整体氛围中，以相关语境的粘连、互渗、交错乃至旋涡，形成原生文化固有的、粗拙的博大感和混沌的神秘感。

他还进一步认为：

在对高原历史时空以及叠合于其中的个人命运纵深向度的伸触探究中，昌耀无疑看到了许多无法用现有词汇表达的东西。于是，大量的古诗，以及依据构词规则自创的词语出现在他的诗中，承担了为未名事物命名的任务。〔47〕

这番言说是对新诗词语探求来说，是个案研究。它表明了如下一点：这一代新诗人不仅在扩大生活阅历与知识视野中积聚与创造着新诗词语，取得了相当好的成绩，并且为新诗词语的意象化向多层次递进提供了丰富的经验。

三、新诗的句法（一）

新诗词语构成的特征为新诗句子营造打下了基础，也为其意象化的充分展开铺平了道路。

新诗句子营造的第一个特点是强调句子结构严密的语法规范，这导致句形整饬而不破碎紊乱，意指明确而不含浑其词。具体表现为主要成分一般不作省略——特别是一改旧诗中往往省略人称代词充当的那个主语的习惯，力求此类主语存在而不模糊；名词、形容词、副词的词性和动词的时态有较明确标明，关联词一般不丢弃，约定俗成的词序也不随意颠倒错位，等等。这种种做法均基于对事理的分析—演绎，欲达到对主观认定的事物生态关系作忠实而明确的陈述。如绿原在《神话的夜啊……》中有："闪电锯断乌云。"它是一个主谓宾没有省略、句形也十分完整的简单句，是对主体所认定且强加给闪电和乌云的独特依存关系明确的陈述；或者说这是主体对事象作了分析—演绎后框定"锯断"关系明白无误的一场线性陈述。又如牛汉在《鄂尔多斯草原》这首抒情长诗中有："那滚滚的黄河／在北中国／寂寞地湍流着／琥珀色的泪浪。"用四个诗行合成的这个句子，其实也是一个简单句，即"黄河流着泪浪"，主体经分析—演绎所制定的事象依存关系通过主谓宾多项修饰来强化，使别无它类依存可言且更显复杂的这一类关系明白无误地以线性状态陈述出来。值得指出，这个句子中充当谓语的动词时态（"湍流着"）及充当定语的形容词、充当状语的副词的词性标志（"滚滚的""琥珀色的"与"寂寞地"）都很明显，这样严守语法规范的目的无非是把互联、依存关系更确定也更单一。北岛在《回答》中有："如果陆地注定要上升／就让人类重新选择生存的峰顶。"绿原在《惊蛰》中有："从那没有灯和烛的院落出来／我将芒鞋做舟叶／划行在这潮湿的草原上"，它们都各由两个句子连接成复合句，前一例以"如果……就让……"的假定关联词使两个简单句以假设性主从关系构成一个复合句；后一例以"从……将……"的处所关联词使两个简单句以处所性主从关系构成一个复合句。因严守语法规范而决不省略复合句之间的主从关联词语，使这两例诗句的意旨被主体框定在单一的主从关系上陈述了出来。

以上种种例析说明：新诗语言在句法上如此严守语法规范，无非是让句子框在一种由分析—演绎而得的过程化陈述关系中。这样的句子结构关系显然是被主体限定的，而其意旨导向也就显得机械、单一，异常明确。在这里，我们不妨拿旧诗新译、新诗旧译所使用的两类句子营造作一比较。戴望舒在《谈林庚的诗见和"四行诗"》[48]中，认为林庚在《北平情歌》等中的四行体新诗（即"四行诗"）是"白话的古诗"。为了论证的需要，他把一些旧诗用四行体新诗的语言译述过来。他选择了李商隐的《日日》。该诗第二句"山城斜路杏花香"，他译成："杏花吐香在山城的斜坡间。"应该说是颇显新诗韵味的。但作为一场句法活动，译文并不忠实。原诗"山城斜路杏花香"是三个名词性复合词语的并列呈现，从句法上看，相互间不存在依存关系和过程性陈述的特征，这是缘于古典诗人在天人合一的观物态度、感物方式作用下，外在现象完全以三个光秃秃互不关联的意象词语作本然存在状态来呈现，而不是被我们主观框定为相互依存的陈述状态呈现的。但译文却把“杏花香”这个名词化为一个简单句“杏花吐香”，把“山城斜路”这两个名词性意象词语也拉上了依存关系，“山城”成了定语修饰“斜路”，“斜路”又被介词“在……间”纳入介宾结构作状语，从而使这句译诗把“山城”“斜路”“杏花香”三个事象全框在主观所定的依存关系中，并以严密的语法规范使它们成为有主谓宾定状成分完整且词序不颠倒的句子。戴望舒又把林庚的一些四行体新诗用旧诗的语言译述过去。如林庚的《古城》中第二句：“古城中的梦寐一散更难寻”，译句是“断梦荒城不易寻”。在这里以偏正词组“断梦”来译主谓短语“梦寐一散”，又拿与“断梦”并列而无任何依存关系的“荒城”去译“古城中的”，把原来以介宾结构充当的定语（修饰“梦寐”）改成了孤立无修饰标志的名词“荒城”，割断了“古城”与“梦寐”之间的语法关联，这也足以证明：新诗句法处处严守语法规范，不同于旧诗可以随便割断语法关联。这一场语言现象无非证实新诗组句活动忠实于分析—演绎的陈述，而新诗语言策略不同于旧诗则在这一点上显明地表现了出来。

在对句子结构作严密的语法规范、使句型完整的基础上，新诗又进一步重视修饰成分在句中的使用。这是新诗句子营造的第二个特点。

新诗造句与旧诗所循规则并不一致，尤其是对主语、宾语的要求更显差异。旧诗不讲究对主、宾的修饰。传统诗人把握对象时还连带追求与对象有密切依存关系的自然的存在世界，加以如实呈现，以诱导接受者身历其境，去作心理连锁式感应，因此在造句中他们对主、宾作近于纯自然的、光秃秃的表现，其目的在很大程度上是排除分析—演绎掺入其中，并按雅可布森对等原则形成的语链肌质关系来达到兴发感动境界的构成效果。新诗对充当主、宾的对象世界——人与事物的态度则不同，须按照分析—演绎框定的认知系统来把握人与事物的性状与依存关系。人与事物由此获得的性状与依存关系既出之于主观，那么人为的陈述意图势必掺入造句活动，对主、宾的修饰也定要被强调起来。同时，这又是一种互动关系。由于主、宾对修饰成分的强调使用，也使新诗能把陈述意图更有效地显示出来。

这种修饰并不单一，可分为描述性与喻示性两种。

对主、宾作描述性修饰，艾青最感兴趣，在《旷野》中有句："静寂的太空下，／千万种鸣虫的／低微而又繁杂的大合唱啊／奏出了自然的伟大的赞歌。"主语"大合唱"被"（在）静寂的太空下"这一短语、"千百种鸣虫的"和"低微而又繁杂的"两个复合词组充当的定语作了描述性的修饰。这一来，主体意旨限定了主语，使它具有繁复而又定向的感受特征。在《手推车》中有句："手推车／以唯一的轮子／发出使阴暗的天穹痉挛的尖音。""尖音"在这里被定语"使阴暗的天穹痉挛"作了描述性的修饰。显然，主体意旨限定了这个宾语，使它的感受单纯而又定向。比起描述性修饰来，对主、宾作喻示性修饰在新诗的造句活动中是更其普遍的。朱湘在《有忆》中有："和平的无声潮汐／已经淹没了全城。"如果只说"潮汐已经淹没了全城"，那就成为对真实事件的陈述，而现在"潮汐"用"和平的无声（的）"这两个定语来修饰，它作为主语就被主体意旨限定，虚化为对深睡中的全城那一片安宁境界的喻示。昌耀在《山旅》中有："我不配踏勘／这历史的崎岖。也不善凭吊／这岁月的碑林。""碑林"这个宾语经"岁月的"一修饰，也就被主体意旨限定，虚化为对民族悲慨历史的喻示。值得指出：若主、宾间能让各自的修饰成分作相互呼应以完成造句活动，那就会使诗情内涵陈述得更充分。蔡其矫在《鼓浪屿》中有："黄金的沙滩镶着白银的波浪。"主语"沙滩"以"黄金的"修饰，呼应宾语"波浪"，以"白银的"来修饰，色彩对比鲜明，令人品味无穷。这样的描述性修饰相映生辉，使陈述的诗情越显出灵奇、耀目、神幻。李梦的《南国少女》中有："你刘海下飘飘的东南信风／融化他祁连山头的万年积雪。"这原是一个再简单不过的句子："东南信风融化万年积雪。"但"东南信风"被"你（的）刘海下（的）飘飘的"一修饰，这个主语竟虚化为对"南国少女"扬眉凝睇的喻示；"万年积雪"这个宾语被"他（的）祁连山头的"一修饰，则虚化为对北国青年苍凉心境的喻示。两大修饰成分一呼应，主体也就把一场因爱而生灵异感应的陈述内涵巧妙而含义深长地喻示出来。

在造句中，对谓语的强化，新诗和旧诗是一致的。不过旧诗只停留于谓语词自身与主、宾之间潜在感应关系的确立，如“春风又绿江南岸”中，谓语灵奇地依靠“绿”的动词化直觉显示而能和主语“春风”、宾语“江南岸”之间建立起接近于纯自然的存在关系，获得了“江南岸”境界的生成，“绿”自身却无其他成分修饰。新诗的谓语是受制于主体感觉导致的分析—演绎认知系统的，它必须成为体现陈述意旨的决定性成分，故在造句活动中特别要求对它进行修饰。这种修饰一般靠状语，也可由补语来完成。蔡其矫在《相思树梦见石榴花》中有句：“南海上一棵相思树，／在春天的雨雾中沉沉入梦。”介宾结构“在春天的雨雾中”作为状语修饰谓语“入”；敏子在《雨天》中有句：“我栖息在年华的沉寂里。”介宾结构“在年华的沉寂里”则作为补语修饰谓语“栖息”。对谓语的这种修饰可以是单一的扩张，如艾青在《向太阳》中有：“太阳／从远处的高层建筑／——那些水门汀与钢铁所砌成的山／和那成百的烟突／成千的电线杆子／成万的屋顶／所构成的／密丛的森林里／出来了……”这是用一个极其扩张了的处所状语对谓语“出来”的修饰。他在《写给小睡车里的婴孩》中则有：“你静静地睡着了／在温暖中／在芬香里／在布拉格／在维尔塔发河边／在长长的堤岸上／在母亲推着的／温暖的、柔软的／像花一样的／像云一样的小睡车里……”这是用一个扩张的处所补语对谓语“睡着了”的修饰。这种修饰也可以是复杂多元的。艾青还在《手推车》中有：“在黄河流过的地域／在无数的枯干了的河底／手推车／以唯一的轮子／发出使阴暗的天穹痉挛的尖音。”这也是个简单句，第一、二行是处所状语，第四行是行为方式状语，它们共同修饰谓语“发出”。新诗中由于对谓语采取种种巧妙的修饰，使得意象在造句活动中不仅能更有利地浮现出来，并且在某种程度上能升华为象征，把隐意感发出来。北岛在《结局或开始》中有：“以太阳的名义／黑暗在公开地掠夺。”让“黑暗”发出“掠夺”的动作，这样一种受主体意旨作用的主谓结构已使“黑暗”化为意象浮现出来，但“掠夺”又让“在公开地”这个状语来修饰，使主体把自我意旨打入“黑暗”更多一点，也就使实体性意象更虚化起来。但这还不够，又让“以太阳的名义”修饰“掠夺”，这就使“黑暗”这个意象完全虚化，升华为定向象征，把林江反革命集团打着红旗对人民实行血腥镇压的隐意感发了出来。田间在

《给战斗者》中有句："我们／曾经／在扬子江和黄河的／热燥的／水流上，／摇起／捕鱼的木船。""我们"与"摇起"的主谓关系是现实且一般化的，虽然主语"我们"的意象也得到了浮现，却并无多少新鲜奇特感。为此，主体意旨在陈述中进一步打入：这"热燥的水流"是属于"扬子江和黄河"的，是在"扬子江和黄河的热燥的水流上""摇起"的，谓语"摇起"经这一介宾结构充当的处所状语一修饰，不仅使"摇起"发生在不可思议的大场景中，以致引起接受者强烈的新奇感和活跃的想象，也使主谓宾完整的句子内涵从如实的基座上飘浮起来，虚拟化了，从而使"我们"有了民族象征的升华，而这一场陈述也因之进入深层处，把我们民族几千年来艰辛而勤劳地建设家园的隐意展示了出来。从这些例析中可以看出：对谓语的修饰采用非常态的凸显或渲染，使意象在造句活动中获得高度的审美象征功能，使陈述直达对象深处埋着的隐意。艾青在《吹号者》中有："当太阳以轰响的光采／辉耀了整个天穹的时候，／他以催促的热情／吹出了出发号。"这个诗句由于谓语"吹出了"受一个非常态性凸显与渲染的时间状语——"当太阳以轰响的光采辉耀了整个天穹的时候"和行为方式状语——"以催促的热情"的修饰，现象世界本来简单的一场陈述因此虚化，吹号者吹响出发号的现实意象体因此有了象征内涵。旧诗中谓语动词采用的好坏关系到是否具有"诗眼"的价值，新诗的"诗眼"价值也显示在谓语动词上，但不在谓语动词自身如何使用，而在于是否对动词强化修饰和如何修饰——这当可肯定无疑了。

总之，新诗造句活动中起用和强化主谓宾修饰成分的做法，对句子营造来说，是具有两大功能的：（1）使句子的陈述更明确；（2）藉此作陈述的延伸，揭示隐意。当然，后一种功能可以是逐步的——在部分主要成分上强化修饰作用，以求得部分的或一定程度的隐意的揭示。但如果让主谓宾统一步调，同时起用修饰成分，甚至强化修饰成分呢？线性陈述是否会有更大的延伸从而揭示出更多的隐意来呢？回答是肯定的。不妨拿李梦在《南国少女》中的两行诗来看一看：

天女散花似的你用大运河桨声灯影

暗示隐约迷离的南朝风雨

这里不过是一个简单句："你暗示南朝风雨。"主语"你"用"天女散花似的"作修饰而浮现出一个超常艳美、洒脱的"少女"意象，谓语动词"暗示"让行为方式状语"用大运河桨声灯影"来修饰，把一个秦淮夜游的意象浮现了出来，而宾语"南朝风雨"以"隐约迷离的"来修饰，则浮现出一个凄艳岁月、无常人生的意象。主谓宾陈述藉延伸而得的隐意综合起来看，乃是靠"南国少女"的意象虚化成"商女"的意象所感发出来的一脉人生启悟：迷离人生的凄艳乃是苍茫历史的缩微。由此看来，主谓宾同步作修饰性的强化既使诗句膨胀，更使陈述有深远的延伸，获得定向的潜隐感受。

鉴于句子结构的力求完整，修饰成分的强调起用，新诗语言的陈述更单一，所指更明确，必然会影响到想象——联想的激活功能趋向弱化。于是一个严峻的现实问题被提出来了：如何为造句活动探求到一个给接受者以强刺激、让想象——联想重新活跃起来的办法？这使新诗造句活动的第三条策略被定出来了。那就是：采用一种虽循语法规范却反修辞规范的谬理化办法来造句。具体说：句子结构尽可能拟喻化。

句子结构的拟喻化有两类：一类是主谓宾之间建立拟喻关系；再一类是修饰成分与主谓宾之间建立拟喻关系。主谓宾之间建立拟喻关系比较普遍，最简单的莫过于用无任何修饰的主谓宾作反修辞逻辑的组合，如张烨在《隐显在长城上的面孔》中有："钟声敲碎沉默。""钟声"当然不可能发出"敲碎"的动作，"沉默"也不存在碎不碎的问题，也就是说：谓语动词"敲碎"就语法关系而言合于规范，主宾之间可以拉起关系，但三者间的修辞关系却违反约定俗成。因此，这只能是一场谬理的拟态活动。这一拟态功能只局限于把欲陈述之事象更具形象的新颖显明性。陈敬容在《窗》里有："寂寞锁住你的窗，／也锁住我的阳光。"这是两个句子，它们有个共同的"诗眼"——"锁住"。说"寂寞"能"锁住""你的窗"和"我的阳光"，都不可能，只不过是主谓宾的谬理组接，造成一种拟态关系。不过这两个句子情况也不全一致：说锁住"窗"是可以的，锁住"阳光"就不可能；说"寂寞"能发出"锁住"的动作当然办不到，让"寂寞"锁住"窗"是谬理，锁住"阳光"更是不可思议。因此，“寂寞锁住你的窗”是一般的反约定俗成，其谬理性功能所及的是实用的世界，也就是说所激活的联想只不过是对“寂寞使人懒得打开窗”所作的巧妙表达，作为一场陈述并无虚化迹象，属于单纯的拟喻句法；但寂寞“锁住我的阳光”却是特殊的反约定俗成，其谬理性功能所及的已是象征世界了，也就是说，所激活的联想直达对象深层处，揭示出一种隐意：“寂寞却使我丧失掉对光明的信念。”于是，这一场陈述已虚化，属于拟喻的象征性造句。我们还可以在新诗更多判断句中发现：主谓宾之间建立层次不同的拟喻关系有两类，如何其芳在《生活是多么广阔》中有：“生活是海洋。”这个判断性陈述虽谬理却只是用“海洋”来比喻生活的广阔，是面对实用世界所作的一场单纯的拟喻化造句。绿原在《诗人》中有：“他的诗是血液。”这个判断性陈述谬理得不可思议，是对用生命写诗的象征性说法，面对精神世界所作的一场复杂的拟喻化造句。

主谓宾和修饰成分之间建立拟态，是新诗拟喻句追求的一大进展。这既涉及各主要成分和修饰成分之间的拟态，也涉及主要成分之间的拟态，显示出更为复杂的谬理性关系。何其芳在《夏夜》中有：“你的鬓发流滴着凉滑的幽芬。”说“鬓发”能有“流滴”的动作，主谓关系在语法上是成立的，但说能“流滴”出“幽芬”，则反约定俗成，不守修辞规范了，主谓宾以谬理的拟态关系形成了一个拟喻句。但这还不够，宾语“幽芬”又受“凉滑的”修饰。“幽芬”出于嗅觉，用“凉滑的”这个触觉来修饰，反约定俗成。因此，这个句子具有谬理的多层次交错、综合的功能，能刺激接受者活跃起新奇的联想，让出浴少女给人以更鲜明动人的美感。但是这不过仅出于对现象世界的拟态所完成的拟喻句。岑琦在《朱自清之歌》中有：“记忆擦亮心灵的镜子。”说“擦亮”镜子——谓宾组接正常，但主语“记忆”不可能发出“擦亮”这个动作，所以主谓宾组接虽完全合于语法规范，但违反约定俗成的修辞关系。现在“镜子”又让“心灵的”来修饰，宾语经这一修饰，产生了拟态，和整个诗句的拟态一组接，两层谬理虽复杂交织，但体现在拟态运作上，却是有机、和谐的，大大提高了活跃联想的刺激力度，成功地完成了一个拟喻句。值得指出，这种拟态的扩大和谬理功能的致力追求所完成的拟喻句，从造句活动的角度看，还只是现象层面上诗情信息的新奇、巧妙的传达，技巧性意义更高一些。但这一代新诗语言探求者并不满足于此，还要深入到隐喻性的探求。昌耀在《山旅》中有："壁画上丰收的麦穗／只是梦中的佳禾／挽留不住／他们年轻的生命。"这是一个复杂的简单句。说"麦穗"是"佳禾"，正常；但"挽留不住"年轻的生命，虽也拟态违反修辞规范，但这样的讲法已约定俗成，所以谬理得并不很反常。问题是"麦穗"经"壁画上丰收的"一修饰，"佳禾"经"梦中的"一修饰，统一起来，全句就显出了修辞上的谬理性。这一场拟态运作刺激联想的力度就很大，以致使陈述突入进隐意层次。在这方面，北岛有较多追求，并且一般都做得自然、有机。他在《和平》中有："在帝王死去的地方／那支老枪抽枝发芽／成了残废者的拐杖。"这是由一个主语、三个并列谓语和它们的宾语组接成的、合于语法规范的简单句。但违反修辞规范：是一场拟态运作，具有谬理的刺激功能；状语"在帝王死去的地方"对谓语"抽""发"和"成了"也作了违反修辞规范的修饰，更复杂化了全句的拟态运作，强化了谬理功能对联想刺激的力度，从而在造句过程中埋下了一个令人有意味深长之感的隐喻。如果单是"那支老枪成了拐杖"，那只不过是平淡的陈述；如果是"那支老枪成了残废者的拐杖"，虽有隐喻埋下，但喻示得并不深刻。现在让"在帝王死去的地方"对三个并列谓语作反修辞规范的修饰，才把唯有结束专制统治才能化干戈为玉帛的一层隐意颇智慧地传达出来。应该说几十年来新诗的语言建设中，这一类隐喻性的拟喻句追求，越来越得到了重用，这是个大进步。艾青、绿原、穆旦、岑琦、张烨、舒婷等都很有成绩。像张烨在《隐显在长城上的面孔》中的这一句："那黄河般肤色的静谧／覆盖着千万个故事覆盖着千万个灵魂／世纪永恒的沉思。"作为一个拟喻句，其隐喻的幅员就特别开阔，给人的感受也更深远。

四、新诗的句法（二）

新诗语言建设应该包括三类活动：一是构词活动，二是造句活动，三是组句活动。在完成前两类活动的考察后，组句成群的活动也就被提到议事日程上来了。

组句活动也就是组行成句、组句成节（成章）的活动。在新诗的语言策略中，这是极其重要的，因为涉及新诗意象流动的问题。诗学理论告诉我们：意象的浮现与流动都须落实到诗歌语言上。不过，单单作为意象浮现的语言（如旧诗）和既要作意象浮现又要作意象流动载体的那种，并非同一语言体系。何以这样说呢？这要由主体把握诗歌世界的独特性出发来认识。新诗探求者学习西方，从人定胜天出发来对待众生万物，因此，所把握的诗歌世界也是受主体的分析—演绎所控制的，具有以人为的逻辑关联强加于对象的特性。这导致新诗语言总带点叙说意味，有着线性陈述特征。并且，使意象组合体适合于诗歌世界，在其语言化中也反映出一种左右关联、前后承续，以致让已浮现的意象间现出互通互接的流动性。正是这种种决定了新诗的组句活动在行与行、句与句之间相应地显示为内在意象的逻辑依存与外在词语的密切关联。值得指出：这样的活动实是新诗意象浮现后必然要流动这一特性所决定的。这里有必要让旧诗与新诗的组句活动作一比较。旧诗是组句成行、组行成群、组群成篇，其活动立足于诗行。因为一个诗行可以容纳多个句子，也可以有多个独立意象在无必然关联的语言结构中浮现、并存，如杜甫《登高》中“风急天高猿啸哀，渚清沙白鸟飞回”即是例证。这使得组行成群时可以有几组意象聚合，不受分析—演绎的干扰，相互间也不发生外在的任何依存关联，意象各各独立自在地存在着，如同对象世界本然存在的那样。而这样做可是最能诱导接受者进入一个兴发感动境界的。如果掺入一点主观框定的依存迹象，这一个兴发感动境界就会削弱甚至遭到破坏。不过也得指出，正因为这当中具有兴发感动功能的境界存在于接受者非理性的灵觉感应中，所以所指往往模棱两可，缺乏生活感知中的社会定向性，表现对大自然的感兴则可，表现对社会人生的认知则会不足。所以，旧诗的组句活动使得文本的外在层面孤立、破碎、断隔，且导致对生命的过于玄思。新诗则是组行成句、组句成群、组群成篇的，组句活动立足于诗句，这是因为一个诗句可以有多个诗行存在，也可以有多个子意象在分析—演绎过程中有机地显示出依存关系，如艾青的《吹号者》中：“在那号角滑溜的铜皮上／映出了死者的血／和他的惨白的面容／也映出了永远奔跑不完的／带着射击前进的人群／和嘶鸣的马匹／和隆隆的车辆……”这里有多个子意象在一个大诗句中流动、汇聚成一个大意象。至于组句成群时，则让几个大意象密切关联、承续递进，以获得更大幅度的意象流动。这种呈动态趋势的意象聚合所显示的组句活动，因出于对对象世界的感知，会使接受者进入一种理识知悟的境界。这种境界存在于接受者分析—演绎的知觉中，往往审美单一，缺乏生存感应的宇宙多向性，表现对社会人生的认识则可，表现对宇宙生命的感兴则会不足。所以新诗的组句活动使文本外在层面递进得有机、和谐，且导致对生活的过于执著。

对新诗组句的总体策略作了考察后，还必须进一步对组句活动展开的目的何在这一问题作一探讨。我们认为组句活动的目的得定位于如下两大方面：（1）扩大陈述范围；（2）广纳陈述信息。

展开组句活动主要的目的是扩大陈述范围，具体表现在简单句的膨胀和复合句的拓展上。所谓陈述范围，指的是对象世界静态存在的宽广度与动态存在的深远度。在组句活动中，要让简单句的膨胀能充分体现出陈述范围的扩大、意象浮现的多彩与流动的活跃，运作的办法是两条：一条是强化修饰成分，以达到静态存在的宽广；另一条是叠加谓语成分，以达到动态过程的深远。且以艾青为例。他在《吹号者》里有：“在震撼天地的冲杀声里／在决不回头的一致的步伐里／在狂流般奔涌着的人群里／在紧密的连续的爆炸声里／我们的吹号者／以生命所给与他的鼓舞／一面奔跑，一面吹出了那／短促的、急迫的、激昂的／在死亡之前决不中止的冲锋号。”这是一个简单句，“吹号者一面奔跑一面吹出了冲锋号。”现在却膨胀成如此长的一个句子，主语“吹号者”用一连四个“在……里”的介宾结构充当的定语来修饰；谓语是“一面奔跑一面吹出了”这两个动词叠加而成的，用一个“以……的鼓舞”的行为方式状语来修饰；宾语“冲锋号”则用三个形容词和一个介宾结构充当的定语来修饰。作为意象浮现与流动的载体，这一个用九行诗组成的简单句是线性陈述性的，意象间相互依存、层层递进，在语言结构上的体现是主谓宾定状之间有机共存、密切关联，充分显示出分析—演绎过程的逻辑严密性，这正是新诗组句活动为达到扩大陈述范围而在一个膨胀了的简单句中的反映。但此类组句活动的最终目的还是要充分体现新诗语言的线性陈述特性，其陈述范围扩大也是为了达到动态存在深远度的显示，或者说线性陈述的具现。因此对谓语成分加强叠加和修饰是倍受新诗语言建设之重视的。如果说艾青诗歌语言是一代新诗人中最具线性陈述性特色的，那么这特色明显地存在于加强谓语成分的叠加和修饰上。上引《吹号者》中诗句已可作例证。《旷野》中有一个膨胀了的简单句更是典型：

在那芦蒿和荆棘所编的篱围里
几间小屋挤聚着——
它们都一样地
以墙边柴木的凌乱，
与竹竿上垂挂的褴褛，
叹息着
徒然而无终止的勤劳；
又以凝霜的树皮盖的屋背上
无力地混合在雾里的炊烟，
描画了
不可逃避的贫穷……

这是由十一个诗行组成的简单句膨胀的形态，主谓宾都有多种次要成分修饰，但它有三个谓语："挤聚着""叹息着""描画了"，这一番堆叠大大强化了谓语。这三个谓语又同时受到多项谬理与非谬理的修饰，如"以墙边柴木的凌乱／与竹竿上垂挂的褴褛"来对"叹息着"作谬理的修饰；并且又采用各种关联词语让这三个谓语处于承续、关联与层层推进中，以让其线性陈述的过程获得更深远的显示，从而使诗行中浮现出来的诸多子意象在组行成句中有了多频率的流动，扩大了陈述范围，也使一个由简单句的膨胀所构成的诗节充分体现出组句活动的运作原则。再说，欲以复合句的拓展来获得陈述范围的扩大、意象浮现的充分和意象流动的活跃，其运作办法是加强副句对主句主要成分的修饰，特别强化排比副句对主句中叠加谓语的修饰作用。昌耀在《慈航》中有："当春光／与孵卵器一同成熟／草叶，也啄破了严冬的薄壳。"这句的前二行组成的时间状语副句是对后一行主句的谓语"啄破"的修饰，陈述的层次分明，"春光""孵卵器""草叶""严冬的薄壳"等意象的浮现以及从"春光"向"啄破严冬的薄壳"流动的内在关系都布局得极其有机、自然，显然使得"当春光一动严威就凋残"这一场陈述的范围扩大了。罗门的《漂水花》中有："当我用石片／对准海平面／削去半个世纪／一座五十层高的岁月／倒在远去的枪声里／沉下去。"前三行是一个时间状语副句，修饰后三行主句中的叠加谓语"倒在""沉下去"，不仅修饰得很自然，强化了主句的叠加谓语，使陈述的过程性更深远，并且从副句到主句连成一体的众多浮现的意象在一个新奇的拟态关系中流动得也极有机和谐。这是相当成功的一次组句活动。清子的《情寄天涯》中有："当龙的图腾／曳着爆竹的火花／闯入你的岁月／烟花溢着醇厚的酒馨／飘洒在世界的每个角落／在我们同擎的酒杯中／一定溢满了／幸福、欢乐和光明的希望。"这是意象交叠异常繁复的句子，前三行和第四、五行是宽式排比在一起的两个时间状语副句，修饰第六至八行那个主句中的谓语"溢满了"。由于采用宽式排比，两个时间副句对"溢满了"的修饰获得了强化，使主句陈述的范围不仅扩大许多，"溢满希望"的陈述过程也更鲜明突出；而且，从喜庆的情绪氛围出发而浮现出来的一串意象也都流动自如。最具典型意义的也还是艾青，在《春》一诗里，他的组句活动通过如下的复合句得到了生动的体现：

……经过了悠长的冬日
经过了冰雪的季节
经过了无限困乏的期待
这些血迹，斑斑的血迹
在神话般的夜里

在东方的深黑的夜里

爆开了无数的蓓蕾

点缀得江南处处是春了

在这里，前三行是三个宽式排比状语副句，对四、五两行主句的两个叠加谓语“爆开”“点缀”作修饰。排比句具有层层加码的气势旋进功能，对强化动态表现特别有利。故“爆开”与“点缀”这两个行为动作在一奇特与必然的意义上凸显出来，更何况“爆开”与“点缀”是陈述过程中前后承续的一种关系，在主句中叠加在一起，谓语也更能显示深远旋进的气势。总之，新诗组句活动中特别强调使用叠词排句作修饰成分，着重修饰谓语，又以行为动词叠加的办法来强化谓语的承续、推延和进逼的趋势，都是为了实现组句活动的主要目的——扩大陈述范围，显示新诗语言的过程性陈述追求。

展开组句活动欲达到的另一个目的是广纳陈述信息。一般说陈述范围的大小和信息容量的多少是成正比的，但立足于组句成群的新诗，却也可以凭句群的巧妙结构，给予陈述范围并不特别深广的语言组织，额外增添一些陈述信息，而这是旧诗组句活动所难以企及的。其运作途径首先一条是大力起用兼语句。兼语句可以说是一个大句子，也可以说是两个以上句子的组合。这类结构的句群最宜于构造盛大的拟态意象，来拟喻一定范围的感受对象，并在拟喻功能作用下，使其容纳更多感受信息。因此，兼语组句和白话文中的兼语句群并不全是一回事，它是由判断句和叙述句的组合，以判断句铺垫、叙述句展开的一场拟态意象的构筑来作为自身存在目标的。艾青的《马赛》中写他对马赛上空的太阳的感受：“午时的太阳／是中了酒毒的眼／放射着混沌的愤怒／和混沌的悲哀。”这里的第一、二行构成了一个谬理判断句。因“太阳”是“眼”这一拟态，才使“眼”兼作第三、四行的叙述句中的主语，有了“眼”，才使那场“放射愤怒与悲哀”的意象得以流动，从而使这一场兼语组句埋下了一个用来深藏隐意的拟喻，使这一场简单的陈述容纳了更多的感受信息。昌耀在《南曲》中有：“我是一枝／归化于北土的金橘／纵使结不出甜美的果／却愿发几枝青翠的叶／裹一身含笑的朝露。”五个诗行，前二行组成谬理判断句，作为拟态的铺垫；后三行是一个主从复合句，“金橘”延伸下来兼作主从复合句没有写出来的主语，谬理判断在这一个主从复合句中得到了展开，使这一场兼语组句也埋下了一个深藏隐意的拟喻，让陈述范围不大的语言结构中有更多感受信息容纳，给接受者以意绪连绵不尽的旨趣。这两例中用作兼语的词是直接从上一句转入下一句，并作了成分的换位的。也有在兼语组句中用作兼语的词在能指意义上略作变化但所指不变的情况。徐迟的《蝶恋花》中有：

你的头发是一道篱笆
当你羞涩一笑时
紫竹绕住了那儿的人家

表现一位少女的风姿情态，不作直写而采用一个兼语句群，以拟喻意象来感发青春韵致，是相当成功的，只不过第一行把“头发”谬理判断成“篱笆”后，在兼作第二、三行那个主从复合句中主句的主语时，“篱笆”成了“紫竹”，这是能指的不同，并未失去其所指。因为有了这能指的变换，才使这场兼语组句的感受信息通过特定的意象流动而容纳得更多，青春少女的风姿神态平添了连绵不尽的韵致。试想如果不是用“紫竹”而老老实实写成“篱笆绕住了那儿的人家”，旨趣就要逊色得多。

组句活动要想求得广纳陈述信息的第三条途径是大力起用和延展流水句。这里所说的流水句和旧诗中的流水对有相类似的“顺延”意味。但流水句指的是语吻（语气）的顺延——取流水般顺势流泻之意。如金克木的《美人》中有：

要听黑夜的步履声吗？
死叶又要起来飞舞了……

以“吗”结尾的疑问句和以“了”结尾的叙述句，好像没有必然关联，但因为“吗”和“了”的煞尾，使它们具有语吻上顺延的意味，这就构成了一个如流水般顺势流泻的流水句。流水句大多是用“的”“呢”“吗”“吧”“了”“哪”等语气感叹词煞尾的句子连接而成。它可以是上引那样两行两句的连接，也可超越这个数目。常任侠的《丰子的素描》中有：“当丰子低低的唱着歌时／溪水在微笑着吻她的膝盖呢！／在笑歌中绘出的长发是荡漾的。”是三行两句（第一、二行是个时间主从复合句），凭“呢”和“的”两个煞尾的语气词造成一体的流水句。戴望舒在《乐园鸟》中有：“是从乐园里来的呢／还是到乐园里去的／华羽的乐园鸟／在茫茫的青空中／也觉得你的路途寂寞吗？”这是五行三句，借“呢”“的”“吗”三个语气词使它们连成一体，不妨叫流水句群。那么，流水句能广纳陈述信息吗？如果我们不是机械地理解陈述信息为某一具体事理内容，而是看成人事陈述中的一种情调感应，那么流水句确能广纳陈述信息。就“的、呢、吗、吧、了、哪”这些语气感叹词来说，可分为两类语调：“的、呢、了”是降调，“吗、吧、哪”是升调。句末配以特定语气感叹词的句子全具有特定的语吻。两个以上的升调语吻句和降调语吻句有机搭配，连接成流水句群后，语吻的微妙变化会造成一种体现情绪感受律动的内在节奏，正是这种内在节奏能十分真切地传达出非意义（事理）性的感受即情韵。这就是流水句凭语吻而能广纳陈述信息的基因。根据这一认识，我们不妨拿一些流水句来作一信息源的考察。施蛰存在《祝英台》中有：“墙之东，／墙之西，／何处是永久的旅伴呢？／飘荡的恋女之心，／也该悔艾了吧！”这是一个以“呢”煞尾句与以“吧”煞尾句连接成、由降调到升调作语吻流转的流水组句。于是，看透情梦荒凉、欲作悔艾之举的这一场陈述因这一鼓舞我们的情韵节奏的存在而增添上一片非意义性的情绪感受信息。秋荻的《江山月》中有：“你还能记得起那个夜吗／那夜呵，有一痕残月光的。”从升调到降调的语吻构成了沉静人的情韵节奏，为不堪回首的伤感增添了一片情绪感受信息。以上流水组句均系凭升降调转换的语吻构成，情韵节奏呈现为递进状态。另有一种流水组句活动，其流水句为同一调性的句子组合，是一种以复沓回环的语吻构成的独特情韵句，能给组句活动中的陈述增添情绪感受信息。宗采在《寒夜》中有："月亮在中天喃喃着／缩到云里去了／铁窗下面是幽寂的。"以"了""的"煞尾的句子都是降调，其流水组句活动也是对降调的强化，其往复回环的语吻也能激发出生涯茫然的微妙情韵，为陈述囚徒眺望暮天的心境增添了情绪感受信息。除了降调的复沓，还有一类流水组句是升调的复沓。沈圣时在《春天》中有："鼠色的旧晨衫／算我的春装吧！／锁着眉峰的穷境／也有春天吗?"以"吧""吗"煞尾的这对流水句都是升调，这样的流水组句活动是对升调的强化，其往复哦吟的语吻则有一种看破人生、自我解嘲的情趣，为这场穷人的春天感兴增添了非理性的情绪感受信息。金克木在《有遇》中有："泪是热的，笑是冷的／欺骗自己还不够吗／反正秋风已经吹起了／欢迎霜雪的来临吧！"这是个值得注意的诗节，其流水组句也扩大了运作范围。先看前二行，以"的"煞尾的降调句和以"吗"煞尾的升调句连成一个流水句，其语吻体现出一种鼓舞人的情韵节奏；后二行以"了"煞尾的降调句和以"吧"煞尾的升调句连成一个流水句，其语吻同样体现为鼓舞人的那一类情韵节奏，而当两对流水句连成一体，也就能以升调复沓的语吻提供给接受者以兴奋的情韵，且在陈述抒情主人公丢弃虚无、向严酷的生活发出挑战的心境中增添了非理性的情绪感受信息。

值得指出，新诗中的组句活动，不论是膨胀简单句或拓展复合句，也不论是起用兼语句或探求流水句，一经深入铺开，都会使句群扩充成节或章。这方面和旧诗不同。旧诗的组句活动是行与行的凑合，相互间内在、外在都不会显示出关联性，而是各各独立存在的。新诗是线性陈述语言，在组行成句、组句成群中，行与行、句与句的内外在关系都是密切关联的。这一方面靠大量起用关联词语，更重要的是由于从分析—演绎出发的内在逻辑存在于线性陈述中，因此在新诗组句成节（章）中，一定数量的句子作有机组合当然可以建成诗节（章），而且一个简单句的膨胀、一对复合句的拓展、一个兼语句的铺开、一对流水句的呼应，同样可以形成饱满的诗节（章），如果我们能把诗节（章）理解为是处于一定抒情逻辑关系中的众意象围绕某中心而得到圆满流动的一个单位的话。而这意味着组句成群、建节立章的问题主要不在于一个或几个句子可以组成诗节，而在于一个特定单位中能否让意象流动得圆满。这样认识的前提是线性陈述内在逻辑的存在，其结果是语言化意象在其组合过程中作为一场显示意象间推延—流动的语言载体，就非得严守语法规范、强化主次成分、主从复合句之间关联词语的起用不可，以此来保证相互间承续—依附关系的充分显示。我们不妨拿田间的《自由，向我们来了》中如下这节来看看："九月的窗外／亚细亚的原野上／自由呵／从血的那边／从兄弟尸骸的那边／向我们来了／像暴风雨／像海燕。"这是一个如同诗题所标明的简单句，但它膨胀成了一个诗节：第一、二行以"（在）……外""（在）……上"的介词短语修饰主语"自由"；第四、五行以"从……那边"的介词短语修饰谓语"来了"；第七、八行又以"像……"的比拟修饰成分修饰"来了"。整个诗节体现为在严密的逻辑推延中的一场线性陈述，而为了使这一体现得以保证，也就起用了四个介词充当的关联词。又如张烨在抒情长诗《隐显在长城上的面孔》中如下的诗节：

历史苍遒的身影在绀红的雾霭中
缓缓升起
冷视着眼前的这个幻觉似的真实
他的脸庞因痛苦而变形扭曲
但明彻的眸子却依旧
闪烁着哲学家般深邃睿智的亮光
嘴角隐显着神秘而揶揄的微笑
泛着青熠气味的音乐
钟声般掠过神秘掠过微笑

这是一个并列复合句拓展成的诗节，它的一场组句活动展开的逻辑起点是"历史"，整个诗节的各个意象是围绕一个中心——展示历史的神态情状，作相互依存的流动的，而这又受制于线性陈述严密的内在逻辑，那就是从"历史的身影"升起到冷视眼前的真实，再递进到“历史的脸庞”变形、扭曲，然后转为“历史的眸子”依旧闪烁着智慧的亮光、“历史的嘴角”隐显微笑、泛着音乐掠过微笑……到此才完成了意象圆满的流动，而作为这场流动的一个段落或一个单元，也就自然而然形成了一个诗节。值得注意的是，这场复杂曲折的意象流动还依靠组句活动中起用多个关联词语，包括“在……中”“因”“但”等。由此也就可以见出，新诗组句成节显示为由关联词语作中介，依靠修饰成分的强化以膨胀简单句、修饰从句和并列句的起用以拓展复合句，从而在意象圆满的流动中充分体现为受分析—演绎所制约的线性陈述——这样的语言组句策略。这条组句策略在建节中适用，在立篇章中是否也适用呢？回答是肯定的。不妨举时湛的《枫桥夜泊》来研讨一下。该诗是这样的：

你，这通天河上
不羁的精魂
以羊皮筏强蛮的激情
穿越栈道篝火
峡谷猿鸣
一蓑蓑风雨
终于幻变成姑苏篷舟
飘进丹枫岁月的那一刻啊
我那炊烟
我那霜色的暮砧
我那青藤缠绕的枫桥
盼你渔火夜泊了
——在寒山寺、钟声
天蓝的梦里……

这是一首由一个复合句扩展成篇的自由体诗。它的主句是："炊烟、暮砧和枫桥盼着你的渔火夜泊。"其主语是三个并列名词充当的。它们中除"炊烟"只用"我那"修饰，"暮砧"还用"霜色的"修饰，"枫桥"还用"青藤缠绕"的修饰。作了这样的修饰并且还并列地存在的三个名词，显然使人感到主句这个主语是非现实而是有象征意味的。谓语"盼"有两个修饰成分：一个是诗的前八行所形成的时间状语从句；另一个是诗的最后两行，由介宾结构所显示的处所状语。前一个时间状语从句本身是个兼语复合句："你穿越峡谷风雨幻变成篷舟飘进丹枫岁月。"这个从句较复杂，有两个谓语，一个是"穿越"，它一方面受介宾结构"以羊皮筏强蛮的激情"作行为方式状语来修饰，另一方面它又带三个宾语："栈道篝火""峡谷猿鸣""一蓑蓑风雨"，这使得你的这场"穿越"膨胀了，以致显出神秘色彩；另一个是"幻变成"，它的宾语是"姑苏篷舟"，这个谓宾关系也显出神秘性。"姑苏篷舟"又作了兼语句主语，即"姑苏篷舟飘进了丹枫岁月"，其主谓宾之间的谬理关系又给人以象征感受。所以这个结构十分复杂的时间状语从句本身就是非现实的虚拟象征。主句的谓语"盼"一方面受这个虚拟象征的时间状语从句修饰，另方面还受"在寒山寺、钟声／天蓝的梦里"这个处所状语的修饰，使得整个主句的内涵飘浮了起来，获得一场完整的虚拟象征，显出独特的感发功能，能激活人象征的联想：以宁静致远的生存境界给一个经历残酷搏斗的生命神秘的感召。应该说这是个极其扩张的复合句，它凭藉理性联想促成一场逻辑推延性的陈述，从而完成了更大幅度的意象流动。所以从语言的角度看，这首诗以一个复合句的扩张而完成了一次组句成篇的任务。

注释：

〔1〕 韦勒克、沃伦：《文学理论》，刘象愚等译，江苏教育出版社 2005 年版，第 198 页。

〔2〕 韦勒克、沃伦：《文学理论》，刘象愚等译，江苏教育出版社 2005 年版，第 200 页。

〔3〕 王元忠：《艰难的现代：中国现代诗歌特征性个案研究》，中国社科出版社 2007 年版，第 244 页。

〔4〕 古添洪：《记号诗学》，台湾东大图书有限公司 1984 年版，第 119—120 页。

〔5〕 韦勒克、沃伦：《文学理论》，第 204 页。

〔6〕《闻一多论新诗》，武汉大学出版社 1985 年版，第 83 页。

〔7〕 于赓虞：《诗之艺术》，《于赓虞诗文辑存（下）》，河南大学出版社 2004 年版，第 588—589 页。

〔8〕 于赓虞：《诗之艺术》，《于赓虞诗文辑存（下）》，河南大学出版社 2004 年版，第 590 页。

〔9〕《梁宗岱批评文集》，珠海出版社 1998 年版，第 44—45 页。

〔10〕 穆旦：《蛇的诱惑》，珠海出版社 1997 年版，第 222 页。

〔11〕《诗刊》，1978 年第 1 期。

〔12〕《戴望舒诗集》，四川人民出版社 1985 年版，第 2 页。

〔13〕 叶维廉：《中国诗学》，三联书店 1992 年版，第 227 页。

〔14〕 杨匡汉、刘福春著：《中国现代诗论（上编）》，第 28 页。

〔15〕 杨匡汉、刘福春著：《中国现代诗论（上编）》，第 40 页。

〔16〕 废名：《谈新诗》，人民文学出版社 1984 年版，第 26 页。

〔17〕 废名：《谈新诗》，人民文学出版社 1984 年版，第 39 页。

〔18〕 废名：《谈新诗》，人民文学出版社 1984 年版，第 45 页。

〔19〕 叶公超：《谈白话散文》，《叶公超批评文集》，珠海出版社 1998 年版，第 74 页。

〔20〕 林庚：《诗的语言》，《新诗格律与语言的诗化》，经济日报出版社 2000 年版，第 34 页。

〔21〕 林庚：《诗的语言》，《新诗格律与语言的诗化》，经济日报出版社 2000 年版，第 35 页。

〔22〕《林庚先生访谈录》，《新诗格律与语言的诗化》，第 154 页。

〔23〕《林庚先生访谈录》，《新诗格律与语言的诗化》，第 155 页。

〔24〕《林庚先生访谈录》，《新诗格律与语言的诗化》，第 117 页。

〔25〕 林庚：《新诗格律与语言的诗化》，第 51 页。

〔26〕《梁宗岱批评文集》，第 46 页。

〔27〕《梁宗岱批评文集》，第 47 页。

〔28〕《诗探索》，1981 年第四期。

〔29〕《梁实秋论文学》，第 688 页。

〔30〕 这句的“向”可能是衍文。

〔31〕《艾青全集》第 3 卷，花山文艺出版社 1991 年版，第 218—219 页。

〔32〕《艾青全集》第 3 卷，花山文艺出版社 1991 年版，第 220 页。

〔33〕 韦勒克、沃伦：《文学理论》，第 197 页。

〔34〕《叶公超批评文集》，第 74 页。

〔35〕《于赓虞诗文辑存（下）》，第 588 页。

〔36〕《于赓虞诗文辑存（下）》，第 591 页。

〔37〕《于赓虞诗文辑存（下）》，第 590 页。

〔38〕 胡适：《寄沈尹默论诗》，《中国新文学大系・建设理论集》，第 312—314 页。

〔39〕《闻一多诗全编》，浙江文艺出版社 1995 年版，第 419 页。

〔40〕 周作人:《扬鞭集·序》,《语丝》第82期,1926年2月7日。

〔41〕《闻一多论新诗》,武汉大学出版社1985年版,第65页。

〔42〕《戴望舒诗全编》,浙江文艺出版社1989年版,第695页。

〔43〕 胡适:《寄沈尹默论诗》,《中国新文学大系·建设理论集》,第313页。

〔44〕 龙泉明选编:《诗歌研究史料选》,第69页。

〔45〕 董生龙主编:《昌耀阵痛的灵魂》,青海人民出版社2000年版,第87页。

〔46〕 杨匡汉、刘福春编:《中国现代诗论》下编,第355—356页。

〔47〕 董生龙主编:《昌耀阵痛的灵魂》,第86—87页。

〔48〕《新诗》,1936年第2期。

论新诗两大语言体系汇通的策略追求

新诗语言观必须调整，使一代新诗人对未来的语言建设有一个共识：超越白话而确立一种“新的综合语言”，让新诗的线性陈述类逻辑语言体系和旧诗的点面感发类隐喻语言体系汇通。为此我们来探求该如何汇通的问题。

谈论“汇通”，首先得考虑二者的共同基础。那么两大语言体系汇通的共同基础是什么呢？这使我们想起索绪尔、雅可布森所提倡的对等原则。按对等原则展开词法、句法和连续性句法活动，并对由此导致的隐喻作引申，才有可能使这场汇通成为事实。

像任何一场探索都必须有一个目标一样，凭对等原则及其隐喻的引申来使两大语言体系汇通，目标只能是一个：在使用一种新的语言中，必须使诗更是“诗”的。这意味着：索绪尔和雅可布森——特别是雅可布森的主张是确立诗性语言最佳的依据。但对等原则究竟是怎么一回事呢？

雅可布森在《语言的两极与语言的失语症》一文中有段话很值得注意。他说：“话语的进行会沿着两条不同的语义线发展：一个话题或者通过类似关系（similarity），或者通过邻接（contiguity）而导向另一个话题。前者可以用隐喻性方式，这个术语得到最恰当的概括，后者则相应地符合于换喻性方式。因为这两种情形分别在隐喻和换喻中找到了最集中的表现……在一般的语言行为中，这两个过程都是持续发生作用的，但仔细地考察将表明，由于文化模式、个性和语言风格的影响，人们对这两种方式的运用是有所侧重的。”这位俄裔符号学家还对各种侧重的表现说了句具体的话：“在俄国抒情诗歌中隐喻的结构处于优势，而在英雄史诗中则是换喻方式占优势。”[1]这就是说：语言有两种，一种是用隐喻方式显示的，就叫隐喻的语言；另一种是用分析方式显示的，就叫分析的语言。[2]而抒情诗中，采用隐喻的语言是处于优势的。隐喻的语言大致可以作这样的解释：它是不连续的、客观的，是直接诉之于感觉并且包含了绝对时空的；产生这种语言的基础是神话思维、直觉感应；构成这种语言的依据是想象、联想导致的内在心理连锁感应，而并不依靠外在的语法作用；而所有这些也就决定了它的形态是点面孤立显现的感发式结构。

由此看来，我们说旧诗采用的是点面感发式语言就是指这种隐喻语言，而“诗”性语言的质的规定性要求既是隐喻语言，那也就意味着未来的新诗语言建设还得以合乎隐喻语言为本。

值得进一步思考的是，隐喻语言既和诗的质的规定性要求相符合，那么，充分占有这一语言体系及其言语方式的突破口是什么呢？雅可布森还进一步提出确立隐喻语言的核心理论：语义的对等原则。至于什么是语义的对等原则，以及这一原则在诗歌中又如何产生新的意义等问题，雅可布森说过如下一段话：

> 特别值得一提的是：任何一首诗所不可缺少的内在特征是什么呢？要回答这个问题，我们必须回忆一下用于语言行为的两种排列模式：选择和组合。如果一段话的主语是“孩子”，说话者会在现有的词汇中选择一个多少类似的名词，如 child（孩子）、kid（儿童）、youngster（小伙子）、tot（小孩），所有这些词都在某个特定方面相对等；接着，在叙述这个主语时，他可以选择一个同类谓语——如 sleeps（睡觉）、dozes（打瞌睡）、nods（打盹）、naps（小睡）。最后，把所选择的词用一个语链组合起来。选择是在对等的基础上，在相似与相异、同义与反义的基础上产生的；而在组合过程中，语序的建立是以相邻为基础的。诗的作用是把对等原则从选择过程带入组合过程。对等原则成为语序的构成手段。[3]

这段话特别值得注意的是，把以语法序列为依据选择相邻词语组合起来的做法同以对等原则为依据选择具有心理连锁性的对等词语聚合起来的做法作了严格的区别。意味着前一种组合由于是按规范序列把相邻的词与词组合，也就显示出它首先是按语法关系组合起来的，因此，这是对等原则作用于语链之外的一种组合，所导致的是分析推论性功能的建立；而后一种组合由于是对等原则作用于语链之内的词与词的聚合，所导致的是隐喻联想性的功能的建立。唯其如此，才显出“诗的作用是把对等原则从选择过程带入组合过程”[4]这一特征。因此，“在普通语言中，相邻的语言成分是由语法结构连接的；而在诗性语言中，语法限制就不再适用了，不相邻的语言成分可以通过对等原则组合起来”[5]。我们据此分析还可以进一步获得一个认识：词语与词语、句式与句式通过对等原则而隐含地联系起来——这样的关系所构成的语言，就是隐喻的语言。值得提醒，对等原则是诗中逐步组织的基础，它把词语与词语在语链中聚合起来，把句式与句式在句链中聚合起来，藉心理连锁感应构成了一种肌质关系。凡这种种与语法的缘分很浅，而汉语的语法本来就弱，到了近体诗中，由于体裁对语言容量种种的限制，语法联系就更加薄弱了，结果使旧诗语言的隐喻关系远胜于分析关系。因此在旧诗的语言中，对等原则有一种出于本能的自觉贯彻，从而确立起一个点面感发类结构的语言体系。至于新诗，如前所述是接受西方影响，从逻辑思维出发而确立起来的一种线性陈述类结构的语言体系，也即如同雅可布森他们所认为的，那是一种按语法序列形成的分析语言，在追求抒情的路上是会带来更多负面效应的。新诗的未来既然要追求合于质的规定性的诗性语言，那么在词法、句法活动中尽可能贯彻对等原则，尽可能继承旧诗语言传统，也是必然的事。这就是新诗未来的语言须让两种语言体系汇通的基础。

为此，我们将通过词法与对等原则、隐喻与语链形态、句法与隐喻引申这三个方面的系统考察，来对“汇通”的合理性与可行性作一番探求。

一、词法与对等原则

首先来考察诗性词语建设。

未来的新诗在诗性词语建设——或者说词法活动方面，须走一条路——抓义位。

作为最基本的语义单位，义位是义素的综合体，是言语中围绕一个中心的一些具体意义或实际意义在语义系统中的抽象常体。正因为义位存在于语义系统中，它的抽象常体由包括基义和陪义的义值同义域结构而成，所以能体现复杂内涵的义位必然要求它的载体——词语也具有一个多元而开放的构成系统。旧诗词语的构成就具有这样的特色。令人遗憾的是当年由胡适等倡导的那一场白话新体诗对旧诗的革命中，把中国诗歌语言人为地分成文言、白话，标举白话而排斥文言，标举写新诗用白话而排斥写旧诗用的文言，这样做的后果则是首先把中国诗歌千百年实践经验形成的一个多元而开放的词语构成系统也破坏了。在胡适他们看来，新诗词语就是日常生活交流中通用的词语，因此新诗对旧诗的革命中词语的转换也不过是简简单单的一场对应变换，胡适在1916年写给任叔永等的那首"一千多字的白话游戏诗"就提供给我们那条变换思路："古人叫做'欲'，今人叫做'要'／古人叫做'至'，今人叫做'到'／古人叫做'溺'，今人叫做'尿'""古人悬梁，今人上吊""古人乘舆，今人坐轿""古人加冠束帻，今人但知戴帽"，等等。[6] 实际上对应变换决非那么简单。这样的词语变换思路贯彻在新诗的词语建设中，其后果之不良可以想象。还在新诗草创阶段，傅斯年就提出用白话写新诗词汇太贫乏，俞平伯也认为新诗所用的白话"雅言"太少。这些我们已多次提及过。不过，随着新诗语言建设的深入开展，按"雅言"标准如何构筑新诗词语、扩充意象化词语库存的探求工作，倒也在悄悄儿进行了。具体的做法是，立足于义素多元而奇特的组合，来拓展义位层次。从这个基点出发，这一代新诗人倒也为新诗构造出一批能适应于表现现代生活内容、具有"雅言"规格的新词语。

在词汇语义学上，义素是义位的语义成分，义位就是义素之和。因此，当义位以特定的词语载体呈现时，往往让义素以象征性变体的组合方式来把现代生活内容的独特丰富性隐含在内，从而使义位获得了特定的义值。所以对“雅言”的探求须着眼于义值。义值有基本义值和补充义值两类，前者简称为基义，后者简称为陪义。过去的新诗，词语拓展的精力主要花在基义词语与陪义词语上。

基义是义位的核心、主导。新诗的词语探求中，要求基义展开义素的选择与组合须导向现代生活内容的蕴含。众所周知，新诗从破土而出的那一天起就显示为：与它展开对话的世界在很大程度上已从小国寡民、静穆悠远的自然文明世界转为地球村村民竞争创新的科学文明世界。正是这一点决定了词语的义素组合也会显示出生活内容从单一纯粹到复杂丰富，而这也决定了义素组合中的义位，会使基义出现义值的划分，词语也具有了两类变体：出于学科义位的基义词语和出自普通义位的基义词语。先来看学科义位的基义词语。这一类词语具有学科（社团）用的专门义值，也就是词汇学的“概念义”，这方面新创的幅度不小，如天体、地球、动物、植物、热带、温带、寒带、北极、南极、赤道、世界、人类、世纪等等。再来看普通义位的基义词语。这一类词语是经验意义的结晶，反映着普通人凭经验感知的表意特征和指物特征，形象意义偏重一些。这方面新创的幅度更大，如天国、伊甸园、十字架、天外来客、飞碟、火箭、飞船、飞机、火车、汽车等等。值得指出，基义词语在旧诗中大多是一些最上位语义义素的单独显示，光秃秃的，如天、地、山、水、草、树、鸟、鱼等等。实物在新诗中是没法抛弃的，因此毫无保留地继承了下来。但随着物质生活和精神天地的大大拓展，而单靠最上位语义义素来担当基义词语并作意象功能之发挥已远远不够，才开辟出了新诗基义词语构筑的独特途径，那就是围绕一个核心义位作层次性拓展，以形成一个幅度更大的义素综合，也就是一个基义更丰富的词语。这里且举“火车”这个基义词语的构筑办法来看一看。这个词汇系新创，其上位语义义素是“车”，系代步之工具；下位语义义素是“火”，系“能”之一种的“火力”，此处让“火”与“车”组成偏正结构的双音节词。按接受习惯这个词让人理解为是“火的车”。这么一理解，偏正结构关系就显示出言语活动中的不合常理性。实际上这个偏正结构的修饰性关系指“挂以火力拖轮”之车。于是“火车”这个基义词语就具有了变体特征，成为对“train”的超常理象征指称，而由于“train”本是新颖的科学文明的产物，因此接受者对“火车”的语言接受，也就获得了现代生活色彩的印象。

陪义则是义位的附属意义、补充义值，是一个词的基本意义之外的含义。也就是说陪义是义位的第二级意义。陪义能使许多同义词具有微妙的差别，它是心理感受得到充分显示的标志，表情达意不可缺少的手段。这对于新诗词语建设——尤其是拓展“雅言”领域来说，是非常重要的，因为陪义具有“联想的意义”，或者说使词语具有“感悟色彩”“修辞色彩”“表达色彩”。陪义可以分成好几种类型。在新诗中，凡按“雅俗”标准构筑词语，陪义方面是以情态陪义、形象陪义、时代陪义和外来陪义为主的。现在分头来说一说。

（1）情态陪义词语。情态陪义词语表示的是情感态度，是主体对基义（所指）的感情、态度和评价，反映的是语言共同体的喜怒爱憎、敬谦褒贬等伴随基义的主观信息。譬如闻一多，这方面就颇为讲究。他在《罪过》里有：“老头儿和担子摔一交／满地是白杏儿红樱桃。”这里的“老头儿”是在“老头”后缀个“儿”，就显出一种亲热的情态，如果是后缀“子”，“老头子和担子摔一交”，就显出厌恶的情态了。《也许》中的第一节第三行，《清华周刊》初发表时是“那么让苍鹭不要咳嗽”，后来改成“那么叫夜鹰不要咳嗽”。“让”改成“叫”，就显出命令的情态，感情色彩也显得更其强烈。同诗第二节第一、二行初发表时是“也不要让星星背眼／也不要让蜘蛛章丝”，改稿把“也不要让”改成“不许”，也同样显出命令情态，感情色彩似乎更强烈了。

（2）形象陪义词语。形象陪义词语和形象基义词语有很大的不同，后者把有形象的对象概括成抽象的类，如“海、跑、跳、高、长、红、香、硬”等等，而形象陪义词语显示着伴随对象的形、色、音、味等等义值。显示形态的陪义词语，如“碧云天”“红柳地”“帆影的河港”“丁香的雨巷”“阴雾蹒跚的荒原”“没有照过影子的小溪”等等；表示颜色的陪义词语，如赤水、红旗、“彩色的欧罗巴”“猩红的电鞭”“碧色的草原”“黑色的褴褛”“苍白的钟声”等等。表示声音的陪义词语，如“蛐蛐儿”“轰响的光采”“泠泠的环佩”“笛韵的江南”“陨声的哀远”等等。如张烨在《我是多么善于感受你的目光》中：

我踏碎了一个水晶般透明的忠告
颤抖的过错躲闪在
苦果树上

在这里，没有形象的对象“忠告”就因了“水晶般透明的”这个表示色彩的陪义词语的补充成了可感的具象；没有形象的另一对象“过错”也因了“颤抖的”这个表示动态的陪义词语成了可感的具象。何其芳在《夏夜》中：“你的鬓发流滴着凉滑的幽芬。”这“幽芬”是没有形象的对象，因了“凉滑的”这个表示触觉的陪义词语的补充成了可感的具象。秋荻在《音尘》中有：“绿色的绝望刷新了废墟。”这“绝望”也是不具象的，因了“绿色的”这个表示颜色的陪义词语的补充而显得具体可感了。总之，这些陪义词语对基义的补充，把复杂、细腻而又难以言传的心理感受十分动人地标志出来了。

（3）时代陪义词语。时代陪义词语的存在，体现着义位的时间属性。由于语言的整个义位系统随时代的变迁而经常要吐故纳新、新陈代谢，使义位产生一种补充义值——时代陪义，从而产生了一批时代陪义词语。在时代陪义词语的总名目下，我们把它分为两大类——旧义位词语和新义位词语。旧义位词语包括历史上一度存在过、其所指义消亡后无义位取代的一批词语，如禅让、采邑、册立、分封、寡人、陛下、长矛、盾牌、驿站、烽火等等，也包括所指仍在、古义位已消亡，另有新义位取代的一批词语，如布衣——平民，苍生——老百姓，霜笳——号角，首——头，足——脚，舟——船，冠——帽，犬——狗，芒鞋——草鞋，南冠——囚徒，木叶——树叶，音尘——音信，饮——喝，视——看，闻——听，窃——偷，吾侪——我们，汝——你，此——这里，颇——很，何其——多么，均——

皆，故——所以等等。它还包括即将消亡或消亡不久的义位虽还有，许多人还记得其意义、但现在已不通用的一批词语，如学堂——学校，工友——工人，老总——士兵，戏子——演员，堂倌——招待员，买卖人——商人，民众——人民，洋火——火柴，薪水——工资等等。新义位词语指具有新鲜感的、进入词语系统不久的、已被社会公认的义位词语，或所指新，或表达新，如外星人、地球村、飞碟、革命、解放、跃进、阶级斗争、长征、井冈烽火、红色暴动等等。这两类时代陪义词语，对社会交际来说，前一类无疑绝大多数要被扬弃，而后一类在新陈代谢中不断产生。但是，对于中国新诗来说，却都是需要的。众所周知，语言是思想感情以及由此结晶成的民族文化的物质外壳，而民族文化是持续的，不可割断的，有千百年文化积淀的旧义位词语比只有几十年文化积淀的新词语有更多意蕴可发掘。因此可以说，旧义位词语在千百年来中国传统诗歌中使用，也有更深厚的民族诗性文化的积淀，其中有一些词语，虽或所指消亡，或义位易主，但义值并不见得失去，因为它们已经有了意象定位，反比新义位词语更具有韵味。譬如，“驿站”“烽火”“苍生”“木叶”“霜笳”“南冠”“音尘”“芒鞋”等，就都是意象定位了的，如桂涛声《太行山上》中有：“抗日的烽火燃烧在太行山上。”如果把“烽火”改为“战火”，那种传达民族悲壮情怀的意韵显示反要淡化不少。

（4）外来陪义词语。外来陪义词语是跨文化式的词语代码转换的产物，是对作为域外文化载体的异域语言作引进的一个方面，其意义在于以域外文化来充实我们的民族文化。意大利汉学家马西尼在提出汉语词汇是由“古词、借词和新词”这三个基本部分组成后，说了这么一段话：“借词和新词是词汇中的一部分，这部分的词汇是随着与其他文化（在社会或在语言上）的接触而发展、变化的，或者也可看作是语言系统内部自然演变的一种结果。在理论上，由于在接触中受到外来影响，于是吸收了某些语言的特点。这反映在词汇上，要么是直接采用其他语言中的一些东西，要么是按自己的语言体系，把这些东西加以改变，然后再采用。但在实际上，一种语言在吸收外来词时，总是或多或少地经过一些改变。”〔7〕这是说得中肯、实在的。新诗中以借音意而转换来的陪义词语较多，其中尤以音意兼借（即音译隐含意译)，和音意兼借再加类名的尤显出其补充基义的生命力，如“乌托邦”(utopia)“图腾”(tuten)“的确良”(dacron)“迷你”(mim)以及“伊甸园”(Edea+类名)等。“伊甸”和“乌托邦”的音意兼借十分成功，就意译隐含来说“伊甸”指“伊人”栖歌之郊野，“乌托邦”则被钱玄同解释为“乌有寄托”之邦，音译之新奇与隐含意译之美丽都富有诗的韵味。陈辉在《献诗——为伊甸园而歌》中这样歌唱晋察冀边区：

啊，你——我们新的伊甸呀，
我为你高亢的歌唱。

在这里，“伊甸”已不只是表达“乐园”的外来音意兼借陪义词，而是有“圣经”文化内涵因而有更丰富的象征意蕴的意象定位词语。这种外来陪义词语随着使用时间的久长可以冲淡“译”味，旧诗中的“骆驼”“琵琶”“葡萄”“石榴”“狮子”等已使人感觉不到是外来陪义词语，当年闻一多在《女神的地方色彩》中批评郭沫若用“洗礼”“心弦”等为洋词儿，其实这些属借意转换的“意译词”，今天看来给予我们的洋味儿恐怕已不浓了。

总之，比起基义，陪义更带有较强的主体性，特别是感情、态度、评价之类的情态陪义，更是属于主体感受性且具有倾向性的语义特征，像艾青、蔡其矫、昌耀、舒婷等，使用这类陪义词语频率就较高。

在回顾了中国新诗两大词语的存在情况后可以见出——新诗“雅言”式词语是分作四条渠道去求得的。

(1)以音译、意译或音译隐含意译的方式吸纳了一批域外诗性词语。音译或音译隐含意译的，如“宙斯”“阿波罗”“安琪儿”“缪斯”“普罗美修斯”“亚当”“夏娃”“犹大”“伊甸”“欧罗巴”“亚细亚”“阿非利加”“法兰西”“美利坚”“耶路撒冷”“麦加”等等。

(2)继承旧诗词语。这可分两类：一类是继承具有文化——尤其是诗性文化内涵的词语，包括还有一定生命力的典故词语，如“瑶池”“天河”“广寒宫”“精卫填海”“夸父逐日”等等。

（3）新创诗性词语。分三类：一类是新创现代文化内涵的词语，如“雨巷”“死水”“海韵”等；一类是新创的感觉词语，如“流思”、“远夜”、“透明的声音”等；再一类是自创抽象具象化、具象抽象化的谬理词语，如“冷梦”、“笑焰”、“生命树”等。

（4）旧词语翻新。这不是旧诗中留有生命力的词语直接进入新诗的白话一口语中去发挥功能作用，而是把旧诗中有传统诗性文化内涵的词语——包括传统典故，把它们逼出传统诗性语境、打碎结构秩序后重新组装在现代诗性语境中，翻新出一个古色古香的现代诗性词语。这是过去新诗在词语建设中很令人注目的一次策略措施，如“晓风残月的伤感”“霜天晓角路”“咸阳古道的期待”等等。柳永《雨霖铃》中有：“今宵酒醒何处／杨柳岸晓风残月。”“晓风残月”隐喻着一种伤感意境，现在把它拿来作修饰成分，去修饰伤感，成为“晓风残月的伤感”。这一场嫁接使“伤感”获得了抽象的具象化。

新诗通过以上四条路源源不断供应“雅言”，表明了新诗词语——无论是基义词语或者是陪义词语的库存都还是丰富的。从四条路的供应情况看，陪义词语的供应量远超过基义词语，特别是新创和旧词翻新两条供应线所供应的，基本上都是陪义词语，而这两处的供应可说是源源不断的。但是，从语言诗学角度看，基义词语毕竟是词法活动的主宰。可以说，在一个词法活动的总体结构中存在的基义词语，没有陪义词语的修饰补充，反倒更能发挥它的诗性传达功能。词语的聚合会激活联想，并在联想关系作用下使聚合在一起的词语形成一个语义场，而词语只有作为整体中的一部分，作为语义场的成员，才能获得共性义位，充分发挥自身的义值功能。所以从一个特定的角度看，词语的功能存在于聚合关系中，而不是靠装饰来丰富自身才能充分达到的。古典诗人对此项认识似乎自发地把握到了，他们在旧诗写作中就依靠光秃秃几个基义词语藉聚合关系来达到抒情的目的。如杜牧的《江南春》：“千里莺啼绿映红，／水村山郭酒旗风。／南朝四百八十寺，／多少楼台烟雨中。”它是由“莺啼”“绿映红”“水村”“山郭”“酒旗”“风”“寺”“楼台”“烟雨”这九个光秃秃的基义词语聚合而成的，它们在春雨江南的联想关系中形成了一个春雨江南风情的语义场。如果离开这个语义场，各自都没有多大意思——因为没有陪义词语补充。这种自发追求在新诗人中并非没有，如亦门在《诗是什么》中引用过一位佚名作者写蒙古草原风情的一首小诗：“我的天／我的沙／我的牛羊／我的家。”他选择了“天”“沙”“牛羊”“家”这么四个同样是光秃秃的基义词，并且选择得十分有代表性，聚合关系也是自然的并置，相互间不显一点分析推论性关联，显出了有关蒙古草原生态的最确切的共性义位，从而在相通的联想关系中各自把展现草原风情义值的抒情功能充分地发挥出来了。我们举这些例子无非是说明，无需陪义补充的基义词语以光秃秃的形态在一个结构中聚合更能显出整体的感发功能，从审美机制上说，是提供给接受者以展开更多联想活动的机会，这就是词法活动中的空白逻辑。如果让每个基义词语都拖上一串陪义词语的补充，意义限定了，联想也被限制在一个范围中而不得充分展开，这样的词法活动是不自由的。旧诗中的五绝，一首诗仅二十个字，基本上是光秃秃的基义词语，容量绝小，联想范围却绝大，给接受者发挥再创造的机会反而绝多，所以它在拥有多种诗体的旧诗中最耐读。不过，实事求是地说，这种独宠基义词语的词法活动在旧诗里行得通，在新诗里是行不通的。旧诗偏执于面对宇宙自然浑莽溟漠的存在，并对之作直觉式的浑沌感兴，这决定了它非坚定不移地使用点面感发结构的语言不可，而作为这一类语言最基础的词法活动，也不按分析—演绎展开，而总耽于感兴联想的神话思维，因而总是独宠基义词语作为词法活动的材料与手段，而冷淡了陪义词语。新诗面对的是人类社会井然有序的存在，并对之作分析式的清晰意会，这决定了它总是被线性陈述结构的语言所纠缠，其词法活动总难以顺浑沌感兴展开，而偏于分析—演绎的逻辑思维，因而总要借重陪义词语来补充基义词语。陪义对基义的这种补充，带给新诗语言的是强化词法活动中的分析—演绎性，特别是上面提及的新诗的四条词语供应线中第三、四条——新创词语和旧词翻新词语，陪义对基义作补充而成的复合词语，大多是分析—演绎性词法活动的体现，如秋荻在《生命的回望》中那行诗：“呵，青春，咸阳古道的期待。”以“咸阳古道”来修饰“期待”，与其说是感发的作用强，还不如说是通过分析—演绎而获得理性联想的意味浓。但我们又不能无视于如下的事实：新诗的“雅言”是由陪义对基义作多方面补充形成的，单靠陪义词语不行——在词法活动中，这一类词语自身独立存在的价值不大，它只能附属在基义上才能发挥大的功能，显示出自身的义值；同样，单靠基义词语也不行，因为新诗所要面对的对象世界实在太复杂、太丰富、太具有井然有序的科学文明规范，要拿这个对象世界来对诗歌真实世界作把握，也非得依靠分析推论、理性联想不可，而作为这个真实世界的载体——语言，得采用线性陈述结构的分析语言；词法活动也得依靠大力起用陪义对基义的补充以激活理性联想。有鉴于此，我们还可以预言：新诗词语供应线中第三、四条线的供应量，会是越来越大，甚至会是相对无限的。相反，第一、二条供应线的供应量将是有限的。这也就意味着：新诗的词语拓展工程会使词语义位越来越稳定在分析推论性功能层次上，而词法活动的展开也会使得语义场中的联想越来越显示理性倾向。

要解决新诗词语与其词法活动的困境，还得回到前面已提及的话题上来。我们曾说过：“词语的功能存在于聚合关系中，而不是靠装饰和丰富自己所能达到的。”这话是从句法活动的角度讲的。但从词法活动看，对基义词语作装饰与补充以使该词语拥有更丰富的感发内涵也未尝不可，甚至在很多情况下是有必要的。韦勒克、沃伦在《文学理论》一书中曾说：“诗歌不是一个以单一的符号系统表述的抽象体系。它的每一个词既是一个符号又表示一种事物。这些词的使用方式在除诗之外的其他体系中是没有过的。”[8]这段话值得我们思考。它共三句话，第一句中“单一的符号系统”该理解为按语法规范的分析语言，他们对采用这类语言写诗持否定态度，因为表述出来的对象只是个“抽象体系”，而诗的真实世界是与抽象体系无缘的；第二句认为诗歌中的词语既是符号又表示着事物，肯定了词语在诗歌文本构造中是属于内容范畴的材料。如果我们承认抒情诗是意象构成的，那么用来“表示一种事物”的词语其实是意象的物质呈示，因此这句话意味着要把诗歌中的词语提升到意象物化形态的高度来认识；第三句提出诗歌对词语的“使用方式”在其他文本中是没有过的，意味着词语为了意象流动的需要在句法活动中可以有一种特殊的使用方式，在词法活动中为了意象浮现的需要也可以有另一种特殊的使用方式，对前者，我们将在下一节中予以考察，这里我们欲考察的是在词法活动中词语以何种特殊方式组合而不是聚合起来而形成一个更具意象浮现价值的词语的问题。具体点说，这是陪义补充基义的词语构筑办法，从过去新诗的实践经验中可以归纳为这么三类：

第一类是以奇特感觉作补充的词语构筑。这是以感觉化的陪义词语对基义词语的补充。由此组合成的新词语又可分两种——抽象的感觉化补充和具象的感觉化补充。对抽象作感觉补充的词语，指的是基义不具体甚至是抽象成为概念的，而补充它的陪义则凸显着某一种感觉特征，如“磷光的幻想”“土色的忧郁”“苔痕的岁月”“火焰的歌唱”等。“磷光的幻想”，以给人一闪即灭感觉的“磷光”去补充抽象的“幻想”，这个新创词语因此具有相当强的兴发感动功能。艾青的《浮桥》中有句曰：“城市…… / 又以金色的梦 / 和磷光的幻想 / 吸引了万人 / 向它呈献了劳动的血汗。”艾青还在《北方》中有：“村庄呀，山坡呀，河岸呀 / 颓垣与荒冢呀 / 都披上了土色的忧郁……”这“土色的忧郁”也是个对抽象作感觉补充的词组。“土色”能给人一种辛劳、贫困、苦难的感觉，和“忧郁”组合在一起，这个新词语也就具有很强的兴发感动功能。再说对具象作感觉补充的词语，指基义是具体的，但形象性不够，补充它的陪义词也凸显出某种感觉特征。如“丁香的雨巷”，是拿“能结雨中愁”之感的“丁香”去补充虽具体却形象性不够强的“雨巷”，它们同样以陪义与基义的偏正关系组成新词语，具有更强的兴发感动功能。秋荻在《江南春》中有：“千里莺啼出梦恋的症候 / 丁香的雨巷，油纸伞，烟柳。”

第二类是以定位意象作补充的词语构筑。这是拿已有意象定位的陪义词语对基义词语作补充而成的诗性新词语。所谓意象定位的陪义词语是指陪义词语有特定的诗性文化内涵而言的。一般说基义的所指性能强，诗性文化内涵较贫乏，意象定位的陪义词语对基义词语作补充也就是提供给它以能指的丰富性能。由这样一些陪义和基义组合而成的词语大多表现为传统的意象定位词语（或典故）充作修饰成分去对基义词语作修饰的形态。上面我们已提及的“晓风残月的伤感”“咸阳古道的期待”“霜天晓角路”或者“风急天高的万里漂”“烽火明灭的青春”等等，都属于这种追求。它们的组合也许不合语法修辞规范，如“巴山夜雨地思念”，从语法修辞的角度看，用“巴山夜雨”作状态去修饰动词“思念”，完全破坏了规范要求，但“巴山夜雨”因了李商隐的七绝名篇《夜雨寄北》而有了诗性文化的蕴涵，获得意象定位，以这个陪义词语去补充“思念”，就自然而然地在“思念”上脉动着伤感得甜蜜和甜蜜得伤感的韵味。又如“绿藤悬窗的幽情”，按现代汉语的语法要求，应该是“绿藤悬窗般的幽情”，但诚如韦勒克、沃伦所言：在诗中“这些词的使用”虽在“其他体系中是没有过的”，但也允许，只要能使不具体的基义词“幽情”得到陪义词“绿藤悬窗”的充分补足。这目的显然是达到了，因为“绿藤悬窗”出之于何其芳的名篇《花环——放在一个小坟上》：“你梦见绿藤悬进你的窗里”，所以这个陪义词是有诗性文化内涵的一个意象定位词语，并且，“绿藤悬窗”本身也是很具有对“幽情”作兴发感动功能的陪义词语，和“幽情”一组合，能给人以“绿藤悬窗”即“幽情”，“幽情”即“绿藤悬窗”的感受。这方面，秋荻的诗中多有显示，如《凉州词》中：“我有黄沙白草的美丽／威远楼声声羌笛／折杨柳里的望乡夜／冷月皎如雪。”“折杨柳里的望乡夜”，就是这一类构词取得的成果；《雪笳——呈陆游》中：“可鉴湖只给你柔曼的荇藻／荇藻、柳林／酒旗风飘回的沈园／钗头凤栖老月亭。”“酒旗风飘回的沈园”同样是如此。

第三类是以逆折张力作补充的词语构筑。这也可简称为张力补充，这样构成的词语不在于陪义词以语义补充基义词，而在于它们以义素两极对立组合而生鲜明比照的张力，来促成基义的强化。旧诗里颇多这类构筑思路作用下形成的新词语，如白居易诗有这么两行：“风生古木晴天雨，月照平沙夏夜霜。”这是两个结构关系较为复杂的短语，用现代汉语来表达大概可以这样：“此风吹老树飘雨的晴天；此月照沙滩流霜的夏夜。”就义值看，“晴天”和“夏夜”是基义词，“雨”和“霜”则是陪义词，而“风吹古木”和“月照平沙”则是省略介词的介宾结构，作为行为方式状语对“雨”（即“飘雨”）和“霜”（即“流霜”）的修饰。所以说明白点，它们其实不过是“雨的晴天”“霜的夏夜”的偏正结构词语，但“雨”和“晴天”、“霜”和“夏夜”是对立的两极，它们间的组合，或者说“雨”对“晴天”的补充、“霜”对“夏夜”的补充，都会产生一股对比烘染的张力，强化了基义词“晴天”与“夏夜”。新诗中曾也有诗人对这一类构词思路不自觉地加以接受。如失眠者对于“夜”有无尽之感，一般说法是“长夜难明”，但在新诗中，有人就不爱用“长夜”而爱用“远夜”，并且，出于对词汇的敏感，我们也能感受到“远夜”比“长夜”更有韵味，如绿原在《憎恨》中有：“不问风和野火是怎样向远夜唱起歌……”如果把这行诗中的“远夜”改成“长夜”，会是煞风景的。那么这是什么缘故呢？可以作这样的解释：“夜”是个时间感的词，“长短”衡量时间的语感较浓，如果是“长夜”，那只是一般的时间维度上的补充关系，联想激活的力度不足，这样的偏正组合词的感发功能也不会很强。如果改“长”为“远”，“远近”是衡量空间的，“远夜”是以空间补足时间。时空系两极，“远”与“夜”的组合会产生一股逆折张力，强化了烘染功能，也就强化了“夜”的感发力。如此组成的新词语“远夜”也就能给人以立体的语感。至于绿原那首诗中，让“风”和“野火”连在一起推出来的“夜”就给人以辽远感，因此用“远夜”更见贴切了。又如“轰响的光彩”这个偏正词组，以属于听觉的“轰响”去补足属于视觉的“光彩”，陪义与基义是两种感觉类型，它们组合在一起也会产生逆折张力，不仅强化了基义“光彩”，也使这个新词语立体化，给人以多元的感发。艾青在《吹号者》中就有：“而当太阳以轰响的光采／辉耀了整个天穹的时候／他以催促的热情／吹出了出发号。”类似这样构成的词语在新诗中还可以见到不少。如徐志摩《沙扬娜拉》中：“道一声珍重，道一声珍重／一声声珍重里有蜜甜的忧愁”——这里的“蜜甜的忧愁”；何其芳《花环——放在一个小坟上》中：“你有美丽得使你忧愁的日子／你有更美丽的夭亡。”——这里的“美丽的夭亡”。这些陪义与基义对立统一的词语，都存在着张力，使新词语的感发功能更强。

以上三条诗性词语的构筑路子，使新诗产生出一批即使独立存在感发功能也极强的新词语，它们即使只在词法活动中也能具有意象浮现的价值。但这里碰到一个问题——这些新词语之所以能获得意象浮现似乎靠的是分析原则，而不像是遵循对等原则的组合。其实这是个误解。的确，陪义词与基义词相组合以获得新义位的一条构词路子，外在的分析性关系是明显的，确实不需要隐含的关联，但实质上在更深层处它们还是隐含着对等的关联的；作为一场词语组合，这条构词路子所遵循的仍是对等原则。为什么这样说呢？有三点理由：

（1）这类新词语的陪义功能来自或现实感觉或传统意象或逆折张力，这三大来源有一个共同特征——使这类新词语的陪义对基义作补充。从更显内在的功能看，是一种兴发感动的烘染关系，如林庚在《五月》中有："苇叶的笛声吹动了满山满村。"这"苇叶的笛声"中的"笛声"是能给人以清亮感的；五月的芦苇在风中会发出碎脆声，也能引起人清亮感，所以这个新词语以陪义词"苇叶"给予人细碎清脆的感觉来补充基义词"笛声"，它们能感发出相似的声音韵味。由于生活给人的感觉经验就是如此，故"苇叶的笛声"在接受者心目中偏正关系虽属分析推论，但"苇叶"自身的兴发感动功能却能促成它与基义"笛声"建立感觉互通的关系。

（2）陪义词与基义词既然存在着兴发感动功能作用下的感觉互通，那就会在它们的结构形态上萦绕一层藉感性联想而得的情绪氛围，确立起一个共同的语义场。语义场是以共性义位为核心形成、相互制约且具有相对封闭域的词的集合[9]。索绪尔的学生巴利曾把它称为"联想场"。这表明语义场与联想存在着必然关系。新词语中的陪义与基义虽是补足与被补足的关系，但它们存在于同一语义场——同一的兴发感动氛围圈中，这个场或者这个圈又是个具有相对封闭性的词的集合，于是感觉互通也进一步成为感觉互补，而陪义词与基义词虽在形式上只有偏正关系，实质上因感觉真实的互通、互补、相互制约而使它们之间已是一种平等关系。如沙泉在《给……》中："你纵是翅剪春愁的飞燕／可我已月落乌啼着心天。"这里的"月落乌啼着心天"这个动宾短语来自张继《枫桥夜泊》中的"月落乌啼霜满天"，基义"心天"即"心灵的霜天"的缩微，"月落乌啼"因张继的名诗提供给我们一个情绪化的感兴：这是霜飞时分的境界，所以陪义词"月落乌啼"和由"霜天"化来的基义词"心天"并不存在谁制约谁的问题，而是感觉互通、互补、相互制约也因而平等的关系。

（3）这类陪义与基义关系的新词语既然实质上是平等而非从属的，那也就意味着这条构词路子已使词法超越了分析推论性。而“月落乌啼着心天”这个动宾短语具有一个相对封闭的语义场，它作为一个新创词语在共具的兴发感动氛围圈——语义场中，陪义与基义表面上虽是从属的组合，却也显示出反语法修饰的谬理关系，因而在外在层面上进一步摆脱了分析推论性，所以新诗如能坚持走这一条构词路子，也就会使词法活动首先显示为对线性陈述结构的分析语言的反叛。而在相对封闭的语义场中，陪义与基义由于藉感发关系组合起来，结果会出现二者难分彼此的情况，以致在表层关联之下还获得一种隐含的关联，这是由兴发感动的氛围圈——具有激活情性而非理性联想促成的，正是这样的关联所生出的隐喻功能，其实就是兴发感动功能。由此说来，这一类新词语构成的词法活动，是让陪义与基义词在平等的关系上作感觉互通、互补的感发性组合，因此可以说这就是按对等原则展开的词法活动。秋荻在《浪淘沙》中有：“风急天高的万里漂／雁唳到天涯。”这“风急天高的万里漂”，在表层上是“风急天高”对“万里漂”的补足，它们是偏正关系，表达“万里漂”的艰险；但由于这个陪义词来自杜甫的名句：“风急天高猿啸哀”，故“风急天高”具有生之莫测苍凉的兴发感动功能，“万里漂”同样内蕴着命运莫测的苍凉意味。二者共寓于这一感兴氛围圈中而成为实质上的对等原则的体现，还会在深层处隐含地关联成一个隐喻，隐喻着莫测人生的感受。至于以逆折张力作补充的那类词语构筑，陪义与基义虽是两极存在，但同样可以共寓于同一个兴发感动氛围圈而进入同一个语义场，因为对立词的聚合，同样能体现对等原则。

总之，新诗语言建设中词语的拓展是一件大事，虽然它们在新诗词语库中存量已不少，但从诗性语言质的规定性要求看，必须走一条能体现对等原则的新词语构筑路子，为此而展开的词法活动，必须坚持陪义与基义的感发性组合关系才是。而我们也必须看到，只有使新词语的构筑建基于兴发感动的功能，才能反映出新诗语言的隐喻特性。

二、句法与对等原则

在上面，我们把新诗语言中新词语的构成与对等原则挂起钩来，并强调对等原则对新词语充分发挥文本构造功能具有决定性意义。基于这样的认识，我们还可以进一步获得这样的认识：对等原则实是诗歌语言文本局部组织的基础，它把词语与词语连接起来所形成的句法活动，外在显示为语链形态，内在则转变为抒情肌质。但必须看到如何选择最合适的词语以与主题词语形成对等关系，并藉此展开句法活动以连接成一个语链，使内在的抒情肌质更具有隐喻性能，是十分重要的。

对一首成功的诗的真正接受实际上就是发掘出语言文本中字面以外的意义，这种意义是不可能从诗的语序中把握到的，只有在我们对词语——作为意象的物化形态所感发起来的记忆联想序列中才能找到。与这相应的是，在文本构造中抒情主体欲寻找最合适的对等词语，也必须从一批对等词语中找出字面意义之外存在的、相互间记忆联想更贴近因而在意义上有更多共同点的词语。所以，由意象化词语所感发的特定的记忆联想是对等词语能进入语链的基本条件。在这方面，旧诗中是做得相当好的。温庭筠的《商山早行》中有“鸡声茅店月，／人迹板桥霜”，它们之所以能成为千古名句，就在于每一句三个名词作为对等词语选择得非常好，作为意象化词语它们都能使接受者激活一串栈石星饭、骤山骤水、深秋早行的记忆联想。可不是吗？“鸡声”“茅店”与“月”在一个语链中连接起来，确能于字面意义之外把记忆联想激活，使我们获得旧时的远行人客店早起、仓促起程的感兴情境；“人迹”“板桥”和“霜”激活记忆联想的功能也很强，使我们获得旧时的远行人披星戴月、踏霜苦旅的感兴情境。显然，这些正反映着创作主体对纳入语链的这些对等词语的选择十分到位。杜甫的名句“月涌大江流”，两个对等的主谓短语“月涌”“大江流”的选择也很恰当；由于处在特定自然景色烘染的情境中，“涌”和“流”在肌质互感中确立起这两个主谓短语间极一致的记忆联想关系，以致使这两个对等短语在记忆联想作用下感兴出一个共同的深层意义——在月与大江并存的生态环境中搏动着无比雄强的宇宙之力。再如下面两个诗句：

云笼远岫愁千片
雨打归舟泪万行

在这里，第一句中的短语“云笼远岫”通过特具的兴发感动功能所激活的记忆联想，使我们能从字面意义之外感应到有关阴郁怅惘的新一层意义，且和“愁千片”的“愁”对等得十分贴切，一同进入了语链；第二句中的短语“雨打归舟”通过特具的兴发感动功能所激活的记忆联想，使我们从字面意义之外感应到有关凄凉哀伤的新一层意义，且和“泪万行”的“泪”也对等得十分贴切，一同进入了语链。我们还可以来议一议王安石在《泊船瓜州》中的名句：“春风又绿江南岸。”洪迈在《容斋诗话》中说：“王荆公绝句诗云：‘京口瓜州一水间，钟山只隔数重山。春风又绿江南岸，明月几时照我还。’吴中士人藏其草，初云‘又到江南岸’，圈去‘到’字，注曰‘不好’，改为‘过’，复圈去而改为‘入’，旋改为‘满’，凡如是十许字，始定为‘绿’。”这一改的确好，使谓宾短语“又绿江南岸”更显明更有实体感。这一则诗话也成了寻求最能和“春风”对等的实体词语进入语链的生动例证。这条语链中，“春风”“绿”“江南岸”三个词不仅在美丽的江南这个字面意义上可以对等，它们还能激活我们的记忆联想：“春风”吹到之处会出现一片标志生命成长、生机无限的“绿色”，而“江南岸”是个已有特定文化内涵的定位意象词，具有与江南春天相连的原型意味，白居易在一首绝句中这样写：“曾栽杨柳江南岸，一别江南两度春。遥忆青青江岸上，不知攀折是何人？”这就是说，“江南岸”能激活我们一个有关春天的记忆联想。如此说来，这三个对等词除了字面上的对等意义外，还有字面意义之外十分一致的新一层感兴隐意：生机无限的青春光景已经来到。如果把“绿”写成“到”“过”“满”等，它们由于抽象化的或过程性的语义特征而决定自身激活接受者记忆联想的功能不仅十分薄弱，也难以引起青春生机的定向感发。

从以上这些旧诗对等词语最佳选择的例证中，我们可以得到两点深刻印象：一、这些对等词语基本上是实词而非虚词，可以说以对等原则导引着进入语链的词语，是结结实实的、沉甸甸有质感的实体的物化形态，抽象化的、概念性的那些词语是尽可能被排除了的。二、这些在对等原则下定位于语链中的词语，其字面意义也许难显对等甚至绝不对等，然一旦在语链中并置则能显示出新一层意义上的对等关系，而这新一层意义之获得，不是靠分析—演绎，不是凭外在的语法强制作用，靠的是这些词语共具的定向记忆联想功能。

无可否认，传统诗人并不懂得对等原则，更不可能有意识地把具有隐含联系功能的词语作最佳选择后纳入语链，这完全是凭他们神话思维的观物态度和直觉本能的感物方式所决定的点面感发类言语行为。那么新诗人呢？由于新诗是接受了西方诗学影响才破土而出的，也就决定了新诗人总体说是凭逻辑思维的观物态度和分析演绎的感物方式所决定的一种线性陈述类言语行为。因此，他们更不可能有意识地引入对等原则，把具有隐含联系功能的词语作最佳选择后纳入语链。

不过新诗人中毕竟也还有人不自觉地让对等原则进入语链，选择能确立隐含关系的最佳词语。这方面闻一多的探求值得注意。如《口供》中：“我不骗你，我不是什么诗人，／纵然我爱的是白石的坚贞，／青松和大海，鸦背驮着夕阳，／黄昏里织满了蝙蝠的翅膀。”这里隐示诗人所爱的是三个对象：坚贞的操守、肃穆的心性、安宁的情趣。第二行用“白石的坚贞”点明了操守，可以不论；至于第三行，以“青松”“大海”“鸦背驮着夕阳”三个在外象上难建立对等关系的词语纳入语链，却以各自的感发功能给予我们这样的记忆联想：“青松”的苍劲，“大海”的空间开阔，“鸦背驮着夕阳”的时间悠远，它们之间又以共同隐含着的肃穆心性相互联系了起来，在语链中取得了对等词语最佳的选择。第四行以“黄昏里”“织满了蝙蝠的翅膀”两个在外象上也可以建立对等关系的短语纳入语链，又以各自的感发功能给予我们这样的记忆联想：“黄昏里”的朦胧，“织满了蝙蝠的翅膀”的古旧的宁静，它们之间又以共同隐含着的安谧的情趣，在深层处联系了起来，从而在语链中也取得对等词语最佳的选择。在闻一多其他一些诗歌文本里还可以发现不少类似的追求，但并不出于自觉。可以看出这是他熟读传统诗歌后拿旧诗言语行为本能地在新诗中运用的体现。殷夫也有在语链中作最佳词语选择的追求，不过他比闻一多做得单纯。在《夜的静默》中有这样的句子："我想起我幼小情景，——／鹤群与鸽队翱翔的乡村，／梦的田野，绿的波，送饭女人……"这第三行三个对等词语选择得极佳，它们在外象上也可以在田园风光上对等起来，但由于都具有很强的兴发感动功能，都能激活对暮春江南农村梦幻情调的记忆联想，从而在更深层次处取得了隐含的联系。这种追求由于纯粹是自发的，所以新诗人都只是偶一为之。直到1950年代中后期，在大力提倡向民歌、旧诗学习以发展新诗的潮流中，学习旧诗语链中最佳对等词语选择的积极性才大为提高，严阵是突出的一个。他在《杨柳渡夜歌》中有这样的语链："月三竿，江水似流烟／杨柳渡头杨柳暗。"这里三个词语都具有宁静、透明、美得如幻似真的感兴功能。在语链中也就有了隐含的对等联系。但严阵也没有在这条路上探索下去，那毕竟也还是一种自发的言语行为。到20世纪末期，诗坛受了结构主义原理和雅可布森对等原则的影响，才有人比较自觉地从隐含联系的角度去选择最佳的对等词语。如秋荻在《楼兰梦》中有这样的诗行：

一页绿色的世界史哪去了
我的天，我的沙，我的楼兰。

这第二行中，"天""沙"和"楼兰"在外象上可以有联系，而"天"和"沙"虽是光秃秃的名词，但连在一起具有"天地"的原型象征意味，给人以空间无边辽阔的记忆联想，于是"楼兰"这座荒城的特殊意义就凸显了出来，它们之间隐含的联系也就使这三个对等词语形成的内在肌质飘忽起来，显示了生命独特的生态隐示意味。这样的对等词语在语链中的综合，也就因为更其旷远的宇宙时空感应而获得了非常态的选择。这些例证预示着在未来新诗句法活动中，选择词语而在对等原则下结合起来，构成具有隐喻意味的肌质，那是完全有可能的；并且作为一种语言行为，在白话—口语中这样操作也完全行得通。

当然，按对等原则选择词语，要求的是具有直观反映的、兴发感动功能强的意象化实体词语，而不是分析性的、逻辑推论功能强的概念词语。不过这也不能绝对化，因为即便在旧诗最典范的文本中，上述要求也不可能完全做到。新诗从破土而出起就是采用了线性陈述结构的逻辑语言，理性分析早已渗透到了它的骨子里，亦即诗性词语的构成里。就说对等词语系统中的拟态类词语，如“时间的河流”“灵魂的坟墓”“正义的回音壁”“真理的十字架”等，它们有着扩大新诗词语库存的最大潜能，也可以将之归入未来新诗对等词语系统中。实践也证实了过去几十年新诗史中，这类联想拟态词语已作为对等词语大量进入新诗文本。譬如闻一多《静夜》里的句子：

这神秘的静夜，这浑圆的和平。

在这个语链中，“静夜”与“和平”是可以对等的，因为“静夜”时分人众安眠，万物也就趋向于和平状态了。但“和平”这个词汇抽象了一点，如果这个语链削减成“这神秘的静夜，这和平”，那意义只到外象上的对等为止，没有特别新意。现在以“浑圆的”去修饰“和平”，“和平”也就具体了，而“浑圆”给人以丰盈美满的情味，“浑圆的和平”和“神秘的静夜”通过记忆联想，也就超越一般情况下人们安息平和的语意而有了安逸舒适、美满幸福的情境浮现，于是这两个词语也就有了隐含的联系。但这里也产生了一个问题：以“浑圆的”去修饰“和平”，“和平”获得的具体性并不来自直观感应，而是出之于经验联想。就是说“浑圆的和平”这个拟态词汇是靠分析性构成的。那么，当我们肯定闻一多这个诗句是对等原则的产物时，是否意味着逻辑分析词语也可进入遵循对等原则的语链中呢？回答是肯定的。对等原则并非只在纯粹的隐喻性语言中才能得到体现，分析性语言的某些因素也可以渗透进去。如此看来，我们还可以进一步推论：以线性陈述为标志的分析性语言，在某些方面是可以和以点面感发为标志的隐喻性语言互相渗透融合的。

这个结论暂时还不必急于下，但分析性词语可以进入对等原则作用下能显示隐含关系的句法活动中，是可以肯定下来的。我们不妨再引时湛在《别情》中的两个诗行来作进一步的考察：

呵，莫问我此刻拥有的精神财产
渺远的心波，晓风残月的杨柳岸

这里的第二行，对等原则体现得十分成功："渺远的心波"也好，"晓风残月的杨柳岸"也好，它们都是凭分析构成的词语。后一个词语原是"杨柳岸晓风残月"这句柳永词的翻新，柳永的原句是三个词语建立起对等关系来的，但到这里成了一个词语："晓风残月"成为修饰"杨柳岸"的定语，这一来，"晓风残月的杨柳岸"成了以柳永那个名句的诗性文化为依据构成的分析性词语，但由于"晓风残月"这个修饰成分本身也是具体的，且特具兴发感动功能，使"晓风"与"残月"因此能构建成具有隐含联系的对等词语，所以"晓风残月的杨柳岸"既有经验联想性功能，也有兴发感动性功能，作为意象的物质形态，这两个在语链中并列结合的对等词语所构成的肌质，也就特别富于审美感受功能。

而这对新诗来说也就显示为在遵循对等原则的前提下可以作对等词语的现代选择，且让我们发现：未来新诗两大语言体系融合的探索此路可通。

但我们必须明确下面这一点，按对等原则选择恰如其分的词语以建立隐喻关系，毕竟要有词语在语链中结合的独特方式来作保证才是，因此也就有必要来进一步考察通过词语在肌质中的互感作用如何得以最大限度地实现的问题。

这可以从如下几个方面来展开。

首先，要分清语链和语序的关系。作为诗性语言，其质的规定性要求是句式上要求聚词而对等成横轴链而不是组词而推延成纵轴线，即要语链环环相扣的对等形态而不是句式规范。具体点说，诗性化句式要求纳入其中的词语不是邻接（相邻关系）性组合，而应该坚持对等（类似关系）性组合。所谓邻接性组合，指的是句式在一条语法序列线上把各个相邻的成分按部就班地组合。所谓的语法序列是服从于分析演绎要求的。因此，这样的句式对于以点面感发为标志的隐喻语言当然不合适，而以以线性陈述为标志的、纵轴上的分析语言也就不应该要。所谓对等性的聚合指的是句式在一条无序列规范可言的语链线上，把各个有记忆联想共同点隐含的词语的结合。显然，这样的语链形态是服从感兴联想要求的，因此其句式对于以点面感发为标志的隐喻语言，当然会采纳，而以线性陈述为标志的逻辑语言也应该采纳。唯其如此，才使旧诗的句式出现了一连串违反语法规范的现象，诸如词序颠倒、成分残缺、修饰淡化、词性变异、人称不明、关联模糊等等。而新诗的句式，除了词性也间或保持着可以变异的传统，其他方面总体上说均严格按语法规范操作，和旧诗的句式特征刚好相反，诸如词序规范、成分完全、修饰强化、人称明确、关联讲究。凡此种种，前已详细论析，此处就不赘言。须要指出的是，新诗按语法序列把邻接词语组合成句的这种句式追求，成了新诗采用线性陈述语言体系的基础，以致畸形地发展了逻辑语言，为新诗的散文化、理性化大开方便之门，也为新诗无法蕴藉含蓄、难以进入情境世界提供了条件。所以新诗近一个世纪的历程中，像如下这些概念分析性的、纵向推论性的散文化句子，实在太多了：

他也许爱我，
也许还爱我
但他总劝我
莫再爱他。

——胡适《一念》

这段时间中他通身的知觉都已死去

——闻一多《李白之死》

关于他的“可怜又可笑的爱情”我是一些也不知道。

——戴望舒《断指》

这些新诗句式，就完全是分析的，叙述的，是一些很合于语法序列的散文句式，从诗歌审美角度说，它们实在“散文美”不起来，只给人以拖沓、冗长、啰嗦的感觉，一览无遗，没有韵味，只有理性推延。胡适还对他自己这种句式得意地说“意思神情都是旧诗所达不到的”，而“‘他也许爱我——也许还爱我’这十个字的几层意思，可是旧体诗能表达得出的吗？”[10]。新诗如果再坚持这样的句式来作为审美追求的目标，等待它的只能是在散文的泥淖中愈陷愈深的命运！令人不无遗憾的是，我们的诗坛“语境”至今还依然把这种按语法序列去组词成句的句式形态作为诗歌语言建设的方向。

不过，以往新诗的语言探求中，半自觉地以对等原则为依据聚词成链，追求隐含对等的句法结构，也还是不乏其人的。我们最早见到的是郭沫若在《笔立山头展望》中，他在抒唱“大都会的脉搏呀／生的鼓动呀”之后他这样写：

打着在，吹着在，叫着在，……
喷着在，飞着在，跳着在，……

这是两个非常奇特的诗行，全是光秃秃的动词，每一行三个，并置地聚成两个语链。虽然每一链的三个动词在外象上并不存在相互间的关系，但“打着”“吹着”“叫着”也好，“喷着”“飞着”“跳着”也好，都会引起我们对动与力的联想。也就在这个共同的联想点上，每个语链中的三个动词确立起了隐含的对等关系，构成了对日本门司这座跃动、喧嚣的现代都会动与力的精神气质动人的隐喻。徐志摩对这类遵循对等原则的句法活动似乎更感兴趣。《沪杭车中》一诗写主体坐在奔驶着的火车窗口，观赏车窗外飞掠而过的自然风光，用这样一些诗行：“匆匆匆！催催催！／一卷烟，一片山，几点云影，／一道水，一条桥，一支橹声，／一林松，一丛竹，红叶纷纷。”这个诗节很值得注意。它是四个词语对等的语链构成的。第一个语链“匆匆匆，催催催”，由两个拟声词建立的对等关系，这是一种如沃尔夫冈·凯塞尔所说的“发音的象征”在起作用。凯塞尔说：“发音本身以决定的方式呼唤出每一个客观的东西并且创造出客观东西的灵魂的情调。客观的东西对于这种情调的关系比对于明显的存在和现实的关系要密切得多。”〔11〕这就是说：“匆匆匆，催催催”作为火车奔驶的拟声词更易激活接受者的记忆联想，以一种匆忙催促的感兴情调使这两个词建立起隐含的关联。后面三行，各行都以三个名词聚合成语链，当中没有关联词语，在外象上也能各以三个物象（“烟”“山”“云影”……）的横向并置而给人以物象飞速掠过迅捷变换之感，这又能激活记忆联想，以飞掠而过的快速运行感发情调，进一步隐含地关联起来。这种词语以对等原则聚合而成的语链形态也就隐喻出了现代科学文明世界具有力的矫健的动人姿影。徐志摩在“月夜雷峰塔影”中还有这样的诗行：

深深的黑夜，依依的塔影；
团团的月彩，纤纤的波鳞。

每一行两个对等词组聚成语链，因此形成的肌质由于是月夜西湖之抒情构架的一部分，因此它们既有外象上的对等关系，也有联想中的共同点：如梦似幻、宁静悠远中自然和谐、人生飘逸的美感使它们有了隐含关联。这种美感也就因这种句法活动而有了隐喻的体现，无需用语法序列邻接词语以成的分析性句式形态来明显地说明，于是也就有这两个诗行后面另两个诗行：“假如你我荡一支无遮的小艇，／假如你我创一个空幻的梦境！”这场“假如”后面怎么样呢？“欲醉已忘言”了。类似这样在对等原则指引下聚词成链的句法活动，新诗中还可以找到不少例证。林庚作品中就不少，如他的《秋深》中有句曰：“北平的秋天故园的梦寐轻轻像帐纱／边城的寂寞渐少了朋友远留下风沙。”近年来秋萩也对此在默默地作探求，如在《江南春》里有：“千里莺啼出梦恋的征候／丁香的雨巷，油纸伞，烟柳。”这第二行就是遵循对等原则的一场句法活动典型的体现；吴汶的《菱塘》中：“秋风，倾斜的塘岸／竹棚上的扁豆结了花球。”这第一行也显示着这类句法活动。

高友工和梅祖麟在《唐诗的魅力》中曾说：“隐喻关系不仅表现在互相关联的

并列名词之间，如前例（指杜甫的诗句：‘浮云游子意，落日故人情。’——引者按）所示，而且也表现在那些处于较大语法结构中的成分之间。”[12]这很值得注意。旧诗里很多词语对等聚合的句法，实际上除了像温庭筠《送僧东游》中“灯影秋江树，篷声夜雨船”、马载《灞上秋居》中“落叶他乡树，／寒灯秋夜人”、苏轼《鹧鸪天》中“乱蝉衰草小池塘”等那样才是绝对排除语法序列以外，大多都还是若隐若现地存在着语法序列的，譬如赵嘏的《长安秋望》中“残星几点雁横塞，长笛一声人倚楼”“残星几点”与“雁横塞”是对等词语，“长笛一声”与“人倚楼”也是对等词语，但每个语链中的一组对等词语又都合于语法序列：“雁横塞”与“人倚楼”都是主谓宾结构的叙述句子；“残星几点”与“长笛一声”省却了“在……时”与“在……中”，这两个介词短语是作状语去修饰谓语“横”与“倚”的。总之，旧诗句法活动中，已显示出对等关系和邻接关系相交融的和平共处现象。至于新诗中，我们前面再三强调句法要建立在聚词成链的对等原则的基础上，这多少使人感到有点极端化。其实这是策略性的提法，是为了打破组词有序的语法规范一统句法天下的格局而有意矫枉过正的做法。新诗在接受了西方影响，让逻辑性语言流行诗坛近一个世纪、造成了一股习惯势力的情况，要想彻底丢掉线性陈述的语言体系是不可能的，完全回到旧诗的点面感发的语言体系也是办不到的，最好的办法是二者在双向交流中融汇成一体。而这种意图要想充分实现，关键是句法，也就是说，让对等原则与语法序列在句子中共融是最要紧的。如果说在句法上旧诗是语法序列向对等原则渗透以达到两大语言体系在句法上的共融，那么新诗则须对等原则向语法序列渗透以达到两大语言体系在句法上的共融。新诗中这种共融可以有判断句形态和叙述句形态两类。在正常的语法修辞关系中，判断句中引入对等原则的语链，如时湛的《马其顿之恋》中：

肃穆的大厅因谁的流盼
从此有青春梦，杨柳依依

“从此有青春梦”是个合于语法序列的判断句，只不过省略了人称主语，而“杨柳依依”则又和“青春梦”对等成一个语链，这两个词语有个记忆联想的共同点：都能给人一片春天的感兴情境——《诗经》中“昔我往矣，杨柳依依”，就作为诗性文化，隐示着春天的勃勃生气。因此它们还在深层次上有隐含的联系。因此，这第二行是个较正常地嫁接成的判断句。陈述句引入对等语链的，如秋荻《天姥山》中：

峡谷，暮岚，山亭微茫了——
这不是绿岛，是一颗凄凉

“山亭微茫了”是个合于语法序列的陈述句，只不过谓语“微茫”是形容词作动词用的词性转换成的。“峡谷”“暮岚”则和“山亭”聚成了一种对等关系，并因这场聚合而能激活接受者对天姥山的记忆联想，使它们之间有了隐含的关联，隐喻着一种李白在《梦游天姥吟留别》中已经定位了的越地山水文化的神秘、悠远而苍凉的情味。因此这第一行也就成了较正常地嫁接成的陈述句。新诗中这种让对等性语链嫁接到按语法序列形成的句式中去的新颖句法，还在新诗句法探求中显出新的变异迹象，那就是嫁接要反语法修辞逻辑化，形成既不像语法序列组词成句、也不像对等原则聚词成链的怪胎句式，这恰恰大大强化了逻辑陈述意味和感兴隐喻意味的融合。反语法修辞逻辑的判断句嫁接了对等原则语链的，如易华在《少女素描》中：

睫毛下凝眸是一脉逝水，数声鸠鸣

说“凝眸”是“逝水”“鸠鸣”，这样的判断是违反修辞常理的。被判断出来的并不是抽象的性质特征，而是两个意象化的具体词语，它们都具有兴发感动的特异功能——似水年华迢遥流逝，能无留恋光阴惜朱颜的伤感？而善感之际，斑鸠一声声渴求的呼唤更令人产生季节的惆怅，所以这两个词语有着记忆联想的共同点，因而凭藉以隐含的关联而确立起一个对等原则的语链，却又让“凝眸”神态所隐含的少女内心情思能隐喻地传达出来。唯其如此，才使不可能是“一脉逝水”和“数声鸠鸣”的“凝眸”更其真切地成了“一脉逝水”和“数声鸠鸣”了。白蕨的《漠原情思》中：

八月的相思凄艳了水风沙

说“相思”能有“凄艳”这样的动作发出来，是反常理的，又说戈壁滩上的一片“水、风、沙”能被“凄艳”也是讲不通的。总之，这个句子按语法修辞规范去看，是经不得事理分析与演绎的。但“水”“风”“沙”是漠原形成的大特征，在环境荒凉的意义上，它们有外显的对等，在记忆联想所及的生命荒芜的意义上，它们又隐含地关联着，从而构成一个按对等原则形成的语链，并成了“凄艳”的宾语。从形容词词性变换成动词的“凄艳”作为谓语，作用于这个语链而达到的是一场反常合道的、由分析性与隐喻性融合而成的奇特情思——美丽的忧伤。

由此看来，把以对等原则聚词而成的语链嫁接在以语法序列邻接词语的新诗句式中，形成一种具有综合意义的全新句式，恰会是未来新诗把两大语言体系予以汇通的基础，也会是新诗从散文语言转为诗性语言的方向，因为只有采用这种嫁接措施才有可能保证新诗首先在肌质中充分发挥隐喻功能。当然，要让隐喻得以超越句子而在整个诗歌文本中发挥功能，还得从句法活动转为章法活动、从肌质推向构架，从中扩大嫁接范围，为隐喻创造引申的条件才是。

三、连续性句法与对等原则

这就需要进一步来研究嫁接与隐喻引申的关系了。

新诗审美传达的最高位价值如同诗本体一样，是隐喻。因此，也如同诗本体一样，新诗的所有艺术手段都要服从于隐喻的需要，我们探索未来新诗的语言建设，其终极目标也是促使文本最大限度地发挥隐喻功能。因此在深入探索、扩大思考未来新诗语言的问题时，得把前面多次提及的“隐喻”究竟包括哪几方面含义先来作个较确切的说明。

什么叫隐喻——或者暗喻？对此燕卜荪曾说：“是对一种引人注意的形象进行观察，观察中包含的若干要素的综合也就是暗喻”。他还进一步指出：“它是一种复杂的思想表达，它借助的不是分析，也不是直接的陈述，而是对一种客观关系的突然的领悟。”[13] 这段话表明：隐喻是对事物之间那种客观关系的突然领悟。这个概括是可以派生出三个具有关键意义的问题的。第一个是客观关系指什么？我们这样理解：这“关系”具现为：诗人对事物在作多方面观察中引起了记忆联想，并凭这些记忆联想将这些方面综合成一个类似的因而可以统一在一起的关系；另一个是突然的领悟是怎么回事？可以认为这是对通过记忆联想而统一在一起的关系突然有了超越庸常意义、发现更悠远的生态关系、从而产生“此中有真意”的一种把握；再一个是对客观事物的突然的领悟，凭依的是什么？对此，燕卜荪只是说这领悟并非分析而得，也难以直接陈述出来，却没有深入一层来阐明。就我们的理解，指的是对引人注意的对象进行观察中的兴发感动或者说一种直觉感应。可以这样说对对象的领悟所凭依的是直觉而得的兴发感动，而当对象进入诗歌文本，成为意象化的语言时，接受者的领悟所凭依的是兴发感动而成的直觉感应，二者都通向一个功能——激活记忆联想。所以说到底，隐喻和记忆联想脱不了干系，记忆联想则和兴发感动脱不了干系。因此，诗歌文本作为诗性语言的形态结构，其特点如同前面论及遵循对等原则的语链发挥隐喻功能时已一再提及的那样，字面的词语排列是一种意思，而在这个词语排列下还存在着一个平行、并列的意义结构，我们不妨把它称作“垂直”的结构，而对于这个结构的解析也如同前面一再提及的，要靠接受者的记忆联想来完成。索绪尔在《普通语言学教程》中就对这种垂直的结构指出：“在话语之外，各个有某种共同点的词会在人们的记忆里联系起来，构成具有各种关系的集合，……它们在某一方面都有一些共同点。”[14] 所以这个垂直的结构其实存在于人们的脑子里，是属于个人的语言内部宝藏的一部分，管它叫联想关系，这样的垂直结构也可称垂直的联想结构。[15]因此，存在于这个结构中的词语也就成了意象的物化形态，它们能把潜藏着的人的记忆对象提示出来，以类似或者类比作为前提而集合成一个完整的印象。这个存在于垂直的联想结构中的印象，对接受者来说是含混朦胧的，“或多或少是牵强的”[16]，对不同的接受者来说甚至会是歧义的，却也因此而具有一诗多义价值。我们因此称这个印象为隐喻，而能充分体现出这种隐喻功能的语言，也就与以自然语言构成的日常话语有了质的区别，即作为概念思维与诗性思维的物化形态的区别，而称之为隐喻的语言。

隐喻及其在诗歌文本中的物化形态，也就是这些内容。

一般而言，诗歌文本中隐喻就是意象，隐喻的语言就是意象的语言。[17]因此，在句法活动中，实体词语就是物化形态的意象，作为句子构成的基础的词语通过对等原则聚合成的语链，我们一再肯定它具有特异的隐喻功能，其实也就是意象浮现的功能。因此，当句法活动扩大范围进入章法活动后，存在于语链中的肌质性隐喻也会推进到存在于句链中的构架性隐喻，而标志则是意象的流动了。不过，不论语言活动的扩大，或者隐喻功能的推进，万变不离其宗——必须坚守对等原则。旧诗从句法扩大到章法的活动过程中，通过从语链转向句链来体现对对等原则的坚守，这一点语言策略传统是新诗更值得继承的。

旧诗在句法活动中对语链隐喻形态的确立，是一场对等原则生动的体现，这一形态有不少特征，已如前所述的。不过，其中有两个特征还值得提出来并追求其何以如此的原因。一个是词语在语链中关联词完全省略，只有几个孤零零的词并无语言联系的聚合；另一个是修饰成分尽可能被省略，只有几个光秃秃的词语隐含地关联着。为什么这样做呢？这是因为，关联词的存在是词语间存在语法序列的一种反映，会破坏对等原则而使语链建立在分析推论关系上；省略关联、修饰性词语是不让出之于分析、推论的陈述性来左右语链，以致破坏对等原则的贯彻。燕卜荪在《朦胧的七种类型》中就说：“修饰语是用来分析直接陈述语的字眼。”[18]古典诗人在创作中的确是通过对关联词语和修饰成分的省略来尽力避免线性陈述入侵句法活动的，他们本能地在维护着对等原则。新诗的句法活动则基本上成为分析世俗人生状态后一次次概念的演绎，成为陈述生态世界中一场场抽象的概括。于是我们也就读到了这样一些既表现得曲曲折折，又具有语法的绝对精确性的诗句，如戴望舒的“我知道你愿意缄在幽暗中的话语”。[19]还有卞之琳的“骄傲于被问路于自己”。[20]而“骄傲于被问路于自己”这样的句子还被人作了十分高的评价：“不但是用了一个‘于’字，而且层叠地用了两个‘于’字，我们就觉得这句子特别柔婉而有力”“传达了那诗中人物的一种特殊心情与姿态，一种曲折层叠的境界”[21]。其实这里所写的独特心态是经陈述者分析后以十分精密的语法序列邻接词语而成的一场抽象化陈述。新旧诗这种句法活动的差异毋庸怀疑，不过这毕竟还只是在句法活动范围内发生的事，就新诗从汉语点面感发的隐喻语言传统中脱轨出来的现象来讲，险情还不至于到不可收拾的地步。但进入连续性句法活动后，险情才真的到严重的地步了。

这也得从旧诗的连续性句法活动及其导致的意象流动等一连串情况谈起。

意象浮现是发生在句法活动范围内的，旧诗中的句法活动对意象浮现的控制能力很强，表现在两方面：一是必须在垂直的联想结构中浮现，这是从质上控制意象的浮现；二是语链中以对等原则聚合的词语作为形成垂直的联想结构的基础。实质性的短语成了营造这一基础的重要材料，这是从质量双管齐下对意象浮现所作的拓展性控制。前一方面上一节已谈得较多，不再多说。后一方面是新提出的，值得多谈几句。其实旧诗中以对等原则聚词语以成的语链对句法活动来说不是唯一依靠的力量，大量文本证实，必须让合于语法序列而邻接词语而成的语链嫁接，否则句法活动在好多场合将会寸步难行，如王昌龄《从军行》中的“黄昏独上海风秋”。这“海风秋”是词语的对等，而“黄昏独上”则是词语的邻接，因此这一行诗实在是分析语言嫁接于隐喻语言而在一个语链中句法活动的独特显示。不过，“黄昏独上”不能算是一个合于语法序列的独立句子，充当状语的“黄昏”本是个介宾结构“在黄昏时”，只不过被省略了“在……时”，人称主语和宾语也全被省略了，因此它实际上只是个短语而已，这个诗行实际上是“黄昏独上”与“海”“风”“秋”这四个词语按对等原则聚合成的语链，对等关系因此而扩大了。于是，由这一语链所形成的垂直的联想结构更显得复杂、丰富，隐喻肌质中的感发功能也更强，而意象浮动的质量也大为提高。再如卢纶《塞下曲》(二）中的“林暗草惊风”，则由判断句“林暗”与被动句“草惊风”聚合成的一个诗行，它们都不是词汇，也不能称短语，而是两个合于语法序列的句子合成，但由于它们都是客观世界本然状态的表现，尤其“草惊风”，更是动态存在的本然表现，而语言行为如果是面对具体对象的本然关系而不是将其抽象化为概念的逻辑推论关系，那么词语按照语法序列邻接也可以真实地表现本然的对象世界，于是其存在价值也就可以等同于实体的词语，从而可以按对等原则聚合成语链，在垂直的联想结构中感发出一个对阴郁、险恶而神秘莫测的生存世界的隐喻。我们举这两个例子无非想说明旧诗中一般说句法活动所及的对象是具体的、本然状态的存在，而不是通过主观分析——演绎而抽象地陈述出来的过程性存在，所以即使是按薄弱而松散的语法序列邻接起来的句子，也可以按对等原则聚成一个语链，形成一个具有更丰富而复杂的垂直的联想结构，从而感发出一个更其深广的隐喻，使肌质关系中意象的浮现也更其频繁。这些都反映着旧诗的句法活动也非得扩大不可。既然对等原则可以超越词语间的对等而允许在缩微的句子间作对等的体现，那么当句法活动扩大成为一个句子作一个诗行时，对等原则要是再在句与句之间体现，岂不是这场句法活动竟扩大成超越语链形态而在句链中的对等？我们的回答是肯定的，而这么一来，旧诗的句法活动也就成了连续性句法活动，隐喻也将在整个文本中显示其统令全局的功能作用，意象也将突破肌质关系中的浮现而成为在构架关系中的流动了。

这场连续性句法活动的出现和对等原则从聚词语成语链发展到聚句子成句链来体现，突出地显示在律诗法定地设置的两个对句中。旧诗中，对句是一种很重要的、以“趣同”或“义合”[22]的方式体现对等原则的句链形态，它既要求语义的对等，也要求句法的对等。五律中的对句如温庭筠《商山早行》中的“鸡声茅店月，人迹板桥霜”；《送人东游》中的“高风汉阳渡，初日郢门山”；《送僧东游》中的“灯影秋江寺／篷声夜雨船”。从语链中词的对等到句链中句的语义、句法的绝对对等都十分标准。七律中的对句如杜甫在《蜀相》中："映阶碧草自春色／隔叶黄鹂空好音。"《秋兴八首》之一中："江间波浪兼天涌／塞上风云接地阴。"《登高》中："风急天高猿啸哀／渚清沙白鸟飞回。"从语链中词语的对等，到句链中句式的对等也是标准的。至于两联中，联与联句法虽不对等，但两个对句在隐含的关联中形成的隐喻义则总是对等的，如李商隐《无题·相见时难别亦难》中这两个对句：

春蚕到死丝方尽，
蜡炬成灰泪始干。
晓镜但愁云鬓改，
夜吟应觉月光寒。

在这里，属于颔联的第一、二行都是时间复合句，句法是对等的；颈联的第三、四行都是条件复合句，句法也对等。虽然它们都是按语法序列作词语邻接并显示出对事物的分析推论的关系，但各联的对句由于垂直的联想结构都是在爱情忠贞不渝这个隐含的关联中形成的——前一联隐喻至死不变的永远，后一联隐喻两地相思的无尽。如果我们根据语气、语境来辨识人称主语，当可以把它们新译成这样："我这段痴情，幻现为春蚕／到死丝方尽难续难断；／你那颗悲心，化成了烛焰／成灰泪始干无悔无怨／深闺卷帘时，盈泪低叹／画屏，晓镜，你愁老容颜／他乡漂泊中，敛眉长吟／月光，暮砧，我寒透灵感。"这就能看出，两联四句中呈现着的这一对人苦恋之情是以相抱式的组合方式（男女女男）组成句链，体现对等原则的，这不仅有语言外象上更大范围的关联，更有字眼背后隐含的更大关联，让一串浮现出来的意象从"春蚕""蜡炬"流到"云鬓改""月光寒"，汇聚成一个意象组合体，把这场双向交流得如此复杂而强烈的苦恋在更深广的联想结构中隐喻了出来。因此，由两联四个对应关系的句子聚合成的语链，纵使在章法活动中免不了有分析的语言因素渗透其中，也不会影响其对等原则的体现和隐喻功能的作用。除了律诗的两个对句充分地体现了聚句子成句链中的对等原则，绝句、词和小令中也同样可以作对等原则的体现，并且章法活动还能把此举推向整个文本。如李煜的《捣练子》："深院静，／小庭空。／断续寒砧断续风。／无奈夜长人不寐，／数声和月到帘栊。"全诗以"深院静""小庭空""寒砧"与"风""夜"、"人不寐""月"与"帘栊"等五组中心词语或对等聚合或邻接组合成一个语链，它们各自所含的词语都在垂直的联想结构中完成了隐含的关联，第一、二、三行都具有此境凄寂的隐喻功能，第四行具有此情孤苦的隐喻功能，而第五行则以迷离清寥的情境隐喻功能真切地体现了亡国之君不堪忍受之人生凄苦，至于这三类隐喻又可以统一在联想更趋一致因而更其深远的一场隐含的关联中，为了更好地把握住这些诗行在句链中联想感受的趋同，我们不妨把它新译在下面来看一看：

这深深的大宅院
静寂无人
空空的小庭
唯有秋叶落纷纷
宫墙外，烟水寒圹
暮砧几响，风数阵……
呵，无奈的远夜
不寐的魂
听遍了断断续续声
入帘栊，带着月痕

毋庸置疑这个以对等原则合成的句链，由于各个语链也以对等词语聚合成，且在隐含的关联中让意象（如"寒砧"与"风"、"月"与"帘栊"等）得以浮现而体现其隐喻功能；这也就使自身呈现为意象的流动，且以众多流动的意象汇成一个意象组合体，来兴发感动出对文本整体的隐喻：生之终极唯有孤苦。此中可见，连续性的句法活动对扩大对等原则的体现是起了极重要作用的。

值得谈一谈旧诗的连续性句法活动在扩大对等原则的体现中，其实也存在着隐喻语言与逻辑语言互补共存的问题。在诗歌文本中，隐喻语言往往在外在句式的语法关系较弱而词语的构成（特别是名词性复合词）倾向于表现感觉性能的情况下出现，而当句式的语法关系较强且分析的明晰度超过感觉的强度时，就出现分析语言。这在近体诗及词中随处都可以得到证实。律诗中的中间两联大都使用隐喻语言以显示感性特征和个体对象，而连续性句法则经常出现在尾联，用以统一前面几联中出现的各种事物，如杜甫的《蜀相》："丞相祠堂何处寻，／锦官城外柏森森。／映阶碧草自春色，／隔叶黄鹂空好音。／三顾频繁天下计，／两朝开济老臣心。／出师未捷身先死，／长使英雄泪满襟。"这颔联和颈联两个对句是很合标准的，显示意象组合关系的隐喻语言，但尾联是个原因复合句，是标准的逻辑语言，既统一了前面出现的各种意象化事物，又通过这个因果复合句把隐喻诸葛亮的崇高精神引申到一个更高的价位——这位忠贞之士带给一代代历史创造者以永恒的哀感。这一场隐喻引申的功能就是靠逻辑语言达到的。律诗如此，绝句何尝不是如此。绝句的结构一般说以第三句为界分前后两片，第三句十分重要，起一种转舵的作用。大抵说结构的上片采用隐喻语言，下片的转舵往往采用设问、因果、时间等关联词语以形成一种主从复合句的形态，而这就是逻辑语言了。李商隐的《嫦娥》可作例证："云母屏风烛影深，／长河渐落晓星沉。／嫦娥应悔偷灵药，／碧海青天夜夜心。"这首绝句的上片以"云母""屏风""烛影"的对等聚合完成了第一个语链，隐喻抒情主人公独处的凄寂；以"长河落""晓星沉"的对等聚合完成了第二个语链，隐喻她长夜的难寐。它们又以对等原则聚成一个句链，在同一记忆联想作用下完成了隐含的关联，隐喻着孤栖无依的生态。这上片两行相互间的关系体现为隐喻语言特性。下片的两行都是受推论关系作用形成的条件复合句，体现为逻辑语言的特性，"孤寂之况，以'夜夜心'三字尽之"[23]，是对孤栖无依作隐喻的引申，显示出超越具体生态苦况而进入宇宙永恒孤寂的生命律象征意味。这情况也反映出旧诗中的两种语言确能互补共存，并且这样做才使旧诗的隐喻功能推向更高境界。不过，分析语言的渗入也有一个规范要求——由关联词语引发出来的这场隐喻引申，其引申的整体过程可以是分析语言，但其终极又必须是具体的、以对等原则聚合词语的隐喻语言表现。这首诗下片虽是个条件复合句——分析语言的具现，但其主句“碧海青天夜夜心”不是个完整的、由语法序列邻接起词语来的句子，而是三个对等词语聚合的语链，隐喻着万古此身已永无可能改变命运引发的那一脉长存天地间的哀感。因此，这个条件复合句实际上是隐喻语言“碧海青天夜夜心”嫁接于逻辑语言“嫦娥应悔偷灵药”的奇特语言形态。由此也进一步可以看到，旧诗中两种语言的互补共存，其中逻辑语言大多显示为让隐喻语言来嫁接的存在形态。这也就显示着，旧诗总体说还是以点面展示为标志的隐喻语言体系。

旧诗中连续性句法活动导致意象的流动和大面积组合，促成隐喻功能的扩大。这种种带有显明的隐喻语言内在规律性的情况，对新诗无疑有很重要的参考价值的。

这就要来探讨新诗中连续性句法活动过去是怎么个情况，未来又该是怎么个样子的问题。

在上面论述新诗语言时我们已约略谈到过这么个问题：由于采用了线性陈述为标志的逻辑语言，强调语法规范和大量起用修饰成分，已使过去新诗语言在句法活动——特别是连续性句法活动中，无论句式或章节都大大地膨胀开了。对此我们曾从陌生化、新颖性、给形象表现以便利等方面作出过肯定。但这种情况对新诗的抒情功能是利大于弊还是弊大于利却并未作出较全面的判断。这里不妨说，过去新诗里坚持单一地使用以线性陈述为标志的逻辑性语言体系，并从这个体系出发展开句法活动和连续性句法活动，对于充分发挥抒情功能都是弊大于利的。除非出于这一语言体系的句法活动和连续性句法活动坚持让以对等原则聚词语而成的语链或聚句子而成的句链与之嫁接，否则，继续抛弃对等原则作用下的隐喻感发而陷入推论原则作用下的抽象述说，将会是未来新诗继续弱化抒情功能的逻辑起点。

过去新诗的句法活动和连续性句法活动对抒情功能弊大于利的情况可以从两个方面来检讨。首先一个方面是强化笼统抽象的叙事，弱化表现功能。几十年新诗表明，即便是有经验的诗人，也始终摆脱不掉在句法活动中笼统地叙事的做法，如戴望舒写了《雨巷》后不久，即背叛了“雨巷”路子，从写《我的记忆》开始突然提倡完全按口语的腔调写诗。此举在戴望舒自己和他的朋友看来，是“字句底节奏已经完全被情绪底节奏所替代”[24]，是摆脱外在音乐的羁绊而寻求到了内在音乐。其实写《雨巷》时（也包括这以前）戴望舒倒是自发地接受了旧诗的语言传统，如《不要这样盈盈地相看》中这样的句法活动：“静，听啊，远远地，在林里”，就是一个以对等原则聚词语而成的语链；《雨巷》中则有这样的诗节反映着连续性句法活动：“撑着油纸伞，独自／彷徨在悠长、悠长／又寂寥的雨巷，／我希望逢着／一个丁香一样地／结着愁怨的姑娘。”这是一个以对等原则聚句子而成的句链。到写《我的记忆》后，他成了逻辑语言的忠实追求者，抛弃了对等原则在句法活动中的体现。《我的记忆》中这类所谓词句的节奏被情绪的节奏替代的语言行为，其实是对逻辑语言写诗的倡导，因此这样的诗缺乏兴发感动的隐喻功能是势所必然的，流弊之所致，甚至这样一些句子不断地在他的诗歌文本中出现：“老实说，我是一个年轻的老人了。”（《过时》）“我将对你说那只有我们两人懂得的话。”（《到我这里来》）“我已为你预备了在我算是丰盛了的晚餐。”（《祭日》）等等，也出现了作为连续性句法活动的产物——这样的诗节，如在《过时》中：

是呀，年轻是有点靠不住，
说我是有一点老了吧，
你只看我拿手杖的姿势，
它会告诉你一切；而我的眼睛亦然。

这哪里有一点藉意象语言提供的隐喻功能，来让接受者在兴发感动中品味到诗的韵味，有的只是世俗生活琐碎的、不免笼统抽象的陈说。当然，这种笼统抽象的陈说有人做得巧妙一点。如余光中在《满月下》中有这样一场连续性的句法活动完成的诗节：“那就折一张阔些的荷叶／包一片月光回去，／回去夹在唐诗里，／扁扁地，像压过的相思。”对此他自己说：“情调原是古典的，但语法是现代的，因为作者用的是白话的腔调。”这番话其实并不确切，应该这样说：情调是现代披着古装的，且是十分讲究语法的，因为作者用的是促人分析一下的语言腔调。这种聪明讨巧的写诗路子，使用逻辑语言当然最合适。第二个方面是强化分析推论的说理，弱化了感发功能。几十年新诗实践也表明：越是穿着“现代”外衣的诗人，更摆脱不掉在句法活动中分析推论说理。如写过《现代化和我们自己》的张学梦，现代到念念不忘在句法活动中从分析科学原理推论现代人生来作为他诗学追求的最大目标。在他的文本构建中，句法活动所完成的是这样一些句子：“大自然并不特别在意我们的存在和文明”(《人与自然》)，“知识毒害了心灵，滋养了理性”(《面对宇宙》)，“不难想象那决定了麦子性状和穗实的也统辖着我们的脑系和心田”(《人类基因图谱》)等等。也出现了在连续的句法活动中完成的这样一类诗节——如在《人类基因图谱》中：

确有物理学的总根源。这一片
尚待破译的细胞里的语言，
拨开肤色、种族、语系和排异反应的枝蔓
訇然覆盖在人体解剖图谱的上面。
同一符号，同一注音，同一释义
一部阅读人类生命奥秘的共同的词典。

这确是对人类基因图谱的性质、特征、功能价值以及发掘人类本源的意义所作的巧妙说明，有分析、综合、概括、推论，全诗各个句子中的词语都按语法序列邻接起来，特别像第二句：“这一片尚待破译的细胞里的语言，拨开肤色、种族、语系和排异反应的枝蔓，訇然覆盖在人体解剖图谱的上面。”主从复合的句式结构，冗长的修饰成分和频繁的修饰被语法规范邻接得井然有序，把“理”说得很巧妙，很透彻，但不论句法活动或连续性句法活动所反映出来都是一种让人去“思”的逻辑语言行为，想从此中兴发感动出一点韵味来是不可能的。当然，张学梦使用这类句法说理还不够巧妙，不够聪明，穆旦比他远远高出一筹。穆旦是用逻辑语言巧妙地说理（这个“理”被卞之琳等人美其名曰“经验”）的能手。在《发现》中穆旦用逻辑语言相当机警地把“我”初涉爱河时的心态这样细致地分析和精密地推论了出来：“在你走过和我们相爱以前，／我不过是水，和水一样无形的沙粒，／你拥抱我才突然凝结成为肉体；／流着春天的浆液或擦过冬天的冰霜，／这新奇而紧密的时间和空间。”我们应该承认这样的句法和连续性句法活动从机智巧妙地说理上来看，是反映了一场成功的语言行为，但和质的规定性的诗性语言——以点面感发为标志的隐喻语言是两类体系的，其句法和连续性的句法活动大大异于对等原则作用下的隐喻感发功能，而深深地陷入逻辑分析中了。

诗，无论是创作或鉴赏，都是对世界直觉感应式的把握，而不是逻辑推论式的占有，所以它要求通过语言机制获得一种感发功能，而不是分析功能。对诗的这一质的规定性特性纵使在特定时期可以被更新诗歌观念的人所漠视，甚至不屑一顾，但随着审美实践中经验与教训的不断积累，这一质的特性总还是会被具有较高诗学修养者所接受，从而也会有一些诗人去自发地探求新诗语言体系的调整之路，特别是在句法或连续性句法活动中，致力于体现句链中的对等原则和扩大隐喻的功能范围。过去新诗致力于这方面的探求是不乏其例的。

大致说：新诗句法和连续性句法的活动中遵循对等原则、采用隐喻语言的情况并不少见，诗行群、诗节和整个文本中都会有发生，且具有三点显著标志：一是关联词语省却，二是修饰成分收缩，三是对等词句起用。如宗白华的《断句》：

心中的宇宙
明月镜中的山河影

这是对等原则聚合成的句链，它们之所以能对等，在于映在心中的宇宙是虚体，同映在明月中的山河是虚影一样，因此它们在缥缈虚幻的记忆联想中有了隐含的联系，隐喻着那一缕幽渺的宇宙感兴：大千世界原是相对的虚幻存在。两个诗行之间没有关联词存在，如果把它们写成“心中的宇宙是像明月镜中的山河影一样的”，那就因了限定定向关联而削弱了联想，淡化了隐喻感发的幽秘邈远，而成了现实关系的说明。绿原的《航海》在写了“人活着／像航海”后，来了这样一个诗节：“你的恨：你的风暴／你的爱：你的云彩”这两行诗，每一行都是以对等原则聚合成的，“恨”与“风暴”在力的搏斗上隐含地联系着；“爱”与“云彩”在美的自由上隐含地联系着，而这两行之间也以对等原则聚合成一个诗节，在显示两类生存境界的对等词语中显示多彩人生，完成了对“浮生”的隐喻。使它们既省略了任何关联词语，也把修饰成分收缩到几近极限的地步。在句法或连续性句法活动中作类似的对等原则的诗节组合，还可举出不少，像徐志摩在《她是睡着了》中：“她是睡着了——／星光下一朵斜欹的白莲；／她入梦境了——／香炉里袅起一缕碧螺烟。”李金发的《迟我行道》中：“远处的风唤起橡林之呻吟／枯涸之泉滴的单调。”何其芳的《花环》中：“开落在幽谷里的花最香，／无人记忆的朝露最有光，／我说你是幸福的，小玲玲，／没有照过影子的小溪最清亮。”舒婷的《思念》中：“一幅色彩缤纷但缺乏线条的挂图，／一题清纯然而无解的代数，／一具独弦琴，拨动记忆的念珠，／一双达不到彼岸的桨橹。”等等。连续性句法活动中，以对等原则聚合的诗行群或诗节还可以聚合成整个文本，在架构中呈示对等原则。冯乃超的《现在》：

我看得在幻影之中
苍白的微光颤动
一朵枯凋无力的蔷薇
深深吻着过去的残梦

我听得在微风之中
破琴的古调——琮琮
一条干涸无水的河床
紧紧抱着沉默的虚空

我嗅得在空谷之中
馥郁的兰香沉重
一个晶莹玉琢的美人
无端地飘到我底心胸

这是由三个对等诗节聚合成的一个能充分体现对等原则的文本。它在每个诗节的构架中，都由两个对等的诗行群聚合成。第一个诗节是藉“幻影”和“微光”、“蔷薇”和“残梦”这四个意象汇流成的意象群，使两组诗行隐含地关联成一个具有感发幻忆功能的隐喻。第二个诗节是藉“微风”“破琴”同“河床”“虚空”汇流成的意象群，使两组诗行隐含地关联成一个具有感发幻望功能的隐喻。第三个诗节是藉“空谷”“兰香”同“美人”“心胸”汇流成的意象群，使两组诗行隐含地关联成一个具有感发幻美功能的隐喻。于是这三个诗节也发生了对等关系，即在残破人生的记忆联想作用下隐含地关联起来，形成一个在文本整体构架中存在的、能感发生之幻灭的大隐喻。类似这样在文本整体构架中体现对等原则的连续性句法活动，还可在不少新诗文本中见到，如林庚的《长夏雨中小品》：“微雨的清晨，／小巷的卖花声；／花上的露，／树旁的菌，／阶前的苔，／有个蜗牛儿爬上墙来。”邹荻帆的《蕾》：“一个年轻的笑／一股蕴藏的爱／一坛原封的酒／一颗正待燃烧的心”；艾青的《无题》：“那边的山上没有树／那边的地上没有草／那边的河中没有水／那边的人没有眼泪”；蔡其矫的《绿》：“阳光穿过杨树林／闪烁片片绿色的金箔；／青苗在原野展开，／大地是一块绿色的玉；／你在路上跑过／风吹头发／扬起一缕绿色的云。”等等。这些例子中显示着，不仅语链中词语与词语、句链中句子与句子都具有隐含的关联性能，而这是靠记忆联想确立起来的，还可见出诗行中、诗行间词与词、句与句一般要用的关联词极大多数被省略了，并且修饰成分也确实几乎不用。

值得特别提一提林庚。这位诗人一直默默地探求以点面感发为标志的隐喻语言来写新诗，并且总是半自觉地在句法和连续性句法活动中尽可能体现对等原则。这些努力在诗集《春野与窗》《北平情歌》中尤显出成就。在这两本诗集中的不少诗，不仅尽可能以对等原则来展开句法和连续性句法活动，并且还总在尽可能排除语法规范的侵入，避免用修饰成分，因此若用白话必具的语法规范要求去看他的这些诗，总会使人感到句子不大通，成分残缺严重，一时间会让人感到读不大懂。其实正是这些令人有不通之感的诗歌语言行为，恰恰成了贯彻对等原则、尝试用隐喻语言写新诗的典范。如《夏之深夜》：

静夜的自然生出了黄月海样的窗外
那树梢的鸟树梢上的天树下的蓝色
窗外寂静的我的旧园林门在哪里呢
童年的梦寐如一缕烟云淡淡的流过

若按语法序列的规范要求，这四个诗行都有些不通，追求意义表达明晰者读了当会感到不知所云，但它们恰恰每行都是对等词语聚合成的语链，含着隐喻，而四个诗行的四个隐喻又都具有隐含的对等关联，因此文本整体有个借兴发感动方能把握住的隐喻，隐喻着一脉神往生命的童年和家园的“静夜思”。类似这首诗那样关联词语省略、主要成分残缺、修饰成分收缩、语序颠三倒四的句法活动，在林庚不少诗里出现，可说是新诗句法和连续性句法活动中的成分省略能手。从某种意义上说林庚是新诗坛唯一一位坚定不移地接受旧诗传统、按对等原则用点面感发为标志的隐喻语言来写新诗的诗人，虽被人讥之为“拿白话写着古诗”[25]，其实他对新诗语言建设的贡献是不容低估的。在句法和连续性句法活动中他独往独来的作风，应引起后人珍视和实事求是的研究，恰如其分地给以价值定位。我们不妨再拿他一首《春晓》来看一看。它是这样写的：“邻院的花香随着野风／黄昏的家门蝴蝶飞出了／没有梦的昨夜留恋什么呢／无声的荒草变了颜色／远处杜鹃啼／一声一声的／双燕如青春的影子／掠过微黄的窗外。”从这个文本里的确可以认识到林庚是一位省略能手，诗中一些成分、关联词语和必要的过渡性句子都省略了，读它以后能感受到一些东西，却又难以讲清楚，只有把省略的地方补起来看看：

邻院的花香随着野风（飘散）
（使）黄昏（时）的家门（里）蝴蝶（都）飞出（去）了
（啊，美丽的春宵多么令我沉醉）
（那些）没有梦的昨夜（还）留恋什么呢
（不过，时光毕竟在悄悄流逝——）
无声的荒草（已渐渐）变了颜色
远处杜鹃（的）啼（泣）
（也正在）一声一声的（唤春归去）
（看，）双燕（就）如青春的影子
掠过微黄的窗外，（消失在苍茫远方！）

把二者对比着来读的话，不得不承认，还是原作读来有韵味，我们的这一份补足恰恰是帮了倒忙，以逻辑语言来改造隐喻语言，以语法序列来破坏对等原则，思路倒是脉络分明了，达意功能倒也做得细致清楚了，被扬弃掉的恰恰是肌质中词语与词语、构架中句子与句子之间凭记忆联想浮现和流动起来的意象，以及这些意象汇流成的一个具有强烈的兴发感动功能的隐喻——在时序的律动中感受青春易逝的旷远之哀。当然我们得承认，林庚对胡适等发动的这场中国诗歌中的白话革命反叛得早了些，他借用旧诗的传统经验，欲以点面感发式隐喻语言来改造已在新诗中养成使用习惯的线性陈述式逻辑语言，也难免有矫枉过正的倾向。的确，他的这些诗，特别是收在《北平情歌》里的——如上引《夏之深夜》这样的作品，对于已读惯新诗的人来说，似乎比读旧诗还不顺畅和难以把握。这就反映着他还不理解改造新诗语言无论从中国诗歌与世界接轨或者适应现代中国人的诗性审美心理来说，只能走一条嫁接的路。说具体点，要以两大语言体系汇通为前提，立足于已在新诗中养成使用习惯的线性陈述类逻辑语言，再用点面感发类隐喻语言作嫁接，而这在我们看来才是未来新诗语言建设的新途径。这样的主张我们是一再坚持的，并且已在《语链与句式嫁接》这一节中对句式中的嫁接作了探讨，但那只是在较单纯的句法活动中展开的事，现在我们要深入一层对连续性句法活动中如何展开嫁接作一番考察。

这场嫁接也就是新诗文本构造中两类语言体系进行交融。昌耀这一追求是具代表性的，他的《踏着蚀洞斑驳的岩层》《夜行在西部高原》《峨日朵雪峰之侧》《车轮》《江南》《莽原》《驿途：落日在望》《纪历》等，都程度不同地显示了两类语言体系的交融。《纪历》共四节，第一节提出抒情主人公在这片荒原沼泽边的默悼："默悼着是月黑的峡中／峭石群所幽幽燃起的肃穆／是肃穆如青铜柱般之默悼。"总体说这里的三个省略了主语的句子，是按语法序列形成的逻辑语言，不过从中可以看出也多少有一点对等原则渗透的意味。再看后面三节：

劲草……
风声……雨声……
风雨声……

马的影子随夜气膨胀。
大山浮动……牛皮靴
吸牢在一片秘密的沼泽，
——是了无讯息的
默悼。

黎明的高崖，最早
有一驭夫
朝向东方顶礼。

“默悼”的对象是谁呢？文本一直没有说明。所引的第一节（也是全诗第二节）的三行完成的一个句链，是充分体现了对等原则的一个隐喻语言行为，语境激活的记忆联想是相同的——生态的苦难艰辛。正是在这一点上它们才能隐含地关联起来，形成一个苦难人生的隐喻。所引第二节前三行是按对等原则构成的句链，使人在同一的语境联想中形成一个无比痛苦地伤悼苦难年代、苦难人生的隐喻。而后面两行则是点明这场伤悼痛苦人生的隐喻再也不会有反馈讯息了。这个诗节总体说是按语法序列构成的分析语言行为，不过由于诗行呈示的是十分具体的意象流动，所以这些分析语言可以适度的体现出对等原则，其诗境也就有一定的隐喻感发功能。于是这两个诗节，虽一个采用隐喻语言，另一个采用逻辑语言来展开连续性句法活动，但它们也可以说是以对等原则聚合在一起的，因此对苦难年代中苦难人生的伤悼也就能以更其深邃的隐喻来表现。既然两类语言体系的互补交融能获得对等原则的体现，那么也就同样会有逻辑引申的可能。这首诗所引的第二节后两行实在是隐伏着一个分析推论的契机的，既然这场伤悼再也不会有反馈讯息了，那接下去怎样呢——在分析后必然要出现一场推论的。于是有了最后一节，黎明时分有一个负着重荷最早站在高崖上的驭夫，在“朝向东方顶礼”。应该说和上面有关“默悼”的几节都属于神话思维而可以统一的，亦即对等的。前几节是在“夜气”里池沼边，这末一节是在黎明时，高崖上；前几节是在黑暗中向“风雨”的过去悼念，而末一节是在向光明的东方顶礼。这是一种对立关系。而我们晓得对立、相反的意义的相互作用也是对等原则的体现，因此，它们统一在神话思维所共有“相生相克”里，完成极大一个对等原则作用下的隐喻：悼念黑暗的过去之后就可去顶礼光明的未来——这正是一种否极泰来体现出来的生生不息的人生现象。这样的推论是理性思维的产物，但在这首诗里则是以神话思维所赋予的隐喻关系来体现理性思维所限定的分析关系的。新诗中由于让两类语言的互补交融，也就出现这一种受分析语言所控制却又能以体现对等原则的隐喻获得一场神话思维意义上的引申。正是这样做，让昌耀的《纪历》在这场隐喻引申中获得了超越苦难的精神升华。只不过这场精神升华的引申仍旧是以隐喻来具体显示的。在新诗中体现两类语言互补交融的另外一种隐喻引申则以直接抒发感情来显示。如艾青的《我爱这土地》。这首诗的第一节是以“假如……应该……然后”这三个关联词语串成的复合句，很显然，它是以分析推论来展开连续性的句法活动的。值得注意，“假如我是一只鸟／我也应该用嘶哑的喉咙歌唱”的究竟是什么？我们看到在这个假设复合句的主句中，谓语所及的是规模不小、结构复杂的宾语：

这被暴风雨所打击着的土地，
这永远汹涌着我们的悲愤的河流
这无止息地吹刮着的激怒的风，
和那来自林间的无比温柔的黎明……

这实在是四个浮现出来的意象，第一行的意象体使人联想到祖国遭受外来侵略正处在风雨飘摇的命运中；第二行使人联想到中国人民忍着仇恨的泪过着家破人亡、妻离子散的生涯；第三行使人联想到万众一心誓死抗日的伟大斗争；第四行则使人联想我们民族一定会有独立自由的美好前景。体现这四个意象体的四个复合词组，因了意象流动中所汇成的意象组合体，能让人感发出中国之命运的记忆联想，也就使这四个诗行的复合词组能建立起对等关系，有了隐含的联系，从而获得了一个要为中国之命运而献身的隐喻。值得指出，这可是在逻辑语言的框架中嫁接着隐喻语言。接着是“……然后我死了，／羽毛也腐烂在土地里面……”这是逻辑语言：为这块土地要歌唱到死，而死去也要让自己埋在它里面，在忠于“这土地”上，这两个逻辑语言的诗行，纵使在连续性句法活动中，也增添了一份隐含的关系，发挥了一点隐喻的功能，却也免不了埋着一股蓄势——要求回答为什么这样做。于是诗篇就顺着这股蓄势，出现了连续性句法活动中分析推论：

为什么我的眼里常含泪水？
因为我对这土地爱得深沉。

这是以设问复合句形式表现出来的一场因果推论，也是对上一节那个大隐喻——“为祖国献出自己歌唱的生命”的引申，只不过这里采取的是效果极好的直接抒情。为什么说此处直接抒情的引申效果极好呢？这是由于前一节爱国情怀的隐喻感发力已很强，故此处采用直接抒情反倒具有画龙点睛的点化功能；比起采用意象推宕式的引申来，这样做对“我爱这土地”的精神境界的升华，效果确反而更好。

总之，从句法和连续性句法的活动规律中进一步可以证实，新诗语言的未来，完全可以走这样一条新路：须立足于点面感发类隐喻语言，让点面感发类隐喻语言和线性陈述类逻辑语言有机交融成一个诗性语言体系。

注释：

〔1〕 转引自俞建章、叶舒宪《符号：语言与艺术》，上海人民出版社1988年版，第193页。

〔2〕 俞建章、叶舒宪的《符号：语言与艺术》第194页中对雅可布森提出的换喻结构的语言作了这样的阐释：“他实际上是指出了相对于日常概念的语言”，“表现为线性的横向组合结构”。由于换喻的语言费解，一般符号学著作中称之为分析的语言。

〔3〕 转引自高友工、梅祖麟《唐诗的魅力》，上海古籍出版社1996年版，第120—121页。

〔4〕《唐诗的魅力》，第122页。

〔5〕《唐诗的魅力》，第123页。

〔6〕 胡适：《逼上梁山》，《中国新文学大系·建设理论集》，上海良友图书出版公司，第36—37页。

〔7〕 马西尼：《现代汉语词汇的形成》，黄河清中译本，汉语大辞典出版社1997年版，第153页。

〔8〕 韦勒克·沃伦：《文学理论》，江苏文艺出版社1985年版，第201页。

〔9〕 参阅张志毅、张庆云《词汇语义学》，商务印书馆2011年版，第77页。

〔10〕《中国新文学大系·建设理论集》，第296页。

〔11〕 沃尔夫冈·凯塞尔：《语言的艺术作品》，陈铨中译本，上海译文出版社1984年版，第127页。

〔12〕 高友工、梅祖麟：《唐诗的魅力》，第127页。

〔13〕 燕卜逊：《朦胧的七种类型》，中国美术学院出版社1996年版，第2—3页。

〔14〕 转引自俞建章、叶舒宪：《符号：语言与艺术》，第198页。

〔15〕 参考《符号：语言与艺术》第198—199页。

〔16〕 赵毅衡编：《新批评文集》，百花文艺出版社2001年版，第345页。

〔17〕《唐诗的魅力》中这样认为：“说某种语言是意象的，就是指其中词与词之间缺少句法联系或仅有松散的联系，因此近体诗的印象是散漫的，片面的；说某一语言为隐喻语言，（在严格意义上）则

是说其中词与词之间的关系，不受句法的妨碍，而是按对等原则结合的。前者我们强调的是构成的部分，即组成近体诗的材料；后者我们所注意的是各部分结合的方式。”见德书中译本，第124页。

〔18〕 赵毅衡编：《新批评文集》第345页。周邦宪等的中译本中这句话译为“用作形容词的词是用来分析一个直接的陈述的。”似乎没有《新批评文集》引的译文明确。

〔19〕 戴望舒《有赠》中的诗句。

〔20〕 卞之琳《道旁》中的诗句。

〔21〕 李广曲：《诗的艺术》，开明书店1946年版，第201页。

〔22〕 刘勰在《文心雕龙·丽辞》篇中讨论对句时，提出四种类型的对句，对其中的正反对这样说：“反对者，理殊趣同者也；正对者，事异义同者也。”

〔23〕 沈德潜：《唐诗别裁》，转引自宫寿荪选注的《千百唐人绝句》(下)，上海古籍出版社1985年版。

〔24〕 杜衡：《望舒草·序》。

〔25〕 戴望舒：《谈林庚的诗见和“四行诗”》，《戴望舒诗全编》，第696页。

论内在节奏

内在节奏又称内在律、内在韵律、内在形式，更有人称情绪的抑扬顿挫、直觉推进的旋律，等等。成熟的诗人在创作过程中重视内在节奏的把握；经典的诗文本全由内在节奏贯穿起来，这些都已是无须争议的事。可是，“内在节奏”到底是怎么一回事，诗学理论界迄今为止还没有人能够讲清楚。至于其功能作用究竟如何，也鲜见有说到点子上的。为此我以为对内在节奏作一番全面的考察和非印象式的阐释，也该提到议事日程上来了。

一、内在节奏概念的提出

内在节奏是情绪的产物。如果我们承认“诗的专职在抒情”〔1〕，那也就非谈内在节奏不可。

新诗初创阶段为打破旧体诗格律的束缚，彻底实现“诗体大解放”，就有人开始注意到有关诗歌情绪的问题。它显示为怎样的存在状态，诗创作中又该如何把握它、表现它？为此，康白情在《新诗底我见》中提出了有“感情的内动”这种现象，并说“感情的内动，必是曲折起伏，继续不断的，它有自然的法则”。〔2〕这表明在他看来，内在情绪决非静止的，它那种合于自然法则的存在状态总显示为在曲折起伏中持续律动。胡适在《〈尝试集〉再版自序》中提及新诗的音节即节奏表现时，也说："凡能充分表现诗意的自然曲折、自然轻重、自然高下的，便是诗的最好音节。"[3]这里的"诗意"是可以等同诗情的，而胡适这番话则能让人品出三层意思：（1）诗的情绪须通过"音节"即节奏表现出来；（2）最好的音节或者说节奏的表现须合于情绪的自然本色状态；（3）"诗意"即诗的情绪的自然状态总显现为曲折、轻重、高下的。康白情、胡适的话今天看来似若平平常常，当年却不平常，透现着一点信息，在那一代新诗开拓者的观念中，节奏表现已不只是平平仄仄那类外在形式上的事儿，而已被看成为诗歌情绪的本质属性。不过不能不指出，胡适、康白情这样提，只是一种出于印象的言说，难免含浑其词，语焉不详。

随之而出的是郭沫若，他却对情绪与节奏的关系说了一些观点新颖、言词明确的话。1920 年 1 月 18 日，他在写给宗白华的长信中，曾就诗人在创作过程中诗性思维展开的全过程作了如下一番概括性的言说：

> 我想诗人的心境譬如一湾清澄的海水，没有风的时候，便静止着，像张明镜；宇宙万汇的印象都涵映在里面。一有风的时候，便要翻波涌浪起来，宇宙万汇的印象都活动在里面。这风便是所谓直觉，灵感；这起了的波浪便是高涨着的情调；这活动着的印象便是徂徕着的想象。这些东西，我想来便是诗的本体，只要把它写了出来，它就体相兼备。大波大浪的洪涛便成为"雄浑"的诗……小波小浪的涟漪便成为"冲淡"的诗……这种诗的波澜有它自然的周期、振幅（Rhythm），不容你写诗的人有一毫的造作，一刹那间的犹豫……说到此处，我想诗这样东西倒可以用个算式来表示它了！
>
> 诗 =（直觉 + 情调 + 想象）+（适当的文字）
>
> Inhalt　　　　Form[4]

这一番话虽没有正面点出情绪与节奏的关系，却已从学理上把二者的关系悄悄儿推出来了。所谓"诗人的心境，譬如一湾清澄的海水……宇宙万汇的印象都涵映在里面”，是指创作主体在心灵中积累生活印象的那个阶段，这也是展开诗性思维的基础。所谓“一有风的时候”的“风”，系“内在的或外在的一种或多种的刺激”而生的直觉，以及因此“在我们的心境上反映出来单纯的或者复杂的感情”[5]，也就是情绪。这股直觉情绪之“风”激起来的、能使涵映于心灵的宇宙万汇印象——即想象也能活动起来的“波浪”，指的便是情调，或者说是有想象在里面推宕、延展着的情绪。正是在这样的认识基础上，郭沫若进一步发现“诗的波澜”——也就是被推宕、延展着的情绪。“有自然的周期、振幅（Rhythm），不容你写诗的人有一毫的造作，一刹那间的犹豫”[6]。此话表明情调或者推宕、延展着的情绪是体现为节奏的。有关这一点，郭沫若后来在《论节奏》的一开头就十分明确地亮了出来：“情绪的进行自有它的一种波伏的形式，或者先抑后扬，或者先扬而后抑，或者抑扬相间，这发现出来便成了诗的节奏。所以节奏之于诗是它的外形，也是它的生命。我们可以说没有诗是没有节奏的，没有节奏的便不是诗。”[7]

正是上面的这些思考，使郭沫若提出了一个著名的“内在律”的理论概念。那是1921年秋天，他在致李石岑的信中说的：

> ……诗之精神在其内在的韵律（Intringie Rhythm）。内在的韵律（或曰无形律）并不是甚么平上去入、高下抑扬，甚么押在句中的韵文。这些都是外在的韵律（Extrancous Rhythm）。内在的韵律便是“清韵的自然消涨……”诗应该是纯粹的内在律，表示它的工具用外在律也可，便不用外在律，也正是裸体的美人。[8]

这番话宣告了郭沫若要把韵律、节奏全归之于情绪的属性，所以这个“内在律”也被称之为内在韵律、内在节奏。值得指出，郭沫若在对“内在律”作提倡中，还推出了一个有关“内在律”审美功能的见解：“内在韵律诉诸心而不诉诸耳。”[9]应该说这对中国新诗在诗学理论上彻底摧毁旧诗格律的束缚所产生的杀伤力显得特别大。也为新诗创作从一开始起就偏于向内转、奉诗为心灵艺术的审美终极追求目标奠定了基础。

却也不可忽略，中国新诗之所以能在近百年的历史中一直以自由诗体为存在标志，也是同“内在律”这个形式诗学观被新诗成长期以后一代又一代新诗人、诗学理论家所接受和发扬光大分不开的。1930 年代初，戴望舒在《现代》上发表了《诗论零扎》，其中有几条涉及形式方面的见解就是对郭沫若的“内在律”或内在节奏的呼应。其中第五条这样说：“诗的韵律不在字的抑扬顿挫上，而在诗的情绪的抑扬顿挫上，即在诗情的程度上。”[10] 这是戴望舒受了法国后期象征派的影响后的一点领悟，虽还算不得是完整的理论，却很有价值，至少可以验证他以写《旧锦囊》中的诗转向写《我的记忆》中的诗，是对内在节奏自觉追求的表现，而《望舒草》中那些至今犹广为传诵的诗篇，其内心絮语达到的亲切调子，也反映着这位诗人所取得的成绩主要在于进一步证实内在节奏乃是诗歌情绪的本质属性。

但令人遗憾的是，郭沫若也好，戴望舒也好，虽然提出了“内在的韵律”和“诗的情绪的抑扬顿挫”，但这个来自情绪抑扬顿挫的内在节奏究竟能从何处见出，究竟该如何自觉地把握它，却始终语焉不详。坦率地讲，他们有关内在节奏的言说同样停留在感觉层面上，只不过比胡适、康白情的认识深了一层。

岁月流走了几十年！有关内在节奏的问题，在中国新诗坛始终停留在郭沫若、戴望舒的认识水平上，没有新进展。

在西方诗学理论界，几乎一直没有正面触及内在节奏的问题，怪不得郭沫若当年在提出“内在的韵律便是‘情绪的自然消涨’”后不无得意地说：“这是我自己在心理学上求得的一种解释，前人已曾道过与否不得而知。”我猜测，西方之所以一直没有正面触及内在节奏的问题，同重理性的西方文化对诗歌情绪问题并不像东方——特别是中华文化那样看重有关。直到 1952 年，法籍美国文艺理论家雅克·马利坦在所著《艺术与诗中的创造性直觉》中，才正面触及这个问题——他以“直觉的推进”的“一种旋律”[11] 这个说法来对内在节奏的概念展开言说。

《艺术与诗中的创造性直觉》重点研究诗歌创造中智性直觉所起根本作用的问题。从整体理论思路看，这场涉及心理美学的言说，也仍然是重理性的西方文化的体现。在它的第八章《音乐的内在化》中，就全面地论述了内在节奏的问题。

雅克·马利坦在著作中提出了一个“音乐的激动”的名字，来对诗歌中“音乐的内在化”问题作探讨。他认为音乐的激动是一种能表明受生活源泉赋予、存在于灵魂中的诗性直觉的“征象”，并说：“这么一种音乐的激动是诗性体验在灵魂中出现并得到认识的第一个迹象。它没有词语，没有声音，耳朵听不见，只有心灵能感受它。”〔12〕此一说法同郭沫若所说“内在韵律诉诸心而不诉诸耳”〔13〕，实出于同样的认识。他又指出这来自诗性直觉的音乐的激动，“充溢着意象和充斥着情感的运动”——“灵魂所获得的所有的昔日的体验和记忆的珍品都在一个实际状态中呈现出来”。因此，也使诗性直觉“作为一个明确构成的行为或行动而存在”〔14〕。那么“音乐的激动”动态存在的性能又是如何显示出来呢？马利坦认为这来自“情绪的高涨”，是“诗性直觉”在被它激发起来的情绪里，以“一浪高一浪”的形态及时而持续地伸展来显示的。于是，他就赋予这“音乐的激动”以“直觉的推进”的名称：“它既是想象的，又是情感性的”。“每一个都是一个真实意象和情感的联合物”，而这些“直觉的推进的联合物”，各自虽不是“诗性直觉的完整的表达”，而是要“依赖自己不可分割的整体”来完成诗性直觉运动的连续性，于是这场“直觉的推进”也就成为“一种旋律”，它“与声音不发生关系，而只同意象和情感的无声的精神突发有关”〔15〕。总之，从对“音乐的激动”和“直觉的推进”所作的这种阐释中，我们不难明白，雅克·马利坦的“音乐的激动”无疑可看成是一种节奏，而“直觉的推进”则是动力源——节奏运行的机能。关于节奏运行的“机能”这个说法，苏珊·朗格在她的《艺术问题》一书的第四讲《生命的形式》中曾这样说过：“节奏的本质并不在于周期性，而是在于连续进行的事件所具有的机能性。”〔16〕据此可见“直觉的推进”的“一种旋律”是本质属性的节奏。雅克·马利坦的可贵之处在于，当他通过“诗性直觉和无语音音乐激动的启始”的一番言说，确立起对节奏存在的新认识后，又对“直觉推进的音乐”作了深入的探讨。他这样写道：

……处于充满活力的环境中的诗性直觉的伸展在发展，直觉推进也在伸展并越来越明显，明晰的意象苏醒过来了，而愈加明显的情感在最基本的情感中发出了反响。此后，在诗人的灵魂之中存在着一种声势浩大的音乐激动，它几乎不再是无感觉的而是越来越强的音乐。处在直觉推进中的无声的节奏和谐和关系同它们无声的旋律一道从意识中涌现出来。这个扩大了的音乐的激动是在有效的实施的一个自发的开端：表达的过程因它而在一个短暂的、倾向性的时刻开始。然而，这种音乐仍是无声的音乐——不是有词语的音乐，而是灵魂中直觉推进的音乐。〔17〕

这一番描述性成分较浓的言说，把诗性直觉的推进所生的音乐的激动状态生动地表达了出来，显然对节奏运行具有更多的认识价值。但我以为这位西方诗学理论家用了这一片带点夸饰的言词，还另有目的在。就在上述一番话后，他紧接着又说："我以为马拉美指出了这一点：'歌来自内在的源泉，在一个概念形成以前，它完全反映了外在的无数意象的韵律。'"〔18〕可见这场"另有目的在"的目的有二：（1）诗性直觉的推进所显示的节奏，"不是甚么平上去入、高下抑扬，甚么押在句中的韵"的外在节奏，而是一种来自"内在的源泉"的内在节奏；（2）内在节奏的形成虽靠的是作为动力源的直觉的推进，但直觉的推进则要靠激活了的想象带来的无数意象有选择地组合显示出来的意象流动中的"韵律"——即内在节奏是一场凭想象对生活映像作选择、组合显示出来的心灵意象的流动。这些和郭沫若对内在节奏的说法也是一致的。

当然，比较而言，对内在节奏究竟能从何处见出的问题，雅克·马利坦的说法比郭沫若、戴望舒要明确、切实。就把握内在节奏看，郭沫若和戴望舒从考察诗性情绪属性切入，而雅克·马利坦则从诗性直觉切入，情绪与直觉似乎差距不大，甚至前者可以说是后者的必然，但关系微妙，因此在对内在节奏本体问题的认识上产生了分歧。

这就须要我们来对内在节奏的本体特征作一番考察了。

二、内在节奏的本体特征

一切还得从由情绪切入或者从直觉切入这两个话题谈起。

应该说郭沫若对内在节奏的本体内涵还是作过认真思考的，他不仅抓情绪作为切入点，还探讨了如何让感情情绪化并显现为内在节奏的问题。探讨的结果使他在《文学的本质》一文中这样说："感情加了时序的延长便成为情绪，情绪的世界便是一个波动的世界，节奏的世界。"[19]的确，人的感情大多是社会性的，渗透着特定的道德观念与理智成分，不是本能世界的宠儿。情绪和感情的生理基础虽相同，但它更偏于与有机体生理需要相联系，是一种体验，具有原始本能化倾向，所以也就更贴近于心灵存在的真实。当感情有了时间的延长，也就能为想象的充分展开创造条件，且随着想象的展开使人获得能与感情相应合的更多感觉对象即映像，而映象的推移伴随而来的是潜意识中有了观念的推移，俗语云"痛定思痛"即指此。至于大量映象的出现又会起反作用，去刺激感情。沿着潜意识中观念推移所设定的方向，引出来的是本能化的情绪体验，这场情绪体验的出现，也就显出其存在的流动状态。于是，这样的情绪因有众多映象随情绪流动，情绪也就情调化了，这种情调化的流动情绪则会在人的心理中形成几条波状线。郭沫若在《文学的本质》中引用了温都的话，认为这些波伏线可分九类，并据此而断言："这便是情绪自身的节奏。"[20]这样的断言在《文学的本质》中似乎说得匆促了点，有点语焉不详。而郭沫若本人对这方面的言说也就到此为止，没有再去深入阐释。

继续作阐释却还是有必要的。

不能不看到，上面提及的感觉对象——或者就说映象，一旦进入创作流程，也就意象化，它们为数众多，相互间总在作着多重组合，且往往既能推动情绪流动，自身也会随情绪流动而作新的组合，甚至新陈代谢而被新的意象所替代。众多的这些意象动态地存在于情调化的情绪中，也就赋予了流动的情绪以特殊的感发力，能激活人多重想象持续地展开，其自身也就显出了具有周期性运行机能的节奏特征，从而提供给接受者以多层次的感受、多角度的遐想。因此，显示情绪流动的节奏形式也就具有了能提供多层次感受、多角度遐想的特定意味。所以内在节奏的运行是一种有意味的形式。苏珊·朗格在《情感与形式》一书中曾对“意味”产生的功能机制这样说过：“它的意味就是符号的意味，是高度结合的感觉对象的意味。”[21]这个说法是颇值得寻味的，使我们有理由这样说，郭沫若对“内在律”的追求，戴望舒对“情绪的抑扬顿挫”的追求，就是对有意味的形式的追求，因为他们的立论见解和苏珊·朗格的有意味的形式论都是以来自感觉对象的映像——亦即情绪流动中活跃着的心灵意象高度组合为基础的。

由此说来，内在节奏运行的充分重视，也就能使文本创造获得有意味的形式了。这样断言是经得起创作实践检验的。郭沫若写有《雪朝》一诗，抒发了他在一个下雪天的清晨读卡莱尔的论著《作为诗人的英雄》时引发的感兴。诗这样写：

雪的波涛！
一个银白的宇宙！
我全身心好像要化为了光明流去，
Open secret 哟！

楼头的檐霤……
那可不是我全身的血液？
我全身的血液点滴出律吕的幽音，
同那海涛相知，松涛相知，雪涛相知。

哦哦！大自然的雄浑哟！
大自然的 symphonyo 哟！
Hero-poet 哟！

Proletarien peot 哟！

对这首诗，郭沫若在《学生时代》中曾有一段回忆：

> 仿吾最喜欢我那首“读 Carlyle：*The Hero as Poet* 的时候”的《雪朝》，但他不高兴那第二章，说是“在两个宏涛大浪之中哪来那样的蚊子般的音调？”但那首诗是应着实感写的。那是在落着雪又刮着大风的一个早晨，风声和博多湾的浪涛，十里松原的松涛，一阵一阵地卷来，把银白的雪团吹得弥天乱舞，但在一阵与一阵之间，却因为对照的关系，有一个差不多和死一样沉寂的间隔。在那间隔期中，便连檐霤的滴落都可以听见。那正是一起一伏的律吕。我是感应到那种律吕而做成了那三节的《雪朝》。我觉得那样才能形成节奏。所以我没有采纳仿吾的意见。〔22〕

这一番话为我们提供了如下一些认识。首先，这个文本在创作过程中，情绪和映象始终是绞在一起的；其次，映象高度结合成的一场放收合度的意象流动，具现为从风雪海涛奔袭的激荡到风涛间歇而檐霤声闻的静寂，再到风雪海涛重袭的激荡——这样一场风雪海边的自然景观，是完全合于自然状态的呈示；第三，自然存在、放收合度的映象刺激主体而感发出来的情绪状态，显示为从豪迈奔放到幽静死寂再到豪迈奔放的流动轨迹，或者说这是以“扬—抑—扬”的节奏运行线作为情绪流动的标志的，所以说这就是内在节奏，一种情绪的形式；第四，《雪朝》中这样的内在节奏运行能让人获得一种意味：英雄诗人的豪迈须经历生存内敛，方能拥有诗人英雄的雄强，而这也可说是一种来自生命节奏的意味，它成了郭沫若自己一生行事途径的启示。

由此看来，《雪朝》虽说不上是佳作，倒也堪称阐释内在节奏本体特征的范本，而我们面对这个范本还值得来作深一层的分析、探讨内在节奏本体具有的本质属性。我认为这个本质属性是和郭沫若诗歌美学观的核心内容——“诗的本职专在抒情”相呼应的，即在诗歌世界中一切都得从抒情出发，须围绕情绪行事。

以《雪朝》的艺术构成来论，既让我们看到抒情主体受风涛声、檐霤声等感觉对象的刺激而引起的感性直觉，在其推进中呈现出以“强—弱—强”的节奏运行为标志的情绪流动，也让我们能品尝到其内在节奏运行中的某种意味，而郭沫若所要追求的目标也正是这点意味。所以《雪朝》是通过内在节奏的运行来完成抒情职能的，并没有让直觉的推进绕过情绪的激发这个环节。不错，它也有智性之光对感受“雪朝”作透视，那只能说是内在节奏运行中某种意味的一点提纯——如同我们在前面谈到《雪朝》的意味时所提及的。

戴望舒以“情绪的抑扬顿挫”来替代内在节奏。从所采用的术语也可见出，他理解内在节奏的本体特征是和郭沫若相一致的——一切为了抒情。在他的诗创作中，就贯穿着这一点。不妨举他的短诗《深闭的园子》，来探讨他对内在节奏本体特征的把握。原诗是这样：

五月的园子
已花繁叶满了，
浓荫里却静无鸟喧。

小径已铺满苔藓
而篱门的锁也锈了——
主人却在迢遥的太阳下。

在迢遥的太阳下，
也有璀璨的园林吗？

陌生人在篱边探首，
空想着天外的主人。

显然这首诗是“情绪的抑扬顿挫”的，而这种抑扬顿挫来自抒情主体对空间远近的直觉感知[23]。文本的第一节写“陌生人”眼前的这座“五月的园子”，空间是近的；第二节由园门之久闭而引出园子主人远走他乡，空间则推向了遥远；第三节设想在异乡的这座园子的主人也许也徘徊在如同眼前这座园子一样的篱门外，空间由远及近；第四节从篱边探首的陌生人思及远在异乡的这座园子的主人，空间又由近及远。所以抒情主人公的心境具现为第一、二节的由近而远到第三节由远而近，再到第四节的由近而远——这样一条空间钩连的直觉感知线。由于这一切都属对外在世界直观的感知，故抒情主体的这场直觉活动必然是感性的，也必然会把情绪激发出来，这样的情绪状态也必然会是去而复返、驱之难散的。而作为情绪形式的内在节奏，也就显出了回环荡动的运行特征。在这场回环荡动的内在节奏运行里，当然也会品尝到一点相对论的智性意味，但较淡薄，浓的是情绪的感伤意味。

综合以上两例的分析足以证实，内在节奏的确只能是一场“情绪的抑扬顿挫”，提倡和在创作中追求内在节奏，目的只有一个——坚守“诗的本职专在抒情”。

令人沉思的是雅克·马利坦在《艺术与诗中的创造性直觉》中，对诗性直觉的推进所作的论述。如若按诗歌创作论的要求，把直觉推延下去，必然会从直觉想象进而为情绪节奏，而我们也的确把马利坦的“直觉的推进”作为内在节奏的征兆来看待的。可是恰恰是在论述直觉的推进这个环节上，马利坦绕过了映象对情绪的激发，而大放“智性之光”起来。不错，如同上一节已引用过的，这位西方学者也谈到直觉的推进“是一种旋律，一种源泉状态中的最初的旋律”，但他紧接着对出现的“旋律”作了这样的解说：“仅仅在类推意义上使用这个词”[24]这岂不意味着从直觉的推进中显出“一种旋律”，只是“类推”，而不是实际如此。令人费解的是马利坦紧接着在《直觉推进的音乐》一节中，又大谈直觉推进中内在节奏必然会出现和必须去把握。在论述必须去把握内在节奏这一点上，他甚至引用柯勒律治的话：“灵魂中没有乐感的人永远不能成为一个天才的诗人。”至于必然会出现这一点他却这样说：“处在直觉推进中的无声的节奏和谐和关系，同它们无声的旋律一道从意识中涌现出来。”[25]这话从面上看是说直觉的推进会出现无声的旋律节奏即内在节奏的，但细品一下，蹊跷就出来了：原来这无声的旋律节奏是“从意识中涌现出来”的。作为内在节奏的本体特征，如同郭沫若、戴望舒早就提出的，是情绪流动的产物，虽然情绪也有一定的意识成分，但根本地说是一种本能化精神现象，现在马利坦竟说是从意识中涌出，岂不绕过了或者抽掉了情绪，作为情绪形式的内在节奏岂不成了无本之木、无源之水，其后果要么就自身也不再存在，要么变质。但马利坦还是想把这“无声的节奏”保存在“直觉的推进”中的。那该怎么做呢？他提出了一个实施方案说：“诗性直觉通过直觉推进赋予瞬间表达，而通过词语，又赋予最终的表达……在诗性表达的第一阶段，智力便业已通过直觉推进而警觉起来。我指的是：它注意于倾听，倾听诗性直觉，倾听它产生了什么，倾听想象和情感推进的音乐……”[26]这是亮底牌以前一种缓冲的说法：他可以承认“诗性直觉”会“产生”一种由“想象和情感推进的音乐”，但又是在“直觉推进”中有“智力警觉起来”，并在不断“倾听”——或者监视下产生的。所以马利坦的“直觉”是一种理性直觉，即人在思维活动中凭直觉把握事物本质，也可以说是一种内在直观认识。唯其属于理性直觉，所以他终于亮出底牌，展开来谈他心目中的那类“直觉的推进”了。他说：我们在客观世界中“接受的东西”，“是智性的天赋”，因此也就促成了如下这一点：“诗性直觉是一种贯穿在情感中的认识”，而“情感”也就成了“促进理解的”存在。这一来，诗性直觉在推进中也就“获得了一个短暂的、无可比拟的感知，一种想象力，一个瞬时即逝的展现”[27]，获得“似若一场内在节奏的运行”。但实际上马利坦的看法却如同他所引用的C.E.M.乔德的那句话那样，是“那个现实的本质的稍纵即逝的一瞥”。在这“一瞥”中得到的乃是“生命运动正得以进行的完整认识”，是“我们在期望中似乎是不恰当地理解到目的的本质”[28]。这种“蓦然回首，那人却在灯火阑珊处”的生存领悟在这场直觉的推进中是存在的，也的确是为诗所需要的。但不能不说：马利坦既然在这场直觉的推进中把情感、想象作为“直觉的推进”的必然产物看成“推进”的手段，那么作为情绪形式的内在节奏也就失去了有意味的形式的任何美学价值——特别是情绪状态表现的价值。如果“直觉的推进”还可以说成是内在节奏，也只能是抽掉情绪而被智力表现所取代的存在了。值得提出来的是马利坦在作了上面那一番论说后，还附了一篇“不带评论的原诗文”，作为这种理论思路的形象化佐证，它就是阿波里奈尔的名作《密拉波桥》，这首诗抒唱的是诗人和玛丽·罗朗森之间的爱情破裂，在巴黎塞纳河的密拉波桥上分手时的心绪。诗人面对的是桥、流水、晚钟等感觉对象，它们刺激出了一片感性直觉，又分别以桥在而桥上的人儿竟已分手，河在而河中照过倩影的水已流走，以及日已暮而只闻晚钟声声等映象所特具的感发功能，使直觉推进，把想象激活，让情绪得以涌现，从而显出作为情绪荡动形态的内在节奏。可以说这个文本的构成从直觉推进到节奏运行都体现着一种流向迢遥又返回原点那种周而复始、持续荡动的特征。全诗第一段中凸显“塞纳河在密拉波桥下流过／还有我们的爱”，第二段中凸显“被人看倦了的水波／在我们手臂搭的桥下流过”，第三段中凸显“爱情从此流去如河水滚滚”，而这以后则这样写：

流走了一天天流走一岁岁
　　　流走的岁月啊
　　和爱情都一去不回
密拉波桥下奔流着塞纳河水

夜色降临钟声悠悠
白昼离去而我逗留[29]

这就把“桥”长存、“我”长留这片静境与人事已非、河水已逝的沧桑现实对照地组合在一起，以一动一静交错复沓的节奏运行把主体心中回环荡动永无宁时、百结柔肠永难排遣的伤感情绪充分推宕了出来，并让人品尝到一点世界长存而人世无常的意味。这意味是从情绪荡动中提点出来的。所以这个文本是很典型的一场围绕情绪表达而展开的“直觉的推进”，而决非绕过情绪这个环节，唯智力活动是从的“一种旋律”表现。令人费解的是马利坦放上这篇“不带评论的原诗文”，所起的恰恰是相反的佐证。由此足见他的言说偏离了内在节奏的本体特征。

三、回环型内在节奏

那么内在节奏究竟是何模样，如何能具体地展现出它来呢？这就需要进一步来探讨内在节奏的类型了。

现代审美心理研究已指出：精力的盈亏与注意力的张弛，也会导致节奏感的产生。因此，当感觉对象在诗人心中引起显隐、疏密、宽窄、强弱等对应的映象，也就理所当然地给人带来了节奏感。基于这种认识，我们可以说：节奏是指近于等时间隔所标志的出之于感觉对象的一批映象或往复回旋或直向递进中呈现的情绪流动状态。如此定义节奏，是出于如下一些考虑：节奏是情绪流动状态的表现，情绪则来自感觉刺激，而感觉又须转为情绪才有存在的意义。由此足见：在诗性审美中感觉与情绪实可合二而为一体。感觉是人对感觉对象的感官反射，所以它和映象结合在一起，是具体的存在。一个有艺术概括深度的诗人，总会在创作的运思阶段就把握住感觉向情绪转化的这个环节。这场转化的关键是激活想象。想象活动使许多围绕中心感觉的感觉对象出现，并拿它们作潜在比较产生出一定程度的感兴化知觉判断，导引想象扩大活动范围，又反过来制约想象对感觉对象的选择，从而促进感觉推移中情绪的激发。如此说来情绪实系人在感觉推移中对扩大了的感觉对象——客观事物的映象所获得的体验。它一方面固然与生理需要相联系，另一方面又渗透着道德感、审美观，受知觉判断遥控；还有更重要的一方面是：这情绪体验也是具体的存在，它将推进中的感觉蕴含的映象及其结合的形态，转化为具有不同感兴能力的心灵意象及其组合体。所以，这样一场感觉推移也就是凭一定程度的知觉所制约的心灵意象流动，而流动中结合成的心灵意象组合体也就是情绪流动状态的呈示。

也可以说：作为感觉转化为情绪的动态过程，实是心灵意象组合体有机组合的存在。但必须看到：由多种映象转成的心灵意象组合体，不仅具有意象所必须具备的兴发感动性，并且其感兴意味是多方面的。正是这些心灵意象组合体在一定的知觉制约下经想象的筛选后，相互间又有机地组合成了一个能与主体特定生理欲求与心理感受相适应的结构系统，来显示情绪的流动状态。因此，欲求把握的情绪流动看似抽象，其实也具体，显示为有多种感兴意味的心灵意象的组合形态。从追求精品工程的诗人的创作实践中可以见出：这种由映象呈示的心灵意象的组合形态大致分两种，一种是感兴意味不一致的映象分别归类，作交替式组合，另一种是感兴意味一致的映象分层次加码，作递增式组合。于是诗性情绪也就有了往复萦荡与直向涌动这两大流动状态，而作为情绪流动表现形式的内在节奏，也就有了立足于映象感兴交替的回环型内在节奏和立足于映象感兴递增的推进型内在节奏。

本节探讨回环型内在节奏。

再次强调，由映象——感觉对象高度结合显示的内在节奏必须作整体把握。这样做能让人领悟到内在节奏实是我们从每一次映象感兴意味在瞬间比较中抽象出来的一种微妙差异的结构存在。我们虽不能笼统地说节奏就是结构，但在特殊情况下，也就是在体现节奏的内在性时，倒也可以借运思展开中的某种结构形态显示出来。因此有必要对运思中已落实的映象整体构成作结构分析。回环型内在节奏采用映象感性差异的交替对应方式结构起来的，而从整体看，这回环又可分两种表现，一种是复沓交替回环，另一种是轮转交替回环。

先看复沓交替回环型内在节奏。此类节奏表现在近体诗中是常见的。如杜甫的《绝句》：

两只黄鹂鸣翠柳，
一行白鹭上青天。
窗含西岭千秋雪，
门泊东吴万里船。

从意象的感兴意味看，第一、二行作为近境，共一个单元，以“黄鹂鸣翠柳”的静态与“白鹭上青天”的动态对举，显示着动静统一于宇宙生态近境。第三、四行以“西岭千秋雪”的时间与“东吴万里船”的空间对举，显示着时空统一于宇宙生态，它们作为远境共一个单元。两个单元则以近境与远境相交替统一于大宇宙生态的永恒之境，这两场处于包孕关系中的交替，也就能与往复荡动的情绪状态相应和，从而显示了往复交替回环型内在节奏的特色。除了绝句，律诗也较多采用这一类内在节奏表现，此处就不再举例讨论。不妨另举新诗中一例：冯乃超的《现在》。这首诗也是一种复沓交替的回环表现。

我看得在幻影之中
苍白的微光颤动
一朵枯凋无力的蔷薇
深深吻着过去的残梦

我听得在微风之中
破琴的古调——琮琮
一条干枯无水的河床
紧紧抱着沉默的虚空

我嗅得在空谷之中
馥郁的兰香沉重
一个晶莹玉琢的美人
无端地飘到我的心胸

全作三节，每节前二行与后二行分属两个单元。首节的第一个单元是光影颤动的实境，第二个单元是花吻残梦的幻境；次节的第一个单元是破琴古调的实境，第二个单元是河抱枯水的幻境；第三节的第一个单元是空谷幽兰的实境，第二个单元是美人蓦见的幻境。这样的映象结构以“实幻—实幻—实幻”的方式展开，显示为实幻复沓交替的回环型内在节奏，其真实的虚幻与虚幻的真实双向交流中透现出来的是一份生存茫然感，反映着抒情主体对生存处境怀有的是一种百结柔肠萦绕难散的心境化情绪——这样的情绪体现出往萦荡的状态。

再看轮转交替回环型内在节奏。此类节奏表现在近体诗中很难见到，但在词中常见，如李煜的《望江南》：

闲梦远，
南国正清秋。
千里江山寒色远，
芦花深处泊孤舟。
笛在月明楼。

这首小令能让人从远近关系中获得内在节奏感知。全作五行，用五个感觉对象——映象组合起来，显示为“远感—再远感—特远感—渐近感—更近感”。这是一场感兴意味一步步由渐远转向渐近，体现着轮转交替回环的内在节奏运行特色。再看安操献给何其芳的十四行体新诗《燕草》：

燕草如碧丝是脉脉相思
月上柳梢时犹帘卷迟迟……

你多爱汉园斑驳的青苔
寒塘，古波，陨落的雁唳
檐雨的故事有梦的甜美

那次，“一二九”警钟敲起
卢沟月也在硝烟里凄迷
你终于埋掉罗衫的幽怨
北国，荒原，飞一径马蹄

当窑洞开出灵感的灯花
失落的青春也回归了吗
夜歌让眼泪渗透着朝霞

巫峡的纤夫纤尽人生路
文化红砂碛添几粒贝珠……

这个文本由“23432”式的诗节组合模式结构而成。作为一种谋篇策略的体现，这一结构就具有轮转特色。这样做大大地辅助了内在运思的轮转运行趋势。那么这是一种什么样的轮转呢？先看第一节，以燕草、月上柳梢、帘卷迟迟等组合成的映象群，感发出了抒情对象精神世界的一片静境。第二节以汉园青苔、寒塘古波、雁唳、檐雨、梦等组合成的映象群，感发出了抒情对象现实生态的一片静境。第三节一转，主体的想象移向另一些感觉对象，以“一二九”、卢沟月、北国荒原、飞骑等组成的映象群，感发出他投身动荡的大时代、献身于民族解放事业的动境。第四节以“窑洞”“夜歌”“朝霞”等组合成的映象群，感发出他进入革命大家庭后深感事业有崇高寄托、人生有强大依傍这一心灵安宁感体现的静境。第五节以巫峡纤夫、红砂碛、珠贝等组合成的映象群，感发出抒情对象的生命进入至永恒庄严的静境。所以此诗体现着具有几类感兴意味的映象群在流动中显现的感性直觉推进轨迹：“极静—静—极动—静—极静”，反映着抒情主体采用宁静致远的观照方式去把握一种轮转交替回环型内在节奏，并在轮转运行中，领会抒情对象高洁的生存态度。

值得指出：在中国诗歌中，回环型内在节奏还出现复沓包孕轮转的交替回环运行特色。传统诗歌中，这种兼备的表现主要出现在有上下两片的词中。这种包孕兼顾大抵显示为在一个诗节中是轮转式的回环，两个诗节（即上下片）大致显出交替对称，等于是轮转式回环节奏的重复一次，也就成了诗节（或上下片）的复沓式回环。范仲淹的名篇《渔家傲》就属于这一类内在节奏表现，试看：

塞下秋来风景异，衡阳雁去无留意。四面边声连角起。千嶂里，长烟落日孤城闭。

浊酒一杯家万里，燕然未勒归无计。羌管悠悠霜满地。人不寐，将军白发征夫泪。

文本上片，第一、二行的映象群，所感发出来的是季节凋残、生涯苍茫的时间伤感；第三至五行的映象群，感发出来的是千嶂落日、孤城苍凉的空间伤感。诗节内部这种从季节苍茫到孤城荒凉的轮替，显示着抒情主体的时间伤感向空间伤感流转的特点。再看下片，第一、二行的映象群感发出来的是家山万里、欲归难期的时间伤感；第三至五行的映象群感发出来的是羌管霜野、归梦难成的空间伤感。诗节内部这种从乡归苍茫到梦归苍凉的轮替也显示着抒情主体时间的伤感向空间的伤感流转的特点。所以这首诗的诗节内在节奏是轮转的，而两节之间的关系则是“时间的伤感—空间的伤感”的复沓交替。这样的内在节奏就显示为复沓包孕轮转的回环运行特色。新诗中这种内在节奏表现更是普遍。提倡散文美、不讲究格律的艾青竟也写出了《手推车》：

在黄河流过的地域
在无数的枯干了的河底
手推车

以唯一的轮子
发出使阴暗的天穹痉挛的尖音
穿过寒冷与静寂
从这一个山脚
到那一个山脚
彻响着
北国人民的悲哀

在冰雪凝冻的日子
在贫穷的小村与小林之间
手推车
以单独的轮子
刻画在灰黄土层上的深深的辙迹
穿过广阔与荒漠
从这一条路
到那一条路
交织着
北国人民的悲哀

此诗每节都以第五行分界。首节第一个单元中的映象群感发出来的是凝定的“尖音”，第二个单元是流动的“尖音”，它们显示着诗节内在节奏的轮替运行。次节第一个单元的映象群感发出来的是凝定的“辙迹”，第二个单元是流动的“辙迹”，诗节内在节奏也是轮替运行的。两个诗节之间的关系是一种复沓。所以这个文本的内在节奏是一场复沓包孕轮转的回环运行特色。这一特色使回环型内在节奏的运行更缤纷多彩了。

以上种种由创作实践提供的回环型内在节奏显示的现象，提供给我们一些思考：内在的东西要显示自己的客观存在以及传达给他人，必须外化。我们对诗歌中的内在节奏的把握，是通过感觉对象的结合、或者说与情绪状态感兴意味应和的映象的组合以及不断更替的流动达到的，而这些只能说是外化的部分因素。如果真要把内在节奏充分地传达出来，让人们看得真切这是个客观存在，则还须要更具体的外化手段。回环型内在节奏通过上面的论述和一些文本的分析，已经可以把握它。但对它的客观存在若动起真格来把握，那就得寻求更具体的外在手段。一般说对这手段的要求就是根据感觉对象结合或映象组合的结构要求。回环型内在节奏应合“回环”之需，其感觉对象的结合或映象的组合采取了三种方式：复沓、轮转和轮转包孕复沓，而在这三种外化方式作用下，也就有了三类外在呈示的回环型节奏体式，且以新诗为例来归纳：（1）以冯乃超的《现在》为样板显示的诗行与诗节都绝对均齐的节奏体式；（2）以安操的《燕草》为样板显示的那种节内诗行顿数均齐与节间匀称的节奏体式；（3）以艾青的《手推车》为样板显示的那种诗行顿数不均齐与节间匀称的节奏体式。

这三类节奏体式就是我们今天常在谈论的新格律诗体。

回环型内在节奏为中国的格律体新诗建设打下了基础；掌握回环型内在节奏的运行规律，是中国新诗创建格律体的前提。

四、推进型内在节奏

提出有一种内在节奏是映象感兴意味递增的产物，很容易使我们想起前面提到过的雅克·马利坦。他在那本著作《艺术与诗中的创造性直觉》中认为：“直觉的推进”是“一种旋律”。两种说法似乎是一致的，但作为诗性审美的归结其实不同。我们提出映象感兴意味递增为的是探求内在节奏运行的轨迹及其特定情绪状态的表现问题。马利坦则不同。他提出“直觉的推进”确也为了探求“一种旋律”，却又并不全是那么回事。“直觉的推进”固然也会显示出“一种旋律”，可马利坦却忽略了这只是内在节奏的一种类型，还有另一种类型——如同我们前面已论及的映象感兴意味回环型内在节奏。大概这是他只看到“直觉的推进”而没有看到直觉的回荡所致。问题更严重的是马利坦提出“直觉的推进”的真正目的并不是为了探求“一种旋律”，而是为了展开他感兴趣的智性之光的探求。正像他那本著作所探求的“诗中的创造性直觉”也全是为了探求诗中如何能让智性之光辉煌地照耀。不错，他也提出诗性直觉传递于人要靠“音乐的内在化”，但显示为内在化的音乐则要靠“启发性智性之光的照耀下被诗性直觉所推动和激活”的意象，而这种“意象”是“概念含义的媒介物”，具有“神不知鬼不觉地推动和感动智性”[30]的魔力，这种“意象”所外现的语言，也非一般“社会工具的符号”，而是“通过想象—情感的推进”而获得的“语言的最高组合法则”[31]作用下构成的。这样的语言能“让概念”与之沟通，这对诗人来说“甚至完全地省却明确的概念而从意象直接过渡到语言”[32]。这样的语言“遵循直觉推进的法则”使“概念”和“意象”可以“相互沟通”，并“把读者带到在诗人的想象中激动着的直觉推进的内在音乐之中”“而且还通过这种音乐而进入一个由这种音乐自然地表达出来的诗性直觉的参与之中”[33]。我们尽可能忠实地归纳与扎引到这里，也就可以看出马利坦心目中直觉的推进是一场由理性直觉语言化的意象印证理性的活动。在全能的智力操纵下，他丢开了情绪，也让人把握不住内在节奏，更谈不到内在节奏外化的媒介手段了。这番空泛玄妙到让人摸不着边际的“音乐的内在化”言说，也就证实了我们这一节里讨论的映象感兴意味递增的内在节奏与他的“直觉的推进”的“一种旋律”是两股道上跑车，不是一回事。

那么作为体现又一类内在节奏的映象感兴意味递增又是哪些实际内容呢？

映象是人在感觉活动中的感觉对象留在感觉中的具象印记，感觉活动激活想象，引来多种物象投影在想象之流中，从而也进入感觉活动，扩展了感觉中映象的队伍。这些映象既是具体的，又是富于感兴意味的，随着感觉激发成情绪，它们也在推动情绪流动中转为了意象，且具有与情绪流动相应和的各种兴发感动的性能。

有一种情绪比较单纯而专一，所含的映象感兴意味也基本上是一致的。但情绪要靠众多映象活动来促使其流动，这样一来，本来感兴意味一致的映象只有靠不同程度的增量排列，来展开活动和促使情绪流动，按增量值不同排列的映象，是一种有机的递增（或递退）式的存在，这决定了情绪的流动也是直向涌流的状态。于是也就显示映象感兴意味递增的推进型内在节奏运行，来表现情绪的直向涌流状态。

在中国诗歌中，这一类内在节奏在近体诗中是极少见的，在词中，尤其在新诗中却常见。近体诗中少见是由于它齐言，而律诗当中二联又是对子，作为一种体式，很适应于回环型内在节奏的外化；作为一种表现手段，大大有利于使这种回环得以具现。不过近体诗也并非没有推进型内在节奏外化的，如杜甫的七律《闻官军收河南河北》：

剑外忽传收蓟北，初闻涕泪满衣裳。
却看妻子愁何在，漫卷诗书喜欲狂。
白日放歌须纵酒，青春作伴好还乡。
即从巴峡穿巫峡，便下襄阳向洛阳。

正如《唐诗快》所云，这个文本“写出意外惊喜之况，有如长江放流，骏马注坡，直是一往奔腾，不可收拾”。这一场推进型内在节奏的运行，表现得何等淋漓尽致!《初白庵诗评》中说它“由浅入深”，是说到了点子上。八行诗，各行所含映象，感兴意味很一致：狂喜！不过排列在一起相互间这种感兴意味又是递增式增量的，所谓“由浅入深”，正是这个意思。虽然它用“句的均齐”的律诗体来写，其外在的复沓回环功能对直向递增的内在节奏表现不利，但杜甫在此对传统的律诗体有所突破，除首联不对，其余三联都对；而且虽是对偶，却大有蝉联而下之势，形同排句，一气直排而下。特别是结联，如《杜诗镜铨》引毛西河语：是“从归途一直快数作结，大奇”。而两“峡”两“阳”以叠字嵌入句中，更增添了推进的气势。所以此诗确是映象感兴意味递增的推进型内在节奏成功的表现，成功的主要之点在于杜甫突破了律诗回环性诗体对推进型内在节奏表现的束缚。据此而言，词就少了这一层束缚，因为它们是长短句体式，更适宜表现直向推进的内在节奏。如李清照的《如梦令》：

常记溪亭日暮，
沉醉不知归路。
兴尽晚回舟，
误入藕花深处。
争渡！争渡！
惊起一滩鸥鹭。

这是首一步步推进的记事小诗。首二行写日暮时分一批溪上泛舟的野孩子畅游中“不知”——没想到有“归途”那回事，由此推出了他们野得可爱的心理背景。紧接着的第三、四行推向现实：游兴已尽才知时光已“晚”——迟迟地“回舟”，不料又“误入”藕花深处，“回舟”紧接“误入”，现实情势递增了，畅游的映象中感兴意味也增量了。可不，“误入”不是更有趣吗？于是索性来一场“争渡”，第五行“争渡”这一短语的重叠，使现实情势又递增了，畅游的感兴意味更增量了。结句又推出一个特写镜头，不仅把湖上泛舟的美好情景进一层扩展开来，还以一滩鸥鹭被惊起四散来隐示“争渡”中透现出来的青春活力，从而把这场畅游的感兴意味作了更大的增量。这正是推进型内在节奏的表现。

比起词来，新诗中这类内在节奏的外化表现，就更为常见了。这因为它不仅也是齐言与长短句不论的，并且不必受固定的诗体格式规范。如田间的《自由，向我们来了》：

悲哀的
种族，

我们必须战争呵……

九月的窗外
亚细亚的
田野上,
自由呵……
从血的那边
从兄弟尸骸的那边
向我们来了,
像暴风雨!
像海燕!

这是属于召唤一类的诗，诗人召唤全国人民起来与侵略者抗争，以血肉之躯捍卫我们民族的自由。全诗分两节。第一节首行表明：我们这个“种族”在诗人感觉中是些悲哀的映象，但次行却推出“必须战争”的召唤，映象的感兴意味是增量了。为了给全诗的抒情定调，有这个召唤性的诗节是可以的，但没有这一节全诗形象会更集中，主题感性体现的气势会更盛。第二节才是“自由向我们来了”这个诗歌世界的正式表现。前四行在极开阔的背景中凸显出了心理意象“自由”，作为映象的感兴意味是显示出无比珍贵的生存美。但接着第五至七行却说这种自由是淌过鲜血的河流、踏着“兄弟”们的尸骸而来的，对“自由”之来十分珍贵的映象感兴意味显然大大增量了。第八、九行又以“暴风雨”“海燕”这两个用作明喻的映象来感发“自由”来临时势难阻挡的悲壮气概。作为映象感兴的意味，又增量了。所以这首诗具有层层递增的推进型内在节奏运行特色，把“自由”要以鲜血换来，而用鲜血换来的自由是谁也阻挡不了的这一感兴意味作了充分的传达。

根据以上的实例分析我们当会发现：映象感兴递增式的推进型内在节奏在外化中，更适宜用长短句体式。这是合于艺术规律的，因为这类内在节奏以直向推进的运行为特点，作为外化的手段——对体式的要求须显示跌宕起伏持续推进，而不是回环往复的气势，长短句有机组合才合于这种需要，“句的均齐，节的匀称”的体式适宜的是回环型内在节奏外化，就不适用于推进型内在节奏了。词是长短句体式的，外化跌宕起伏持续推进的内在节奏很有用。不过词又按词牌填写，其体式天生具有模式化性能，不能让推进型内在节奏充分自由的表达。新诗中的长短句却不受模式限制，更适宜于将这类内在节奏外化。这样的长短句，新诗中叫自由诗。

是的，自由诗体是外化映象感兴意味递增的推进型内在节奏基本的体式。

那么何谓自由诗?《简明不列颠百科全书》第九卷中这样说：

> 自由诗：按照语言的抑扬顿挫和形象模式，而不是按照固定韵律写出的诗。“自由”一词只是在相对的意义上讲的。它并没有传统诗歌那种固定的、可以看得出的韵律；它的韵律建立在短语、句子和段落上，而不是建立在音步、诗行和诗节等传统格律单位上，因此自由诗消除了很多不自然的成分和诗的表达在美学要求方面的差距，代之以一种灵活的韵律。它适合现代习语以及该语言的比较随便的音调[34]。

这些说法总体而言是合于自由体诗基本特性的，内中有三点特别值得注意：（1）这种诗体只有相对意义上的自由，而不是怎么想就怎么写的漫无边际的自由，就是说它也有一定的规范；（2）它须按形象模式写，所谓“形象模式”也就是我们正在讨论着的那种按感兴意味不同的映象结合所体现出来的特定情绪流动状态，由于情绪流动状态是多种多样的，故按这种“形象模式”写的自由体诗也就会有多种多样的体式；（3）它也讲韵律，但这种韵律不是建立在音组、音组组合成节奏诗行、节奏诗行组合成诗节等固定的韵律模式上，而是按词组接成短语、短语组接成句、句组接成句群来显示、或按特定语调达到的韵律感来写的。因此自由体诗特别重视对叠词叠语、排句、跨行的运用。就这三点而言，自由体诗这一诗歌体式是内在节奏外化很重要的手段。正是这一手段，特别能使映象感兴意味递增的推进型内在节奏得到充分的外化。

不妨作一例析来论证这一点。

艾青的叙事诗《吹号者》是一个名篇，抒叙的是民族解放战争年代一位吹号战士以号角声迎来黎明、唤醒沉睡的大地，以号声组织战士们集队出发、奔向前线，又以冲锋号声鼓动战士杀向敌阵，而他自己则在奋力吹响号角和战士们一起前进中被一颗子弹射中而寂然倒在沙场上了，而映着他的血和惨白面容的号角铜皮上，太阳反射出了闪闪的光芒……这一场悲壮的抒叙，大放异彩的是如下这个诗行群：

于是，惨酷的战斗开始了——
无数千万的战士
在闪光的惊觉中跃出了战壕，
广大的、激剧的奔跑
威胁着敌人地向前移动……
在震撼天地的冲杀声里，
在决不回头的一致的步伐里，
在狂流般奔涌着的人群里，
在紧密的连续的爆炸声里
我们的吹号者
以生命所给与他的鼓舞，
一面奔跑，一面吹出了那
短促的、急迫的、激昂的，
在死亡之前决不中止的冲锋号，
那声音高过了一切
又比一切都美丽，
……

如此炽烈的诗句是诗人满腔战斗激情的喷射，不过这是通过一系列群体与个人相结合的奔跃事件——具有同一种感兴意味却又分别作不同程度感兴增量的映象或意象的有机组合兴发感动出来的。它第一至五行为第一个单元，首先表现了战士们满怀斗志向敌人冲杀过去的全景式场面，从中透现着一股为投身这场战争义无反顾的感兴意味。这以后连续出现了一组感发性能一致而感兴意味不同程度增量的映象或意象组合体，显出了递增的感兴：作为第二个单元的第六至九行是个并列的介宾短语，它们以冲杀声、一致的步伐、狂流般奔涌的人群和连续的爆炸这四个特具誓死搏斗意味的映象组成又一个映象群，比之于上一个单元，虽具有同类感兴意味，但已大大增量。第十至十四行是第三个单元，写吹号者急吹冲锋号前进的视觉动象和在死亡前决不中止的号声交织在一起，这一串映象群所感发出来的感兴意味，比上两个单元同类意象群显然增量更多。最后两行是第四个单元，对这个以十六行诗形成的大诗行群映象流动中的核心——冲锋号声作了“高过一切又比一切都美丽”的赞美，比起上面几个单元同类感发性能的映象群来，其感兴意味不仅又一次增量，而且作了一个总结。我们对《吹号者》中这个大诗行群作了这样细致的分析后，当可看出它具有映象感兴意味递增式的内在节奏运行特色，而且作了抒情主体爱国情绪喷涌的真切表现。值得注意艾青诗歌创造的智慧是超常的。他看到映象感兴意味的增量在内在节奏外化中用作外化手段的“语言的抑扬顿挫”，即语言节奏，必须高度重视和妥善运用，只有这方面处理得好，才能使这一场外化获得根本性的成功。于是，他大力起用了叠词（第十三、十四行）、叠语（第六至九行）、排句（第三至五行）和跨行（第十二至十四行），特别是第六至九行的四个介宾结构短语的重叠，大大强化了语言的抑扬顿挫，使激越情绪的气势更盛，流动的速度加快，递增式运行的内在节奏充分得以外化。正是这种种，才促成艾青采用自由诗的体式来写此诗。

由此进一步证实：映象感兴意味递增式的推进型内在节奏的外化，更适宜于用自由诗这种体式。

结　语

经以上一系列探求，我们已可以作出这样的结语：

（1）内在节奏不是虚无缥缈的存在，它是情绪流动状态的表现形式。离开情绪表现来言说内在节奏，无异于无源之水、无本之木，一场缘木求鱼而已。

（2）感觉对象式映象的组合形态，是具体把握内在节奏的关键。以映象感兴意味回环的组合和映象感兴意味递增的组合也就成了内在节奏两大运行模式。

（3）认识内在节奏的切入点是运思阶段的结构特征，因此内在节奏也可说是一种内在结构形态。沃尔夫冈·凯塞尔在《语言的艺术作品》中说："对于形式的探求，结构的研究作出了主要的贡献。"[35]这是有道理的。

（4）诗学中应尽量避免使用外在节奏这个术语。所谓的外在节奏只是内在节奏外化的手段，若把它和内在节奏并列会起负面效应；产生对立的认识，以致抛开内在节奏的决定性意义，奢谈音组半逗律，斤斤计较于平平仄仄，那就会进入误区。

（5）映象感兴意味交替组合的回环型内在节奏适合用格律体式来外化，映象感兴意味递增组合的推进型内在节奏适合用自由诗体式来外化，把格律体诗与自由体诗对立起来，争个高下，是无谓的争论。格律体诗与自由体诗都有自身存在的合理性，这种合理性在于都要服从内在节奏外化的要求。

注释：

〔1〕 郭沫若：《论诗三札》，《文艺论集》，人民文学出版社 1979 年版，第 215 页。

〔2〕 康白情：《新诗底我见》，杨匡汉、刘福春编《中国现代诗论》上册，花城出版社 1985 年版，第 36 页。

〔3〕 胡适：《尝试集》，人民文学出版社 1984 年版，第 191 页。

〔4〕 郭沫若：《论诗三札》，《文艺论集》，人民文学出版社 1979 年版，第 209—210 页。

〔5〕 郭沫若：《文学的本质》，《文艺论集》，第 224 页。

〔6〕 郭沫若:《论诗三札》,《文艺论集》，人民文学出版社 1979 年版，第 210 页。

〔7〕 郭沫若:《文艺论集》，第 229 页。

〔8〕 郭沫若:《论诗三札》,《文艺论集》，人民文学出版社 1979 年版，第 205 页。

〔9〕 郭沫若:《论诗三札》,《文艺论集》，人民文学出版社 1979 年版，第 204 页。

〔10〕 戴望舒:《诗论零札》,《现代》第 2 卷第 1 期。

〔11〕 雅克·马利坦:《艺术与诗中的创造性直觉》，三联书店 1991 年版，第 216—217 页。

〔12〕 雅克·马利坦:《艺术与诗中的创造性直觉》，三联书店 1991 年版，第 215 页。

〔13〕 郭沫若:《文艺论集》，第 229 页。

〔14〕 雅克·马利坦:《艺术与诗中的创造性直觉》，三联书店 1991 年版，第 216 页。

〔15〕 雅克·马利坦:《艺术与诗中的创造性直觉》，三联书店 1991 年版，第 216—217 页。

〔16〕 苏珊·朗格:《艺术问题》，中国社会科学出版社 1983 年版，第 49 页。

〔17〕 雅克·马利坦:《艺术与诗中的创造性直觉》，三联书店 1991 年版，第 217 页。

〔18〕 雅克·马利坦:《艺术与诗中的创造性直觉》，三联书店 1991 年版，第 217 页。

〔19〕 郭沫若:《文学的本质》,《文艺论集》，第 224 页。

〔20〕 郭沫若:《文学的本质》,《文艺论集》，第 224 页。

〔21〕 苏珊·朗格:《情感与形式》，中国社会科学出版社 1986 年版，第 42 页。

〔22〕 郭沫若:《学生时代》，人民文学出版社 1979 年版，第 72 页。

〔23〕 有关“情绪的抑扬顿挫”的具体把握，可参考拙著《新诗创作论》中有关情韵节奏方面的论述，该书由上海文艺出版社 1990 年初版，先收入“骆寒超诗学文集”第 4 卷，人民文学出版社 2010 年出版。

〔24〕 雅克·马利坦:《艺术与诗中的创造性直觉》，三联书店 1991 年版，第 217 页。

〔25〕 雅克·马利坦:《艺术与诗中的创造性直觉》，三联书店 1991 年版，第 217 页。

〔26〕 雅克·马利坦:《艺术与诗中的创造性直觉》，三联书店 1991 年版，第 219 页。

〔27〕 雅克·马利坦:《艺术与诗中的创造性直觉》，三联书店 1991 年版，第 223 页。

〔28〕 雅克·马利坦:《艺术与诗中的创造性直觉》，三联书店 1991 年版，第 223 页。

〔29〕 此处采用飞白的译文。

〔30〕 雅克·马利坦:《艺术与诗中的创造性直觉》，三联书店 1991 年版，第 228 页。

〔31〕 雅克·马利坦:《艺术与诗中的创造性直觉》，三联书店 1991 年版，第 227—228 页。

〔32〕 雅克·马利坦:《艺术与诗中的创造性直觉》，三联书店 1991 年版，第 228 页。

〔33〕 雅克·马利坦:《艺术与诗中的创造性直觉》，三联书店 1991 年版，第 229 页。

〔34〕《简明不列颠百科全书》第 9 卷，中国大百科全书出版社 1986 年版，第 579 页。

〔35〕 沃尔夫冈·凯塞尔:《语言的艺术作品》，上海译文出版社 1984 年版，第 455 页。

论新诗的形式探求及其经验教训

中国新诗的形体格式在20世纪一直来没有定形。当然，一代又一代的诗人和诗论家曾在新诗定形化探求中付出过艰辛，设计过种种方案，其间也有过几次大的讨论，使这一场探索渐趋深入。可惜这种种努力，体现在理论构想上，往往和创作实践脱节；反映在创作中，又大多满足于随心所欲，而不求规范约束。这导致形体格式的探求一直处于混乱局面，更遑论新诗形式上大原则的定形了。为此，我们将对20世纪中国新诗的形式探求进程作一回顾，把种种可取的实践经验与合理的设计方案作出系统归纳，并在此基础上结合当下的存在实况，为新诗形式规范原则的探求总结出一些经验教训。

一

从新诗草创到20年代末，是一个彻底破坏规范形式考虑重立形式规范的探索时期。胡适首揭新诗革命的大旗，他以“诗体大解放”作这场革命的突破口。在《谈新诗》一文中他曾这样谈“诗体大解放”：它“不但打破了五言七言的诗体，并且推翻词语曲谱的种种束缚；不拘格律，不拘平仄，不拘长短；有什么题目，做什么诗；诗该怎样做，就怎样做”。郭沫若当年也提倡形式表现的率性自然。他在

1920年2月16日致宗白华的长信里曾这样说："我也是最厌恶形式的人"，"总觉得以'自然流露'的为上乘。[1]这种自然流露观，倒不像胡适派那样含浑，有具体标准，要具备内在的韵律；内在的韵律便是'情绪的自然消涨'"。[2]但郭沫若这一场"情绪的自然消涨"的内在节奏表现，对此也只是一种感觉，如何通过语言的媒介具现于外在形式没有说清楚，更没有得到妥善解决。因此，从1923年以后，一些诗人已表露出对新诗散文化形式倾向的不满，认为新诗不能一味否定外在形式规范，而有必要建立一种有别于旧诗的格律。对此首先作认真探求的是陆志韦。朱自清就说陆志韦"实在是徐志摩氏等新格律运动的前驱"。[3]这之后中国新诗史上第一个格律诗追求群体——新月诗派在陆志韦等探求的基础上，借北京《晨报·诗镌》一块园地于1926年4月破土而出。

新月诗派欲确立一套形式规范来为新诗创格之用，闻一多是代表人物。他写了20世纪新诗中第一本现代格律诗集《死水》，还作有《诗底格律》[4]一文，提出了一套新格律诗建设的方案。方案之一是定"音尺"——即我们今天通称的"音组"。闻一多没有谈到这"音尺"如何划分，也没有为不同型号（即不同长度）的音尺定性，却作了定量的规定，定出新诗应采用的两个基本音组型号：两个字构成的"二字尺"和三个字构成的"三字尺"。方案之二是建行。闻一多倾向于四个"音尺"组合成的诗行最标准，这样的诗行可以用两个"二字尺"和两个"三字尺"组合成，也可以用三个"二字尺"和一个"三字尺"组合成。方案之三是建节。他举自己的《死水》为例：全诗共5节，各个诗节中的每一行都是三个"二字尺"、一个"三字尺"组合成，虽然音尺排列次序并不规则，但它们"绝对的调和音节"，使《死水》因此具有十分和谐铿锵的音乐之美。还因为"绝对的调和音节，字句必定整齐"，使它"看起来好像刀子切的一般"，显出了建筑美。关于新格律诗的节奏特性须在不同"音尺"的有机组合上显示这一点闻一多虽然并没有多少理论探讨，但把"音尺"引入现代汉语诗歌的节奏表现体系中，并以"二字尺""三字尺"作为基本"音尺"型号来体现新诗诗行节奏，这是值得在20世纪新诗创格史中大书特书的，这也是闻一多这套新格律诗建设方案中最重要的一条。但就《诗底格律》的总体倾向看，闻一多似乎更关注新诗形式的建筑美，对“像刀子切的一般”的形式感情有独钟。这后果是不讲诗行音尺数的均齐而只讲字数的划一，出现大量字数虽然划一但音节并不和谐的豆腐干体诗，闻一多自己的诗《春光》就是如此。朱湘是他们中新格律诗创作成绩最佳的，但“建筑美”带给他的不良影响也十分显著。新月诗派对押韵的问题没有专门探讨，但实践中还是摸索出几种押韵法的。一般说在偶数诗行押韵，一首诗一韵到底，或一节一转韵，却也采用西方经验，押随韵（AABB）、交韵（ABAB）和抱韵（ABBA）。

自由诗在1930年代初再度崛起于诗坛。但这和1920年代前后出于破坏旧诗格律的策略需要来提倡它已很不相同，而是受诗歌自身特定的情绪传达要求决定的。

为抒发社会人生斗争情绪的诗人致力于自由诗写作。为了宣传革命真理、鼓动社会叛乱，诗成了蒲风展开斗争的武器。他认定了一个方向：自己的抒情只有让广大群众明白顺畅地接受才有真价值。于是能充分自由地抒情的自由诗，也就被接纳进他的创作中。但蒲风的自由诗观没有艺术规律方面的新见解。在这方面艾青做得好一些。艾青《诗的散文美》[5]一文中，在他看来，散文“不修饰”，能以朴素的口语对情感作极其自然的表达，因而是自由的。正因为这样，散文“就肉体地诱惑了我们”。这就是诗的散文美。所以，在艾青的理论中诗的散文美也就是自由诗的美。而散文美是以口语为基础显示的，这又使艾青把散文美等同于口语美。由于散文的口语化和自由性，能“给文学的形象以表现的便利”，因此艾青绕开了自由诗的审美特征在于内在韵律美之说，而把它定位在能“给文学的形象以表现的便利”上。这确也显示在艾青的创作中。艾青原从事绘画，所以他诗中的意象总是具体的，这使他表现这些意象时非得采用能比较细致地作描绘的句子结构不可；而显示这些沉甸甸的意象之间的复杂关系，也要求他用适宜于铺写的句子结构。因此，他必须超越韵文，突破格律的拘谨，走向散文的自由。要满足艾青这样一些要求，采用具有散文美的自由诗最适合。当然，艾青也明白：这种情绪的内在节奏毕竟还要通过外在的形式手段体现出来。他自己就通过分行造成的各种断续给予人的独特的顿挫感以及叠词、叠句、排比句来体现，而并没有考虑不同型号的音组的有机组合。艾青在自由诗中显示情绪内在节奏，是自发的、处于任意为之状态的一种表现，因此临到情绪感受不那么强烈、内在节奏不那么明显时，他的自由诗也就从散文美滑向了散文化。一批受过艾青的影响以自由诗自觉的追随者自称的七月诗派诗人中，也用这一诗体写出了一些闪烁着青春光辉的战斗诗篇，却也因为有些人没有意识到自由诗同样不能脱离语言节奏规范，而又一时找不到作为补救之用的外在办法，结果一些作品所显示的就只有散文而没有多少诗的东西。在自由诗的写作上，能把握现代汉语语言节奏并进而显示为旋律美的，光未然做得更好一些。光未然通过自己的创作实践把闻一多写格律诗的音尺理论移植到自由诗中来，在诗行节奏建设上，坚持用二字、三字音组，但比闻一多又放宽一点，也适量地采用了四字音组，但极少用单字音组，更不用五字音组；至于押韵，他总是在一个诗节里宽式押韵，甚至一韵到底。这些反映着光未然创作风格中具有一种潜在的语言节奏规范。典型的文本如组诗《黄河大合唱》和抒情长诗《绿色的伊拉瓦底》。

传达宇宙生命情绪的自由诗，其外在节奏表现规范则较偏于语吻呈示。林庚在《诗与自由诗》[6]等文中的见解对此很有启发性。林庚是从“宇宙之无言而含有了一切”中把握到“宇宙的均匀的、从容的”感觉和生命之“自然的、谐和的”情绪的，并进而意识到新诗应该“成为一种广漠的自然的诗体”。这意味着广义的自由诗“其外形亦必自然”。[7]基于这一认识，林庚提出“诗的形式正是要从自然的语吻上获得”[8]的主张。戴望舒是第一个大力作语吻美追求的人。他爱用“的”“呢”“吗”“吧”“了”等语气语助词。它们大都具有两类节奏性能：“呢”作语气词同“的”一样，都具有“微弱的渐降调”性能；“呢”作为疑问词，同“吗”一样构成疑问句，具有情感抑制的特征，因此“的”“呢”“吗”可以同归入降调——抑的情绪节奏性能；“了”是语助词，构成完成态句子，具有增强的上升调特征；“了”作为感叹词，同“吧”一样构成感叹词，具有情绪高扬的特征。因此，“了”“吧”可以同归入升调——扬的情绪节奏性能。由此看出，自由诗中“自然的语吻”，实在有一种情绪内在节奏非音乐的而是语调的外化性能。对戴望舒来说，也许并没有明确意识到只有采用口语的自然语吻才能实现他的那个有名的主张："诗的韵律不在字的抑扬顿挫上，而在诗的情绪的抑扬顿挫上，即在诗情的程度上。"[9] 但在创作实践中，他倒是做到了，如《游子谣》《少年行》《深闭的园子》。仿效戴望舒的人不少。以写印象派诗著称的辛笛早期的诗在这方面处理得相当好，他的《夜别》就是个很好的例子。

这一阶段新格律诗还是以沿着闻一多的音顿等停逗节奏的路子作探求为主的，在创作实践上有所建树的要算曹葆华、孙毓棠、卞之琳、马君玠、冯至等人。这些人中，曹葆华又是个代表，说得上是1930—1940年代新诗创格事业中最有成绩的。但他把格律建基于对应诗行绝对地调和音节上，影响所及，使其他语言驾驭功力不足的诗人变得过分人工雕琢，以致不知不觉又走上字数划一的路。和他有类似追求的李唯建就出现这种现象。另外，陆志韦在这一期间根据重音来建立诗行节奏的路子来探求新格律，并以"说话的腔调"写成一组《杂样五拍诗》。这些诗为标出重音，在诗行下画圈圈点点，很不方便，因此，影响不大。比较麻烦的还是误入"建筑美"陷阱的倾向始终存在，不过，对此倒也不断有人用理论来消除或淡化，朱自清在《诗的形式》[10] 一文中就集中全力来解决"匀称""均齐"在创作实践中要注意的问题，消除闻一多"建筑美"的负面效应。

如果说1930年代至1940年代是自由诗一统诗坛的时期，那么1950年代至1970年代新诗格律化的问题又被重视起来。建国伊始，《文艺报》组织过一次新诗问题的笔谈，田间就说："我们写新诗的人，也要注意格律，创造格律。"[11] 冯雪峰也认为"新诗要建立完全新的格律"。[12] 因此，关于诗歌形式问题，曾有过几次大讨论，其中以1953年12月至1954年1月由中国作家协会创作委员会诗歌组召开的三次讨论最为重要。那场讨论集中在自由诗与格律诗问题上展开。讨论后发表的文章中有三篇很值得注意：一篇是艾青的《诗的形式问题——反对诗的形式主义倾向》，[13] 偏于提倡自由诗，另两篇是何其芳的《关于现代格律诗》[14] 和卞之琳的《哼唱型节奏（吟调）和说话型节奏（诵调）》，[15] 偏于提倡格律诗。艾青的论文对自由诗面上的特征是概括出来了，但远没有对自由诗旋律化体现作更深入的挖掘。可贵的是他在该文中还提出“自由诗”与“格律诗”要建立一个统一基础的观点。这个基础是“韵律”。他这样说：“诗必须有韵，在‘自由诗’里偏重于整首诗内在旋律和节奏；而在‘格律诗’中，则偏重于音节和韵脚”，而作为语言的艺术，两种“偏重”都要在“声音的加工”上体现出来；“所谓旋律也好，节奏也好，韵也好，都无非是想借声音的变化，唤起读者情绪的共鸣；也就是以起伏变化的声音引起读者心里的起伏变化”。可惜，艾青只提理论方向，却缺乏实践的具体方案。这一点不足倒是由何其芳来作弥补。何其芳的《关于现代格律诗》主要是对闻一多以音尺有机组合来建立现代格律诗的问题作了深化。他具体地提出：“我们的格律诗可以有每行三顿、每行四顿、每行五顿这样几种基本形式。在长诗里面，如果有必要，在顿数上是可以有变化的，只是局部范围内，它仍然应该是统一的。在短诗里面，或者在长诗的局部范围内，顿数也可以有变化，只是这种变化应该是有规律的。”至于押韵，他的态度十分明确：“我们的新诗的格律的构成先要依靠顿数的整齐，因此需要用有规律的韵脚来增强它的节奏性。如果只是顿数整齐而不押韵，它和自由诗的区别就不明显……”但韵该如何押，何其芳并没有具体措施提出。何其芳的文章具有创新意义的是煞尾音组的规范。他说：“为了更进一步适应现代化口语的规律，还应该把每行收尾一定是以一个字的一顿这种特点加以改变，变为也可以用两个字为一顿”，因为，这是“为了适应现代口语中两个字的词最多这一特点”，而这样做“是和我们的口语更一致的”。何其芳在此揭示了用现代口语二字尾写的新诗与用五七言单字尾写的古体诗、民歌在句法上的一个根本性的不同，并因此提出要建立一种“符合我们的现代口语的规律的”新的格律体系。卞之琳的《哼唱型节奏（吟调）和说话型节奏（诵调）》也强调地提出诗行煞尾那个音组的重要性，认为用二字音组煞尾，同用单字或三字音组煞尾，诗行节奏的调性是不同的：“一首诗两字顿收尾占统治地位或者占优势地位的，调子就倾向于说话式（相当于旧说‘诵调’），说下去；一首诗以三字顿收尾占统治地位或者占优势地位的，调子就倾向于歌颂式（相当于旧说的‘吟调’），‘溜下去’或者‘哼下去’，但是两者同样可以有音乐性。”可以看出：对新格律诗的句法要求，卞之琳比何其芳要宽容一点。

新中国成立后的最初一些年月里，有关新诗形式建设竟提出了那么多的理论见解和实践方案是十分可喜的，这使得从1950年代到1970年代的三十年间，中国新诗在自由体、格律体和自由格律体这三大诗体实践较有成效，显示着其形式建设在混乱中的丰富和丰富中的混乱的特色。

自由体诗这阶段是趋向于成熟了。作为成熟的标志，这阶段的自由诗已初步显示出诗行节奏化和诗节旋律化的某种规范，具体迹象是诗行有了音组组合的规范，即采用二字音组、三字音组和四字音组为主，间或出现单字音组和五字音组，但情况极少。在组合中同一型号的音组不连续出现三次以上。这就使得诗行节奏鲜明起来。诗节组合时多顿的长诗行和少顿的短诗行呈循序渐进的轮转式组合，能较宽泛地形成复沓回环的旋律感。自由诗成熟的第二标志是：这阶段由于受大力提倡格律诗的影响，自由诗诗行的参差已不十分显著，每行顿数在趋向接近，并且也比较注意到宽式的押韵。上述这两点使自由诗衍化出一种变体——半自由体诗。何其芳较早注意到这一情况，并认为这“反映了新诗倾向于格律化而又尚未格律化”。什么叫“半自由诗”呢？何其芳作了这样的界定：“‘半自由体’就是指那种行数固定、也大致押韵、但行里面的节拍却没有规律的诗体。从行数固定、大致押韵方面说，它是倾向于格律化，但行里面的节拍没有规律，却又是自由诗的最大的特点。”〔16〕以何其芳这样的界定来衡量，这阶段的自由诗几乎绝大多数是“半自由诗”，散文句法特别显著的艾青式自由诗，在1930年代至1940年代十分流行，这阶段可就有点形单影只了。何其芳指出雁翼唱宝成铁路的诗“多半是‘半自由体’”，又何尝只雁翼呢？李瑛这阶段大量的自由诗也多半是“半自由体”。针对这一现象何其芳指出：“‘半自由体’的一个显著的弱点是使人感到艺术上还不完美”，“我总感到这种诗体是一种过渡时代的诗体”。〔17〕

从闻一多到何其芳，应该说在创作上格律诗实绩是有的，但算不得多，1950—1970年代这方面的实绩才显著起来，但严谨的现代格律诗却还是不多的，大概闻捷和袁鹰合作的那本“访问巴基斯坦诗草”——《花环》是这阶段标准的现代格律诗集。闻捷的《复仇的火焰》是一万多行的叙事长诗，竟采用四行一节，一、四行四顿体；二、三行五顿体、双字尾；二、四行押韵——这样一种整齐中显变化、变化中显整齐的典型诗节写成，难能可贵。可以说《复仇的火焰》是这一阶段、或者说是新诗的格律化追求到这一阶段的顶峰工程。这阶段的格律诗也出现了变体，不妨叫它半格律体诗。它是由郭小川创造的，强调诗节内部或诗节之间的大致对称关系，即诗节内部的对应诗行做到句式的大致对称，诗章内部的对应诗节做到节式的大致对称，并不严格要求从顿数出发达到句的均齐与节的匀称，至于诗行的顿数则不限，从一顿、二顿到八顿都有；煞尾音组也不限，二字尾和单字尾、三字尾可穿插着用，决定的条件也是对称。音组型号则大致限在二字、三字、四字音组，偶尔出现五字组，极少。唯其如此，才使郭小川诗的诗行节奏始终是鲜明而和谐的。总之，诗行节奏的鲜明和谐和诗节、诗章节奏因对称导致的复沓回环所构成的节奏形态，即郭小川的半格律诗体。郭小川的创造性探索影响了那时期的不少诗人：《厦门风姿》（包括《甘蔗林—青纱帐》等）类型的半格律诗就影响了严阵的政治抒情诗集《竹矛》的形式，《望星空》（包括《春暖花开》等）类型的半格律诗就影响了沙白的抒情长诗《大江东去》的形式。这一类半格律诗长于铺陈，在洋洋洒洒的展开中作往复回旋，一唱三叹，大有汉赋在现代口语中翻版的形式特征，大面积外在铺陈借复沓回环这个关键因素而获得情思韵致不仅不散乱，反而更集中，旋向内在，主题在政治意绪一唱三叹的丰富体现中获得深化。

再看“自由格律体”的创作实况。这一种诗体既具有自由诗那种节无定句、句无定顿、不一定押韵的成分，又具有格律诗那种节奏表现规范化的成分，是二者有机融汇而成的诗体，在诗行长短不一的排列中，给人以旋律化的节奏效果，类似于词曲的长短句节奏表现格式。这是一些诗人在继承传统的意念支使下、在移植词曲的节奏表现特征中摸索出来的一条新路，遗憾的是当年没有谁把这些经验提升为理论原则。这种自由格律诗探索得较有成绩的是戈壁舟，具体显示在他那本抒情诗集《登临集》中。

二

通过上面新诗形式探求历程的考察，可以这样说：20世纪中国新诗的形式建设，到1970年代大致已约定俗成地形成了一些规范原则，给新一代探求者深化这一探求打下了良好的基础。改革开放以来的二十年，有关新诗形式建设问题，由于紧扣新诗自身传统的共识，这一诗歌新品种的形式规范原则具有了既完整又系统的建构。在这期间，新诗研究界还发表了像艾青的《和诗歌爱好者谈诗》、卞之琳的《今日新诗面临的艺术问题》这样以开放的视野较概括地谈及新诗形式建设的文章，更发表了像林庚的《从自由诗到九言诗》、屠岸的《多元化和格律诗》、孙绍振的《我们古典诗歌节奏的动态结构》、骆寒超的《论中国现代自由诗》等对新诗形式本体作纯学术研究的论文；而尤其值得一提的是孙绍振在《文学创作论》中对诗歌形式审美规范的专论，骆寒超在《新诗创作论》中对新诗声韵节奏系统的专论，以及许霆、鲁德俊的专著《新格律诗研究》，程文、程雪峰的专著《汉语新诗格律学》等，为新诗形式建设作了多方面的系统考察。我们综合以上成果可以归纳如下新诗形式规范原则系统：

首先，借助音组以及音组组合来建行：

新诗形式建设的关键是与现代口语紧密结合在一起的声韵节奏及其表现。新诗声韵节奏的基本单位是音组。所谓音组，指的是诗行中一个个相亲的语音群。它们在诗行中有规律的停逗顿挫，就显出了新诗的声韵节奏。所谓“相亲”，乃出之于意义和语法的自然亲疏关系，故诗中音组的划分要顾及意义和语法关系。而音组除了如何划分，还要考虑定量和定性：二字、三字容量者是新诗中最典型的音组，单字音组和四字音组则要控制使用。特别是四字音组，是音组定量的极限，超过这个极限就得分裂，否则就读来别扭。音组定量以后也就引起了对它的定性。一个音组内部字音容纳量的多少也会产生不同性能的节奏感，多字的音组给人以重而急的节奏感，属于“抑”，相对而言字音少的音组给人以轻而缓的节奏感，属于“扬”。抑扬或扬抑相间，顺势而下，节奏感就和谐。因此从音组的定量导致的定性，也就引出了如下的规范性原则：单字音组最轻缓，二字音组次轻缓，三字音组次重急，四字音组最重急。抑扬顿挫的诗行节奏则必须受这样四类定量且定性了的音组在诗行中的有机搭配。音组除了定量与定性以外，接踵而来的一个重要内容是组合。音组组合的表层结果是建行，深层结果是确立诗行节奏。因此，必须以不同型号的音组的组合来建行！这是一条新诗形式建设中不可忽视的规范原则，这样做为的是让一个诗行中的轻缓、次轻缓型音组和次重急、重急型音组顺着循序渐进的自然流程作妥善组接，以造成“扬抑扬抑”“抑扬抑扬”式的，或者“扬扬抑”“抑抑扬”式的，或者“扬抑抑”“抑扬扬”式的和谐节奏。如果只用同一个型号的音组组接，让节奏性能相同的一串音组多次重复，就会单调板滞。这里特别需要指出：单字音组的节奏性能最轻缓，四字音组则最重急，它们之间的悬殊较大，不宜直接组接，这是因为节奏感是有惯性的，诗行节奏若悬殊太大，失去循序渐进的感觉，就会给人突兀、不适应之感。在建行中由音组数（顿数）显示的诗行长度也必须有定量与定性的意识。理想的诗行长度是三顿、四顿和五顿。但不同长度的诗行，节奏性能也是不同的，顿数愈少的短诗行，也就愈短促明快，那就属于扬的节奏，能显示出急骤昂奋的情调；顿数愈多的长诗行，也就愈拖沓沉滞，则属于抑的节奏，能显示出徐缓沉郁的情调。

总之，从典型音组确立到音组有机组合而建行，是新诗声韵节奏体现的第一个层次，对于用现代口语写新诗的人，且不管他采用自由体还是格律体，都得在这个层次上遵守约定俗成的规范。熟练地使用二字音组、三字音组，是新诗写作的基本功，非得遵守不可；这也是中国新诗定型化最基础的原则。

其次，组行成节和组节成篇：

组行成节必须确立两种操作类型：一类是主动组合型，另一类是被动组合型。

在建节中诗行的主动组合指的是：排除任何模式牵制，主体有选择长度不同的诗行进行组合的主动权，即必须以主体内在情绪要求来作随意组合。由诗行主动组合而成的诗节长短不一，表面看是不受规范约束的任意行为，其实不然。真正高明的诗人在诗行主动组合中总会遵守诗行节奏表现规范——一顿体轻缓，属“扬”；二顿体次轻缓，属“次扬”；三顿体“次重急”，属“次抑”，四顿体“重急”，属“抑”——这样的潜在制约。试看洛夫的组诗《清苦十三峰》之一的《第十三峰》中如下一节：

青青的瘦瘦的不见其根不见其叶似蛇非蛇似烟非烟袅袅而上不知所止的名字叫做
藤的一个孩子
仰着脸　　向上
向上
向
上
沿悬崖猱开
及至峰顶

这是很奇特甚至显得怪异的一个诗节，第一行就十六顿，第二行猛减成三顿，第三行减成二顿，第四行至第六行是一顿，第七、八行又恢复为二顿。以十六顿的一个特长诗行开头，把“藤”在坚韧地攀缘中的“抑”的节奏感真切地体现了出来；第二、三行分别为三顿、二顿体，是向上攀缘——从“次抑”转向“次扬”，而“向上/向/上”这三行是大有拼出全力向顶峰攀缘决不回头的气概，高度的“扬”的节奏感，特别是“向上”这个二字音组构成的一顿体诗行，接着是把“向上”拆散成“向/上”这样两个单字音组的一顿体诗行，使“向上/向/上”的诗行组合显出奋力向上的“扬”的极致，接着又以两个二顿体诗行作结，这时奋力向上已显出直上顶峰的定局，内在高亢情绪可稍稍有所平缓，于是极致的“扬”也降为“次扬”。看来洛夫是颇费了一番苦心，从而把大跨度的抑扬顿挫诗节节奏真切地传达了出来的。这种不同长度的诗行如此大起大落地转换，全凭诗行主动组合而成，无需顾及诗节表层的整齐匀称，任其参差不齐，据此而组节成篇章，同样显得参差不齐。不过也有例外的情况，即诗节主动组合成诗篇时允许诗节间对应诗行的顿数一致。当年王独清的《我从 café 中出来》、穆木天的《鸡鸣声》、艾青的《手推车》均如此，当今诗坛，如胡乔木的《青春颂》、杨眉的《我爱你的……》、白桦的《轻！重！》等也是这样。这使得诗篇节奏具有一种往复回旋的声韵美。这类组节成篇的组合法值得重视。

以上形式探求的实践证实：诗行的主动组合作为操作原则，的确具有很大的随意性，它在建节立篇上，完全可以凭内在情绪要求自由地组合诗行、诗节而不受模式的约束。正是这样一种形式规范原则使中国新诗产生了自由诗体。

在组行成节中诗行的被动组合指的是：主体在进行诗行组合时该长该短必须按预先设计好了的模式对号填入，不得自由选择。模式可以归纳为诗节一律均齐式和对应诗节均齐式两大类，这决定诗行的被动组合也分两大操作类型。先看头一类。这一类的诗节必须由顿数相同的诗行组合而成，而诗篇则由这样的诗节模式重复几次而成。它可是最方便也最容易显示节奏效果的。闻一多的《死水》一诗就是最典型的例子。但“绝对的调和音节”的结果往往会畸形地演变成从每个诗行到每个诗节都追求字数的划一，以致出现“豆腐干体”。这阶段诗人们大都尽可能不作这种“句的均齐”的“建筑美”追求。再来看第二类。这一类在肯定组行成节要从顿数出发而不从字数出发的前提下，强调匀称美，允许相随、相交、相抱的几组诗行顿数一致。徐志摩多作这样的操作，但不严谨。几十年后，丁芒的操作严谨多了，他的《驽马》是一个好例。按这原则还可在操作中变通：若是这样的模式有两个、三个……操作时则让按不同模式填成的各个诗节相交、相抱、相随地组合而成大篇章；若是操作成有篇无节的诗，那么诗节模式可以被诗行群模式替代，让几个模式化的诗行相交、相抱、相随地组合成大篇章。这就可以使诗篇总体看参差不齐却又有被动组合的规范限制，有特大的自由流转，但决不随意放任。

这一阶段诗人们形式探求的实践也证实：诗行的被动组合作为一套规范原则，

具有很大的模式性，它在建节立篇上可以不考虑内在情绪起伏的要求，只照预定的模式填入不同长度的诗行。新诗中这样一种形式创造的规范原则因恰如其分地运用，也就产生了格律诗体。

诗行组合成节的主动组合与被动组合之分，导引出自由诗体与格律诗体。但除此以外，还有一种兼容式，即按不同节奏性能的诗行作旋律化的组合以构成诗节及独特的诗节节奏。这种诗节构成及诗节节奏表现，对主体来说，既要严守不同节奏类型的诗行组合原则进行——这有其被动性一面；又无需先设计好一个诗节模式，填入不同长度——不同节奏类型的诗行，而只需按诗节节奏的约定俗成的构成原则来进行。显然，这是有其适量的操作主动性和自由度的。所以，这种诗节构成及诗节节奏表现是诗行主动化的被动组合或被动化的主动组合的结果。主动化的被动组合指的是诗行组合中以循序渐进复沓回环的策略来构成诗节为主，完成节奏的表现，而不全从诗节构成的模式化重复出发。作为一条规范原则，它容易把握也容易操作，不多论析。难的是被动化的主动组合，这指的是诗节构成以大起大落、峰回路转的策略来组合诗行为主，以显示旋律进程，而不全从诗行组合循序渐进的规约出发。时湛在《隋梅》一诗中作了这样的规范操作：

十四个世纪晨钟暮鼓
生命归何处
只有你仍疏影横斜
花如珠
暗香古刹山坞
犹记得杨广荡舟于运河
瓦岗起烽火
满江红，仰天的长啸
南渡……
呵，依一方净土

让诗也像你那样青春长驻
沉沦与超越
今与古
历史的记忆永不荒芜

这是对浙江天台国清寺一株隋梅的抒情。这株隋梅至今已有一千四百余年生命史，犹老树开花，香飘古刹。以隋梅喻诗人，扎根于生活的“净土”，灵魂历尽世纪的沉沦与超越，也应“青春长驻”。从总体说这是主体凝神观照中激情的沉静化体现，自有超越生命骚动、进入悠远历史的智悟；体现在外在形式上，也就特别要强调峰回路转式的旋律显示。诗行组合达到这种旋律化的表现，其基础无疑还是诗行组合在抑扬相间中的复沓回环。所以这样的诗行组合无法摆脱抑扬相间的规约，因而另有一种组合的被动意味，如第一行一个四顿体，是十分重急的“抑”的节奏，第二行是二顿体，以轻缓的“次扬”节奏承接，第三行是三顿体的“次抑”，第四行则是一顿体的“扬”，第五行又是三顿体，转向了“次抑”，仅这五行就可见出这首诗无法超越“抑—次扬—次抑—扬—次抑”这样一种抑扬相间、复沓回环的节奏表现模式，但是，虽然诗行组合抑扬相间，却不按循序渐进的规约组合，主体在此充分发挥了主动性：用峰回路转的策略，把极长的诗行和极短的诗行直接组接，使抑扬之间产生极端悬距的张力效果，打破循序渐进的节奏和谐，从而获得了峰回路转的旋律化旋进格局。这首诗因此出现了四个旋律音程：“只有你仍疏影横斜／花如珠”是四顿体“极抑”的诗行节奏和一顿体“极扬”的诗行节奏组接；“满江红，仰天的长啸／南渡”是三顿体的“抑”的诗行节奏和一顿体的“极扬”的诗行节奏组接；“让诗也像你那样青春长驻／沉沦与超越／今与古”是五顿体“极抑”的诗行节奏与二顿体“扬”、一顿体“极扬”两个诗行节奏组接；而特别是最后两行“今与古／历史的记忆永不荒芜”，是一顿体“极扬”的诗行节奏和四顿体“极抑”的诗行节奏组接。全诗因了这四个旋律音程的存在，不仅很鲜明地显出了“抑—扬—抑—扬—抑”的诗篇节奏进程，还在大起大落的诗行组合中显示出一段跌宕多姿的旋律进程。这种以“抑”起到以“抑”终的旋律进程是沉静的，外在旋律化的节奏和内在的情绪起伏也十分应合。这可是诗行主动组合的必然。因此，这首诗在诗行组合中也就显示为被动化的主动组合应循的操作原则。

就这样，在诗行组合以建节、诗节组合以建篇中，主动化的被动组合或被动化的主动组合导引出又一种诗体；由此获得的这一规范原则，其实就是1950—1970年代由戈壁舟等人追求的自由格律诗体在1980—1990年代经众人再深入探索而总结出来的。综观诗坛形式建设的趋势，自由体诗和格律体诗不仅已不再是极端对立的存在，而且已有了双向交流的迹象，若进一步发展下去，两种诗体全面的交融是可以预期的，这也预示着自由格律诗体将会有更远大的前程。唯其如此，这一套规范原则才更值得重视。

第三，排偶、诗行收尾和押韵：

从音组的定量、定性到建行、建节、建篇固然是声韵节奏的基础，但节奏的鲜明、铿锵、和谐却不能全归功于它们，还应注意到强化声韵节奏的三个辅助手段：排偶、诗行收尾和押韵的规范。

排偶是排比、对偶的合称。排比、对偶和以音组为核心的新诗声韵节奏不存在血缘关系，它们体现了一种语言结构的反复与重叠，使嵌入这种结构中的诗行群或诗节、诗篇的节奏经多次反复而加强回环感，经多次重叠而加强旋进感，从旋律的角度来考察，确是强化节奏效果十分有用的辅助手段。对偶在新诗中须是宽式的，不一定严格地上下两句对，可以扩大引申。新诗中成串的排比是节奏旋律化进程中过渡、交替和旋进必不可少的手段，20年代中期王独清就发现了这个独特功能。艾青也看到了这一点，在他的诗中排比句很多，尤其在名作《吹号者》《火把》中，那种高昂的战斗意绪因采用排比诗句，给人以强刺激的传达效果。我们知道：凡是激情的诗篇，节奏必显得快速而整齐，要求能体现情绪层层旋进的气势，因此总采用句式相似的排比，使同一种语调不断重复，这样做确能显出层层旋进的气势。对偶和排比在自由体诗中有必要强化使用，格律体诗中则要控制使用，这是由于排比、对偶对散漫的诗行适应旋律化节奏进程能起一种很积极的组织作用，而格律体诗的模式本身就具有极强的组织作用，借用排偶来整顿诗行、诗节和诗篇节奏的辅助功能就相对会削弱一些。这一代诗人已经看到：有一些过分讲究用排比、对偶的格律体诗，于整齐铿锵中更显得铿锵整齐，节奏是强化了，节奏感知效果却适得其反。这要求格律诗控制用排比、对偶。

诗行收尾那个音组的使用必须尽一切可能做到规范。诗行收尾处是一个长逗，使诗行节奏在诗节、诗篇中得以调整。这是诗行间因相互共鸣而凝集，然后统一步调再推进节奏的一个站口。由于新诗用口语写，以口语诉说为本，这决定了我们须有这样一个规范：新诗诗行收尾的音组须用二字音组，因为这才合于口语诉说的腔调。三字音组或单字音组收尾如下之琳所说能使诗行节奏具有哼唱调性，它只能在哼唱调性中才使用。应该看到：所谓诗行的哼唱体或者诉说体调性，只是诗行节奏的派生物，而非节奏本身。我们考察单字、三字音组收尾或者二字音组收尾，只是为了使节奏分得更细、更鲜明，从而强化对诗行节奏感的品味。但新诗既然是采用口语作诉说体抒情的，那就必须以二字音组作诗行收尾为本。

再说押韵。历来从事形式建设的人总把它置于显要的地位，好像押不押韵成了诗与非诗区分的标准。这是很大的误解。押韵，即同韵母的音去而复返，奇偶相错，前后呼应。它所显示的声音的谐和本是一种共鸣作用，是在谐和中含着同声相求的归类意味，而归类就显示了对诗行群或诗节模式的组织作用。所以，在中国新诗的外形律中，押韵所显示的功能只能是如下这一点：在诗行、诗节组合所体现出来的节奏中，起到一种点明始终、呼应前后、贯穿章节的组织作用，却不能说是节奏的一个部分。一般说押韵指的是押脚韵。行末一字是新诗中必顿的一个字，是调整前后行节奏最重要的地方。如果这个极着重的字在声音上没有一点规律，诗节节奏就不免杂乱无章，前后便不能贯穿成一个完整的调性了。因此，新诗中的押韵主要指押脚韵。至于韵的押法，按中国的诗歌传统，偶数诗行押，奇数诗行可以不押，新诗应把这传统继承下来。中国新格律诗的提倡者还借鉴西方诗艺，主张押随韵、交韵和抱韵。这种押法在中国传统诗歌中并非传统，对今天读者的审美习惯也并不适应，不宜过分提倡。在组节成篇时，诗节自身可以是同一个脚韵，诗节间也允许这样，但也同样允许转韵。值得指出：格律诗的追求者们从节奏的角度看，力图做到句的均齐与节的匀称，纳入于一个统一的模式而不屑于多作变化；但在押韵上，不宜搞一韵到底，因为节奏过分整齐，并且还不断拉大开去，读多了就会因单调而生节奏疲劳，要是再一韵到底同声相求，于整齐中更见整齐，于单调中更添几分单调，岂不糟糕！因此要提倡多转韵，这样做能使全诗整齐中有松散，规律中有变化，使单调得到调剂。自由体诗也应尽可能押韵。朱光潜就说为："自由诗易散漫，全靠韵来联络贯串才可以完整。"[18] 值得指出：自由体诗呈现的声韵节奏，主观随意性太大，若篇章长，读多了难以避免散漫的感觉，要是押韵上又多变，于散漫中越显散漫，岂不更糟！为了调节，自由体诗应脚韵不换，一韵到底，使之散漫中有整齐，变化中有规律。

三

综上所述，可以见出1980年代至1990年代实在已经形成一套具有约定俗成意味的新诗形式规范原则了。如果大家能认真地按此原则在创作中进行探求，新诗在20世纪出现一个定形化的局面是很有可能的，可惜事与愿违，这个愿望没有能实现。

根本问题是：传统的诗歌形式观念在发生极大的变化。

20世纪80年代至90年代的新诗坛由于接受了西方的影响，诗歌观念发生了变化，诗人们首先把诗看成是生命表现的一种方式，而生命则被看成是游离于社会外部世界的内宇宙存在。既然执着于这样一个内宇宙生命，诗也就成为对直觉潜意识以及宇宙场中本体终极追求作表现的一种方式。因此，他们把语言提到诗歌王国中至高无上的地位。有人曾说"语言是诗歌唯一的要素"，并且在"语言作为诗歌的全部秘密"的前提下，得出这样一个语言之于诗的价值判断："每首诗都是诗人建立的语言的新秩序。"[19] 他们又把内宇宙生命和语言在诗歌中融合起来谈诗歌语言。韩东就说："写诗似乎不单单是技巧和心智的活动，它和诗人的整个生命有关。

因此，‘诗到语言为止’中的‘语言’，不是指某种与诗人无关的语法、单词和行文特点。真正好的语言就是那种内在世界与语言的高度合一。”[20]《非非主义宣言》中则说得更透彻：“文化语言都有僵化的语义，只适合文化性的确定运算，它无力承担前文化经验之表现。我们要捣毁语义的板结块，在非运算地使用语言时，废除它们的确定性；在非文化地使用语言时，最大限度地解放语言。”[21]于是，他们提出了要以血液语言、器官语言等来写诗的主张，诗歌语言也就成了内宇宙生命直觉、潜意识的神秘符号；这种心态行为语言，也就可以“根本不承认历史文化的逻辑指向性”，从而在诗歌中成为“无有什么秩序”的“纯粹的非语言媒介”。[22]因此，这一代诗人又把与内宇宙生命融合为一体的诗歌语言观念延伸出一个对诗歌形式的独特理解。有一个“东方诗派”在宣言中就说：“至于形式，‘东方人’相信，在一定的主体精神内容下必然有它最美的表现外壳。‘东方人’强调艺术创作的随意性和自由组合性，反对一切束缚创作力和灵魂自由的语言形式框架。”[23]由此形成了一个由理论体系支撑的、被1980年代至1990年代诗坛普遍认同的新诗形式新观念：诗歌的形式乃是出于主体随意的行为，是无所谓秩序的一种语言自由组合。这是一种形式虚无主义的诗歌观念。这种观念的影响颇大，连一些有成就的诗人也误入迷途。如昌耀，他在1980年代写过不少优秀诗篇，如《慈航》《山旅》，把自由诗写作提到了一个很高的艺术境界。但1990年代以后，他颇有一些诗已难以让人理解，在形式上也不分行，像一篇篇小散文。他对此有自己的见解：“诗之与否，我以心理去体味，而不以貌取”，因此，“不认为定要分行”。[24]这正是上述观念的反映。昌耀据此而写了一批像《告喻》这样的诗，它实在不像自由诗，甚至不能说它是诗，只不过带点抒情夹议论的小散文。诗的分行决不能可有可无，它是组行成节、组节成篇这一场系统工程中的基础建设，与诗节节奏、诗篇节奏的表现有莫大关系，若分行体现着诗行的主动组合，就会形成自由体诗的节奏。如此说来，这个分行的意义对自由体诗的意义就尤其重大。昌耀把诗歌形式等同于心理状态以致陷形式于神秘主义误区，其后果不只是漠视了自由诗的节奏体现和音乐美的追求，而是助长了形式虚无主义之风，而这也就回到了新诗草创期胡适在《谈新诗》中的主张："不拘格律，不拘平仄，不拘长短；有什么题目，做什么诗；诗该怎样做，就怎样做。"中国新诗几十年的形式探求，到此时竟回到出发点：新诗是极度自由的，无须讲任何形式规范！

为自由诗重新一统诗坛而大造声势的颇有人在。有一种很奇特而新鲜的提法：新诗只能是自由体的。这是周晓风在《现代汉语与现代新诗——试论现代汉语诗歌审美符号的特殊性》[25]一文中提出来的。他的立论依据是：文言系单音节，是具有声调的语言，其"词语的组合运用很容易造成音义的骈偶和声调的抑扬"，以致使古典诗歌走上了"骈文律诗"的道路，因此用文言写的古体诗，才是货真价实的格律诗。他又认为：西方的语言主要是双音节或多音节，而且有轻重而无声调，且"不能产生音义上的骈偶和音调上的平仄对应关系"，所以"西方现代兴起"的只能是自由诗。至于现代汉语已成了双音节和多音节的语言，因此现代新诗的白话语体形式从根本上也决定了它只能是自由诗，而"现代格律诗论所说的'格律'仅仅是指在白话语体诗的基础上更加注重语言形式自身的精炼和结构之美，根本不同于传统格律诗中的'格律'概念。它既然没有突破白话语体诗这个基本界限，也就仍然是自由诗的一种形式"。这理论显然是牵强的，经不起实践的验证。为了提高自由诗的地位，还有人从政治态度上来立论。绿原为《白色花》写的序是一篇研究七月诗派有价值的文章，但有些提法也值得商榷。他对七月诗派在创作态度和创作方法上基本的一致性提出了这样的说法："那就是，努力把诗和人民联系起来，以及因此而来的对于中国自由诗传统的肯定和继承。"这对于七月诗派也许是适合的，但作为一条因果律实在很难说得通，因为"从'五四'发源"的"中国的自由诗"传统并不就是诗人们为了"努力把诗和人民联系起来"才形成的；而这个传统的形成过程，也很难说就像绿原认为的那样："必然是同当时诗歌领域里一些固有的封建性思想感情，以及一些外来的现代派的颓废思想感情相排斥、相斗争的过程。"

在创作研究中提任何理论主张都应该受欢迎，但必须提得明确，有证有据有可行的方案，切忌到紧要地方轻轻滑过，令人不得要领。上述周晓风的文章中说："自由当然不是毫无规律，自由诗中的优秀作品仍有其语言的艺术规律。"这"艺术规律”是怎么样的呢？他没有说。上述绿原的文章中说：“自由诗的形式并非如它的反对者们所设想，没有规律可循，爱怎么写就怎么写。”这可循之规律又在哪里？也没有说。的确，自由诗的写法自有其“艺术规律”可循，这对否定自由诗者是最有反驳力的，而对发扬自由诗则是最切实际、最需要抓的，可是他们恰恰在这关键之处“戛然而止”。就实况而言，大多数写自由诗的人缺乏一点自觉意识，一切全凭感觉来建行、组节、立篇。艾青同笔者多次谈起他的自由诗在建行、组节、立篇以完成旋律化节奏表现时，也完全根据“读来这样顺口就这样安排”的感觉。对一位有深厚的诗学功底和丰富的写诗经验者来说可以这样做，但对整个诗坛来说实在必须改变这种自发性，要以适度而明确的规范原则来把自发意识转为自觉意识。这可是促使新诗一步步走向成熟以致定型化的当务之急。当然，我们要有一种“有意味的形式”的观念，但毕竟要看到：形式自有其相对独立存在性，或者说形式就是形式，自有其实实在在的规范要求，不能搞神秘化；把新诗的形式越说越玄是不应该的。

越到20世纪末，格律体诗要为自己争一席之地的那股劲儿越大——虽然自由体诗已呈大军压境之势，它只能孤守一隅地唠叨自己的价值；那声音显然是十分微弱了。这倒并不是新诗坛存心要排斥新格律诗，而主要在于新格律诗追求者的格律观念太混乱，格律诗创作也太不够格律味了。

本来，诗坛已约定俗成地有了一套诗行被动组合以建节立篇的格律诗规范原则，并且多年来按此操作的实践者（如闻捷）所取得的成就足以证明这套规范原则在建立新格律诗中是行之有效的。可是从20世纪80年代起到世纪末，诗人群体对这套规范原则似乎产生了怀疑，甚至有越来越不屑重视的迹象出现。如有人就说闻一多等人的现代格律诗尝试“削足适履，曾被讥为豆腐干和棺材”，因此，“毫无疑问这种努力没有成功”；至于“建立音节相等的新格律诗，也同样未能被艺术实践所批准”。对何其芳的探求，也认为只不过是步了闻一多的后尘，“仅仅在末尾一个音节的字数多寡上作了修正”，因此“他的主张也没有引起诗歌界的热烈肯定性的反响”。[26]前面本文所概括出来的那套新诗形式的规范原则是在闻、何二位的理论主张基础上经众人约定俗成而得的，现在既然对这两位并不当一回事，那么对这一套规范原则也会有否定性的趋向了。可不是吗？在鲁德俊、许霆出版的《新格律诗研究》一书中就对“以闻一多的《死水》为代表的‘音顿等时停顿节奏’体系”——“音顿说”提出了否定的看法：“他们认为，音顿说，违背诗人写作时的思维逻辑，违背读者欣赏诗的阅读习惯和朗诵时的语调停顿规律，把诗的句子弄得支离破碎。”〔27〕这指责令人有些费解，但也不是不可以指责甚至干脆予以否定——只要对新格律诗节奏体现有更合理的规范原则提出来。可惜，“破”虽做到了，新“立”的主张却并不见得更合理，也不见得作起来更方便些。新立的第一种主张就是鲁德俊、许霆提出的“意顿对称停顿节奏”体系。他们以郭小川的《青纱帐——甘蔗林》为典型文本来用作阐释“意顿说”的依据，认为“意”并非基于自然语流，几个不等时的意顿难以形成节奏，但意顿在相应对称时，就形成了较大范围的节奏和格律。因此，他们断定这一体系既符合格律诗的基本要求——规律化，又符合人们写作、阅读、朗诵的习惯。这个主张其实是宽式的对对子。以对对子（即意群相应对称）来形成某种节奏效果，有优点，即照顾到语言的节奏体现，但那只能是一首诗中逐步的诗行关系或逐步的诗节关系，如律诗中的颔联、颈联，都不可能形成一整首诗同一节奏体系的一个节奏系统。如果全以这种“意群相应对称”来作为格律诗节奏表现的规范原则——特别是较长的诗篇中这样做，读多了，肯定会使人因不断回旋而生单调味，节奏麻木而生眩晕感，正像排律发达不起来一样，这也难以行得通。“郭小川体”大概也只在当年严阵的诗集《竹矛》中，今天王怀让的一些政治抒情诗中流行过一阵子，并无更多人采用。新立的又一种主张是田穗提出来的。他认为“现代格律诗的声律必须从平仄律中解放出来，代之以现代汉语音响调节律。因为现代汉语洪亮、柔和、细腻三种响亮度的语音，已经形成响亮度相间的抑扬顿挫之美，能够满足汉语现代格律顿拍自然、语音节拍与意义节奏相一致的需要，是现代格律诗的声韵基础”。而“平仄律在现代格律诗中，专一用在押韵方面，充分发挥它在韵律方面的长处。”〔28〕从这样的基点出发，他提出了一种新格律诗，并规定了“五项基本原则”。从这些原则中可以看出，这位提倡者企图集音组节奏与轻重音节奏于一炉，而真正关注的重心则在轻重音相间。田穗认为他那种新格律诗之所以不同于以前任何一种格律诗形式而自成一家，是因为它采用了现代汉语中洪亮级、细微级、柔和级三种不同语音响亮度来作为格律内在音乐性的基础。为表明“三级响亮度”，他还创造了五个符号，有圆圈、三角形、圆圈中加一个三角形、圆圈中一横、圆圈中一竖。在写诗时诗行下面打上这些不同的符号以表示“三级响亮度”，这是当年陆志韦已经做过的一套，只不过陆志韦用的圈圈点点还比较简单，田穗的新格律方案反显得更其复杂，写诗时还得在诗行下面以五种符号分头注明何者洪亮、何者柔和，不仅太不方便，而且这么“三级”的标准也很难定，显然难以付之于实践。

于是，又再次出现了林庚的“九言诗”。他在90年代又说：“我想九言诗（包括十言）迟早是要为诗坛所采用的。”[29] 他这一倡导的追随者黄淮也出版了一本九言八行体诗集《给你》，被人称颂为“具有匀称均齐美，即建筑美，同时具有节奏美、音乐美”。又出现了刘新民的“九字绝句”以及其他人的种种以“言”计算的诗，不一而足。现代格律诗又成了以“言”之多少定节奏，这多数是由闻一多的“建筑美”派生出来的当代豆腐干体诗。再进一步就出现了旧貌翻新的新古格律体诗。就在《现代格律诗坛》上可以看到范光陵博士的“新古诗选”，如《中华统一》：“中国本一家／华夏多新花／统一天下势／一心为中华。”接着有罗绍书的《赠范博士》，如之二：“大众能写诗，／诗为大众有；／宝岛范博士／举笔朝前走。”读了这种“现代”格律诗，真使人深深怀念起胡适“尝试”新诗前夕写的半文不白的诗，如《十二月五夜月》之二：“我爱明月光，／更不想什么。／月可使人愁，／定不能愁我。”一比较，真是何等相似。这种复古式的现代格律诗倡导下去，是危险的。危险在哪里呢？在于把“现代格律诗”中的“现代”改成“古典”了。若是这样一条回头路真的走下去，那么经历了一个世纪的中国新诗革命岂不是准备宣告破产吗？可是有人也许会拿“在民歌和古典诗歌基础上发展新诗”来宣告：这不叫走回头路，是“当代新诗”。于是我们读到了以写民歌体诗出名的刘章的最新作品了，如《牧归》：“山抹夕阳，／牧牛人归，／倒转牛背口琴吹，／天际晚霞飞。／／柳丝如发，／新月如眉，／村头姑娘在等谁，／手持野蔷薇？”这样的诗确有古老中国的牧歌遗韵：恬静，闲适。但我们必须说：这不是新诗的发展而是新诗的倒退，倒退回到古老诗词的抒情语境中。从某种意义上说它既算不得新诗，更不是新格律诗，而是“在民歌和古典诗歌基础上发展”出来的“新古诗”——像当年何其芳称贺敬之的《三门峡歌》为“类似旧诗里面的七言古诗”[30]一样，刘章的《牧归》大概也类似于宋词里面的《清平乐》变体。总之，20世纪80—90年代中国新诗坛不仅创格的念头愈趋淡薄，对新格律诗到底该如何写的规范意识也一片混乱。正是这种种，使得这期间没有出现一批经得起艺术检验的优秀格律诗。

就这样，当一个世纪结束之际，中国新诗的形式探求形势也走到最严峻的时刻。新诗坛不仅已越来越丢弃掉初步形成的那一套形式规范原则，而且诗人们对形式建设的积极性也陷入比以往任何时期更甚的低谷中。

结 语

中国新诗已走过了一个世纪的探求历程。由于它至今尚未定形，所以这一诗国的新生事物在中国诗歌史上是否定位得下来似乎还是个未知数。要定位就得有一个先决条件：定形。对新诗的没有定形，鲁迅早在1925年、毛泽东也在1958年表示过强烈的不满；而新诗必须走定形之路，朱自清、朱光潜、冯雪峰等也纷纷发表过意见。令人费解的是今天反倒鲜有人提了。这不正常！我们认为新诗在21世纪再不能像一缕游魂样飘浮不定了，必须定形。当然，定形并非要求诗人们一起来搞几套模式，让大家能像古人“填诗”“填词”那样按模式填写。诗篇定形的主要要求不过是现代汉语节奏表现的规范原则在诗歌界的确认。所以说到底，我们提出中国新诗必须定形，不过是定形式规范的几条原则而已，如果连几条原则也不愿遵守，那还写什么新诗呢？从另一意义上说那就连新诗本体也不存在了——这是很浅显的道理，谁也会明白。

2001年10月20日定稿

于西子湖畔栖霞岭下

注释:

〔1〕 郭沫若、宗白华、田寿昌:《三叶集》，上海泰东图书馆 1929 年版，第 45 页。

〔2〕《诗论三札》,《沫若文集》第 10 卷，人民文学出版社 1959 年版，第 201 页。

〔3〕《中国新文学大系·诗集·诗话》，上海良友图书公司 1935 年版，第 26 页。

〔4〕《北京晨报副刊诗镌》，1926 年 5 月 13 日。

〔5〕《顶点》第 1 卷第 1 期。

〔6〕 林庚:《诗与自由诗》,《现代》第 6 卷第 1 期，1934 年 11 月出版。

〔7〕 林庚:《诗的韵律》;《文饭小品》第 3 期，1935 年 4 月出版。

〔8〕 林庚:《再论新诗的形式》,《文学杂志》第 3 卷第 3 期，1948 年 8 月出版。

〔9〕 戴望舒:《诗论零札·六》,《现代》第 2 卷第 2 期。

〔10〕《朱自清选集》第 2 卷，河北教育出版社 1989 年版，第 323—328 页。

〔11〕《文艺报》第 1 卷第 3 期。

〔12〕 冯雪峰:《我对于新诗的意见》,《论文集》(中)，人民文学出版社 1981 年版，第 304 页。

〔13〕《人民文学》1954 年第 3 期。

〔14〕《中国青年》1954 年第 10 期。

〔15〕《作家通讯》1954 年第 9 期。

〔16〕 何其芳《漫谈诗歌形式问题》,《文学评论》1959 年第 2 期。

〔17〕 何其芳:《关于现代格律诗》。

〔18〕 朱光潜:《诗论》,《朱光潜美学文集（2）》，上海文艺出版社 1982 年版，第 186 页。

〔19〕 胡冬:《诗人同语言的斗争》，引自《中国现代主义诗群大观 1986—1988》，同济大学出版社 1988 年版，第 219 页。

〔20〕 万夏编:《后朦胧诗全集》(下册)，四川教育出版社 1994 年版，第 295 页。

〔21〕《中国现代主义诗群大观 1986—1988》，第 33—34 页。

〔22〕《中国现代主义诗群大观 1986—1988》，第 273 页。

〔23〕《中国现代主义诗群大观 1986—1988》，第 249 页。

〔24〕《昌耀的诗·后记》、《昌耀的诗》，人民文学出版社 1998 年版，第 423 页。

〔25〕《现代汉语：反思与求索》，作家出版社 1998 年版，第 223—240 页。

〔26〕 刘再复、楼肇明:《关于新诗艺术形式问题》,《社会科学战线》1979 年第 3 期。

〔27〕 丁芒:《新格律诗研究·序》,《现代格律诗坛》1994 年第 1 期。

〔28〕 田穗:《我是怎样发现中诚诗格律的》,《现代格律诗坛》1994 年第 1 期。

〔29〕《现代格律诗坛》1994 年第 1 期上林庚的发言。

〔30〕 何其芳:《再谈诗歌形式问题》,《文学评论》1959 年第 2 期。

第四辑　古典新探

论《离骚》的生命价值追求系统

韦勒克·沃伦在《文学理论》中曾指责过一种研究倾向："过去的文学史却过分地关注文学的背景，对于作品本身的分析极不重视，反而把大量的精力消耗在对环境及背景的研究上。"在他们看来，即使想对这些关注的东西作出正确的判断，也"只有作品能够。"因此，他们认为："文学研究的合情合理的出发点是解释和分析作品本身"，"文学研究的当务之急是集中精力去分析研究实际的作品。"这很有启发意义，文学研究要"功夫在诗内"，尤其对那些年代已久远之作，如本文欲研究的《离骚》，就更应该如此。

历来《离骚》的研究者的确"把大量的精力消耗在对环境及背景的研究上"，至于屈原的生平事迹等有关材料其来源又不过是凭司马迁的《屈原列传》。屈原约生于公元前340年，死于公元前278年，而司马迁要到前105年后才写《史记》，中间至少要相隔180年。180年时间间隔，即使是今人的事迹也很难搞清，何况是在远古时代，凭什么判定《离骚》中写的就是屈原的生平呢？屈原的生平难道就是司马迁写的那么回事吗？结果只能是根据《屈原列传》中提供的材料来再发挥想象，对号入座。于是，《离骚》所提供的那一片真实世界，也就被解析得荒唐不堪。

这种诗歌研究倾向，发展下去就是把抒情主人公和抒情主体简单化地等同起来。文学作品——不管小说、诗歌，从总体精神着眼，归根到底是作家主观精神的外化，却也不能说就是他们实际生平事迹的自叙传。这是稍有点文学常识者都知道的。根据这样的认识，我们对历来《离骚》研究中把抒情主人公和屈原混为一谈的做法是不能苟同的。如果真要这样对号入座，那么抒情主人公上天入地追求宓妃、简狄等美人，发出“哀高丘之无女”的喟叹，怎么就不敢理直气壮地也去和屈原对号，偏要说成是对怀王的爱戴呢？郭沫若也是个“对号派”，他年轻时敢于说“屈原好像是个独身生活者，他的精神确是有些变态”，“他的《离骚》、《湘君》、《湘夫人》、《山鬼》等作品，不能说没有色情的动机在里面”，[1]但后来他有了名气再谈《离骚》时，也就不敢把年轻时代敏感到的一点反道学见解再拿出来，似乎抒情主人公在追求女人的问题上就不好和屈原等同了。我们对《离骚》抒情主人公追求宓妃等女人，究竟有没有屈原的色情动机在里面并不感兴趣，只不过想藉此说明：对文学作品的分析，要有一个科学理论依据。同一个抒情主人公，一下子可以等同于抒情主体，一下子又想截然分开，如此随心所欲是不行的。

那么科学的做法应该怎么样呢？只有从文本出发。

当然，文本研究可以采取从各个角度进入，或分析诗型、结构、语言策略，或考察意象、原型、情感类型等等。但所有这些都必须附丽于一个基点。如果我们承认文学是人学，那么这个基点就是如何全面、完整地表现人，具有最高类诗学意义的文本，总是诗人有意无意地获得的生命体验的外化，把文本组合中的情节事件、场面细节、意象原型等都看成是诗人的生命体验外化的手段，我们以为是十分重要的，这使得我们能把抒情主人公和抒情主体在创作过程中分离，又在最高意义的概括中合一。所谓完整、全面地表现人，就是表现人这一生命体，在宇宙时空中的生命价值追求。凡是为社会、政治而奋斗，对爱情、事业的向往，都是生命价值追求中必然涉及的方面，不过这是外在的，五官可感的，是存在于现实关系、意识心理过程中的追求；还有一种却是内在的，五官感觉不到的，是存在于超现实关系、无意识心理过程中的追求。值得指出，正是这些，对《离骚》的研究最合适，它十分典型地体现了这些方面。

站在生命价值追求的高度去看《离骚》，在传统楚辞学研究中，似乎还属鲜见，直到近几年才有所见到。如年轻学者刘士林在他颇显才情的专著《中国诗哲论》中就有对屈原和《离骚》全新的见解。他说：“现在要抛开我们过去所熟稔的‘忠君爱国’等说法，因为这些只能帮助我们了解屈原的人格和遭遇，并不能帮助我们弄清楚他为何创造了楚辞文学；而从精神生长的精神方式讲，就是屈原和他的楚辞把握、描绘和代表了中华民族一个精神高峰体验时期。”基于这一看法，他认为《离骚》现象“更加确切地说，乃是一种宇宙意识的觉醒”〔2〕。西方学者没有被中国传统的“忠君爱国”所框住，倒有人较早从生命追求的高度去看待这首诗。如杰拉·约翰逊在《〈离骚〉：屈原解除痛苦的诗》一文中就把这首诗“解作诗人对生命意义、宇宙真理的追求，同时也是他个人为回复自我的斗争和自我完成的叙述”〔3〕，虽语焉不详却很有见地。

敏感到的见解只有建立在对文本作科学的分析中才能成立，因此本文试图通过对《离骚》的结构、空间、时间、节奏四方面递进式的考察，来对这首长诗的生命价值追求作一系统论析。

一、《离骚》的结构

《离骚》是一部意识流长诗。

人的意识决非一些割裂的片段，而是不断变化、不断选择、像一条河一样在不断流动着似的，因此柏格森提出了“真实”存在于“意识的不可分割的波动之中”的观点〔4〕。诗歌创作凭藉内心独自，把抒情主人公连续不断的、视觉的、听觉的、触觉的和下意识的印象，通过时序颠倒、空间转换、幻觉错觉的张扬，与他合理的思想倾向一起，自然地呈示为意识之流，也正是柏格森“真实”观的实际显示。因此，意识流诗歌在捕捉瞬间的感受和印象，再现跳跃式的联想方面，显得特别敏锐。《离骚》虽然远远写成于詹姆士、柏格森提意识流理论之前，但我们追认它是意识流诗歌不是不可以、也并非没有理由可言的，因为它“在自由幻想的梦幻般的世界中驰骋感情”〔5〕，因而是“通篇皆在半明半暗间”〔6〕的一场内心呢语。

划分文本结构可以有多种标准。要谈《离骚》结构划分的最佳标准，需要提及它的关键句“路曼曼其修远兮，吾将上下而求索”。的确，这首诗的抒情主人公呈示的意识流程，乃是以不断地飞升和沉降为标志的。这种从下到上又从上到下的几个生命行动段，是我们划分《离骚》结构的依据。《离骚》全文373句，依朱熹四行一韵合成一节，共92节，“乱曰”一节6行，合成93节。我们凭上述的依据可以把它分为五段。

第一段，从“帝高阳之苗裔兮”（第1节）到“沾余襟之浪浪”（第45节），共180行。这一段写抒情主人公“唯庚寅吾以降”以后在人间的“求索”。他先是求“美政”，即要想辅佐君王在政坛干一番事业。他是怀着“汩余若将不及兮，恐年岁之不吾与”的焦急情绪投入政治生涯，并以同样的心情去看待心目中的“美人”——君王的。为了不使“美人之迟暮”，而谆谆规劝君王“抚壮而弃秽”，甚至不惜“乘骐骥以驰骋兮／来吾导夫先路”。但纵使他“忽奔走以先后兮，／及前王之踵武”，君王还是“不察余之中情”，“反信谗”而对他发怒。政坛的失败使他转入另一项“求索”，从事教育事业：“余既滋兰之九畹兮，／又树蕙之百亩，／畦留夷与揭车兮，／杂杜衡与芳芷。”献身的热情仍很高，但到头来还是“哀众芳之芜秽”——他所抚育的一代人也“竞进”“贪婪”“各兴心而嫉妒”，中途变质了。这一场失败后，他决心“法夫前修”，穿上“非世俗之所服”的衣裳，此中反世俗的行为十分大胆。这可想而知，侮辱性的打击也会来得更大。于是，他开始对沉降人间，在社会政治生活中求索理想感到失望、悲愤，以致在反思之余，准备退出是非之地，独善其身。但在内心里他的情绪还是十分矛盾的，具体反映在女媭对他的斥责和他向重华的陈词上。对这两件事的理解不能泥实，是抒情主人公意识流程中幻觉的张扬，“自我”两类精神状态的分身表现。“女媭”是个象征意象，隐示抒情主人公潜意识中感到为人太“婞直”会有亡身之祸的心理动态。她责备抒情主人公说：“薋菉葹以盈室兮，／判独离而不服。”胡子英根据《尔雅》认为“独离”同“离南、活莌、倚商、活脱一物也，又名通脱木”，而“女媭引之，盖欲其学通脱以自全，非欲其为恶行也”[7]。意思就是你做人为什么总不肯圆通一点。但随即他又自我否定了这一精神状态，还是要“依前圣以节中”，于是就有“就重华而陈辞”。另一类精神状态的分身表现在对虞舜的这一大段陈辞中，抒情主人公举出夏桀、后辛等放荡淫乐、不居安思危以致亡国杀身的历史教训，又以禹、汤、周三位先王举贤授能而兴邦治国的经验，来为自己决不在原则问题上“通脱”作辩护；并说决不后悔自己坚持原则精神的行为。同时他也有“哀朕时之不当”的悲哀、失望，所以行动上他决定“回朕车以复路”，“将往观乎四荒”。

第二段，从“跪敷衽以陈辞兮”（第46节）起到“相下女之可诒”（第55节）止，共40行。这一段写抒情主人公上天去求索。值得注意，这一段承袭上一段，从入世转向出世，是一场生动的思想转移、情感转移以至感觉转移。意识流程中有大量下意识汇入，幻觉和跳跃式联想把太阳、月亮、风、雷、云，凤凰都围绕抒情主人公的上下求索组合成一支车队，直向天宫而去。作为一组色彩缤纷、气势甚盛的意象活动，其幻觉联想之力来自生命体中强烈的本能冲动。这场冲动的决定因素是力比多的旺盛。诗篇写到抒情主人公来到帝宫门前，出现了这么一个尴尬场面：“吾令帝阍开关兮，／倚阊阖而望予。”这使他的意识流有了这样的流动：“时暧暧其将罢兮，／结幽兰而延伫！／世溷浊而不分兮，／好蔽美而嫉妒！”有人认为这四句的口吻“宛然是为求女而发的”[8]，而闻一多在《离骚解诂》中干脆把此举说成求帝宫之玉女，这是有道理的。如果结合这一段后面的诗句“忽反顾以流涕兮／哀高丘之无女！”愈能说明抒情主人公上天去作新的求索是“求女”。这也是生命体力比多旺盛的趋势。但连帝宫的看门人也不理他，上天求索第一次失败了。随即他又济白水，登阆风、游春宫，跑遍天国，竟然使他有“哀高丘之无女”之叹。这是更大的失望。天国原来是“无物之阵”，比人间还不如。于是他又作出新决定：“及荣华之未落兮／相下女之可诒。”这就是说，抒情主人公的意识流程又显出要回人间了。

第三段，从“吾令丰隆乘云兮”（第56节）起到“周流观乎上下”（第83节）止，共112行。这一段写抒情主人公又下沉人间作求索。这场求索承袭上一段，以求女为主要内容，分两步走。第一步是在下沉前夕，令丰隆去“求宓妃之所在”，然后托蹇修为媒。起初，宓妃欲就不就，过一阵子后断然拒绝了。于是，抒情主人公从失望转为嫉妒，从嫉妒又转为诽谤，说她“虽信而无礼”，“日康娱以淫乐”，活现出失恋男人的心态。自己还未沉降到人间，而“求下女”的第一遭就失败，这倒也并没有使他灰心。“周流乎天余乃下”后，就改求简狄和二姚。但他却“心犹豫而狐疑”，又大有“理穷而媒拙”的惶惑，未上场就已怯阵，最终当然也归于失败，却又归罪于世：“世溷浊而嫉贤兮，／好蔽美而弥恶。”这些逼真地显示出了一个人在性骚动中因达不到满足而扭曲了的精神状态。于是他为“闺中邃远”和“哲王不寤”而发出更大的悲叹，宣告求美政、求美人均已失败，但又不甘心压抑热情而就此终古。显然，抒情主人公的生命力是无比健旺的，他还要求索美政、美人。但向何处求索？怎么样去求索呢？自我的精神状态又分身为灵氛和巫咸体现出来。从意识流的表现特征看，他们与其说是实有的卜师、巫师，还不如说是抒情主人公心中两种思考的象征化表现。承上一段末了抒情主人公对“闺中邃远”和“哲王不寤”深感悲伤，灵氛虽卜出“两类其必合”的吉卦，却又指出要有两点思想准备。其一是要想求得“美人”，得在整个九州方圆内去求，要想求得“美政”，不必只念着旧乡；与此相应，行动准备是“远逝而无狐疑”。可见抒情主人公已有一个念头——离开生身之地去远方求索。不过，他还是“心犹豫而狐疑”的，于是又有巫咸的降神，针对他的这一“犹豫而狐疑”的心境提出另一个“吉故”，却也说要有两点思想准备。其一是坚持“选美”的标准，对自己具有内外美兼备的好条件要有信心，化被动为主动，吸引“美人”倾心于他；其二是要深信吕望鼓刀而知遇文王，宁戚讴歌而得宠齐桓——任其自然，定有佳境；与此相应，行动准备是“升降以上下”。这就是说抒情主人公又生出一个念头：不需要离开生身之地，在人海浮沉中等待就行。于是，是去是离的问题在内心争执不下，这时抒情主人公环视周围，忽然发现“时缤纷其变易”，并且“昔日之芳草”也已“直为此萧艾也”，在“时俗之流从”中，自己认为最美的，也“孰能无变化”；他不禁恐惧地感到“又何可以淹留”。于是决定以第一个念头为主，走一条两个念头结合的路子：“及余饰之方壮兮／周流观乎上下！”即上下求索不变，但必须离开生身之地，作上征而远行。

于是，我们的抒情主人公进入意识流程中最为悲壮、最具戏剧性的场面。

这就是第四段，从“灵氛既告余以吉占兮”（第84节）起到“蜷局顾而不行”（第92节）止，共36行。这一段没有议论和牢骚话，全是上征漫游天国的抒叙。起程前，他“折琼枝以为羞兮，／精琼靡以为粻”。前面我们已多次看到：抒情主人公以佩玉作为自己人格情操的象征物，这里的“琼枝”“琼靡”，其实都是指玉。屈原曰：“言饮食皆玉，不独佩而已。”[9]这意思就是他已备足了精神食粮。于是飞龙驾车，云霓扬旗，凤凰先导，过流沙，渡赤水，越不周，抒情主人公在意识流程快速运行中想象飞动，体现出精神生活最大的自由、放纵和欢欣。但“忽临睨夫旧乡”——一低头猛看到生身之地。一切于是全改观了：“仆夫悲余马怀兮，／蜷局顾而不行。”意识流程从一个极端猛地逆转，向另一个极端流去。大起大伏，很有戏剧性效果。我们的抒情主人公毕竟离不开祖邦，实在难以远走高飞。上征途中又有下沉迹象。

这就进入到最后一段“乱曰”，破例有6行的第93节。在这场尾声的开头就是个“已矣哉”。如孔安所说，这是“发端叹词”[10]，类似于现代汉语中的“唉唉”“呵呵”；今译“算了吧”，似乎不妥，因为“算了吧”的语气是对这以前的行为有决绝之意，但正如李陈玉所说：“此是不解之言，非决绝之言。”[11]也就是说，这是抒情主人公自己也搞不清自己情结所发出的叹声。在求美人的问题上，现实的情况是“国无人莫我知”；在求美政的问题上，是“莫足与为美政”。既如此，“又何怀乎故都”。所以尾声中既没有说要留在旧乡，也同样没有说不去远方了，倒是从厌恶留旧乡中可感到他还是想远走高飞的。不过如何远走高飞法，却说“吾将从彭咸之所居”。彭咸是谁？王逸这样说：“彭咸，殷贤大夫也。谏其君不听，自投水而死。”[12]朱之存立足于这一点认为：“吾将从彭咸之所居”乃是“我将自沉汨渊从彭咸而居处也。”[13]对这句诗作神话传说性猜测，是否靠得住可以不去管它，有一点大概是可以肯定下来的，即彭咸所居之处同水有密切关系。这暗示着抒情主人公在远游途中要再一次沉降到下界去。这对于全诗的总体结构至关重要；抒情主人公似乎是受着莫名的本能所支配，要汲取力量后才继续去“周流观乎上下”。

就《离骚》抒情主人公的这一场意识流来说，不存在“人境”与“神境”，“实有”与“梦幻”，“此时”与“彼时”之分，它整个儿是真真假假、实实虚虚、明明暗暗浑沌的一片。这是由于意识流本身就不时处在时间颠倒、空间错位中的缘故。所以，在文本结构分析中，以抒情主人公沉降与飞升的承续关系为标志最是合适，因为这体现了社会时空与宇宙时空复杂的交替，很能适应颠倒错位所导致的文本现象特征。

不过，从逆向看，以沉降—飞升为划分标准的结构，时空如此颠倒错位的现象，对文本中复杂交替的时空本身来说，又反映了怎样一些本质呢？

我们还得深入“腹地”。

二、《离骚》的空间

世界上没有任何东西能超越空间和时间的限制，任何真实的事物只有在空间和时间的条件下才能存在。不过，人类经验中的空间、时间和其他有机存在物不同，自有其特殊品性。就空间而言，类人猿等动物甚至原人，也还是停留在行动的空间中。只有当人进入文化的世界，从空间感觉向空间知觉有了发展，才开始有从经验中提纯出来的、抽象的空间。但这还不够，个体的抽象空间必须纳入一个同质的、普遍的空间框架中，并以此为媒介去形成一个独一无二的、系统的、属于宇宙秩序的空间观念。这空间观念对人类来说来自巴比伦天文学，是一个超越人的实际生活领域的、数学化了的思想。正是这个思想，敢于以一个综合的观点来综观整个宇宙，进而形成一个宇宙秩序的总体化概念体系。值得指出，在人类文明的初始期间，数学思想绝不可能以其真正的逻辑形态出现，而总被笼罩在神话思维的气氛中。这就使那时的空间观念仍然是一种对宇宙的神话式解释，只不过它又不再限制在具体的、有形的、原始的空间的狭隘范围之内。对此，恩斯特·卡西尔有一段非常精辟的阐发：

可以说，空间已从地上转到了天上。但是在转向天的现象的秩序时，人类不可能就忘记了其地上的需要和利益。如果人首先把他的目光指向天上，那并不是为了满足单纯的理智好奇心。人在天上所真心找寻的乃是他自己的倒影和他那人的世界的秩序。人感到了他自己的世界是被无数可见和不可见的纽带而与宇宙的普遍秩序紧密联系着的——他力图洞察这种种神秘的联系。因此，天的现象不可能是以一种抽象沉思和纯粹科学的不偏不倚精神来研究的。它被看成是世界的主人和管理者，也是人类生活的统治者。为了组织人的政治的、社会的和道德的生活，转向天上被证明是必要的。似乎没有任何人类现象能解释它自身，它不得不求助于一个相应的、它所依赖的天上现象来解释自身。[14]

这段话启发我们：抽象的空间在宇宙秩序的总体化概念体系里分裂为社会空间与宇宙空间两种辩证地统一着的类型。所谓宇宙空间，也就是人自己的倒影，是人力图洞察自己的世界如何被无数可见和不可见的纽带与宇宙的普遍秩序神秘地联系着的一种心理活动的产物，因此宇宙空间就是心理空间。

《离骚》中抒情主人公追求美政与美人的事件行为就充分显示出了外在空间推向心理空间、社会空间倒影在宇宙空间中的特征。

追求美政与美人的具体内容在考察《离骚》结构时已转述过，但对抒情主人公这些事件行为的空间表现形态尚未予以审视。为了深入这场审视，有必要先把一个阿尼玛原型概念提出来。因为，抒情主人公对美政、美人的追求，具有阿尼玛原型象征色彩，同时又是以阿尼玛原型来体现的。

所谓阿尼玛原型是作为人格的四种类型中的“内部形象”被荣格提出来的。在荣格看来，每个人都天生具有异性的某些性质，这不仅仅由于生物学上的男人和女人都同样分泌男性激素也分泌女性激素，也因为从心理学角度考察，人的情感和心态总是同时兼有两性倾向的。阿尼玛原型就是男人心理中女性的一面。生物的种性和异性交流的历史性心理积淀，男女双方都获得对象化的一些特征能保证两性之间的协调和理解，同女性的阿尼姆斯原型一样，男性的阿尼玛原型上有重要的生存价值，有利于使人格和谐平衡。荣格说："每个男人心中都携带着永恒的女性形象，这不是某个特定的女人的形象，而是一个确切的女性心象。这一心象根本是无意识的，是镂刻在男性有机体组织内的原始起源的遗传要素，是我们祖先有关女性的全部经验的印痕（imprint）或原型，它仿佛是女人所曾给予过的一切印象的积淀……由于这种心象本身是无意识的，所以往往被不自觉地投射给一个亲爱的人……"〔15〕这里提出了一个"女性心象"的概念，十分重要。"心象"实际上就是"灵魂象"，阿尼玛和阿尼姆斯作为原型存在于集体无意识中，正如男性和女性的灵魂作为同一个灵魂的两半，存在于柏拉图所说的两性同体的"灵魂"中。阿尼玛原型用作为男性灵魂中女性的一半灵魂存在，由于毕竟是"印痕"，对男性来说也就特别会看得珍贵一些，于是阿尼玛原型就"往往被不自觉地投射给一个亲爱的人"——这是一；其次，既然灵魂中两性同体，而女性的一半又特别被珍视，阿尼玛原型也就会导致男性的"自恋"；第三，灵魂中有了女性的一半就会有性恋的本能因素存在，从而把阿尼玛原型转化为潜意识的女性崇拜，出现像歌德在《浮士德》最后所说的那样："永恒之女性／引导我们走"。这三类男性灵魂深处不自觉出现的阿尼玛心象投射于理想事业追求中独特对象的行为，在《离骚》抒情主人公的空间存在状态中，有特别曲折、复杂而动人的表现。具体地说，无论从追求美政转向追求美人，从"哲王"与抒情主人公的性别任意转化，从社会空间活动推进到宇宙空间活动，都是阿尼玛原型的体现和在起潜在的作用。

《离骚》中对美政与美人的追求实质上是一回事，即对人生至美理想或生命价值的追求，这乃是抒情主人公通过阿尼玛心象的象征性投影而得以体现的，而其心象投射的整个过程则是从求美政转向求美人。值得注意的是，求美政也好，求美人也好，追求者的抒情主人公和被追求者的对象，他们的性别都会出现复杂的变化，这使得许多楚辞研究者面对《离骚》全篇在"男女之喻"上的矛盾性与统一性大伤脑筋。有人认为：《离骚》前半篇赋予"自我"以女性形象，并以其与"灵修"婚娶变卦、终于离异的比兴，暗示了诗人在怀王时期被信用不终，"朝涥夕替"的遭遇；后半篇的上叩帝宫、下求诸女均为"求女"的组成部分，其再三失败则暗示了诗人在顷襄王时期的遭遇，说明诗人已认清当时楚国已无明君，顷襄王不过是“信美无礼”、“康娱淫游”的“宓妃”者流，由此产生了“远逝”他邦以求“两美之合”的疑虑和临睨旧乡、局顾不行的悲怆绝望之情。这种研究思路是很有代表性的，一方面把《离骚》中一切事件行为全看成为屈原自身的政治斗争、爱国精神的反映；另一方面又把《离骚》中君臣不断转换性别说成是艺术上运用比喻手法的需要。这位研究者也始终跳不出老的一套文学研究思路。要是事情真那么简单，那我们就永远也休想看到抒情主人公曲折的心理活动和丰富的精神底蕴了，且不说这样根本无法讲清抒情主人公在心理空间或宇宙空间中的神秘活动，连他在外在空间或社会空间的隐秘活动也讲不清。在我们看来，《离骚》中其实是两个人物，在进行着一场爱爱恨恨难分明的交流，即抒情主人公（包括他精神活动分身出来的嫪、灵氛、巫咸）和他眼中的至美对象（包括灵修、宓妃、简狄、二姚），而就在这两个人物中不断进行着性别转换，从而去显示抒情主人公在社会空间和宇宙空间中以爱情关系作为活动方式的生命价值追求。

诗篇的第一大段中，上述“两个”人物具现为抒情主人公“余”和对象“灵修”。我们在上面曾提出阿尼玛原型，阿尼玛原型是个至美的女性形象，这原型怀有者可以把自己的这个“形象”赋予最亲爱者，产生他恋；也可赋予自身，产生自恋。这一大段里“余”与“灵修”有两次性别转换，第一次转换是在第3—6节中。在这几节里的抒情主人公“纷吾既有此内美兮，／又重之以修能：／扈江离与辟芷兮，／纫秋兰以为佩。”俨然是一个翩翩少年，他一方面“恐年岁之不吾与”，似乎患有青春期的忧郁症，同时又为他心目中至美的女性而感伤“日月忽其不淹兮，／春与秋其代序。／惟草木之零落兮，／恐美人之迟暮。”这“美人”是谁呢？这从第6节的后两句中可以体会出来：“乘骐骥以驰骋兮，／来，吾导夫先路！”这意思是说抒情主人公甘愿做马前卒，那他显然不可能是女性。马前卒牵引马上的“美人”前进，这“美人”显然是“灵修”。可见灵修是女性化了。为什么这样转换？这是抒情主人公潜在意识的反映：他心目中的“灵修”，真像他的阿尼玛心象一样至美，值得崇拜，于是“灵修”成了阿尼玛心象的投射对象，女性化了。但当“既与余成言”，抒情主人公看到了自我价值，阿尼玛原型在自我身上发挥起作用来。于是他有了“自恋”，也就要求对象把自己看成是个至美的女性。因此在第11节里抒情主人公会说：“余固知謇謇之为患兮／忍而不能舍也！／指九天以为正兮，／夫唯灵修之故也！”大有落入情网的女性口吻；接着又说：“初既与余成言兮，／后悔遁而有他。／余既不难夫离别兮，／伤灵修之数化！”则更有弃妇的幽怨口吻了。而从“悔遁而有他”“数化”等用语中也可感觉到“灵修”已像朝三暮四的男人。到第22节：“怨灵修之浩荡兮，／终不察夫民心；／众女嫉余之蛾眉兮，／谣诼谓余以善淫。”更明朗地显示出“余”转向女性，“灵修”转向男性。这两个人物的两次性别转换，都是在抒情主人公的视野中展开的，是他主观的幻觉使然。操纵这场幻觉的，则就是抒情主人公内心深藏着的阿尼玛原型。

值得指出，我们这里强调阿尼玛原型，为的是揭示《离骚》抒情主人公在社会空间中活动时那种隐于内心深处的精神状态，而这种性别转换的幻觉表现，也正是这位抒情主人公内心精神状态在审美象征层次上的对象化具现，不影响这象征化了的对象的实质内容，如用通俗语言来传达抒情主人公微妙、曲折的内心活动，大概可以是这样：你楚王是一国之君，大家把你看得至高无上，也像我心目中至美的女性一样，我要追求你、膜拜你、向你献一片爱心。而我，也有内美，有能力，能为国家的振兴干一番事业，像一个值得人青睐的至美女性一样，值得你君王爱恋，你不该厌倦了我、抛弃我。但是，抒情主人公在社会政治斗争中奔走、呼号、呕心沥血地表白自己衷情，并没有感动昏庸的君王与贪婪的同僚，他在社会空间中的追求失败了，对这个社会空间失望了。怎么办呢？像人的普遍规律一样，抒情主人公也把自己的空间活动从地上搬到了天上。这位政治斗争中的失败者是带着地上的需要和利益转入天国秩序中去的。诚如卡西尔的话那样：“人在天上所真正寻找的乃是他自己的倒影和他那人的世界的秩序”。而人为了“组织政治的、社会的和道德的生活，转向天上被证明是必要的”，因为“没有任何人类现象能解释它自身，它不得不求助于一个相应的它所依赖的天上现象来解释自身”。于是，《离骚》的第二大段就写了抒情主人公上天去施展抱负。在论及《离骚》结构时我们已指出，抒情主人公有两次上天，即第二大段和第四大段中所写的。但把这两次上天时的排场作一比较分析，便可以看出，第一次上天的抒情主人公似乎是个女性，第二次上天的那个才是男的。何以见得呢？且留意一下第一次上天的那支队伍，可说是女性车队。驾车的是生育过十个太阳的“羲和”，向导是月御“望舒”，殿后的是“飞廉”，它和风伯都是风神，不过是“主簸扬”“能致风气”的风师。《易·巽》称风神“为长女也”[16]——也是女的。在前面开路的是“鸾凰”，钱杲之说：“鸾凰，亦鸾之雌也。”[17]徐焕龙说：“雄曰凤，雌曰凰，鸾其总名。鸾凰为雌者。”[18]——也是女的。而“飘风”率引来迎驾的是“云霓”；沈约《郊居赋》中有“雌霓连蜷”句，姜亮夫谓：“此指自然之云霓言。”[19]——也是女的。至于车队本身是“驷玉虬以乘鷖兮”。虬是无角雌龙，鷖是比凤凰要小的神鸟，比起第二次上天时八条飞龙驾的瑶象车来，这里四条小龙驾的凤凰车显得多么小巧而阴柔。据此推论，这样一支车队中的主人定是个女性。从另一个角度看，这也不是没有道理的，因为第一大段中抒情主人公最后扮演的是个弃妇角色，向重华备述自己的学识、卓见，“耿吾既得此中正”，于颇为自得的心境中，这个“弃妇”型人物回顾自身，浓化了阿尼玛原型，出现了自恋，也属正常。所以，抒情主人公正是怀着肯定自我价值的情绪，在自恋的幻觉中，把自己的空间活动从地上搬到天上去的。而在上天的路上把自己的车队也女性化，更可以理解。但麻烦也就出来了，抒情主人公到天宫去追求的是男性还是女性呢？前面我们引述过闻一多和竹治贞夫的意见，认为是玉女。但在上天途中抒情主人公有女性化倾向，那么以恋爱关系作为追求理想事业的一种方式，他上天去寻求的就不大可能是女性形象了，更何况“人在天上所真正寻找的乃是他自己的倒影”。如果说在社会空间中的追求过程是从抒情主人公男性化、对象女性化开始的，那么到天上的“倒影”的秩序出现应该是从抒情主人公女性化、对象男性化开始的。这里存在着矛盾。怎么办？看来我们首先只能把帝宫中那位不出场的对象以两性同体来看待才合适。但当帝宫守门人对抒情主人公的求见不理不睬时，他放下了人格面具，一下子恢复了男性的尊严，而把阿尼玛心象投射于帝宫中那个不明性别的神秘对象，这才有抒情主人公在帝宫碰壁后这样的悲叹：“时暧暧其将罢兮，／结幽兰而延伫。”再度确立了自己的男性地位，完成了他性别的再次转换，从此抒情主人公的性别不再转换。至于帝宫中那个两性同体的不出场对象，也就以玉女的形象定位了性别，让抒情主人公把阿尼玛心象投射给她，从此对象的女性性别也不再变了。可见，抒情主人公在宇宙空间活动中追求不到能让他投射阿尼玛心象的至美女性，他不能不“哀高丘之无女”了。看来他已感到自己的世界是被无数可见和不可见的纽带而与宇宙空间的普遍秩序紧密联系着。他主观上认为自己在社会空间中的至美至真行为，一定是真正的世界秩序的体现，而且一定可以在宇宙空间中找到证据来证实，但他又失败了，这场“哀高丘之无女”的哀叹说明真正能有美政与美人的世界秩序在天国不仅得不到证实，甚至由于远离邦国社会现实，他那至美至真的世界秩序更成了“无物之阵”。这使抒情主人公遭到又一次的失败。

但他没有失望。如果说在这之前抒情主人公阿尼玛心象的投射始终框在自身与灵修身上，以政治化象征体现的自恋、他恋作为手段来和始终压迫着他、让阿尼玛原型得不到充分体现的人格面具取得平衡，那么当社会空间和宇宙空间中的两次活动都宣告失败后，他那生命价值追求的顽强性格促使阿尼玛原型终于向人格面具反抗了。他要回到下界去，赤裸裸展示灵魂中的女性心象，投射到真正能与之同构的女性身上。这才有第三大段“周流乎天余乃下”后对宓妃、简狄、二姚这四大美女的追求。我们一方面无意于把抒情主人公这几场追求看成精神变态的行为，有色情的动机，另一方面也认为这一连串活动，反映着抒情主人公有性骚动以及为此而作本能宣泄的情况存在。这是有可以肯定之处的，因为，显示了抒情主人公的力比多旺盛，生命力很强。作为一种内在基础，能促使他不断去作自我生命价值的追求。但也有更重要的一方面，这几场追求美女事件背后还隐藏着某种政治追求的动机。在近代科学的符号系统没有确立以前，抽象的空间观念还不可能靠符号思维来把握，而还是要建立在对宇宙的神话式解释上。《离骚》抒情主人公一系列追求活动所显示的宇宙空间秩序观念，的确是建立在神话式解释上的，而尤其是对这四大美女的追求。她们都是远古神话的化身，都有显赫的社会背景，而不是一般“下女”。宓妃是伏羲氏之女，洛水女神，和夏东夷族有穷氏诸侯后羿有私情；简狄是有娀氏之长女，帝喾之妃，商祖契之母；“配圣帝、生贤子”，极其不凡；二姚是有虞国国君的两个女儿，嫁与夏代中兴王少康为妻。在抒情主人公的幻思中要想超越那些国君、诸侯，把她们夺过来，能不能认为象征着“彼可取而代之”的政治野心，我们不好随便说，游国恩认为“盖此节求女，但喻求清君侧之入耳，其意不重在实事，不妨人神杂举。”[20]我们也不便轻易认同。不过这些启发我们，用这些神话人物来作求女活动，至少说明古代上层阶级的男女择偶关系，很大程度上是和政治关系结合在一起的。而“人神杂举”则说明人间与天国都是一样的。这些神话就这样解释着社会空间与宇宙空间相统一的世界秩序。但是对我们的抒情主人公来说，他无法纳入这个秩序中，复杂的天道人伦关系，有形无形的压力，使他惶恐而深感无法匹敌，于是他又一次败下阵来。这一次的打击是更惨重的，因为上两次——一在下界，一在天国，他都是以求美人喻求美政，失败的只是政治理想事业上的。这一次倒是真正的爱情追求，而这爱情又隐约地和政治事业结合在一起，所以是爱情理想和政治理想双重的惨败；“闺中邃远”“哲王不寤”“怀朕情而不发”——他的阿尼玛心象在这茫茫天地间竟找不到一个可以投射的对象，他那“哀高丘之无女”之叹终于深化为一个彻悟：“及余饰之方壮兮／周流观于上下！”

这就是说，他虽然又增加了一次失望，却没有绝望。这位抒情主人公是顽强的，追求自我生命价值的精力始终是充沛的：他怀着至美至真的阿尼玛心象，要到更广阔的空间中去寻找值得投射的对象——这空间只能是宇宙空间。于是他又一次飞升了。这次征途的车队是真正阳刚气的：“屯余车其千乘兮／齐玉轪而并驰；／驾八龙之婉婉兮，／载云旗之委蛇。”而他的心境也是意气风发的“抑志而弭节兮，／神高驰之邈邈。／奏九歌而舞韶兮，／聊假日以媮乐！”他想完全抛开社会空间，因此诗中出现的九州、山山水水大都失去了地理方位的实际，他要凭“神高驰”的不凡气概，在“周流乎上下”中重建一个宇宙空间新秩序，他的阿尼玛心象已经不再投射到灵修或者美人身上，而似乎是要想投射给这个“皇之赫戏”——宇宙空间了。但宇宙空间的新秩序说到头来就是心灵空间的秩序，也是被无数可见和不可见的纽带而与人的现实世界紧密联系着的，并且最终也还是超越不了社会空间的。于是他和他的车队“忽临睨夫旧乡”，他的邦国、他的故乡！“仆夫悲余马怀兮”！悲怀什么呢？是他在这个社会空间里四处碰壁，无法找到至美至真对象投射阿尼玛心象的一次次失败。这似乎是再次向抒情主人公暗示：人在天上所真正寻找的乃是他那人的世界新秩序，或者说人在宇宙空间中真正寻找的乃是他的社会空间！看来他真的超越不了在楚国“国无人莫我知”的、“不足以为美政”的失败命运的，在宇宙中像在人间一样他也是始终找不到投射阿尼玛心象的真正对象的。

就这样，《离骚》抒情主人公在他的空间活动中，终于绝望了，并进而感到生命价值追求的结果不过是一场大虚无。于是，他把阿尼玛心象最终投射给传说中已投水自杀因而其存在只能是彻底虚无的彭咸，但自己仍然要向“曼曼其修远兮”的生命之旅走去，因为空间活动中纵使他已彻底绝望了，时间之流却依旧在冲击着他，催促他继续前进，以获得生命的永恒。

从《离骚》的空间表现看，生命的永恒虽是实有的，但也在大背景中显出虚无，因此是实有中见虚无。

三、《离骚》的时间

同空间一样，时间也是人类生活的一个特殊形式，但不同于空间的出于“外经验”，而是“内经验”形式。正像外经验由内经验决定的一样，空间外经验形式是受时间内经验形式决定的，也就是说空间总存在于时间的过程中，时间是一个永不停歇的、持续的空间存在之流，正像“你不可能两次跨进同一条河流”这条赫拉克列特的格言所启示的，在这个时间之流中，从没有任何东西能以完全同一的形态重新发生，因为这一条“流”包含着“过去——现在——未来”三种不可分割的样态，才形成一个整体的，如莱布尼茨所说的：“现在包含着过去，而又充满了未来。”因此对居身于此“流”中的生命我们也就不能作出瞬间的简单定位。即使要描述其瞬间状态，也必须明确，对其历史状态和其未来状态来说，它当下的瞬间状态只不过是线段的一个点而已。当然，这个“点”在它所属的空间范围内也可以放大成线段，再分成“现在——过去——未来”。正是基于这样的认识，我们才可以把时间也分成社会时间与宇宙（心理）时间。《离骚》中抒情主人公在空间世界里为充分宣泄阿尼玛原型的无意识冲动而展开的种种活动，自始至终是受过程性的时间所掣肘的。他从当下瞬间状态的社会时间中感到生命追求短促因而惶惑，又从永不停歇的、持续的宇宙时间中感到生命追求漫长因而茫然。

如果把社会时间看成人对当下瞬间状态的生命定位，那么《离骚》抒情主人公对此是最惶恐的。一个固执地要以阿尼玛心象投射于至美至真对象上去的人，或者理想过于高远者，总是会感到人生在世的社会时间无比短促，因此往往会染上“留恋光景惜朱颜”的时间忧郁症，面对滚滚东逝的江水发出“逝者如斯夫”的感叹。这种焦灼不安、迟暮之哀，也就化成一个浓浓的阴影笼罩在《离骚》抒情主人公的心头。所以诗的开篇中抒情主人公作自我赞美后，马上发出了生命的时间感慨：

> 汩余若将不及兮，
> 恐年岁之不吾与！

从生命哲学的角度看，这两句诗真该不朽。时间之无限与生命之有限的对应、岁月之快速与生命之短暂的矛盾全包括在里面。他接着说：“日月忽其不淹兮，／春与秋其代序。／唯草木之零落兮，／恐美人之迟暮！”这是在为灵修而焦灼不安，其实又何尝不是他自己内心中的回声。犯有时间忧郁症的人，要想排除这忧郁，会出现两种念头：一种是把时间堵住，那么人间的生命也就不会被很快带走，而会青春永葆，这位抒情主人公是作过这种幻想的，可是失败了，“日月忽其不淹兮”这句诗透露着这点心迹。另一种是让时间纳入生命之流中，即要使时间依附生命，让生命在有限的存在里，把应有的时间充分支配、使用，只要生命存在一天就要使这一天为生命发出最大的能量，使世界充分认识自我存在的价值。《离骚》抒情主人公对待社会时间的态度，更偏重于从这一个念头出发。他似乎颇有点悲壮的气概，要“灵修”骑上马，而他挺身而出“来吾导夫先路”！这实际上也反映着他既要求灵修、也要求自己乘上“理想的快马”，追赶时间，超过时间，甚至驾驭时间。在他看来，只有这样才会超越“迟暮”。这是有榜样的，就是尧舜。他们“遵道而得路”，深懂采用上述办法对待生命之流，因此很自信地完成了这一场“迟暮”的超越，在历史上留下了辉煌的业绩。作为一名向导，他劝说和鼓励灵修“抚壮而弃秽”，而他自己则“忽奔走以先后兮，／及前王之踵武”，使灵修也能“遵道而得路”，避免“皇舆之败绩”——沉入时间之流而不起。对此，诚如他自己所说：“指九天以为正兮，／夫唯灵修之故也！”抒情主人公这一种从辅佐君王上反映出来的、让时间依附于生命的做法，在他自己身上就表现得更其强烈。除了做“导夫先路”的工作，他还“朝搴阰之木兰兮，／夕揽洲之宿莽”，还“滋兰之九畹”“树蕙之百亩”等等培养下一代的工作。他对下一代的教育有这样的两句诗值得品味：“虽萎绝其亦何伤兮，／哀众芳之芜秽。”在他看来，花谢草黄、生命消失的现实是没有什么可悲伤的（这就是后来“任随大化尽，不喜亦不惧”那种诗意的来源）。令人痛心的是丧失了驾驭时间，充分发挥生命能量干出一番事业来的精神气概。但是，在这社会时间里，抒情主人公驾驭得了时间，能为自己和他所挚爱的人实现生命价值吗？办不到。他这一切全是“不周于今之人”的，辛勤培育出来的芳草，当年他就预感到并担心过“哀众芳之芜秽”后来也得到了证实“今直为此萧艾也”；甚至“余以兰为可恃兮，／羌无实而容长；／委厥美以从俗兮，／苟得列乎众芳。”至于他自己，高扬意志之旗，为“民生之多艰”而求美政，但“哲王不寤”；为不负“内美”与“好修”而求美人，但“闺中邃远”。一次又一次失败使他无法把生命的潜能发挥出来，结果是“老冉冉其将至兮，／恐修名之不立”——可与日月同光的功名事业全部落空，而生命的社会时间眼看着就要用尽了。这一切说明着如下这一点，《离骚》抒情主人公在社会空间活动中要让时间依附生命，或者生命驾驭时间，这就不可能。他的失败将带来这样一个严峻的现实：不仅是“老冉冉其将至”，甚至“阽余身而危死”，时间将很快把他的生命带走，消失掉。看来，他对于时间的忧郁症更严重了。

值得指出，所有生命体都有一个普遍的功能——记忆。记忆能使生命体所受到的每一个刺激都留下“印痕”，并把这种印痕复合与聚存，甚至帮它们提纯为经验。对于人来说，记忆的功能不仅在于把这些印痕——以前的印象，在以后的反应中被重复，而且还必须将它们整理定位，纳入不同的时间瞬间上，这就使我们对时间的意识有了这样一个概念：它必然包含着所有个别事件的连续次序，从而导致一个与空间框架相对应的时间框架。《离骚》的空间框架是以“沉降—飞升”为标志，从社会空间进入宇宙空间，时间框架则显示为以“沉降印痕—飞升印痕”为标志，从社会时间进入宇宙时间。正在社会时间中焦躁不安，走投无路的抒情主人公最终必然会循着这个时间框架而进入到宇宙时间中去。

对一个具体的人来说，社会时间是有限的，宇宙时间却是无限的。《离骚》抒情主人公在社会中不能充分发挥生命潜能，施展才干，支配时间，达不到生命价值追求的永恒性。进入宇宙以后，他也许以为不需要发挥生命潜能，施展才干，就能支配时间，在“聊逍遥以相羊”中达到生命价值追求的永恒性了。但他没有料到，在宇宙中必须让时间支配生命，否则，生命在宇宙中也就要消失，不可能有永恒。那么宇宙时间如何支配生命呢？就是要求生命体在不断运动、追求的状态中。与宇宙时间相应的宇宙空间，能提供给生命以充分发挥潜能的环境“朝发轫于苍梧兮／夕余至乎县圃。”这真可以说是“海阔凭鱼跃，天高任鸟飞”！问题在于你有没有阿尼玛心象投射的对象和有没有去求索这个对象。《离骚》的抒情主人公在天国神游中也就碰到了难题。当他满天价浪游了一阵子后，“欲少留此灵琐兮”——想在昆仑悬圃中停下来歇一会儿，“日忽忽其将暮”——日轮马上就把时间拉入到崦嵫中去沉沦，休息了。宇宙似乎在对他作第一次警告：不奔走，时间之流就要停止，也就会断了你的生命追求。于是他继续在“曼曼其修远兮”的时间道上求索。但在“纷总总其离合兮／斑陆离其上下”的逍遥游中他又忘乎所以，到帝宫门口去求见玉女，欲把阿尼玛心象投射给至美至真的对象，竟然是一场空，在天国的追求也停顿了下来。于是，随即“时暧暧其将罢兮”——天色昏暗，一个白日将尽。宇宙第二次警告他：不奔走，时间之流将停止，也就休想有生命追求的永恒。时间就这样无情地支配他，要他不停地奔走、追求，在这之中求永恒。

但宇宙时间真能支配抒情主人公吗？也支配不了。

前已论及，抒情主人公在天国漫游，怀着阿尼玛原型赋予他的激情，要把自己的心象投射给至美至真的对象。为此，他的心情是分外焦灼不安，因为宇宙时间要求宇宙空间在一系列事件的连续中来显示其运行过程。所以这时间要支配抒情主人公非提供一系列事件的连续活动不可。令人遗憾的是他不仅找不到合适的追求对象，甚至在天国根本就是个“无物之阵”。于是，他索性渡过白水，把马拴在阆风山巅，停止了在天国无望的追求。“忽反顾以流涕兮／哀高丘之无女！”与无物之阵的周旋，的确有一种旷古的苍凉。但更感苍凉的，还是宇宙时间，也首次宣告支配不了抒情主人公。既然如此，抒情主人公生命的永恒性在宇宙中也就不可能存在。

时间的框架总是和空间的框架相对应的。诚如弗莱泽所说：“自然的进程并不是被个人的激情和任性所决定，而是为机械运动着的永恒规律的作用所决定。”〔21〕《离骚》中空间框架在第一次飞升天国、生命的空间活动受挫后又沉降到人间去继续这场活动，作为“机械运动着的永恒规律”，时间框架必然会和它相对应，飞升天国的生命时间之流受阻后也会又沉降人间的。作为抒情主人公的一项心灵辩证法，如其在天国无对象，以致在宇宙时间中丧失掉生命追求的永恒，总不如在人间有众多对象好，也许还有可能在社会时间中重获生命追求的辉煌。因此，他急匆匆“游此春宫”“折琼枝以继佩”——获得了春心复萌的激情与启示后，又要趁“荣华之未落”的盛年，准备沉降，“相下女之可诒”。

《离骚》的抒情主人公怀着顽强的意志和不可磨灭的记忆重复着上一次在人间“忽奔走以先后兮”的故技，发挥生命潜能，以取得对社会时间的支配权。但是我们切不能把记忆看成是一个事件的简单再现，是以往印象的微弱印象和摹本。与其说这次社会时间中发生的种种事件是一一通过追求宓妃等的比拟化来表现的，是在作记忆的重复，不如说是往事的新生，包含着一个创造性和构造性的过程，把以往印象加以再组织，再综合，并汇总到生命时间感应的一个焦点上。这个焦点已不是莫测高深的生命相对永恒，而是切合实际的生命瞬间辉煌。我们的抒情主人公既受不了他人对自己“纷总总其离合兮”的态度，更受不了自己对他人“心犹豫而狐疑”的心境。令人悲哀的是他可以对前者“违弃而改求”，却征服不了自己的心境。往事只是形式上的新生（从追求灵修变为追求简狄等），而记忆的重组又无法使他因此而有生命的瞬间辉煌，因为他始终超越不了自己“心犹豫而狐疑”，这可是那个记忆带来的。记忆真是一种非常深刻、复杂的现象，如柏格森在《物质与记忆》中所认为的，意味着我们以往生活的一切因素的相互渗透。〔22〕这渗透的结果，是人在潜意识中把握住了某种经验教训，而根深蒂固地扎在心灵深处了。结果“闺中邃远”“哲王不寤”——与有物之阵周旋还不是等于同无物之阵周旋一样，他又失望了：

怀朕情而不发兮，

余焉能忍而与此终古！

这何止是痛苦，更是愤慨了。是的，他已预感到要想支配社会时间，以获得生命的瞬间辉煌，是根本办不成的。但他还不甘心承认这一点，让社会时间飞速地带着他的生命流去，很快“终古”！那怎么办呢？

这位抒情主人公终于为把握时间的流态找到了一条可行的路——去向卜师灵氛和巫师巫咸请教，求得他们对自己人生之旅的预告。从《离骚》的时间感上看，抒情主人公这一场求神问卜可是非常重要的，决定着他在时间之流中生命追求的一个大转折。

时间有三维，除了过去、现在，还有未来之维。在时间意识中，未来不仅是个不可或缺的因素，甚至对人起着支配的作用。威廉·斯坦因曾说：“意识所抓住的与其说是过去的关联，不如说是对未来的关联。”〔23〕卡西尔也认为，“我们更多的是生活在对未来的疑惑和恐惧、悬念和希望之中，而不是生活在回想中或是我们的当下经验之中。”〔24〕《离骚》的抒情主人公那种“心犹豫而狐疑”的心态我们上面指出是记忆中的经验教训使然，其实从时间的角度看，这是一场“被预期的事件”，是一种本能反应。这种本能反应是指向未来并且往往是指向一个非常遥远的未来的各种冲动——这在一般动物中也是存在的。不过，对文化意义上的人来说，未来不仅是一个映象，它成了“理想”。当然，这“理想”作为人所注视的未来，正是属于一种“远见”，意味着预见未来事件，并为未来的需要作准备的能力。这已不是预期，而是深化为一个经验的事实。在很多情况下，占卜师和巫师们就是根据这个经验得来的事实来揭示预兆的。《离骚》中灵氛和巫咸向抒情主人公揭示两种，一“曰勉远逝而无狐疑”，另一“曰勉升降而上下”，也就成了他对生命之旅两种侧重面不同实质一致的预兆：要冲向宇宙时间。这两个预兆则使他感到自己“年华之未晏”！“时亦犹其未央”，存在着生命支配时间的有利因素，即要从社会时间出发。这使抒情主人公在经历又一次“心犹豫而狐疑”后，终于把灵氛和巫咸的预兆结合起来，形成一个预感：故都不可留，就得远游；要生命不质变，就得不停顿地沉降与飞升。因此他作出“周流观乎上下”的决定。

于是他再一次飞升到天国远游去了。他的目的是“聊浮游以求女”。离开旧乡远游他方，也许在异乡的下界——社会时间中，或在异乡的天国——宇宙时间中，他能找到投射阿尼玛心象的对象。但是正当为此而“神高驰之邈邈”时刻，“忽临睨夫旧乡”。他离不开故土——纵使在那里的社会时间或宇宙时间中他追求生命的瞬间辉煌既不成，追求生命的永恒存在也不行，一次次带给他以失败与失望，但是故土仍然像影子一样跟随着他，弄得整个车队和他自己都“蜷局顾而不行”了。

终于，我们的抒情主人公超出了自己的经验生活和直接实践需要的范围，在预感的最高形式中转化出一个“预言的未来”。这“预言”，是人的高级活动的三段式过程“预期—预感—预言”中最后、最重要的一段，它并不意味着单纯的预示，而是在对经验世界作否定中包含着对“一个新天堂和新尘世”的希望和信念，对人类生活的绝对命令。《离骚》的抒情主人公就这样在第五段短短几行诗中发出了预言。这里有他超出直接实践需要的对自己的绝对命令——“何怀乎故都”，且“从彭咸之所居”。

彭咸可是早就投水自尽的。作为一个精魂，他的居住之所在现实世界看来也只能是个无何有之乡。《离骚》的抒情主人公向自己下达的绝对命令是：到大虚无的境地去求得生命的宇宙时间，在那里获得永恒的存在。

从《离骚》的时间表现看，生命的永恒虽是虚无的，但也在全过程中显出实有，是虚无中见实有！

四、《离骚》的节奏

终于，《离骚》抒情主人公在他生命价值追求的持续运动中，显示出了一种不可忽视的生命节奏。

没有节奏就没有生命。节奏是生命的表现形态。郭沫若就这样认为：“宇宙内的东西没有一样是死的，就因为都有一种节奏（可以说就是生命）在里面流贯着的。”〔25〕古希腊哲学家安那希曼德（Anaximander）也早就说过：“宇宙的万事万物都是一种相对的交流，如成长与衰弱，上升与下降，和合与分离，即是规定万物之发展与分解的节奏”。〔26〕从《离骚》看，抒情主人公的生命运动显示为“上下求索”的特征，由此说来，他具有一种“上升与下降”的节奏，而这一种节奏构成是离不了一个很重要的关系的，即力的关系。也就是说有两种以上运动的时候，因为有或强或弱的力的关系，一经组合并加以反复，便形成了一种节奏，这叫“力的节奏”。所以《离骚》抒情主人公在生命运动中“上升与下降”的节奏，就是“力的节奏”的表现。

我们在论及《离骚》的结构时提出以“沉降”和“飞升”为划分该文本结构的最佳标志，分为五大段，第一段是沉降，第二段是飞升，第三段是沉降，第四段是飞升，最后一段又是沉降。所以它体现为“沉降—飞升—沉降—飞升—沉降”的结构形态。我们晓得：规范的结构会生出一种和谐的节奏感来的，因此，《离骚》抒情主人公生命运动的节奏显出为“下—上—下—上—下”的运行轨迹。当然，这只是从结构推出来的一个节奏段，它是否也就是抒情主人公生命运动节奏的恒定律显示呢？我们的回答是肯定的。

全诗最后一句：“吾将从彭咸之所居”是抒情主人公对自己生命运动规律的一次预言，解剖一下这句诗所隐含的意义是十分必要的，可以回答上述问题。为此，我们还得对彭咸这个人物及其居所再作深入的考察。在论及《离骚》结构时，我们分析“彭咸之所居”这个意象，引用王逸、朱之存的意见，得出个看法：和水有关系。但从各种传说和屈原另外的诗篇看来，“彭咸之所居”固然和水有关系，却也和山有关系。俞樾为了解决这个问题曾引用过屈原《悲回风》中下列四句诗：“凌大波而流风兮，/托彭咸之所居。/上高岩之峭岸兮，/处雌蜺之标颠。”他对此这样说：“既思投水，何又思登山乎？盖登山涉水，皆是从彭咸之所居。于水言彭咸而于山则举雌蜺以俪之，此古人文法之不拘。”[27]同样是从《悲回风》中这四句诗追寻彭咸之所居，闻一多则只看到前两句，认为“言彭咸之所居”，“当指下文‘高岩之峭岸’‘雌蜺之标颠’云云”，“所谓‘凌大波而流风’者，乃造彭咸之过程，非谓彭咸所居即水中也”。[28]对此，肖兵很不满意，说：“这真奇怪。哪有这样把上下句剖开以牵就自己学说的道理。‘上高岩之峭岸’固然可以勉强说成从水登岸，再追寻彭咸于高岩（彭咸与巫咸皆兼掌山川），‘凌大波’却无论如何是入巨浪而寻彭咸之所居。何况还有《九叹》‘思彭咸之水游’的旁征。”[29]这段话十分重要：一方面肖兵大力肯定彭咸之所居同水有必然的关系，另一方面也同意“从水登岸再追寻彭咸于高岩”。也就是说，他的看法同俞樾那句话是一致的“盖登山涉水，皆是从彭咸之所居。”为此他还特别在括号里说明“彭咸与巫咸皆兼掌山川”。“兼掌山川”一说肖兵还作了考证。先是根据《山海经》系统里把“彭咸”分化为巫彭、巫咸后认为：“巫咸者，彭姓之巫名咸者也。”然后又据今本《竹书》太戊十一年“命巫咸祷于山川”、《御览》卷790引《外国图》据以谓：“殷帝大戊使巫咸祷于山河。”等等，进一步认为：“这位巫咸就兼为山水之神。”[30]从彭咸即巫咸，巫咸是一个受殷帝命祷于山河的人物而肯定了彭咸是兼管山水之神，绕了几个弯得出的结论很是宝贵，使我们受到启发："彭咸"所居之处是在山水之间。《离骚》的抒情主人公总是说"愿依彭咸之遗则""从彭咸之所居"，而他又一贯要求自己"上下而求索"——这使我们相信是从彭咸的"遗则"中来的，因为彭咸居住在山水之间。要是说彭咸也始终还在求索的话，肯定是一忽儿飞入水中，一忽儿又飞上山巅，这样地上下飞行的。彭咸是已投水自尽者，他的存在只能是精魂，纳入宇宙的精魂不断在山水之间上下飞翔过日子，也肯定是一种宇宙生命永恒的存在状态。如此说来，"吾将从彭咸之所居"作为一个意象符号，好像是《离骚》抒情主人公这种"下—上—下—上—下"的节奏运行轨迹的缩微，且预示着这节奏运行轨迹也会是受生命运动的恒定律所支配。

生命节奏的运行轨迹既是如此，那我们就得进一步考察这一场"力的节奏"是先抑后扬，还是先扬后抑的问题。我们首先考虑到抒情主人公每次从天国下到人间的沉降点很固定，总都是在水域。第一次抒情主人公"庚寅吾以降"虽没有明白说出是在水域还是陆地，但从一到人间就"扈江离与辟芷兮／纫秋兰以为佩"，以及马上从"汩余若将不及兮／恐年岁之不吾与"里可以感到是在水域。朱熹说："离，香草，生于江中，故曰江离。"郭恭义说："白芷，一名白茝，生下泽。"〔31〕颜师古说："兰，即今泽兰也。"《水经》云："泽兰，生水泽中及下湿也。"〔32〕游国恩认为："盖楚辞言以草木为服物者，往往取其切合。"〔33〕这是对的，我们还可明确地说总是和某种特殊表现的需要相切合的。第二次抒情主人公受了"帝阍"的冷遇，愤而再度下降人间，到人间的第一站是"朝吾将济于白水兮，／登阆风而绁马。"朱之存云："《御览》引《山海经》曰：昆仑山纵横万里，高万一千里，去嵩山五万里，有青河白河赤河黑河环其城，其白水出东北，取曲向东南流，为中国河……郭注云，潜流地中，汩漱沙壤，所受渠多，众水混淆，宣其浊黄。是河水之黄，在并所渠以后。"〔34〕可见白水乃黄河之河源。他是打算在游过春宫后沉降到黄河的源头处再去阆风的。第三次是在神游天国时"忽临睨夫旧乡"，然后决定再次下到人间的，"吾将从彭咸之所居"成了这一回沉降的落脚点，其与水域之关系已如前述，不必赘言。三次下到人间的沉降点都在水域，是有深层意蕴的。荣格在《集体无意识的原型》一文中对此原型意蕴的发掘讲得十分透彻。他认为无意识的“精神”是灵魂的父亲，而现代科学文明的“智慧”出现并取得了伟大的成就后，就“以魔鬼的专横和放肆僭据了曾经属于精神的宝座”，这便再不是高倨在上的，而是地处低下“成了水”。于是，灵魂寻找失去的父亲的道路也就“伸向了水边”，“伸向了静置在水底的墨镜那里”。荣格指出：“这里的水并不是一种修辞比喻，而是黑暗精神的一个活生生的象征”，因此“如果要发掘出父辈们留下的宝物与珍贵的遗产”——无意识的精神财富，“就必得走那往下沉降的水之路”，因为“水是变成了无意识的精神”，“水是对无意识的最普遍的象征”。也就是说，这“水”是“本能之躯中的液体，是血以及血的流动，是动物之气息，是充满着激情的肉欲”，它不但能忠实地映出我们从未向世界显示过的那副面容，那张我们用“人格”、用演员的面具掩盖起来的面容，也能显示我们生命最深处潜藏着的那一股“凶禽猛兽”般的蛮力，以反凶禽猛兽般令自我以及外在世界无法抵御的袭击本领。荣格还进一层对无意识精神从生理学角度作了考察，认为“无意识是深入到长期被人称为‘交感性’神经系统中的精神，它从理智与道德之明晰意识的目光下脱离了出来。它不像脑脊髓系统那样操纵着知觉和肌肉的活动，因而控制着环境。不过，尽管它不用感官的辅助以行使其功能，它还是保持着生活的平衡，并通过交感神经兴奋的神秘路径向我们提供他人内心生活的知识，同时对他们施以内在的影响。在这个意义上，它是一个极具集体性的系统，是一切‘神秘参与’的功能基础。”而就在对这个交感神经系统所具功能的认识基础上，荣格把这无意识的精神提高到集体的内在体验来看待，提出了一个象征意蕴丰富的“水”的原型，以及一个生命运行规律：“向上的飞升似乎总是以向深渊的沉降为先导的。”[35]这规律也在《离骚》抒情主人公的生命节奏表现中体现了出来。他每一次沉降到人间的水域，其实显示着他的无意识精神的激发，是生命体在社会时空中企图超越肉性而去宇宙时空中作灵界转型、积蓄潜能的一场活动。所以沉降水域使他一步步达到了生命力的最大的蓄势，标志着“下降—上升”型节奏运行段由“抑”向“扬”逐渐转化的特征。由此看来，他的力的生命节奏属于抑扬格。我们晓得先抑后扬的节奏是具有鼓舞性的。读《离骚》之所以始终不会消沉，总有一股高亢的气势在激动着我们，究其根本也就在于抒情主人公的生命追求具有抑扬格的节奏特征。

但《离骚》抒情主人公的生命追求不只显示为这一种力的节奏，还显示为时空交感节奏。如果说他的这一种力的节奏具有生命追求的动力意味——其出发点是本能，那么另一种时空交感节奏则具有生命追求的哲思意味——其出发点是精神。

我们在讨论《离骚》抒情主人公生命活动中的空间、时间问题时，曾指出：在空间活动中，生命显示为实有中见虚无；在时间活动中，则显示为在虚无中见实有。这一场始终在时空相对应的生存大环境中显示的生命历程，使抒情主人公富有虚无与实有交相感应的特色，情绪感应不断在作虚实的更替，显示出内在体验化特色的节奏感。这就是我们所谓的时空交感节奏。这种节奏来自抒情主人公“路曼曼其修远兮／吾将上下而求索”的生命动态存在结构。“吾将上下而求索”是空间实有的存在，并且因了“从彭成之所居”这一行为的恒定性，使它有过程化趋势而渗透。于是，时间的流动性使空间在上下求索中各个独立的存在全串联了起来，变成单一性节奏重复，暗寓着生命存在的荒芜，这荒芜也就导致空间感知域中出现实有中见虚无。“路曼曼其修远兮”是时间虚无的存在，并且因了抒情主人公“周流观乎上下”这一过程的持续性，使它具有了实体化的倾向而向空间渗透，于是空间的固定使时间在四方周游中一片缥缈的浪迹定型化起来，变成了层次性节奏回荡，显示出生命存在的丰富；这丰富也就导致时间感知域中出现虚无中见实有。值得指出《离骚》抒情主人公在诗篇中所显示的生命时空交感节奏，每一个旋律音程都依循“路曼曼其修远兮／吾将上下而求索”的核心交感要求，以层次性回荡的时间哲思感在前，而以单一重复的空间哲思感在后组合而成，这些全可以在《离骚》的五段式结构关系中看出。第一、二段是第一个旋律音程，抒情主人公先是在时间道上茫茫然地追求，为王“导夫先路”中的抒情主人公经受了种种的折磨终于在“沾余襟之浪浪”的痛定思痛后，猛然“溘埃风余上征”——“朝发轫于苍梧”的空间活动突兀而起，望舒飞廉，逍遥相羊；帝宫不开，高丘无女，大失所望的他“周流乎天余乃下”——又很快回落，一场从虚无中见实有到实有中见虚无的心灵历程，显示出“抑扬—扬抑”的节奏性能；第三、四段是第二个旋律音程，抒情主人公在时间道上茫茫然作着追求：宓妃、简狄、二姚。但闺中邈远，哲王不寤，芳草已成萧艾，兰芷质变不芳，在“焉能忍而与此终古”的大愤中，猛然决定“远逝而自疏”——“朝发轫于天津”的空间活动又突兀而起：不周西海，云旗委蛇，神驰邈邈中忽“临睨夫旧乡”，人马环顾不行，又很快回落。一场从虚无中见实有到实有中见虚无的心灵历程，显示出“抑扬—扬抑”的节奏性能。第五段尾声，以“吾将从彭咸之所居”暗示这一场时空交感节奏，将依着上述两个旋律音程永恒地波动下去。从这些分析里我们可以看出，《离骚》的抒情主人公在生命追求中显示的时空交感节奏，是从“抑扬”向“扬抑”，即从兴奋我们转向沉静我们，展现的心灵历程是从虚无中见实有转向实有中见虚无。对抒情主人公来说，作为客观存在的生命追求，永远纠缠在虚无与实有的复杂关系中。从而，在寻求大虚无中的大实有和观照大实有中的大虚无的辩证关系中，使他获得哲学的启悟和精神的升华。

当然，力的节奏和时空交感的节奏在《离骚》抒情主人公的生命追求中是并存得十分有机的。应该说，力的节奏是他这场追求中外在感受的反映，而时空交感节奏则是内在体验的显示。它们在抒情主人公身上相辅相成地运行，则是交替出现的，具体地说是力的节奏带起时空交感节奏，而时空交感节奏又强化了力的节奏。作为力的节奏的体现，抒情主人公每一次沉降，都带动起时空交感节奏中那个节律回荡的时间感知，而每一次飞升则带起那个节律重复的空间感知。“沉降—飞升”的力的节奏就这样引出“虚无中见实有——实有中见虚无”的时空交感节奏；而每一次空间感知中抒情主人公的突兀回落也强化了他的沉降力；每一次时间感知中抒情主人公的茫茫寻求，也强化了他的飞升力。“虚无中见实有——实有中见虚无”的时空交感节奏也就这样促进了“沉降—飞升”的力的节奏。可以说正是这两类节奏在有机交融中产生的互补作用，才使《离骚》抒情主人公的生命追求获得了一个浮雕一般的存在形态——因为，节奏就是生命的表现。

唯其如此，才使我们通过这一场节奏考察，对《离骚》抒情主人公的生命追求有了更深一层的认识："路曼曼其修远兮，／吾将上下而求索"是抒情主人公生命存在的依据和生命追求的保证。他不断作生命的空间感知上的"沉降"而使时间感知不会结束；不断作空间感知上的"飞升"而使时间感知永恒无边。因此，他"上下求索"的空间永恒促成了"路曼曼其修远兮"的时间无尽。而也就在这里，出现了他对大虚无和大实有的悲壮感受：他已感悟到生命追求的大虚无，却又决不甘心，要在"路曼曼其修远兮"的时间和"升降而上下"的空间中去追求大实有。

这一场生命运动的节奏表现，毕竟显示出抒情主人公精神意志的高扬。

生命价值追求是宇宙意识的反映。所谓宇宙意识，指的是人对宇宙整体——同时也包括人自身的存在哲学意识的生成，所以也可以称为"觉醒意识"。这类意识思考的是宇宙与人之间存在的关系和人之存在本体在宇宙中的地位。但这是一场不可能有结果的思考。海德格尔说得好："人是什么？试将地球置于无限黑暗的太空中，相形之下，它只不过是空中的一颗小沙，在它与另一小沙之间存在着一个以上的空无。而在这颗小沙上住着一群爬行者，惑乱的所谓灵性的动物，在一个偶然的机会里发现了知识，在这万万年的知识之中，人的生命与时间的延伸，又算什么？只不过是秒针的一个小小的移动。在其他无尽的存在物中，我们实在没有理由指出我们称之为'人类'此一存在物而视作异乎寻常。"[36]看来一个宇宙意识觉醒者是"永远不会把人当作目的"的，因为"人仍旧在形成中"。[37]如此说来，《离骚》抒情主人公的生命价值追求只能是宿命的悲剧。但可贵的是屈原的创作基点是如此高，视野又如此开阔。他赋予《离骚》抒情主人公在生命之旅中不停顿的"上下求索"，追求、奋斗、抗争。他明知在生命价值追求的终极处存在的是大虚无的悲剧，但他还是让他笔下的主人公坚持追求、奋斗、抗争。他似乎也已悟到：只有这样，才是生命的大实有，才是征服大虚无的根本保证。

而追求是个过程。生命的终极价值是在追求的过程中存在着。这该是《离骚》生命价值追求系统的总纲。

于是我们想起了鲁迅。鲁迅在小说集《彷徨》中引了《离骚》中如下两句作为题辞：

“路曼曼其修远兮／吾将上下而求索！”

伟大的哲人之间，是“心有灵犀一点通”的。

1996年8月4日至13日写于浙大中文系

注释：

〔1〕见《〈西厢记〉艺术上的批判与其作者的性格》，《文艺论集》，人民出版社1979年版，第194页。

〔2〕《中国诗哲论》，济南出版社1992年版，第97—98页。

〔3〕转引自陈炳良：《神话·礼仪·文学》，台北联经出版事业公司1986年版，第97—98页。

〔4〕参见金开诚主编：《文艺心理学术语详解辞典》，北京大学出版社1992年版，第257—258页。

〔5〕竹治员夫：《〈离骚〉——梦幻式叙事诗》，转引自马藏元主编：《楚辞资料涉外编》，湖北人民出版社1986年版，第225页。

〔6〕屈复：《楚辞新注》。

〔7〕游国恩主编：《离骚纂义》，中华书局1980年版，第197页。

〔8〕竹治员夫：《〈离骚〉——梦幻式叙事诗》，《楚辞资料海外编》第238页。

〔9〕《离骚纂义》第452页。

〔10〕《离骚纂义》第498页。

〔11〕《离骚纂义》第498页。

〔12〕《楚辞纂义》第499页。

〔13〕《楚辞纂义》第504页。

〔14〕卡西尔：《人论》，甘阳译，上海译文出版社1985年版，第62页。

〔15〕转引自霍尔等：《荣格心理学入门》，冯川译，三联书店1987年版，第54页。

〔16〕转引自姜亮夫：《楚辞通故》第一辑。齐鲁书社1985年版，第247页。

〔17〕转引自《离骚纂义》第272页。

〔18〕转引自《离骚纂义》第273页。

〔19〕 转引自姜亮夫著《楚辞通故》第一辑，齐鲁书社1985年版，第166页。
〔20〕《离骚纂义》第305页。
〔21〕 转引自《人论》第97页。
〔22〕 转引自《人论》第66页。
〔23〕 转引自《人论》第68页。
〔24〕 转引自《人论》第68页。
〔25〕《论节奏》，见郭沫若：《文艺论集》，人民文学出版社1979年版，第229页。
〔26〕《论节奏》第234页。
〔27〕 转引自《楚辞通故》第二辑，第64—65页。
〔28〕《古典新义·楚辞校补》下册，古籍出版社1954年版，第436页。
〔29〕《楚辞与神话》，江苏古籍出版社1986年版，第326页。
〔30〕《楚辞与神话》第325页。
〔31〕《离骚纂义》第26页。
〔32〕《离骚纂义》第31页。
〔33〕《离骚纂义》第30页。
〔34〕《离骚纂义》第288—289页。
〔35〕 荣格：《心理学与文学》，冯川、苏克译，三联书店1987年版，第65—72页。
〔36〕 转引自温儒敏、李细尧编：《寻求跨中西文化的共同文学规律——叶维廉比较文学论文选》，北京大学出版社1986年版，第159页。
〔37〕 萨特：《存在主义是一种人道主义》，周煦良等译，上海译文出版社1988年版，第30页。

论《九歌》祈求生命创造的原型象征

《九歌》由十一首“乐词”组合成。既称“九歌”，按理说它就只能是九首。但实际上并非如此。该如何解释呢？闻一多在《楚辞校补》中提出一个看法：“案《九歌》十一首皆祀东皇太一之乐章，就中‘吉日兮辰良’章（旧题《东皇太一》，非是）为迎神曲，‘成礼兮会鼓’章（旧题《礼魂》，非是）为送神曲，其余各章为娱神之曲也。”姜亮夫在《楚辞通故·书篇部九》里也这样认为：“《九歌》凡十一篇……其中《东皇太一》为迎神曲，《礼魂》为送神曲……其中九首实为正乐。”这很有见地。由此看来，作为一个整体它是很有机的，既有《东皇太一》的开场描述，又有《礼魂》的谢场合唱，前后照应，很能显示祭祀活动整个过程——如同青木正儿在《楚辞九歌之舞曲结构》中说的：“《东皇太一》与《礼魂》，适为一首一尾之用，而领括全套。”同时也有《东君》《云中君》《大司命》《少司命》《河伯》《山鬼》《湘君》《湘夫人》《国殇》这样相互映衬的正乐，表现了全套祭祀仪式内容。这倒真是对祭祀仪式全过程作了抒叙的一组乐词。

这样的抒叙结构方式是别具一格的。却也因为如此，历来对它的著作权就有了争议。王逸在《楚辞章句》中说：“昔楚国南郢之邑，沅湘之间，其俗信鬼而好祠，其祠必作歌乐鼓舞以乐诸神。屈原放逐，窜伏其域，怀忧苦毒，愁思沸郁，出见俗人祭祠之礼，歌舞之乐，其词鄙陋，因为作《九歌》之曲。”因此他十分肯定《九歌》系“屈原之所作”。朱熹在《楚辞集句》中先沿袭王逸说法，说沅湘之间其俗好祀，爱以歌舞娱神，但又进一步发挥说："蛮荆陋俗。词既鄙俚，而其阴阳人鬼之间，又或不能无亵慢淫荒之杂。原既放逐，见而感知，故颇为更定其词，去其泰甚……"意思说《九歌》是民间原来就在流传的歌词，屈原无非是凭主观意图作了一份删削、更定的工作，"与王逸所云重作不同"[1]。赞成王逸一说的大有人在。周勋初的态度特别坚定："《九歌》不是楚国的民间祭歌，不是楚国的郊祀歌，也不可能是汉人的作品。不论从它的形式，从它的内容，或是从古代有关的记载来看，均应断为屈原的作品。"但这种肯定若走向极端，则是会把它与屈原的身世感喟挂钩的。王逸说《九歌》除了"上述事神之敬"，更能"下见已之冤结"，今天也还有不少人这样认为，在这组诗里"怀忧茹苦，愁思抑郁，尽将俳怨离合之意致，托以讽谏"[2]。认同朱熹看法者也并不少见，姜亮夫旗帜很鲜明："《九歌》虽有屈子之修润，本质必为民间之创制，盖无可疑。"由于认定《九歌》只是屈原凭民间蓝本删改出来，也会走向极端，有人就不顾文本内在的实际，生硬地去和屈原的政治倾向挂钩。朱熹说《九歌》是"因彼事神之心，以寄吾忠君爱国眷恋不忘之意"，今天也还有人在为《九歌》这样地"求真"："屈原从众多的祭祀神当中挑选十位（《礼魂》为送神曲）来组成他的一组祭歌，是有他的用意的。那就是他要利用这些祭歌的原型，这些所祭祀的神的特点，把它们加工改作，用来鼓励楚国人民的斗志，提高楚国的地位。同时也能很好地寄托自己的忠君之思，表达自己的爱国之情。"[3]介于上述两种看法之间的人也有，马茂元就这样说："《九歌》原是楚国南部流传已久的一套民间祭祀的乐歌，经屈原加工改写而创造出来的、独特体制的抒情诗。"[4]他立足于朱熹的看法，又不忘王逸的意见，强调"加工改写"过程中屈原个人的创造性作用，并进而肯定这种作用使《九歌》成为深深打上屈原个性标记、具有"独特体制"的全新文本。这使马茂元把《九歌》看成是屈原让自己的生命情怀投影在民间祭祀所特有的风情仪式上，从而成为颇具特色的一个组诗。他说："其实《九歌》究竟是祭歌，有它实际的用途。它所描写的内容会受到它原来的题材的限制，不可能与作者身世有直接的关联，和《离骚》《九章》是不同体制的。《九歌》格调的绮丽清新、玲珑透彻，集中地提炼了民间抒情短歌的优美精神，显示出它的特色。但另一方面，也不能不在《九歌》的轻歌微吟中透露了一种似乎很微漠的而又是不可掩抑的、深长的感伤情绪……隐隐约约地笼罩着一层从生活深处散发出来的忧愁幽思，感伤迟暮的气息。”[5]

回顾《九歌》的著作权之争，从屈原个人创作到他加工更定，再到他创造性地改写成为具有独特体制之作，是一步步接近于事理的。而由著作权派生出来的、有关《九歌》诗思内涵的看法，则从反映屈原身世之叹说到暗示他政治之志说，再到体现他的生命困惑说，也是一步步接近于情理的。但如若再深入下去，考察屈原在《九歌》中化下的这一份创造性工作，审美理想究竟显示在哪里，似乎又语焉不详，有点渺茫了。

《九歌》的蓝本作为沅湘流域民间祭祀活动的乐词，是为了配合歌舞仪式而创作的，原本就是灵魂的本能——一种人的集体无意识的体现，屈原对它进行加工改写而创造出来的新文本，无疑会打上他那生存感知、艺术作风的烙印，却也同样会在留有个性风格烙印的新文本中，保留民间祭歌蓝本必具的那种能体现仪式的集体无意识和能显示祭祀的歌舞格局。艺术创造的一条规律告诉我们，在艺术形式上，个人风格是顽强的；在艺术内涵上，原型意蕴是顽强的。因此，《九歌》的复杂性还在于，屈原个人的艺术作风必然会在“更定其词”中把祭祀仪式的原始格局淡化，即除了保留《东皇太一》和《礼魂》纯客观铺陈祭祀活动的场面外，其余九首“正乐”则成了屈原主观象征抒情方式的体现，而对于灵魂的本能特别强烈的诗人来说，个人的生存感知也无可避免地会让神话化的集体无意识所包孕，升华，从而使《九歌》成为溶入屈原身世之叹的一场原型象征之作。

由此看来，我们实在有必要用新的视角来深入读解《九歌》，探索它的仪式神话转换机制独特的运作情况，以及由此导致的那个原型象征结构系统。

一、《九歌》的祭祀仪式

《九歌》十一首作为一个整体，我们在第一结构层面上看到的是它表现了一场祭祀仪式活动的全过程，它由“迎神—仪式—送神”三个部分构成，所贯穿的是人的世界与神的世界之间作沟通的愿望，即把神迎来，以这样那样娱神的仪式表演联络相互间的感情；并通过仪式的暗示让神了解到与人们的某种基本欲望直接相联的祈求，引起他的怜悯与开恩；这样的目的达到后再把神送走。当然，祭祀仪式的前提是假设某个神的存在，这个神还只能是超越于个人、为社会所共同信奉的精神存在。这就是说，祭祀仪式不仅是沟通人神之间关系的媒介，也成了沟通众人之心的媒介。因此假设一个尊贵之神把他迎来，再假设一套新仪式用以娱神，就成了祭祀活动所特别需要考虑的事。作为对这样的活动作真实反映的《九歌》，在第一结构层面上究竟请来一位什么样的神，又采用了怎样的一套仪式表演，也就成为特别要注意的方面。

这套乐词的第一首——迎神曲是《东皇太一》，这标题虽系编辑楚辞的刘向所加，原来是没有的，倒也可以见出这场祭祀请来的神就是东皇太一。“吉日兮辰良／穆将愉兮上皇”——全场在击鼓吹竽，五音纷会的热烈气氛中拉开序幕；当玉瑱瑶席的祭台祭品已经供满，祭主抗长剑玉珥、巫女着芳菲姣服登场，“君欣欣兮乐康”的迎神祝祷也就虔诚地荡开。这场面肃穆而庄严，庄严而神秘。值得注意的是祭坛的陈设：“瑶席兮玉瑱，／盍将把兮琼芳。”这里的“玉瑱”，据闻一多考证，应作“玉镇”。周礼天府云：“凡国之玉瑱大宝大器，藏焉。若有大祭大丧则出而陈之。”这可见“瑶席兮玉瑱”是属于大祭之类的祭祀，而所请的神，身份肯定也不同一般——否则，迎神祭礼无需如此盛大隆重。这套乐词的最后一首——送神曲《礼魂》，反映了一个相当盛大的群体舞蹈场面：“成礼兮会鼓／传芭兮代舞／姱女倡兮容与！”大伙儿纵情歌唱，急疾击鼓，互传鲜花，轮番起舞，表示对神的谢意和对上天赐福的庆贺；而最后唱着“春兰兮秋菊／长无绝兮终古”散去，也颇有送神中对神恋恋难舍之意。《东皇太一》与《礼魂》作这样相互呼应的一个结构相当重要，反映着所有参加这场祭祀的人对这位神敬意的虔诚，期待的殷切。不难看出他们把东皇太一看成是能决定他们全部祸福的至高无上的命运操纵者。事情真的是如此吗？是的。东皇太一确是天神中最尊贵之神，也就是皇天上帝的意思。诚如闻一多所说："其实东皇太一是上帝，祭东皇太一即祭祀上帝。"这位楚国人民心目中的至上神是两位神的身份奇妙的组合。《文选》吕向注云："太一，皇名，天之尊神，祠在楚东，以配东帝，故曰东皇。"当然，"太一"是更主要的。"太一"也称"大一"，《老子·第二十五章》中说："有物混成，先天地生，寂兮寥兮，独立而不改，周行而不殆，可以为天下母。吾不知其名，字之曰道；强为之名，曰大一。"可见"太一"在这里是"先天地生"的万物之母。具有衍化滋生万物的本领，转化为与"东皇"组合的至上神，也就被看作天地万物的创造主了。

既然把东皇太一这样一位至上神请来，那么用作娱神和暗示祈愿的仪式也应该相应跟上才对，如果仅仅是为了娱神，以便与神灵建立亲密的友谊关系，那就强调用牺牲共餐，搞物质的祭献仪式；如果是为了暗示某种祈愿以便感动神灵求得恩赐，那就强调让神与祭神者之间的默契，搞净化灵魂式的祭献仪式。《九歌》第一结构层面上的仪式，也有物质的祭献，但很俭朴，仅仅是供上"桂酒"和"椒浆"而已，讲究的是净化灵魂式的祭献，那就是用天神、地祇、人鬼这三批精灵——或者说小神，来演出一场场以性恋关系为主的"神秘的游戏"。于齐格对祭祀仪式和儿童游戏作过比较，他把祭祀仪式限定在净化灵魂的默契式祭献上，因此他认为："神圣化了的祭祀仪式比一种单纯游戏的虚幻现实要多一些东西，它可以说是种神秘的游戏"——这是因为这种祭祀仪式"有更多的心理因素在起作用"。〔6〕这种"神秘的游戏"体现在仪式表演中，是什么样的心理因素在起作用？神秘的现实化，也就是被体现在一种神圣化了的事物，并寻求其最深的表现意识冲动。这显然会造成一种极其严肃的气氛。在这种气氛中，"最深的表现"显示为与现实有一种更深、更基本的联系，让共同的信仰把人们和神亲密地联系在一起，让人能暂时摆脱原始状态中所受到的苦难。于是，也就出现了神秘的现实化，而这是能激发人的创造力的。但这毕竟只是暂时的摆脱，为了强化创造力，使这方面的精神受到更大的感染，这种神秘的、现实化的仪式还得不断重复地通过"神秘的游戏"把创造性因素保存下来，不使自我的再创造停止。那么《九歌》中三组精灵以性恋表演为主、且显得大致重复的几场"神秘的游戏"，其终极目的是不是就为了保存创造性因素呢？

闻一多在《楚辞校补》中说：“案《九歌》十一章皆祀东皇太一之乐章。”这一看法有人认为“是大有疑问的”[7]。的确，从外在关系上看，九首“正乐”所表现的“神秘的游戏”，实在同祭祀东皇太一并没有必然关系。值得指出：人类在上古时期的祭祀活动中，仪式表现几乎都是同所祀之神不发生关系的。英国古典学家赫丽生在《艺术与仪式》中就谈到公元前7世纪起，每年两次在雅典举行的酒神祭祀活动。当人们排着盛大的行列，在火光照引下把狄奥尼索斯的偶像抬进雅典剧院，放在合唱队歌唱的地方后，却“碰到奇怪的事了”，“剧院由神掌管，上剧院表示向狄奥尼索斯礼拜，可是戏一开始，四次中倒有三次，我们听不到狄奥尼索斯的名字。我们看到的，可能是阿伽门农从特洛亚归来，克吕泰涅斯特拉伺机杀死他，俄瑞斯忒斯因此而复仇，也可能是准德拉向希波吕托斯求爱，也许是美狄亚的憎恨，杀死亲儿子……这些故事都很优美，也许还有道德教育意义，不过我们却感觉不到宗教气味。虔诚的希腊人自己有时候埋怨：他们看的戏‘同狄奥尼索斯毫不相干’。”[8]但不能认为这真的毫不相干，我们还拿赫丽生的话来说：“它们实际上出于同一的人性的冲动。”[9]可不是吗？他们就这样相通了。就是在这一个基础上，《九歌》的仪式和东皇太一被祭祀者拉上了内在的关系，成了为广泛存在的人类精神服务的手段。从更本质的方面而言，也就是沅湘流域的人民为了生存、繁衍和征服世界而激起的人性冲动，在对他们的至上神东皇太一的祭祀与三组精灵的仪式表演中，有了既强烈而又真实的体现。当然，这里还有需要来作进一步探讨的内容。

首先是，把东皇太一请来作祭祀的主神，从一般角度看理所当然，但是，为他而举行的祭祀活动为什么拿天神、地祇、人鬼这么三组精灵来作仪式表演，而不是只取其中的一组，或者取别的精灵？显然这不是不经意的事，而是有意为之的。《九歌》的民间祭歌蓝本究竟怎么反映这场仪式的，当然已不可能知道，但这三组精灵及其故事那时已经流传倒可以肯定下来，并且可以肯定远远不止这些。唐沈亚之在《屈原列传》中说到屈原晚年流放在沅湘间的玉笥山改写《九歌》时，曾“见楚先王庙，及公卿祠堂图画天地山川神灵”。可以想见在《九歌》的仪式中登场的天神、地祇和人鬼很有可能会是屈原根据楚先王庙壁画上那些“天地山川神灵”形象从中选出的九位。试想：改定本中所选九位精灵分天神、地祇、人鬼三组，井然有序地搭配起来，没有高深的思想文化修养者能办得到吗？这样一种搭配，把存在于天界、地界、冥界的精灵代表选出来了，他们是天地万物分类别的主要代表，让他们向东皇太一表演“神秘的游戏”不言而喻是最合适的，因为作为天地万物创造主的东皇太一权力所及的，正是这三组精灵活动着、领袖着的世界，如果缺了一组也许会使这种权力削弱一部分，祭祀活动中仪式性的民间歌舞欲表演的对象与内容，是不可能设想得那么周到、全面的，祭祀的神的身份，其权力意志的辐射圈和祭祀仪式表演者的身份及权力意志的接受面，能做到如此有机的应合是值得重视的。

其次是，这三组仪式表演中，除掉人鬼，天神、地祇的表演都涉及性恋。朱熹早就说过：“蛮荆陋俗，词既鄙俚，而其阴阳神鬼之间，又或不能无亵慢淫荒之杂。”今天的学者——如周勋初也这样认为：“这种从原始信仰背景中产生的宗教歌舞，差不多都带有性感的意味”[10]。而屈原则对此是大大删改了一番的，甚至做到了“去其泰甚”的地步。工作牵涉到审美格局的问题。总的看，屈原在删改中始终没有排除“性感的意味”，三组九位精灵，有两组八位处在性恋纠葛中，只有《国殇》中的人鬼没有这方面的表演。在“更定其词”中富于刺激性的性恋描写也还是多少保存着一点的，如《少司命》里“与女沐兮咸池／晞女发兮阳之阿”，燕昵之情就多少带点这一方面的意味，不过不多。原有的“亵慢淫荒”，不言而喻淡化了，而两心相契中你盼我待的柔情蜜意倒是大大强化了，如《云中君》里：“思夫君兮太息，／极劳心兮忡忡”；《湘君》里：“望夫君兮未来，／吹参差兮谁思”；“横流涕兮潺湲，／隐思君兮陫侧”；《湘夫人》里：“帝子降兮北渚，／目眇眇兮愁予”，“闻佳人兮召余，／将腾驾兮偕逝”；《大司命》里：“结桂枝兮延伫，／羌愈思兮愁人”；《少司命》里：“满堂兮美人／忽独与余兮目成……悲莫悲兮生别离，／乐莫乐兮新相知”，“夕宿兮帝郊，／君谁须兮云之际”，“望美人兮未来，／临风怳兮浩歌”；《河伯》里：“子交手兮东行，／送美人兮南浦”；《山鬼》里：“既含睇兮又宜笑。／子慕予兮善窈窕”，“留灵修兮憺忘归，／岁既晏兮孰华予”，“怨公子兮怅忘归，／君思我兮不得闲……风飒飒兮木萧萧，／思公子兮徒离忧”等等。性恋本是生命阴阳和合的体现，而阴阳和合则繁衍子孳，化生万物，原是一种生命创造功能的显示，这是祭祀东皇太一、迎合这位天地万物创造主心意的最好一着。从这个意义上说，屈原在改写中没有排除性恋表演正是他的高明之处，而改写中又把带有肉感刺激的性爱表现“去其泰半”，强化“思公子兮徒离忧”式柔情蜜意的情爱内容，则又是屈原这一场改写超人的一招，这是性恋从性感本能向情感想象的一次升华。有了这一份情感想象，使《九歌》祭祀仪式所表演的性恋不只是性恋本身而已，而具有着某种超越的潜能。

第三是，《九歌》在有关性恋的仪式表演中，男女精灵总不能顺利地相爱相恋，享受销魂时刻，不是时空错位失约，就是其他原因失约，仪式表演这样的情境倾向有三类情节安排。第一类是男女双方都在积极努力寻求与恋人的相会，但现实却是时空错位，这在《东君》和《云中君》、《湘君》和《湘夫人》中都如此。第二类是男性精灵忙于职守，无暇顾及爱情，而女性精灵则柔情地等待着，因盼不来美丽的时刻而哀怨彷徨，在《大司命》和《少司命》中就是如此。第三类是男性精灵另寻新欢，女性精灵一往情深、苦恋痴等，百结愁肠难以释怀，这在《河伯》《山鬼》中就是如此。试以《湘君》《湘夫人》为例分析。前者写湘夫人在赴约北渚的路上，远远看见恋人湘君还在水洲吹箫，就佯装作不见，顾自继续前行，而湘君倒是真的没有见到她，仍独自在水洲吹箫，这使湘夫人产生了误解，以为他另有所爱，以致一气之下驾龙舟独自去了北渚，把礼物都扔掉，心里悲悲戚戚地说着：“时不可兮再得！”徘徊一阵子远去了。《湘夫人》写在水洲上吹箫的湘君后来发现湘夫人没理他就去北渚了，感到失望，但依旧怀着美梦随后赶去，甚至幻感到“闻佳人兮召予／将腾驾兮偕逝”，但这时的北渚“嫋嫋兮秋风／洞庭波兮木叶下”，不见了湘夫人，于是“目眇眇兮愁予”的湘君，也赌气把礼物扔掉，心里栖栖惶惶地说着：“时不可兮骤得”，彷徨又无所适从。这一对人因误解而造成时空错位，因时空错位而失约，因失约而加剧痛苦，因加剧痛苦而各自赌气再不相爱，表现得很真切。这种时间、空间的错位，使这些性恋中的精灵在心灵深处出现深沉的宿命悲感——特别像河伯、山鬼，生存于凄迷的氛围中，有浪漫而无欢乐。对于《九歌》蓝本来说，精灵们这种因自我命运无法掌握引起的生命乏力感和聚散无常激化的茫然情调，大概不至于表现得如此强烈，或者说色彩不至于如此凄艳，很大可能是经屈原改写后才这样的——这里有屈原个人身世感慨的渗透。正因为这种宿命的茫然是一个有大智慧的诗人所赐予，以性恋为主的几场“神秘的游戏”倒有某种深意潜存着。

第四是，《九歌》中人鬼向至上神所作的仪式表演没有涉及性恋，而是让一批为国捐躯的英魂来演出一场决死的抗争，乌云蔽日的战场，披甲执戈的战士，弓矢在天空乱飞，战车在阵地直撞，金鼓大作，杀声四起，身首异处，意志之旗犹挺立，血沃大野忠贞之花更开遍……这和娱神的总体情调似乎很不和谐，以致历来楚辞研究中颇有些看法。陆时雍在《楚辞疏》中说过：“《国殇》《礼魂》不属《九歌》，想当年所作不止此，后遂以附歌末。”王闿运在《楚辞释》中也说：“《国殇》旧祀所无。兵兴以来新增之故，不在数。”今人李嘉言在《九歌之来源及其篇数》说得更干脆：“无论从哪一个方面看，《国殇》都不会原来就在《九歌》之内。”《九歌》作为一套乐词，《国殇》到底可不可以从整体中排除出去呢？这要看看它的存在使《九歌》的结构更有机呢还是排除更有机。刘永济在《屈赋通笺》中这样说：“今细玩之，盖节为国战死者之辞，与前九篇赋巫迎神之事不类。”所以他认为《国殇》其实是与《九歌》没有任何关系的屈原另一题诗《招魂》。所谓“不类”，有两种理解：一是“未及祭祀之语意，显非祭祀之歌词也。”〔11〕二是“《九歌》的对象所指都是某个神，只有《国殇》的对象是一般的鬼魂。”〔12〕但也有不同的看法。马茂元对《九歌》“所祭的都是自然界的神，为什么最后要祭到人鬼的国殇”的问题提出自己的见解，认为在“强秦不断的侵袭下，楚国人民为了保卫国家，所付出的牺牲代价是如何惨重”！以致“在民间出现了‘楚虽三户，亡秦必楚’的坚决口号”，这使《九歌》“在祭祀时不但最后列入阵亡将士，而且用极其沉痛的心情，历史地描绘战争实况，以示不忘，而资激发，这是完全可以理解的”〔13〕。汤炳正则从“古人祭祀的功利目的性”出发来谈这个问题，认为功利目的性“不外祈福、报功、避灾兵、远罪戾”，而“这些又往往是互相联系而不可分割的”，“《九歌》中对所祭各种自然神是如此，对《国殇》中所祀人鬼也是如此”。他还引《汉书·郊祀志》：“楚怀王隆祭祀，要鬼神，欲以获福，却秦师。”认为楚国当年的祭祀活动中就有避灾兵的目的性，表现在仪式上就有“借‘强鬼’以‘弭兵’却敌的企图”，因此“独以《国殇》纯为赞悼之词而摈诸《九歌》之外，是完全不符合事实的”[14]。应该说马茂元和汤炳正的这些看法是值得重视的。这种以拒秦来达到弭兵目的的祭祀功利性在产生《九歌》——特别是屈原改写《九歌》的时代，有存在的可能，可惜他们只从社会功利的角度来考虑，而没有进一步去考虑两类仪式表演在精神意义上对立的统一性，或者否定之否定的承继性。那几场以天神、地祇的性恋关系为主的仪式表演显示着祭祀东皇太一的人们向至上神倾诉宿命的茫然与哀怨，但《国殇》的仪式表演却展示了他们的另一种精神面貌，对悲剧人生的宿命性认定作了大胆的反拨。我们不妨这样说，由于两类“神秘的游戏”显示为对立的人类精神——消极地屈从命运和积极地向命运挑战的对立统一，使得表演人鬼的《国殇》完全可以和表现天神、地祇的精灵们统一在一套仪式系统中。

这就是《九歌》第一结构层面的情况。从这些情况中我们无法看出“因彼事神之心以寄吾忠君爱国眷恋不忘之意”，这种“意”只是朱熹等根据屈原的身世和《九歌》文本个别词、情节想当然地比附出来的，而并非从《九歌》祭祀仪式的结构关系中得出。我们认为《九歌》第一结构层面的诗思内涵只能是：屈原时代沅湘流域人民祭祀楚人的上帝，暗示他们生存的困境并祈求万物的创造主赐福，如此而已，任何屈原参与楚国政治斗争的反映是见不到的。当然有人会说《国殇》反映了秦楚之战中楚国士兵誓死不屈的爱国精神，这个判断也是想当然的。《国殇》在第一结构层面上以冥界精灵所作“死亦为鬼雄”的仪式表演，只是这个结构关系中一个意象，同《湘君》——《湘夫人》中地界精灵爱梦难圆的仪式表演是一样的，作为诗歌艺术的一种表现策略，这些意象的作用是暗示祭祀者——抒情主体向至上神表达生存困境和决心向命运挑战的精神，以期强化这种精神的情感色彩。一个具有较高诗艺修养的人都会有运用这种意象抒情的经验，如果硬要把《国殇》纳入社会政治内容，那么其他几首，如《湘君》、《湘夫人》又是指屈原时代哪几项社会政治内容呢？就更搞不清了。当然，也会有人异想天开地来比附的，如戴震在《屈原赋注》里就说："《九歌》，迁于江南所作也。昭诚敬，作《东皇太一》，怀幽思，作《云中君》，盖以况事君精忠也。致怨慕，作《湘君》《湘夫人》，以己之弃于人世，犹巫之致神而神不顾也。正于天，作《大司命》《少司命》，皆言神之正直，而拳拳欲亲之也。怀王入秦不反，而顷襄继世，作《东君》，末言狼、狐，秦之占星也，其辞有报秦之心焉。从河伯水游，作《河伯》，与魑魅为群，作《山鬼》。因战争之不已，作《国殇》。恐常祀之或绝，作《礼魂》。"周勋初对这种"想一一用屈原的'眷顾怀王''怨恶椒兰'去比附"的说法颇不以为然："非但显得扞格难通，而且近于太煞风景了"[15]，是很有见地的。而我们还可以补充一句：这些言论反映了戴震缺乏诗歌意象抒情的诗学常识。

值得指出，《九歌》的祭祀仪式结构，由于处在整个《九歌》多层次的立体结构系统中，而这个立体的结构系统则是动态的存在，因此在第一结构层面转换机制的反应相当灵敏，祭祀者不祀一般的神，而把东皇太一这位万物的创造主请来，其功利目的总不会仅仅想满足一些眼前的生存需要，肯定还会有更带永恒性的、隶属于生命本体所需要的东西祈求满足。祭祀者也知道，东皇太一具有至高无上的权力，能威慑一批由他创造出来的、存在于天地间的天神、地祇、人鬼，去听候他的使唤，因此既可以通过这些精灵来显示他至上神的权力，满足祭祀者生命本体一切之所需，又可以通过精灵们的仪式表演，使至上神于愉悦之余更深入了解由仪式传达出来的某些更深层的祈求，更好地去理解祭祀者对这种祈求能否实现的宿命茫然心情和继续顽强祈求的意态。所有这些，正是《九歌》在第一结构层面上隐藏着的一股超越的潜能。

二、《九歌》的神话原型

《九歌》第一结构层面的超越潜能促使祭祀仪式得以转换，于是出现一种更加开放的第二结构层面——神话原型。

仪式是一种叙述行为，是对人类整体行为的模仿。在这一场模仿活动中势必会产生“意义”的。所谓“意义”，就是弗莱说的“梦”。“梦”是一种在形成思想的过程中意愿和嫌弃的整个交互作用活动，弗莱由此提出：“仪式和梦以语言交际的形式加以结合，便出现了神话。”[16]所以，仪式和神话具有同一化的倾向。神话既给予仪式以意义，又给予梦以叙述；仪式被视为行动的梦，当它以行动向梦作转化中，其形态就成了神话。简·埃伦·哈里森在《忒弥斯女神：希腊宗教社会起源的研究》中曾考察了祭祀仪式和神话的关系。她认为祭祀仪式是一种强烈的情感刺激下所做的事情，是一种集体的行为，大多具体化为舞蹈。而在舞蹈表演过程中，表演者会感到他与群体之间得到了最充分的结合，也感到他作为自然界的一部分已和整个自然界结合在一起，于是也就有把自然物看成具有生命力的信念，作为一种被经验了的情绪出现在祭祀仪式的舞蹈进程中。这种和世界结合为一体的集体情绪不仅在祭祀仪式活动中发现了它的通道，而且也在语言的音调上发现了它的通道，而神话则兼有二者。一个神话也就像陪伴它的祭祀仪式那样，表现的是一种企图去影响自然进程的集体情感与意愿，包括以确保诸如健康、食物、生儿育女等等生活的必需在内。不过，祭祀仪式从心理学上分析属于封闭型，即把参加祭祀者的思想封闭在祭祀仪式的范围之内。神话却是开放型的，它那世界的实际要广阔得多，是对仪式规范的一种超越。《九歌》第一结构层面之所以能转入第二结构层面，正说明其结构机制里隐藏着一股对它作超越的潜能，而这要归功于屈原在对《九歌》蓝本所作的“更定其词”。

为东皇太一作仪式表演的共有五场。《东君》与《云中君》合成一场，《大司命》与《少司命》合成一场，这里四个精灵都是天神，两场都祭天界。《河伯》与《山鬼》合成一场，《湘君》与《湘夫人》合成一场，这里四个精灵都是地祇，两场都祭地界。还有《国殇》单独一场，精灵是一批人鬼，祭冥界。这样一个仪式表演组织系统有什么“梦”渗透着，可以转换为神话呢？

先看天界两组四位天神——东君—云中君与大司命—少司命在仪式表演中向神

话转换的情况。

在《东君》与《云中君》里，东君与云中君是一对配偶神。东君是日神，这没有疑问；云中君根据王逸的意见历来判定为云神。姜亮夫提出不同看法，认为《东君》“在《云中君》前”，[17]与云中君配，亦如大司命配少司命，湘君配湘夫人。由此可以判定“云中君月神也”。这位学者又以本篇文义证云：“曰‘烂昭昭’，曰‘齐光’，曰‘皇皇’，皆与光义相连。云师宜与雷雨相属，不得言光，且既降又突然飙举，此亦与月出没之情态相类。而横四海，即《尚书》所谓‘光被四表’之义，故曰无穷，与云神意象亦不合。且春秋以来，无祀云神者，楚民即特殊，其大齐必不能出入太甚，则与其为云神之无据，不如指为月神之有根矣。”[18]这里以抒情形象的特殊性来证实云中君系月神，是有见地的。日神东君从“暾将出兮东方”时起就驾龙车护送太阳上天。离开大地时，人间为他举行隆重的送行典礼，他心怀感动，恋恋不舍，环顾一阵子，叹一声继续赶路，向世界去传播光明。从朝云纷飞到丽日中天，从丽日中天到金乌西坠，赶完了一个白天的光明路程后，他又穿起“青云衣”“白霓裳”，雄赳赳弯弓搭箭去射下西方的天狼恶星，方才拿北斗酌一瓢桂浆，饮上一口，降下大地。但随即他又紧挽缰绳，继续“杳冥冥兮东行”——周而复始从西方赶向东方，去迎接新一个执行神圣使命的日子来临。再说当东君正向西边的大地降落，准备连夜赶向东边时，月神云中君在自己的宫室里刚浴罢新妆，并驾龙车在云层间飘渺了，无边的清晖皎洁得可与日神齐光。好一片良辰美景使她下得天来情意绵绵寻找东君，但茫茫大地不见人影。又飞回天庭，极目九州，横越四海，但浩浩天宇也难觅踪迹。为播散光明而经年奔波的恋人却没有想到她！她无以寄托相思，只暗自叹息忧伤……这一对配偶神的表演中，特显出男神东君为传送光明天天不辞辛劳的生存状态。而正是这方赢得月神云中君真挚的爱恋和无尽的幽怨。如果说月亮是太阳的反照，那么云中君这种爱与怨也正是东君的精神洁光在她心上强烈的反照。所以，他们的仪式表演，已是对娱神目的的超越，隐含着祭祀者对天地间一种生存状态崇高的评价。再说大司命、少司命这对配偶神。王夫之在《楚辞通释》中就这样认为：“大司命统司人之生死，而少司命则司人子嗣之有无。”仪式开始后，大司命打开天门，命飘风开道，暴雨洒尘，驾云而高唱着。“这广袤多彩的九州大地，／生命的寿夭操在我手里”！向人间祀宫回翔而下。这时，有一个巫女翻越从空桑山赶来，紧跟着这一位正把上帝的威灵导向人间的命运男神，倾听着他继续的歌唱：“变幻莫测的阴阳交替，／谁能够洞悉我一片天机。”如此威灵赫赫，使她对大司命不仅产生了爱慕，还考虑到人都难避免衰老，对这位寿夭神“不亲近”是不行的，所以亲昵倍加。但严肃的大司命却只待了一忽儿又返回天庭了。巫女无可奈何手执桂枝，等他再来，但现实却是“羌愈思兮愁人”。最后，她终于明白了，人命有定，还是珍重现实，任其自然。司子嗣的少司命这时则孤单单来到秋兰蘼芜阶下罗生、绿叶白花满堂芳菲的地方，聆听群巫幕后的合唱：“女孩儿都会有白马王子，／你为何孤单单满腹心事?”听着，听着，引起她对夫君深深的怀念来了。那次也是在这个地方，她和满堂少女挤在一起迎接大司命。他果真来了，在满堂佳人面前，他独独对自己眉目传情，这真叫人有“乐莫乐兮新相知”的感慨！可是他不言不语很快又返回天庭了……这样的淡漠又怎不叫人“悲莫悲兮生别离”。荷衣蕙带匆匆来又匆匆回去了的人儿呀，真不知在云际等待着谁。想到这里她仿佛听到隐隐约约飘来大司命的歌：“我等你，一起去咸池沐浴／我等你，将湿发晾晒阳谷；／可你总不来，你在哪里呢？／心怀着忧伤我临风浩歌!”而群巫在幕后也唱开了：“一手挺长剑一手抚彗星／为维护新生命你忘了爱情……”如此仪式表演，更多了一点爱情纠葛。不过无论《大司命》中女巫对大司命的追恋也好，《少司命》中两位司命神相思互恋也好，都是对他们忠于神圣职守的映衬。司命神的配偶关系和仪式表演作为一个配套形态是有其内在逻辑的：大司命以“一阴兮一阳”交替变幻处理生命寿夭的天机，的确让“众莫知兮余所为”的。他所要坚持的是“人命兮有当”的宇宙生态法则，即使美丽的女巫来“亲近”也铁面无情。在这位司命身上有一点颇令人玩味：他那天机的本质原来是“一阴兮一阳”。人“老冉冉兮既极”是必然的，谁也逃不了那个“夭”，但这不是大司命管生命寿夭的根本目的，他的本意是“一阴”以后必须“一阳”，“一阴兮一阳”的动态终端是“阳”，是新生——这可说是大司命天机的天机。而少司命则是这一场天机的天机的意象化象征存在。可不是吗？大司命之所以“满堂兮美人，／忽独与余以目成”，就是因为看出少司命是维护新生命的，是“一阴”以后“一阳”的捍卫者。而少司命之所以深深爱上大司命，也正是因为他“一阴兮一阳”中那个动态的终端是“阳”——对新生更珍视。这一对命运神配偶在一起的仪式表演，因此超越了娱神的目的，隐含着对天地间又一种生存状态的崇高评价。

根据以上的分析，我们可以说《东君》—《云中君》与《大司命》—《少司命》这两组仪式表演都超越了娱神的功利目的，让“梦”——一种新的更博大的“意义”渗透了，因此变成两组行动的梦，也就是人类对生态无意识感应的象征体现，从而获得了仪式向神话的转换。这诚如奥托·兰克在《英雄诞生的神话》中所认为的，把神话解释为人类的一种原始梦境是正确的，且“从这种人类共同的源泉中可以诱导出一种本质的构成”[19]。这意思是，人们通过这个原始梦境的世界，表现着他们对宇宙、对生命或自然现象的神幻信念和感情。由此我们可以说这两组四位天界精灵的仪式表演向神话的转换，是因为它们表现了原始人对宇宙生态的无意识感应和周而复始状态的神幻信念。据此而言，天界精灵的两组仪式所转换成的神话是一个生态神话。

再看地界两组四位地祇河伯—山鬼与湘君—湘夫人的仪式表演向神话转换的情况。

河伯与山鬼也是一对配偶精灵。河伯是男性黄河之神，这没有疑问。山鬼是女性山神，至于是哪一座山的女神历来看法也不一致。陈子展在《山鬼解》中专门作了一场“山鬼为巫山神女之证”，并下了这样的结论：“以山鬼作为巫山神女来说，愚见认为从杜甫开始……山鬼即巫山神女，直到清初顾成天，今人郭沫若，也都这样说了。郭先生说：‘采三秀兮于山间，于山即巫山。凡《楚辞》兮字，每具有于字作用，如于山非巫山，则于字为累赘’，是郭先生也以山鬼为巫山神女。我愿为他证成其说如上。”[20]这是比较妥帖的见解。河伯在传说中是个处在恋爱纠葛中的精灵。仪式开始时，他和宓妃正乘上荷盖龙驾的水车嬉游黄河，但飘风骤起，横波汹涌；他只得带着他的新宠上昆仑，在山顶极目远眺，心旷神怡，神采飞扬，却不觉已红日西沉，暮色苍茫，使他无所适怀，不自禁思念起黄河上自己的家园来了。于是，他又带着宓妃返回，住进鱼屋龙堂、贝阙珠宫的水晶殿，还与宓妃脚踏鳖背追逐文鱼，但正当嬉游到沙洲边时，流冰又纷涌袭来。河伯无可奈何，只得挽着恋人向东而行，以致后来只得和宓妃在南浦告别。这时，陪伴他的就只有成群的河鱼，滔天的水浪……正当河伯在南浦怅望远去的宓妃，巫山上山鬼却也正在盼惯会甜言蜜语的河伯到来。这个既含睇又宜笑的山林女神，身披薜荔斗篷，腰束着女罗带；手捧鲜花一束，乘赤豹辛夷车，奔走在山间前去迎接恋人河伯，口里还唱着凄艳动人的歌："我住在竹林深处，／终日里见不到蓝天，／原谅我迎候得迟了，／这山路多曲折艰险！"就这样她攀上了巫山之巅，极目远眺：只见云雾翻腾脚下，天幕阴晦一片；一阵阵飘风掠过，一缕缕雨丝轻洒。此情此景，促使她继续唱着："我盼等你的到来，／安心地伴我莫归，／谁能挽得住年华，／不流走青春的美丽！"就这样她边唱边绕过磊磊山岩，挣脱掉蔓蔓葛藤，采巫山三秀芳草，念九河浪中恋人，唱着，唱着，竟忘了归去："你也在想我吧，／会是难抽空赶来！"于是，这个芬芳得像杜若的人儿，荫着松柏，自我感动得让泪水和歌声一起泉水般流淌："你也在想我吧，／总会是真的，不会假的！"唱到这里，雷声隆隆地滚过阴雨的山野，紧接着传来几声清猿的夜啼，使她忍不住又唱开了："遍山的风声飒飒，／漫空的落木萧萧，／盼着你渴望着你，／愁绪在绝望地缥缈"……这一对精灵的仪式表演显出河伯的爱情生活无奈而多变。这首先来自外在世界宿命性的磨难。他和宓妃几次争取欢聚，结果不是让风浪捣乱掉，就是让时序骤变坏了心境，或者让流冰冲散，以致只得"送美人兮南浦"。但从此他难道不再爱了吗？不是的，他的爱情就是会多变，有一种叫人无奈的内驱力还一再促使他去寻觅新欢。山鬼这个形象的存在则成了河伯无奈而多变的爱情生活的一种对比，隐喻着旧爱更替以求新欢乃是一种人生必然；又隐喻着性爱需求是至强大的生存力量。再说湘君与湘夫人，其仪式表演情节在前面已经介绍过，这是一场宿命的误解造成的性恋悲剧。他们配在一起，也成了个奇特的隐喻，喻示着性爱的欲望要想求得完满是曲折艰难的，但作为生命体，又总是非寻求不可的。从这些地方来看，地界这两组四个精灵的祭祀仪式表演也已经超越了单纯的娱神目的，让“人类的一种原始的梦境渗透着”，在无意识的情节表演中有了“意义”的追求，显示出向神话的转换。那么这两组仪式转换成什么神话呢？

河伯是河神，山鬼是山神，他们统领的山脉和河流构成大地的主要方面，或者就说共同构成了大地。湘君和湘夫人呢？他们是水神——是属于湘江流域的水神。水神管辖的是水，而不是某条具体的江河，因此水神不能和河神等同。有人说：“从李冰和水神相斗的故事我们可以看出水神是可以变为牛的。”他还进一步说：“在其他国家的神话里也有相同的例子，当赫居利士（Hercules）和水神亚奇勒士（Achelous）在争娶戴安娜（Deianeirs）时，水神变化成牛。”〔21〕这很有价值。我们晓得：牛以耕作土地为职责，是大地延伸的对象，因此湘君、湘夫人所统领的水域，倒也可以说是构成大地的重要方面。根据这样的见解，我们认为，《河伯》—《山鬼》与《湘君》—《湘夫人》这两组仪式表演所转换成的神话，渗透着人类对大地的原始梦境，是一种大地神话。

值得指出，上述天界精灵的仪式表演因渗透人类对生态的原始梦境所形成的神话，是一种灵性神话。原始人为着生存而改造自然的同时，对一切在他们的眼里属于神秘的宇宙现象精神上只能用人格去同化，因而这些神秘的现象都成为有人格的，即具有灵性意识的。这种灵性意识正是人类特殊的心理活动的投射。诚如普列汉诺夫所说的：“因为人用同自身类比的方法来判断这些现象和力量，在他们看来，世界似乎是有灵性的。现象似乎是那些与他们本身一样的生物，即具有意识、意志、需要、愿望和情欲的生物的活动结果。这些生物就是灵。”〔22〕东君和云中君就是一种以天象为表征的宇宙神秘现象的人格化，而大司命和少司命则是一场以时序更替为表征的生命更替现象的人格化，这四个人格化精灵，就富有形而上的灵性。上述地界精灵由于渗透人类对大地的原始梦境而形成的神话，则是神性神话。这是灵魂观念赋予物性世界的产物。应合氏族社会生产力的发展，原始人已从蒙昧的灵思转向于对赖以生存的支柱——各种与生存攸关的事物看作是生存的圣物，赋予它们以灵魂；扩大开来，也就产生了万物有灵论。河伯与山鬼、湘君与湘夫人所统领的山与水是支持人存在与发展的实体，但是这些不是高级的实体，不是天使，而是低级的实体，它们被人赋予了灵魂，或者说人的灵魂观念借山与水的躯壳人格化了后体现出来。由于人的灵魂观念毕竟是一场神性的幻梦，《九歌》中因此把人世间的性爱在灵魂观念的诱导下引申到大地的阴阳和合，以致有了神性化的大地神话。但灵性的生态神话也好，神性的大地神话也好，灵性意识与灵魂观念的主宰是谁？一般说，当然是某种神秘的宇宙法则，但人是万物之灵，主宰灵思、主宰灵魂又毕竟是人自己的反照，因此对灵性神话与神性神话的超越也必然会出现，这就是人性神话。《九歌》中的《国殇》就是这一种神话。《国殇》的仪式表演前面已经述及，它所渗透的是为捍卫邦国，虽死犹生的原始梦境。而我们晓得，人性神话产生于母系氏族由盛而衰的时代，是部落制度普遍建立起来后逐渐向邦国扩大、完形的时代，所以由这样一个梦境渗透着的《国殇》，仪式表演也就更具有对娱神目的的超越性能，由此转换成的神话则是人性化的英雄神话。这样完整而成熟了的人性神话不是一般民间祭祀者所能创造得出来的，在里面主宰的是理性已经萌芽了的人所特具的精神人格力量。这意味着只有像屈原这样的大智慧者才能创造出来。

《九歌》中三类仪式表演转换成三类神话形态，并不否定它们出于神话本质的同一特征。泰勒在《原始文化》中曾说过：“日常生活经验事实转化并进入到神话中去的，首先和最主要的就是对自然现象灵性（aninnation）的信仰，它的最高点也就是拟人化（personification），心灵的、非偶然性的活动和非臆想的活动在原始心灵状态中是被束缚在一起的，在这里，原始人把世界的每一个细节都看作是生命和欲望的作用。”[23]的确，这三类神话都受制于同一个“生命和欲望的作用”。由于生命和欲望都是依赖于情感的统一性，由此导致的冲动性作用则使《九歌》中的天象、时序、山河、人鬼之间的界限以及种、科、属之间的区别都抹掉了，成了生命意绪交感综合的体现。因此，这三类神话在如下这一点特性上结合在一起了——它们都具有一种开放的、深刻的宇宙论倾向的洞察力。

这使得《九歌》在第二结构层面上进一步使三类神话向原型转换。

前已论及：祭祀仪式不仅是沟通人神之间关系的媒介，也是沟通众人之心的媒介。后一种沟通的前提是部落群体，邦国民族，甚至推及至人类，对特定模式的祭祀仪式都有一种灵魂本能的认同，正是这种灵魂本能以人性冲动的形式所展开的仪式表演，在人类天赋创造力的鼓舞下，激活了原始联想——特别是原始因果联想，把初民对宇宙所作出的天真的沉思和生命观的综合追求以语言手段传达出来，才产生了神话。所以，神话显然成了追溯人类心灵历史规律的手段，它以“集体的”梦、幻觉和想象的反复出现，来揭示人类共同的、普遍一致的深层无意识结构——也就是集体无意识。荣格认为：“人类在很大程度上是负荷着种族本能的集体无意识的生物”，“集体无意识是一种种族本能”[24]。因此，这种以神话具现的集体无意识成了意识的深层结构，而它的存在几乎就是先天的。荣格因此还提出了一个命题：“集体无意识的内容，则是所说的原型。”他还进一步对此阐释：“我们在无意识中发现了那些不是个人后天获得而是经由遗传具有的性质……发现了一些先天的固有的直觉形式，也即知觉与领悟的原型。它们是一切心理过程的必不可少的先天要素。正如一个人的本能迫使他进入一种特定的存在模式一样，原型也迫使知觉与领悟进入某些特定的人类范型。”[25]《九歌》的三类神话也就经由遗传具有的集体无意识在原始联想中的具现，获得了向知觉与领悟的原型转换的独特功能。

就这样，《九歌》中《东君》《云中君》和《大司命》《少司命》中两对配偶神组合成的生态神话有了向原型转换的契机。前者似乎为生命的存在状态展示了这样一个领悟的典型模式：太阳每天黎明时从东方升起到黄昏时在西方落下这一现象让人领悟到天象是一个严守宇宙法则永远更替着的存在。后者从生命总是处在“一阴兮一阳”这个轮转的关系中领悟到寿夭也是一个严守宇宙法则、永远更替着的存在。这两种生态现象，在初民的现实生活中肯定已反复出现无数次，以致化为人类内心经验的积淀物——记忆痕迹，深印在“集体的灵魂”中了。因此，《九歌》中的祭祀者首先以灵性神话的形态向东皇太一作了仪式表演，祈求这位至上神能令下属——天界精灵赐给他们周而复始的生存命运。《东君》中写日神“长太息兮将上，／心低徊兮顾怀”，这是对人间生灵的眷爱，从娱神的角度看是讨好东君，实质呢？是希望这位天界精灵能多关心他们，坚持每夜“杳冥冥兮东行”，护送太阳能一早准时上天。而《云中君》中月神对日神抒发的爱怜情绪："思夫君兮太息，／极劳心兮忡忡"，显然也是人类对日神的赞美，反映着祭祀者对天象周而复始的迫切愿望。《大司命》中这位如此严肃的司命男神，被人间一个女巫追恋，不言而喻反映了祭祀者希望他能永远不离开他们，爱怜他们，至于他那句"一阴兮一阳，／众莫知兮余所为"，诚如朱熹认为的那样，是"言其变化循环，无有穷已也"。"一阴"后是"一阳"，这种"变化循环"，死而复生，也是他们希望这位司命神能坚持的。可不是吗？追恋他的女巫觉悟到"固人命兮有当"，是有个前提的，即希望"愿若今兮无亏"——希望大司命能"保守志行，无损缺也"。至于《少司命》中的司命女神，由于是一位"竦长剑兮拥幼艾／荪独宜兮为民正"的"护生女神"，从某种意义上说，她所"拥"的"幼艾"，正是大司命"一阴兮一阳"中的"阳"，她如此深情地怀念大司命，也正反映了祭祀者一种心情，大司命在"一阴兮一阳"中"一阳"是更要珍视的，不能泯灭。而大司命对少司命的爱被表现为"满堂兮美人，／忽独与余兮目成"，也隐示着人类相信这位司命男神会深爱"拥幼艾"的女神，因为他确实更珍视生命"一阳"的永恒存在。《文选》五臣注说："司命，星名，主知生死，辅天行化，诛恶护善也。"这种"辅天行化"在《大司命》—《少司命》中就显示为死而复生。以上这些属于"集体的灵魂"的本能显示——集体无意识，在这些神话中藉原始联想凝缩成了如下的原型：宇宙生存状态是永远在新陈代谢着的，正因为这样，生命才能生生不息。

由《河伯》—《山鬼》与《湘君》—《湘夫人》中两对地界配偶精灵的活动构成的大地神话，具现的祭祀对象是大地。《九歌》中以表现性恋为终极的就是这四首乐词。祭祀大地要用性恋作仪式表演是什么缘故呢？一方面这是最好的娱神节目，另一方面也是祭祀者向东皇太一作特定祈求最巧妙的暗示手段；祈求至上神能向下属赐与大地阴阳和合、生命调谐，也只有采用河伯与山鬼、湘君与湘夫人之间性恋纠葛的神话，用来秘密象征内中所蕴含的某些精神事物。这两对配偶精灵显然都处在性压抑的苦闷处境中，对这种苦闷寻求发泄的行为实际上是力比多的释放，或叫"生殖冲动"。有人认为性爱控制人的程度远超过人所愿承认的，因此生殖冲动隐藏在显然与性爱无关的许多题目和兴趣里，这是不错的。却也可以有逆向说法：与性爱无关的许多题目和兴趣也隐藏在生殖冲动里。作为生殖冲动的决定性因素——力比多，到弗洛伊德后期曾把它泛化为一种包罗一切的生命本能，他把这种生命本能称之为“厄洛斯”——这个在希腊神话中的自然力创造本原的化身。因此，这四首乐词显然也就成了大地神话中的自然力创造本原在两对精灵的性爱纠葛中隐示性的体现。河伯在这里没有像其他传说中那样丑陋、凶残，以致成了丑化的角色，而是潇洒多情的形象，但他与宓妃的性爱生涯却是不断受挫：“与女游兮九河，／冲风起兮横波”，“与女游兮河之渚，／流澌纷兮将来下”，真是爱得不幸；山鬼如此痴恋已另择新欢的河伯，甚至在“杳冥冥兮羌昼晦，／东风飘兮神灵雨”的情况下，犹“留灵修兮憺忘归”，真是爱得凄苦。马茂元在论及《山鬼》时说：“尽管在神魂迷惘的绝望境地中，支配她生命的力量，仍然是爱情。”[26]这也可以代表河伯。他们所体现的是性压抑的苦闷。湘君、湘夫人的纠葛是“颂男女之痴情，伤夫妻之别离”[27]，但痴恋的心境十分焦灼、迫切，湘夫人去约会，竟然“令沅湘兮无波，／使江水兮安流；／望夫君兮未来，／吹参差兮谁思?”湘君“闻佳人兮召余，／将腾驾兮偕逝”，想入非非着去结帐成欢，但一当失约，便心窍迷乱。这一对情痴竟然都负气耍性子，这是生殖冲动的生动表现。这四个精灵所涉及的性爱仪式，由于凸显出性压抑和生殖冲动导致的兴奋状态，也就引出一个源出于“高层无意识”的“预期潜能”——某种象征性的性爱活动能增强土地的生产力，使土地丰饶。正如梵根拿浦所说：“在初民意识中，交合是一种有高度效能的行为。”[28]也正如《旧约·创世记》第8章第22节所说：“地还存留的时候，稼穑、寒暑、冬夏、昼夜就不停息了。”这使我们能真正把握到“预期潜能”的实际功效：求取地祇对大地丰饶的恩赐。于是，这一对大地神话，转换成了这样一个原型：大地具有增殖的巨大基因，能繁衍生命。

《国殇》转换成什么原型呢？这一首对人与人之间一场最终以“严杀尽兮弃原野”结束的战争作了超常残酷表现的乐词，构成一个极具传奇意味的英雄神话。这可是一个把“生当作人杰，死亦为鬼雄”结合起来显示形象悲壮性的英雄神话。这批为国而殇的英雄活着时在与敌搏斗中显示悲慨壮烈：“旌蔽日兮敌若云／矢交坠兮士争先。”全作既写出了敌强我弱的形势，又表现了战斗激烈中战士们斗志高昂、奋不顾身、冲锋陷阵的雄姿。最令人感动的是他们战死后灵魂犹“终刚强兮不可凌”的精神：“首虽离兮心不惩!”，诚如林云铭在《楚辞灯》中所说的“头虽断而心犹欲进战，不以败死为戒也。”这里有灵魂的实体性表现。“身既死兮神以灵”，是神灵显赫，精神不死，也有灵魂的实体性表现。最后归结于“魂魄毅兮为鬼雄”，把勇武的魂魄奉为鬼雄，又一次把灵魂作了实体性表现。以上种种使我们不能不感到《国殇》的这个英雄神话更强调灵魂的“终刚强”。灵魂有没有？如果有，那该是怎么样的？对这些，荣格进行过一番研究。他在《分析心理学的基本假设》中这样说：“古代的看法是：灵魂本质上是肉体的生命，是生命的气息，或者是一种生命力。这种生命力在知觉到的瞬间，在怀孕时期，在诞生之前，就具有了空间的和肉体的形式，在人停止呼吸之后，又再一次离开正在死去的肉体。灵魂本身就是一种没有广延性的存在，因为它存在于取得肉体形式之前和之后，所以它被认为是没有时间性的，因而也是不朽的。”荣格还从语源学上证实“灵魂”一词的“本来意义”：“它就是运动着的力，也即是生命力。”他又根据肉体包孕于物质的道理，提出灵魂包孕于精神，对原始人的观念中“精神就仿佛是生命的源泉”表示了认同。[29]这些见解使我们对《国殇》这个英雄神话有了进一步的理解。它既强调这批为国而殇的英雄活着时被灵魂依附的肉体生命“终刚强”的一面，更夸张地表现了他战死脱离了肉体后的灵魂生命“终刚强”的一面。由此看来，这个英雄神话要表现的是一个灵肉得到完美结合的英雄群体显示在战斗中的生命强力。这就使它能转换为这样一个原型：生命具有原始强力，是强大的，也是永不衰竭的。

三、《九歌》的意象象征

当《九歌》中的三组神话转为生命新陈代谢、生命繁衍增殖、生命原始强力这三类原型后，这个美丽而神秘的文本又悄悄儿把我们推向了第三结构层面。

原型是集体无意识的凝缩，它在功能上体现出来的外显形式叫原始意象。诚如弗莱所说的，原型就是“典型的、即反复出现的意象”〔30〕。这也就意味着原始意象来源于人类祖先重复了无数次的、同一类型的内心体验——集体无意识深处，因此它也就必然会依赖无意识的想象活动，发挥其幻觉功能，使原型扩展成为“仿佛来自人类史前时代的深渊，又仿佛来自光明与黑暗对照的超人世界”——“一种超越了人类理解力的原始的经验”，于是，出现了如同荣格所说的“一种真正的象征”〔31〕。《九歌》在第三结构层面上，也就有了从神话原型向意象象征的转换。

为此，我们必须对《九歌》中的原始意象进行归类，梳理出一个意象系统，并对其幻觉功能在扩展《九歌》的原型方面作一番考察。

《九歌》有两个意象子系统，即宇宙意象系统和生命意象系统。

先看宇宙意象系统方面的情况。宇宙是天地万物的总称，《淮南子·齐俗训》这样说：“古往今来谓之宙，上下四方谓之宇。”这就是说，宇宙是无始无终的时间和无边无际的空间的统一体。因此，《九歌》中的宇宙意象系统指空间意象与时间意象两个组合体形成的一个子系统而言。

从《九歌》的文本看，有大量的空间意象可以分别归入火、水、土、木、金五大原始意象中。归入于“火”的，除了日神的东君，月神的云中君，还有昭昭暘谷、暾暾扶桑、云旗龙车、煌煌咸池、天弓北斗、云衣霓裳等等。归入于水的，除了水神湘君、湘夫人、河神河伯，还有九河四海、沅湘桂舟、江皋北渚、石濑蛟龙、洞庭木叶、横波水车、涔阳南浦、白蘋汀州、荷衣蕙带、飞龙水车、鳞屋龙堂、贝阙珠宫、白鼋文鱼、流澌横波等。归入于土的，除了巫山神女山鬼，还有冀州远路、平原山河、九疑空桑、赤豹文狸、山石葛藤、孔雀麋鹿等。归入于木的，除多次出现的玉袍秦弓，还有松柏幽篁、薜荔女罗、辛夷杜衡、石兰疏麻、桂枝瑶华、紫茎白花、春兰秋菊、蘼芜杜若、三秀于山等。归入于金的，则有吴戈飞矢、长剑短刀等。值得指出，这里称之为原始意象的火、水、土、木、金，在中国传统哲学术语中叫“五行”，是被看成为构成宇宙万物的五种物质元素。战国时有人已对五行提出“相生相胜”的原理。所谓相生，意味着这五种物质元素的相互促进，即所谓“木生火，火生土，土生金，金生水，水生木”；所谓相胜即相克，意味着它们的互相排斥，即所谓“水胜火，火胜金，金胜木，木胜土，土胜水”，这是具有朴素的唯物论和自发的辩证法因素的。当然，五种元素可以在各种各样相生相胜的组合关系中来产生“百物”，诚如《国语·郑语》中所说的：“先王以土与金、木、水、火杂以成百物。”《九歌》就是以土为中心，与其他四个原始意象作全新的组合的，它们中体现“火”这个原始意象的东君、云中君以及《国殇》中的战神，对“土”是有向心力的，体现“水”这个原始意象的湘君、湘夫人、河伯、山鬼及二司命，也是对“土”有向心力的。

先看“火”这个原始意象：东君即日神，以其宇宙最大光源的拥有者身份，无疑是体现“火”最主要的意象，而这光源又总是以最大之量直接发散到大地上，为“土”所承受的。在《东君》中，日神在暾出东方后即“抚余马兮安驱”——在天上护送太阳，向大地播送光明。后来，又送太阳沉入大地，隐示以岩浆形态把“火”埋入地心。而我们晓得岩浆冷却而成金石，金石风化而成土。在原始思维中也被看成是火生金，金生土。《云中君》里，月神所卫护的是太阳反光的体现者月亮，诗中说她“灵皇皇兮既降，／猋远举兮云中；／览冀州兮有余，／横四海兮焉穷”，意味着她护送月亮上天，要把太阳的反光远播到冀州四海无比广阔的人间大地。值得提出来研讨的是《国殇》中那一批“首虽离兮心不惩”的无头战士所体现的战神意象。如苏雪林在《为〈楚辞·国殇〉新解质疑》一文中所说的：“战神属于火星，号赤帝，即我国所谓苗族领袖蚩尤。”这就使这些为国而殇者成了火德星君的化身，他们“严杀尽兮弃原野”，也就体现为原始意象“火”转向“土”。再看“水”这个原始意象：水神湘君、湘夫人和河神河伯的土地向心力极大，对沅湘一带那块广袤土地的渗透，滋润，以促使万物能更好繁衍增殖，这也显而易见。司命虽是寿夭之神，但旧传云：“大司命之出入，有风雨为先驱。”闻一多因此主张司命就是水神玄冥。前面我们也曾根据郭沫若等的考证，认为山鬼系巫山神女，她那种“旦为朝云，暮为行雨”的能力，和《山鬼》中她独立于湿云相拥、东风飘雨的生存环境很一致，可见山鬼和水有着密切关系。而山鬼的身份原是“I（我）”的体现者，自身又是和“行雨”有密切关系的，那么这一精灵隐示水对土的直接作用也不言而喻。更有一点值得提出，山鬼作为神话形象指的是木客。王夫之《楚辞通释》中这样认为：“山鬼，旧说以为夔，睐阳之类是也。孔子曰：‘木之怪夔罔两’。盖依木以蔽形，或谓之木客。”这就意味着行雨而使万木葱茏，木腐以成土，从山鬼这个原始意象上还可以看出水通过木间接作用于土。综上所述，《九歌》五大原始意象确实显示为以土为核心，火、金和水、木同土作这样那样相生相胜的组合“而成百物”的，从而喻示世界万物的起源和多样性的统一。值得指出，这五个物质元素之间的相生相胜是处在循环状态中的，在《九歌》中，它们化为五个原始意象而相生相胜的组合关系，则构成一个永远循环着的属于宇宙物质存在的空间静态组合体。

《九歌》的时间意象则显示为阴与阳两大对应的原始意象系列。我们上面已多次引用过《大司命》里寿夭神的一句话：“一阴兮一阳，／众莫知兮余所为。”这“一阴兮一阳”可说是贯穿《九歌》始终的，在中国传统哲学中就有一种阴阳学说，它来自日光的向背现象，向日为阳，背日为阴，这被古人引申为气候的寒暖，而古代思想家看到一切现象都有正反两方面，就用这个概念来解释自然界两种对立和相互消长的物质势力。这阴阳可以延伸为土地与天穹，雌性与雄性，黑暗与光明，消极与积极等等。《易传·系辞上》说：“一阴一阳之谓道。”意思是阴阳交替系宇宙万物的根本规律，即《黄帝内经·四气调神大论》中所谓“夫四时阴阳者，万物之根本也”的说法。《老子·四十三章》中说：“万物负阴而抱阳，冲气以为和。”则已把阴阳列入对立统一的范畴，肯定了阴阳的矛盾势力是事物所固有的。但中国传统哲学上，对阴阳并没有中止于对立的统一。《易·系辞上》还提出“生生”之论：“生生之谓易。”王弼注：“阴阳转易以成化生。”孔颖达疏：“生生，不绝之辞，阴阳变转后生次于前生，是万物恒生，谓之易。”这种从阴阳的对立统一发展下去所推出来的“恒生”之理，被后人——如清戴震进一步作了发挥。在戴震看来，“生生者化之原”，物种各自的“生生”，则是“化之流”，因此他认为万物的再生有条规律：“生则有息，息则有生，天地之所以成化也……”这是把万物阴阳不断变转的生息看成生生之“流”的规律，因此阴阳学说进一步具有了否定之否定的思想。

在《九歌》中这种阴与阳的原始意象配置得很是有机。《东君》—《云中君》与《大司命》—《少司命》中天界两组四个精灵配成两对配偶，他们是日月神一对，寿夭神一对。就《东君》—《云中君》这一组而言，日神的东升上天——“长太息兮将上”，正好是月神的西沉下地——“灵皇皇兮既降”，而当日神沉下地——“杳冥冥兮以东行”，月神却上了天——“飙远举兮云中”。日神也好，月神也好，他们各自都东升西沉不断周而复始，相互间又都交替着在同一个时间段上，一个东升而另一个西沉，也不断在周而复始。应该说这里面“负阴而抱阳”的对立统一是个大循环。但《大司命》—《少司命》这一组却不是这样。大司命自身的职权就是“寿夭”的对立统一体，但也有以“夭”否定“寿”的倾向——且不说有人称他是死神——“老冉冉兮既极”就透露了这个信息。少司命却是单“拥幼艾”的生神，在这一组乐词里，是对大司命以“夭”否定“寿”的再否定，即她作为一个原始意象，以新生命的“寿”来否定“夭”，完成了否定之否定。否定之否定是一个不断发展的过程，是属于时间范畴，所以这两组四个精灵的组合关系完成了在大循环中否定之否定的原始意象动态组合秩序。《河伯》—《山鬼》和《湘君》—《湘夫人》中地界两组四个精灵也配成两对配偶，他们是山神—河神一对，男性水神一女性水神一对。就《湘君》—《湘夫人》而言，湘夫人在爱的希望中时，湘君在爱的失望中；湘君在爱的希望中时，湘夫人在爱的失望中，一阴一阳的对立统一是交替循环地存在的。《河伯》—《山鬼》又是另一种情况。在《河伯》中，河伯不愿再和山鬼相恋而去恋宓妃，这是一次否定，而随后是他又送走了宓妃，这对于像河伯这样想不断更新性爱的风流神来说，意味着再一次否定，山鬼、河伯与宓妃之间就这样出现了一场否定之否定的性爱关系。由此看来这两组四个精灵的组合关系也完成了在大循环中否定之否定的原始意象动态组合秩序。《国殇》中那些为国而觞的战神，所显示的是生与死的阴阳意象。这首乐词看似生与死对立的统一，其实不然，它体现为生者死去到死者再生，这样一个在否定之否定中灵魂的超越。《国殇》中有两行是很值得注意的：“出不入兮往不返，／平原忽以路超远。”前一行意味着这些战神的生命在否定之否定中灵魂的超越；而后一行意思是在辽阔渺茫的历史大野上一批为国而战的战士出现了生者肉体生命的死去到死者灵魂生命的再生——这样一条生命升华之路，将会是继续、继续、直到永远。《九歌》天界与地界两个大循环中否定之否定的原始意象动态组合秩序也因此作了一次超越：大循环乃是时间永恒的体现，否定之否定存在于大循环中，则也将获得永恒的存在。由此看来，《九歌》中这样两组对应的原始意象系列构成了一个永远更新着的、属于宇宙物质势力的时间动态组合体。

《九歌》中这样的时空意象组合，使人想起北宋周敦颐在《太极图说》中的一句话："五行一，阴阳也；阴阳一，太极也。"我们无法了解这个见解是否从《九歌》中提纯出来，但有一点倒可以肯定，《九歌》中时空原始意象组合推延出一个宇宙意象系统，是很合于这个见解的。作为五行关系的空间原始意象组合体，在《九歌》的神话原型世界中，也成了五类集体无意识对宇宙众生万物构成的象征感应，而它们多种相生相胜的潜在结合既显示了宇宙空间周而复始的循环格局，又被统一于阴阳关系。这阴阳关系所体现的时间原始意象组合体，在《九歌》的神话原型世界中，也成了两大集体无意识对宇宙根本规律的象征感应，而它们多种对立统一的潜在组合，既显示了宇宙时间否定之否定的更新格局，又被统一于派生万物的本质力量——太极，在《九歌》中也就是推向了东皇太一。

就这样，《九歌》完成了一个宇宙意象系统。

再说生命意象系统。

《九歌》显示为对生命的体验，这生命当然指高级生命，即人的生命而言。人的生命乃是灵与肉的结合。所以考察《九歌》中的生命意象也可分灵性原始意象和肉性原始意象两大组合体。我们在上面已论及《九歌》中包括三类神话：灵性神话、神性神话与人性神话，灵性神话是人类对宇宙现象作灵性交感的产物，包括《东君》《云中君》《大司命》《少司命》。在这几首乐词中能体现灵性生命梦境的原始意象，我们就称之为灵性意象。神性神话是人类对自然物作物性联想的产物，包括《河伯》《山鬼》《湘君》《湘夫人》。在这几首乐词中能体现肉性生命欲望的原始意象，称之为肉性意象。人性神话是人类对自体作灵肉互易的产物，包括《国殇》，在这首乐词中超越了肉体的灵，直升上灵性境界；依附于肉体的魄，沉降在肉性境界。而各自所体现的原始意象，就分别归入灵性意象和肉性意象。因此，《九歌》的生命意象系统可分为灵性意象和肉性意象两大组合体。

灵性意象在《九歌》中也称“能”的意象，因为这些原始意象出之于人类对生命能的幻感。这里的“能”是指生命扩张的潜在可能度，显然属于灵性范畴。那么什么是灵呢？弗莱曾这样说：“……‘灵（spirit）’这个词，它带有‘生命气息’的意思，表达生命的统一原则，赋予人一种与自然共存的能。”〔32〕这句话有几层意思。（1）“灵”是生命的生命——因为生命若没有了气息就是死亡；（2）灵所能赋予的能是人与自然生命都适用的；（3）它使生命扩张的潜在可能度大到足以使人和万物在宇宙生命上统一起来。这样的“能”显然只有天使才拥有。圣经里说过人类世界的“上面”是精灵或天使的世界。《旧约》中特别提到有两类天使：撒拉弗和基路伯，他们分别是爱的天使——红色；知识天使——蓝色。这色彩表明天使来自两重天，上一层天是火热的天体，有太阳和星星；下一层天是蓝天，有云彩和飞鸟〔33〕。人类的宗教幻觉其实都来自共通的集体无意识，因此圣经里这些说法是可以和《九歌》中的灵性原始意象相印证的。在《九歌》中，东君、云中君和大司命、少司命就可以分别归属于爱的天使和知的天使。东君和云中君是爱的天使，他们拥有的是光，是住在火热的那一重天，和太阳、月亮、星星在一起的。《东君》中突出了这位太阳神住的地方那棵“照吾槛兮扶桑”的生命树扶桑。作为一个原始意象，扶桑会是“阴茎图像”的隐喻；云中君住“寿宫”，王逸在《楚辞章句》中注说：“寿宫，供神之处也。”这实在是个等同于西方教堂的神殿。在圣经的《启示录》中，教堂被认同为新娘，所谓“男人是基督，女人是教堂”〔34〕。如果把东君的扶桑和云中君的寿宫联系起来，从象征的意义上看乃是男女之间一种性的连接。上面已提出，东君、云中君是配偶神，是出之于太阳神和月亮神配对的表层看法，或者再加上云中君那句“思夫君兮太息”的话——如同姜亮夫所认为的：“此夫君盖云中君思念东君之词也……此正女思男之词，为千古所习闻。”〔35〕现在我们从原始意象上来考察，不仅可以进一步证实他们的配偶关系，并且还能见出本能中的男女性关系微妙追求的象征。还值得注意："生命之树也是一棵在生命之火中燃烧的树。"[36]东君是太阳神，当然是熊熊燃烧着生命之火的。这火有光和热，烧而不毁，特别是"根据隐喻原则，可以将各类的启示存在都看成是在生命之火中燃烧"。这就不能不使人又想起这位太阳神——一个特别被强调出来的行为："援北斗兮酌桂浆"。这"桂浆"即桂花酒，喝桂花酒确也被东君的生命之火烧出了一个启示。《福音书》里说，圣餐仪式把植物世界的面包和酒与动物世界的身体和血相认同，并把二者都与基督的身体相认同，《约翰福音》里进一步认为酒和血同一体，就是把动物世界和植物世界合为一体，因此我们可以获得一个隐喻：东君的喝"桂浆"能给人以启示，即他和云中君性关系的微妙追求，是人和动植物界都具有的一种生命能；而云中君在天上如此专心地"览冀州兮有余／横四海兮焉穷"，似乎也成了两个博大的原始意象——天和地的交感，因为在世界神话的隐喻体系中"都有一种把天作为男性，而把地作为女性的趋向"[37]。《九歌》的《东君》《云中君》中这些原始意象的组合能证实，这一对爱的天使，是以男女之间性的连接隐喻宇宙间存在的一股强大的生命能。大司命和少司命是知的天使，他们"乘清气""高飞兮安翔"，并且总是"倏而来兮忽而逝"，常常"登九天""抚彗星"，可见他们生活在蓝天中，向万物宣谕"固人命兮有当"的生命存在原理，又以"竦长剑兮拥幼艾"的现身说法来进一步宣谕：生命固然须纳入任其自然的轨道，但作为宇宙的根本法则，则更须"拥幼艾"——倍加维护新生力量。"知"的智慧化使他们具有一种潜能感，这是一种对未来事件的应变能力。大司命执行着"御阴阳"的任务，颇自豪地说："一阴兮一阳／众莫知兮余所为。"可见他为自己这种应变的潜能感到骄傲。这一份"御阴阳"的职责是神秘的，因为实质是"导帝之兮九坑"。这也是个灵性意象，隐示着确实只有知的天使才能"导帝之兮九坑"。"九坑"即九冈，就是九州。王夫之在《楚辞通释》中说："九坑，地也。人之生也，受魂于天，受魄于地。其死也魂升于天，魄降于地，皆司命导之，合万汇而化之速也。"他在此释"坑"为"地"，是可通的。人类的生生不已，新陈代谢，都是上帝造化之功。大司命掌管人类的寿命，则是这种造化之功的具体表现，"导帝之兮九坑"是把生命存在的宇宙法则引导到现实的人生中。所以两司命“以造化生物之神化言之”是出之于“智”的“知”的潜在的宣谕，表现了生气勃勃的创世图景——大自然充溢着旺盛的生命能和无限生机。再说《国殇》中为国而殇的战神。他们“死后灵魂与躯体的分离被认为是一种垂直的分离，灵魂‘上天’，躯体‘入土’。”[38]也就是说他们由于“终刚强兮不可凌”，所以让“身既死兮神以灵”的“灵”上了天，成了圣灵家族中的成员“知的天使”，传授着这么一条“知”：“魂魄毅兮为鬼雄！”天地间浩然正气凝结的灵性生命就具有一种无可匹敌的、极其强大的生命能。

所以灵性意象组合体在《九歌》中感发出了一股强大的生命能。

肉性意象在《九歌》中也可称“力”的意象，因为这些原始意象出之于人类对生命力的幻感。这里的“力”指生命扩张的显在现实度，属于肉性范畴。那么什么是“肉”呢？就是有呼吸的、生存机能在运转着的躯体，或者自然的人。躯体来自自然，停止了呼吸，就得回归自然，而把“肉”作为载体的“灵”，因此也就要回归到超验世界去。根据基督教的宗教意识，生育创造使亚当和夏娃背叛了上帝创造世界的神圣意志，并渐渐把上帝创世看作是对人制造物体的一种投射，使上帝有彻底贬值的危险，于是基督教提出了一个双层自然观。上层自然是《创世记》中“伟大”的神的杰作，下层自然是亚当在犯了禁规之后被上帝流放去的那个“堕落世界”。人是在下层自然中诞生的，他生活的根本任务就是发展自己，进入上层自然。基督教可以这样来设计创世的故事，但实际那批生活在下层自然中的人争取发展自己时的具体做法并没有提出来，于是就有了肉性生命的追求究竟是什么的问题。《九歌》在属于神性神话的那四首乐词《河伯》《山鬼》《湘君》《湘夫人》以及属于人性神话的《国殇》中采用的一些肉性原始意象组合体倒是回答了这个问题的。四首乐词有一个基本意象——水。与水联系在一起的几个地祇以及他们在水域环境中的性爱活动，都不能不使人思考水这个原始意象究竟隐示着什么。荣格说过：“水是对无意识的最普遍的象征”，“从心理学的角度来说，水是变成了无意识的精神”，他还提到一个梦：在一个湖的深水处有一条娃娃鱼，竟把一个渔夫诱走……为此，他曾作分析：“这娃娃鱼是一种神奇女性的更本能化的变形”，“今天被称为‘性幻想'。"[39]威尔赖特在《原型性的象征》中也认为："水既是洁净的媒介，又是生命的维持者，因而水既象征着纯净，又象征着新生命。"[40]把他们的意见结合起来看，水这个原始意象的象征意蕴当显示出这样几层递进关系：水是无意识的、属于本能的象征——水也是来自本能世界性幻想的策源地——因此水象征着新生命诞生——也使水隐喻着生命具有繁衍的力。综合起来看，水的象征义是和性有密切关系的，它通过性本能的激发充分展示生命力。但如何激发性本能呢？《九歌》中《湘君》《湘夫人》乃通过两位湘水之神爱情宿命悲剧所激起的性压抑来激发。湘夫人由于"望夫君兮未来""横流涕兮潺湲／隐思君兮陫侧"，而湘君由于"帝子降兮北渚"，却不能相会而"目眇眇兮愁予"，以致感到周围世界也全变得一片凄凉："嫋嫋兮秋风，／洞庭波兮木叶下。"结果是一个发出"时不可兮再得"的哀歌，另一个发出"时不可兮骤得"的长吟——永恒的太息。而我们晓得"永恒是精神上的"[41]，这意味着这一对坠入情网的精灵，因为性压抑而精神上受到了无法消除的伤痛。这伤痛不能持久需要转换。本能强力正常的精神转换，必然导致某种与无意识内容相关的形式获得恢复，即外象化。当然，由性压抑引起的外象化，是自发产生的；体现在湘君、湘夫人身上，有三种表现。这里以湘君作例。(1)"捐余袂兮江中，／遗余褋兮澧浦"——把赠给情人的东西统统丢掉；(2)"搴汀洲兮杜若，／将以遗兮远者"——准备觅新欢另求出路；(3)"时不可兮骤得，／聊逍遥兮容与！"——及时行乐。要耍性子无伤大雅，从此潦倒并不足取，值得肯定的是另求出路觅新欢。河伯与山鬼之间的关系这方面是有所体现的。不错，山鬼是个具有永恒幽怨意义的原始意象：在"雷填填兮雨冥冥，／猨啾啾兮狖夜鸣，／风飒飒兮木萧萧"的情景下，她明知道"思公子兮徒离忧"——绝望早统治心灵了，但仍然"留灵修兮憺忘归"。精神是执着得令人感动的。但这个原始意象在生命意象序列上，有铺垫的意义，凸显出来的是在河伯转换性压抑采取的全新外象化表现，即赋予这个风流河神敢爱也敢丢。他丢掉了山鬼而另求宓妃，可以有不同的价值判断，但有一点可以肯定，他不愿再接受山鬼的恋情而另求新欢，是让本能在生殖冲动中更新，比湘君坚决。可以设想，当他在南浦送走了宓妃，又有了性压抑后，他还有可能再求新欢的。他和宓妃相约共度爱情生活，一次受挫即另觅新地，再次受挫又另觅新地，没有屈服，如前所论，这是力比多旺盛的表现，是冲破性压抑而在本能中激发生命力的强烈体现。在《圣经》神话中，亚当、夏娃冲决性压抑、被逐出伊甸园后，就以生育创世来体现他们的生命创造力，因此被后人誉之为“创世时的起始之光”。但上帝不容他们，因此屡屡给他们的后代带来毁灭性灾难。可是这凶险的“主的日子”并没有吓倒他们，诚如弗莱所说的：“‘主的日子’到来的意象经常表现为一种灾难：‘日头要变为黑暗，月亮要变为血。’‘主的日子’过后，给被解放的幸存者带来光明的光，来自生命之火。这既不是太阳，也不是月亮，而是创世时的起始之光。”〔42〕用我们的话说，就是靠本能中性压抑激发出来的力比多强力，从而给人们激情的冲动。荣格说：“那些从前把人类从一种激情驱向另一种激情的冲动，那些对古代的人们来说无异灾星之犯的激情（我们心理学家则称之为力比多强力），都能移用来作为社会的维系了。”〔43〕于是，力比多强力要寻求一个超越性爱的偶像：“上帝”。这个作为进一步转换性压抑的对象因此被赋予神圣的色彩，使生命能把重压在灵魂上的情绪转卸到“上帝”这个心理意象上。因此《九歌》中《国殇》出现了。这是力比多强力转换对象的结果，这批怀着神圣使命为国捐躯的战神是从湘君、湘夫人、河伯、山鬼性压抑本能幻化出来的心理意象或“上帝”，他们“旌蔽日兮敌若云，/矢交坠兮士争先”的抗争，甚至落到“严杀尽兮弃原野”，都是力比多强力对“上帝”的发泄。于是，这力比多强力也就净化为生命力。这些为国而殇者的生命力极度的发散，证实着荣格的某种估计：“爱被证明为主要是命运的力量，不管它把自己表现为最低下的情欲还是最为精神化的感情。它是人性最强恒的动力之一。如果它被认为是‘神圣的’，它有绝对的理由接受这‘神圣’的名头，因为精神中最为强劲的力量总是被描述成上帝的。”〔44〕也就是这样，力比多强力终于转换成推动创造的生命力，以完成生命在更高层次上的创造。弗莱说对了：“‘伟大的’创造是人类向往的生活之所，因而成为尤其能体现人类本质的圣地。”〔45〕

这就是《九歌》中肉性意象组合体对生命力的象征。

通过这样的梳理、归纳和分析，我们可以为《九歌》的生命意象概括出一个系统来了：东皇太一作为万汇的创造主，他赐给众生以生命的能，使他们生命的扩张具有潜在的可能度，又赐给众生以生命的力，使他们生命的扩张具有显在的现实度，并且又在送神曲《礼魂》中对众生作临别宣谕："春兰兮秋菊／长无绝兮终古！"

其实何尝有创造主赐与什么或宣谕什么，这只不过是我们的先民要想在伟大庄严的宇宙中，在永远周而复始、新陈代谢的宇宙更新大循环中扩展自己的生命。如何扩展呢？要有能，要有力，去战天斗地，去创造。

由此说来，《九歌》是众生祈求至上神能赐给他们这样一个宇宙：永远在否定之否定中不断更新的动态宇宙。能满足他们这样的欲望：永远在生命能的积聚和生命力的发散中扩张创造欲望。

因此，《九歌》是来自民间的一支祈求生命创造的颂歌，是深深打着屈原艺术独创性印记的一个神奇的原型象征组诗。

注释：

〔1〕郑坦：《屈赋甄微》，台湾商务印书馆1976年版，第254页。

〔2〕雷庆翼：《楚辞正解》，学林出版社1996年3月版，第306页。

〔3〕台静农：《读骚析疑》，《东灵文史学报》1977年第2号。

〔4〕《楚辞选》，人民文学出版社1980年版，第60页。

〔5〕《楚辞选》，人民文学出版社1980年版，第65—66页。

〔6〕转引自朱狄著《原始文化研究》，三联书店1988年版，第541页。

〔7〕李嘉言：《九歌之来源及其篇数》，《国文月刊》第58期，1947年8月出版。

〔8〕叶舒宪选编：《神话—原型批评》，陕西师大出版社1987年版，第70—71页。

〔9〕叶舒宪选编：《神话—原型批评》，陕西师大出版社1987年版，第74页。

〔10〕《九歌新考》，上海古籍出版社1986年版，第146页。

〔11〕郑坦：《屈赋甄微》，第317页。

〔12〕胡子明：《楚辞研究》，华联出版社1976年版，第50页。

〔13〕《楚辞选》第113—114页。

〔14〕《楚辞类稿》，巴蜀书社 1988 年版，第 266—267 页。

〔15〕《九歌新考》第 5 页。

〔16〕《作为原型的象征》，见叶舒宪选编：《神话—原型批评》，陕西师范大学出版社 1987 年版，第 161 页。

〔17〕“今本《东君》一篇，在《少司命》之后，恐非原旧本，疑本在《云中君》前。”《楚辞通故》第三辑，第 859 页。

〔18〕《楚辞通故》第三辑，第 866 页。

〔19〕引见朱狄：《原始文化研究》第 697 页。

〔20〕《楚辞直解》，江苏古籍出版社 1988 年版，第 497—498 页。

〔21〕陈炳良：《神话·礼仪·文学》，台湾联经出版事业公司 1986 年增订版，第 210 页。

〔22〕《普列汉诺夫哲学著作选集》第 3 卷，人民出版社 1962 年版，第 61 页。

〔23〕转引自朱狄《原始文化研究》，第 685 页。

〔24〕转引自朱狄《原始文化研究》，第 701 页。

〔25〕荣格：《心理学与文学》，冯川、苏克译，三联书店 1987 年版，第 5 页。

〔26〕《楚辞选》第 110 页。

〔27〕姜亮夫：《楚辞学论文集》，上海古籍出版社 1984 年版，第 303 页。

〔28〕陈炳良：《神话·礼仪·文学》，第 185 页。

〔29〕见荣格：《心理学与文学》，第 37—39 页。

〔30〕转引自《弗莱研究：中国与西方》，中国社会科学出版社 1996 年版，第 156 页。

〔31〕荣格：《心理学与文学》，第 14 页。

〔32〕弗莱：《伟大的代码——圣经与文学》，北京大学出版社 1998 年版，第 38 页。

〔33〕参见弗莱：《伟大的代码——圣经与文学》，第 200 页。

〔34〕《克雷芒二世书》，转引自《伟大的代码——圣经与文学》，第 201 页。

〔35〕《楚辞通故》第二辑，第 835 页。

〔36〕《伟大的代码——圣经与文学》，第 210 页。

〔37〕参考《伟大的代码——圣经与文学》，第 203 页。

〔38〕《伟大的代码——圣经与文学》，第 38 页。

〔39〕荣格：《心理学与文学》，第 95 页。

〔40〕叶舒宪选编：《神话——原型批评》，第 228 页。

〔41〕弗莱：《伟大的代码——圣经与文学》，第 165 页。

〔42〕《伟大的代码——圣经与文学》，第 149 页。

〔43〕《心理学与文学》，第 210 页。

〔44〕《心理学与文学》，第 208 页。

〔45〕《伟大的代码——圣经与文学》，第 168 页。

论《春江花月夜》的原型象征世界

张若虚的《春江花月夜》千百年来一直为人所传诵，闻一多甚至称它是“诗中的诗，顶峰上的顶峰”[1]。能获得这么高的评价，当然有其神奇的艺术魅力在起作用。的确，也曾有人说过：“张若虚有春江花月夜，得此五字散入诗中，回环吟诵，有一种说不出的妙处。一加诠释，便失神味。”[2]这意思就是：这首诗大有妙趣，但说不出；大有神味，却难品赏。

不过，历代诗评家对它作品评鉴赏的，倒也颇不乏人。值得注意的是评赏中有一个情况几乎是一致的，即把注意力总是集中在这首诗的如下一些句子中：“江畔何人初见月？江月何年初照人？”“人生代代无穷已，江月年年只相似”。正是在这些句子中，大家发现了《春江花月夜》的情思的宇宙性。这确实是有见地的，因为它们具有关键意义，能把全诗上半部分四个音群的十六行诗所抒发的宇宙情思带动出来。不过，当他们继续分析“白云一片去悠悠，青枫浦上不胜愁”以后到结束处那五个音群二十行诗时，却总说成是思妇和游子在“隔千里兮共明月”——作相思的双向交流。要是真这样的话，岂不是说这首诗前有神味，后归人味，是宇宙抒情和世俗抒情的无机组合？要是艺术构思上真存在着这样的脱节现象，还配称“诗中的诗，顶峰上的顶峰”吗？

看来，满足于字面上的品评鉴赏，是会弄得妙处难说，神味难品的。

那么，是否可以挖掘一下诗中几个原型系列，解析一下它们的组合关系，再深入到这些系列所构建的象征世界里去，作一番另择新径的探索呢？

本文就企图这样做。当然，要这样做就得先弄清什么叫原型。

原型这个概念是荣格提出来的。他认为，从初民起人类亿万次地接受的心理经验，是作为历史长期投影在“种族记忆”中并沉淀在每个人无意识深处的，这结果就造成了一种集体无意识。这种集体无意识只能从一些迹象上去推测它的存在，如图腾、神话、祭祀仪式、习俗观念、不可理喻的梦等。鉴于这些迹象原是人类“同一种经验的无数过程的凝结”，因此也就化为“一种记忆的蕴藏”，定格为具有审美象征作用的、领悟的心理模式。这就叫做原型。[3]根据这些荣格的看法，我们倒是可以从不同性能的“迹象”中把不同类型的领悟心理模式细分出如下几个原型系列的，即原型结构系列、原型意象系列和原型主题系列。值得指出，大多文学作品总难以上升到原型象征的创作境界，但《春江花月夜》不在此列。它既不是一般所谓的现实主义之作，也不是通常意义的浪漫主义之作，而是以结构隐示的东方神秘感、意象象征的种族记忆性和主题启示的宇宙哲理意味所导致的“诗中的诗”，内中蕴藏着的是一个无比深邃的原型象征世界。

一

《春江花月夜》是一首抒情长诗。由于它四行一转韵，因此也就形成了四行一音群这样一种类似分段的格式。如此计算，共九个音群（或九段）三十六行。全诗并不分章节，但张若虚很讲究形式美，因此，他根据诗情进展的层次，竟把全诗结构得富有图案式的对称和谐。我们可以把它划分成如下的章节：

第一章

一　春江潮水连海平，海上明月共潮生。

滟滟随波千万里，何处春江无月明。

江流宛转绕芳甸，月照花林皆似霰。
空里流霜不觉飞，汀上白沙看不见。

二 江天一色无纤尘，皎皎空中孤月轮。
江畔何人初见月？江月何年初照人？

人生代代无穷已，江月年年只相似。
不知江月待何人？但见长江送流水。

第二章

白云一片去悠悠，青枫浦上不胜愁。
谁家今夜扁舟子？何处相思明月楼？

第三章

一 可怜楼上月徘徊，应照离人妆镜台。
玉户帘中卷不去，捣衣砧上拂还来。

此时相望不相闻，愿逐月华流照君。
鸿雁长飞光不度，鱼龙潜跃水成文！

二 昨夜闲潭梦落花，可怜春半不还家。
江水流春去欲尽，江潭落月复西斜。

斜月沉沉藏海雾，碣石潇湘无限路。
不知乘月几人归？落月摇情满江树……

这样的章节结构实在是个示意性的图案式样。

先看第一章的两节四个音群，写“春”“江”“花”“月”“夜”这些大自然瑰丽景色为标志的宇宙境界和由此诱发出来的一片思古幽情。其中第一节两个音群写大海、春潮、茫茫的月光、滟滟的大江，以及月光中芳甸流霜、花林似霰的一片莹彻境界，十分细腻地呈示了一个无边的空间。第二节两个音群写明月多情临长江、江天交融成一色时，追思“江畔何人初见月，江月何年初照人”的问题，明月中天空待人、长江无语送逝水里，慨叹“人生代代无穷已，江月年年只相似”的历史，十分动人地呈示了一场无尽的时间。无边的空间是“宇”，无尽的时间是“宙”，所以这两节意示着宇宙一体。再看第三章。它和第一章的结构完全对称，也是两节四个音群，表现的是异空间同时间中的一男一女，望月而相思绵绵。其中第一节两个音群写空闺思妇，在明月踏波穿帘、照临床帏时分，设想到她所眷恋者也许正和自己在“隔千里兮共明月”，于是产生了一层愿已身融入月光而去“流照君瘀”的幻想。但在波影缭乱，月光难度中，幻想只能是破碎的。这一意象群所显示的是一个女性的相思愁绪。第二节两个音群写暮舟游子在春残梦断、月沉海雾时分，思及佳节年华易逝、故土家园难返，于是产生了乘月而归的幻想。但月已沉落、唯雾水孤舟、怅恨无尽而已。这一意象群显示的是一个男性的怀乡哀感。值得指出，至此为止，我们并没有充分证据可以肯定这一章是人类中一对相恋的男女在望月而作相思，空闺思妇眷恋的那位“君”，客舟游子欲归的那个“家”，都是指向不明的。能使我们可以较踏实地思考的只有这样：女性是代表阴，男性是代表阳，这两节意示阴阳和合。现在再来看第二章。它只有一个音群，共四行，却具有特殊的功能，是对第一章总结性的“继往”，也是对第二章提示式的“开来”。具体而言，前两行写青枫浦上飘走的白云，激发出一种时间茫茫、空间渺渺的宇宙感受，这是对第一章的“继往”；后两行写扁舟江上的游子和明月楼头的思妇对此浩浩天宇、悠悠岁月勾起此身隶属谁家、应归何处的生命感怀，而以一对男女的相克相生来显示阴阳和合，这是对第三章的“开来”。

现在我们可以为《春江花月夜》梳理出一个结构脉络。第一章写宇宙本体，其中第一节是空间范畴的“宇”，第二节是时间范畴的“宙”，完成一个宇宙本体一统的审美指向，第三章写生命本原，其中第一节是女性表征的“阴”，第二节是男性表征的“阳”，完成一个生命本原一体的审美指向。第二章则是第一、第三章结合的缩微。若把上述的意示结构来图示一下，那就可以画出如下这个图形：

这样一个图案式样的意示结构示意图是凭什么得出来的呢？

上面已谈到，这首诗的第一章涉及的是宇宙本体，即我们古人设想为“六合”的形体结构，庄子《齐物论》成玄英疏就说过：“六合，天下四方。”也就是说宇宙是上、下、左、右、前、后组合的一个立体方形，但作为平面的象征性描述，我们可以用四方形作宇宙的示意图。第三章涉及的是生命本原。我们古人认为生命本原为阴阳和合。作为中国式的阴阳和合示意图是古已有之的，即以黑白两个半月形图案拼合成的一个圆。由于生命存在于宇宙中，所以我们把阴阳和合的圆形示意图套在宇宙的方形示意图中。这样一个复合示意图意味着这首诗的第三章是在第一章的规范中的。至于第二章，我们上面已说过是宇宙本体与生命本原合体的缩微。因此，我们把第二章的缩微示意图置于宇宙本体与生命本原的大合体示意图中。《春江花月夜》的意示结构示意图就是这样得出来的。

值得指出，这么一个意示结构示意图，由于具有层次往的方套圆这么一种图案特征，使它成为荣格所谓的“曼荼罗式样”的原型结构。

本来，阴阳图形早就定型为颇带点神秘意味的原型。作为中国古代思想家认识宇宙的智慧结晶，阴阳被他们用来解释自然界两种对立和相互消长的物质势力，《老子》四十二章云：“万物负阴而抱阳。”就肯定阴阳的矛盾势力是宇宙中的自然万物所固有的。而《易传》所谓的“一阴一阳之谓道”就是把阴阳交替看作宇宙本体中物质生命运行的根本规律。而战国末期的邹衍等人则进一步把阴阳变为天人感应式结合的神秘观念。他们以两对黑白半月形拼合的圆圈作为能通向天人感应的生命原初形式的和合整体。而这首诗的意示结构又把这阴阳示意图套在宇宙示意图中，以围绕统一中心的圆和正方形的基本形式显示的图案式结构，则把这个结构原型以类似于曼荼罗这种佛教与印度教密宗所用的象征性图形表现出来。曼荼罗式样图示出来的基本上是宇宙的表象，是诸神聚会的圣地和宇宙力量的聚焦点。作为宇宙生命本原中阴阳和合的“人”在精神上“进入”曼荼罗并向其中心前进，象征着天人感应的神秘功能作用下经历宇宙的分解与复合。[4]而从另一个角度看，《春江花月夜》这样一个结构体，也正是以曼荼罗式样隐示出了它的象征世界来自于东方神秘文化中结构的原型。这样一个结构原型体现当是张若虚渴望宇宙物质存在的本体一统化与生命转化的本原一体化。

作为《春江花月夜》一个独特的原型系列，曼荼罗式样的意示结构所完成的只是该诗原型象征世界的外建筑，而它还有一个内建筑。这就需要我们进一步对《春江花月夜》的原型意象系列作一番考察。

二

诗是意象抒情的艺术。诗的意象由于来自感觉的具体化，因此它的功能大多止于兴发感动。有一种定位化的意象，是集体无意识的产物，即它们是集体无意识的依附物，除了有一般的兴发感动的功能以外，还能激发出更多形而上的东西——深邃的象征意蕴。这些象征定位的意象就叫原型意象。值得指出，原型意象是初民对花草禽鱼的通灵幻思、天象节候的神秘感应、神话传说的图腾崇拜等原始意识作为长期文化积淀的结果，而不是随便就可以象征定位的。譬如在屈原那个时代，像兰草等已带有某种形而上性质，但《九歌》这样特具神话色彩的作品中却几乎没有一草一木真正能显示神灵化的植物崇拜——或者说对花草树木作象征定位的。如《山鬼》一诗，出现的草木达十种之多，但没有一种草木已成了宗教神秘色彩的原型。而只是山鬼身体或居所的装饰品而已。但到唐以后就不同了。也许是世界性初民的文化积淀到这时已潜在地使审美意识相通起来，以一种默契的态度使集体无意识的意蕴埋入某些天象、节候，神话传说、花草禽鱼等具体物种中，从而形成一批可作为象征定位的原型了。《春江花月夜》一诗就有一组经象征定位、上了原型层次的意象。现在我们且把这首诗每一个抒情点的原型意象找出来，并根据全诗陈情的自然过程，列这么一个《春江花月夜》原型意象的能指活动示意表：

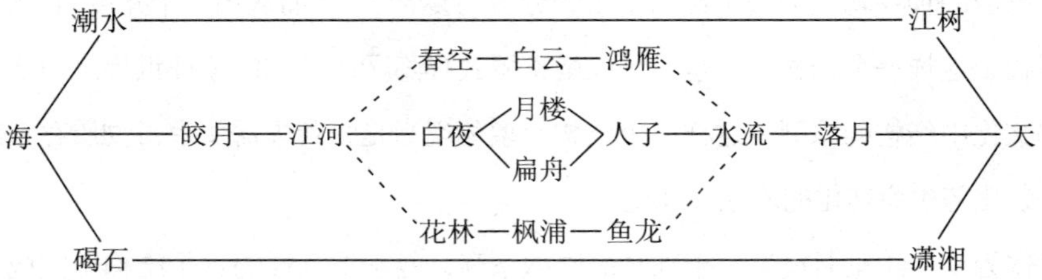

这个示意表说明一些什么问题呢？让我们解释一下。

这首诗开头两句“春江潮水连海平，海上明月共潮生”有几个关键词。“春”“江”“潮”“海”“月”，其中“海”“月”“江”是原型化了的意象。“海”作为一个原型是象征永恒的生灵之母，“月”是与诞生、繁衍联系在一起的生命本原，而“江”则象征生命周期的过渡阶段。再看诗的最后几句“江水流春去欲尽，江潭落月复西斜。斜月沉沉藏海雾，碣石潇湘无限路。不知乘月几人归？落月摇情满江树”。这里的几个关键词是“水流”“落月”“海雾”“碣石”“潇湘”“江树”，其中的“水流”“落月”是原型意象。还有没有其他原型意象藏着呢？我认为有的，就是“乘月几人归”的对象——“家”，但这里的“家”是隐藏着的。这样一来，这首诗后面也有三个原型意象：“水”“月”“家”。共中“水”是“生一死一复活”这样一个天地万物创造之奥秘的象征；“月”已如上述；“家”则是生命之皈依——宇宙永恒之乡的象征。由此看来，《春江花月夜》一场江月运行、生命幻思，开头有三个原型意象，结束处也有三个原型意象。

我们晓得，诗歌中意象的审美功能有两个层次。一个是兴发感动的功能层次，另一个是由兴发感动升华为象征的功能层次。原型意象就属于象征功能层次，而多数非原型化的意象则只停留在感发功能层次上。上述前后各三个原型意象之间是一组感发功能型的意象。讲清这些后，我们再来把全诗的诗境幻转脉络和上面那个原型意象能指活动示意表结合起来作一解析。全诗的意象活动过程是从“海”出发的。“海”派生出三个意象流动的起点：“皎月”“潮水”“碣石”。张若虚说“海上明月共潮生”，稍后的张九龄也说过“海上生明月”，为什么他们总说明月诞生于海呢？这里就有个集体无意识在起作用，即海由于象征着一切生灵之母，因此它俨然是一个宇宙的缩影。这使我们能够这样认为：示意表中“海”以后的一切物质生命都是从海里来的，其中也包括“潮水”及存在于渤海边的“碣石”。因此全诗从“海”分出三个流动起点后，也就出现了三条意象流动线，第一条是“皎月”发展下去的，第二条是“潮水”发展下去的，第三条是“碣石”发展下去的。

下面我们分别解析。

“海—皎月—江河”的原型意象组合，具体地显示在全诗最前面四行中，意味着“海”作为物质生命策源地的宇宙本体的缩微，通过具有母性生命本原的“明月”，诞生并繁衍了万千生灵，又通过具有生命周期过渡阶段物质的“江河”，带着“皎月”，在一片透明的夜色里幻现物质辽阔的存在形态与精神悠远的生存感应。也即是，从第五行起就展开了一场“海—皎月—江河”原型意象组合体系的能指活动。这场活动又可分三条意象组合链各自环环相扣地运行。示意表上端那条“春空—白云—鸿雁”意象组合链所显示的是由“皎皎空中孤月轮”激发出来的那种对“江畔何人初见月”的悠远时间神会，是由“白云一片去悠悠”激发出来的那种对“鸿雁长飞光不度”的广漠空间感应。它们全归属于“天”范畴的意象组合活动。再看示意表下端“花林—枫浦—鱼龙”意象链所显示的，则是由“月照花林皆似霰”激发出来的对“江月何年初照人”的茫然幻思情怀；是由“青枫浦上不胜愁”激发出来的对“鱼龙潜跃水成文”的怅然生存意识。它们全归属于“地”范畴的意象组合活动。再看示意表中端线上那条“白夜〈自楼/扁舟〉人子”意象组合链，它所显示的是月楼上望月而作“此时相望不相闻”、“愿逐月华流照君”的春闺相思情，扁舟中望月而生“江潭落月复西斜”、“可怜春半不还家”的浪子飘零感。一对男女以阴阳和合之意组合成一体，显示为“人子”。于是，在这条意象组合链上表现出一场归属于“人”范畴的意象组合活动。因此这三条意象组合链综合性能指活动的结果，乃成了“天、地、人”在富有灵性的相思愁怀中完成的一场欲消融于宇宙生存境界的精神感应。值得指出，“天、地、人”之间的关系在中国哲学中讲得不少。董仲舒在《春秋繁露·天副人数》第五十六中说：“天合上，地合下，人气在其间”，“天地之精所以生物者，莫贵于人，人受命于天地”。意思是说，在“天、地、人”的关系中，“人”是核心。结合上面所论，我们可以说“人子”之思正是“受命于天地”的一场欲消融于宇宙生存境界的核心精神感应。《庄子·大宗师》郭象注云：“天者，自然之谓也”，“知天之所为者，皆自然也”。这个“自然”，就是陶渊明所谓的“纵浪大化中”的“大化”，宇宙规律。阮籍在《达生论》中云：“人生天地之中，作自然之形。”既然是“天者，自然之谓也”，那么，生于天地之间的“人”作“自然之形”，也就意味着人的生存形态必须是宇宙规律的体现。所以，上述三条意象组合链中属于“天”范畴的第一条和属于“地”范畴的第三条，实质上是对属于“人”范畴的第二条作包孕之势，来烘托、导引“人子”必须也必然要“纵浪大化”——融入宇宙本体，使自身属于宇宙本原。张若虚显然想以“海—皎月—江河”派生的三条意象组合链在能指化活动中把自己欲求天人感应的神秘运思透露出来吧！但他在这样做时毕竟还是茫然无所适从的。“鸿雁长飞光不度”，“鱼龙潜跃水成文”——可不！鱼雁作为信使尚难达于天，何况人子！于是张若虚只有求助于幻想了。他把这三条意象组合链扭结在一起，通向全诗的最后六行："江水流春去欲尽，江潭落月复西斜。斜月沉沉藏海雾，碣石潇湘无限路。不知乘月几人归，落月摇情满江树"。如前所述，这些诗行又构成一个原型组合体："水流—落月—家"，而上述三条扭结在一起的意象组合链，就挂在它们身上，显示出以"受命于天地"而作自然之形（即顺宇宙规律）的"人子"，终于顺着江水流春、落月西斜而乘月归家——这么一段诗情境界的幻转。"水流"象征着天地万物"生—死—复活"不断循环的创造之奥秘，"人子"顺着生而死，死而再生；存在而消失、消失而再存在；创造而毁灭、毁灭而再造等等宇宙物质生命周期性动态存在律，归向"落月"。值得提醒：作为原型的"月"在象征性的生命本原进行"诞生—生长—繁衍"后，因"落"而终于告一段落，等待着再一次让"流水"原型来导向万物创造的新开始。乘月而归"家"。

这个"家"，诗篇中虽没有点出，却可以推想出来。但"家"作为一个意象潜藏体，在《春江花月夜》中是否能幻转出另一个富于意象象征意味的原型呢？这就要谈到由"海"派生出来的另两条意象流动线："潮水—江树"和"碣石—潇湘"，可来考察它们如何汇入潜藏的意象"家"，并使"家"又幻转为另一个潜藏的原型意象这一问题。

"潮水—江树"是平行于"海—皎月—江河"的意象流动线，"海—皎月—江河"是意象流动的主干线，它其实显示了"月"从东海上升起又向西方沉落的全过程，即暗示明月运行的历程。"潮水—江树"这条意象流动线则显示了涨潮到落潮的过程，和明月运行的历程暗合。因此可以这样认为，作为一种平行中的对位关系，"潮水"既然由"海"派生，那么"江树"和潜藏的"家"该也有一种内在的必然依存关系。再看"碣石—潇湘"，也是平行于"海—皎月—江河"这一意象流动线的。"碣石"在渤海之滨，意味着这地方由"海"派生出来——这没多大的问题。《春江花月夜》中有一句："碣石潇湘无限路"，说的是从"碣石"到"潇湘"之路无限地长。其实。"碣石—潇湘"这条意象流动线是喻示生命的幻思之旅，和"明月"一次运行、"潮水"一次涨落的过程也是暗合的，它和上面两条意象流动线也是平行的。因此可以这样认为，“碣石”既然是由“海”派生出来的，那么“潇湘”和潜藏的“家”也有一种内在的必然依存关系。分析至此，我们已渐渐接近这个潜藏的“家”，并且已隐约地看到在“家”的深处更潜藏着一个意象。另一个潜藏的意象是什么？这就需要从“月”所依附的神话以及从“江树”和“潇湘”这两个意象谈起。我们知道，这首诗写月从东边海上升起到西方没落。在神话中，日月沉落之所在昆仑山区，〔5〕而“昆仑”象征“天”，“是初民的‘袖珍宇宙’和天地的象征”。〔6〕也可以说，是宇宙物质生命所由来的家乡。那么，这岂不意味着“乘月几人归”之处——“家”也就是“天”？现在再来看“江树”和“潇湘”。肖兵就认为，象征宇宙中心的昆仑有着几个结构特征，其中之一是“有神水”，之二是“有准‘世界树’”。〔7〕《春江花月夜》中潮涨月行的终点——或者说落潮、落月的起点之处，也就是“摇情”的对象“江树”。“树”是个原型，暗示着无穷无尽的生命源，它总和宇宙中心的圣所——即天都依存在一起的。关于这一点，国外有学者早就指出，“雅各·格林对日耳曼语‘神殿’一词的考察，表明日耳曼人最古老的圣所可能都是自然的森林”〔8〕。至于“潇湘”，在神话中是帝女所居之地，这里的“河水”即“神水”，而“水”是原型，具有创造万物之奥秘的魅力。因此，我们把“江树”和“潇湘”汇合之处说成是宇宙的中心，生命万物由来之所——“天”，当是原型象征扩展的一个必然结论。看来，“天”意味着生命万物的故乡了。唯其如此，也才使我们有理由认为：“乘月几人归”去的那个隐藏的“家”也正是“天”——生命万物的故乡。

因此，我们可以作出这样的结论了，由“海”派生的三条意象流动线共同汇入的“天”，就是宇宙本体。“海”向“天”流动而获得一种新境界的追求，象征着生命本原向宇宙本体回归。“海”成了宇宙的缩微，“天”则是宇宙自身。全诗通过这么多意象的组合所完成的原型复合体，再次暗示出诗人张若虚在《春江花月夜》中企图表现他对宇宙本体的物质统一性与生命本原的灵魂一体化的感受。

到此，我们算把这首诗的原型象征世界的内建构也作出一番考察了，任何一个空间构架必须有一个中心支点来均衡各方才是，否则，这个构架不会是匀称而富有和谐之美的。

这就需要我们继续来考察《春江花月夜》的原型主题。

三

诗歌创作中真正说得上有某种永恒意味的主题，大多出之于人世生存意识与宇宙生命意识之间的辩证统一。不论是世界范围还是中国范围的初民，对生存感与生命感总是在他们的生存经验和生命秩序中建造起来的一个理想世界——神话来表现的，因此，于淳朴率真中特具原型的直觉性与真理性，分外显出哲理的悠远性和深邃性。有鉴于此，我们欲对《春江花月夜》的原型主题作考察，也才更显其重要。可以说，这是对这首诗的原型象征世界所做的一场进入腹地的考察。

《春江花月夜》所要表达的是一个追求永生的原型主题。何以见得如此？这需要我们从它的基本叙述模式中去探究。而我以为，这模式显示为四个不同层次的逻辑组合。

先看第一个层次。表现宇宙本体统一化，即大自然不同形式的物质全向宇宙本体归一。在这方面，《春江花月夜》首先一点是通过时空交感与阴阳和合来显示。正如本文第一节分析原型结构时曾论及的。张若虚在这首诗中采用的是曼荼罗式样的结构策略来把宇宙万物的存在一体与物性统一之间作有机交融的，而这个交融也正是宇宙本体统一化的一场缩微象征。其次，更重要的一点是通过“海”与“天”作双向交流来显示。也正如本文第二节分析原型意象能指化示意图中所指出的。由“海”派生的三条意象流动线通过潮涨江涌共同汇入“天”，象征着生命本原向宇宙本体归一，而在汇入“天”以后，诗篇中虽没有再作回流的表现，但作为读者的我们根据海潮消长律这一常识性的提示，显然能联想到它们又会随着潮退而由“天”倒流回海，从而在联想中完成一个象征感受：宇宙本体也可归入生命本原，来把自身的存在形式呈现出来。这种双向交流的叙述，所隐示的就是宇宙本体的统一化，并且特别显出这一类感应的深沉。

值得指出的是，向宇宙本体归口的众生万物总是富有生命意识的，那么，它们之间又会处在何种关系里呢？这就使得《春江花月夜》的基本叙述模式出现了第二个层次：宇宙生命互感化，张若虚作为这首诗的叙述者，是从自然人的视角进入叙述世界的，因此他能从社会空间中逃避出来，以“月”作感应器，来实现天人的交感互恋，完成众生万物的灵魂（物性）一体化。全作在充分展开遐想的基础上，把“月”和“人”这两个意象作了象征化的交流。这里的“月”说得上是天对人发生交感的感应器，沟通“天”去与“人”作互感互恋的一座桥梁。唯其如此，才使诗篇的抒情主人公徘徊在长江边所激发出来的“江畔何人初见月，江月何年初照人”的遐想显得别有深意。揭示这层深意的关键性对象是“人”。主体篇显然把遐思推向了宇宙某一种物质形式向人之存在形式作转化的最初那一刻了，从而捕捉住“天”和“人”第一次互感互恋的刹那感受。由此看来，最初见到月的“人”，月最初照见的“人”，江月百代千年还一直在等待的“人”，“愿逐月华流照君”、渴望乘月而归的“人”，统统是自然人——宇宙的一种物质存在形式的抽象的人，他不是张若虚自己也不是我们这些具体地存在于社会关系中的人。包括张若虚在内所有凡人构成的“人生”，的确是“代代无穷已”的，与之对应的“江月”的确是“年年只相似”的。这里面所谓“人生”中的“人”与“月”对比，是同一时间流程中空间存在的对比，“人”是“代代无穷已”地在作他空间的变异，但“月”不变。在凡人的感应中，“月”在此显示为对地球空间的一场逃避。而正是这个逃避空间的“月”，以她那一份“碧海青天夜夜心”所作“待何人”的等待，其实隐示着大宇宙期待凡人也能逃避空间，成为自然人，或者说宇宙的一种物质存在形式的抽象的人。正是在这样一个基本叙述模式中，明月楼头的思妇，扁舟江上的游子，其实都已升华为这样一个抽象化的、消融于宇宙的自然人。这样的人因见“白云一片去悠悠”而引起“不胜愁”的心灵躁动，显然是对人类的故乡——宇宙产生怀乡病的体现。“月”意象作为一个原型，喻示的是生命本原内蕴着一种存在的温爱感应，具有一种对怀恋之情的兴发感动功能。因此我们可以说，这首诗如此突出地写了“月”，正显示着要把“月”用作天对人发生交感的感应器，从而产生出“天”欲把“人”召回“故乡”去的诗意隐示。

但是，作为统一归于宇宙本体的不同形式的物质生命，在宇宙存在的大系统中，又显示为怎样一种特征呢？正是这一思路，又导致《春江花月夜》在它的基本叙述模式中出现了第三个层次：宇宙存在循环化，即逃避时间而进入存在的宇宙大循环。逃避时间的切入角度是“水”，即通过“水”这一原型意象充当隐示仪式用来显示宇宙故乡具有往复循环的永恒节律。的确，《春江花月夜》不仅突出地写了“月”，也突出地写了“水”——包括由“水”派生的“海”“潮”“江河”。作为一个原型，“水”能给我们创造众生万物的奥秘感，并由于水能化气，气再郁结而成云，云能变雨，雨再能积而成水，因此它能向我们喻示“存在—消失—再存在”这样一个生存循环法则，或者说，“水”能使我们获得这样一个意识：在众生万物的创造奥秘中寓有着“生——死——再生”的宇宙循环律。至于由“水”派生的“海”也就成了生命的策源地，富有生存之永恒与生命之永生的象征意蕴，“江河”也来自大海，显示为不断消涨、不断流逝的周期性生存秩序，并藉时间不断地超越某一过渡阶段持续的流逝，把进入永恒境界的意蕴象征了出来。就这样，张若虚以《春江花月夜》开宗明义的第一个音群：“春江潮水连海平，海上明月共潮生，滟滟随波千万里，何处春江无月明”，显示出他已能把“水”“海”“潮”“江河”有机地组合起来作庄丽、神幻的表现了，从而把原型所含蕴的集体无意识——万物的存在都依顺着宇宙循环规律这一点充分地象征了出来。还值得指出：“水”作为能把“生——死——再生”这一宇宙循环律喻示出来的原型，是由“海”、“潮”、“江河”的涨湖、落潮现象来暗示的。这原是相对短暂的一个时间段的流逝和消失现象。诗篇中就十分细致地叙述了潮水在这个时间段中从流逝而到消失的过程，但这以后诗中没有再把自然现象的再变异情况写下去。不写是聪明的，因为谁也明白，海潮具有“涨——消——再涨”的自然周期。这正是物质存在永远处于循环变异的秩序中的形象化显示。就这样，“水”作为原型意象的流变系统把不断逃避世俗时间、不断获得宇宙时间这一点喻示出来了，从而透现出在它深处有着一层超越短暂而把握到永恒的象征意蕴。所以张若虚在这首诗的基本叙述模式中如此突出地写了和“月”相应的“水”，所显示的乃是把“水”当作“人”对“天”发生交感的感应器。于是，也就产生出“人”欲把自身融进有周期性动态秩序的“天”，返回到循环着的宇宙故乡去的诗意隐示。

这样一种宇宙大循环律在《春江花月夜》的叙述系统中能够把握住是十分重要的。但随之又导致了一条叙述的思路：这样的循环对以宇宙本体各种形式呈现的物质生命又有何意义呢？于是，这首诗的基本叙述模式又推出了第四个层次——宇宙精神永生化。

在《春江花月夜》里有两点不大引起人注意，但使我颇感兴趣。其一是张若虚始终把悠渺神幻的原型象征世界浸沉在一片“空里流霜不觉飞”、“江天一色无纤尘”的纯白色幽夜里，其二是全诗以“摇情满江树”来作结束。先来讨论诗中幽夜的纯白色彩。这是月光赐予的。由于月照春江千里随波而来，因此天宇、芳甸、沙汀都月白如霜，以致使人感到整个天地全浸沉在一片透明的白光里了。徘徊在明月楼头的“离人”这时虽有“愿逐月华流照君”的心愿，却也总像长飞的鸿雁“光不度”一样，走不出这一片纯白透明的境界。张若虚把“月”这样突出地来写，其实还另有一个重要目的，想以此更突出地来渲染天地间浸润的是一片白色。这是为什么？只因为白色是个原型，有象征意蕴。正如赫尔曼·麦尔维尔在他的著名小说《启鲸》中关于“鲸鱼的白色”一节中所指出的，白色的象征意蕴是光明，永恒，超自然，喻示着“某一深不可测的宇宙秘密的令人费解的真相”[9]，或者如詹妮斯·拜亚德在《以实玛利——原始主义象征模式研究》中所认为的：“白色是包罗万象、不可思议的神圣的原型，是众生之神的纯洁的象征。”[10]这就是说，《春江花月夜》也意味着在一片透明的白色境界里让天地人一包罗万象的万汇众生和深不可测的宇宙的神秘存在交融成一体，来喻示出一种超自然的永恒意蕴。从艺术的审美功能看，对月光纯白色的大力渲染，达到的效果是给全诗蒙上一层神秘的象征氛围，使读者一接触这首诗就让心灵消融在白色里，进入宇宙神秘的永恒感里，获得自身以及与自身相联的众生一种莫可名状的永生意蕴。再来讨论“江树”。《春江花月夜》从“春江”开始到“江树”结束的安排，实在别有意味。如果说由“月光”派生的白色对整个诗篇的原型象征世界在宇宙的广度上作了横向扩展，那么由“海”派生的江河、江潮挟着江月流动到“落月摇情满江树”的“江树”，则是对诗篇的原型象征世界在“海天”的深度上作了纵向延伸。所以“江树”这个意象应该倍加重视。“树”是个原型。它在初民心目中是膜拜的对象，诚如前述，是和神、天都依附在一起的，同时，它也“被看作有生命的精灵”，“能行云降雨，能使阳光普照”，“能保佑庄稼丰收”，“保佑六畜兴旺，妇女多子”。〔11〕因此，J·E·瑟洛特在《象征辞典》中作了这样的概括：“树的象征意义在于表示宇宙的生命；其连绵、生长、繁衍以及生养和更新的过程。它代表无穷无尽的生命，因此相当于永生的象征。”〔12〕在《春江花月夜》中，“树”是和“江”结合在一起的，“江”喻示着“生命周期的过渡阶段”，那么，“树”与“江”结合后喻示的应该是生命到此只是更新前的一次暂时的驻足，而后人仍将继续其永生的途径。还值得提一提：为什么要以落月来“摇情满江树”呢？如果我们承认，尽管有些民族在时空上相距甚远，但在它们的神话里反复出现的意象却往往具有共同的含义，或更确切地说，都趋于引起类似的心理反映和起到相似的文化作用，那么我们不妨拿希腊神话中狄安娜这个神话原型来印证一番这首诗中与月亮结合在一起的一组原型系列的象征意蕴。狄安娜在希腊神话中不仅是月亮女神，也是由此派生的河流女神、山林女神。诚如弗莱泽所说的：“她似乎已经发展成为自然界繁殖生命的化身”，“具有非凡生育力的各种特征”。〔13〕由此看来，“落月摇情满江树”中的“月”“江”“树”组合在一起，作为三位一体的“狄安娜”——“自然界繁殖生命的化身”，在诗篇的结束处“摇情”，似乎是宇宙神灵在天地间作着热情而庄严的宣谕：生命不会断根，生存不会灭绝，天地万物都将在“生——死——再生”、“出现——消失一再出现”这一循环式的繁衍中获得永生。由此看来，由“白色”和“江树”两个原型有机组合的叙述第四层是这首抒情长诗基本叙述模式梯形结构的顶峰，它在横向的宇宙广度与纵向的海天深度作立体交错的结构格局中，为《春江花月夜》创造了一个绕梁三日式致悠远的诗意境界，完成了一个从情性升华为智性的喻示。《春江花月夜》的原型主题乃是追求形而上的永生境界。

四

《春江花月夜》属于乐府《清商曲辞》中的《吴声歌曲》，它的母体与歌调是江南民歌，并不是张若虚所始作的。至于某些诗思流现与意象选用，更可以看出是张若虚对乐府诗风以及初唐某类诗风的继承与吸收。如隋炀帝的两首同题诗："暮江平不动，春花满正开。流波将月去，潮水带星来。""夜露含花气，春潭漾月晖。汉水逢游女，湘川值两妃。"这里的"春""江""潮""花""月""潭"等意象和原型意象，以及它们的组合，潜在地影响了张若虚，我们并非觉察不出来。在刘希夷的《代悲白头翁》中，由"今年花落颜色改，明年花发复谁在"深化下去——如下面的诗句所显示的诗思路子："年年岁岁花相似，岁岁年年人不同"，和张若虚诗中"人生代代无穷已，江月年年只相似"作一比较，它们之间的内在继承关系也是显而易见的。不过，就象征艺术上的更和谐神秘与更意蕴深邃而言，诗境的更开阔与悠远而言，或者如闻一多所谓，把握住"更夐绝的宇宙意识"，在"有限"与"无限"之间同神奇的永恒猝然相遇，从而在对生命本原的感受中以宇宙意识作出永生的哲理升华〔14〕而言，却都只能是属于张若虚自己的。如果我们把闻一多称《春江花月夜》为"诗中的诗"的后一个"诗"看成是对宇宙意识和谐融洽的诗性感悟的话，那么这个以"诗中的诗"而达到"顶峰上的顶峰"的评价，的确是恰如其分的，可惜闻一多本人以及他以后的学者，还未能在这个评价的基础上再跨上几级，对这首诗以理性的而非感觉印象的科学态度来作出一场为象征世界所要求的细致、全面的分析，结果造成了对这首诗的妙处说不出、神味难品赏的困惑，这是颇令人遗憾的。本文试图对《春江花月夜》原型象征作出从细部入手的系统分析和从整体入手的逻辑概括，并进而追踪到它蕴藏在原型系统深处的那一个返回创造的起源或返回象征的生命母体的天人交感式象征世界，对物质生命永生的境界作了情性与智性交融的审美阐析。这样做能不能把这首千古名篇的妙处道及一二，神味尝到几分，我没确把握。聊以自慰的是：我算走了一条与当今的旧诗鉴赏大家们不太同的路子。

1992年11月23日晚6时半

脱稿于西子湖畔乌石山下

注释：

〔1〕 闻一多：《宫体诗的自赎》，见《闻一多全集》（三），三联书店1982年版，第21页。

〔2〕 柴非凡：《论张若虚〈春江花月夜〉》，见《文学评论》第二集，台湾巨流图书公司版，第23页。

〔3〕 荣格：《心理学与文学·集体无意识的原型》，冯川、苏克译，三联书店1987年版，第52—93页。

〔4〕 参见《简明不列颠百科全书》，中国大百科全书出版社，1986年版第五卷，第720页。

〔5〕 参见肖兵：《楚辞与神话》，江苏古籍出版社，1987年版，第465、507页。《史记·大宛列传》引《禹本纪》云："昆仑其高二千五白余里，日月所相避隐为光明也。"而昆仑之神黄帝兼为太阳神，西主母为落月之神，故昆仑又有"月窟"之称。杜甫《魏将军歌》即有"彼坚执锐略西极，昆仑月窟东嵘岩"之句。

〔6〕 参见肖兵：《楚辞与神话》，第537、42页。

〔7〕 肖兵：《楚辞与神话》，第540页。

〔8〕 詹姆斯·弗莱泽：《金枝》上卷，第167页。

〔9〕 转引自威尔弗雷德·L·古尔灵等著：《文学批评方法手册》，姚锦清等译，春风文艺出版社1988年版，第218页。

〔10〕 转引自威尔弗雷德·L·古尔灵等著：《文学批评方法手册》，姚锦清等译，春风文艺出版社1988年版，第257页。

〔11〕 弗莱泽：《金枝》（上），第178页。

〔12〕 引自《文学批评方法手册》，第222页。

〔13〕 转引自威尔弗雷德·L·古尔灵等著：《文学批评方法手册》，姚锦清等译，春风文艺出版社1988年版，第213、214页。

〔14〕《闻一多全集》（三），第20—21页。

论律诗的结构艺术

律诗和绝句都属近体诗，它们间有着天然的血缘关系。清王楷苏在《骚坛八略》中说：“近体者，律诗绝句之总名也。律绝起于唐人，故唐人谓之近体以别乎古。”马鲁在《南苑一枝集》中引刘会孟的话，认为绝句就是“一句一绝”，而“绝者截也，截律诗也”。他还指出：“起句对者”的绝句“是截律诗之后四句”，“收句对者”“是截律诗之前四句”；“通首对者”“是截律诗之中四句”；至于“通首不对者，是截律诗之首尾”。这样给绝句定位，从现象上看有一定道理，但不从结构艺术出发，是会发生问题的。给绝句与律诗定位，主要看它们的结构艺术。所谓结构艺术，在诗学中当然包括词语结合，节奏构成，也包括运思部署，陈情布局。这后二者是此处要探讨的课题。我们将从内在结构——也就是运思部署和外在结构——也就是陈情布局两个方面对律诗的结构艺术作论述。

一、律诗的内在结构

先看律诗的内在结构，也就是运思部署。

一般说显示律诗内在结构的运思和绝句一样也分三种类型：感兴型、提点型与升华型。不过，由于它容量比绝句扩大一倍，使运思部署大可游刃有余，因此这三类内在结构也就比绝句增加变体，复杂起来。

感兴型内在结构系由心物相契而进入两忘境界——一种兴发感动式运思体现出来的，说明白点，这是一种四联皆景语的运思。绝句强调主体对“物”的感兴以及由此引起的情调—氛围作把握，主体的情意必须让接受者凭这特定情调—氛围去体验，所以感兴型运思往往会把绝句引向纯诗。但律诗就有些不同，它容量大，可配置更多感兴具象物—意象，以便从各个侧面加强文本兴发感动的功能系统，而这也相应地要求意象组合加强内在的推延逻辑性能，这一来，也就会淡化纯感兴体验的情调推宕，而显出情思感知的性能。所以比之于绝句，律诗给予接受者的印象是：感兴型运思的浑茫飘忽性已被清晰有序性所替代。这类四联皆景语的文本，在律诗中虽不能说很普遍，却也时有所见，特别在王维等人的创作中，如他的《终南山》《山居即事》等，且看前一首：

太乙近天都，连山到海隅。
白云回望合，青霭入看无。
分野中峰变，阴晴众壑殊。
欲投人处宿，隔水问樵夫。

这四联八句，无一不是景语，每联各司其职，联与联之间都勾连在一起。李因培《唐诗观澜集》卷二十一云：“(首二句)屹起，(三四句)虚写山外，(五六句)实写山中，(七八句)去路无尽。”这席话中对首联作“屹起”的说法，较含浑。沈德潜《唐诗别裁集》卷九云：“‘近天都’，言其高；‘到海隅’，言其高远。”这可作“屹起”的具体说明，统言高远。按此而言，《终南山》各联各句的景语的确不是信手拈来、随意堆置的，它们是经主体精心挑选、按意象组合的推延逻辑而有机地设置的。王夫之《唐诗评选》中云：“工苦，安排备尽矣！”周敬、周珽辑的《唐诗选脉会通评林》引周启琦的话，也说此诗“机熟脉清”。凡此种种都说明王维此诗作为意象的组合是十分有机的。这里反映着一点：王维这场感兴型运思部署，实是受制于情思感知的，因此比起绝句来，纯感兴体验的情调推宕是大大淡化了。又如杜甫的《春夜喜雨》：

好雨知时节，当春乃发生。
随风潜入夜，润物细无声。
野径云俱黑，江船火独明。
晓看红湿处，花重锦官城。

这四联亦系景语，其安排也值得来看看。首联，如王嗣奭《杜臆》卷四所云："谓当春乃万物发生之时也。"也就是说这里所写的即主体对春雨发生之时间的表现和对此段时间引起的感兴；以下三联是春雨的空间景象和主体的感兴，第三联如仇注云："雨骤风狂，亦是损物。曰'潜'曰'细'，写得脉脉绵绵，于造化发生之际，最为密切。"也如同沈德潜《唐诗别裁集》卷十所谓"传出春雨之神"，这是对"春夜之雨"作空间感兴而引起独特心理幻感的表现；第三联、第四联则如同顾宸《杜诗注解》五律卷三所云："下四句，二句言夜景，二句言晓景。云黑火明，承'随风潜入夜'，红湿花重，承'润物细无声'，却不见承上痕迹。"特别值得一提的是黄生在《杜诗说》卷四中的话："五六写雨景妙矣，尤妙在能见喜雨。盖云黑则雨浓可知；六衬五,五衬三,三衬四，加倍写'润物细无声'五字，即是加倍写'喜'字。又：三四是诗人胸襟，七八是诗人兴趣。"这可是把杜甫写这首诗整个运思部署都说尽了。这里涉及一个问题：这种运思部署，是否有意为之？弘历《御选唐宋诗醇》卷十五认为"非有意为之"，并作这样的阐释："盖其胸次自然流出，而意已潜会，所谓不涉理路，不落言诠者如此；若有意为之，即训诂语耳。"此话不无道理，不过他所说的"意已潜会"并不等于说是潜意识的运思，因为潜意识的运思是不可能把"景语"安排得如此层次分明的，正像杜甫本是个富于匠心的诗人那样，这些"景语"是凭他潜在的艺术概括经验作选择后安排成的。所谓从"其胸次自然流出"，无非是指"景语"之选择与安排更合于他习惯性审美感应之真实而言，试比较纯感兴型意象运思结构的绝句,《春夜喜雨》无疑有一定程度的有意安排。

律诗的感兴型运思，四联八句纯以景语出者不多。钟秀《观我生斋诗话》卷二对中间两联四句发表过这样的看法：“律诗二句写情二句写景。四句写情犹可，四句写景则断不可矣。”沈德潜《说诗晬语》卷二中也说：“中二联不宜纯乎写景。”从他们的话中可以设想，律诗连当中二联都不许纯用景象，四联八句要想都用景象来兴发感动地抒情，更会有不成文的禁忌。实际情况也的确如此。绝句四句以四个景象作感兴，还能使接受者适应；律诗有八句，景语独占而无一处有情语，就会使接受者的感应难以流转，感受受到阻塞。这也反映着一点：律诗容量的增大，对纯以景象作感兴型运思的部署已不很适应。律诗容量增大还牵涉另一个问题：感兴型运思有了迂回余地，使得主体自身的情感体验也就有条件适量透露，从而导致律诗感兴型运思不自禁淡化了情调推宕，显出多种情景交融的姿态。其结果是以景象安排或意象组合为标志的感兴型内在运思结构有了变体，这变体大致有三种，前三联出景后一联出情；前二联出景后二联出情，各联皆情景交融。至于前三联出景后一联出情在律诗中较普遍。方回《瀛奎律髓》卷二十四中认为“唐人（律）诗多前六句说景物”，至于末两句呢？他强调说：“尾句乃以情激之。”在方回看来这是“律诗初变”中显示出来的，“亦一体也”。此类例子较多，如柳宗元的《登柳州城楼寄漳、汀、封、连四州刺史》：

城上高楼接大荒，海天愁思正茫茫。
惊风乱飐芙蓉水，密雨斜侵薜荔墙。
岭树重遮千里目，江流曲似九回肠。
共来百越文身地，犹自音书滞一乡！

这首七律的首联表现的是登城楼见柳州处于一片“大荒”中，而海天之间也恍现一片茫茫愁思，这是现实景象和心理境象的结合；次联表现惊风密雨中原野上一片被摧残的近景；第三联俯视城圈内外深树遮目、江流环饶的景象，三联六句皆以景象设置来作感兴运思的表现，作为意象密集的组合体已郁结于中，一片由兴发感动而得的苍茫悲凉诗绪等待直接倾吐，也就成为十分自然的要求。于是，就有了尾联“以情激之”的安排。方东树在《昭昧詹言》卷十八中认为：“（前）六句登楼，（末）二句寄人，一气挥斥，细大情景分明。”吴闿生在《唐宋诗举要》卷五中也说“（结二句）更折一笔，深痛之情，曲曲绘出。”二联出景二联出情在律诗中也较常见。特别是杜甫的律诗，其运思部署多是前二联有阔大、精深的景象表现，后二联则直接把景象所感发出来的情吐出来。这样的做法几乎成了他写律诗时的运思模式。如《旅夜书怀》：

细草微风岸，危樯独夜舟。
星垂平野阔，月涌大江流。
名岂文章著，官应老病休。
飘飘何所似？天地一沙鸥。

这首七律如同李维桢在《唐诗隽》中所说：“首二句言夜景，景近而小者；中一联言江景，景大而远者；后乃言情作结。”这是对的。统观全诗可以发现：杜甫面对天地之又大又壮阔却无法施展抱负而发出抗议与孤独无援的悲鸣。这抗议与孤独无援是由前二联主体对壮阔的宇宙所生的景象兴发感动推出来的，或者说这是宇宙景象的巨大存在挤压心灵而使主体不得不在后二联作了自我的强烈倾诉。又如《秋兴·其一》：

玉露凋伤枫树林，巫山巫峡气萧森。
江间波浪兼天涌，塞上风云接地阴。
丛菊两开他日泪，孤舟一系故园心。
寒衣处处催刀尺，白帝城高急暮砧。

此诗前二联用了四个博大、壮阔而森严的景象，来感兴出秋肃已临、岁暮将至——涵蕴旷远的情调，并以萧森氛围的巨大压力强化了抒情主人公浪迹天涯而欲寻求家园慰安的渴望。正是这种种，逼使主体的运思在三、四两联中采取了“以实为虚”的情思投射，从而显示为二联出景、二联以实为虚地出情的运思部署。至于各联皆情景交融的情况也是较普遍的。大致说这是一种以实为虚的交融。古典诗学中的“虚”与“实”指的是“情而虚”“景而实”。周弼《三体诗法》中说“不以虚为虚”，即不应该全作直接抒情，而应以实为虚，即让景拟喻化以显情。有鉴于此，周弼进一步认为“以实为虚，自首至尾如行云流水”——对各联皆情景交融大加称颂。如杜甫的《江汉》：

江汉思归客，乾坤一腐儒。
片云天共远，永夜月同孤。
落日心犹壮，秋风病欲苏。
古来存老马，不必取长途。

赵汸在《类注杜工部五言律诗》卷一中认为“此诗中以情景混合言之”。并举中二联分析说：“云天、夜月、落日、秋风，物也景也；与天共远，与日同孤。心视落日而犹忆，病遇秋风而欲苏者，我也情也。他诗多以景对景、情对情，人亦能效也；或以情对景，则效之这已鲜；若以虚实一贯，不可分别，则能效之者尤鲜。”方回《瀛奎律髓》中也说：“中四句用‘云天’、‘夜月’、‘落日’、‘秋风’，皆景也，以情贯之。”所谓“虚实一贯，不可分别”，所谓“皆景也，以情贯之”，都是指情景作浑成的安排。其实这又何止于中二联如此，首联与尾联也皆如此。首联如陈师道在《珊瑚钩诗话》卷二中云：“言乾坤之大，腐儒无所寄其生。”吴见世在《杜诗论文》中也认为：“于乾坤天地之内，下此‘一’字，写其孤也，写其微茫也。”这是对的，特别是吴见世的话，颇有对象征艺术的发现：这个“江汉思归客”——被称做“腐儒”者，其实是对生命皈依感的一种拟喻化表现，情与景（“乾坤”与“腐儒”）的浑成。尾联如周西生在《杜诗注解》五律卷十所指出的，是“以‘老马长途’之句”作“‘烈士暮年，壮心不已’自托”。这种以“客观对应物”来表达情思的做法，也显然如施鸿保《选杜诗说》卷二十三所说：“唯情景浑合，读之不贫耳。”杜甫是爱作这种兴发感动型运思部署的，像他的《秋兴·二·夔州孤城落日斜》等也皆如此。值得指出，以上三类感兴型运思的变体，作为一种内在结构，其基础都是具有兴发感动功能的景象。

律诗的提点型运思原理与绝句是一样的，源于心物相契互证，在此中“物”转化成情意化意象，使主体获得类比或兴发感知。正是这类感知，在意象流动中显出了特定的制约力与内驱力，把意象有序地推延成能使接受者在全方位的兴发感知中恍悟到一种情意类比化的理趣，而这样一场展开运思的部署安排，正是律诗、绝句内在结构的呈示。只不过律诗由于容量比绝句大，当中两联又非虚实相应不可，也就使情意化意象及其兴发感知功能更须强化，意象推延的逻辑有序性也更显著。值得指出的是，作为提点型运思的提点，在律诗中是可以分为两种的，一种是直白提点，另一种是意象提点。

直白提点在律诗中较普遍，运思的部署是先抒写大篇景象、事象后，主体就跳出景、事纠缠，来直接发议论。寒山的《城中蛾眉女》这样写：

城中蛾眉女，珠佩何珊珊。
鹦鹉花前弄，琵琶月下弹。
长歌三日绕，短舞万人看。
未必长如此，芙蓉不耐寒！

这首诗前三联写蛾眉女的浓妆娇艳之姿色，花前月下、歌舞冶游的声色盛事，尾联陡然一变，诗人似乎有点忍不住跳了出来，以冷言冷语发出议论，韶华不驻，好景难长。这两句“醒世惊言”不啻佛家的当头棒喝，而这正是直白提点。因此，朱熹在《朱子诗类》卷一《论文下》中称颂说“煞有好处，诗人未易到此”。刘克庄在

《后村诗话》续集卷二中认为“粗言细语皆精髓透彻”。看来这种运思只要前面的景语写足，然后在结尾处以直白作提点就会有艺术魅力的，如不作直白式提点，这当头棒喝就不可能那么有力度。直白提点在律诗中较普遍，也易于理解，无须多作论析。比较难的是意象提点，艺术要求更高一点。如北宋俞紫芝的《咏草》：

满目芊芊野渡头，不知若个解忘忧？
细随绿水侵离馆，远带斜阳过别洲。
金谷园中荒映月，石头城下碧连秋。
行人怅望王孙去，买断金钗十二愁。

此诗采用了比照式抒情，以渡头野草有一岁一枯荣之循环，而世之追名逐利者盛事告终乃一去不返来作比，由此而让人悟及人生在世功名得失只能任其自然，怅望千秋而欲解忘忧也只有任随大化。这个文本通过咏野草而得以提点出这一番人生哲思，是独具运思之匠心的。首联二句按脉理次序是颠倒的，应该是“不知若个解忘忧，满目芊芊野渡头。”这是咏草之起点，也是“若个解忘忧”这一人生哲理问题的提点。接着二、三联展开围绕野草的联想，进行春草与秋草在不同时空中对比性的铺写。第二联异空间中写春草，首句近景表现春草随“绿水”延展到富贵之宅，次句远景表现春草随夕阳蔓延遍辽远之洲。第三联写异时间中秋草，首句表现昔日金谷园已荒草映月，次句表现今日石头城已残碧连秋。这两联以异空间中一式茂盛的春草与异时间中同样衰颓的秋草的比照，以及从春草到秋草再回到开头“满目芊芊野渡头”所形成的循环，完成了一岁一枯荣这一自然生态律的感兴式表现。但这样写来显然太隐喻了一点，必须把感兴意象的纠缠摆脱一点，让内中蕴含的一点哲思意绪提纯和点化出来。于是，也就有了尾联托事求意式的提点，所托之事是石崇荣极而衰的历史典故，提点的是：草犹能一岁一枯荣，而权贵者纵“买断金钗十二”，享尽人世俗福，最终还是难逃身败名裂、盛事不再。欲解此“怅望”千秋之愁，唯有率性自然，任随大化，别无它途可选。这就是这首七律的意象提点。值得指出，律诗这一类运思部署显示在意象流动组合关系中，就比绝句更要求有逻辑有序性。俞紫芝的这首咏草诗，并非以草为喻，实是借草抒情，唯其如此，才使他对所借之“草”作表现时，能在较开阔的时空度中展开丰富的联想，进行二极对比中的统一而显意，这里有虚实对比中的统一：渡头之草为实，园中之草为虚；有远近对比的统一：离馆之草为近，别洲之草为远。也有在春草中的统一，即今昔对比的统一：石头城下之草为今，金谷园中之草为昔。也有在秋草中的统一，即物意对比的统一：草为物、人为意而统一于人生哲思中。这些单方面的对比统一在整个运思部署中被严密地作了逻辑安排，在意象有序地层层推进中，最后提纯而点化出了上述哲思意绪。从这里也可以见出，受理性制约的抒情运思才会推出高品位的意象提点。此类运思部署在王维的律诗中最是致力追求且卓见成效。他不像俞紫芝那样有理性控制运思的痕迹，而纯是在一片化机中把某点“真意”藉无迹可求的意象组接后提点出来。如《积雨辋川庄作》，就是个典型例证：

积雨空林烟火迟，蒸藜炊黍饷东菑。
漠漠水田飞白鹭，阴阴夏木啭黄鹂。
山中习静观朝槿，松下行斋折露葵。
野老与人争席罢，海鸥何事更相疑？

此诗以山庄“积雨”之实景起始，次联写初夏野外众生万类一片活跃生气的动景，三联返顾自身习静行斋之静景。以上六句已完成物我交融、率性天然的禅境，接着就需要对生存哲思理意的提纯点化。王维不想直白，还是抓住意象不放，所以结束处他化《庄子》之忘机于“野老与人争席”，提纯出脱却尘俗机心乃无可怀疑这一真意的顿悟。这真是无迹可求的意象提点。《类笺唐王右丞集》卷八引刘辰翁的话，认为“写景自然，造意又极辛苦”，是有根据的。

同绝句一样，感兴型与提点型的有机综合，形成了律诗的升华型运思。

我们曾就绝句的升华型运思这样说过：“这是这样一种追求凭依意象组合体的

兴发感悟性能与情境在感悟中的升华相呼应，而后按‘推宕—提点—再推宕’的运思途径编织而成的内在结构。这一结构艺术的关键是兴发感悟。”这一说法也适用于律诗。兴发感悟是主体进入心物相契而忘我的境界中出现的一种凝神观照精神状态，于是也就会对客观事象灵视。这场灵视会产生灵觉。灵觉首先把握住的是意象组合体的感兴情调，情调的弥散所显示的感受氛围在主体运思过程中的萦荡，则会使运思进入一片情境。主体自身进入的这片情境既有心物交融的意象组合体可作依附，又有灵觉激活的想象—联想潜能，也就使运思中活跃起来的想象、联想反过来把主体的运思推上一个新的层次：在潜意识中把握到了对象深处的时空存在关系，获得了顿悟，把真意的大觉极具灵性地在运思中升华出来，而这才是升华型运思的全程部署。不过比之于绝句，律诗由于在运思中部署了两个对仗，它们的意象抒情是要求作对应地设置的，故在相当程度上这是一场在理性控制下所作的事象、景象选择，而各个对仗的内部、两个对仗之间以及与首联、尾联间的关系的安排，更受着理性的严密控制。正是这些，使主体在对律诗创作作运思的过程中，情调的弥散，情境的形成，也就掺入了远比绝句要多的逻辑分析、演绎成分。唯其如此，律诗的运思中真意大觉的升华，仰仗理性提点的因素也比绝句要多。

一般说升华型运思在律诗创作中呈现为以主体跳出情境而作提点的部署，这同律诗的运思掺入了比绝句要多的理性分析推论因素有关。这样做往往会释稀真意大觉的醇度，不能说这是律诗升华型运思的上乘。真显上乘的是：须以意象组合体自然而然地推延而得顿悟，而这也就须淡化主体跳出情境氛围来直接提点的做法，但这样做难度要大得多。较成功的例子是杜牧的《题宣州开元寺水阁》和崔颢的《黄鹤楼》。《题宣州开元寺水阁》是这样：

> 六朝文物草连空，天淡云闲今古同。
> 鸟去鸟来山色里，人歌人哭水声中。
> 深秋帘幕千家雨，落日楼台一笛风。
> 惆怅无因见范蠡，参差烟树五湖东。

此诗历来评价较高，对杜牧的运思部署，也有人详细探讨过。杨逢春的《唐诗绎》卷二十二云：“此诗言人事有变易，而清景则古今不变易。‘今古同’三字，诗皆点眼，全身提笔，分三层写。首二从古时说起，六朝文物，盛衰几更，鞠为茂草，此变易者也，而天云则同；三四就今时言，鸟之去来，人之歌哭，变易者也，而山色水声则同；五六以即今之时景言，帘幕楼台，千家一笛，变易者也，而深秋雨、落日风则同。以上六句就本地之风景，恍然有悟。末二拍到自身，言观此则知功名富贵不常在，五湖烟景古今同，能无慨然思棹扁舟之范蠡哉！”这一场运思部署的分析相当到位。值得补充的是，该诗前三联从“今古同”派生出来的诸多意象，是在有序而又无迹可求的逻辑推延中组织成意象群的，因此主体在创作此诗的运思过程中，自有情调的萦荡而难显浑然一体的情境把握。唯其如此，才使结尾处范蠡思棹扁舟飘然五湖烟树间这一人生大觉的暗喻，很难说是出于浑然一体之情境自然的延伸，实属前三联“恍然有悟”，后藉范蠡之典故化意象所作的提点。从这个意义上说，这首诗的升华型运思还算不得是标准的，意象化提点的成分似乎还偏重一些。纪昀《瀛奎律髓刊误》卷四认为此诗“只风调可观”，还是有一定道理的。升华型运思一不小心就会偏向提点，这是律诗运思中的普遍现象，即使是李白这样的大诗人也不可避免，如他的五律《谢公亭》等也有这种倾向。不过以高标准要求律诗的升华型运思，也并非难找。崔颢的《黄鹤楼》就是这方面很成功的例证。历来对这首诗的评价很高。严羽在《沧浪诗话·诗评》中甚至说：“唐人七言律诗，当以崔颢《黄鹤楼》为第一。”这样高的评价不是没有道理的。但是，历来诗评家对它作了这样那样高的评价，独独对它的升华型运思无人问津，更不必说在这方面对它作出高的评价了。其实在我们看来这首诗的最大成功恰恰在于它具有高层次的升华型运思。且看文本：

昔人已乘黄鹤去，此地空余黄鹤楼。
黄鹤一去不复返，白云千载空悠悠。

晴川历历汉阳树，芳草萋萋鹦鹉洲。

日暮乡关何处是？烟波江上使人愁。

此诗运思的起点是“黄鹤”与“黄鹤楼”。首联起句“昔人已乘黄鹤去”是由王子乔驾鹤仙去的典故化出；接句“此地空余黄鹤楼”出于“昔费文祎登仙，每乘鹤于此楼憩驾，故名”。可见“黄鹤”是能使神人沟通的精灵，与天乡交往的信使，“黄鹤楼”则是遨游天乡的中途停靠站。由此而言，此诗一开始就显出主体寻求生命永恒之故乡的创作动因，而象征艺术也就成了崔颢运思开展的立足点。正是从这个立足点出发，乃有了次联的黄鹤一去不返——神人交往音信杳然、白云千载悠悠——天乡之路再通无期的慨叹。三联一转，转向现世世界，却是晴川边的汉阳树历历在目，芳草中的鹦鹉洲萋萋可见。这三联以宇宙生态的缥缈与现世生态的真实那种二极对应，形成了一个超验与经验二元浑成的情境。这个浑成情境内聚着一股由经验跃向超验的心灵逻辑推延力。这股来自潜意识的力也就顺势推出个尾联：有关日暮乡关何处这一问题的提出。这“乡关”可以是人的现世故乡，也可以是生命的宇宙家园，而从白云黄鹤杳无音信的运思立足点看，这是指后者，是对生命终极皈依处以“何处是”的疑问形式表达的一场苦苦寻求。这让我们看到了诗人心灵的大觉，随大觉而来的则是“烟波江上使人愁”：百感交集、无所适从的旷远之哀。显然，所有这些自然而然地显示出了该诗运思的最高层次：由现实生存感应向宇宙存在觉识的升华；而升华型运思部署也就得到了最佳的呈现。我们这样的分析，可以明白，《黄鹤楼》确不同于《题宣州开元寺水阁》。它作为一种内在结构，主体运思的展开是紧紧扣住情境创造那种浑然一体的，感兴运思的向真知大觉升华是从浑然一体的情境中按心灵逻辑自然而然地推延出来的，而不掺以任何形式的提点。古典诗学理论家对此诗有多种评论，如刘辰翁在《唐诗品汇》卷八十三中认为“有疏宕之气”，谭元春在《唐诗归》卷十二中认为“此诗妙在宽然有余”，冯班在《删正二冯先生评阅才调集》卷八中认为“气势阔宕”，范大士《历代诗法》卷十甚至说此诗“乃太空元气忽然逗入笔下”所致。这都是一些感觉印象而已。刘永济在《诗境浅说》中倒是说了一些接近于诗境真实的话：“楼以仙得名，仙去楼空，余者唯天际白云，悠悠千载耳。谓其望云思仙固可，谓起因仙不可知而对此苍茫，百感交集，尤觉有无穷之感，不仅切定‘黄鹤楼’三字着笔，且佳处在托想之空灵，寄情之高远也。通篇以虚处既已现尽，五六句自有实写楼中所见，而以恋阙怀乡之意总结全篇。”可惜这位研究古典诗学的现代学者最终也没能深入进生命宇宙皈依这一真知大觉的探讨中，把尾联宇宙乡愁的感兴升华看成是一般的“恋阙怀乡”，令人颇感遗憾。古典诗学理论家倒也对该诗的情境创造特征提出过可肯定的看法，如《唐诗选脉会通评林》所引李梦阳“一气浑成”的看法，陆时雍《唐诗镜》卷十四中“浑若天成”的看法，都可取，却也没有点出这是情境浑成，更没有把这种浑成提到因感兴而向真意大觉升华的功能价值来看。

二、律诗的外在结构（一）

上面论的是律诗的内在结构——即运思部署的问题，下面将探讨律诗的外在结构，亦即谋篇布局的问题。

律诗的谋篇布局安排大致可分两体：钩锁连环体和起承转合体。而起承转合体又可分两类。对此，吴乔在《围炉诗话》卷二中有过这样一大段言说：

> 律诗有二体。如沈佺期《古意》云“卢家少妇郁金堂，海燕双栖玳瑁梁”，以双栖起兴也。“九月寒砧催木叶”，言当寄衣之时也。“十年征戍忆辽阳”，出题意也。“白狼河北音书断”，是上文征戍之意。“丹凤城南秋夜长”是上文“忆辽阳”之意。“谁为含情独不见，更教明月照流黄”，完上文寄衣之意。题虽曰《乐府古意》，而实从《捣衣曲》之类。八句如钩锁连环，不用起承转合一定之法者也。子美《曲江》诗亦然。其云“一片飞花减却春”，言花初落也。“风飘万点正愁人”言花大落也。“且看欲尽花经眼”，言花落尽也。“一片”“万点”“减却

春”“正愁人”“欲尽”“经眼”，情景渐次而深，兴起第四句以酒遣怀之意。“小堂巢翡翠”，言失位犹有可意事。“高塚卧麒麟”，言富贵终有尽头时。落花起兴至此意已完。“细推物理须行乐”，因落花而知万物有必尽之理。“细推”者，自一片、万点、落尽、饮酒、冢墓，皆在其中。以引末句失官不足介怀之意。此体子美最多。遵起承转合之法，亦有二体，一者合于举业之式前联为起，如起比虚做，以引起下文；次联为承，如中比实做；第三联为转，如后比又虚做；末联为合，如束题。杜诗之《曲江对酒》是也。一者首联为起，中二联为承，第七句为转，第八句为合，如杜甫之《江村》是也。八比前后虚实一定，七律不然。

这一段话中，对律诗钩锁连环的布局安排已分析得够详尽了，在此不必赘言，须要再作点阐释的，是起承转合体。起承转合之意义，此处不妨引杨载在《诗法家数》中有关《律诗要法》的话："起承转合——破题；或对景兴起，或比起，或就题起。要突兀高远，如狂风卷浪，势欲滔天；颔联：或写意，或写景，或书事，用事引证。此联要接破题；要知骊龙之珠，抱而不脱；颈联：或写意、写景、书事、用时引证，与前联之意相应相避。要变化，如疾雷破山，观者惊愕；结句：或就题结，或开一步，或缴前联之意，或用事，必放一句作散场，如剡溪之棹，自去自回，言有尽而意无穷。"这番话完全是按律诗一联一变的正常式而言的。冒春荣《葚原诗说》卷一却打破一联一变的正常式，纯粹从起承转合的关系作了如下的言说："近体以起承转合为首尾腰腹，以脉络相承之次第也。首动则尾随，首击则尾应。腹承首后，腰居尾前，不过因首尾以为转动而已。是故一诗之气力在首尾，而尾之气力视首更倍，如龙行空，如舟破浪，常以尾为力焉。唐人佳句，二联为多，起次之，结句又次之，可见结之难工也。其法有于结句见诗意者，有点明题字者，有放开一步，或宕出远神，或就本位收住者，有寓意者，有补缴者……皆就上文体势成之。"这番话其实偏重在首尾之重要性，即“起”与“合”对全诗布局，特别是对腹腰——亦即“承”“转”的关系，作了很重要的议论。

明确了律诗的起承转合之意和两种起承转合后，我们可举些实例来看看。

一联一变、四联按顺序显示起承转合的布局，是最为常见的律诗外在结构，如李白的《送友人》：

青山横北郭，白水绕东城。
此地一为别，孤蓬万里征。
浮云游子意，落日故人情。
挥手自兹去，萧萧班马鸣。

此诗首联以景起，抒情主人公与友人策马来到青山白水一片美境之郊外。次联点出此处系二人作别之地，以承首联。"我"只好在此驻步，而"你"则得"孤蓬万里征"了。此二联只写外在的现象世界。以下两联转入内在的精神世界的表现，故三联陡然一转，"你"——游子之意若长空漂泊的流云，而"我"——故人之情则如衔山不下的落日。尾联以挥手作别、斑马萧萧之情调氛围感发出一片伤感情绪，既与首联呼应，以山川无情、人世多愁相反衬，又宕开一面，把人世的聚散无常推向无限，有余韵悠远之情味，以此合成全篇。弘历《御选唐宋诗醇》卷七云："首联整齐，承则流走而下，颈联健劲，结有萧散之致。大匠运斤，自成规矩。"这是很有见地的，由此足见李白这首五律在布局安排上确很合于一联一变的起承转合标准。陆游的七律《书愤》体现这个标准也很典型：

早岁那知世事艰，中原北望气如山。
楼船夜雪瓜州渡，铁马秋风大散关。
塞上长城空自许，镜中衰鬓已先斑。
出师一表真名世，千载谁堪伯仲间。

此诗首联写诗人回顾早年所怀报国宏图大志而生的感慨，属于"引事"而起，抢占了"书愤"的制高点。紧接着颔联以两场卫国战事浓缩成的激烈悲壮实景相承，高度概括地具现了诗人前半生抗金报国的光辉经历。方回在《瀛奎律髓》卷三十二中云："悲壮感慨，不当徒以虚语视之。"足见此联承接得当。但颈联却来了一个大转折：岁月空扔，壮岁已逝，志未酬而鬓已斑，这对于赤心报国的诗人来说落差太大，不能不痛心疾首。方东树《昭昧詹言》卷二十对此评曰："志在立功而有才不遇，奄忽就衰，故思之而有愤也。"这场理想与现实相矛盾的结果是推出了尾联：老骥伏枥，壮心未死，借称颂诸葛亮《出师表》之精神意绪来总括全篇，藉以表达自己以"鞠躬尽瘁"、干一番与伊、吕相伯仲的报国大业之心，且和首联所述早岁的慷慨气势相呼应，强化自己此种精神的至死不渝。显然，这首诗以一联一变呈现的起承转合式布局，是很成功的。

另一种起承转合的布局是首联起，中二联（即颔联与颈联）承，第七句转，第八句合的做法，律诗中也不算少，如杜牧的五律《睦州四韵》：

州在钓台边，溪山实可怜。
有家皆掩映，无处不潺湲。
好树鸣幽鸟，晴楼入野烟。
残春杜陵客，中酒落花前。

此诗以实带虚，在对睦州以山水掩映的乡野美景作多彩描绘中渗入了淡淡的人生感慨，别具一种轻盈俊逸的风姿和透明的伤怀情味，而所有这些如同《瀛奎律髓》卷四引冯舒的话那样，它是"平平八句，不使才气"地显示的。所谓"平平八句，不使才气"，在很大的程度上是指杜牧并不严整地作一联一变的起承转合布局，而大有行云流水般自然的流现。首联避免不凡气势，平实叙说睦州总体印象。唯其只是平实的印象叙说，才使接着相承的诗句要具有异样的风韵来补足，藉以避免枯拙之感。为此，相承的就不只是颔联，也包括颈联，这两联皆现睦州乡野暮春风光，也如同冯舒在说了"平平八句，不使才气"之后紧接着说的："中二联俱是春暮，故落句好。"所以中二联在布局上都担负了承的作用。第七句"残春杜陵客"才转，转向抒情主人公自身的内心感受。"残春"可作两种解释："在残春中的"和"残春的”。这句如解为“在残春中的杜陵客”，只是说明性的，太平淡，以取后者为宜：“残春的杜陵客”，这里的“春”等于青春，但杜牧写此诗时44岁，青春已早逝，说自己是青春已残之人说不大过去，若解作“残春心境的杜陵客”，倒是可通且是标准的诗家语，有新意，意示着在残春景色面前引起了诗人生命凋残的伤感，这才显出了对前面三联情境的逆转，最后一句“中酒落花前”既含有在美景面前畅饮陶醉之意，也含有在美景面前以酒消愁之意，这才是最具典型的“合”。再看刘长卿的七律《登余干古县城》：

孤城上与白云齐，万古荒凉楚水西。
官舍已空秋草没，女墙犹在夜乌啼。
平沙渺渺迷人远，落日亭亭向客低。
飞鸟不知陵谷变，朝来暮去弋阳溪。

此诗首联对景起兴，颇突兀高远，但以“与白云齐”来形容余干古县城，多少有点夸张过度而显大而空之感。诗人也许已惊觉到这点，故颔联、颈联皆承首联。吴昌祺《删订唐诗解》卷二十一云：“三四言城中，五六则旷望。”此话有理。此二联分别拿古县城两个空间存在具象，用来对孤城之万古荒凉作更真切的补充或表现。于是在言尽此等孤寂、衰败与荒凉之景后，第七句来了一个转舵：“飞鸟不知陵谷变。”顺着鸟之不知世事变迁，第八句又推出了一个实写镜头：“朝来暮去弋阳溪。”既以飞鸟之往返飞翔于绕城的信江来反衬孤城之不孤，又以鸟迹替代人踪而益显荒原之愈荒。两种处于二极的情调在此所作的心灵综合，使布局到此终于“合”了，而这合也显示在最后一句与首联同样荒凉的呼应。

这就是律诗布局以起承转合为标准的二体实况。而对于绝句来说这种起承转合是不可能有二体的。

律诗的谋篇布局无疑以起承转合为主，但须看到也还有对起承转合作破格的。出现这个情况倒并不因为是钩锁连环式布局存在的缘故。钩锁连环式布局不同于起承转合类，它让各联钩连而下，是一气直下，不存在“转”“合”的问题，另有一种破起承转合而一气直下的布局，却在适当的地方有作转舵的。所以律诗中破起承转合的谋篇布局有两类：一类是一气直下到底，另一类则是在一气直下的中途出现转。

一气直下而不转舵的，在律诗中也不算少，如李白的《塞下曲·五》：

塞掳乘秋下，天兵出汉家。
将军分虎竹，战士卧龙沙。
边月随弓影，胡霜拂剑花。
玉关殊未入，少女莫长嗟。

此诗叙写汉兵出塞争战以净边尘的全个过程：既然“塞掳”趁秋高马肥而入侵，汉家当然出兵反击，于是将军分受兵符，士卒转辗沙漠。边月紧随弓影，霜花映亮剑花，日夜征战，玉门关犹未能入，征途正长，闺中思妇长嗟也还尚早——这真是一句顶一句，环环相扣，一气直下，使读者大有喘不过气来的阅读感觉。所以说这首五律的外在结构根本不考虑起承转合，而是很标准的一场钩锁连环式的布局，直下而无转。这种结构具有情事直线推进的气势，特具感受冲击力，却无一点迂回，缺乏委婉曲折、含蕴深邃的韵致。另有一种反起承转合而采用一气直下的布局，在临到尾联处猛作一转，类似驰骤到一定程度陡然来个急转弯后戛然煞车状，从结构审美看，此一布局比一气直下那种无转者，效果要好得多，尤其是其急转是反其道而行之的逆转，功能价值更高。如李颀的七律《送魏万之京》：

朝闻游子唱骊歌，昨夜微霜初度河。
鸿雁不堪愁里听，云山况是客中过。
关城树色催寒近，御苑砧声向晚多。
莫见长安行乐处，空令岁月易蹉跎。

这首七律堪称圆熟之作。首联跨句倒装，以魏万凌晨冒寒辞别渡河北行起。接着下去的诗句，如同方东树《昭昧詹言》所云："中四情景交写，而语有次第。三四送别之情，五六渐次至京。"综合这三联六句，黄叔灿《唐诗笺注》卷四云："起联飘忽，以次句托上句，黯然动人。中二联一路写景，语有次第，总为别绪添亮。"黄生《唐诗扎抄》卷三云："前面一程一程皆令送者关心系念。"而《闻鹤轩初盛唐近体读本》卷八引陈德公语，则认为"每韵意绪勾股而下，章法殊径"。这"一程一程""勾股而下"的说法很值得注意，表示其布局是直下式的，处处着笔点染魏万赴京旅途之艰辛，如果尾联继续在这种情意轨道上跑马，直下到底，那就显得累赘甚至引起人有矫情之感了，李颀的结构匠心就反映在到尾联时猛然一转，以警醒之语告诫魏万，你为自己的前程艰辛地奔波，使人感动也值得人寄以关怀之情，但这种艰辛可不能换来在长安行乐处蹉跎岁月，这意思就是，奔赴理想之地会有可能变成理想毁灭之地，这可是抒情主人公对远行客的情意几近一百八十度的逆转。也正是这场大逆转，反倒加强了抒情主人公关爱魏万之心的深度。王文濡《唐诗评注读本》卷六认为："诗联带勉励意，方与寻常送别不同。"他是感觉到了这首七律因尾联带引来的独特审美效果的，但没有明确认识到这是布局上一气直下到结尾处猛地逆转而转出新意新境来的缘故。

三、律诗的外在结构（二）

律诗除了整体布局几种类型的新颖特征值得我们作诗歌结构上的关注以外，更值得关注的还在于当中两个对仗的颔联与颈联和整体外在结构之间的功能关系，应该说这一层关系的规律性提纯，具有中国诗学独特的价值。

我们先得提一提"起"——首联与"结"——尾联在律诗整体布局中各自的规范要求，以及相互间的呼应关系。历来对于律诗结构艺术的探讨，诗学理论家谈"起"与"结"的意见不算少，可憾者只是一味强调"起"与"结"的难以及它们的重要性而已。王世贞《艺苑卮言》就说："七言律不难中二联，难在发端及结句耳。"又如谈首联，金圣叹在《贯华堂选批唐才子诗》的《杜诗纸尾》中就说："一二最是出力，三四从来只是省力。一二如开创人，从白地上做起，须是全副见识、全副气力、全副胸襟、全副福德，一齐具备，然后可以大呼某事，三四只是继体守文，不差线路而已。"谢榛在《四溟诗话》卷二中说："律诗无好诗句，谓之虎头鼠尾，即当摆脱常格夐出不测之语，若天马行空，浑然无迹。"至于起结的关系，律诗也同绝句一样，讲究相互呼应贯通。金圣叹同书《与陈世则弘训》也对此发表了看法："弟谛观唐人律诗，其起未有不直贯到尾者，起结未有不直透到顶者。若后来人诗，则起事不能贯之三四，结乃不能透五六，此为唐人与后人之辨也。"综上所述，古典诗学理论家对律诗首尾二联及其相互关系，同绝句可说完全一样，只不过把起结从句变为联而已，大都谈得较空泛，新意不多。此中只有冒春荣在《葚原诗说》卷一中有一段话谈得具体、到位，且有一定的新意：

近体以起承转合为首尾腰腹，此脉络相承之次第也。首动则尾随，首击则尾应。腹承首后，腰居尾前，不过因首尾以为转动而已，是故一诗之气力在首尾，而尾之气力视首更倍，如龙行空，如舟破浪，常以尾为力焉。唐人佳句，二联为多，起次之，结句又次之，可见结之难工也。其法有于结句见诗意者，有点明题字者，有放开一步，或宕出远神，或就本位收住者，有寓意者，有补缴者……皆就上文体势成之。

这是立足于整体谋篇布局来言说起结的。从这些有关首尾起结的思路中，我们不难发现如同许学夷在《诗源辩体》卷三中提出律诗"体多浑园"的认识，也渗透在冒春荣论律诗首尾联的关系中了。这颇值得注意，后面我们还要提及。

古典诗学理论家对律诗结构艺术的论说中，有关中二联的话特别多。与绝句相比，律诗增加中二联是件大事。中二联中的三四句亦称颔联，五六句亦称颈联，它们各是一个对偶句。作为旧诗诗体建设中的一件大事，我们的确有必要对中二联的谋篇布局进行探讨，大致说值得探讨如下三点：为什么要在绝句的基础上当中增加两个对偶句以新造一种律诗？律诗这两个对偶句与首尾处在怎么一种关系中？这两个对偶句相互间的关系如何？为什么增加的是两个对偶的句子，且把它们置于中间，这对律诗的整体布局与文本营建具有何种功能价值？下面我们就从这四方面来进行考察。

许学夷在《诗源辩体》卷三十二中说过一句话："唐人律诗以兴象为主，以风神为宗。"这很到位。由这句话使我们联想到律诗是唐代出现的，因此律诗出现时提供的标志就是兴象抒情。而绝句也是一种兴象抒情，甚至可以说律诗采用兴象抒情的渊源是绝句的兴象抒情。此话怎么说呢？从浮在外表的现象看，那是由于律诗出于绝句。王夫之在《姜斋诗话》中就说："五言绝句自五言古体来，七言绝句自歌行来，此二体本来律诗之前，律诗从此出……"但我们认为还有艺术内在规律方面的更深层次原因。绝句作为一种兴象抒情的诗体，反映在结构上，常因起承转合的布局在仅只四句的容量中展示，难以充分纳入兴象来强化感发式的抒情，以致不得不藉第三句的转舵造成一股张力"情"势来作脱离兴象感发的提点，而此措施在一定程度上往往会削弱兴象抒情带来的"风神韵致"。为力矫此弊，只能增添兴象，从而强化文本的兴发感动功能。这样做势必牵涉到兴象化语言的增加，而更进一步，也就不得不突破绝句四句的容量。于是，也就有了在绝句的基础上当中增加两个对子共四句的扩充情况出现，有了律诗。所以律诗的"以兴象为主"来自绝句，而绝句的兴象抒情是不及律诗强烈的。这也就是为什么中国古典诗歌要在绝句的基础上当中增加两个对偶句以新造一种律诗的根本原因。

那么律诗当中两个对偶句——颔联与颈联，与首联与尾联处在怎么一种关系中呢？这是古典诗学理论家颇感兴趣谈论的。大致说，颔联与首联的关系很密切，颈联则与尾联的关系密切。金圣叹在《贯华堂选批唐才子诗·与李日接晋》中有这么一段话：

……唐人一二起如郁勃，则三四承之必然条畅，条畅所以宣泄其郁勃也。唐人一二句如闲远，则三四承之必然紧峭，紧峭所以逼取其闲远也。起如叙意，则承之必急写景，写景以征我意也。起如写景，则承之必急叙意，叙意以销我景也。小处说起，则承之必说到大处；大处说起，则承之必说到小处；顺起，则承之必以逆；逆起，则承之必以顺；空起，则承之必以实；实起，则承之必以空；直起者，必曲承之；逼起者，必宽承之；高提笔起者，必根切承之；低屈笔起者，必浩衍承之；经赤骨律起者，必姿媚承之；堆金砌碧起者，必可淡承之，此是唐人前解四句一定方式。

这一段话对颔联与首联关系说得极具体，其中心意思是颔联必须承首联，而以逆承为主。这位诗学理论家还在同书《答蔡九霞方柄》中进一步探讨了这二联的关系："三四自来只是承之一体，不必用力太过。若上文发笔意在起句，则三四可尽承起句；若发笔意在次句，则可尽承起句；若发笔起句次句尽有意，则三四必须双承之。双承之者，或是顺承，或是逆承。顺则三承一,四承二；逆则三反先承二,四乃徐承一也。此只是唐人出手极平常事，人自不察。"这样深入的探讨当然也有利于把握颔联与首联的关系，却也难免有繁琐之嫌，诗人创作时很难作这样细的规范考虑。倒是钟秀《观我生斋诗话》卷二中的意见干脆而实际："五律以厚重安闲为主，通篇结构严整，无一闲字弱句乃佳。盖起二句或破空而来，则三四二句必须坚卓镇定；若起二句系坚卓镇定，则三四句必须用虚字叫应，流动为佳。"当然这一说法和金圣叹前一种说法是相一致的，即强调颔联对首联要逆向承接。再说颈联与尾联的关系。金圣叹同书"答史夔友尔祉"云："五六是一诗已到回身转向之时。""答沈初世懋"云："唐人作律诗，不出五六则无由结耳，非于三四后又欲为五六也。"这意思就是律诗的颔联须转，转是为了尾联作结，也就是说它是为作结的尾联而存在的，决非有了颔联也得有个颈联的那种简简单单的关系。看来颔联与颈联的地位不同，颔联的功能显示由首联决定，而颈联则是决定尾联功能的发挥的。因此，钟秀《观我生斋诗话》卷二中论及流水句的使用时认为：颔联必须承首联，须用虚字叫应，流动为佳，所以流水对"宁用之三四"，但接着说："勿轻用之五六，盖五六之外乃是落句，此二句若按的不住，则下半一直泻去，便不成格局。"这正点出了颔联对尾联主动性控制作用。因此，颈联在律诗布局中的地位大大提高了。管世铭《读雪山房唐诗序例》中说：“七言律诗，最要五六句得力。如‘忆昨赐沾门下省，退朝擎出大明宫’‘万里秋风吹锦水，谁家别泪湿罗衣’是也。宋元以后，只是三四句好耳。”总之，中二联与首尾联的关系是颇值得重视的，每一个环节都会牵动全局。李重华《贞一斋诗说》就从全局出发来议论中二与首尾的关系。他是以七律为例说的：

> 七律章法，大历诸公最纯熟，然无能出老杜范围。相其用笔，大概三四须跟一二，五六须起七八；更有上半引入下半，顿然翻转；其中四句次第相承，而首尾紧相照应；有上六句写本题，而末后飏开作结。其法变化不拘，若只觅得中四好对联，另行装却头脚，断无其事。

这种全局观念以及一切最终以与内在运思部署相应合为本而不墨守陈法的理论思路，对考察汉诗——特别是法则较严而又结构复杂的律诗来，是特别有利的。

而这也就有一个新问题迫不及待地需要提出来作检讨了，这就是律诗当中的两个对偶句内部的构成和相互间的关系究竟如何。

四、律诗的外在结构（三）

律诗最显著的外在结构标志就是当中安置两个对偶句，而谁都晓得颔联与颈联是各归各、都有自己具体的对偶法的，不过它们之间也还是存在着一种微妙的相应、调和关系的，所以这中二联看似简简单单的存在，实际关系颇为复杂。

先看颔、颈联自身的对偶安排。一个对偶联的对偶虽然主要归于语言结构的属对，但和文本布局也关系密切。也就是说一联中对偶的两个诗句之间意义境界须安排得对应平衡。沈德潜《说诗晬语》卷上云：“中联以虚实对、流水对为上，即证实一联，亦宜各换意境。略无变换，古人所轻。即如‘蝉噪林逾静，鸟鸣山更幽’，何尝不是佳句，然王元美以其写景一例少之。至‘圆荷负小叶，细麦落轻花’，宋人已议之矣！”这意味着一联中的对偶，须显示为景的大小、远近、动静、虚实等对称，以求得意境略有变换，却又能保持布局上的平衡。有关这方面可以举出不少生动例证。如杜甫《秋兴·其一》中有“江间波浪兼天涌，塞上风云接地阴”这个对偶句，张笃行在《杜诗注解》中说：“波浪本在地，乃言天；风云本在天，乃言地。”《金圣叹批评唐诗》中也说：“波浪兼天涌者，自下而上，一片秋也；风云接地阴者，自上而下，一片秋也。”这是一种交错式的相应，足以见出萧森之秋气弥天盖地，充塞两间。这样的交错相应，自有特定的意境对称。杜甫另一首《客至》，有“花径不曾缘客扫，蓬门今始为君开”。黄生《杜诗说》卷八中说：“花径不曾缘客扫，今始缘君扫；蓬门不曾为君开，今始为君开。上下两意交互成对。”也就是说，这种交互对以“花径不曾”与“蓬门今始”显示两类意境的相应对称。当然这还只是颔联或颈联自身内部的句子对偶关系。那么它们之间的关系又怎样呢？

沈德潜在《说诗晬语》卷上云：“三四贵匀称，承上斗峭而来，宜缓脉赴之，五六必耸然挺拔，别开一境。上既和平，至此必须振起也。”他还为此举了些例证。如杜甫《泊岳阳城下》中：“岸风翻夕浪，舟雪洒寒灯。”他认为颔联够“和平矣”，随即他又说：“下接云：‘留滞才难尽，艰危气益增。’如此拓开，方振得起。”但他又举相反的例。温庭筠《商山早行》的中二联，他认为“于‘鸡声茅店月，人迹板桥霜’下接‘槲叶落山路，枳花明驿墙’”，“便觉直塌下去”了。沈德潜的意思可以明白：中二联之间的相接，境须变，颔联若是“和平”之境，颈联就得以相逆之境——“振起”相接，反之亦然。冒春荣在《葚原诗说》卷一中也说：“中二联或写景，或叙事，或述意，三者以虚实分之。景为实，事意为虚。有前实后虚，前虚后实法。凡作结不写景而专叙事与述意，是有赋而无比兴，即乏生动之致，意味不渊永，结构虽工未足贵也。”这意思更明白了一点：中二联的相接是情与景或虚与实的关系。对此，胡应麟在《诗薮》内编卷四中也认为：“作诗不过情景二端……中四句二言景、二言情，此通例也。”钟秀在《观我生斋诗话》卷二就说得更明确：“律诗（中）二句写情，二句写景。”不过，这位诗学理论家还进一步说：“四句写情犹可，四句写景则断不可矣!”这和冒春荣的意见有点相左。冒春荣认为“凡作诗不写景而专叙事与述意是有赋而无比兴，即乏生动之致”，揣度他的意思似乎是四实就可，四虚则断不可的。其实他们是可以统一的。冒春荣虽不明言四实犹可，但他有个前提使我们可以代他明说。四句写景对律诗中二联来说是可以的，不过须把“景”有所区分。他在上引的话后面还说了一段话：“然景有大小、远近、全略之分，若无分别，亦难称作手。”意思是“景”若不分其境之不同而四句写景，是不可以的；若作境之分，则四句写景就可以了。他为此还举了些中二联四句写景而有境之分的成功例子：“如‘云霞出海曙，梅柳渡江春；淑气催黄鸟，晴光转绿蘋’(杜审言)，一大景，一小景也。‘浮云连海岱，平野入青徐；孤峰秦碑在，荒城鲁殿馀’(杜甫)，一远景，一近景也。‘退潮花底散，归院柳边迷；楼雪融城湿，宫云去殿低’(杜甫)，一半景，一全景也……”钟秀提出“四句写情犹可”也有前提，即他要采用“绝妙法门”来对仗，这法门有“寄情于景，融景入情二种”。他也举了些例证，如“苏颋之‘宫中下见南山尽，城上平临北斗悬。细草偏承回辇处，飞花故落舞觞前’曾是。”这其实是一种以实为虚的做法。钟秀对此说得还不明确而深入，周弼在《三体诗法》中对中二联的“四虚”说得更好些“四虚：谓中四句皆情思而虚也。不以虚为虚，以实为虚。”范晞文《对床夜语》卷二这样解释以实为虚：“四虚序云：不以虚为虚，而以实为虚，化景物为情思，从首至尾，自然如行云流水，此其难也。否则偏于枯瘠，流于轻俗，而又不足采矣。姑举其所选一二云：‘岭猿同旦暮，江柳共风烟’；又‘猿声知后夜，花发见流年’。若猿，若柳，若花，若旦暮，若风烟，若夜，若年，皆景物也，化而虚之者，一字耳。”总之，颔联与颈联之间的关系须是对立地统一的关系：一联景则另一联须情；一联近景，另一联须远景；一联大景，另一联须小景。总之须对立，由对立才能产生审美感受之张力。同时也必须看到：这种对立在更深层处却须统一，没有这一层而只是截然相反、毫不搭界的堆砌，那是不行的。葛立方《韵语阳秋》卷一中说：“律诗中间对联，两句意甚远，而中实潜贯者，最为高作。”此话不假。但何止中二联须潜贯，律诗的四联都得如此才是。

李重华《养一斋诗说》中有一段谈七律章法的话："七律章法，大历诸公最纯熟，然无能出老杜范围。相其用笔，大概三四须根一二,五六须起七八；更有上半引入下半，顿然翻转；有中四句次第相承，而首尾紧相照应；有上六句写本题，而末后飏开作结。其法变化不拘。若止觅得中四好对联，另行装却头脚，断无其事。"这番话不但可以为律诗四联八句的谋篇布局关系作了个小小总结，且提醒我们：律诗联与联、句与句之间的确也是"潜贯"的，高层次的律诗外在结构，是个严整的有机体。

但检讨至此，我们还没有能对中二联的存在对律诗整个外在结构具有的功能价值作出科学的论析，而令人困惑的是我们还读到吴乔《围炉诗话》卷二中这样一番对律诗颇有微词的话：

七律之法，起结散句，中二联排偶。其体方，方则滞。叙景言情，远不如古诗之曲折如意，以初唐古律相较可见矣。

吴乔提出的看法是很值得注意的。讨论律诗的美学价值是否"远不如古诗"是没有意义的，因为经过十几个世纪的创作实践，律诗作为汉诗中一个品种属诸多汉诗品种之首，已是不争之事实，值得对吴乔这番言说作思考并深入检讨的，是三点：（1）律诗在中二联设置的两个对偶句为什么说"其体方"；（2）是否因中二联"体方"使律诗整体结构也归属于方美类?（3）中二联的"体方"对律诗结构体系的形成具有什么样的功能价值?

我们认为诗歌结构有两大体系，其一是受制于直觉思维的圆美流转类结构体系，其二是受制于逻辑思维的方美直向类结构体系。作为以直觉思维把握诗歌世界的中国旧诗，总体而言基本上归属于圆美流转类结构体系，而律诗是旧诗中审美功能价值最高的，其结构无疑会归属于圆美流转体系。但为什么它的中二联因设置了对偶句，就成"体方"了呢？这一点其实倒不难理解，对偶句的直向性使得诗句的安排总显出一种推进式的特性，而我们晓得推进式布局作为一种诗歌结构，是逻辑推论的产物，它往往显示为机械的、程式化的，因而缺乏迂回委婉而显得板滞的结构感知性能。如此说来，说律诗的中二联因对偶句的设置而说"其体方"是有道理的。不过这毕竟是局限在中二联，而律诗整体的布局除了少部分是钩锁连环式，给人以直向而无迂回之感外，多数都是按起承转合安排的，这是它归属于圆美流转类结构体系的基础。何况律诗的布局，起结比中二联倍加重视，叶义昂《唐诗直解·诗法》中就说七律“不难于中二联，难在发端及结句耳”，金圣叹《贯华堂选批唐才子诗》的“答周计百令树”还深一层说：“弟看唐律诗，其一二起时，不唯胸中早有七八，其笔下亦早自有七八。弟因悟其因有七八，故有一二也。七八如不从一二趁势，固是神观索然，然一二如不从七八讨气，直是无痛之呻吟也。”这话虽说得极端了一点，倒也反映着律诗结构的一条规律：首尾必须贯通，起结必须呼应。对此，王世贞在《艺苑卮言》卷一中说得更明白“七言律不难中二联，难在发端及结句耳。发端，盛唐人无不佳者。结颇有之，然亦无转入他调及收顿不住之病。篇法有起有束，有放有敛，有唤有应。”篇法也就是章法、整体布局方式，说布局方式是“有唤有应”，岂不是强调结构上首尾要兜得拢，而这又何尝不是律诗圆美流转类结构体系的基础。与此相应的是：中二联虽“其体方”，但在联内、联与联之间总尽量做到流转而减少排偶的直向成分，如强调颔联的使用流水对即一例。胡应麟《诗薮》内编卷五就说：“（中）二联之中，必使极精切而极浑成，极工密而极古雅，极严整而极流动，乃为上乘。”显然，提出“浑成”“流动”的要求，正为的是尽量削弱“其体方，方则滞”的消极因素。所以中二联的“其体方”，对律诗整体归属于圆美流转类结构体系，并无多大的影响。

而事情恰恰相反，中二联“其体方”的存在，反倒强化了律诗的圆美流转类结构体系。

如前已论及的，以起承转合为基础的律诗结构须首联与尾联呼应，作为其圆美流转性能的主要标志，但仅以起承转合来完成这场圆美流转，会产生两种副作用：一是流转太顺畅往往会没一点迂回曲折而缺乏含蓄味；另一是圆美太单纯往往会导致结构的封闭自足，缺乏潜在的推宕性。为矫此弊，把当中的二联设置成两个对偶句，使它们都因对偶性能而相互间获得了均衡。应该说这中二联的诗句安排是十分严整的，大不同于首联、尾联的松散，于是律诗的诗句安排也就形成了首联与颔联从松散向严整的组合，颈联与尾联从严整向松散的组合，上下片之间显示为对应均衡性，而把它们合在一起则是“散—整—整—散”的安排，用符号代替可以写成“ABBA”。如此说来，中二联对偶句的存在有着非同一般的功能价值，使律诗具有一种相抱式的诗联排列。但律诗的诗意呈示脉络又是遵循起承转合的。综合这两方面来看律诗的总体谋篇布局，也就成了起承转合与对应均衡的综合。起承转合无疑是使律诗结构流转的基础，而能体现对应均衡的相抱式诗联排列则是使律诗结构具有圆美的旋进性能，二者的综合也就使律诗能最完整地显示出旧诗圆美流转类结构体系的特征。所以被吴乔不以为然地说成“其体方”的、以对偶句呈示的中二联，确能强化律诗结构的圆美流转性能。对此，我们不妨举杜甫《秋兴·其一》来作些论析。原诗是这样的：

玉树凋伤枫树林，巫山巫峡气萧森。
江间波浪兼天涌，塞上风云接地阴。
丛菊两开他日泪，孤舟一系故园心。
寒衣处处催刀尺，白帝城高急暮砧。

这首诗的首联写的是临近岁暮的晚秋天大自然一片萧条衰残景象，是一场以实为虚的伤感抒情。金圣叹的《杜诗解》卷三就说：“若谓玉树斯零、枫林叶映，虽志士之所增悲，亦幽人之所寄托”，“‘露凋伤’、‘气萧森’六字，写秋意满纸”。尾联续写残秋暮景，以实为虚。吴乔在《围炉诗话》中说：“结不过在秋景上说，觉得淋漓悲戚，惊心动魄，通篇笔情之妙也。”钱谦益《钱注杜诗》卷十五亦云：“以节则抄秋，以地则高城，以时则薄暮。刀尺苦寒，急砧促别，末句标举兴会，略有五重，所谓嵯峨萧瑟，真不可言。”而此中“曰‘催’、曰‘急’，尤见时已迫……客子无家之感，可胜凄绝”。把首尾两联作一比较显然是同一季节伤感情境的互为呼应，而全诗圆美流转的结构布局基础也正在这一首尾呼应。这个基础很重要，靠了这一点，全诗如删去中二联，成为“玉树凋伤枫树林，巫山巫峡气萧森。寒夜处处催刀尺，白帝城高急暮砧。”作为七绝，以句为单位，显示起承转合，也是可以的，并且还能显示布局超常的流转性。但显然这样做总让人感到意象表现的不充分，意境呈示的不够开阔与深沉，流转有余而圆美不足。现在加了中间两联，并且是两个对偶句，这使得结构因流转过畅而导致迂回曲折、含蓄蕴藉、余地不足的副作用有所节制。并且，中二联还因同属对偶句共存于文本中间，特显出它们同属的对应均衡性和共具的对偶严整性。这对全诗结构具有支柱的意义，使首联与尾联的呼应关系更其稳固，因为承接首联的颔联“江间波浪兼天涌，塞上风云接地阴”藉实况的壮阔强化了残秋萧森的意境，铺垫尾联的感伤的颈联“从菊两开他日泪，孤舟一系故园心”则藉以实为虚的游子思归而强化了岁晚生命感伤的意境。也就是说，它们的存在大大地凸显了“岁云暮兮游子思归”的伤怀心境，从而使首尾两联得到了更其真切的呼应。从全作布局的纵向看，则强化了流转的波伏度。这二联又以对偶严整的性能存在于文本中间。颔联在首联之后，这两联以“玉树凋伤枫树林，巫山巫峡气萧森”的诗联松散排列，过渡到“江间波浪兼天涌，塞上风云接地阴”的严整排列；颈联在尾联之前，以“从菊两开他日泪，孤舟一系故园心”的诗联严整排列过渡到“寒衣处处催刀尺，白帝城高急暮砧”的松散排列，形成了“散整整散”这样一种相抱式的组合。这就使整个布局从横向看，出现了两个圈：内圈由用以感兴岁晚自然萧森的颔联之实与用以抒发岁晚游子思归的颈联之以实为虚对立统一地形成，外圈由用以抒发岁晚自然萧森的首联之以实为虚与用以感兴岁晚游子思归的尾联之实对立统一地形成。内圈的严整稳定与外圈的松散荡动共同组合成一个立体化的圆美布局。由此看来，《秋兴·其一》很典型地显示出了中国旧诗圆美流转类结构特征。

这也足以证实律诗当中两个对偶句的安排，对律诗的结构艺术是具有极高的功能价值的，作此设置的始作俑者是谁，是无从查考了。这一位佚名的智者不会想到他的这一设置，变成了世界结构诗学中的一个奇迹。

而律诗的结构艺术，也竟因设置了中二联的两个对偶句，使自己能全方位地显示出中国旧诗的圆美流转类结构体系。

旧诗的句法

句法是对组词成句进行探讨的事儿。旧诗语言建设中组词成句应循的原则，就是旧诗的句法。

拙文《旧诗语言理论的历史回顾》曾提及谢榛《四溟诗话》卷四中如下的话："凡多用虚字便是讲，讲则宋调之根。"也提及冒春荣《葚原诗话》卷一中如下的话："虚字呼应，是诗中之线索也……今人多用虚字，线索毕露，使人一览无余味，皆由不知古人诗法也。"这些说法，我们曾作了这样的阐析：古典诗学理论家已经发现诗家语中虚字多用，会使诗句的构筑明显地有一条串联线存在，那是一条分析演绎的线，其功能是强化句子的陈述性——"讲"。现在我们把这个阐析同"古人诗法"之实践结合起来，当可以发现——上述言说其实也意味着诗家语之功能不应该是多用虚字的线性陈述，即"讲"，而宜于多用实字来按对等原则使这些实字并置，造成互映同感式关系，而排除逻辑推理，从而形成一场点面感发，即"兴"。所以，多用实字更重要的意义是使诗家语的深层处埋有一种隐含关联，显示出特有的隐喻性。这可是涉及诗家语功能结构的问题。有鉴于此，我们认为旧诗的组句原则就该从这么一个功能结构中提炼出来。

这是考察旧诗句法的基点。

值得指出：事物总是处在互为因果之关系网中的。若认为旧诗句法的考察得从上述基点出发，那么我们可以作出这样的预测，旧诗句法的考察将会提供给我们不少“非流行的东西”。如果和日常交际语言相比较，我们当会发现这“非流行的东西”就是由这样一种句法所决定的句式具有强烈的陌生化色彩。当然并不只是旧诗句法会导致句式的陌生化，凡世界上所有的诗性语言——真正的诗性语言，其句法所导致的也都会如此。西方诗学理论家是把逻辑语言和散文语言相应合，而隐喻语言则和诗歌语言相应合的。黑格尔在《诗学》第三卷下册的第三章论及诗的表现时提出“把诗的文字和散文的文字以及诗运用语言的方式与散文思维中运用语言的方式区别开来”[1]的主张，又在《泛论诗的语言》中进一步提出“诗不仅一方面要防止表现方式降落到平凡猥琐的散文化领域，另一方面要避免宗教信仰和科学思考的语调。诗尤其要避免可以破坏形象鲜明性的凭知解力的生硬的割裂和联系以及下判断作结论之类哲学形式，因为这些形式会立即把我们从想象的领域里搬到另一个领域里去。”[2]他其实以知解的逻辑性表现与感发的隐喻性表现之不同来区分散文和诗的语言性能的。沃尔夫冈·凯塞尔在《语言的艺术作品》一书的《句法与诗》一节中对这一话题作了进一层的言说：“在一切语言中，刚好在句法中（也可能在词汇中）和其他种类形成对立，因而就有了一个惹人注意的特殊地位的范围，就是诗的语言。”[3]这个诗性语言的“特殊地位”说及其与其他种类语言的“对立”说，凯塞尔还作了这样的发挥——“我们实在不觉得诗的句法中的‘非流行的东西’，我们毫不考虑地接受了诗中语言的大部分较自由的构造。它们在散文中非常引人注意。为了更准确地理解这种组合的性质，我们开始把它们作为诗句来解释……但是我们发现在诗句中它们引起很少的注意。”[4]这种“诗的句法中的‘非流行的东西’”是很值得注意的，表现在组句活动中即句式构造的陌生化。对陌生化，霍克斯在《结构主义和符号学》中发表过很精辟的见解。这位西方学者是从探讨诗歌独特的存在方式出发来谈“陌生化”的。在他看来，“诗人意在瓦解‘常规的反应’”“重新构造我们对‘现实’的普遍感觉，以使我们最终看到世界而不是糊里糊涂承认它。”为此，他认为“诗歌的目的就是要颠倒习惯化的过程，使我们如此熟悉的东西‘陌生化’‘创造性地损坏’习以为常的、标准的东西”[5]，以便最终构筑一个焕然一新、能充分体现心灵自由的诗意境界。那么这个在我们意识中习以为常、不得不为此而作“创造性地损坏”、使之“陌生化”的东西是什么呢？是语言。语言是原初人在想要认识和把握世界的原始冲动中产生的，本属于来自诗性直觉的创造活动，但随着人类历史与民族文化的发展，语言也渐渐失去其应有的新鲜可感性。诗学要求于诗人的是在认识和把握世界中能保持基于直觉的原始冲动，故相应地特别要求诗人重新发掘和揭示语言身上的这种诗性本质，清除逻辑推论、语法规范蒙在语言身上的概念阴影，使诗性直觉的语言复活，而由此导致的则是在诗歌语言构筑中有最显著的陌生化体现。因此，在对诗歌语言的句法作考察中，句式构造的陌生化现象是很值得关注的。对此，俄国形式主义理论家什克洛夫斯基认为，诗歌语言组句的陌生化不外乎着眼于提高作品的可感性，使人们感觉到它而不是仅仅认知它。〔6〕这就叫反常合道。

由此看来，考察旧诗句法必须特别注意其反常合道性，并牢牢把握其反常而合道的辩证关系。

一、反修辞逻辑组句

反修辞逻辑组句是旧诗句法反常合道的第一个特征。

作为一种反常现象，违反修辞逻辑组成的句子，在旧诗中反能“合道”，是指更合于深入传达主体对世界的诗性感应真实。应该说，旧诗句法中的这一场反常而合道的组句活动，是旧诗语言体系的一种策略性呈示，反映着古典诗人在诗性语言追求中竭力排斥分析演绎、理性推延的态度。

此类组句显现出以主谓宾为主的一场句式构成的反修辞逻辑现象，这现象可分为两类。一类出于通感（联觉）所生的拟想活动，不妨称之为通感谬理组句；另一类出于以物观物所生的拟想活动，不妨称之为拟态谬理组句。它们的总称就是修辞谬理组句。现在分而述之。

先看通感谬理组句。

通感是指感觉相互作用的一种情况，它或者是一种已经产生的感觉引起另一种感觉的兴奋，或者是一种感觉的作用借助另一种感觉的同时兴奋而得到加强的心理现象，其表现是各种不同感觉的相互替代。如见红而引起暖的感觉，见蓝而引起冷的感觉，这是视觉与肤体觉的通感。在诗歌创作中，通感是诗人感受现实生活的一种形式。它可分三种：感觉通感、表象通感和双重通感。通感的使用可以把不易把握的事物属性鲜明地表达出来。但是把通感引入句式构成的活动中，违反修辞逻辑的情况就会出现。且举些例。

陆机《拟西北有高楼》抒写一位佳人高楼弹琴，诗中把她美艳姿容与悦耳琴声结合起来写，有“哀响馥若兰”的句子，竟说她哀婉的琴声，也渗透着她的肌肤的气息，而有兰花一样的芳香。“哀响”是声音，属听觉，被感觉成“馥”，散发芳香，真说得上“鼻有尝音之察，耳有嗅息之神”[7]了。“哀响”能“馥若兰”是反修辞逻辑的，此句显然成了反常组合，却动人地传达出了听觉向嗅觉转化的通感。王维《山中》有“空翠湿人衣”。“空翠”作为一种颜色“湿”了人衣，是色觉向视觉转化的通感，但由此导致主语与宾语的关系违反修辞逻辑。这里句式组合反常，却倒加深了读者对“空翠”的美感印象。在《过香积寺》中王维还有“日色冷青松”之句。“青松”的冷色感竟然使照入松林的阳光也冷了几分，是视觉向肤体觉转化的通感，句式也违反修辞逻辑，是一场组句的反常活动。李贺的联觉能力特强，因此反常组合的句子也特多。他在《美人梳头歌》中有“玉钗落处无声腻”一句，写美人梳发，发长铺地，玉钗沿发滑落，不仅不碎，且无声之声有滑腻感，用了这个“腻”，句子组合反常，却让听觉转为触觉，使肩披浓柔秀发的美人形象得到了细致而贴切的表现。他的《王濬墓下作》有“松柏愁香涩”，说墓地松柏之香是“愁香”，以“愁”这个动词活用为副词，去修饰由“香”这个形容词活用为动词而作的谓语，又让“涩”这个形容词活用为副词作补语去补足“愁香”——把“愁香”的“涩”的感觉传达了出来，这里有几层感觉转化，从心理感觉“愁”转为嗅觉“香”，又从嗅觉“香”转为味觉或触觉的“涩”——这么三类感觉的通感。而“香”

本身无所谓愁与不愁，至于“香”到“涩”的程度也反常，但如此做才展现了两层反修辞逻辑的意思。这样一个句子的反常组合，不仅十分奇特，且把松柏荫里的墓地凄寂逼人的氛围很有刺激性地表现了出来。其他如赵彦端《谒金门》中的“波底夕阳红湿”之句，也极有情味。说“夕阳红”，这正常；在水波里有一片“夕阳红”，也正常；但此句却说水波里这片“夕阳红”竟然“湿”了，就反常。“红”而有“湿”感，是因为这是水波中映出的夕阳光而非一般的夕阳光，于是可以由视觉向触觉转化，这场感觉转化因了而“湿”充当谓语而起了极大的推动作用，使反修辞逻辑的组句活动既反常又合道。当然，此句出自冯延巳《南乡子》中那句“细雨湿流光”，而冯延巳的句子更好，因为“湿”的是“流光”——年华，一个抽象的对象，不仅通感得更显感应世界中的超越意味，而且使更具深远宇宙感应的意象浮现了出来。

再看以物观物之拟想促成的拟态谬理组句。这一类组句可以和通感沾上点边，也可以不沾边。总体来看，这种通过对客观世界的细察，于直觉感应中产生拟态感性联想而构成的拟喻化意象语言，正是天人合一、以物观物的流韵触发诗人进入拟想活动的产物。这样的审美追求，在唐以后的诗人和诗学理论家中有更自觉的显示。前已提及南宋吴沆在其《环溪诗话》中就针对黄庭坚说：“山谷诗文中无非以物为人者，此所以擅一时之名，而渡越流辈也。”这种“以物为人”显示在句法上即拟态谬理组句。一般说来，对实景细察引起直觉拟想，并由此产生主谓宾关系反修辞逻辑之反常组句者较多，如王维《过香积寺》中“泉声咽危石，日色冷青松”两句，都不是出于约定俗成之认识的组合。后一句前面已分析。“泉声咽危石”则是直觉拟想的产物，泉水历尽艰难曲折在乱石堆中流过，所发出的“泉声”被拟人化为在咽泣，一个拟喻意象也就浮现了出来。元末明初唐珙（字温如）《题龙阳县青草湖》中有“醉后不知天在水，满船清梦压星河”句，意谓夜渡青草湖，醉眼看水中映现的那一片星辉满天，不禁引起诗人直觉拟想，似乎舱中夜眠者的“清梦”正压着天河。这“梦压星河”当然反修辞逻辑，却因此能以这一场拟人化表现把一个美丽的拟喻意象浮现出来。值得进一步指出的是，这“泉声”与“危石”“清梦”与

“星河”两对实体之间通过动词谓语“咽”“压”建立起反约定俗成的认识关系，构成的句子虽组合反常，却能调动读者拟想活动，对作为对象世界的“眼前景”产生了更真切的感应体验。其他我们还可以举唐沈佺期《古意》中的“九月寒砧催木叶”、元黄庚《西州即事》中的“山吞残日没，水挟断云流”、宋张耒《初见嵩山》中的“数峰清瘦出云来”等，也全是拟态谬理组句。值得指出，传统诗人一经掌握了以拟想来反常组句的语言策略，又会进一步把此策略在实践中深化下去，那就是建立实像与虚像之间的拟态关系，使读者能感应得更旷远幽深。清王以敏《秦淮晚泛将有武昌之行》中有“六代寻春花有泪，大江流梦月无声”，这后一句中的“梦”是抽象的，不可能被“大江”流走，但这里就用了拟态谬理组句，硬性让大江把“梦”流走了。这个反修辞逻辑的反常句式就合道。试想人生岁月如流、世事如梦，“大江流梦”岂不合道？这里不妨再拿两组可资比较的诗句来检讨一下。一组是都写洞庭湖的。孟浩然《临洞庭湖赠张丞相》中有“气蒸云梦泽，波撼岳阳城”句，诗人拟想水汽能蒸腾浩浩“云梦泽”，浪波能撼动巍巍“岳阳城”，如此构成了两个无限地放大了的巨型拟喻意象，写出了有限空间中实像的洞庭湖无比雄伟的气派和无比巨大的声势。杜甫在《登岳阳楼》中却说“吴楚东南坼，乾坤日夜浮”。他拟想此湖之汪洋浩瀚足能把吴楚两国相接之广野坼裂为二，也能叫乾坤日夜浮沉于中。这种虚写为主、虚实结合的拟态表现，虽使句子呈示为反常的组合，却进一步强化了读者对对象世界的感兴体验，感应出一种超时空的、阔大而深远的意境。再如同样表现风中江景，杜甫在《曲江对雨》中有“水荇牵风翠带长”，以“牵”这一动词来建立“水荇”与“风”之间的拟态关系，句子显示为实写对实写的反常态组合，不过，这只能把风中江河之景写得很生动而已。李白在《横江词》中则有“一水牵愁万里长”一句，以江水牵愁，当然也是拟态，但句子是实写对虚写的反常态组合，因此能把立体的感兴体验深化为情绪传达。此外，如郑燮《小廊》中的“乱鸦揉碎夕阳天”，是具象对具象的拟态；方岳《泊歙浦》中的“人行秋色里，雁落客愁边”，则是具象对抽象的拟态。这种反修辞逻辑的反常组句，同样是合道的，且能使意象更鲜明动人地浮现出来。

修辞谬理组句作为反常合道的生动显示，在旧诗中很是普遍，这表明此类组句“底气”很足。这“底气”来自强调句眼的设置。而句眼设置的强调又是和旧诗语言的词性转化十分方便有密切关系。词性转化即词类活用，我们在上一节《旧诗的词法》中考察旧诗词类划分、词性定位时，已作了充分的论析，认为“旧诗的词类划分虽因含混、词性定位虽因不稳，因而引起一点副作用，但这也大大有利于词性转化、词类活用，强化了通感联觉功能，使诗家语的词汇建设得以取得更近于诗的质的规定性的成就。”但这段话是立足于旧诗的词法而言的。从词法角度看词性转化、词类活用不过是一种存在现象；可是从句法角度看，那可是旧诗组句的重要手段。尤其对修辞谬理组句，更是必不可少；而在为修辞谬理组句设置句眼时，这一手段尤能得到充分发挥。

拙文《旧诗语言理论的历史回顾》中，我们已介绍过古典诗学理论家对“句眼”(或“诗眼”)的看法。释保暹在《处囊决》中率先提出“诗有眼”的主张，并举杜甫诗“江动月移石，溪虚云傍花”为例，认为“‘移’字乃是眼也”。两宋诗学理论家提倡“一字之工”，用来探求“置一字”而动全局的问题，这其实就是探求“句眼”。《诗人玉屑》卷六编入了范温《潜溪诗眼》中的一段话：“诗句以一字为工，自然颖异不凡，如灵丹一粒，点铁成金也。浩然云：‘微云淡河汉，疏雨滴梧桐。’上句之工在一‘淡’字，下句之工在一‘滴’字。若非此两字，亦焉得为佳句也哉……”从这些言论可以看出，范温等通过“一字之工”来言说的“句眼”，其实就是处于语句关键部位的那个经过锤炼的关键词。在组句中重用关键词能使整个句子的表达从庸常变得非凡，一般言说变得情致无限。那么，什么叫关键词？它以哪些字词来充当呢？对此，我们在前面也介绍过：在古典诗学理论家看来，关键词是一些以实字充当的健字。吴沆《环溪诗话》中说自己很赞成张右丞的话：“唯其实，是以健，若一字虚，即一字弱矣！”他还据此而作了发挥：“盖不实，则不健；不健则不可为诗也。”罗大经在《鹤林玉露》中也有“作诗要健字撑拄”的话，并举杜甫诗“红入桃花嫩，青归柳叶新”为例，说“‘入’、‘归’乃撑拄也。”这些言说综合起来无非说作为关键词的健字即句式构架中能负起撑拄重任的实字。那么有

"撑拄"之健能成为句眼的实字在句式中被置于哪个位置呢？我们不妨举一些公认是"健字""句眼"的关键词，看看它们在句中的位置究竟在哪里。如王维《过香积寺》中"泉声咽危石，日色冷青松"句之"咽""冷"，李白《秋登宣城谢朓楼》中"人烟寒橘柚，秋色老梧桐"句之"寒""老"，杜甫《禹庙》中"云气嘘青壁，江声走白沙"句之"虚""走"，陈与义《巴丘书事》中"四年风露侵游子，十月江湖吐乱洲"句之"侵""吐"，李洞《上崇贤曹郎中》中"药杵声中捣残梦，茶铛影里煮孤灯"句之"捣""煮"，陈洎《蓝溪闲居》中"露侵僧履兰三径，春入农歌雨一犁"句的"兰""雨"；李攀龙《怀宗子相》中"春来鸿雁书千里，夜色楼台雪万家"句的"书""雪"，郑燮《小廊》中"乱鸦揉碎夕阳天"句之"揉碎"，王安石《泊船瓜洲》中"春风又绿江南岸"句之"绿"，白居易《琵琶行》中"梦啼妆泪红阑干"句之"红"，李贺《唐儿歌》中"一双瞳仁剪秋水"句的"剪"；杜甫《闻斛斯六官未归》中"荆扉深蔓草"句的"深"；刘宰《长林场海边道上》中"山翠扑征鞍"句的"扑"；韩翃《酬程延秋夜即事见赠》中"砧杵夜千家"句的"夜"等等。上引例句中的一些关键词，的确说得上是"健"的，有撑拄的能力。陈与义《巴丘书事》中那句"十月江湖吐乱洲"，"江湖"下用"吐"的确令人惊叹。高步瀛《唐宋诗举要》卷六中说："言水落而洲出也，吐字下得奇警。"由于诗人在此组句的关键处用了这个表达反常的健字"吐"，全句的确就撑了起来，有一种灵动的动态美，而它出现的位置则是在主语的"江湖"与宾语的"乱洲"之间，能使主体与施受者建立关系之处，而这可是谓语的位置，用在此处之健字的身份乃充当谓语之词。旧诗句法致力于追求句意的生动性，也就是灵动的动态美，更追求句式构成的陌生化，以强化句意的新鲜感，从而引人入胜。要达到这两项目的，句式之谓语部位可是个关键之区，是画龙点睛而使整体灵动起来的"句眼"。而在此处所下的字词就得健而有力，撑拄得起整个句子。由此说来，"句眼"多数在句式的谓语位置上，所下的字词则是动状字。那么，充当谓语的动状字归属哪类性质的词呢？从上引"十月江湖吐乱洲"的"吐"，"江声走白沙"的"走""乱鸦揉碎夕阳天"的"揉碎"看，是动词；从上引"秋色老梧桐"的"老"，"荆扉深蔓草"的"深"，"春风又绿江南岸”的“绿”看，是形容词；从上引“砧杵夜千家”的“夜”，“夜色楼台雪万家”的“雪”，“露侵僧履兰三径”的“兰”看，是名词。这岂不是说呈现句眼的谓语，既可用动词，也可用形容词、名词来充当？我们的回答是肯定的。古典诗学理论家一再说用作句眼的健字是实字，所谓“唯其实，是以健”即是。但除了名物词是实字，动状性质词是属于虚字的，怎么也说成实字了呢？其实古汉语中的动状性质字，都可归入“虚活”字，即准实字。这一来动词和形容词同名词一样，都可算实字，作谓语用了。这不仅显示出“字无定义，故无定类；而欲知其类，当先知其上下之文义何如耳”[8]这个论断之确切，并且把词性转化、词类活用在旧诗句法中发挥作用的问题也引申出来了。旧诗句法中的词类活用现象大多发生在谓语部位，且基本上是名词、形容词的事，而活用的基础则是名词、形容词具有一种可以让词性自由转化的性能。这在古典诗词中例证是触目可见的。不妨看一看形容词在谓语部位的活用。如孟浩然的《游秘省》中的“微云淡河汉”，杨万里《秋日书怀》中的“一叶静边秋”，杜甫《闻斛斯六官未归》中的“荆扉深蔓草”，李益《同崔邠登鹳雀楼》中的“汉家箫鼓空流水”“淡”“静”“深”“空”这几个形容词在谓语部位都活用成动词了，但它们仍保留着形容词的性质表现，因此，这些句子的句眼能给整个句子带来微妙的新鲜感。特别值得一提的是韩偓的《效崔国辅体》(四首其二）中的“雨后碧苔院，霜来红叶楼”“碧苔院”和“红叶楼”中的“碧”“红”，作为形容词修饰“苔”“叶”是正常而平实的叙写表现，但它们可以转化词性，转为动词，即“雨”“碧”了“苔院”，“霜”“红”了“叶楼”，这既保持了形容词的特性而又兼作动词用，就使这两行诗超越了叙写式的平实静态表现而有了灵动的动态美，顿然给人以新鲜感。再看名词在谓语部位的活用。如清黄周星《次韵王于一述梦见赠》中的“瞿峡云千舫”；许浑《别刘秀才》中的“更携书剑客天涯”；苏轼《是日宿水陆寺寄北山清顺僧》中的“草没河堤雨暗村”，“云”“客”“雨”这几个名词在谓语部位都活用成动词了，但它们也仍保留着名词的名物表现，因此这些句子的句眼能给整个句子带来另一种微妙的新鲜感。特别值得一提的是袁枚诗句“细雨苔三径，春愁笛一枝”中的“苔”和“笛”，原本都是名词，但此处却都转化了词性，活用成动词，使“细雨”和“春愁”更具象、更有立体感，全句也灵动起来，给人以超越平实叙事改变静止显出的动态美。总之，形容词、名词词性的易于转化，词类的便于活用，对原本只能靠动词来显示句眼的功能而言，是起了大作用的，即为句眼增添了随词类活用而来的多条审美途径，也为句式提供了随词性转化而来的多样新奇形态。旧诗句法中词性转化、词类活用之功能价值，很大一部分显示在形容词、名词以其词类活用来协同动词共建句眼上。

但动词会同能便易地作词性转化的形容词、名词确立起来的句眼所追求的句意的生动性、所强化的句意的新鲜感要能显示出更多的功能价值，只有让句眼存在于修辞谬理组句中，或者说，修辞谬理组句须依靠句眼的作用才能更强烈地显出其反常得不可思议的陌生化审美效应。对此，不妨引一段葛兆光的话：

诗眼的意义并不仅仅是使诗歌所描述的事物具有“动态”，而是要使这些意象具有“特殊的动态”。“池塘生春草”的“生”字算不得诗眼，而“绿荫生昼静”的“生”字才算诗眼。“池塘生春草”的“生”十分自然，没有人会把池塘里生长出春草这种现象当作不可思议的事，而“绿荫生昼静”的“生”却很别扭，绿树的树荫怎么能生出白天的宁静呢？人们在诧异之余，就要好好地思索一下“生”字的意味。要引发读者的好奇心，则必须使作者在某些程度上有些“不近常理”，而诗眼就常常是把动词、形容词用得很奇怪的一个字。换句话说，就是这个被称作诗眼的字，常常好像与作为“动态发出者”（主语）或“动态接受者”（宾语）的意象接不上茬，对不上缝，非得拐几个变或掉几次头才能体会到这个字眼中蕴含的深意。就像上面我们所引谢灵运与韦应物那两句诗，“池塘生春草”的“生”字对于“池塘”与“春草”之间的意义连缀太直接了，它只不过是一种普遍的自然现象，所以读者一带而过，而“绿荫生昼静”的“生”字对于“绿荫”与“昼静”之间的意义连缀却是间接的。这种“生”乃是一种心理现象，是诗人特殊的感觉，你得仔细体验一下绿树成荫下一个人的感觉，才能领会到夏日午间的树荫中那种静谧与安宁——甚至还有凉爽带来的心理恬淡。正是在你不得不“仔细体验”那个字的意味的刹那停顿中，诗眼凸显了它的存在。〔9〕

这段分析是很到位的。的确，古典诗人对那个处于谓语位置用作句眼的字总要下得很别致，有意破坏主语与宾语之间的修辞逻辑，以致不能正常而是谬理地连缀起来，弄得接受者只好凭经验让思索拐上几个弯后方摸清奥妙，打通二者的关系。这种修辞谬理组句大致可分两类：一类是句眼处下动词导致的谬理组句，另一类是句眼处下形容词、名词活用作动词导致的谬理组句。下面就对这两类修辞谬理组句作些论析。

修辞谬理组句中的句眼下动词是无需词性转化的，但古典诗人懂得这个动词必须无视修辞逻辑，让拉不上关系的主语与宾语硬性连缀起来，这样才能凸显其作为句眼的存在，这是基于句眼的组织功能总是宿命地被定位在不可思议的反常、新奇、陌生化的要求上的，而只有这样做才会使那个被诗句物化的意象得到生动的浮现。杜甫的《禹庙》中有“江声走白沙”，其句眼处下的动词“走”硬性使“江声”与“白沙”连缀起来，但“江声”不能“走”，更不存在在“白沙”上走过“江声”的实际，这是典型的修辞谬理组句的产物。但清杨伦注的《杜诗镜铨》引王阮亭的话，说此句“写得神灵飒然”；清刘邦彦重订的《唐诗归折衷》引吴敬夫语曰：“‘走’字写江声神动。”清卢麦牟、王溥选辑的《闻鹤轩初盛唐近体读本》引陈德公的话，认为此句“作意奇动”，又说“‘走’字险，人不敢道，翻成奇警之句。”〔10〕说是“神动”也好、“奇动”也好、“奇警”也好，总之这是一个得之于“神灵”之句。江浪在白沙上推动曰“走”，是合理正常的；但浪推动要发出声的，于是江浪“走白沙”被拟喻成“江声走白沙”，是反常的，却更合理——意象受通感的作用而得到更生动的浮现。试想若用“响”“荡”，是常人而非“痴人”的感觉与传达，意象的情趣可要淡漠多了。陈与义的《巴丘书事》中有“十月江湖吐乱洲”句，“十月江湖”本非生命，怎能“吐”，甚至“吐乱洲”？这也是修辞谬理组句。高步瀛《唐宋诗举要》卷六中认为：“言水落而洲出也，吐字下得奇警。”的确奇警！这是把“十月江湖”生命化，能发出“吐”的动作，而“洲”也拟喻成可以让生命化的“十月江湖”“吐”出来。以“吐”为句眼的组织结构虽违反修辞逻辑，但这一来，“水落而洲出”的意象被十分灵动地浮现了出来。但值得指出，这些反常而新奇的修辞谬理组句，只是物理意象的语言扭曲表现；用动词充当句眼的修辞谬理组句更有利于心理意象的浮现，这就使这一类组句进入主体内心情思隐喻表现的境界。岑参《宿关西客舍寄东山严许二山人时天宝初七月初三日在内学见有高道举徵》中有“孤灯燃客梦，寒杵捣乡愁”。李庆甲集评的《瀛奎律髓汇评》引纪昀的话，认为“‘燃’字、‘捣’字开后来诗眼之派”，是对的。清黄生辑的《唐诗矩》中说：“三四是‘客梦’时‘孤灯燃’，‘乡愁’时‘寒杵捣’，句法却以倒装见奇。”这就不确定了。旧诗的句法中强调倒装，但这两句并非以此见奇，而是藉句眼“燃”把“孤灯”与“客梦”、句眼“捣”把“寒杵”与“乡愁”硬性建立施受关系的反常组句而“见奇”的。由于“客梦”“乡愁”都是抽象的内心情思，着一“燃”而使“客梦”也具体了，让“孤灯”去“燃”“客梦”，更以变形具象的灵动显示，凝定为隐喻意象而使主体的孤栖感得到生动的表现；着一“捣”而使“乡愁”也具体了，让“寒杵”去“捣”“乡愁”，更以变形具象的灵动显示，凝定为隐喻意象，而使主体的羁旅感得到生动的表现。这种以本色的动词充当句眼的修辞谬理组句，特别能体现出旧诗句法中拟喻化策略的运用，对心理意象的凝定及用来隐喻主观情思确是特别有利，类似例子还可举出很多，如唐皇甫冉《归渡洛水》中的“暝色赴春愁”，《苕溪渔隐丛话》中就说此句“下得‘赴’字最好，若下‘起’字，便是小儿语。”杜甫《曲江二首》之一中有“一片花飞减却春”，清徐增在《而庵说唐诗》中认为是“妙绝语”，“此不是公旷达，是极伤怀处。”明高棅辑的《唐诗品汇》中说这“警策之至，可以动情”。而孙奕《履斋示儿编》卷十《出奇》中对构成句眼的“减”更大为赞赏：“只一字出奇，便有过人处”；还认为这正是“灵丹一粒，点铁成金”。这其实无非是采用本色动词作句眼，藉反修辞逻辑的拟喻化策略来构成意象——这样一场组句活动。而具有这种句眼胎记的意象对隐喻主观情思就特别有利。还值得一提的是唐吴融《秋色》中的“蔓草寒烟锁六朝”。句眼“锁”完成的一场修辞谬理组句，达到的审美效应是拟喻化隐喻意象的凝定，而因此引起的新奇刺激作用，则把一缕具有宏大历史内涵的主观情思传达了出来。句眼这“出奇”的一招，强化的是沧海桑田、家国兴衰的生存大感慨。

用动词构成句眼，不需要有词性的转化，所以修辞谬理组句，出奇得不可思议度虽也很高，但陌生化刺激起来的经验联想比较单一，拟喻化意象所隐喻的实际内容也还比较单纯。由形容词、名词构成句眼存在一个词性转化的问题，不过旧诗句法中，词性纵使能转化，却不是绝对的，其“根性”还残剩着，所以词类活用中往往会显出在“两性”（形容词与动词、名词与动词）间的徘徊特质。由此导致的是，在谬理组句中，陌生化刺激起来的经验联想会曲折复杂，较其拟喻化意象隐喻的实际内容也要丰富深刻一些。

先看形容词充当句眼完成的修辞谬理组句。就一般而言，句眼上的形容词，由于“两性”特质，导致此类谬理组句的句法更适应于对拟喻意象作高层次的凝定。清蒋珊渔《清河旅次》中有“河声寒落日”“河声”是不可能使“落日”生“寒”感的，所以这是反修辞逻辑的反常句式，但当夕阳在暮烟弥漫的秋河水流声中落下去时，会使身历其境者寥寂的听觉感和苍茫的视觉感叠成一体而生萧瑟悲凉之情绪，以致“落日”似乎也生“寒”了，因此，“河声寒落日”所凝定的意象，变形得出奇，却能使主体的心境获得深层次的隐喻表现。王维《山中》有“空翠湿人衣”，也出奇，满山碧翠即使再浓重也绝不可能淋湿人的衣服，但由形容词转化成动词而构成诗眼“湿”硬性让“空翠”和“人衣”建立起主宾间施受的关系，而这场关系却由色彩的视觉和人的肤体觉的相通，感发出由此引起的主体愉悦心绪。从这两个诗例可以看出，形容词充当句眼所完成的谬理组句，重在对内在心理感觉的隐喻。但这一类句眼在旧诗句法上更大的功能价值却在于使凝定得出奇的变形意象具有隐喻的多层次性。白居易《琵琶行》中有“梦啼妆泪红阑干”，这“妆泪”竟然“红”了“阑干”，出奇得有点不可思议……黄庭坚的《次韵柳通叟寄王文通》中有“春不能朱镜里颜”。“朱”即红，作为形容词充当句眼，把“春”和“朱”拉上一层施受关系也违反修辞逻辑，说“春”不能把容颜再红回来，是个不成问题的问题，所以此句颇有痴人语的特色。读它时会感到出奇，读罢非得思考一下不可——这是“朱”在句眼位置上动词化效应所致。但“朱”毕竟还留着形容词的性质特征，因此这个出奇得反常的句子，因了句眼处“朱”的“双性”组织功能，使我们可以有如下几层理解：首先当然是“春”不能把容颜再红回来；其次，春天是个百花盛开的艳红季节，而句眼“朱”以其残留的形容词性能，和“春”这个行为主体相呼应，这对其季节之艳红会起潜在的强化作用，反之也会对（镜里）容颜再红回来这个句眼“朱”起强化作用；再次，这里的“春”却不能把镜里的容颜再“朱”成红颜，让接受者通过隐喻感到抒情主人公与生命的艳红季节之无缘。这几层感受通过句眼“朱”的反常组句活动而产生复杂的交错叠合关系，从而把青春不再这一强烈的生命感慨动人地传达了出来。这样的审美功能之获得，在很大程度上要归功于句眼“朱”的“双性”基因潜在的作用。不妨把这个句子和白居易《渐老》中的“朱颜辞镜去”作个比较，两句意思其实很接近。同样用“朱颜”，只不过白居易从正面说，以动词“辞”为句眼作修辞谬理组句，虽也有点反常出奇，但总的说来，这反常得较简单直率，余味不多。而黄庭坚从反面说，以形容词“朱”为句眼，比白居易单说红颜已逝、青春难再可要层次复杂、丰富，传达曲折、生动多了。

再看以名词充当句眼的修辞谬理组句。处于句眼位置的名词也存在“双性”化的特质，故其组句出奇反常的句法更适应于对拟喻意象作多角度凝定。唐韩翃《酬程延秋夜即事见赠》中有“砧杵夜千家”。这里的名词“夜”转化为动词而充当句眼，意思说砧杵“夜”了千家。这也是修辞谬理组句，颇出奇。砧杵声是不可能使千家万户进入夜幕中的。不过，砧杵声总会在黄昏或月夜的江边响开，以致使人们一听到砧杵声起就会觉得夜已来了。这场经验联想使这个谬理句的句眼“夜”所残留的名词特征也渗透进“砧杵”——这个行为主体，以致强化了它；而千家万户既然熟悉砧杵声响起是夜来临的标志，那么，让名词活用为动词的“夜”在“砧杵”与“千家”之间搭起一条沟通施受关系的“桥”，虽组句修辞谬理，句式出奇，但这一来不但强化了“砧杵”特性，而且也强化了“千家”生态所特具的苍凉情调，更凸显了句眼的存在。清王士祯《秋柳》中有“梦远江南乌夜村”，如果把“乌夜村”当成个专门名词，此句说成“梦断在江南的乌夜村”未尝不可，但这就显得平实。如果把“乌”这个名词活用为动词，成为一个句眼，此句可说成“远离了江南的梦‘乌’了夜色中的村庄”。“梦”不可能“乌”了村庄的，这就显出其修辞谬理组句的特征，但反常往往合道。此反常句所合之道就是意象得到更真切的凝定与更生动的浮现。“乌夜啼”有一种凄迷阴郁的情调，所以“乌”在汉民族传统文化心态中给人以苍茫感，它在这个句子中虽作动词使用，但仍残留着名词的名物性能，渗透在“梦”中，使“梦”抹上一层苍茫感，但它又以动词身份作为句眼，把“梦”与“夜村”之间搭起施受的“桥”“梦”发出乌啼之动状给予“夜村”。“梦”远离“江南”后也就成了一个像有乌在夜啼的村庄了，这是对主体凄迷阴郁心境极好的隐喻。所以名词活用成动词以充当句眼，造句出奇，却更有利于心理意象的凝定与浮现。不过，同形容词活用充当句眼一样，名词活用充当句眼更大的功能价值在于带给隐喻的多角度性。清袁枚在《借病》中有“春愁笛一枝”，“笛”是句眼，由名词转化为动词充当，确切的读法是“春愁——笛（了）——一枝”。这“一枝”来自“笛”，因为“笛”的名物特征之一是可以计数量。“一枝”作为“笛”的数量定位在诗句中存在，“笛”必须是名词。但现在它在句眼处存在已转为动词，成为“笛了一枝”，这“一枝”也就成了“春愁”的数量定位。“春愁”是一枝一枝的吗？显然不是，所以“笛”作为句眼为“春愁”与“一枝”建立起动态美的关系，是修辞谬理，由此展开有组句活动给我们的是这一层意思，“春愁”由“笛”吹出了“一枝”。这很出奇，陌生化引起的刺激效果能把我们引入一个笛韵春夜莫名的惆怅境界，而作为这一句法特定的审美价值则来自“笛”的“双性”功能。句眼“笛”由于还留着名词的“胎记”，因此这句颇出奇的句子除了“春愁笛（了）一枝”这样的意思外，还可以读出如下的意思：“春愁（是）笛一枝”“春（是）愁笛一枝”，甚至经接受者潜意识中的调整，还可以读出“愁笛（是）一枝春”“春笛（是）一枝愁”的意思。更值得一谈的是温庭筠在《送僧东游》中的“灯影秋江树”“秋”是由名词转化为动词的句眼，确切的读法是“灯影——秋（出了）——江树”。意思是“灯影”照到江树上使人感到有一种秋春的情味了。但句式却是“灯影”发出“秋”的动作到了“江树”上，这“灯影”怎么能“秋”出“江树”呢？可见这是谬理组句，但这一来秋夜江中渔火一点照出“江树”孤影的情景确实能引起一种萧瑟凄清的、为秋天所特有的情调，以“秋”这个句眼完成的修辞谬理组句是成功的。但“秋”是“双性”的，还留有名词的胎记，在和“灯影”相应合中，“秋”作为名词能强化的空茫寥寂感，和“江树”相应合，又能强化江边残叶飘飞这种枯木的苍凉衰颓感，所以“秋”之“双性”使这个诗句可以有多种读法，所凝定的意象具有隐喻的多义性能。如也可以读成“灯影（中的）——秋——（是）江树”，即在“灯影”中显现出来的“秋”是“江树”，强调名词性的“秋”和“江树”之间的谬理判断关系；还可以读成“灯影（是）——秋——江树”，强调名词性的“秋”和“灯影”间的判断关系，和“江树”间的同位关系。这二例显示出意象高度跳跃的凝定，隐喻也显得更曲折、深邃、离奇。甚至“秋”的“双性”功能还可以让接受者对这个诗句的内在构成作潜在的调整，从而读成“秋（是）——江灯（里的）——树影”，或者“江树（的）——灯影（是）——秋”，前者强调“秋”和“树影”之间的判断关系，后者强调“灯影”和“秋”之间的判断关系，意象凝定得更怪诞，隐喻得也更曲折有致。

总之，修辞谬理组句是旧诗语言学中一项极其重要甚至带有本质性意义的句法原则。修辞谬理即违反约定俗成的修辞规范，显示在句法中，是一场组句反常的现象，而陌生化效果则成了它不容忽视的审美功能价值。所以修辞谬理组句最能反映出旧诗句法中的反常合道特性。但必须看到，旧诗中这场出奇的组句活动得以充分展开并取得特佳成绩的根本保证，从纯诗性语言角度看，乃在于古典诗人在组句中重视一种建立在词性转化、词类活用基础上、可以称之为句眼的功能机制。句眼所追求的“一字之功”使它具有牵一发而动全局的意义。唯其如此，才使句眼总是凭藉锤炼动词和词性转化的形容词、名词拟喻功能的发挥来完成一桩桩不同寻常到不可思议的句式组织，并通过由此凝定并浮现的意象来显示旧诗语言高水准的隐喻功能。当然，旧诗这种藉句眼达到的隐喻功能，不同于藉对等原则达到的隐喻功能。那么，旧诗中藉对等原则达到的隐喻功能又如何显示在句法中呢？

这就需要进一步考察旧诗中反语法规范的组句活动。

二、反语法规范组句

反常态组句还有另一种显示，那就是以反语法规范为核心的组句。

苏珊·朗格在《艺术问题》的第十讲《谈读的创造》中一开头就提出“要把诗的语言同普通的会话语言区别开来。”在她看来，“诗人创造的是一种幻象”，“是通过某种特定的用词方式而得以实现的”，而这样的幻象即是意象，故“诗也就是意象”。有鉴于此，这位诗学理论家作出了一个判断——须“把诗的语言大体看作是造型性的而不是通讯性的”。由于诗总是以一个有机整体而存在的，故诗的幻象或意象的造型是一个系统存在物——“事物组成的整体”，而不是“各种事物的个别性质”，这也就决定了读者“期望从诗中找到含义清晰的句子”，是没有必要的，在苏珊·朗格看来，反倒“在很多时候，诗中那些难懂的部分和不易领会的含义还能创造出某种东西”。因此，“首先必要‘排除那种斤斤计较局部处的’某些地方意义的连贯性和一致性”，而去重视“另一种连贯性”，即从整体着眼，看成是“一种形式上或心境上的前后一致”。这样的幻象或意象世界，是一个通过语语完成的“对生命、情感和意识的符号性表现”，它具有的是“造型能力”而不是“通讯能力”。因此，苏珊·朗格启示我们诗性语言“不是陈述”，它不必为了“通讯”的“明晰”而去迁就语法规范，也就是说，为了幻象造型而不是为了“通讯”的需要，诗性语言中主谓宾定状补的规范序列，在组句中允许颠倒错乱和缺失省略。〔11〕

旧诗的组句的确也存在着语序错乱和成分阙略的现象，它们作为反语法规范的特征，显示着旧诗语法的又一大规律。

先谈旧诗反语法规范的第一大特征——语序错综。

在中外语言诗学理论中，对语序错综问题是谈得很多的。这种语序错综现象在中国古典诗学中最早提出来的恐怕是宋葛洪在《冷斋夜话》中针对杜甫的名句“香稻啄余鹦鹉粒，碧梧栖老凤凰枝”的一番话：“（此联）若平直叙之，则曰：‘鹦鹉啄残香稻粒，凤凰栖老碧梧枝。’以‘香稻’于上、以‘凤凰’于下者，错综之也。”明胡震亨《唐音癸签》卷四也针对杜甫的诗说：“本言‘草碧’，却云‘碧知湖外草’；本言‘獭越鱼而溪喧’，却云‘溪喧獭越鱼’，所谓顺者倒之也。”对语序错综的意义，最早提出的则恐怕是宋蔡絛在《西清诗话》中论述的一则王安石改诗的掌故——我们在前面已提过：王安石对王仲至的《题壁》诗中“日斜奏罢长杨赋”改作“奏赋长杨罢”，且说：“诗家语如此乃健。”宋孙奕在《履斋示儿稿》卷十中论及杜甫诗时，发现杜甫多用倒句说：“倒用一字，尤见工夫。”“凡倒著字，句自爽健也。”清冒春荣在《葚原诗说》卷一中就提出“句法有倒装横插”的现象，并认为这是“不能直达，因委曲以就之”的一种策略所致，并认为许多人的诗“句多直率，意多浅薄”，乃是漠视倒装，“不能尽然其法”所致。特别值得一提的是明李东阳在《怀麓堂诗话》中的一段话：“诗用倒字句法，乃觉劲健。如杜诗‘风帘自上钩’‘风窗展书卷’‘风鸳藏近渚’‘风’字皆倒用。至‘风江飒飒乱帆秋’，尤为警策。予尝效之曰：‘风江卷地山蹴空，谁复壮游如两翁。’论者曰：‘非但得倒字，且得倒句。’予不敢应也。”论者乃举予《西涯》诗曰：“‘不知城外春多少，芳草晴烟已满城’以为倒句，非耶。予于是得印可之益，不为少矣。”他既赞赏杜诗的倒字句法，又在自己的创作中运用倒字句，可见他对语序错综的好感。至于西方诗学中对于语序错综的句法现象也有很多言说。雅可布森认为：诗歌语言是“对普通语言的有组织的侵害”[12]。什克洛夫斯基认为诗歌语言是“歪斜”“别扭”“弯曲”了的语言，“诗歌的目的就是要颠倒习惯化的过程……创造性地损坏习以为常的、标准的东西，以便把一种新的、童稚的、生机盎然的前景灌输给我们”。特伦斯·霍克斯在比较诗歌语言和日常语言时也认为诗歌语言是出于“诗人意在瓦解‘常规的反应’”的产物[13]，而他们眼中这种对常规的“瓦解”，对习以为常的标准的东西的“创造性地损坏”的主要标志是语序错综。沃尔夫冈·凯塞尔在《语言的艺术作品》中则对语序错综及其意义有更具体而深入的言说，凯塞尔把句法主要地看成是“词序”——词的“次序安排的学问”[14]，因此在论述诗歌句法时，他提出“词序由美学的倾向来规定”，并对达玛梭·阿隆索认为语序错综是一种“美学价值的表现手段”引为知音，还对阿隆索论析贡拉多诗中“词序变换”的言说认为“非常正确”，因为阿隆索认为“词序变换”是“一种适当的手段，以便在许多情况之下赋给语言以一种弹性和松散性”，允许一个句子具有能使“一个意象的暗示变得轻松”的“轻灵的组合”，并且因了词序“位置变换”“使一个词可能进入节奏的紧张中心”“使一个诗句成为一种高妙地完整的统一体”[15]。凯塞尔还在《句法的形式》一节中从“句法的风格特点”角度来肯定成分在组句时打破语法规范作“换位”的必要性，如“主语和谓语改换位置”，就“是引人注意的风格特点”[16]。西方诗学理论家还对一些著名诗人在创作中显示的语序错综追求作了大力肯定。凯塞尔引述了希比泽尔谈贡拉多的诗歌语言特征就是“造句的错综复杂”，并赞赏希比泽尔对这种“句的构造”解释为“是一个世界紊乱的象征”[17]。乔治·斯坦纳在《通天塔》中谈到诗人荷尔德林的语言本体论时也说：这位诗人“使用颠倒语序、把谓语与宾语分开、把名词与前面或后面的定语分开、打破谓语和定语的对称等修辞手段，制造了一种讲德语的人能懂的‘德语——希腊语’”。[18]

值得指出，旧诗中语序错综是仅对汉语所统一的语法规范而言的，但有些旧诗如楚辞，其诗性语言，是以楚语为基础的，楚语虽系古汉语的一个分支，总体说来合乎古汉语的语法规范，但也有一小部分合于楚语自身特有的语法规范。因此，楚辞语言中有些语序从古汉语的语法规范来衡量，是颠倒错乱的，但从楚语特有的语法规范看倒是正常的，如人称代词“我”“余”“吾”，在否定句中作宾语，它习惯地置于谓语前面，《离骚》中“国无人莫我知兮”，其实就是“莫知我”的词序错乱，《涉江》中“世溷浊而莫余知兮”，《惜诵》中“进号呼又莫吾闻”，其实也是“莫知余”“莫闻吾”。又如“以”，作谓语动词用，则宾语置于前面，《离骚》中“余独好修以为常”，其实是“余独以好修为常”；作介词用，则宾语置于前面，并且此宾语又成了前一动词谓语的宾语，如《离骚》中“折若木以拂日兮”，其实是“折若木，以若木拂日兮”。这种种实出于特定地区特定方言的惯用法，说它们是语序错综也好，不是错综也好，总之这些全是从日常用语的语法现象上立论，而并非“诗家语”有意作反语法规范之举，所以要把这种现象排除在旧诗反语法规范这一反常举措的考察范围之外。从“诗家语”的句法演变总体格局看，在近体诗出现之前，语序错综的情况其实出现极少，一般说都还是以正常语序为主的。不过，这种“正常”化其实对“幻象造型”不利，所以像《古诗十九首》这样质直、自然的语言表达，被明谢榛在《四溟诗话》卷三中作了这么一番言说：“平平道去，且无用工字面，若秀才对朋友说家常话，略不作意。”这是称道呢，还是奚落，暂不去管，但“诗家语”成了语序过分完整正常、过分吻合“约定俗成”的接受顺序，从而使意义过分明确易懂的“家常话”，那显然使诗性语言失去弹性，弱化了因“陌生”“反常”“变形”引起的那种激活联想的强刺激效果。但从谢灵运开始，以“典丽新声”对“平平道去”的“家常话”式质直风格进行反叛，特别是从沈约开始提倡声律，让“句法就声律”的风气日盛起来，到近体诗兴起，终于使“句法就声律”成了诗人们之间铁定的“约定俗成”意识，旧诗句法终于也从“平平道去且无用工字面”的“家常语”陷阱中超越出来，走上了“诗家语”的正道，而其标志则是以杜甫为首的大力起用语序错综。

这方面的例子是很多的。如宋胡宿《泛舟》中有“一篙海客乘槎水，两桨仙人取箭风”，这是“海客一篙”“仙人两桨”的主谓语序颠倒。王维《春日上方即事》中有“柳色春山映，梨花夕鸟藏”，是“映春山”“藏夕鸟”的谓宾语序颠倒。清蒋珊渔《清河旅次》中有“河声寒落日，秋色老垂杨”，确切地说应该是“落日”“寒”了“河声”，“垂杨”“老”了“秋色”，现在成了主宾语序的颠倒。白居易《西湖晚归回望孤山寺赠诸客》中有“烟波淡荡摇空碧，楼殿参差倚夕阳”，是“淡荡（的）烟波”“参差（的）楼殿”的主定语序颠倒。唐李商隐的《茂陵》中有“茂陵松柏雨萧萧”，是“萧萧雨”这一动状语序的颠倒。唐许浑《松江渡送人》中有“晚色千帆落，秋声一雁飞”，是“千帆”在“晚色”中“落”，“一雁”在“秋声”中“飞”，这是让状语处于句首的语序错乱。唐李昌符《赠供奉僧玄观》中有“夜木侵檐黑，秋灯照雨寒”，是“侵黑檐”“照寒雨”这样补语后置的语序错乱。杜甫《江汉》有“片云天共远，永夜月同孤”，是“片云共天远，永夜同月孤”这样介词性动词倒置的语序错乱。语序颠倒错乱得最厉害的莫过于杜甫的两个名句，一个是“风江飒飒乱帆秋”，另一个是“香稻啄余鹦鹉粒，碧梧栖老凤凰枝”。前一句我们后面再说，后一联千百年来说好说坏众说纷纭，值得先来看一看。清吴景旭在《历代诗话》中说：“此为倒装句法。”在他看来正常语序应是：“鹦鹉啄残红稻粒，凤凰栖老碧梧枝。”他还引了顾修远的一段话来佐证：

……诗意本谓香稻乃鹦鹉啄余之粒，碧梧则凤凰栖老之枝。盖举鹦鹉、凤凰，以形容二物之美，非实字也。重在稻与梧，不重鹦鹉、凤凰。若云“鹦鹉啄残香稻粒，凤凰栖老碧梧枝”，则实有鹦鹉、凤凰矣。

这是从凸显“香稻”“碧梧”这两个意象的角度来认识语序错综的作用，称颂杜甫这一反语法逻辑的句法追求的。宋沈括在《梦溪笔谈》卷十四中则认为“盖欲相错成文，则语势矫健耳！”这是从“句法就声律”的角度来肯定语序错综对“语势”韵致形成的作用，称颂杜甫这一反语法逻辑的句法追求。而当代学者——如易闻晓，在《中国诗句法论》中对这一联语序错综的审美价值作了更深一层的言说：

香稻、碧梧之置于句首者，以先入眼也，唯此乃有萧瑟之“秋兴”，若将“主语”鹦鹉、凤凰前置，则强调斯二鸟矣，与整首“秋兴”之意必有不契；既已见香稻、碧梧矣，则又分别见其稀疏不多、摇落将老，乃倍增其秋兴之慨；而香稻若为鸟雀等啄，则俗意不入，且碧梧倘为山鸡等栖，则雅意顿丧。整联宛然萧瑟秋景，而宋玉悲秋，向称雅事，岂以鸟雀、山鸡等入此秋兴图轴乎？而即此悲秋之时，意绪茫然若失，又岂斤斤计较笔下所写是否合于“主谓”或“名词语”之式，且为借此一联交代事实、传达知识、说清道理乎哉！诗者以意为之主，固谓藉象兴情，必不如此推求。而其“语序”则唯意所重，不拘语法结构。〔19〕

这一番话把语序错综的这个名联提到“强化‘秋兴’之慨”的审美高度，来对杜甫反语法逻辑的句法追求作肯定，比上面两位古人的言说要深刻一些。当然，杜甫所醉心的语序错综的句法追求到如此极端的份上，对“幻象造型”究竟有多少价值，只能是各说各的，很难作出更合于审美真实的判断。但对此类反语法规范的句法追求对“幻象造型”是有特殊意义的，倒也是可以肯定下来。我们不妨举汪滨的《寒食访北江里第》中的一联：“寒食连番雨，桃花到处村”来看看。如果词序合于语法规范，此联应该是“连番寒食雨，到处桃花村”，系定语前置的一种语序错综句法。这样的反语法规范究竟有何意义呢？对此，黄永武在《中国诗学·设计篇》中有这么一段话：

> 如果写成“连番寒食雨，到处桃花村”，便是日常的语言，便是村熟小儿的口吻，哪里值得北江诗话去赞赏！然而将小儿的凡物一颠倒，“桃花到处村”，将修饰“村”字用的“桃花”变成了主词，与常理不合，乍看几乎不通，细读却有很新奇的意趣。因为除了原有的“到处是桃花村”的平板含意外，歧义很多，还可以解释为“有桃花处就成了村落”“桃花到处，就出现村落”“桃花一点便红出了村落”等等，几乎有翻译不出来的语意，而死板的“村”字也随着活起来，和上句的“雨”字一样，兼含些动词的意味，这是不守日常语法所造成的灵趣。

这个说法就相当好，提出了一个语序错综能使诗句具有多义性价值的问题。

的确，语序错综能使句子具有多义的特性。说具体点，这种颠倒错位现象使诗句能打破线性逻辑思维结构，让直觉感应、印象摄取对象世界之所得可以按生态的本然得以显现，使读者通过意象载体的语言去寻觅各不相同的感应，获得多义的感兴体验。且举晏几道《鹧鸪天·彩袖殷勤捧玉钟》中的两句——“舞低杨柳楼心月，歌尽桃花扇底风”来作一探讨。这两个句子除了“舞低”“歌尽”可以确定是属于谓语加补语的成分，其余是两句中各三个名词：“杨柳、楼心、月”和“桃花、扇底、风”，同时推出、平行呈现于读者之前。从语言结构看，它们之间的成分规范关系没有显示，因此，因了完整的语序的含浑而使接受者心目中更有理由把这两个句子看成是语序错综的句式，从而让他们在鉴赏时更能自由地从对象世界直觉印象中会捕捉各不相同的感兴体验，进而作各不相同的语序安排，于是就会出现像如下所拟的多义性理解：

（1）楼心舞残了杨柳月，
　　扇底唱淡了桃花风。
（2）舞低了楼心彻照的杨柳月，
　　歌尽了扇底系荡的桃花风。
（3）楼阁喧闹，舞低了杨柳月，
　　扇影凌乱，歌尽了桃花风。
（4）曼舞楼心中，杨柳梢头月已底，
　　长歌扇影里，桃花丛中风已尽。
（5）杨柳梢头明月，已被楼心彻夜曼舞得沉落，
　　桃花丛中香风，已被扇底通宵长歌得散尽。

侧重面不同的这五种译述不言而喻展示出对这两句诗理解的多义性。黄永武说“这是不守日常语法造成的灵趣”，斯言诚然。

现在再来谈旧诗反语法规范的第二大特征——成分阙略。

诗歌句法中成分阙略现象的存在实况与审美评价，中外诗学理论家也颇多言说。中国语言诗学理论中这方面的言说，可以张右丞、吴沆、范希文、李东阳等为代表。范希文在《对床夜话》中提倡省略句，他以杜诗为例，举“紫收岷岭芋，白种陆池莲”，认为这是“紫（因）收岷岭芋，白（因）种陆池莲”的省略。这种成分阙略的提倡，是因范希文推崇多用实字、“四实为第一格”——即主张写诗得像唐诗那样将大量意象挤压在一起，追求压缩饼干式的句法分不开的。可惜他在推崇省略句时没有同崇实抑虚以求意象具足明确挂钩，李东阳倒是有意识地让二者挂上钩的。李东阳不是崇实抑虚的强硬派，在《怀麓堂诗话》中他还推崇盛唐人诗中善

用虚字："其开合呼唤，悠扬委曲，皆在于此。"不过，他对使用虚字是保持着警惕性的，认为"用之不善，则柔弱缓散，不复可振"。可以说在骨子里，他还是个崇实抑虚派，多少有点把虚字看成闲字。在他看来，"不用一二闲字，止提缀出紧关物色字样"，以求得诗句中"意象具足"才好。这就是崇实抑虚的反映。这种崇实抑虚其实在宋张右丞、吴沆的诗学言论中早就有反映。吴沆在《环溪诗话》中论及杜甫的诗歌句法时曾引张右丞的话说：

杜诗妙处，人罕能知。凡人作诗，一句只说得一件事，多说得两件。杜诗一句能说得三件、四件、五件事……如"重露成涓滴，稀星乍有无"，然"露"与"星"只是一件事；如"孤城返照红将敛，近市浮烟翠且重"，然有"孤城"也有"返照"，即是两件事；又如"鼍吼风奔浪，鱼跳日映沙"，有"鼍"也，"风"也，"浪"也，即是一句说三件事；如"绝壁过云开锦绣，疏松夹水奏笙簧"，即是一句说了四件事；至如"旌旗日暖龙蛇动，宫殿风微燕雀高"，即是一句说五件事。惟其实，是以健；若一字虚，即一字弱矣。

在引了这段话后，吴沆发挥说："五言诗中每句用上两物，即成气象；用三物，即稍工。七言诗中，每句用上三物，即成气象；用四物，即愈工。"他们的所谓"物"，在语言上即名物词，也就是实字。多用实字，尽量少用虚字，导致的也就是范希文所提倡的省略句。可惜这三位宋代诗学理论家都没有把通过崇实抑虚以求句法的阙略提升到"意象俱足"的功能价值上来立说，而明代的李东阳超越了"是以健"的抽象言说，而提出"意象具足"，实是更高明一些的。现代诗学理论家黄永武在《中国诗学·设计篇》中说："这些实字间，由于很少应用连接词为转折，意象间的关系因省脱了连接词的局限，反而增多其自由延伸的天地，显得意义繁富。"[20]这已是对崇实抑虚句法导致成分阙略的功能价值更进一步作言说了。但从理论上对成分阙略作总体认识的，还是易闻晓，他在《中国诗句法论》中说：

……诗语的阙略有其种种原因，从诗的本质上说，它以缘情达意为主，而情意虚灵广大、隐约难明，根本不需成分齐全、结构紧密的语言传达于外，而只是若隐若现，点到即止，乃寓托于事象之中，唯凭读者生发感悟，想象意接；从语言运用上说，由于汉语表达本身的灵活性在诗语中的突出体现，成分的残缺并不影响情意的传达和意象的呈现；从诗的体制上说，则其句式一定，字数一定，句数一定而篇幅短小，因而必讲精炼简约，这就在至为切近的方面强使诗语简练精到，从而阙略并非必要的“语法成分”。[21]

说真正意义上的诗性“情意”是“若隐若现，点到即止”的，并“寓托于事象之中，唯凭读者生发感悟，想象意接”，这可说说到旧诗乃点面感发类隐喻语言体系的点子上了。可惜他说：“情意虚灵广大，隐约难明，根本不需要成分齐全……”还缺乏点理论的深入阐释。

西方语言诗学中，对句法中的成分阙略追求如同对语序错综的追求一样，是从诗情感受的幻象化与审美传达的“陌生化”为逻辑起点出发的——如同俄国形式主义者施克洛夫斯基所说的：“艺术的目的是给予事物的感受以幻象而不是认知；艺术的手段是陌生化的手段和给感受以难度和广度的困难形式的手段……。”[22]在西方诗歌中成分残缺作为一种句法现象，普遍能见到。沃尔夫冈·凯塞尔在《语言的艺术作品》中谈到象征主义的诗歌语言时指出：这一派诗人“企图把文学的语言从一种太‘逻辑地’构成的句法的支配获得解放”，因此他发现在马拉美的诗歌句法中出现“对于‘名词构造’的偏爱”而不及其余产生的陌生化现象。他还进一步提到葡萄牙象征主义诗人马列奥·德·萨一卡纳伊罗“有整首的诗在句中没有一个动词”的，又从象征主义诗人卡密罗·裴桑哈的诗里发现“句的概念本身在这里变得动摇”，这里的句式“不像大家所熟悉的标志着日常生活中热情语言的、小前提式的形态”“它们听起来像叫喊、愿望和诅咒等等”，而“很难有联系的外在的语言手段”。[23]埃米尔·施泰格尔在《诗学的基本概念》中也谈到抒情诗的语言“完整的句子往往让位于句子‘部分’的或者单个词的某些松散的连续”，以致弄得“算不上一句句子”的现象，“甚至常常只留下个别的、无联系的词”的“孤零零地兀立”。[24] 由此他认为抒情诗的语言中，“关联有时是不明确的，在更多的情况下，它根本就没有形成”，并由此悟到，“情调的统一性是比关联更加必不可少的”，而“语言在由并列搭配到主从搭配、由副词到连词、由时间连词到原因连词逐渐地朝逻辑的明确性发展的过程中，获得了许多东西，但在抒情式中，语言看来又失去了这些东西。”[25] 还是在这些让人充分地感到陌生化与令人困惑的发现与思考的基础上，施塔格尔得出了诗歌语言中的“省略句”。“省略句这个概念是说：在某一语法构造里缺了点什么，这缺少的虽是句子的一部分，缺了也无碍于理解。如果把缺少的部分加进去，那么，句子的语法搭配跟句子的意义是吻合的。但是，在我们所列举的例子里，若要添进什么而又不伪造抒情式的含义，那是办不到的。”对这种种句法中的“省略”现象，沃尔夫冈·凯塞尔还有一个总体的思考，在《语言的艺术作品》中，他在研究了组句中的“脱落”“省略”现象后说：

> ……从表面上看来，这当中缺少一个句的部分：“一个美丽的故事”来代替“这是一个美丽的故事！”但是语言哲学家曾经特别强调，在真正的意义上根本没有“省略”。它不需要任何东西来补充，因为基本上并没有省了什么东西。毋宁说：事物本身是这样，句的其他部分一看执行了在外表上缺少的句的部分的功能。在这个地方显示出一种思想僵硬的学术语法和生动语言之间的差异。著名的典型的一个词的句：“火！”“救命！”在最近语言哲学讨论中曾经占过重要地位。每当日常的直接谈话重现的时候，省略的例我们在文学中常常发现。[26]
>
> 这是可以与易闻晓对成分阙略的言说相呼应的，中西诗学理论家都认为成分阙略是意象语言化过程中完全属于本然的事。

旧诗中成分阙略的情况又如何呢？一般说旧诗中作为主要成分的主语、谓语和宾语中主语的缺失较多，次要成分的定语、状语和补语不仅时有省略，且省略得很多，有些涉及性质、特征、情状非有修饰不可的，也总是让修饰成分溶入特定词语中，紧紧结成一体，化为复合词语呈现出来，如“碧色的”草就称“碧草”，“惊飞的”沙，就称“惊沙”，“暮色里撩拨起游子伤感的”炊烟就称“愁烟”，“飘飞的”雨就称“飞雨”，“苇丛中掠过的”风就称“苇风”，“梦里也在发生的”思念就称“梦思”，“正在消逝着的”春天就称“流春”等等，这样的构词不仅能淡化修饰关系的外在痕迹，且能使词语更富于意象化的色彩感、情味美。这和西方十分讲究形容词、副词的修饰功能形成了鲜明的对照。这种种使旧诗的诗行同西方诗、新诗有个很明显的不同，后者往往几个诗行合成一个句子，旧诗则相反，一个诗行可以包含一到三个句子，我们习惯地称为“紧缩句”。从成分的阙略看，主语的省略在旧诗中显得最普遍，尤其是以人称代词充当的主语，从近体诗以后，几乎是约定俗成地省略的。王维《竹里馆》中的“独坐幽篁里，弹琴复长啸”，主语被省略了。韦应物的《滁州西涧》中有“独怜幽草涧边生，上有黄鹂深树鸣”，谁独怜呢？主语被省略了。谓语省略的也很多，如李煜《望江南》中有“多少恨，昨夜梦魂中”，谓语“出现在”被省略了。汪元量有《酬王昭仪》中有“一灯夜雨故乡心”，是“一灯夜雨唤醒了故乡心”，谓语“唤醒了”也已被省略。充当定语或状语用的介宾结构中，介词的省略也十分普遍。我们不妨举两个表现同一个意象化事件的句子来看看，一个是李白《忆秦娥》里的“秦娥梦断秦楼月”，这“秦楼月”其实是“在秦楼月色中”，省略了“在……中”的介词；另一个是温庭筠《菩萨蛮》中的“绿窗残梦迷”，这“绿窗”其实是“在绿窗里”，省略了“在……里”的介词。旧诗中次要成分的定语、状语的阙略，除了上面提到充当定语的形容词与名词结合成一个复合名词，充当状语的副词与动词结合成一个短语，它们的修饰作用大多淡化甚至隐失了以外，介词的省略使充当定语或状语的介宾结构也变成了名词或动词，以致隐失了原该具有的修饰作用。上述所引例证是就某一词语或成分省略所作的论析，如果全面地看，还可发现各种省略。如“一灯夜雨故乡心”，“一灯”其实是“一灯照亮的”——一个作定语修饰“夜雨”的主谓短语；“故乡心”中的“故乡”其实是“思念故乡的”——一个作定语修饰“心”的动宾短语，完整的说法应该是：“一灯（照亮的）夜雨（唤醒了）（思念）故乡（的）心。”一个只七个字的短短的诗句，要使其成分全补足还得增添九个字。这种情况尤其典型的是唐·释齐己《闻南颜上人创新居有赠》中的一个句子："枕上潺湲月一溪"。我们把它完整地写出来就该是：

"(我)(在)枕上(听到的)潺湲(的水声)(来自)月(光照耀下的)一(条小)溪。"

这个似乎残缺不全的七言句，经我们一补足就得增加十八个字，多了两倍又半。可以看出这个诗句阙略了主语、介词、形容词化的动词、形容词化的名词、谓语、介宾结构形态、量词、形容词，可谓一行诗中集成分阙略之大全。那么，在一首诗中这种成分阙略的情况又如何呢？

我们不妨举孟浩然的五绝《宿建德江》为例："移舟泊烟渚，日暮客愁新。野旷天低树，江清月近人。"每行两句，四行20个字竟有八句之多。先看主、谓、宾。第一行"移舟—泊烟渚"，两个小句子都省略主语；第二行"日暮—客愁新"，两个小句子都属判断句，不存在宾语省略问题；第三行的"野旷—天底树"与第四行的"江清—月近人"各行均两个小句子，前一句是判断句，后一句算是主、谓、宾完全的结构。再看定、状、补，在这首诗中，等于全被省略了；"烟渚""客愁"已成复合名词，"烟"与"客"这里不能算句中修饰成分。当然，《宿建德江》决非旧诗成分阙略的极端例子，这类例子最典型的还数白朴的小令《天净沙·春》"春山暖日和风，阑干楼阁帘栊，杨柳秋千院中。啼莺舞燕，小桥流水飞红。"除了"院中"算不得名词，其他十三个名词词组拼合在一起，说它们是十四个句子中的主语吧，则都省略了谓语和宾语；说它们是宾语吧，则各省略了主语、谓语。这才叫成分阙略的极端例子。白朴只是把他对春天的一串感觉印象如实展示出来而已，外在关联全没有，却有内在的心理连锁式关系，那就是诗人由对风和日丽、生气蓬勃的春天世界所作直觉印象激发出来的感兴体验，通过微妙的心灵感应，使得这十几个光秃秃的意象名词组合成了一个有机整体。而我们在这里也获得了一点启发，旧诗诗句虽光秃得像电报符号一样，反倒比新诗中起用那么多修饰词语去修饰主要成分更有激发感兴的魅力。此中奥秘何在呢？省略了所有可能导致理性分析、推论的有关成分，留下那些电报符号样的意象化名词，按主体内在感兴体验作整体性的有机搭配——这是个关键。这里不妨再举皇甫松的《梦江南》来作一论析，原诗是："兰烬落，屏上暗红蕉。闲梦江南梅熟日，夜船吹笛雨萧萧。人语驿边桥。"它共有六个诗句，除第六句中的"驿边桥"是个介宾结构给"语"这个动词谓语作补语，其余名词、动词均阙略修饰、补足成分，第三、第四句连主语也省略了，但它以"兰烬""屏""红蕉""梦""江南""梅熟日""夜船""笛""雨""人语""驿边桥"——共十一个来自诗人直觉感应生存世界之所得、且具有悠远深长之情致韵味的意象化词语，作出色彩和谐、搭配匀称的整体有机组合，以游子客乡深宵、春雨江南，远梦驿边桥头夜别——这样一幅今宵与往昔，现实与回忆相交融的人生意境图，来把诗人生涯孤寂的心理生态充分地兴发感动出来。由此看来，旧诗句式成分虽然过多阙略，给人以光秃秃之感实在并不可怕，只要让一些富有较强感发功能的意象化词语在整体上作出与诗人内在心理连锁式结构相应合的有机组合，其审美功能就会远远超过无节制地扩张修饰成分的西方诗歌。

有鉴于此，我们要称颂旧诗句法中这一成分阙略的语言策略，它是使旧诗走向点面感发类隐喻语言体系的一条极佳通道。可以毫不夸张地说，旧诗这种成分阙略不仅合理，且值得提倡。譬如主语的阙略，特别是人称代词充当主语的省略，造成行为动作发出者是谁不能确定，反而能扩大和深化对文本的感兴体验与顿悟。李白有《静夜思》："床前明月光，疑是地上霜。举头望明月，低头思故乡。"这首诗已传诵千古，多少游子于他乡深宵时分，偶尔抬头望月，心头都会浮起这首诗来，如同从自己心坎儿里飘出来的一般。因此可以说，这首诗的抒情形象有极其广泛的认同性。那么，原因何在呢？正是主语的阙略！实用主义者会问：是谁站在井床边，把满地月色疑为繁霜一片，是谁举头望明月，引起了思乡之情？文本当然回答不了，因为主语阙略了。但文本也完全可以回答：是你，是我，是他，是这个世界上自古至今所有羁留他乡者中的每一个人，是自古至今人类中每一个富有人性之"人"。由此看来，这首诗主语阙略的情况就是好，可以使抒情主人公浮了起来，成为富有人性的“人”——这个抽象概念的象征体。把人称代词充当主语的成分阙略，作为旧诗语言策略中的一项追踪下去，其依据就是自我融入客观对象，以物（我）观物（月），在物我两忘中对生命存在永恒的孤独、故乡何处千载的怀恋作了一场直觉观照，而这也真不必确认抒情主人公是谁，可以阙略主语了。

成分阙略还影响到旧诗句群（包括紧缩句、复合句）组织的特殊性，这同古典诗人在追求成分阙略中特别不爱用表关联、转折的虚字有直接关系。

先看同一个诗行的紧缩句中各个小句之间的关联情况。这些小句外在看都是并列的。真正的并列紧缩句，不用关联词语是正常的，如李白的《清平调》中的“云想衣裳花想容”，是货真价实的两个并列句置于一行中，无需关联词语是正常的。但并非并列关系，而是因果、条件、转折、让步等关系，旧诗——特别是近体诗中，所有的关联词也全被省略了。如杜牧的《过华清宫绝句》中有“一骑红尘妃子笑”，这个紧缩句的两个小句间是存在着因果关系的，即“因为一骑红尘而来所以妃子笑了”，是阙略了“因为……所以”的因果关联词语。韦应物的《滁州西涧》中有“野渡无人舟自横”，也该是“因为野渡无人所以舟自横了”，省却了因果关联词。如孟浩然《宿建德江》中有“江清月近人”。这个紧缩句的两个小句间是存在着条件关系的，即“由于江清才使月近人了”，是阙略了“由于……才使”的条件关联词语。陆游的《暮春龟堂即事》中有“花落一溪春水香”，也该是“由于花落一溪才使春水香了”，省却了条件关联词语。又如陈子昂的《白帝城怀古》中有“地险碧流通”，这个紧缩句的两个小句子是存在着转折关系的，即“虽然地险可是碧流还是流的”，是阙略了“虽然……可是”的转折关联词语。杜牧的《寄扬州韩绰判官》中有“秋尽江南草未凋”，也该是“虽然秋尽江南了可是草木未凋”，省却了转折关联词语。再如杜甫的《春望》中有“国破山河在”，这个紧缩句的两个小句子是存在着让步关系的，即“尽管国已破但山河还在”，是阙略了“尽管……但”的让步关联词语。杜甫另一首《八阵图》中有“江流石不转”，也该是“尽管江在流但石不转”，省却了让步关联词语。

再看两个诗行连贯而下合成复杂的简单句——连贯句的情况。这两个诗行作为一个连贯句虽显示为主谓关系，或者主谓与宾、主与谓宾等关系，但在语言表层上也只见其各自独立，关联词也都阙略了。贾岛《寄韩潮州愈》中有“此心曾与木兰舟，直到天南潮水头”。前行为主语加介宾结构，后行为谓语主要部分，合成一个主谓宾状复合的连贯句。又如刘禹锡《望洞庭》中有“遥望洞庭山水色，白银盘里一青螺”。这两句颇有些奇特，是因为它把宾语分开，一部分（“洞庭山水色”）在前一行，一部分（“白银盘里一青螺”）在后一行，合成一个主谓宾的连贯句。

然后，我们还得来看一看两个以上诗行形成的复合句在旧诗中的组合情况。复合句如果是并列的，当然也并不非要关联词语不可。如杜甫的七律《秋兴·其一》中的一联：“江间波浪兼天涌，塞上风云接地阴。”它们是统一在同一个肃杀、动荡、苍凉的氛围中，表达了同一类意境的，具有同一类型的诗思意旨，因此说它们是一具从外到内完全并列的并列复合句，也是显而易见的。唯其如此，它们之间无需在外在语言表现上建立关联关系，不必用关联词语——当然用了也是正常的。但是，如果是一种主从关系形成的主从复合句，情况就不同了，语法规范要求有关联词语。但旧诗——特别是近体诗、词中，这关联词语也阙略了。如温庭筠《菩萨蛮》中的“花落子规啼，绿窗残梦迷”，前一行是个时间状语从句，修饰后一行“残梦迷”的时间，合成一个主从复合句。苏轼词《卜算子》中有“拣尽寒枝不肯栖，枫落吴江冷”句，后一行作为原因状语从句，去说明前一行中“孤鸿”“不肯栖”的原因。刘长卿《送灵澈上人》中有“荷笠带斜阳，青山独归远”二句，前一行作为行为方式状语从句修饰后一行的主句“青山独归”的方式。宋诗僧昙莹七绝《姚江》中有“客船自载钟声去，落日残僧立寺桥”二句，这是因果关系的主从复合句，前一行是因，后一行是果。刘方平七绝《月夜》中“今夜偏知春气暖，虫声新透绿窗纱”二句，这是原因关系的主从复合句，后一行作为原因状语从句去表达为什么“今夜偏知春气暖”的原因。所有这些具有修饰与被修饰关系的主从复合句，相互间同样没有关联词语来显示相互关系，也好像是各自独立，互不相关的。

导致旧诗的诗行群之间出现一个引人注目的情况——大量光秃秃的意象化词语和意象密集化诗行视若无机拼合，给人以诗行破碎，诗群阻隔的感觉，尤其是律诗中间两联，大多有点井水不犯河水的样子。于是就出现了这样的事：一个句子（可以是紧缩句、连贯句或复杂的简单复合句）在抒述过程中突然会丢掉抒述的过程性——或者说突破线性陈述形态，跳出几个各自独立、没有关联迹象的意象化词语，像几个互不相干的电影蒙太奇镜头叠映在一起，使抒述因此而着上神异、灵幻的色彩，改变地上行走式的传达策略而长上联想翅膀飞了起来。王昌龄的《从军行》之四抒述苦守边疆者夜登戍楼，其中有句曰："烽火城西百尺楼，黄昏独上海风秋。"这是个复杂的简单句，抒述的是"黄昏独上烽火城西百尺楼"的事，但"海风秋"突然出现，同前面的抒述无语言层面的必然关联。因此这两句应写成这样："烽火城西百尺楼，／黄昏独上，海，风，秋。"

这"海，风，秋"若单个地看，作为意象化词语是并不那么具体而富有感兴功能的，只不过类似于电报密码化的意象符号。但如同前已说过的，必须把它们合在一起作整体来看。正像几个电影特写镜头叠映在一起，成为一个高层次的立体蒙太奇一样，合在一起的"海风秋"也才能成为一个独特的、给人以多层次、立体感的全新意象，从而让人在直觉感应中感发出一种由"海"之苍茫、"风"之凄厉、"秋"之孤寂混成的感兴境界来对"独上"作状语式的修饰。值得指出，这不是一般的抒述能获得的，只有让这场"黄昏独上"的抒述藉三个意象词语同时、直接、排除任何理性分析性关联词语的呈现，进而让接受者对感觉记忆中的"海风秋"作直觉感应而激活联想、展开翅膀飞翔，才能怀着强烈的感兴意绪，深入地进入这个"黄昏独上"的境界。张祜的《听筝》写诗人在听筝时的感应："分明似说长城苦，水咽云寒一夜风。"抒述的是戍守长城者的悲苦。怎么样的苦呢？诗人推出了三个特写镜头，它们互不关联，诗行也得这样排列："分明似说长城苦：／水咽，云寒，一夜风。"

以三个叠映式特写镜头意象来表现"长城苦"，显然这是诗人于兴发感动中所把握住的一串感觉印象后，本真地同时推出的，当它们叠映在一起后，容不得他、也没必要让他去分析三者间的关系。于是，这也就决定了三个作为意象载体的词语也就互不相干地排列在一起了。孤立地看，作为意象词语，它们同样引不起接受者很多的感兴，却也因为这场排列、叠映，形成了一个大意象，对“长城苦”具有极强的感发功能。如果把“水咽”“云寒”“一夜风”建立起分析演绎性关联，理性地给三者的身份性能作出画地为牢的定位，那就会导致接受者在感应这个大意象时感兴境界受到损害，甚至遭遇破坏。杜甫的五律《旅夜书怀》后四句——“名岂文章著？官应老病休。飘飘何所似？天地一沙鸥。”是情绪化的议论表述，有分析推论成分。如果这个文本只有这四行，诗作算不得本色呈现，必须前有意境鲜明而深阔的心象压住，才能使后四行情绪化议论顺水推舟，起一种推延提点作用。也只有这样，它才有可能成为一首杰作。所以，负有压住全局的前四行是更须要推敲的。至于杜甫，也的确作了认真推敲，终于写出了他的心象。第一、二句写诗人环顾岸边舟中的现实环境，第三、四句则写他放眼平野大江时的感觉世界：现实环境由“细草”“微风”“岸”这三个意象构成，感发出一种度日相对宁静的意趣，“危樯”“独夜”“舟”则表现了他生涯暂时的孤栖。感觉世界由“星垂”“平野阔”这两个意象构成空间绝对的壮阔，由“月涌”“大江流”构成时间永恒的奔荡。由此完成了他两大心象的真实。宁静、狭窄的现实是一种偶然存在，而跃动、壮阔的宇宙是一种必然存在。唯其如此，才使他有“名岂文章著”的不服气和“官应老病休”的愤慨。也唯其如此，才使他把自己看成天地间一只沙鸥：永恒地漂泊，寂寞地寻求。由此看来，前四句的确以意象的鲜明与意境的深阔完成了能压得住全诗的心象创造。不过，这靠的是诗人对生态环境的直觉印象敏锐的把握以及在以物观物、物我两忘中把这些出于直觉印象的意象世界以其本然存在的状态同时推出来，以独特的、割断所有语言符号的外在关联的办法，让孤立的、失去任何理性分析可能的词语连缀起来，造成句式的破碎、诗行群的阻隔。所以这四个诗行其实应该这样排：“细草，微风，岸，／危樯，独夜，舟。／星垂，平野阔，／月涌，大江流。”

这么四行，每行都不成为句子，只是几个词语的堆砌，各行之间不显任何分析性关联，理性逻辑彻底排除，心理连锁真正调动，各个意象词语在一个整体中相互叠映，以促使联想展开。于是，感兴密度大了，境界开阔而深远了。此种句式破碎、诗行群阻隔的组句策略值得肯定，是传统诗人语言策略上的创举。

于是，我们进一步发现了旧诗在组句活动中因成分的尽量省略和关联词语的基本不用，反倒能让容量极其有限的语言获得最大限度的意象密集。元代散曲家赵善庆有小令《庆东原·泊罗阳驿》："砧声住，蛩韵切，静寥寥门掩清秋夜。秋心凤阙，秋愁雁堞，秋梦蝴蝶。十载故乡心，一夜邮亭月。"意象在这首小令有限的诗行里是高度密集的。但现在这样书写容易让内中奥妙轻轻滑走，且用现代排列法排列："砧声住，／蛩韵切。／静寥寥门掩清秋夜。／秋心／——凤阙；／秋愁／——雁堞；／秋梦／——蝴蝶。／十载故乡心；／一夜邮亭月……"

面对这样一首诗，适当介绍一下诗人经历，看来是必要的。赵善庆做过小官吏，原有一点事业心，到头来都落了空。因此当这一夜寄宿罗阳驿，孤馆秋声，国愁乡思一齐涌上心头，才迫使他写成了这首诗。诗的前二句推出"砧声""蛩韵"两个意象，中间没有关联词语，但同属于客乡游子心灵敏感区中的"秋声"，可以作心理连锁的基础。第三句写诗人要"门掩清秋夜"，好像是要关出这"秋声"，实在是把这"秋声"关了进来。于是，孤馆深宵时分诱人的"秋声"在诗人心灵中幻化出了"秋心""秋愁""秋梦"。所以第三句是过渡，虽不显有承前启后的词语，却过渡得自然，关联得贴切。我们所说意象的密集浮现，就在这场对"三秋"的心灵感应中。作为意象载体的语言，在这三句六行中句式竟然不可思议地显示出阙略、破碎与阻隔，且给人以高度弹性的跳跃感。"秋心／——凤阙"虽省略得几成电报符号，作为一个整体却不乏感发功能，可以幻化成，一颗紫色的"秋心"中叠映着国事凋敝、民生艰辛等一系列藉感兴联想获得的蒙太奇镜头；"秋愁／——雁堞"作为一个整体，感发功能更不弱，可以幻化成，一天黄沙的漠原上叠映着残堞雁行、深闺冷月——这一系列蒙太奇镜头；"秋梦——／蝴蝶"作为整体的感发功能同样很强，可以幻化成，一座柳荫的驿楼上叠映着蝶梦初醒、孤帆斜照的一系列蒙太奇镜头。最后两行是总结，把十年漂泊的家园心情全付之于"一夜邮亭月"了。意象化词语拆除关联性设置作孤立凑合，也许没有多少具体意象的密集，这并不重要，问题不在于光秃秃几个词负载了多少意象，而在于是否能在这种奇特的语言结构中埋下更多激活想象与联想的潜能。正是这些“能”的潜存，能诱发读者作再创造和补充意象，这才是我们对语言结构的根本要求。的确，像“秋心凤阙，秋愁雁堞，秋梦蝴蝶”这样不成其为句子的句子，几个光秃秃的词语拼合成的句式，反倒能强化诗句的弹性——也就是以最小容量的句子结构来把最大能量的想象与联想激活，从而使读者把埋于词里行间的潜意象再创造出来，在阅读中补充进去。这里不妨提一提苏曼殊《无题》中的后二句：“芒鞋破钵无人识，踏过樱花第几桥。”值得注意的是“芒鞋破钵无人识”这一行，是三个意象化词语孤立存在的句式，把它们合成一个整体，则出现了一个奇迹，它成了一个能激活想象、联想的“机关”，能使读者充分调动联想力，把这三个光秃秃的意象化词语当中藏着的潜意象推出来，予以补足。若译成现代汉语，就可以是这样：“芒鞋，破钵，无尽的昏晓，／异国，生街，不识的音貌。”

可以这样说，将句子弄得断裂、破碎，彻底破坏句法活动中理性分析的干扰，让想象联想激活，让潜意识浮现，确是个好办法，古诗今译也得和这样的语言策略相应合。我们这个今译例句所追求的是在一定程度上体现旧诗这样的语言策略。

旧诗的组句活动导致句式破碎，组行活动又导致诗行群的阻隔，这作为一种独特的句法策略，有相当高的表现价值，有利于抒情活动从单纯的抒述向深邃的象征飞跃，获得情感向智慧的升华。王维有五律《终南别业》，抒述“中岁颇好道”的他隐居终南山的心境。诗中说忘情山水、恬静自然的他“兴来每独往，胜事空自知；行到水穷处，坐看云起时”。这两联的前一联是过程性的抒述和感慨式的议论，虽也显示他的清闲、淡泊和潇洒，但并未显得有生存情感向生命智慧的升华，只算得为这种“升华”作了铺垫。但“行到水穷处，坐看云起时”则不然。这一联两个句子承载了两个并列的复合意象，两个句子也呈现为各不相干、相互隔绝的存在形态。如果说它们之间还有着可以相通之处，那只能说前者由动态转向静态，而后者由静态转向动态，使它们在比照中关联起来。当然，这种关联也只能是抒情主体心理连锁之所得。说具体点，上句写诗人随水流随意而行，无一定目的，不觉间已来到流水尽头，无路可走，于是坐下来赏玩景色，却又见到一朵朵云飘浮而起。这真是寻水之意乍尽，观云之趣又生；动态刚变为静态，静态又转向动态。这种随处生发、悠然自得的情趣，藉“水穷”与“云起”两个意象以及它们的载体——两个句子在诗人心灵中相比照的巧妙组合，是颇能诱发读者悟得“无心遇合”“处变不惊”“绝处逢生”“随遇而安”等自然、宇宙和人生之“真意”的，我们在这里可以感受到诗人和自然、宇宙世界融而为一、以物观物、物我两忘中那种宇宙人生“妙境无穷”的至高象征境界。而王维付之于吟咏也就采用了两个无外在关联词语的并列句式，来促使接受者心理连锁功能获得强化。传为李白所作的《忆秦娥》是名篇，却不能停留于一个女子伤别悲秋、怀念情人杳无音讯这一层面来理解。此词上片确写伤别悲秋，从句群的结构关系看，句与句之间没有任何关联词语显示相互关系。值得注意的是“秦楼月”的一次重复，使得“箫声咽”“秦娥梦断”与“年年柳色”“灞陵伤别”都以“秦楼月”为核心，同时浮现出来，把主体的自我契入客观世界，作以物观物、物我两忘的直觉观照，藉这阻隔式诗行群组合策略更好地显示出来。当然，人对“箫声”“梦”“柳”“灞陵”桥的感兴，和对“月”的感兴可以应合，共同兴发感动出伤别悲秋的现实人生情怀，这些诗句间建立心理连锁比较容易，诗行群阻隔式组合策略为接受者进行心理连锁所起作用还不是很显著。下片就不同了，“乐游原上清秋节，咸阳古道音尘绝。音尘绝，西风残照，汉家陵阙。”同样是阻隔式诗行群组合，对“乐游原”“清秋”“咸阳古道”“音尘”之间的意象感兴，即对美好的往昔生活的怀恋与茫然的期待，作为现实人生情怀可以互相应合。因此“咸阳古道音尘绝”是相对的，但是下面三句：“音尘绝——／西风残照，／汉家陵阙。”

这和前面两句现实人生情怀是难以联通的，因为这是一个亡灵世界，是绝对的“音尘绝”。由此看来“音尘绝”的重复只是语言表现上的重复，对引起“西风残照、汉家陵阙”这两个意象的实质性表现来说，却是个飞跃，是从现实情怀向历史情怀的飞跃，也是从如实的社会人生境界向象征的宇宙人生境界的飞跃。因“音尘绝”从相对到绝对的过渡，使得阻隔式诗行群组合形态激发起一股强刺激力，促使接受者作更大强度的心理连锁，确立起阻隔式诗行群更深层次的内在关联，从而使“音尘绝，西风残照，汉家陵阙”这三个阻隔式诗行群推出了一个意象象征组合体，使全诗到此获得了出于感兴的顿悟：世情既逝，将一去不再；喧闹将归于平寂，繁华将走向衰颓，红尘的相对将转为宇宙的绝对。这些才是这首诗能不朽的根本所在。由此可见，阻隔式诗行群组合——这一项旧诗句法策略，对促使传统诗人把一般人事抒情推向象征境界显然能起重要作用。

三、对等原则与对句

如上所述，旧诗句法中的语序错综、成分阙略，作为反语法规范的具体标志，所欲达到的乃是以隐喻语言来显示意象密集。问题是，隐喻语言的特质究竟是什么，它具有怎么一种能使意象密集的功能？

这就须要论及对等原则。

我们曾经提到过苏珊·朗格在《艺术问题》第十讲《谈诗的创造》中有关诗歌语言的一些论点，譬如，说诗歌语言是“对生命、情感和意识的符号性表现”，具有幻象的“造型能力”而不是“普通的会话语言”，不具有“通讯能力”。因此诗歌语言“不是陈述”，不必为了“通讯”中的“明晰”要求而去迁就语法规范。但还有一些说法没有提及和展开论析，其实也是十分重要的。其中她还这样说：“语言是由词不达意语构成的，然而词语……不仅仅是诗人用来创造诗的材料。作为艺术品的诗是否出现，主要取决于诗人运用这些材料的特殊方式。”〔27〕这就是说，考察诗歌语言的主要目标是要从创造诗的词语材料的角度进入，去探求如何以特殊的方式去处理这些材料。朗格认为，诗所采用的“这种材料”所“构成的东西”是“不同于普通的语言材料构成的东西”的，“是一种关于事件、人物、情感反应、经验、地点和生活状况的幻象”，一种“情绪萌动的幻象”[28]。朗格并以史文朋的诗《阿塔兰塔》为例，对这种情绪萌动的幻象创造作了这样一番言说：

……这种萌动是从内部发生出来的，将它唤起的东西不是上述各种事物的个别属性，而是这些事物组成的整体。这样一来，史文朋的意图就相当清楚了。他想要做到的就是将种种印象堆积或是交错在一起，以便把它们各自的清晰轮廓搅混。其中所有的意象都是一个紧跟一个出现的，每一个意象都包含着特定的情绪色彩，甚至是非常浓烈的情绪色彩，然而像那种具有特定情绪色彩的确定的意象却一个也没有出现。

这段话有两点值得思考。一点是这种“堆积或交错”在一起的印象既然是以诗性语言作“材料”来造型的，那么把这种种印象与印象之间的关系“清晰的轮廓搅混”之举，反映在语言造型中，必然会使“材料”之间的搭配也打破外在关系的“清晰”性。更重要的一点是——这段话中提到，以事物的印象幻成的“包含着特定的情绪色彩”的意象，都是不存在“事物的个别属性”的，而只能具有“这些事物组成的整体”属性！由此她判定，来自“这些事物”的印象的，都不是“确定的意象”，而总是“不确定的意象”。由此可见，作为意象总体属性的一分子，这“不确定的意象”是可供多项选择的。如是也就意味着，与之相应合的语言材料——词语，甚至句子，其所指当也可以不与事物之个别属性对等，因而同样会不确定，允许可供选择地显现，以致进一层选择同类的多项并举地呈现。而一旦这成为现实，其作为语言理应具有的“清晰的轮廓”也会更被“搅混”。说具体点，也就是，反映在语言造型中也必然要使“材料”之间的搭配打破外在关系的“清晰”性。所以这一段话是苏珊·朗格对诗歌语言必须反语法规范的理论言说。值得指出，她的这一套言说把形式主义学派、符号学派对诗歌语言构成必须设立对等原则之功能机制作了很深的理论阐释。当然，通过对等原则这一功能机制的设立以获得诗歌语言拥有自身独立价值的追求是经历了一条长途的。托多洛夫在《批评的批评》一书的第一篇《诗的语言》中就大量引述了这条“长途”中的跋涉者代表性的言论，内中以引述施克洛夫斯基与雅可布森为主。施克洛夫斯基说：“‘诗的语言’之能达到‘可感的’功能效果，依靠的‘并不是词的结构而是词的组合、搭配’”[29]。雅可布森认为诗“是具有独立价值的词”的“形式呈现”[30]，还认为“日常语言的外在目的很适于能指（signifiant）与所指（signifie）之间的相近关系（即音义结合的任意性），而诗的语言的自在目的则受相似关系（符号的动机）的垂青”[31]，从而提出，语言的诗功能特征是以“自在的目的决定的”，而“自在的目的以其超结构化（即重复）的独特形式表现出来”。唯其如此，才使雅可布森终于提出：“诗的功能规定了选择轴对组合轴的等值原则。”[32]这就是著名的对等原则的提出。而配合这个原则，施克洛夫斯基又提出诗歌语言作为造象的“材料”，其外在搭配的特殊方式乃是“间隔”与“陌生”[33]，而内在关系则显示为“所有的材料都是有机的”[34]。莫里茨则从对等原则出发对这些语言“材料”的内外在关系说了一句极有分量的话：“外在合目的性的缺点应该在内在合目的性中得到补偿。物应该是自我完成的东西。”谢林也针对对等原则这样说：“从外在角度看，语言自由独立地运动着，只在自身上才是有序的，并遵循着规律性。”[35]

以上我们从语言哲学层面上探讨了诗歌语言设置对等原则功能机制的必然性与必要性。但对等原则具体说来究竟是怎么一回事呢，这个原则在诗歌中又如何产生新的意义呢？这是须要进一步探讨的。

雅可布森在《语言的两极与语言的失语症》中有段话很值得注意。他说：“话语的进行会沿着两条不同的语义线发展：一个话题或者通过类似关系（similarity），或者通过邻接（contiguity）而导向另一个话题。前者可以用隐喻性方式，这个术语得到最恰当的概括，后者则相应地符合于换喻性方式。因为这两种情形分别在隐喻和换喻中找到了最集中的表现……在一般的语言行为中，这两个过程都是持续发生作用的，但仔细地考察将表明：由于文化模式、个性和语言风格的影响，人们对这两种方式的运用是有所侧重的。”这位俄裔符号学家还对侧重表现说了句具体的话：“在俄国抒情诗歌中隐喻的结构处于优势，而在英雄史诗中则是换喻方式占优势。”[36]这就是说，语言有两种，一种是用隐喻方式显示的，就叫隐喻的语言；另一种是用分析方式显示的，就叫分析的语言。而抒情诗中，采用隐喻的语言是处于优势的。这一类语言大致可以作这样的解释：它是不连续的、客观的，是直接诉之于感觉并且包含了绝对时空的；产生这种语言的基础是神话思维、直觉感应；构成这种语言的依据是想象、联想导致的内在心理连锁感应，而并不依靠外在的语法作用；而这些也就决定了它在语链上的搭配是点面孤立显现与并峙的结构。

由此看来，我们说旧诗采用的是点面感发类语言就是指这种隐喻语言。

值得进一步思考的是，隐喻语言既和诗的质的规定性要求相符合，那么，充分占有这一语言体系及其言语方式的突破口是什么呢？雅可布森因此提出了一个确立隐喻的语言的核心理论——语义的对等原则。雅可布森说过如下一段话：

> 特别值得一提的是：任何一首诗所不可缺少的内在特征是什么呢？要回答这个问题，我们必须回忆一下用于语言行为的两种排列模式：选择和组合。如果一段话的主语是“孩子”，说话者会在现有的词汇中选择一个多少类似的名词，如child（孩子）、kid（儿童）、youngster（小伙子）、tot（小孩），所有这些词都在某个特定方面相对等；接着，在叙述这个主语时，他可以选择一个同类谓语——如sleeps（睡觉）、dozes（打瞌睡）、nods（打盹）、naps（小睡）。最后，把所选择的词用一个语链组合起来。选择是在对等的基础上，在相似与相异、同义与反义的基础上产生的；而在组合过程中，语序的建立是以相邻为基础的。诗的作用是把对等原则从选择过程带入组合过程。对等原则成为语序的构成手段。[37]

这段话特别值得注意的是，把以语法序列为依据选择相邻词语组合起来的做法同以对等原则为依据选择具有心理连锁性的对等词语聚合起来的做法作了严格的区别。暗示着前一种组合由于是按规范序列把相邻的词与词组合，也就显示出它首先是按语法关系组合起来的。因此，这是对等原则作用于语链之外的一种组合，所导致的是分析推论性功能的建立；而后一种组合由于是对等原则作用于语链之内的词与词的聚合，所导致的是隐喻联想性的功能的建立。唯其如此，才显出“诗的作用是把对等原则从选择过程带入组合过程”这一特征。因此，“在普通语言中，相邻的语言成分是由语法结构连接的；而在诗性语言中，语法限制就不再适用了，不相邻的语言成分可以通过对等原则组合起来”。[38]

通过对等原则组合起来的语言，就叫隐喻语言。

根据前面种种引述的言论，我们认为这类语言的隐喻功能显示得很合于含蓄——这一诗的质的规定性要求，其显示的特殊方式及具体步骤可说是这样——具有一定成熟度的诗人在投入幻象造型工程时，往往会不自禁地在潜意识里按对等原则把能指同类项的语言材料——语词、语句在横组合轴上作相互间并无关联，各各孤立存在的外在并举，藉兴发感动的相似而让它们各各聚合，从而使这些因等值性而组合在一起的语词、语句完成一场“韵致”一致的隐喻演示。值得指出几点：（1）这一场演示的实质是使横组合轴上似乎互不关联、各自孤立存在的语词、语句获得了深层处的隐含关联，而这就是含蓄得以出现的基因；（2）横组合轴上的语词、语句外在互不关联是出之于避开分析推论的语法约束的考虑，因为只有这样做，才会使语言材料能凭直觉感发而不是知解分析上的相似性而按对等原则搭配起来；（3）这样做的表层结果是导致以语序错综、成分阙略为主要标志的诗歌句法的反语法规范，而深层结果则是以光秃秃的词语、缺乏任何相互关联的句子呈现的意象的密集；（4）这样密集着的意象因能指同类项的关系，而在兴发感动总体功能作用下才得以完成隐喻，因此隐喻语言以完成意象的密集而完成自身的幻象造型。

以对等原则为内核的隐喻语言，体现在旧诗语言的句法上，则有两道展示隐喻世界的美丽风景。一道是在简单句或紧缩句中充分贯彻对等原则所导引出来的。这道风景我们在前面已作了充分的论析，不妨再举一个简单句为例来论析其由对等原则导引而致的隐喻世界。李商隐有一首著名的七绝《嫦娥》，前二句曰：“云母屏风烛影深，长河渐落晓星沉”，是写现实生活的“身”的寂寞；后二句“嫦娥应悔偷灵药，碧海青天夜夜心”则写超现实生活的“心”的寂寞。一个人的寂寞，由现实向超现实递进，由“身”向“心”递进，达到的是人生大寂寞的境界，而全作的最后一句“碧海青天夜夜心”则成了这场“寂寞”流变到顶点的表现，是整个文本的关键。如果把这一个简单句完整地写出来则是：“（在一片）碧海（似的）青天（上），（悬着一颗）夜夜（跳荡着的）（寂寞的）心。”可见这个诗句既省略了介词以及“碧海”与“青天”在介宾结构中的修饰与被修饰关系，又省略了主语与谓语，只留下了宾语的“心”，且顺理成章地省略了以介宾结构充当的处所状语对缺失的谓语的修饰关系和“夜夜”这个时间状态对缺失的动词（“跳荡着”）的修饰关系，这省略了的“心”前面的定语“寂寞的”，结果成了三个光秃秃的名物词“碧海”“青天”“夜夜心”，凸显出来的是三个能指同类项的意象，它们在横组合轴上聚合在一起，各自孤立，毫无关联。但无边得凄迷的“碧海”和旷远得苍茫的“青天”上“夜夜”悬挂着一颗“心”——这一个三重叠映的蒙太奇镜头是具有难以言传的兴发感动魅力的，能令人神秘地直觉到，从宇宙时空交错点上飘来一缕宿命的孤独、永恒的寂寞的灵魂哀凉。这就是由对等原则导引而得的深层处的隐含的关联，藉反语法规范的语言材料作幻象造型而呈现的隐喻世界，这个世界是无法凭依分析推论所能进入的。这一场言语活动由于尽可能少在语言结构上设关联、转折等分析词语，使其意象得以密集、凸显而显示出点面感发类隐喻语言的特性，并在简单句句法上运作出了一道美丽风景。那么另一道美丽风景又是怎样的呢？那是旧诗在对偶句中充分贯彻对等原则导引出来、并藉连续性句法中显示的反语法规范活动。

旧诗反语法规范造成语序错综、成分阙略，其后果是以名物字为主的几个光秃秃词语在横组合轴上的聚合，从而达到意象密集。但此举可推而广之，让无任何关联、转折词语作串联，因而让孤立存在的诗句作聚合，这倒也不是不可以的。由于这些诗句总表现为一段事象相对完整的过程，可以把它们看成一个扩大了的、显示为过程化的意象具现，因此这些诗句若能受对等原则导引，在连续性句法活动中作聚合，同样能达到意象密集的效果，并使它们虽在外象上无关联，深层处却能有隐含关联，从而凭此类连续性句法活动而幻象造型出一个更大、更多彩、也更完整的隐喻世界。这一来旧诗反语法规范的句法又在其连续性活动中出现了一项重要设置：以对等原则为依据形成的对句。我们不妨看一看王维的五绝《临高台送黎拾遗》："相送临高台，／川原杳何极。／日暮飞鸟还，／行人去不息。"可以看出句与句之间关联词语之全部省略，而各个句中也颇多成分的阙略、语序的颠倒，若把它们补足，大概可以这样："相送（吧），（我登）临（这）高台（望远），／（只见是）杳无极（伸展的）川原。／日暮（了），飞鸟（儿）（已纷纷）（归）还，／行人（却）去不息（在同一时间）。"

坦率讲，如果看成旧诗新译，我们也许又做了一件吃力不讨好的事，因为经补足后，原诗的意象展示性变成了事件陈述性，这样的陈述是出之于主体的分析推论且受其全方位控制的，而究其实质，这是一种理性行为。譬如"日暮飞鸟还，行人去不息"，前一句的补足还没多大问题，后一句在"行人"后补一个转折词"却"已属人为分析的加入，在"去不息"后面补上一个介宾结构充当的时间修饰语更是人为分析因素的加入，它的补足可以点明"鸟还"与"人去"是在同一时间里发生的，让接受者能从这同一时间中两种可作对比的空间现象推论出人间离合乃属宿命无奈的悲剧，如果这一新译还多少保留着一点体验意味，感兴直觉却比原诗可要淡薄多了；而经验色彩却大为加浓，知觉理悟也比原诗要强化得多。所以这点明性的补足，不仅有点画蛇添足，还有点弄巧成拙，对原作的隐喻语言审美有一定损害。这当然是从大的方面看。若具体到句法看，这种画蛇添足式补足也起了一种对以对等原则为依据的对句关系的破坏作用。王维的原作中，前两句是"台高"与"原远"相反内容的并列——两极平衡的对句〔39〕，后两句是"鸟还"与"人去"，也是相反内容的并列——两极平衡的对句。值得指出，两个对句各自的内部都是省略关联、转折词语而各各孤立、断隔的，但第一个对句，送客之殷勤因人临高台而具陈，惜别之情怀因川原无极而显隐，是藉两个意象的两极对等而超越外在之孤立而获得深层关联的；第二个对句，期待之殷切因飞鸟暮归而毕露，无望之惆怅因人去不息而悉现，是藉两个意象的反向平衡而超越外在对比、获得深层交融的。特别是这两个对句之间，也省略了关联，是断隔的上下两片的并合。但前一个对句以相送之事象所感发的愁绪，后一个对句以别后之景象所感发的怅情，也是等值的，可以它们在对等原则的导引下获得了隐含的关联。于是，这个文本就以事象与景象合成的一场幻象造型——一个大意象，使主体对送别友人的愁绪怅情含蓄而动人地隐喻了出来。清朱之荆的《增订唐诗摘抄》中说此作“只写其所见之景，而送客之怀、居人之思，俱在不言之表”不是没有道理的。

为了阐明旧诗连续性句法活动中对等原则的存在与隐喻功能的发挥，我们已提出了对句的概念，并举王维这首《临高台送黎拾遗》来展开论证。但这里碰上了一个问题：王维这首五绝是两个对句吗？这使我们又想起杜甫的一首七绝《绝句·两个黄鹂鸣翠柳》：“两个黄鹂鸣翠柳，／一行白鹭上青天。／窗含西岭千秋雪，／门泊东吴万里船。”对这首诗，历来有许多评说。杨慎在《升庵诗话》中说：“绝句四句皆对，杜工部‘两个黄鹂’一首是也，然不相连属，即中律中四句也。”今人刘拜山在《千首唐人绝句》的《评解》中说：“一句一事，若不相连贯，要能构成一幅画面。”这些意见是颇有启发性的。的确，这首诗四个句子外在虽一句一事不相连贯，内在却能藉幻象造型而成一个有机整体。究其原因，是“对”——“四句皆对”。第一、二行是一个对句，它以“黄鹂鸣翠柳”与“白鹭上青天”一静态一动态的空间平衡组成，且能体现对等原则；第三、四行是一个对句，以“西岭千秋雪”与“东吴万里船”一永恒一当下的时间平衡组成，也能体现对等原则；而这两个对句又以一空间一时间的宇宙平衡组成一个在更大范围体现对等原则的对句，它支撑起了一个空间层面上永恒的朝气与时间层面上不衰的活力相交融的青春幻象造型，完成了一场对和谐生动的生命境界的意象表现。由此可见，说此诗“若不相连贯，要能构成一副画面”是对的，杜甫在这首诗中是构成了“一幅画面”的，而它实是一个大隐喻。不过我们在这里到此为止说的对句只是意对，内容对，意象关系对，而还没有考虑到杜甫的这首《绝句》同王维的《临高台送黎拾遗》虽都以受对等原则导引的对句构成文本，但后者纯粹是以意象的对等形成的意对——内容上着眼的对句，而前者却还涉及语言。曾季狸《艇斋诗话》中说：“韩子苍（驹）云：老杜‘两个黄鹂鸣翠柳，一行白鹭上青天’，古人用颜色字，亦须正配得相当方用，‘翠’上方见得‘黄’，‘青’上方见得‘白’。此说有理。”其实何止“颜色字”对，两组对句其实各各内部词语——包括数量词、方位词、主语、谓语、宾语、定语和句式——主谓宾齐全的陈述句式，都是严格地两两相对的。这已不是一般的对句，而是深化为排偶句了。

对句的根源在于有“对”的思想，这就是以阴阳二元为基础的中国哲学思想，作为中国人的世界观，这种哲学思想就是中国诗中对句的基础。由“对”的思想导引出来的对句，西方的诗学理论家有认为可分为韵律的、语法的和声音的这么三种。詹姆斯·罗伯特·海托维尔提出韵律的对句法“是依据字数从音节方面构成的对偶”。而由于“对句大致由二句构成”，所以韵律的对句表现为“使相同字数的句子二次反复，由反复而造成节奏”的对应关系。他心目中语法的对句法，“是着眼于各个文字的意思的对应关系的名称”；至于语音的对句法，他认为“是脚韵、双声、叠韵、平仄等方面的对应”[40]。这个分类并不那么科学，至少韵律对应的对句与声音对应的对句是可以合并为声韵对应一类的，而句式对应的对句没有列入那就不应该了。其实，他所谓“着眼于各个文字的意思的对应关系”所导致的是以意象隐喻的诗思内容作对应的对句，语法的对句法倒应该用在句式对应的活动中。以声韵的对应所显示的对句问题，我们将在节奏形式论中去谈。从语言的范畴看，以连续性句法活动所显示的对句，应该包括以意象组合关系的对称或平衡显示的句意对和以诗行组合关系的对称和平衡显示的句式对。句意对我们在上面分析王维、杜甫的诗中已有所论述，但只是就现象论现象，没有提到认识与把握事物的思考方式的高度来寻求现象背后的规律。句式对我们没有正式提及过。应该说旧诗的对句艺术是句意与句式在连续性句法活动中辩证地统一所显示出来的或对称或平衡的语言和谐艺术的表现，是旧诗点面感发类隐喻语言所特有的对等原则在句法中扩大的体现。对此作深入考察是必要的。我们将从旧诗句法的视角把句意对与句式对结合起来谈。

旧诗中的句意对显示为两类对句：一类是同种同质的东西的一元并列，使下一句的“事”和上一句中的“事”作同种的反复，从而导致它们在横组合轴上凸显出同质等价值，而由此产生的兴发感动合力也就使“事”意象间获得隐含的联系，完成了隐喻语言的装饰性功能。这一类句意对在旧诗中还是占最大量的[41]。举一些例子。陶渊明《归园田居》有“狗吠深巷中，鸡鸣桑树颠”，这显然是同种同质的东西——“事”意象的对称，作为对句，上下句是一元性并列，虽无外在的关联，但共同兴发感动出一种宁静安适的农村生活情调，有内在的隐喻关联。韩翃《酬程延秋夜即事见赠》有“星河秋一雁，砧杵夜千家”，这里的“星河秋”与“砧杵夜”“一雁”与“千家”，前者好像不是同种，后者好像不是同质，其实它们在对等原则导引下组合在一起后，能在感发旅人与闺妇同一相思愁怀的感伤情调上获得统一，这可是意象感兴等价值使他们建立起了深层的隐含关联。宋赵师秀的《约客》中有“黄梅时节家家雨，青草池塘处处蛙”，在同种同质的“春天”面前，这两个没有任何关联词建立外在关系的诗行，也因感兴等价值而有了内在的关联，以春天特有的、具有等价值的景象的反复强化了成长季节充盈于天地间的生意盎然情调，从而在这氛围情调中获得了两个诗行所具现的景象化意象体在隐喻世界中的关联。类似的例子还可举李白《送友人》中的“浮云游子意，落日故人情”、杜甫《春望》中的“感时花溅泪，恨别鸟惊心”、赵嘏《长安晚秋》中的“残星几点雁横塞，长笛一声人倚楼”、王安石《书湖阴先生壁》中的“一水护田将绿绕，两山排闼送青来”等等。句意对的另一类对句是异种异质——甚至相反的东西的二极对立，使下一句的“事”和上一句的“事”作异种对照，从而导致它们在横组合轴上凸显出异质等价值及由此带来的巨大张力；而由此产生的兴发感动合力也更大，使“事”意象间因对照反射而产生一个新世界，完成了隐喻语言的象征性功能。这一类句意对在旧诗中虽然所占量不大，但和日本、西方的句意对比较，却具有为他人所不及的“中国特色”。古田敬一在《中国文学的对句艺术》中说：“中国的对句使反对的东西对照，由双方互相作用构筑一个新世界。日本文学则追求同类东西的并列、重叠的节奏美。西欧文学的对句从原则上看具有后者的倾向。”[42]这是确切的。那么，上下句相反的两个意象体的对照又是如何显示其象征性功能的呢？大致而言，表现吟咏对象的某一部分而能抽象出整体对象的内在规律——宇宙生态的存在“真意”，也就是象征功能得以发挥之所及了。我们不妨举一些例子。《古诗十九首》之一中有“胡马依北风，越鸟巢南枝”，这“胡马”与“越鸟”是禽兽有别——异种，“北”与“南”是方位两极——异质，因此，这二行诗是相反的意象体的二极对立，但二者又可在恋乡之情上获得感兴等价值而统一起来，在比照中获得象征的意蕴：依恋乡土乃是生命之本能。王维《终南别业》中有：“行到水穷处，坐看云起时”，“行”与“坐”是相反的，地上的“水”与天上的“云”是二极，终了的“穷处”与开始的“起时”又是极端不同，所以它们是截然相反的二极对立，却也在“浮游万物之表”中任随自然的闲适心境让对立的两个意象体有了对等原则导引下的感兴隐含联系，获得了此静彼动、此消彼长的宇宙运行平衡律的“真意”启迪，这就使这一句意对有了象征意蕴。李庆甲《瀛奎律髓汇评》卷二十三引冯班的话说此联“奇句惊人”；《苕溪渔隐丛话》前集卷五引苏养直《后湖集》，认为“造意之妙，至与造物相表里”，“观其诗，知其蝉蜕尘埃之中、浮游万物之表者也。”明周珽《唐诗选脉会通评林》引陆钿的话说：“盖有一种悠然会心处，所见无非道也。”所谓“蝉蜕尘埃之中，浮游万物之表”、所谓“所见无非道”，都表明古人也已看到这个句意对具有直追宇宙律的象征意蕴内含美。陆游的《游山西村》中有“山重水复疑无路，柳暗花明又一村”，这空间感觉上的“山重水复”与“柳暗花明”是相反的，心理感觉上的“疑无路”与“又一村”是两个极端，所以这也是异种异质相比照的对立存在，但由此激起的张力又促使这二极悄然统一于一个对等关系，从而产生一个否极必然泰来、绝处定会逢生的新世界。这可是诗人顿悟了宇宙生态律后的象征表现。杜牧的《题宣州开元寺水阁》中有“鸟去鸟来山色里，人歌人哭水声中”。这一联上下行中“鸟去鸟来”“人歌人哭”自身首先是相反的存在，而“鸟去鸟来”与“人歌人哭”之间，“山”与“水”之间，又是异种异质关系，所以它们的意象组合体，凸显着二极对立。但鸟之去来也好，人之歌哭也好，纵使大千世界不断在使同种演绎着异质的变迁，但“山色”不会变，“水声”总依旧，正是这一点使这两组意象体之间显示了对等关系，从而有了隐含的关联，并获得了生态变异而宇宙永恒的顿悟。这是富有历史感的象征表现。杨逢春在《唐诗绎》卷二十二中说其诗旨是“言人事有变异而清景则古今不变”，是道中了这一象征意图的。类似的例子还可举出不少。如骆宾王《易水送别》中的“昔时人已没，今日水犹寒”；杜荀鹤《送九华道士游茅山》中有“日日浮生外，乾坤大醉间”；杜甫《秋兴·其一》中有“江间波浪兼天涌，塞上风云接地阴”；陆游《雨夜》中的“心游万里关河外，身卧一窗风雨中”；黄庭坚《寄黄几复》中的“春风桃李一杯酒，江湖夜雨十年灯”等等。

总之，句意对中，同种同质并列的对句和异种异质对立的对句，在旧诗的对句艺术中是同样受到重视的。前者的同义词重复和后者的反义词组合，在旧诗的连续性句法活动中也是并重的。值得指出，这两类句意对是出于不同的思考方式的。前者是单线思考的结果，而后者是二元复线思考所致。由于二元复线思考属于对立统一的辩证思维模式，体现在对句建构模式中，其二极对立因对照反射而推动二极各自向对立面转化，以致融汇统一，激发出一股张力，这股张力可是对等原则全方位体现的基础，又是对等原则纵深度导引的必然，以致产生出这个新世界——一片超越隐喻的象征境界，而这一股张力可是单线思考导致的同种同质并列对所不及的，这并列对的功能在很大的程度上是装饰性的。意对中这两类对句，古田敬一在《中国文学的对句艺术》中说过这么一段话：

> ……对句，具有由对照的二句构成的特质，常由二句组成一个单位。由于这特殊条件的制约，无论是象征性，还是装饰性，自然与其他的表现不同，而呈现异色。对句的装饰性，常常是经过二句相互对应而具有装饰的表现……象征的对句优于装饰的对句。六朝骈文多装饰的对句，唐代多象征的对句。从唐代代表诗人杜甫和白居易二人来看，可以说杜甫多象征对句，白居易多装饰对句。象征对句比装饰对句更有深意，更富于含蓄性，这是毫无疑问的。

这个比较具有一定启发性。

但汉语的方块字和一字一音的特征，以及词性活用、强调崇实抑虚等等措施，特别有利于对句在句式构成上的同位对应，而这是西方与日本等国的对句艺术所无法企及的。所谓句式构成上的同位对应，也就是指对句的“精切”。王世贞在《艺苑卮言》中提到于鳞为人赋《新河》诗中一联说：“此联不唯对偶精切，而使事用意之妙，有不可言者。”所谓“使事用意”看来是就对句的内容说的，即句意对；而“对偶精切”则是指句式组织构成的精密恳切无疑了。胡应麟在《诗薮·内编五》中说：“七言律，对不属则偏枯，太属则板滞。二联之中必使极精切而极浑成，极工密而极古雅，极严整而极流动，乃为上则。”这里的“浑成”是指律诗中间二联整个儿要浑然一体，而“精切”则指句式构成部分之间的对应工密、严整，所以“精切”实是就句式对而言的，即上下句之间对应词、对应字在句中的位置相同，而这就叫句式对中的同位对应。旧诗对句艺术中的句式对在这方面十分严密。袁枚在《随园诗话》卷二中记载了一则有关尹文端论诗的事，说唐人写的一首五律中有一对句“夜琴知欲雨，晚簟觉新秋”，认为“欲雨”之“欲”与“新秋”之“新”在同位上，却不对应，主张改“新”为“宜”，使它和对应的“欲”都成助词，方能对得精切。尹文端因此而有“差半个字”之说。在对句中上下行同位处同性质的词语严格地对应的确是必要的。为什么这样说呢？我们认为对句之句式构成若能在同位处严格地安置好对应词语，对连续性句法活动中对等原则的发挥，是很有强化、促进作用的，或者说这样做能使上下行的意象组合体遵循对等原则而作内在隐含联系的向心凝聚力得以强化。我们前面举过陶渊明《归园田居》中的“狗吠深巷中，鸡鸣桑树颠”，就因为主谓状同位对应得极工密，才使这两个没一点关联词语建立关系的诗句，同种并列的对称性更显著，合力更强，更能促进对等原则的体现。也举过《古诗十九首》中“胡马依北风，越鸟巢南枝”，则因为主谓宾同位对应极工密严整，才使这两个没一点关联词语建立关系的诗句异质对立的平衡性更显著，张力更强，更能促进对等原则的体现。还有一些语序错综、成分阙略的简单句或紧缩句作并列或对立地组成对句时，由于没有关联词语来建立离合关系，又存在句式本身的复杂性、陌生化，若还在连续性句法活动中放任上下句同位对应的词语不严格一致，那就会使对句关系增添隔阂疏离度，对等原则也人为地增加几分贯彻的难度，因此，把好同位对应词语精切一致的关，并使对句整体浑成，是十分要紧的。如唐牟融《客中作》中有这样一个对句："夜夜砧声催客去，年年雁影带寒来"，从句法上看，"夜夜"对"年年"，"砧声"对"雁影"，"催客去"对"带寒来"，都是极精切的对应，故这两行诗貌似孤立，其实相互间自有一股因句式绝对同一带起的合力，也强化了对等原则的体现。当然，这一对句的句式还比较完整，不至于令人起陌生之感，同位词语作精切对应的效果也许不是最显著。如清吴嘉纪《五月初四夜》中有："宿烟孤馆树，／啼雨五更鸦。"

这两行诗的主语是"树"与"鸦"，而谓语及其补语"宿烟""啼雨"都提前，"孤馆"与"五更"是介宾结构充当定语分别修饰主语"树"与"鸦"，却省略了介词"在……里（时）的"。因此，这个对句按正常语序的完整写法应该是"（在）孤馆（里的）树宿（于）烟，（在）五更（时的）鸦啼（于）雨"。这两个语序错综、成分阙略的诗句，还省却了关联词，它们奇特得令人深感陌生地并列在一起，要想求得对偶关系的浑然一体，其难度显然比一般对句要大，但由于上下行同位的词语对应得十分精切工密，倒多少能淡化一点因陌生化带来的隔阂感，推进对等原则的体现。又如陆游的《初春吴江归舟即事》中的："明月吹笙思蜀苑，／软尘骑马梦京华。"

这是两个紧缩句的对偶，作为紧缩句，它们也是高度陌生化的。首先是缺失了主语，其次它们内部都是因果复合的构句关系（因"吹笙"而"思蜀苑"，因"骑马"而"梦京华"），但阙略了因果关联词；"明月"和"软尘"其实是省略了介词"在……里"的介宾结构充作状语，修饰"吹笙"、"骑马"。由此看来，这两个诗句的句式构成也都是奇特而令人生陌生之感的，它们组成对句，因同位的词语对应得十分严整、精切，淡化了因陌生而生的疏离感，使对等原则得以较顺畅地体现。我们举这些例子，想要论证的无非是从句式对着目，旧诗讲究同位词语对应的严密，是完全合于诗艺规律的；同位词语若对应得不严密，不仅会减弱汉诗语言在连续性句法活动中的形式对称、平衡美，也会损害对等原则的顺畅贯彻。李白是一位豪放的诗人，他性格上的自由不羁也影响到他写律诗对也很难驯服于严谨的规定，包括当中两联的对仗也并不是那么精切工密的。如名篇《登金陵凤凰台》中的颈联："三山半落青天外，／二水中分白鹭洲。"

对这一联，屈复在《唐诗成法》卷七中认为"音节不合"；邵博在《邵氏闻见后录》卷十八中说："欧阳公每哦太白'三山半落青天外，二水中分白鹭洲'之句，曰：'杜子美不道也。'予谓约以子美律诗，'青天外'其可以'白鹭洲'为偶也？"这一反问是十分有道理的。按同位词语对应须工密的要求看，"青天外"与"白鹭洲"确实同位对应不工。从连续性句法活动的形式美看，它们不对称，上下句在对仗上不浑成，以致影响到"对"的亲和凝聚力有微妙的减弱。但我们认为更重要的还是意象凸显和在对句有限容量中的密集受到影响。说到头来，旧诗奇特而陌生化的构句法和以对仗为标志的组句法，目的只是一个：凸显意象和意象密集。"宿烟孤馆树，啼雨五更鸦"也好，"明月吹笙思蜀苑，软尘骑马梦京华"也好，语序错综、成分阙略当然都是为了凸显主要的意象和意象的密集，而各各以对句形式组合，则是进一步强化向这一目标的努力。且拿前一个对句来作一番图示式的对偶书写，那就应该是这样：

宿烟	孤馆	树
↓↑	↓↑	↓↑
啼雨	五更	鸦

我们以"↓↑"这个版本号来标志上下句处于同位处的词语在作双向交流，从而扩大地体现对等原则。这两个可对仗的句子之所以语序如此颠倒、成分如此残缺就是为了凸显"宿烟"与"啼雨"这两个主要意象，密集这六个排除主观分析推论成分而各自作孤立存在的词语意象。如果说"宿烟—啼雨"的兴发感动等价值是凄迷之哀，"孤馆—五更"的等价值是孤栖之叹，"树—鸦"的等价值是寥落之恨，那么

综合而成的抒情主人公的心境则是羁旅之愁，而“宿烟啼雨”显然是主导意象，是艺术感觉在运思中的起点。这种十分精确的同位词语对应关系因此是轻易破格不得的，因为这是形成对句浑成的有机组成部分，缺少一角也会牵一发而动全局，破坏对称平衡。《登金陵凤凰台》之颈联由于“青天外”是一个出于分析推论的主观陈述词，算不得一个独立意象，和“白鹭洲”对不起来，也就使这个语言意象构成中缺了一角，以致失去了浑成的有机性。为力矫此弊，古典诗人在以对句为标志的连续性句法活动中更力求控制虚字的使用，更下功夫避免对句用陈述性的句式构成，更强调在同位对应中采用实字。于是在旧诗中，尤其是在近体诗中，出现了很多以实字拼合成句，再将这种句式拼合成为对句的连续性句法活动，留下了大量既能凸显意象、又能使意象密集的对偶句，如杜甫在《衡州送李大夫七丈勉赴广州》中的“日月笼中鸟，乾坤水上萍”，《登高》中的“风急天高猿啸哀，渚清沙白鸟飞回”这样的对句；又如温庭筠在《商山早行》中的“鸡声茅店月，人迹板桥霜”、《送僧东游》中的“灯影秋江寺，篷声夜雨船”这样的对句；又如陆游在《秋山》中的“十里烟波明月夜，万人歌吹早莺天”、《书愤》中的“楼船夜雪瓜舟渡，铁马秋风大散关”这样的对句。特别是像黄庭坚在《寄黄几复》中这样的对句：“桃李春风一杯酒，／江湖夜雨十年灯。”

这些光秃秃的意象词语拼成的两个不成其为句子的句子的对偶关系，很奇特，但情思信息的蕴含量又是那么大；而同位的词语“桃李—江湖”“春风—夜雨”“一杯酒—十年灯”的异质对比关系所激发出来的感兴等价值是那么高，直把两种人生境界在生命流程中对立统一的存在律作类型象征的表现，显得多么深广而又生动！这样的对句艺术可代表得了旧诗连续性句法活动的最高成就了。

近体诗中律诗句法所获得的成就，是中国诗歌语言艺术的顶峰的顶峰，它以颔联与颈联采用对句的策略展示了出来。不过这里还有两个问题非得来作一番阐释不可。

头一个问题是，律诗中的连续性句法活动为什么在颔联与颈联中要以不同的句式来组成两类对句，而不采用一个句式让四句一对到底，这涉及同一句式的对句过量会给人板滞感这个问题。但这究竟是怎样一种板滞感，或者说板滞感从何而来呢？一般说这板滞感指节奏感应的麻木。既是同一句式，同位处的音组必须是绝对同型号的，这给人的节奏感也是绝对同类属的，这等于是同位音节和句子节奏不断的反复，次数多了的确会给人带来节奏的“弹性疲劳”。但这是体式方面的问题，这里暂且按下不展开。其实这板滞感也来自句意对中的并列对称或对立平衡过量的重复。句意对总是要和其物化形态——作为诗歌语言主要标志的句式相应合的，正对也好，反对也好，句式也一定要做到同位的词语严格对应。这些我们在前面已论及。但现在我们还得进一步说：以句意并列对称显示的正对，同以句意对立平衡显示的反对，须交替出现，否则会有句意的“弹性疲劳”。律诗构成模式的最初设计者也许对这种种都已考虑到了，故定下它的容量是八行，当中安排四行以供对仗之用，而这也就无形中决定了，从文本有机构成这一高格标准来要求，正对与反对可以作一次交替；也就是说，可以安排两类对偶句。这一来也就影响到句式非得也变换一次不可，否则就会不适应句意对的交替。律诗中一些富有精品价值的作品，就是按这个高格的要求来对文本作有机构成的。这里我们不妨举一些例子来看一看。如杜甫《春日忆李白》的当中两联：“清新庾开府，俊逸鲍参军。渭北春天树，江东日暮云。”这颔联以庾信诗的清新、鲍照诗的俊逸来称颂李白诗的高格，显然这一联是并列对称形态的正对，句式则是“（你的）清新（像）庾开府，（你的）俊逸（像）鲍参军。”是判断句。颈联忽然宕开，写诗人自己所居的渭北一片春天的树、所忆友人李白所在的江东一片日暮的云，这正如徐增《而庵说唐诗》卷十四所说的“忽从两边境界上写来”，可见这一联是对立平衡形态的反对，和颔联不同，出现了句意对的交替，与之相应合的是句式则变成陈述句，不同于颔联的判断句。《客至》中当中两联是：“花径不曾缘客扫，蓬门今始为君开。盘飧市远无兼味，樽酒家贫只旧醅。”这颔联是对立平衡形态的反对，颈联是并列对称形态的正对，应合句意对的交替，句式也从颔联完整而顺序的简单句变为颈联的语序错综、成分残缺的紧缩句了。杜牧的《睦州四韵》当中两联是：“有家皆掩映，无处不潺湲。好树鸣幽鸟，晴楼入野烟。”颔联是反对，颈联是正对，这场句意的交替也改变了句式，两联不能以同一句子形态一对到底。李商隐的《无题·相见时难别亦难》的当中两联是："春蚕到死丝方尽，蜡炬成灰泪始干。晓镜但愁云鬓改，夜吟应觉月光寒。"这是颔联正对与颈联反对交替，相应地在句法上也有了不同的句式构成，颔联是合于完整而顺序要求的简单句，颈联是有较多成分省略的紧缩句。值得指出，这些按文本有机构成之高格写成的精品，影响所及也使律诗创作者既努力仿效，却也渐渐因了律诗创作的普泛化，潜移默化地在对这种严格要求作调整，从而形成一个通融一点的共识：颔联和颈联可以放宽尺度，不一定在句意对这个问题上严格要求正对与反对交替，但在连续性句法活动中还是要紧守以不同的句式来组成两类对句，而不让同一个句式在律诗的当中四行中一对到底——为了多少调整一点因对句所带起的感应出现"弹性疲劳"。

第二个问题是律诗的当中两联以对句形态呈现的连续性句法，反语法规范要强烈一些，而首联与尾联则较守规范，这意味着什么？也许有人会怀疑这个问题是否能够成立，我们认为是成立的。且举一些名篇来论析。如杜甫的《秋兴》之二，原作是这样的："夔府孤城落日斜，每依北斗望京华。／听猿实下三声泪，奉使虚随八月槎。／画省香炉违伏枕，山楼粉堞隐悲笳。／请看石上藤萝月，已映洲前芦荻花。"

此诗的首联、尾联就是按语法规范来进行事件言说的，特别是尾联，置"请""已"于句首，来构成上下句间的关联，流畅地表达了被诗人主观分析、推论渗透着的一场陈述过程。但中间四句——第三、四行的颔联与第五、六行的颈联，有成分（主语）及关联词语缺失的，还有语序颠倒的，如"听猿实下三声泪"，金圣叹在《杜诗解》卷三就说：此句"应云'听猿三声实下泪'，今云然者，句法倒装。"而颈联也应是"伏枕违于画省香炉，悲笳隐于山楼粉堞"，也是"句法倒装"。说以对句呈现的两联反语法规范强烈一些是一眼能见的。再如李商隐的《锦瑟》："锦瑟无端五十弦，一弦一柱思华年。／庄生晓梦迷蝴蝶，望帝春心托杜鹃。／沧海月明珠有泪，蓝田日暖玉生烟。／此情可待成追忆，只是当年已惘然。"

同样是首尾二联的句子结构大致合于语法规范的完整、顺畅，特别是尾联还使用反语、转折词语，更显出一联的上下关系十分明确而且结合得紧密。但当中二联千百年来总被人指责，陆次云《晚唐诗善鸣集》卷上中说"意致迷离，在可解不可解之间”，黄子云《野鸿诗的》中说“庄生晓梦”四语，更又不知何所指。叶矫然《龙性堂诗话》中以可以理解的语气说：“心绪紊乱，故中间不伦不次。”言下之意也是有所指责的。问题出在哪里呢？主要出在联内及二联之间一切关联词语全被省略，意象跳跃的跨度加大，使人对其内在对等的感兴关联把握不住，加之各句内在的虚字也省略，意象组合的复合力和有机性也难以让人一下子发现。这是十分标准的一场反语法规范的连续性句法活动的显示。我们一再说，旧诗是以点面感发的隐喻语言为主的，而上引两首七律的当中二联，就是使用这类语言的典型，它反语法规范，既能使意象凸显，又能使意象密集。但意象抒情要得到最佳效果，并显示主体的审美导向，“导流”这一工作是不能不做的。怎么做？就是用分析、推论的线性陈述类逻辑语言掺入进去，予以点化。律诗首尾二联之所以较合于语法规范，就表明这是一些逻辑推论的语言，它们在首尾无非一起提示、一起点化的作用。所以律诗连续性句法活动意味着如下这点：汉语诗歌语言须走一条让两类语言体系共融之路。

这也表明，律诗对连续性句法的探求是成功的，为中国诗歌的语言建设指明了方向。

注释：

〔1〕 黑格尔：《美学》第3卷下册，商务印书馆1959年版，第56页。

〔2〕 黑格尔：《美学》第3卷下册，第64页。

〔3〕 沃尔夫冈·凯塞尔：《语言的艺术作品》，陈铨中译，上海译文出版社1985年版，第166页。

〔4〕 沃尔夫冈·凯塞尔：《语言的艺术作品》，第167页。

〔5〕 特伦斯·霍克斯：《结构主义和符号学》，上海译文出版社1987年版，第61—62页。

〔6〕 参阅赵一凡等主编：《西方文论关键词》，外语教学与研究出版社2006年版，第342页。

〔7〕 钱钟书：《通感》，见《七缀集》，上海古籍出版社1982年版，第71页。

〔8〕《马氏文通》，章锡琛校注本，第26页。

〔9〕 葛兆光：《汉字的魔方》，辽宁教育出版社1999年版，第183页。

〔10〕 以上均引自陈伯海主编《唐诗汇评》，浙江教育出版社1996年版，第1197页。

〔11〕 参见苏珊·朗格《艺术问题》，中国社会科学出版社1983年版。

〔12〕 参见苏珊·朗格《艺术问题》，中国社会科学出版社1983年版，第135—155页。

〔13〕 转引自特伦斯·霍克斯《结构主义和符号学》，第 61 页。

〔14〕 沃尔夫冈·凯塞尔:《语言的艺术作品》，第 161 页。

〔15〕 特伦斯·霍克斯:《结构主义和符号学》，第 165 页。

〔16〕 特伦斯·霍克斯:《结构主义和符号学》，第 186 页。

〔17〕 沃尔夫冈·凯塞尔:《语言的艺术作品》，第 187 页。

〔18〕 转引自葛兆光《汉字的魔方》，第 80 页。

〔19〕 易闻晓:《中国诗句法论》，齐鲁书社 2006 年版，第 202 页。

〔20〕 易闻晓:《中国诗句法论》，第 204—205 页。

〔21〕 转引自托多洛夫《批评的批评》，三联书店 1988 年版，第 15 页。

〔22〕 沃尔夫冈·凯塞尔:《语言的艺术作品》，第 194—195 页。

〔23〕 埃米尔·施泰格尔:《诗学的基本概念》，中国社会科学出版社 1992 年版，第 32—34 页。

〔24〕 埃米尔·施泰格尔:《诗学的基本概念》，第 27—28 页。

〔25〕 沃尔夫冈·凯塞尔:《语言的艺术作品》，第 189 页。

〔26〕 苏珊·朗格:《艺术问题》，第 139 页。

〔27〕 苏珊·朗格:《艺术问题》，第 142 页。

〔28〕 托多洛夫:《批评的批评》，第 3 页。

〔29〕 托多洛夫:《批评的批评》，第 4 页。

〔30〕 托多洛夫:《批评的批评》，第 7—8 页。

〔31〕 托多洛夫:《批评的批评》，第 8 页。

〔32〕 托多洛夫:《批评的批评》，第 15 页。

〔33〕 托多洛夫:《批评的批评》，第 7 页。

〔34〕 托多洛夫:《批评的批评》，第 9—10 页。

〔35〕 转引自俞建章、叶舒宪《符号：语言与艺术》，上海人民出版社 1988 年版，第 193 页。

〔36〕《符号：语言与艺术》第 194 页中对雅可布森提出的换喻结构的语言作了这样的阐释：“他实际上是提出了换喻相对于日常概念的语言”，“表现为线性的横向组合结构”。由于换喻的语言费解，一般符号学中称为分析的语言。

〔37〕 转引自高友工、梅祖麟:《唐诗的魅力》，第 120—121 页。

〔38〕《唐诗的魅力》，第 123 页。

〔39〕 本来，如同“欲穷千里目，更上一层楼”所云，人站在“高台”上可以更看清行人，但如今看到的却是遥远无边的“川原”上更模糊的“行人”影子。这样的对比系两极平衡，当可成立。

〔40〕 引自古田敬一《中国文学的对句艺术》，李森中译本，第 4 页。

〔41〕 古田敬一在《中国文学的对句艺术》中认为日本与西欧的对句才主要表现为这一类型，中国诗中则不是如此。其实只要深入调查一下中国旧诗的对句，即可明白此说不确切。

〔42〕 古田敬一:《中国文学的对句艺术》，第 13 页。

论词曲的节奏体式

词曲与近体诗差异最显著的是在节奏体式上。

以齐言为标志的近体诗所展示的是音组停逗均衡的复沓型节奏，以长短句为标志的词曲所展示的则是音组停逗参差的流转型节奏。复沓也好，流转也好，都属于回环型节奏形态，因此从最终的意义上说：词曲与近体诗在节奏体式上归于同一个形式审美范畴。当然，词曲自有其节奏体式外在的独特显示。对此，我们将从词曲语言与音组、词曲的节奏诗行、词曲的节奏诗行组合以及词曲的押韵这几个方面进行考察。

第一节　词曲语言与音组

林庚曾说："诗是一种有节奏的语言。"这句话说得很醒目，诗是语言的艺术，而这样的语言是既有意义的一面，也有声音的一面的。因此论析汉诗的节奏体式，也得和语言联系起来考察。

那么词曲属于怎么一类语言呢？这类语言又是怎样影响词曲节奏体式之独特性的呢？

一

词曲语言是趋向口语化的。所谓口语化指人际交流中所采用的语言是一种陈述性语言：它要求适应特定语境而对成分作适度增删、语序作酌量变动，但总体又不违反语法规范，使信息传递简洁明晰、语调表达生动自然。对此，我们对词与散曲分头来作考察。

陈伯海在《中国诗学史·词学卷总论》中这样认为："大抵说来，词之用语较之诗口语化的成分多一些，因为它脱离民间文学的时日不很久，在音乐的帮助下，自然轻快的语言更能传情入神，也因为词的口语化成分较重，与凝重整切的诗语相比，难免被视为村俗。"吴熊和在《唐宋词通论》中说："词调适应曲调的节拍而采用长短句，就比诗句更接近语言的自然状态。"这两位诗学理论家并没有把词的语言完全等同于口语来看待，但他们一从词发生的外部入手、一从词存在的内部入手来谈传统汉诗这一新品种在语言上已出现口语化倾向，还是合乎实际的。试举一例看看。吕本中在《踏莎行》中有："雪似梅花，／梅花似雪，／似和不似都奇绝。"这样的诗句已完全摆脱典故，浅白的言说带有分析推论性质，陈述的语调的确很口语化了。

清黄周星在《制曲制语》中说："曲之体无它，不过八字尽之，曰：少引圣籍，多发天然而已。"任二北在《作词十法疏证》对此说法作了阐释，谓"其意盖为曲之须少用文言多用语体"；任先生还补充说："夫曲之为曲，乃在以语易文。"赵义山在《元散曲通论》中说："元曲用口语不用文言的特点，可以说是显而易见的。"在任二北看来，黄周星的"多发天然"就是指用白话作为元曲的语言，而赵义山干脆把所谓"语体"的白话也改成口语。元曲语言即口语的递进之说，表明学术界对这一问题的认识是彻彻底底的，而并不见一点保留态度。事实也确实如此，只要对作品略作涉猎，即可见出。如陈草庵的《山坡羊》中："山，／依旧好；／人，／

憔悴了。”

如果把这样的诗句置放在新诗中，大概谁也可以说是很口语化的新诗。

促成词曲语言口语化，其中一点原因是词曲的词语已和近体诗不同，颇使用了一些民间日常交际中的土俗词语——如“快活”“白眼”“怕见”“转变”“尽成”“暗换”“有个人”“没些闲”“巴结”“行头”“帮衬”“赔钱货”“蜡枪头”“那搭儿”“花碌碌”等等，不过，更重要的一点却是词大量起用了虚字（即领句字，领字），曲大量起用了衬字。张炎在《词原》中说：

> 词与诗不同，词之句语，有二字、三字、四字、五六字、七八字者，若推叠实字，读且不通，况付之雪儿乎！今用虚字呼唤。单字的“正”、“但”、“甚”之类，两字如“莫是”、“还又”、“那堪”之类，三字如“更能消”、“最无端”、“又却是”之类。此等虚字，却要用得其所，若使尽用虚字，句语又俗，虽不质实，恐不无掩卷之诮。

这段话表明词在语言上已突破近体诗格局，而近体诗那种“推叠实字，读且不通”的情况也有所改观。赵义山在《元散曲通论》中说：

> 元曲中“衬字”一说，几乎是与曲谱的诞生同步的。如周德清《中原音韵》中有《定格四十首》，可以说是最早的“北曲谱”，而此书也就同时有关于“衬字”的论述。……将不同作家、不同形式的曲作加以比较，可以发现，剧曲用衬字比散曲多，散曲中套数用衬比小令多，勾栏中作家用衬比文人士大夫作家多。此现象足以说明，“衬字”又是以词应歌的需要，是面对听众，将歌词通俗化、口语化的需要。如关汉卿的［一枝花］《不伏老》套曲中的［尾］曲……此曲是用了许多衬字的，我们虽不能一一确指哪些是“正字”，哪些是“衬字”，但至少可以说，那些带修饰性的“蒸不烂”、“煮不熟”、“捶不匾”、“炒不爆”之类，是属“衬字”无疑。有了这许多“衬字”，整首曲便显得更为

通俗，口语化色彩更强烈，而且也更增加了一种幽默诙谐、淋漓泼辣的特殊趣味。由此可以看出，从文学修辞的角度看，"衬字"加入，对于元曲的通俗化及其曲体风格的形成，是有很重要的意义的。

这段话表明曲中衬字的大量存在那是由于曲面对听众，必须让他们直接而快捷地明白曲词意思之所为。我们也可以说这是通俗化的曲以口语来求得更通俗一点的一项有力举措。根据以上种种引述可以证明一点：词曲语言以使用大量虚字、衬字来使自己更口语化，是个抹不掉的事实。那么这些虚字、衬字在语言中的内在作用又是什么呢？赵义山在《元散曲通论》中又说：

……从词性上看，词中"虚字"一般限于副词，而曲中"衬字"除了副词，还有代词、动词、数量词、象声词、形容词等；从作用上看，词中"虚字"一般起领带、追转等作用，而曲中"衬字"除此而外，还有如上述说明、修饰、限止等作用……在用法上，词中"虚字"仅限于用在句子开头，而且每首词用之不过一、二次，但曲中"衬字"有时可用于句中，甚而句句有"衬字"。词中"虚字"，可识可辨。而曲中"衬字"，有时与"正字"紧密结合，难以分别。

这虽是一场对词曲作比较的言说，但从"虚字"与"衬字"的词性、作用上看，它们确实是"性质大致相同"的，是传统语言诗学中从南宋起大力提倡虚字的体现；而我们从曲中"衬字"比词中"虚字"更被起用且在诗性语言构成中扮演了更重要角色这一点看，汉诗语言到散曲阶段已越来越超越近体诗格局，凭着作家们对口语化美学追求的强调而促使汉诗语言体系有了调整。

那么这场语言体系的调整，趋向若何呢？我们认为，词曲语言的口语化标志着汉诗已从点面感发类隐喻语言向线性陈述类逻辑语言悄悄儿作体系上的位移。比较而言，词曲的语言就不像近体诗那样，成分——特别是主要成分可以随意缺失，词序随意颠倒，关连词序基本不用等等，而已适度在守语法规范了。这一来，词曲的语言也就显出了逻辑推论的线性陈述特色。譬如辛弃疾的《西江月·遣兴》中的下片：“昨夜松边醉倒，／问松‘我醉何如’；／只疑松动要来扶，／以手推之曰‘去’。”

这场戏剧性表现具有过程性叙述的特点，是受制于分析—演绎关系的。这一来，语言也就出现了典型的散文结构形态：四个诗句，除一、二、四句的主语省略了以外，其他都合于语法规范，即便第三、四行是个复合句，从句的“只疑松动要来扶”的关连词“只疑”也不缺失。词曲语言尤其因为大力起用领字、衬字，也就更其强化了自身这种分析推论、线性陈述性能。《儒林外史》第二十九回写了这么一件事：杜慎卿看了肖金铉春游乌龙潭诗，说其中两句“桃花何苦红如此，杨柳忽然青可怜。”上一句如添一个“问”字，成为“问桃花何苦红如此”，那么这个句子便是《贺新郎》调中一句好词了。这其实是加上个一字领，使它更能显示陈述的逻辑完整性，从陈述的角度看，它的确成佳句了。与此同理，我们还可拿姜夔《扬州慢》中的句子谈一谈。该词有“渐黄昏，清角吹寒，都在空城”。如果按近体诗的语言表述，只须合一句写成“清角黄昏寒空城”，可以省却“渐”“吹”“都”“在”四个字，而这四个字中，“渐”“都”可说是领字，“在”作为介词，在以点面感发的隐喻语言中就不必要，而在线性陈述的逻辑语言中却省略不得。这些都证实着词曲的口语化倾向导致逻辑语言的悄然出现。正是基于这样的认识，所以我们对叶嘉莹先生认为词属“女性的语言”的说法有所商榷。叶先生在《从西方文论看花间的美感特质》中提出：“在中国的小词里”“词人们经常使用一种女性的语言”，然后她这样解释：“什么叫女性的语言？一般来说，男子说话时比较注重理性和逻辑，而女子说话时则比较注重感性和形象，小词里边有很多地方不是很有逻辑，不是把事情说得很清楚，但却有很深刻的感受在里边。”显然，从性别的特殊气质出发来划分女性的语言和男性的语言，又把前者定为隐喻感发的语言而把后者定为逻辑陈述的语言，未免简单化了一点，因为语言毕竟是千百年来人民群众在日常生活中约定俗成地形成的，因而是为男女群体所共有的情思信息的符号（或物质外壳）、交流手段。

至于以一、二首小词的语言现象来论证词的语言是直觉一隐喻化的，也难以一概全，更难以解说词曲对近体诗语言格局已在突破的实际。

总之，词曲语言突出地显示为口语化倾向，这一倾向使散文性的逻辑语言开始以主宰之势悄然出现，其后果则如同一石击起千重波，汉诗形式上的不少问题之调整也就跟上来了。

二

随之而来的首先是词曲词语的形态构成和使用状况已突破近体诗格局。

这里所提的词语的形态我们把它分为两类：意组与音组。意组是语法结构型的，如“塞上风云接地阴”，“塞上”是短语，“风云”是并列复合词，“接地阴”也是短语，但它可分裂为“接地”——动宾短语和“阴”单音节词。所以这实是一种求意义为本的词语组合体，在近体诗中地位最显赫的是二字音组，一个五言诗行中它至少占一个，一个七言诗行则至少占两个。为什么说“至少占”，难道它的被采用还可以超越这个数吗？是的。这得谈到诗行煞尾的意组问题。煞尾的意组很不稳定，它可以是三音节的复合词或短语，如“姑苏城外寒山寺，夜半钟声到客船”，这两行煞尾的意组，前一行“寒山寺”是三音节复合词，后一行“到客船”则是三音节短语，这一来，七言的诗行只能是用了两个双音节意组，因为后面是个三音节意组，无法让双音节意组的使用还有“至多”机会了。但是，“寒山寺”允许分裂为“寒山”和“寺”而成为一个双音节名词和一个单音节名词的；“到客船”也允许分裂成单音节动词“到”和双音节偏正复合名词“客船”的，这一来，这两行诗就成了每行三个双音节意组和一个单音节意组，双音节意组在七言诗行中因此有“至多”的可能：三个。我们不妨再举一例句看看：“君向／潇湘／我向秦”。

此处煞尾是个三音节意组，诗行是两个双音节意组、一个三音节意组的组合。但它也可这样：“君向／潇湘／我／向秦”。

这一来，煞尾的“我向秦”分裂成一个单音节意组“我”与一个双音节意组“向秦”了，于是这一行诗变成是用了三个双音节意组（有了“至多”）和一个单音节意组。出现此等现象更值得注意的实在还不是双音节意组使用的“至少”或“至多”的问题，而是在近体诗中，意组有三个：二字的、三字的和单字的，不过三音节意组也好，单音节意组也好，在近体诗中是被限在煞尾处才有存在的可能，一旦离开这个位置，就会失去存在的资格。

为什么会这样呢？这就同近体诗词语形态的另一类——音组有关。

音组属于声音结构。音组和意组是对应的，如上引“塞上风云接地阴”，“塞上”“风云”是双音节意组，也是二字音组；“接地阴”是三音节意组，也是三字音组；要是“接地阴”分裂成“接地／阴”，成了双音节意组和单音节意组，音组也对应的是二字音组和单字音组。所以音组实是一种应合意组以求声音为本的词语组合体。这一来在近体诗中，五言的音组类词语是一个二字音组和一个三字音组的组合，或者因煞尾的三字音组分裂而成两个二字音组和一个单字音组的组合；七言的音组类词语是两个二字音组和一个三字音组的组合，或者因煞尾的三字音组分裂而成三个二字音组和一个单字音组的组合。但是，令人遗憾的是在近体诗中，这个煞尾的音组究竟该是一个三字音组呢还是也可分裂成一个二字音组和一个单字音组，至今还没有定论，而问题则全出在煞尾的音组和煞尾的意组之间没有能取得应合。试以李白五绝《静夜思》最后一行“低头思故乡”为例来看看，它可以有两种音组的划分，一种划分是：“低头／思故乡”。这倒是和意组的划分完全相应合的。但学术界有人认为：如果诗行煞尾定为三字音组，会使节奏过短（只有两顿）而显得局促，没有悠扬舒缓感。有人就不赞成这样的划分，赞同者不少。那么该怎样划呢？他们认为该这样划分：“低头／思故／乡”。在这里，“思故乡”按意义拆成“思／故乡”倒是可以的，但偏偏把“故乡”拆开了。对这情况该如何认识，得提一提朱光潜和何其芳。朱光潜曾把“顿”分成“说话的顿和读诗的顿”，而“读诗的顿注重声音上的整齐段落，往往在意义上不连属的字在声音上可连属”，而这是强调“形式化的节奏”者的一种“习惯的旧诗的读法”，是“不能否认”其合理与合法的。

何其芳对白居易《琵琶行》中一些诗行作了这样的顿的划分，如“枫叶／荻花／秋瑟／瑟”，“举杯／欲饮／无管／弦”，并这样说：“……为了音节上的必要，也可以不管意思上是否可以分开，比如‘秋瑟—瑟’‘无管—弦’就是这样。”[2] 由此看来，上述“低头思故乡”中不顾“故乡”在“意思上是否可以分开”而硬性分开，也是合理与合法的了。但是这样的意见也遭到不少人反对。卞之琳在《重探参差均衡律——汉语古今新旧体诗的声律通途》中，就反对何其芳把李商隐诗中那一个对句“春蚕到死丝方尽，蜡炬成灰泪始干”中的“丝方尽”分裂为“丝方／尽”，“泪始干”分裂为“泪始／干”颇不赞同，认为近体诗中煞尾的三字音组不能分割。他这样说：“汉语古典七言诗通常就是以构成一个意组一个音组作为一个节奏单位而一逗一顿的，所以‘丝方尽’‘泪始干’也都不能割裂为‘丝方／尽’‘泪始／干’。”为了强调“一个意组一个音组作为一个节奏单位”，他还补充了一句：“音组与词组基本上是统一的。”

但是卞之琳根据“一个意组一个音组作为一个节奏单位”“音组与词组基本上是统一的”这个理论来维护“丝方尽”“泪始干”不能分割，前提是这些三字音组是存在于近体诗的诗行煞尾处，而此处的“顿”根据近体诗的节奏模式本来就允许不分裂的。一旦脱离了这个近体诗的节奏模式，出现三字音组在诗行开头单字音组在中间的情况——如“五千仞岳上摩天”这样的诗句，如果按音意统一的办法来划分音组，得是这样：“五千仞／岳／上摩天”。就不行，再说什么“一个意组一个音组作为一个节奏单位”，“音组与意组基本上是统一的”，也无济于事，我们还得把它作这样的音组划分：“五千／仞岳／上摩天”。

同理，让单字音组在诗行开头、三字音组在中间，像“著麦苗风柳映堤”，如果按音意统一的要求，这样来划分音组：“著／麦苗风／柳映堤”。也不行，还是要作这样的音组划分：“著麦／苗风／柳映堤”。同理，让三字音组在诗行中间、二字音组在诗行煞尾，像“中天月色好谁看”，如果也这样划分音组：“中天／月色好／谁看”。也不行，非得是：“中天／月色／好谁看”。

这反映了一个什么问题呢？只能说是近体诗已形成了节奏模式，铁定的法则是：三字、单字音组说什么也进入不了诗行的开头或中间，是被钉死在煞尾那个位置上的。

那么用什么办法才能让词语形态真正获得意组与音组的结合，解放单字、三字音组，让它们能在诗行各个部位存在呢？值得引吴为善在《汉语韵律句法探索》中的一段话：

> 汉语格律诗音乐内的抑扬构成，关键在于诗句吟诵时的顿……从实际情况来看，这个“顿”并不是真正的停顿，只是每个双音节之后有个间歇，形成语音的延宕。语音的延宕使得双音节的每一个音节相对长些，与前一音节形成长短的对比，同时后一音节在延长过程中又必然加重，念成一个重音，与前一音节形成轻重的对比。这样律诗每一个双音节内部形成相对的短与长、轻与重的对比，构成有规律的抑扬变化……值得注意的是这种双音节内字音的抑扬（长短与轻重）并不是汉字固有的特性，它们是诗歌吟诵中受节奏模式制约、通过人为地拉调而产生的，一旦离开节奏模式，这种对比也就不复存在，因此我们把这种现象称为“节奏音变”，把这种抑扬对比称为“相对轻重律”。

这段话相当深入地探讨了近体诗二字“顿”形成的音之长短、轻重的对比的节奏感，且认为这是建基于近体诗特定的节奏模式的，从而指出“一旦离开节奏模式”——也就是“221”或“23”的五言节奏模式，“2221”或“223”的七言节奏模式，也就会产生“节奏音变”。就我们的理解，这“节奏音变”该指打破以二字顿为主的节奏，而变成以多种音组（至少是单字、二字与三字音组在诗行任一部位可以混用的一种组合系统），那就会“音变”，产生新的节奏系统——或节奏模式。而这样的系统或模式，必然会出现像卞之琳所理想那样，让意组与音组完美结合，形成全新的词语形态。这一推测果然成为现实了。

这个现实就是词曲那种具有逻辑化倾向的语言所导引而得的意组与音组始终有机结合的词语形态。值得一提《词谱》根据词曲“依曲拍为句”的原则，在《词谱·凡例》中说了这么一段话：

> 诗中句读，不可不辨。有四字句而上一下一，中两字相连者；有五字句而上一下四者；有六字句而上三下三者；有七字句而上三下四者；有八字句而上一下七或上五下三、上三下五者；有九字句而上四下五、或上六下三、上三下六者。此等作法，不可枚举。

这一番言说把音乐的拍子和语言的顿混为一个概念，以致纯以“字”之多少来分句读——顿和不完全适应词曲语言的顿，且因把句读和“曲拍”绞在一起而出现“上一下七”“上五下三”“上四下五”“上六下三”的提法，又和“顿”的实际内涵不符。不过，这段话还是提出了一些词曲音组及其组合超越近体诗节奏模式的句式新情况，我们不妨分几个方面举例来看一看：

一、四字句的“上一下一，中间两字相连”，即“1+2+1”式，或者简称“121”句式，是值得重视的。这类句式在词中我们可举“共携手处”（韩元吉《六州歌头·桃花》），“向烟波路”（晁补之《迷神引·贬玉溪，对江山作》），“念腰间剑”（张若禅《六州歌头·长淮望断》），“对长亭晚”（柳永《雨霖铃·寒蝉凄切》），“花无人戴，酒无人劝”（无名氏《青玉案·年年社日停针线》）等等。散曲中可举“花替人愁”（张养浩《殿前欢·可怜秋》），“应盼人归”（侯克中《[正宫]·菩萨蛮·客中寄情》），“春去的紧”（石子章《黄桂娘秋夜竹窗雨·第一折·[天下乐]》），“问那人家”（乔吉《满庭芳·渔父词》），“愁随潮去，恨与山叠”（姚燧《普天乐·浙江秋》）等等。从这些例中可以见出这种句式中单字音组不仅置于句末，也可置于句首，可见这个音组已经解放出来了。

二、五字句的“上一下四”，即“1+4”，或简称“14”句式，也值得注意。这里需要说明的是“下四”的“四”，原意是四个字，并不是指四字音组。四字音组在词曲中已有出现，后面我们要提及，这里的“下四”在很大程度上是指两个二字音组，当然有时这个“四”里有掺入虚字的，如“了”“在”，只能算半个音节，但吟诵时，若碰上实字与虚字相连的音组，还可算作二字音组，不妨碍我们把“下四”定为两个二字音组的规约。这类句式在词中我们可举“怅离群万里”（张炎《解连环·孤雁》），“恼芳情偏在”（周密《曲游亭·禁苑东风外》），“幻苍崖云树”（吴文英《八声甘州·渺空烟四远》），“渐霜风凄紧”（柳永《八声甘州·对潇潇暮雨洒江天》），“过春风十里，尽荠麦青青”（姜夔《扬州慢·淮左名都》）等等。散曲中可举“恨相见得迟”（王实甫《西厢记·第四本·第三折·[滚绣球]》），“想花开一季”（石子章《黄桂娘秋夜竹窗雨·第一折·[混江龙]》），“做甚么人家”（周德清《折桂令·依蓬窗无语嗟呀》），“采南山紫芝，理桐江钓丝”（汪元亨《朝天子·归隐·荣华梦一场》），“算人生几何，惊头颅半皤”（汪元亨《朝天子·归隐·风俗变甚讹》）等等。从这些例中可以见出这类句式中单字音组可置于句首，二字音组也可以煞尾了。

三、六字句的“上三下三”，即“3+3”，或简称“33”句式。这在词曲中是用得很普遍的，不过为了句读中对停逗的强调，常常在两个三字音组当中作一逗号标志，其实它们还是共处在一个六字句中的，如词中的“又却是，风敲竹”（苏轼《贺新郎·乳燕飞华屋》），“都付与，莺和燕”（陈亮《水龙吟·春恨》），“从别后，忆相逢”（晏几道《鹧鸪天·彩袖殷勤捧玉钟》），“待重结，来生愿”（乐婉《卜算子·答施》）等等。散曲的“六字句”当中打逗号情况就极少了。如“薄些些被儿单”（关汉卿《一串儿·题情》），“清减了小腰围”（王实甫《西厢记·第四本第三折·[幺篇]》），“多半是相思泪”（王实甫《西厢记·第四本第三折·[朝天子]》），“断肠人在天涯”（马致远《天净沙·秋思》），“昏惨惨晚霞收，冷飕飕江风起，急飐飐云帆扯”（关汉卿《关大王独赴单刀会·第四折[离亭宴带歇指煞]》）等等。从这些实例中可以见出三字音组不仅常置于句的煞尾处，如今获得解放后也可置于句首。

四、七字句的“上三下四”，即“3+4”，或简称“34”句式。这类句式和近体诗的七字句“上四下三”刚巧相反，词曲中也用得很普遍。词中的“下四”大都还是两个二字音组，不过与“上三”相平衡“下四”本可分裂成两个二字音组，此时也有合成一个四字音组的趋向，如柳永在《雨霖铃·寒蝉凄切》中连用了三个“上三下四”句式：“念去去千里烟波”，“杨柳岸晓风残月”，“便纵有千种风情”。这位诗人很爱用这类句式，还在《采莲令·月华收》中一连用了三次：“西征客此时情苦”，“千娇面盈盈伫立”，“贪行色岂知离绪”；在《玉蝴蝶·望处雨收云断》中竟连用四次，“水风轻蘋花渐老”，“月露冷梧叶飘黄”，“念双燕难凭运信”，“指暮天空识归航”。从柳永的偏爱也足以反映出词人对“上三下四”句式普遍喜好。散曲中更多见，如“冷清清暮秋时候”（卢挚《沉醉东风·重九》），“重回首往事堪哀”（马致远《夜行船·秋思》），“空留下半江月明”（卢挚《春阳曲·别朱帘秀》），“自别后遥山隐隐，更那堪远水粼粼”（王实甫《十二月过尧民歌·别情》），“黄芦岸白蘋渡口，绿杨堤红蓼滩头”（白朴《沉醉东风·渔夫》）等等。从这些例中可以见出三字音组可以出现在句首，二字音组也有了更多自由，可以存在于句尾。还值得一提的是，这些例句中的“下四”中颇有一些也可以看成四字音组，如“杨柳岸晓风残月”，由于“晓风残月”作为一个平列复合词内在的结合力很强，在前面这个“杨柳岸”三字音组的节奏平衡期待压力下，念成一个四字的音组完全可以成为一场现实。这是一个信号——词曲已有出现四字音组的迹象。

我们通过四类句式的音组存在规律的探讨，当可以明确如下三点：一、词曲由于打破了近体诗的节奏模式，创造了一个让音组一样具有自主权的格局，从而解放了单字音组和三字音组，使它们可以在诗句的任何部位存身，不像近体诗，只有二字音组才自由；二、这也就为词曲中音组和意组紧密结合创造了一个极有利条件，也不像近体诗为迁就节奏模式而让音组无视与意组的相呼应而独立活动；三、词曲中的词语因此有了形态的扩充，除了有大量双音节的词语，原本在近体诗中受到多重限制，因而数量很有限的单音、三音节词语也和双音节词语同样自由、数量也不相上下的姿态出现在新诗的文本创造中，并且还透现出一个迹象：在音组与意组能真正有机结合的前提下，词语的音节容量也可能会增加，从而使词曲的词语形态得以扩大。

三

事情的焦点是词曲词语是否有必要和可能成为音意统一的形态。为此，我们还得对这一方面作深入探讨。

从前面的论述中当然表明我们的看法，词语的音意结合在词曲中已是一个客观的存在，但有这个必要吗？如果有，那么其价值又在哪里呢？

吴为善在《汉语韵律句法探索》中提及吕叔湖论词语搭配的选择性时，“提出了词语搭配选择的两个依据：一是句法，一是语义”。他随之接过这个话题说：“但是像‘修建’和‘马路’这两个词之间无论在句法、语义上都是可以组合的，为什么我们说‘修马路’而不说‘修建路’呢？又如同是‘描图纸’念成1+2和2+1两种音节组合模式，它们的结构方式就有区别，意思也不一样呢？这说明词语搭配的选择性除了句法、语义上的制约，还有语音组合方式的限制。也就是说，任何一个词语组合片断，都蕴含着句法、语义、韵律三个范畴的组合规则，而这三者之间又是互相制约的。”这段话相当到位。值得指出的是句法和语义可以是一个范畴而和韵律相对应。基于这样的认识，吴为善又进一层说：“一种语言的韵律结构不是纯节律结构，而是节律结构和句法结构相互作用的结果。”可重视的是“一种语言的韵律结构不是纯节律结构”。联系此前的话，他这样说当也意味着韵律结构须是音义相互作用的结果。这番言说在语言学研究中无疑是十分正确的，而语言诗学研究则是更值珍视的思路。当今世界范围的语言诗学研究虽然也有如俄国形式主义者那样走极端的言论——如鲍·艾亨鲍姆所说的：“诗歌语言不单单是一种形象的语言，诗句的声音甚至不是外部和谐的因素，声音甚至也不伴随着意义，而是他本身便有独立的意义。”但真正辩证地看待这一问题，并对这种极端作出实事求是的批评的，大有人在。其中韦勒克、沃伦在《文学理论》中的一番话最有代表性。他们这样说：

……在任何一种有关格律的理论中，韵文的意义都是无论如何不可忽视的。然而，声乐与音乐性理论却认为韵文格律与意义毫不相关，例如，杰出的音乐性格律学家斯图尔特曾说："韵文可以在没有意义的情况下存在"，因为"格律在实则上可以独立于意义之外，我们可以恰当地尝试把任何一行与意义无关的句子的格律结构重新显示出来"。菲赫耶和萨兰提出的律条是：我们必须采取一位外国人的观点，即在不懂语言的情况下听人读诗。但是，这一提法在实际中是完全没有根据的，因而被斯图尔特摈弃了。采用它必将对任何格律研究者带来灾难性后果。假若我们无视韵文的意义，就等于放弃了文字、短语的概念，因而放弃了分析不同作者诗歌之间差异的可能性。英语格律主要是由强读的短语、节奏性冲动和由分解的短语支配的实际口语节奏之间的对位决定的，但这种分解短语只有在熟悉原诗意义的前提下才能确定。

可见对排斥意义而一味强调声律，把音组与意组对立起来的理论见解的确在语言中是行不通的。由此来看汉诗的节奏体式，声音与意义——或者具体化为音组与意组也非得辩证地统一起来不可。沈亚丹在《寂静之音——汉语诗歌的音乐形式及其历史变迁》中，对此倒有细致的论述。她在言及语音和乐音"千丝万缕的联系和区别"时说了这么一番话：

……就语言表达而言，意义的存在决定了声音的停顿和延续方式，其中意义决定了声音的存在方式；而音乐呈现过程则相反，通过声音停止和延续过程而获得特定意义，是声音存在方式决定意义。对于诗歌而言，则需同时从声音和语义两个角度来考虑，通过短时间的语音间断，同时实现语言的逻辑意义及音乐情感功能。在诗歌音乐功能的实现过程中，和音乐中单纯通过节奏对声音的纵向分割和旋律对于声音的横向联系不同，句逗通过语音以及与之相联系的语义，对诗歌外在节奏和内在联系施加影响。正是意义单位的告一段落，使得诗歌接受者在对于语言的感知过程中有一个暂时的停顿。句逗与句逗之间出现声音现象中的“无”以及对这种“无”的心理知觉，使得诗歌本身得以存在。虽然句逗对于语言和诗歌的作用方式不同，但是它对于诗歌和语言同样重要，通过句逗的不同呈现方式划分诗歌和非诗。正如没有句逗就没有语言一样，没有诗歌句逗和散文句逗的形式区别，也就没有诗歌。

在言说了声音与语义以及共同对句逗的依赖而获得诗歌节奏的感知——这一大段话后，沈亚丹推出了如下一些类似结论性的话：

……句逗的组合方式和变化方式，从声音和意义两方面决定了汉语诗歌节奏，并且通过对于诗歌节奏的控制，控制汉语诗歌形式本身。

这就是说，汉诗的节奏与体式都和句逗的组合方式、变化方式有着决定性的关系。

句逗则是从与意组紧紧结合在一起并按意组的“流势”得以完成的音组有机结合必然的派生物，它也就是上面已提及的“顿”。如果说“顿”是显示节奏的手段，那么派生“顿”的音组则是基本节奏单位。而音组不只是一种，有型号不同的几类。上已提及近体诗以二字音组为主，单字、三字音组是被拘囿在诗行煞尾处的，活动范围很有限，颇不自由。词曲因了突破近体诗的格律模式而解放了它们，使它们和二字音组终于可以平起平坐，获得了节奏音组的等价值。如前所述，近体诗的节奏模式决定，音组有强弱两类：二字音组是个强化音组，单字与三字音组因受许多限制活动不自由，因此是弱化音组。但按照句读一组字构成的音节容量看，除了可有这三类型号的音组外，还可容纳音节容量更多的音组。而这种可能性因了词曲口语化倾向导致对近体诗格律模式的超越，以及这种超越带来音组构成与组合中音意的辩证统一，也就成为了现实。

那就是词曲中除了有单字、二字、三字这三类型号的音组，还增加了一个四字音组。

先从理论上看，词曲语言的口语化倾向与音组的音义二结合确能催生四字音组的出现。而这当然得以从词语形态的扩充出发来考虑。在词曲语言出现口语化倾向、导致汉诗语言体系悄悄儿开始调整中，词曲的词语形态必然会扩充，其音组型号也必然会增加，其理由有三：

一、词曲语言的口语化倾向产生的直接后果是带动起大量的虚字进入词语结构中。虚字在句读中一般总是较轻的，作为音组它只算得半个，将它置于原本以实字构成的词语中，句读时，以实字为主体的音组大致能给人音节并不超量之感。而掺入虚字的词语在句读中也会在意组上显出曲折婉转，音组上显出摇曳多姿的功能，因此词曲中不仅有词语构成的客观条件，也有主体抒情的主观要求，让实字性词语作大剂量的虚字“掺水”，从而为其词语形态的扩充创造了条件，也为其音组型号的增多打下了基础。这是至关重要的一点。

二、词曲突破近体诗的格律模式而充分体现词语音意二结合所展开的活动，导致词曲词语的功能从意象作为符合的点化转向作为隐喻的载体，使创造主体有条件更有主动积极性，具体地来充当物象及将物象充分渗透这一情思的物质补充，这就要求词曲词语有更大的包孕量。这一来也就促成词语形态非扩充不可，也相应要求音组的型号非增加不可。

三、词曲在词语组合中，由于音乐节拍的浮动性和语言停逗的固定性共存于音组组合方式的节奏运作中，也就要求音组与音组间在组合程式中既有循序渐进又有巨大落差的双向交流，而它们作为存在于诗行节奏运行系统中的对立统一体，共同使词曲节奏呈现为流转、回环的旋律状态，而词语最少的是单音节——这已是极限。最多的按推论不存在极限，但从句读的生理要求而言，词语的音组化当也有音节数的限度，不过突破三音节的三音节半（三音节加一个虚字）或四音节词语，大致说不会在此限度内，故词曲词语形态突破三音节而作适度扩充是允许的，而音节突破三字组而适量增加型号也是必要的。

以上三点理由足以证实，词曲词语形态作突破三音节的扩充、音组型号作超越三字组的增加，有可能。这“可能”已被词曲作家的创作实践所证实：四字音组在词曲中出现了。

先看词中。无名氏《鹧鸪天・枝上流萤和泪闻》中有:“枝上流萤和泪闻, /新啼痕间旧啼痕。”这第二行,若把它作这样的音组划分:“新啼痕间/旧啼痕”,则前一个就是四字音组,若把它作这样的划分:“新啼痕/间旧啼痕”,则后一个就是四字音组。再如李煜的《相见欢・林花谢了春红》中有:“林花谢了春红, /太匆匆。”这第一行,若把音组划分成“林花谢了/春红”,则前一个就是四字音组,若划分成“林花/谢了春红”,则后一个就是四字音组。“了”是虚字,所以这里两种音组的划法划出的两个四字音组,其实是三个半音节的,虽不足,但亦可当作四字音组了。

再看散曲中。关汉卿的《沉醉东风・咫尺的天南地北》中有:“刚道得声‘保重将息’, /痛煞煞教人舍不得。”这第一行该作这样的音组划分:“刚道得声/‘保重/将息’”,第一个就是四字音组。关汉卿还在《关大王独赴单刀会・第四折[驻马听]》中有:“二十年流不尽的英雄血!”这一行的音组该划分成这样:“二十年/流不尽的/英雄泪!”这“流不尽的”中的“的”是个虚字,“流不尽的”是三个半音节的词语,也可算作四字音组。散曲里衬字用得特别多,所以四字音组用得相当普遍。如武汉臣的《散家财天赐老生儿・[混江龙]》中:“但得一个生忿子拽布披麻扶灵柩,索强似那孝顺女罗裙包土筑坟台。”后一行中的“那孝顺女”是个四字音组,“那”是衬字。衬字也得归入虚字。散曲中非衬字的虚字比词中用得更普遍,由此导致三个半音节词语形态的四字音组更是多见。如肖仲贤的《洞庭湖柳毅传书・第三折・[浪里来煞]》中有“这薄礼呵请先生休见阻”,“这薄礼呵”靠虚字“呵”成为了四字音组,这位散曲家还在《海神庙王魁负桂英・[胡十八]》中有“元来是这一堂儿都是个塑来的泥”,“这一堂儿”的“这”与“儿”都是虚字,所以这实在只算得三个音节的词语,也算作四字音组了。类似的情况可说不胜枚举。

词曲大量使用虚字的后果是词语形态扩充到四个半音节的现象也出现了,而这也就使音组的型号增加到五字组。如无名氏的《神奴儿大闹开封府・第二折[隔尾］》中有："我将你怀儿中撮哺似心肝儿般敬，／眼前觑当似在手掌儿上擎。"这第一行中的"心肝儿般"是包括两个虚字的四字音组，第二行中的"在手掌儿上"则是包括三个虚字的五字音组。

由此说来，词曲靠了虚字的帮衬，不仅已出现四字型号的音组，更出现五字型号的音组，这在汉诗语言诗学中是件破天荒的大事。这件大事的出现值得特别珍视，因为如前所述的，音组是节奏最基本的单位，四字、五字的音组一出，不仅使词曲彻底摧毁了近体诗的格律模式，其更见重要的价值则是使汉语诗歌出现了以长短句为标志的、全新的节奏表现格局。

第二节　词曲音组的组合与诗行节奏的确立

我们已论述了词曲语言的口语化倾向与词曲词语音意的辩证统一、词语形态的扩充、音组型号的增加之间的必然关系，进而探讨了词曲对近体诗格律模式的突破等等问题。所有这些都证实着如下一点：诗歌语言的变化将引起节奏体式的新构。那么，超越近体诗的词曲节奏体式又是怎样的呢？为此，我们的研究将循序渐进地展开，先对词曲音组的组合与诗行节奏的确立作一考察。

一

一个问题须首先提出来——词曲节奏的基本表现方式是什么？这得从诗行开始。

我们曾论述近体诗的节奏体式，提出其节奏表现有两大方式：平仄律与音组律，并作出了这样的结论："音组律与平仄律是形成规范、严谨而高度精致的近体诗节奏体式的基础，而通过押韵与对仗这两类节奏辅助手段的作用，使音组节奏与平仄节奏得到有机的汇通，则是近体诗终于有了一个结构得十分有机的回环节奏类形式体系的有力保证。”这个结论我们自认为对近体诗是适用的，但对汉诗形式体系的整个格局而言，似乎有点吃力不讨好，持平仄节奏观者当然不会同意，持音组节奏观者也不一定肯接受。而事实上，作为汉诗节奏表现的方式，以“汇通”为指归的这个结论用在词曲的节奏体式上，也未必合适。

传统诗学中，词曲的节奏表现——音律，如同对近体诗的认识一样，就只能是平仄律——这个观念一直沿袭到今天，在对词曲作专门研究的学者中，还是颇为流行的。这里值得引两段文学。一段是刘尊明在《唐宋词综论》中谈词的节奏表现的，这场表现在引文中就围绕平仄声律展开：

> 讲求声律是汉语诗歌尤其是近体诗的一个重要特征。词在近体诗兴起和繁荣的同时，作为歌词，更要求以文学的声调配合乐谱的腔调，以求协律美听。近体诗的声律只分平仄，上去入三声统称仄声或侧声，不再严加分辨，它的字声组织大体上是两平两仄交替与对称使用。这一声律规则的发明与运用，使得近体诗比之古体诗获得了更鲜明的声律美和音乐美特征。但是近体诗毕竟是“徒诗”，它的声韵协畅只能在吟咏讽诵时才能得到体现。而词作为合乐歌唱的歌词，既要“合之管弦”，又要“付之歌喉”，其对声律美的讲究便有了多重的需求。所以作词除了分字声的平仄之外，有时还须分辨四声与阴阳，字声的配合方式，也比近体诗更加复杂多变。……清谢元淮论“词禁”云：“词有声调，歌有腔调，必填词之声调字字精切，然后歌词之腔调声声轻圆。”这个分析便很好地揭示了歌词之声调与歌曲之腔调间的相互关系。因此填词者不仅要懂诗歌的声律，还要通音乐的乐律，这样才能做到“逐弦歌之音”、“审音用字”，使歌词与曲调，字声与乐律达到契合无间、圆融无碍的艺术境界。

再引刘庆云、刘建国在《词曲通》中一段谈曲的节奏表现，同样是围绕平仄律展开的：

诗的平仄相对固定，总的原则是平仄相间……在平仄相间的总原则限制之下，五律、七律、五绝、七绝各种诗体都只分“平起平落”和“仄起平落”两种平仄格律模式，四种诗体总共也只八种格律模式。而词谱与曲谱中的词牌和曲牌可就复杂多了……词曲的曲牌同律绝诗那八种不同平仄的格律相比，相差实在太悬殊了……但词曲尽管在平仄声使用上花样繁多，并不说明使用时可以随心所欲，在关键地方不但平仄之间不能互换，平声还要区别阴平和阳平，仄声字还要区别上声和去声。清代曲论家黄周星在《制曲枝语》中说：“诗律宽而词律严，而曲律则倍严矣……三仄更须分上去，两平还要论阴阳”。曲对“阴阳上去”所以特别讲究是因为它是用于歌唱而不是用于案头阅读。

我们所引这两段文字无非说明，词曲的节奏表现同近体诗一样，都是依赖于平仄律的，而词曲的节奏表现之所以不像近体诗那么单调板滞，而显得更活泼流转，乃在于词曲的平仄声律分得更细更深入更花样繁多。

但一个问题出来了，依乐谱而填词的词曲音谱歌法已经失传，我们又何以能体认词曲以平仄律来表现节奏是成功的呢？对此吴熊和在《唐宋词通论》中也说了一段话——他讲的是词，但曲也可包括在内：

由于音谱歌法失传，唐宋词已无法歌唱，但词调的音律，部分还寓于它的文字声调之中。有些名作，字声组合流利调谐，不歌而诵亦悠扬动听，比之五、七言近体诗甚至更富于节奏感和律调美，这就是词在管弦声中依声协乐所留下的痕迹和遗响了。《四库全书总目提要》卷二〇〇《宋名家词》条说：“词萌于唐而盛于宋。当时伎乐，唯以是为歌曲，而士大夫亦多知音律，如今日之用南北曲也。金元以后，院本、杂剧盛，而歌词之法失传。然音节婉转，较诗易于言情，故好之者终不绝也。于是音律之事，变为吟咏之事，词遂为文章之一种。”

这番话有一点难让人理解，说一些词名篇“字声组合流利谐调，不歌而颂亦悠扬动听”，比五、七言近体诗“甚至更富于节奏感和律调美”，而这些乃是“在管弦声中依声协乐所留下的痕迹和遗响”。但是，在“音谱歌法失传”的情况下我们何以知道？若说是“词调的音律部分还留于它的文字之中”的缘故，这可不可能？文字的声调是属于文字自身的，平仄相协也是其内部的事，而文字的“依声协乐”则是音乐曲谱拿文字所含之语音作为手段来表现乐曲的事。“音谱歌法”失传，要想从“文字声调”中唤回那是不可能的，如有这种可能，就说部分的可能，那我们也可以拿词名篇中的独特的“文字声调”去唤回——或者就部分地唤回“音谱歌法”了，这岂不是中国音乐之大幸。事实上这是想当然而已。以此反证，词曲的“文字声调”即便是“字声组合流利调谐”，也不可能是凭依“词调的音律”寓于“或部分地”寓于自身的结果。这里需要提一个诗学上的理论问题，不能把语言音调体现的诗的音乐性与音乐旋律体现的音乐性混为一谈。韦勒克、沃伦在《文学理论》中就说：“诗的‘音乐性’（或称旋律）这一术语应该说颇易引起误解，因而须弃置不用。我们要说明的语音现象与音乐上的旋律并不类似，音乐上的旋律自然是由音的高低来决定的，因此，与语言音调没有多少相似，实际上二者之间存在着相当大的差异，讲出的一句话调子抑扬起伏，音高在迅速变化，而一个音乐旋律的音高是稳定的，间隙是明确的。”所以我们有理由这样说：当“音谱歌法失传”、“管弦声”已不再存在时，“依声协律”的文字所含之语音、所拥有的“节奏感和律调美”也会随之消失。这是很普通的推论。怪不得上面提及的刘庆云、刘建国在《词曲通》中坚决主张词曲节奏来自平仄相间的言说，竟也会在不经意间漏出这样的话：“（词曲中）‘阴阳上去’之间这种微妙的差别在诗词中是用不着考虑的。因为在元明以后诗词作品已经成了案头读物，字欺声也好，声欺字也好，拗噪棘口也好，摆在案头上反正显示不出来，只要语意高妙自然会受读者好评的。”可见词曲的乐曲音谱歌法虽要求文字的声音平平仄仄，阴阳上去的协律，等到“音谱歌法”一失传，词曲的文字置于案头而不化为“管弦声”后，也的确可弃之而不顾。所谓“在管弦声中依声协乐所留下的痕迹和遗响”大概也的确不存在了。

我们花不少笔墨作了这一番言说，实是想通过词曲学家代代相传的这种说法看其背后隐藏的意图，词曲中的声律化语言节奏表现是通过四声调协显示的，而这四声调协之经验则有其乐曲音谱的真传，甚至是乐曲音谱之遗响在内，这不就意味着词曲节奏来自协四声调平仄的身价非同一般！

这多少有点不切实际。

当然，协四声调平仄决非坏事。朱光潜在《诗论》中就认为这是“选择富于暗示性或象征性的调质”的一种技巧。这位美学大师还进一步说：“四声对于中国诗的节奏影响甚微”，“四声最不易辨别的是它的节奏性，最易辨别的是它的调质或和谐性”为此他举了白居易《琵琶行》中的四句：“大弦嘈嘈如急雨，小弦切切如私语；嘈嘈切切错杂弹，大珠小珠落玉盘。”然后作了这样一番分析：“第一句‘嘈嘈’决不可换仄声字，第二句‘切切’也决不可换平声字。第三句连用六个舌齿摩擦的音，‘切切错杂’状声音短促迅速，如改用平声或上声，喉音或牙音，效果便绝对不同。第四句以‘盘’字落韵，第三句如换平声‘弹’字为去声‘奏’字，意义虽略同，听起来就不免拗。第四句‘落’字也胜似‘堕’‘坠’等字，因为入声比去声较折截响亮。我们如果细心分析，就可见凡是好诗句，平仄声一定摆在最适宜的位置，平声与仄声的效果决不一样。”在谈了这些以后，他作出这个结论——“总之，四声的‘调质’的差别比长短，高低、轻重诸分别较为明显，它对于节奏的影响虽甚微，对于造成和谐则功用甚大。”[2]

那么，词曲中最能显示节奏的是什么呢？如同上一章论及近体诗节奏体式时我们提出是“顿”一样，词曲节奏主要也还是由“顿”来显示。并且，我们还可以这样说：近体诗的平仄律在节奏表现上还有独立存在的价值，或者和音组律平等地结合来作最佳状态的节奏表现；词曲的节奏表现中平仄律的功能是更其淡化了，而由音组有机组合中显示停逗规律的音组律则成其节奏表现根本性手段。实事求是地想想，一个七字之内的诗行尚可平平仄仄一番，要是长到十四、五字甚至二十几字的诗行，如何讲究平仄，譬如“我是个蒸不烂煮不熟槌不匾烤不爆响当当一颗铜豌豆”这一个诗行要以平平仄仄来显示节奏是很难的，更何况诗行群的节奏表现如碰上这样：“蝠腾腾火起红霞，／黑洞洞烟飞墨云／闹眩眩火块纵横，／忽攘攘烟煤乱滚。”这可是具有独特气势的旋律化节奏表现，靠调平仄能管用吗？

是的，词曲节奏只能靠“顿”来显示，舍此无他。

靠顿来显示节奏，在传统诗学中没有人论说过，是“五四”新诗革命后提出来的新见解。饶孟侃也许提得较早，不过他不是以“顿”而是以“拍子”的名称来谈的，在发表于1926年4月22日的《晨报·诗隽》第4号的《新诗的音节》一文中他有这样一段话：

> 但是节奏又可以分成两方面来讲：一方面是由全诗的音节当中流露出来的一种自然的节奏，一方面是作者依靠格调用相当的拍子（Beats）组合成一种浑成的节奏。第一种节奏是作家自己在创作的时候无意中从情绪里得到一种暗示，因此全诗的节奏也和情绪刚刚弄得吻合而产生的，这种节奏纯粹是自己理会出来的，所以简直没有规律可言。而第二种则又是纯粹磨炼出来的，只要你肯一步步的去尝试，也是可以做得到的。在根本上这两种节奏就没有优劣的分别，因为第一种方法有时候也靠不很准，第二种有时候也会弄得牛唇不对马嘴（指情绪与音节不调和），固然最妙的是用第一种方法去做第二种工作。

可注意的就是“用相当的拍子（Beats）组合成一种浑成的节奏”中的“拍子”和“浑成”，就我们的理解则是诗的节奏表现要靠“拍子”样的“顿”，而这样做最适宜的是长短句体现的“浑成的节奏”。这样的理解也许不至于太离谱。几年以后，罗念生在1936年1月25日的《大公报》文艺副刊《结稿刊》所发《节律与拍子》中把“拍子”的话题扩大和深化，不但也认为汉诗的节奏是藉“拍子”来表现的，且举出孙大雨首先对“拍子这东西”的发现后，以“四拍子”的节奏诗行成功地写出长诗《自己的写照》。在此基础上他还进一步说："有许多人认为我们的节律是由平仄造成的，这实在是个很大的误解。平仄大半是高低，它除了协助音调以外，没有什么旁的用处。""我们的平仄是不能产生任何节奏的。"梁宗岱则在1931年初给徐志摩的一封《论诗》的长信中就提出"中国文字底音节大部分基于停顿"，并且依靠这一点进一步认为诗行"越来越参差不齐"的"词体"，"可以容纳许多变化和顿挫"，以致有"音节之缠绵，风致之婀娜，莫过于词了"之叹。到1936年，在他主持《大公报》文艺栏《诗特刊》中，因发表上引罗念生的文章，他写了一则按语《关于音节》，内中有这样的话："关于孙大雨先生根据'字组'来分节拍，用作新诗节奏底原则，我想这是一条通衢。我几年前给徐志摩的一封信所说的'停顿'正和他暗合。"值得指出，以"顿"作为认识汉诗节奏表现基础的集大成者是朱光潜，他在《诗论》的第九章《中国诗的节奏与声韵的分析（中）》中，专门"论顿"。他还把此章以《论中国诗的顿》为题单独发表。文章一开头就说："中国诗的节奏不易在四声上见出，全平全仄的诗句仍有节奏，它大半靠着'顿'。它又叫做'逗'或'节'。"然后他这样解释"顿"："通常说话到某独立的意义完成时，可以略顿一顿，虽然不能完全停止住，这种辅句的顿通常用逗点符号表示'，'。论理，我们说话或念书，在未到逗点或终止点时都不应停顿，现在实际上我们常把一句话中的字分成几组，某相邻数字天然地属于某一组，不容随意上下移动，每组自成一小单位，有稍顿的可能。"他还进而指出："读诗须掺杂几分形式化的音乐节奏"，因此"读诗的顿注重声音上的整齐段落，往往在意义上不连属的字在声音上可连属。"特别是"词中的顿常仅表示声音段落，与意义无涉"。在作了这番言说后他还重复开头的话说："中国诗的节奏第一在顿的抑扬顿挫上看出，至于平仄相间，还在其次。"这些话大概为1930年代中期讨论汉诗节奏作了个总结。

总之，汉诗节奏表现停逗说——"顿"的提出，到朱光潜《论中国诗的顿》已大致定型，这以后在论及这一问题时，卞之琳、何其芳等也基本上没有超越朱光潜的。近年来谈"顿"的人也已不少。如前引吴为善的汉语韵律句法探索中就说："汉诗格律诗音步由抑扬构成，关键在于诗句吟诵时的顿。"沈亚丹在《寂静之音——汉语诗歌的音乐形式及其历史变迁》中一些话特别值得重视。她说："汉诗的节奏是通过句逗来实现的，而句逗同时是语音单位和语义单位"，"由于句逗同时是声音与语义的统一体，音节延续与停顿方式的变化，同时也给诗歌语义的延续与停顿带来变化空间。"沈亚丹的这些话从某种意义上说是对朱光潜强调顿的形式节奏要求是个修正。她有如下一段话："句逗构成的变化，也引起了诗歌形式本身的变化。汉语诗歌从四言到五言到七言的变化，最先并非发生于语言之所指，而是能指音节的分化，简言之，就是句逗的音节数量以及句逗的联系和中断方式的变化。"这启发我们，对词曲节奏体式的全面考察须从不同型号的音组在诗行中的组合规律作探讨进入。

二

我们将首先探讨词曲音组的诗行节奏功能。

诚如吴为善在《汉语韵律句法探索》中所说的："音步是基本韵律单元，确认了音步的构成及其类型，就可以进而探讨节律涉及的……音步的组合规律。"音组的组合规律主要显示在诗行中，而诗行中对音组作组合规律的探求还得以不同型号的音组所具有的不同节奏性能开始。

在前面我们已考察出词曲的音组基本上是四个型号：单字型、二字型、三字型和四字型。五字型音组在散曲中也有，但极少见，可以略而不论；单字型与四字型音组也使用得较少，但毕竟是突破近体诗格律模式后的新鲜事儿，值得提倡使用；用得最多的是二字型和三字型音组，当然得倍加关注。

因了四类音组的能够自由组合，其后果首先是在诗行长度上突破了五言、七言。如果我们以"1"代表单字音组，"2"代表二字音组，"3"代表三字音组，"4"代表四字音组，那么可以对词的节奏诗行的音组组合是否会突破七言作出一个统计，那就是：（一）两顿体：在是否会突破七言上，问题还不大，不过若是"44"

的组合，变八字句，突破了；（二）三顿体：在是否会突破七言上，问题还算不得最大，不过若是“332”“242”“333”“342”“343”“443”“444”的组合，也就都要突破七言，其中“444”的组合，诗行就有十二个字了；（三）四顿体：问题就大了，除非是“1111”“1121”“1131”“1231”“1222”的组合不会超过，其余的如“1232”“2222”“2132”等的诗行就是八言的；“3132”“2142”“2322”等的诗行就是九言的；“3232”“2242”“3322”等就是十言；“4232”“3242”“3422”等就是十一言，如果是“3432”的诗行就是十二言；“3433”的就是十三言；“4343”的就是十四言；“4443”的就是十五言；“4444”的就是十六言。再如果是五顿体、六顿体诗行，那就会出现十七、十八言，甚至达到二十、二十言以上的诗行。譬如苏轼《八声甘州》中的“有情风万里卷潮来”就是三顿体“323”式八言诗行；李煜的《虞美人》中的“故国不堪回首月明中”就是四顿体“2223”式九言诗行。散曲诗行字数的突破七言更远超词。如关汉卿《［南吕］一枝花·不老歌》中的“我是个普天下郎君领袖”，是四顿体“3322”式十言诗行；黄云石《［正宫］塞鸣秋》中的“空教我停霜毫半晌无沐思”，是四顿体“3323”式十一言诗行；秦简夫《东堂老劝破家子弟·第一折·［六幺序］》中有“半席地恰便似八百里梁山泊”，是四顿体“3333”式十二言诗行；秦简夫同题同折［寄生草］中有“只思量倚檀糟听唱一曲桂枝香”，是五顿体“33223”式十三言诗行。上引黄云石同题中有“今日个病恹恹刚写下两个想思字”，是五顿体“33323”式十四言诗行。关汉卿的《闺怨佳人拜月亭·第一折［油葫芦］》中更有：“这一对绣鞋儿分不得帮和底稠紧紧粘软软带着淤泥”，竟然是个八顿体“33333322”式二十二言诗行。这现象说明词曲诗行音组数在几近失控的增多，诗行大大增长了。

应该说出现这种现象是正常的。当四类音组可以在诗行任一个地方存身，而不再像近体诗那样：三字组或单字组总是被钉死在诗行煞尾，而二字组也不许在煞尾处存在那样了，而当它们有了这种自由组合的条件后，突破五、七言，诗行长度增长也就成了必然的事。还有一个情况也助长了这一现象：词中的领字、曲中的衬字出现，尤其是衬字的使用从一字到三字的增多和放任使用，甚至弄得读者连正字和衬字也难以分清，一个诗行的实际字数凭空增多，同样成了必然的事。不过诗行膨胀之失控倒也并不见得有想象中那么可怕，这只是暂时的现象，自然调节律是会出来调节的。我们不妨引刘尊明《唐宋词综论》中一段话来看一看——那还是只谈词的：

> 唐宋词的句式，从一字句到十一字句应有尽有。据电脑统计，《全宋词》所有各种句式的数据依次如下：一字句共22句，二字句共2547句，三字句共27781句，四字句共71105句，五字句共54097句，六字句共38539句，七字句共69037句，八字句共4458句，九字句共2348句，十字句共143句（十字句的划分与确定尚存在分歧），十一字句共1句（十一字句多由上四下七或上六下五的句式构成，故在划分与确定上也存在分歧）。其中使用频率最高的句式依次是：四字句、七字句、五字句、六字句、三字句。

这一段统计表明，过长或过短的诗行会自然而然在词曲创作中受到冷落，而十一字句以上的句式在词中已几近绝迹。当然，散曲中的情况不属此例。散曲中衬定剧增和语言的陈述性加强，句式增长的自然调节极限还要放宽。不过，如上引二十二字的诗行其实也会分裂成上十二下十的句式。但所有这些我们暂不去管它，我们感兴趣的还是词曲在诗行构筑中，音组数确已大大增多，至少出现了从一字句到十五字句这样范围的十五种以上的句式。

应合这样的句式存在状况，词曲在四类音组自由组合而建行中，也就派生出两个与诗行节奏有关的新情况。

第一个派生的情况是诗行节奏调性的调整。如同卞之琳、何其芳的研究所提出的——汉诗的诗行煞尾，用三字或单字音组和用二字音组，节奏调性是不同的。卞之琳曾说：

> 我们现在所见到的新诗，照每行收尾两字顿与三字顿的不同来分析，那可

以分出这样两路的基调：一首诗以两字顿收尾占统治地位或者占优势地位的，调子就倾向于说话式（相当于旧说“诵调”），说下去；一首诗以三字顿收尾占统治地位或者占优势地位的，调子就倾向于歌唱式（相当于旧说的“吟调”），溜下去或者“哼下去”。

何其芳在《关于现代格律诗》一文中提到：诗行煞尾的顿同节奏调性很有关系，只不过他把三字或单字音组收尾称为吟咏调，二字音组收尾是诉说调。近体诗一律是单字或三字音组收尾，清一色是吟咏调性，但词曲不同了。由于三字、单字音组已从煞尾部位解放出来，二字音组也可存在于诗行煞尾，于是词曲可以有两类不同调性的诗行，打破了近体诗在调性上的清一色局面。如李白的《忆秦娥》上片：

“箫声咽，／秦娥梦断秦楼月。／秦楼月，／年年柳色，／霸陵伤别。”

这前三句是单字或三字煞尾，吟咏调性；后两句是二字煞尾，诉说调，不再像近体诗那样在调性上是清一色的吟咏调了。这情况在散曲里更是显著。如张可久的《殿前欢·离思》中：“月笼沙，／十年心事付琵琶。／相思懒看帏屏画，／人在天涯。”这前三句是单字或三字煞尾，吟咏调性，后一句是二字煞尾，诉说调性。两种调性在诗行群中可以共存，对词曲文本的整体节奏系统走向回旋化是很有价值的，这情况当在后面详谈。我们在这里只想强调一点：诗行煞尾可以用二字音组，诗行群可以让三字或单字尾同二字尾混杂，这几乎已成了词曲的形态标志。有人举唐代诗人王湾《次北固山下》中“风正一帆悬”为例说：如果把这行诗改成“悬——一帆风正”就是词了，不是没有道理的。有人编了一个故事，说颇自负的纪晓岚有一次给人写一幅字，写的是王之涣的《凉州词》，不留心把“黄河远上白云间”的“间”漏写了，有人指出他的失误，他不肯认错，竟说自己是在填一首词，然后就在这个没有“间”的文本中作了新的分段，变成这样：“黄河远上，／白云一片。／孤城万仞山，／羌笛何须怨，／杨柳春风，／不度玉门关。”这的确很像一首词的：一、二行是二字尾，三、四行是三字尾，第五行是二字尾，第六行是三字尾。诗行群可以让两种调性不同的诗行共存的确像词了。

第二个派生的情况是音组在诗行中组合，出现了半逗律的新形态。半逗律是林庚发现的，他在《关于新诗形式的问题和建议》中这样说：

> ……中国诗歌形式从来就都遵着一条规律，那就是让每个诗行的半中腰都具有一个近于“逗”的作用，我们姑且称这个为“半逗律”，这样自然就把每一个诗行分为近于均匀的两半。无论诗行的长短如何，这上下两半相差总不出一个字，或者完全相等。例如四言是“二二”，五言是“二三”，七言是“四三”……

在说了这番话后，他又强调地说：“中国诗则永远就是根据‘半逗律’分为上下两半。”这似乎已透出一点信息，他把“半逗律”只看成是近体诗的事。后来在《再谈新诗的“建行”问题》中他更进一步说：“‘半逗律’的全部内容还含有一个‘节奏点’的问题，也就是说作为‘半逗律’的‘逗’必须严格固定在诗行的绝对位置上，如‘五言’绝对是‘二三’而不能是‘三二’，‘七言’绝对是‘四三’而不能是‘三四’。”这就明白不过地说“半逗律”只属于五、七言诗——说具体点，即近体诗。这有点不太公平。如果说“中国诗歌形式从来就都遵着一条规律”——半逗律，那么作为中国诗歌家族中的主要成员——词曲，特别是其中的词，也应该有半逗律存在的。可是词曲——特别是词中，诗行节奏点的位置是无法以“二三”“四三”来规范的，“三二”“三四”的句式多的是，岂非半逗律就不适用了？我们认为林庚发现半逗律很重要，说得上是件大事。汉诗诗行的中间会有一次半逗这个现象确实存在，我们民族习惯于对称平衡中求和谐美，这审美观从某种意义上说也影响了我们的汉诗习惯于平分两半的音组组合来构筑诗行。近体诗中，五言如“床前明月光”，是一个二字组和一个三字组的“23”式组合，拦腰一个半逗，两边音组数各一个，相平衡。“风急天高猿啸哀”是前边两个二字组，后边一个二字组、一个单字组，两段各各两个的组合，当中一次半逗，从而显出“22 / 21”的平衡。这里有一个问题要提一提，且是十分重要的，那就是“床前明月光”的后一半“明月光”我们吟读是不分裂为“明月／光”，而“风急天高猿啸哀”的前半是两个音组，后半为求和前半平衡而对本是三字组的“猿啸哀”作了音组结构的潜在调整——分裂为“猿啸／哀”。这一来，这个诗行也就能以前半和后半各两个音组而求得平衡了。音组结构在特定语境中作潜在调整是允许且十分有必要的。由此说来，五言的节奏点非在“二三”交界处不可，七言的节奏点非在“四三”交界处不可的提法，并不全面而科学。一个以半逗而成为节奏点的诗行中间位置所求于诗行前后半段平衡的，不是“字”数（何况“二／三”与“四／三”的字数本来也是不平等的），而是顿数或者音组数。就说林庚所指“二三”“四三”之“三”即三字音组，这在近体诗的五言、七言中也只有一半能讲通（因为在它们的诗行后半段的音组可以是“三”——三字组，也可能分裂为“21”或“12”，即单字音组或二字音组，一分裂，那就讲不通了）。更何况词曲的句子除了沿用近体诗五、七字句式“二三”“四三”——按林庚的用法，却也可以是“三二”“三四”的。试举李清照《醉花阴》中的词句，一句是“人比黄花瘦”，句式是“二三”，可以拿林庚半逗律，但另一句“有暗香盈袖”，句式是“三二”，难道就不存在半逗律了吗？应该说也有半逗律，那就是让“有暗香”这一个三字组与“盈袖”这一个二字组以诗行中间“节奏点”为界取得平衡。林庚似乎没有注意到词曲中另有一种虽也是五个字、七个字却不同于近体诗五、七言的新颖句式。但我们不能对此漠然无视。我们还须特别关注词曲中这一类超越近体诗五、七言的新颖句式，它们同样有半逗律，而它们中半逗律的存在正是词曲四类音组可以超越近体诗格律模式而自由组合的这道美丽风景的显示。我们在上面说到电脑统计《全宋词》的十一类句式，使用频率最高的依次是四字句、七字句、五字句、六字句、三字句，这正反映着这些句式的诗行长度不长，且容易平分两段而求得音组数平均分配，求得半逗两边的平衡，也正说明了如下这点，为大家普遍接受的这类非近体诗模式的句式，含有较强且宜于半逗的因素，由此也足资证实半逗律在词曲中存在的受重视。那么词曲诗行中半逗律又是如何有机地显示出来呢？不妨拿一些句子来作分析。

我们知道诗歌中的节奏其实是抒情主体有意设置的一场对接受者来说系出于潜在动态心理的期待。正是这种期待，促使抒情主体对文本节奏的设置显出特强的主观性。因此，词曲作家着重抓诗行中的音组组合时，为了达到组合的高度有机而作了一份铺垫性工作，那就是探求一种为适应半逗平衡律而让组合在诗行中的音组通过吟读过程被自由拆分、结构重组的规律。我们且拿柳永《八声甘州·对潇潇暮雨洒江天》中的诗行来作这规律的考察：

先看第一类规律。柳永这首《八声甘州》中有两个句子很可对比起来看，其中一个是“望故乡渺邈”。这个诗行半逗无疑当在“乡”与“渺”之间，以此为界把诗行分作前后两段，前段“望故乡”中那个“望”是领字。按规定它可独立存在，自成一顿，“望故乡”可以分裂为“望／故乡”，成两个音组，但后半段的“渺邈”却只是一个二字组，这一来岂不是前后两段音组数不平衡、半逗不起来了？为顾及后半段只一个音组，“望／故乡”也得调整结构，合成“望故乡”这个三字组，这一来就使诗行前后两段平衡了，半逗律也藉“望故乡／渺邈”这样的音组组合句式而得到了显明的呈示。不过也有相反的情况：“想佳人妆楼长望”这个诗行的半逗无疑在“人”与“妆”之间。“想佳人”可以是一个三字组，但后半段的“妆楼／长望”是两个音组，为求平衡，前半段的“想佳人”这个三字组也就得调整结构分裂成“想／佳人”，这一来，这个句式以这样的音组组合来显示半逗律：

想／佳人／／妆楼／长望

由此看来适应半逗律而作音组结构潜在调整的规律可以是这样：看诗行后半段音组组合情况而调整诗行前半段的音组结构。

再看第二类规律。《八声甘州》中还有两个句子很可对比起来看。一个是“一番洗清秋”，其半逗无疑间当在“番”和“洗”之间；以此处为界诗行分为前后两段。后半段“洗清秋”可以分裂成“洗／清秋”，但由于前半段只一个音组“一番”，为求平衡，“洗清秋”这个三字结构的音组就不分裂，以“一番／洗清秋”来平衡，并显示半逗律。与此相反的是另一句“对潇潇暮雨洒江天”。由于“潇潇”与“暮雨”在语意上结合得很紧，它们之间不能半逗，半逗须在“雨”与“洒”之间。诗行的上半段“对潇潇／暮雨”是两个音组，这使得下半段的“洒江天”本来可以一个三字组而存在，在此情况下为求前后段平衡，这个三字组就须潜在地调整结构，成为“洒／江天”，于是这一句该是这样：

对潇潇／暮雨／／洒／江天

由此看来这一类音组在诗行中的组合须看诗行前半段音组的组合情况而调整后半段的音组结构。

第三类则是，须从语意潜在控制半逗出发而对诗行前后段的音组作潜在的结构调整。在《八声甘州》中有“误几回天际识归舟”，它和“对潇潇暮雨洒江天”句式完全一样，按常理它的半逗平衡律可以使诗行音组的组合是这样：

误几回／天际／／识／归舟

但这一来出现了一个问题：按语意“天际识归舟”是结合得很紧的，不像“对潇潇暮雨洒江天”，“暮雨”被“潇潇”拉了过去，原本和“洒江天”也还结合得紧的反而疏远了。因此“误几回天际识归舟”的半逗处该是在“回”与“天”之间。这一来，这个诗行前后段的音组都得重新作结构调整：“识／归舟”可以合并成三字组“识归舟”，后半段成了“天际／识归舟”，有两个音组；前半段的“误几回”原是一个三字组，但“误”是个领字，可分裂出去，自成一个音组，于是成了“误／几回”，也有两个音，和后半段取得了平衡。于是这个诗行按半逗律的要求对音组组合中的音组结构作了调整，成了这样：

误／几回／／天际／识归舟

可以这样说，音组结构这样的调整，其半逗律的节奏功能才得到合理而充分的发挥。

从半逗律对诗行中音组结构的潜在调整规律中可以发现，词曲中由于有领字、衬字，三字、四字音组天生地具有可分裂的因素，这些决定了四类型号的音组在诗行中组合时，显得弹性很大，在不同的语境中作这样那样潜在的结构调整，是可能的、必要的，也是完全合理的。

三

这就可全面来论述四类型号的音组在词曲诗行中的组合以及由此导致的词曲节奏诗行特征了。

如果说音组是汉诗节奏表现的最小单位，那么即将展开论述的节奏诗行可以说是汉诗节奏展开的基础。我们曾在论及近体诗节奏体式时，以平仄与音组兼顾为准则，从平仄律与音组律有机统一的目标出发来展开，但词曲是依乐谱填词的，其平仄、四声更复杂细致，我们考虑到这样复杂的平仄、四声调协主要地是为乐谱的歌唱之需要定出来的，是否对以语言艺术为特征的诗有特殊价值很难说，更何况如同朱光潜等诗学理论家所一再说的，平仄对汉诗的节奏本身就作用甚微，因此在论及词曲的节奏体式时，我们得从节奏诗行的构筑展开，即立足于顿，专从音组律方面作探讨。为应合这一点，对诗行的名称也将有所改变。在前面我们称词曲的诗行是一字句、二字句、三字句、四字句……是以字数多少来命名的，从现在开始，诗行将以顿数来命名，即一顿体诗行、二顿体诗行、三顿体诗行……所有这些，是我们全面考察词曲音组在词曲诗行中的组合情况时首先要提出的。

前已提及词曲音组除极个别出现过五字音组以外，常见的基本上是四类：单字音组、二字音组、三字音组和四字音组，那么这四类音组究竟组合成一些什么样的诗行呢？需要再次提醒的是，词曲已经突破近体诗的节奏模式，解放了被近体诗限定只得存在于诗行末尾的三字或单字音组，并使这四类音组可以绝对自由地相互组合也绝对自由存在于诗行的任一部位，这一情势的后果就是大量不同句式的诗行出现了。我们略作归纳如下：

（一）一顿体诗行。这是最简单也较少见的一种词曲句式，可以有单字音组式。如蔡伸的词《苍梧谣》中："天！休使圆蟾照客眠。"这"天"即是；张养浩的散曲《[中吕]山坡羊·潼关怀古》中："兴，百姓苦！亡，百姓苦！"这"兴""亡"即是。可以有二字音组式。如戴叙伦的词《转应曲》中："边草，边草，边草尽来兵老。"这"边草"即是；庾天锡的散曲《[双调]雁儿落过得胜令》中："狼山，人生相会难。"这"狼山"即是。可以有三字音组式。如李煜的词《捣练子令》中："深院静，小庭堂。"两句都是；张可久的散曲《[双词]殿前欢·离思》中有："月笼沙，十年心事付琵琶。"这"月笼沙"即是。

（二）二顿体诗行。这在词曲中就使用得较普遍了。从这里起我们以"1"表示单字音组，"2"表示二字音组，"3"表示三字音组，"4"表示四字音组。二顿体诗行可以有如下一些音组组合的句式："12"式，如柳永的词《望海潮·东南形胜》中有"竟豪奢"，节奏诗行是"竟／豪奢"；"21"式，如李白《忆秦娥》中有"箫声咽"，节奏诗行"箫声／咽"；"22"式，如柳永的词《雨霖铃》中有"寒蝉凄切"，节奏诗行是"寒蝉／凄切"；"23"式，如刘克庄的《卜算子·片片蝶衣轻》中有"雨洗风吹了"，节奏诗行是"雨洗／风吹了"……

（三）三顿体诗行。这是词曲中最常见的诗行，有如下一些音组组合的句式："121"式，如徐再世的《[双调]蟾宫曲·江淹寺》中有"失又何愁"，节奏诗行是"失／又何／愁"；"122"式，如岳飞《满江红·登黄鹤楼有感》中有"叹江山如故"，节奏诗行是"叹／江山／如故"；"222"式，如秦观的《满庭芳·山抹微云》中有"多少蓬莱旧事"，节奏诗行是"多少／蓬莱／旧事"；"312"式，如辛弃疾的《西江月·明月别枝惊鹊》中有"七八个星天外，两三点雨山前"，节奏诗行是

“七八个／星／天外，两三点／雨／山前”……

（四）四顿体诗行。这也是词曲中最常见的诗行，有如下一些音组组合的句式：“1223”式，如辛弃疾的《贺新郎·甚矣吾衰矣》中有“料青山见我应如是”，节奏诗行是“料／青山／见我／应如是”；“2221”式，如李白的《忆秦娥·箫声咽》中有“咸阳古道音尘绝”，节奏诗行是“咸阳／古道／音尘／绝”；“2212”式，如李白的《菩萨蛮》中有“平林漠漠烟如织”，节奏诗行是“平林／漠漠／烟／如织”；“2223”式，如李煜的《相见欢·无言独上西楼》中有“别是一番滋味在心头”，节奏诗行是“别是／一番／滋味／在心头”……

（五）五顿体以上诗行。这在词里是少有的了，散曲里倒还有见，不过顶多也只到八顿体。我们纯从曲里举几例：五顿体的，如贯绍的《［正宫］寒江鸟秋》中有“今日个病恹恹刚写下两个相思字”，节奏诗行是“今日个／病恹恹／刚写下／两个／相思字”，是“33323”组合；六顿体的，如关汉卿的《［南吕］一枝花·不伏老·［梁州］》中有“伴的是玉天仙携玉手并玉肩同登玉楼”，节奏诗行是“伴的是／玉天仙／携玉手／并玉肩／同登／玉楼”，是“333322”组合；七顿体的，如关汉卿的《［南吕］一枝花·不伏老》中有“我是个轻笼罩受索网苍翎毛老野鸡碴踏的陈马儿熟”，节奏诗行是“我是个／轻笼罩／受索网／苍翎毛／老野鸡／碴踏的／陈马儿熟”，是“3333334”组合；八顿体的，如前已提及的关汉卿《闺怨佳人拜月亭·第一折·［油葫芦］》中的那个长达22字的长句“这一对绣鞋儿分不得帮和底稠紧紧皮软软带着淤泥”，节奏诗行是“这一对／绣鞋儿／分不得／帮和底／稠紧紧／皮软软／带着／淤泥”，是“33333322”组合等等。但说实话，这里的七顿、八顿诗行音节的数量在吟诵中已接近一口气的生理容纳极限，趋向于内在分裂了。

我们把词曲的句式作了极不完全的归纳，竟发现有那么多种，近体诗与之相比是可以用得上天差地别这个词的。可不是吗？近体诗只有四种句式，如果煞尾的三字音组允许分裂，再加上八种，合起来也不过十二种句式。二者句式数量之悬殊，当然反映着词曲的诗行节奏表现十分丰富。在这种丰富中我们可以为词曲提炼出三点探求汉诗节奏表现很有价值的经验。

第一点是：词曲诗行的长度因此远远突破了“五言”与“七言”的限止，短可短到一个字，长可长到22字；也突破了近体诗的二顿体、三顿体或者（根据煞尾音组可以分裂为准）三顿体与四顿体，而短到可以是一顿体，长到可以是八顿体。这里提供了怎么一些经验价值呢？为此我们不妨先引一段前已提及过的罗念生那篇《节律与拍子》中的话：

> 诗行底目的是要在读者底下意识里形成一种固定的模型（Pattern），诗行可以少到两个音步，单音字的诗行是很特殊的。但若超过了六音步，便不容易使读者当作一个联合的单位，往往分做两截。长行很沉重，宜于写幽深的思想；短行很轻快，宜于写愉快的情绪。

我们拿这段话来透视词曲的诗行，当会发现，词曲以三顿体、四顿体诗行使用得最普遍，二顿体与五顿体次之，一顿体与六顿体就很少见了，至于六顿以上的诗行，那是极其个别的现象，并且往往已在吟诵中发生潜在分裂。这些都说明词曲的诗行构筑是合理的。同时我们还发现词曲诗行顿数比近体诗要大为超过，以致形成了近六顿长度的诗行：诗行节奏表现也因此要丰富，各类诗行节奏表现的微妙差异也比近体诗显得更敏锐和细致一些。因此，这几类词曲诗行从展示情绪律动的语言节奏功能看，也比近体诗要强得多。如果我们把词曲的诗行分为从一顿体到三顿体的一组和四顿体到六顿体的一组，当可以得出和罗念生相似的感觉：前一组诗行给人以节奏的明快感，后一组诗行则给人以沉滞感。但每一组内部无论是明快还是沉滞又因节奏感觉程度差异而有级别之分，前一组的明快度可以分为三级，一级指最明快或最沉滞，那么可以这样分：一顿体是一级明快，二顿体是二级明快，三顿体是三级明快；后一组：四顿体是三级沉滞，五顿体是二级沉滞，六顿体是一级沉滞。须要指出的是，明快度也好，沉滞度也好，都不过是相对而言的。我们不妨把李煜的《虞美人》中“问君能有几多愁”的设问后所作的回答写成三个不同长度的诗行来看看：

恰似 / 一江 / 春水 / 向东流　2223

一江 / 春水 / 向东流　223

春水 / 向东流　23

这三个诗行的第一个是四顿体，第二个是三顿体，第三个是二顿体，它们作为意象，语言内涵的意思差不多，但由于第一个诗行是四顿体的，属于三级沉滞感（推论而言，也可说是四级明快，明快中的最不明快），第二个是三顿体，属于三级明快感，第三个是二顿体，属于二级明快感。李煜在创作过程中，会潜意识地把握住如下这点：在“问君能有几多愁”的设问下，自我的回答当然不会是明快而是沉重的，因此用了三级沉滞感的四顿体诗行而不用这个三级明快感的三顿体诗行，更不会用“春水向东流”这个二级明快感的二顿体诗行了。所以词曲诗行“一江春水向东流”由于音组型号增加引起诗行长度类型增加，也就比近体诗调节诗行长度要方便，这也就能对情绪内在律动作更近于真实的节奏表现。

第二点，词曲音组型号增加到四字，并且因此冲破了近体诗的格律模式而使四字型音组得以在诗行任一部位存在，这也使诗人们掂量各类音组的节奏性能提到议事日程上来了，从而使诗人们在创作中慢慢领会到型号不同的音组具有不同的节奏性能，从而约定俗成地以单字、二字音组因音组内部音节较疏、吟诵中可以略作拖长的情况而定为扬的节奏感，而三字、四字音组在音组内部音节较密、吟诵中只能急促逼仄而定为抑的节奏感。于是也就有单字音组的一级扬，二字音组的二级扬，三字音组的二级抑，四字音组一级抑。这种不成文的音组节奏性能规范也颇影响到词曲作家以音组组合来建节中注意到这一点：音组在诗行中搭配须按节奏调协的有机性来选用不同型号。反言之，这种搭配的有机性也确是以节奏的调协为基础的。这里需要先提出来的是一顿体与二顿体的诗行。一顿体的诗行不存在音组组合问题，只是音组选择须要斟酌的问题。就以诗篇开头使用一顿体诗行为例来看一看。

前引陈草庵的诗句："山，依旧好；人，憔悴了。"这"山""人"作为单字音组构成的一顿体诗行，在诗行开头一置放，就以音组节奏的快速而给人一种紧张感，相比较而言，"依旧好"与"憔悴了"这两个三字音组构成的一顿体诗行，就略显松弛，二者的气势流韵就不同。前引戴叔伦的"边草，边草，边草尽来兵老"，这"边草"作为二字音组构成的一顿体诗行，就比后面的三顿体诗行要明快而富于跳跃感。李白的《忆秦娥》一开头就是个"箫声咽"——三字音组构成的一顿体，就把全诗的急越气韵带起了；史达祖《双双燕·咏燕》的一开头是个四字音组构成的一顿体诗行"过春社了"，就带出了全诗迟疑犹夷的伤感情味。二顿体诗行的音组组合幅度也不大，多数是"12""21""22""23""32"等式，搭配的音组也基本上选用三类等级明快度内的音组来构筑诗行，音组的搭配也按循序渐进原则，如柳永《八声甘州》中的"渐霜风凄紧，关河冷落，残照当楼"，大致是循序渐进或渐退地搭配的，并且都属明快度的音组搭配，也就调协成跳跃状的清灵，清灵状的紧凑、利落。不过也有节奏感悬殊的音组的搭配，显出了伏波较大的节奏感知特性，特别是有一类让一字领也充当一个音组而和三字、四字音组搭配的，这类特性就十分鲜明。如岳飞《满江红·怒发冲冠》中的"莫／等闲白了"就是如此。所以二顿体诗行的某些音组搭配的思路——或者经验，也影响到三顿体、四顿体诗行的音组组合策略。大致说，三顿体、四顿体诗行有两种音组组合，一种是不同型号的音组循序渐进又渐降的组合，我们不妨称它为循序起伏式，另一种是突兀大起又大落的组合，我们不妨称它为孤峰突起式。

先看循序起伏式。这一种音组组合大抵发生在四顿体的诗行中，以音组相随（AABB）相交（ABAB）式的搭配来显示复沓回环的诗行节奏，我们可举些例证。相随式的音组组合以"3322"式最为普遍，如李好古的《沙门岛张生煮海·第二折·［梁州第七］》中有"你看那／缥缈间／十洲／玉岛"；刘时中的《［双调］新水令·代马诉怨·［得胜令］》中有"谁念我／单刀会／随着／关公"；王实甫《西厢记·第一本·第二折·［二煞］》中有"少可有／一万声／长吁／短叹"等等。全是"3322"两类音组相随的组合，复沓感很强。比较而言，相交式组合花样更多，且被广为使用。有“1212”式，如辛弃疾的《水调歌头·长恨复长恨》中就有好几个这类音组组合的，如“悲／莫悲／生／离别，乐／莫乐／新／相识”，周文质《持汉节苏武还乡·第三折·[迎仙客]》中有“我／这里／望／塞边”，是单字组与二字组的相交组合；有“2323”式，如马致远的《汉宫秋·第三折·[步步娇]》中有“你将／那一曲／阳关／休轻放”，王伯成的《李太白贬夜郎·[六么序]》中有“这酒／似长江／后浪／推前浪”，朱凯的《昊天塔孟良盗背·第四折·[步步娇]》中有“怎没／半句儿／将响／来回答”，等等，是二字组与三字组的相交组合……

再看孤峰突起式。这是“扬抑扬”或“抑扬抑”式音组组合模式，它可分为三顿体诗行与四顿体诗行两类。先看三顿体的，有“212”式，如李煜的《望江南·闲梦远》中有“南国／正／清秋”，苏轼《水调歌头·明月几时有》中有“千里／共／婵娟”，辛弃疾的《菩萨蛮·郁孤台下清江水》中有“山深／闻／鹧鸪”等等。这些是两个二字音相抱一个单字音组，使这个单字音组有点孤峰突起意味，而它又属一级明快度，有点“扬”的意味，所以体现了“抑扬抑”的节奏感，吟读至这个孤峰突起的音组也该发音提高拖长一点；有“313”式，如王实甫的《[中吕]十二月过尧民歌》中有“新啼痕／压／旧啼痕，断肠人／忆／断肠人”，辛弃疾的《破阵子·醉里挑灯看剑》中有“八百里／分／麾下炙，五十弦／翻／塞外声”等等。两个三字音组抱一个单字音组，也具有“抑扬抑”的节奏感；有“323”式，如岳飞的《满江红·怒发冲冠》中有“待从头／收拾／旧山河”，马致远《汉宫秋·第一折·[混江龙]》中有“望昭阳／一步／一天涯”，苏彦文的《[越调]斗鹌鹑》中有“乱纷纷／瑞雪／舞梨花”等等，也具有“抑扬抑”的节奏感。

我们花了较多精力，归纳了不少文本中诗行音组组合的类型。之所以要这样做是因为我们感觉到词的音组律节奏表现在诗行中的音组组合类型实在反映了一个词曲顿法的规律问题，是一项可供探求汉诗节奏表现的重要经验。当然这项有关顿法的经验如果能同另一项经验结合起来，那就更好。

这就是我们要谈的第三点，词曲诗行煞尾音组的使用冲破了近体诗格律模式的规范，让单字、二字、三字这三类音组都可以置于煞尾部位，特别是让二字音组成为诗行煞尾处的主要角色，意义特别重大。我们在前面已多次提及何其芳和卞之琳发现汉语诗行存在单字尾（或三字尾）和二字尾的现象，且认为单字尾（或三字尾）使诗行节奏具有哼唱的调性，而二字尾则是诉说的调性，这一看法是值得珍视的。当然对于近体诗来说也许还算不得很重要，因为其格律模式按规定一律用单字尾（或三字尾），不涉及二字尾的问题。但词曲不同了，其诗行煞尾的音组二字尾和单字尾（或三字尾）几乎是平分秋色的。据此而言，那么词曲的诗行节奏是否也存在两种调性呢？我们不妨先拿词曲中两个紧挨在一处的句子来看看：

两情若是久长时
又岂在朝朝暮暮

这是秦观在《鹊桥仙·纤云弄巧》中的最后两行，它们挨在一起，吟诵时最易作比较，且显然可以感觉到它们的调性确实不同，前一行是单字组（或三字组）煞尾，是吟咏调性的，而后一行则是二字音组煞尾，属于诉说调性。我们（包括何其芳和卞之琳）都无法解释清为什么煞尾音组型号不同就会造成两行诗调性的不同，只能凭着感觉走吧！不过这一现象却能使诗行间获得一场音组的超诗行大组合，从而形成一个和谐匀称的节奏诗境，促成节奏诗行群的出现。所以从这个意义上说，词曲诗行在煞尾处自由地置放三字组（或单字组）和二字组，让诗行的节奏调性在诗行中都允许存在，而不像近体诗只允许哼唱调性存在，实在是一场大好事。不过这好事主要显示在节奏诗行群上，不是在单个诗行上。因此后面我们还将详细谈这个问题，这里就原则性的提出三点：

第一：三字（或单字）音组和二字音组可以自由地在诗行煞尾被使用，这就有利于诗行之间能相交、相抱、相随地共存，在节奏意义上形成一个节奏诗行群，而相应的也就会有一个统一的“节奏语境”出现，且能使节奏语境显示出和谐与匀称。

第二：三字音组煞尾有一特性会出现，即音组结构调整的弹性较大，也就是说三字音组在煞尾处可根据节奏诗行群及其节奏语境的统一要求，随时分裂成“21”或“12”，当然也可以不分裂。这一情况又可反作用于诗行，强化节奏诗行群的内在凝聚力及其节奏语境的和谐匀称。

第三：在诗行煞尾处既允许三字（或单字）音组存在，也允许二字音组存在，那么自然也会相应地有不同的调性存在。这一现象不仅大大方便了节奏诗行群的相交、相抱、相随地共存，也有利于它们之间不同的调性也以相交、相抱、相随的关系而有规律地复沓轮转，从而增强回环性的节奏效果。

须要说明的是，这三点原则的具体例证论析将在下一节中进行，因为不同音组在诗行煞尾产生不同调性的问题，看似诗行中的事，其实更多的是诗行间的事，或者说这关涉的主要不是诗行，而是节奏诗行群。

至此为止，我们已完成词曲的音组在诗行中的组合规律及节奏诗行的性能的探讨，但是从音组到节奏诗行，只是词曲节奏表现的基础工程，其音组律节奏的大工程建设则还待进一步探讨。

第三节　词曲典型节奏诗行的诗行群组接

以音组组合以成诗行，又以诗行组接以成诗行群，这是我们对词曲节奏表现的深入一步考察。

一

我们在前面已指出，词曲的诗行通用的长度是一顿体到四顿体，虽然也还有五顿、六顿体的，散曲里还可达到八顿体的，但超过四顿体的很少有人用，即使用了，也会出现吟诵中潜在的分裂——特别是在六顿体以上的，几乎已成定规。有鉴于此，我们在考察词曲的诗行组接中，将以一顿体到四顿体的诗行组接为案例来论析。而作为一场诗行组接规律的综合性探讨，我们还得在从一顿体到四顿体的诗行中提出一批最为常用的词曲诗行来。

先看一顿体的诗行，这一类诗行分别以单字音组、二字音组、三字音组构成，通用的也就只是这三式。辛弃疾的《沁园春·将止酒·戒酒杯使勿近》中有“杯，汝前来”，这“杯”就是单字音组构成的一顿体通用诗行。温庭筠的《河传·湖上》中有“柳堤，不闻郎马嘶”，这“柳堤”就是二字音组构成的一顿体通用诗行。李白的《忆秦娥·箫声咽》中有“音尘绝，西风残照，汉家陵阙”，这“音尘绝”就是三字音组构成的一顿体通用诗行。需要指出的是，单字音组和三字音组我们在前面已按何其芳、卞之琳的意见，把它们置于诗行的煞尾，节奏调性是一样的，何其芳和卞之琳称它们是哼唱调性，其实不在煞尾处它们也一样是这种调性，不过作为一种节奏调性，说“哼唱”似乎不很贴切，不妨称之为浮荡调性，简称浮调。二字音组置于诗行的煞尾，何其芳和卞之琳称它是诉说调性，其实不在煞尾处也一样，只不过作为节奏调性的名称，也似乎不很贴切，不妨称之为沉稳调性，简称沉调。所以“杯”和“音尘绝”这两个一顿体是浮调诗行，而“柳堤”这样的一顿体为沉调诗行。

词曲中通用的二顿体诗行大致说有四种。一种是“22”式的，如上引李白《忆秦娥》中的“西风残照”即是，由两个沉调音组组合而成；一种是“33”式的，如马致远《天净沙·秋》中的“断肠人在天涯”，系两个浮荡调性的音组组合而成；第三种是“23”式的，如温庭筠的《梦江南·千万恨》中的“摇曳碧云斜”，系一个沉调和一个浮调音组组合而成；第四种是“32”式的，如李清照《醉花阴·薄雾浓云愁永昼》中的“有暗香盈袖”，系一个浮调一个沉调的音组组合而成。这四种二顿体诗行，在整个词曲所通用的诗行中，特别走俏，这除了两顿诗行按其长度，在吟诵中和人发声的生理要求特别相适应以外，还在于“22”式是由四言体诗的传统节奏表现遗传下来，“23”式则是由五言体诗的传统节奏表现遗传下来，很适应我们民族节奏审美的习惯性要求，在唐五代词中更为通用，就同那时代人们对于四言、五言体诗的节奏感知惯性还相当大有关。

三顿体诗行在词曲中通用的有五种。一种是“222”式的，如秦观《满庭芳·山抹微云》中的“画角声断谯门”即是，由三个沉调音组组合而成；一种是“223”式的，如皇甫松的《梦江南·兰烬落》中的“夜船吹笛雨潇潇”即是，由两个沉调、一个浮调音组组合而成；一种是“232”式的，如郑光祖的《[双调]蟾宫曲·半窗幽梦微茫》中的“依稀闻兰麝余香”即是，由一个沉调、一个浮调、再一个沉调音组组合而成；一种是“322”式的，如柳永的《雨霖铃·寒蝉凄切》中的“杨柳岸晓风残月”即是，由一个浮调、两个沉调音组组合而成；还有一种是“323”式的，如岳飞的《满江红·怒发冲冠》中的“待从头收拾旧山河”即是，由一个浮调、一个沉调、再一个浮调音组组合而成。这五种三顿体诗行在词曲中也特别走俏，究其原因同四言体、五言体诗的“22”、“23”式基本节奏表现很有关系，无非是在“22”前增加一个“2”或“3”，“23”前增加一个“2”或“3”，如果离开了这个基本节奏表现，如“23”变成“32”，前面加一个“2”，成“232”式的，在三顿体诗行中就显得不走俏，至于在“32”前加一个“3”成“332”，就更属鲜见了。这表明词曲摆脱四言、五言基本节奏表现模式十分的艰难，节奏感知的惯性作用是不易改变的。

四顿体诗行在词曲中通用的有七种。一种是“2222”式的，如柳永《雨霖铃·寒蝉凄切》中的“应是良辰好景虚设”即是，由四个沉调音组组合而成；一种是“3222”式的，如秦观《满庭芳·山抹微云》中的“漫赢得青楼薄倖名存”即是，由一个浮调、三个沉调音组组合而成；一种是“2223”式的，如李煜《相见欢·无言独上西楼》中的“寂寞梧桐深院锁清秋”即是，由三个沉调、一个浮调音组组合而成；一种是“3223”式的，如张可久《[南吕]一枝花·湖上归·尾声》中的“煞强似踏雪寻梅灞桥冷”即是，由一个浮调、两个沉调、再一个浮调音组组合而成。

词曲就基本上以上述20个诗行作各式各样的有机组接而形成无数个节奏诗行

群，正像26个英语字母可以拼成无数个英语词汇一样，我们同样不能轻视这些基本节奏诗行。也许从某一角度说，它们有理由被看成是词曲的典型诗行，当然，作为典型诗行是应该有其更内在的特性的。归纳一下，可以有如下四点：

（一）这些诗行基本上显示为顿数半逗的平衡。我们说基本上，意味着有某些诗行不属此列，这某些诗行指单字、二字音组构成的一顿体诗行和二字音组构成的三顿体诗行。因为这三者谈不上有顿数半逗的平衡，其他如“22”式的“西风残照”、“33”式的“断肠人在天涯”、“23”式的“摇曳碧云斜”、“32”式的“有暗香盈袖”。问题出在三顿体诗行是否也能如此。其实根据我们在前面所论析的，半逗的节奏预期会在吟诵中对三顿体诗行作出内在调整，或把三字音组分裂成一个二字音组、一个单字音组；或把相邻接的二字音组和三字音组合并成一个三字音组，正是汉诗词语这种可分可合的弹性较大，倒也成全了三顿体诗行得以实现顿数半逗的平衡。如“夜船吹笛雨潇潇”，是“223”式的三顿体诗行，但出于半逗的节奏预期，吟诵时会潜在地调整顿的结构，变成

夜船 / 吹笛 // 雨 / 潇潇

这就变成了四顿，以“笛”与“雨”为界，当中一半逗，结果诗行前半两顿，后半也两顿，于是这个节奏诗行显出了顿数半逗的平衡。再加“322”式的“杨柳岸晓风残月”，诗行的音组结构也可调整为

杨柳 / 岸 // 晓风 / 残月

（二）这些诗行也基本上显示为调性之对立统一，意思就是词曲的节奏诗行总是浮调与沉调对立统一的，如“23”式诗行的“人比 / 黄花瘦”，就是“人比”这个二字音组的沉调与“黄花瘦”这个三字音组的浮调在诗行中的对立统一。又如“32”式诗行的“有暗香 / 盈袖”，则是“有暗香”这个三字音组的浮调与“盈袖”

这个二字音组的沉调在诗行中的对立统一。这里须加说明的是半逗律在此中起了作用，半逗律把一个诗行划分为前后两段，它们以末一个音组为准，各自有节奏调性，整个诗行又以后半段最后那个音组的调性为准，前半段那个音组组合体调性只能起对比、映衬后半段音组组合调性的作用。“人比／黄花瘦”与“有暗香／盈袖”这两个诗行在各自的半逗前后都只一个音组，可以直接突出前一行藉“人比”这一沉调来对比中凸显“黄花瘦”的浮调调性；而后一行则藉“有暗香”这一浮调来对比中凸显“盈袖”的沉调比较简单。

（三）词曲中这些典型节奏诗行也就凭着调性的对立统一而获得了节奏感知匀称的应合或平衡的相协。如：

断肠人 // 在天涯

这个“33”式二顿体诗行就藉两顿中间的半逗而显示的浮调同质映衬强化了节奏感知匀称的应合，而

摇曳 // 碧云斜

这个“23”式二顿体诗行则藉两顿中间半逗而显示的沉调与浮调异质对比，强化了节奏感知平衡的相协。

二

那么词曲典型诗行的节奏诗行群组接可分哪几种？不同的组接又有哪些独特的规律呢？

大致说这类组接可分三式：相随式、相交式和相抱式。

所谓相随式组接，即同类诗行的复沓，或者非同类的复沓诗行的拼合。这是词曲中十分通行的节奏诗行组接。如陆游的《夜游宫·乱起》中的“想关河，雁门西，青海际”，是三顿体诗行的相随组接；陆游另一首《诉衷情·当年万里觅封侯》中有“此生谁料，心在天山，身老沧洲”，是四顿体诗行的相随组接。这种组接实属比较单纯的诗行复沓。复杂一点的是两组以上非同类复沓诗行的拼合，而很多情况下这是音组两两对称的相随组接，如张可久的《[越调]凭阑人·江夜》：“江水澄澄江月明，江上何人奏玉筝。隔江和泪听，满江长叹声。”这实际上是七言体与五言体两种句式的拼合。张可久还有一首《[中吕]普天乐·西湖即事》：

蕊珠宫，
蓬莱洞。
青松影里，
红藕香中。
千机云锦重，
一片银河冻。
缥缈佳人双飞凤，
紫箫寒月满长空。
阑干晚风，
菱歌上下，
渔火西东。

这是很标准的一首用多种节奏诗行相随组接而成的诗，除了“阑干晚风”，其余的都是两两相对的对句，这些对句长度不同，有一顿体、二顿体、三顿体三种，调性不一，沉调、浮调都有，却能组接得十分和谐，可说是诗行相随式组接成节奏诗行群一次成功的扩展。

相随式节奏诗行群的组接，特别集中地反映在张可久的《[中吕]·普天乐·西湖即事》中，大概可归纳出三点特性：一、诗行都因半逗律的作用而使得半逗前后的音组数亦即顿数平衡，且又能以两两相随地组接，这不仅使每个诗行自身的节奏匀称，整体诗行群的运行也显得十分和谐；二、两两相对的小诗行群之间的调性有同质相应的，也有异质相协的，因此组接成的大诗行群因调性的相应或相协而大大强化了诗行群节奏运行的显明性。由此进一步证实：诗行煞尾浮调的三字（或单字）音组，同沉调的二字音组是完全可以交替使用的；三、相随式组接能显示出诗行群运行有序推进的特性，节奏感也特强。

第二种诗行的组接是相交式的。所谓相交式，指两个顿数一样但调性不一样的诗行的拼合以及持续如此，或者两个顿数和调性都不一样的诗行持续地交替拼合，总之这是一种两类节奏诗行ABAB式的组接。最通常使用的，或者说最能在词曲中见到的，是如下一些例子：李煜在《浪淘沙·帘外雨潺潺》中有“帘外雨潺潺，春意阑珊”，是“23+22”的组接；张孝祥的《念奴娇·过洞庭》中有“玉界琼田三万顷，着我扁舟一叶”，是“223+222”的组接；姜夔的《点绛唇·燕雁无心》中有“数峰清苦，商略黄昏雨”，是“22+23”的组接。

相交式节奏诗行群的组接，集中地反映在李清照的《一剪梅·红藕香残玉簟秋》中，也大致可以归纳出三点特性：（1）由于相交式使诗行长度、调性不一致的诗行直接组接，而在作这种组接的持续中，对应诗行的长度、调性又互为应合，这对诗行群等时停逗的节奏运行更能增添一份浮沉、起伏、强弱相比照的鲜明性，不仅丰富了诗行群的节奏的内在表现，也强化了节奏感知；（2）由上一点特性沿袭下来，相交式组合既然使诗行群具有节奏表现综合的丰富性，也必然会显出节奏运行中起伏的幅度既大而又明显的特征，从而也使这一类诗行群的节奏感知刺激性特强；（3）这一类组接已使诗行群的节奏运行超越有序推延的一般性能，显出有层次感的往复，从而进入环环相扣的连环状节奏表现。

第三种节奏诗行群是相抱式组接成的，这是词曲在诗行群组接中的最佳选择。相抱式指的是顿数各异或者顿数与调性都不同的诗行按“ABBA”的模式进行组接，形成两类节奏诗行大环套小环式的相抱组接。李清照在《醉花阴·薄雾浓云愁永昼》中有："莫道不消魂，帘卷西风，人比黄花瘦。"在《声声慢·寻寻觅觅》中有："满地黄花堆积，憔悴损，如今有谁堪摘。"前一例是最简单的相抱式组接，即"23+22+23"式，一、三行相抱的组接，中间一行调性不同，夹在中间，形成了弧形状的节奏运行轨迹。但弧形幅度不够大。后一例是"222+1+222"式，幅度就大了。

相抱式节奏诗行群的组接，也大致可以归纳出三点特性。（1）这一类组接由于其往而复回的运行，特别能使各诗行紧紧包孕在一起，以致节奏诗行群特别具有凝聚力，导致其节奏显示出一种浑融的感知特性。不过这浑融又是藉诗行有规律的往复和接受者对节奏特具的往复预期有机地应合求得的——我们在前面已提出过接受者节奏感知乃是一种回环往复之预期；（2）这种相抱式组接的诗行群节奏浑融感的基础是小弧线上的诗行无间距的复沓与大弧线上的诗行有间距的呼应，这复沓与呼应当然以呼应的引领为主，但它们共同营造了诗行群那种"短—长—短"（或者扬—抑—扬、波—伏—波）式的节奏感知对称平衡式的流转；（3）正是这种浑融感知中显现的节奏流转，使这场诗行相抱式节奏运行轨迹，不同于相随式组接那种直线推进状的轨迹，也不同于相交式组接那种连环紧扣状而是回环流转状的轨迹。正是这一点，成了词曲诗行群节奏表现的本色特征。

三

词曲三类节奏诗行群的组接形态，对研究词曲节奏来说无疑是十分重要的，不过，这三类形态在词曲中存在着变体，且是大量的。正是这些变体的大量存在，为词曲的节奏表现带来了更丰富的内容。

先来看看这些变体的实际状况。

相随式的诗行组接，原是一种节奏诗行的复沓表现，复沓的诗行顿数与调性都要一致，并且约定俗成地规定相随的诗行是两个，这使这些相随组接而成的诗行群连在一起的形态是AABBCC。但变体就只保留调性的一致，复沓的诗行数与复沓诗行的顿数都不一定要求一致，于是出现了这样的相随：

车如流水马如龙，
花月正春风。

这是李煜《望江南》中的诗行群，“223+23”的组接，两个诗行顿数不一，但调性统一，都是浮调煞尾。又如：

乍暖还寒时候，
最难将息。

这是李清照《声声慢》中的诗行群，“222+22”的组接，两个诗行顿数不一，但调性统一。而我们还能见到很多这一类诗行群：

午窗睡起莺声巧，
何处唤春愁？
绿杨影里，
海棠亭畔，
红杏梢头。

这是朱淑真《眼儿媚》中的两个节奏诗行群，即“223+23”和“22+22+22”，前一个是两个诗行相随组接，后一个则是三个诗行相随组接，可见相随的诗行群的诗行数也已不统一规定是两个的了。特别值得注意的是这些相随式组接的变体，诗行顿数不仅可以不一致，而且可以任意拉大顿数的距离。如：

莫等闲白了少年头，

空悲切。

这是岳飞《满江红》中的诗行群，是“323+3”的组接，前一行是三顿体，后一行却是一顿体，顿数距离是拉大了。

总之，相随式组接的变体，比起原先的组接模式来，有两点对词曲诗行群的组接有经验性意义，即相随式组接诗行调性须保持一致，但诗行顿数可以不一致；而且这种顿数不一致，拉大距离更好。

相交式的节奏诗行组接，是两类诗行的交替组接，所谓两类诗行的“类”系指调性的分别，因此作为相交式组合的变体，交替的诗行也坚持要调性的相反，但诗行的顿数，相交的两类诗行和相呼应的同类诗行则不一致。如：

叹年来踪迹，

何事苦淹留？

想佳人妆楼长望，

说几回天际识归舟。

这是柳永《八声甘州》中的一个相交式组接的变体。第一行与第二行、第三行与第四行都是不同调性的两类诗行，但第一与第三行是沉调，第二与第四行是浮调，它们各各相交地呼应，是相交式组合本来就有的特点，作为变体，它变在相呼应的两对诗行顿数不统一，第一行是“32”的二顿体，第三行是“322”的三顿体；第二行是“23”的二顿体，第四行则是“323”的三顿体。作为变体的变，还显示在相交中相对应的诗行其诗行数也允许不一致，这实是对相交式组合的扩大。

总之，相交式组接的变体为词曲诗行群的节奏建设提供了两条经验：相交的诗行调性一定要对立、不统一，但两类相呼应的诗行顿数和诗行数可以不一致；扩充相呼应的诗行数是值得提倡的，能直接起一种潜在强化诗行群节奏的作用。

相抱式的诗行组接体现为去而复返的弧形节奏运行，它要求外弧与内弧上相抱的诗行各各调性与诗行顿数统一，而其变体则只求调性统一，而不求诗行顿数也统一，两极诗行数也同等。如：

二十四桥仍在，
波心荡，
冷月无声。

这是姜夔《扬州慢》中的一个节奏诗行群，“222+3+22”式的组接，内弧的“波心荡”只一行，不能有相抱的，它是浮调，而外弧的第一、三两行，都是沉调，它们之间的顿数也不一致。这是较简单的相抱式变体组接，略显复杂的是

昨夜西风凋碧树，
独上高楼，
望尽天涯路。

总之，相抱式组接的变体也为词曲的诗行群节奏建设提供了两项经验：这类诗行组接带根本性的一条是必须调性一致；即使最求变，这一点也不能变，当然内弧与外弧线上两类作相抱式组合的诗行，相互间一般说词性不求统一，不过也允许一致。更重要的一条求变经验则是打破相抱式诗行组合本来那种对称平衡性，这样做更有利于制造残缺美，且还能使相抱式组接导致的圆美节奏表现获得某种在流转中旋进的性能。

在论析了诗行组接的变体及其求变规律后，我们还需进一步对三类组接变体作扩大和综合性扩大的考察。值得指出，我们并没有对原来的三类诗行组接特别作扩大的考察而偏要对其变体作这方面的考察，是有我们的想法的。原来三类组接作为固定的模式，是建基于对称平衡的，要扩大，只能在对称平衡的总要求下作一点小

打小闹的修补，即在对应诗行的前面、中间或后面相应地添置几个不违背调性统一的音组，所以扩大的程度是有限的，并由于过分拘谨于组接模式，也不大能开展三类组接综合化的扩大，因此无须特别作论析。但组接变体的扩大却是无限的，因为变体本来就建基于打破对称、淡化平衡上。更由于这些变体有着极强的综合化扩大的潜能，因此很值得提出来作专门考察。

大量词曲的创作实践证实，诗行组接的变体由于打破了对称平衡的要求，方显出可随意扩大的自由。相随式组接的变体诗行顿数可以统一，更可以不统一，而相随模式中的小诗行群之间，诗行数也各异，如凌云翰的《木兰花慢·怅泼翻大液》中有："雁飞不到九重天，水阔漫流传。奈花老房空，药存心苦，藕断丝连。"第一、二行是浮调相随组接，但前一行三顿，后一行二顿，不统一；第三至五行是沉调相随，但有三行，顿数虽齐，但也略显字数差异，这是够自由地扩大了的。相交式组接的变体也如此。张可久在《[正宫]醉太平》中有："翩翩野舟，泛泛沙鸥。登临不尽古今愁，白云去留。凤凰台上青山旧，秋千墙里垂杨瘦，琵琶亭畔野秋。长江自流。"这个诗行群第一、二与第三行相交，第三行与第四行相交，第四行与第五、六、七行相相交，第五、六、七行则与第八行相交，相交诗行只求调性相交，不求诗行数与诗行顿数的统一，也的确够自由地扩大了。相抱式组接的变体也如此，较简单的如刘燕哥的《太常引·故人送我出阳关》中有："一尊别酒，一声杜宇，寂寞又春残。明月小楼间，第一夜相思泪弹。"第一、二行与第五行都是沉调的相抱组接，行数不等，诗行顿数也不统一，只有内弧线上第三、四行的相抱组接才是调性、诗行顿数、诗行数统一的。可见这也是够自由地扩大了。这些例证及意见其实在前面我们已言及，此处再述无非是强调地提醒词曲诗行组接的变体，其求变的自由度较大，而内蕴的求变潜能必会促使变体幅度更大的扩大，这就导致了三类组接变体的综合扩大。

其实，词曲的诗行组接，只要是变体的，都会或强或弱、或明或暗地显示出综合性扩大的趋势。有些诗行群实际上只要换一个角度就能见出是变体的综合性扩大了。如下面这个陆游《秋波媚·秋到边城角声哀》中的诗行群：

秋到边城角声哀，
烽火照高台。
悲歌击筑，
凭高酹酒，
此兴悠哉。

这里的第一、二行是相随组接的变体，第三、四、五行，也是一个相随体，从两个小诗行群统一成一个大诗行群看，这五行诗是一个相随组接的持续，却也可以看成是这两个相随组接的变体诗行群相交的组接。这就是我们所谓诗行组接变体的综合性扩大。

我们还发现好多词曲的整个文本都也是诗行组接的变体作综合性扩大所致。这里不妨拿张孝祥的《念奴娇·洞庭青草》来作一分析，全诗是这样：

洞庭青草，近中秋，更无一点风色。
玉界绿田三万顷，着我扁舟一叶。
素月分辉，明河共影，表里俱澄沏；悠然心会，妙处难与君说。
应念岭表经年，孤光自照，肝胆皆冰雪。短发萧袖冷，愁泛沧溟空阔。
尽吸西江，细斟北斗，万象为宾客。
叩弦独啸，不知今夕何夕！

这首长调可分六个节奏单元，我们把诗行这样排也就是为了表明六个单元。第一个单元三行，“22+3+222”，是相抱组接的变体；第二个单元两行，“223+222”，是相交组接的变体；第三个单元五行，“22+22+23+22+33”，是相交组接的变体；第四个单元五行，“222+22+23+222+222”，是相抱组接的变体；第五个单元三行，“22+22+23”，是相交组接的变体；第六个单元两行，“22+222”，是相随组接的变体。经这一场分析我们可以说这首长调词的20个诗行有6个节奏诗行群，它们组接成篇，是三类组接变体作综合性的扩大所致。可以说词的长调大都是采用这种综合性扩大的变体来组接成的。

我们的词学研究把词的审美节奏体现归功于已经失传的曲谱，这多少有点言过其实，应该说主要得归功于节奏诗行的有机组接。我们读到过不少的自度曲，当今诗坛还有丁芒等极其成功的自度曲问世，可见自度也者，其实是诗人们对节奏诗行的种种组接规律——尤其是对组接变体及变体综合性扩大的规律默察于心才“自度”出来的。而谁也知道，当今的自度曲追求者根本无法见到和参考当年的曲谱，因为曲谱早失传了。

是的，根据词曲节奏诗行的组接或者变体组接的规律，我们可以自度出不少新的词牌，从而写出十分地道的、有显明节奏感的词曲来。我们不妨拿一首绝句把它拆解了后再按词曲节奏诗行的组接或变体组接，或变体综合性扩大的规律重新组装成长短句来看，到底像不像词或散曲。我们想到的是柳宗元的五绝《江雪》，原诗是这样：

千山鸟飞绝，
万径人踪灭。
孤舟蓑笠翁，
独钓寒江雪。

我们且试着作这样拆解后的重新排列：

千山，
鸟飞绝万径，
人踪灭；
孤舟，

蓑笠翁独钓

寒江雪……

这首五绝按长短句重新排列后，倒确有点像词了。这是什么缘故呢？我们认为这正是按词曲节奏诗行组接的变体规律进行重新排列所达到的效果。前三行是“2+32+3”式相交的变体组接；后三行也如此，所以整个文本作为一个大诗行群，显示为建基于对称平衡的一场相交式变体组接活动，应该说这一重新排列，使这个以新面目出现的文本确有点像宋词中的小令了。但作这样的重新排列还算不得最好，它还可这样排列：

千山鸟

飞绝万径，

人踪灭；

孤舟蓑笠，

翁独钓，

寒江雪……

这样的排列，从节奏诗行群的角度看，有如下几种诗行的组接：一种是第一、二行与第三、四行是相交组接，第五、六行是相随组接，形成了一场综合性扩大的诗行组接；另一种是第一、二、三行与第三、四、五行都相抱组接，第五、六行是相随组接，形成了连绵而下的一场综合扩大的诗行组接；再一种是第一、二行与第四、五行以第三行“人踪灭”作中介的相抱的组接，第五、六行是相随的组接，形成了连绵而下的一场综合扩大的诗行组接；更还有一种是以第三行“人踪灭”为中介的一场变性扩大的诗行组接，因为按对称平衡要求，外弧线上第一、二行与第四、五行相抱组接，但现在第五行后面多了一行“寒江雪”，打破了相抱组接的对称平衡格局，所以节奏诗行群成了变性扩大的诗行组接形态了——当然它不是综合扩大，它只是相抱模式的变性扩大组接。

我们对五绝《江雪》的长短句化排列作了多方面的言说，只是想证实一点，词曲的节奏诗行组接规律探讨是十分有必要的，掌握了这一规律，我们就能“自度”出种种类似词牌的长短句排列格式。

第四节　词曲的节奏形态及其体式构成策略

我们终于进入到词曲形式考察的腹地了。

从形式诗学的角度看，词曲算得上是自由的艺术，它比近体诗要自由多了。说词曲实是今天流行诗坛的自由体诗的先导不是没有道理的。但不能不指出——词曲的自由是一种规律中的自由，而决不像今天的自由体诗那样可以让人任意挥写。这个规范的核心“禁令”是不能脱离节奏谈体式，而节奏又不能游离于对情绪内在律动的体现。逆而言之，则前已论述的那些出之于语音有机聚合的音组、出之于音组有机组合的诗行、出之于诗行有机组接的诗行群的所谓有机性，指的乃是如何才能充分应合和体现情绪内在律动的策略措施。因此，考察词曲的形体格式也需明确如下这点——词曲的形体格式是以节奏音组、节奏诗行、节奏诗行群为材料手段，在情绪内在律动外化的节奏制约下构筑而成的。

一

词曲的节奏体式可分三大类型：推排直向型、交替回荡型和流转旋进型。这里我们先考察推排直向型节奏体式。

所谓推排直向型的节奏表现就是前面已提及的那种相随的诗行一组组推排下

去的做法，从诗行群的形态看，大多显示为顿数、调性一致的节奏诗行重叠相随的表现，如前已提及的陆游的《夜游宫·雪晓清笳乱起》中的“想关河，雁门西，青海际”即是。不过这种相随叠句形成的诗行群在整个文本中适量的使用是好的，《夜游宫》中就做得很成功，但超量使用就令人生厌。如张可久的《[黄钟]人月圆》：“兴亡千古繁华梦，诗眼倦天涯。孔林乔木，吴宫蔓草，楚庙寒鸦。 数间茅舍，藏书万卷，投老村家。山中何事？松花酿酒，春水煎茶。”除了第一、二行是“223”与“23”句，其余九行全是“22”结构的二顿体诗行，一排直下，使人有节奏麻木之感，且直线进展过分急逼，令人读时有透不过气来的感觉。词里有一个《三字令》的词牌，使用面不广大概也是这个原因。不过也有它特定节奏产生的韵味，如欧阳炯的《三字令》：“春欲尽，日迟迟，牡丹时。罗幌卷，翠帘垂。彩笺书，红粉泪，两心知。人不在，燕空归，负佳期。看烬落，枕函歌。月分明，花淡薄，惹相思。”俞陛云在《五代词选释》中认为：“如以线贯珠，粒粒分明，仍一丝萦曳。”这就点出节奏叠句相随那种直向节奏进展的特色。当然，总体说相随重叠式的节奏表现毕竟单调了一些，节奏感也太急逼，比较而言相随推排的节奏表现有一定的转身余地，就显得舒徐了一点，采用的也较多。所谓相随推排，就是诗行长度与调性并不一致的相随诗行群以排比形式的组接，即“AABBCCDD”式的组接。前引张可久的《中吕·普天乐·西湖即事》即这种相随推排的节奏表现。散曲里如此，词里也颇多如此追求的，如高宪《三奠子·楚山高处》即如此。“楚山高处，四望襄川，兴废事，古今愁。草封诸葛庙，烟锁仲宣楼。英雄骨，繁华梦，几荒丘。 雁横别浦，瓯戏芳洲。花又老，水空流。着人何处在？倦客若为留。雪池饮，庞陂钓。鹿门游。”这可完全是一顿体、二顿体的一批相随诗行群推排地组接而成的，相随诗行群的排比式组接造成的节奏形态是跳跃式直向推排的。

这样的节奏表现也就相应地产生了一批特定的词曲体式，上面提及的《三字令》《三奠子》《[中吕]普天乐》等就是应合直向型节奏制作出来的，当然还远不止这些。单是词牌，我们也还可以举出《四字令》《菩萨蛮》《谪仙怨》《浣溪纱》《生查子》《玉楼春》《木兰花》等。如刘长卿的《谪仙怨》："晴川落日初低，惆怅孤舟解携。鸟向平原远近，人随流水东西。　白云千里万里，明月前溪后溪。独恨长沙谪去，江潭春草萋萋。"这等于是一首六言律诗。张德瀛《词徵》卷一对此类词牌曾这样说："小令本于七言绝句夥矣，晚唐人与诗并而为一，无所判别。若皇甫子奇《怨回讫》，乃五言律诗一体，刘随川撰《谪仙怨》，窦弘余、康骈又广之，乃六言律诗一体。冯正中《阳春录》《瑞鹧鸪》题为《舞春风》，乃七言律诗一体。词之名诗余，盖以此。"散曲也还可以举出《[双调]水仙子》《[越调]凭栏人》等。如张可久的这首《[越调]凭栏人》："远水晴天明落霞，古岸渔村横钓槎。翠帘沽酒家，画桥吹柳花。"这是很容易被人看成是两句七绝、两句五绝的拼合。对这种相随重叠式的体式也好，相随推排式的体式也好，缺憾无疑是存在的，类似复沓式的节奏推进，如果当中没有一点转身余地予以调节，单调在所难免，但这种体式使节奏极有规律且层次感极强的直向运行，毕竟使节奏显明而铿锵，其审美价值值得肯定。不过我们对此类节奏体式作考察的着眼点不在这一价值上，而是在这种节奏体式的语言特征上。

我们在前面一开头就提出语言和节奏体式间的密切关系：句法须就声律；特定的句法也可反作用于声律。它们是互动的。这使我们对直向型的节奏表现和受此制约而形成的重叠式、推排式形体格式同词曲语言的关系注意起来。如周邦彦的《浣溪纱》："楼上晴天碧四垂，楼前芳草接天涯，劝君莫上最高楼。　新笋已成堂下竹，落花都上燕巢泥，君听林表杜鹃啼。"这是用规范语言写成的，有其分析—演绎的语言表述特色，并且又有"已成……都上"等关连词语的强调使用，都表明其不全属点面感发类隐喻语言性能。苏轼也写有《浣溪纱》，其中之一是这样：

山下兰芽短浸溪，
松间沙路净无泥。
潇潇暮雨子规啼。

谁道人生无再少？

门前流水尚能西！
休将白发唱黄鸡。

这个文本的上片倒是传统汉诗惯用的点面感发类隐喻语言，但下片却不同了。“谁道人生无再少”这样的句子是标准的分析性语言，而由“尚能”“休将”插入的关连虚字，又使该片下面两行的句法也充分反映了线性陈述的逻辑语言特性。我们不妨再看看欧阳修的《玉楼春》：“别后不知君远近，触目凄凉多少闷。渐行渐远渐无书，水阔鱼沈何处问。 夜深风竹敲秋韵，万叶千声皆是恨，故欹单枕梦中寻，梦又不成灯又烬。”唐圭璋在《唐宋词简释》中对这首词作了这样的艺术分析：“此首写别恨。两句一意，次第显然。分别是一恨。无书是一恨。夜闻风竹又搅起一番离恨。而梦中难寻，恨更深矣。层层深入，句句沉着。”这是说文本整体艺术构成是沿着“层层深入”展开的，所采用的语言也就须有层次性深入的直线陈述要求，于是“多少”呀，“渐……渐……渐”呀，“皆”呀，“故”呀，“又……又”呀，等等关连转折虚字大量使用，使全诗语言显出分析—演绎的逻辑化特性。提起欧阳修，我们不禁又想起他还有一首著名的词《生查子》，它的体式是上下片合成的二顿体“23”结构重叠式，也就是说是两个五言绝句的拼合。全诗是这样：

去年元夜时，
花市灯如昼。
月上柳梢头，
人约黄昏后。

今年元夜时，
月与灯依旧。
不见去年人，
泪满春衫袖。

读这首诗不禁使人想起唐崔护的《题都城南庄》。这首五绝是这样："去年今日此门中，人面桃花相映红。人面只今何处去？桃花依旧笑春风。"欧阳修这首《生查子》的构思可是脱胎于此。但两个文本的整体艺术构成不同，崔护是纯意象的客观表现，他抓住"人面"与"桃花"之间关系的今昔变异——昔日"相映红"，如今"桃花"依旧在而"人面不知何处去"了，来隐喻人生之无常，一脉深情慨叹蕴藏于意象流动组合体中，前后呼应、回环往复。而与之应合的则是点面上词语意象感发性的呈示，而不是前后关连紧密的、有分析—演绎意图渗透于中的陈述，一种隐喻功能的语言表达显而易见。但欧阳修不同，这首词从某种意义上说是首小叙事诗，不仅有前后场景的变换，还有事件的进展，情节性的陈述意味很显著，而这情节事件和对情节事件的陈述则完全受主体操纵，且十分明显地渗透着主观激情。崔护说"人面不知何处去"之后就把一切推之于"桃花依旧笑春风"的客观表现了，让读者面对此意象去自行感发人生无常的情思；欧阳修说"不见去年人"之后，似乎意犹未尽，不吐不快，让抒情主体直接出场说了一句"泪湿春衫袖"。这是情节事件陈述到此所必然要求的，却也从此中反映出陈述的主观性，主观对情节事件陈述的分析—演绎规约性，因而也就决定了这个文本语言的逻辑性能。事实也的确如此，《生查子》的句法很规范，词性不乱转，语序正常，主谓宾基本完整。逻辑语言受逻辑推论的语法制约，更适宜于用来陈述，而陈述又总是线性的。由此说来，《生查子》的句法和这个文本的直向型节奏表现很适应。那么，此现象是不是也反映着另一个问题：词曲中凡采用了像欧阳修《生查子》中使用的那类语言，那么由此形成的词曲文本，其节奏体式也会偏向于节奏表现直向型和与之相适应的形体格式重叠、推排呢？我们认为的确如此。

上面所举文本经分析后可明白，它们基本上使用了线性陈述的逻辑语言。如果把句法就声律改成逆向的言说：声律就句法，也是合理的，那么是否也可以说这些文本的特定节奏体式也是适应其线性陈述类逻辑语言的必然？我们认为这也同样说得通。上面所举文本限于节奏诗行重叠式的体式，声律就句法的思路固然可以说得通，如果举节奏诗行推排式的文本体式来分析，此思路是否也证实得了呢？我们认为也可以。如下面这首韦庄的《菩萨蛮》：

如今却忆江南乐。
当时年少春衫薄。
骑马倚斜桥，
满楼红袖招。
翠屏金屈曲，
醉入花丛宿。
此度见花枝，
白头誓不归。

我们仍然关注这个文本的语言："如今……当时""却""此度……誓不"等等关连、转折、照应虚字大剂量的使用。使全作语言十分流畅，陈述主体从回忆江南到留恋江南再到"誓不归"故乡的心境历程，也表达得层次分明，层层推进、深化，应该说确写得清丽、明朗，不事矫饰。与此语言的线性陈述相应的，是推排式节奏诗行相随组接造成的节奏直向推延特性。《菩萨蛮》这个词牌从汉诗追求蕴藉含蓄、凄婉曲折的审美理想标准看，特别从词曲要求活泼流转的声腔韵调看，算不得上乘，给人的感觉有点单调与呆板，但它还是广为诗人们所采用，究其原因大概在于这种线性陈述语言的流畅、明朗和与之相应合的节奏具有直向体式而层次分明、有序推进的格局，给人以层层推进的形式审美感知有关。顺着这个话题，我们还可举出刘庭信的《[双调]水仙子》来看看：

恨重叠重叠恨恨绵绵恨满晚妆楼，
愁积聚积聚愁愁切切愁斟碧玉瓯。
懒梳妆梳妆懒懒设设懒爇黄金兽，

珠泪弹弹珠泪泪汪汪汪不住流，

病身躯身躯病病恹恹病在我心头。

花见我我见花花应憔瘦，

月对咱咱对月月更害羞，

与天说说与天天也还愁。

这首散曲多少有点玩语言的意味。它题名《相思》，表现的是女主人公因相思而生怨恨的纷乱心绪。为此，创作主体在诗行层面上利用汉语语词结构可以任意颠倒而生新意的特点，作了颠三倒四的反复陈述；又利用节奏诗行推排式组接而生的急促逼急的直向型节奏表现，来暗示纷繁杂乱的思绪持续不变一任流泻之状，这种种可说是相当成功的。而我们感兴趣的是这种类似机智巧妙的语言表述，那可是受创作主体理性意念驾驭的一场语言放纵行为。因此，这首散曲使用的实质上是守语法规范的逻辑语言，有意为之的“语言狂欢”，而不是出于直觉的语言“癫狂”，概括地说，是一场分析推论的线性陈述语言活动，与之应合的是五个五顿体浮调诗行组接而成的诗行群和三个四顿体沉调诗行组接成的诗行群一场推排式的节奏诗篇大组接，即以推排式的体式来显示这个诗文本的直向型节奏进程。显然，它被处理得相当到位而有分寸。

总之，以上种种言说都证实着如下一个理论认识——汉诗形式系统中，不仅存在着句法就声律，也存在着声律就句法的现象。结合到词曲的节奏体式问题，出现推排直向型的节奏体式，对传统汉诗来说是一件新事，却又是必然会出现而决非偶一为之的现象，因为到宋词元曲的出现，正是汉诗语言转向口语化的起动阶段，而这一诗性语言的流变趋向，决定了词曲必然也会出现这一推排直向型节奏体式。

而这也正是汉诗节奏体式突破五、七言近体诗的格律模式，从流转的形式体系向层层推进的形式体系转化发出的第一颗信号弹。说这不过是体系转化的信号弹，是因为词曲中的精品——尤其是文人创作的那些，虽也已有用口语入诗的趋向，但主要还是承袭近体诗的词汇与句法的，从诗性语言体系上看，词曲基本上也还是点面感发类的隐喻语言，而不是线性陈述的逻辑语言。因此，词曲推排直向型的节奏体式在整个词曲形式体系中还不是主要的角色。事实也确如此，除了词牌《菩萨蛮》《浣溪纱》，其他的就并不那么受词曲家们所青睐了，即使是《菩萨蛮》《浣溪纱》，也只盛行于晚唐五代，到后来也淡出了。

这意味着词曲还有更受重视的节奏体式。

二

交替回荡型节奏体式就是词曲中更受重视的一种。

如果把推排直向型节奏体式看成是线状的，那么交替回荡型节奏体式是圆状的。在词曲中回荡型节奏的体式呈现虽笼统地说是交替状的，但具体显示于形体格式则还有相抱的交替与相交的交替之分。如冯延巳的《采桑子》：

花前失却游春侣，
独自寻芳。
满目凄凉。
纵有笙歌亦断肠。

林间戏蝶帘间燕，
各自双双。
忍更思量。
绿树青苔半夕阳。

这首词上下片是匀称的，也就是节的复沓。每节四行，第一、四行与第二、三行各各相抱而形成一圈圈往复回荡。作为一种回荡型节奏的体现，相抱状交替的词曲体

式显示着对称的平衡特征。又如魏夫人的《武陵春》:

小院无人帘半卷，
独时停阑时。
宽尽春来金缕衣，
憔悴有谁知。

玉人近日书来少，
应是怨来迟。
梦里长安早晚归，
和泪立斜晖。

这首词的上下片也匀称，是节的复沓。每节四行，第一、三行与第二、四行相交而形成层层往复回荡。作为一种回荡型节奏的体现，相交状交替的词曲体式显示着动态对称的平衡特征。当然，所举例诗的意义只是在回荡型节奏体式的“模子”具现上，从诗美的价值高度看，这两个文本并不算好。

值得指出，这种交替回荡的节奏体式对以写心境为主的词与散曲是特别合适的。心境是情绪的一种状态，它和激情相对，如果说激情是爆发式的，短暂而单向，那么心境则是平静的，却又持久地往复萦回，驱而难散。当一个人处于某一心境状态中时，他往往会以特定的心境来浸染一切事物。词曲作家以擅长于写心境为特色，这已是公认的看法，所以词与散曲所构筑的基本上是一个情绪型情性诗歌世界，而情绪又总是心境化的。于是让“我”的特定心境弥散到对象——“物”身上，使“物”皆着“我”之色，也就成了词与散曲作家所特有的抒情格局。这个抒情格局主要展现出来的心境内容是三个方面：流连光景惜朱颜，浪迹天涯话倦游和眷恋故土悲离乱。当然，这也是特定的时代心境。弥漫于风雨飘摇的宋王朝和民族强权统治的元帝国上空的这种属于特定时代的心境，只要这样的时代不结束，也就无法在一代知识者心头驱散。这种时代心境一旦采用诗歌来呈现，也就让“旅人心上秋”这朵郁云弥漫在宋词、元散曲所构筑的那个诗歌真实世界里了，而与之表达相应合，诗人的情绪内在律动则必然显示为搔首踟蹰于人生路上，犹夷彷徨、百结愁肠，付之于外在则必然会采用交替回荡的节奏体式。如张可久的《[双调]清江引·秋怀》：

西风信来家万里，
问我归期未？
雁啼红叶天，
人醉荷花地，
芭蕉雨声秋梦里。

“一年容易又秋风”的志士愁怀、浪客哀感，在这首散曲里表现得真是蕴藉深隽，这不仅在于这个文本色彩意象的搭配，情境气氛的渲染都十分到位，更在于这一种以节奏诗行相抱地组接成的交替回荡型节奏体式的成功。明王骥德的《曲律·论套数》就认为这首散曲“意新语强，字响调圆”。这“调圆”，其实指的就是这种以相抱的形态显示的交替回荡型节奏体式。又如蒋氏女的《减字木兰花·题雄川驿》：

朝云横度，
辘辘车声如水去。
白草黄沙，
月照孤村三两家。

飞鸿过也，
百结愁肠无昼夜。
渐近燕山，
回首乡关归路难。

这是蒋兴祖女被金兵掳去写于北行途中的诗，白草黄沙、月照孤村、飞鸿哀鸣、车声辘辘的沿途景色交织着抒情主人公生死未卜、前景凄凉、生涯茫然的思绪，给人以强烈的感兴。这一场百结愁肠、低回往复、驱之不散的心境是和辘辘车声层层响彻、永无终止的俘虏生涯紧紧结合在一起的，情绪的内在律动那种低迷萦回的特征形之于外在，选用诗行相交地组接的回荡型节奏体式应该是最合适的，《减字木兰花》这个词牌的确成了最佳的选择。

至此为止，我们所举的交替回荡型节奏体式的诗例，都是最合于词曲这一类节奏体式的标准的，具体点说都显示着严谨的对称平衡律：相抱的节奏体式内弧中的节奏诗行，外弧中的节奏诗行，左右行数相等，顿数相等，调性一致；相交的节奏体式，节奏诗行群中的对应诗行无论诗行数、诗行顿数和调性都须统一，以造成匀称与和谐的节奏交替效果。凡此种种都出之于一个对称平衡的审美原则。但我们也不得不指出，这样严守对称平衡律的标准形体格式，在词曲中其实并不多，多的是适当破一点对称平衡的出格体式。词曲作家似乎有一种约定俗成而不成文的美学标准——反对极端的对称平衡而适当地求一点残缺美。如《望江南》这个词牌，是属于相抱地交替的节奏体式，按对称平衡律的要求，该是“3+23+223+223+23+3”式的诗行组接，但现在定型的词牌偏把最后一行——“3”这个一顿体省略了，如温庭筠的《望江南·梳洗罢》：“梳洗罢，独倚望江楼。过尽千帆皆不是，斜晖脉脉水悠悠，肠断白蘋洲。”这是“3+23+223+223+23”的组接，按对称平衡的要求，还得在最后加一个三字音组的一顿体诗行，可这个词牌就缺了它，让全个诗篇的节奏诗行相抱式组接的体式破了对称平衡的格局。看来这些词曲作家的确并不把体式构建中的对称平衡原则太当一回事。更让人觉得奇怪的是他们对词牌曲牌中本来规定要对称平衡的地方也有意违规。如李清照的《武陵春·风住尘香花已尽》，按词牌的要求是“223+23+223+23”的上下片重复，但她却把下片的最后一行写成“载不动，许多愁”，把原本的“23”改成了“33”。当然她这样写，能在语调上起某种强化的作用，不过，这毕竟又是有意违规，破坏了对称平衡。该如何看待这个现象呢？我们认为须考虑作为一种违规现象，是否有其合理性？

我们认为有其合理性。

词曲作家从近体诗——特别是律诗那种建立在对称平衡基础上的格律模式中脱身出来，追求长短句的自由，也连带矫枉而过正，欲破坏对称平衡的无形桎梏，虽词曲的节奏体式仍是以复沓回环为基础的，免不了还要讲究点对称平衡，所以一方面仍在形体格式的设计上不丢弃对称平衡原则，却又以漫不经心的态度对待，按自己兴之所致而“减字”“添字”，与此相应的是把上、下片的格式弄得不同，有些词牌上片的诗行还守对称平衡原则，诗行或相抱或相交的组接，到下片就完全改变了，上下片的格式不一致几乎占了绝大多数，如《好事近》这个词牌上片诗行是相抱的组接，“23+222+222+23”，很对称平衡，可是下片成了“223+23+222+32”的组接，可说全乱了套。其实乱套是自有乱套的道理在的。我们不妨拿两首诗来作个比较。一首是苏轼的《望江南》：

春未老，风细柳斜斜。试上超然台上看，半壕春水一城花，烟柳暗千家。
寒食后，酒醒却咨嗟。休对故人思故国，且将新火试新茶。诗酒趁年华。

另一首是朱敦儒的《沙塞子》：

万里飘零南越，山引泪，酒添愁。不见凤楼龙阙，又惊秋。
九月江亭闲望，蛮树绕，瘴云浮。肠断红蕉花晚，水西流。

这两首词本来没有什么特别可比性的，现在拿来比的是违反对称平衡的诗体构筑是否合理的问题。按整体格局看，它们应该都属于交替回荡的节奏体式，而以相抱的诗行组合来显示。因此，苏轼的《望江南》上下片最后一行（“烟柳暗千家”“诗酒趁年华”）按对称平衡原则，后面还得各加一个三字音组的一顿体诗行，但这个词牌就让它们残缺了；朱敦儒的《沙塞子》上下片的最后一行（“又惊秋”“水西流”）似乎是多出来的。有了它们，这个词牌也就破坏了对称平衡。是的，词牌的设计者有这种破坏对称平衡的意图，但他们的心理状态似乎是不想严守对称平衡，也不想彻底破坏对称平衡，适当违背一点这原则，而基本上则还是遵守这原则。这是对的，因为这两个词牌毕竟是交替回荡型节奏体式的一个“模子”，而节奏的回荡是离不了藉以呈现它的形体格式的对称平衡的。不过这两首词按其内在气韵——或者内在律来说，不是属于纯粹的心境——即低回萦绕、驱而不散的情绪体现，或者说从词牌设计者起，似乎都有一种潜在的、出于本能的意图，要冲出这种缠人不休的郁云式心境，为本能地欲求迈向新的情绪境界而埋下了一个预期的契机，于是就让对称平衡的回荡少“兜得拢”一点，来一个“缺一角”，而这一措施却因此而使文本有了残缺美。可不是吗？说“春未老”是一定要经过“春已老”才荡回来的，诗人似乎不愿看到未老的春天向已老发展，因此到“烟柳暗千家”为止，不再添一行进入残春的表现了；说寒食节酒醒后的“咨嗟”，是一定会涉及家国与自身的艰危的，诗人似乎也不愿多想，因此到“诗酒趁年华”为止，不再为了“兜得拢”再添上一行类似“可怜白发生”之类的话了。苏轼的“少一行”大概不外出于这样的潜在思路，而这正是残缺美。朱敦儒的这首《沙塞子》写于南渡流落到两广时。他似乎想从低回缠绵的心境中挣脱出来，对自己浪迹天涯的愁和恨来一次不再低迷凄恻的浪漫浩叹，于是在“不见凤楼龙阙”后又添一行疾呼式的“又惊秋”，在“肠断红蕉花晚”后又添一行夸张式的“水西流”。这有点冲破了宋词低迷的阴柔氛围，怪不得吴曾在《能改斋漫录》卷十七中说此词“不减唐人语”。如此说来朱敦儒的“多一行”大概不外出于这样的潜在思路，而这也正是残缺美。从少一行与多一行的比较中，我们是可以见出词曲的交替回荡型节奏体式之违反对称平衡律，追求残缺美，是有其合理性的。

这种合理性追求也就使词曲家敢于大胆改动词牌，出现不少“添字”“减字”的词牌，这一种作风本身就表明他们对近体诗那种严守格律模式不敢越雷池一步的作风敢于大胆挑战，而这一挑战的精神，又使交替回荡型节奏体式建设更添了不少生机。有《丑奴儿》词牌，原来是“223+22+22+223”，是以相抱的诗行组合来显示回荡型节奏体式的，如辛弃疾的《西江月》：“少年不识愁滋味，爱上层楼，爱上层楼，为赋新诗强说愁。　而今识尽愁滋味，欲说还休，欲说还休，却道天凉好个秋。”这可是很标准的一个回荡型体式，那种流转回环的节奏感是很强又很诱人的，但李清照却要来它个《添字丑奴儿》：

窗前谁种芭蕉树，
阴满中庭。
阴满中庭，
叶叶心心舒卷有馀情。

伤心枕上三更雨，
点滴霖霪。
点滴霖霪，
愁损北人不惯起来听。

这首诗上下片的第四行添字添得很有理。前已提及诗行顿数愈多，诗行愈长，诗行节奏就会显得沉滞，给人以郁勃感，何况每一节的末一行，具有影响一节诗全局节奏的意义，特别能显示出诗节的节奏趋向。李清照这个文本的上下片末一行都增加了一顿，从“223”变成了“2223”，别看添了两个字，这使得全诗的情绪内在律动也随之向更深层次的沉郁推进了。这比之于原词牌那种不断作向心回荡而无进展的节奏体式，审美价值就要高一层。

这才是创新。

三

词曲对流转旋进型节奏体式的追求则是更大意义上的创新。

上面我们已论析了复沓推排型与交替回荡型两类词曲节奏体式。但这对敢于向近体诗格律模式挑战、追求自由创新的词曲作家来说，是并不满足的。他们不满足这种节奏审美的单纯性，还要让这二类节奏体式有机地结合起来，既顾及推排又顾及回荡，以一种流转旋进的节奏审美新标准来建构一种特具创新色彩的词曲体式。而这一切都建基于诗行循序起伏与突兀起伏两类组接策略。

我们这里所说的循序起伏的诗行组接是一种节奏策略，与诗行组接成诗行群的操作虽有关系但无须拉扯在一起，因此它不必考虑对称平衡。我们前面论及交替回荡型节奏体式时，曾惋叹《梦江南》这样的词牌最后缺一个三字音组的一顿体诗行，使文本体式违背了对称平衡原则，以致只能让相抱的诗行以残缺组接告终。但此处我们论及诗行组接循序起伏的节奏策略，就无须为它惋惜了，倒反而要赞赏这种违背举措，因为这样做能使短诗行与长诗行自由地循序组接而显示出一种回荡旋进的节奏感。不妨仍以《梦江南》写成的作品为例来看一看——下面是李煜的文本：

闲梦远，
南国正清秋。
千里江山寒色里，
芦花深处泊孤舟。
笛在月明楼。

这是由一顿体诗行渐升为二顿体诗行，又由二顿体诗行渐升为三顿体诗行，再由三顿体诗行渐降为二顿体诗行——这样一种按循序起伏的节奏表现思路出发的诗行组接，它以“3+23+223+23”的流转状形体格式显示出来，于是也就有了由渐渐趋向上升又渐渐归于下降为特征的节奏表现，让人能获得一种旋进型节奏感知。这里所谓的旋进意指螺旋形的推进，而不是老在打圈的回环荡动——唯其如此，它才在“笛在月明楼”之后不再设一个三字音组的一顿体诗行了，否则就变成严格的对称平衡体式，回荡型节奏表现了。这里还可以举一个例子，温庭筠的《更漏子》的下片：

梧桐树，
三更雨，
不道离情正苦。
一叶叶，
一声声，
空阶滴到明。

我们无须为这个诗节的第三行与第六行对应的顿数和调性不一样（一是“222”，一是“23”）以致破坏了对称平衡而惋惜，值得作更大关注的还是这个诗节由一顿体到三顿体，再到一顿体又到二顿体的这种循序起伏的诗行组接特色，而这样的组接是能产生流转旋进的节奏体式的。的确，这个诗节具有体式的流转美和节奏的旋进感，而这正是循序起伏的诗行组接这一节奏体现的策略导致的。

突兀起伏的诗行组接也是词曲采用的一种节奏体现策略，也同样能使文本具有流转的体式和旋进的节奏感知。说通俗一点，突兀起伏就是大起大落，显示在诗行组接上乃是从极短诗行与极长诗行的直接组接，又一下子让极长诗行与极短诗行直接组接。如词牌《苍梧谣》的文本具现：

天。
休使园蟾照客眠。
人何在，
桂影自婵娟。

这是蔡伸的诗。从第一行的单字音组一顿体“天”一下子与第二行的三顿体“休使园蟾照客眠”组接，这是大起；紧接着第二行的三顿体又和第三行的三字音组一顿体“人何在”组接，这是大伏，然后又让“人何在”与二顿体的“桂影自婵娟”组接，这里以大起大伏的诗行组接体式和陡然拐弯的流转，显示了节奏的旋进感。我们还可以举词牌《相见欢》所具现的文本：

无言独上西楼，
月如钩。
寂寞梧桐深院锁清秋。
剪不断，
理还乱，
是离愁，
别是一般滋味在心头。

这是李煜的作品，也是一场大起大伏式节奏诗行组接。如果把上下片连在一起看，则可以更看清楚节奏进程的独特轨迹。从三顿体的诗行猛跌入一顿体，又从一顿体猛跳入四顿体，四顿体又猛跌入一顿体，又从三个一顿体猛跳向四顿体，这样突兀起伏的诗行组接显示着抒情主人公从无奈的抑郁转向激愤又回归无奈的沉郁、最后不得不以绝望认命的复杂心境，或者说内在的情绪律动，而作为充分体现着这种情绪内在律动的突兀起伏型节奏体式，又反映着向无可奈何地认命的旋进趋势。所以突兀起伏的流转旋进节奏表现更是词曲的创新之举。

词曲正是从这两类流转旋进的节奏表现策略为基础，再把具有持续延展性的复沓推排节奏体式和迂回呼应性的交替回荡型节奏体式的功能机制结合进去，共同建构起了一套全新的流转旋进型节奏体式。大致说这类节奏体式的建构须遵循如下两条原则：

一、以诗行循序起伏组接显示流转旋进型节奏体式时，须对诗行的长度（以顿数显示）有一定的循序规律，凡循序起伏线上某一型号的诗行在组接中出现的次数一般不能超过两次，马上得拿按循序而在后面的那个与它紧相邻接的节奏诗行接上，不能“跳槽”乱组接。如仲殊的《南徐好·多景楼》：

> 南徐好，多景在楼前。京口万家寒食日，淮南千里夕阳天。天际几重山。
>
> 莺啼处，人倚画栏杆。西塞烟深晴后色，东风春减夜未寒。花满过江船。

这首词循序起伏的流转体式充分体现出了回荡旋进型的节奏表现。值得注意的是每片的第三、四行，是“223”的三顿体诗行，上下片各占两行。循序起伏的诗行组接到此，已达循序而起的制高点，必须立即转入伏，把后面与它相邻的诗行渐降为“23”的二顿体。这很有识见，且组接得恰到好处。不过这个“223”的诗行，若超越两个，成为三个来组接，节奏感上就会有画蛇添足之感了。为此它让后面邻接的那个渐降诗行“23”接了上去，这是《南徐好》的词牌设计者成功的一着。但有些词牌设计时就没有留意到这一点，所以我们后人就有点刺可挑。如《鹊桥仙》这个词牌，秦观有一个文本是这样：

> 纤云弄巧，飞星传恨，银汉迢迢暗渡。金风玉露一相逢，便胜却人间无数。
>
> 柔情似水，佳期如梦，忍顾鹊桥归路。两情若是久长时，又岂在朝朝暮暮。

这也是循序起伏的诗行组接。上下片第四、五行都是“223”这个三顿体，按一般节奏感知要求，长诗行不宜在循序起伏线上多使用，重复一次也往往会影响流转旋进的节奏感知，给人以不顺畅之感。但秦观这个文本并不顾及这些。如果容我们后人来挑一挑刺，把上下片的第五行各省却开头那个虚字，成为“胜却人间无数”“岂在朝朝暮暮”，和它们的第三行呼应，成为渐降的“222”，读来也许更流畅，更有旋进感。

二、以突兀起伏的节奏诗行组接来显示流转旋进型节奏体式时，要求诗行长度悬殊的诗行一经组接，随即又须用像起首那个长度的诗行组接上去，形成“ABA”的样式，这样大起大伏的组接可重复两到三次，不宜过多，然后用一至二个长度近邻的诗行组接，以作大起大伏的“节奏惯性”缓解之用。词牌《忆秦娥》就是如此设计的，且拿李白的文本来看一看：

箫声咽，秦娥梦断秦楼月。秦楼月，年年柳色，霸陵伤别。

乐游原上清秋节，咸阳古道音尘绝。音尘绝，西风残照，汉家陵阙。

这个文本的上片，第一至三行就是突兀起伏的组接，紧接着是用与“秦楼月”相邻的两个二顿体诗行组接，使大起大伏的节奏惯性有个缓解余地。下片第一至三行的前二行是三顿体诗行，与第三行的一顿体程度悬殊，是不同于“ABA”式的弧形大起大伏，而是“AB”式的直线大起大伏组接，紧接着也用两个与“音尘绝”近邻的二顿体诗行“西风残照，汉家陵阙”来缓解大起大伏的节奏惯性。所以这首词读起来特别能给人流转旋进的节奏感。这个词牌的设计是相当成功的。

三、循序起伏类与突兀起伏类诗行组接中，都可纳入复沓推排类或交替回荡类的诗行组合体以作过渡、中介之用。《定风波》这个词牌就是用这个原则来设计的。如叶梦得的文本：

渺渺空波下夕阳。睡痕初破水风凉，过雨归云留不住。何处。远村归树半微茫。

莫笑经年人老矣。归计。得迟留处也何妨。老子兴来殊不浅。卷帘。更邀明月坐胡床。

这个文本的上片，第一、二行就是个复沓推排的诗行组合体，它似乎是一条引桥，把人引渡到第三至第五行，这是“223+2+223”的诗行突兀起伏的组合体；下片的第一至三行与第四至六行也都是“223+2+223”的突兀起伏诗行组合体。如此三场大起大伏的旋进型节奏让一开头两行的复沓推排诗行组合体引出来，隐示着这场旋进型节奏运行是持续的。又如《[中吕]山坡羊》这个词牌的设计，似乎也顾及这种纳入，如赵善庆的这个文本：

骊山横岫，渭河环秀，山河百二还如旧。

狐兔悲，草木秋。秦宫隋苑徒遗臭，唐阙汉陵何处有？

山，空自愁；河，空自流。

这首彻悟人生的抒情散曲是写得相当成功的，除内容的深刻，还在于流转旋进型的节奏表现。文本的第四至第七行是个突兀起伏的诗行组接。第一至三行与第八至十一行都是交替回荡的诗行组合体。前一个用在文本的开头，对大起大伏的旋进型节奏有某种导引的作用；后一个用在文本结束处，对大起大伏的节奏惯性起缓解的作用，更由于这是个交替回荡的节奏性能，置于大起大伏之后还有一种回旋往复的节奏暗示。《山坡羊》这个曲牌之所以在散曲中特别流行，大概同这种新颖的节奏设计思路有关。还值得点明一下的是，作为旋进节奏体现的这个曲牌的体式，也因此而特具流转性。

四、作为流转旋进型节奏体式的建构策略体现，循序起伏式与突兀起伏式两类诗行组接可以结合起来，但可按“节奏兼语”的办法，使二者的组接有一种连绵而下的节奏感知，宛若天衣无缝而无须截然分界。《南乡子》这个词牌的设计就注意到了这一点，且看苏轼的这个文本：

回首乱山横。不见居人只见城。谁似临平山上塔，亭亭。迎客西来送客行。

归路晚风清。一枕初寒梦不成。今夜残灯斜照处，荧荧。秋雨晴时泪不晴。

这个文本的上下片诗行组接是一次重复，就以上片为例证来分析。它的整体诗行组接实是一场循序起伏的旋进型节奏表现，但第三行至第五行又是个突兀起伏的节奏表现，因此这实是循序起伏与突兀起伏不着痕迹的结合，关键是第三行，既作为循序起伏类诗行长度渐升的制高点，又是作为突兀起伏类诗行长度大起大伏的大伏起点，和第四行“亭亭”的大起形成极强烈的对照。所以这个第三行也就成了“节奏兼语”。借了这个节奏兼语，两类显示旋进节奏的诗行组接也就不着痕迹了。值得注意的是在这两类结合中还可以拿复沓类或交替类诗行组合体纳入于中作过渡。词牌《小重山》即按此思路设计。如岳飞的这个文本：

昨夜寒蛩不住鸣，惊回千里梦，已三更。起来独自绕阶行，人悄悄，帘外月胧明。

白首为功名，旧山松竹老，阻归程。欲将心事付瑶琴，知音少，弦断有谁听。

这是一首十分动情的词。上片六行，第一至三行是个循序起伏的旋进型节奏组合体（“223+23+3”），但第三行的三字组一顿体诗行又是个节奏兼语，它同第四、五行构成了突兀起伏的旋进型节奏组合体，而最后一个二顿体“帘外月胧明”则是对突兀起伏的节奏惯性的缓解。这一来，上片循序起伏类与突兀起伏类是一种连绵而下的结合，天衣无缝。再看下片。该片的第一、二行是复沓推排类的节奏组合体。它像引桥，引出第三至五行“3+223+3”的结构，这可是突兀起伏的旋进类节奏组合体，而最后一个二顿体“弦断有谁听”则也是对突兀起伏的节奏惯性的缓解。这些均显示着下片乃复沓推排类与突兀起伏类的有机结合。还须提出来的，是上下片的结合，作为一个整体还显示为以三字音组的一顿体诗行为界形成的节奏诗行（或诗行群）那种相交的组接，并以这一回荡型节奏表现来暗示抒情主人公百结愁肠无以排遣的心境。从诗的本质属性——抒情的标准来衡量，这首《小重山》是很成功的，而成功取得的极重要一点则是文本采用了这种全方位结合的流转旋进型节奏体式。

通过以上多方面的考察，我们至此可以这样说，词曲在节奏体式上确已全面地超越了近体诗，这种超越是来自诗歌节奏观念的改变。如果说近体诗的文本实际所反映出来的节奏观念还更多侧重于情绪外在的声腔表现，而受制于对称平衡规约的形体格式也始终让齐言体所独专，那么词曲的节奏观念已偏于情绪内在律动的把握，而强调自由流转的规约也使它们大踏步走向长短句的体式建构了，而其中流转旋进的节奏体式则是此中最新颖的一场建构。

四

我们还需提出，忘却不得韵在词曲节奏体式建构中不可替代的辅助作用。

关于押韵的问题，我们曾在论及近体诗的节奏体式时谈到过，这里论及词曲的节奏体式，我们也还得提及押韵的问题。对这个问题，引述一段沃尔夫冈·凯塞尔在《语言的艺术作品》中的一段话还是必要的：

> 韵本质上不属于诗，散文中也可能出现韵；另一方面也有无韵的诗、古代的诗和古日耳曼的诗对于韵都是陌生的。虽然如此，韵可不仅是一种纯粹的声音的装饰。我们在成堆押韵诗句中已经看到：韵强有力地支持了各行的联系和沟通……韵的统治在抒情诗中基本上没有动摇。

这段话的第一句就使我们忍不住想起《红楼梦》中那些哥哥妹妹们谈“什么是诗”的问题时宝玉那句“押韵就好”的话来。多年来人们有一个普遍的看法——押韵的就是诗。现在凯塞尔竟干干脆脆说：“韵本质上不属于诗”，真有点醒人耳目。这样的看法至今已渐次得到诗学理论界的认同。朱光潜在1930年代写的《诗论》中也说过“诗与韵本无必然关系”的话。但凯塞尔在说那句话后又强调地说“韵强有力地支持了各行的联系和沟通”，因此韵在抒情诗中不仅有其统治地位且基本上没有动摇；朱光潜也在说了那句话后紧接着又说“中国诗的节奏有赖于韵”。此话也颇有分量。众所周知，没有节奏也就没有了诗，而中国诗的节奏竟然有赖于韵，可见韵与诗的关系还是相当密切的。这是为什么呢？朱光潜在《诗论》中还作了具体的说明。他认为“韵是去而复返、奇偶相错、前后呼应的”一种审美机制，而“韵脚上的呼应有增加节奏性与和谐性的作用”。鉴于中国诗的节奏“不易在四声上见出”，因此这类诗因了“轻重不分明，音节易散漫”，也就势必须“借韵的四声来点明、呼唤和贯串”。随后，他还对押尾韵说了一段话：

> 就一般诗来说，韵的最大功用在把涣散的声音联络贯串起来，成为一个完整的曲调。它好比贯串的珠子，在中国诗里这串子尤不可少。邦维尔在《法国诗学》里说：“我们听诗时，只听到押韵脚的一个字，诗人所想产生的一个影响，也全由这个韵脚字酝酿出来。”这句话对于中文诗或许比对于西文诗还要精确……中文诗大半每“句”成一单位，句末一字在音义两方面都有停顿的必要。纵然偶有用“上下关联格”者，“句”末一字，义不顿而音仍必须顿（详见第九章）。句末一字是中文诗句必顿的一个字，所以它是全诗音节最着重的地方。如果最着重的一个音，没有一点规律，音节就不免杂乱无章，前后便不能贯串成一个完整的曲调了。

这个见解是很值得重视的。看来韵既非诗的本质所有，但对汉诗来说又是不可或缺的。

那么词曲的用韵情况又如何呢？

汉诗中作为开山之作的《诗经》用韵的方法最多，有几十种，到汉魏古风用韵的方法已渐窄狭，不过转韵仍自由，平韵与仄韵仍可兼用；齐梁“四声八病”之说盛行后，汉诗用韵的路才窄了；而隔句押韵、韵必平声，一章一韵到底则已成律诗必信守之律条。有关这些前已论及，不再评述。随着反齐言体的词曲出现，用韵的方法也随着长短句形体格式的确立而有了新的变化。朱光潜在《诗论》里用这样的话作了概括："词曲都有固定的谱调，不过有些谱容易转韵，而且词的仄声三韵可通用，曲则四声的韵都可通用，也较富于伸缩性。"这话是合于实际的，所憾者不够具体全面，而"有些谱容易转韵"一说是指词还是曲，或者词曲都如此，则说得较含糊。

词曲的押韵和近体诗是有所不同的，大致表现在三个方面：

第一、从韵位看，近体诗乃至此前的古体诗，韵位都是固定的。偶句押韵，显得单调。词的韵位却不固定，都因调异。不同的词牌、曲牌，自有不同的韵位设置，这就显得活泼多姿，也使文本的节奏体式增添了自由流转度。这种韵位不固定当然同诗行多寡没有定规以致打乱了奇偶有必然关系，却也同词曲家欲破对称平衡的心理定势分不开。如李清照的《如梦令》："常记溪亭日暮，沉醉不知归路。兴尽晚回舟，误入藕花深处。争渡，争渡，惊起一群鸥鹭。"共七行，就不可能偶句押韵，而第五、六行干脆来个押重韵。这两个举措，反使这个词牌更显得活泼多姿，甚至能给人以弹跳感。同样是七行，李煜的《相见欢》可拿来比较："无言独上西楼，月如钩。寂寞梧桐深院锁清秋。　剪不断，理还乱，是离愁，别是一般滋味在心头。"韵位和李清照的《如梦令》就不同。李煜这个文本的第三行也协韵，而且第四、五行和第六行不协韵，而李清照的第五、六行甚至是协重韵。又如张可久的《[贾钟]人月圆·山中书事》："兴亡千古繁华梦，诗眼倦天涯。孔桥木，吴宫蔓草，楚庙寒鸦。　数间茅舍，藏书万卷，投老村家。山中何事？松花酿酒，春水煮茶。"上片共五行，第一、三、四行都不协韵，第二行要隔两行才和第五行协韵。下片共六行，第三行才设韵位，再隔两行，第六行才与之协韵。韵押得很疏，不同于近体诗，且十一行，非偶数，也不可能做到偶数押韵。所以词曲的韵位随调而定虽显得也不自由，但比近体诗可是要灵活多变得多了。

第二、从韵声的选择看，近体诗押的是平声韵，极少数也有押仄声韵的，选择的余地也极小，但词曲选择的韵声可平可仄，同部平仄韵通协，四声通协，平仄韵互致。吴熊和在《唐宋词通论》中认为改韵主要有两类，其中"一类是本调原无定格，可以随意押平押仄。”对此他还引了李清照在《词论》中的话：“近世所谓《声声慢》《雨中花》，既押平声，又押入声。《玉楼春》平声，又押上、去声，又押入声。”对这席话他还补充说：“这类可押平声又可押仄声的词调，尚有《忆秦娥》《柳梢青》《多丽》《雨霖铃》《霜天晓角》等。”至于“另一类则是原有定格，后来为了谐合声律而动旧韵的，如《满江红》，本押入声韵，姜夔以为不协律，另创平韵《满江红》。”龙榆生《唐宋词格律》认为词在平仄声押韵方面有多种格式，他将它分成五类：一是平韵格，较普遍，如李煜的《浪淘沙·帘外雨潺潺》，押韵字均系平声，属词韵中同一韵部；《临江仙》《破阵子》《满庭芳》《沁园春》《八声甘州》等均属此格。二是仄韵格，又可细分三类，第一类押入声韵，此处的入声与上、去声虽同属仄声，但入声只能独用，而不能与上、去声通押，李白的《忆秦娥》脚韵均为仄声；第二类是上、去声通韵，如柳永的《卜算子慢·红枫渐老》，其中的“里”“水”为上声字，其余为去声字；第三类是仄韵转换，即上声、去声韵与入声韵转换，如陆游的《钗头凤》，上片的“手”“酒”“柳”为上声，“恶”“薄”“索”“错”为入声；下片的“旧”“瘦”“透”为去声，“落”“闲”“托”“莫”为入声。三是平仄韵转换格式，或由平转仄，或由仄转平，或仄、平、仄依次递转。四是平仄韵通押格，指用属于同一韵部的平、上、去声叶韵。五是平仄韵交替押韵格，多半以某一韵为主干，中间交错地使用其他韵部的字押韵。散曲比词更普通地让平仄通押，如马致远的《[越调]天净沙·秋思》，用的是家麻韵，句句用韵，其中“鸦”“家”“崖”为平声韵，“马”“下”为仄声韵。散曲此举表明在韵声的选择上，它不仅比近体诗余地要大，也比词的余地要大。

第三、从使用重韵的问题上看，近体诗绝不允许出现重韵，但词中的一些词牌因了音律的原因已使用重韵，如上已提及的李清照《如梦令》中的“争渡，争渡”，我们还可举出李白《忆秦娥》中的“秦娥梦断秦楼月，秦楼月”，“咸阳古道音尘绝。音尘绝”中的“月”“绝”均重韵。韦应物有《调笑》：“胡马，胡马，远放燕支山下。跑沙跑雪独嘶，东望西望路迷。迷路，迷路，边草无穷日暮。”这里的

“马”“路”也都重韵。比起词来，散曲中的重韵用得太普遍了。如《西厢记》第四本第三折（长亭送别）《[正宫]套中已快活三》中有“将来的酒共食，尝着似土和泥。假若便是土和泥，也有些土气息泥滋味。”这“泥”就是重韵。赵善庆在《[中吕]山坡羊·燕子》中有：“来时村社，去时秋社，年年来去搬家热。语喃喃，忙劫劫，春风堂上寻王谢。巷陌乌衣夕照斜。兴，多见些；亡，都尽说。”这“春社”、“秋社”的两个“社”也重韵。更有意思的是还出现一种“独木桥体”：通篇韵脚均为同一字。如周文质的《[正宫]叨叨令·自叹》：“筑墙的曾入高宗梦，钓鱼的也应飞云梦。受灾的是个凄凉梦，做官的是个荣华梦。笑煞人也未哥笑煞人也未哥。梦中又说人间梦。”让“梦”重韵了五次。无名氏的《[正宫]塞鸿秋·月》更是有趣：

到春来梨花院落溶溶月，
到夏来舞低杨柳楼心月，
到秋来金铃犬吠梧桐月，
到冬来清香暗渡梅梢月，
呀，好也么月，
总不如俺寻常一样窗前月。

这里用了六个“月”的重韵。读这个有这么丰富的重韵的文本，我们当会感到诗行藉重韵呼应而十分紧密地组接中已形成一种流转旋进的节奏感知。

不过也得指出，词与散曲之间在押韵上是有差异的。这种差异最大的一点是一个词牌中可押多种韵，即允许换韵，而散曲基本上是一韵到底，不允许换韵。如欧阳炯的词《南乡子》：“画舸停桡，槿花篱外竹横桥。水上游人沙上女，回顾，笑指芭蕉林里使。”仅仅是五行，就用了两种韵。词里出现多韵的普遍现象，在这首小令里即可反映出来。散曲则不同，比这首《南乡子》再长上几倍的也还是一韵到底。如郑光祖的《[双调]·蟾宫曲》：“弊裘尘土压征鞍，鞭倦袅芦花。弓箭萧萧，一竟入烟霞。动羁怀，西风乐黍，秋水蒹葭。千点万点，老树寒鸦。三行两行，写高寒、呀呀雁落声沙。曲岸西边，近水涡，鱼网编钓竿艖。断桥东下，傍溪沙，疏篱茅舍人家。见满山满谷，红叶黄花。正是凄凉时候，离人又在天涯。”这首散曲比《南乡子》的行数多上三倍，也仍旧一韵到底。可见词曲在这方面大不相同，散曲在押韵上显然近似于近体诗。而词曲韵的疏又有另一番情况。同是《满庭芳》，秦观的词是这样：

山抹微云，天连衰草，画角声断谯门。暂停征棹，聊共引离尊。多少蓬莱旧事，空回首，烟霭纷纷。斜阳外，寒鸦万点，流水绕孤村。　　销魂，当此际，香囊暗解，罗带轻分。谩赢得青楼，薄幸名存。此去何时见也，襟袖上，空惹啼痕。伤情处，高城望断，灯火已黄昏。

乔吉的《[中吕]满庭芳·渔火词》则是这样：

江声撼枕，一川残月，满目遥岑。白云流水无人禁，胜似山林。钓晚霞寒波濯锦，看秋潮夜海镕金。村醪窨，何人共饮，鸥鹭是知心。

两个文本，虽都称《满庭芳》，但体制很不同，它们都一韵到底，不过前者21行，却有11行是不入韵的，后者10行，只一行不入韵。词韵之疏与曲韵之密，显而易见。这方面近似近体诗。传统毕竟不可截然断裂，词与散曲虽和近体诗在押韵上不同，却还是各有继承近体诗的一面。

韵是节奏不可或缺的辅助手段。韵的一词多见和押得较疏，是强化回荡型节奏很重要的手段，一韵到底不作转换和押得较密，是强化直向型节奏很重要的手段。从词曲盛行的汉语诗坛整体情况看，韵的新变也反映着汉诗出现了两大节奏体系，正待分头予以辅助强化。

小　结

综上所论，我们可以说词曲的节奏体式已突破齐言的近体诗格律模式，闯出一条以长短句为标志的新颖节奏体式建构之路了。这一新事物显示着三类节奏表现：复沓推排型、交替回荡型与流转旋进型。流转旋进型节奏表现是前两类的综合，也是节奏诗学所欲达到的最高境界。当然，这个二结合的节奏表现形态在词曲中还只是萌芽状态的现象，占主导的还是由近体诗延伸下来的那类交替回荡型节奏表现，而复沓推排型节奏表现的存在，则是促成回荡型节奏表现向旋进型节奏表现推进的重要基础。

近千百年过去了，令人遗憾的是回旋型节奏表现这一新生事物，至今还在萌芽状态中。

论浙东唐诗之路

“浙东唐诗之路”这个概念的提出十分有价值，值得我们沿着这条诗路来作一番地域人文考察。

通常说的浙东唐诗之路有一个地理的限定，即它指的是钱塘江以东、存在于浙东运河、浦阳江、曹娥江三流域的那一个遍涉浙东的道路网络。它也有一个历史的限定，即指唐代诗人特别爱到这个道路网络中来采风写诗。由此说来，浙东唐诗之路不仅反映着一种历史地理现象，还反映着一种隶属于地域人文特质的精神文化现象。从学术研究角度看，“唐诗之路”的开发更应看重这条诗路对地域人文建设的价值，所以也得倍加看重它所反映出来的那种以特具的人文情怀为表征的江南文化现象，以及这种人文情怀之诗性体现。

一

浙东唐诗之路自有其传统特征。

首先，这是地理上的，所以我们先要对这条诗路作地理定位。这场地理定位则须从河流讲起。为什么这样说呢？这是由于古代人外出旅游，没有现代人那么方便，可以坐汽车、火车、飞机。北方河不多，交通工具靠小毛驴；在“天苍苍，野茫茫”的草原上靠马匹；在沙漠上还得靠骆驼。至于江南这个“小桥流水”的生存环境里，由于河渠纵横，船就成了主要交通工具，所以也就决定了去江南旅游，河流是游客自由游走的“物质基础”。唐代诗人密集地来江南这一块“佳丽地”——浙东旅游，走的大多就是水道和沿河的陆路。所以，浙东唐诗之路能够产生出许多优秀诗篇，同浙东存在着这几条大河有决定性的关系，同这几条大河边的“官塘大道”也姻缘不浅。这样讲岂不意味着浙东唐诗之路要确定下来，只须找到那几条从风景特别美丽处流过的河就是了？这个判断是对的。所以我们可以认定：浙东唐诗之路就靠浙东三条分头流入“后海”(今天的钱塘江杭州湾)的著名河流——浦阳江、萧绍运河和曹娥江。还可以这样具体地说，这三大河流的三条著名支流浣纱溪、若耶溪和剡溪延展出去而接通其他河流所综合成的一个水陆交通网络，也就是当年的浙东唐诗之路了。

浣纱溪是浦阳江进入诸暨后绕苎萝山流过又穿越县城的那一段江道。浦阳江发源于婺州浦江县，上游和义乌江相接。入诸暨后会合众多支流，水深江阔。所以浣纱溪实系浦阳江众多支流中一条较短的支流，不过很出名。这是因为在吴越争霸时期，苎萝山下浣纱溪边出过一个浣纱美女——俗称西施的夷光，在越国灭吴中扮演了重要的角色。由于西施的传奇性经历和悲剧性命运具有打动人心的极强魅力，所以千百年来，特别是唐代，一直吸引着众多骚人墨客不远千里前来这位农村姑娘的家乡瞻仰，而积多年行走的经验，也就形成了一条旅游最佳路线——从后海——今日的杭州湾渡过钱塘江，在萧山闻家堰上岸后转入浦阳江，再转入其支流浣纱溪，而后就可轻轻松松地抵达目的地了。江南原是“佳丽地”，西施故里又山清水秀，人情淳厚朴实，于是瞻仰之余，这些多情客又沿浦阳江溯流而上，出诸暨而抵达这条大河的源头处，又接上义乌江直到婺州的三江口，汇合东阳江、武义江，而于兰溪江口而和钱塘江上游会合，所以其足迹所及也就行吟遍婺州大地了。据此而言这条出之于浦阳江及其延展段——浣纱溪水道的一代代骚人墨客行吟道路，并非如有些学者所认为的，只是唐诗之路的支线，实属三大干线之一。就在这条行吟路上，唐以前有诗人、诗学理论大家沈约等走过，唐代有初唐著名诗人骆宾王、诗僧贯休走过，骆宾王写过《早发诸暨》诗，贯休在诸暨五泄寺住了九年。还有不少唐代优秀诗人，都在这条路上采风，写下过很多动人的诗篇，如李白、王维、王昌龄、皎然、罗隐、李益、宋之问、沈佺期、卢纶、杜荀鹤、韦庄、司空图、郑谷、施肩吾等等。而穿越有唐一代的时光隧道，这条唐诗之路的干线还延伸到宋以后。南宋诗人陈亮出生在这条路上，还终生行吟在这条诗路上；大诗人陆游多次往返于此，留下过灵感的足迹；杰出的女诗人李清照在婺州生活过，写了《咏八咏楼》的诗，也为婺州三江口填过几首词，如《武陵序·春晚》中："闻说双溪春尚好，也拟泛轻舟。只恐双溪蚱蜢舟，载不动许多愁。"这样的千古名句，也是她走在这条路上时吟出来的。当然也可以举出吕祖谦、宋廉、王冕、杨维桢等等。以上种种足以证实，浣纱溪延展出来的这条行吟路，就应该是唐诗之路的主干线。

若耶溪发源在越国最初的国都嶕岘附近，汇七十二条支流后往北流，所经之处大都是于越部族的发祥地。过云门、经平水而入鉴湖，又继续北上，经越州州治和柯桥，汇入进浙东运河的萧绍段，最终由萧山境内的西兴（吴越春秋期间称固陵，一度改称西陵）入钱塘江。它作为浙东运河水系萧绍段中一条并不那么气势浩荡的河，却是名声显赫。在它流经之处还有宛委山，那儿有埋着夏禹遗骸的禹穴，宋之问有诗曰："禹穴今朝到，耶溪此路通。"还经过铸铺、赤堇山等，文化积淀丰厚。《越绝书》卷十一有这样的记载："赤堇之山，破而出锡；若耶之溪。涸而出铜。"这锡与铜可是铸剑的重要材料。而这个说法也就演绎出一个铸剑专家欧冶子曾在若耶溪边铸剑的神秘传说。此外还传说西施入选越宫习歌舞之处，也在若耶溪边，这位美人曾来若耶溪中荡舟。这种种文化古迹都极有吸引力，吸引文人雅士前来发思古之幽情。再说，这里有鉴湖，泛舟湖上可品味"镜芳步步绿，镜水日日深"的清幽美景；这里有山阴道，王献之早就向后代诗人发出了"山阴道上行，如在镜中游"的美感信息。这里有兰亭，茂林秀竹，曲水流觞，挥毫狂草，斟酒吟咏，正宜于诗人、书家聚会。因此，来此行吟的唐代诗人真是一大串，有一定知名度的几乎都在这条路上留下过足迹和歌声，随手即可举出骆宾王、杜审言、贺知章、王翰、孟浩然、王昌龄……刘长卿有七律《上巳日越中与鲍侍郎泛舟耶溪》："兰桡缦转傍汀沙，应接云峰到若耶。旧浦满来移渡口，垂杨深处有人家。永和春色千年在，曲水乡心万里赊。君见渔船时借问，前洲几路入烟花。”生动地显示出了远来行吟的诗人在若耶溪边流连忘返的情貌。既有对“永和春色千年在”这种当年书坛聚会盛况的神往，又有对“垂杨深处有人家”这种幽雅生态环境的迷醉。若要说若耶溪段诗路干线为浙东唐诗之路增添了极强的审美魅惑力，那么刘长卿这场行吟足以证实这一点。宋以后，出生越州、终老三山的大诗人陆游等也在这条诗路干线上行吟。

剡溪及其延展之处，历来被看成是浙东唐诗之路上风情最美、唐代诗人在此留下足迹最多的一段，也是延展幅度最为广阔的一段。剡溪被归入曹娥江水系，实系曹娥江的上游。也就是说由新昌、嵊县北上到上虞曹娥庙为止的一段是剡溪，再北上就是曹娥江了。剡溪源出有四。据南宋高似孙撰《剡录》所载：第一源流是“自天台山北流，会于新昌，入于溪”，此话说得含浑，是谁“自天台山北流”呢？实系发源于天台桐柏山的灵溪，它流至新昌而成了剡溪的第一源头，而灵溪又是南接始丰溪的，它们的会合则成了灵江，可直流到临海，所以剡溪第一源流实可延展到台州大地。第二源流是“自婺之武义西南流，经东阳，复东流与北流之水会于南门，入于溪”，这是说剡溪源流还可延展到东阳，与婺州大地相连。第三条源流来自“鄞之奉化，由沙溪西南转北，至杜潭，入于溪”，可见这一源流是延展到奉化的，并且还因为接上奉化江而再可延展到明州大地，甚至直到舟山、岱山。第四条源流来自“宁海”：“历三坑，西绕为三十六渡，与杜潭会，出浦口，入于溪。”可见这条源流已延展到明州边陲，与宁海、象山相连了。由此看来，剡溪段唐诗之路已延展成一个河道网络，把一大片秀丽的浙东大地网住了。在这个网络中有特多风景点和文化古迹，单是山就有东山、剡山、四明山、沃洲山、天姥山、天台山、赤城山、普陀山等，而几乎每座山又都有古迹；还有沃洲湖、桃源洞、华顶峰、国清寺、大佛寺、龙兴寺、雪窦寺、阿育王寺以及诸多道教洞天福地等等，真是琳琅满目。对文人雅士、骚人墨客来说，这一地域无疑具有更大的吸引力。我们这里只须举天台山为例。这座山在剡溪上游与灵溪接通的地方，《天台县志》对它有个说法：“自神迹行，延袤国清、赤城、桐柏，至于华顶，皆名天台，实一邑诸山之总号。”

这话有理。其实，天台山不仅可把赤城山、桐柏山、华顶峰、国清寺包孕进去以外，还包孕着石梁、灵溪、桃源洞等文化古迹景点。所以所谓的“天台山”，其实是个天台山景观系统。在这个系统范围里，天台本山不仅以其超然秀出而成为道教南宗之祖庭，被誉为“第六大洞天”，与华顶峰的葛玄炼丹结合在一起；同时也成了佛教天台宗的发祥地，与建于隋代的江南大刹国清寺相呼应。所以天台山不仅以其峰峦叠采而和石梁飞瀑相连，也以其烟岚微茫的神秘感而与刘阮桃源洞艳遇的神话相衬；不仅以其众多幽谷的灵云出岫而与灵溪的荇藻萋萋相映，也以其寺院的篆烟钟磬而与农舍渔家的晨鸡晚炊相溶，所以有唐一代杰出的诗人都一次再一次地来这儿行吟，如孟浩然、李白、杜甫、张九龄……诚如李白在《天台晓望》中所吟的：“攀条摘朱实，服药炼金骨。安得生羽毛，千春卧蓬阙。”在这批诗人心目中，属天台山系的这段剡溪流域诗路上所呈现的真是一片梦幻的生态世界，他们可以在这里纵情享受心灵的自由。

以上就是唐诗之路的地理定位。不妨再明确一下，存在于浙东的这条唐诗之路，可分浣纱溪段干线、若耶溪段干线和剡溪段干线；所谓浙东唐诗之路是由这三条干线组合而成的。

浙东唐诗之路的传统特征还有属于历史的一面。

新昌学者竺岳兵在《唐诗之路唐代诗人行迹考》一书中，根据《全唐诗》提供的原始材料，以及他的新证、他对前人论证的新疏以及沿袭下来可以认同的旧论证结合起来，得出一个较合理的结论：在浙东唐诗之路上行吟过的唐代诗人计 451 人，包括千百年来一直家喻户晓的大诗人李白、杜甫、王维、孟浩然、王昌龄、岑参、白居易、元稹、李贺、贾岛、杜牧、李商隐等等。据我们统计，其中浙籍诗人 99 人（纯以籍贯定，不包括生下来后跟父母到浙江，以后才在这块土地上长大成人者，如刘禹锡等），而在这 99 人中浙东本土诗人占 49 人。据此数字可知：唐诗之路上 451 个行吟诗人中，浙籍诗人所占比例是五分之一强，而本土诗人在浙籍诗人中所占的比例则是二分之一。再说在这条诗路的三条干线上，本土诗人的分布也颇有看点：属于若耶溪段——包括山阴、会稽、越州州治和萧山在内的本土诗人，有

24人；属于剡溪及其延伸段——包括上虞、嵊县、新昌、余姚、慈溪、天台、奉化、宁海、象山、明州州治在内的本土诗人有14人，属于浣纱溪及其延伸段——包括诸暨、浦江、义乌、东阳、武义、婺州州治、兰溪在内的本土诗人是11人。还得提出来的是，在这条诗路上体验生活、投入行吟活动的，有三类态度不同的诗人。一类纯粹出于好奇，对浙东山水风物只作走马观花式的印象观光和泛泛行吟，来过一次，写过几首程式化的诗，也就罢了，这类诗人不在少数。第二类是真爱浙东山水风物，以致一来再来，一吟再吟，李白就是个突出例子。他四入浙江，三入剡中，二上天台，一上四明。开元十四年（726）夏秋之交他第一次游浙东前夕所写的《秋下荆府》中，就兴奋地表达了这场出游的心愿："此行不为鲈鱼美，自爱名山入剡中。"正是怀着这种心态，使他第一次入剡中就登天姥，上天台，一游就游了大半年。47岁那年他二次入剡中前夕，写了长诗《梦游天姥吟留别》，激情澎湃地高唱："我欲因之梦吴越，一夜飞渡镜湖月。湖月照我影，送我至剡溪。"杜甫在《壮游》中也说："剡溪蕴秀异，欲罢不能忘。"好一个"欲罢不能忘"。正是这种创作心境使这些杰出诗人在这条诗路上行吟出了一批千古名篇。第三类是对浙东山水风物爱得入了迷，竟然在这儿隐居起来的。当然，有一种人的隐居其实不过是在这地方做官，任上一住多年，赖着不愿升迁。那只能说是准隐居者。另有一种是真隐居，刘长卿就是一例。这位老长安也许初来越中是出于安史之乱中避乱江东，但不只是既来之则安之，而是深深爱上了这里的山美、食美、人美，不想走了。他初隐于沃洲山，在《过隐空和尚故从隐居》中作了"踏花寻旧径，映竹掩空扉"的期盼式抒情，后来又在镜湖、若耶溪、诸暨等地逗留，一隐十一年，并在浙东形成了一个以他为中心的诗歌群体。又如同属老长安的韦庄也"携家来越中""寓居婺州亦不下三年"，还让足迹遍及天姥山、天台山、四明山，不断行吟。

回顾了行吟在浙东唐诗之路上的这些唐代诗人的行迹及相关历史后，或问这些有什么意义呢？这意义可从三方面来看。首先一点是唐诗之路上行吟的浙籍诗人占五分之一强，比例相当高，反映着如下的情况。唐代的浙江虽远离政治中心长安，却也能避开安史之乱等人祸，因祸得福而经济发达，州县城池繁华，商业流通，交通便利，人民生活富庶安逸。凡此种种也就决定了这地域普遍地讲文明，有重诗书礼乐的风尚，民众广受以诗文为本的科举文化熏陶，以致一方面在京城科场逐鹿中成为领先全国的一支劲旅，同时也带引出一批受过较严格诗教的诗人。如果说浙东唐诗之路真具有特定的江南地域文化性格，那么广义地说，这要归功于浙籍诗人群体具有遍及江南的吴越文化深厚的底蕴，而这也决定了他们闯入浙东诗坛比起外籍诗人来底气较足，且能以近水楼台的优势大大活跃了、推进了这条诗路上的行吟活动。明确了这一点也就可以说浙东唐诗之路的诗歌文化基础工程，是这批浙籍诗人打下的。其次是，在唐诗之路三条主干线上本土诗人多寡的比较，不可等闲视之，从某种意义上说，这决定了三条干线上行吟活动繁荣程度的差别，因为说到底，吸引诗人前来行吟，除该地域风情景观本身的魅惑力固然重要，但如果没有配套设施——特别是风情审美的配套设施，那是会使魅惑力大为减弱的。物质上的配套设施主要是交通的方便与否，风情审美的配套设施一方面是文化古迹的历史性存在，另一方面是对这些历史性存在作真切而富有特色情调的宣扬，而这也就凸显出本土诗人存在的重要性了。根据这样的认识再来回观三条干线上行吟繁荣程度的差异、当可以从三方面找出原因。（1）从经济实力上找。若耶溪段干线所属山阴、会稽、萧山诸县及越州州治，有平原水网交错的鉴湖系统，方便交通，也方便开展稻作渔捞的生产方式，所以唐代这区域的经济就比另两条干线所在区域要繁荣发达，特别是浣纱溪段干线，沿线地处全是丘陵地带，浦阳江上游又有“小黄河”之称，黄泛严重，经济在那时最为薄弱。（2）从文化积淀与本土诗人的多寡来比较，若耶溪段诗路上古迹特多，如前已提及的，有禹穴、越王宫、兰亭等，还有天门寺、法华寺等名刹，山水风光也特秀美，只要提一提鉴湖、山阴道，就足以显出知名度。令人刮目相看的更在于这里不仅本土诗人较多，并且在唐代诗坛上，他们中颇有几位堪称举足轻重者，知名度很高，如贺知章、严维、灵彻、朱庆余、秦系等。他们对故土的深刻感受与理解发而为歌，就特具魅力。如贺知章一首《采莲曲》，以“镜水无风也自波”的真切感受，大大触动一批外籍行吟诗人如李白、王昌龄、齐己等，纷纷写同题诗应和，把稽山镜水的美景全推了出去。这才是本土诗人的功绩所在。其他两条诗路主干线上纵使山河风光也秀丽，文化古迹也多，却缺乏有知名度的本土诗人来炒作，因此它们吸引外籍诗人的力度就较弱，特别是有关苎萝美女西施的传说，已深入民族灵魂深处，西施故里对外籍诗人前来行吟应该很有吸引力，但终因本土诗人知名度不高，人数不多，炒作及不上若耶溪段，以致让一些外籍诗人误把西施故里的文化古迹搬到若耶溪边去，进行张冠李戴的行吟，造出了文化的荒诞，历史的悲哀。怪谁呢？只能怪浣纱溪段诗路干线上本土诗人的行吟诗力不足。（3）唐代诗人对浙东唐诗之路如此痴迷，对诗歌创作有特殊启示意义。这种现象反映着他们对这条诗路上的风情景观文化特别投入。只有如此深沉的心灵投入，才会使行吟者获得更真切的生活感受，作更挚情的人文情怀抒唱。李白在第二次漫游浙东前夕能写出传诵千古的名篇《梦游天姥吟留别》，完全得益于他第一次去漫游时在天姥山一带盘桓半年多、积累了一大堆生活感受经验。对于诗创作来说，必须深入生活，从生活中去获得灵感，这乃是颠扑不破的真理，所以我们对迷恋这片土地到如痴程度的那些诗人深表敬意。不过这一批人中也颇有一些在山林寺庙静心冥思，足不出户，和生活彻底隔绝，却也不足为训。如秦系，隐居浙东多年，戴叔伦有《题秦隐君丽句亭》，这样写这位隐士："北人归欲尽，犹自住萧山；闭户不曾出，诗名满世间。"在这种"闭户不曾出"的生活圈子里写诗，除了苦思冥想、谈玄说理，还能有什么内容。统观浙东唐诗之路所涉范围，以若耶溪段干线上的隐居者为最多，该地又独多寺院，佛理禅思颇为风行，"闭户不曾出"者受其影响，诗路也就越走越窄，流弊之所及，为若耶溪段的行吟从盛极走向衰落埋下了隐患。

二

浙东唐诗之路所涉区域之所以能吸引一大批唐代诗人纷纷来此行吟，除了风景秀丽，古迹众多，还在于这里有特定的人文情怀。

"人文"可以与"天文""地理"对位，属于世俗人生的构成法则。"人文情怀"

则指这种构成法则的感性形态，具言之即指出于人性感应的特定世俗生存内涵，更简括而言可以说是存在于人的潜意识中的天理良心。地域群体的这种天理良心意绪，是一项集体无意识的存在。集体无意识必然会落实在地域每个成员的潜意识中。这一来，出于集体无意识的天理良心意绪也就扎根在个体的潜意识中，本能化了。这意味着特定地域的人文情怀会在地域成员中得到本能反映。特定地域的人文情怀之能化为集体无意识而作久远的传承，往往得力于神话传说，或者说，特定地域的人文情怀总是隐含在地域性神话传说中的，我们通过这些地域性神话传说，可以把握到该地方的人文情怀。浙东唐诗之路所涉地域，其人文情怀也可以在这块土地上流传了千百年的神话传说中寻找。

这种神话传说存在于这条诗路上，大致可分为三组。

先看第一组。它存在于浣纱溪段诗路干线上，且举两则。头一则是传说，关于西施和范蠡的。这个传说的主要部分讲范蠡忍痛推举与自己有情约的西施——一个诸暨苎箩山下的浣纱姑娘作美女间谍献给吴王夫差，以及西施赴吴后不负众托出色地完成了使命。由于这些情节已家喻户晓，在此也就不多介绍。值得补充的是结局，在这地域流传的是越灭吴后，立下大功的西施、范蠡竟然消失了，他们改姓换名、夫唱妇随，泛舟五湖，在人生舞台上作了一场新的角色转换，扮演了经商而成商贾的角色。这样的结局很耐人寻味，反映着浙东唐诗之路这段主干线上关于人生追求的独特人文情怀。另一则传说是有关秦始皇的，说这位始皇帝坐定天下后，曾东巡到过诸暨，并在“诸暨、会稽两县之界”靠向诸暨枫桥全堂一面的鹅鼻山上刻石立碑。这个传说不是没根据的。《史记·秦始皇本纪》中这样记载：“三十七年十月癸丑，始皇出游。……十一月，行至云梦，望祀虞舜於九疑山。浮江下，观籍柯，渡海渚，过丹阳，至钱唐。临浙江，水波恶，乃西百二十里从狭中渡。上会稽，祭大禹，望于南海，而立石刻颂秦德。”问题是这段话没有讲清刻石立碑在会稽群山的哪部分，不过浣纱溪诗路干线上历来传说着、今天的当地学者还有力地论证出了：梓坞山中的燕子岩头是鹅鼻山的最高峰，而此峰便是志书上所载的刻石山，为秦王刻石立碑之处。为什么这块土地上的人会如此痴情地传说秦始皇刻石立碑在诸暨呢？究其原因，是出于这个传说所反映的这一地域特定的人文情怀。从文化学的角度看，这两个传说的人文情怀是一致的。第一则既反映着国家兴亡、匹夫有责的担当意识，体现了个体的社会价值，也反映着人生舞台上角色转换，生存追求不息的意识，体现了寻觅自我人生价值的强烈精神。这是把生命本体看成是一种持续进取意志的凝聚。第二则既反映着对一个雄才大略者横扫六合那种气概的神往，也反映着对一个胸怀环宇者高瞻远瞩的渴慕。由此看来这也是一种把生命本体看成生命存在永远追求、人生意志永不停息的精神结晶。因此，把这两则传说合在一起，也就显示着在唐诗之路的浣纱溪干线所涉地域，具有一种以儒家意识为内核的人文情怀。

再看第二组。它存在于剡溪段诗路上，也举两则。头一则是关于剡溪的神话，《剡录》引《四明山记》云："魏杨德祖至四明山，逢一老人。老人曰：'我见涧中涌泉，流一金刀，两仙人把神火趁之，可往寻之。'德祖行前，见二人把神火，及得水中金刀，可长二尺。二人者，见德祖倏去。德祖曰：'两火成炎字，火边得刀，是为剡字。'"这可是对"剡溪"得名之由来作想入非非。但这还不够，还把这场想入非非推向某一层寓意的隐示，这样说："两火一刀，可以逃。"这就寓有如下一层意思。剡溪两旁历来隐居的人那么多，是神赐，而名为剡溪，是含有神示之意。另有一则是刘晨、阮肇在天台山桃源洞一场艳遇的传说。刘义庆在《幽明录》中记载：汉明帝永平五年，剡县人刘晨、阮肇入天台山采药，"迷不得返"，粮尽饥馁时，遥望山上一桃树"大有子实，乃攀高而至"，"啖数枚，饥止体充"，"复度山兀见一大溪"，溪边有"姿态妙绝"二女，见而迎来，似久已相识，笑呼"刘阮二郎"，并问："来何晚？"乃邀至家，"速作食"，菜肴丰盛，"食毕行酒"。这时，群女"各持三五桃子"而来，笑言："贺汝婿来！"酒酣，"各就一帐宿，女往就之"。遂留半年。转春时，刘、阮"怀归"，"女无何，遂呼三四十人，集会奏乐，共送刘阮，指示还路"。及抵家，"亲旧零落，邑屋全异，无相识者。问得七世孙，传闻上世入山，迷不得归"。这一则传说和上一则关于剡溪的神话有个相同之点——异想天开，离奇怪诞。观其传闻，可见出灵物神人已浑然一体，以致超常态人生、在万汇共融的诗意中获得极度超然自由的生命旨趣。第一则神话中，“剡”而悟“逃”体现的是超越社会功利而和大自然融合以求得生存大自由的隐逸思想，第二则传说中，刘阮桃源艳遇乃是现实中无和谐美满而求之于自然灵异之境的幻想，一场放达生态的体现。因此，把这两则神话传说合在一起，也就显示着在浙东唐诗之路的剡溪干线所涉地域，具有一种以道家意识为内核的人文情怀。

再看第三组。它存在于若耶溪段诗路上，也举两则。头一则是关于与大禹治水有关的宛委山神话。赵晔在《吴越春秋》卷六中有这样的记载：禹治水“闻乐不听，过门不入，冠桂不顾，履遗不蹑”地干了七年，纵然已够“劳心焦思”，却总是“功未及成”，不知何以继续下去。后阅《黄帝中经历》，从中得知“圣人”有记：会稽山南之宛委山有一巨岩，俗称石匮，内藏金简，载有穷通治水之理。禹乃登宛委，仰天长啸，梦见“绣衣男子”——玄夷仓水使者，告之曰：“欲得我山神书者，斋于黄帝岩岳之下，三月季庚，登山发石，金简玉字存矣！”于是禹斋，对岩寂坐凝思三月，石匮开而终得金简之书及“通水之理”。这是主体对特定客观世界作凝神观照而茅塞顿开、理路穷通的一场寓意表现。另一则是《世说新语·任诞》所记传说，说山阴儒生王子猷，在一冬日里有过如下一场奇特行径：“夜大雪，眠觉，开室命酌酒，四望皎然”，不觉心有所动，“因起彷徨，咏左思《招隐诗》。忽忆戴安道”，这位戴姓友人此时却远在剡溪，子猷极欲一见，“即便夜乘小船就之”。这一场雪夜访友本已匪夷所思，更令人难料者，是“经宿方至”后，王子猷竟“造门不前而返”。对此行径令人匪解。“人问其故，王曰：‘吾本乘兴而行，兴尽而返，何必见戴？’”这是重心而不重实，一场颇耐回味的隐喻表达。这两则神话传说都对人在客观世界面前把“心”看得至高无上的表现，强调凝神静思而悟出客观世界构成之理，存在之道，这固然是对“心”之潜能的张扬；王子猷雪夜访戴故事给人的玩味更显深远，如同黑格尔在《美学》中所谓：“内容全都集中到精神的内在生活上”了，至于外在感性现象，相对于心灵来说，则成为没有价值的东西。心，乃是最高的，而这种说法则是佛理的形象化阐释，对禅思的张扬。由此可见，这两则神话传说反映着如下这点——在浙东唐诗之路若耶溪干线所涉地域，具有一种以禅宗意识为核心的人文情怀——超然于物欲，认自性活动为至尊，让万物皆备于我。

由此可见：浙东唐诗之路所涉地域，其人文情怀有鲜明独特的性能，即让儒家意志、道家精神、禅宗觉识兼顾和高度融汇的包容性。正由于地域人文情怀具有这种海纳百川的文化开明，也使行吟在这条诗路上的诗人，留给江南心灵文化史的一份财富——诗，特具气度的恢宏，境界的高远。

三

浙东唐诗之路所涉地域的人文情怀在唐代诗人的行吟中，有多姿多彩的诗性体现。这大致可从四个方面见出。

首先一个方面是诞生在这条诗路上的那些唐诗，具有肯定生活、执着现世的诗歌境界。对此，我们想起了李白的《越女词》："耶溪采莲女，见客棹歌回。笑入荷花去，佯羞不出来。"这是越地花季少女风姿绰约、活泼可爱的情态速写，多青春，多阳光！戴叔伦的《兰溪棹歌》没有正面写发源于诸暨枫桥古博岭的那条兰溪边越女的情态，写的是越地风光：

> 凉月如眉挂柳湾，越中山色镜中看。
> 兰溪三日桃花雨，半夜鲤鱼来上滩。

好一个"半夜鲤鱼来上滩"。在这个文本画面上展现出了一片活跃、生动、富有生命意趣的自然景象。众所周知，大自然种种景色进入诗中，已不只是客体景色本身，更是诗人心境的反映，兰溪边这一片明丽风光也正是戴叔伦作为诗人主体亮丽的、富于朝气的心境真切的体现，同李白的《越女词》一样，这首诗也是唐皇朝上升期染着青春色泽的时代风情的体现。如果我们承认美即是生活的话，那么《越女词》也好,《兰溪棹歌》也好，它们的诗美都是对“开元全盛日”的盛唐生活的肯定。对生活的肯定必然会推向对生活的执着，深深地热爱它。这是真实人生拥有者心灵逻辑的必然。行吟在这条诗路上的唐代诗人从三个方面来显示对现世生态的执着。（1）坚执理想。人生理想只要不是建筑在损人利己上，都值得尊重，不管它是宏大高远的，还是渺小卑微的，而这种人生理想拥有者也就值得赞美。任翻有一首五律《越江渔父》:“借问钓鱼者，持竿多少年。眼明汀岛畔，头白子孙前。棹入花时浪，灯留雨夜船。越江深见底，谁识此心坚。”这位渔父在越江上一生持竿钓鱼谋生，却也藉此来寄托他此生的理想。不错，这理想卑微了一点，却也“灯留雨夜船”，够艰难的。可即使已到“头白子孙前”的年纪，他也还是坚执于此。结尾处说“谁识此心坚”，是对这个老渔民看似平凡的人生理想那种坚执精神的赞叹。（2）无畏进取。萧翼有七律《宿云门东客院》。这位诗人以监察御史之尊扮成山东书生，奉唐太宗之命去会稽云门寺辩才大师处智取《兰亭集序》真迹。所以他是负有使命上山的，历尽千难万险方进入云门寺，写了这首诗：

路入山西又向西，雨和春雪旋成泥。
风吹叠巘云头散，月照平湖雁影低。
拄杖负书寻远寺，倩童牵鹿渡深溪。
今朝独宿岩东院，唯听猿吟与鸟啼。

这场漆黑雨夜、泥泞山道上奔走的情状，十分生动地呈现在读者眼前。雨和春泥绞在一起，向西又向西的高山路、拄杖负书、黑夜渡溪、寻觅远寺……诗人这种排除万难不达目的决不罢休的激情深深感动了辩才，予以热情接待，以致被萧翼轻易地“智赚”走了《兰亭集序》真迹。这是一则历史佳话，却也反映出唐朝上升时期一代诗人无畏进取的精神气概。（3）直面现实。这条诗路上行吟的唐代诗人对现世社会的执着还表现在他们直面现实上，有好说好、有坏说坏，不粉饰也绝不掩饰。因此我们还不妨来看一看当年这批行吟诗人敢于揭露阴暗面的诗。顾况于代宗大历年间第二次走浙东唐诗之路到临海时，正逢袁晁农民起义过后，城市劫余一片荒凉。他为此写下多首揭露人祸之作，如《江村乱后》：“江村日暮寻遗老，江水东流横浩浩。竹里闲窗不见人，门前旧路生青草。”又如《赠朱放》：“野客归时无四邻，黔娄别久案常贫。渔樵旧路不堪入，何处空山犹有人。”一片触目惊心的景象。总之，从以上一系列诗例分析中我们可以感受到：浙东由于从事稻作渔捞、生活富庶、耕读传家、乡风淳厚，儒家精神成了主导文化意识，从而使这一地域的人文情怀以热爱人生、积极进取为主导成分，从而影响了这批行吟在唐诗之路上的诗人所写的诗，鲜明地具有执着理想、气度恢弘的抒情境界。

这条诗路上的唐代行吟诗人还追求一种消融自然、遁逸大化的抒情境界。大致说这种境界可细分四类：一类是追求苍山碧水的隐遁情趣。诸暨诗人陈寡言于宪宗元和年间隐居天台玉霄峰学道，琴酒自娱，纵情山水。在《玉霄山居》中这样写：

醉卧茅檐不闭关，觉来开眼见青山。
松花落处宿猿在，麋鹿从群林际还。

这种青山深处、茅檐之下作醉酒闲卧的生活，松荫缭乱、繁花纷荡处与猿为伍、与鹿为伴的隐居，可真是写尽了山林隐士远离世俗、逍遥自在的空间遁隐情趣。在另一首五绝《山居》中，他还这样直抒胸臆：“何须问今古，便是上皇人。”这简直把今古界限、甲子轮转全忘掉了。所以寡言隐士算写尽隐趣了。另一类是岚晨雨夕寻梦的飘逸情趣。司空图在《杨柳枝寿杯词》组曲中有抒写暮春浣纱溪边生活的诗：“桃源仙子不须夸，闻道惟裁一片花。何似浣纱溪畔住，绿阴相间两三家。”看来在这位古典诗学大家的心目中，刘晨、阮肇涉足过的桃源洞天，远远比不上在诸暨浣纱溪畔“绿阴相间两三家”的飘逸洒脱。晚唐诗人韦庄家在陕西西安，为避乱而来浙东，曾有“万里有家留百越”之叹，其实对这位疏放旷达者而言，这场避乱倒成全了他对飘逸人生的享受。在七律《夜雪泛舟游南溪》中这样歌吟：

大江西面小溪斜，入竹穿松似若耶。
两岸严风吹玉树，一滩明月晒银砂。
因寻野渡逢渔舍，更泊前湾上酒家。
去去不知归路远，棹声烟里独呕哑。

这一场“夜雪泛舟”在诗人笔下实在美妙。远风吹玉树，明月晒银砂，多飘逸；野渡逢渔舍，泊湾上酒家，多洒脱。全没一点荒江风雪冻馁之叹，反倒是“棹声烟里独呕哑”起来。看来浙东唐诗之路浣纱溪段干线上的风景“似若耶”又胜似若耶了。为什么这样说呢？因为它的岚晨雪夜更有飘逸之趣。第三类是似真似幻的悠渺情趣。剡溪段主干线上因为有个桃源洞的传说，引起许多后人想入非非，却也非纯属虚无缥缈，而是有特定风情境界的诱因在。贞元元和间诗人牟融在《天台》中就作了这样悠渺的抒写：“碧溪流水泛桃花，树绕天台迥不赊。洞里无尘通客境，人间有路入仙家。鸡鸣犬吠三山近，草静云和一径斜。此地不知何处去，暂留琼佩卧烟霞。”写出了似真似幻的双重味儿。颈联“鸡鸣犬吠三山近，草静云和一径斜”可是极真的人间生态！唯其如此，才出现了一个桃源洞刘、阮艳遇而颇令人信以为真的传说。于是另一个在这条诗路上行吟的诗人曹唐为刘阮的传说一口气写下了一组七律。其中《仙子洞中有怀刘阮》这样写：

不将清瑟理霓裳，尘梦那知鹤梦长。
洞里有天春寂寂，人间无路月茫茫。
玉沙瑶草连溪碧，流水桃花满涧香。
晓露风灯零落尽，此生无处访刘郎。

看来诗人在似真似幻的生存感受中入迷太深，对桃源洞信以为实了，以致发出“此生无处访刘郎”的嗟叹！这倒真的提供给我们一片幽渺情趣了。第四类是迷离恍惚的浑茫情趣。这大概是这条诗路上的这类抒情深入进消融于自然的腹地之举了。这类浑茫情趣来自万类共融、任随大化的生存神秘旨趣。曾两度为相，终于在“甘露事变”中被杀的诗人王涯曾在这条诗路上行吟，写有吟咏采蘋少女生活情趣的五绝《春江曲》：“摇漾越江春，相将采白蘋。归时不觉夜，出浦月随人。”从一般现象上看，这首诗和李白的《越女词》近似，其实并不一致。《越女词》是肯定生活的，《春江曲》却是超越世俗而消融自然的。该诗的后两句“归时不觉夜，出浦月随人。”好像很清晰，其实有点迷离恍惚感。可不！出浦而蓦见有月随人，就给人一种万类共融、天人合一的浑茫境界。这种浑茫境界的追求，还特别显示在两首绝句中。灵彻的五绝《天姥岑望天台山》这样写：“天台众峰外，华顶当寒空。有时半不见，崔嵬在云中。”此诗前两句写诗人站在比天台山更高的天姥山顶上遥望天台众峰，凸显华顶峰在寒空中的挺拔之姿，极具气势。后两句写众山峰峦重叠间因云雾缭绕而益见其高，尤显得时隐时现、若有若无、迷离恍惚的神异境界。不能忽视这境界之神异，因为任何浑茫的感受以及由此激起的那种万类共融、天人合一幻感，都要借这种神异境界兴发感动出来。更值得注意的是潜在的抒情主体——诗人，是站在更高的天姥山顶俯瞰烟云中“有时半不见”却又“崔嵬在云中”的天台诸峰的，这就进一步凸显了“望天台”之主体高高耸立在天地之间的风姿。这个潜在形象因站得特高而超越神异之境，更给人以天人合一、万类共融的神秘直觉。所以，此诗幻得幽隐，它以极浑茫而显示出诗人遁逸于大化的生存情趣。有意思的是萧翼的《秦望山》那种浑茫感却是爽朗的：

绝顶高峰路不分，岚烟长锁绿苔纹。
猕猴推落临岩石，打破下方遮日云。

这位梁元帝萧绎的曾孙，从云门寺辩才处智赚《兰亭集序》真迹的诗人，竟然也来诸暨登枫桥全堂里面的刻石山——燕子岩头，写了这首诗。前两句极写最高峰巅无路可分，只有岚烟长锁深山老林的情景，无疑有点迷离恍惚感了，但随即是峰巅的猕猴把临岩的石块推下山去，把遮日的云砸出了一个大洞。这一具有高度虚幻性的细节表现，好像一扫上两句的迷离恍惚而变得明朗了。其实不然！潜在的直觉会给接受者补充想象：连遮日之云也在“临岩石”下面，可见拥有猕猴足踏临岩石的峰巅——燕子岩头，的确高得浑茫一片了，这是补充想象之一。其二则是“遮日云”毕竟属于气体，砸一个大洞很快就会弥合，重现一片浑茫，万类——包括潜在的抒情主体和猕猴、临岩石全共融于自然、让众生遁逸于大化之境了。总之，从以上一批诗例中可以看出浙东由于道观众多，道家精神盛行，从而使该地域的人文情怀掺入较多隐逸山林、飘然物外的成分，也影响了这儿的一批诗人所写的诗有纵浪大化、放达人生的抒情境界。

行吟在这条诗路上的唐代诗人也追求沉迷自性、自足于主观幻相的抒情境界。这种境界也可分几类。首先一类是路塞尘绝的幽居情趣。值得一提这条诗路所涉及之处，特别是若耶溪主干线上的山川风景有一个特点是“幽”。綦毋潜在《春泛若耶溪》中就说这里是“幽意无断绝”的地方，而诗人行吟至此，也就大有在这些地方筑庐幽居的兴趣了。盛唐年间嘉兴诗人丘为在入仕前就隐居若耶溪边，《若耶泛溪》一诗中他很细致地抒写了幽居处是“结庐若耶里，左右若耶水”，也写了幽居的生活内容：“无日不钓鱼，有时向城市。”这“城市”就是平水小镇。全诗还特别写出了路塞尘绝的情趣：“短褐衣妻儿，馀粮及鸡犬。日暮鸟雀稀，稚子呼牛归。住处无邻里，柴门独掩扉。”这最后两句，对隔绝尘寰的幽居生态表现得多么有意趣。曾写过堪称唐诗七律之冠的《黄鹤楼》的崔颢也于开元年间来此寻幽觅趣，写有五律《入若耶溪》：

轻舟去何疾，已到云林境。
起坐鱼鸟间，动摇山水影。
岩中响自答，溪里言弥静。
事事令人幽，停桡向余景。

这里所言“事事令人幽”可说是道出了该地域生存境界的真髓。当然幽居是路塞尘极的，如同上面丘为所咏唱的，是“住处无邻里，柴门独掩扉”的，那也就随之带来了抒情主体生态的特点：静定观照的岑寂。这是这一路诗人的第二类抒情境界。诗僧皎然在七绝《法华寺上方题江上人禅空》中这样写：“路入松声远更奇，山光水色共参差。中峰禅寂一僧在，坐对梁朝老桂枝。”这后两句表明诗人追求一种“禅寂”境界，为的就是对梁朝留下来的那枝“老桂枝”进行“坐对”——观照。这种静定观照是这一路的行吟者充分发挥主观能动作用的情趣追求。海盐籍诗人顾非熊在五律《宿云门寺》中写到自己宿云门寺之夜“岑寂掩柴扉”后，心也会在“草堂疏磬断”中进入静定境界，对灯“照烛”而光影融和于雪、月下“看松”而白波披于己身的山寺幽舍、岑寂虚景进行了宁静致远的观照，从而推出“唯忆江南雨，春风独鸟归”的幻相，暗示着这些观照对象实乃心灵的皈依之所，生命则是“独鸟”，穿越尘世喧闹的“湘南雨”而归于心造的家园。当然，顾非熊这首诗还只是对“照竹灯和雪，穿云月到衣”的静物观照。白居易在《题法华山天衣寺》中则这样写：

山为莲宫作画屏，楼台迤逦插青冥。
云生座底铺金地，风起松梢韵宝铃。
龙喷水声连击磬，猿啼月色闲持经。
时人不信非凡境，试入玄关一夜听。

这颔联、颈联可全是一片生动的景象。在这位大诗人看来，只要是身处岑寂之境，作动象观照，更能心生幻相而入“非凡境”的“玄关”矣。这一路诗人第三类抒情境界是心摄万汇的灵觉。有两首五律很可注意，它们都是从会稽山云门寺获得灵觉的。孙邈的《宿云门寺阁》写他夜宿于当年辩才禅师修行的“烟花象外幽”香阁，竟然进入这么一个生存场域中：“悬灯千嶂夕，卷幔五湖秋。画壁余鸿雁，纱窗宿斗牛。”这两两相应的四个意象所组合成的意象组合体，感发出来的是何等阔大、邈远的境界！正是在这样一个大境界中，诗人顿生灵觉：“更疑天路近，梦与白云游。”值得提出的是这颔联、颈联的意象组合体形成的阔大、邈远的境界，是心造的结果，主体幻相的存在。因此，诗人孙逖的灵觉乃是一场主体沉迷自性的心灵波动。钱起的《宿云门寺》是这样：

出寺宜静夜，禅房开竹扉。
支公方晤语，孤月复清辉。
一磬响丹壑，千灯明翠微。
平生厌浮世，兹夕更忘归。

这首诗妙在颈联，一磬之响而使山野千灯辉耀的流水对，不仅使境界在刹那承续的听觉、视觉转换中显出气度的壮阔恢宏，而且十分鲜明地表现出了实景的幻相化，心灵的实景化，于是这一场“兹夕更忘归”的灵觉抒写，通过心摄万汇的主体自性活动，得到了十分动人的展现。但既有灵觉，相应地还会引起智慧开窍，亦即能在“思接千载，视通万里”中把握到穷通时空的智识。这是以这一路行吟诗人所开拓的第四类抒情境界。方干的七律《题法华寺绝顶禅家壁》这样写：“苍翠岧峣逼窅冥，下方雷雨上方晴。飞流便向砌边挂，片月影从窗外行。驯鹿不知谁结侣，野禽都是自呼名。只应禅者无来去，坐看千山白发生。”这同上面孙逖的《宿云门寺阁》一样，颔联、颈联所显示的境界极其壮阔，并且因首联的第二句“下方雷雨上方晴”，更使壮阔的境界透现出一抹神异色彩。由于这些诗句的意象具有静态与动象的有机搭配的特点，也就形成动静交替的呈现。诗人显然以穷通时空的目光在静定中观照，从而得出一个意识：“坐看千山白发生。”如果说“坐看千山”而导致“白发生”是隐示众生万物的宇宙运行，那么这一行诗也就有了类似偈的意味：动兮静兮，交替运行，地老天荒，万汇恒定。皎然的七律《晚春寻桃源观》这样写：

武陵何处访仙乡，古观云根路已荒。
细草拥坛人迹绝，落花沈涧水流香。

山深有雨寒犹在，松老无风韵亦长。

全觉此身离俗境，玄机亦可照迷方。

这首诗的奇景异趣，完全是在一片大化的灵境中一景一物任随自然的表现。大化的灵境之所以能把握，全在诗人所说的“全觉”。全觉说明确一点也就是凭依潜意识的穷通时空。所以诗人因能穷通时空而对大千世界自性自在、超尘出俗这种彻底自由的宇宙生态有了玄识，这玄识存在于接受者对文本的诸多意象及其组合体作全觉的领会：自性即自在，自在即自由，自由即自然，自然即大化，任随大化，就能照迷方。说到终了，诗僧皎然通过此作在宣告——众生万物是自性的存在。唯其如此，才使这一路行吟诗人拥有了沉迷于自性，自足于主观幻相的抒情境界。总之，从这些诗例可以见出由于浙东众多寺庙禅宗思想流传，从而使该地域的人文情怀掺入一定量静定观照、心摄万汇的成分，影响了一批行吟在这条诗路上的唐代诗人所写下的此类诗歌，具有穷通时空、心造幻相的抒情境界。

四

据上所论可以见出，浙东唐诗之路所涉地域以儒家意志、道家精神和禅宗思想为内核的人文情怀，对这批唐代诗人行吟之作形成三类抒情境界，具有决定性意义。值得指出，这三类抒情境界是分别依附在特定的创作原则上才得以呈现出来的。文学创作原则是三类：现实主义、浪漫主义和象征主义，可以说这三类创作原则决定着三类抒情境界的分头呈示，以儒家意志为内核的那种执着现世、气度恢弘的抒情境界，大都按现实主义的创作原则呈示；以道家精神为内核的那种纵浪大化、放达人生的抒情境界，大都按浪漫主义的创作原则呈示；而以禅宗思想为内核的那种穷通时空、心造幻相的抒情境界，则大都按象征主义的创作原则呈示。

我们欣然发现，行吟在浙东唐诗之路上的这批唐代诗人，诗歌观念是开放的，具有幅度很大的包容性，以致使三类创作原则在他们的创作实践中得以并驾齐驱地使用。不过，在欣然之余又不能不想到我们是在作一场地域诗歌考察，一切理论探求是非得回到地域性这个问题上来不可的。这样的考虑，使我们不由地想起19世纪法国著名文艺理论家泰纳的《英国文学史·序言》，他在这篇文章中主张文学创作和它的发展决定于种族、环境、时代三种力量，种族包括人的先天的、生理的、遗传的因素；环境包含地理的因素，时代包含文化的因素。种族是内部主源，环境是外部压力，时代是后天动量。结合这样的见解，我们来看浙东唐诗之路的三条干线——浣纱溪线、剡溪线和若耶溪线所涉的三大地域，从环境、时代这方面看可以说基本上是一致的，不过属于地方性的气质，或者就说乡域民心倒还是有所差别：浣纱溪段重实在，性格刚烈强硬；剡溪线段重自由，性格率真放达；而若耶溪线段则重功利，性格冷静善谋。根据泰纳的见解，以种族为主，由种族、环境、时代三方面合力而成的民心之不同，势必影响到创作风尚也会有所不同。这不同集中地反映在创作原则的侧重面上。可以说，走在浣纱溪段诗路干线上那批唐代诗人多侧重于现实主义行吟；剡溪段干线上的多侧重于浪漫主义行吟；而若耶溪段干线上的行吟则多侧重于象征主义行吟。

对这样的判断，我们还得举出些实例来论析。

先看浣纱溪段干线所涉地域上的行吟诗人，侧重于现实主义行吟的情况。

有意思的是施肩吾，他在七绝《送僧游越》中好像要来证实我们上面的判断。诗这样写："麻衣年少雪为颜，却笑孤云来是闲。此去若逢花柳月，栖禅莫向苎萝山。"这最后一句很可注意，似乎在忠告游越的年轻和尚——出家人可不要去苎萝山。"苎萝山"在这里成了世事纷争的代名词了。看来，在这段干线上的浣纱溪、苎萝山、西施故事，都属于红尘中的事，谁要是行吟这些，就是咏唱现世社会。什么是现实主义？现实主义就是按生活就是这样的来概括现世社会、进行创作的原则，这岂不表明当年施肩吾也意会到在浣纱溪段干线上行吟的诗人无论是对苎萝山、对西施的行吟，都是对红尘、对现世社会作现实主义吟咏——只不过这位唐代诗人还不懂得使用现实主义这个名词罢了。的确，从已搜集到的浙东唐诗之路的全部作品中可以看到，这段干线上行吟的诗人大多是些生活就是这样的现实主义抒写者，即便是借写西施故事作怀古之咏叹也缺乏那份矫揉造作的感伤，而更多的是通过历史透视现世社会。浪漫派大诗人李白所写的《西施》竟然也浪漫不起来了，而是忠实地写了西施少女时代的生态心态："浣纱弄碧水，自与清波闲。皓齿信难开，沉吟碧云间。"而当被推上吴越争霸的政治舞台则这样写："勾践征绝艳，扬娥入吴关，提携馆娃宫，香渺便可攀。一破夫差国，千秋竟不还。"这就更显出对西施悲剧命运极严肃的现实主义抒写。骆宾王的《早发诸暨》，从"征夫怀远路，夙驾上危兰"的情景实写开始，继而通过薄烟绕山，风入曙寒的一路行程抒写，进一步作了生活就是这样的表现。最后以"独掩穷途间，长歌行路难"的现世艰辛生存感慨作结。婺州兰溪人的诗僧贯休十五六岁就有诗名，收入全唐诗的作品有十二卷之多。他云游四方足迹遍及诸暨，在东白山还得过一场病，几乎送了命，后来还在五泄寺生活了九年。这是一位行吟在浣纱干线上的现实主义诗人，在《送僧人五泄》中他这样写：

> 五泄江山寺，禅林景最奇。
> 九年吃菜粥，此事少人知。
> 山响僧担谷，林香豹抱儿。
> 伊家头已白，不去更何之。

他朴朴实实的写着自己艰辛的生活："九年吃菜粥""山响僧担谷"，这可是一位标准的贫苦农民过日子的记述，但即便生活得如此苦，他也仍然爱浦阳江支流处的这块土地——"不去更何之"。正是具有这种境界的人，才会有这样现实主义的创作。盛唐诗人薛据也曾来浣纱溪段诗路干线上行吟，到过诸暨，登上枫桥全堂里面的刻石山，在燕子岩头远眺后海，写了《登秦望山》一诗，这是一首当年诗歌创作中具有典范意义的现实主义诗作，它不作轻飘飘的感怀，而是详细地抒写了诗人登临燕子岩头"目极大海空"的壮丽情景。了不起的是，他特别写到了远眺浦阳江上舟帆穿梭的“交通”盛况，写到了奔走于中的渔民与“商客”：“而多渔商客，不悟岁月穷。振缗迎早朝，弭棹候长风。”真是好一片充满人生奋斗激情、生机盎然的世界。一首短诗也因此成了盛世时代的一个缩影。当年秦始皇可真没有看错，在这个制高点上可以看出他所统一的大中国那片恢弘壮阔的境界，所以他要人在此刻石碑以“颂秦德”了。而薛据正是以投身现世社会、追求人生奋进的现实主义精神，形象地重现了秦始皇心目中这个“中国的窗口”。所以，这位在人生之旅中如同“茫茫天际帆”一样漂泊着的盛唐诗人，也想在此安身立命了。

现实主义在诗歌创作中具有不衰的青春，浣纱溪段干线上唐代诗人这种执着于现实主义的行吟，是值得我们后人倍加称颂、也值得今天大加弘扬的。

剡溪段诗路干线上唐代诗人的行吟大都偏于浪漫主义。浪漫主义要求“生活应该是这样的”来对诗歌世界进行概括和表现，因此重视想象。而浪漫派诗人也就致力于以强烈的情感激活想象去表现比实际生活更完美的、“应该是这样的”虚幻世界。唯其如此，所以他们特别尊重自我，神往自由，处世态度强调率性而为、超凡脱俗，具有一片天真的个性表现。颇有点意思的是有一些唐代诗人平日写诗颇有点老夫子味道，规行矩步，但来到这段剡溪线上行吟，竟好像中了魔，年轻了，活泼了，灵魂有点骚动了。孟浩然就是一例。也有的诗人，性本风流，一来此地，行吟得也就更浪漫了。施肩吾就是一例。这位诗人写有《赠女道士郑玉华二首》，其中之一这样写：

玄发新簪碧藕花，欲添肌雪饵红砂。
世间风景那堪恋，长笑刘郎漫忆家。

这首七绝前半捧女道士的美艳，后半表达了自己对她的恋慕，最后一句对刘晨、阮肇桃花洞艳遇的结局作了嘲笑，其实是借花献佛，无所顾忌地向女道士表白自己也想有一场与她的艳遇，并表白心迹：欲和她厮守终生而决不会有“漫忆家”之举。这是浪漫主义诗人的行径。不过，在这条诗路上作浪漫主义行吟最成功而有深远历史影响的，还得首推李白的歌行体长诗《梦游天姥吟留别》。顾名思义这首诗抒唱的是一场梦游天姥山，所以它必然会是具有高度想象、甚至极其幻想的。全诗可分六个部分。（1）“海客谈瀛洲，烟霞微茫信难求；越人语天姥，云霓明灭或可睹”是序曲，把全诗这么一场宏大抒情置于迷离恍惚的氛围中，而这也正是浪漫诗人审美追求的基础设施。（2）第三、四行是对天姥、天台两山之高大、壮美作力的讴歌，所谓“势拔五岳掩赤城”“对此欲倒东南倾”正是对力的气势作夸张表现，显示出势不可挡的生命气概，而这也正是积极浪漫主义的审美基础。（3）第五至九行正式开始梦游：“我欲因之梦吴越，一夜飞渡镜湖月”而到“渌水荡漾清猿啼”的剡溪，并“身登青云梯”而见海日、闻天鸡，在一片飞动中显示出生命的活跃和奇景异趣的壮美。（4）第十五至十七行是全诗最重要部分，梦游的诗人在千岩万转以至于迷花倚石中进入这座大山的神秘之夜，欲雨的云岚与浮烟的山涧间闪电雷鸣，使“洞天石府訇然中开”，于是恍现“日月照耀金银台”的一片全新的天地，而云君御风降下，仙子骑鸾君临，一起来迎迓他。这里充分显示出浪漫派神往的超凡神异境界，一场最奇幻生动的浪漫主义诗歌本色表现。（5）第十八到二十行，写蓦然梦醒：“唯觉时之枕席，失向来之烟霞”，于是有“世间行乐亦如此”之憾，“古来万事东流水”之叹。（6）第二十一至二十三行就直接抒发了梦觉后的生存感悟：人要活得舒畅，就须寄情山水，率性自由，再不能在世俗的樊笼中“摧眉折腰事权贵”了！所以这是以张扬自我尊严，个性独立作结。全诗情节跌宕、奇思通幽、妙想入微、超凡脱俗。可以说是人类诗歌史中一篇浪漫主义抒情的典范之作。正是这样一篇千古名作，不可忘了是在浙东唐诗之路的剡溪段所涉地域的奇山异水触发灵感所导致的，是在这条诗路上催生出来的。

若耶溪段诗路上唐代诗人的行吟则偏重在象征主义。象征主义作为诗人概括生活的一种创作原则，大概可以用“生活可能是这样的”这么一句话来阐释。试设想，既然属于“可能是这样的”，当然也会属于“可能是那样的”。按此原则来概括和表现生活对象，势必会使感发出来的情思意绪或这或那，模棱两可，有多层含义。能使文本显示这么一类审美功能的创作原则，我们就称之为象征主义。说白了，象征主义也就是对多层次的精神意绪作隐喻把握与表现。由此看来，必须让象征主义诗歌文本中的意象及其组合系统具有高度隐喻化的感兴功能，让接受者凭此而受到兴发感动，在心灵中发出一片氛围境界，从而激活多方面的隐喻联想，把握到多层次的精神意绪。所以，要把握诗歌的象征主义并定出其高低，同文本中作为隐喻的意象及其组合系统是否有感兴功能以及感兴功能的强弱大有关系，因为直接影响到接受者心灵中感发到的氛围境界激活联想之力的强弱。根据这样的理论见解，我们再来看若耶溪段诗路上的唐代行吟诗人，可以说他们偏爱禅悟意味的象征主义诗歌，并且所写的这类诗歌中，意象及其组合系统的感兴功能大都极强，氛围境界也相当阔大、浓烈。朱庆余有七绝《过耶溪》："春溪缭绕出无穷，两岸桃花正好风。恰是扁舟堪入处，鸳鸯飞起碧流中。"这就不是一首简单明白的风景诗，而是有象征意味的。一、二句写若耶溪蜿蜒流淌的美姿和风吹两岸桃花的美景。一片明媚的风光使第三句表达为这样：这儿是扁舟堪入以作欣赏美景的好去处。总之，以上三句诗把若耶溪的美好感受大大地作了强化。可是第四句却突然出现一对惊飞而乱窜的鸳鸯，破坏了这一对有情鸟儿安宁美妙的生存状态，当然，是向不美好的一极作强化了。这样的意象组合不仅极具感兴功能，并且有鲜明的对比，显出了对立统一关系。诗人就通过这样的组合，使文本形成了一个感兴功能极强的隐喻，隐示着世事总是善美与恶丑并存的；也能启示人这样一种生态哲学：福兮祸所依，祸兮福所伏。当然这样的象征追求还是浅层次的。盛唐诗人于良史的《宿天衣寺》就深了一层，这样写："春山多盛事，赏玩夜忘归。掬水月在手，弄花香满衣。兴来无远近，欲去惜芳菲。更望钟鸣处，楼台深翠微。"此诗写诗人夜宿天衣寺时乘兴漫游山野欣赏夜景。颔联大有万汇相融相亲的幻感，这是一层铺垫，颈联虽无对此幻感的进一步表现，却也抒发了与自然世界的亲和感。这中二联可说是大大地发挥了天人合一的感兴功能，感发起一片超凡的氛围境界。尾联将"鸣钟"与"楼台"这两个意象拉起了一种隐喻关系："望钟鸣处"是隐喻时间的流逝，"楼台"即寺院，"楼台深翠微"隐喻着禅宗的存在。它们一经叠合，也就在更大范围内象征着一个宗教信徒对宇宙生态的感悟——时间流失而信仰永存。最具象征主义深远意蕴的是皎然的《秋居法华寺下院望高僧如献上人》：

峰色秋天见，松声静夜闻。
影孤长不出，行道在寒云。

这也有点偈的意味。全诗四行，共计四个意象。首行是“峰色”，次行是“松声”，三行是“山”，四行是“云”，它们各自独立存在着，极其自在。可不是吗？峰色要想看清，只有在秋老叶凋时，松声要想听清，也只有在夜深人静时。所以这四个意象自在地组合在一起，也就能感兴地隐喻出：生命存在原是一种大自在形态，而这个大自在形态又正是自性意识极强的佛家高人由心而生的幻相，一种精神意蕴的高级象征表现。但不能不说皎然这样的高级象征追求实在太理智化、太玄妙了，一般在这条诗路上行吟的唐代诗人要达到这样玄奥的高级象征，是很难的，这叫曲高和寡，以致影响到日后这条诗路上的行吟日渐式微，发展不开，兴旺不起来。虽然南宋时期这条诗路上还是出过大诗人陆游，却也难挽这一趋势，而其他两条浙东唐诗之路干线上的行吟却能有大发展。

五

在对当年这条浙东唐诗之路外在与内在的特征作了考察后，我们还得问，唐以后这条诗路变得怎么样了呢？可以这样说，宋元明清时期，这条诗路不仅依旧存在，还不断有所拓展，但幅度不大。拓展幅度增大的是20世纪以来，浙东唐诗之路进入现代期间。为此我们还得来进一步考察它在现代的拓展情况。

值得指出，地域人文精神的基本质素是有时间相对恒定性的，一般说纵隔千年变动还是不大，因此也决定了其诗性体现也不可能有特大变化。当今流行现代化、后现代化，但这些从西方贩来的时髦风习，改造不了浙东唐诗之路所涉地域的民心，只能促进这儿的民心更健康地发展；具有更多现代性，却也改变不了这儿诗性体现的格局，只能推动这儿的行吟事业接受人类诗歌文化的滋润而诗歌境界更其扩大、更其深邃，具更多现代意蕴。本文研究的根本目的是以特定的人文精神为内核的诗歌现象，所以浙东唐诗之路的现代拓展，也将结合该诗路所涉地区在处于面向世界的情势下地域人文情怀有所调整后的现代性特征，来对“五四”以来在这条诗路上行吟的新诗人情况作出考察。

中国新诗出现在1918年，它是“五四”新文化运动的产物。“五四”新文化运动是由“五四”反帝反封建的爱国民主革命所派生的，提倡人的尊严、个性解放、生存自由，这也影响到我们民族整体的人文意识有了一个核心定位——追求人的觉醒和民族的独立，而新诗也因此以抒唱自由民主与爱国主义为己任。浙东唐诗之路所涉地区的地域人文情怀以及由此决定的诗性现代体现，也显然离不了大环境的影响，所以这一地域传统的人文情怀及为它所决定的诗歌精神，也已从传统的个体生命儒释道综合而提升为以人和人群——即民族的独立与尊严统率的儒释道新综合。

现代浙东唐诗之路的确是值得考察的，因为它的存在对中国新诗的发生与发展都起了不容忽视的大作用。新诗发生期，对这一中国诗歌中的新品种积极尝试写作，堪称草创功臣的人不多，算一算，十二个人吧，但其中有一半是浙江籍的人，包括鲁迅、沈尹默、周作人、刘大白、沈玄庐和俞平伯。而在这六位功臣中有四位出自浙东唐诗之路，他们是鲁迅、周作人、刘大白、沈玄庐。奇怪的是，他们又全是若耶溪段诗路干线上的人，鲁迅、周作人是绍兴的，刘大白、沈玄庐是萧山的。可见传统唐诗之路三条干线中，若耶溪段干线在拓展中国诗歌格局中还是起到领先作用的。胡适曾说周作人的长诗《小河》一出，“新诗乃正式宣告成立”。鲁迅则继承了传统唐诗之路若耶溪段干线上偏于象征主义的创作原则，写了一本散文诗集《野草》，他是既接受西方象征主义艺术思路的影响，又继承了当年皎然等写象征诗的那个传统经验来写这些散文诗的。他自称这些作品属于象征印象主义的写实主义，其实就是本体象征诗，可以说作为现代唐诗之路若耶溪段出来的新诗人，鲁迅不仅继承与发展了这条诗路偏爱象征主义的传统行吟风尚，也为中国新诗率先开拓了一条象征主义抒情的艺术路子。不仅鲁迅如此，周作人的《小河》也是受法国象征主义鼻祖波特莱尔散文诗《恶之花》的影响写成的。刘大白也写了《秋晚的江上》等象征诗。所以这不仅是鲁迅等个人的贡献，也是现代浙东唐诗之路对中国新诗的贡献。不过，值得注意的是，这段诗路上那几位草创新诗的功臣除了刘大白，其余三位尝试了一阵子后就对写新诗这事儿洗手不干了。并且，他们追求的象征诗，也如同当年皎然等写的象征诗一样，有点曲高和寡，追随者也越来越少。令人惊异的是鲁迅、刘大白之后，若耶溪干线上，不要说写象征诗的诗人没有再出现，连写一般新诗而上得了全国性新诗层次的，也很难找得出。

现代浙东唐诗之路剡溪线、浣纱溪线上，要到新诗进入成长期即1921年以后才正式出现一批新诗人，有点迟熟。不过一经出现，倒也就蓬蓬勃勃地发展了。这里值得提一提的是湖畔诗社。这个诗社是1922年3月在杭州成立的，它是中国新诗史上的第一个诗歌流派性社团。成员只四人，除了汪静之是安徽籍之外，其余三人都来自现代唐诗之路所涉地区。应修人来自剡溪干线的慈溪，冯雪峰、潘漠华来自浣纱溪干线；前者是义乌人，后者则来自武义。他们在“五四”爱国民主思潮的影响下，反对封建礼教，讴歌爱情自由，张扬个性解放，并且在民主主义思潮的推动下，他们还提高了阶级觉悟，投身革命，潘漠华、应修人甚至为真理事业而献出了生命。冯雪峰参加了长征，成为中国革命文艺理论的开拓者。现代浙东唐诗之路剡溪段的应修人成了这条诗路上行吟新诗的第一人；浣纱溪段的冯雪峰、潘漠华也成了这条诗路上最早两位行吟新诗的人。

这里不妨介绍一下现代浙东唐诗之路的这两条干线所涉地区一批诗人行吟新诗的情况。

剡溪段干线上的新诗人众多，且相当活跃。建国前已出名的有应修人、巴人、裘柱常、殷夫、徐雉、陈梦家、徐訏、吴汶、孙钿、陈山、袁可嘉等等，这些人中有五位都是革命诗人，内中上面已提及的应修人和殷夫还为革命而牺牲。陈梦家、袁可嘉是学者，也是爱国诗人。建国后的新诗人有全国影响的，可以举出方牧、洪迪、蔡庆生、王自亮、王彪、荣荣、戴中平、群岛、李越、江一郎等。荣荣得过鲁迅诗歌奖，王自亮得过屈原诗歌奖，江一郎得过《人民文学》“青春中国”大赛一等奖。这一条线上的新诗人有一个显著特点是现代色彩较浓。所谓现代色彩并不指象征主义的艺术思路，而是指人性的深层次透视。殷夫无疑是中国新诗史上的奇才，他十四岁开始写诗，二十一岁被枪杀在上海龙华荒野，鲁迅甚至评他为“冬末的萌芽”“东方的曙光”。为什么鲁迅把他看成是东方诗坛的曙光和黑暗中国报春的信息呢？是因为他的诗真切地反映着一种精神现象已在现代中国的诗人队伍中确立，一旦认定民主真理而走向革命，投身群体，那么纵使“小我”向“大我”转化的过程十分复杂痛苦，但义无反顾，毫不妥协。事情也的确如此。在“四·一二”白色恐怖中还只有十七岁的殷夫就曾被国民党政权逮捕，几遭枪决。当时生死未卜中的他对自己短暂的人生确也产生过幻灭，但对世界大同这一真理的信念又使他坚定了至死决不屈服的斗志，终于在1927年6月5日毕一夜之功，在狱中写成一首四百余行的长诗《在死神未到之前》，记述了自己从“小我”转为“大我”的精神历程。19岁那年他因组织工人罢工示威而第二次被捕，写成长诗《一九二九年的五月一日》，抒发了自己投身革命洪流、于“大我”中寓以“小我”的人性感受，所以他的诗是一个真理追求者有血有肉的真切抒情。除此以外，他还写下一卷染有浓郁的梦幻色彩、抒发爱的期待、青春的憧憬的诗集《孩儿塔》和其他一些纯抒情之作，真实地展示了这位少年漂泊者对个性自由的祈求，人间温爱的渴望，投身革命的激情，显示着他灵魂的高洁、爱情的真挚、超验的感觉、浪漫的想象，如其中的《地心》《最后的梦》《意识的旋律》等都成了新诗中的精品之作。巴人的叙事长诗《洪炉》，写了一个老实巴交的农民被地主逼得家破人亡的绝境后终于铤而走险，入了匪窝，杀了地主，报了大仇，但从此他坐山为王，滥杀无辜，灵魂扭曲，在灵肉冲突中走向生命毁灭的边缘时，内心开始忏悔，寻求宗教的归宿。这类诗都内蕴着强烈的革命意绪，能从人性搏斗的角度进入抒情，其诗情境界显然具有现代意识全新开拓的意味。值得指出，从上述诗例中已可以看出，行吟在这一条诗路上的新诗人不论写的是多尖锐复杂的社会生活内容，大都有一片强烈的浪漫主义情调渗透。殷夫收在诗集《孩儿塔》中的爱情诗固然如此，写一个时代的变革和一个青年在时代大潮中革命意识觉醒的《意识的旋律》，虽采用了象征手法，也还是具有很高艺术水准的浪漫主义诗篇。陈梦家是新月诗派的后起之秀，裘柱常是后期创造社的成员，都属于浪漫派，1980年代成长起来的诗人戴中平是“东海诗群”的核心成员，这个诗歌群体是具有现代主义某些风格特征的浪漫主义诗派，而戴中平的一批抒唱大海、表现人与大海搏斗的诗，如长诗《吕泗洋》，张扬了生命强力，更富于浪漫主义的现代化特征。由此看来，现代浙东唐诗之路剡溪段的诗人基本上能保持唐代这一路行吟诗人的浪漫主义传统。

现代浙东唐诗之路浣纱溪段所涉地区新诗人的现代行吟事业是很可珍视的。本来浙东唐诗之路三条主干线上，唐代诗人行吟得最频繁的是剡溪段，行吟得最深刻的是若耶溪段，较弱的是浣纱溪段。但这诗路进入现代以后情况却发生了大变化。剡溪段依旧行吟频繁而活跃，若耶溪段却衰弱了，代之而起的是浣纱溪段。这一段诗路上行吟的诗人高层次的人多了，行吟得也深刻了。回顾一下建国以前已成名的，有何植三、冯雪峰、潘漠华、孙大雨、姚蓬子、艾青、覃子豪、辛劳等，建国后有一定影响的则有蔡根林、东方涛、周亚、骆蔓、张金陆、董正勇等。这一条线上的诗人也许技巧不是很前卫，但诗歌境界面向现实，给人们沉甸甸的感觉。这里先提一提诸暨的三位现代诗人。一位是何植三，诸暨枫桥泉畈人。他在新诗刚进入成长期就已有了一定影响，不少诗在《诗》等刊物上发表，1929年出版了诗集《农家的草紫》，其中收入了一批小诗。新诗成长期开始时小诗流行，但大多是一点哲理性小感触的抒发。何植三不同，他以小诗的形式来表现农家生活，颇能把江南农村特有的情调表现出来。如《夏日农村杂句》：“二、青青的田禾里／遮着绿萍／浮出咻咻的小鸭。”“六、放着送饭去的篮／徘徊竹篱间／捉蜻蜓的儿童呵！”简直是现代绝句。朱自清在《中国新文学大系·诗集·选诗杂记》中谈到何植三时这样说：“他的《农家的草紫》中的小诗，别有风味，我说是小诗里我最爱的。”孙大雨出生于诸暨农村，成长于上海，是新诗派的重要成员，徐志摩甚至称他是“老帅”，自己不过是“小先锋”。他首提新格律诗体的“音组”理论，所作短诗《纽约城》气度恢宏，被朱自清誉为现代史诗。长诗《自己的写照》更显抒情境界的壮阔，是新诗中用现代派手法写现实人生的经典文本。姚蓬子是1920年代后期出现的诗人，诸暨姚公埠人。他当年算得上是前卫的，收在诗集《银铃》中的诗具有象征主义风格特色。不过，这位诗人的诗歌内容写的还是现实人生，如《新丧》《古城》《荒村》等作，写尽了现实人生的苦难。他写新诗有一点不同于他人——强调感觉。他有极敏锐的感觉能力，为当年其他诗人所不及。于是，写复杂的感觉竟成了他被看成很前卫的标志。如《在你面上》写对“你”面上流露的颓废神态，竟拿用复杂得令人吃惊的气味感觉相叠映来写：“在你脸上我嗅到霉叶的气味／倒塌的瓦棺的泥砖的气味／死蛇和腐烂的池沼的气味／以及雨天的黄昏的气味……”由此看来，诸暨这两位现代诗人在中国新诗中的地位是不低的。在浣纱溪段诗路上还有两位顶尖级的诗人，一位是义乌的冯雪峰，另一位是金华金东区的艾青。上面已提及冯雪峰曾是湖畔诗社的诗人，但如果他的诗只是湖畔诗社时期所写的那些，那还算不了什么。可贵的是他在1940年代初被国民党政权投入上饶集中营时所写的诗，这些诗质量特高。这些诗后来结集出版，名为《灵山歌》，这是一位革命者在生死考验中凛然正气的悲壮抒写，如《灵山歌》《雪的歌》，都可归入百年新诗经典文本之列。为了在狱中遮人耳目，他还采用现代派的某些手法写，特显得郁勃中的新潮特色。正是这些诗，为冯雪峰确立了杰出诗人的地位。艾青是世界级的大诗人，中国诗坛泰斗。有一本《艾青传》，序曲中曾说过这样一段话：“在二十世纪人类文明的星空中有一颗又大又亮的诗星在闪烁。它的光芒给一切命运不幸者以温暖，给无数真理追求者以信念，给所有心灵受创者以勇气。它的光芒还将穿越这个世纪，通向人类生存时间的尽头。这颗诗星，是从亚洲的东方升起的，是从中国的吴越大地升起的，是从浙江升起的，是从金华这块红土地上升起的。他，就是中国诗坛泰斗艾青”。如果我们把“是从金华这块红土地上升起的”改为“是从现代浙东唐诗之路浣纱溪段干线上升起的”，那就和我们研究的内容更贴切了。可以说，正由于出了艾青，现代浙东唐诗之路浣纱溪段才显得更亮丽。艾青通过《大堰河——我的保姆》《透明的夜》《芦笛》《巴黎》《马赛》《画者的行吟》《卖艺者》讴歌祖国，赞美战斗中的人民，抒发一代民主真理追求者为民主而献身的激情，诉说他为人类的命运而永远不安的心绪，显示出渗透着浪漫主义主观意绪高扬的现实主义创作特色，以致因此被诗坛誉为“人的花朵”。艾青还是现代诗歌艺术的集大成者。他受过西方象征主义艺术的熏陶，却又坚定不移地继承中国诗艺传统，致力于采用感性意象作抒情。从某种角度说，他也致力于通过敏锐、复杂的感觉来写现实，和孙大雨、姚蓬子有相通之处。并且，他虽是写自由体新诗成就最高的，却也不排斥格律体新诗，间或写新格律诗。这种兼收并蓄的艺术格局，体现出一种极可贵的开放精神，为百年新诗的大发展树立了一块里程碑。这种种不仅是艾青个人对诗坛的贡献，也是现代浙东唐诗之路浣纱溪段作出的贡献。统观现代唐诗之路浣纱溪段干线所涉地区对新诗的行吟事业拓展的情况，我们发现这一地域根深蒂固地存在的儒家意志，决定着在这段诗路上行吟的诗人偏爱现实主义，或者就说这地域以儒家意志为内核的人文情怀促使行吟在这条诗路上的诗人依然信奉现实主义。有一位在 1950 年代至 1960 年代成了台湾诗坛盟主的四川籍诗人覃子豪，1930 年代在北京中法大学读书时，受法国浪漫派影响开始写诗。抗战爆发了，他作为战地记者来到浙东浣纱溪段诗路的起点站——诸暨。在“诸暨兵站”的日子里，他开始为这块战斗着的土地作行吟。也许是受这块土地上那种肯定生活、执着于现实社会的人文情怀的影响，他的诗风竟也转向现实主义，写出了像《九月之晨》这样彻声讴歌江南战斗生活的现实主义杰作。还有一位出生于内蒙的新四军战士诗人辛劳，1940 年因病被送往金华疗养，并在浣纱溪段现代唐诗之路的主干线上行吟。他著名的长篇抒情诗《捧血者》最后写毕于此。该诗抒唱了一个流浪青年投奔革命，以捧血的激情为战斗的时代而讴歌的精神历程，也成了百年新诗中的现实主义精品之作。至于本土诗人，更明显的表现出他们热衷于抒写现世社会的现实主义追求。上面已提到的潘漠华，他有过一段十分凄苦的爱情生活，并以诗记录了这段经历，但他没有把诗笔停在爱情的罗曼蒂克上，而是去写他反抗社会邪恶势力、追求生存自由的心情，显示了现实主义抒情的真挚贴切。冯雪峰在诗集《灵山歌》中，抒述了一个民主真理斗士在上饶集中营人间地狱中充满血腥的生存实况以及一位为真理而受难者悲慨壮烈的心路历程，字里行间辉跃着现实主义的精神洁光。至于艾青，更是百年新诗史中一位现实主义大师。他的诗集《北方》《旷野》等，都是以抒发农民的忧郁为切入点的现实主义抒情诗；另一诗集《献给乡村的诗》更是浣纱溪段诗路所涉地域一幅幅风情画，但他又决非以旁观之心去作纯风情素描的精神麻木病患者，而是选择“明丽的风光和污秽的生活形成了对照”的角度进入，作着悲天悯人的现实主义抒情。我们的诗歌需要浪漫主义的飘逸，象征主义的神秘固然也需要，但更需要的还是现实主义，这是说什么也否定不了的。由此看来，现代浙东唐诗之路的浣纱溪段所风行的现实主义行吟，对整个中国诗坛来说，是具有匡正时弊之价值的。

以上种种表明，现代唐诗之路所涉地域的人文情怀由于继承传统但又有现代性因素融入而显得更为深沉。而作为这种更深化了的人文情怀的诗性体现，也为文化江南提供了一道亮丽的景观。

结束语

浙东唐诗之路沿袭至今已经1300余年，不说唐代有近500位诗人来此行吟，留有数量不少、足以光照千秋的美丽诗篇，唐以后直到今天，在此行吟者那就更多。所以作为存在于江南的这条诗歌之路是值得我们深入挖掘史料，进行探讨的。但这场探讨须有一个较高的文化定位。也就是说，这条诗路及其所涉地区的文化古迹与人文情怀综合而成的地域风情景观，必须看成是中华文明中文化江南的缩影。而受此处秀美亮丽的风情景观的刺激，一代又一代来这条诗路上行吟的诗人所留下的灵感结晶——诗，也将成为江南文化别致的展示形态。正是从这个认识意义出发，才促使我们来对浙东唐诗之路及其人文情怀的诗性体现作这么一番探讨。我们的目的是抛砖引玉，只盼大家一起来为江南文化建设开辟一片新的领域。

图书在版编目(CIP)数据

骆寒超诗论选集/骆寒超著.—上海:上海人民出版社,2017

ISBN 978-7-208-14808-6

Ⅰ.①骆… Ⅱ.①骆… Ⅲ.①诗学-研究-中国 Ⅳ.①I207.2

中国版本图书馆CIP数据核字(2017)第238157号

责任编辑 舒光浩 陈佳妮

装帧设计 胡 斌 刘健敏

骆寒超诗论选集

骆寒超 著

世 纪 出 版 集 团

上海人民出版社出版

(200001 上海福建中路193号 www.ewen.co)

世纪出版集团发行中心发行 常熟市新骅印刷有限公司印刷

开本720×1000 1/16 印张81.75 插页8 字数1219,000

2017年11月第1版 2017年11月第1次印刷

ISBN 978-7-208-14808-6/I·1676

定价228.00元

(全二册)